博我以文

清代前中期的古文与知识秩序

胡琦 著

图书在版编目（CIP）数据

博我以文：清代前中期的古文与知识秩序 / 胡琦著.
北京：北京大学出版社，2025.3. — ISBN 978-7-301-36030-9

Ⅰ. I206.49
中国国家版本馆 CIP 数据核字第 2025SY9061 号

书　　　名	博我以文：清代前中期的古文与知识秩序 BO WO YI WEN: QINGDAI QIANZHONGQI DE GUWEN YU ZHISHI ZHIXU
著作责任者	胡　琦　著
责任编辑	徐　迈
标准书号	ISBN 978-7-301-36030-9
出版发行	北京大学出版社
地　　　址	北京市海淀区成府路 205 号　100871
网　　　址	http://www.pku.cn　新浪微博：@北京大学出版社
电子邮箱	编辑部 wsz@pup.cn　总编室 zpup@pup.cn
电　　　话	邮购部 010-62752015　发行部 010-62750672　编辑部 010-62752022
印　刷　者	天津中印联印务有限公司
经　销　者	新华书店
	730 毫米×1020 毫米　16 开本　39.5 印张　825 千字 2025 年 3 月第 1 版　2025 年 3 月第 1 次印刷
定　　　价	188.00 元

未经许可，不得以任何方式复制或抄袭本书之部分或全部内容。
版权所有，侵权必究
举报电话：010-62752024　电子邮箱：fd@pup.cn
图书如有印装质量问题，请与出版部联系，电话：010-62756370

国家社科基金后期资助项目
出版说明

后期资助项目是国家社科基金设立的一类重要项目,旨在鼓励广大社科研究者潜心治学,支持基础研究多出优秀成果。它是经过严格评审,从接近完成的科研成果中遴选立项的。为扩大后期资助项目的影响,更好地推动学术发展,促进成果转化,全国哲学社会科学工作办公室按照"统一设计、统一标识、统一版式、形成系列"的总体要求,组织出版国家社科基金后期资助项目成果。

全国哲学社会科学工作办公室

序

张 健

　　胡琦博士大著新成,问序于我。胡君当年考入北京大学元培学院化学专业,虽家学渊源所系,然非其志趣所在,每操作实验室之杯盘,辄攒眉不乐,而于文学则莫逆于心,遂大忤时趋,转读中文系,其后入香港中文大学攻读硕士、博士学位。胡君天资不凡,悟性尤高,加以绩学勤勉,遂卓然有成。

　　胡君大著研究清代前期古文与知识之互动关系,此一论题在中国固有学问观念构架中即文与学之关系,而在清代学问脉络中则是义理、考据与词章之关系。在中国人文传统中,"学"(义理、考据)与"文"(词章)之关系,乃属核心问题。虽"文""学"有异,义理、考据、词章有别,但其理想则是知识、道德与文章之统一,其终极目的不在造就一套知识体系,而在修养人格,成君子,作圣贤,从而构建理想的人间秩序。但在现代学术体系(实质为西方学术体系)中,义理分属哲学、伦理学、政治学等等,考据属于史学、语言学与文献学;就词章而言,由于受到浪漫主义文学观念影响,以抒情为文学之本质,故传统文体唯诗词、小说、戏曲得为文学,骈散文仅以具抒情性者为文学,其余则摒弃于文学之外,现代所谓文学、文章之分正是现代与传统观念差异之体现。现代学术各学科有其特定范围与原理,各有其学科内部之问题,传统学问架构中的文、学关系及义理、考据、文章之关系问题遂被肢解,中国人文传统之整体观念亦消解殆尽。胡君大著有意打破以现代学科界划传统学术的弊端,力图回到中国传统学问固有之脉络与问题,重探"文""学"关系,但胡君并非复古式地回归传统问题与论述方式,回避现代学术观念,而是努力调整现代学术观念以适用于传统问题,并探讨其现代意义。胡君提出"语言-知识共同体"概念,即是要将传统的"文"与"学"关系放到现代的观念架构中处理。"学"(义理、考据)即知识,"文"(词章)即语言,语言表达知识,形成一统一体。自共同体之形式层面观之,乃是语言统一体,自其所承载之知识言之,则是知识共同体,一体而两面。既是共同体,就有其内部构成关系问题,而将此共同体置于历史脉络中,亦必有其内部关系形成与演变之历史。胡君大著即论述此共同体之内部关系及其在明清时代的历史演变,力图探究在此共同体中文章如何影响知识统一体的秩序,而知识又如何影响文体及其秩序。他所探讨的问题在更广泛的意义上说,即是言说方式如何塑造言说内容,以及言说内容又如何影响言说方式;在更深层的意义上说,乃语言与思想之关系问题,即语言究竟仅为外在于思想之表达工具还是参与塑造思想,而另一方面,思想是否能够以及如何塑造语言。事实上传统关于文道关系的两个譬喻——"贯道"与"载道"说,已隐含上述问题。"载道"以车载物为喻,道乃独立于文,文仅为载道之工具;而"贯道"则以线穿物为喻,文对道实有组织之作用,影响道之结构。换成现代的表述,"载道"说意味着语言仅表达已有的思想,而"贯道"说则意味着语言参与塑造思想。

在胡君提出的"语言-知识共同体"中,有语言及知识各自系统内部之问题,亦有知识与语言关系之问题。立足于语言("文",词章),则有文理;立足于知识("学",义理、考据),则有学理。文理即文章的艺术原理,即美学;学理即学问的义理与逻辑。两者处于统一体中,实互相影响,知识的内容与性质塑造了文体,文体也组织与塑造了知识的系统。经、史、子、集,不同类别的知识在文章当中,除了意义及义理价值之外,还具有审美功能。明人认识到此点,遂将不同类别的知识作为审美元素融进文章写作,以为塑造文体之手段。胡君指出,明七子之复古,主张"文必秦汉",特重早期经史典籍之于古文文体的作用。随着文章趣味的变化,明人对典籍的兴趣范围逐渐扩大,以至于道释稗官等书皆以入文章、助文体。由于认识到知识的审美功能,士人为作文而读书,知识视野不断扩大,遂形成一种文章视野下的博学风气与知识秩序,这是一种基于审美的知识秩序。本来唐宋古文理论,同样蕴含文章与知识的问题,作者同样需要阅读典籍,四部典籍同样具有价值等级,但在唐宋古文理论中,阅读典籍为涵养道德,有德者必有言,知识作用于文章者主要通过涵养人格而实现。但在明代的文学化阅读经典风气中,其着眼点非在以经籍涵养道德,而在于文体技术,大量的经典评点充分证明了这一点。在儒家传统中,经书作为最高的文、学统一体("语言-知识共同体"),本蕴含文、道两面,乃道德与审美理想统一之最高典范。但整体而言,道是目的,文乃工具,审美从属于道德,无终极独立之价值。一旦离道而言文,视文为独立对象、有独立价值,则会引起共同体内部审美与道德关系之紧张,朱熹对古文家的批评即这种冲突的体现。到明末清初,这一冲突再度出现。明人以文章角度评点经典,引发对经典之信仰态度与审美态度间的冲突。钱谦益称自古对经籍"敬之如神明,尊之如师保",谓明人评点经籍为"妄而肆论议","非圣无法","侮圣人之言"。前者是对经籍之道的信仰态度,后者是对经籍之文的审美态度,钱谦益之评论揭示了这两种态度的冲突。在明末清初政治文化背景之下,知识本身的价值与秩序逐渐摆脱文章趣味,原来文学视野下的知识秩序面临调整与重建，文章与知识的关系也开始调整与重建，由知识如何成就文章转到文章如何表达知识，于是有新知识秩序下的文体问题。胡君大著于前三章论述明代文章观念下的知识秩序及明末清初之观念转变，第四至第六章从康熙、乾隆两朝"博学鸿儒"科及书院教育展开对清代新"文""学"关系的考察。胡君辨析了清人"鸿儒"与"鸿词"、"师儒"与"词臣"诸称中所蕴含的知识秩序及知识与文章的关系观念，论述了书院教育中的文章与知识关系问题。这些考察展示知识与文章观念如何体现在体制层面，而体制如何通过权力影响观念。由于清代著述的发达，文体如何述学成为问题，亦引出述学文体与固有文体秩序之间的关系，胡君于第七至十二章即论述新知识秩序影响下的文体问题。整部著作围绕文章与知识关系展开，论述了从明中期到清中叶文章如何塑造知识秩序，到新知识秩序的建立及新知识秩序如何影响文章的历史过程。他将这一过程置于更广阔的文化背景中审视。余英时先生曾提出宋明士人都有以学术淑世的治国平天下理想，但由宋到明则经历了从"致君行道"到"觉民行道"的变化，胡君认为从明到清，士人之理想则由"觉民行道"转为"著述明道"，这一概括意味着清代学术虽从实践退守到知识，但其潜在目的依然是实践，因为明道的目的依然是行道，建立理想的人间秩序。这为他所论述的清代文章与知识关系提供了更宏阔的思想史脉络。

胡君大著时代纵贯明清，论题横跨文学与学术、思想与历史，显示了胡君驾驭复杂论题的能力。论著新见迭出，析理精密，言而有征，文献宏富，而词笔畅达，足见胡君在义理、考据、词章方面的全面功力。当然由于论题大、面向广、问题复杂，胡君论述并非没有任何罅隙、美璧无瑕。其提出"语言-知识共同体"的概念以作为其整个论述的现代观念基础，这一概念及其与传统范畴之间的衔接对应关系还可再进一步论述。

胡君志向大，眼界阔，用心专，起点高，这部著作是他前一时期学思之结晶，我得以先睹为快，深为他高兴，并有大期待，故略述阅读所感，姑以为序云尔。

目　录

绪说　明清古文与知识传承 …………………………………… (1)
 第一节　古与今:作为"语言-知识共同体"的古文 ……… (6)
 第二节　文与道:著作修辞与知识肌理 …………………… (16)

第一章　六经皆文与博涉子史:文章趣味下的知识秩序 …… (28)
 第一节　"经史体殊":知识史视野下的明代古文思想发展 ……… (28)
 第二节　经书评点及其文学经典化 ……………………… (38)
 第三节　从"六经"到"周文":典范上移与知识扩张 ……… (52)
 第四节　朱墨淋漓与含英咀华 …………………………… (68)

第二章　捕声捉影:"调法"批评与古籍的细部阅读 ………… (78)
 第一节　八股文批评与声调论 …………………………… (80)
 第二节　有迹可循:孙月峰之"调法"批评 ………………… (95)
 第三节　句读切分与调式讲求:从金圣叹到吴见思 …… (105)
 第四节　精粗虚实之间:阅读与诵读中的"声调" ……… (115)

第三章　原本性理与根柢经史:儒家知识秩序的再调整 … (126)
 第一节　"博学"与"返经":从晚明到清初 ……………… (126)
 第二节　杂学与博学:"根柢"说之演进 ………………… (138)
 第三节　"性理"优先与"经籍"优先 ……………………… (147)
 第四节　据鞍诵经与取证子史 …………………………… (158)

第四章　谈笑鸿儒:己未词科与清初"文""学"之辨 ……… (171)
 第一节　"师儒"还是"词臣":康熙帝之"鸿儒"观 ……… (175)
 第二节　举荐书与辞征揭:谈"学"论"文" ………………… (184)

第三节　从行卷到应试:阙下待考与征士的"文""学"交游 …… (195)

第四节　"博学鸿儒本是名" …………………………………… (200)

第五章　词章·理学·经学:雍乾间的特科与学术 …………… (205)

第一节　诗赋古文之事:乾隆博鸿之展开 ………………… (207)

第二节　理学真伪:学问与道德之间 ……………………… (214)

第三节　经学与著述:"经术士"之选拔 …………………… (221)

第六章　书院教育中的"文""学"秩序:以江宁钟山书院为中心 …… (229)

第一节　科举与"俗学":清代前中期书院教育的基本框架 …… (231)

第二节　官书与坊本:书院内外的古文阅读 ……………… (242)

第三节　古文课试与古学兴起 ……………………………… (253)

第四节　姚鼐与桐城"古文之学"的成立 …………………… (258)

第七章　体类与流别:《古文辞类纂》的知识渊源及学术史意义 …… (268)

第一节　"家数"传统下的辨体论 …………………………… (270)

第二节　从"类选"到"类纂":《古文辞类纂》分类系统的

形成 …………………………………………………… (279)

第三节　体类源流:"辨体"的知识传统 …………………… (289)

第四节　比类知义:《古文辞类纂》以"义"为核心的文体观 …… (303)

第八章　知识与裁断:清代金石学视野下的碑志文体批评 …… (318)

第一节　叙事传统与马迁风神:碑志典范问题的提出 …… (319)

第二节　史家义法与得统于经:对韩碑的辩护 …………… (325)

第三节　著史或勒石:"金石之文"独立性的强化 ………… (330)

第四节　以韩欧例秦汉:王芑孙对碑志正统的重构 ……… (343)

第九章　文以述学:清中期的文集编纂与"著作"观念 ……… (351)

第一节　从文体秩序到知识秩序:明清士人之别集编纂 …… (352)

第二节　经学体统与文体类分:《戴东原集》的两次编纂 …… (357)

第三节 "以赋装头"抑或"立言为先":学问三分与文集类例 … (364)
第四节 "子""集"之间:著作体例之选择 …………………… (380)

第十章 注经与行文:清代学术史上的"疏证"体 …………… (404)
第一节 "疏证"名义辨 ………………………………………… (405)
第二节 札记与疏证:从阎潜邱到戴东原 …………………… (416)
第三节 "证"与"疏":疏证体在乾嘉以降的流衍 …………… (435)
第四节 "附经"与"单行":注疏之文及其独立性 …………… (445)

第十一章 著作与性情:"私学"理想的潜流 ………………… (452)
第一节 "考据""著作"之辨与以"性灵"论学 ………………… (452)
第二节 性灵与性情:从诗学到古文经史 …………………… (458)
第三节 感动血气:音节与性情的贯通 ……………………… (469)
第四节 私言与私学:"性情"在学问领域的延展 …………… (480)

第十二章 学者愿著何书:题跋小课与汉学札记的经典化 … (492)
第一节 读书题跋:一种新兴课试文体的成立 ……………… (493)
第二节 考证刊谬:《四库》提要与题跋写作策略的新变 …… (499)
第三节 从"说部"到"考订":学术札记经典谱系的形成 …… (510)
第四节 题跋小课在晚清书院的流衍 ………………………… (516)

结语 文学史与思想史 ………………………………………… (526)
第一节 沉默的假想敌:"词章"如何介入"学问"? …………… (526)
第二节 分途抑或内外:"文""学"关系的再反思 …………… (529)
第三节 "文体"的时空属性与知识功能 ……………………… (534)

附录一 宋元理学家读书法与"唐宋八大家"经典谱系的形成 … (539)
一 先与后:理学家对文章工夫的讨论 ……………………… (541)
二 科举之"工程":元代理学家之读书法与教育实践 ……… (551)
三 家数与气象:以作家为中心的文统观 …………………… (559)

四　地域与师传:读书学文法在元明之际的流布 …………（566）
　　小结:理学与词章 ……………………………………………（571）

附录二　技法与考据:《古文辞类纂》词章之学的两个面向 ………（573）
　　一　文辞美恶与指示作法 ……………………………………（573）
　　二　圈点存废与著作之体 ……………………………………（579）
　　三　入室操戈:古文评语中的经史考据 ……………………（583）
　　小结 ……………………………………………………………（590）

参考文献 …………………………………………………………（592）

重要人名、术语索引 ……………………………………………（610）

后　记 ……………………………………………………………（614）

绪　说
明清古文与知识传承

  典、谟、爻、象,此二帝三王之言也。《论语》《孝经》,此夫子之言也。文章在是,性与天道亦不外乎是,故曰"有德者必有言"。
——顾炎武《日知录》卷十九《修辞》①

  夫博学强识而善言德行者,固文之贵也;寡闻而浅识者,固文之陋也。然而世有言义理之过者,其辞芜杂俚近、如语录而不文;为考证之过者,至繁碎缴绕而语不可了。当以为文之至美,而反以为病者,何哉?
——姚鼐《述庵文钞序》②

  在传统中国的语境中,"文学",尤其是士人精英之"文学",乃是"文章"与"学问"的统一体,又天然地蕴含了两者间微妙的张力。"文"与"道"的离合,在儒家正统的文论中,始终是一个最核心的问题。上引两段文字,一出于清初之顾炎武,一出于乾嘉间之姚鼐,内在却有一共同的观念基础:"知识"显现为"文章",两者当具有一致性。③ 知识真理,必有美好的"文章"以传;反过来,鄙俗、芜杂、琐碎的文字,便无法承载典正、精深、宏大的"知识"内容。顾炎武强调儒家经籍之"文章",姚鼐批评后世学者之"不文",一正一反两种立论,正可以显明地揭示出中国传统观念中处理"知识"与"文章"关系的基本框架。

---

  ① 顾炎武著,黄汝成集释,栾保群、吕宗力校点《日知录集释》卷十九,第1095—1096页,上海古籍出版社2013年版。本书引用点校本古籍,标点或略有调整,不再一一说明。
  ② 姚鼐著,刘季高标校《惜抱轩诗文集·文集》卷四,第61页,上海古籍出版社1992年版。
  ③ 顾炎武所言的"性与天道",用今天的概念,属于哲学和道德伦理方面的知识。姚鼐针对的是两种情况:一是"博学强识",即是经验的知识;二是"善言德行",则偏于道德方面的内容。严格说来,"道德"与"知识"当然不能完全等同,但姚鼐所说的是"言义理"者,即形诸文字的道德论述而非见于行动的道德实践,因此这里仍将其作为道德的知识,纳入"知识"的范畴之下讨论。借用宋明理学的术语,这或许可以作为一种"德性之知"。

《日知录·修辞》一节的论述方式,乃是引经据典,不但博征《尚书》《论语》《孝经》等圣人之制作,更直接诉诸《论语》原文的权威;而其理论的阐发,又正通过对典籍原文的解释展开。顾氏接下来进一步分辨"文章"对于"道"的意义云:

> 善乎游定夫之言曰:"不能文章,而欲闻性与天道,譬犹筑数仞之墙,而浮埃聚沫以为基,无是理矣!"后之君子,于下学之初,即谈性道,乃以文章为小技而不必用力,然则夫子不曰"其旨远,其辞文"乎?不曰"言之无文,行而不远"乎?曾子曰:"出辞气,斯远鄙倍矣。"尝见今讲学先生从语录入门者,多不善于修辞,或乃反子贡之言以讥之曰:"夫子之言性与天道,可得而闻;夫子之文章,不可得而闻也!"杨用修曰:"文,道也;诗,言也。语录出而文与道判矣,诗话出而诗与言离矣。"自嘉靖以后,人知语录之不文,于是王元美之《札记》、范介儒之《肤语》,上规子云,下法文中,虽所得有浅深之不同,然可谓知言者矣。①

《日知录》针对"性与天道"与"文章"的关系,引述北宋理学家游酢之说②,认为"不能文章,而欲闻性与天道"无异于以"浮埃聚沫"为基而筑墙,极为虚诞。以地基和墙体为喻,事实上承认了"文章工夫"对道德修养、天理体认的积极意义,在儒学的系统中赋予"文章"一个极重要的地位。不过,游酢之说,与宋代理学家申述同一命题的主流思路并不同调。如程颐有著名的"作文害道"之论:

> 人见六经,便以谓圣人亦作文。不知圣人亦摅发胸中所蕴,自成文耳,所谓"有德者必有言"也。〔……〕游、夏亦何尝秉笔学为词章也?③

同样是由根据"有德者必有言"立论,顾炎武的说法与程颐"摅发胸中所蕴,自成文"的解释实为异趣;与朱熹用"根本""枝叶"的比喻谈文道关系也

---

① 《日知录集释》卷十九,第1095—1096页。所引杨慎"文,道也"云云,见《丹铅总录》卷二十三(瓆语类第二十四条),杨慎撰,丰家骅校证《丹铅总录校证》下册,第1085页,中华书局2019年版。
② 游酢乃二程之弟子,又与杨时(龟山)相友;二程之语录,不少出于游酢所记。但《朱子语类》已云"游定夫学无人传,无语录";又对其晚年入禅学多有批评("看道理不可不子细。程门高弟如谢上蔡、游定夫、杨龟山辈,下梢皆入禅学去,必是程先生当初说得高了,他们只瞟见一截,少下面着实工夫,故流弊至此")。见黎靖德编,王星贤点校《朱子语类》卷一百一,第2556—2557页,中华书局1986年版。
③ 《河南程氏遗书》卷十八《伊川先生语四》,程颢、程颐著,王孝鱼点校《二程集》,第239页,中华书局1981年版。本书在引文中用六角括号〔〕标识出笔者加入的省略号和补充说明性文字。

大不相同①。相比之下，游酢是理学家中对文章技艺较为肯定者②，亭林在此特意援引游氏之言，可谓别具只眼。此引"筑墙""浮埃"之论，于世罕传，此前见于明代杨慎之称引：

> 游定夫一帖与友人曰："不能博学详说而遽欲反约，不能文章而遽欲闻性与天道，犹之欲立数仞之墙，而浮埃聚沫以为基，绨兮绤兮而欲温，吸风饮露而欲饱，无是理矣！近日厌穷理之烦，而贪居敬之捷者，安得以是说告之！"③

杨慎所述《游定夫帖》，可能是依据当时流传的游氏书信稿。而《日知录》下文恰恰又引用杨慎文与道判、诗与言离之论，可见亭林之剪裁旧说，实有匠心，当非泛泛而及。不仅如此，《日知录》在此本身亦有其"修辞"之策略：一方面诉诸先秦经籍，连引《周易·系辞下》《左传·襄公二十五年》以及《论语·泰伯》之语，证明重"文"有其经典的源头；另一方面，在"引经据典"之中又玩索、拆解、重新诠说经典文本，实际上对"有德者必有言"的命题作了一次"反转"式的阐释——既然"有德"是"有言"的充分条件，那么反过来，"无德"便是"无言"的必要条件，换言之，"无言者必无德"。通过这一巧妙的转换，"言语""文章"的重要性获得凸显。

《日知录》关于修辞的论述，无疑与《述庵文钞序》一样，并不仅仅是"文学史"的问题，而是以整个学术史、思想史为大背景。换言之，顾、姚都是从"文章"的角度，以"文""道"之离合，反思宋代以降儒学的发展。其大旨在于重新认识"文"的价值。顾炎武举出王世贞的《札记》和范守己的《肤语》作为典范，将其渊源于扬雄《太玄》《法言》、王通《中说》等，乃是上溯儒家著作之

---

① 从韩愈到宋儒对"有德者必有言"的理论推阐，参见张健《知识与抒情：宋代诗学研究》第一章及第六章，北京大学出版社2015年版。

② 例如，游酢释《论语》"游于艺"云："游于艺，所以守仁也。本末内外交进而不遗，则于宅心而执厥中，亦何患于弗克哉。"（《游廌山集》卷一《论语杂解·志于道章》，《景印文渊阁四库全书》第1121册，第639页）即是论述文章技艺对道德养成的作用。张健《知识与抒情：宋代诗学研究》第六章《文道关系的再调整：理学家的文道论述》深入讨论了宋代理学家对文道关系的观念。张著通过考述、辨析不同理学家关于"道""艺"关系的论述，指出游酢是理学家中"明确肯定其〔艺〕与道德关系者"（第306页）。

③ 杨慎《太史升庵文集》卷七十五，《明别集丛刊》第2辑第31册，第72页。今考游酢《论语杂解》对"夫子之文章"一章的解说，未见此说；集中其他部分，亦无类似之语；唯ாய"二三子以我为隐乎"章时讲道："子贡曰'夫子之言性与天道不可得而闻也'，是性与天道，仲尼固尝言之，曷尝有甚高不可测之论，大而无当，不近人情乎？盖亦不离于文章也。"可以窥知游氏对"性与天道"不离"文章"的看法。《游廌山集》卷一《论语杂解》，《景印文渊阁四库全书》第1121册，第636页、第639页。

"文"的传统,对抗语录之"不文";标举王、范之笔记体著作,潜在又不无为清儒之为学、为文确立典范之意。① 戏仿"文章可得闻"以为反语,讥刺"讲学先生"从语录入手而不善修辞之弊,其论正下启姚鼐的论说——只不过姚鼐在批评语录家"俚近不文"之外,又增入考证家"繁碎不文"这一方面;其心目中或也有讲求经学,"发挥义理,辅以考证,而一行以古文法"的自信。② 由此可见,在清人自身的观念架构中,"文章"的问题与"学术"的问题相互纠结,构成了清代前中期学术史与文学史发展的一条重要脉络。③

"文"与"学"之互动,在清代便集中体现为一种"博文"的精神:不论"治学"抑或"为文",都需要经经纬史、穿穴百家,发为著述。在西方知识的浪潮大举冲击之前,对古代典籍的发掘、梳理和深入阅读,是为中国传统士人塑造其知识世界的主要方式。顾炎武既对明代学者之"言心言性"深下针砭,而药世之方,便在"博学于文"。其《与友人论学书》也以"颜子之几乎圣也,犹曰'博我以文'"作为经典依据,论证圣人为学,"下学而上达"之宗旨,并由此提出他著名的座右铭:

  愚所谓圣人之道者如之何? 曰"博学于文",曰"行己有耻"。④

---

① 从写作方式看,《太玄》拟《周易》,《法言》《文中子》拟《论语》,可以归为"拟经体"的子书;而王世贞《札记》、范守己《肤语》都属于笔记体的作品,体裁其实与扬雄、王通之书有别。王世贞《札记》收入其《弇州山人四部稿》卷一百三十九至卷一百四十,属于"说部";其书分为内外两篇,据王氏自序,乃其"卧疴斋室,无书史游目,因取柿叶,得辄书之","其内多传经,外多传史",属于以谈经论史为主的笔记体著作(见许建平、郑利华主编《弇州山人四部稿》,第3425页,上海古籍出版社2021年版)。范守己《肤语》收入其《御龙子集》卷一至卷四,分"化育""性命""心学""酬物""政事""礼乐""订经""订传""稽古""诸子""文章"等类,"胪分条解"而成书,亦笔记体(参见《肤语》卷首有陆树声《肤语引》对其内容、体例的介绍,《四库全书存目丛书》集部第162册,第527页,齐鲁书社1994—1997年版)。顾炎武影响有清一代学术之作,也正是笔记体的《日知录》,他推崇王、范之作,或有为笔记体张目之意。

② 陈用光《姚先生行状》,《太乙舟文集》卷三,《清代诗文集汇编》第489册,第553页,上海古籍出版社2010年版。

③ 清代是中国古典学术思想的成熟期和集成期。清代文人学者对古文经典、文体源流颇有深入思考,对"文""学"互动关系,更是有自觉的反思,著名的"义理、考据、词章"三分之说,即为其中代表。因此,选择以清代为焦点时段,可以预期在丰富的文献资料支持之下,对相关问题获得更为深入、细腻的理解。具体而言,本书考察的核心时段是清初至乾嘉之际,故统称为"清代前中期"。同时,本书认为,清代古文和学术发展的许多问题都有必要追溯到明代的文学复古思潮;乾嘉学术的许多议题,在道咸以降有充分的展开和自觉的理论总结。因此,各章节会视具体论题研讨所需,略有上下,盖法钱穆先生《中国近三百年学术史》之例也。晚清时期传统学术思想和文学表达受西潮影响,时代重心和主要议题皆有变化,故不在本书研讨范围之内。文体方面,既以古文为核心,同时亦尝试扩展"文章"之概念,结合清代特点,将注疏之文、札记之文等纳入视野。八股时文和骈文也是"文章"的重要组成部分,在明清文学史上具有重要地位,且与古文存在诸多互动,本书亦根据论题相关略有涉及;但由于相关领域牵涉甚广,故暂不能作全面展开,希望留待今后进一步研究。

④ 顾炎武著,华忱之点校《顾亭林诗文集·亭林文集》卷三,第40—41页,中华书局1983年版。

按《论语·子罕》记颜渊之叹云"夫子循循然善诱人,博我以文,约我以礼,欲罢不能"①。《雍也》篇亦载孔子"君子博学于文,约之以礼"之教。角度虽异,义旨则同②。所谓"文",孔安国云"夫子既以文章开博我",皇侃谓"孔子广以文章诱引于我"③,皆以"文章"训释之。亭林此言,正从《论语》博文约礼之教转出;他所谓"博学于文",自当熔经术、治道、博闻于一炉,而读经考文,则是其核心④。清代学人引述、阐释"博文"时,往往喜好将其与文章和经籍阅读联系起来。例如,王昶在为友教书院所立的规条中,便以"博学"为教,先引孔子"博学于文"、颜子"博我以文"、子思"博学审问"等经典论述,主张"博学者,圣学之所从入也";次复要求士子"应将经、史、子、集,以次浏览,务期博雅闳通,不愧儒林文苑"⑤。可见其心目中"博文"的具体涵盖范围。乾隆五十八年(癸丑,1793)的会试策问,也拈取《论语》的"博学于文"发端,首先提问"'文'即艺欤?《汉艺文志》《隋志》何以曰'经籍'欤"⑥,从目录学的视角暗示了"文"作为文献典籍的本义⑦;次复要求考生就楚辞、六朝及唐代骈文、唐宋古文、明代时文及古文、乾隆御制文等问题阐述历代文章流变⑧。"博我以文",不但代表了博观典籍、以"文"求"学"的观念和实践,同时也是古人的思想、文化通过"文章"读写,与后人的心灵、性情融会浃洽的过程。在这个意义上,绵延不绝的古文传承,正以其"语言共同体"的身份,

---

① 《四书章句集注·论语集注》卷五,第111—112页,中华书局1983年版。刘宝楠撰,高流水点校《论语正义》卷十,第338页,中华书局1990年版。

② 《四书章句集注·论语集注》卷三,第91页。刘宝楠《论语正义》卷七,第243—244页。《朱子语类》卷三十三云:"或问'博之以文,约之以礼,亦可以弗畔',与颜子所谓'博我以文,约我以礼',如何?曰:'此只是一个道理,但功夫有浅深耳。若自此做功夫到深处,则亦颜子矣。'"(第834—835页)可见两章之关系。孙钦善《论语本解·雍也第六》(第74页,生活·读书·新知三联书店2009年版)亦对两章关系有论述,可参。

③ 分别见《论语注疏》卷九,何晏《集解》引孔安国说,《十三经注疏》第5册,第5409页,中华书局2009年版。皇侃《论语义疏》卷五《子罕第九》,第310页,广西师范大学出版社2018年版。宋儒以"格物致知"释"文",已是阐发新义,见朱熹《四书章句集注》引"侯氏"说,第111页。

④ 《顾亭林诗文集·亭林文集》卷四《与人书二十五》:"某自五十以后,笃志经史〔……〕别著《日录》上篇经术,中篇治道,下篇博闻共三十余卷。"(第98页)《亭林文集》卷四《答李子德书》:"愚以为读九经自考文始,考文自知音始。"(第73页)

⑤ 《春融堂集》卷六十八《友教书院规条》,《续修四库全书》第1438册,第327页,上海古籍出版社1994—2002年版。

⑥ 吴省钦《白华后稿》卷十六《乾隆五十八年会试策问》,《清代诗文集汇编》第372册,第103—104页。考《高宗纯皇帝实录》卷一千四百二十四(《清实录》第27册,第48页,中华书局1985—1987年版),当年吴省钦为会试副考官,此殆其所拟试题。

⑦ 关于"艺文"之名义,顾实《汉书艺文志讲疏》释曰"艺,六艺也","文,文学也"(第1页,上海古籍出版社2009年版);李零《简帛古书与学术源流(修订本)》亦指出"《汉书·艺文志》的'艺文'和《隋书·经籍志》的'经籍','艺'与'经'含义相近,'文'与'籍'含义相近,前者即'经艺',后者则是'文学''图籍'之泛称"(第245页,生活·读书·新知三联书店2008年版)。

⑧ 《白华后稿》卷十六《乾隆五十八年会试策问》,《清代诗文集汇编》第372册,第104页。

建构了一个博大而生长不息的"知识共同体"。

第一节　古与今：
作为"语言-知识共同体"的古文

"文章"与"学问"最直接也是最基本的关联，便是其共享着一套文本资源和语言系统。从历史语言学的观点看，不论是口头语言抑或书面语言，毫无疑问都处于不断的发展变化之中。先秦辞令之口吻，必与魏晋有别；唐宋文章之词句，也当与明清不同。然而，中国传统文家在文体风格、章句法度上的"复古"追求，事实上将"古文"形塑为一个相对均质、统一的语言体系，古文以恒常之文法，承载不变之大道、正统之知识，可以视为一个"语言-知识共同体"①。韩愈自题其《欧阳生哀辞》后云：

愈之为古文，岂独取其句读不类于今者邪？思古人而不得见，学古道则欲兼通其辞。②

韩愈在此强调以道为本、文辞为末，但显然也指出了"古文"与当时一般通行之文章句读不同的特点。这种"句读不类"，既涉及骈散文体之别，亦当有用字奇崛、句法艰涩方面的因素，即他称许樊宗师的"词句刻深，独

---

① 近年来，学界对中国古代的"语言共同体"及其文化意义问题已有触及。例如平田昌司指出科举制度塑造的权威"科举语言"维持了隋唐至明清的"知识共和国"；而其关注点主要在音韵问题（《文化制度和汉语史》，北京大学出版社2016年版）。商伟批评现代学者将古代纷繁的文体都笼统归入"文言文"的名目之下，但也认为汉字使用者进入了一个由字符构成的"文明"共同体（"Writing and Speech: Rethinking the Issue of Vernaculars in Early Modern China", in Benjamin A. Elman ed. *Rethinking East Asian Languages, Vernaculars, and Literacies, 1000–1919*, Brill, 2014. 该文中文版有增改，见《读书》2016年第11—12期）。张伯伟在对朝鲜时代女性诗文的研究中，提到女性使用汉字写作则能与男性构成"统一的知识共同体"，则处理了汉字及诗文写作向周边国家扩展的问题（《汉字的魔力——朝鲜时代女性诗文新考察》，《中国社会科学》2018年第3期）。这些讨论对本书的思考颇有启发。本书将古文视为一个"语言-知识共同体"，含义与前贤有所不同，非谓语言背后的人群，而是指语言和知识本身构成的统一体；其内涵则主要侧重以下三个方面：（一）此"语言-知识共同体"的语言层面，包括语音、文字、句法、文体乃至著作的书写、编纂形式等要素，本书的讨论又尤其聚焦文体和修辞风格。（二）本书旨在探索此共同体中语言（文章）与知识（学问）的互动关系。（三）本书探讨"共同体"，不仅考虑其同一性，更关注其内部的差异性，即不同语言成分（各种写作体式）和知识成分（经、史、子、集等）如何被统合到一起。

② 马其昶校注，马茂元整理《韩昌黎文集校注》卷五《题哀辞后》，第340页，上海古籍出版社2014年版。

追古作者为徒"①。宋代柳开亦云"古文者,非在辞涩言苦,使人难读诵之"②,虽也是批评之语,但与韩愈之说相似,也不妨作背面观——一般人学习古文,最直接的关注就是其语言属性之"不类于今"。后世古文家对"古"的程度、层次的追求或有不同,但恰恰都要以自己的方式理解、运用古人之语言,作为"尚友"往圣昔贤、与古人"对话"的基础。韩愈《进学解》述为文之道云:"上规姚姒,浑浑无涯;《周诰》《殷盘》,佶屈聱牙;《春秋》谨严,《左氏》浮夸;《易》奇而法,《诗》正而葩;下逮《庄》《骚》,太史所录,子云、相如,同工异曲。"③综合学习上古三代到西汉之文籍著述,正是要融会贯通,探寻其中"同工异曲"之古文文法。在这个意义上,"古""今"之间的时代距离不仅是可以跨越的,而且是必须跨越的。"古文"的阅读者和写作者,追求的绝非已为陈迹之"古代",而是一个超越了时代、永恒普遍的语言共同体。正因如此,"古"是可以学习、模仿而达到的;通过"诵其诗,读其书",并且以与古人相同的语言表达自我,后世之文人学者也就进入了一个传世"不朽"的知识世界。

从语言演变看,自三代以迄明清的古文之"法",不可避免地存在着丰富的历时变化。事实上,古人对此也并非没有体认。如刘知几《史通·言语》便指出"三传之说,既不袭于《尚书》;两汉之词,又多违于《战策》,足以验氓俗之递改,知岁时之不同"④。陈骙《文则》认为"商《盘》告民……用民间之通语,非若后世待训诂而后明"⑤。正因如此,古文的写作者,就需要面对历史语言演变与共时书写系统之间的微妙张力。寻找一种超越了时代的共通、普遍"文法",一种常见的途径是聚焦于相对稳定的要素,而其中最为重要者,或许当推虚字。元代胡长孺为卢以纬《语助》作序云:"庄、左、马、班,手

---

① 《韩昌黎文集校注》卷三《与袁相公书》,第249页。有关韩愈散文的语言特点,参罗联添《韩愈研究》第七章《韩文评论》,台湾学生书局1981年版;王运熙《韩愈散文的风格特征和他的文学好尚》,《古典文学论丛·复旦学报(社会科学版)增刊》,上海人民出版社1980年版。有关韩愈古文中骈散之对抗与融合,参刘宁《从"务反近体"看韩愈文章复古的激进追求》,《文学评论》2022年第1期。

② 柳开撰,李可风点校《柳开集》卷一《应责》,第12页,中华书局2015年版。

③ 《韩昌黎文集校注》卷一《进学解》,第51页。郭锡良从语言学的角度亦指出,"在实践上韩文的语言也确实是遵循先秦的语法系统",并举了词类活用、不用系词"是"等现象为例证(《汉语历代书面语和口语的关系》,收入《汉语史论集[增补本]》,第614页,商务印书馆2005年版)。当然,"从语法方面来看,韩文的基本面貌还是和先秦两汉一致的",但另一方面韩愈的古文语言也不可避免地有其时代特征,如双音词、唐代口语词的使用等(《韩愈在文学语言方面的理论和实践》,同上书,第598—602页)。

④ 刘知几著,浦起龙通释,王煦华整理《史通通释》卷六,第139页,上海古籍出版社2009年版。

⑤ 王水照编《历代文话》第1册,第158页,复旦大学出版社2007年版。

段固殊,韩、柳、欧、苏,家数亦别;然资助于余声接字,同一律令,作文者不于此乎参,其能句耶?"①正是指出春秋而下直至唐宋,古文中虚词助语之用法有大致的共性,可以归纳为一套统一的"律令"。明人谚语所谓"之乎者也矣焉哉,用得成章好秀才"②,虽系戏谑之语,却也未必不能透露普通人学习古文、时文写作时重视虚字的情形。

第二种归化"古奥"的途径,则是用"奇正"的观念框架处理"古今"之别:与后世文法习惯不尽相同的古书词句,被视为文章"奇变"之法,因而也可以作为一种修辞方式融入当下的写作。例如袁宗道曾批评明人对"奇字奥句"的理解:

> 今人读古书,不即通晓,辄谓古文奇奥,今人下笔不宜平易。夫时有古今,语言亦有古今。今人所诧谓奇字奥句,安知非古之街谈巷语耶?③

袁宗道此论,主要是批评李梦阳等人之复古,但也恰恰从反面折射出复古学文之内在观念。明代中期之后,这种"奇奥"的批评在古籍阅读中大行其道。例如《考工记》中"庐人"之"庐"训为"戈戟之柄",不甚常见,陈深称其为"神奇制字"④。《左传·昭公十六年》记子产语"侨闻君子非无贿之难,立而无令名之患",孙鑛谓其"调甚古峭",则当是着眼于"非……之难,……之患"句式的"倒装"感。王夫之批评孙鑛"剔出殊异语以为奇峭,使学者目眩而心荧"⑤,正与袁宗道之论相类,指向这种以"古"为"奇"的批评思路。至清代,此风亦不衰息。如《史记·秦始皇本纪》所载刻石文字,乾隆间牛运震批云"高古质峭,先秦文字本色,中有奇奥之理、鸷悍之气";《匈奴列传》记中行说语"必我行也,为汉患者",牛氏批"倒句法,古拗"⑥;亦皆是针对秦汉古文在句式或整体风格等方面有别于后世之特色。此类"读法"固然对古籍

---

① 《语助序》,卢以纬著、王克仲集注《助语辞集注》,第183页,中华书局1988年版。序末署"泰定改元龙集阏逢困敦端月既望"即泰定元年甲子(1324)。

② 田艺蘅《留青日札》卷一《诗用之乎助语》,第102页,上海古籍出版社1985年版(《瓜蒂庵藏明清掌故丛刊》本)。按此说形成可能更早。南宋郑清之《安晚堂集》卷七《(病后和黄玉泉韵)再和前韵》:"若时风雨候三台,忧国丰年几人怀。执戟未愁方朔死,闭门唯喜子桑来。人间宰相真如梦,天上群仙讵可阶。事业镂冰何所有,之乎者也矣焉哉。"乃是以"之乎者也矣焉哉"戏称台省生涯。(《宋集珍本丛刊》第75册,第562页,线装书局2004年版)

③ 袁宗道著,钱伯城标点《白苏斋类集》卷二十《论文》,第283页,上海古籍出版社1989年版。

④ 《周礼训隽》卷一,《四库全书存目丛书》经部第82册,第243页。

⑤ 《夕堂永日绪论外编》,王夫之著,戴鸿森笺注《姜斋诗话笺注》附录,第223页,上海古籍出版社2012年版。

⑥ 牛运震撰,崔凡芝校释《空山堂史记评注校释(附史记纠谬)》卷一,第42页;卷九,第647页,中华书局2012年版。

不无"误读",但却是明清文家化古人语为我之口吻的一层重要因缘。

熔"古"铸"今"的第三种,或许也是应用最为普遍的一种途径,乃是分划文章修辞的不同层次,因之以吸纳不同时代古文的特征。明清以降,士人的"古文"习学,面对的主要是"秦汉"和"唐宋"两大传统。主秦汉者侧重以字句模拟而求"古"之气象,主唐宋者借由抑扬开合等篇章之法而通"古"之神明①,其学习取法的对象不同,但背后共同的观念,都是要在"古典"中体贴、归纳出一套适用于"今人"的文章法度。王世贞尝述李攀龙之语云:"今夫《尚书》《庄》《左氏》《檀弓》《考功》《司马》,其成言班如也,法则森如也,吾撷其华而裁其衷,琢字成辞,属辞成篇,以求当于古之作者而已。"②正可道出这种从经、史古籍中提炼文法的观念,得其法,则今之作者可以"当于古之作者"。唐顺之所谓"自古以来开阖首尾经纬错综之法"③、王慎中所言"其作为文字,法度规矩一不敢背于古"④,所关注者,亦在"千古文章"中寻绎出亘古不变之轨范。析言之,学秦汉者之途辙乃是"以今拟古",力求还原先秦两汉文本的样貌;学唐宋者之路径,乃是"化古从今",以韩、欧等大家之笔法容摄六经以至《左》《国》《史》《汉》等文献。然其通古今之邮的理念,则固有殊途而同归处也。在此观念背景下,试图调和秦汉、唐宋两个传统者,一种论述策略是强调两者的共性和渊源关系。如唐顺之在其《董中峰侍郎文集序》中主张,"汉以前之文","法寓于无法之中","其为法也密而不可窥","唐与近代之文","毫厘不失乎法","其为法也严而不可犯"。⑤ 其逻辑前设,乃是认为秦汉与唐宋古文具有共同的"法",只不过前者隐而后者显、前者无形而后者有迹而已。正因如此,唐宋文实际上就是秦汉文的优秀继承者:故王慎中声言"学马迁莫如欧,学班固莫如曾"⑥,艾南英认为"韩欧者,吾人之文所由以至于秦汉之舟楫也"⑦,其意皆无外乎以唐宋大家为《左》《国》《史》《汉》与

---

① 参见郭绍虞《中国文学批评史》下卷第三篇第四章《与前后七子不同之诸家》,第 233—234 页,商务印书馆 1947 年版。大多数提倡唐宋文者,如唐顺之、茅坤、归有光以至清代桐城诸家,实际上也是要以韩、柳、欧、苏等唐宋大家上窥秦汉文章之妙,就其究竟而言,也是以先秦两汉文章为最高目标,这一点与主张"文必秦汉"的前后七子亦有相通之处。

② 《弇州山人四部稿》卷八十三《李于鳞先生传》,第 2150 页。按"《考功》",殆指《考工记》。关于王、李文章复古的具体表现,可参罗宗强《明代文学思想史》第十一章《文学复古思潮的再起》,中华书局 2013 年版。

③ 《荆川先生文集》卷十《董中峰侍郎文集序》,马美信、黄毅点校《唐顺之集》,第 466 页,浙江古籍出版社 2014 年版。

④ 《遵岩先生文集》卷三十八《与江午坡书一》,《明别集丛刊》第 2 辑第 84 册,第 467 页,黄山书社 2015 年版。

⑤ 《荆川先生文集》卷十《董中峰侍郎文集序》,《唐顺之集》,第 466 页。

⑥ 《遵岩先生文集》卷四十一《寄道原弟书·十六》,《明别集丛刊》第 2 辑第 84 册,第 520 页。

⑦ 艾南英《天佣子集》卷一《答陈人中论文书》,《明别集丛刊》第 5 辑第 39 册,第 26 页。

蒙叟、孟子之嫡传,由此论证学秦汉文也须以唐宋为阶①。此外,论者也可以主张从不同时代汲取不同的文法要素,将其融会贯穿为一个整体。如晚明屠隆主张"作者必取材于经史,而镕意于心神,借声于周汉,而命辞于今日"②;乾隆间范泰恒主张"以秦汉培骨力,以唐宋立间架",还将这种作文之法比喻为冶炼金属:

> 譬如融金宝、铜锡而为之器,斑斓始出。去金宝,冶铜锡,而曰"苟可以适用而已",即光气安在乎?③

对于后世作者,化用秦汉、唐宋文的字句篇章之法,将其与自己的笔墨熔为一炉,正是文字中精光神气之来源。与此"冶金"之譬相类,桐城派文家则以"和声"为喻,提倡"古人之音节都在我喉吻间"④,通过熟读吟诵,与古人心口相适。至于古典传统内部的差异,方苞认为"秦、周以前,学者未尝言文,而文之义法无一不之备焉";"唐宋以后,步趋绳尺,犹不能无过差"⑤。虽立场与前述唐顺之《董中峰侍郎文集序》恰恰相反,但其"无法""有法"之辨,却恰恰与荆川相合。姚鼐弟子刘开则从"文体"的角度进一步推衍此说,认为西汉之文但有奏对、封事等"告君之体"和少量的书、序之文,而唐宋古文家开创了更丰富的文体谱系,如韩愈之赠序、碑志,柳宗元之山水杂记,欧、苏、王、曾之序事、策论、序经、记学,各称擅场,故曰"文之义法,至《史》《汉》而已备,文之体制,至八家而乃全"⑥,古往今来的文章写作都有百虑一致之"义法",其法在《史记》《汉书》中已然具备,此论正承方苞而来;唐宋八大家的创

---

① 对此前人论之较详,如郭绍虞《中国文学批评史》下卷第三篇第四章《与前后七子不同之诸家》论唐顺之时指出"由秦汉文之气象以学秦汉文,仅成貌似;由唐宋文之门径以学秦汉文,转可得其神解"(第236页);第五章《明末之文学批评》也称艾南英继承唐顺之,以神理学秦汉(第303页);第四篇第二章析论清代桐城派文论之建立,更主张方苞"义法"之说系对明代秦汉、唐宋两派的融合而系统化(第359—360页)。袁震宇、刘明今《明代文学批评史》第四章第五节《唐宋派》谓王、唐、归、茅等"主张师法唐宋,即是要由唐宋入秦汉,以至上绍六经"(第213页,上海古籍出版社1991年版)。黄卓越《明中后期文学思想研究》详细分析了唐宋派诸家对秦汉文的态度,指出唐顺之"沿唐宋以窥秦汉"的思路从早年的《董中峰侍郎文集序》"隐现不定地一直贯穿到后期《文编》的编纂中";王慎中认为西汉文离三代较远,但对马班之文仍有肯定和表彰;茅坤、归有光推崇《史记》,则是将西汉视为六经的薪传和嗣响。见是书第五章《唐宋派与前七子之争》,第184—185页、第190—194页,北京大学出版社2005年版。
② 《由拳集》卷二十三《文论》,《续修四库全书》第1360册,第294页。
③ 《燕川集》卷十一《上张南华夫子书》,《清代诗文集汇编》第337册,第439页。
④ 刘大櫆《论文偶记》,《历代文话》第4册,第4117页。
⑤ 方苞著,刘季高校点《方苞集》卷五《书韩退之〈平淮西碑〉后》,第111页,上海古籍出版社2008年版。
⑥ 《刘孟涂集》卷四《与阮芸台宫保论文书》,《清代诗文集汇编》第543册,第522页。

造,在于确立后世通行的碑志序记等各种文体,这则是刘开阐释学古文者必从唐宋入手的新角度。由此,他主张"以汉人之气体,运八家之成法",将历代古文经典皆融会入当下的写作之中。

正是在这种通贯古今的"文法"观念下,从先秦经典直到明清的古文写作,可以被视为一个"语言共同体";经、史、子、集等在目录学观念下分属不同部类的文献,都可以入于"古文"之域。换言之,"古文"之范围绝不仅仅限于"集部",而是出入四部之间。董其昌尝对古来文章演进之大势有一精要的概括:

> 作者虽并尊两司马,而修词之家,以文园为宗。〔……〕自汉至唐,脉络不断,丛其胜会,选学具存。昌黎以经为文,眉山以子为文,近时哲匠王允宁、元美而下以史为文。于是诗赋之外,选学几废。盖龙门登坛,而相如避舍矣。①

按董氏所论,唐代以前是"选学"的时代,篇翰之文,与姬孔之经、纪事之史、诸子之书不相杂厕;唐代古文运动,则开启了以经、子、史为文的时代。这种出入四部的"文章"观念,在明清时期尤为凸显。董氏之前,李东阳即有"文之见于世者,惟经与史:经立道,史立事"之论,并认为后世文章,"若序、论、策、义之属,皆经之余;而碑、表、铭、志、传、状之属,皆史之余也"②。这是从文体源流关系上说。清代阮元则更直接地指出,自己集中诸作,当"以经、史、子区别之"③;其立场虽在于以"文笔之辨"解构古文家之文章概念,但却恰恰折射出当时士人日常写作主流之"古文"(阮元以之为"笔"),实际上并不局限于狭义的用韵比偶、长言咏叹之"文",而是与经传注疏、史学载籍、诸子百家等书籍或学术类型存在深入的交涉。

在近代以前,四部古籍文献一直是中国士人获取知识的主要途径。④ 因

---

① 《容台文集》卷四《餐霞十草引》,《明别集丛刊》第4辑第47册,第431页。参见钱锺书《管锥编·全晋文卷九七》对此的讨论,第3册,第564—565页,生活·读书·新知三联书店2001年版。
② 李东阳著,周寅宾点校《李东阳集·文后集》卷四《篁墩文集序》,第976页,岳麓书社2008年版。
③ 《揅经室续集自序》,《揅经室续集》卷首,哈佛燕京图书馆藏道光扬州阮氏刻本。
④ 当然,中国传统古籍只是构成士人知识世界的资源之一。在明清时期,至少还有另外两种知识资源值得注意:一是通过技术实践、商业活动等积累的实用知识,反映在如宋应星《天工开物》、李晋德《客商一览醒迷》《天下水陆路程》等书籍之中;二是通过传教士渐渐从域外传来的西学知识,反映在如利玛窦《山海舆地全图》、利玛窦与徐光启合译《几何原本》、金尼阁《西儒耳目资》等书籍之中。不过,直到晚清近代以前,来自传统古籍的文献知识在大多数读书人的思想世界中仍占据着主流、优势的地位,甚至在一定程度上还会影响士人对于"新知"的接受,参见葛兆光《中国思想史》第二卷第三编第一节《天崩地裂(上):当中国古代宇宙秩序遭遇西洋天学》以及第二节《天崩地裂(下):古代中国所绘世界地图中的"天下""中国""四夷"》的相关讨论,复旦大学出版社2001年版。本书希望强调的是,"古文"在明清时期士人教育、文化传承中扮演的重要角色,正不断强化"古书"文献在知识领域的统治地位。

此,作为"语言共同体"的"古文",实质上又是一个广博阔大的"知识共同体"。"文章"作为教育的一大重心,相当程度上也影响了这一知识共同体的呈现。宪章六经,宗法《史》《汉》,步武八家,追蹑诸子,"文章范本"一转身便是"知识资源"。何种知识能进入士人的阅读视野,何种知识被有意或无意地遗忘,文章典范的选择、编纂,实际上发挥着不小的影响。明代中期以后出版业繁荣,搜集、整理、刊刻乃至伪造古书蔚然成风;同一种书籍,又可以通过汇编、合刊、评点本等种种样态流通于世。"文章"之趣味,是其中一大推动力:不但先秦子书以及《山海经》、汲冢竹书、《穆天子传》等也被作为"奇辞""巨文"来欣赏,即就经书而论,多种多样的评点本、高头讲章、注疏著作也展现出远较正统"经学"为丰富的图景。这些文献展现出经籍文本流行的不同层次,折射出取径各殊的阅读行为,正可为我们进入明清士人的精神世界提供一条生动的通路。

当然,除了广博的一面,"古文"内部亦存在纵深或层次的分划。这一"语言-知识共同体"乃是以儒家经典为中心,注疏为其羽翼,史籍、子书为其支流,释典道藏以及其他"怪力乱神"的知识为其边缘。在浩如烟海的文籍之中,何为需要讽诵、精研的核心经典,何为可以泛览、流观的一般作品,此类问题实际上可以影响普通士人对文献知识的接受范围和认知方式。通过筛选"文苑英华",排斥"鄙倍不雅驯"之言,在"博观"与"约取"的互动之中,某种"知识秩序"便被建构起来。作为一个"语言-知识共同体",语言的合法性与知识的合法性,常常是一体两面。顾炎武讥讽"讲学先生"不善修辞,实际上就是从"语录不文"的角度指斥宋明理学之流弊。这一思路上承杨慎的"语录出而文与道判矣"①,下启钱大昕的"语录行而儒家有鄙倍之词"②,成为明清时期"宋学"批判的一个重要"话头"③。至清代,方苞、李绂等文家则引入了更多禁忌,不但"古文中不可入语录中语、魏晋六朝人藻丽俳语、汉赋中板重字法、诗歌中隽语、南北史佻巧语";他如"佛老唾余""训诂讲章""时文评语""传奇小说""颂扬套语""市井鄙言"等等,皆在避禁之列。这些论述,其实也显示出"古文"作为语言共同体的弹性——口语、骈句、佛道词汇在写作实践中都有进入古文的可能。明末陈龙正尝云:

> 学古文词者,往往漫无本领,不用《世说》句,即以为不韵;不带曲谱

---

① 《丹铅总录校证》下册,第 1085 页。
② 钱大昕著,孙显军、陈文和点校《十驾斋养新录》卷一八"语录",陈文和主编《嘉定钱大昕全集(增订本)》第 7 册,凤凰出版社 2016 年版,第 477 页。
③ 关于此问题的讨论,可参拙文《言文之间:汉宋之争与清中后期的文章声气说》,《文学遗产》2022 年第 1 期。

字,即以为不艳。噫! 陋也极矣!①

这一观察,不但与上述"古文辞禁"相似,从反面折射出古文容摄异质语言要素的可能性,同时也道出了此类"渗透"的原因:为"古文"表达增添不同的语言风貌。这些不同语言类型,都负载着不同的知识内容,因而对"古文必须典雅"②的追求,正不无规限学文者思想世界的用意。哪些知识需要被置于文人修养的中心,哪些则当被批判乃至"放逐"? 不同类型的知识之间,具有怎样的有机联系? 关于不同知识经典地位、相对关系,便形成了整个共同体内在的"知识秩序"。考察文人学者阅读和写作中的文本选择、文体偏好和文风趋向,探讨"文章"的因素如何影响了知识的表达和传播方式,当可从"知识秩序"动态演进的过程中,获得一些有趣的观察。③

古文"语言-知识共同体"得以延续传承,最为重要、坚固的现实保证,莫过于以经籍研读(四书五经)为中心、以文章写作(八股制艺)为考察方式的科举制度。科举因"文"以求"学",对整个士人阶层的教育内容和教育方式产生了深远的影响;而古文习学,正是一般读书人由举业通往"古学"之梯航。从表面上看,古文之学乃是科举之学的对立面——在明清人眼中,"古文"之称的一重关键含义,就是相对于"时文"而言。④ 不但有古文家主张"欲知君子,远于小人而已;欲知古文,远于时文而已",重时文者也站在应试的角度上,"以学古为戒"。⑤ 这样一来,科举之学便因过于狭窄的阅读范围而备受诟病。例如顾炎武《日知录》云"一二好学者,欲通旁经而涉古书",则"父师交相谯呵,以为

---

① 《几亭外书》卷九《绪绪》"世说"条,《续修四库全书》第1133册,第432页。
② 《穆堂别稿》卷四十四《古文辞禁八条》,《续修四库全书》第1422册,第618页。
③ 本书前三章聚焦文学阅读如何塑造读书人的知识世界。第一章考察明代中期以来士人在词章趣味之下如何阅读古代典籍,认为儒家经籍在此时期经历了一个"再经典化"的过程。文学的趣味在一定程度上打破了经、史、子、集等固有的知识界限,在"周文"或"古今巨文"的范畴之下审视不同类型的古代典籍,扩张了一般人的知识领域,同时亦促使读书人关注古书的形式细节。第二章承接上一章,围绕"调法"这个文学批评术语,从理论和批评实践等多个层面研究晚明至清前期文人学者如何以音节、句式等细节的角度阅读、分析古文古书,并指出这种阅读方法与八股时文的内在关联。第三章讨论了晚明知识扩张之后,面对博杂的知识世界,清初学人如何重新建立学问的秩序,认为宋明理学影响下以"性理"为指归的知识谱系,至清初演变为以"经史"为核心的体系。
④ 程廷祚《青溪文集》卷十《与家鱼门论古文书》:"夫三代以来,圣贤经传皆文也,其别称古文,自近日始。一则对科场应试之文而言,一则由唐宋诸子自谓能复秦汉以前之文而言。"《清代诗文集汇编》第269册,第144页。
⑤ 魏禧《日录论文》,《历代文话》第4册,第3612页。李绂《穆堂初稿》卷三十四《王岩公时文序》:"今人以应科目八股之文为时文,以古人论议序记碑铭之作为古文,判然若秦越。其甚陋者,以学古为戒,切切然若厉人生子,惟恐其肖之,以为妨于科目也。"《续修四库全书》第1421册,第619页。蒋寅《科举阴影中的明清文学生态》(《文学遗产》2004年第1期)对此有详细探讨,可参。

必不得颛业于帖括,而将为坎轲不利之人"①;又指出士子根据科举命题范围删节经书的情形②:正可见科举帖括对一般读书人阅读视野和知识范围的影响。以四书五经取士的科考,号为儒门之干城,而适成经学之蠹虫,不能不说是一个非常值得玩味的现象。在此背景之下,"古文"反倒又成为劝诱士子读古书,尽可能补充、增加其"学问"的一种解决之道。康乾间人吴懋政尝云:

> 要作好时文,全在读书。今之为父兄者,乐子弟之速化,读《四书章句集注》后,随意读一二经,并《古文观止》《古文析义》数首,即授以时文、帖括,使之依样壶卢,侥幸弋获。或有笔性英敏者,遇试题得手,亦遂掇巍科以去。然根柢浅薄,终身不复能自振拔,况又未必能弋获耶。③

吴氏从批评的立场,指出科举制度下士子不学的因由,然其"要作好时文,全在读书"之论,却仍是在"时文"的框架下劝人读书。有趣的是,其论追求"速化"之子弟读书不多,在四书、"一二经"之后,便提到坊间流行的《古文观止》《古文析义》,正可见古文选本对一般读书人知识领域的影响。

在科举制度下的教育体系中引入"古文",大抵有两种主要的方式。其一是从时文的立场出发,将"以古文为时文"作为提升士子行文技巧的手段。④ 如《钦定四书文凡例》主张"欲辞之当,必贴合题义而取材三代两汉之书","欲气之昌,必以义理洒濯其心,而沉潜反覆于周秦盛汉唐宋大家之古文";便是极有代表性的论述。乾隆四十三年为"训正文体"颁布上谕,要求"士子平日当覃心经术,探讨古文及时文诸大家以立其体"⑤,亦是官方强调"古文"指导时文写作的例证。在具体的教学实践中,也可看到此种思路的流行。如乾隆二十三年(1758),江苏娄东书院山长沈起元在为生徒制订的规条中指出"昔之工于制义者,未有不从古文中来者",要求诸生"由八家而上溯之《史》《汉》,溯之《左》《国》,更溯之《孟子》《尚书》"⑥。嘉庆四年(1799),广东

---

① 《日知录集释》卷十六《十八房》,第936页。
② 同上书卷十六《拟题》,第945—949页。
③ 梁章钜著,陈居渊校点《制义丛话》卷一,第23页,上海书店出版社2001年版(与《试律丛话》合刊)。吴懋政生卒年,据江庆柏《清代人物生卒年表》,第324页,人民文学出版社2005年版。
④ "以古文为时文",明末艾南英已发之(《天佣子集》卷十《金正希稿序》,《明别集丛刊》第5辑第39册,第135页)。而清代桐城派尤好此说,方苞云"以古文为时文,自唐荆川始,而归震川又恢之以闳肆"(《钦定四书文·正嘉四书文》卷二归有光《吾十有五而志于学》评语,《景印文渊阁四库全书》第1451册,第88页)。
⑤ 《高宗纯皇帝实录》卷一千五十四,乾隆四十三年四月辛丑,《清实录》第22册,第87—88页。
⑥ 《敬亭文稿》卷六《娄东书院规条》,《四库未收书辑刊》第8辑第26册,第214页,北京出版社2000年版。题下署"戊寅"即乾隆二十三年。

端溪书院掌教冯敏昌在其学规中也声言"夫时文虽自为一体,然其气脉亦可从古文导源",认为"文体之正","亦由先读古文"①。所谓"气脉"源流云云,正可见广义而言,"时文"也属于"古文"语言–知识共同体中的一个部分——只是这个部分相对狭小,有志于学问之士需要不断向外扩充。

推崇古文教育的另一种方式,则是基于古文本身的立场,强调其实用价值与知识属性。如康熙间唐彪《读书作文谱》便有颇为实际的申说:

> 古文气骨高、笔力健,与经史词句相类。读之,则阅经史必能解。不然,不能解也。况欲立言垂后,欲著解前人之书,非读古文不能也。居官者,有启奏,有文移,有告谕,不读古文,不能作也;居家者,有往来简牍,有记事文辞,有寿章祭语,不习古文,不能为也。是人需乎古文者甚多也,可不读也乎哉?②

唐彪此说包括两个方面:一是"古文"之语言文法与"经史"类近,故可作为通向经史之学的辅助;二是"古文"可用于多种实用文体的写作,故在士人的政治与社交中有其现实功能。如果说前者是"古文共同体"与典籍传统的贯通,后者则是其与现实文化生活的关联。事实上,作为一个被建构的语言共同体,"古文"本身包含了丰富的异质性,因而其外延颇具弹性,可以成为贯通高古"经史"与流俗"时文"的桥梁,其语体可在"雅""俗"之间寻求平衡点,故能最切实用。③例如嘉庆中,孙星衍曾提到自己平日唯读经史,"时为世人作传记,始翻阅汉唐碑碣及各名家文集"④。虽然不无经学家面对"文章"的优越感,但也折射出古文在现实写作中的用武之地。同时人宋永岳也记述了一位钟情八股的老儒"往来书札必用'然而''且夫'","舍八股腔调则无从着手",为世所笑⑤,可为不通古文而以制艺敷日用之反面例证。更值得注意的是,古文在日常教育之中,成为通向经、史乃至经济实学的津梁。乾隆中沈德潜为苏州紫阳书院所立规条,便从任职翰林需要词章、出守地方亦须实学的角度提倡古文,认为如此士人在"出肩烦剧"方不至于"问刑名不知、问钱谷不知也"⑥。此所谓

---

① 《小罗浮草堂文集》卷九《端溪书院学规并引》,《清代诗文集汇编》第418册,第392页。
② 《历代文话》第4册,第3409页。
③ 当然,公移、尺牍、寿序等文体能否够得上"古文"的资格,明清人颇有争议。但这并不影响将古文法度"以高行卑"地用于这些文体之中。
④ 《孙渊如先生全集·平津馆文稿》卷首《自序》,《续修四库全书》第1477册,第508页。
⑤ 青城子著,于志斌标点《亦复如是》卷五《广文某》,第144—145页,重庆出版社1999年版。
⑥ 沈德潜《归愚文钞余集》卷七《紫阳书院规条十则》,《沈德潜诗文集》第3册,第1691页,人民文学出版社2011年版。

"古文",不仅是要熟悉辞赋、史传、诗歌、奏疏等不同文体,同时也有晓习古代制度、实际知识的功能。陈子龙《皇明经世文编》、陆燿《切问斋文钞》、贺长龄《皇朝经世文编》等文章选本,正是古文之"经济"属性的反映。全祖望在广东端溪书院,则特意于"帖括"外添设"古学一试,各具策问、诗赋、表论诸题",扩充生徒的知识范围①。道光初年,陈寿祺在福建鳌峰书院的古学课,更是"兼课经解、史论及古文词","以期兴倡实学,搜获异才"②。凡此种种,皆可见传统教育活动中,"古文"对"古学"的引导作用③。

第二节 文与道:著作修辞与知识肌理

在"古文"写作的众多功能之中,最核心者,当属"著作"传世的功能。立言不朽、名山事业的观念,在中国由来甚远。然在清代,受文化政策、学术风气、出版业发达等多方面的影响或刺激,"著书"成为了学者安身立命之途的一种重要选择。如果说由宋代到明代,中国士人的理想,经历了一个由"致君行道"到"觉民行道"的变化④;由明代到清代,士大夫阶层或许又有一个从"觉民行道"到"著书明道"的变化。明代盛行一时的讲学之风,入清即渐告消歇,阳明学在思想领域亦颇受反省和修正⑤,"觉民行道"之路向,不得不作出调整。一条道路当然是恢复"致君行道"的旧轨,清初熊赐履、李光地等"理学名

---

① 全祖望撰,朱铸禹汇校集注:《全祖望集汇校集注》中册,第1859页,上海古籍出版社2018年版。

② 《左海文集》卷十《拟定鳌峰书院事宜》,《续修四库全书》第1496册,第418—419页。题下署"道光壬午冬十一月"即道光二年(1822)。

③ 本书第四至六章将从中央和地方两个层面,展现"文章"与"学术"在制度场域的互动。具体而言,与"古文"相关的教育制度,主要体现在清廷的特科考试(博学鸿儒、保举经学等),以及地方书院的"古学"课试之中,因此本书也着重从这方面展开。第四章集中考索于康熙十七年(1678)"博学鸿儒"之征中皇帝、臣僚和普通士人的不同态度和表现,认为清廷官方此次希望延揽的,实际上是润色鸿业的"词臣"而非格正君心的"师儒",而在应考的文士之中,则已可见重视小学、考据等新的知识趣味。第五章继续探讨雍正、乾隆间性理进士、博学鸿词科等"特科"的开展,分析其中显现出的学风变化。第六章力求通过个案研究,以点带面地展现清代前中期书院课试及其对古文传习、古学研究风气流播的影响;此章认为,书院是国家文化政策与士人教育理念相互协调的场域,关于理学、考据学、古文之学等不同学术种类的思考,亦在书院教育的实践中得以酝酿发展。

④ 余英时《宋明理学与政治文化》第六章《明代理学与政治文化发微》是对此问题的专门论述,(台北)允晨文化实业股份有限公司2004年版。又其《从政治生态看宋明两型理学的异同》一文对"致君行道"到"觉民行道"的变化亦有简要的说明,收入《中国文化史通释》,(香港)牛津大学出版社2010年版。

⑤ 参见李纪祥《明末清初儒学之发展》,(台北)文津出版社1992年版;郑宗义《明清儒学转型探析:从刘蕺山到戴东原》,香港中文大学出版社2009年版。

臣",虽其立朝处事不无争议,然至少在政治观念上走的大抵就是"致君"一路;然而,康熙、雍正、乾隆三代君主对儒学话语的操控,使得政治实践中"道统"几乎完全落入"治统"之中,以理学名臣自命,实无异于倒持太阿①。此一路既走不通,则"退而著书"便不失为"明道""传道"的一种合理选择。在明末清初,士人往往就因反省"讲学"的弊端而选择读书、著书作为治学的主要途径。如陆世仪自崇祯十年(1637)开始,"与同志数人,相约为讲学之会,一意读书";至顺治初年,其友王玶劝之云:"讲学之实可以避世,讲学之名不可以避世,请易之以'读书',可乎?"陆氏遂改易社名为"水村读书社"。② 刘宗周之子刘汋在鼎革后矢志整理其父著述,拒绝地方士绅"复举讲会"之请。③ 顾炎武在与友人的通信中,更明确提及以"著书"取代"讲学"之说:

> 承教以处今之时,但当著书,不必讲学,此去名务实之论,良获我心。④

"但当著书,不必讲学"乃友人来书之语,顾氏亦首肯之。此虽是易代之际背景下的说法,但从"讲学"到"著书",确实不妨作为学术范式转移的一种概括⑤。相对于重思辨推演或是指示体悟的义理之学而言,清代主流的考据之学,无疑很难用"讲"的方式呈现,而必须借助"著书"方能实行。

以"著书"作为学术的主要展现方式,其观念基础不外乎"因文见道",以

---

① 参见朱维铮《"真理学""清官"与康熙》,载《走出中世纪(增订本)》,第205—211页,复旦大学出版社2007年版。
② 陆世仪《桴亭先生文集》卷三《水村读书社约序》,《续修四库全书》第1398册,第463—464页。文中提到"自丁丑迄今,盖七八年于兹矣",从崇祯十年丁丑(1637)下推七八年,乃是顺治一、二年(1644—1645)。
③ 邵廷采《思复堂文集》卷二《贞孝先生传》:"〔刘汋〕坐卧蕺山一小楼竟二十年,故人自史子虚、张奠夫、恽仲升辈外,希复接面。尝寄榻古小学,有缙绅征集多士,要先生复举讲会,遂屏迹不至。于康熙三年卒,年五十二。"(《清代诗文集汇编》第174册,第277—278页)按刘汋卒于康熙三年,故邵廷采所述乃清初顺治、康熙年间之事。全祖望《鲒埼亭诗集》卷八《访购子刘子亡书》亦称许刘汋搜辑其父遗著之事:"奠夫不作无休死,试问遗书半不存。倘许凿楹无恙在,定留贞孝涕洟痕。"自注:"公子贞孝先生伯绳,山居,手辑毕生,今仅存十之五。"(朱铸禹汇校集注《全祖望集汇校集注》下册,第2246页)按张应鳌(奠夫)、董玚(无休)皆刘宗周弟子;"凿楹"用《晏子春秋》"晏子病将死,凿楹纳书"事(吴则虞《晏子春秋集释》卷六《内篇杂下》,第428页,中华书局1962年版)。诗意大抵谓宗周遗著,赖贞孝苦心而传。关于清初士人拒绝参加讲会的行为,王汎森《清初士人的悔罪心态与消极行为》(载周质平、Willard J. Peterson编《国史浮海开新录——余英时教授荣退论文集》,[台北]联经2002年版)有综合而深入的讨论,王文指出此类行为背后是对明代后期文人文化、城市文化、讲学文化的拒斥和反省。本书此处希望强调的,则是"不讲学"与"当著书"之间耐人寻味的此消彼长。
④ 《顾亭林诗文集·亭林文集》卷三《与友人论父在为母齐衰期书》,第44页。
⑤ 当然,这里所说的"讲学",主要是针对明儒特别是阳明一系的"讲会"式讲学而言。

语言文字为义理的有效承载方式。这与考据学者"读九经自考文始"或"由词以通其道"的进学理路正相一致。乾隆年间袁枚亦云:

> 文章始于六经,而范史以说经者入《儒林》,不入《文苑》,似强为区分。然后世史家俱仍之而不变,则亦有所不得已也。[……]不知六经以道传,实以文传。《易》称"修词",《诗》称"词辑",《论语》称"为命"至于"讨论""修饰"而犹未已,是岂圣人之溺于词章哉? 盖以为无形者,道也,形于言,谓之文。既已谓之文矣,必使天下人矜尚悦绎,而道始大明。若言之不工,使人听而思卧,则文不足以明道,而适足以蔽道。故文人而不说经可也,说经而不能为文不可也。①

袁枚"六经以文传"的说法,同样也是在儒学的价值体系中,论证文章修辞的地位。其论点大致是本"言之无文,行而不远"而来,强调文章对义理之推广、流行的作用;然此与前述顾炎武之论相比,仍有一间。盖《日知录》以"性与天道"不外乎"文章",不仅仅是说"道"无"文"不能行远,更是"道"无"文"则无以显现;反过来说,不经由"文"则无以窥见"道"。这恰恰正与乾嘉汉学由字以通词、由词以通道的理念相通——圣人之"道"著见于"文",故儒学之是非,必须以"经书"之"文"作为最后的裁决。顾炎武"读九经自考文始"正言此也②。戴震通经明道之说,亦本此意:

> 经之至者,道也;所以明道者,其词也;所以成词者,字也。由字以通其词,由词以通其道,必有渐。③

正因为有这样一层学理上的基本预设,考据一派的学者不能全然抛却"文章"的问题——当然,他们对"文"有自己的解释,与从唐宋八家入手的"文人"不尽相同。事实上,因"文"以明"道",本可以作两个方向的理解:既

---

① 袁枚《小仓山房文集》卷十《虞东先生文集序》,王英志编纂校点《袁枚全集新编》第 3 册,第 209 页,浙江古籍出版社 2018 年版。此序乃为顾镇文集所作,未署写作时间,但中云"予与先生虽齐年孝廉,以宦辙故,中道乖分。年来设教钟山,得时时过从,予有所疑,必就先生请业,而先生亦某其全稿而谋焉",可知当作于顾镇生前。与《日知录》相似,袁枚的论辩方式,同样是"引经据典"。按《易·文言》:"子曰:君子进德修业,忠信,所以进德也,修辞立其诚,所以居业也。"《诗·大雅·板》:"辞之辑矣,民之洽矣。辞之怿矣,民之莫矣。"郑笺:"辞,辞气,谓政教也。王者政教和说,顺于民,则民心自定。"《论语·宪问》:"子曰:为命,裨谌草创之,世叔讨论之,行人子羽修饰之,东里子产润色之。"
② 《顾亭林诗文集·亭林文集》卷四《答李子德书》,第 73 页。
③ 《戴震集·文集》卷九《与是仲明论学书》,第 183 页,上海古籍出版社 2009 年版。据题下小注,此书作于"癸酉"即乾隆十八年(1753)。

可以是"读书明道",即训诂经典以通明义理;同时也可以是"著书明道",即以著述撰作来表达自己所得之"道"。二者之关联,章学诚言之最明:

> 夫道备于六经,义蕴之匿于前者,章句训诂足以发明之;事变之出于后者,六经不能言,固贵约六经之旨,而随时撰述,以究大道也。

此《文史通义·原道》篇之言也。章氏对道、经、文关系的解说,正从理论上为"研经"到"著述"画出一条通路。在章学诚,"读书明道"只能算是"明道"的一半,后世之事,六经不能尽言,因此需要学者根据"六经之旨","随时撰述,以究大道"。这固然是从史学家的立场,指出经学家的"章句训诂"未足"明道",著史修书,是儒者事业的另一大端;但章氏在此对"随时撰述"之意义的阐发,却颇可作为清代中叶士人"著书明道"之理想的总纲领。

正是在这种理想之下,清代学人颇重其"著作",甚至可以将"著作"视为其生命的另一种形态,为之毕生努力。阎若璩著《尚书古文疏证》第一卷成,自记其携书北上,覆舟复还之经历,以为乃是"以著述免患难";书成四卷,又欲寄送太华山、罗浮山以及千顷堂、传是楼,"藏之名山,副在京师",极见其以书自重之情。① 王鸣盛自称"我于经有《尚书后案》,于史有《十七史商榷》,于子有《蛾术编》,于集有诗文"②,正有"包罗四部"以为一人著作之野心。昭梿《啸亭续录》更载王氏不以贪吝之恶名为念,声称"贪鄙不过一时之嘲,学问乃千古之业","至百年后,口碑已没而著作常存,吾之道德文章犹自在也"③,大不合于儒家以道德为本的观念,其真实性也不妨存疑。但这一流传于世的惊人之论,却能从反面折射出当时学人对"著述"的重视程度。在正统的观念中,"著作"并非为"立言"而"立言",更重要的是要有明道经世的作用。戴震尝述其撰著之志云:

> 仆生平著述最大者,为《孟子字义疏证》一书,此正人心之要。今人无论正邪,尽以意见,误名之曰"理"而祸斯民,故《疏证》不得不作。④

所谓"不得不作",潜在上接孟子"予不得已也"之叹,戴震以"著述"自期

---

① 阎若璩撰,黄怀信、吕翊欣校点《尚书古文疏证》卷一末识语(第54—55页)、卷四末识语(第201页),上海古籍出版社2013年版。
② 《蛾术编》卷首,沈懋惪识语所录王鸣盛之言,《嘉定王鸣盛全集》第7册,第37—38页,中华书局2010年版。
③ 昭梿撰,何英芳点校《啸亭杂录·续录》卷三,第442页,中华书局1980年版。
④ 《戴东原先生年谱》载戴震乾隆丁酉(四十二年,1777)致段玉裁札,《戴震集》附录,第481页。

之志向,由此可见一斑。又其作《春秋改元即位考》三篇告成,亦自叹"倘能如此文字,做得数十篇,春秋全经之大义举矣",正是以"明经义"和"正人心"为著述之抱负。

通经明道既为著作的最高目标,学者撰书为文之大端,自然仍是在经学方面。阎若璩考辨《尚书》真伪,戴震阐发《孟子》义理,皆是以"明经"为旨趣。后世目为"古文家"的姚鼐,其生前自重说经之作《九经考》,自言"经说不妨先传,诗文宜俟身后"①,除了轻重先后之分,其中当不无将经学著作公诸天下,以求讨论切磋之意。乾嘉士人群起"治经",为求能自有面目,自然渐渐强调对"专精"的追求。包世臣记述其弟包世荣(季怀)嘉庆年间在扬州梅花书院,"共几席"者有凌曙(晓楼)、刘文淇(孟瞻)、洪敏回(子骏)、闵宗肃(子敬)等人。包世臣为其指点治学方向,以"晓楼熟《礼记》","遂与之言郑氏《礼》而使之";"孟瞻好《诗》","遂使治毛、郑氏《诗》";同时又有姚配中(仲虞)"治汉《易》",包慎言(孟开)治《诗》,丹徒汪沅(芷生)"治毛氏",甘泉薛传均(子韵)"治许氏",皆"朝夕与砥砺,相劝以力学"。后包世荣积十余年之功,初成其《学诗识小录》;凌曙转治公羊学,有《公羊礼疏》等著;刘文淇转治杜预之春秋学,"成旧疏考证十二卷",包慎言、薛传均亦各有撰作。② 梅花书院中青年学子治经著述之情形,正透露出当时学有"分工"、各自专精的趋向。同时,在个人著述方面,学人亦颇有"规划",阮元《王石臞先生墓志铭》述王念孙之学云:

> 先生初从东原戴氏受声音、文字、训诂,遂通《尔雅》《说文》,皆有撰述矣。继而余姚邵学士晋涵为《尔雅疏》,金坛段进士玉裁为《说文注》,先生遂不再为之,综其经学,纳入《广雅》,撰《广雅疏证》二十三卷。③

因他人已有佳作而另辟蹊径,背后正是要在著述方面"自成境界"的追求。又据王引之《石臞府君行状》所言,王念孙"官御史时,治事之余必注释《广雅》","日以三字为率,寒暑罔间,十年而成书,凡二十二卷,名曰《广雅疏证》"④,则其不但在"选题"方面颇费思量,同时对自己的"写作进度"也有安

---

① 姚鼐《与陈硕士》,《惜抱先生尺牍》卷五,叶15a,《海源阁丛书》本,江苏广陵古籍刻印社1990年版。
② 包世臣《小倦游阁集》卷九《十九弟季怀学诗识小录》,《续修四库全书》第1500册,第468—469页。
③ 闵尔昌纂录《碑传集补》卷三十九,《清代传记丛刊》第122册,第418页,(台北)明文书局1985年版。
④ 王引之《石臞府君行状》,载罗振玉辑《高邮王氏遗书》,《高邮王氏六叶碑志集》卷四,叶13。

排。不仅如此,相传王念孙亦留意于著作之修辞问题。章学诚在一封写给邵晋涵的论学书信中称,念孙与他会晤时,尝"自言所得精义,不暇著书,欲求善属辞者,承其指授,而自著为书"①。章氏之言是否完全准确地反映了王氏之原意,或可质疑;然倘不以此言为虚,则一代大儒之勉力"著书",将"善属辞"作为学问事业之一端,此亦可作一佐证。

在清代中叶,著作体例的问题,成为了义理、考据、词章之辨的一个交汇点。袁枚《随园诗话》云:

> 天下先有著作,而后有书。有书而后有考据。著述始于三代六经,考据始于汉唐注疏。考其先后,知所优劣矣。[……]作者之谓圣,词章是也;述者之谓明,考据是也。②

在这一段议论中,袁枚首先使用的是"著作"一语;至结尾处"图穷匕见",方将其置换为"词章"。事实上,就概念的广狭而言,言"著作"可以包"词章",言"词章"则不足以该"著作",袁枚在此,显然有一层概念上的"暗中偷换"。将"词章"转换为"著作",恰恰强调的是"文学"概念的另一面——作为"立言"载体的论学文字。这与《日知录·修辞》以及姚鼐《述庵文钞序》中的思路应若桴鼓。③

有趣的是,不但词章家极力论证"文章"的价值,考据一路的学者也颇为其"文章"作辩护。"考证"如何成"文",在汉学极盛之时,已成为乾嘉诸老所措意之问题。如段玉裁推尊其师戴震"于性与天道了然贯澈,故吐辞为经",能够"精义上驾乎康成、程、朱;修辞俯视乎韩、欧"④;钱大昕称许其友秦蕙田"非六经之法言不陈,非六经之疑义不决,折衷百家,有功后学,所谓吐词为经,而蕲至于古之立言者,唯公有焉"⑤;都是以"吐辞为经"强调以考证说经见长的"学者",在"文章"一面也自有成就。而且这种成就并非"兼擅"之谓,考虑的正是其"学术文"。焦循在袁枚、孙星衍往来争辩之后,也加入考据、著作之讨论,提出"文莫重于注经",将注疏之学源于《易》之十翼,为经学家的"文章"大张其帜。由此观之,若欲全面、深入地讨论清代之"文""学"互

---

① 《文史通义》外篇三《与邵二云论学》,《章学诚遗书》,第82页,文物出版社1985年版。章氏引述此言,主要是为印证其"言公"之主张。
② 袁枚《随园诗话》卷六,《袁枚全集新编》第4册,第202页。
③ 参见本书第十一章第一节的讨论。
④ 《戴东原先生年谱》,《戴震集》附录,第486—487页。
⑤ 钱大昕《潜研堂集》文集卷二十六《味经窝类稿序》,《嘉定钱大昕全集(增订本)》第9册,第400页。

动,我们便不能不重新反思"文"之义界,注意将清人学术写作的诸种文体纳入研究的范围。一方面需要分析的是,唐宋以来形成的诸种古文文体,其写作方式、语言风格与趣味好尚,在清代学者的笔下有怎样的演变;另一方面也必须关注,在考据学风气之下,有哪些新的文体形成。从"学术文体"的角度,方能真正回应顾炎武所说的"修辞"问题。

以"著作"论"文章",并不是取消修辞的重要性,而恰恰是希望揭示"修辞"形式对知识秩序、思想体统的意义①。借用翁方纲的话,"义理之理,即文理、肌理、腠理之理,无二义也"②。推而言之,正是在"文章"之中,"义理"展开了其"肌理"。"错画"而后能"分理"③,思维的秩序显示为文辞的秩序,大抵可以算是一种"条理"意义上的"彻上彻下"。经书寓"义理"于"文理",后世文章能否借"文理"传达"义理"?所谓"文人"与"学者"之争执,一个焦点便在于此。既然阅读时主张"治经先考字义,次通文理",从语言文字求"古圣贤立言之意"④,那么写作中通过修辞技术、意脉结构的安排显示"义例",在逻辑上似乎可以是顺"理"成章之事。在古文家,"文理"便可以诠释为"义法"。汉学中人反对讲求"文法",也不得不面对这一层微妙的逻辑问题。因此,他们或要区分圣人制作与后人文章⑤,或要在批判古文家的"文法"之后,重新建构自己的"文法":

> 夫学充于此,而深有所得,则见诸言者,自然成文,如江河之水,随高下曲折以为波涛,水不知也。倘无所以言之者,而徒质言之,谆谆于字句开合呼应顿挫之间,是扬行潦以为澜,列枯骨朽荄,吹嘘之以为气,剽袭

---

① 有关中国传统学术书写中的"述学文体",参见陈平原《现代中国的述学文体》,北京大学出版社 2020 年版;刘宁《汉语思想的文体形式》,华东师范大学出版社 2012 年版。

② 翁方纲《复初斋文集》卷七《理说驳戴震作》,《续修四库全书》第 1455 册,第 419 页。翁氏虽不满戴震《孟子字义疏证》对"理"的解说,但他同样借鉴了戴震的训诂学论证方法,通过论证"理"作为"密察条析"之义以与"性道统紧"之义相通,重新肯定宋儒对"天理"的解释。蒋寅《肌理:翁方纲的批评话语及其实践》(《文学遗产》2019 年第 1 期)指出"义理之理即文理之理,即肌理之理,意指逻辑性和内在秩序,意思是很清楚的,但翁方纲这里非要将它纳入体用不二的传统思维的窠臼中,非要追求形而上和形而下的相通,以沟通宋儒的本体论来提升理的品位,这就使它与具有伦理内涵的'义'和具有内容属性的'意'产生交叉,反而模糊了原本清晰的界线",其论颇精当。所谓义理之理即文理之理、肌理之理,乃是从一般条理、分理的意思上取其相通。

③ 《说文解字》:"文,错画也。"段注:"仓颉〔……〕知分理之可相别异也。"段玉裁《说文解字注》卷九,第 425 页,上海古籍出版社 1981 年版。《孟子字义疏证》卷上:"理者,察之而几微必区以别之名也。是故谓之分理,在物之质曰肌理,曰腠理,曰文理;得其分则有条而不紊,谓之条理。"《戴震集》,第 265 页。

④ 《戴震集·文集》卷九《与某书》,第 187 页。

⑤ 王鸣盛《十七史商榷》卷九十三《欧法春秋》:"愚谓欧公手笔诚高,学《春秋》却正是一病。《春秋》出圣人手,义例精深;后人去圣久远,莫能窥测,岂可妄效?"《嘉定王鸣盛全集》第 6 册,第 1367 页。

雷同,牺牷可憎。①

焦循反对作文"谆谆于字句开合呼应顿挫之间",但恰恰又十分欣赏《礼记·檀弓》中"古人属文顿挫曲折之妙"②,其原因在于他并非主张绝弃文法,而是反对"无病呻吟"或是"强颜欢笑"式的文法,学问"深有所得"则自能有"高下曲折"。

讨论著作的"属辞",还可以延伸到"文体"的诸多方面。例如论辨类古文,乃是学者述学说理的重要文体③。乾嘉学人在唐宋古文典型的纵横议论之外,转而更突出征引实据的考证写法,呈现出从"论辨"到"考辨"的转移。④ 例如钱大昕的《皋陶论》,即以苏轼的名作《刑赏忠厚之至论》为"敌手",批评东坡的"皋陶曰'杀之'三,尧曰'宥之'三"乃是"以意度之"⑤;转而征引《礼记·王制》"刑者侀也,侀者成也,一成而不可变,故君子尽心焉",阐明儒家理想中的刑赏制度。钱氏以为,根据《礼记》之说,"刑"之要义在一恒定不变之法,"杀之,法当杀也,非有司所得而杀也;宥之,法当宥也,非天子所得而宥也";君主若欲以此施恩,则"非大公之治也"⑥。苏轼之论,以"想当然尔"而产生震撼力量,钱氏就苏文"翻案",然并不空说其理,而是引经据典以明之,正可见其论说策略的差异。有趣的是,苏轼"三杀三宥"之说,或亦非臆造,宋明学者业已指出其出处可能就是《礼记·文王世子》所载公族判罪之法。⑦ 如此一来,不直接征引《礼记》而将其附会为尧与皋陶之事迹,就

---

① 焦循《雕菰集》卷十《文说一》,刘建臻点校《焦循诗文集》上册,第183页,广陵书社2009年版。
② 关于焦循经学中对属文之法的重视,可参赖贵三《焦循手批十三经注疏研究》,(台北)里仁书局2000年版;李贵生《传统的终结——清代扬州学派文论研究》第三章《焦循文论的三个层次》,复旦大学出版社2009年版。
③ 此处讨论古文文体,主要使用姚鼐《古文辞类纂》的文体框架。关于姚氏文体学的形成及内在理论特色,可参本书第七章。又《古文辞类纂》书名,本书依姚鼐本意用"纂",详细说明参见第七章第二节。
④ 刘奕《乾嘉经学家文学思想研究》第二章《文思:经学视域中的古文与骈文》指出"考证学的兴起,促使骈体在经学家手中由论辨体逐渐向考辨体转换",其概括颇为精练(第102—103页,上海古籍出版社2011年版)。刘著还以王昶《湖海文传》的选目和分类为例,说明乾嘉学人在学术文方面的文体观念,可参。
⑤ 苏轼撰,茅维编,孔凡礼点校《苏轼文集》卷二《省试刑赏忠厚之至论》,第33页,中华书局1986年版。
⑥ 《潜研堂文集》卷二《皋陶论》,《嘉定钱大昕全集(增订本)》第9册,第47—48页。
⑦ 如南宋杨万里即先引《三国志·孔融传》注的"意其如此"说明苏轼造作典故之思路来源,接下来又引述《礼记·文王世子》之文证明其语出本有依据:"欧阳问坡所作《刑赏忠厚之至论》〔……〕予尝思之,《礼记》云:'狱成,有司告于王。王曰宥之,有司曰在辟;王又曰宥之,有司又曰在辟;三宥,不对,走出致刑于甸人。'坡虽用孔融意,然亦用《礼记》故事,其称三谓王,三皆然,安知此典故不出于尧?"见辛更儒点校《杨万里集笺校》卷一一四(诗话),第4374页,中华书局(转下页)

可以解释为苏轼的一种有意为之的"论辨"策略;在此,立说之畅快,相比于证据的坚实,更为作者乃至读者所看重。而钱大昕所引《礼记·王制》,其原文亦云:"三公以狱之成告于王,王三又,然后制刑。"郑玄注"又当作宥;宥,宽也。"①其中亦包含了苏轼所谓"三宥"之意。对此,钱文也特别作了辨析:

> 或曰:苏氏之言盖有所本矣。记云:"大司寇以狱之成告于王,王命三公参听之。三公以狱之成告于王,王三宥,然后制刑。"非宥之三而何?
> 曰:《周礼》有三宥之法。一宥曰不识,再宥曰过失,三宥曰遗忘。秋官司刺掌之矣。大司寇告狱成,其合于三宥者,三公与司寇先平断之,而后称王命以宥之耳。非有司欲杀之,而王特宥之也。若夫《文王世子》所云"公曰宥之,有司曰在辟"者,乃公族有罪之法,固不可援以为证也。②

由此可见,钱大昕不但在立论中注重交代自己的经籍文献依据,在驳论之时也很注意"解构"对方的论据。故针对苏轼"三宥"之说可能存在的经典渊源,钱文复征引《周礼·秋官司寇·司刺》之制,说明《王制》中"三宥"的确切含义并非三次赦免,而是三种可以宽免的情形;而《文王世子》所记则是针对贵族犯罪的特别制度,不可以为普遍之例。换言之,钱文通过对古书文献的深入分析解读,抽去了《刑赏忠厚之至论》立说之"本"。论辨与考辨思路之歧,由此或可见一斑。

这种在学术思想影响之下的文体变迁,在其他古文文类中亦有不同程度

(接上页)2007 年版。按《礼记·文王世子》:"狱成,有司谳于公。其死罪,则曰'某之罪在大辟';其刑罪,则曰'某之罪在小辟'。公曰:'宥之。'有司又曰:'在辟。'公又曰:'宥之。'有司又曰:'在辟。'及三宥,不对,走出,致刑于甸人。"见《十三经注疏·礼记正义》卷二十,第 3050 页。杨氏引文与《礼记》原文字句上略有差异。明人亦有类似的讨论。如敖英《绿雪亭杂言》引《文王世子》,认为"东坡斯言,非无稽臆断也。在《文王世子》曰〔……〕即此以观东坡之意,得非触类于此乎"(《说郛》本,叶 15a—15b)。费元禄《甲秀园集》卷四十七《二酉日录》也据此认为"坡原有本也,或暗合耳"(《明别集丛刊》第 5 辑第 19 册,第 474 页)。事实上,苏轼《论始皇汉宣李斯》中云"古者,公族有罪,三宥然后置刑",以此批评"今至使人矫杀其太子而不忌"乃秦法之过;实际上来源也是上引《礼记·文王世子》之文(《苏轼文集》卷五,第 160—161 页)。唯此篇议论文字出于东坡晚年所作之《志林》,不可直接证明早年的《刑赏忠厚之至论》也是在用《礼记》之义,仅可作一旁证。有关《刑赏忠厚之至论》用典及写作手法的详细讨论,可参王水照《苏轼选集》第 296—297 页注释,中华书局 2015 年版。黄坤尧《曾巩、苏轼、苏辙同题作品〈刑赏忠厚之至论〉的高下比较》,收入沈松勤主编《第四届宋代文学国际研讨会论文集》,浙江大学出版社 2006 年版。

① 《十三经注疏·礼记正义》卷十三,第 2909 页。
② 《皋陶论》,《嘉定钱大昕全集(增订本)》第 9 册,第 48 页。

的体现。例如叙事之大宗"碑志类",唐宋以来,大体上是以韩愈之作为典范。明代茅坤以"欧阳公碑志之文,可谓独得史迁之髓",转而推崇欧阳修为最高;潜在是以史书为碑志文之极则。至清代,在金石学兴盛的背景之下,学者转而强调"金石之文,自与史家异体",不但重新确认了韩碑的经典地位,更进一步扩展文献视野,在集部文之外又引入《隶释》《隶续》等金石学著作,乃至新发现的碑刻拓片,以此为基础上溯东汉碑文,作为行文义例的新资源。① 又如"序跋类"中的题跋一体,传统上是"随题以赞语于后",写法上"尤贵乎简峭"。② 乾嘉以降,在《四库全书总目》提要的示范效应下,长篇累牍、详细考辨原书内容细节的写法,则在读书题跋中成为新的趋向;自阮元学海堂以读《困学纪闻》《日知录》《十驾斋养新录》题跋为考题之后,这一新的文体策略经由书院课试在清中后期知识界持续流行,为札记型治学模式推波助澜。③ 凡此种种,大抵可以展现古文文体因应清代学术思想而出现的变化。

除了在唐宋以降固有古文体类系统内的调整与演进,一些新的著述文体之成熟,或是早期著述体裁之复兴,也颇值得注意。例如清儒推崇备至的"疏证"之法,虽在汉唐义疏乃至宋元或问之中都可以找到远源,但其正式作为一种著作体例的形成,则是以阎若璩《尚书古文疏证》为肇始;而戴震《孟子字义疏证》,则对此体在乾嘉之后的经典化厥功甚伟。"疏证"以条分缕析为主要形制特点,蕴含的是对论证条理性的重视;同时相对单篇古文中抑扬高下、起承转合之篇法,其逐条论列、枝蔓衍生的写法,也更便于对引用文献丰富性的要求。至晚清,此体甚至被推为文章之至,章太炎主张"文之贵者在乎书志、疏证",其法"可施于一切文辞"④,正是源于这一写作形式与考据之学的深度契合。⑤ 又如跳脱固有文体、"因事名篇"的作法,在清中期以后的学人著述中多有出现;焦循的《申戴》《翼钱》、程瑶田的《志学篇》《博文篇》、孙星衍的《原性篇》、陈用光的《名位篇》等,皆其例也。这种文章体裁,大抵是以韩愈的"杂著"为阶梯,而进一步向秦汉子书的写作模式回归:一方面消解了唐宋古文传统所累积形成的论辩类文体,另一方面也便于将这些单篇文章按照主题汇集为专门之著作。类似的思路,还使得学人文集的编纂在不同程度上突破了按文章体裁排列的"文体秩序",走向一种根据学术内涵

---

① 参见本书第八章。
② 吴讷著,凌郁之疏证《文章辨体序题疏证》,第184—186页。
③ 参见本书第十二章。
④ 章绛《文学论略》,《国粹学报》,1909年第2卷第11号(总第23期),叶4a。此文亦指出"疏证之要,必在条列分明"(叶1b)。
⑤ 参见本书第十章。

规划全书的"知识秩序"。例如段玉裁为戴震编辑的《戴东原集》，便打破序、记、书、跋等文体，呈现出以群经、礼制名物、训诂音韵、天象、水地、算学、义理诸学术范畴为次的结构体系①。从特定"文体"的创变，到对"文体秩序"的突破，无不潜藏着清代士人对自身写作实践的现实关怀。

对"著作修辞"的重视，另一个重要的考量，则是通过文章形式，窥见作者的学问与性情。在此，文章美恶与学问深浅、道德高下，有可能被论述成同一个问题，而非在现代语境下的了不相涉。康熙间，华希闵推许李东阳、唐顺之、王慎中、归有光等人"深于古文"，为唐宋大家嫡传，故其制义时文也能"传圣贤之声音謦欬"，并进一步推言"声音謦欬，皆精义之流行"，"非剽窃摹放者所能拟似也"。所谓"声音"，实际上指向的便是文章的审美特征。华氏认为"圣贤每以辞、气并举"，"盖辞可以袭而取，气不可学而能"，"数君子之胜人者，不在辞而在气；或冲融雅淡，或浑灏沉雄，或肃括谨严，各得圣贤之一体"。②换言之，较之偏重内容的"辞"，聚焦形式的"气"反而是学者内在修养、学问更为直接、亲切的反映。道光初年，方东树为回应阮元学海堂课试中"学者愿箸何书"的题目，有《书林扬觯》之作，分"箸书源流""人当箸书""箸书凡例"诸目，以"箸书"为切入点针砭时弊。③而他对《潜邱劄记》的批评，正是以文章优劣论学术高下的典型例子：

> 近世言考证之宗，首推深宁王氏、亭林顾氏、太原阎氏。吾观王、顾二家之书，体用不同，而皆足资于学者而莫能废，非独其言核实而无诬妄之失，亦其箸书旨趣，犹有本领根源故也。阎氏则不逮矣，然亦颇博物条畅，多所发明，读其言，如循近涧、观清泉，白石游鳞，一一目可数、指可掬，其用功涂辙，居然可寻见，异于池竭而自中不出者也。特其体例不免伧陋，气象矜兖迫隘，悻悻然类小丈夫之所发，故不逮王、顾两家渊懿渟蓄、托意深厚、类例有伦，此固存乎其人之识与养焉已。虽其书出后人裒辑，非其所手订，而词气大体之得失，固不可掩也。④

方东树以体例、气象批评阎若璩，其理论依据更在书籍之"类例""存乎

---

① 参见本书第九章。
② 《延绿阁集》卷七《顾震沧制义序》，《四库未收书辑刊》第9辑第17册，第677页。华氏文中云"辞以明仁义、述礼乐、阐诗书易象之旨，译圣觉民是矣"，可见他所说的"辞"主要是指向文章内容方面。而"气"表现为冲融、浑灏、谨严等等，则当是就修辞形式而言。
③ 方东树《书林扬觯》卷首目录及自识，《四库未收书辑刊》第9辑第15册，第3页。
④ 方东树《考槃集文录》卷五《〈潜邱劄记〉书后》，《清代诗文集汇编》第507册，第206页。"劄记"据阎若璩用字，详见本书第十章第二节。

其人之识与养焉"。得此一语,我们便不难理解"著作体例"的问题,何以关乎为学之大端。这也是传统人文学之所以为"人"文学的因由。值得反思的是,在现代人文学术中,知识内容与表达行为能否相对独立?人文学者多大程度上是在"著述"的过程中才真正塑造、实现了"求道""明道"的目标?"文"与"学"之间密切的内外关系,究竟应该被理解为一种"前现代"的现象,抑或是"人文学"本身固有的特质?在自然科学、社会科学的各种范式不断对人文学"潜移默化"的今天,这一反省或许不仅是历史的回顾,也可以包含某些现实的意义。

第一章 六经皆文与博涉子史：
文章趣味下的知识秩序

　　古代中国的知识分类，根据不同的适用范围，呈现出各有差别的样态。类书以天地人三才为框架分出天文、地理、人物、鸟兽等细类，性理书籍按理学的思路排列道体、为学、治世诸条目，都是自成体则的知识系统。不过，就学术知识而言，最为基本的分类，或许还是六朝以降形成的、基于书籍文献的经史子集四部分类。在这个四部分类框架中，韩愈以下唐宋古文的传统，通常被归于集部，明代中期开始的文学复古运动，则将古文的目光转向了以经史为核心的早期文献。换言之，前后七子及其追随者在古文领域追求复古与博雅，本身便已包含集部与经部、史部、子部等不同知识类型的交涉，正为清代古文偏重"学问"一路的发展，导夫先路。今论清代"古学"与"古文"之发展，理当自明中叶始；除了沿着明清儒学的内在理路考察古典知识如何渐渐成为思想界关注的中心，还不妨在"知识史"的视野下，探讨经、史、子、集等不同类型的知识，如何因应"文章"习学的需要而发生交涉、升降、转移和变迁。本章希望具体处理的问题有二：一是"文章趣味"如何开启了明人对"经书"的词章化解读方式；二是这种方式又如何蔓延到诸子、稗官、碑刻、释道等不同的知识类型，使得文人士大夫阶层的"知识趣味"不断扩张。"文章趣味"之下的知识视野的扩张，推进了"博学"之风气，正为清代古文和儒学重视知识、文献的发展趋向奠定了基础。

第一节 "经史体殊"：
知识史视野下的明代古文思想发展

　　"文章"与经史子集等不同知识类型的关系，实际上是围绕"文"与"经"的关系这一枢纽而展开的。文必宗经，本是批评史上近乎"老生常谈"的话题。不过析而言之，思想内容上"宗经"固毋庸置疑，审美形式上是否"宗经"、如何"宗经"，却是值得深究的问题。从文辞形式上"宗经"，首先要面对的问题就是如何分析和认识儒家六经本身之文学特色，也即六经是否可以

"文"论。这也是理学家和古文家关于文道关系论辩的一部分。在古文家看来,六经与后世文章一样都是"文",因此,后世之文,在内容上可以"载道"获得价值,在形式上亦可与六经具有共通性。唐宋古文运动所建立的"古文"谱系,乃是以韩、柳以降的大家为典范,取法对象主要是"集部"自身为主要的古文经典谱系。① 但同时,这个谱系再往上追溯,由"经"求"文法",也是一种重要因素。韩愈《进学解》云:

> 沉浸酡郁,含英咀华,作为文章,其书满家。上规姚姒,浑浑无涯;《周诰》《殷盘》,佶屈聱牙;《春秋》谨严,《左氏》浮夸;《易》奇而法,《诗》正而葩。下逮《庄》《骚》,太史所录,子云相如,同工异曲:先生之于文,可谓闳其中而肆其外矣。②

这里所谓"闳其中而肆其外"之说最可注意,由此恰恰可见韩愈文论中"志道"与"宗经"之一体两面。《答李翊书》"根之茂者其实遂,膏之沃者其光晔;仁义之人,其言蔼如也"③,与此所言"闳中肆外",正可并观。内在的充实,一方面是道德工夫,另一方面是文章工夫,在韩愈,两者并行不悖,相与为用,这与后来理学家侧重道德工夫不尽相同,正是古文家之本色。④ 因此他说"非三代两汉之书不敢观,非圣人之志不敢存",又说"行之乎仁义之途,游之乎《诗》《书》之源",都是并举道德实践、经典知识两个方面,前者是修德之工夫,后者则是为文之工夫。在这个框架下,古文之学习不但要养德,更要学习经典文献的行文风格、表达形式。"奇"与"正","法"与"葩","谨严""浮夸"以及"浑浑无涯""佶屈聱牙",无一例外都是从审美形式、文章法度的方面着眼,正是要向《尚书》《春秋》《左传》《周易》《诗经》等儒家的经书(同时亦旁及诸子、史书)求文法也。

如果说韩愈对古书"文法"的胪列还较为笼统简略,那么苏轼对向经书学习文法的论述,则更为具体且具有实践的意味。据黄庭坚《与王观复书》记述:

> 往年尝试请问东坡先生作文章之法。东坡云:"但熟读《礼记·檀弓》,当得之。"既而取《檀弓》二篇,读数百过,然后知后世作文章不及古

---

① 参见本书附录一。
② 《韩昌黎文集校注》卷一,第 51 页。
③ 同上书卷三,第 189 页。
④ 本书依古人用语,使用"工夫"一词,所谓"道德工夫"与"文章工夫",沿用《知识与抒情:宋代诗学研究》第五章的提法,第 250—251 页。

人之病,如观日月也。①

苏轼举出《檀弓》以教人"作文章之法",虽未详细分析其中究竟有何"文法",只言熟读自悟,但却是明确以一特定之经书为取法对象,开启宋人论《檀弓》之中"习于文词"的一派。② 与之类似,南宋吴子良云:"今人但知六经载义理,不知其文章皆有法度。"③陈骙《文则》,更是从篇章规制、字句修辞的角度,详细分析《易》《书》《诗》、三礼、《春秋》《论语》等经部书籍的文法,如对《檀弓》的"简古"和"长短句法",便皆有专门的举例分析④,可见"文法宗经"不但有其观念基础,更有操作、工夫层面的发展。

然而,在理学家眼中,六经之"文"与后世之"文"不同体,因此用六经来论证后世文章的合法性便是无效的,程颐即援《易》以为说,认为:"'观乎天文以察时变,观乎人文以化成天下',此岂词章之文?"⑤朱熹亦云:

> 夫古之圣贤,其文可谓盛矣,然初岂有意学为如是之文哉?有是实于中,则必有是文于外〔……〕《易》之卦画、《诗》之咏歌、《书》之记言、《春秋》之述事,与夫礼之威仪、乐之节奏,皆已列为六经而垂万世,其文之盛,后世固莫能及。〔……〕故夫子之言曰:"文王既没,文不在兹乎?"盖虽已决知不得辞其责矣,然犹若逡巡顾望而不能无所疑也。至于推其所以兴衰,则又以为是皆出于天命之所为,而非人力之所及。此其体之甚重,夫岂世俗所谓文者所能当哉!⑥

朱子承认六经皆是"文",但六经之文"非人力之所及",后世词章之文不

---

① 《宋黄文节公全集》正集卷十八,刘琳、李勇先、王蓉贵校点《黄庭坚全集》,第470—471页,四川大学出版社2001年版。
② 叶适《习学记言序目》卷八:"世之学者于《檀弓》有三好,□古明变,推三代有虞,一也;本其义理,与《中庸》《大学》相出入,二也;习于文词,谓他书笔墨皆不足进,三也。以余考之,则多妄意于古初,肤率于义理,而謇缩于文词。后有君子,必能辨之。"中华书局1977年版,第100页。"□古明变"原文有缺字。叶适虽是从否定的立场批评三种《檀弓》之学,但也道出了当时阅读、研究此书的三种不同路向。关于宋人由《檀弓》求文法之观念,聂安福《宋人"文法〈檀弓〉"说解读》(《文学遗产》2010年第2期)梳理甚详,可参。
③ 吴子良《荆溪林下偶谈》卷四"《尚书》文法"条,吴氏主张《禹贡》"最当熟看",以《伊训》《太甲》等篇"其文多整,后世偶句盖起于此",并详细分析了《舜典》的章法。《历代文话》第1册,第587—588页。
④ 陈骙《文则·己》,王水照编《历代文话》第1册,第164—166页。
⑤ 《二程遗书》卷十八,第291页。
⑥ 《晦庵先生朱文公文集》卷七十《读唐志》,朱熹撰,朱杰人、严佐之、刘永翔主编《朱子全书》第23册,第3374页,上海古籍出版社、安徽教育出版社2010年版。

能当之。明初理学家舒芬,更是直接指出"六经当以道论,不当以文论",《书》《礼》《春秋》并无所谓字法、句法、章法,不可"以文法摹仿"。① 强调六经之文与词章之文的断裂,正是将二者归入不同的知识领域。反过来,承认六经本身在词章技巧方面的成就,则后世之讲习"文法",自然也就顺理成章。理学家强调六经为道之所归,古文家标榜六经为文之渊薮,其实各自都是以"宗经"为自己的论点建立合理性。至迟在南宋,六经有无"文法"的问题已经成为士人中一个重要的"话头"。陈傅良《文章策》开篇即云:

> 三代无文人,六经无文法。非无文人也,不以文论人也。非无文法也,不以文为法也。是故文非古人所急也。②

此言"六经无文法",意在强调以"道"为本而"文"为末,"道盛则文俱盛",与朱熹之说相合。值得注意的是,在两个并列的"无"之后,陈氏旋下一转语,连出两个"非无",点出这一命题乃是一价值判断(不重文人、文法)而非事实陈述。陈氏之说在当时应颇具影响,后来亦屡为人所称述③,亦引起了从反面加以驳论者。元人之《诗法正宗》即谓"世言三代无文人、六经无文法,不知文人莫盛于三代,文法尽出于六经",并举韩愈《进学解》为证,反诘"文法不出于六经,将安出乎?"④至明初,宋濂更直接主张六经为后世文章"文法"之祖:

> 三代无文人,六经无文法。非无人也,人尽能文;非无法也,何文非法?秦汉以来,班、马之雄深,韩、柳之古健,欧、苏之峻雅,何莫不得乎此也?子与功深力久,必抽其关键,而入乎闿奥矣。⑤

宋濂据陈傅良之说以立论,同样是紧接着反转"非无",但理据恰恰相反,"人尽能文""何文非法"实际上已将原命题翻案成了"三代有文人,六经

---

① 舒芬《梓溪文钞·外集》卷八《与友人论文》,《明别集丛刊》第 2 辑第 27 册,第 345 页。
② 陈傅良《止斋先生文集》附录,《四部丛刊》本,叶 4a。
③ 魏天应《论学绳尺》卷七载方澄孙《庄骚太史所录》,文中有"夫六经无文法也"之句,后注云"陈止斋云:三代无文人,六经无文法"(《景印文渊阁四库全书》第 1358 册,第 421 页)。明代陈全之《蓬窗日录》卷四"文章"一则亦抄录《文章策》"宋陈傅良曰:三代无文人,六经无文法"云云(上海书店 1985 年版,叶 58a—58b)。
④ 旧题揭曼硕(揭傒斯)撰(或题虞集撰)《诗法正宗》,见张健编著《元代诗法校考》,第 315 页,北京大学出版社 2001 年版。
⑤ 宋濂《宋学士文集》卷十六(《銮坡集[翰苑后集]》卷六)《王君子与文集序》,《明别集丛刊》第 1 辑第 6 册,第 150 页。

有文法"。后代《史》《汉》纪传、唐宋古文的艺术风格,尽皆渊源于六经之法;明人之"当代"写作,也须得其法度。不但如此,宋濂对《文心雕龙·宗经》"论、说、辞、序则《易》统其首,诏、策、章、奏则《书》发其源,赋、颂、歌、赞则《诗》立其本,铭、诔、箴、祝则《礼》总其端,纪、传、文、檄则《春秋》为根"①的说法亦有不满,认为将各种文体的源头分别追溯到五经,仍为未尽之论,因为《易》中也有如诗之韵语,《书》中也有类似序、记的篇章,因此他主张"五经各备文之众法,非可以一事而指名也"②,实际上是强调经书有超越具体文体、题材传统的普遍性的"典范"地位。这一思路可用以理解他对文章应该"宗经"还是"宗史"的论辩:

> 世之论文者有二,曰载道,曰纪事。纪事之文,当本之司马迁、班固,而载道之文,舍六籍吾将焉从?虽然,六籍者,本与根也,迁、固者,枝与叶也;此固近代唐子西之论,而予之所见,则有异于是也。六籍之外,当以孟子为宗,韩子次之,欧阳子又次之,此则国之通衢,无榛荆之塞,无蛇虎之祸,可以直趋圣贤之大道。去此则曲狭僻径耳、荦确邪蹊耳,胡可行哉!③

这一段论述意颇转折,须仔细分辨。其中提出了一个重要的观念,即以"载道"和"纪事"将文章分成两个传统,载道之文宗六经,纪事之文宗迁、固。这两个传统的分划,从知识类型的角度看,实际上就是"经"与"史"的分判,盖"经以载道,史以纪事"④也。这一说法,包藏着一个极大的危险,即"经""史"有异,"史"家文字自有渊源,不必以"经"作为唯一的裁判标准。唐庚(子西)论文,以为"六经不可学,亦不须学,故作文当学司马迁,作诗当学杜子美"⑤,即是强调诗文传统这种自身的独立性。这种观点,事实上并不合乎宋濂对文章传统的根本认识,盖《文原》全篇之大旨,正是要以《易》《书》《仪礼》等儒家经典为基础建立文章之"原",因此迁、固之文,杜甫之诗,不能成为另一个"原"。同时,结合上述"五经各备文之众法"的论点,不论何种文体

---

① 刘勰著,詹锳义证《文心雕龙义证》卷一《宗经第三》,第78—79页,上海古籍出版社1989年版。
② 《宋学士文集》卷八(《銮坡集[翰苑前集]》卷八)《白云稿序》,《明别集丛刊》第1辑第6册,第75页。
③ 《宋学士文集》卷五十五(《芝园后集》卷五)《文原》篇末识语,《明别集丛刊》第1辑第6册,第422页。
④ 《宋学士文集》卷二十八(《翰苑续集》卷八)《守斋类稿序》,《明别集丛刊》第1辑第6册,第236页。
⑤ 唐庚撰,强行父辑《文录》,《四库全书存目丛书》集部第415册,第227页。

形式、知识类型,"经"都应该是最后的源头,也不当有两歧之说。因此,在迁、固之外,宋濂特别标举孟子、韩愈、欧阳修的文统,虽未明言,按照上述的逻辑推断,这一文统不应仅就"纪事"而言,而是包括一切类型的文章在内的。李东阳《篁墩文集序》也用"经"与"史"作为文章分类的基本框架:

> 文之见于世者,惟经与史:经立道,史立事。载道之文,《易》《诗》《书》《春秋》《礼》《乐》备矣。〔……〕纪事之文,自《左传》、迁《史》、班《汉书》之后,惟司马《通鉴》、欧阳《五代史》。〔……〕若序、论、策、义之属,皆经之余;而碑、表、铭、志、传、状之属,皆史之余也。二者分殊而体异,盖惟韩、欧能兼之,吾朱子则集其大成。①

李东阳之论,同样是以"载道""纪事"分经、史的思路,他引入辨体的视角,将后世的各种文体分派到经、史之下,其说更趋细密也。在这个背景下,弘治、正德间,前七子倡言"文必秦汉,诗必盛唐",侧重的便在"史"而不在"经"。李梦阳、何景明奉为古文典范的《史记》《汉书》,从知识类型上看,都是"史"而非"经",《左传》虽列经部,但仍是经中之史,故其欲求者,仍是史家的叙事法。如李梦阳《答吴谨书》云:"夫文自有格,不祖其格,终不足以知文。今人有左氏、迁乎?"②即是以《左传》《史记》为古文之"格"。而在另一封"论史"的书信中,他对这一谱系陈述得更加完备:

> 仆尝思作史之义,昭往训来,美恶具列,不劝不惩,不之述也。其文贵约而该。约则览者易遍,该则首末弗遗。古史莫如《书》《春秋》,孔子删修,篇寡而字严。左氏继之,辞义精详。迁、固博采,简帙省缩。③

这里论"作史之义",梳理史书谱系自然是题中应有之义,但以此作为了解其古文典范之参考,似乎亦无不可。李梦阳在此,建立了从《尚书》《春秋》《左传》到《史记》《汉书》的线索,正是强调前三种"经部"书的"史书"属性。当然,从另一种角度看,这一论述也未尝不可以解释为通过《尚书》《春秋》将

---

① 《李东阳集·文后集》卷四《篁墩文集序》,第976页,岳麓书社2008年版。又见程敏政《篁墩程先生文集》卷首,《明别集丛刊》第1辑第61册,第3页;此版本文末交代写作时间为正德丁卯"三月既望"即正德二年(1507)。"吾朱子则集其大成",校点本《李东阳集》作"若朱子则集其大成",误;据明正德刊本《怀麓堂文后稿》卷四《篁墩文集序》(国家图书馆藏,叶13b—14a)及《篁墩程先生文集》卷首序校改。
② 李梦阳撰,郝润华校笺《李梦阳集校笺》卷六十二,第1922页,中华书局2020年版。
③ 《李梦阳集校笺》卷六十二《论史答王监察书》,第1923页。

"史"上通到"经"。事实上,李梦阳论述"文章"之价值,也时以六经为说,如其《与周子书》批评"文主理已矣,何必法也"的论调,便从孔子和六经寻找理论依据,一方面援引"言之弗文,行而弗远",一方面指出"六经何者非理? 乃其文,何者非法也"①,用"六经有文法"来支持自己讲求文章法度的主张。不过,就具体的文章师法来讲,空同却并不高谈六经,甚至还有"经史体殊"之说,指出经、史各有其不同的风格特点。从内容上讲,"事以史著,义以经见"②,二者有说理与叙事之别,这与上引宋濂《文原》中所引述的"载道""纪事"之分类似。但更重要的是,在李梦阳,这种内容功能上的不同,也会反映到文学风格上,形成"经"和"史"在审美形式上的差异:

> 昔人谓文至《檀弓》极,迁《史》序骊姬云云,《檀弓》第曰"公安骊姬",约而该,故其文极。如此论文,天下无文矣。夫文者,随事变化,错理以成章者也。不必约,太约伤肉;不必该,太该伤骨。夫**经史体殊,经主约,史主该**。〔……〕经者文之要也,曰"安"而食、寝备矣。自《檀弓》文极之论兴,而天下好古之士惑于是,惟约之务,为湔洗,为聱牙,为剜剔,使观者知所事而不知所以事,无由仿佛其形容。西京之后,作者无闻矣!③

李梦阳在此针对左迁右《檀》之说,特意用"经史体殊"为《史记》辩护。以文字繁约品评《檀弓》,自宋人已有之,不过作为参照对象的一般是《左传》而非《史记》。按《檀弓》"晋献公将杀其世子申生"一节,记申生自述不愿辩诬之理由,但云"君安骊姬,是我伤公之心也"④;而《左传》则用"君非姬氏居不安、食不饱;我辞,姬必有罪,君老矣,吾又不乐"二十三字⑤。《史记》云:"吾君老矣,非骊姬,寝不安,食不甘。即辞之,君且怒之。不可。"⑥为文大体与《左传》相近。相形之下,《檀弓》文字最省。故论者常以此为例以论《檀弓》文章之妙。如吕本中即云"读《左氏》而知《檀弓》之高远也"⑦,陈骙《文则》亦称《檀弓》"古简而不疏,旨深而不晦","虽《左氏》之富艳,敢奋飞于

---

① 《李梦阳集校笺》卷六十二《答周子书》,第1925页。
② 《李梦阳集校笺》卷五十九《作志通论》:"夫述者,存往者也;作者,训来者也。存以比事,训以阐义,事以史著,义以经见,二者殊涂,归则一焉。"第1842—1843页。
③ 《李梦阳集校笺》卷六十六《论学上篇第五》,第1993—1994页。
④ 《十三经注疏·礼记正义》卷六《檀弓上》,第2764页。
⑤ 《十三经注疏·春秋左传正义》卷十二《僖公四年》,第3893页。
⑥ 司马迁撰,裴骃集解,司马贞索隐,张守节正义《史记》卷三十九《晋世家》,第1988页,中华书局2014年版。
⑦ 王正德《余师录》卷三引吕本中语,《历代文话》第1册,第388页。

前乎"①。李梦阳所论,其实是是否当以文辞之繁简论高下的问题,谓文章"随事变化",不必唯"约"是求,所论固宜;但他却将"该""约"之别转化成了"经""史"之殊,在这个框架下,选择作为史家矩矱的《史记》与作为经书的《檀弓》并置,似乎就比体兼经史的《左传》更为合适。事实上,用"经主约,史主该"描述两部典籍在文字上的特征,虽大致符合实情,但"该"或"约"却未必是经史所以立体之由。在前引《论史答王监察书》中,李梦阳自己也使用"其文贵约而该"阐述史书文章的特点,但在"经主约,史主该"的框架下,他却强调"约""该"各有所宜,不可一味地泥于"宗经"而追求简约。李氏有意建立这一论述,其用意恐怕还是在"经文"的压力下为"史家"文辞争一席之地。前七子在文章复古方面,沿《左》《国》《史》《汉》之脉络一线而下,正有一"史家文"的底色。"经史体殊"一说,正可见其论文辞法度,真正有力处其实并不在六经。而何景明则更进一层,指"经"亦是"纪事之书":

> 夫学者谓经以载道,史以载事,故凡讨论艺文,横分事理而莫知反说,讫无条贯,安能弗畔也哉!《易》列象器,《书》陈政治,《诗》采风谣,《礼》述仪物,《春秋》纪列国时事,皆未有舍事而议于无形者也。夫形理者,事也;宰事者,理也。故事顺则理得,事逆则理失。天下皆事也,而理征焉。是以经、史者,皆纪事之书,但圣哲之言为经尔。故纪事者,苟非察于性命之奥以尽事物之情者,亦难与论于作者之门矣。②

何景明的论述,亦针对"经以载道,史以载事"之论而发,表面上看,其持论与李梦阳正相背反,李云"经史体殊",何则谓经史不二。但实际上,两人之论,恰恰同样反映了主张"史"家文字的复古派,在面对"经书"压力时的应对策略。何景明论证理寓于事,"经"亦"纪事之书",并详细列举五经皆未尝离"事",颇有点"六经皆史"的味道,其实正与李梦阳一致,是要建立"史"的典范地位。所不同者,李氏的策略是"另辟蹊径",讲"史"相对"经",自有传统,不可执"经"以难"史";何氏的策略则是"入室操戈",直接说"经"也是"史",如此则"史"自然与"经"一样具有典范意义。

与七子派相对立,论文而好谈六经的,却是唐宋派的古文家。唐宋派以

---

① 《文则·己》,《历代文话》第 1 册,第 164 页。
② 何景明著,李淑毅等点校《何大复集》卷三十四《汉纪序》,第 598 页,中州古籍出版社 1989 年版。"而理征焉",点校本作"而理微焉",误。据明刻本《何大复先生集》本(《明别集丛刊》第 2 辑第 17 册,第 270 页)正之。

韩欧诸大家为学文门径,理论依据便是韩愈等人能够宗经;其批评七子之复古,也是以李、何不能宗经为理由。茅坤在其写给唐顺之的书信中,尝梳理古文的历史脉络,曾以"堪舆家"的山川形势之说为喻:

> 古来文章家,气轴所结,各自不同。譬如堪舆家所指"龙法"〔……〕窃谓马迁譬之秦中也,韩愈譬之剑阁也,而欧、曾譬之金陵、吴会也。〔……〕而至于六经,则昆仑也,所谓祖龙是已。故愚窃谓今之有志于为文者,当本之六经,以求其祖龙。①

茅坤以山脉延伸比拟文脉的历史演进,特别凸显的是六经作为"祖龙"的地位,《史记》为代表的秦汉文章也被放入这一条"龙脉"之中。茅氏关于文统的另一个比喻则是政治上的"正统论":

> 文必溯六艺之深,而折衷于道,斯则天下者之正统也。其间雄才侠气,姗韩欧、骂苏曾,而不能本之乎六艺者,草莽偏陲,项羽、曹操以下是也。②

文章是否与于正统,即在其能否本乎"六艺"。这里所谓"雄才侠气"、姗韩骂苏,正是针对李梦阳,观鹿门《复陈五岳方伯书》中有云"献吉则弘治、正德间所尝擅盟而雄矣,或不免犹属草莽偏陲、项籍以下是也"③,与此处的"草莽偏陲,项羽、曹操以下"若合符节,盖外空同于文统也。而在《八大家文钞总序》中,茅氏更是屡称"六艺"来推演其宏观的文学史论述,以为秦火之后,"六艺之旨几辍",汉代贾、董、马、班,稍能得之,此后六代文气靡弱,直到韩愈起衰济溺,与柳宗元一道"寻六艺之遗"而羽翼之,宋代又有欧阳修得其文统而传之三苏、曾、王,于是"孔子所删、六艺之遗",遂"家习而户眇之也"。至于明代的秦汉派,则于文统无与:

> 我明弘治、正德间,李梦阳崛起北地,豪隽辐凑,已振诗声,复揭文轨,而曰"吾《左》、吾《史》与《汉》矣",已而又曰"吾黄初、建安矣"。以予观之,**特所谓词林之雄耳**,其于**古六艺之遗**,得无湛淫涤滥,而互相剽

---

① 《茅鹿门先生文集》卷一《复唐荆川司谏书》,张梦新、张大芝点校《茅坤集》,第191页,浙江古籍出版社2012年版。
② 同上书卷四《与慎山泉侍御论文书》,《茅坤集》,第259页。
③ 同上书卷八《复陈五岳方伯书》,《茅坤集》,第257—258页。

裂已乎?①

此言"六艺",即谓六经也。在鹿门眼中,韩愈能上接六经,故以昌黎为中心的唐宋大家文获得了在文统中的地位,而李梦阳不能得"古六艺之遗",终落第二义。鹿门在序文中批评"世之操觚者""往往谓文章与时相高下",乃是因为其"不知文特以道相盛衰,时非所论也"。强调以"道"而不是"时"论文,正是主张以"合于道"而非"合于古"为评价文章的标准,这不妨看作对前七子"复古"的批评。

不过,唐宋派虽然以"六艺之遗"为建构文统体系的核心,但为文乃是以韩、柳、欧、曾为津梁。这一系古文家能得"六艺之遗",主要是能得六经之"道",其次才是能得六经之"文"。如茅坤《唐宋八大家文钞》叙录韩愈之文时,提出古文家"要之必本乎道,而按古六艺者之遗,斯之谓古作者之旨云尔"②,所言大抵偏重在文章内容。又评曾巩云"其议论必本于六经,而其鼓铸剪裁必折衷之于古作者之旨"③,则显系分言"道"与"文"两端。由此可见,茅坤在处理具体的古文形式问题时,实际上并不直接从六经求法度。④唐顺之认为"汉以前之文""法寓于无法之中","其为法也密而不可窥",因此须从"以有法为法"、文法"严而不可犯"的唐宋文章入手来学习,则是一个较清晰的理论表述。荆川所谓"汉以前",主要是指"秦与汉之文"⑤,但六经之文也未尝不能包括在内。简言之,唐宋派讲"宗经",在思想或"道"的一方面继承六经,但在形式和文章一方面,实际上却有一个"置换",即以唐宋大家是六经的继承者,故直接通过学韩、柳、欧、苏而学六经之"文"。

事实上,既以"古六艺之遗"为肯定唐宋大家的依据,在逻辑上不能不推出的一个问题便是,为何不直接研习六经之文? 唐顺之关于"无法""有法"的折辩,正是为了在理论上解决这个问题。而茅坤又尝从另一角度解释之,

---

① 《茅鹿门先生文集》卷十四《八大家文钞总序》,《茅坤集》,第 483 页。
② 《唐宋八大家文钞·唐大家韩文公文抄》卷首《韩文公文钞引》,叶 2a。按此本标题杂用"文抄""文钞",今皆从其原文,不作划一。
③ 《唐宋八大家文钞·宋大家曾文定公文抄》卷首《曾文定公文钞引》,叶 1a。此处所谓"古作者",就曾巩而言主要当是指刘向。
④ 茅坤于苏洵,更承认其杂有申、韩、纵横,"不敢遽谓得古六艺者之遗",特以文气可观而录之(《唐宋八大家文钞·宋大家苏文公文抄》卷首《苏文公文钞引》,叶 1a)。
⑤ 《董中峰侍郎文集序》,《唐顺之集》,第 466 页。此文云:"有人焉,见夫汉以前之文,疑于无法,而以为果无法也,于是率然而出之,决裂以为体,恆饤以为词,尽去自古以来开阖首尾经纬错综之法,而别为一种臃肿佶涩浮荡之文,其气离而不属,其声离而不节,其意卑,其语涩,以为秦与汉之文如是也,岂不犹腐木湿鼓之音,而且诧曰:'吾之乐合乎神。'呜呼! 今之言秦与汉者纷纷是矣。知其果秦乎汉乎否也?"可见所谓"汉以前之文",主要即指"秦与汉之文"。

认为宗经之要在求其"道"而不可"第以文赏之"。其说见于茅氏为姚翼所刻《檀孟批点》一书所作之引子：

> 姚海屋携所刻摘录《檀弓》《孟子》批点者示予。予读一过，题之曰：《檀弓》之言隽以约，譬则引冽泉而出飞岩洞壑也，然特掏其句与字以为工者也。言之工，文之衰也。乃若孟氏深于道，其为言也闳以辩，譬则进之而江淮而河海矣。眉山公不得于其道，顾以为或不离乎战国诸子者之习，而第以文赏之。嗟乎！《孟子》者，文云乎哉？①

姚翼乃茅坤之内弟，又师事唐荆川，生平亦好古文，尝"录《左氏春秋》《国语》下逮汉、魏、晋、宋、齐、梁、陈、周、隋、唐、五代、宋、元"以迄明朝之文，而"镌评之"，署曰《历朝文选》。② 此种《檀孟批点》，今未见，不能详考其体例宗旨，唯可略据茅坤之引言，想见其仿佛。在上面一段文字中，茅坤一方面虽然也肯定《檀弓》文字"隽"和"约"的优点，但仍不忘指出儒家经典还是不能仅仅"以文赏之"，过分追求"言之工"会导致"文之衰"，于《孟子》更指出当求其道而不仅仅是文。这一论述更推进一步，其实便可能与理学家的"志于道而已，何以文为"同调了。由此可知，无论是以"经史体殊"而自居"史家文"的空同、大复，抑或主张六经"为法难窥"而取径韩、欧的荆川、鹿门，都并不是真正从儒家经书中寻求文章法度。相形之下，姚翼"批点"《檀弓》《孟子》的阅读方式，可谓具体细密地揭示了儒家经籍作为"文章"的面向。这种批点经籍之风气，正是明人知识视野与阅读趣味演进中之重要现象。

第二节 经书评点及其文学经典化

倘若以"批点"作为观察角度，南宋以降，经部诸书的"文章典范化"③便不断发展，而明代乃是其演进兴盛的一个重要时期。在儒家诸"经"之中，

---

① 《茅鹿门先生文集》卷三十一《刻檀孟批点引》，《茅坤集》，第820页。
② 《海屋君传》，《茅坤集·白华楼文稿补录》，第1331页。
③ 从广义上看，宗经为文的观念在中国文学思想的传统中根深蒂固，经书一直都是士大夫文章写作的典范。本书所谓"文章典范化"，则是特指宋代以降，用在古文乃至科举时文领域所形成的对文章字法、篇法、句法的批评来分析儒家经典，即将六经作为与唐宋以后的古文甚或时文、通俗小说一样的"文章"来看待。"文章典范化"的提法，参见龚鹏程《六经皆文：晚明对〈春秋〉三传、〈礼记〉等书的文章典范化》，载其《六经皆文——经学史/文学史》，第155—178页，台湾学生书局2008年版。龚著提出经学的"文章"面向，极具启发性，但其主要围绕归有光到桐城派的古文系统而论，在经书评点本的部分，主要是以孙鑛、钟惺为例。

《周易》文字零散,《尚书》"佶屈聱牙",从目前所知的文献看,大体上是到晚明才有较完备的批点本流传。而《诗经》本属韵语,历来与诗歌关系密切,朱熹《诗集传》和严粲《诗缉》之后,"读诗且只将做今人做底诗看"①一路的解释思路,影响甚大。《左传》在南宋即被真德秀选入《文章正宗》,且施以圈点、批语,指示其"精神筋骨所在";其为"古文"之典范,由来亦久。《孟子》相传有苏洵批点之本,《四库全书总目》指出其当属依托,然孙绪《无用闲谈》已质疑此书"引洪迈之语",可推知"正德中是书已行矣"。② 事实上,在元明之际赵㧑谦的《学范》中,有一段赵氏的按语,已经提到"老泉"批点的《孟子》:

> 谦按:老泉、叠山有批点《孟子》,极使人易知作文之法。③

《学范》卷首有洪武二十二年(1389)郑真序文,时当已成书。由此可知,所谓苏洵批点的《孟子》在明初已有流传,然未详其时是否已有刊本,抑或托之抄本。至迟在嘉靖元年(1522),此书已有付梓之议,董其事者为王阳明弟子、靖江朱得之④。朱氏《苏老泉批点孟子引》云:

> 《孟子》传道述德之言,其文至矣。顾其运规矩于无形,妙方圆于莫尚,后死者不有濂、洛、关、闽之领悟,而有董、贾、韩、欧之摹写,岂能骤而窥耶?老泉绝世俗,退居山野,肆力于文章者数年,而后得其所谓规矩方圆之迹,而评点以表识之,岂非达观先觉之所在,而学文者所当亲乎?此子瞻必赖是而悟文机也。或乃病其援吾《孟子》入于文辞之流,戾其明道之意也。噫!程子不曰:"得于辞不达其意者有矣,未有不得于辞而能通其意者也。"诚有得于文之操纵抑扬、卷舒和懆、缓急续绝、予夺隐显、起伏开合、往来感应、顿挫奔逸之情,则亦可以见夫道之行于天地之间之象也。⑤

此序末称"余时方谋梓传"云云,署"嘉靖改元九日后学靖江朱得之识",此或是所谓苏评《孟子》从抄本转为刻本的一个较早案例,惜今未见传本,未

---

① 《朱子语类》卷八十,第 2083 页。
② 《四库全书总目》卷三十七《苏评孟子》提要,第 307 页。
③ 《学范》,《四库全书存目丛书》子部第 121 册,第 323 页。按"老泉"乃苏轼别号,但自南宋以降,人多误以为苏洵之号。赵㧑谦此处亦应是指苏洵。
④ 朱得之字本思,号近斋,南直隶靖江人,生平见《明儒学案》卷二十五。
⑤ 《苏氏孟子》卷首,《辽宁省图书馆藏陶湘旧藏闵凌刻本集成》影印万历四十五年(1617)闵齐伋刻三色套印本(与《草韵辨体》合刊),第 3—7 页,中华书局 2017 年版。

可考知其详。万历四十五年(1617)闵齐伋刊刻的苏评《孟子》中保留了朱得之序文,当是因之而来。而前此万历二十九年(1601)刊刻的陈深《十三经解诂》在《孟子》部分收录的也是《苏老泉批点孟子》,考其批语内容,与闵本大同小异,而又附有一份"朱墨辩",说明其刊刻体例:

图1 《苏老泉批点孟子》"朱墨辩"

据此所言,"老泉批点原本,朱墨错杂,然既入梓,而概以墨印,殊失其真",因此用"虚"(空心圈、点、抹)、"实"(实心圈、点、抹)分别代表朱、墨,正可见"批点"从抄本转为刻本形态时不得不采用的权宜之计。① "苏老泉"批语之内容,在此书主要以夹批的形式刊刻,绝大多数是聚焦于《孟子》原文之章法结构。如《梁惠王上》开篇"孟子见梁惠王",侧夹批"一句截住"②;"王立沼上章","贤者而后乐此,不贤者虽有此不乐也"两句,施以空心圈(代表朱圈),侧夹批"两句先截住,一正一反,下文分两段"③;"齐桓晋文之事章","盖亦反其本矣",批"过脉,结上生下"④;等等,都是

---

① 陈深《十三经解诂》第3册,第348页,《故宫珍本丛刊》第20册(影印明刊本),海南出版社2000年版。按此"朱墨辩"附于《十三经解诂·论语》卷末,未知何故。
② 《十三经解诂》第3册,第385页。
③ 同上。为叙述方便,据朱熹《论孟精义》所用章名标识之。
④ 同上书,第388页。

分析相关文句在篇章中的功能。又如于《万章下》"仕非为贫章"论其前后连缀之法:

> 孟子曰:仕非为贫也,而有时乎为贫。娶妻非为养也,而有时乎为养。为贫者【夹批:粘"为贫"字,缀下】,辞尊居卑,辞富居贫。辞尊居卑,辞富居贫,恶乎宜乎?【夹批:又粘"辞尊居卑"二句,缀作一问】抱关击柝。【夹批:答壮】①

"苏评"乃是指出此章以"为贫""辞尊居卑"等关键词贯穿前后的写法,字句分析不可谓不细也。章法解析之外,"苏评"中亦有赏鉴语调语态者,如《梁惠王下》"齐宣王见孟子于雪宫章","王曰:贤者亦有此乐乎"句批"婉切"②;《梁惠王下》"齐宣王问汤放桀章","闻诛一夫纣矣,未闻弑君也"句批"感慨"③;《公孙丑上》"问夫子当路于齐章","孟子曰:子诚齐人也"句批"[鉴]〔铿〕锵"④;等等,生动地揭示出有关人物对话的语言情态。《十三经解诂》中也收录了陈深本人对《孟子》的评点,如《梁惠王上》"齐桓晋文之事章",眉批云:

> 深按:此章是答问体,有首尾,有照应,一线到底,如缗贯珠。⑤

从评点方法看,陈氏在继承"苏评"章法分析的基础上更为补充发挥,概括抽绎"答问体"之说,从文体结构的角度进一步阐释之。又如《梁惠王下》"孟子见齐宣王曰所谓故国者章",眉批"老泉此章批评,似与孟子抵掌胡卢,千年如见"⑥,则是称许"苏评"对原文神理的把握。《离娄下》"齐人有一妻一妾章"章末"由君子观之,则人之所以求富贵利达者,其妻妾不羞也而不相泣者几希矣","苏评"谓其"转作断词,文简洁。韩、柳诸传多如此";陈氏眉批云"韩《圬者王承福传》、柳《梓人传》《河间传》俱

---

① 《十三经解诂》第3册,第425页。
② 同上书,第390页。
③ 《苏氏孟子》卷上,第38页。按《十三经解诂·苏老泉批点孟子》中未见此批语;然有类似者如《梁惠王下》"齐人伐燕胜之章","如水益深,如火益热,亦运而已矣"句,夹批"感慨"(第392页)。
④ 《十三经解诂》第3册,第394页。本书校勘引文,用方括号[ ]标识原文误字,六角括号〔 〕补出应作某字。
⑤ 同上书,第387页。
⑥ 同上书,第391页。

用此体"①,则是继续补充完善其说,指出《孟子》章法对后世古文的影响。署名"苏老泉"批评的《孟子》,在明代士人中颇有流传。约在成化初年(1471年之前),谢铎有《读苏老泉批点孟子》诗②;嘉靖十七年(1538),陆深在家书中教导其子作文之法,提及"文章是儒者末事,亦须充养始得。吾家有老泉批点《孟子》可读,其次多读《汉书》、韩文"③;皆可见明人将"苏批"《孟子》作为文章读本的情形。

更可注意者,在《孟子》之外,《檀弓》《考工记》等相对"偏僻"的经典,也因文章家的喜好而纷纷进入读书人与书贾的视野。《檀弓》之批点本,相传出于南宋谢枋得之手,然其流行亦始于明代。今可见最早刊行"谢叠山批点"者,乃是杨慎的《檀弓丛训》。此书卷首有"嘉靖丙申"即嘉靖十五年(1536)张含序,称杨慎居滇之时,张含"手吾翁少司徒所缀宋叠山谢氏点勘《檀弓》以似予",杨慎以为"兹录奇矣",然于郑玄、孔颖达、陈澔、吴澄诸家旧注,去取或有未当,于是"搴稂掇英,以为《丛训》"。由此可知《檀弓丛训》,乃是杨慎根据张含之父、户部侍郎张志淳所辑之"谢批",复为整理故训,编成一书。《丛训》分二卷,上卷卷首题"檀弓丛训卷上,附谢叠山批点",下有双行小字"批见注后,点见文旁",标出其批点体例。④ 其法乃是以大字录《檀弓》原文,大字之下随文以双行小字录前代各家以及杨慎自己的注释、按语,一段结束之后,再附录"谢叠山批"。批语之格式是先以大字节录经文某句之首尾,复以双行小字备录批语于其下。此即所谓"批见注后"也。而"点见文旁",则是在大字正文右侧有空心圆圈以及小字夹批"字法""句法""章法"等。如首章"公仪仲子之丧",附录批语部分,首先以"夫仲子 止古之道也"标出批语针对的原文是"夫仲子亦犹行古之道也"一句,下面双行小字云"叠一句法"即是批语。(参见图2)

---

① 《十三经解诂》第3册,第418页。《苏氏孟子》卷下所载"苏评"作"转作断语,简洁。韩、柳诸传多如此",文字小异(第157页)。

② 《桃溪净稿》卷四《读苏老泉批点孟子》,《四库全书存目丛书》集部第38册,第170—171页。按《桃溪净稿》按年月编次(参见林家骊、白崇《谢铎与〈桃溪集〉》,《文献》2006年第2期);此诗之后卷五有《哭叔父王城先生》,作于成化七年(1471)谢铎叔父谢绩或去世之时(《桃溪净稿》卷二十八《叙述王城先生诗后》:"成化七年辛卯秋九月某日,铎叔父王城先生卒于杭。"《四库全书存目丛书》集部第38册,第455页)。由此可推知读苏批《孟子》之诗,当在此前。

③ 《俨山文集》卷九十七《京中家书》,《明别集丛刊》第2辑第2册,第95页。此书前有一封书信提到"我自十五日入阁下读殿试进士卷〔……〕初,内阁拟苏州陆师道作状头,其卷甚佳;御笔批作二甲第五,取袁炜第一,文华宣读已出,复召二老兼未斋入,改为第三,亲擢茅瓒作状元"。考嘉靖十七年戊戌科,茅瓒为状元、袁炜为探花;由此可推知陆深家书之时间。

④ 《檀弓丛训》,《四库全书存目丛书》经部第88册(影印明嘉靖姚安府刻本),第325页。

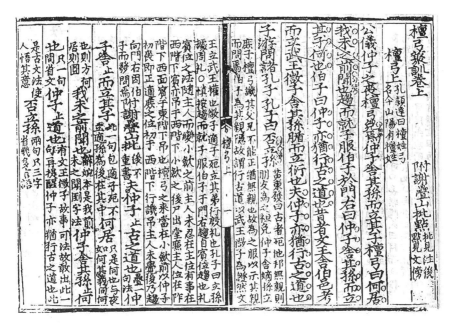

图 2 杨慎《檀弓丛训》卷上书影

《檀弓丛训》所录"谢批",其文献来源是张志淳之抄本;而其批语中事实上增入了大量张氏本人的手笔。《檀弓丛训》卷下末尾有一条张志淳之跋语云:

> 此本圈批,前俱有,至"季武"章起,只有圈而无批。前亦有不尽然者。至于所以然之意,复有去取不可晓者。今虽少为增补,而卒亦草草也。弘治十五年壬戌五月二十三日,永昌张志淳。①

此跋虽仅寥寥数语,但对了解"谢批《檀弓》"之文献源流甚为紧要。首先,《檀弓丛训》所录"谢叠山批"之形成时代,可从嘉靖十五年前推三十四年而至弘治十五年(1502)。其次,张氏称"至'季武'章起,只有圈而无批",当是指《檀弓》下篇第五章②;从此章开始原本"有圈无批",今所见批语实际上是张志淳所作。张含序文中以一"缀"字记之,颇有深意。细绎批语之文,亦能发现一些蛛丝马迹。《檀弓》下篇的"赵文子与叔誉观乎九原"一章,叙赵文子与叔誉评论人物之事:

---

① 《檀弓丛训》卷下,《四库全书存目丛书》经部第 88 册,第 355 页。
② 按《檀弓》中以"季武"起首者有两章,一是上篇第三章"季武子成寝",二是下篇第五章"季武子寝疾,蟜固不说齐衰而入见"。若是前者,则全书仅首两章有批语矣,无乃太寡;故揆以常理,张跋所指,当是后者。

赵文子与叔誉观乎九原。文子曰:"死者如可作也,吾谁与归?"叔誉曰:"其阳处父乎?"文子曰:"行并植于晋国,不没其身,其知不足称也。""其舅犯乎?"文子曰:"见利不顾其君,其仁不足称也。我则随武子乎!利其君不忘其身,谋其身不遗其友。"晋人谓文子知人。文子其中退然如不胜衣,其言吶吶然如不出诸其口;所举于晋国管库之士七十有余家,生不交利,死不属其子焉。

《檀弓丛训》于此章下附录了五段"谢叠山批",其中第四段就"晋人谓文子知人"句评曰:

此一句在中,结上生下,乃扛千斛鼎之金铉也。谓文子为知人,正是见其所取于前,知其所举于后也。此非一句,成折腰矣。予观《檀弓》之文,载晋事尤妙,如申生事、知悼子卒事、秦穆公〔使人〕吊重耳事、晋献文子成室事及此节,皆妙绝今古,超文人蹊径之外。宋人谓春秋战国之世,楚多文人,如倚相、观射父、屈原之流,然岂知晋之文人尤高乎!楚之文深雄奔放,有伯国之气,晋之文曲中肆隐,乃有先王之风矣。①

按"晋人谓文子知人"在原文中乃是承上启下之句,前此记二人对答之言语,后此则叙文子"知人"之行事。批语指出此句在文章结构上的功用之后,又展开去发挥一番关于"晋之文人"的议论。值得注意的是,批语中出现了"宋人谓春秋战国之世,楚多文人"的说法,此称"宋人",则当属元以后人之口吻,必非谢叠山之语,结合前述跋尾,或即可推断为张志淳所批。

除了张氏的增补,杨慎对《檀弓》之"文章"亦有自己的品评。按《檀弓丛训》正文中穿插的双行小注,既包括历代注家对经文文义的注释,也引述了陈骙、陈子宏(当是南宋陈模)等前贤评论《檀弓》文辞之语。而杨慎本人的批语,大部分以"慎按"或"升庵云"的方式见诸随文的双行小注,也有个别以大字刻于段末"谢叠山"批语之后。如"曾子寝疾,病"一章,末尾"谢批"之后,复有大字:"升庵批'华而睆'至'元起易篑'一节:童子惊讶之状,与曾元、曾申掩护之情,并曾子虚叇而不失其正之事,千载如在目前。左氏且走僵,况汉以下文人乎!"②想必是杨慎评点的得意之笔。对《檀弓》文辞的讨论,涉及字法、句法、章法等许多方面,其中行文之"简约"是一个备受关注的特点。

---

① 《檀弓丛训》卷下,《四库全书存目丛书》经部第88册,第354页。"秦穆公〔使人〕吊重耳事","使人"二字影印本模糊不清,据《函海》本《檀弓丛训》补。

② 同上书卷上,第330页。

如"晋献公将杀其世子申生"一章,"谢批"就经文"子盖言子之志于公乎""君安骊姬,是我伤公之心""天下岂有无父之国哉"诸句,句句引《左传》之文对比分析,指出《檀弓》"辞简而有包括,妙在'安'字、'伤'字"。杨慎更详录《左传》《国语》《穀梁》以资对照,说明"此节仅百五十字,而包括曲折,有他人千言不尽者,非扛千斛龙文鼎笔力,未易及此"。① 不过"简约"也未必是唯一的标准,如卷下"石骀仲卒"一章:

> 石骀仲卒,无適子,有庶子六人,卜所以为后者。曰:"沐浴佩玉则兆。"五人者皆沐浴佩玉;石祁子曰:"孰有执亲之丧而沐浴佩玉者乎?"不沐浴佩玉。石祁子兆。卫人以龟为有知也。

《檀弓》此段文字四次重复出现"沐浴佩玉",但因文而生,自然有致,反复陈述以见其情,故不觉累赘。此段并无"谢批",《檀弓丛训》在随文双行小注中先是一段杨慎的评语:

> 升庵云:"沐浴配玉"凡四用而不厌其复,使后人为之,则曰"五人皆从之""石祁子不从",如此岂不减省?索然无味矣。《史记》多此等文法。②

接下来又引"陈子宏曰",以《史记·平原君虞卿列传》中反复出现"先生处胜之门下"之例子,说明"文字有不容于不多者"。可见在文本细部的批评方面,《檀弓丛训》亦对《檀弓》文法的复杂性有所展现,非仅以简古概之。

从物质载体的角度看,张志淳之前,所谓"谢批《檀弓》",主要以抄本的形态流传。嘉靖十五年之后,借由杨慎的《檀弓丛训》,"谢批"则开始以刻本的形式获得更广泛的流通。《檀弓丛训》卷下末尾署"嘉靖丙申夏六月姚安府刊送于安宁州书院",对照张含序中所云"姚安太守柳滨吴君,安宁二守有莲张君,磋司玉峰李君,谓兹弗可弗梓,乃九工图之,工之费由奉之出",可知此书乃云南姚安府、安宁州之长吏资助刻成,并借当地书院之力发送。此后陆续面世的多种《檀弓》批点本,大率皆祖述《丛训》。如嘉靖三十五年

---

① 《檀弓丛训》卷上,《四库全书存目丛书》经部第88册,第328—329页。陈骙《文则》已揭此例。
② 同上书卷下,第347页。原文作"石祈子",误,径改。洪迈《容斋随笔》卷八已有类似议论。

(1556),谢东山(高泉)①编刻《檀孟批点》,计划为谢叠山批《檀弓》和苏老泉批《孟子》合刊:

> 《檀弓》旧本叠山批,类书经文之后,今乃移置经文各句之下;而升庵时注,则仍其旧。余于《孟子》,亦欲稍集诸家说,及出意见为数语附其间,而未暇也。②

谢氏自序所言"旧本叠山批,类书经文之后"的刊刻模式,正与《檀弓丛训》相符合;"升庵时注,则仍其旧"的说法,也可以印证其版本来源乃在杨慎。谢东山自序中推许这两种评点能发明《檀》《孟》文辞之工,以为"作文之矩矱",故刊刻行世,"以便初学",可见其恰恰也是在"词章"的视野下出版。此后万历丙辰(四十四年,1616)间闵齐伋以朱墨套印刊刻《批点檀弓》,则是继承自谢东山之本,其自序云:

> 有宋谢叠山先生,旧有批点全篇行于世,迩为坊刻窜易,并经文芟夷之,非本来矣。顷从弟子京所见谢高泉先生所校本,盖旧本也,兼有用修附注,援引淹博,足备参稽,因汇《注疏》《集注》《集说》诸书,去其繁而存其要,以著于简端,而品题则仍谢之旧。

由此可知,闵刻本在文献渊源上乃是上承《檀弓丛训》和《檀孟批点》而来,在训诂方面又参考《礼记注疏》《礼记集注》《礼记集说》等前代注释,删繁就简而录之;而"品题"即文学批点方面,则是"仍谢之旧"③。从万历年间开始,更多种《檀弓》单行本成书并刊刻行世,如陈与郊《檀弓辑注》(万历二十二年,1594)、林兆珂《檀弓述注》(万历三十五年,1607)、徐昭庆《檀弓通》(万历三十八年,1610)、姚应仁《檀弓原》(天启六年,1626)以及牛斗星《檀弓

---

① 谢东山字阳升,号高泉,四川射洪人,嘉靖二十年(1541)进士,累官至右佥都御史,巡抚山东。见张尚淮等修,《射洪县志》卷二十一,第585页,台湾学生书局1971年版。
② 谢东山刻本《檀孟批点》,广州中山大学图书馆藏有一种,《中山大学图书馆古籍善本书录》著录云:"《檀弓批点》二卷,宋谢枋得批点,明杨慎附注,明嘉靖三十五年(1556)谢东山刻《檀孟批点》本,四册,卷端、书口、序均题檀孟批点,实存檀弓上下篇一种。"(第16页)此书今暂未见。然《升庵著述序跋》全文收录了谢东山序文,可资考证。见《升庵著述序跋》,第6—8页,云南人民出版社1985年版。谢东山序文末署"皇明嘉靖丙辰春吉皋泉谢东山撰",即嘉靖三十五年丙辰。
③ 所谓"仍谢之旧",存在两种可能的指涉,即"仍叠山批点之旧"或"仍高泉校本之旧"。但闵齐伋实际上并未看到叠山批点原本,所依据的只是谢高泉的校本,所以此处的"谢",似乎还是理解成"谢高泉"为宜。当然,闵齐伋也有可能在此处故意利用语言的歧义,暗示其刻本能体现谢枋得批点的本来面貌。

评》,等等①。这些《檀弓》单行本均附有谢枋得的批点。《檀弓辑注》乃是陈与郊所编的《檀弓考工记辑注》之一,卷首列举所引前辈学者,则有"郑玄注""孔颖达疏"和"谢枋得章句",所谓"章句",实即批语。考其书中,虽未刻圈点及"字法""句法"等字样,但所谓的"叠山批语"则以双行小注的形式随文录入。② 林兆珂《檀弓述注》在《凡例》第三条称"《檀弓》之文,或省而蓄,或叠而波,或错而奇,或复而隽,其章法、句法、字法,批点于谢君直者,允乎修辞鹄矣,而杨用修《丛训》,复酌诸家而加评骘","今圈点尽依叠山,而批评则《丛训》佐之,点仍文旁,评列文上"③,正可见其与《檀弓丛训》的渊源。尤其"点仍文旁,评列文上"一句,恰好就是针对《檀弓丛训》卷首的"批见注后,点见文旁"而言。徐昭庆《檀弓通》收录了杨慎《檀弓丛训序》,其《凡例》亦云"评论本之谢君直,参以杨用修诸家,间足鄙意"④。姚应仁《檀弓原》和牛斗星集评本《檀弓》,皆是以天头眉批的形式收录谢枋得、杨慎等人的评语。⑤由此可见,题名谢枋得的《檀弓》批点,在中晚明实际上相当流行,而其渊源,大抵皆在杨慎之《檀弓丛训》。

  与《檀弓》情况相似,《考工记》亦成为明人热衷批点的文本。其较著者,乃是周梦旸的《批点考工记》,其书"依谢叠山批点《檀弓》,傍用小圈标出章法、句法、字法"⑥,可见正是在"谢批《檀弓》"影响下的产物。其书初刊于万历十五年(1587),郭正域为之序⑦。此后万历二十二年(1594),又刻入赵标所编的《三代遗书》⑧。周氏批语对《考工记》文本的分析颇为细致,如"凡为

---

  ① 以上均据各书序跋推定其成书时间。陈与郊《檀弓辑注》卷首《檀弓考工记辑注序》末署"万历甲午秋七月既望"(《四库全书存目丛书》经部第91册,第459页),可知其成书在万历二十二年;然其卷首《檀弓辑注姓氏》后镌"万历甲辰春刻",则其刊行要迟到万历三十二年(1604)。林兆珂《檀弓述注》卷首有郭乔泰《檀弓述注序》,末署"万历丁未五月谷旦"(《四库全书存目丛书》经部第91册,第558—560页)。徐昭庆《檀弓通》卷首有梅鼎祚《檀弓考工二通序》,末署"万历岁庚戌腊月八日"(《四库全书存目丛书》经部第94册,第351—353页)。姚应仁《檀弓原》卷首有自作《题檀弓原》,署"天启六年丙寅秋"(《四库全书存目丛书》经部第92册,第742页)。牛斗星集评《檀弓》,《四库全书存目丛书》经部第95册收入,题为据"上海图书馆藏明末刻本"影印,确切成书刊刻时间不详。
  ② 《檀弓辑注》,《四库全书存目丛书》经部第91册,第460页。
  ③ 《檀弓述注》,《四库全书存目丛书》经部第91册,第558—560页。
  ④ 《檀弓通》,《四库全书存目丛书》经部第94册,第351—356页。
  ⑤ 《檀弓原》,《四库全书存目丛书》经部第92册。《檀弓》(牛斗星集评),《四库全书存目丛书》经部第95册。
  ⑥ 林兆珂《考工记述注》卷首《凡例》,《四库全书存目丛书》经部第82册,第11页。此前在唐宋时期文章家取法《考工记》的情况,可参张姗《论〈考工记〉文章学经典的生成》,《文学遗产》2021年第5期。张文指出,林光朝、林希逸、陈骙是南宋学者从文章角度解读《考工记》的代表。
  ⑦ 郭正域序末署"万历丁亥岁十一月之吉"。见《批点考工记》卷首,上海图书馆藏万历十五年醇尊堂刊本。
  ⑧ 参《中国丛书综录》第1册,第45页,上海古籍出版社1959年版。

轮,行泽者欲杼","杼"字加圈并夹批"字法"①。盖"杼"字本义是机杼(织布机上的梭子),《说文》谓"机持纬者"②;此处则不取本义,而用作削之使尖薄之义,郑玄注云"杼谓削薄其践地者"③。这种特别的用法,在周氏看来就构成一种"字法"。又如"知者创物,巧者述之,守之世,谓之工"一句,皆加圈;"守之世"夹批"句法""字法",并总眉批云:

> "世守之",便是平常语。只倒一字曰"守之世",词头意绪,多少包含。④

"守之世"状语后置,采用了与通常不同的语序;且不曰"世守之",在节奏上并不顺承上句"述之"而下,反而造成了拗崛的效果。在周评看来,"世"作状语构成一种"字法",而"守之世"整体则是一种独特的"句法"。又如"橘逾淮而北为枳,鸜鹆不逾济,貉逾汶则死",三句皆加圈,夹批"章法",第一句末又批"句法"⑤。大抵"橘逾淮而北为枳"句式简劲凝练,对比《晏子春秋》之"橘生淮南则为橘,生于淮北则为枳"较然可见,故周评以其有"句法";而此三句同是叙述物种依赖特定的地理条件即所谓"地气"而存在,但换用了三种不同的句式,整体上就显示出多变的效果,是为"章法";周氏眉批"首三句换三法,多少曲折,多少趣味"⑥,正谓此也。

此后万历十七年(己丑,1589)陈深有《周礼训隽》,其中《天官》《地官》《春官》《夏官》《秋官》部分的批语大率偏重训诂解释,而《考工记》部分则多有评论文辞之语。如《轮人》篇末"故可规、可萬、可水、可县、可量、可权也,谓之国工",眉批云:"总结'轮人'一章,末又用一句收之如贯珠,旷哉高调!"⑦"弓长六尺谓之庇轵"一段,眉批"形容模拟之妙,器则奚仲,文则工倕"⑧。亦是极力称道其行文之工。《梓人》眉批:

---

① 《批点考工记》卷上,叶15b。
② 《说文解字注》第六篇上,第262页。
③ 《十三经注疏·周礼注疏》卷三十九,第1964页。南宋林希逸《考工记解》进一步阐释云:"言牙轮之外,中间践地处,削去少许,而两边稍棱,则泥涂不附着,如刀割去之也。"(通志堂刊本,卷上,叶22b)
④ 《批点考工记》卷上,叶2b。
⑤ 同上书,叶4a。
⑥ 同上。
⑦ 《周礼训隽》卷九《考工记一》,《四库全书存目丛书》经部第82册,第230页。按,林希逸《考工记解》亦指出"此数行结《轮人》一章,其文最妙"(卷上,叶23b),陈深之说,则更为增华。
⑧ 《周礼训隽》卷九《考工记一》,《四库全书存目丛书》经部第82册,第231页。

此一官三章,尤称奇峻,与墨子之鸢、诸葛武侯之马、庄周之风,皆神技也! 古人岂无意为文而然!①

不但以形象类比赞赏其妙,更进而感叹古人可能"有意为文",此种"神技",自然有法度可循。具体用字之奇,便是关注的一大重点。《庐人》眉批"庐字训戈戟之柄,此亦神奇制字"②;《车人》"半矩谓之宣"眉批"人头何以言宣? 注家必有所本,太古不传"③。都是针对《考工记》中一些字词特别的释义而言。而这种特殊用法正可以成为后世文人拟古之时刻意取法的对象。陈深在《周礼训隽·凡例》中便尝论及此:

五官多奇字,字形也。《考工记》亦多奇字,字义也。《考工记》之字义奇而妥,用之缀文则适;五官之字形奇而僻,用之缀文则丑。④

由此可见时人接受《考工记》的角度。值得注意的是,万历年间涌现的多种《考工记》批点本,都是与《檀弓》合刻并行。如陈与郊之《檀弓辑注》,即是与《考工记辑注》并行,其《檀弓考工记辑注序》云:

近世谢东山氏合编《檀》《孟》,颇为学者所宗。昔韩愈氏谓读孟氏书,而后知孔子之道尊,圣人之道易行,王易王、霸易霸也,则安得以文章概之哉! 且当代五经之士,畴不读孟氏书,尊之至与孔子并也,而以俪《檀弓》,过矣。其与《檀弓》并者,宜莫如《考工记》。二书郑氏注之,注未晰者,孔氏、贾氏疏之,间有奇辞奥旨,疏所未竟者,诸老师大儒互发焉。而不佞复踵谢枋得氏,各章句之,而二书始豁焉无可疑,则俪之不亦宜乎! 于是乃采掇传注,著于篇,俾初学者观焉。韩氏又谓孔子从周,为文章之盛也。然则读是书者,恍然习议论、窥制作于成周,呜呼盛哉!⑤

序中反对谢东山合编《檀弓》《孟子》,主张以《考工记》俪之,又云其批点"踵谢枋得氏",正可见渊源所自。陈与郊在序文末尾特意提到"郁郁乎文哉,吾从周"之典故,其中颇有"周文"的暗示。林兆珂的《檀弓述注》、徐昭庆

---

① 《周礼训隽》卷九《考工记二》,《四库全书存目丛书》经部第82册,第241页。
② 同上书,第243页。
③ 同上书,第246页。按郑注云"头发皓落曰宣,半矩,尺三寸三分寸之一,人头之长也"(见《十三经注疏·周礼注疏》卷四十二,第2018页),故陈深有此一辩。
④ 《周礼训隽》卷首《凡例》,《四库全书存目丛书》经部第82册,第69—70页。
⑤ 《檀弓辑注》卷首,《四库全书存目丛书》经部第91册,第459页。

的《檀弓通》,都分别有《考工记述注》《考工记通》相辅而行。林氏自题其《考工记述注》(万历三十一年成书),称"窃意古今文家,此故是一种不可磨灭者"①。梅鼎祚为徐书作《檀弓考工二通序》,《檀弓通》卷首,也提到"二书之于文,其神化所至耶",并对比分析两书文辞之特色:

> 其为辞,《檀弓》疏达而峻洁,然犹可率词揆方也,故其为故也易。《考工》僻奥而缜严,若肆若隐,若纡若直,说者以储与扈冶,精摇靡览,心盐焉谓其辞无以加,然以今古变而名物殊,其为故也难。②

不仅如此,梅序中针对"凡好者特好其文云尔",特别提出应重视其中的礼义,正可反证时人阅读《檀弓》《考工记》乃是重在其"文章"。③ 事实上,将久已附于《礼记》《周礼》的《檀弓》《考工记》析出单行,本身就是"文学"眼光的产物。杨慎在《檀弓丛训叙录》中云:

> 医有四术,神、圣、工、巧。予欲借之以喻文矣。《易》之文神;《诗》《书》《春秋》,圣也;《檀弓》、三传、《考工记》,工矣;《庄》《列》九流而下,其巧有差。复以《檀弓》斠诸明、高、赤、德,又群工中都料匠也。予谓《檀弓》可孤行,而每病训之者未能犁然有当于人之心也。〔……〕若郑康成之简奥,或以三字而括经文之数十字,盖寡而不可益也,亦传注之神已。孔颖达之明备,或即经之一言而衍为百十言,盖多而不可省也,亦疏义之圣已。贺、陆、黄、吴,补缉胪列,亦各殚述者之心,工已。陈骙、谢枋得二家批评,亦稍窥作者之天,巧已。澌乎,曷其没矣!④

开篇即以"神、圣、工、巧"喻文,排列经传诸子之文章等第,将《檀弓》列于"传"这一层次,但其与《左传》《公羊传》《穀梁传》及《考工记》相比,又特出为"都料匠"⑤,并由此推出"《檀弓》可孤行",正是以文辞之工为理据。但杨慎接下来为《檀弓丛训》追溯渊源,也要从"故训"和"批评"两个方面论述,

---

① 《考工记述注》卷首,《四库全书存目丛书》经部第82册,第8—9页。识语末署"万历岁在昭阳单阏"即万历癸卯(三十一年,1603)。
② 梅鼎祚《檀弓考工二通序》,《檀弓通》卷首,《四库全书存目丛书》经部第94册,第351—352页。"心盐焉",盐读为艳,取歆羡之义。
③ 梅鼎祚《檀弓考工二通序》,《檀弓通》卷首,《四库全书存目丛书》经部第94册,第352—353页。
④ 《檀弓丛训》卷末,《四库全书存目丛书》经部第88册,第355—356页。
⑤ "都料匠"谓群工之班首。所谓"明、高、赤、德",左丘明、公羊高、穀梁赤、刘德之谓也。

前一方面有郑玄、孔颖达以及贺玚、陆德明、黄震、吴澄诸家①，后一方面有陈栎、谢枋得二家②。杨慎虽以"陈栎、谢枋得二家批评"为"巧"，低于郑玄之"神"、孔颖达之"圣"以及贺、陆、黄、吴诸家之"工"，但恰恰只有陈、谢二家的著述是专门针对《檀弓》的，其他训诂诸家所注释的都是《礼记》全经。是故《檀弓》单行之旨趣，不言而喻也。梅鼎祚在《檀弓考工二通序》中亦论及"孤行"与"合行"的问题："《檀弓》用傅《礼记》、列学官，宋以后有训故而为孤行者。《考工》本自为记，汉以补周之冬官，宋以后有仍析而孤行者。近代士大夫中好是二书，乃有摘而合行者。"③点出了"近代"士人好尚对《檀弓》《考工记》出版形态的影响。

必须说明的是，《檀弓》《考工记》等书籍作为"经"的属性并非没有争议。杨慎《檀弓丛训叙录》将《檀弓》放到"传"的位置，似乎与严格意义上的"经"有别。但实际上，《檀弓》与《左传》《公羊传》《穀梁传》及《考工记》等，久居经部，都可以算是广义的"经"。《檀弓丛训》卷首张含所作序文，便着力发挥"宗经"之说。张序盛赞杨慎此书不但能厘正旧注、"有补于道"，亦能析论词理、"有补于文"。张氏更直言"不通乎文，未见其为明乎理"，以为此正是"《檀弓》孤行之意"；其论文道合一，针对的正是理学家一系的论调：

予壹不知乎陋儒之言也曰："吾志于道而已，何以文为？"则是宋人语录，可替六经矣！文何由而昭乎道？道何由而昭乎文哉！④

此云"陋儒之言"，正是指重道废文的观点，张含批评宋儒轻文之失，其策略便是以六经对照理学家之语录。在他看来，六经有文而语录不文，而六经的价值高于语录，如此可以论证"文"本身的合理性。这一论述背后的逻辑，正是强调六经作为"文"的一面。前文已经提到，《檀弓丛训》所附之"谢叠山批点"，与张志淳、张含父子颇有渊源；而张含本人之文章宗旨，亦是不喜

---

① 郑玄有《礼记注》，孔颖达有《礼记正义》，陆德明有《经典释文》，黄震有《读礼记日抄》，吴澄有《礼记纂言》。"贺"疑指贺玚，俟考。孔颖达《礼记正义序》称六朝"传礼业者"，"南人有贺循、贺玚、庾蔚、崔灵恩、沈重、范宣、皇侃等"（《十三经注疏·礼记正义》卷首，第2652页）；《隋书·经籍志》又著录有贺玚的《礼记新义疏》二十卷。

② 朱彝尊《经义考》卷一百四十八所载有关《檀弓》之著述，较早者有陈栎《檀弓评》一卷（著录"未见"）、徐人杰《檀弓传》（著录"佚"）和谢枋得的《檀弓章句》一卷（著录"存"）。今观陈栎《文则》中颇有细论《檀弓》词句章法者，不知是否即此。林庆彰等主编《经义考新校》第6册，第2732—2733页，上海古籍出版社2010年版。

③ 梅鼎祚《檀弓考工二通序》，《檀弓通》卷首，《四库全书存目丛书》经部第94册，第352—353页。

④ 《檀弓丛训》卷首，《四库全书存目丛书》经部第88册，第325页。

宋人,"句必《弓》《左》,字必《苍》《雅》"①,以《檀弓》《左传》《仓颉》《尔雅》为尚,夐然返乎上古,在正嘉间颇与倡言复古之李、何同调。盖张氏师空同而友大复②,与复古诸子本多往还;考其论旨,亦可看作由"文必秦汉"进一步上溯的结果。

第三节　从"六经"到"周文":
典范上移与知识扩张

　　按照儒家正统的观念,六经既为最高的真理所在,亦为最完美的文章,因此任何文章典范的确立,从理论上讲都有必要论述六经的位置。主张师心自用、独抒性灵之人,或许还可以暂且放下作为形式规范的经典,而复古派既求文章法度于古人,便更当面对六经的压力。如前文所述,前七子于文章方面颇有"史家"底色,遂以"经史体殊"之说,解决其不直接取法六经的问题,然也正因此为唐宋派留下了一个攻击其"不能本之乎六艺"的隙口。七子之后,杨慎、张含倡言复古,其刊行《檀弓》之批点,已不无由"文必秦汉"更为上溯之用意。而嘉靖万历间的复古派一方面继承李、何"文必秦汉"的观念,另一方面进一步主张取法周汉,将其复古的文学典范推到六经。

　　嘉、万间复古派之继响,首推沧溟、弇州。王世贞之传李攀龙,叙其文章宗尚,便上及《书》《礼》,其辞云:

　　　　于鳞既以古文辞创起齐鲁间,意不可一世学[……]以为纪述之文厄于东京,班氏姑其狡狯者耳,不以规矩不能方圆,拟议成变,日新富有。今夫《尚书》《庄》《左氏》《檀弓》《考功〔工〕》《司马》,其成言班如也,法则森如也,吾撷其华而裁其衷,琢字成辞,属辞成篇,以求当于古之作者而已。③

---

① 杨慎《书张愈光文》称:"张子自少不喜为时文举子语,见宋人,厌弃之犹腻也,曰:'是何足以污我牙颊胸臆!'乃架不庋宋集,目不瞬宋语。其为文,句必《弓》《左》,字必《苍》《雅》,宋人名、宋代事,绝口笔不道。其称于二三名流如空同、大复以此,见嗤于染宋而自诡者亦此。畸于今而侔于古,张子是哉!"此文作于"嘉靖丙申七月廿二日"即嘉靖二十七年(1548)。同年冬,杨慎又有《张愈光诗文选序》,其中亦称张含为诗"上猎汉魏,下汲李杜",为文"句必《弓》《左》,字必科籀"。以上两文,并见《张愈光诗文选》,《明别集丛刊》第2辑第31册,第504—505页、第333页。
② 张含《李何精选诗序》:"吾师李空同先生,吾友大复何子,廓清诗祲,与世异趣。"《张愈光诗文选》卷七,《明别集丛刊》第2辑第31册,第457页。
③ 王世贞《李于鳞先生传》,《弇州山人四部稿》卷八十三,第2150页。

这里所举"成言班如""法则森如"之作，除了《左传》《史记》等李、何旧规，《檀弓》《考工记》和《尚书》也进入了其文章典范的谱系。世贞《艺苑卮言》中又推许李梦阳"勿读唐以后文"之说，谓当"拟以纯灰三斛，细涤其肠"，"日取六经、《周礼》《孟子》《老》《庄》《列》《荀》《国语》《左传》《战国策》《韩非子》《离骚》《吕氏春秋》《淮南子》《史记》、班氏《汉书》"等"熟读涵泳之"，至于"六朝及韩柳"，"便须铨择佳者"。① 同样是以六经为其文章典范谱系的开端。《李于鳞先生传》中称《檀弓》《考工》而不云《礼记》《周礼》，可见李攀龙、王世贞对《檀弓》《考工记》的接受，更偏重于单行本而非全本的三礼经书。

被王世贞引为"末五子"之一的胡应麟，自叙其幼年为学经历："九龄，受书里中师，业已厌薄章句，日从宪使公箧中窃取古《周易》《尚书》、十五国风、《檀弓》、左氏及庄周、屈原、司马迁、相如、曹植、杜甫诸家言，恣读之，宪使公奇其意，弗禁也。"②其时乃在嘉靖三十八年（1559）左右。所叙读书之范围，前半部分实际上是按"《易》《书》《诗》《礼》《春秋》"之序排列的"经"，后半部分庄、骚、太史等，则是"文"。胡应麟所举，同样是单行本《檀弓》而非全本《礼记》，正可与前文所述嘉靖，万历以降《檀弓》单行本之流行相呼应。万历二十二年（1594）赵标刊刻《三代遗书》，包括《竹书纪年》《汲冢周书》、批点《考工记》《穆天子传》、批点《檀弓》《六韬》凡六种③。这一《三代遗书》的范围，在《檀弓》《考工记》之外，还旁及属于"史""子"的《穆天子传》《竹书纪年》《汲冢周书》《六韬》诸书④，可见万历间一般的士人从"词章"的角度欣赏古书，由此而来的，正有知识领域的扩展。《三代遗书》乃是时任巡按御史的赵标付与大名府知府涂某刊刻，同时在大名府的兵备道陈简也为之作序，中云：

---

① 王世贞著，罗仲鼎校注《艺苑卮言校注》卷一，第39—40页，齐鲁书社1992年版。
② 《少室山房类稿》卷八十九《石羊生小传》，万历四十六年刊本，叶13b—14a。
③ 按《三代遗书》所收之批点《檀弓》上下两卷，卷首题"檀孟批点""宋信州谢枋得批点，明新都杨慎附注，河东赵标校刊"，版心亦题"檀孟批点"，但实际上只有《檀弓》，并无《孟子》。赵标《汇刻三代遗书序》中所列六种书目，亦无《孟子》，故推断此本乃是直接取用谢东山的《檀孟批点》。而批点《考工记》亦分上下两卷，卷首题"批点考工记"，"汉郑玄调注，元吴澄考注，明周梦旸批评，河东赵标校刊"版心亦题"批点考工记"，可知是本于周梦旸的批点本。
④ 其中《竹书纪年》属史部；《汲冢周书》属史部或附于经部之尚书类；《六韬》属子部兵家类，大致无异议。但《穆天子传》之类属，则颇有问题。如杨士奇《文渊阁书目》入"史附"类（卷六"宙字号"，冯惠民、李万健等选编《明代书目题跋丛刊》上册，第59页，书目文献出版社1994年版），晁瑮《晁氏宝文堂书目》入之"子杂"类（卷中，《续修四库全书》第919册，第54页、第56页、第61页著录三种版本），陈第《世善堂藏书目录》入史部的"稗史、野史并杂记"类（《续修四库全书》第919册，第506页），钱谦益《绛云楼书目》入史部"史传记"类（《续修四库全书》第920册，第338页），徐乾学《传是楼书目》入史部"起居注"类（《续修四库全书》第920册，第710页）。其间或子或史，容有歧异，统而观之，在明人的观念中，大抵视为史部者居多。而至《四库全书总目》，《穆天子传》归入子部小说家类（卷一百四十二，第1205页），成为后来较为通行的认识。

> 国家文治休明,异书递出,学士大夫至欲抉二酉而空之,然始而唐宋,继而南北朝,继而秦汉,乃今则老矣,庄矣,楞严、维摩、圆觉矣。〔……〕〔赵标〕以少年入中秘,燃藜石渠天禄之间,何冥弗搜,何藻弗掞,而独惓惓于是编,欲以挽回三代之盛,此其功盖不啻障百川而东之矣。①

陈简此处对明代中叶士大夫读书风气的发展变化有一个概要的观察,认为当时乃一"异书递出"的时代,学人读书之范围由唐宋而六朝,又上溯秦汉,旁及道释,正勾勒出明人"知识领域"扩张演变的线索。在这一基础上,陈简特别指出《三代遗书》之刊,是要"挽回三代之盛",背后自然是儒家价值传统中对"三代"的推崇。然而,这套丛刻中的《穆天子传》《六韬》等书籍,虽然号称是"三代"的文献,实际上已经逸出儒家传统"经典"的范围,本身亦不妨视为"知识扩张"的产物。陈氏对此知识扩张的观察,在当时并不孤立,王世贞《艺苑卮言》的一段论述,很可与之并观:

> 《檀弓》《考工记》《孟子》、左氏、《战国策》、司马迁,圣于文者乎!其叙事则化工之肖物。班氏,贤于文者乎!人巧极、天工错。庄生、列子、楞严、维摩诘,鬼神于文者乎!其达见,峡决而河溃也,窈冥变幻而莫知其端倪也。诸文外,《山海经》《穆天子传》,亦自古健有法。②

与前引"以纯灰三斛,细涤其肠"然后"熟读涵泳"的学文工夫略有不同,王世贞在对古文典范有另一种建构,乃是分"圣于文""贤于文""鬼神于文"诸层次,将先秦两汉、佛道杂书都囊括进来,其论述结构与杨慎"神""圣""工""巧"之次第颇为相似。其中列举佛典如《楞严经》《维摩诘经》,古书如《穆天子传》,皆与陈简序文相合,正可见明中叶最重要的知识精英和一般的士人,对阅读范围扩张带来的新知识秩序都有相似的观察。而王世贞最为推崇的典籍即"圣于文者",除了前七子颇为强调的《左传》《史记》《战国策》等,《檀弓》和《考工记》的地位特别突出。而对《檀弓》《考工记》二书的文字风格,王氏亦有比较:

> 《檀弓》简,《考工记》烦;《檀弓》明,《考工记》奥;各极其妙。虽非

---

① 陈简《汇刻三代遗书序》,《三代遗书》本《批点考工记》卷首,《百部丛书集成》影印原刻本,(台北)艺文图书馆 1966 年版。
② 《艺苑卮言校注》卷三,第 99—101 页。

圣笔,未是汉武以后人语。①

相对于弘治、正德间前七子的"文必秦汉",王世贞将文章取法的典范上推六经,在经书之中又特别提到《檀弓》和《考工记》,并将两者并置比较,正是嘉靖、万历之后文章复古思潮的一个变化。按《艺苑卮言》成书于嘉靖、隆庆之际②,万历中期以后许多《檀弓》《考工记》合刻本的出现,或与王世贞的影响不无关联。

既然将文法的谱系正式推到经书,在观念上也自会主张"六经有文法"。胡应麟在《弇州先生四部稿序》中便正面质疑"六经匪可以文章言"的说法,于《诗薮》中亦云:

> 世谓三代无文人,六经无文法。吾以为文人无出三代,文法无大六经。《彖》《象》大传,一何幽也;诰、颂、典、谟,一何雅也;《春秋》高古简严,礼、乐宏肆浩博,谓圣人无意于文乎?胡不示人以璞也!夫周之所尚,孔之所修,四教所先,四科所列,何物哉!③

此云"文法无大六经",与李梦阳谓六经之文"何者非法也"相类似,但胡应麟接下来更进一步说明了各种经书"幽""雅""高古""简严""宏肆""浩博"等文学风格上的特点,乃是更正面的"以文论经"。而同列于"末五子"的屠隆,有《文论》一篇,较系统地阐述了其诗文主张。其开篇即云:

> 世人谈六经者,率谓六经写圣人之心,圣人所称道术,醇粹洁白,晓告天下万世,灿然如揭日月而行,是以天下万世贵之也。夫六经之所贵者道术,固也吾知之。即其文字,奚不盛哉!《易》之冲玄,《诗》之和婉,《书》之庄雅,《春秋》之简严,绝无后世文人学士纤秾佻巧之态,而风骨格力,高视千古。若《礼·檀弓》《周礼·考工记》等篇,则又峰峦峭拔、波涛层起而姿态横出,信文章之大观也。④

---

① 《艺苑卮言校注》卷三,第105页。
② 《艺苑卮言》卷首有王世贞"戊午六月"即嘉靖三十七年(1558)自序;又有"壬申夏日"即隆庆六年(1572)自记,称《艺苑卮言》"成自戊午","自戊午而岁稍益之",至乙丑(嘉靖四十四年,1565)始脱稿梓行。此后"又八年,而前后所增益又二卷",于隆庆六年形成增补本。见《艺苑卮言校注》第1—3页,并参《新刻增补艺苑卮言》,《续修四库全书》第1695册,第439页。
③ 《诗薮》内编卷一,第2页,中华书局1958年版。
④ 《由拳集》卷二十三《文论》,《续修四库全书》第1360册,第292页。

屠隆同样由六经的"道术"和"文字"展开论述,实际要引出的是对"六经文字"的推崇,以此作为其整个文学史论述的开端,同时也是其文章审美价值论述的基石。如果将此处对六经文学风格的论述与《诗薮》对照,不难发现胡、屠二人所论颇为接近,论《易》曰"玄"曰"幽",论《诗》《书》曰"雅"曰"和",论《春秋》曰"简严",皆合若符契。屠隆在三礼部分特别提出《檀弓》和《考工记》作为文章典范,谓其"峰峦峭拔""波涛层起""姿态横出",与胡应麟所说的"宏肆浩博"也可呼应。"六经而下",屠隆则以《左传》《国语》、贾谊、司马迁、屈原、庄子、列子之作为第二个阶段,谓"诸子之风骨格力,即言人人殊",其"道术之醇粹洁白,皆不敢望六经",然"其为古文辞一也"。① 实际上,这一阶段,便是前七子标榜的秦汉文章。此后"由建安下逮六朝",直至唐宋文章,在屠隆眼中都是文学之积衰时期,对唐宋派古文家宗奉的韩愈,屠氏尤致不满:

> 文体靡于六朝,而唐昌黎氏反之,然而文至于昌黎氏大坏焉。〔……〕昌黎氏盖所谓文起八代之衰者,今读其文,仅能摧骈俪为散文耳。妍华虽去,而漆乎无采也;酞腴虽除,而索乎无味也;繁音虽削,而喑乎无声也。其气弱,其格卑,其情缓,其法疏,求之六经诸子,是遵何以哉?〔……〕六经而下,古文词咸在,正变离合,总总夥矣。然未有若昌黎氏者。昌黎氏之文,果何法也?借令昌黎氏之文出于周汉,则不得传。②

相对于理学家从"道"的一面指责韩愈不能尽得六经之道,屠隆却恰恰从"文"的一面指责韩愈不能得六经之文。这正是要解构唐宋派以韩愈为枢纽的文统体系。唐宋派谓韩文"一本于经",屠隆便云韩愈"气弱""格卑""情缓""法疏",完全与六经的"风骨格力"不相伴。屠隆用以批评韩文的典范,除了六经,又顺手带入了诸子的"古文词"。这里所指,非谓儒、法、道、墨等先秦诸子,而是前文所云"诸子之风骨格力,即言人人殊"的左、庄、屈、列、贾、马诸位"古作者",正好对应其所论文学发展第二阶段的秦汉文章。有趣的是,屠氏既称"六经而下,古文词咸在",将六经和古文词分属两个阶段,但旋即复以"周汉"这一概念又将二者统合起来。因此,他批评韩愈之文,便说假使其文"出于周汉,则不得传"。《文论》接下来又以明代李梦阳、何景明、徐祯卿之复古是"力兴周汉之文",但失之"模辞拟法,拘而不化",进而正面提出其文学主张"愚意作者必取材于经史,而镕意于心神,借声于周汉,而命

---

① 《由拳集》卷二十三《文论》,《续修四库全书》第1360册,第292页。
② 同上书,第293页。

辞于今日"①,一路讲下来,都使用"周汉"之说。由此,屠隆实际上"理所当然"地将"秦汉"接上六经,建构起一个"周汉文章"作为古文的最高典范。这个典范,从内容上讲是"经史",从形式上讲则是"周汉";学习这个典范,又分别在内容和形式两方面与"今日"之语辞和自我之"心神"相结合,学者于文章之事,自能有得。在另一篇《与友人论诗文》中,屠隆又叙述了一段关于文章取法的辩论:

〔里中某友人〕又云:"今人文章,往往好学周汉。周汉之文非不美,顾何可学?学而不成,只增丑耳。"余曰:"韩昌黎何如?"曰:"昌黎盖文章家之武库也,何所不有矣!且其文大氏雅驯,不诡于大道。""然则朱仲晦之注疏可学与?"曰:"彼盖无意为文者也,何论工拙!""六经之文何如?"曰:"彼盖有意为文者也,美宜矣。"余曰:"不然。周汉之文与昌黎文具在,业已有定品,无庸短长。且人亦何学也?脱人能立剖判之先、出六合之外,从前人之所不道,而高自出奇,又何学也?即学矣,独奈何能舍周汉而学昌黎氏也?谓昌黎无所不有,周汉独何所无邪?谓昌黎不诡于大道,周汉独于大道诡邪?仲晦无意为文,即无论工拙,六经独有意为邪?"②

这一长段"文学周汉"的论述采用主客问答、往复辩驳的方式展开,从文章师法的角度阐述"周汉文"的典范性,与《文论》从文学发展史的角度立论有所不同。针对"周汉之文不可学"的观点,屠隆以退为进,没有直接响应学周汉文章容易"画虎类犬",而是先引出友人主张韩文的意见,再通过驳难其说以强化自己的主张。友人谓周汉文不可学,而以韩文为可学,其理由一是韩文在风格上"无所不有",二是其思想上"不诡于大道"。屠隆的辩驳策略是先"釜底抽薪",质疑"学"本身之必要性,次复退一步,提出即使要"学",也应取法乎上,学周汉而不学韩愈。直接处理周汉之文可不可学的问题,并非易事,屠隆引出韩愈作一对照之鹄的,其实是很巧妙的规避,将问题转化为周汉文和韩文的高下问题。主韩者提出的两条理由,无论是"无所不有"还是"不诡于大道",都不能执以难周汉之文。同时屠氏又举出朱熹之注疏作另一参照,论证六经或周汉文在"道"与"无意为文"的方面也是最高典范。值得注意的是,在这一段论述中,六经和周汉之文事实上混言不别,相为代换。

---

① 《由拳集》卷二十三《文论》,《续修四库全书》第1360册,第294页。
② 同上书卷二十三《与友人论诗文》,第298页。

秦汉文章和六经整合到一起,成为"周汉之文",可以说是屠隆对李何复古主张的进一步发展,潜在回应了唐宋派"不得六艺之遗"的论述。

而《文论》谓李、何之复古乃是"力兴周汉之文",实际上可以说是用"周汉"来"重述"李、何。前文已经提到,李梦阳之论文,其实不甚高谈六经,主要还是关注左、马一路"史家文字",其称许翰墨典范,亦用"先秦两汉文心苦"的表述①。何景明《与李空同论诗书》有所谓"古文之法亡于韩"的说法,当对屠隆《文论》中"文至于昌黎氏大坏焉"之论影响颇大,其合论诗文"诗文有不可易之法",谓"上考古圣立言,中征秦汉绪论,下采魏晋声诗","莫之有易",分出"古圣""秦汉""魏晋"三个阶段,其实也与屠隆的划分方法颇为类似。不过,在同时人心中,何大复之倡古文,仍是以"秦汉"而非六经为号召。如果将何景明身后的几种传记作一排比,便可见其表述上其实有微妙的差异。正德十六年(1521),何氏门人樊鹏为之作《行状》,中云:

> 国朝去古益远,诗文至弘治间极矣。先生首与北地李子,一变而之古。三代而下,文取诸左、马,诗许曹、刘,赋赏屈、宋,书称颜、柳,天下翕然从风。盛矣,千载一时也!②

虽然也虚悬"三代而下",但实际衡文品诗,诠赋论书,都是举后代的大家;文章之典范,乃在"左、马"。同时孟洋《何君墓志铭》记述何氏与李梦阳、边贡倡言复古,"自是操觚之士,往往趋风秦汉矣"③,所用则是"秦汉"而未及周代。其后乔世宁的《何先生传》,也使用"文类《国策》《史记》,诗类汉魏盛唐"的说法。这些资料所记录何景明与其同道的文章宗尚,包括《左传》《战国策》《史记》,前两种春秋战国时期的文献其实也可以归诸"东周",但上述三种传记都没有使用"文取诸周汉"或"趋风周汉"这样的指称。

而到了万历年间,"末五子"之一汪道昆重新为何景明撰写墓碑,在说法上便有了改变:

> 其论世则周、秦、汉、魏、黄初、开元,其人则左、史、屈、宋、曹、刘、阮、

---

① 李梦阳《寄寄庵子》:"余力犹驰翰墨圃,先秦两汉文心苦。"《李梦阳集校笺》卷二十一,第593—594页。
② 樊鹏《中顺大夫陕西提学副使何大复先生行状》,见《何大复集》附录,第680页。
③ 孟洋《中顺大夫陕西按察司提学副使何君墓志铭》,见《何大复集》附录,第681页。

陆、李、杜。①

汪文所列举的取法对象，其实并没有发生改变，但对时代的表述特别用了"周、秦、汉、魏"而非"先秦两汉"。"先秦"本身也可以包括"周"，其所指固无大异，然表述用词的变化，却恰好与屠隆主张"周汉之文"应若桴鼓。与此相类，后七子之一的徐中行，在为李攀龙文集重刻所作之序中亦云："夫文之所盛，其由来也尚矣。唐虞之际，如日登曲阿，夏为之曾桑，商为之衡阳，而周为中天之运，岂不郁郁乎哉？"②虽未直接使用"周文"这一名词，但实际上已经形成了"周代之文"的概念，并化用"郁郁乎文哉"以为说。从"文必秦汉"到"周汉之文"，可以说正是复古派思想在明代中后期发生的一个微妙变化。

除了在观念上频言"周汉"，中晚明的古文选本亦多有收入儒家经籍者，使得六经成为古文选本谱系中的"周文"。从古文选本自身的脉络来看，选文范围发展趋势大致是从唐宋诸大家慢慢扩散到两汉、先秦。吕祖谦《古文关键》选韩、柳、欧、三苏、曾巩及张耒之文，基本上奠定了唐宋大家的格局。谢枋得《文章轨范》也主要以唐宋文为主。楼昉的《崇古文诀》选录战国文章，称"先秦文"而置于卷一，其中包括乐毅《答燕惠王书》、李斯《上秦皇逐客书》以及屈平《卜居》《渔父》《九歌》③，并不涉及经部之文。真德秀《文章正宗》分辞命、议论、叙事、诗赋四类，范围是"《左传》《国语》以下至于唐末之作"④。是否选录经书，恰恰是其选文中特别注意的一个问题。如于议论类云：

> 按议论之文，初无定体，都俞吁咈，发于君臣会聚之间；语言问答，见于师友切磋之际。举凡秉笔而书，缔思而作者皆是也。大抵以六经、《语》《孟》为祖，而《书》之《大禹》《皋陶》《益稷》《仲虺之诰》《伊训》《太甲》《咸有一德》《说命》《高宗肜日》《旅獒》《召诰》《无逸》《立政》，则正告君之体，学者所当取法。**然圣贤大训，不当与后之作者同录**，今独取

---

① 《太函集》卷六十七《明故提督学校陕西按察司副使信阳何先生墓碑》，《四库全书存目丛书》集部第118册，第84页。
② 《天目先生集》卷十三《重刻李沧溟先生集序》，《四库全书存目丛书》集部第121册，第735页。
③ 《迂斋先生标注崇古文诀》目录，"中华再造善本"影印国家图书馆藏元刻本，叶1a，北京图书馆出版社2005年版，篇名和作者名均据楼书原文。此书卷二至卷三十五依次为"两汉文""三国文""六朝文""唐文""宋文"。
④ 《四库全书总目》卷一百八十七，第1699页。并参《四库》本《文章正宗》卷首，《四库全书》第1355册，第1页。

《春秋》内外传所载谏争论说之辞,先汉以后诸臣所上书疏封事之属,以为议论之首。①

真德秀主张将议论文溯源到六经和《论语》《孟子》,又大量列举《尚书》篇章,但基于区别圣人之文与普通作者之文的理由,《文章正宗》实际上又并未选录这些经典。与此类似,辞命类亦云"《书》之诸篇,圣人笔之为经,不当与后世文辞同录";叙事类虽然溯至《尚书》《春秋》,但也是"取《左氏》《史》《汉》叙事之尤可喜者"②。真氏在对各类文章源流的论述中,都强调了六经与后世古文之间的亲缘关系,并以其为学者取法的典范。而《文章正宗》将《左传》作为下"经"一等的"传"而进入选文范围,实际上也被后人视为古文总集中选入经部文章的重要"先例"③。

晚明以降的古文选本,对经部文献的选用更为宽泛。这些"经文",常常就在"周文"的类属下被选入。《左传》之外,《公羊》《穀梁》二传也渐入选家之视野,而《檀弓》更是成为"周文"中的名篇。万历年间,姚三才(孺参)编《春秋战国文选》,其中便将《檀弓》《左传》《公羊传》《穀梁传》《国语》同列为"春秋文"。此书有万历七年(1579)刊本,郑明选所作序文云:

> 《春秋战国文选》者,吾友姚孺参子选春秋战国文也。春秋文者,《檀弓》也,《左传》《国语》也;战国文者,《战国策》也。春秋战国文多矣,独选此者,主载事之书也。其自言曰:《檀弓》,礼经也,不可与诸书并。然则何以及彼?其纪述,左氏传得相参也。④

由此可知,此选以"载事"即记叙之文为主,所取盖在其记述文字之妙。其书卷一、卷二为《檀弓》,卷三至卷十四为《左传》,并附录《公羊传》《穀梁传》,卷十五至卷二十二为《国语》,卷二十三至卷三十四为《战国策》。各书之选篇皆为之拟题,如《檀弓》有《公仪仲子》《申生》《易箦》《石祁子》《苛政》

---

① 《西山先生真文忠公文章正宗纲目》卷首《纲目》,嘉靖四十三年刻本(国家图书馆藏),叶2b。从此段论述可知,议论类又可分为两小类,其一是"师友切磋"的论学之文,以《论语》《孟子》为代表,《礼记》所载师弟问答之语亦当属此类;其二是"君臣会聚"的论政、论事之文,以《尚书》、《春秋》(包括三传)所录为代表。

② 《西山先生真文忠公文章正宗纲目》卷首《纲目》,叶2a(辞命类纲目)、叶3b(叙事类纲目)。

③ 《四库》提要以《文章正宗》为以文法论经之始:"经义、文章虽非两事,三传要以经义传,不仅以文章传也。置经义而论文章,末矣;以文章之法点论而去取之,抑又末矣。真德秀《文章正宗》始录《左传》,古无是例。"见《四库全书总目》卷三十一《或庵评春秋三传》提要,第256页。

④ 郑明选《春秋战国文选序》,《春秋战国文选》卷首,序叶1a—1b,万历七年万卷楼刻本(首都图书馆藏)。

《黔敖》等目,《左传》有《郑伯克段》《观鱼》《曹刿》《晋文公城濮之战》《楚子问鼎》等目,都更凸显了这些选篇作为"古文"的属性。① 前文曾提及,茅坤妻弟姚翼尝编刻《檀孟批点》,又编《左传》《国语》以下文章为《历朝文选》,而姚三才正是姚翼之子侄辈②,其中渊源,固有自矣。关于《檀弓》等书系"经"系"文"之属性,在编者和作序者眼中都是一个不得不仔细辨析的问题。姚三才《春秋战国文选凡例》云:"编中不敢妄及诸经。《礼记》一书,经而传矣,《檀弓》纪述,可与左氏书相参印,选故独及《檀弓》。"③郑序中亦撮述其语,解释选入"经书"之缘由。与前述杨慎之说类似,在经部之中又区别"经""传",亦是姚氏对其"以经为文"的一种辩护策略。④ 入选诸书,姚三才亦有品第,其最推崇者,便是《檀弓》:

《檀弓》之文,简而达,质而华,远过《左传》。其转换处,有作家百千言所不能了者,只以一字一句当之。

《左传》〔……〕能简能烦,能正能奇,真史家宗传矣,然而英锋烈焰,皆《檀弓》所具,而《檀弓》不以见也。子夏有言:"夫子能之而能不为。"以斯言求之,《檀弓》《左传》自然伯仲。⑤

在此评语中,《左传》锋焰外露,虽亦云美,然较能为而不为、收敛含蓄的《檀弓》,终逊一等。而《左传》又是衡量其他典籍的尺度,如《公羊》《穀梁》可"与左氏后先驰骋",然"下笔便求异人,又左氏所不为";《国语》"富丽沉着",而"较之《左传》爽慨超捷,亦径庭矣";《战国策》"雄辩变幻,自是宇宙间一种好文字",但"回视《左》《国》,亦凉浅矣"。⑥ 由此可见,姚氏正是以文学风格的赏鉴为指归,构建起一个立体的"春秋战国文"体系。

至明末,崇祯二年(1629)张以忠辑刻《古今文统》,以"祖述尧舜,宪章文武,上律天时,下袭水土"分十六集,选先秦直到明代之文章,其"祖""述"二集选《左传》《国语》《公羊传》《穀梁传》《檀弓》,当是作为春秋战国之文而选

---

① 为节选自经籍之文字拟题,《文章正宗》已有之。不同选本对同一段文字所拟之题目或有差异。
② 郑明选《郑侯升集》卷十六《贺宪副鹿门茅先生九十序》称茅坤乃姚孺参"姑之婿也",而姚翼乃鹿门妻弟,据此则孺参于姚翼为子侄行,《四库禁毁书丛刊》集部第 75 册,第 343 页。
③ 姚三才《春秋战国文选凡例》,《春秋战国文选》卷首,凡例叶 1a。
④ 《凡例》又云"《公羊》《穀梁》以汉人传《春秋》,选不宜及,然《春秋》传也,故选而曰附录"。此二传从成书年代看不属于"春秋文",但以其为《春秋》作传的属性也附入,故也需要特别解释。
⑤ 姚三才《春秋战国文选漫评》,《春秋战国文选》卷首,评叶 1a—1b。
⑥ 同上书,评叶 1b—2a。

入,特未明标"东周文"或"周文"之名目耳。① 而崇祯十三年(1640)署名钟惺选、实为陈淏子所辑的《周文归》,便明确以"周文"之名为号召,选录《周礼》《考工记》《仪礼》《檀弓》《尔雅》《孔子家语》《左传》《国语》《穀梁传》《战国策》《楚辞》《逸周书》之篇章,一一为之圈点、批评。顾锡畴为之作序,即称"周文"为历代文章之极:

> 夏之时野,商之时鬼,故夏书浑灝未详,商诗明肃多厉。若秦、若汉、若魏晋、若唐宋,时渐下,文乃渐薄,上下其际,惟周郁郁称最盛。夏商以前,不得称盛者,朴太胜,结音未华也;秦汉以后不得称盛者,朴太漓,澌尽弃余也。②

此处推崇"周文"为历代之最盛,正是采用《论语》"郁郁乎文哉,吾从周"来论证"周文"之极高地位,与前述徐中行之论,可以参照。降及清代,流行甚广的《古文析义》和《古文观止》,也都有"周文"之选。《古文析义》卷一、卷二即题"周文",包括《左》《国》《公》《穀》《檀弓》和《战国策》;《古文析义》二编又加入了《考工记》。而《古文观止》卷一至卷三"周文"的编选情况也是大同小异,可见从晚明到清初,"周文"在古文选本领域逐渐形成了传统。

反过来看,六经大体上属于"周文"③,"周文"却不仅仅限于六经。文人学者倡言"周文",会从儒家经籍,旁及子史杂说,在前七子已颇及之。如王九思尝自述其为文之志向云:

> 自六籍以降,若孟氏之正大,左氏之酝藉,屈子之豪宕,太史公之洪丽,班固之丰厚,庄生之奇怪,《国语》之温雅,《战国策》之纵横,博以取之,满以发之,下上千载之余,游心翰翰,以成一家之言,则藜藿终身、老死岩石,诚能甘心悦意、勿有复怨者也!此仆之本志也。④

---

① 《陈明卿先生评选古今文统》,《四库禁毁书丛刊》集部第134册,北京出版社1997—2000年版。此书各卷卷首题"陈明卿先生评选""明儒林古吴张以忠纯臣论定"(见第15页),但观书前张以忠《古今文统序》和毛湛《古今文统序》(第2—11页),此书应出张以忠之手,所谓陈仁锡(号明卿)评选,恐是托名。
② 顾锡畴《周文归序》,《周文归》卷首,《四库全书存目丛书》集部第339册,第422—425页。
③ 此仅就其大概而言,六经成书年代不一,明人之认识与今人不同,情况较为复杂。比如《周易》是否应归于伏羲,《尚书》中《虞书》《夏书》《商书》是周代整理本还是更早期的文献,《诗经》之《商颂》是否为商代之诗,等等,非此处所能详论。不过,在明人的观念中,言"周文"以论六经,大体应可以成立。
④ 《渼陂集》卷七《与刘德夫书》,《续修四库全书》第1334册,第64页。

此处论文,在"六籍"之外,又举出孟子、庄子、屈原等作家。从观念的层面看,前七子推崇《左传》《史记》一系史家文字,其实是偏于"纪事"一方面,如果转到"论理"一边,常常取法的典范便是《孟子》。《孟子》在宋代以后即属于经部,但体裁上实亦有先秦子书之底色,故本亦可为文章家旁及其他诸子提供了可能。不过,更为重要的因素,或许还当是七子"复古",特重文章的语言、词采,在这个意义上,包括诸子在内的先秦旧籍,纷纷以其"古"而进入赏文论学的知识领域,他们在思想上与儒家的歧异,反而就被搁置起来。明人复古在知识史发展上的作用,或许可以由此观之。

杨慎在《檀弓丛训序》以"神、圣、工、巧"四等论"文",第一等是《易》,第二等是《诗》《书》《春秋》,第三等是《檀弓》《考工记》及《春秋》三传,第四等是"《庄》《列》九流而下",正是一个由经传延伸到诸子的文章谱系。杨慎本人好古博学,《山海经》《水经》以及古音、字学等,靡不究极;尝"杂采周秦汉诸子之文"以成《古隽》一书,取材范围包括《庄子》《列子》《管子》《公孙龙子》《荀子》《韩非子》《吕氏春秋》《淮南子》以至钟鼎铭文等等①,着眼点正是文辞之"隽"。在诗歌方面,杨慎亦广泛搜集"散见诸书"之材料,"若二戴《礼》、若《春秋》内外传、若汲冢沉文、若诸子瑱语","网罗放失,缀合丛残",以成《风雅逸篇》一书,亦可见其以博学而治文章之成就。②

嘉靖间后七子之复古,承李、何而更为张大其知识范围,王世贞在对孟子、庄子、《战国策》的评价,便颇有着眼文材而不拘正统之论:

> 孟轲氏,理之辨而经者;庄周氏,理之辨而不经者。公孙侨,事之辨而经者;苏秦,事之辨而不经者。然材皆不可及。③

---

① 《四库全书总目》卷一九二,《古隽》提要,第 1745 页。并参《古隽》,《四库全书存目丛书》集部第 299 册(影印明刻本)。

② 杨慎《风雅逸篇序》,《风雅逸篇》(十卷本)卷首,《四库全书存目丛书》集部第 299 册(影印光绪《函海》本),第 104 页。此书尚有更早的六卷本,卷首杨慎序署"正德丙子冬"即正德十一年,文字与十卷本序文颇有不同。杨慎序文中"二戴《礼》",明刻本《太史升庵文集》卷二(《明别集丛刊》第 2 辑第 30 册,第 76 页)和《四库全书》本《升庵集》卷二(《景印文渊阁四库全书》第 1270 册,第 21 页)所载《风雅逸篇序》并作"大戴《礼》"。今考《风雅逸篇》所收,实兼有《礼记》与《大戴礼记》,如卷四有《狸首》"狸首之斑然,执女手之卷然",即出《礼记·檀弓》;又辑"鱼在在藻,厥志在饵"句,出《大戴礼记·用兵》。故当以"二戴《礼》"为是(《四库全书存目丛书》集部第 299 册,第 114 页、第 116 页)。六卷本《风雅逸篇》(国家图书馆藏本,序叶 1a)卷首序文亦云"予旧尝录二戴《礼》、《春秋》内外传、诸子所引逸诗",可为旁证。有关《风雅逸篇》之版本情况,可参曾绍皇《杨慎俗文学研究》第五章第二节《〈风雅逸篇〉"六卷本"考论》,湖南师范大学出版社 2019 年版。关于杨慎广博之知识范围及其治学特色,可参林庆彰《明代考据学研究》第二章《杨慎》,台湾学生书局 1986 年版。

③ 《艺苑卮言校注》卷三,第 105 页。

此处并举孟子、庄子、子产、苏秦,后二人大概是就《左传》《战国策》所载之辞令而言。评价的标准"辨",正是论其"文章"。四人两两对照,内容或"经"或"不经",但共同之处在于设辞为文皆能晓畅明辨,即深具"辨材",故被王世贞推为"不可及",所用的正是文辞审美而非思想价值之尺度。正缘乎是,先秦子书不必以其内容不醇正而被压抑,反而应以其文辞之可观而被推崇。因此,王世贞叙述李攀龙文章之取法,亦间及晚周诸子,如其致汪道昆书,即谓:

> 于鳞集已完,凡三十卷,今附上。鄙意欲得公序者,公于世文章独执牛耳,不腆敝赋,实奉盘血以从,而世眼睨睨,谓此子文多诘曲聱牙语,即一二稍习太史氏者,"我太史氏无是也"。不知于鳞法多自《左丘》《短长》《韩非》《吕览》,渠固未尽习也。①

此盖编刻李攀龙别集成书之时,请序于汪道昆,故有论其文章之语,谓出乎《韩非子》《吕氏春秋》,非世俗之眼可知,即使是一般的复古派文人,只宗奉《史记》,亦不能尽得于鳞之妙。在致吴明卿的信中,王氏亦有类似的表述,认为"今世贤士大夫,能熟太史公、班氏则有之,不能熟《战国策》《考功记》《韩非》《吕览》也,以故与于鳞左"。② 可见其对"复古"范围之扩张。尤可注意者,与前引《李于麟先生传》中列举的"书单"略有不同,王世贞在此特别提到了《韩非子》和《吕氏春秋》,正是对"子部"的拓展。与此相似,屠隆亦主张"六经而外,汲冢竹书、《山海》《尔雅》《穆天子传》《老》《庄》《管》《韩》《左》《国》《越绝》《淮南》、刘向、扬雄,并不相沿袭,而皆谓之古文,何必《史》《汉》也"③。同样可见文章趣味的蔓延。晚明更有一种署名屠隆所编的古文选本《巨文》行世,正对这种"知识扩张"之下的古文谱系有一具体的展现。④

---

① 《弇州山人四部稿》卷一百十九《汪伯玉·又》,第2963页。
② 同上书卷一百二十一《吴明卿·又》,第3014页。
③ 《鸿苞》卷十七《论诗文》,《四库全书存目丛书》子部第89册,第253页。
④ 首先需要辨明的,乃是《巨文》是否屠隆编选的事实问题。按《巨文》一书《四库全书总目》集部存目类著录有十二卷本,然馆臣疑其出于伪托,云:"旧本题明屠隆撰。是集杂选经传及古文词,分宏放、悲壮、奇古、闲适、庄严、绮丽六门,仅八十篇,以《考工记》《檀弓》诸圣贤经典之文,与稗官小说如《柳毅传》《飞燕外传》等杂然并选,殊为谬诞,疑亦坊贾托名也。"(《四库全书总目》卷一百九十三,第1755页)馆臣简要地介绍了《巨文》的编纂体例,有趣的是,疑伪的理由恰恰是此编选入了《檀弓》和《考工记》,并且将此"圣贤经典之文"与"稗官小说""杂然并选",在馆臣眼中,此举"殊为谬诞",故此书之真伪十分可疑。换言之,"经传""古文词"以及"稗官小说"等级分明,将其统而言之,殊不得体,其说法在观念上固自有依据,但在事实上,"坊贾托名"的判断却未必靠得住。
考屠隆《鸿苞》卷十七收有一篇文章,题曰《古今巨文》,正涉及编选《巨文》之事:"夫文章者,河岳英灵,人伦精采,日月齐光,草木含润,金石可泐,斯文不磨,上帝爱之,鬼神妒之,匪小物(转下页)

与从时代的角度纂辑文章的"周文"不同,"巨文"更为突出地从词章审美的角度选择、编排古代的文献材料,重新组合固有的知识框架。同时,"周文"大抵还有一个"从周"的正统色彩,相形之下,"巨文"则开启了一个更为灵活自由的诠释空间。

今观《巨文》所选文章及其分类,实可与屠隆《由拳集》中《文论》一文对看。其中选目,于了解屠隆之古文观念,特为重要,故不惮繁冗,撮录如下:

> 语宏放则《穆天子传》,《庄子·逍遥游篇》《庚桑楚》,《列子·黄帝》《天瑞》,《离骚·远游》,宋玉《大言赋》,《淮南子·淑〔俶〕真训》,司马相如《天人赋》,《汉武帝外传》,东方朔《十洲记》,张衡《思玄赋》,嵇康《养生论》,阮籍《大人先生传》,刘伶《酒德颂》,木玄虚《海赋》,王子年《诸名山》,王简栖《头陀寺碑》,李太白《大鹏赋》,《南岳魏夫人传》,

---

(接上页)矣。余尝上下古今,英华良亦有数,稍分品类,摘取鸿士巨文数十首,披襟读之,心神怡旷。"接下来屠氏顺次举出"宏放""奇古""悲壮""庄严""闲适""绮丽"六大品类,每类下则胪列选文篇目,最后总括之云:"夫千万祀作者佳篇不乏矣。而余取其会心者如此。譬之披沙拣金,往往见宝,饥可使饱,寒可使温,倦可使醒,忧可使喜。何必罢精神于汗牛充栋、兀兀经年,作书中老蠹鱼乎!"(《鸿苞》卷十七,《四库全书存目丛书》子部第 89 册,第 234—235 页)此乃屠长卿关于《巨文》选辑的夫子自道。今考《巨文》书首有署"东海屠隆题"之《巨文题词》(《四库全书存目丛书补编》第 12 册,第 429 页,齐鲁书社 2001 年版),与《鸿苞》所载全合,唯中间一长段介绍篇目的文字被节去。对比《古今巨文》一文所列篇目,与刻本《巨文》实际所收者亦相吻合。既屠隆集中文字已经叙及《巨文》之摘选,并详细列有篇目,则"托名"之说似非实情。

不过,《巨文》之刻,究在何时?其前后因缘,又当如何?此书目录题"屠纬真先生选订巨文",各卷卷首镌"甬东屠隆纬真氏摘取,西吴茅元仪止生氏品次",可知《巨文》刊行,又有茅元仪与其事。按元仪乃茅坤之孙,其《石门四十集》中有一篇《古今巨文序》,叙刊刻之首尾甚详:"屠长卿铨次古今巨文,分其目曰宏放、曰奇古、曰悲壮、曰庄严、曰闲适、曰绮丽,见于《鸿苞》中,余幼时尝为茸而刻焉,未及序之,弗行也。又二十余年,友人吴令公曰:'曷行诸?'曰:'余岂忽乎哉!'〔……〕今长卿欲以一人之学衡天下,吾为之惧也。然其可以衡天下,亦唯一人也。长卿又乌乎而不自雄也?〔……〕吾是以诺而序之。"(《石民四十集》卷十一,《四库禁毁书丛刊》集部第 109 册,第 95—96 页)今所见哈佛燕京图书馆藏本及《四库存目丛书补编》影印福建图书馆藏本《巨文》卷首,皆未见元仪此序,不知何故。然由此序文,亦可证《巨文》之刻,茅元仪实董其成者也。其事始在元仪"幼时",然刻而未行;后"二十余年",茅氏乃序而行之。按茅元仪生于万历二十二年(1594,汪超宏根据茅元仪《先君茅荐卿先生集序》考定。见《明清曲家考》,第 306 页,中国社会科学出版社 2006 年版);而《石门四十集》乃元仪不惑之年自辑其文而成,故这篇《古今巨文序》必作于崇祯六年(1633)其四十岁之前。这也应是选本《巨文》刊行的大致时间。

有趣的是,《鸿苞》之刻亦与茅元仪有关。此书各卷卷端镌"西吴茅元仪公选订,从孙屠充符泠玄校";书前黄汝亨《鸿苞序》亦称"公选茅子,为吾友水部荐卿之子,博文嗜奇,爱付剞劂",末署"庚戌春二月"即万历三十八年(1610)。(《鸿苞》卷首,《四库全书存目丛书》子部第 88 册,第 627 页。参见徐朔方《屠隆年谱》,《晚明曲家年谱》第二卷,第 393—394 页,浙江古籍出版社 1993 年版)由此可知,《鸿苞》刊行之时,屠隆已去世五年,而茅元仪年仅十七。若谓《巨文》一选为茅元仪伪托,则他须在二十余年前刊刻《鸿苞》时就预先伪作,窜入假托之《古今巨文》,还须瞒过同事校雠的屠充符,似太不近情理。综上所述,《巨文》一书应系茅元仪根据屠隆开列的"巨文"篇目而编成并刊刻行世。

苏子瞻《赤壁赋》。

语奇古则《周礼·考工记》《礼记·檀弓》，秦惠王《诅楚文》，韩非子《说难》，《离骚·天问》，《左传·子产论实沈台骀》，秦始皇《琅琊台刻石》《之罘碑》，司马相如《封禅文》，杨雄《解难》，班固《封燕然山铭》。

语悲壮则《史记·荆轲传》《项羽世家》，司马相如《长门赋》，李陵《遗苏武书》，《离骚·惜往日》《悲回风》，邹阳《狱中书》，邯郸淳《曹娥碑》，陈琳《为袁绍檄豫州》，鲍明远《芜城赋》，江淹《恨赋》，骆宾王《讨武后檄》，《柳毅传》，胡邦衡《论王伦封事》。

语庄严则《左传·吕相绝秦书》，《国语·周襄王对晋文请燧》，司马迁《三王策文》，班固《典引》，诸葛孔明《出师表》，张载《剑阁铭》，夏侯湛《东方朔画赞》，韩昌黎《平淮西碑》，苏子瞻《表忠观碑》。

语闲适则仲长统《乐志论》，张平子《归田赋》，潘安仁《闲居赋》，范晔《庞公传》，陶渊明《归去来辞》，王羲之《兰亭序》，皇甫松《大隐赋》，王东皋《无心子传》及答冯子华处士、程道士二书，白乐天《醉吟先生传》，陆龟蒙《甫里先生传》。

语绮丽则宋玉《高唐》《神女》二赋，《史记·司马相如传》，伶玄《赵飞燕外传》，陈思王《洛神赋》，王子年《燕昭王》，谢庄《殷淑妃诔》《月赋》，宋之问《秋莲赋》，元微之《连昌宫辞》。①

以上篇目，大概可以颇详尽地展现出屠隆心目中"古今巨文"的谱系。其分类标准不是时代顺序，亦非按文体区分。所云"宏放""奇古""悲壮""庄严""闲适""绮丽"六目，主要是考虑文章的审美风格②，颇近于"二十四诗品"式的分法。《四库全书总目》在提要中称此书"杂然并选"③，大抵便是针对这种分类方式而言。对比屠隆《文论》中"取材于经史""借声于周汉"的主张，则《巨文》于"经部"所取，主要就是《檀弓》和《考工记》，并归于"奇古"

---

① 《鸿苞》卷十七《古今巨文》，《四库全书存目丛书》子部第89册，第234页；并参考明刻本《巨文》（哈佛燕京图书馆藏本）各卷篇目。其中"司马相如《天人赋》""《项羽世家》"，原文如此，疑误，当作《大人赋》《项羽本纪》。"《离骚·远游》""《离骚·天问》""《离骚·惜往日》《悲回风》"当作《楚辞·远游》《楚辞·天问》和《楚辞·惜往日》《悲回风》为宜。对照《巨文》一书，篇目全同，所选正是《大人赋》和《项羽本纪》。选本《巨文》在篇次上略有调整：如"奇古"类中，《檀弓》排在《考工记》之前；"悲壮"类中，《楚辞》之《惜往日》《悲回风》移置于《荆轲传》前。这些或系茅元仪根据文章撰作年代所作的调整。又如伶玄《赵飞燕外传》，原次于汉代诸文之中，茅氏移置于六朝文之后，或是疑其伪托。

② 当然其中"闲适""绮丽"等风格往往又与归隐、风月等题材联系紧密，不过这并不妨碍其本身作为一种审美风格而成立。

③ 《四库全书总目》卷一百九十三，第1755页。

一类,当是出于对其语言风格的欣赏。由此,我们更可以看到屠隆之"宗经",实质上恰恰不是用儒家的经典来规范古文写作,而是借用"周汉之文"的概念,从"风骨格力"的角度,为"文章"打开一个更大的局面。所谓"周文",不仅代表着一种"文学"的眼光,更在其下潜藏着一个广阔的知识领域,即是拆掉了"经""史""子"的门槛,将原本属于不同知识类型的儒家经典、史书载籍、稗官小说、方技兵术、金石碑版都在"周文"之名下熔为一炉;其《文章》中一段表述同样表达了这种思路:

> 《石鼓》《岣嵝》《竹书汲冢》《元苞》《穆天子传》《阴符》《广成》、六经诸文字,悉经神圣之手,可亦以雕虫目之耶?①

与《巨文》之并选"经传"与"小说"一样,这里将六经与石鼓文、岣嵝碑、汲冢竹书等古籍并举,儒家传统上认为六经出于圣人删定,屠隆这里则说上述诸种文字"悉经神圣之手",其实是将"经"放置在一个更博杂的谱系之中。文章家的眼光,为其知识领域的扩张提供了可能。其《论诗文》认为六经之外子史诸书"皆谓之古文"②,正是用"古文"的概念统合目录学中分属不同门类之文籍。在这一点上,无论是"以时代论经"的"周文",抑或"以词章论经"的"巨文",都是同工异曲。

与《巨文》相类,万历三十三年(1605)左右汪廷讷编刊之《文坛列俎》,"冥搜经、子,捃撦玄、释","擅文苑之大观,极词人之巨丽"③,也是将经史子集、佛经道藏都纳入文章选本的范围。其书以"经翼""治资""鉴林""史摘""清尚""掇藻""博趋""别教""赋则""诗概"分为十卷,乃是知识内容与审美形式杂糅的分类方式。如"经翼"选经书序文及论经学之文章,"治资"选涉及礼乐兵农的诏令奏策,"鉴林"选品评人物之文字,"史摘"选《左传》《史记》之篇章,"别教"选佛道二家之书籍,大致都是就其内容而分;而"清尚"选玄旷、幽贞、超逸之篇,"掇藻"选明粲、新丽、奇瑰之辞,"博趋"选夸诞、辨肆、谐谑之文,则颇有文学风格方面的考虑;"赋则""诗概"两类,又是以文体为归。《文坛列俎》卷帙较《巨文》为大,选目亦互有参差,但在"文苑大观""词人巨丽"的眼光之下辑录不同知识类型的古书,则颇有共通之处。明末潘基

---

① 《鸿苞》卷十七《文章》,《四库全书存目丛书》子部第89册,第229页。
② 同上书卷十七《论诗文》,第253页。
③ 焦竑《焦氏澹园续集》卷二《文坛列俎序》,《续修四库全书》第1364册,第559—560页。万历环翠堂刊本《文坛列俎》卷首只有祝世杰序,署"万历乙巳秋日"即万历三十三年,未见焦序。(见《四库全书存目丛书》集部第348册,第1—2页)

庆编刻之《古逸书》,辑《阴符经》《黄帝内经》《风后握奇经》、岣嵝山碑、《山海经》《考工记》《尔雅》《穆天子传》、石鼓文、《逸周书》《管子》《难经》《禽经》《孙子》《司马法》《墨子》《列子》《尉缭子》《荀子》《鬼谷子》《鹖冠子》、屈原、宋玉、《韩非子》《吕氏春秋》直到唐宋人的文章,各卷以"周文""楚文""汉文"等目为次,每篇又标以"神""妙""奥""闳""丽""特""纤""希""迅""奇""幻"以及"疏""夷""逸"(又分"蕡逸""恣逸")等品第,亦可见以"词章"之眼光笼括"博杂"知识范围的情形。①

第四节 朱墨淋漓与含英咀华

如果说屠隆、陈深子等人编选"巨文""周文",是将六经置入了古文选本的语境之下讨论其风格体制,那么经书评点,则是将六经置入评点的语境之下,分析其词句工拙。表现形式虽不尽相同,在关注"文章"这一点上,却是殊途同归。从书籍文化的角度看,经书评点之流行,乃是包含文学观念、阅读视野、知识传播乃至刊刻技术等多方面因素的综合现象。"苏评"《孟子》、"谢批"《檀弓》等书籍号称渊源于宋人,在明代前中期已经开始流传;然在后世声名较显者,却是万历后期刊行的吴兴闵氏朱墨套印本。如"苏评"《孟子》,或曾在嘉靖元年(1522)刊刻,目前所见最早的版本是陈深《十三经解诂》收入的《苏老泉批点孟子》(万历二十九年,1601);"谢批"《檀弓》之源头是杨慎的《檀弓丛训》(嘉靖十五年,1536);周梦旸批点《考工记》初刊本在万历十五年(1587)。万历四十四年(1616)开始,闵氏以套印技术重刊《檀弓》《考工记》,后将二书与《孟子》合为《三经评注》。②《批点孟子》卷末有齐伋跋语云:

《檀弓》于文,譬河之在昆仑、龙门间。不进而九河、而巨浸,宇内之

---

① 《古逸书》三十卷,《四库全书存目丛书补编》第 20 册(影印明末刻本)。其书凡分十六品,又分"内""外",卷首《古逸书凡例》对其体例有介绍。并参《四库全书总目》卷一百九十三,《古逸书》提要,第 1760 页。

② 《批点檀弓》和《批点考工记》皆刻于万历四十四年,以朱、墨二色套印;《批点孟子》刊刻于万历四十五年,以朱、墨、黛(蓝色)三色套印。闵刻本《考工记》题为郭正域所批,实即周梦旸批本,乃闵氏删节郭序文,托名而刻。闵刻本删去了郭正域原序最后"我楚周启明氏为郎工部,品藻记文而授之梓"一段文字,改题为郭批。周中孚《郑堂读书记》已经根据《经义考》著录的郭氏原序,指出"闵氏取周氏本重刊,并取郭序,删去此段,以为郭氏书也"(《郑堂读书记》卷三《批点考工记》,第 14 页,中华书局 1993 年版)郑振铎亦根据其所藏周氏原本和闵刻本对照辨明其误(《劫中得书续记·闵刻批点考工记》,《西谛书话》,第 293 页,生活·读书·新知三联书店 1998 年版)。

观不止。以故谢之《檀》、苏之《孟》，盖并珍云。老泉原评，朱黛犁然，具有指点法，顾传者失之。今刻特存其旧，勿以点缀淋漓为观美而诧异也。①

跋语首先提及《檀弓》，正可见闵氏有意将所谓“苏批”《孟子》作为“谢批”《檀弓》之后续来编辑刊行。三种经书评点本在版式上也颇接近②，当时盖有意合为一套而行世者也。

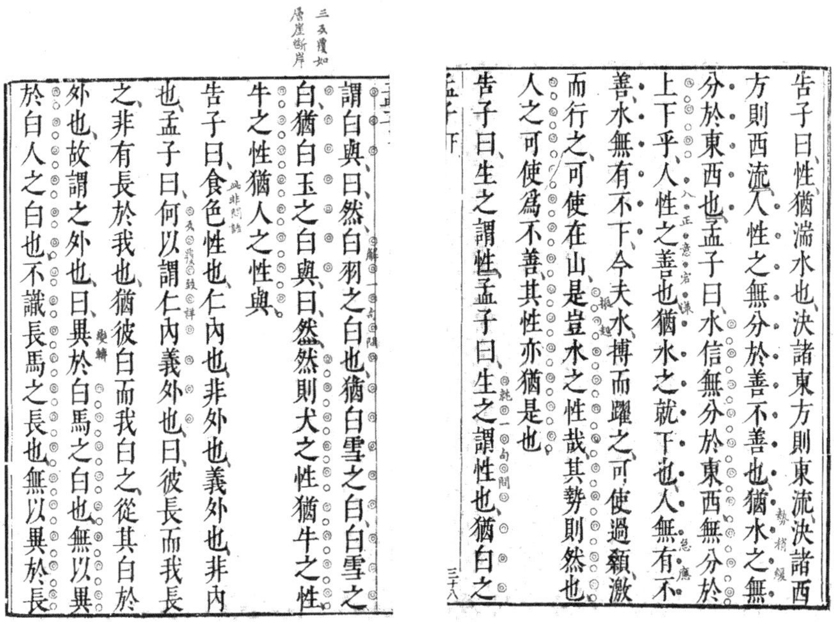
告子曰性猶湍水也決諸東方則東流決諸西方則西流人性之無分於善不善也猶水之無分於東西也孟子曰水信無分於東西無分於上下乎人性之善也猶水之就下也人無有不善水無有不下今夫水搏而躍之可使過顙激而行之可使在山是豈水之性哉其勢則然也人之可使爲不善其性亦猶是也

告子曰生之謂性孟子曰生之謂性也猶白之謂白與曰然白羽之白也猶白雪之白白雪之白猶白玉之白與曰然然則犬之性猶牛之性牛之性猶人之性與

告子曰食色性也仁內也非外也義外也非內也孟子曰何以謂仁內義外也曰彼長而我長之非有長於我也猶彼白而我白之從其白於外也故謂之外也曰異於白馬之白也無以異於白人之白也不識長馬之長也無以異於長

图3　《苏氏孟子》三色套印夹批、眉批：《孟子·告子上》“性犹湍水”章、“生之谓性”章③

有趣的是，明清之际的书目著录这几种评点本，往往还提及原刻本④；至清中叶，朱墨套印之本便“后来居上”。如《檀弓》《考工记》两种，《四库全书总目》著录的便是闵氏刊本：

① 《苏氏孟子》卷下，第271页。

② 三书（闵齐伋《刻檀弓》、郭正域《批点考工记序》、朱得之《苏老泉批点孟子引》）皆为左右双边，版心上镌书名，下镌叶数；序用行书，半叶六行，行十一字或十二字；正文为黑色宋体大字，半叶八行行十八字，行间圈点、评语及天头有眉批用彩色套印。

③ 《苏氏孟子》卷下，第195—196页。

④ 如《传是楼书目》著录“《批点考工记》二卷，明周梦旸”（《续修四库全书》第920册，第655页）；《经义考》卷一百二十九著录“周氏梦旸《考工记评》一卷，未见”（《点校补正经义考》第5册，第556页）。朱彝尊已云“未见”，可见其书在清初已经流传不广。

> 《批点檀弓》二卷,兵部侍郎纪昀家藏本,旧本题宋谢枋得撰。〔……〕是编莫知所自来,明万历丙辰乌程闵齐伋始以朱墨版刻之。①
>
> 《批点考工记》一卷,内阁学士纪昀家藏本,明郭正域撰。〔……〕是编取《考工记》之文,圈点批评,惟论其章法、句法、字法,每节后所附注释,亦颇浅略,盖为论文而作,不为诂经而作也。②

此言《檀弓》批点本之刊刻始于闵氏,固然不确,四库馆臣对此类经书评点本不甚重视,未加深考,自无足怪。而《考工记》批点署"郭正域",也是承闵刻本而误。"苏评"《孟子》,《四库》著录者更晚出,系"康熙三十三年杭州沈季云所校"、其子沈心友刻本,亦出于纪昀家藏③;虽非闵刻,然亦是一种朱墨套印本,题曰《载咏楼重镌朱批孟子》,正文用墨色,行间圈点(、◎)、夹批及天头眉批用朱色。④ 这三种经书批点本皆以纪晓岚藏书收入《四库》,一方面或可折射清中叶文士学者对套印本的爱好,另一方面又因《四库全书总目》之权威对后世产生影响。如嘉道间周中孚《郑堂读书记》著录《孟子》《考工记》批点本,便皆采闵氏刊本⑤;晚清丁丙《八千卷楼书目》亦著录"《批点考工记》一卷,明郭正域撰"⑥,便不妨看作收藏癖好与《四库全书总目》双重影响下的产物。

吴兴闵齐伋以朱墨套印刻书之始,乃是万历四十四年刊行孙鑛批点的《春秋左传》⑦;齐伋《凡例》云"大司马孙月峰先生研几索隐,句字不漏","家翁次兄为水部留都时,遂得手授于先生,不敢自秘,用以公之同好"⑧,盖是书乃其兄闵梦得受之孙鑛(月峰)。而对此本的刊刻技术,齐伋颇为自矜:

> 旧刻凡有批评圈点者,俱就原版墨印,艺林厌之。今另刻一版,经传用墨,批评以朱,校雠不啻三五,而钱刀之靡,非所计矣!置之帐中,

---

① 《四库全书总目》卷二十四,第192页。《四库全书总目》亦著录了《檀弓丛训》,但未提及其中已有"谢批"。
② 同上书卷二十三,第183页。
③ 同上书卷三十七,第307页。
④ 《载咏楼重镌朱批孟子》,乾隆十五年刻本(国家图书馆藏)。
⑤ 《郑堂读书记》卷三:"批点《考工记》一卷,湖州闵氏刊本。"(第14页)卷十二:"批点《孟子》二卷,乌程闵氏刊本。"(第63页)
⑥ 《八千卷楼书目》卷二,第72页,国家图书馆出版社2009年版。
⑦ 王重民《套版印刷法起源于徽州说》,阳海清主编《版本学研究论文选集》,第40—58页,书目文献出版社1995年版,原载《安徽历史学报》创刊号(1957年)。
⑧ 《闵氏家刻分次春秋左传凡例》,《春秋左传》卷首,收入《读风臆评·周礼·春秋三传》(《辽宁省图书馆藏陶湘旧藏闵凌刻本集成》影印万历四十四年朱墨套印本)第2册,第138页。参见姚伯岳《闵齐伋与其套版印刷》的讨论,《燕北书城困学集》,第109页,岳麓书社2010年版。

当不无心赏。其初学课业,无取批评,则有墨本在。①

此书卷首墨字大题"春秋左传",下刻朱字"孙月峰先生批点"。所谓"经传用墨,批评以朱"的刊刻方法,利用不同颜色对正文和批点文字作了区分。《春秋》经正文及《左传》(低一格)皆墨字;行间有圈点,包括点号(、)、实心圈(●)、空心圈(○)等,亦有夹批"字法""句法""峭""妙致"等,则为朱色套印。天头又有朱色小字眉批,如《僖公三十年》烛之武退秦师一段说辞,眉批"造语精而指利害透,短文之最妙者"②;《宣公十二年》郑伯迎楚军之陈词,眉批"辞命",又针对"其俘诸江南以实海滨,亦唯命。其翦以赐诸侯,使臣妾之,亦唯命。〔……〕敢布腹心,君实图之"之文,评曰:

两"唯命"作波,以发"布腹心"之意,最紧切无剩。③

点出词句前后照应之处,乃是从具体字句出发,对原文篇章结构进行颇细致的分析。孙月峰为晚明评点名家,除《左传》而外,又有《批点诗经》《批点书经》《批点礼记》等,此三种今有冯元仲天益山房刻本存世,其中《批点礼记》卷前胪列"孙月峰先生评书",胪列评点类著述凡四十三种,所批遍及诸经及子史,自《书经》《诗经》《礼记》《周礼》《左传》而外,旁及《国语》《战国策》、老庄列荀等"六子"、《管韩合刻》《吕氏春秋》《淮南子》,以及《史记》《汉书》《三国志》《晋书》《宋元纲鉴》等等,集部如《文选》、李杜诗、韩柳文、东坡绝句等更不待言。孙鑛在万历年间官至蓟辽总督、南京兵部尚书,宦途甚显;与王世贞兄弟和屠隆、汪道昆等皆有交往。其论文,亦有意度越"秦汉"而上溯"周文";教导后辈,意欲"以周先四籍为学者之模楷":

王元美自云:"诗如大历以前,文如西京而上。"今欲更进之,古诗则建安以前,文则七雄而上。商以前,止《尚书》上卷二十余篇,此先秦也,浑而雅。《周易》《周书》《周〔礼〕》《仪礼》,其周之旧乎? 奥而则。《礼记》《春秋经》《老子》、三传、《国语》,美哉! 周之盛也! 其若此乎! 文而巧,新而无穷,皆西京也。《庄》《列》《策》《骚》,其周之东乎? 奇而

---

① 《闵氏家刻分次春秋左传凡例》,《读风臆评·周礼·春秋三传》第 2 册,第 138 页。
② 《读风臆评·周礼·春秋三传》第 2 册,第 428 页。
③ 同上书第 3 册,第 128 页。

肆。韩公子、文信侯,其周之衰乎?峭而辩,皆东京也。①

可见孙鑛有意针对王世贞论文之说,更为上求,建立一"周文"的典范。其用意,正是要在其中求篇法、章法、句法、字法。据孙氏自述,其"四十以前,大约惟枕籍班、马二史","以雄肆质峭为工","丁亥以后,玩味诸经,乃知文章要领惟在法,精腴简奥,乃文之上品"②。是知其正式形成取法经书或曰"周文"之观念,乃在万历十五年丁亥(1587)之后,其说谓"惟三代乃有文人,惟六经乃有文法。周尚文,周末文胜,万古文章,总之无过周者"③,正与前述胡应麟、屠隆、汪道昆等关于"六经文法""周文"的论述处于同一语境之下。

不过,孙鑛评点经、史、子、集群书之刊刻风行,主要是在其晚年及身后。冯元仲天益山房刻本《孙月峰先生批评诗经》《孙月峰先生批评书经》《孙月峰先生批评礼记》三种,版式行款皆相同,出版时间当颇接近,很可能就是作为同一套书而出版。观其书中,似无明确表明年代之标识,但《孙月峰先生批评诗经》卷首冯元仲的《诗经叙文》,提及孙氏之后"钟竟陵"亦事批点,"屑驳莘于牒书,佩琳琅于箧衍"④。钟惺之评点,一般认为始于他与谭元春共同评选之《诗归》,此书选成,据谭氏的说法,在万历四十二年(1614),而真正刊成,则要到泰昌元年(1620)之后,乃吴兴闵振业以朱墨套印而成⑤;而钟惺评点本《诗经》则是在万历四十四年(1616)以后成书⑥。孙鑛之卒,在万历四十一年;因此认为冯氏刊刻"月峰批点"诸书于孙鑛去世之后,当是比较合理的推测。闵齐伋刻朱墨套印本孙批《春秋左传》在万历四十四年,亦出孙鑛身后。冯氏《诗经叙文》中称孙氏"元本具五色笔",可见其多种墨色之使用,原是其批书之法。这种批读之法渊源已久,按《朱子语类》所载,朱熹在阅读中便以多种颜色批抹:

某少时为学,十六岁便好理学,十七岁便有如今学者见识。后得谢显道《论语》,甚喜,乃熟读,先将朱笔抹出语意好处;又熟读得趣,觉见

---

① 吕胤昌《大司马月峰孙公行状》,吕氏系孙鑛之外甥。王孙荣《孙月峰年谱》据《余姚孙境宗谱》录入;今未见《宗谱》,兹据《孙月峰年谱》(第270—271页,大众文艺出版社2009年版)转引。
② 《月峰先生居业次编》卷三《与李于田论文书》,《四库禁毁书丛刊》集部第126册,第191页。
③ 同上。
④ 《孙月峰先生批评诗经》,《四库全书存目丛书》经部第150册,第49页。
⑤ 据王重民《中国善本书提要》的考证(第439页,上海古籍出版社1983年版),并参郑艳玲《钟惺评点研究》,复旦大学博士学位论文,2005年,第50页。
⑥ 见郑艳玲《钟惺评点研究》,第66—67页。

朱抹处太烦,再用墨抹出;又熟读得趣,别用青笔抹出;又熟读得其要领,乃用黄笔抹出。至此自见所得处甚约,只是一两句上,却日夜就此一两句上用意玩味,胸中自是洒落。①

可见以不同颜色批抹,既可以标识先后不同的阅读体会,还可以区别"语意好处""要领"等不同类型的"重点"。

至若不同阅读者的批点,以异色为别也是颇为自然的选择。五色斑斓,于抄本中自不妨任意施为,但付之剞劂,则不能不考虑技术与成本的问题。在这个意义上,闵齐伋的多色套印法,特别能配合"评点"类撰述的需求,对于此类出版物在晚明的盛行自然大有帮助。以《檀弓》批点一系之书籍为例,无论是《檀弓丛训》那样将批语附刻于正文一章之后,或者如《檀弓辑注》《檀弓述注》一般呈现为随文的双行小注,其实都不如闵刻《批点檀弓》以朱、墨分别批语、经文来得清晰。特别是夹于行间字旁的圈点和识语,用不同色彩印刷,相较于以字体或字形大小区分,都显得更为醒目。闵氏的多色套印书籍,通常是朱墨双色,亦有朱墨蓝三色乃至五色者。齐伋族人闵绳初即以红、绿、青、紫、褐②五色套印杨慎批点《文心雕龙》,其《凡例》称"杨用修批点,元用五色,刻本一以墨别,则阅之易溷,宁能味其旨趣? 今复存五色,非曰炫华,实有益于观者",可见写本形态的"批点"转化为刻印本时,"颜色"也构成一个技术问题,不同颜色的批语,大致上各有分工,倘若全用墨色刻印,不仅未能反映原批之样貌,更有错杂易混之虞。在这一方面,套印技术便可以大显身手。③

从万历四十四年(1616)开始到天启四年(1624),可以说是闵齐伋刊刻经书评点本的一个高峰期。在《三经评注》之后,闵齐伋万历四十八年刻戴

---

① 《朱子语类》卷一一五,第 2783 页。《四库全书总目》在《苏评孟子》提要中已经提到:"宋人读书,于切要处率以笔抹。故《朱子语类》论读书法,云先以某色笔抹出,再以某色笔抹出。"(卷三十七,第 307 页)

② 杨慎批点本用红、黄、绿、青、白五色,为刻印方便,闵绳初将黄色易为紫色,白色则易为"古色",即深褐色。因此,再加上正文之墨色,此本实际上已经是六色套印。见是书卷首杨慎《与张禹山书》及闵绳初《凡例》。

③ 陈正宏《套印与评点关系之再检讨——以几种东亚汉籍双色印评点本为例》(原刊《文学遗产》2010 年第 6 期,修订版见氏著《东亚汉籍版本学初探》,第 263—272 页,中西书局 2014 年版)重新反思套印技术与文学评点的关系,通过对中国及周边国家评点本翻刻情况的研究,主张晚明套印技术"虽然给人类的阅读世界带去了前所未有的视觉盛宴",但是"并未有效地推进评点的传播",其说值得重视。吴兴闵氏、凌氏为代表的多色套印书籍的流行与传播,套印本对明末清初文人阅读的影响程度,还有待进一步研究与讨论。谨慎而言,套印技术即使未必在书籍产量和流行范围等方面占据出版业的主流,这一极具观赏性的书籍生产方式,至少在反映"批点"的丰富层次、引发文人兴趣方面,应该也有一定的作用。

君恩的《读风臆评》,天启元年刻其本人裁注的《春秋公羊传》和《春秋穀梁传》,以及天启四年刻戴君恩的《绘孟》。戴氏二书,为朱墨套印,而《公》《穀》二传则是朱墨黛三色套印,圈点符号有红色空圈(○)、红色重圈(◎)、红色实心点(、)、蓝色空圈(○)、蓝色实心圆(●)等,天头眉批亦是三色纷呈,灿然大观。齐伋前已有孙评《左传》之刻,又自为裁注集评以刊《公》《穀》,三传至此而全矣。齐伋本人,于经书之评点,亦可谓有心矣。

与闵氏同居吴兴的凌氏家族,也以套色印刷著称,钟惺评点《诗经》,即交凌氏刻印。据今《明代闵凌套印本图录》所录,钟评《诗经》有朱墨套印和朱墨黛三色套印两种版本,后者以蓝色加入不少新的批语,可见二人持续合作之情况。而钟惺的《诗归》,也有闵振业的三色套印本,故论者以为钟伯敬与吴兴的闵凌刻书业颇有配合。① 经书之外,闵氏和凌氏家族所刻史书、子书以及诗文别集、戏曲小说的刊刻也不在少数。据近代陶湘《明吴兴闵版书目》所录,凡有经部十七种,史部七种,子部四十三种,集部六十九种;不妨将其子部之书罗列数种如下,以见其一斑:

- 《管子》二十四卷,赵用贤序,凌汝亨集评,有例
- 《韩非子》二十卷,陈深集评,有序,门无子序
- 《武经七书》二十卷,王守仁批点,闵昭明参阅,茅震东考订,徐光启序

《孙子》一卷;《吴子》一卷;《司马法》一卷;《李卫公问对》二卷;《尉缭子》五卷;《黄石公三略》三卷;《太公六韬》六卷

- 《兵垣四编》六卷,汤显祖辑评,闵声校,臧懋循阅,陈继儒序,顾天埈序

《黄帝阴符经》一卷,唐顺之评释;《黄石公素书》一卷,张商英参;《孙子》一卷,王世贞评释;《吴子》一卷,王士骐评释〔……〕

- 《吕览》二十六卷,陆游评,凌稚隆批点,凌毓楠校有跋
- 《淮南鸿烈解》二十一卷,茅坤、茅一桂辑评,王宗沐序
- 《世说新语》八卷,刘辰翁蓝笔、王世懋朱笔、刘应登黄笔;袁褧序,乔懋敬序,凌瀛初辑评。四色套印
- 《道德经注》二卷,考异附,苏辙注,凌以栋批点,李载贽序
- 《解庄》十二卷,又名《庄子翼》,郭正域评,陶望龄解,韩敬序,毛兆河引,释音附

---

① 参见陈国球《闵振业刻三色套印本〈诗归〉》一文的论述,《明代复古派唐诗论研究》第五章附录,第282页,北京大学出版社年2007年版。

- 《南华经》十二卷,林鬳斋口义黄笔、王凤洲评点朱笔、陈明卿批注黛笔,冯梦祯辑诸家批释有题,徐常吉序,沈汝绅序,四色套印
- 《楞严经》十卷,凌弘宪刻,三色套印①

这些书籍所列"批点"之名家,虽然未必都真实可靠,但对晚明商业出版的风气,却是真切的反映。其中有两方面的特色值得注意:一是多是附有批语和评点的版本,二是在刊刻技术上以批点淋漓、色彩斑驳为特色,这两个方面,恰恰是相互配合、互为表里。这样看来,闵、凌二氏之刻书又在"多色套印"这一出版技术的层面上,将经、史、子、集置于同一种阅读眼光之下。特别是套印技术本身为印刷复杂的圈点、夹批提供了可能,如四色套印本的《世说新语》《南华经》,都是以不同颜色区分不同评家的批语。由此,我们便更不难理解这些"朱墨犁然"的刻本将怎样引导读者阅读兴趣和思路了。由此,或许也可以说,套色印刷及其推动的出版文化,正以其特有的魅力,为"经传""史籍""子书"创造出一种不同以往的阅读体验,为晚明文学趣味之下知识领域的扩张推波助澜。

上文对明代中期以降古文观念和知识扩张的讨论,主要围绕复古一派展开。另一方面,重视"性灵"一系的思想,对"复古"观念下知识领域的扩张,恰恰也有补充之作用。盖以"法古"而考究典籍,特别是以时代的观念论文,将先秦古书都放到"周文"的观念下审视,本身固然是泛览诸子百家、断碑零简之重要契机,但另一方面,复古派的观念中也含有"取法乎上"、求第一义的因素,故也蕴含有精选正典、排斥其他的可能。而性灵派思路下不拘格套、重视变化的倾向,反倒从另一个角度为"博涉",尤其是旁及释、道等非儒家的思想资源开辟了道路。如果说复古派"求古"的兴趣为知识扩张提供了动力,那么性灵派"求变"的立场则为非正统思想或知识的合理化扫除了障碍。两种思路相为推挽,共同促进了晚明知识秩序的流动与开放。事实上,嘉靖、万历间师承泰州学派的焦竑,"以知性为要领而不废博综"②,主张"非博学不能成约"③,因此"自经史至稗官、杂说,无不淹贯,善为古文,典正驯雅,卓然名家"④;正是博学与心学交涉的突出案例。焦竑梳理汉代以前的文章谱系,也重诸子之文:

---

① 《明吴兴闵版书目》,第12页,收入《陶辑书目》,武进陶氏1936年铅印本。人名等根据《辽宁省图书馆藏陶湘旧藏闵凌刻本集成》等有校订。
② 陈懿典《尊师澹园焦先生文集序》,《焦氏澹园集》卷首,《续修四库全书》第1364册,第7页。
③ 焦竑撰,李剑雄点校《焦氏笔乘》续集卷一《读论语》,第259页,中华书局2008年版。
④ 《明史》卷二百八十八《文苑四·焦竑》,第7393页,中华书局1974年版。

> 六经、四子无论已,即庄、老、申、韩、管、晏之书,岂至如后世之空言哉?庄、老之于道,申、韩、管、晏之于事功,皆心之所契,身之所履,无丝粟之疑,而其为言也,如倒囊出物,借书于手,而天下之至文在焉,其实胜也。
>
> 汉世蒯通、隋何、郦生、陆贾,游说之文也,而宗战国;晁错、贾谊,经济之文也,而宗申、韩、管、晏;司马相如、东方朔、吾丘寿王,谲谏之文也,而宗楚词;董仲舒、匡衡、扬雄、刘向,说理之文也,而宗六经;司马迁、班固、荀悦,纪载之文也,而宗春秋左氏。其词与法可谓盛矣,而华实相副,犹为近古,以至于今称焉。①

焦竑以诸子接六经,又将汉代文章分为"游说""经济""谲谏""说理"四个传统,分别归宗《战国策》、法家、楚辞和《左传》,其"古文"之知识范围,与复古派差别不大,但是他取法诸子的理由,则与复古派之侧重文辞不同,而是强调诸子"华实相副"、言之有物,有道德事功,斯为至文。与之相似的,还有唐顺之的"本色"之说:

> 且夫两汉而下,文之不如古者,岂其所谓绳墨转折之精之不尽如哉?秦汉以前,儒家者有儒家本色;至如老庄家有老庄本色;纵横家有纵横家本色;名家、墨家、阴阳家,皆有本色;虽其为术也驳,而莫不皆有一段千古不可磨灭之见;是以老家必不肯剿儒家之说,纵横必不肯借墨家之谈,各自其本色而鸣之为言;其所言者,其本色也,是以精光注焉,而其言遂不泯于世。②

唐顺之指出诸子"为术也驳",即在学术上非儒家正统,但因其"有一段千古不可磨灭之见"故能传世。他认为诸子文章能"传",在其自有见解、自有本色,而非在"绳墨转折之精",正是从思想内容而非文辞形式来立论。袁宏道对诸子的讨论,持论亦同:

> 昔老子欲死圣人,庄生讥毁孔子,然至今其书不废;荀卿言性恶,亦得与孟子同传。何者?见从己出,不曾依傍半个古人,所以他顶天地。

---

① 《焦氏澹园集》卷十二《与友人论文》,第102—103页。
② 《荆川先生文集》卷七《答茅鹿门知县·二》,马美信、黄毅点校《唐顺之集》,第295页。

今人虽讥讪得,却是废他不得。①

可见也是就"见从己出"一面立论也。对比之下,屠隆《文论》中称《左》《国》之文"高峻严整,古雅藻丽",贾、马之文"疏朗豪宕,雄健隽古",屈原之文"才情傅合,纵横璀璨",庄、列之文,则是"播弄恣肆,鼓舞六合,如列缺乘屏焉,光怪变幻,能使人骨惊神悚",显然与唐顺之、焦竑、袁宏道的论述重点不同,乃是从文辞审美的角度推崇之。故他说"诸子之风骨格力,即言人人殊","其道术之醇粹洁白,皆不敢望六经","乃其为古文辞一也",正可见其立场。② 学界早已指出,后七子、末五子等后期复古派,在文学思想上自身也有"性灵"的色彩,王世贞、王世懋、屠隆等人的著述中都多有关于"性灵"的论说。③ 倘谓复古派发展至晚明,在开拓知识领域、接纳非正统资源方面受到心学与性灵派之影响,似亦非臆说。文辞方面的兴趣和思想领域的松动,"复古"与"求变"的综合,对于晚明知识秩序的变化,当有相辅相成之作用也。

---

① 袁宏道《解脱集》卷四《尺牍·张幼于》,袁宏道著,钱伯城笺校《袁宏道集笺校》卷十一,第537页,上海古籍出版社2018年版。据钱笺,此书作于万历二十五年(1597)。
② 《由拳集》卷三十二《文论》,《续修四库全书》第1360册,第292页。
③ 郭绍虞《中国文学批评史》下卷第三篇第三章《前后七子及其流派》。郭先生主要是从诗论着眼,认为复古派发展到明末有从格调说向神韵说转变的趋向。

第二章 捕声捉影：
"调法"批评与古籍的细部阅读

在晚明的经书经典化风气中，评点、摘编乃至论议先秦古籍之"文法"者颇不乏人，而其中最具代表性者，当推余姚孙鑛，其所评点者遍及经史文集，正是要从中探寻文章之"法度"。孙氏尝自述读书之心得云：

> 四十以前，大约惟枕籍班、马二史，以雄肆质峭为工。丁亥以后，玩味诸经，乃知文章要领惟在法，精腴简奥，乃文之上品。古人无纸，汗青刻简，为力不易，非千锤百炼、度必可不朽，岂轻以灾竹木？宋人云："三代无文人，六经无文法。"弟则谓惟三代乃有文人，惟六经乃有文法。周尚文，周末文胜，万古文章，总之无过周者。①

这一段夫子自道，与明代中期以来古文宗法由"史"而"经"、向"六经""周文"求文法的大趋势，正可谓应若桴鼓。不仅如此，孙鑛讨论科举应试之业，亦特别强调博览古书以求文法，其有《文训》论应举之道，主张"子史百家，虽若于举业不切，然浇灌心胸，充拓才力，非此莫由"②，从有助举业的角度提倡读古书，正是他批点群书的一大现实因缘。而由此而来的"时文"色彩，恰恰成为孙氏为清人诟病的一大原因。《四库全书总目》经部存目类著录"孙月峰评经十六卷"，提要云：

> 是编《诗经》四卷、《书经》六卷、《礼记》六卷，每经皆加圈点评语。[……]经本不可以文论[……]鑛乃竟用评阅时文之式，一一标举

---

① 《月峰先生居业次编》卷三《与李于田论文书》，《四库禁毁书丛刊》集部第126册，第191页。
② 李叔元《新锲诸名家前后场肄业精诀》（万历三十二年刊）抄录孙鑛论举业文之语，题下注"孙月峰先生亦曾有《文训》若干条分，悉具列于左"。孙氏具体的阅读书目有："经书业外，如《史记》《庄子》《列子》《战国策》《韩非子》《文选》《吕氏春秋》《淮南子》《荀子》《左传》《国语》，皆当熟看；其他如《汉书》《公羊》《穀梁》《说苑》《新序》《法言》《管子》等类，亦可兼看。各取性所喜、家所有者，取一二部熟味详玩，所得亦自不少。"《新锲诸名家前后场肄业精诀》卷二引述，《稀见明人文话二十种》下册，第653—654页，上海古籍出版社2016年版。

其字句之法,词意纤仄,钟谭流派,此已兆其先声矣。①

孙氏所评经史子集,传世者颇夥,《四库全书总目》已根据冯元仲刻本《批评礼记》卷首所附《孙月峰先生评书目录》,指出其所评书"自经史以及诗集凡四十三种",此外还有不少托名之作流行于世。② 在四库馆臣看来,孙鑛评点的方式,是"一一标举其字句之法",正是受到时文批评的影响;又《四库全书总目》著录署名谢枋得的《批点檀弓》,亦云"书中圈点甚密,而评则但标章法、句法等字,似孙鑛等评书之法"③,可见章法、句法、字法的讲求,在清人眼中乃是孙鑛批点中突出的特点。这正可以使我们看到孙氏所谓"文法"的具体所指。"评点"这一批评形式,无疑可以更为充分地展现出"法度"的复杂内涵,其言"法",往往并非浑言笼统,而是可以非常细致地深入古书中的文字腠理之中。万历十四年(1586),因其侄如泟、如洵、如法等"执经问业","商榷今古",月峰详言学文之道云:

今拟祖篇法于《尚书》,间及章、字、句;祖章法于《戴记》《老子》、三传、《国语》,间篇、字、句;祖意字于《易》《周礼》《春秋经》,间章、句;不获已,乃两之以《庄》《策》;其纵而驰也,乃任途于《韩》《吕》;最后而陆沉于马、班,然亦慎言其余矣。执此道以精诣,稍需之三五年,或当有悟境也。④

孙鑛主张从篇法、章法、意字之法等不同角度阅读、学习先秦两汉的经、史、子著作,正可以看作他以细部、技术化的评点方式阅读古籍的理论基础,呼应前引四库馆臣之说。不过,考察孙氏对《尚书》《诗经》《礼记》《史记》等典籍的评点,除了使用篇法、句法、字法这些术语外,一个很突出的特点,就是他用"格调""音节"这些指向文章声调属性的观念,统合字法、句法的具体分析,更大量使用了"调法"这个新概念,探讨古书的修辞特征。本章即将由此出发,梳理分析晚明清初"文法"论的一个有趣面向,

---

① 《四库全书总目》卷三十四(五经总义类存目),第282—283页。
② 王孙荣《孙月峰年谱·著作再知见》著录有孙鑛评点类书籍凡六十一种,可供参考,第283—298页。另参本书第一章第四节有关孙鑛评点与闵凌套印的论述。
③ 《四库全书总目》卷二十四(礼类存目二),第192页。
④ 《月峰先生居业次编》卷三《与吕甥玉绳论诗文书》,《四库禁毁书丛刊》集部第126册,第213页。并参《孙月峰年谱》,第96—97页。

探讨源自时文批评的声调说①,如何影响了古文、经籍的阅读。

第一节 八股文批评与声调论

  传统文论对文章从整体到局部的结构组织颇有关注,关于"法度"的许多讨论就是在结构分析的基础上展开的。《文心雕龙·章句》即云"夫人之立言,因字而生句,积句而成章,积章而成篇"②,以字、句、章、篇几个层次构筑文章之体。宋元以来关于作文法度的实践讨论,主要也便是按照字法、句法、章法、篇法这几个层次展开。如吕祖谦主张"凡看文字,第一看大概主张,第二看文势规摹,第三看纲目关键,第四看警策句法",其中所谓"句法"包括"如何是下句下字有力处""如何是起头换头佳处""如何是融化屈折、剪截有力处"等内涵③;其《古文关键》批苏辙《三国论》"天下皆怯而独勇,则勇者胜;皆暗而独智,则智者胜;勇而遇勇,则勇者不足恃也;智而遇智,则智者不足用也"云"句法好,不枯"④;谢枋得《文章轨范》于韩愈《原道》"郊焉而天神假""庙焉而人鬼享"两句之下都分别批注云"字法";又评柳宗元《送薛存义序》云"章法、句法、字法皆好"⑤,皆其例也。可见在古文之学的传统中,以不同层次的"法"进行具体细致的文本分析,固有一个十分深厚的传统。元儒程端礼在其《程氏家塾读书分年日程》中系统介绍"读韩文"之法,自言是继承谢枋得,以"广叠山法"阅读、批点韩愈文,可以"篇法、章法、句法、字法备见":

    既于大段中看篇法,又于大段中分小段看章法,又于章法中看句法,句法中看字法,则作者之心不能逃矣。譬之于树,通看则由根至表,

---

  ① 学界对古代文论,尤其是明清文论中声调问题已有不少研究。其中诗学领域讨论较多;代表性的著述如张健《音调的消亡与重建:明清诗学有关诗歌音乐性的论述(上)》,载周兴陆编《传承与开拓——复旦大学第四届中国文论国际学术研讨会论文集》,凤凰出版社2018年版;蒋寅《古诗声调论的萌生》,《古典文学知识》1996年第4期。有关古文之声调问题,陈引驰《"文"学的声音:古代文章与文章学中声音问题略说》(《文艺理论研究》2012年第5期)梳理了先秦至清代文论中有关声音问题的论述,并特别指出桐城派古文音节论与诗学的关系。
  ② 刘勰著,詹锳义证《文心雕龙义证》卷七,第1250页。
  ③ 吕祖谦《续增历代奏议丽泽集文》卷末附《总论看文字及作文法》,叶5a,"中华再造善本"影印本,北京图书馆出版社2004年版。此系《古文关键·看古文要法》现存最早、内容亦较丰富完善的一个版本(说详巩本栋《〈古文关键〉考论》,《文学遗产》2020年第5期)。并参《古文关键·看古文要法》,《历代文话》第1册,第234页。
  ④ 《增注东莱吕成公古文关键》卷十八,《续修四库全书》集部第1602册,第134页。
  ⑤ 《叠山先生批点文章轨范》卷四,叶4b—5a;卷五,叶8b,北京图书馆出版社2005年版。

干生枝、枝生华叶,大小次第相生而为树;又折一干一枝看,则又皆各自有枝干华叶,犹一树然,未尝毫发杂乱,此可以识文法矣。①

程端礼在此以树木为喻,对"文法"内部的篇法、章法、句法、字法作了系统的说明。对于"看文"而言是一个自上而下的分解过程,从篇到章到句到字;对于"作文"而言,则是自下而上从字到句到章到篇。降及明代,这种层次结构仍然构成文法观念的主要框架。王世贞《艺苑卮言》云:

> 首尾开阖,繁简奇正,各极其度,篇法也。抑扬顿挫,长短节奏,各极其致,句法也。点[缀][掇]关键,金石绮彩,各极其造,字法也。篇有百尺之锦,句有千钧之弩,字有百炼之金,文之与诗,固异象同则。孔门一唯、曹溪汗下后,信手拈来,无非妙境。②

相较于程端礼的"广叠山法",王世贞之文法体系略去"章法"这一层,以篇、句、字三个层次构成,但基本的思路大抵相若。值得注意的是,王世贞以"抑扬顿挫,长短节奏"为"句法",隐然将其与文章的音乐性联系起来,正显现了复古派重"声调"的特色。李东阳《怀麓堂诗话》云:

> 今之歌诗者,其声调有轻重、清浊、长短、高下、缓急之异,听之者不问而知其为吴、为越也。汉以上古诗弗论,所谓律者,非独字数之同,而凡声之平仄,亦无不同也。然其调之为唐、为宋、为元者,亦较然明甚。此何故邪?大匠能与人以规矩,不能使人巧。律者,规矩之谓,而其为调,则有巧存焉。苟非心领神会,自有所得,虽日提耳而教之,无益也。③

这里从当时的诗歌演唱,引入"声调"的问题,用以分析前代的诗作,认为其各有独特的艺术风格,各成其"调";这种"调"不同于字数、平仄等相对固定的"规矩",而是存乎"巧"、得乎"神会",可以说是"活法"而非"死法"。李东阳所论重点在诗,此后李梦阳《缶音序》所谓"诗至唐,古调亡矣,然自有

---

① 《程氏家塾读书分年日程》卷二,叶 3b—4b,《四部丛刊续编》本,上海书店 1984 年版。
② 《艺苑卮言校注》卷一,第 38 页。
③ 李东阳著,李庆立校释《怀麓堂诗话校释》,第 134 页,人民文学出版社 2009 年版。

唐调可歌咏"①,何景明《明月篇序》"子美辞固沉着而调失流转"云云②,也都是言诗之"调"。而上引王世贞《艺苑卮言》,则指出诗、文"异象同则",进而将"声调"的讨论引入"文"的领域。不过在凤洲,"调"本身还是一个整体性的术语,如云"才生思,思生调,调生格","思即才之用,调即思之境,格即调之界"③,乃是就文学作品构思过程的宏观论述。与之类似,茅坤在批点《史记》及唐宋古文时标举"风神""逸调",乃是在古文领域集中使用"调"这一概念。茅氏之言"调"也较抽象,多是就文章整体的艺术风格而言,而与具体、技术化的字法、句法分析旨趣有别,并不"同调"。如《唐宋八大家文钞》评韩愈《送石处士序》云"以议论行叙事,当是韩之变调",《送湖南李正字序》"以交游离合之情为文,又一种风调";评欧阳修《大理寺丞狄君墓志铭》云"逸调"④,评《五代史·死节传》云"欧阳公点缀情事,当为千古绝调,即如《史记》《汉书》恐多不逮"⑤;等等。其中如"千古绝调"是笼统的褒扬之语;"逸调"指向叙事文中能宕开一笔的写法;"变调""又一种风调"乃是就全文的布局而言,或许可以归入"篇法"的范畴——不过,倘以"篇法"称之,就更强调突出了规矩准绳之内涵,以"调"指称,取意便更为灵活。这正好可以与李东阳关于"调"在"规矩"之外的论述相呼应。王世贞称赞喻邦相之文"气雄而调古,驰骤开阖,不法而法"⑥,标举调之"古",也正可作如是观。

不过,值得注意的是,茅坤论"调"又不限于古文,常常也用之于举业时文的讨论之中。如在《与侄举人桂书》一书中,茅坤称其侄茅一桂"于举子业可谓苦心矣","于名理虽或精研,而于风调不免沉滞"⑦,可见"风调"一词,在茅坤既用于古文评点,又用于指称八股文的形式因素。不仅如此,他更用"认题""铸辞""鼓调"三者为框架总结举业之文的作法:

> 予少习举子业,览国朝诸名家,大较有三言为符:始之认题,欲其透以解;次之铸辞,欲其博以雄;又次之鼓调,欲其宕以雅。⑧

---

① 《李梦阳集校笺》卷五十二,第 1694 页。
② 《何大复集》卷十四《明月篇并序》,第 210 页。
③ 《艺苑卮言校注》卷一,第 39 页。
④ 《唐宋八大家文钞·唐大家韩文公文抄》卷六,叶 16a、叶 9a;《唐宋八大家文钞·宋大家欧阳文忠公文抄》卷二十八,叶 4a。
⑤ 《欧阳文忠公五代史抄》卷九,叶 1a,哈佛燕京图书馆藏明末刻本。
⑥ 《弇州山人续稿》卷四十七《喻邦相杭州诸稿小序》,《明别集丛刊》第 3 辑第 37 册,第 7 页。
⑦ 《茅鹿门先生文集》卷九,《茅坤集》,第 387 页。
⑧ 同上书卷三十二《顾侍御课余草题辞》,第 846 页。

三个层次，乃是按照写作的步骤，故以"认题"为始，接下来"铸辞"是指字词层面，"鼓调"则当然是就字词以上、篇章以下的层面而言。"宕""雅"的风格描述，是茅氏古文评点中常用的术语，如韩愈《蓝田县丞厅壁记》之"词气多澹宕奇诡"，柳宗元《柳州山水近治可游者记》之"澹宕风雅"，欧阳修《送田画秀才宁亲万州序》之"风韵跌宕"，苏轼《方山子传》之"奇颇跌宕似司马子长"，等等。① 这里则形容八股之"调"，可见茅氏论古文、时文之共通性。茅坤为萧山来氏家族的四书文选集《冠里一家言》所作序言中，也以题、思、辞、调四者概括其为文特点，称其"按题、抽思、缋辞、鼓调，大都宗先生〔按：来汝贤〕之旨而出"，可谓能述家学。② 这里增添了一个作者主观方面的"抽思"，他如"认题"与"按题"、"铸辞"与"缋辞"，都是大同小异；"鼓调"则完全使用同一个术语。而《题范光甫所刻举业引》中的说法就更为详细：

> 〔范光甫〕顷复抱所为文数十篇过草堂，予览睹之，其认题也益入，骨理深以精；其所沿情而鼓调布词也益畅，风神遒以宕；其所入于解而脱去繁芜也，翩翩乎佛氏所谓信手拈来、头头是道者。③

这一段誉美之词对八股文写作各个层面的描述更为详细，"认题"导向的是文章的"骨理"，"鼓调"与"布词"则是本乎情而显现出文章的风神。这与茅坤在古文评点中好言《史记》"风神"，正可呼应。不过，茅氏之言"调"，与其说是一个较为具体、与"句法""字法"相并列的法度范畴，毋宁说更是一个较为抽象、与"风神""逸气"关合更紧密的艺术概念。与之相类，在古文批评中"调"也被用于描述文章整体意脉的走向。在嘉靖二十八年（1549）刊刻的题为唐顺之所编《唐会元精选批点唐宋名贤策论文粹》（以下简称《文粹》）中，便以名为"短抹"的符号（丨）标识"转调"。④

例如苏洵的《礼论》，全文大体可分为四个大段落：第一段总起，提出圣人制礼乃须以"耻"厌服众人之心；第二段从反面论不用"耻"则礼不立；第三

---

① 分别见《唐大家韩文公文抄》卷八，叶 3a；《唐大家柳州文抄》卷七，叶 13a；《宋大家欧阳文忠公文抄》卷十八，叶 15a；《宋大家苏文忠公文抄》卷二十三，叶 13a。
② 《茅鹿门先生文集》卷三十一《冠里一家言题辞》，《茅坤集》，第 839—840 页。
③ 同上书，第 837 页。
④ 《唐会元精选批点唐宋名贤策论文粹》卷首《凡例》，叶 1a，天津图书馆藏明嘉靖二十八年书林胡氏刻本。有关此书批点符号及方法的讨论，可参 Timothy Robert Clifford（柯靖铭）"The Rules of Prose in Sixteenth-Century China: Tang Shunzhi (1507–1560) as an Anthologist," *East Asian Publishing and Society* 8 (2018), pp.145–182；以及龚宗杰《符号与声音：明代的文章圈点法和阅读法》，《文艺研究》2021 年第 12 期。

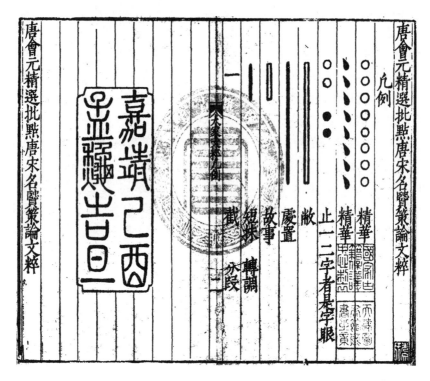

图 4 《唐会元精选批点唐宋名贤策论文粹》卷首《凡例》所见"转调"符号

段从正面论用"耻"之术;第四段收束总结。①《文粹》将第一段末尾处的"吾以耻厌服其心"、第二段最后的"耻之而已"、第三段结尾的"故先之以耻"都用短抹标出②,可知所谓"转调"正是全文旨意转折、段落分划之处。宋末元初建安刻本《西山先生真文忠公文章正宗》卷首所附《用丹铅法》中列有表示"转换"的短旁线"撇"号③,当即是《文粹》中"转调"短抹号的渊源所在。此类虽系较为具体的文章结构分析,但所指主要也在于篇章层次。又《三苏文范》中署名杨慎之评语,亦称此文"驾空布调"④,同样是就整体行文结构而言。由此皆可见"调"作为古文批评术语,在宏观层面的意涵。

对于"调"融通古文、时文之可能,茅坤颇有论说。在其对八股文法较成熟、系统的总结《文诀五条训缙儿辈》中,茅坤没有使用"鼓调"之说,而是以

---

① 参见苏洵著,曾枣庄、金成礼笺注《嘉祐集笺注》卷六《礼论》,第 147—149 页,上海古籍出版社 1993 年版。
② 《唐会元精选批点唐宋名贤策论文粹》卷一,叶 4a—5b。
③ 见〔日〕高津孝《宋元评点考》,载〔日〕高津孝著,潘世圣等译《科举与诗艺——宋代文学与士人社会》,第 78 页,上海古籍出版社 2013 年版。
④ 《嘉祐集笺注》卷六《礼论》篇末附"集说",第 150 页。

"认题""布势""调格""炼辞""凝神"五个条目为次第;其中"调格"云:

> 三日调格。格者,譬则风骨也,吾为举业,往往以古调行今文,汝辈不能知,恐亦不能遽学。个中风味,须于六经及先秦两汉书疏与韩苏诸大家之文,涵濡磅礴于胸中,将吾所为文,打得一片凑泊处,则格自高古典雅。①

茅氏在这里利用了"调"作为动词与名词的两重属性。标目"调格",取其动词义,调节文格之谓也;中云"以古调行今文",又用其名词义,欲在时文中融入古文的特征。但这种"古调"具体如何实现,茅坤未详加解说,他一方面主张通过读书涵泳,体会其"风味";另一方面又告诫其子弟这种运用"古调"的写法"不能遽学",都可见他以"调"论文的抽象与灵活性,与较为具体的"布势""炼辞"等旨趣不同。概括言之,茅坤虽已有意使用"调"的概念评论时文与古文,但却未将"调"进一步界定为一个批评术语,也并未正式出现"调法"这一概念。不过,茅坤同时以"调"论古文与时文,正可以启示我们此概念与举业之间的关联。

有趣的是,万历中期以后士人关于八股文法的讨论中,不但特别突出了"调"作为一种文章要素的重要性,更正面出现了"调法"这一专门的术语。与茅坤之对举"名理""风调"相类似,袁黄并列"意"与调"为时文写作的两大端:

> 调贵新,意贵切。切而不新,便入腐儒窠臼;新而不切,正如婴孩说梦,大半成虚。②

这里所谓"新"和"切",不仅仅是泛论立意遣词,而是针对科考的"题"而言,"切题"而陈词滥调,则落窠臼;自出心裁而"离题",便成空想。袁氏评论万历三十二年甲辰会试赵维寰中庸义《"在上位"四句》云"调法入古,而理意兼到,神境超然",也正是合"调"与"意"两个方面而言。③ 其《举业彀率》(万历五年成书,1577)中,关于"调"的讨论也俯拾皆是:如将起讲部分"一半着题、一半不着题"的写法称为"仄调";将"烂时文派头"贬为"下调";赞扬陆庐

---

① 《茅鹿门先生文集》卷三十二,《茅坤集》,第862—863页。
② 《游艺塾文规》卷四,《续修四库全书》第1718册,第65页。
③ 这里袁黄所用"调法"一词有两种可能存在的解读:一是并列关系,谓其调与法皆能入古;二是偏正关系,谓调之法能够入古。

江"举业熟、变换多,故不拘常调"①;等等。这些论述,大体上也是用"调"指称文章的整体形式特色。而武之望《举业卮言》(万历二十五年成书,1597)内篇分二十则论文②,其中便专立一则曰"调",着意解说其内涵:

> 文字有格同、理同、词意同,而高下悬殊、去取顿异者,调不同也。调何以言哉?如作乐者,金、石、丝、竹、匏、土、革、木,异音矣,乃分之而各一其音,合之而总协其韵,金玉相宣,宫商迭奏,高下疾徐,各中其伦而不乱者,有节奏以成其调也。作乐而无调,即众音齐鸣,不成声矣;作文而无调,即繁辞错举,不成章矣。是调者,文字之节奏也,不可不知也。③

武之望特别提出文章在格、理、词、意之外,还有一个"调"的层次,并详加阐释,或可推知在当时人的观念中,"调"是一个新颖有用但又不甚清晰明确的概念。《举业卮言》追索其本义,从音乐之"调"的角度进行说明:乐曲由不同的音组成,这些相异的成分互相配合,形成一种和谐的"节奏",便是"调"的基础。与之相类似,文章也有"节奏"以成其"调"。"调"可以表现在文章的气韵、音节、条理、脉络诸方面:"气韵欲优游而不迫,音节欲叶和而不乖,条理欲分明而不乱。脉络欲继续而不绝","斯四者,分听之而曲极其致,合听之而共成其雅,是即所谓翕如、纯如、皦如、绎如而以成也,是之谓调也"。④ 武氏在此利用《论语·八佾》中关于作乐的描述,譬喻行文也要如同音乐演奏,需要经过始作、发展的过程,充分呈现清浊高下各种要素的对立与协和,最后臻于畅达之境界。⑤ 气韵、音节、条理、脉络,牵涉文章从字词到篇章各个层面的组织和配合关系;更进一步,武之望从反面立论,解剖"调"在形式方面的要求:

> 夫调亦难言矣。文有轻重低昂之法,而剂之不合其度,非调也;有缓急疾徐之节,而循之不按其则,非调也;有虚实浅深之致,而导之不中其窾,非调也;有离合出入之端,而理之不得其绪,非调也;有抑扬起伏之势,而操之不得其机,非调也;有操纵呼吸之概,而挈之不得其略,非调也;有顿挫铿锵之音,而叩之不得其响,非调也。斯皆文字中自然之节

---

① 《举业彀率》,分别见《稀见明人文话二十种》第176页、第183页、第185页。
② 二十则分别是神、情、气、骨、质、品、才、识、理、意、词、格、机、势、调、法、趣、致、景、采。
③ 《新刻官板举业卮言》卷一,《稀见明人文话二十种》上册,第455页。
④ 同上。
⑤ 《论语·八佾》:"子语鲁太师乐曰:'乐其可知也:始作,翕如也,从之,纯如也,皦如也,绎如也,以成。'"见刘宝楠《论语正义》卷四,第130页。

奏,习调者不可不究心也。①

这种大段整齐排比的论述方法,本身便颇有八股文之特色;其中展开了上文所说的气韵、音节、条理、脉络四个方面,详细罗列了文章在语音、用词、造句、谋篇等层次可能包括的各种对立的因素。要形成"调"或"节奏",首先需要在文章中具有各种相反相成的元素,如轻重、缓急、虚实、离合、抑扬、呼吸、铿锵等,但仅仅有此,还"非调也",这些异质的成分还要受到度、则、彖、绪、机、略、响等法度原则的控制和调配,才能成为"调"。《举业卮言》在此虽然变换使用了诸多动词、名词错综搭配,然根本则一也:"调"是各种对立元素相互配合而形成的"节奏"。在这些对"调"非常细致而技术化的讨论之后,武之望又结合当时流行的八股文名家陈说其"调"之特色:

> 举业之调工者,先辈无如瞿昆湖,其调优柔而温厚;其次莫如黄葵阳,其调响亮而铿锵;近时莫如李九我,其调和平而悠雅。兹三公者,调各不同,总之皆激羽流商也。学者按而习之,其于调也,思过半矣。②

在前述详密的细节分析之后,武氏此处是在文章总体风格的意义上使用"调"的概念,并概括了瞿景淳(嘉靖二十三年榜眼)、黄洪宪(隆庆元年浙江乡试解元、隆庆五年进士)、李廷机(隆庆四年顺天府乡试解元、万历十一年榜眼)③等举业名家在"调"上的风格特色。有趣的是,在成书两年后(1599)的修订版《重订举业卮言》中,这一段关于举业名公为文之"调"的评论,被替换为一段更富理论性的论述:

> 大都韵调出于声气,声气有清浊,而韵调因之。飘飘如瑶天笙鹤者,仙调也;悠悠如清庙朱瑟者,雅调也;寥寥如空山铁笛者,朗调也;飒飒如清风爽籁者,逸调也。诸调虽不同,总之声气不俗,故音韵可听。其他或凄如繁弦,或促如急管,或坚如叩土缶,或轻如摇鞞鼓,虽各有音节,然韵调皆无足取矣。④

---

① 《新刻官板举业卮言》卷一,《稀见明人文话二十种》上册,第455页。
② 同上书,第456页。
③ 见《皇明贡举考》卷七(叶41a)、卷八(叶15a)及卷八(叶33a)、卷八(叶29a)及卷九(叶17a),《续修四库全书》第828册,第457页、第504页、第513页、第511页、第538页。
④ 《稀见明人文话二十种》上册,第456页校记〔一〕。

此段论述转用"韵调"一词指称文章之"调",回归到《举业卮言》在"调"则开头提到的音乐之喻,又按艺术风格的不同,分出"仙调""雅调""朗调""逸调"诸类。值得注意的是,其中的"逸调"正是茅坤评论古文之习语。不论是归纳时文名家的"举业之调",抑或分论"声气不俗"之各类"韵调",事实上都是从整体风格的层面论"调",与前文细节分解式的论述形成互补:如果说概括言"调"是茅坤已有之用法,那么具体分析构成"调"的结构要素,则是《举业卮言》的新特点。

《举业卮言》在"调"则之后紧接的就是"法"则,武氏从两个角度总结了行文之"法":

> 大法有四:曰篇法也,股法也,句法也,字法也。

> 要法有六:曰操纵也,阖辟也,抑扬也,起伏也,顿挫也,错综也。①

所谓"大法",是从文章结构层次上讲,相对于传统古文评点中关于"法"的分析,很突出的是"股法"这个因应八股文写作实践而新增的结构单位。所谓"要法",是从写作技巧上讲,其中"抑扬""操纵""顿挫"等,正与"调亦难言矣"一段颇有重叠,或许正可暗示"调"与"要法"在内涵上的交错。

与武之望的论述相类似,庄元臣(万历三十二年进士)②也特别重视"调"在时文批评中的价值。庄氏所撰《庄忠甫杂著》中,收有《论学须知》《行文须知》《文诀》等论文著述。其中《论学须知》论古文,以《孟子》、韩愈文及苏轼文为典范,归纳出"意""章法""句法""字法"作为"文家四要诀";而《行文须知》论时文,便分出格、意、调、词四个层次,正面出现了"调"这一个单位。两部书都是从结构分析的角度拆解文章的形式因素,但使用的术语、分解的方式恰有差异,很值得关注。在对八股时文的讨论中,庄元臣用建筑比喻作文:

> 大凡行文,有意、格、词、调。格者如屋之间架,间架定然后可以作室,格定然后可以行文。

---

① 《新刻官板举业卮言》卷一,《稀见明人文话二十种》上册,第457页。
② 见《明万历三十二年甲辰科会试进士履历便览》("爱如生"中国谱牒库)。潘柽章《松陵文献》卷九《人物志》亦云:"庄元臣字忠甫,万历三十二年进士,授中书舍人。"(叶16a)《四库全书总目》卷一百三十八《三才考略》提要云"明庄元臣撰。元臣字忠原,归安人,隆庆戊辰进士"(第1170页),恐误。

> 文之有意,如屋之有材。间架既定,必须材备,乃可作室;格既定,必须意到,乃可成文。
>
> 文之有调,如室之有隔节段落。造室者,〔……〕格式既定,意思既到,又须遣调有法,使一股之中,前后有伦,呼应有势,起伏有情,开合有节,乃臻妙境。
>
> 文之有词,如室之彩绘。彩绘施,则满室绚烂,词藻工,则叠篇光彩。①

庄氏将整篇文章比喻为一座房屋,格、意、调、词从大到小对应建筑上的各个单位。很明显,这一逻辑框架按照文章的形式构成展开,"调"在此也被诠释为一种结构层次,对应的大抵是介于篇章结构(格)与单字词组(词)之间的单位。更具体而言,"调"尤其针对的,又是八股文中的"股"这一个形式单位。与前述《举业卮言》相类似,《行文须知》在论"调"之时也提到了起伏呼应、前后开合等对立之因素,但特别点出了"一股之中"这一个结构范围。武之望以各种对立因素相互配合形成的"节奏"来定义"调",庄元臣则进一步将这种配合关系细化为两类:

> 今之不知文者,谓"调"即是"词","词"即为"调",误矣。"调"字有二义,有遣调之义,有和调之义。
>
> 遣调者,如大将行兵,士卒器械,既已精利,又须调拨诸帅,某为先锋,某为后应,某为仗队,某为诱卒。……为文亦然,**一股已立**,又须布置,何意为起,何意为承,何意为转,何意为合,使曲而不突,紧而不懈,腴而不瘠,匀而不复,乃为佳器。
>
> 和调者,如庖人烹味,尝其酸醎辛辣,使皆适口,而无偏浓之味。为文亦然,**一股之中**,相其起承转合,气缓处促之使捷,意晦处刮之使明,句滞处琢之使溜,机窘处衍之使开,词太硬者调之以温和,意太露者调之以蕴藉。此皆调之作用,故有意虽浅而不觉其淡,词虽清而不嫌其单者,其调法善也;有意愈多而反觉其杂,词虽华而反厌其浮者,其调法不善也。②

---

① 《行文须知》,《历代文话》第 3 册,第 2231 页、第 2238 页、第 2246 页、第 2250 页。
② 同上书,第 2246—2247 页。

庄元臣对"今之不知文者"的批评,反过来正好可以让我们推知,当时八股文评论中"调"这一概念颇为流行,而不少人将"调"与"词"混言不别,因此庄氏就此特作驳辩。所谓"遣调",模拟军事上的拨遣、调度,指的是文章不同部分之间的组合关系;所谓"和调",模拟烹饪上的调剂、和味,指称文章不同成分之间的配合关系。不论是哪一种"调",都是放到"一股"之下来讨论,此是其结构关系之定位。在其理论阐释中,庄氏有意利用了"调"字的多义性,将"遣调"与"和调"两重意思熔于一炉,也灵活地在名词"调"与动词"调"之间转换。将"调"比喻为建筑的室内空间"隔节段落"时,取用的是其名词性;当他谈"调之以温和""调之以蕴藉"等为文之术时,则又偏指其动词性。事实上,作者的手法是"调"(动词),达到的结果就是文章有"调"(名词),两者正相表里。庄氏以阎士选《如有王者》一文中二比的写法作为具体例证分析云:

> 发题处甚奇特,承接处亦有力气,不为题所压倒,是其调度也。然一味浓抹而无淡妆,文之以意词胜而不以格调胜者,其于和调之功,尚未精熟耳。①

据《皇明贡举考》,万历八年会试第一场四书文,有《子曰如有王者……而后仁》一道,阎士选此科中式,②故庄元臣采录其墨卷为例。上一段评论中,前后分别用"调度""格调""和调"三语错综互现,正可见庄氏术语使用上的策略。与此类似,庄氏以万历二年会试孙鑛《学如不及》一文为例,倡言"格调"之重要:

> [孙鑛之卷]其意思亦何尝发人所未发,只是调遣布置间,略加组织,便异常调也。[……]大抵新其意,不若务新其格调。格调新而售者什九,意新而售者什一。③

先言"调遣",后言"常调""格调",同样可见"调"在动词、名词两重属性间的游移。尤其值得注意的是,庄元臣在此公开主张"格调"高于"意",与传统古文之学中"文以载道""文以意为主"的主流论述大相径庭,其实正是在举业八股这个特殊的背景之下获得了合理性——其明言所求者在"售"与

---

① 《行文须知》,《历代文话》第3册,第2248页。
② 《皇明贡举考》卷九,《续修四库全书》第828册,第530—531页。
③ 《行文须知》,《历代文话》第3册,第2249—2250页。

"不售",乃是颇为坦诚的陈说。"调"作为一个形式修辞的概念,构成"股"与"句""词"之间的桥梁,成为科举制胜的关键。在对各方面"文法"的具体阐述中,《行文须知》征引许多乡会试的实际考题作为例证,其中引及万历十四年(1586)丙戌科会试黄汝良《执其两端》文,而庄氏之卒在万历三十四年(1606)左右,由此可以推知,其成书的大概时间,当与万历二十五年(1597)刊行的《举业卮言》时代相若。其中对"调"乃至"调法"的详细阐发,可见当时举业论文之好尚。可以推想,"调"这一语词在时文批评中应已有相当的流行程度,因此武之望才有"调亦难言"之论,庄元臣乃有"遣调""和调"的词意分辨。

武之望与庄元臣关于"调"的诠释和讨论,包含的内容都颇丰富,可以说正是对晚明中以"调"评文的理论回应。与此同时,"调法"的内涵也有具体化、专门化的趋势。崇祯年间左培的《文式》(成书于崇祯四年以后)中,"调法"便成为一个与章法、篇法、股法、句法、字法并列的术语:

> 调法,惟在先呼后应、先疑后决。如将言"又"必先言"既",将言"然"必先言"虽",将言"则"必先言"或",将言"今"必先言"向",将言"愈"必先言"已",将言"不知"必先言"人知",将言"况乎"必先言"犹且",将言"凡夫"必先言"非特",将言"顾其"必先言"非不",将言"及其"必先言"方其",将言"则是"必先言"夫惟",将言"则谓"必先言"自其",将言"抑亦"必先言"其果",变幻多端,总之一开合之法而已矣。①

左培之言"调法",含义较为狭窄,用今天的语言学概念,乃是复句的层次上关联词的使用;通过对关联词搭配的总结,左氏将抽象的"呼应"之法,具体落实为词句的分析。相对庄元臣、武之望、袁黄等人的"调"与"调法"概念,左培的策略是缩小术语的外延,借以明确其内涵,同时可以在结构上更清晰地划定从篇章到股、调、句、字的层次关系,《文式》在此将"调法"界定为"股法"与"句法"之间的一个单元,事实上在《举业卮言》以"一股已立"论"遣调"、以"一股之中"论"和调",已肇其先端;这或许可以反映出晚明文人论"调"的一种趋向:本来涵盖层面较为丰富,可以上至篇章安排、下至词句组织的"调",在八股文批评的理论建构中逐渐收窄,重心偏移到较微观的词、句层面,尤其又侧重于分句与分句之间的配合,以便从"法"的角度对"调"具体把握。

---

① 《文式》卷下,《历代文话》第3册,第3179页。

这种将"调"聚焦到字句组合的倾向,一方面可以反映出八股"调"论对文章细部技术的关注,另一方面也是由于宋代以降有关字法、句法的讨论,本身可以为"调法"这一新问题的提出和讨论提供知识资源。事实上,"调法"本身并非"无中生有"的全新发现,而是利用、重组传统字法、句法理论资源而形成的新范畴。《文心雕龙·章句》所谓"裁文匠笔,篇有小大;离章合句,调有缓急"①,已经不难看到"调"本身便是游移在章句、字词之间。如《举业卮言》以抑扬顿挫、离合缓急等"文字之节奏"来解说"调"之内涵,而王世贞《艺苑卮言》在"句法"的范畴中恰恰就有"抑扬顿挫,长短节奏"等内容。八股名家论"调",同样很清楚"调法"与字法、句法之间交互错综的关系。袁黄《游艺塾续文规》云:"近日作文者专炼句、炼字,而不知煅炼之诀以涵养为主,推敲次之,琢痕未化则伤浑融,句调过奇则伤步骤,此皆养之不厚而出之不纯也。故章法之妙有不见句法者,句法之妙有不见字法者。"②乃是从反面立论,批评过分追求字、句的锤炼,导致"句调过奇",反而影响到章法(步骤)的浑融。"句调"一语,正可见他心目中"调法"主要安顿的层次。汤宾尹《一见能文》有"遣调"一则云:

> 夫诗之调,有正有反;讴之调,有宫有商;文宁无调乎?有等文章,骤读之而词章错落,把玩之而音响铿锵,此善于遣调者也。然而工拙惟在字句之安顿,安顿遂分品格之雅俗。即如《庄子·天地》内篇"殆哉,岌乎天下",句何其拙;《孟子》曰"天下殆哉,岌岌乎",则雅矣。《阿房宫赋》曰:"使天下之人不敢言而敢怒。"将"敢怒"二字放在下面,有多少气力、多少涵蓄! 若云"敢怒而不敢言",便懒散无味,便入俗径矣。昔人谓酒肆帐簿,一经司马子长之手,就是好文,谓其善于簸弄颠倒而化俗为雅也。字句之间,勿得草草放过。③

汤氏从诗、乐之"调"引出文也应当有"调",可以推想诗歌之调对文章之调,亦有间接的启发——这正是明代复古派以"格调"言诗的一个重心所在。④ 事实上,明人诗论重视格律声调,无疑对八股文、古文领域的声调批评

---

① 《文心雕龙义证》,第1253页。
② 《游艺塾续文规》卷四《了凡袁先生论文》,《续修四库全书》第1718册,第208—209页。
③ 《汤睡庵太史论定一见能文》,《稀见明人文话二十种》下册,第877页。
④ 关于明代的格调诗学,参见查清华《格调论视野中的声调:情感运动的方式》,《上海师范大学学报(哲学社会科学版)》2006年第4期;邓红梅《论"格调"》,《文学遗产》2009年第1期。此外,陈岸峰《格调的追求——论沈德潜对明清诗学的传承与突破》(《汉学研究》2006年第2期)也追溯了明代诗学中有关格调论的源流。

深有影响。这种影响关系可以有多个层面的体现。

第一,在宏观的思想观念上,对艺术作品音乐性的体察,往往是可以超越具体文类的。换言之,声调节奏的存在,可以是音乐、诗歌、文章等不同艺术形式共有的属性。以"调"论诗、论文,根本上说都是将其与音乐作类比。当然,不少论者在强调诗之音乐性时,或会将"文"作为其对立面处理。如李东阳云"后世诗与乐判而为二,虽有格律而无音韵,是不过为排偶之文而已"①,便是如此。不过,诗、文的这种界限并不是绝对的,而是可以随着论述立场、策略而转变。宋人《扪虱新话》已经指出"文中要自有诗,诗中要自有文,亦相生法也",并引唐庚之说云:

> 唐子西曰:"古人虽不用偶俪,而散句之中,暗有声调,步骤驰骋,亦有节奏。此所谓文中有诗也。"②

唐氏之说,正可以为明人论文章之声调开一先声。因此,诗论家固可以标举"音韵"为诗之特色,文评家则无妨强调文亦有"声"。上引汤宾尹之言,即其例也。

第二,在具体细节层面方面,诗之调与文之调也不无殊途同归之处。诗歌中承载声调的主要元素是押韵、平仄,八股文中主要为排偶句式,古文中则主要见诸句式长短、语序、虚词等,其重点固有不同,但也并非没有交集。例如,上引《一见能文》论句法层面的倒装为遣调之密钥,实际上类似"香稻啄余鹦鹉粒"等句法顺序分析,在诗论中也是经典话题。又如李东阳论诗中虚字之使用:"诗用实字易,用虚字难。盛唐人善用虚字,其开合呼唤,悠扬委曲,皆在于此。用之不善,则柔弱缓散,不复可振。"③实际上与左培《文式》关于调法"先呼后应""总之一开合之法"的论述便颇可相参。至于前述王世贞《艺苑卮言》有关篇法、句法、字法的讨论中,直言"文之与诗,固异象同则"④,更是明白道出个中关键。

第三,诗歌声调论中律诗与古诗的关系,可以类比为文章声调论中八股

---

① 《怀麓堂诗话校释》,第 1 页。
② 陈善《扪虱新话》上集卷一,收入俞鼎孙、俞经编辑《儒学警悟》卷三十二,第 176 页,中国书店 2010 年版(影印陶湘刻本)。当然,细究起来,陈善所理解的"文中有诗"实际上和唐庚所言并不完全一致。陈氏云:"文中有诗,则句语精确。"又举韩愈《画记》为例:"退之《画记》,铺排收放,字字不虚,但不肯入韵耳。"重点似是称美其下字用词之精。与唐庚所言的"暗有声调"似有不同。但陈善显然也认同唐氏之说,故予引述。本书取唐庚之说法。
③ 《怀麓堂诗话校释》,第 98 页。
④ 《艺苑卮言校注》卷一,第 38 页。

文与古文的关系。相对而言,律诗、时文都是有较明确的格律要求(对仗、排偶),而古体诗、古文的声调论,则常常可以通过与律诗、时文格律的比照而产生。① 如李东阳云"律犹可间出古意,古不可涉律",盖"古涉律调"则移于流俗②,大抵就奠定了这种比照的基本框架。王世贞云"士衡、康乐已于古调中出俳偶",则是从诗歌发展史的角度,以"俳偶"为"古调"的对立面。③ 胡应麟主张七言绝句源出于古之七言短歌,亦通过对比说明其声调差异:

    七言短歌,始于《垓下》,梁陈以降,作者垒然。第四句之中,二韵互叶,转换既迫,音调未舒。至唐诸子一变,而律吕铿锵,句格稳顺。语半于近体,而意味深长过之;节促于歌行,而咏叹悠永倍之。遂为百代不易之体。④

胡应麟此处以《垓下歌》为例,分析律化之后七言绝句的声调特点。《垓下歌》:"力拔山兮气盖世,时不利兮骓不逝。骓不逝兮可奈何,虞兮虞兮奈若何。"前两句韵脚"世""逝"古音月部,后两句韵脚"何"为歌部⑤,即所谓"二韵互叶"。在胡氏看来,这样在节奏上转换太快,不够舒张。而唐人七绝通体一韵,便解决了这个问题。明清人有关古文调法的讨论,常常关注其句式排偶的问题⑥,与这种古诗、律诗对比的思路恰相一致。

文章学中有关"调法"的讨论,固与诗学颇多相通。不过,在诗、文两种不同文体之中,"调"的具体表现方式自然各不相同。即使是八股文,在形式方面的规定仍较律诗为小,故文章之"调"的灵活性,较诗歌而言为大。相对于诗,八股文与古文在语言、篇章形式方面的共性毕竟更多,因此其理论交涉亦更为密切。汤宾尹《一见能文》援引子、史、辞赋作为例证,正可见八股文与古文在词句以及"调法"探讨中,具有较大的共通性。一方面,对经史古文词句的研究,可以为时文修辞提供依据;另一方面,时文领域对"调"的关注,也可以反过来刺激古文批评中相同术语的发展。

---

① 参见蒋寅《古诗声调论的萌生》,《古典文学知识》1996年第4期。蒋文认为"开始研究古诗声调问题的应该说是明人,在明代的诗话中,我们才看到对古诗声调的认真探讨"。
② 《怀麓堂诗话校释》,第6页。
③ 《艺苑卮言校注》卷三,第147页。
④ 《诗薮》内编卷六,第105页。
⑤ 郭锡良《汉字古音手册(增订本)》第91页、第27页,商务印书馆2010年版。
⑥ 详参后文关于孙鑛评经中标识排偶句法的讨论。

第二节　有迹可循：孙月峰之"调法"批评

回到本章开头所论，孙鑛在其经籍评点中好言"调法""音节"，事实上并非偶然，正是当时八股文批评风气延伸与推进的结果。孙鑛于隆庆四年（1570）举顺天乡试，万历二年（1574）甲戌科会试第一名（会元），殿试登二甲进士，在当时亦以举业闻名于世。袁黄《游艺塾文规》多次引用其会试程文为范例，具体说明破题、承题、起讲之写法，如卷一《国家令甲》部分摘引了甲戌会试《学如不及二句》孙鑛之破题，指出其别出心裁之处：

> 旧说以注"言人之为学，既如有所不及矣，而其心犹悚然，惟恐其或失之"，遂分上句为功、下句为心。然天下其有无心之功哉！会元孙鑛破云："圣人论学者之心，敏于求而犹自歉也。"通在"心"上做，不落俗儒派头。①

按《论语·泰伯》："子曰：学如不及，犹恐失之。"袁黄所引"注"，即朱熹《四书章句集注》之说，本身亦甚通畅。② 但考生皆遵朱注，则何以有独到自别之处？袁黄认为，孙鑛破题的写法，以"敏于求"释"学如不及"，以"犹自歉"解"犹恐失之"，将二者统一到"学者之心"这一点上来，在理论阐述上就更加圆足、整饬。相形之下，朱注之说，将"如不及"释为进学之功，以"心犹悚然"解说"恐失之"，就不免有分知、行为二之虞。由此可知，孙鑛的新解，一方面也是以朱注固有的内涵为基础（《四书章句集注》亦包含了从"心"的角度阐释）加以引申、调整，一方面又能以其与成说的微妙差别体现出自家独得之"新意"。这种新解背后，正不难看到阳明心学的影响。《游艺塾文规》卷二《承题》、卷三《起讲》部分，亦摘引孙鑛同一篇文章，说明其"得题体"和"切题"之长处。③ 这些主要是就其文章构思方面而言，乃是当时八股批评

---

① 《游艺塾文规》卷一《国家令甲》，《续修四库全书》第1718册，第7页。
② 《四书章句集注·论语集注》卷四，第107页。
③ 《游艺塾文规》卷二《承题》："甲戌'学如不及'一节，众云：'学之道起于心也。'孙鑛云：'学之功至难穷也。'曰'至难穷'，则'如不及'、'惟恐失之旨俨然在目。"又指出孙文在众多以"心学"立意的文章之中，又能以"至难穷"扣住题目中"如不及"在进学工夫方面的意涵。《游艺塾文规》卷三《起讲》："论者多疑〔……〕甲戌孙鑛《学如不及》二句小讲，以为庸浅〔……〕孙云：'人之为学也，何为也哉？未其及也，求其得也。'皆从正龙正脉说下，何尝有一字不切题？"同样是围绕万历二年会试这篇名文，强调要紧扣题旨。两例分别见《续修四库全书》第1718册，第35页、第44页。

关注的重点所在。不过,除此之外,孙鑛八股文在文字形式方面的优点,亦为时所重。庄元臣《行文须知》论"调法",亦采孙氏之文为例,前已述及。不仅如此,孙鑛关于时文的论述,在晚明亦流行于科举的知识场域之中。如武之望《举业卮言》卷二录有"孙鑛《举业要言》一章",介绍应举读书作文之法,主张"门路宜正不宜杂,思致宜沉不宜浮,记诵宜精不宜多,结构宜雅不宜俗",于作文尤其又强调"体认题旨"。① 孙氏对"调法"的讨论,散见于其所批群书,其所指主要有两个层面:其一是就文章整体属性而言,包括"辞命调""议论调"等,其中又尤重"辞命"之调法,即人物语言中直接呈现的声调;其二则是句式的细部分析,关注句式长短、奇偶、次序中呈现出的节奏。这两个层面,事实上都有"时文"的影子。

不妨先看"辞命调"的例子。《左传》为行人辞令之渊薮,孙鑛的评点常常着眼于其言说之"调"。如隐公元年颍考叔进谏之语"小人有母,皆尝小人之食矣,未尝君之羹,请以遗之",孙氏批以"辞命",点出其文体属性。② 隐公十一年,郑庄公伐许之后,"使许大夫百里奉许叔以居许东偏",告之以"天祸许国,鬼神实不逞于许君,而假手于我寡人。寡人唯是一二父兄,不能共亿,其敢以许自为功乎?寡人有弟,不能和协,而使糊其口于四方,其况能久有许乎?吾子其奉许叔,以抚柔此民也"云云。孙鑛于此眉批"辞命",又曰:

  调绝工,铿然有金石之音。③

正是以郑伯之辞命为一"调"也。襄公九年,晋郑会盟,晋士庄子为载书曰:"自今日既盟之后,郑国而不唯晋命是听,而或有异志者,有如此盟!"郑公子騑不满其气势凌人之语,针锋相对地别为誓辞曰:

  大祸郑国,使介居二大国之间,大国不加德音而乱以要之,使其鬼神不获歆其禋祀,其民人不获享其土利,夫妇辛苦垫隘,无所厎告。自今日既盟之后,郑国而不唯有礼与强可以庇民者是从,而敢有异志者,亦如之!

公子騑之辞命,孙鑛眉批云:

---

① 《新刻官板举业卮言》卷二,第 489—490 页。
② 孙鑛批点《春秋左传·隐公》,叶 3a,万历四十四年闵齐伋刻朱墨套印本。
③ 同上书,叶 20a。

左氏辞命,类多婉错,此独直而排。然却可以想见当时急忙中出语情态。①

孙鑛点出其语言风貌有别于一般委婉外交辞令的特点。在孙鑛对《史记》的评点中,也有类似的例子。《仲尼弟子列传》叙子贡"存鲁,乱齐,破吴,强晋而霸越"之事迹,其中记有两段越国的外交辞令:

〔子贡〕报吴王曰:"臣敬以大王之言告越王,越王大恐,曰:'孤不幸,少失先人,内不自量,抵罪于吴,军败身辱,栖于会稽,国为虚莽,赖大王之赐,使得奉俎豆而修祭祀,死不敢忘,何谋之敢虑!'"

后五日,越使大夫种顿首言于吴王曰:"东海役臣孤勾践使者臣种,敢修下吏问于左右。今窃闻大王将兴大义,诛强救弱,困暴齐而抚周室,请悉起境内士卒三千人,孤请自被坚执锐,以先受矢石。因越贱臣种奉先人藏器,甲二十领,铁屈卢之矛,步光之剑,以贺军吏。"

孙鑛于其后批云"以上两辞命调皆有简趣,然尚未入妙"②,就是以"辞命调"指称勾践和文种的两段陈词。所谓"辞命调",与"议论调"相对,当是本于《文章正宗》辞命、议论、叙事、诗歌之分。

"辞命"乃是直接描写人物之语言,直接呈现其语气、语调,此或孙氏论"调"最重"辞命"称之缘故。真德秀梳理辞命类文体之渊源,追溯到《尚书》所记诰、誓、命等"王言";而孙鑛在其《尚书》评点中,恰恰也大量采用"调法"以标举之。如于《盘庚》上中下三篇,孙氏总评曰"文字最艰深,然读数过后,乃觉意味婉妙",又择其中记盘庚之语数处,如"王若曰:格汝众。予告汝训。汝猷黜乃心,无傲从康""呜呼!古我前后,罔不惟民之承。保后胥戚,鲜以不浮于天时""今予其敷心腹肾肠,历告尔百姓于朕志。罔罪尔众,尔无共怒,协比谗言予一人"等等,皆于天头眉批"章法,调法,炼法"。③ 其中"章法"盖谓这些辞令总起下文的篇章结构功能,"炼法"针对其字句之锤炼,"调法"即当是用于指称其一人称直接引语的性质。又如《礼记·檀弓上》记晋世子申生之告白:

---

① 孙鑛批点《春秋左传·襄公》,叶24a—24b。
② 《孙月峰先生批评史记》卷六十七,叶9a,崇祯冯元仲刻本(国家图书馆藏)。徐菁《〈孙月峰先生批评史记〉研究》(兰州大学硕士学位论文,2017年,第88页)指出孙鑛在《史记》批评中重视"辞命调",并对此例有分析,可参。
③ 《孙月峰先生批评书经》卷三,《四库全书存目丛书》经部第150册,第161—164页。

〔世子〕使人辞于狐突曰:"申生有罪,不念伯氏之言也,以至于死。申生不敢爱其死,虽然,吾君老矣,子少,国家多难,伯氏不出而图吾君,伯氏苟出而图吾君,申生受赐而死。"再拜稽首,乃卒。是以为恭世子也。

孙鑛于此数语眉批"调法,炼法",同样是以"调法"点出"辞命"的例证。此后孙氏复又眉批"清到极处,浓到极处。所谓既雕既斫,复归于朴",称赏申生之言,辞清而情浓,调和得当;又针对"以至于死""申生不敢爱其死""申生受赐而死",于行间夹批"三'死'字相应",点出其词句前后呼应勾连的效果,也可以看作是这一"辞命调"之所以为美的具体分析。① "辞命"之所以为"调",本质上在于这种直接语言描写能够较真切地反映说话人的语气面貌,如以人称代词"我""予""朕""孤""尔""汝"以及自我称名"种""申生"等体现其辞气之恳切,以语气词"呜呼"表达感叹之语调,皆其在词句形式上之特征。

对"辞命"的关注,内中包含的是对人物话语风格的敏感。有趣的是,这一因素在时文写作中,正大有用武之地。郭正域论时文写作,主张不仅要"得圣人之心",更要"得圣人之声":

六经孔孟,圣人之言也。为六经孔孟,亦当如圣人之言。夫见理不真、晤言不妙,即有奇言,不得圣人之心。音响不合、轻重不伦,即有奇言,不得圣人之声。夫为圣人之文,即传圣人之言也。今之善传言者,呼吸咳唾,微言冷语,嘻笑怒骂,长短轻重,一如出其人之口,方为善传言。②

此以"传言"设譬,认为"代圣人立言"须要将其语言之"长短轻重",乃至语言之余的"呼吸咳唾"都一一传达出来,正可见当时文家之追求。从文章技巧的角度探索"代言",则不仅限于体贴"圣人之声",也可以是摹写各类人物在各种情形下的声口:"凡代一人说话,即欲肖一人口吻,如圣人、贤人、狂士、隐士、权臣、佞臣,其口吻各有不同。"③ 董其昌更在先秦子、史中追溯"代言"的源流:

代者,谓以我讲题,只是自说,故又代当时作者之口,代写他意中事,

---

① 《孙月峰先生批评礼记》卷一,《四库全书存目丛书》经部第150册,第224页。
② 《合并黄离草》卷十八《四书稿自序》,《四库禁毁书丛刊》集部第14册,第113页。
③ 唐彪《读书作文谱》卷六引梁素冶,《历代文话》第4册,第3467页。梁氏生平不详,生活时代当在明清之际。

乃谓注于不涸之源。且如《庄子·逍遥篇》说鷽鸠笑大鹏,须代他说曰:"我决起而飞,枪榆枋,时则不至,亦控于地而已矣,奚以之九万里而南为?"此非代乎?若不代,只说鷽鸠笑亦足矣。又如太史称燕将得鲁连书云:"欲归燕,已有隙,恐诛;欲降齐,所杀虏于齐甚众,恐已降而后见辱。喟然叹曰:'与人刃我,宁自刃!'"此非代乎?①

董氏之论,既是要从《庄子》《史记》中寻找"代言"之先例,反过来也可以说明,阅读、分析古籍中的"辞令",事实上对时文学习正有现实意义。如果考虑到"入口气""代圣人立言"在八股文创作中的重要性②,或许我们不难理解为何孙月峰喜好从古书中发掘出关涉辞命语气的"调法"。

在"辞命"之外,孙鑛所云"调法",更主要的含义还是句式的组织。具体而言,"调法"所涉及的句式特征包括了字数、前后呼应、排偶/单行等方面。如《尚书·微子之命》题下总评曰"四字句稍多,与他篇调稍不同"③,盖此篇在句式上多用四言,如开篇"惟稽古崇德象贤,统承先王,修其礼物,作宾于王家;与国咸休,永世无穷",以"惟稽古"三字领起,接下来都是四字句铺展开来;终篇云:

> 钦哉!往敷乃训,慎乃服命;率由典常,以蕃王室。弘乃烈祖,律乃有民,永绥厥位,毗予一人。世世享德,万邦作式。俾我有周无斁。呜呼!往哉惟休,无替朕命。④

除了感叹词"钦哉""呜呼",以及引出结果的二言"俾我",整体上也都是四字句,故孙鑛称其为"调"与众不同,正可见字数形式是"调"的一个构成因素。又如《尚书·冏命》题后批语云"虽用四字句,然亦间插以长句,大概势错落"⑤,乃是从四字句与长句穿插使用的角度来观察。与此类似,在《尚书·秦誓》一篇,孙氏于"我心之忧,日月逾迈,若弗云来"句后评曰:

> 调法绝似周雅。⑥

---

① 《新刻官板举业卮言》卷三载董其昌《文诀九则》,《稀见明人文话二十种》,第502页。
② 关于晚明八股文中"入口气",可参陈维昭《明清曲学的"代言"与八股文法的"入口气"》,《杭州师范大学学报(社会科学版)》2017年第3期。
③ 《孙月峰先生批评书经》卷四,《四库全书存目丛书》经部第150册,第178页。
④ 《十三经注疏·尚书正义》卷十三,第425—426页。
⑤ 《孙月峰先生批评书经》卷六,《四库全书存目丛书》经部第150册,第202页。
⑥ 同上书,第206页。

此处所记秦穆公誓言之语,颇似《诗经》之句式,如《小雅·小明》第二、三章有:"昔我往矣,日月方除。曷云其还?岁聿云莫!""昔我往矣,日月方奥。曷云其还?政事愈蹙!"①颇为近似,孙鑛遂有"绝似周雅"之评。后文"番番良士,旅力既愆,我尚有之。仡仡勇夫,射御不违,我尚不欲",眉批"调法"②,也当是针对句式特征而言,只不过涉及的因素已不仅仅是字数:三个四字句相连为一个十二字长句,两个十二字长句(4—4—4)又形成对偶,"番番"与"仡仡"的叠字形容词相对,两个相同的"我尚"分别接以相反的"有之"和"不欲"等,显现出这一"调法"的复杂性。

字数的多少,长短之错综,乃是"调法"所指涉句式特征最显明、普遍的一层含义。除此之外,一些具体、个别的词句写法,也被称为"调法"。如《君奭》篇云:

> 周公若曰:"君奭,弗吊,天降丧于殷,殷既坠厥命,我有周既受。我不敢知曰,厥基永孚于休。若天棐忱,我亦不敢知曰,其终出于不祥。"

尾批云:

> 此两"不敢知",即《召诰》监夏殷调法,而语稍炼。③

按《召诰》篇中召公总结夏商两代之教训云:"我不可不监于有夏,亦不可不监于有殷。我不敢知曰,有夏服天命,惟有历年;我不敢知曰,不其延,惟不敬厥德,乃早坠厥命。我不敢知曰,有殷受天命,惟有历年;我不敢知曰,不其延,惟不敬厥德,乃早坠厥命。"④都是以"我不敢知曰"引出夏、商受天命的问题,与《君奭》篇言周代受命长短未可知,采用的是相同的句式,表现的是相似的敬慎、惶恐之语气,故被孙鑛称为一种"调法"。又如《尧典》中关于确定四时之叙述,先以"分命羲仲,宅嵎夷,曰旸谷。寅宾出日,平秩东作。日中、星鸟,以殷仲春。厥民析;鸟兽孳尾"叙春,复以"申命羲叔""分命和仲""申命和叔"次及夏、秋、冬三季,句式皆相若;孙鑛眉批"排法,调法"⑤,一谓四时之排比,一则谓"分命/申命……宅……曰……平秩/平在……以殷/以

---

① 《十三经注疏·毛诗正义》卷十三,第996页。
② 《孙月峰先生批评书经》卷六,《四库全书存目丛书》经部第150册,第206页。
③ 同上书卷五,第190页。并参《尚书正义》卷十六,第474页。
④ 《十三经注疏·尚书正义》卷十五,第452页。并参《孙月峰先生批评书经》卷五,《四库全书存目丛书》经部第150册,第184页。
⑤ 《孙月峰先生批评书经》卷一,《四库全书存目丛书》经部第150册,第142页。

正……厥民……鸟兽"这一重复的句式。由此皆可见"调法"可以用于指称各种特殊、独特的句式组织。

此外,句式的呼应,也是"调法"的一大内涵。前引左培《文式》,论之甚明。然左培但以虚词之间的关联呼应为"调法",孙鑛则更将句与句之间实词的重复呼应也纳入"调法"之中。如在对《诗经》的批点中,月峰便以"调法"这一术语标识出不同分句之间的呼应关系。如《大雅·常武》:"王犹允塞!徐方既来。徐方既同,天子之功!四方既平,徐方来庭。徐方不回,王曰还归!"篇末评语云:

> 八句内四个"徐方",用顶转,互为呼应,固自是一调法。①

《大雅·荡》:"文王曰咨!咨汝殷商。曾是强御?曾是掊克?曾是在位?曾是在服?天降滔德,女兴是力!"②批语云:

> 明是"强御在位,掊克在服",乃分作四句,各唤以"曾是"字,以肆其态。然四句两意双顶,固是一种调法。③

前一例是关键词的重复造成呼应,后一例是虚字的分派造成呼应。这些遣词造句的技巧,强化了分句之间的联系,在孙鑛,分别都是一种"调法"。又如《礼记·郊特牲》:"朝觐,大夫之私觌,非礼也。大夫执圭而使,所以申信也;不敢私觌,所以致敬也。而庭实私觌,何为乎诸侯之庭?为人臣者无外交,不敢贰君也。"眉批云:

> 常意常语,然炼得调法绝妙,顿挫唤应,铿然有音。④

《礼记》此节,分别讨论了两种情况:一是跟随国君出访(朝觐),此时大夫不可私下会见外国君主;二是大夫受命出访(执圭而使),此时则可以会见

---

① 《孙月峰先生批评诗经》卷三,《四库全书存目丛书》经部第150册,第126页。并参《十三经注疏·毛诗正义》卷十八,第1243页。
② 《十三经注疏·毛诗正义》卷十八,第1191页。传云:"咨,嗟也。强御,强梁御善也。掊克,自伐而好胜人也。服,服政事也。"笺云:"厉王弭谤,穆公朝廷之臣,不敢斥言王之恶,故上陈文王咨嗟殷纣,以切刺之。女曾任用是恶人,使之处位执职事也。"
③ 《孙月峰先生批评诗经》卷三,《四库全书存目丛书》经部第150册,第119页。
④ 同上书,第265页。

外国君主。① 经文在词句安排上,以关键词"私觌"前后关联;又以"所以申信也""所以致敬也"的相同句式两相对比;同时"何为乎"一句的反问语气,以及数个"也"字句形成的节奏呼应,多方面的锤炼安排共同造成了整节的韵律效果,孙氏所谓"调法绝妙",正是就此而言。

句式上排偶与单行的变化,也是"调法"关注的另一大因素。如《尚书·旅獒》"德盛不狎侮,狎侮君子,罔以尽人心;狎侮小人,罔以尽其力。不役耳目,百度惟贞。玩人丧德,玩物丧志。志以道宁,言以道接。不作无益害有益,功乃成;不贵异物贱用物,民乃足"一段,大体皆用对偶句式,但也有少数不入对偶者穿插其间,如开头的"德盛不狎侮",中间的"不役耳目,百度惟贞"等,孙鑛在"百度惟贞"句后评曰:

> 排语中必间插一二单语,此是节奏。②

孙鑛认为对偶的"排语",与非对偶的"单语"互相调剂,形成文章的节奏感。《尚书·文侯之命》主要以单语成篇,鲜有对偶,孙批"平淡之文,惟以单辞运调,觉风度圆劲",点出纯用"单辞",可以形成"圆劲"的风格特点。所谓"圆劲",或当是来自书法批评的概念,强调有骨力(劲)而又不失韵致(圆)的审美感觉。孙鑛《书画跋跋》评赵孟𫖯《大通阁记》云"虽微带肉,而骨力圆劲,媚姿自肉中出,犹是本色"③正可相参。在文章上,非对偶的"单辞"相对于对偶"排语",更有骨力,故曰"劲";同时"单辞"组织得当,通篇流畅而成"调",也不觉突兀嵯岈,故可曰"圆",孙氏之用意,大抵在此。又如《史记·张仪列传》载张仪游说韩王语:

> 大王不事秦,秦下甲据宜阳,断韩之上地,东取成皋、荥阳,则鸿台之宫、桑林之苑非王之有也。夫塞成皋,绝上地,则王之国分矣。先事秦则安,不事秦则危。夫造祸而求其福报,计浅而怨深,逆秦而顺楚,虽欲毋亡,不可得也。④

孙鑛于"逆秦而顺楚"句后批曰"忽插此三排语,若叹惜","缘上面语太

---

① 《十三经注疏·礼记正义》卷二十五,第3135页。并参王文锦《礼记译解》的解说,第338页,中华书局2001年版。
② 《孙月峰先生批评书经》卷四,《四库全书存目丛书》经部第150册,第175页。
③ 《书画跋跋》卷一《赵吴兴大通阁记》,叶14b,乾隆五年居业堂刻本。
④ 《史记》卷七十《张仪列传第十》,第2787页。

实太峻,故作此缓调承","得此,章法乃匀,更觉腴畅"。① 指出"造祸而求其福报,计浅而怨深,逆秦而顺楚"三个分句的排比结构形成了一种缓和的声调效果;与之形成对照的是,上文从"秦下甲据宜阳"到"不事秦则危"一长串语句接连蓄势而下,危言耸听,殆如累卵,以峻急的语势传达出紧张的效果,正配合了对"不事秦"后果的推演。先疾后缓,总体章法上也实现了某种张弛平衡的节奏。

孙𬭎在《尚书》《诗经》《礼记》《史记》等秦汉古书的评点中,大量讨论"调法",乃是出于他本人的读书心得。其《与余君房论文书》回忆生平阅读经验,自云早年好涉猎,博览《史记》、《庄子》、欧阳文、《韩非子》《文选》《汉书》《左传》等,中年以后渐渐悟到当归本于先秦经籍:

> 至四十四家居,乃尽屏诸书,一小厨独置马、班二史,益之《国策》《韩》《吕》三种,以此五部音节相类,是一家耳。又二年始读《国语》,又进之十三经,乃大有悟,盖文章之法尽于经矣,皆千锤百炼而出者。②

此云"四十四家居",即万历十四年(1586),正是前述月峰与其子侄辈论业之时;与前引《与李于田论文书》云"丁亥以后,玩味诸经,乃知文章要领惟在法,精腴简奥,乃文之上品"③两相对照,大抵他悟到"文章之法尽在经矣"的时间,约在万历十五年(丁亥)、十六年以后。今所见冯元仲刻本《孙月峰先生批评诗经》卷首有孙𬭎的《诗经小序》,末署"万历壬寅四月己未"即万历三十年(1602),可以推知孙氏评点诸经到成书的大致时间范围。所谓"音节相类",正是要在字法、句法、调法、章法中分析探求古书的修辞特点。

"调法"可用于品鉴八股、研读经籍,自然也可以用于唐宋古文。孙氏《与吕美箭论诗文书》云:

> 唐文沿六朝,大约俱排偶。韩退之力变,概用散文。柳柳州初年犹用排格,若《南霁云庙碑》等是也。后柳州晚年亦多为散文,岂自变耶?抑因韩易轨耶?自唐元和至今,散文不改益重。又自六朝来,更有四字句一法,范蔚宗《东汉书》尤多此调,不知蔚宗剪割就此耶?抑自东京即尚此耶?然排句、四字句,自虞夏书亦既有之。《左传》中更多四字句,昌黎虽力黜排语,然四字句法不废,诸文中或间用之。若今时则与两法

---

① 《孙月峰先生批评史记》卷七十,叶 15a。
② 《月峰先生居业次编》卷三《与余君房论文书》,《四库禁毁书丛刊》集部第 126 册,第 193 页。
③ 同上书,第 191 页。

俱废。亦不论何文，读者但遇散文错综句即觉佳，排语、四字句即觉不佳。岂文道本合如此？或亦只一时气习所尚耳？吾友肆力此业，更当参伍以尽其变也。①

这一段讨论唐代以后文章之法，焦点是排句、四字句的问题，正属于"调法"的范畴。孙鑛在此采用的论述策略，是以先秦古书为后世排偶、四字句的使用提供依据——"自虞夏书亦既有之"之说，正可与其批点《尚书》的实践相参照。孙氏梳理四字句的历史流变，从早期的《尚书》《左传》，降及汉魏六朝，又特别说范晔《后汉书》"尤多此调"，恰也是以"调"指称四字句的例证。孙鑛对柳文的评点中，同样有大量关于"调法"的形式分析，所指范围与其评点《诗》《书》《礼》大体一致，包括辞命语气，以及句式的各个方面。如对《乞巧文》"再拜稽首称臣而进曰：下土之臣，窃闻天孙，专巧于天"云云，眉批"此辞命调，亦自佳"②；《捕蛇者说》"蒋氏大戚，汪然出涕曰：君将哀而生之乎，则吾斯役之不幸，未若复吾赋不幸之甚也"一大段，眉批"调得调法绝妙"③，都是针对直接引语描写的评论。而关于句式排偶、散行的讨论，则是其中一大重点。如《送邠宁独孤书记赴辟命序》"植密画于借箸之宴，发群谋于章奏之笔"，眉批"两语犹袭唐调"④，便是就其对仗而言。又如《送元秀才下第东归序》，全篇大体皆用排偶句式，孙鑛于题上眉批"排体亦工，然今时不尚"⑤，正可与他在《与吕美箭论诗文书》中的说法呼应。序文中两大节写元秀才之"周乎志"与"周乎艺"，使用了颇为整齐的长句对偶：

> 言恭而信，行端而静，勇于讲学，急于进业。既游京师，寓居侧陋，无使令之童，阙交易之财，可谓穷蹴矣。而操逾厉，志之周也。
>
> 才浚而清，词简而备，工于言理，长于应卒。从计京师，受丙科之荐，献艺春卿，当三黜之辱，可谓屈抑矣。而名益茂，艺之周也。

除了中间"既游京师"与"从计京师"以下四句节律略有调整（前者为4—4—6—6，后者为4—6—4—6），整体上对仗颇为工整。孙氏批之曰：

---

① 《月峰先生居业次编》卷三《与吕美箭论诗文书》，《四库禁毁书丛刊》集部第126册，第223页。
② 孙月峰批点《唐柳柳州全集·柳先生文集》卷十八，叶1b，（台北）新文丰出版公司1979年版。
③ 同上书卷十六，叶10a。
④ 同上书卷二十二，叶3b。
⑤ 同上书卷二十三，叶5b。

即此格,若换作单调,固自醒眼,子厚亦沿唐调耳。然此亦系今眼观。若大观,又不知果孰胜。①

所谓"单调"与"唐调"的对立,实际上就是散行句式与骈偶句式的对立。从文学史的演进上看,此是骈文与古文的交涉;从明人的批评眼光上看,其中又不免有八股文写作需要的刺激。明清时人对孙鑛评书的观感,也颇重在他对"排偶"句式的分析上。如钱谦益便特别批评孙鑛"于《大禹谟》则讥其渐排"②,并认为"诃《虞书》为俳偶,摘《雅》《颂》为重复"乃是"非圣无法"③。孙氏着眼字句之法的读经趣味,在清代经学复兴的风气下虽屡受批判,但作为一种细部文本分析的方式,这些字句与"调法"的探讨,恰恰被清代文人继承下来,在古文批评领域继续发展深化。

第三节 句读切分与调式讲求:
从金圣叹到吴见思

孙鑛在对经史典籍的评点中,对遣词造句中蕴含的"调法"颇为注意,其具体内涵则包括由语气色彩所体现出的"辞命调",以及句式长短、奇偶、呼应所形成的"句调"两个方面。这固然不是明清时期古文鉴赏与评点的全部内涵,但无疑构成了当时从细部阅读、分析古代文本的一个重要面向。如前所述,类似的对古文字法、句法的细部分析,在明代以前已不鲜见。④ 细部分析一方面是以例证的形式见诸各类笔记、专著或选本之中。如刘知幾《史通·叙事》已有关于"省字""省句""烦字""烦句"的讨论。⑤ 又如韩愈《获麟解》中的名句"角者,吾知其为牛;鬣者,吾知其为马;犬豕豺狼麋鹿,吾知其为犬豕豺狼麋鹿;惟麟也不可知",吴子良《荆溪林下偶谈》指出其"句法盖祖《史记·老子传》"⑥,方

---

① 孙月峰批点《唐柳柳州全集·柳先生文集》卷二十三,叶 6a。
② 钱谦益著,钱曾笺注,钱仲联标校《牧斋初学集》卷二十九《葛端调编次诸家文集序》,第 872 页,上海古籍出版社 2009 年版。
③ 钱谦益著,钱曾笺注,钱仲联标校《牧斋有学集》卷十七《赖古堂文选序》,第 768 页,上海古籍出版社 1996 年版。
④ 参阅本章第一节对传统文论中字法、句法批评的简要交代。相关研究,亦可见祝尚书《宋元文章学》第八章《宋元文章学论造语与下字》,中华书局 2013 年版。
⑤ 《史通通释》卷六《叙事第二十二》,第 158 页,上海古籍出版社 2009 年版。
⑥ 《荆溪林下偶谈》卷一,《历代文话》第 1 册,第 538 页。《史记·老子韩非列传》:"孔子去,谓弟子曰:'鸟,吾知其能飞;鱼,吾知其能游;兽,吾知其能走。走者可以为罔,游者可以为纶,飞者可以为矰。至于龙,吾不能知其乘风云而上天。吾今日见老子,其犹龙邪!'"

颐孙《太学新编丽藻文章百段锦》中亦将此例选入,作为"造句格"中"学史句法"之例证:

> 初读此,意是韩公自为一家语言。又有谓苏老泉《乐论》学此下句。既而读《史记·老子传》[……]始知韩、苏皆本于此。①

此是以韩愈文为焦点,上溯其源,又下及苏洵,梳理出"吾知……吾知……吾知……吾不能知/不可知"这种先叠排后反转句式的文本范例。另一方面,宋元以来亦出现了有关字法、句法的较系统的归纳。其最重要的代表便是南宋陈骙的《文则》,其中诸如对助辞、倒语、缓急轻重、"数句用一类字"等条目②,都可以说奠定了后来古文细部批评的基本格局。对《檀弓》《考工记》《春秋》《诗经》《孔子家语》等典籍中句式长短、繁简、风貌的举例分析,亦颇为深入。③ 这些有关句式长短、奇偶、语序等问题的讨论,事实上为明人的"调法"批评奠定了基础,而晚明盛行之圈点评识,以贴合原始文本的出版形态,配合流行的"声调"概念,对《尚书》《诗经》《左传》《礼记》以及《史记》《汉书》等经史典籍加以批阅,在涉及文本的广度和分析的深细度方面都大有扩展。孙鑛之前,汪道昆的《春秋左传节文》亦对传文中的用字造句乃至谋篇布局之法一一标识。例如《隐公元年》之"制,岩邑也""无使滋蔓""既而大叔命西鄙、北鄙贰于己",皆以字旁空心圆圈(〇)标识出"岩邑""滋蔓""贰"等字,并行间夹批"字法"④,提示较为独特的用字之法:如"岩邑"谓地势险要之城邑,"滋蔓"同义连绵,"贰"指两地有贰心而党附共叔段⑤,都不同于其常用词义,故批点中特为标出。其批评模式与孙鑛正同。除了具体标识字句之法,汪氏亦会指出文段作为议论、叙事、辞令的体类属性,这与孙氏"辞命调""议论调"之说亦可并观。如《隐公十一年》:"郑、息有违言。息侯伐郑,郑伯与战于竟,息师大败而还。君子是以知息之将亡也:'不度德,不量力,不亲亲,不征辞,不察有罪。犯五不韪而以伐人,其丧师也,不亦宜乎?'"汪批不但于"违言"加侧圈(〇)并夹批"字法","犯五不韪而以

---

① 《太学新编丽藻文章百段锦》卷上,《续修四库全书》第 1717 册,第 660 页。
② 《文则·乙》,《历代文话》第 1 册,第 142—145 页;《文则·庚》,《历代文话》第 1 册,第 169—175 页。
③ 《文则·己》,《历代文话》第 1 册,第 164—167 页。
④ 《春秋左传节文》卷一,叶 1a—1b,日本内阁文库藏明刻本。
⑤ 有关解释,参考杨伯峻《春秋左传注·隐公元年》,第 1 册,第 11—13 页,中华书局 2016 年修订本。

伐人"加侧点(、)并夹批"句法",更在段首眉批"议论具品"。① 《僖公四年》叙骊姬谮申生事,晋献公误信酒肉有毒一段:

> 公祭之地,地坟。与犬,犬毙。与小臣,小臣亦毙。姬泣曰:"贼由太子。"

汪氏于此段眉批"叙事妙品";将上引"公祭之地……贼由太子"诸句加侧点并眉批"章法,句法",盖就其短句连排的节奏而言;又于"坟"字加侧圈指为"字法",意谓"坟"字此处用作动词。② 又如《僖公二十八年》晋楚城濮大战前的一段外交对答:

> 子玉使斗勃请战,曰:"请与君之士戏,君冯轼而观之,得臣与寓目焉。"晋侯使栾枝对,曰:"寡君闻命矣。楚君之惠,未之敢忘,是以在此。为大夫退,其敢当君乎? 既不获命矣,敢烦大夫,谓二三子:'戒尔车乘,敬尔君事,诘朝将见。'"

汪氏眉批"辞令妙品",又指"寓目"为字法,栾枝对辞数句为章法、句法。③ 由以上诸例,不难窥见《春秋左传节文》批点的特征,其基本框架包括文体、品次、文法三个方面:一则继承真德秀《文章正宗》的辞命、议论、叙事之分,按此三体分析《左传》文本中的不同成分④;再则借鉴画论术语,判分"具品""能品""神品""妙品"等目;复就其字法、句法、章法加以分析,所谓"三体则取诸真氏,诸品则仿画史以为差,其法则佞窃取之"⑤是也。从标举"辞命"和详析字句这两个方面看,汪道昆之《春秋左传节文》都上承宋人的古文批评观念,同时将其施之于批点,为孙鑛开一先声。

孙氏之后,同样重视古人辞令声调与句法调式,并在评点领域影响甚大者,当推明末清初之金圣叹。相较于汪、孙以标识为主的圈点,金氏之批语常常不厌其烦地详细申说对文本的理解。同样以《隐公元年》的名段"郑伯克

---

① 《春秋左传节文》卷一,叶10a—10b。
② 同上书卷五,叶3b。
③ 同上书卷六,叶16—17a。
④ 与真德秀按辞命、议论、叙事分判所节选《左传》篇章整体的文类属性不同,汪道昆《春秋左传节文》中,同一段文字中可能先后包含议论、叙事、辞命多种成分。
⑤ 《春秋左传节文》卷首,叶2a。并参汪道昆《春秋左传节文引》,《太函集》卷二十三,《四库全书存目丛书》第117册,第309—310页。汪氏此语,盖模拟《孟子》论《春秋》"其事则齐桓、晋文,其文则史。孔子曰:'其义则丘窃取之矣'"而为之。可见其自身行文"复古"之一斑。

段于鄢"为例,金圣叹对郑庄公的"口气"有极为细腻的体贴。例如武姜为共叔段请封制邑,庄公婉拒之云:"制,严邑也,虢叔死焉,他邑唯命。"金氏于"制"字后批云:

> 姜氏才请制,公便接口,将"制"字一顿,写出孽子机警迅疾,狭路不容。读之真使人遍身不乐。

又于"严邑也,虢叔死焉"后批:

> 公只急口对副七个字,便似劈面抽刃直戳来。看他急口相接处,不惟姜氏平日处心积计,即庄公平日亦处心积计,知其必请制也。①

由此不难看到金批通过自己的理解"读出"原文的句式节奏,从其停顿和短急中解析郑庄公隐藏在语气背后的心态。在金圣叹看来,庄公"劈面"而来、迅疾敏捷的答语,正好反映出其老谋深算、早有防备。后文颍考叔劝谏之语如下:

> 颍考叔为颍谷封人,闻之,有献于公。公赐之食。食,舍肉。公问之。对曰:"小人有母皆,尝小人之食矣,未尝君之羹。请以遗之。"公曰:"尔有母遗繄,我独无!"颍考叔曰:"敢问何谓也?"公语之故,且告之悔。对曰:"君何患焉?若阙地,及泉,隧,而相见,其谁曰不然?"公从之。②

金氏亦细细剖析其口吻之妙,在对颍考叔"小人有母皆"和郑庄公"尔有母遗繄"两句的句读中,将"皆""繄"皆属上句读,与常见的"小人有母,皆尝小人之食矣"及"尔有母遗,繄我独无"(或"尔有母遗,繄我独无")不同。在小字批语中还特意标明"句",其目的正是要通过句读分析传递出对原文辞令语气的独到解说。揆圣叹之意,或当是读"皆"为"偕",取共处、共享之义。故其析论云:"夫天下岂有无母之人哉!天下之人,岂有不与母皆之日哉!"③金氏对这一读法无疑非常自得,在批语中特别标举申说:

---

① 《唱经堂左传释》,陆林辑校整理《金圣叹全集》第5册,第8—9页,凤凰出版社2016年版。
② 同上书,第19—21页。此处对《左传》原文的句读标点系根据金圣叹批点的理解,与一般通行者有差异。
③ 同上书,第20页。

五字,字字妙绝。五字,便写尽孺慕之乐。五字,字字历入庄公耳根。五字,在考叔口中,只如一声小鸟;在庄公耳中,便如百叫清猿,便令寸心一时迸碎。五字,吾读之亦欲洒出泪来,何况当时说者、听者? 五字,不知左氏何法炼成,便觉"锦心绣口"四字,亦赞他不着。五字,吾剔灯细思之,三更不能尽其妙,只得且睡,留与世间绝世聪明人,明日共思之。①

　　这一段批语设身处地摹想当时情境,又创设多种比喻,反复形容体贴其"声",认为"此是考叔心上口下隐隐含蓄语,然却又不直吐出来,只轻轻说得五字",揭示音调形式中的情感和意义蕴含。有趣的是,在《天下才子必读书》中,同样是这一段《左传》原文,金圣叹却又将其断作"小人有母,皆尝小人之食矣",并批云"只四字,直刺入耳,从耳直刺入心"。② 可见"小人有母皆"这种句读分析,不但与旧注惯常之处理不同③,而且在金氏本人亦有不同的解读方式。"小人有母皆"五字为句,节奏较缓,其后停顿较长,可以用悠然轻舒的语气传递"小鸟""清猿"一般动人的孺慕之思;"小人有母"四字为句,节奏直接急促,其后旋接下句,停顿较短,可以用简劲的语气突出讽谏的力量。无论选择何种句读,通过"读法"承载声情之微妙的旨趣,颇相一致。金圣叹对此亦甚为自觉。又如"尔有母遗繄我独无"一句,杜预注"繄,语助"④,通常的句读是"尔有母遗,繄我独无"⑤,也有学者认为可以"单独为一逗"⑥,即"尔有母遗。繄,我独无"。《唱经堂左传释》之处理亦别出心裁:

　　繄,古兮字,秀才未识也。便作婴儿呻吟之声,妙绝!⑦

---

①　《唱经堂左传释》,《金圣叹全集》第 5 册,第 20 页。
②　《天下才子必读书》卷一,《金圣叹全集》第 5 册,第 84—85 页。
③　例如宋代林尧叟解说此句云:"言母所食,遍尝小人之食矣。"乃是以"遍"释"皆"。《音注全文春秋括例始末左传句读直解》(静嘉堂藏元刊本)卷一,叶 6a—6b。
④　《十三经注疏·春秋左传正义》卷一,第 3726 页。
⑤　如林尧叟注本于"尔有母遗"后解云"言考叔有母可以遗食","繄我独无"后解云"繄,发语辞。我独无母可遗"(《音注全文春秋括例始末左传句读直解》卷一,叶 6b)。〔日〕竹添光鸿会笺《左传会笺》同样将此句断为"尔有母遗,繄我独无",但认为"繄"乃"叹声",通"翳""噎""懿"等,可解为有所痛伤之声,解释与林尧叟不同(《左传会笺·隐公元年》,第 25 页,[台北]广文书局 1967 年版)。何乐士编《古代汉语虚词词典》则以"繄"是状语,意为"唯,唯有,只有",句读亦作"尔有母遗,繄我独无"(第 487 页,语文出版社 2004 年版)。
⑥　杨伯峻《春秋左传注·隐公元年》,第 15 页。杨先生认为"繄"是"发声词,无义","即今叹词咳,可单独为一逗"。金圣叹之"尔有母遗繄,我独无";竹添光鸿之"尔有母遗,繄我独无",杨伯峻之"尔有母遗,繄,我独无",句读处理方式不同,然解"繄"为表感叹的语气词,则是其共同之处。
⑦　《唱经堂左传释》,《金圣叹全集》第 5 册,第 21 页。

可见金氏将"蔓"字属上,同样在语气上形塑了不同的效果。批语中还将此与前文"制,岩邑也""姜氏欲之,焉辟害""厚,将崩"等短句作对比,认为前面的短促怨毒之语"悉不是此等声调";两相对比,正可以从语调差异窥见郑庄公心理态度的转变。《天下才子必读书》亦指出庄公此叹"哀哀之音,宛然孺子失乳而啼,非复已前毒声短节"。① 可见金批对古籍文本中声调的细腻解读。

值得注意的是,相对于孙鑛偏重句式"奇偶"的调法分析,金圣叹批点中最有特色的则是着眼"长短"的句读分析。上述"小人有母皆""尔有母遗繄"已可见一斑,大抵皆是别出心裁、提出与前人不同的新解、新句读。除此之外,又如"郑伯克段于鄢"传文中祭仲劝谏之语,金圣叹亦有特别的句读处理:

> 姜氏何厌之有?不如早为之所,无使滋蔓! 蔓_句,难图也。蔓_句,草_句,犹不可除,况君之宠弟乎?②

此处金批特别标出当"句"之处,其用意与其说在于标识句法或语义之单位,毋宁说更在于揭示其文学表现效果。例如"蔓,难图也"将表示假设条件的"蔓"独立标为一"句"(可理解为"如果蔓延的话");"蔓,草,犹不可除"将表条件的"蔓"和具体对象的"草"都独立为一个"句"("如果蔓延的话,即使是草……");其主要目的正在于文情声调的品味:

> 只就一个"蔓"字,凡作三层翻跌。试取本文,依我所句读之,便见纸上祭仲眉毛都动。[……]"君之宠弟"四字,正与"草"一字作对仗,长短参差都好。三"蔓"字,双管"草"与"君之宠弟"字,是小小章法。③

金批的句读处理,将"蔓"和"草"独立为"句"(大致可理解为现代语法意义上的一个分句),加以停顿,由此强化了文段中反复出现的关键字(蔓),并有意构造凸显了"草"和"君之宠弟"的对照(意义相对、长短悬差),正是要通过"句读"体现其对原文章法的诠释。

不仅如此,金批亦常常指出《左传》中"长句"的使用。例如《襄公三十一年》士文伯责让子产之语"敝邑以政刑之不修,寇盗充斥,无若诸侯之属辱在

---

① 《天下才子必读书》卷一,《金圣叹全集》第 5 册,第 85 页。
② 《唱经堂左传释》,《金圣叹全集》第 5 册,第 10 页。
③ 同上书,第 10 页。

寡君者何,是以令吏人完客所馆,高其闱闳,厚其墙垣,以无忧客使",金批谓"敝邑以政刑之不修,寇盗充斥"(十二字)乃"长句法,累累而详如此",并分析其内部结构系以"政刑之不修"为"寇盗充斥"之缘由,故得按此因果逻辑延伸其句也。① 金批又点出"无若诸侯之属辱在寡君者何"是"十二字句",盖此句是以"无若……何"句式框限而成。又如《隐公十一年》郑庄公戒饬大夫百里之语,圣叹亦拈出其中长句"无宁兹许公复奉其社稷,唯我郑国之有请谒焉,如旧婚媾,其能降以相从也"和"无滋他族实逼处此,以与我郑国争此土也,吾子孙其覆亡之不暇,而况能禋祀许乎",指出"无宁,宁也,三十字为句,与下'无滋他族'三十三字为句,心口相商也"。② 两个长句中,"兹""滋"皆表"使令"义,前者以"无宁兹"领起郑国正面的政策选择及其预期效果,后者以"无滋"领其庄公希望避免的后果;金圣叹盖以所领内容皆属"无宁兹"或"无滋"统辖,故断为一"句"。类似的例子又如《昭公元年》郑国行人子羽辞对楚人之语:

小国无罪,恃实其罪,将恃大国之安靖己,而无乃包藏祸心以图之?只用一句,直直叫破,妙绝妙绝!更妙于将欲叫破,却先倒装一"恃"字;将欲倒装"恃"字,却先又倒装一"罪"字、又先倒装一"无罪"字。小国失恃,而惩诸侯,使莫不憾者,距违君命,而有所壅塞不行是惧。上二十六字为一句,只是"无乃"二字;此二十六字为一句,只是"是惧"二字。不然句,敝邑句,馆人之属也句,其敢爱丰氏之祧?句③

此处批语亦关注原文句式,认为"无乃"关合上下,是"小国无罪……以图之"成为一个二十六字长句之锁钥;"是惧"之前"惩诸侯,使莫不憾者""(诸侯)距违君命""(君命)有所壅塞不行"等皆为"惧"之宾语,亦以倒装构成一个二十六字长句。与之相反,"不然,敝邑,馆人之属也,其敢爱丰氏之祧",金批则有意将其断为四个短"句",主要当然有厘清语义的考虑,④另一方面也展现了其长短节奏的交错。此类分析在金氏的古籍评点中数见不鲜。如《僖公九年》齐桓公答周天子使臣之语:"小白余敢贪天子之命'无下拜'?——恐陨越于下,以遗天子羞——敢不下拜?"金批详解云:

应云:"敢贪天子之命,不下拜?"句最明健。因自注"天子之命",即

---

① 《天下才子必读书》卷二,《金圣叹全集》第5册,第123页。
② 同上书卷一,第86页。
③ 同上书卷二,第127页。
④ 例如"敝邑"和"馆人之属也",倘不以"句"隔开,则可能误读为偏正关系。

"无下拜"三字,再又自注天子所以命"无下拜",乃为恐陨越以遗羞。只为添此两重自注,便成袅袅二十六字长句。①

此批剖析了长句形成的内在结构②,根据金氏的理解,重构了其在核心主谓宾成分的基础上增添"自注"的附加成分而延展为长句的过程:

[小白余]_{主语}[敢贪]_{谓语动词1}[天子之命]_{宾语1},[不下拜]_{谓语动词2}
　　　　　　　[无下拜]_{宾语1的同位语}
　　　　　　　[恐陨越于下,以遗天子羞]_{解释[无下拜]的从句}

其后《左传》叙述齐桓公坚持下拜,金批断为一字一句:

下_句,拜_句,登_句,受_句。③

如果说强调要将表假设条件的分句读断为一句(例如前述"蔓,草,犹不可除"及"德之休明,虽小,重也"等),乃是金圣叹分析辞命性文本多用的手法;那么,将一个动作单独列为一"句",则是金圣叹解读叙事性文本时常见的批评方式。这种读法,强化了动作之间的停顿感,或有将每个动作"定格"之效果。又如《战国策》中苏厉所述之养由基故事:

楚有养由基者_句,善射_句;去柳叶者百步_句,而射之_句,百发百中_句。左右皆曰善_句。有一人过_句,曰:"善射_句,可教射也矣_句。"_{必如此分句,若漫然连读,都不见好}养由基曰:"人皆善,子乃曰可教射,子何不代我射之也?_{妙语}"客曰:"我不能教子支左屈右_{妙语}。夫射柳叶者,百发百中_句,而不以善息_句,少焉_句,气力倦_句,弓拨_句,矢钩_句,一发不中_句,前功尽矣_句。"_{必如此分句}④

文中出现的连串动作,圣叹一一用"句"为之区隔,并强调"必如此分句"。其中有的动作或涉主语转换,如"([射手])气力倦,[弓]拨,[矢]钩,([射手])一发不中,([射手])前功尽矣",点断其句,或可解释为语义要求;然如"去柳叶者百步,而射之"主语皆是[养由基],特意破句,无乃更多是出

---

① 《天下才子必读书》卷一,《金圣叹全集》第5册,第90页。
② 从批语看,金圣叹将"无下拜"解释为"天子之命"的具体内容,即可视为句法上的同位语。
③ 《天下才子必读书》卷一,《金圣叹全集》第5册,第90页。
④ 同上书卷四,第178页。

于不愿"连读"的文气考虑。紧接下来苏厉劝谏白起之辞"今公又以秦兵出塞、过两周、践韩而以攻梁",同样涉及四个动词,金批却不为之断句,恰恰指出此为"十七字句",意在将这一串动作连读而下。由此亦可佐证,金圣叹之分"句",似乎并不追求语法或语义层面的固定规则,而是将他对文意文情的理解体贴,以"句读"的形式加以呈现。金氏这种句读分析之法,又为康熙间吴见思的《史记论文》所继承。例如《孙子吴起列传》写孙膑于马陵道设伏,"乃斫大树_句,白_句,而书之曰:'庞涓死于此树之下。'"① 吴氏所标句读,意在突出提示"白"(使树露出白色)为一个独立动作。又如《吕后本纪》叙吕后于饮宴中置毒酒,引起齐王刘肥警觉:

齐王怪之_句,因不敢饮,详醉去_句,问_句,知其鸩。齐王恐,自以为不得脱长安_句,忧。_{短句促节,写其忙乱。}②

此段写齐王的接续反应,吴批特意标出"句",并点出"短句促节"对传达忙乱情景的作用。更经典的例子则当推《刺客列传》对荆轲刺秦王的描写:

未至身_句,秦王惊_句,自引而起_句,袖绝_句。拔剑_句,剑长_句,操其室_句。时惶急_句,剑坚_句,故不可立拔。③

这一段如迅雷掣电般对二人动作的"快照",吴见思特意将每个动作标为一"句",并作总评云"凡二十九字,为十句。作急语";正是要通过短促密集的顿挫体现紧张的气氛。除此之外,《史记论文》对长句亦有关注。如《春申君列传》记李园尽灭春申君之家,"而李园女弟初幸春申君有身而入之王所生子者遂立";吴批"二十二字作长句,反简劲恰好"。④《五宗世家》记赵王刘彭祖劣行云"彭祖取故江都易王宠姬王建所盗与奸淖姬者为姬";吴批云"二十一字为一句,详尽乃尔"⑤。此二例皆是内部结构和意义层次较为复杂的长句:

[而]_{连词}[[李园女弟、初幸春申君有身而入之王] [所生子] 者]_{主语}

---

① 吴见思评点《史记论文》,第356a页,(台北)中华书局2019年版。
② 同上书,第81a页。
③ 同上书,第467b页。
④ 同上书,第425a—425b页。
⑤ 同上书,第339b页。

[遂立]谓语
　　[彭祖]主语[取]谓语动词1〔[故江都易王宠姬][王建所盗与奸][淖姬]者]宾语1[为姬]谓语2

前一例中,"初幸春申君有身而入之王"可视为对"李园女弟"的修饰,后接"所生子",指代李园之妹所生王子,复又用"者"字将前面的长词组进一步名词化,作为整句话的主语。后一例亦与之类似,"故江都易王宠姬""王建所盗与奸""淖姬"三者可视为同位语,都指向淖姬其人,末以"者"固化之,作为"取"的直接宾语。这样形成的长句,内部的节奏、意义层叠,内涵丰富而节奏有力,大抵即吴见思所谓"详尽""简劲"之效果。由此可见,通过"句读"解析文本节奏的批评方式在清初的持续流行。除此之外,与孙鑛相类,吴见思对更上一层的句式呼应、排比等亦有剖析。例如《平原君虞卿列传》中叙毛遂、平原君与楚王的对话:

　　平原君与楚合从,言其利害,日出而言之,日中不决。[……]毛遂按剑历阶而上,谓平原君曰:"从之利害,两言而决耳。今日出而言从,日中不决,何也?"楚王谓平原君曰:"**客何为者也?**"平原君曰:"是胜之舍人也。"楚王叱曰:"胡不下!吾乃与而君言,**汝何为者也!**"毛遂按剑而前曰:"王之所以叱遂者,**以楚国之众也**。今十步之内,王不得恃**楚国之众也**,王之命悬于遂手。**吾君在前,叱者何也?**且遂闻汤以七十里之地王天下,文王以百里之壤而臣诸侯,岂其士卒众多哉?诚能据其势而奋其威。今楚地方五千里,持戟百万,此霸王之资也。以楚之强,天下弗能当。白起,小竖子耳,率数万之众,兴师以与楚战,一战而举鄢郢,再战而烧夷陵,三战而辱王之先人。此百世之怨而赵之所羞,而王弗知恶焉。合从者为楚,非为赵也。**吾君在前,叱者何也?**"①

吴氏在批语中着重分析了这一段对答描写中的句式呼应:针对楚王怒责之语,吴云"两'何为'句,铿锵历落,如闻其声";"客何为者也"和"汝何为者也"前后呼应,第一次称毛遂为"客",第二次称之为"汝",主要原因当然是对话对象不同,但吴批也指出这种变化中隐含了楚王的"益其怒也"。吴氏在毛遂凛凛有生气的"王不得恃楚国之众也"一语后批云:"前两'何为者也',此两'楚国之众也',俱作两叠调,写怒时急语,气正勃勃,其妙如此。"在此段

---

① 《史记论文》,第413a—413b页。

末"吾君在前,叱者何也"后批"又点一句,与前句亦作两叠调,是章法;而气岸至终不衰"。吴见思将这种在段落中通过重复的句式积蓄语势或前后关合、增强连贯性的写法称为"两叠调",正是"调法"的一种具体形式。同传后文叙公孙龙游说平原君之语"王举君而相赵者,非以君之智能为赵国无有也;割东武城而封君者,非以君为有功也,而以国人无勋:乃以君为亲戚故也",吴氏批曰:

二比作两调。①

以这两个意义相对、句式上大体排偶的句子为"二比""两调",不仅可观晚明以来调法批评之流风,更可窥见时文批评术语("比")的蛛丝马迹。

第四节 精粗虚实之间:
阅读与诵读中的"声调"

明代文人在八股写作与批评上的实践,为"调"这一审美概念积累了丰富的技术细节,于"调法"术语之形成,厥功甚伟。孙鑛、金圣叹评书在明清士林的流行,更促进了声调批评在古文乃至经史领域的影响。明清之际关于"调法"的讨论,虽然各有参差,但总体上看,大致有一个向"句"之层面聚焦的趋势,《行文须知》在"一股之中"定义"调"之技法内涵,《文式》以关联词呼应论"调法",以及孙鑛对排偶句式的重视,都从不同层面上反映了这一趋向。缘乎此,"句调"便成为时文、古文批评中一个常见的概念。前述袁黄"句调过奇则伤步骤",已可见之。在举业领域,模仿前人"句调",锤炼自己的"句调",皆是时文习学之常事。从反面讲,因袭窠臼渐成中式之捷径,"今之经生,于制义止剽句调,即可以斗捷而取世资"②;从正面讲,不同于前人旧套的写法,则会被称赞为"句调不尘"。③ 举业之外,"句调"也被用到古代典籍的阅读之中,如明末陆云龙选编《公羊传》《穀梁传》之文为《公穀提奇》,自

---

① 《史记论文》,第414a页。
② 祝以豳《冶美堂集》卷十二《古今菁华内外编序》,《四库禁毁书丛刊》集部第101册,第574页。按祝氏自《古今菁华》一书,乃是将李梦阳、何景明、李攀龙、王世贞等明代复古派文人的"诗古文词"与当时流行的制义名作合编而成,认为八股文欲工,"必得诗之风神""必得古文词之气脉";可见亦是主张时文与古文词乃至诗歌都有共通的法度。
③ 袁黄《游艺塾续文规》卷十,评杨莹钟《人皆有不忍人之心》破题"真心同具,而人当自识之矣"一句,《续修四库全书》第1718册,第312页。

称"予特拔其句调灵隽,议论沉异,奇快可喜者,合为一帙"①,以文章法度的眼光批阅经籍,正可与孙鑛之评经同观。清初唐彪《读书作文谱》也将"句调"的体会列为"读文"的重点之一:

> 凡古文、时艺,读之至熟,阅之至细,则彼之气机皆我之气机,彼之句调皆我之句调,笔一举而皆趋赴矣。苟读之不熟,阅之不细,气机不与我浃洽,句调不与我镕化,临文时不来笔下为我驱使,虽多读何益乎?②

唐彪在此以"气机""句调"两端论文,认为熟读、细读前人作品,可以化其文法以为己用。而"句调"的具体内涵,唐彪主要界定为平仄和虚字两方面:

> 文章句调不佳,总由于平仄未协,与虚字用之未当也。余尝作文,极意修词而词终不能顺适。初时亦不知所以,及细推其故,乃知为平仄未协,一转移之,即音韵铿锵矣。又或由虚字用之未当,一更改之,即神情透露矣。③

针对虚字的用法,《读书作文谱》又引述梁素冶《学文第一传》所载,分"起语辞""接语辞""转语辞""衬语辞""束语辞""叹语辞""歇语辞"诸类详列虚字,并简要解释其用法。④ 左培《文式》中以"呼应"释"调法",实际上也涉及虚字使用的问题,然所论远不及梁氏详密。虚字的选择,事实上正是联合前后的句子或分句,表达语气的关键。康熙间赵吉士《万青阁文训》,标出"局""意""机""调""句""字"六条目论文,特别辨析"调"与"句"相似而不同,指向的是句子之间的起承转合:

> 文之风韵在乎调。〔……〕用调处亦只在起句、转句、收句间一露风韵耳。〔……〕句与调相似而实不同,调偶一见,句则通篇皆是也。⑤

在赵氏眼中,"句"是一个更为基础的结构单位,故他说"句者,铺垫于意

---

① 陆云龙《翠娱阁近言·文》卷一《公穀提奇小序》,《续修四库全书》第1389册,第105页。
② 《读书作文法》卷五《读文贵极熟》,《历代文话》第4册,第3456页。
③ 同上书卷七《文中用字法》,第3493页。
④ 同上书,第3493—3500页。
⑤ 《万青阁文训》,《历代文话》第4册,第3313—3314页。

与机、调之间以增其美"。"调"如何在偶然一见中便显露风韵,赵氏并未解析;不过,参考梁素治和唐彪之说,出现在起承转合等关键位置的"调",大概不会与"起语辞""转语辞""束语辞"等虚字的使用无关。

正如"调法"概念之多义,"句调"在不同的论者,也可用以指称与句式组织有关的多方因素,侧重各异。其中排偶与单行之辨,是备受关注的一大重点。如李光地讨论古文的修辞,就谈及"句调"能否用排偶的问题:

> 朱子《大学序》云:"俗儒记诵词章之习,其功倍于小学而无用;异端虚无寂灭之教,其高过于大学而无实。"[……]文公如此等句子,真是字字的确,古今名句,惜乎以排偶出之。予问之:"排偶有何不好?"曰:"不古。"予问:"文章只是道理足,何用句调古?"曰:"修词亦少不得。如六经亦用排句,而字面不对。《汉书》及东汉文章有对句,而字面亦尚参差,然昌黎不喜班固,想即以此。南宋文字,苦在枝枝相对、叶叶相当,如'异端'对'俗儒','虚无寂灭'对'记诵词章','其高过于大学'对'其功倍于小学','而无用'对'而无实',便开八股之宗,便流为时文体。"①

李光地评论朱熹之文,叹惜其使用了排偶句式;潜在的观念,是以排偶为"时文体",因此"句调"不古。孙鑛讨论唐宋古文之调法,曾提到"读者但遇散文错综句即觉佳,排语、四字句即觉不佳"②,李光地的观点正与此相同。与孙鑛一样,李氏也意识到"排句"在六经及汉代文章中已然存在,但他以"字面不对""尚参差"为之解释,并强调南宋以后的排句对仗过于工整,类似八股文的写法,便有"不古"之弊病。李光地的论述不但是以排偶论"句调"的实例,同时也让我们看到这一问题背后隐含着古文与时文的紧张关系。相对于孙鑛参伍单偶的态度,李光地的立场更为严格,即使是理学宗师朱熹,也不免遭其微词。更进一步看,如何处理排偶,还有一个有意无意的区别:

> 太史公文字,似不如昌黎一字不可增减,然其不如处正是好似他处。太史公无意写出,昌黎有意裁剪也。韩文力去排偶,太史公却似随笔写下,自不排偶,常有三四件事,一笔写去,自然各样句调,班史便炼作几句相对。太史公与昌黎,觉有天人之别。③

---

① 《榕村续语录》卷十九,李光地撰,陈祖武点校《榕村全书》第 7 册,第 477—478 页,福建人民出版社 2013 年版。
② 《月峰先生居业次编》卷三《与吕美箭论诗文书》,《四库禁毁书丛刊》集部第 126 册,第 223 页。
③ 《榕村语录》卷二十一,《榕村全书》第 6 册,第 161 页。

此处并谈《史》《汉》,当是取其内容相近的部分加以比较,《史记》句式自由多样,而《汉书》则镕裁修辞,句式偏于排偶。而同样不用排偶的司马迁和韩愈,前者是无意而自不排偶,后者有意避免排偶,便有高下之别。值得注意的是,此以"炼作几句相对"评述班固的写作手法,或也有取于八股文论中"炼句""炼调"的概念,可见时文批评潜移默化的影响。贬低"排偶"的倾向,对于明清人而言,或多或少也是审美心理上对举业时文的反拨。直到清代中期,章学诚在其著述撰作中,仍然面对这种困扰:

> 通人如段若膺见余《通义》有精深者,亦与叹绝,而文句有长排作比偶者,则曰惜杂时文句调。夫文求其是耳,岂有古与时哉!即曰时文体多排比,排比又岂作时文者所创为哉?使彼得见韩非《储说》,淮南《说山》《说林》,傅毅《连珠》诸篇,则又当为秦汉人惜有时文之句调矣!①

一如孙鑛从《尚书》《左传》中寻绎"排句""四字句"的先例,章学诚也以《韩非子》《淮南子》等秦汉文学作品为"长排作比偶"作辩护。段玉裁"时文句调"的感叹,实又与李光地同一机杼。八股文之"比偶",不仅是两个相连属的四字句、六字句之间的简单对偶,更有数个小句构成的"股"之间的对偶,故谓之"长排"。这种"时文调",优点是对称工整,缺点则是有"平弱敷衍"之弊②——盖股长气缓,则显"平弱";两股直接一一对照,倘文意变化不灵活,则蹈"敷衍"。在古文著作中使用类似"句调",便容易受到批评。

围绕句子的组织形式,不论是句子内部的平仄搭配,关联分句的虚字使用,句子之间的排偶经营,都是"调"的题中之义。康熙末年,张谦宜著《絸斋论文》,对"调法"进行了较为系统的理论总结。《絸斋论文》分统论、细论、评品、初学入手、丛语。其"细论"部分,分"源流""品格""章法""笔法""调法""句法"等目详细分析古文之写作技巧。在"品格"一目,张谦宜特别从"句调"的角度区分古文与时文:

> 古文对淫艳排偶之文而言,不独八股一种。如宋人捡经书命题,而以四六叶韵为赋,是亦时文也。凡称古者,不止散行,其句调转折,似在人意中,实出人意外,不卑靡猥琐、不甜熟滑溜,皆所谓古也。此由于道

---

① 《与史余村简》,《章学诚遗书》,第 82 页。
② 朱珪归纳"古文有十弊",其九云"平弱敷衍,袭时文调"。见袁枚《小仓山房尺牍》卷三《覆家实堂》书中记朱珪语,《袁枚全集新编》第 8 册,第 73—74 页。

理明、识见高、笔力健而气象大,不可以强取,不可以貌求也。①

张谦宜将"时文"的概念扩大到"淫艳排偶之文",不限于八股,正是抓出其句式上的特点而言;反过来,所谓"古文"者,形式特点也不仅仅是"散行",而更见诸"句调"的转折灵活、刚劲有力、生涩质直等,也是以"调"为视角讨论其文体风格。在"调法"一目,《絸斋论文》按照从小到大、从实到虚的次序归纳与"调"有关的各种形式因素。第一项"节奏声响"是就句子内部组成而言:

> 节奏者,文句中长短疾徐、纤曲歊薄之取势是也。声响者,文逗中下字之平仄死活、浮动沉实之音韵是也。②

此处并列"节奏""声响"两者,对应"句""逗"两个层次,可见其在文法结构上的细腻区分。明代武之望《举业卮言》中以"文字中自然之节奏"论"调",包括轻重缓急虚实抑扬等诸多内涵,实际上是笼括了字、句直到篇章等层次;张谦宜在此将"节奏"局限到文句的长短,事实上界定更为明晰,也有利于分清文法的不同层级。"声响"针对的用字的音韵,张谦宜在平仄之外又谈到死字、活字的问题,较晚明八股文法及唐彪的讨论又更为完备。"调法"的第二项是"错落",主要针对排偶、单行的配合,是句与句的关系问题:

> 错落者,句调布置之参差也。堆排固属可厌,单弱亦非良工。③

按晚明沈虹台《论文要语》言时文之法,主张"文要错综。用股长短相间,用句偶散相生,则错综矣"④。同样使用"错综"一语,但还包括了"股"的长短问题。《絸斋论文》聚焦于"句调"层面,一则是其讨论的对象是古文,无所谓"股法",另外也当是要将概念的外延切割得更为清楚。张谦宜主张在古文中参用单偶句调,与孙鑛相似,背后当是对"时文调"有更为宽容的态度。接下来"调法"的第三项内容是"点缀",处理的是字句与篇章的关系:

---

① 《絸斋论文》卷二,《历代文话》第4册,第3882页。
② 同上书,第3888页。
③ 同上。
④ 《新锲诸名家前后场亨部肄业精诀》卷二引录,《稀见明人文话二十种》下册,第649页。

> 点缀者,恐文境寂寞也,间以峭字炼句,错置其间,令人起眼如流水,忽带桃花,如宝器瓖以珠玉。此就一处言之也,若通篇叙事,忽夹议论,忽采入奏疏、制诰,亦是点缀。①

"点缀"主要指向的是字、句,即所谓"就一处言之",但推而广之,在整篇文章中镶嵌异质的段落篇章,也可以称为"点缀"——是知张谦宜论"调法",在术语定义上围绕字句层次,但也保留扩展延伸的空间。除此以外,《絸斋论文》又附论"涩味",认为行文中"雕琢""错磨"须与"涩味"调剂使用,也是"调法"之一端。盖文章琢磨太过、造句太工,便不免由圆熟流于熟烂,由优美滥为浮华,故须"涩"以济之。于絸斋而言,"涩"在文法上是与"流"相对的概念,大抵与"冰泉冷涩弦凝绝"取意相近。如云"字不虚下,故坚而不流;思路必深刻,故利而善入:此之谓涩"②,后句以刀设譬,思想内容上深刻犀利,是为"涩";前句以水为喻,修辞形式上坚实稳重,是为"涩"。如明人王慎中的古文,"典重不流,微含涩趣"③,即其例也。

《絸斋论文》关于"调法"的讨论,在概念的严密化、理论的系统化等方面,相对前人皆有推进。对前人批评中使用的各种术语,张谦宜多能有意识地加以诠释阐发,界定其内涵。如卷二"细论"部分便阐发并补充孙鑛论文之术语:

> 孙文融之论文,其最贵者曰质、曰峭、曰炼。予谓苍、涩、雅、净、核,皆古文上品。④

接下来便分八节,依序解释孙鑛之三字与张谦宜补充的五字。于孙氏最常用的术语之一"炼",絸斋一方面从用字依据上释名彰义,指出"如销银必去其铅矿,留其精英";另一方面又从文法本身的角度解说,"用笔简而无意不畅,此炼法也"⑤。孙鑛对历代文章的评论,主要通过评点的方式展开,故文章实例丰富,而于所用术语之定义少有解释;《絸斋论文》恰好能从理论概括的层面补足之。张谦宜之论文,实际上也是建基于评点之实践,他自述选文、评文的经验,提到"《史记》于月峰评本选三十篇","欲读《两都赋》,须先求文意通顺[……]孙月峰评本甚佳,学者当购之"等语⑥,皆可见渊源所自。

---

① 《絸斋论文》卷二,《历代文话》第 4 册,第 3888 页。
② 同上书,第 3885 页。
③ 同上书卷五,同上书,第 3932 页。
④ 同上书卷二,第 3883 页。
⑤ 同上书,第 3884 页。
⑥ 分别见《絸斋论文》卷六《初学论文》,《历代文话》第 4 册,第 3938 页;卷四《细论》,第 3912 页。

由此不难推知,《緍斋论文》从句逗音声、排偶与单行的"句调布置",以及"峭字炼句"这几个方面总结、诠释"调法"之内涵,与其阐释"质""峭""炼"三个术语一样,都是上承孙鑛,而又加以理论总结。不特如此,张谦宜也注意探讨"调法"与字法、句法、章法之间的关系,反映文章不同结构层次的相互勾连和影响。如句式或长或短,本身是句法的问题,长短缓急的配合关系,则形成"调法";如针对茅坤效仿《史记》之长句,《緍斋论文》评论说:

> 茅鹿门连用长句,近于堆排。又有急口令如果子铺招牌者,又有直排两行作一气读者,此皆学《史记》皮毛而失之拙。盖长句必有节奏也。①

长句之节奏,便属于"调法"的范畴。又如虚字使用的问题:"古人承接转合,全在虚字,然不得如时文活套,有上句虚字,便有下句虚字,一定腔板,用之烂熟。"上下句虚字相互配合构成的"腔板",也是"调"之一义。由"调法"整合起来的句式变化,更进一步可以影响章法。《緍斋论文》卷四评论韩愈《答陈生书》云:"展转相生而下,句调各有长短,此亦章法之一。"②盖此文中间主干部分,以"君子病乎在己而顺乎在天,待己以信而事亲以诚"领起,接下来分四端展开论述,各以"所谓……者,……也"的释义句式引出;其分层中又有分层,如第四端云"所谓事亲以诚者,尽其心不夸于外,先乎其质而后乎其文者也",接下来又分别解释"尽其心不夸于外"和"先乎其质而后乎其文";如抽丝解箨,是所谓"展转相生而下"也。其中有连用短句如"己果能之,人曰不能,勿信也;己果不能,人曰能之,勿信也",以三字句、四字句形成短促而决断之节奏;又有长句如"尽其心不夸于外者,不以己之得于外者为父母荣也",后半句以十三字徐徐释义;又有对出之两句长短悬殊如"先乎其质者,行也;后乎其文者,饮食甘旨以其外物供养之道也",两句上半皆是"4+者",下半则分别是"1+也"和"12+也",形成节奏上的悬差效果,错综变化,故緍斋许以"章法之一"。凡此种种,皆可见緍斋以"句"为中心,在晚明以来论述的基础上,将"调法"理论化、系统化的努力。

除了深入字里行间探求"纸上"的文法,对"调"的体贴,学者也可以通过吟咏、诵读等方式进行"口头"的实践。袁黄《游艺塾文规》《续文规》中所载

---

① 《緍斋论文》卷二,《历代文话》第4册,第3889页。
② 同上书卷四,第3909页。《答陈生书》见《韩昌黎文集校注》卷三,第197—198页。

品评程文之语,多有"温润可诵""铿然可诵"等说法①,即当有口头诵读之考虑,非泛泛誉美之词也。万历壬辰(1592)科会元吴默以八股大得声称于世,其论文之语为晚明举业书反复援引;如汪时跃《举业要语》引其《文诀》,陆翀之《会元衣钵》辑录其《看书要论》《作文要论》,钱时俊、钱文光《谈艺》即是摘录吴氏与冯梦祯论制艺之语的《冯吴二会元谈艺》。② 不但如此,坊间更流传有吴默以"声调"授徒的轶事:

〔吴默〕浃旬后出一题,命生为文一篇。嗣是惟日泛小舟浮山看水,倚树闻莺,或棋酒闲适,并无片语及窗课文艺。如是者数月,始发笥中,出小木鱼一器暨文十篇,命生熟读,亲以木鱼击而调之,期必合音,如引觞刻羽,一字稍失,责令改念。如是者一月,遂别主人告归,曰:"郎君中矣,但十名内耳,余无庸羁此也。"〔……〕又越月入场,榜发,果如公言。〔……〕先生曰:"公郎之文成矣,独笔不流动,文无声调,由向所记失法,致心不灵活。余故使之忘其旧,乃能即其新而弃其故,从而和其声调,以节宣之,而珠圆矣,而玉润矣。木鱼岂虚设哉?"③

这一段故事颇具神异色彩,不知是否有夸饰乃至虚构的成分。但这一类传说之所以出现,不能不说正是由于讲求"声调"之风流行一时,在此语境中,击打木鱼、启发节奏之故事方不显得违和。事实上,以朗诵的方式体贴古籍,本是朱熹以降理学家"读书法"中的重要环节,涵泳久之,乃能深造自得,探其精微。这一传统在明清亦绵延不绝,如孙鑛在致友人的书信中就提到欲求一二部书,加以精读:

念古人虽广搜博取,然所得力者不过一二种。若子厚之于《国语》,永叔之于韩文,明允之于《孟子》,皆是也。弟尝欲求如此等书一二部,日涵泳讽诵之,而不能得。④

---

① 《游艺塾文规》卷十:"'索隐行怪'一节,此题不难于敷衍成文,而难于脱尘破的。〔……〕王三才起处先做二比云:'彼其谓大道简夷而易测,非创发千圣不传之秘,不足以树高标;而人情厌常而喜新,必独揭古今未有之奇,斯可以投时好。''千圣不传之秘',原自好的,此句用得有疵,但文气轩昂,自能压众。次将'索隐行怪'只衍二句,更连'有述'句作二比,最活动流丽。末句四大比,又找四句,皆温润可诵。"《游艺塾续文规》卷十:"《论语》'居则曰'一节〔……〕周廷旦云'圣人欲辨志,而究所以应人知者焉'铿然可诵。"两例分别见《续修四库全书》第 1718 册、第 142 页、第 304 页。
② 分别见《稀见明人文话二十种》,第 384 页、第 484—488 页、第 587—592 页。
③ 吴兰《吴苏亭论文百法》,《稀见明清科举文献十五种》,第 1206 页,复旦大学出版社 2019 年版。
④ 《月峰先生居业次编》卷三《与赵梦白论文书》,《四库禁毁书丛刊》集部第 126 册,第 192 页。

理学家之重诵读,要在求其义理;但诵读之法在文章家,便可以用于把握文字的修辞结构和语气声情。孙鑛此言,显然目标是在"学文"。诵读时文、古文乃至经籍,在明清间的私塾教育中乃是常见的情形。崇祯二年(1629)盛夏,年逾古稀的张大复亲自以《易》《诗》《礼》诸经课孙,不禁回想起六十多年前自己跟从塾师学习《檀弓》的一段经历:

> 嘉靖甲子〔1564〕,余尚孩稚,受《檀弓》于文谷唐先生。时对宇有高翁者,年六十余,尝客会稽陶氏,尽读其家所藏书轴,以礼经特闻吴越间,每过西塾,辄课予《檀弓》文义,或扬抑其均节而高下诿之,自尔遂能诵习其词、晓其数。握管以后,不复追忆,而其义常留胸中,偶然及之,故可不差一字。①

张大复的记述,为我们了解中晚明一般知识分子的基础经学教育,提供了一个生动的案例。高翁(名幼安)课授《檀弓》的方式,乃是以诵读展现其韵节抑扬、声情高下,主要从"文辞"的角度着眼。延续到清代,刘大櫆记述商人子弟朱陵(紫冈)幼年在江苏武进受学于诸生顾明侯,顾氏"每令君〔朱陵〕诵所读书,而己听之,以为俯仰抑扬,能尽合古人之音节"②;大抵可以反映当时普通读书人通过诵读学习古书的情况。值得注意的是,这两段记述中关于"扬抑其均〔即'韵'〕节而高下诿之""俯仰抑扬,能尽合古人之音节"的描述,正可以看到"纸上"之调如何被转化为"口中"之调。这一线索,也是刘海峰以"音节"论文的重要背景。海峰《论文偶记》云:

> 凡行文多寡短长、抑扬高下,无一定之律,而有一定之妙,可以意会,而不可以言传。学者求神气而得之音节,求音节而得之字句,则思过半矣。其要只在读古人文字时,便设以此身代古人说话,一吞一吐,皆由彼而不由我。烂熟后,我之神气即古人之神气,古人之音节都在我喉吻间〔……〕久之,自然铿锵发金石声。③

刘氏之论文,以"精""粗"分判"神气""音节""字句"诸要素,以为"音节者,神气之迹也;字句者,音节之矩也。神气不可见,于音节见之;音节无可

---

① 张大复《梅花草堂集》卷十三《檀弓解小引》,《续修四库全书》第1380册,第568页。
② 吴孟复标点《刘大櫆集》卷七,《湖南按察司副使朱君墓志铭》,第235页,上海古籍出版社1990年版。
③ 《论文偶记》,《历代文话》第4册,第4117页。

准,以字句准之"①。这一段文字正是从阅读方法上揭示如何由"音节"而进于"神气"。类似的讨论在清中叶以后颇为多见。如姚鼐云:"学古文者,必要放声疾读,又缓读,只久之自悟。若但能默看,即终身作外行也"②,便强调了有声的"读"与"默看"的对立。乾隆间胡珊认为论八股中的"重读""轻读"则是就作文前的构思而言,认为题中字面(即四书中的文句)"重读之而得一意,轻读之而又得一意","轻重之间,神情顿异也"。③ 嘉道间人史祐主张"熟读古文","读法当随其言之短长、声之高下,或朗诵,或低吟,循声按节而出之"。④ 则显然是将韩愈"气盛则言之短长与声之高下者皆宜"向有声的方向转化。其说虽各有侧重,要皆有意打通"口头"与"纸上"也。

值得注意的是,"代古人说话"的描述,很容易使人联想到八股时文"代圣贤立言"的文体特征。在明清人眼中,此一"代言"的性质正是时文的本质规定之一。如《明史·选举志》特举"代古人语气为之"和"体用排偶"两点说明八股制义的体制。因此,时文写作中,揣摩语气,乃是一大要务。如李光地即称"做时文要口气,口气不差,道理亦不差"⑤;不但强调形式上的"口气",更有将其延伸到义理层次的用意。刘大櫆亦明言:"八比之文,是代圣贤说话,追古人神理于千载之上,须是逼真。"⑥反过来,学者对八股的批评,常常也从"代言"出发,如吴乔《围炉诗话》云:"自六经以至诗余,皆自说己意,未有代他人说话者也。元人就故事以作杂剧,始代他人说话。八比虽阐发圣经,而非注非疏,代他人说话。八比若是雅体,则《西厢》《琵琶》不得摈之为俗,同是代他人说话故也。"⑦正是将"代言"作为论证时文"俗体"之依据。代人说话,势必体贴其语气声情,此是时文、古文讲"调"的一个重要因缘。

"神气—音节—字句"这一由精到粗的分化,实际上正是一条将审美感受与技法操作连接起来的通路,而"音节"正是其中一个关键的层次。刘大櫆解释"音节"的具体内涵,归诸造句短长与下字平仄,"一句之中,或多一字,或少一字;一字之中,或用平声,或用仄声,则音节迥异,故字句为音节之矩"——海峰之"音节",正可对应张谦宜"调法"中的"节奏"与"声响"。同

---

① 《论文偶记》,《历代文话》第 4 册,第 4109 页。
② 《惜抱先生尺牍》卷六《与陈硕士》,《海源阁丛书》本,叶 6b—7a。
③ 《胡含川先生文诀》,王水照、侯体健编《稀见清人文话二十种》,第 692 页,复旦大学出版社 2021 年版。
④ 《论文枕秘》,《稀见清人文话二十种》,第 832 页。
⑤ 《榕村语录》卷二十九,《榕村全书》第 6 册,第 390 页。
⑥ 《时文论》,《刘大櫆集》附录一,第 612 页。
⑦ 《围炉诗话》卷二,张寅彭编纂,杨焄点校《清诗话全编》第 4 册(康熙朝三),第 2027 页,上海古籍出版社 2018 年版。

时《论文偶记》主张"积字成句,积句成章,合而读之,音节见矣,歌而咏之,神气出矣",也正和《绲斋论文》上下章法、调法、句法、字法之倾向一致。姚鼐《古文辞类纂序目》所谓"苟舍其粗,则精者亦胡以寓焉",将这种以"实"证"虚"、由"粗"入"精"的思路,阐发最明。姚氏主张"学者之于古人,必始而遇其粗,中而遇其精,终则御其精者而遗其粗者"①,这正可以解释"调法"作为一个文章批评术语的意义:由具体可见之"法",捕捉抽象空灵之"调";而"疾读""缓读"等种种法门,正是由实"悟"虚之阶梯。

  从晚明到清代,"调"与"调法"乃是使用广泛而含义甚为复杂多变的概念。梳理其演进之脉络,一方面可以看到这一文章学范畴如何渐渐由"虚"而入"实",在"众声喧哗"之中逐渐聚焦到句式的细密分析上;另一方面,也正可以看到举业、古文、经学在阅读方式、批评术语方面的互动与渗透。"调"本身是诗歌、古文赏鉴中常见的术语,经由八股文领域的使用、演化,形成颇具技术性的"调法"概念,进而又反馈到古文批评,甚至被用于经籍的分析之中。在"声调"的眼光之下,明清文人抽绎、统合、转化了字法、句法、章法中的诸多形式批评因素,将其重新组织以建构"调法"论说,使审美体验与写作技法两个不同的层面得以融通结合。八股写作需要讲求"调",而其取法,除了时文内部的典范(名文、时墨),更有古文乃至经典;背后正可见"调"作为一个批评概念,具有超越具体文类的普遍意义。从另一方面讲,在时文批评中积累的关于"调法"的种种论述,反过来又可以为古文乃至经典的研究提供新的刺激或资源。举业之文,于体为卑,然在传统中国的科考制度下,围绕应举而展开的种种教育、文化、书写与出版活动,实际上构成了一般读书人生活的重要面向,对其知识世界的形成具有举足轻重的影响。尤其是时文的研读、训练颇具操作性,包含了大量细部批评的成分,往往能将原本抽象、笼统的审美范畴展衍为详密具体的"法度"讨论——不但字、句、篇、章有法,"调"这一灵活机动而难以捕捉的作文因素,也可以"法"言,其中诸如语气之体贴、句式之分析,都有八股之学的潜在痕迹,正可见批评术语内涵的发展,除了"高屋建瓴",也不无"自下而上"的可能。举业领域所创造、深化以及推而广之的种种概念,正可为其他领域理论的新变提供资源与启示。回到历史的脉络中理解古人思想、知识与话语的复杂互动,此又不可不察也。

---

① 《古文辞类纂》卷首,《续修四库全书》第1609册,第319页。

第三章 原本性理与根柢经史：
儒家知识秩序的再调整

第一节 "博学"与"返经"：从晚明到清初

明清鼎革之际，知识精英阶层反思有明一代的学术文章，七子之模拟、公安之任心，晚明之评点经籍都颇为士人诟病。不过，明人开拓出的知识兴趣，却都被继承保持了下来：博览群书、沉潜古籍，骎骎然成为清初"治学"与"为文"的主流。由"博学"，清儒又进而提倡复返"经学"。博学返经之风，事实上有两种进路：一种是由理学入经学，即义理方面的争论不得不求证于经典以为最后裁决①，故而须多读书，并以六经为旨归；另一种则是由文章入经学，即强调博览群书以治古文，而为文又尤当奉儒经为矩矱。二者之间当然也存在相互交织的情形。顾炎武《与施愚山书》论理学到经学之变化云：

> 愚独以为理学之名，自宋人始有之。古之所谓理学者，经学也，非数十年不能通也。故曰："君子之于《春秋》，没身而已矣。"今之所谓理学，禅学也，不取之五经而但资之语录，校诸帖括之文而尤易也。②

顾炎武的表述，在"理学"与"经学"之学术范式的辨析背后，实际上有一个"经书"与"语录"的知识类型转移。与之相应的，是钱谦益从"文章"的角度提倡经学：

> 近代之文章，河决鱼烂、败坏而不可救者，凡以百年以来，学问之缪种，浸淫于世运、熏结于人心，袭习纶轮，酝酿发作，以至于此极也。盖经学之缪三：一曰解经之缪，以臆见考《诗》《书》，以杜撰窜三传，凿空瞽

---

① 参见余英时《论戴震与章学诚：清代中期学术思想史研究（增订本）》外篇《清代思想史的一个新解释》，生活·读书·新知三联书店 2012 年版（初版于香港龙门书店，1976 年）。
② 《顾亭林诗文集·亭林文集》卷三《与施愚山书》，第 58 页。

说,则会稽季氏本为之魁;二曰乱经之缪,石经托之贾逵,诗传假诸子贡,矫诬乱真,则四明丰氏为之魁;三曰侮经之缪,诃虞书为俳偶,摘雅诗为重复,非圣无法,则余姚孙氏鑛为之魁。史学之缪三:一曰读史之谬〔……〕二曰集史之缪〔……〕三曰作史之缪〔……〕凡此诸缪,其病在膏肓腠理,而症结传变,咸著见于文章。①

此论见于顺治十一年(1654)钱氏为周亮工《赖古堂文选》所作序文②,其谓学问之病,必"著见于文章",正可见其将"学问""文章"融通而论的旨趣。换言之,钱谦益对经学、史学乃至字学、历学、禅学之弊病的讨论,背后正有对"古文"的关注。非特如此,钱氏所论经学三谬,其一乃孙鑛批点六经的"侮经之缪",正是"评经"风气发展到极致的产物。早在明末,钱谦益已经对晚明流行的经书评点有所批评。启、祯间,吴兴闵齐华刊刻《文选瀹注》,实际上就是一种带有孙鑛评点的版本。闵氏《凡例》,称孙氏之评,乃其兄闵梦得"宦游南都"时获得孙鑛手授,与前述闵齐伋刻孙批《左传》的情况相类。③但此书又有冠以署名钱谦益之序文(崇祯七年,1634)的版本。值得玩味的是,此序文赞赏闵齐华"高才闳览,博极群籍","穿穴子史,搜罗旁魄"的注释之功,但却只字不及孙鑛,亦未称许书中之"评点"。不仅如此,序中更直接批评"近代俗学盛行,刘辰翁、李卓吾之书,家传户诵",主张学《文选》当上溯"六经三史",而非"俪花斗叶,取青配白",正是对词章评点颇有微词。④此序之立言造语,正有其微意也。为周亮工作序仅仅两年之后,钱谦

---

① 《赖古堂文选》卷首,《周亮工全集》第14册(影印康熙刻本),第5—11页,凤凰出版社2008年版。又见《牧斋有学集》卷十七,第768—770页。

② 《牧斋有学集》所收《赖古堂文选序》未署年月,考《赖古堂文选》卷首钱序末署"顺治甲午长至后三日虞山蒙叟钱谦益顿首撰",又有周亮工《凡例》署"康熙六年岁次丁未重五前四日赖古堂识",是知钱氏作序及书成之时。

③ 《孙月峰先生评文选》,《辽宁省图书馆藏陶湘旧藏闵凌刻本集成》第102册。此书各卷卷首署"孙月峰先生评文选""乌程闵齐华瀹注";版心则镌"文选瀹注";盖异名也。书中可见墨色圈点及评语(眉批、行夹批),以及朱色小圈(表示断句)。闵齐华《凡例》(第26页),署"皇明天启横艾淹茂之岁"即天启二年壬戌(1622)。

④ 《孙月峰先生评文选》卷首《文选瀹注序》,《辽宁省图书馆藏陶湘旧藏闵凌刻本集成》第102册,第3—18页。文末署"崇祯甲戌三月虞乡老民钱谦益谨序",时在闵齐华《凡例》之后。《四库全书存目丛书》集部第287册影印之《孙月峰先生评文选》与此本行款一致,有钱序,有行间圈点,而无天头眉批。赵俊玲《〈昭明文选〉评点研究》推测此系重刊出版时考虑作序者钱谦益的态度,删去评语(复旦大学博士学位论文,2008年,第81—82页)。这种解释仍有一些疑点:其一,存目影本虽无眉批,但仍可见圈点和行夹批,如《两都赋》"主人闻其故而睹其制乎"句侧批"此句力弱"(卷一,叶3a)。其二,存目影本各卷首叶亦题"孙月峰先生评文选"。倘是有意删削,于情理似当将圈点、夹批尽行删去,并挖改"孙评"之名。其三,据陶藏影本所见,其天头眉批不仅为批点赏鉴之语,亦有校勘文字,例如《两都赋》"提封五万,疆场绮分",上有眉批"五臣:提作隄,分作纷"(卷一,叶5b)。(转下页)

益另一篇序文中,更是痛诋孙鑛、钟惺两家评经之非。《牧斋初学集》中载有一篇《葛端调编次诸家文集序》云:

> 昆山葛鼎〔按:当作"鼏"〕,字端调,读书缵言,笃好古学。自唐、宋八家而外,取其文集之杰出者,选择论次,人各一编,都为若干卷,缪以余为与于斯文者也,请为其序。
>
> 余闻古之学者,九经以为经,三史以为纬,降而游于艺,则秦、汉以下迄于唐、宋诸家,其规矩绳墨也。九经三史之学,专门名家,穷老尽气,苟能通其条贯、窥其指要,则亦代不数人矣。敬之如神明,尊之如师保,宝之如天球大训,犹惧有隃越。僭而加评骘焉,其谁敢?三史以降,皆九经之别子耳孙也。规之矩之,犹恐轶其方员;绳之墨之,犹恐偭其平直。妄而肆论议焉,其谁敢?评骘之滋多也,论议之繁兴也,自近代始也,而尤莫甚于越之孙氏、楚之钟氏。〔列举孙鑛评《诗》《书》、钟惺评《左传》之误,略〕句读之不析,文理之不通,而俨然丹黄甲乙,衡加于经传,不已僭乎?是之谓非圣无法,是之谓侮圣人之言。而世方奉为金科玉条,递相师述。学术日颇,而人心日坏,其祸有不可胜言者,是可视为细故乎?端调之为是编也,美而无讥,论而不议,犹有古之学者好学深思之遗意,余深有取焉。故举其所感叹于俗学者以告之,并以为世之君子告焉。夫孙氏、钟氏之学,方鼓舞一世,余愚且贱,老而失学,欲孤行其言以易之,多见其不知量,敢于犯是不韪也。虽然,端调我之自出,其编摩论次,与诸昆弟共之,皆我甥也。余之告端调者,亦犹夫老生腐儒,挟兔园之册,坐于左右塾之间,窃以语其乡人子弟而已。世之君子得吾言而存之,九经三史之学,未坠于地,吾犹有望焉。其不然者,以是为狂瞽之罪言,又将钳我于言,则亦听之而已矣。呜呼!不直则道不见,余岂好辩哉?余不得已也。崇祯九年正月序。①

(接上页)此类内容似不当为"批点"所殃及。另一种可能的解释是,存目影本之原书,可能是一种在印出正文后,未及套印天头眉批及行间朱圈的版本。其原因可能与钱序有关,也可能有降低成本等考虑。今未见存目影本之古籍原物,姑存疑。无论如何,包含孙鑛批点的《文选瀹注》一书,与反对批点的钱谦益序文之间,存在着某种微妙的张力。这篇《文选瀹注序》不见于《牧斋初学集》,倘若排除伪造的可能,则钱氏应邀作序时,也应对其书收入孙鑛批点之事有所了解;序文批评刘辰翁、李卓吾之评选本为"俗学",又不提孙氏之名,或是有意针砭的书写策略。

① 《牧斋初学集》卷二十九,第872—873页。按文中称葛端调名"鼎";检《四库禁毁丛书》第114册(第314—315页)影印瞿式耜刻本,亦作"鼎",皆误,字当作"鼏"。葛端调所编《古文正集》卷首自序和《送葛生南归序》末葛氏跋记,以及《古文正集二编》卷首葛氏序言,署名皆作"葛鼏",可证端调之名。《四库全书存目丛书补编》第48册(影印崇祯永怀堂刻本),第84页、第86页;《四库全书存目丛书补编》第49册,第10页。钱牧斋为葛鼏舅父,似不当有此误,或系手民之讹。

崇祯六年(1633),葛鼐(端调)与其兄葛鼒(靖调)选先秦两汉下逮韩、柳、欧、苏诸大家之文,编为《古文正集》①;崇祯九年,复又汇辑《古文正集二编》,选颜真卿、陆贽、司马光、二程、黄庭坚、杨时、朱熹、陆九渊、陈亮、真德秀诸家文。② 钱谦益所序者,正是《古文正集二编》。有趣的是,如果细读钱序,我们不难发现,此文实际上很有"借题发挥"的味道。盖葛鼐此选乃是汇编唐宋文集,牧斋却偏偏不讲入选的唐宋作家,而是大谈"九经三史之学",又由"九经三史之学"联系到钟惺、孙鑛的经书批点,极言斥责之。如此看来,钱序与葛编,便颇不相配合。虽然序文固可跳出原书、自陈己见,但牧斋之论,结构谨严,层层推进,当是有为而作,并非戏论。牧斋为何要选择这种特别的写法呢?

事实上,与"九经三史之学"以及钟惺、孙鑛评经颇有关涉的,恰恰不是《古文正集二编》而是其初编。初编选文的范围,包括《左传》《国语》《公羊传》《穀梁传》《檀弓记》《战国策》以及《史记》《汉书》《后汉书》,虽非完全吻合"九经三史",但正包括"经""史"的范围。因此,我们有理由相信,钱谦益在写作《葛端调编次诸家文集序》一文时,隐隐又指向三年前刊行的《古文正集》初编。在初编内文之中,葛氏其于所选诸经史,率多圈点,篇末复加评语,又每每引及孙鑛之论③,是知钱序之论,正有很强的针对性。葛鼐乃牧斋之外甥,又"笃好古学",尚且受月峰评经之影响如此,则所谓"孙氏、钟氏之学,方鼓舞一世",绝非虚言也。钱牧斋在文中特别点出葛生系"我之自出",又自称"老而失学",以"老生腐儒"之教"乡人子弟"自比,其告诫谆谆,用心不可谓不深、陈辞不可谓不切也。

牧斋在一篇为古文选本所作的序文中大力提倡经史之学,本身便颇耐人寻味。从观念上,"词章"与"儒道","文集"与"经史",固然不妨有分梳辨析,但从实际的载体形式上看,"古文"与"古学"其实共享着同一套文献与典籍资源。同一部书,是"经",是"史",还是"古文",背后便有不同的学术脉络和眼光,也涉及不同知识类型的竞争。明代前七子以降的复古主张,推动了对古籍语言形式、文章风格的关注;古文理论内部在文法典范方面的争议,亦逐渐导向对六经

---

① 《古文正集》,《四库全书存目丛书补编》第48册,第86页。《四库全书存目丛书补编》题"〔明〕葛鼒、葛鼐评辑","鼐"字亦误,当作"鼐",形近而讹也。"鼐"音密,鼎盖也;"鼐"音耐,大鼎也。两字音义并殊。
② 《古文正集二编》,《四库全书存目丛书补编》第49册。此影印本卷首有有顾绌《小叙》、杨廷枢《序》、葛鼐《序言》,又有葛鼐《编次诸家文集述略》,盖"古文正集二编"与"编次诸家文集",一书而二名也。此本未见钱谦益序文,有可能是因牧斋后来遭禁而撕毁,也不排除本未刻入或流传过程中脱去钱序之可能。
③ 如《左传》之《介子推不言禄》,《国语》之《祭公谏征犬戎》,文后皆引述了孙鑛之评语。见《古文正集》卷一,《四库全书存目丛书补编》第48册,第97页、第115页。

法度的论说,由此形成"周文"的观念,将经、史、诸子都放到"文章"的领域中审视。但随着士大夫"古学"兴趣之增长,以及由此而来的"经学"作为知识类型的日益强化,明人"文章"导向的经籍趣味自然便会有所反省,"诂经"与"论文"混为一谈的撰述方式也不断受到清理和批评。钱谦益一方面论古文必须宗经,另一方面又反对从词章角度评点经书,个中张力,恰恰反映了重塑"经学"之知识形态的要求。换言之,从钱谦益的例子,我们不难看到,清初"反经"的思潮,不仅仅针对宋明理学(包括心学)、八股时文这些某种程度上"远离经书"的领域,同时亦针对明代的"以文论经"这样"聚焦经书"的领域。①

钱谦益批评晚明经史之学流弊众多,正是要倡导返回经籍原典,"经经纬史"以治学为文。同时,晚明以来知识视野的扩展也对清初之重学问、尚博闻奠定了基础。而钱氏提倡通经读史,又是以博学多闻为其知识背景的,故其言读书之法,乃是"《十三经》之文,画以岁月,期于默记,又推之于迁、固、范晔之书,基本既立,而后遍观历代之史,参于秦、汉以来之子书,古今撰定之集录"②;言为文之法,亦是"九经、三史、七略、四部之枢要""总萃于胸中",然后发之于著作,有如"叩囊发匮,举而措之而已耳"③,可见其以子、集配合经史之意。谦益本人为学闳博富丽,经史诸子之外,更旁及内典,亦是明清之际风气之征也。与钱谦益相似,黄宗羲言为文"五备",包括道、学、法、情、神,其中"学"乃是要"聚之以学,经史子集"④。其好读书,好聚书,亦与牧斋相同,顺治七年(1650),黄宗羲访问绛云楼,与钱氏有读书之约:

---

① 当然,明人评经诸书,是否应归入"经部",本有争议。朱彝尊《经义考》收入了杨慎的《檀弓丛训》、徐昭庆的《檀弓通》、周梦旸的《考工记评》等评经之书,而但未收孙月峰的经书评点本,大概前一类以训诂注释而兼评点,"经学"的属性更强一些。至清中叶,对评经之作的批评更为激烈,如章学诚便直接说:"谢枋得之《檀弓》,苏洵之《孟子》,孙鑛之《毛诗》,岂可复归经部乎?凡若此者,皆是论文之末流,品藻之下乘,岂复有通经习史之意乎?"(《校雠通义》内篇一,《章学诚遗书》第96页)章氏提及的三种经书批点本,在《四库全书》中实际上仍然著录在经部。不过,与章学诚的观点相似,馆臣对这些书籍进入经部的"资格"颇为质疑,故皆列于"存目"类,并指责其体例乖谬。如孙鑛评经,《四库》著录乃《诗》《书》《礼记》的合刊本,提要云"经不可仅以文论。苏洵评《孟子》,本属伪书;谢枋得批点《檀弓》,亦非真本","鑛乃竟用评阅时文之式,一一标举其字句之法,词意纤仄","今以其无类可归,姑附之五经总义类焉"(《四库全书总目》卷三十四,经部五经总义类存目,第444页)。《四库全书总目》和章学诚的批评,大致可以反映清代中期严分"诂经"与"论文"的观念。不过,在明末清初的钱谦益,这种观念上的分化似乎还并不明显,因此才将其作为明代经学的弊端来论述,且谓孙、钟评经之书,被世人奉为圭臬,造成学术人心方面的种种问题,可见在明清之际,这些书籍对一般读书人的"经学"知识领域产生了极普遍的影响。
② 《牧斋初学集》卷四十三《颐志堂记》,第1115页。此文末署崇祯九年。
③ 同上书卷三十九《答山阴徐伯调书》,第1348页。
④ 《李杲堂先生墓志铭》铭文,黄宗羲著,陈乃乾编《黄梨洲文集》,第195—196页,中华书局1959年版。李文胤(杲堂)卒于康熙十九年庚申十一月(1680),此文当作于此后不久。

绛云楼藏书,余所欲见者无不有。公约余为老年读书伴侣,无使以太夫人菽水分心。一夜,余将睡,公提灯至榻前,袖十金赠余,曰:"此内人意也。"盖恐余之不来耳。是年十月,绛云楼毁,是余之无读书缘也。①

"读书伴侣"之约,虽然未能完全实现,但对知识的兴趣,如何经由具体的书籍收藏、学人交游而播散于清初的思想界,由此亦可窥见一斑。这种聚书、博学而工文的风气,乃是一种时代性的潮流。顾炎武"博学于文""行己有耻"之训,正可代表当时知识精英对学术方向的大判断:

> 愚所谓圣人之道如之何?曰"博学于文",曰"行己有耻",自一身以至于天下国家,皆学之事也,自子臣弟友以至出入往来、辞受取与之间,皆有耻之事也。〔……〕士而不先言耻,则为无本之人;非好古而多闻,则为空虚之学。②

此云"自一身以至于天下国家,皆学之事也",由修身到治国平天下,似乎有《大学》八条目的背景,但这一"修齐治平"又非仅言事功实践,而是要有"好古而多闻"作为基础,具有浓厚的知识色彩,此"博学于文"之用意也。康熙四年(1665),顾氏遇朱彝尊于太原,赠以诗云:

> 词赋雕镌老,河山骋望频。末流弥宇宙,大雅接斯人。
> 世业推王谢,儒言纂孟荀。书能搜五季,字必准先秦。③

顾诗对竹垞在词赋、儒学、五代史、古文字等领域的学问,颇为推崇。沈德潜称朱彝尊"生平好古,自经史子集及金石碑版,下至竹木虫鱼诸类,无不一一考索",又谓"顾宁人先生不肯多让人,亦以博雅称许之"④,由此诗正可见也。朱彝尊之博雅,每每见称于时人,固又不止亭林推许称道之。魏禧在《朱锡鬯文集叙》中称彝尊"年十七自弃举子业,学古文,博极群书","凡山川、碑志、祠庙、墓阙之文,无弗观览","故所作文,考据古今人物得失为最工,而经传注疏亦多所发明"。⑤ 按朱彝尊生于崇祯二年(1629),此处所叙正

---

① 《思旧录》,《故宫珍本丛刊》第59册,第15—16页。
② 《顾亭林诗文集·亭林文集》卷三《与友人论学书》,第41页。
③ 《顾亭林诗文集·亭林诗集》卷四《朱处士彝尊过余于太原东郊赠之》,第373页。
④ 《国朝诗别裁集》卷十二,《四库禁毁书丛刊》集部第158册,第335页。
⑤ 魏禧著,胡守仁、姚品文、王能宪校点《魏叔子文集》外篇卷八《朱竹垞文集叙》,第387页,中华书局2003年版。

是顺治二年(1645)以来其成长、治学之情况。陈廷敬记朱氏平时"客游南北,必橐载十三经、二十一史以自随"①,乃是同时代人眼中读书博学之士的形象。亭林弟子潘耒,亦称赞"竹垞之学,邃于经、淹于史,贯穿于诸子百家,凡天下有字之书,无弗披览;坠文逸事,无弗记忆"②。表述虽然各有参差,但朱彝尊深于经史、淹贯群书,则显然是时人的普遍共识。朱氏固乃清初博学能文之一大家;而博学风气之蔓延,又非限于一地一人。除了上引赠诗,顾炎武在《广师》一文中更广泛称誉了朱彝尊及其并时学人:

> 夫学究天人、确乎不拔,吾不如王寅旭;读书为己、探赜洞微,吾不如杨雪臣;独精三礼、卓然经师,吾不如张稷若;萧然物外、自得天机,吾不如傅青主;坚苦力学、无师而成,吾不如李中孚;险阻备尝、与时屈伸,吾不如路安卿;博闻强记、群书之府,吾不如吴任臣;文章尔雅、宅心和厚,吾不如朱锡鬯;好学不倦、笃于朋友,吾不如王山史;精心六书、信而好古,吾不如张力臣。③

所涉王锡阐(1628—1682)、杨瑀(约 1605—1675)、张尔岐(1612—1678)、傅山(1607—1684)、李颙(1627—1705)、路泽农(1633—1685)、吴任臣(1628—1689)、朱彝尊(1629—1709)、王弘撰(1622—1702)、张弨(1625—?),大体上都是顾炎武(1613—1682)同代之人④,其中除了李颙、路泽农为学更

---

① 陈廷敬《皇清敕授征仕郎日讲官起居注翰林院检讨竹垞朱公墓志铭》,《曝书亭集》卷末附,《清代诗文集汇编》第 116 册,第 599 页。
② 《曝书亭集》卷首,《清代诗文集汇编》第 116 册,第 1 页。又见潘耒《遂初堂文集》卷八《朱竹垞文集序》,《清代诗文集汇编》第 170 册,第 362 页。
③ 《顾亭林诗文集·亭林文集》卷六,第 134 页。
④ 以上诸学者,《清儒学案》皆作为亭林友人附录于《亭林学案》,其生平学术之大概,读之可知大略。又此处所列生卒年,均据江庆柏《清代人物生卒年表》,见是书第 66 页"王锡阐"条,第 393 页"张尔岐"条,第 773 页"傅山"条,第 267 页"李颙"条,第 313 页"吴任臣"条,第 156 页"朱彝尊"条,第 42 页"王弘撰"条,第 378 页"张弨"条,第 623 页"顾炎武"条,杨瑀(雪臣)、路泽农(安卿)二人,《清代人物生卒年表》未载,今试略考其生活年代。据金德嘉《居业斋文稿》卷十四《封征仕郎翰林院庶吉士路君墓志铭(代)》(《清代诗文集汇编》第 121 册,第 345—346 页),路泽农之卒,在康熙二十四年乙丑(1685);文中又提到泽农父路振飞去世之时,泽农"时年十七";据归庄《路文贞公行状》(《归庄集》卷八,第 451 页,上海古籍出版社 2010 年版),路振飞卒于"己丑"即永历三年(1649),故可推知路泽农生于崇祯六年(1633)。而杨瑀"辛亥履端"即康熙十年元旦听闻李颙至常州讲学,又知其有"却叶太守之聘币,辞白抚军之荐剡"之高行,肃然起敬,称"吾将识之"(《二曲集》卷十《南行述》,第 87 页,中华书局 1996 年版)。由此可知康熙十年(1671)左右杨瑀仍在世。而徐乾学《憺园文集》卷二十四《杨雪臣七十寿序》称杨瑀自"流寇交讧,烽火夹江岸"之后,"韬光灭影,厚自刻厉,率诸子键户读书,自经史而外,分授天官、地理、历律、兵农之书","出则与恽逊庵讲学于南田及东林书院,如是者余三十年"(《续修四库全书》第 1412 册,第 620—621 页)。不妨将杨瑀"键户读书"(转下页)

偏重"践履躬行"一路,余如王锡阐通晓天算,杨雪臣讲求兵农,张尔岐精于三礼,傅山性好诸子,吴任臣博闻强记,张弨钻研字学,治学趣味皆是重知识、尚学问的"道问学"一路。而当时"博学"之风,遍被学林,实又远不止这一份名单所能涵盖。如有理学"家传"的施闰章,本人治学"博综群籍,善诗古文辞",而顺康间为顾景星诗集作序,亦称顾氏"博览强记,诸子百家仙释诸书,无不浏览勤搜,以赡其才力"。① 毛奇龄"读书务精核,自九经、四子、六艺诸大文外,旁及礼乐、经曲、钟吕诸璅屑事,皆极其根柢而贯其枝叶,偶一论及,辄能使汉宋儒者悉拄口不敢辨"②;康熙十三年(1674),邵廷采获睹其文集,"惊其雄博无涯涘,考核精严,诸体具备"③,极为叹服。由这些同时代的评论言说,不难想见,"博学"在当时不仅仅是一二儒者所崇奉的宗旨,更是学人之间相互推许、勉励之正途。

潘耒既以宏深繁富推竹垞,其本人之"文学"亦甚博雅。潘氏学承亭林,精于声韵反切、金石碑版,推尊顾氏之学"综贯百家,上下千载","详考其得失之故,而断之于心",是为"通儒"。④ 在金石学方面,潘耒倾慕其师之"行游天下,见闻浩博",遂亦留心搜集,"残碑断碣,靡不搜访,披榛剔苔,必拓一纸而后已"。⑤ 而在文章领域,潘氏亦主张厚积博取:

> 经史百家,天人理数,章程典故,草木虫鱼,何一而非文之材?剪裁运用,起伏开合,变化错综,何一而非文之法?古之作者,未有不厚积其材、深研其法而能以文辞名世者也。⑥

此乃潘耒为林佶之文集所作序,标举"材""法"二端论文。盖林佶师从古文家汪琬,"讲古文之法",故"其文辞清醇典雅",潘氏称许之"法",大抵便是对林氏及其师承的恭维;而他真正更希望强调者,则还在"材"这一端。故序文梳理晚明以来之文章演变,指出明末"学士大夫率夸多斗靡",

---

(接上页)之时从明亡(1644)计起,三十年后其年登七十,则推测杨瑀在崇祯十七年时年近四十,虽不中亦不远矣。由此,其生年大概在万历三十三年(1605),下推七十年,则是康熙十四年(1675),此是杨雪臣活动的大概时间范围。

① 赵尔巽等《清史稿》卷四百八十四,第13328页,中华书局1977年版。《施愚山集·文集》卷四《顾赤方诗序》,第1册,第85页,黄山书社1992年版。
② 李天馥《西河合集领词》,毛奇龄《西河合集》卷首,《清代诗文集汇编》第87册,第2—3页。
③ 《思复堂文集》卷七《谒毛西河先生书》,《清代诗文集汇编》第174册,第368页。
④ 《日知录》卷首潘耒序,末署"康熙乙亥仲秋门人潘耒拜述",即作于康熙三十四年。
⑤ 《遂初堂文集》卷七《昭陵石迹考序》,《清代诗文集汇编》第170册,第339页。序文作于"康熙乙亥菊月上浣"即康熙三十四年。
⑥ 《遂初堂文集》卷八《朴学斋稿序》,《清代诗文集汇编》第170册,第367页。

"其中绳度者甚少",即在"法"这一方面有所欠缺。降及清初,"五十年来,家诵欧曾,人说归王,文体浸趋于正,然而空疏浅薄之弊百出"。概言之,"明季之失在法","今人之短在材不足"。不难看出,潘耒之论,事实上正是要以水济火,重新提倡博观以取"材"。因此,潘序虽也客气地褒奖林佶之文"固不徒守其法,而有意乎储材者",实际上还是要引出更高的期望:"以林子之年力志尚,诚能殚精研思,穷高极远,贯天人以为学、罗古今以为资〔……〕岂不高出时流万万哉!"①而这种"厚积其材"的思路,正与晚明之文风遥相应和。

古文既须博采经史典故为材,诗歌一道亦复如是。黄宗羲在《诗历题辞》中即谓"多读书则诗不期工而自工","读经史百家,则虽不见一诗,而诗在其中矣","若只从大家之诗章参句炼,而不通经史百家,终于僻固狭陋耳"②,认为经史百家之书对作诗的意义,甚至可能超过前代大家之诗作。朱彝尊亦云"诗篇虽小技,其源本经史,必也万卷储,始足供驱使"③。王士禛以"根柢""兴会"二者论诗,主张学问与性情的调和,在学问部分同样是要"本之风、雅""溯之楚骚、汉魏乐府诗",并且"博之九经、三史、诸子以穷其变"。④ 相对于黄宗羲的说法,王士禛更从"诗道性情"的本质出发,强调诗歌本身的特点,仍然要以《诗经》《楚辞》、汉魏乐府为根本,并不主张"不见一诗,而诗在其中";但是,对诗中学问因素的重视,特别是要综合经、史、子等不同领域的知识,这一思路则是一脉相承。

不过,清初士人在继承或回溯晚明以来博见闻、好知识之风的同时,十分警惕"为文求学"之情况,辨明"为文"须厚其学殖之养,"为学"却不可仅求词章之用;对"文""学"二者之本末关系日渐敏感。此一论述不妨以黄宗羲自序其《今水经》之说为例:

> 古者儒墨诸家,其所著书,大者以治天下,小者以为民用,盖未有空言无事实者也;后世流为词章之学,始修饰文句、流连光景,高文巨册,徒充污惑之声而已。由是而读古人之书,亦不究其原委,割裂以为词章之用,作者之意如彼,读者之意如是,其传者非其所以传者也。〔……〕《水经》之作,亦《禹贡》之遗意也。郦善长注之,补其所未备,可谓有功于是

---

① 《遂初堂文集》卷八《朴学斋稿序》,《清代诗文集汇编》第170册,第367页。
② 《黄梨洲文集》,第387页。据黄炳垕编辑《黄梨洲先生年谱》,《南雷诗历》初成于康熙三年(1664)。
③ 《曝书亭集》卷二十一《斋中读书》其十一,《清代诗文集汇编》第116册,第196页。
④ 《渔洋文集》卷三《突星阁诗集序》,《王士禛全集》第3册,第1560页。

书矣;然开章"河水"二字,注以数千言,援引释氏无稽,于事实何当? 已失作者之意。[……]钟伯敬《水经注钞》,所谓割裂以为词章之用者也。余读《水经注》,参考之以各省通志,多不相合,是书不异汲冢断简,空言而无事实,其所以作者之意,岂如是哉! 乃不袭前作,条贯诸水,名之曰《今水经》,穷源按脉,庶免空言,然今世读书者,大抵钟伯敬其人,则简朴之诮,有所不辞尔。①

此序作于康熙三年(1664),其开篇言学术发展之大势,在古人为经世致用,至后世则徒为词章流连,虽然是由《水经》之学而引发,但黄宗羲在此已经将其推演为对古今学问演变的概括性描述。郦道元《水经注》征引或涉"空言",已为黄氏所不满,而晚明钟惺的评点本《水经注钞》,更是遭到诟病,以其将古书"割裂以为词章之用"也。倘若以此视之,则王世贞从《檀弓》《考工》《韩非》《吕览》求文法,屠隆以"周汉之文"为文章之最高,都难辞"割裂"经书、子书以谋"词章"之咎。这与前述钱谦益对孙鑛评经的批评,正可并观。②

而清初学者既不满足于"词章之学",则其博览经史子集各种书籍中丰富之"知识",必然须有新的指向。一条重要的途径,便是汲取广博的知识以为经世之学。经世之学,可以如崇祯年间陈子龙的《皇明经世文编》一般广搜明人著述以见时王之制③,更可以是上下古今,博考历代兴衰而加以论断。鼎革之际山河破碎,乃是士大夫谈兵论政之重要契机,而一二十年间"天下未定"的状态,亦为这些讨论提供了相当大的自由。如关于"封建"与"郡县"之优劣,顾炎武《郡县论》、黄宗羲《明夷待访录》、王夫之《读通鉴论》都有阐发,其中不无"考古"以变革"时制"之意。④ 黄宗羲《今水经》之作,即举"先王体国经野"、考察山川形势之遗意为"作者之意",其中便有山川水地之学须付诸实用之深意。顾炎武自崇祯末季至康熙初年心力贯注的《肇域志》和

---

① 《黄梨洲文集》,第381—382页。集中未标出写作时间,考《今水经》卷首所载序文,文字略同,末尾署"甲辰除夕双瀑院长黄宗羲书"(《知不足斋丛书》本,序叶2a),可知作序之时,在康熙三年甲辰。

② 晚明对经、史、子等多种书籍的评点,实际上与古文家宗法古书的趣味正是一体两面;只不过王、屠之言,尚偏于观念层面的提倡,孙、钟所为,则是将"以文论经"乃至"以文论子、史"的想法全面实践,并借助商业出版使之普及流行,对晚明以至清初士大夫的知识世界产生了颇为可观的影响,故清人反省明代"词章之学",往往以评点本为集矢之的。

③ 《皇明经世文编》,《续修四库全书》第1655—1662册。

④ 关于清初实学如何将知识用于经世,可参鱼宏亮《知识与救世:明清之际经世之学研究》,北京大学出版社2008年版。关于清初遗民学术,参阅赵园《明清之际士大夫研究》第八章,北京大学出版社1999年版。

《天下郡国利病书》，顾祖禹于顺治十六年(1659)开始撰写的《读史方舆纪要》，亦同此类。而"综贯百家，上下千载"的《日知录》，撰作之旨在期待"有王者起，将以见诸行事"①，无疑则是"博学"以"经世"之书中最为阔大精深的著作，其垂范后世，亦称远矣。

经世之外，另一条使用知识的"正途"，则是研治专门之学问。如吴任臣康熙五年(1666)撰成《字汇补》，"遍搜典籍，阅书几及千种"，自"《十三经注疏》《二十一史音释》"以及"《本草》《山海经》《七纬》《逸周书》《庄》《列》《管》《荀》《亢仓》《吕览》、释道二藏诸书"，无不采撷。② 康熙六年撰成《山海经广注》，亦是"嗜奇爱博"，引据甚繁，书前列引用书目达五百三十余种。③ 康熙九年，马骕《绎史》编成，其书以搜罗上古史料为志，自序称"取三代以来诸书"，"除列在学官四子书不录，经、传、子、史，文献攸存者，靡不毕载"，"传疑而文极高古者，亦复弗遗"，"真赝错杂者，取其强半"，"附托全伪者，仅存要略"，此外谶纬之书以及历代笺注、类书所存之资料，亦加收录，以"广见闻也"。马骕自序又以小字详列参引诸书名目，亦达二百余种。④ 李清为此书作序，尤其发扬其将经、子、笺传等一切材料都用为"史"的做法：

> 或曰："以经为史可欤？"曰：奚不可！夫唐虞作史而综为经，两汉袭经而别为史，盖经即史也。或曰："以子为史可欤？"曰：奚不可！夫诸志，史也，而错以经；小学，经也，而错以子，故子亦史也。或曰："以笺传为史，以荟粹为史，可欤？"曰：是则有间。然如颜、马之注《汉》注《史》，杜、郑之为《典》为《志》，亦孰非与史相表里者？呜呼！以史为史易，以经为史难。以经为史易，以子为史难。以经为史、以子为史犹易，以笺传为史、以荟粹为史则尤难。远绍旁搜，不知《绎史》所得，视汉唐诸人孰多乎？⑤

一切典籍皆可目为"史"，明代王阳明"五经亦史"，王世贞"天地间无非史而已"，皆已发先声。然《绎史》广泛地搜罗各种知识资源，将其用于治史，则是有意突破不同知识类型的边界，将不同的文献吸纳转化再重新镕铸以为己用。吴任臣以群书治字学、《山海经》，马骕以群书治上古史，皆可见知识

---

① 分别见《日知录》卷首潘耒序，《日知录集释》潘序第 2 页；《顾亭林诗文集·亭林诗集》卷四《与人书二十五》，第 98 页。另外，《日知录》潘耒序亦云："异日有整顿民物之责者，读是书而惕然觉悟，采用其说，见诸施行，于世道人心实非小补。"《日知录集释》潘序，第 2 页。
② 《字汇补》卷首《例言》，《续修四库全书》第 233 册，第 447 页。
③ 《四库全书总目》卷一四二，《山海经广注》提要，第 1205 页。
④ 马骕《征言》，王利器整理《绎史》卷首，第 1—4 页，中华书局 2002 年版。
⑤ 李清《序》，《绎史》卷首，第 2 页。

扩张对清初学风的影响。而朱彝尊博考历代著述以为《经义考》，"九经之外，旁及纬候"，"唐宋以来碑版传说，搜采颇多"，则更是在最为枢纽的经学领域实践知识主义之学术路向。同时阎若璩以《荀子》《墨子》等书的资料证《古文尚书》之伪，后来惠士奇以"周秦诸子"虽不雅驯，然皆"近古"，故能证经，亦此一派之流风也。① 不过，最能利用广泛的知识以成专深之学问者，莫过于顾炎武之古音学；其《唐韵正》，每字之下，皆举证多端，以明其古音，例如卷九"野"字，为明其古音"墅"，即援引《书》之《禹贡》、《诗》之《燕燕》《葛生》《七月》《东山》《鹤鸣》等篇，以及《猗兰操》《离骚》《穆天子传》《国语·越语》《庄子》《大戴礼记》《荀子》《吕氏春秋》《逸周书》《六韬》《淮南子》《易林》《说苑》等文献中的押韵例证；末复以《郡国志》所载《陇坻歌》，说明"野"字至此"始入哿果韵"，可谓赅博也②。顾氏归纳其治学之方云：

  愚以为读九经自考文始，考文自知音始，以至诸子百家之书，亦莫不然。③

正是在"考文知音"的意义上，诸子百家之书与九经成为同一类型的"知识"。诸子之书，与儒家经典乃同一时代的文献资料，故其中所反映的音韵以及文字、训诂方面的情况，都可用以辅助经文之理解。背后的观念基础，乃在于语言文字有历时的变化，异代不同音，古今不同训，因此顾炎武之"考文知音"，首重"三代"与"后世"之别，指出"三代六经之音，失其传也久矣"，"其文之存于世者，多后人所不能通"，因此要准确理解经义，必博学稽"古"。此种观念，正开启了有清一代考据汉学之方向。这一从语言随时代演变的角度提倡"考古"以穷经，与宋儒尤其是陆王一派以"心同理同"而直寻解会的方式大相径庭，与复古派讲"文章代变"的逻辑反而具有一致性。所不同者，复古派推崇三代、"周汉"之文，乃是以其文气高古、词采峻丽，考据家推崇三代古书，则是以其在语言、制度方面接近经书。事实上，上溯考据学在明代的渊源，以"神、圣、工、巧"论经传诸子之"文"的杨慎，同时也提倡古音古训的研究，有《转注古音略》《古音略例》《古音骈字》等著述，亦是博采经传子史以为考证，并且指出汉儒相对宋儒在解经上的可靠性：

---

 ① 详见本书第五章对吴派惠氏之学的讨论。又参本书第十章对阎若璩《尚书古文疏证》的分析。
 ② 《音学五书·唐韵正》卷九，《顾炎武全集》第 3 册，第 618—623 页。《陇坻歌》："念我行役，飘然旷野，登高望远，涕泪双堕。"
 ③ 《亭林文集》卷四《答李子德书》，《顾亭林诗文集》，第 73 页。

> 六经作于孔子,汉世去孔子未远,传之人虽劣,其说宜得其真;宋儒去孔子千五百年矣,虽其聪颖过人,安能一旦尽弃旧而独悟于心邪?六经之奥,譬之京师之富丽也,河南、山东之人,得其十之六七;若云南、贵州之人,得其十之一二而已。何也?远近之异也。以宋儒而非汉儒,譬云贵之人,不出里闬,坐谈京邑之制,而反非河南、山东之人,其不为人之贻笑者几希。然今之人安之不怪,则科举之累、先入之说,胶固而不可解也已。嘻!①

杨慎以地理之"远近"为喻,认为经学解释之有效性,很大程度上取决于时代上的"远近",正有一重"文"求"古"之观念基础。其评骘《易》《书》《诗》《春秋》《檀弓》《考工记》《庄子》《列子》诸书"文章"之高下,亦同此机杼。文章之美恶问题被置换成为"古今"的问题,经学之是非问题亦被置换成为"古今"的问题,其中消息,不可谓无所沟通也。自杨慎以至顾炎武,本由文学趣味而发展出的对古书"文字"的研读兴趣,逐渐成为一种遍观群书、"博学于文"的知识兴趣;此种知识兴趣,复借助书籍流通、学人往还成为一跨越晚明到清初的思想进程,其中演进转折,正有迹可循也。

第二节 杂学与博学:"根柢"说之演进

在中晚明以来的"博学"风气之下,九流百家、山经地志、天算历法等纷繁的内容都进入了士人的思想领域,不同类型的知识如何安顿,自然成为需要关注的问题。对"博学"风尚的反思,遂成为思想界的一个重要趋势。康熙初年,李颙即以"博""杂"之辨来反省知识在整个学问体系中的价值问题:

> 君子为学,**贵博不贵杂**,洞修己治人之机,达开物成务之略,如古之伊、傅、周、召,宋之韩、范、富、马,推其有足以辅世而泽民,而其流风余韵,犹师范来哲于无穷,此博学也。名物象数,无赜不探,典故源流,纤微必察,如晋之张华、陆澄,明之升庵、弇山,扣之而不竭,测之而益深,见闻虽富,致远则乖,此杂学也。自博杂之辨不明,士之翻故纸、泛穷索者,便侈然以博学自命,人亦翕然以博学归之,殊不知役有用之精神,亲无用之琐务,内不足以明道存心,外不足以经世宰物,亦只见其

---

① 《太史升庵文集》卷四十二《日中星鸟》,《明别集丛刊》第2辑第30册,第293页。

徒劳而已矣。①

所谓"博""杂"之辨,其远源大抵是《论语》《孟子》的"博""约"之辨,而两宋之际,胡宏已有"学欲博不欲杂,守欲约不欲陋,杂似博,陋似约"之论,朱熹亦尝引述之,因此成为理学内部重要的话头。② 而李颙提出"博杂之辨",又当有其时代脉络。晚明以来知识的扩张,士人对广博乃至奇异知识的追求,当是其立论之背景。李氏以典故名物、闻见之知为"杂学",而"修己治人""开物成务"则为"博学",简言之,乃是以心性和事功为"博学"之真谛,舍此则"只见徒劳"。此说背后,显然有宋明理学,尤其是陆王一派的背景,认为知识本身不具有意义,真正的"博学"不在于向故纸考索,而在于"明道存心"和"经世宰物"。不过,更为重要的是李颙对经史知识的处理:

> 以余之不敏,初昧所向,于经、史、子、集,旁及二氏两藏,以至九流百技、稗官小说,靡不泛涉。中岁始悟其非,恨不能取畴昔记忆,洗之以长风,不留半点骨董于藏识之中,令中心空空洞洞,一若赤子有生之初,其于真实作用,方有入机。乃同志反以是为尚,亦可谓务非其所务矣!③

此是其现身说法,以自己早年"泛涉"而中岁悔悟的经验,再次强调治学之"所务",当在反求诸心。其中提到"经史子集"、佛道"两藏"、"九流百技""稗官小说",正是晚明知识扩张后学人兴趣的写照。最为微妙的是,李颙罗列其"泛涉"之书,将"经史"与佛道、诸子、稗官并陈,虽未明言,但潜在是将经史也放在杂学泛览的领域,并没有给其特别的地位。清初孙奇逢之论,亦与之相似,盖以"经书子史俱宜讨究","只是读者自读书,与我毫不相干",须得要"任从何处读起,归源处总会到此心"④;甚至"果能信而下工夫,五经四书,皆我注脚,夫岂他求"⑤。李颙、孙奇逢之论,大概可以代表陆王心学一系

---

① 《二曲集》卷十五《富平答问》,第125—126页。《富平答问》乃李颙康熙十四年至十八年流寓富平期间"答人问学之语",门人录而成编,见吴怀清《二曲先生年谱》,《二曲集》附录三,第680页。

② 朱熹《答汪太初》:"尝闻之,学之杂者似博,其约者似陋。惟先博而后约,然后能不流于杂而不掉于陋也。"《晦庵先生文集》卷四十六,《朱子全书》第22册,第2118页。

③ 《二曲集》卷十五《富平答问》,第126页。

④ 《孙征君日谱录存》卷四,顺治八年六月二十九日,《续修四库全书》第558册,第626—627页。

⑤ 《孙征君日谱录存》卷四,顺治八年四月十一日,《续修四库全书》第558册,第617页。又同书卷三十五记"识得无字理,则五经四书,任从何处领会,无不可直证",康熙十三年十一月二十五日,《续修四库全书》第559册,第426页。

的看法,如果与《朱子语类》中类似的言论对比,便颇可见其差异:

> 浩曰:"赵书记云:'自有见后,只是看六经、《语》《孟》,其他史书杂学皆不必看。'其说谓买金须问卖金人,杂卖店中那得金银,不必问也。"曰:"如此,即不见古今成败,便是荆公之学。书那有不可读者?只怕无许多心力读得。六经是三代以上之书,曾经圣人手,全是天理,三代以下文字有得失,然而天理却在这边自若也,要有主,觑得破,皆是学。"①

《朱子语类》此处同样在讨论读书之"博"与"杂"的问题,但六经、《论语》和《孟子》显然与其他的"史书杂学"地位迥别。即使是不主张泛览的"赵书记",也明确将经书放在"杂学"之外,不与之一并讨论。与李颙强调读书须"明心"相似,朱熹也强调读书须"明理",但在朱子,六经"全是天理",作为知识的经书与"理"达到统一,明经即是明理;经书之外,史书及其他书籍,只要明理"有主",亦不妨阅读,皆可以为学问。对朱子而言,避免涉猎之弊,应该采用精读深思的方式②;对李颙而言,不陷入"杂学",还是在于心性之发明。这一层意思,其《四书反身录》在解释《孟子》"博学反约"之时申发最明:

> 学问能约不能约,只看为学之所博若何耳。是故为身心性命而博,则详说可以归约;为增广知识而博,纵详说何关于约?③

将"身心性命"与"增广知识"对举,可见其旨。此说在表述上与前引《富平答问》小有异同,《答问》以心性和事功两者为学问之归宿,《四书反身录》则单举心性,盖其立说之语境各别,故侧重有所不同。④ 揆其大旨,则皆是以"知识"本身不构成学问,其价值须由"身心性命"赋予之。按照这一逻辑,即使是经书的知识,也莫能外。对于儒家经典,所当重视的也是其中所蕴含的

---

① 《朱子语类》卷十一,第189—190页。
② 《答宋容之》论读书法,以为应当"洗涤净尽,别立规模,将合看文字择其尤精而最急者,且看一书,一日随力且看一两段,俟一段已晓,方换一段,一书皆毕,方换一书"。见《晦庵先生朱文公文集》卷五十八,《朱子全书》第23册,第2775页。
③ 《二曲集》卷四十二《四书反身录·孟子》,第520—521页。
④ 如《四书反身录》解说《论语》时云"诵经读书,见闻渊博,而暗于政事、短于辞令,此章句腐儒之常,犹无足怪。惟是借经书以行私、假圣言以文奸,政事明敏、辞令泉涌,适足以助恶而遂非,其为害有甚于腐儒,乃经学之贼、世道之蠹也。若此者可胜道哉",应是就《子路》篇的"诵《诗》三百,授之以政,不达;使于四方,不能专对;虽多,亦奚以为"立论,所以在前面侧重批评"见闻渊博"而"暗于政事"之腐儒,强调的就是"知识"与"政事"之间的关系。不过到后文李颙机锋一转,仍推出道德的尺度作为更高一层的标准。

可以修身治心的道理。因此,对于"六经四书,卷帙浩繁,其中精义,难可殚述"的疑问,李氏的回应就是《易》《书》《诗》《春秋》《中庸》《孟子》等经籍所言,"无非欲人复其无过之体,而归于日新之路耳",故以"悔过自新"一言以蔽之即可。① 这一态度,显然与考据"穷经"的态度大异其趣。以此推之,"经"的文字、知识,其价值仍然是从属于心性体悟、义理发明。

李颙对杂学的批评,实际上是主张学问应以"明心"与"治世"为"根柢"。但在清初以降,另一种对学问"根柢"的论述,却更为人所瞩目,即是以"经史"为"根柢"。代表性的论述有黄宗羲的说法:

> 明人讲学,袭语录之糟粕,不以六经为根柢,束书而从事于游谈,故受业者必先穷经。经术所以经世,方不为迂儒之学,故兼令读史。又谓读书不多,无以证斯理之变化,多而不求于心,则为俗学。②

黄宗羲此论同样也涉及书籍知识与为学途径的问题,同样也强调"多"读之后要"求于心",其说乃盖承接刘宗周由"四书六籍"以窥"圣贤之心",而"圣贤之心即吾心"之论。③ 但与李颙不同,黄宗羲特别强调的是"以六经为根柢",因此治学首先要"穷经",同时又"兼令读史",并从正面肯定多读书具有"证斯理之变化"的价值。而黄氏所谓"穷经",实际上有很浓厚的知识主义色彩,观其《尚书古文疏证序》可以明见也:

> [《尚书古文疏证》]中间辨析三代以上之时日、礼仪、地理、刑法、官制、名讳、祀事、句读、字义,因《尚书》以证他经史者,皆足以祛后儒之蔽,如此方可谓之穷经。④

此系为阎若璩《尚书古文疏证》作序之语,自不免考虑阎书本身的治学特色,但黄宗羲以《尚书古文疏证》为"穷经"之典范,应当是对其考辨典制、

---

① 《二曲集》卷一《悔过自新说》,第 4 页。
② 全祖望《梨洲先生神道碑文》,《鲒埼亭集》卷十一,《全祖望集汇校集注》上册,第 219—220 页。此说虽为全祖望整理、撰述而成,但可以较为精练地反映出黄宗羲的思想。同时可为旁证的,还有黄百家《先遗献文孝公梨洲府君行略》:"府君谓学问必以六经为根柢,空腹游谈,终无捞摸,于是甬上遂有讲经会。"事在康熙七年戊申。百家所记,语辞较全祖望为简,但大旨无二。又梨洲《答陈介眉五十韵》,亦有"弱冠弄柔翰,经史无根柢"(《南雷诗历》卷四)之句,可参。是知全氏碑文,固有所本。
③ 刘宗周《读书说》,吴光主编《刘宗周全集》第 3 册《语类十》,第 275 页,浙江古籍出版社 2012 年版。王汎森《清初的讲经会》(《历史语言研究所集刊》第 68 本第 3 分,1997 年 9 月)对此有详细梳理及说明,可参。
④ 《黄梨洲文集》,第 310 页。并参《尚书古文疏证》卷首。

证明经史的方法颇为认同。这与前述梨洲治学重"经史"的思路,亦相符合。特别值得注意的是,将"经史"作为"根柢",潜在亦包含有治经思路的变化,即从史事、典章等历史知识的角度理解经书,同样也是重视经书在"知识"一面的意义。

"经史"并提,既在治学内容上颇有知识主义之倾向,而于知识系统内部又特别提高了"史"的地位。朱熹虽然在"读书"范围上不废史书、诸子,但在其次第上,却十分明确:读书的核心在四书和六经。学者应先读《论》《孟》《大学》《中庸》,以"立大本",其次"读史,以考存亡治乱之迹,读诸子百家,以见其驳杂之病","其节目自有次序,不可逾越"。其中朱熹又特别分辨"看经书与看史书不同",以为"史是皮外物事,没紧要,可以札记问人;若是经书有疑,这个是切己病痛"。① 相形之下,黄宗羲从"经世"和"证斯理之变化"的角度,对"史"的意义更为重视。以"经史"号召学人,固为明清之际学术发展之一大趋向也。毛氏汲古阁在崇祯十三年(1640)刊刻《十三经注疏》,顺治十四年(1657)又刻《十七史》,钱谦益为后者作序云:

> 经犹权也,史则衡之有轻重也;经犹度也,史则尺之有长短也。古者六经之学,专门名家,各守师说,圣贤之微言大义,纲举目张,肌劈理解,权衡尺度,凿凿乎指定于胸中,然后出而从事于史,三才之高下,百世之往复,分齐其轻重长短,取裁于吾之权度,累黍秒忽,罄无不宜,而后可以明体达用,为通天地人之大儒。②

其解说经、史之关系,与黄氏所言相近,也是以"史书"配"经书"。钱氏更提出以经、史作为学术秩序的纵横两轴,"经经纬史,州次部居,如农有畔,如布有幅,此治世之菽粟,亦救世之药石也"③。与前述"权""度"之说并观,可见其推重经史,不仅是就其价值地位而言,更是将经史作为整个知识体系的框架。被黄宗羲许以能"穷经"的阎若璩,在清初亦以博洽闻名于世,尝集古人之语题其柱,谓"一物不知,以为深耻;遭人而问,少有宁日"④。其《潜邱劄记》中自叙一"遭人而问"、考察典故的例子,十分有趣:

---

① 《朱子语类》卷十一,第188—189页。
② 《牧斋有学集》卷十四《汲古阁毛氏新刻十七史序》,第679—680页。
③ 同上书,第680页。
④ 钱大昕《潜研堂文集》卷三十八《阎先生若璩传》,《嘉定钱大昕全集(增订本)》第9册,第603—604页,凤凰出版社2016年版。

忆甲子〔康熙二十三年,1684〕初夏,自碧山堂移徐公健庵寓邸,夜饮,言:"今日某直起居注,上云,古人有言使功不如使过。此语自有出,既思不可得,又不敢上问,奈何?"余对:"丙午、丁未间〔康熙五年至六年,1666—1667〕重策论,读宋陈傅良时论,有'使功不如使过'题,通篇俱就秦穆公用孟明发挥,应是昔人论此事者作此语,第不见出何书耳。"公曰:"博!"越十五年〔康熙三十七年,1698〕,读《唐书·李靖传》,高祖谓靖逗留,诏斩之,许绍为请而免,后率兵八百,破开州蛮冉肇则,俘禽五千,帝谓左右曰:"使功不如使过,靖果然!"谓即出此。又越五年〔康熙四十一年,1702〕,读《后汉书·独行传》,索卢放谏更始使者勿斩太守曰:"夫使功者不如使过。"章怀太子贤注:"若秦穆赦孟明,而用之霸西戎。"乃知全出于此处。甚矣!学问之无穷!而人尤不可以无年也。①

阎若璩对"使功不如使过"出处的搜讨,近二十年始获解决。② 这一段轶事,后来杭世骏《阎若璩传》、钱大昕《阎先生若璩传》、江藩《国朝汉学师承记》等传记资料乃至梁章钜的《退庵随笔》等笔记中都有引述,当是清中期以降学林流行甚广、颇为著名的"传说"。阎若璩记述此事,本意在感慨"学问之无穷";不过,倘若从"知识"层次系统的角度看,我们或许可以作出另一种解读。阎若璩为"使功不如使过"寻找出处,从开始的陈傅良时论,到《新唐书》,再到《后汉书》及李贤注,正是从"枝叶"进乎"根本"。从现实的知识获取上看,阎氏对此典故的了解,乃出于陈傅良的策论文,举以言之,徐乾学亦称叹其"博";但从学问的本末上看,科场策论文章显然不能作为知识的"出处",还需要进一步追索。《新唐书》虽有其语,然还非最终的来源。《后汉书·独行传》不但在时代上更早,而且李贤注引秦穆公赦孟明之事(见《左传·文公元年》)以为佐证,则可以落实陈傅良以此事发挥的知识渊源。钩索"出典",考虑的既是文献的时代,也有文献的类型。正经正史,相对于子书、辞赋乃至科举策论之文,都更具权威性。

事实上,徐乾学推重阎若璩之学,也不仅在其"博",更在其能有经学的"根柢"。据杭世骏《阎若璩传》所记,徐氏曾对海宁卢轩云:

阎先生乃古人,其学有经法,非吴志伊辈可望。③

---

① 《潜邱劄记》卷二,《清代诗文集汇编》第141册(影印乾隆眷西堂刻本),第49—50页。
② 其中年岁累积之计算,参考张穆撰,邓瑞点校《阎若璩年谱》,第65—66页,中华书局1994年版。
③ 杭世骏《道古堂文集》卷二十九,《清代诗文集汇编》第282册,第306页。

吴任臣(志伊)亦清初有名的学问之士,著有《字汇补》《山海经广注》等,曾应康熙十七年博鸿之征。毛奇龄亦尝谓"志伊实有学"①,又称其学问"淹雅"②。而阎若璩被问及博学鸿儒科中"五十人人物何如",回答称"吴志伊之博览,徐胜力之强记,可称双绝"③,是知阎氏亦雅重吴任臣之博学。徐乾学以阎氏之学优于吴氏,正是认为阎若璩在"博学"的基础上,更能"学有经法"。今观阎氏《尚书古文疏证》,虽多引《荀子》《墨子》等以为论据,但其自述研究之大旨,则谓《疏证》一书"得大关键处",乃是"传经的派得于《汉书》","卷篇名目得于注疏",持此以论其他,无不迎刃而解,乃是"古人先河后海、从源及流之学问"。④ 此外,在谈及读书之次第时,阎若璩援引钱谦益的《复徐巨源书》,推崇宋元以降"读书分年之法",以为"经经纬史"之学⑤;又以唐代崔玄暐的"少颇属辞,晚以非己长,不复构思,专意经术"自况,以为"宛然太原阎生一小像矣"⑥;皆可见其宗本"经学"之志趣。即使是考辨古文尚书的"疑经"之举,在阎若璩,恰恰正是要专精经学、存经籍之真:

> 经之伪者,由后人经学未精,故听其乱真。若人人能精,伪者何容厕足其间乎?⑦

阎氏既以经学自任,其他训诂、制度、地理、历算方面的知识都可以说是围绕"经学"这一核心而展开。故其《四书释地》中,即谓考实历史地名,有助于经学阐释之深入。如《论语·宪问》:"子路宿于石门。晨门曰:'奚自?'子路曰:'自孔氏。'曰:'是知其不可而为之者与?'"阎若璩考辨其中"石门"之所指云:

> 地有凿然指实,有助于经学不小者,"子路宿于石门"是也。或曰:"石门,齐地,隐公三年齐郑会处即此。"非也。读《太平寰宇记》,古鲁城凡有七门,次南第二门名石门,案《论语》"子路宿于石门"注云"鲁城外门",盖郭门也。因悟孔子辙环四方久,使子路归鲁视其家,甫抵城而门

---

① 《制科杂录》,《四库全书存目丛书》史部第271册,第644页。关于康熙博鸿之征,参见下章专论。
② 毛奇龄《复蒋杜陵书》,《西河合集·书》卷七,《清代诗文集汇编》第87册,第164页。
③ 阎若璩《与徐电发书》,《潜邱劄记》卷五,《清代诗文集汇编》第141册,第158页。
④ 《与刘超宗丈》书第二十四通,《潜邱劄记》卷五,《清代诗文集汇编》第141册,第194—195页。
⑤ 《潜邱劄记》卷一,《清代诗文集汇编》第141册,第7—8页。
⑥ 《与戴唐器书》第二十二通,《潜邱劄记》卷五,《清代诗文集汇编》第141册,第171页。
⑦ 《尚书古文疏证》卷八,第一百二十条,第641页。

已阖,只得宿于外之郭门。次日晨兴,伺门入。掌启门者讶其太蚤,曰:"汝何从来乎?"若城门既大启后,往来如织,焉得尽执人而问之? 此可想见一。"自孔氏"言自孔氏处来也。夫不曰"孔某"而曰"孔氏",以孔子为鲁城中人,举其氏辄可识,不必如答长沮之问为孔某。此可想见二。"是知其不可而为之者与",分明是孔子正栖栖皇皇、历聘于外,若已息驾乎洙泗之上,不必作是语。此可想见三。总从"鲁郭门"三字悟出情踪。谁谓地理不有助于经学与?①

《论语》原文中"石门"位于何地,表面上看是一无关紧要的细节,笼统理解作一地名,似乎也完全可以讲通。但在阎氏看来,"凿然指实"其具体所指,在经学阐释上也有价值。确认此"石门"乃是鲁国国都(曲阜)城外的"郭门",也即外城之城门,乃是阎氏一系列推断解释的基础:因石门在鲁,阍者乃孔子乡人,故其问对中称"孔氏",而非如《微子》篇中长沮一般称"鲁孔丘";因其为外城郭门,子路居宿一夜后候其门开即入,与阍者的对话方才合情合理;从对答之语,也可以旁证当时孔子周游于外,未曾还乡。由此阎氏进一步推测,子路乃是受孔子之托"归鲁视其家",读者的合理想象为这一段语录补充还原了较为具体的时空背景和人事因由,为理解经文提供了帮助。这一案例正不妨看作阎若璩对《四书释地》全书治学思路的说明:"地理"知识的拓展,可以辅助"文理"之探求,正可羽翼经学。

对治学中"博杂"风尚可能的流弊,从清初到清中叶,思想界一直有所警惕。不过,如何规范、约束"杂学"以成就"正学",不同的学者取径则有不同。② 康熙朝的"理学名臣"李光地于"读书"之方,即指出汉、宋两个不同的传统:

> 西土有虎贲,於越聚君子。不逾三六千,国甲岂尽此。
> 此其腹心者,熊罴不二士。然后亿兆多,无难臂指使。
> 我论读书方,要道亦云尔。泛滥同飘风,精熟乃根柢。
> 汉人重专经,宋人务穷理。③

---

① 阎若璩撰,樊廷枚校补《四书释地补》,《续修四库全书》第170册,第9页。阎氏对《太平寰宇记》原文有修订摭述,如"鲁城外门",《太平寰宇记》卷二十一《河南道二十一·兖州》原文作"鲁城门外";而《后汉书》卷六十《蔡邕传》注引《论语》郑玄注作"鲁城外门",于义较长。阎氏所改,盖亦有所依据。黄式三《论语后案》对此异文问题有辨析,可参。
② "杂学"的另一重含义是指向佛、道等"异端"而言,但本章主要就儒学内部讨论,暂不涉及。
③ 《榕村全集》卷三十八《读书有感》,《榕村全书》第9册,第395—396页。

此诗系以兵士为喻,指出读书不当停留于"泛滥",而须有其"根柢"。其内在思路,与前论"杂学""博学"之辨,正有共同之处。但所以"根柢"者为何,李光地其实点出了两个不同的选择,一是汉人的"专经",一是宋人的"穷理"。全诗至此终章,并没有再对两种"根柢"作出轩轾之评。若就李光地《榕村语录》中论治学之语观之,亦是兼具"经"与"理"两面言之,如云:

> 宾实〔杨名时〕读书,一切诗文历算都不甚留心,惟四书五经中这点性命之理,讲切思索,直似胎包中带来的一般,此之谓法嗣。①

如果与前述"根柢性理"与"根柢经史"两种说法比较,李光地以"四书五经中这点性命之理"为"法嗣",正介乎其间,治学目的是"性命之理",治学方法则是就四书五经以求之,此一思路,承明清之际顾炎武"古之所谓理学者,经学也"以及钱谦益"圣人之经即圣人之道"的脉络而来②,而更明确地道出了"经"在整个知识谱系中的"根本"地位。《榕村语录》接下来便说:

> 当时徐立斋、韩元少每见,辄问某:"近又读何异书?"人好读异书,便是大病。书有何异?四书五经,如饥食渴饮、祖宗父母一般,终身相对,岂有厌时?〔……〕人只一本,彼有二本,便不是人。③

将四书五经与"异书"对立,正以前者为根本而后者为枝叶也。故他论治学之途,主要是继承朱熹的思路,主张"读书不专是要博",更要精熟;并推崇蔡清"欲为一代经纶手,须读数篇要紧书"之论。精熟之书与泛览之书,实质上就是"约"与"博"、"根本"与"枝叶"的关系:

> 自汉以来的学问,务博而不精。圣贤无是也。太公只一卷《丹书》,箕子只一篇《洪范》,朱子读一部《大学》,难道别的道理文字,他都不晓?然得力只在此。某尝谓,学问先要有约的做根,再泛滥诸家,广收博采,原亦不离约的。临了仍在约的上归根复命。如草木然,初下地,原是种子,始有根有干、有花有叶,临了仍结种。到结了种,虽小小的,而根干花

---

① 《榕村语录》卷二十四,《榕村全书》第 6 册,第 238 页。
② 关于清初思想界"经学即理学"之脉络,见钱穆《中国近三百年学术史》第四章,台湾商务印书馆 2009 年版。
③ 《榕村语录》卷二十四,《榕村全书》第 6 册,第 238 页。

叶,无数精华,都收在里面。①

是以读书为学,"得力"处必以"约"为根本,而所本者,正是四书五经,甚或择一经而烂熟之亦可。李光地论读书,并非不注意心性、道理之因素,《榕村语录》开篇即云"天下之道尽于六经,六经之道尽于四书,四书之道全在吾心"②;但相对于李颙、孙奇逢所代表的明代以来理学家强调身心修养为知识学问之"根柢"的观点,李光地承清初以来返经之思潮,更向朱子学中"道问学"一路回归,给予书本知识自身更大的空间,也更强调以"经"直接作为知识系统之"根柢"。这一立场,实已开后来乾嘉考据诸儒之先声。

第三节 "性理"优先与"经籍"优先

身为理学家的李光地,在对学问次第的讨论中,依违于"根柢性理"与"根柢经史"之间,恰恰透露出清初学术风气的消长。事实上,即在《榕村语录》一书的纂写方式与结构组织,本身已颇可见清初儒者对知识系统的调整。盖"语录"之书,作为宋代以降理学家代表性的"著述体裁",其实自有一个写作传统。详细地考察此一传统,所涉甚广,无法在此全面展开,概要而言,在程朱一派理学家的谱系中,"语录"之写作,乃是祖述《近思录》《朱子语类》的传统。两种语录,都是编辑前辈儒者的只言片语而成,但如何将零散的讲学之语集撰成编,背后正有一个对学问系统乃至更广泛意义上知识的想象。如果将"语录"之源头追溯到《论语》,则其全书二十篇,篇题大抵取首章冠始之字为之,本无所谓"系统"。但朱熹与吕祖谦编纂的《近思录》,采撷北宋周敦颐、程颢、程颐、张载四子之语凡六百二十二条而成,其组织安排则有一个明显的知识框架,即分十四门,门各一卷;据朱熹自己的介绍,这十四门是:

> 一道体,二为学大要,三格物穷理,四存养,五改过迁善克己复礼,六齐家之道,七出处进退辞受之义,八治国平天下之道,九制度,十君子处事之方,十一教学之道,十二改过及人心疵病,十三异端之学,十四圣贤气象。③

---

① 《榕村语录》卷二十四,《榕村全书》第6册,第239—240页。
② 《榕村语录》卷一,《榕村全书》第5册,第7页。
③ 《朱子语类》卷一百五,第2629页。

根据南宋叶采《近思录集解》卷首所载朱熹的识语，这十四门，更进一步又可以归纳为"求端""用力""处己""治人""辨异端""观圣贤"六大类；识语正文之下有小字注释，谓卷一"道体"是"求端"；卷二至卷四是"用力"；卷五至卷七是"处己"；卷八至卷十二是"治人"；最后卷十三是"辨异端"，卷十四是"观圣贤"；可谓秩序井然。① 后来《近思录》版本颇多，对十四门的标题亦有更改，但大体不离其宗。其中以"道体"冠首，最可注意。所谓"道体"，乃是关于太极、阴阳、性命、天地、鬼神等形而上的思辨，朱熹本人亦知这些内容较为抽象，读之不易，故曾谓"看《近思录》若于第一卷未晓得，且从第二、第三卷看起，久久后看第一卷，则渐晓得"。② 但这并未影响他对《近思录》分类体系的安排，可见以"道体"为知识和学问体系的核心，正是朱子有意为之。而"道体"之后各卷内容的次第，大致上又可以看到《大学》"修齐治平"的框架。

而《朱子语类》，最初有按记录者编排的"语录"和以主题分类的"语类"两个系统，李道传的池州刊《朱子语录》(1215)、李性传的饶州刊《朱子语续录》(1238)、蔡杭的饶州刊《朱子语后录》(1249)属于前一个系统，黄士毅的眉州刊《朱子语类》(1219)、王佖的徽州刊《朱子语续类》(1252)则属于后一个系统。③ 编类之始，当自黄氏。后黎靖德汇集以上五种以成一编，即沿用黄士毅的分类系统，以为"语之从类，黄子洪士毅始为之"，而"子洪所定门目颇精详，为力廑矣"，故黎氏"因子洪门目，以《续类》附焉，饶《后录》入焉"。④ 黄士毅在《朱子语类后序》中对其分类的思路有详细的说明：

> 既以类分，遂可缮写，而略为义例，以为后先之次第。有太极然后有天地，有天地然后有人物，有人物然后有性命之名；而仁义礼智之理，则人物所以为性命者也。所谓学者，求得夫此理而已。故以太极天地为始，乃及于人物、性命之原与夫古学之定序。次之以群经，所以明此理者也。次之以孔、孟、周、程、朱子，所以传此理者也。乃继之以斥异端，异端所以蔽此理，而斥之者，任道统之责也。然后自我朝及历代君臣、法度、人物、议论，亦略具焉。此即理之行于天地设位之后，而著于治乱兴衰者也。凡不可以类分者，则杂次之，而以作文终焉。盖文以载道，理明意达，则辞自成文。后世理学不明，第以文辞为学，固有竭终身之力，精

---

① 此文亦收入《晦庵先生朱文公文集》卷八十一，题为《书近思录后》，但在"凡学者所以求端、用力、处己、治人之要，与夫辨异端、观圣贤之大略，皆粗见其梗概"一句中，无小字注出对应各卷。疑此小注当为后人所加，俟考。但其所作对应，大体上应该符合《近思录》各卷内容安排的实情。
② 《朱子语类》卷一百五，第2629页。
③ 邓艾民《朱熹和朱子语类》，见《朱子语类》卷首，第7页。
④ 黎靖德识语，《朱子语类》卷首，第25页。

思巧制以务名家者,然其学既非,其理不明,则其文虽工,其意多悖,故特次之于后,深明夫文为末而理为本也。①

由此可见,黄氏对"语类"系统的安排,乃是以"理"为其核心主轴,依次论列理之本体、求理之学、明理之经、传理之儒、蔽理之异端、行理之史迹、达理之文辞。黎靖德编定的《朱子语类》,门目次序大体因之(见表1):

表1 《朱子语类》门目

卷 次	门 类	小 类	备 注
卷1—2	理气	太极,天地	道体
卷3	鬼神	—	
卷4—6	性理	人物之性,气质之性,性情心意等名义,仁义礼智等名义	
卷7—13	学	小学,总论为学之方,论知行,读书法,持守,力行	为学
卷14—18	《大学》	纲领,序,经,传	经书
卷19—50	《论语》	《语》《孟》纲领,诸篇	
卷51—61	《孟子》	诸篇	
卷62—64	《中庸》	纲领,诸章	
卷65—77	《易》	纲领,诸卦	
卷78—79	《尚书》	纲领,诸篇	
卷80—81	《诗》	纲领,论读《诗》,解《诗》,诸篇	
卷82	《孝经》	—	
卷83	《春秋》	纲领,经,传	
卷84—91	礼	论考礼纲领,论后世礼书,论修礼书,《仪礼》,《周礼》,《小戴礼》,《大戴礼》,冠昏丧,祭,杂仪	
卷92	乐	—	
卷93	孔、孟、周、程、张子	—	儒者(理学)
卷94	周子之书	《太极图》《通书》	
卷95—97	程子之书	—	

---

① 黄士毅《朱子语类后序》,《朱子语类》卷首,第6—7页。

(续表)

卷　次	门　类	小　类	备　注
卷98—99	张子之书	—	儒者（理学）
卷100	邵子之书	—	
卷101	程子门人	总论,吕与叔,谢显道,杨中立,游定夫,侯希圣,尹彦明,张思叔,郭立之,胡康侯	
卷102	杨氏门人 尹氏门人	罗仲素,萧子庄,廖用中,胡德辉 王德修	
卷103	罗氏门人 胡氏门人	李愿中 张敬夫	
卷104—121	朱子	自论为学工夫,论自注书,外任,内任,论治道,论取士,论兵,论刑,论民,论财,论官,训门人	
卷122	吕伯恭	—	
卷123	陈君举_{附叶正则}	—	
卷124	陆氏	—	
卷125	老氏_{附庄、列}	—	释道
卷126	释氏	—	
卷127—133	本朝	太祖朝,太宗真宗朝,仁宗朝,英宗朝,神宗朝,哲宗朝,徽宗朝,钦宗朝,高宗朝,孝宗朝,宁宗朝,法制,自国初至熙宁人物,熙宁至靖康用人,中兴至今日人物,盗贼,夷狄	史事
卷134—136	历代	—	
卷137	战国汉唐诸子	—	诸子
卷138	杂类	—	—
卷139—140	论文 拾遗 问遗书	—	文章

其次序安排,皆本黄氏。如果再略微归纳,则可以看作以道体、为学、经书、理学诸儒、释道、史事、诸子、文章为线索。讨论理气、鬼神、性理等"道体"的内容放在全书最前,四书五经的部分跟从其后,正以"道体"有学问根本之地位也。如果对比李光地的《榕村语录》,其次序安排便颇不相同。按《榕村语录》三十卷,其内容框架为(见表2):

表 2　《榕村语录》门目

卷　次	门　类	备　注
卷 1	经书总论 《大学》	经书
卷 2—4	《上论》《下论》	
卷 5—6	《上孟》《下孟》	
卷 7—8	《中庸》	
卷 9—11	《周易》	
卷 12	《书》	
卷 13	《诗》	
卷 14	三礼	
卷 15—17	《春秋》 《孝经》	
卷 18—19	宋六子 诸儒	理学
卷 20	诸子 道释	诸子、释道
卷 21	史	史事
卷 22	历代	
卷 23—24	学	为学
卷 25	性命	道体
卷 26	理气	
卷 27—28	治道	事功
卷 29—30	诗文韵学附	文章

就内容涉及的范围而言，《榕村语录》与《朱子语类》大体相仿，但在次序排列上，乃有一个较大的调整，即以经书、理学诸儒、诸子、释道、史事、为学、道体、治道、诗文为序，将"经书"的部分提到全书最前，而性命、理气等"道体"的内容则移置后方。《榕村语录》乃光地门人徐用锡及其孙李清植所编，其纂辑始于康熙五十四年(1715)，刊成行世在雍正十一年(1733)，已是光地身后。但据徐用锡的说法，此书稿本尝呈阅光地，并获首肯：

　　先生于经书、儒先要义，读之熟，思之近，辨之明，得之深，加以养之粹、辞之达，领受之下，无一不冰解的破，洞彻心脾，如瞖目之刮障瞑,饿夫之饫刍豢。惊喜爱重,汲汲退而录之,恐少遗忘差舛,如失异宝。〔……〕先生乙未假归,用锡翻阅写稿,富溢囊箱,稍检去冗复,觅钞胥清誊,比先生还朝,称完帙矣。〔……〕戊戌将出都,径以清稿呈阅,间一二日,先生招饮,喜动颜色,迎谓曰:"子所记诚佳!前年归舟著讲义,竟遗去'不患人之不己知'章疑尹氏注一条,幸为我载之,想集中类此者尚有。得余为子汰存十之五六,似竟为可存之书。"遂慨然以无暇自叹。①

是知此书乃是徐用锡整理平日所录笔记而成,康熙五十七年戊戌(1718),曾将清稿呈给李光地,光地称其"诚佳",虽云仍待"汰存",但对于徐氏编次之大体,想必不会反对。李清植在为《榕村语录》所作识语之中,亦称赞"是编分类,仅举宏纲,而逐条各有次第"②。故徐氏先经书、后道体的排列,应当也是参酌光地平素讲学之思路而定,非苟为之也。此书之撰,虽未明言有以"经"为根本之想法,但从其门目次序来看,潜在正有一从以性理、道体为本向以经籍、知识为本的转折趋势。

李光地虽因"无暇",未能手订《榕村语录》,但康熙末年两部官修的性理类书籍《朱子全书》和《性理精义》,光地皆董其事。从这两部书的编排次第,亦可对当时官方对理学知识系统的构建,窥见一斑。所谓"性理"类书籍,在《近思录》《朱子语类》之后,明人所著如张九韶的《理学类编》、胡居仁的《居业录》、周琦的《东溪日谈录》,大体也继承以"道体"为首的编纂方式。如《理学类编》八卷,以天地(又分天文、地理)、鬼神、人物、性命、异端为序,其"天地"类讨论"阴阳之体",实即相当于《近思录》之"道体"或《朱子语类》的"理气"。③《东溪日谈录》则分性道谈、理气谈、祭祀谈、学术谈、出处谈、物理谈、经传谈、著述谈、史系谈、儒正谈、文词谈、异端谈、辟异谈十三类④,基本上也是祖述《近思录》及《朱子语类》的知识框架,特将佛道异端之辨移至文章辞藻之后。《居业录》原本不分门类,然其卷一开

---

① 《榕村语录》卷末徐用锡跋语,《榕村全书》第6册,第419—420页。
② 《榕村语录》卷末李清植识语,《榕村全书》第6册,第422页。
③ 张九韶《理学类编》,国家图书馆藏明刻本。卷首张九韶《编辑大意》云:"是编以天地、鬼神、人物、性命、异端之说各分为卷。〔……〕盖天地者,阴阳之体也,故居是编之首。鬼神者,阴阳之用也,故居天地之次。人物则阴阳之气聚而成形者,故以次于鬼神。性命则阴阳之理赋在人物者,故又次于人物。是四者,皆天下之正理,而人之所当知者。至于异端,则非理之正,而易以惑人者,又必辨而辟之,而后可与论天地、鬼神、人物、性命之正理,故以为是编之终。"(叶1a—1b)可见此编对其分类及排序问题颇为自觉,乃以"阴阳之理"为核心展开其知识谱系。
④ 周琦《东溪日谈录》,广西民族出版社2012年版(影印明嘉靖刊本)。

始数条亦是讨论"静中有物""一本""两仪"等性命、道体问题①。清人重刊此书,则加以分类,或以"心性"居首(《正谊堂丛书》本),或遵循《近思录》传统而以"道体"居首②,皆可见理学传统的影响。

不过,对《性理精义》影响最大者,则当推明代胡广奉敕编撰的《性理大全书》(也称《性理大全》)。此书有明成祖御制序文,著之功令,流布广远,正是康熙朝编修《性理精义》时首要面对的"敌手"。与《近思录》《朱子语类》以及上述明人其他性理类书籍略有不同,七十卷的《性理大全书》分为两个部分,前半是选辑宋儒的著作,后半才是以类编次。故此书之体例,卷一至卷二十五依次撮录《太极图》《通书》《西铭》《正蒙》《皇极经世书》《易学启蒙》《家礼》《律吕新书》《洪范皇极内篇》等宋儒著作之后,方才开始按理气、鬼神、性理、道统、圣贤、诸儒、学、诸子、历代、君道、治道、诗、文诸门类集宋元理学家的讲学之语。各门之下,又分小类,如"理气"下分总论、太极、天地、天度、天文、阴阳、五行、四时、地理等小类;"性理"下分性命、性、人物之性、气质之性、心、心性情、道、理、德、仁、仁义、仁义礼智、仁义礼智信、诚、忠信、忠恕、恭敬等小类;"学"下则分总论为学之方、存养省察、知行、致知、力行、教人、人伦、读书法、史学、字学、科举之学、论诗诸小类;大体上延续《朱子语类》的框架,但四书五经未专门列目,而最重要者,显然还在最开始的理气、鬼神、性理三个"道体"之目。③ 相比之下,康熙五十六年(1717)成书的《性理精义》,其次第排列便颇有变化④,不妨将两者之差异表列如下(见表3):

表3 《性理大全书》与《性理精义》门类对比

《性理大全书》	《性理精义》
《太极图》《通书》	《太极图说》《通书》
《西铭》《正蒙》	《西铭》《正蒙》
《皇极经世书》	《皇极经世》
《易学启蒙》	《易学启蒙》
《家礼》	《家礼》
《律吕新书》	《律吕新书》

---

① 胡居仁《居业录》,明万历李颐刻本。
② 佟雨恒《胡居仁〈居业录〉版本新探》,《山东青年政治学院学报》2025年第2期。
③ 胡广等纂修《性理大全书》,《孔子文化大全》,山东友谊书社1989年版(影印明内府刻本)。
④ 《性理精义》,清康熙五十六年内府刻本。

(续表)

《性理大全书》	《性理精义》
《洪范皇极内篇》	—
理气 总论,太极,天地,天度(历法附) 天文,阴阳,五行,四时,地理(潮汐附)	(见下"理气类")
鬼神 总论,论在人鬼神兼精神魂魄,论祭祀祖考神祇,论祭祀神祇,论生死	—
性理 性命,性,人物之性,气质之性(命、才附),心,心性情(定性、情意、志气志意、思虑附),道,理,德,仁,仁义,仁义礼智,仁义礼智信,诚,忠信,忠恕,恭敬	(见下"性命类")
道统	—
圣贤 总论,孔子,颜子,曾子,子思,孟子,孔孟门人	—
诸儒 周子,二程子,张子,邵子,程子门人,罗从彦,李侗,胡安国(子寅、宏附),朱子,张栻,吕祖谦,陆九渊,朱子门人,真德秀,魏华父,许衡,吴澄	—
学 小学,总论为学之方 存养(持敬、静附),省察,知行(言行附),致知,力行(克己、改过、杂论处心立事、理欲义利君子小人之辨、论出处附),教人,人伦(师友附) 读书法(读诸经法、论解经、读史附),史学,字学,科举之学,论诗,论文	学类 小学,总论为学之方 立志,存养,省察,致知,力行(杂论言行出处附),人伦(师道附) 读书法,文艺
(见上"性理")	性命类 性命,心性情,五常,杂论经书名义
(见上"理气")	理气类 理气,天地日月,阴阳五行,历法,地理(潮汐附)
诸子 老子,列子,庄子,墨子,管子,孙子,孔丛子,申韩,荀子,董子,扬子,文中子,韩子,欧阳子,苏子(王安石附)	—

(续表)

《性理大全书》	《性理精义》
历代 唐虞三代,春秋战国,秦,西汉,东汉,三国,晋,唐,五代,宋	—
君道 君德,圣学,储嗣,君臣,臣道	**治道类** 总论治道,君道,臣道,用人,田赋,学校,宗庙,礼乐(谥法),兵政,刑罚,净谏,祯异
治道 总论,礼乐,宗庙,宗法,谥法,封建,学校,用人,人才,求贤,论官(荏政附),谏诤,法令,赏罚,王伯,田赋,理财,节俭,赈恤,祯异,论兵,论刑,夷狄	
诗 古诗,律诗,绝句	—
文 赞,箴,铭,赋	—

两相对比,不难发现,《性理精义》十二卷,在内容和分类框架上,大体都保持《性理大全书》之旧规模,但在篇幅上大加删削,正出于"慎收而约载"、以求"精义"的编辑宗旨。其删去"鬼神"的部分,乃因"鬼神之事,夫子所罕言","四书六经,及者寥寥";删去"道统"和"诸儒",是为了避免引起门户争端;削去"诗文",则以其非周程张朱讲论之要义。① 不过,最值得注意者,还是"道体"和"学"两个部分位次的调整。在《性理大全书》中排在各类之首的理气、鬼神、性理三目"道体"的内容,在《性理精义》中只保留了"性命类""理气类"两目,且移置于"学类"之后。这样一来,在《性理精义》中,为各类语录之首者,就是"学"而非"道体"。对此,《性理精义》之《凡例》亦有说焉:

> 自太极、理气以下,《性理大全》剖为题目若干门,其区别既太多,又有命名不当者,有前后无序者,今加以厘正,使条理粲然易晓。又学者下学上达,原有次第,故孔子雅言,《诗》《书》、执礼,而未及于《易》;程子以《西铭》教学者,而秘《太极图说》;朱子于四书,先《大学》《论》《孟》而后《中庸》,皆此意也。朕祖其意,故纂集《朱子全书》,从小学、大学起,然后及于天道性命之说,今此书门类先后,亦用此意云。②

---

① 见《性理精义》卷首《凡例》,叶 3b—4a。
② 同上书,叶 3a—3b。

又考李光地《进〈性理精义〉学类札子》亦云：

> 《御纂性理精义》，除前面《太极》《通书》《西铭》《正蒙》《观物》《启蒙》《家礼》《新书》八种为诸子成书，此外应分门类编辑。谨遵旨，以学居首，次以性命理气之说，而以治道终焉。①

可见先"学"，次"道体"，复次"治道"的秩序，正是《性理精义》的特意安排，其目的在强调"下学上达"之意，不以关于"道体"类的论述为治学之先务。而在《性理精义》之前，康熙五十三年(1714)编成的《朱子全书》，解说此意更为明白：

> 《语类》及《性理大全》诸书篇目，往往以太极、阴阳、理气、鬼神诸类为弁首，颇失下学上达之序。子贡曰："夫子之言性与天道，不可得而闻也。"子路问鬼神，子曰："未能事人，焉能事鬼？"此圣学之序也。[……朱子]论小学蒙养之法、大学进修之法，精切详明，有裨学者，以为必先知此，然后可以读四书、群经，而与闻乎神妙精微之奥也。故今篇目，首以论学，次四书，次六经，而性命、道德、天地、阴阳、鬼神之说继焉。②

是知康熙"御纂"，李光地、熊赐履等领衔编修的《朱子全书》，同样改造了《朱子语类》固有的结构，以"学"居前而"道体"退后，并且明白批评《朱子语类》《性理大全》等前代性理书籍有悖"下学上达"之旨。"道问学"、研读经籍在清初学术史上的转盛，由此可见一斑。《朱子全书·凡例》中提及"读四书、群经"，《性理精义·凡例》中亦批评明人编《大全》"择焉不精"、分类"繁碎"，故须"拨去华叶，寻取本根"，"必其微言大义，真与六经四书相羽翼"，方予收载，隐然正有一"六经四书"的"经学"在背后作为评判标准。当然，《朱子全书》和《性理精义》在整体上仍属于理学的体系，虽然推后了"道体"，但还以"学"即程朱一派理学家的为学工夫居首，而非直接以"经"为整体性的纲目。相形之下，《榕村语录》中"经学"的地位，无疑更为突出。事实上，即在清初理学家的阵营中，李光地也并非孤例。另一位程朱派学者陆陇其的《三鱼堂剩言》，同样也采用以经书居首

---

① 《榕村全集》卷二十九，《榕村全书》第9册，第179—180页。
② 《渊鉴斋御纂朱子全书凡例》，叶1b—2a。康熙五十三年武英殿本《渊鉴斋御纂朱子全书》卷首。

的编纂次序。① 盖此书系陇其"读书有得,暨同人晤语","随手札记,初不立门目",其外甥陈济收藏稿本,"宝藏箧笥",后乃"重加编次,各以类分",辑为十二卷。四库馆臣已经注意到其各类编次的特点:

> 推求其例,则一卷至四卷皆说五经,五卷六卷皆说四书,而附《太极图说》《近思录》《小学》数条,七卷八卷皆说诸儒得失,九卷至十二卷皆说子史,而亦间论杂事。昔朱子博极群书,于古今之事,一一穷究原委而别自其是非,故凡所考论,率有根据。陇其传朱子之学,为国朝醇儒第一,是书乃其绪余,而于名物、训诂、典章、度数,一一精核乃如此,凡汉注唐疏为讲学诸家所不道者,亦皆研思探索,多所取裁,可知一代通儒,其持论具有本末,必不空言诚敬、屏弃诗书,自谓得圣贤之心法。②

根据《四库》提要的归纳,《三鱼堂剩言》正是按五经、四书、宋儒著作以迄子、史为次序。这一编排虽不出于陆氏自定,然学风之转移,亦颇可征。而《四库》提要有意抉发陆氏学术中考论名物、讲求训诂、"穷究原委"等近于汉学的方面,并强调此乃朱学之正宗,个中心曲,更可深思。

《榕村语录》《三鱼堂剩言》以四书五经总起全书,除了来源于朱子学术本有的注重经学一面,同时在体例上或也受到《困学纪闻》《日知录》一系笔记著作的影响。王应麟《困学纪闻》二十卷,卷一至卷八为经,自五经而下直至《论》《孟》,而终以小学和经说;卷九至卷十则是天道、历数、地理、诸子等各方面的知识;卷十一至卷十六考史,卷十七至卷十八评诗,卷十九评文,卷二十则是杂识。③ 这一知识分类系统事实上颇接近"四部"的书籍分类,即按经、子、史、集为序。顾炎武的《日知录》,上篇经术,中篇治道,下篇博闻,其卷一至卷七,正以《易》《书》《诗》《春秋》《周礼》《仪礼》《礼记》《论语》《孟子》《尔雅》为序,而终以"九经""考次经文"两则,乃有一完整经学秩序的规划。《困学纪闻》《日知录》二书在清初学界之风气转移中,当甚有影响。阎

---

① 陆陇其撰,陈济编《三鱼堂剩言》,乾隆八年刻本。按陆氏又有《松阳钞存》,乃其在灵寿县令任上摘录而成,本无次第;乾隆初年,杨开基重编此书,特意仿照《近思录》之旧制,按道体、为学、处事、教学、辨学术、观圣贤六门编次,并在《例言》中说明:"《钞存》系随手记录,不分先后,亦无伦类。今欲便后学,略仿《近思录》之例,稍为序次。"可知《近思录》一系重"道体"的思路,在清代仍有持续影响。见陆陇其撰、杨开基编《松阳钞存》卷首,叶1b,《西京清麓丛书》本。
② 《四库全书总目》卷九十四,第799页。
③ 王应麟《困学纪闻》,国家图书馆出版社2017年版(影印元泰定二年庆元路儒学刻后印本)。其中卷一至卷八诸经细目为:《易》《书》《诗》《周礼》《仪礼》《礼记》《大戴礼记》《乐》《春秋》及《左氏》《公羊》《榖梁》《论语》《孝经》《孟子》。

若璩平生最推崇《困学纪闻》，曾为之校勘、笺注，表彰此书不遗余力。阎咏《困学纪闻笺后序》云：

> 康熙戊午、己未间，家大人应博学鸿词之荐入都，时宇内名宿鳞集，而家大人以博物洽闻、精于考据经史，独为诸君所推重，过从质疑，殆无虚日。或有问说部书最便观者谁第一，家大人曰："其宋王尚书《困学纪闻》乎？近常熟顾仲恭以《演繁露》并称，非其伦也。"由是海内始知尊尚此书。①

由此可知，《困学纪闻》为清代学者推崇，阎若璩实有开创之功。阎氏校《困学纪闻》，多得何焯（义门）襄助，而后乾隆年间，又有全祖望为之三笺，可见其获重于学人之情形。而《日知录》自康熙九年有八卷初刻本问世，后复有康熙三十四年潘耒校刻的三十二卷本，其衣被学人，亦称远矣。李光地《榕村语录》、陆陇其《三鱼堂剩言》之以经书冠首，无论是否直接受其影响，都不妨看作同一时代风气中之产物。李、陆两位清初理学家之语录对"经"的强调，正为我们从理学内部打开一道缝隙，透露出清代前中期思想学术演进中，从"根柢性理"到"根柢经史"的微妙消息。

第四节　据鞍诵经与取证子史

如果说李光地、陆陇其在性理与经籍之间的折中，还是在理学系统内部的调整，那么阎若璩、顾炎武影响下的知识系统，则更突出了经学的地位，也容纳了更多的知识范围，以此提纲挈领地带起一个更广阔的"博学"知识世界；这一思路，在乾嘉以降更为汉学家发扬光大。乾隆间，惠栋为其友人沈大成的文集作序，称"明于古今，贯天人之理，此儒林之业也"，而沈氏治学，"邃于经史，又旁通九宫、纳甲、天文、乐律、九章诸术，故搜择融洽，而无所不贯"。② 所言"邃于经史"，正为下面"旁通"的各种知识之根本；沈氏弟子汪大经为作行状，亦称其平生"笃志经学，博闻强识"，"自经史外，旁通天文、地

---

① 翁元圻辑注，孙通海点校《困学纪闻注》卷首，第 8 页，中华书局 2016 年版。
② 惠栋《学福斋集序》，《松崖文钞》卷二，漆永祥点校《东吴三惠诗文集》，第 324—326 页，"中研院"中国文哲研究所 2005 年版。文亦载《学福斋集》卷首，未署时间。考《学福斋集》有戴震序，署"乾隆辛卯"即乾隆三十六年；程晋芳序，署"乾隆上章摄提格之岁"乾隆三十五年庚寅；江春序，署"乾隆甲午"即乾隆三十九年。惠栋序亦当作于相近之时。

理、六书、九章算学,覃精研思,粹然成一家之学",至临终,犹以"学未有不自六经入者"遗命弟子。① 而惠氏之"三世传经",更是以"经学"为号召。惠栋之祖惠周惕论学,亦有"杂""博"之辨,认为"夏侯之破碎大道,贾山之涉猎为儒",只能算是"杂","康成之辞训""颖达之正义",方能谓之"博"。② 其分别"杂""博",非如李颙一般用心性为标准,而是着眼于"经学"的正统性。惠栋父惠士奇,奋力读书,于九经及《史记》《汉书》《三国志》等典籍,"皆能暗诵";幼年尝于名流座中,朗诵《史记·封禅书》,终篇"不失一字"。③ 不仅如此,惠士奇亦以"记诵"为课徒之法,于粤东试士之时,便尝展示其背诵之功力,"危坐堂上,背诵《史记》、前后汉书不遗一字",一时"诸生皆惊",正可大收劝勉之效。④ 同时惠士奇也以具体措施鼓励生徒记诵经籍,"士子能背诵五经,背写三礼、左传者,诸生食廪饩,童子青其衿",其设教不可为不力也。⑤ 甚至康熙在召见士奇之时,亦询问:"闻汝能背诵廿一史,有诸?"⑥可见惠士奇"背诵经史"之名,在当时流行的程度。而这种"背诵经史"的传说,正是知识界"根柢经史"观念的产物。要以知识学习而非心性修养为治学的途辙,故当读书。读书不能仅限于"博涉",还须有"本"以约之,故当精熟经书乃至史籍以为其知识系统的"根柢"。要精熟经史,则背诵自然是一条有效的途径。清初力倡"经学"的顾炎武,便有类似的"事迹"声称于世。潘耒《日知录序》云:

> 昆山顾宁人先生,生长世族,少负绝异之资,潜心古学,九经诸史略能背诵。⑦

而在全祖望笔下,顾亭林之背诵经史,更颇有几分传奇色彩:

> 凡先生之游,以二马二骡,载书自随,所至厄塞,即呼老兵退卒,询其曲折,或与平日所闻不合,则即坊肆中发书而对勘之。或径行平原大野,无足留意,则于鞍上嘿诵诸经注疏,偶有遗忘,则即坊肆中发书而熟复之。⑧

---

① 汪大经《沈沃田先生行状》,《湖海文传》卷六十,《续修四库全书》第1669册,第173—174页。
② 惠士奇《先府君行状》,《东吴三惠诗文集》,第380页。
③ 钱大昕《惠先生士奇传》,《潜研堂文集》卷三十八,《嘉定钱大昕全集(增订本)》第9册,第611页。
④ 《文献征存录》卷五,惠周惕传附惠士奇传,《近代中国史料丛刊三编》第14辑第139册,第737页,(台北)文海出版社1986年版。
⑤ 钱大昕《惠先生士奇传》,《潜研堂文集》卷三十八,《嘉定钱大昕全集(增订本)》第9册,第611页。
⑥ 惠士奇《奏对纪恩录》,《东吴三惠诗文集》附录惠士奇遗文(据《惠氏宗谱》辑),第368—369页。
⑦ 《日知录》卷首潘序,《日知录集释》,第1页。
⑧ 《鲒埼亭集》卷十二《亭林先生神道表》,《全祖望集汇校集注》上册,第230页。

全祖望寥寥数笔，画出亭林载书原野、据鞍诵经之风范，极为传神。如果说潘耒的说法只是道出背诵之"成果"，全祖望的描摹则为后人揭示出顾炎武"如何"背诵之过程。"鞍上嘿诵""发书而熟复"，共同构成了顾氏学人形象中有声有色之生活片段。李光地《榕村语录》论读书法的部分也将顾炎武作为背诵经籍的代表：

> 读书博学强记，日有程课，数十年不间断，当年吴下顾亭林，今四舍弟耜卿，皆曾下此工夫。亭林十三经尽皆背诵，每年用三个月温理，余月用以知新，其议论简要有裁剪，未见其匹。耜卿亦能背诵十三经，而略通其义，可不谓贤乎！但记诵所以为思索，思索所以为体认，体认所以为涵养也。若以思索、体认、涵养为记诵带出来的工夫，而以记诵为第一义，便大差。①

李光地实际上是以顾炎武与李光坡为例，申述"记诵"之"工夫"。在具体细节上，其所述与潘耒、全祖望有所不同，如潘云"九经"，李云"十三经"，全祖望则更包括"注疏"。九经较十三经少《论语》《尔雅》《孝经》《孟子》，然《论》《孟》列在四书，乃明清士人必读之书；《尔雅》《孝经》，篇幅亦少，以理度之，既诵九经，则十三经自非难事。潘耒以亭林弟子，标"九经"之目，或更接近顾氏当日习惯的用法。如著名的"读九经自考文始，考文自知音始，以至诸子百家之书，亦莫不然"②之说，便是以"九经"为言。且九经乃是在五经的基础上分《礼》为三，《春秋》并列三传，事实上仍是汉唐五经的规模，于义为古，称说"九经"而非"十三经"，潜在或有追复唐以前旧制之用意。③ 李光地言"十三经"，则更近于明清以后之时制；故其《顾宁人小传》亦称炎武"自幼博涉强识，好为搜讨辩论之学"，"十三经、诸史旁及子集稗野、列代名人著述，微文碎义，无不考究"。④《榕村语录》推崇顾炎武"十三经尽皆背诵"，又谓其"每年用三个月温理，余月用以知新"，正是要以此为后学开列程课工夫。不过，李光地在介绍了这种"博学强记"的读书工夫之后，不忘指出记诵非"第一义"，以防流弊。

在顾炎武的典范之下，从清初到清中叶，这种"背诵经史"的工夫，一直

---
① 《榕村语录》卷二十四，《榕村全书》第 6 册，第 237 页。
② 《答李子德书》，《顾亭林诗文集·亭林文集》卷四，第 73 页。
③ 参《日知录集释》卷七《九经》，第 452—456 页。
④ 《榕村全集》卷三十三，《榕村全书》第 9 册，第 262 页。

颇为学人所乐道。① 如应康熙鸿博之征的徐嘉炎(胜力),"强记绝人,九经诸史略能背诵"②;康熙时人严虞惇,"九经三史,幼即成诵"③;方苞记其弟子余煃,"能倍诵十三经,绝意进取,思力践古人之学"④;乾隆间,德州梁鸿翥"穷老而笃学,月必诵九经一过"⑤;嘉兴沈涛"十二三时,已倍诵十三经如瓶泻水"⑥;山阳汪廷珍"十三经义疏皆能暗诵,不遗一字"⑦;青浦赵颐幼受经史之学,"寓目不忘",此外"凡《史》《汉》《骚》《选》诸书,咸能成诵",年未成童,即以"背诵十三经"受知于学使郑任钥。⑧ 戴震亦致力精熟十三经之注疏,尝谓段玉裁"余于疏不能尽记,经注则无不能倍诵"⑨,乃是非常切实诚挚的金针度人之言。阮元则称与其"以学订交二十年"的凌廷堪"于学无所不窥","九经三史,过目成诵",而"尤精三礼"。⑩ 由此观之,惠士奇暗诵九经三史,亦是这一时代风气中之尤著者。

记诵工夫之获得重视,正是"根柢经史"观念之现实实践。诵经背史,一方面在整个学人社会广泛流行,另一方面又为乾嘉朴学最重要的学者如吴之惠、皖之戴、扬之凌诸君所重视,实与学术潮流的发展关系密切。"根柢经史"在思想层面的意义,不妨从三个角度解析之,其一,是"经史"取代"性理"成为从"根柢"的具体内容;其二,是将正统的"学问"与一般意义上的泛滥博闻区别开来;其三,则是以"经史"为核心带起整个知识结构系统。

先来看第一个方面。从"根柢性理"到"根柢经史",即从以心性、道理为知识的根本,到以经典文献为知识的根本,知识本身的独立性获得重视。在这个过程中,自然会伴随着关于"经""理"二端之关系的折辩。从"理学"之

---

① 当然,以诵经为工夫,代不乏人。清初与顾炎武有交往的王炜,亦记述其乡(歙县)"有庄先生者,能诵《十三经注疏》《性理大全》无一字遗,《通鉴》《廿一史》皆得上口,诸子、诗文、稗官、技术,无不遍涉而周探焉"(《鸿逸堂稿》卷四《王铭非文稿序》,《清代诗文集汇编》第 100 册,第 438 页)。值得注意的是,其背诵的范围除了十三经,还有《性理大全》,理学色彩较浓,与乾嘉儒者背诵"经史"的趣味偏好不尽相同。
② 《己未词科录》卷二,徐嘉炎传后附贾棪识语,《续修四库全书》第 537 册,第 139 页。
③ 杨绳武《诰授中宪大夫太仆寺少卿严先生虞惇墓表》,《碑传集》卷四十一,《清代传记丛刊》第 108 册,第 366 页。
④ 方苞《赠孺人邹氏墓志铭》,《方苞集》卷十一,第 329—330 页。
⑤ 钱大昕《李南涧墓志铭》,《潜研堂文集》卷四十三,《嘉定钱大昕全集(增订本)》第 9 册,第 742 页。
⑥ 段玉裁《十经斋记》,《经韵楼集》卷九,第 237 页,上海古籍出版社 2008 年版。
⑦ 《国朝汉师承记》卷六,任大椿传附,江藩纂,漆永祥笺释《汉学师承记笺释》下册,第 616 页,上海古籍出版社 2013 年版。
⑧ 赵汝霖《呈王述庵先生一百韵》自注,《湖海诗传》卷三十九,《续修四库全书》第 1626 册,第 336 页。汝霖即赵颐之子,王昶《蒲褐山房诗话》对二人生平简况有介绍,可参。
⑨ 段玉裁《戴东原先生年谱》雍正四年,《戴震集》附录,第 455 页。
⑩ 阮元撰,姚文昌点校《定香亭笔谈》卷四,第 333 页,山东人民出版社 2018 年版。

学术型态转移到"经学"之学术型态,开始阶段乃是以"入室操戈"之方式进行,即承认求"理"为最高价值,但指出宋明儒体悟的修为方式不能真正得到理,圣人所言之理皆在六经,故欲求理,必宗经。清初"经学即理学"之论,即其体现。此后"经学"声势更盛,方才渐渐拔宋帜而立汉帜。在对"学问根柢"的讨论中,李光地"泛滥同飘风,精熟乃根柢,汉人重专经,宋人务穷理",也正是并列汉、宋两种"精熟根柢"之法。乾隆四十四年(1779),卢文弨在《答朱秀才理斋书》中称述朱缙之来书"陈义甚高",以其中有"杂学不如经学,而穷经之道又在于研理,理何以明?要在身体而力行之"之语。① 以此观之,朱缙分辨"杂学""经学",背后理学的色彩颇浓,仍是以"理"规范"经"。而程晋芳作于乾隆末年的《正学论》则是将"理""经"分为两途:

  有儒者,有学人。儒者读书不过多,而皆得其精,以内治其心、外治其事。学人旁搜博览,靡所不通,而以经史为归,期适用而已。儒者学人,合而为一,则为大儒。②

  程晋芳的"儒者""学人"之辨,自然是上承程颐"儒者之学""训诂之学"的分辨,所谓"儒者",都是指理学家而言。不过,在清代汉学的巨大压力下,程晋芳的论述已有微妙的变化。盖程颐认为"欲趋道,舍儒者之学不可",乃以理学为学问之第一义,而程晋芳称"儒者学人,合而为一,则为大儒",是以汉宋兼容为最高境界。这里关注的是《正学论》对"儒者""学人"的说明,内里实际上隐藏了知识方面的"博""约"之辨。"儒者"治学,以心性、治事为根本,"学人"治学,广搜博览而"以经史为归",实即以经史为根本。在程晋芳,两种"根柢",都还非究竟地,"合而为一",方足称大儒。如果将他的说法与戴震对汉宋学术的分辨并观,便可见其中差别。按戴氏《与方希原书》(乾隆二十年)云:

  圣人之道在六经,汉儒得其制数,失其义理;宋儒得其义理,失其制数。③

---

① 《抱经堂文集》卷十九,题下注"己亥";《续修四库全书》第1432册,第708页。按朱缙著有《远异录》一书,今似不传,卢文弨集中有《远异录序》,亦作于乾隆四十四年,读之可知《远异录》大抵是分辨学术正异之作。上引《答朱秀才理斋书》,也应是同一语境下的产物。
② 《正学论五》,《勉行堂文集》卷一,《续修四库全书》第1432册,第294页。按《正学论》凡七篇,第七篇末尾有"我国家承平百四十年"云云,倘自顺治元年(1644)计起,则《正学论》整体之完成,必在乾隆四十九年(1784)之后。
③ 《戴震集·文集》卷九《与方希原书》,第189页。

戴震处理的同样是汉宋之歧的问题,但在此处,"经"是汉学与宋学之上超越性的存在,汉宋之别,是得六经之制数或得六经之义理的差别,再往上,"经"才是最高价值所在。因此,在戴震的论述中,"经学"获得了超越"理学"的地位。故面对汉儒"故训之学""未与于理义"的讥评,戴震便直接反诘不由训诂将"求理义于古经之外乎"?① 其逻辑前提,正是道在六经,不可凿空而谈理。其《题惠定宇先生授经图》阐述此旨甚明:

> 病夫六经微言,后人以歧趋而失之也。言者辄曰:有汉儒经学、有宋儒经学,一主于故训,一主于理义。此诚震之大不解也者。夫所谓理义,苟可以舍经而空凭胸臆,将人人凿空得之,奚有于经学之云乎哉?惟空凭胸臆之卒无当于贤人圣人之理义,然后求之古经。求之古经而遗文垂绝、今古县隔也,然后求之故训。故训明则古经明,古经明则贤人圣人之理义明,而我心之所同然者,乃因之而明。贤人圣人之理义非它,存乎典章制度者是也。②

按此文作于乾隆三十年(1765)戴震入都过苏之时,其立场相比十年前的《与方希原书》已有微妙的变化。《与方希原书》将汉儒求制数、宋儒求义理并列为研经之两途,《题惠定宇先生授经图》则更偏向汉学,认为不由制数、训诂则无所谓"经学",不由古训求古经则无得乎"义理",俨然是以训诂、制度通经为经学之唯一正途矣。不过,奉"经学"为整个学术体系的根本,则是其一以贯之的宗旨。与李光地、朱缃、程晋芳之论相比,其意更加显豁。同时,戴震以语言训诂、典章制度通经,实质上与惠氏一系的吴派汉学"求古"的思路近似,将"经"首先作为"古书"看待,故特标"古经"之称,注重经书之产生本有其时代背景,因此"今古县隔"乃是学人治经必须面对的第一大问题。要跨越"今古"的鸿沟,就必须学习上古音韵、宫室制度、地名沿革乃至天文、历算、钟律等各方面的知识,来尽可能地恢复和理解"圣人"的时代,进而在其历史背景之中解释经书。③ 因此,在此"通经服古"的学术思路之中,由"经学"很自然地会推演到"史学"。乾嘉诸老如王鸣盛、钱大昕等由"考经"折入"考史",戴震之弟子段玉裁更主张将《史记》《汉书》《资治通鉴》都入于"经",以成"二十一经"之目④,背后正有这一层学术旨趣的因素在。由

---
① 《古经解钩沉序》,《戴震集·文集》卷十,第192页。
② 《题惠定宇先生授经图》,《戴震集·文集》卷十一,第214页。
③ 参阅戴震《与是仲明论学书》,《戴震集·文集》卷九,第182页。
④ 段玉裁《十经斋记》,《经韵楼集》卷九,第236—237页。

此,"根柢经史"取代"根柢性理"成为知识秩序的主要构建方式,亦不难理解。

另一方面,"根柢经史"将"正经"之"学问"与泛览"杂学"区别开来。在李颙,"杂学"与"博学"之辨,其要义在于是否有"明心"与"治世"作为"根柢"。而在清初到清中叶日渐兴盛的"经史之学"的脉络中,能否超越"杂学",则是以"经史"作为判别标准,而尤其重要者,又在于"宗经"。如乾隆二十五年(1760),卢文弨论为学之方,便指出"其径途各有所从入",并分出理学、经学、博综之学、词章之学、抄撮之学、校勘之学等不同途径,将"经学"与"博综之学"分别看待,虽未将后者贬为"杂学",但显然对"博综"与"经学"之间的差异颇有体认。① 约略同时,沈德潜为钱陈群题"夜纺授经图"诗,则云:

> 人不明经,杂学傍门。②

盖直接道出"明经"是出"杂学"而入"正学"之通衢。事实上,仅从重视知识的进路上看,"博学"与"杂学"本为一体两面;因此"博学""杂学"与"经学"便有相反相成的关系:一是在知识主义的脉络下,博览多闻乃是治"经学"的基础工夫;二是杂涉旁通、炫博矜奇,反而可能遮蔽经书之大道。钱大昕尝云:

> 圣人删定六经,以垂教万世,未尝不虑学者之杂而多歧也,而必以博学为先。然则空疏之学不可以传经也。③

此论实际上就包含了"杂学""博学""经学"三者之纠葛。读书博闻,从

---

① 卢文弨《书杨武屏先生杂诤后》:"人之为学也,其径途各有所从入。为理学者宗程、朱,为经学者师贾、孔;为博综之学者,希踪贵与、伯厚;为词章之学者,方轨子云、相如;为钞撮之学者,则渔猎乎《初学记》《艺文类聚》诸编;为校勘之学者,则规橅乎《刊误》《考异》诸作。"《抱经堂文集》卷十一,《续修四库全书》第1432册,第647页。题下注"庚辰"即乾隆二十五年。

② 《归愚诗钞余集》卷四《钱香树先生属题夜纺授经图,述母德、感君恩也。谨成四章》,《沈德潜诗文集》第2册,第491页,人民文学出版社2011年版。同卷第一首诗为《恭进万寿颂言》,序称"庚辰仲秋十有三日,值皇上五旬万寿"云云,即乾隆二十五年庚辰,题授经图诗之作,时间应相去不远。又据沈德潜《钱少司寇续集序》,钱陈群进呈其《香树斋集》并获乾隆御题"夜纺授经图",事在"乾隆辛未"即乾隆十六年(1751),见《归愚文钞余集》卷一,《沈德潜诗文集》第3册,第1524页。

③ 《潜研堂文集》卷二十一《抱经楼记》,《嘉定钱大昕全集(增订本)》第9册,第329页。按此记文乃为卢址的藏书楼抱经楼而作,文末未署年月。骆兆平《卢址和抱经楼藏书》(《浙东文化资料汇编》1997年第1期)一文根据实地调查所得卢址自撰抱经楼记文之石碑,以及其他文献旁证,推定卢址抱经楼建于乾隆四十二年八月。准此则钱大昕《抱经楼记》大致上亦当作于乾隆四十二年(1777)前后。

正面讲是"博学",从负面讲,尤其是从陆王一系心学的立场上讲,则有流于"杂学"之弊。这种两面性反映在钱氏的论述中,即是以"博学为先"指出"博学"相对"经学"的价值,同时也提及"杂而多歧"作为"杂学"相对"经学"的隐忧。钱大昕认为后世儒者之主要问题,在于"不读书而号为治经""不读经而号为讲学",因此用"经学"肯定了"博学"的意义,将其从"杂学"的危险中救拔出来。类似的"博杂"与"典正"之辩,还可见于乾隆末年纪昀的《香亭文稿序》。此文以"正—杂""博—陋""精—肤"三对范畴论学,以为"学不正则杂,学不博则陋,学不精则肤",唯"根本六经,而旁参以史子集",方能"不悖于道"。① 三对范畴的正反之中,横向其实又有正、博、精三者的互相补充。绎纪氏之论,"旁参以史子集",则博而不陋也;"根本六经",则正而不杂也。

"博学"既为"经学"之基础,更进一步,则要求以"精"为正趋。乾隆五十七年(1792),臧庸致信王鸣盛,陈述其研读王氏《尚书后案》的体会,便是从"博"而入于"精":

> 自束发受书以来,亦沉溺于俗学而无以自振。读《尚书后案》,初骇其博辨,心怦怦然有动。后反复推考,始识其精确,心焉爱之,知研究经学,必以汉儒为宗;汉儒之中,尤必折中于郑氏。试操此以参考诸家之言,遇郑氏与诸家异者,毕竟郑氏胜之。八年以来,微有所知,以殊异于俗学者,皆阁下教也。②

臧庸从震骇于"博辨"到体悟其"精确"的经验,潜在正是不以"博学"为究竟地,指出还有向上一层的追求。值得注意的是,臧氏所谓"精",又非泛言精深,而是强调以汉儒,尤其是郑玄为宗主的经学为标准。以"经学"规范"博学",而在经学中又强调"专门"和"家法",正是惠氏以降吴派汉学的思路。惠栋《九经古义述首》云:

> 汉人通经有家法,故有五经师,训诂之学,皆师所口授,其后乃著竹帛。所以汉经师之说,立于学官,与经并行。五经出于屋壁,多古字古言,非经师不能辨。经之义存乎训,识字审音,乃知其义,是故古训不可

---

① 《纪文达公遗集》文集卷九,《续修四库全书》第 1435 册,第 365 页。又见吴玉纶《香亭文稿》卷首,末署"乾隆乙卯七月朔日"即乾隆六十年(1795)。
② 臧庸《上王凤喈光禄书》,《拜经堂文集》卷三,《续修四库全书》第 1491 册,第 539 页。题下注"壬子仲冬"即乾隆五十七年,并参陈鸿森《臧庸年谱》,载《中国经学》第 2 辑,第 263 页,广西师范大学出版社 2007 年版。

改也,经师不可废也。①

治学以经学为宗本,治经又以汉代经师之学为宗本,正是由"博"入"精"的逻辑结果。乾隆中后期,声势浩大、影响深远的考据之学,同时亦面临尖刻的批评。章学诚《文史通义》特辟《博约》上中下三篇,以及《博杂》一篇,极言"不知约守而只为待问""疲精劳神于经传子史"之治学方式②,矛头直指汉学家推崇的阎若璩③,同时当然也是以此针砭时弊。面对"骛博炫人""泛无所主"之讥,考据汉学一派当然亦有自己的应对策略,前述卢文弨分辨"经学"与"博综之学",即其一也。惠栋、王鸣盛、臧庸推崇汉代经师的家法、师法,则更是构建其"专门经学"的体系,以汉儒经学为其"约守"之处、"根柢"之基。

作为"博综之学"的依归,"根柢经史"另一方面的意义,乃是为其他种类的书籍或知识提供了一个核心,以经史知识为"根本"、其他知识为"枝叶"建立起一整套知识系统。经史知识相对其他知识类型更为正统、本原、优越,故学者在考证典故出处之时,尽可能都要追源到经史文本。如果典故的出处不在经史,则或有不够"典正"之虞,不宜使用。如康熙曾质疑毛奇龄应试赋中对"女娲补天"典故的使用:

> 问:"有女娲补天事,信否?"益都师〔按:冯溥〕曰:"在《列子》诸书有之,似乎可信。"上曰:"朕记《楚词》亦有之,但恐燕齐物怪之词,不宜入正赋否?"益都师曰:"赋体本浮夸,与铭、颂稍异,似可假借作铺张者。"④

此事背景亦系康熙十七年的博学鸿儒之考试,康熙在阅卷时提出疑问,故考官冯溥出面为应考者毛奇龄辩护。冯氏第一次辩解,交代奇龄赋作中典故出处在《列子》,不过康熙并不满意,认为虽然是《列子》《楚辞》所见之典,但仍然

---

① 《松崖文钞》卷一,《东吴三惠诗文集》,第300页。
② 《文史通义》内篇二《博约中》:"博学强识自可以待问耳,不知约守而只为待问设焉,则无问者,儒将无学乎?"又谓王应麟《困学纪闻》和《玉海》等著作"谓之纂辑可也,谓之著述则不可也;谓之学者求知之功力可也,谓之成家之学术则未可也",并指"今之博雅君子,疲精劳神于经传子史,而终身无得于学者,正坐宗仰王氏而误执求知之功力,以为学即在是尔"。《章学诚遗书》,第14页。仓修良编注《文史通义新编新注》将《博约》上中下三篇的写作年代系于乾隆五十四年(1789),可参。
③ 全祖望《万贞文先生传》记李光地之语云:"吾生平所见不过数子,顾宁人、万季野、阎百诗,斯真足以备石渠顾问之选者也。"(《鲒埼亭集》卷二十八,《全祖望集汇校集注》上册,第521页)是时人以"待问"推崇阎若璩之语。
④ 毛奇龄《制科杂录》,《四库全书存目丛书》史部第271册,第647页。

有涉"燕齐物怪",值得怀疑。背后的理据,一方面是儒家内部"不语怪力乱神"的价值取态,另一方面或即由于身居"子""集"二部的《列子》和《楚辞》,不如"经""史"可为"根本""典要"。① 面对康熙的疑问,冯溥马上转换了策略,第二次辩解"赋体本浮夸,与铭、颂稍异,似可假借作铺张者",便不从来源而从使用方面为之解说,承认"女娲补天"的典故本身可疑,但"赋"这一文体自身的传统,容许其苞罗、借用不甚"正经"的知识。如果从知识观念的角度看,此正道出了在"词章"领域,根据文体的不同,对知识正统性的要求容有差异。又如王应奎在《柳南随笔》中,批评王士禛使用《三国演义》《牡丹亭》之故实:

> 《三国志·庞统传》云,先主进围雒县,统率众攻城,为流矢所中,卒。按统致命处,在鹿头山下,今其墓尚存。而通俗《三国演义》载统进兵至此,勒马问其地,知为"落凤坡",惊曰:"吾道号凤坡,此处有落凤坡,其不利于吾乎!""落凤坡"之称,盖小说家妆点之辞,而后人遂以名其地,所谓俗语不实,流为丹青者,此类是也。而王新城诗中有吊庞士元之作,竟以"落凤坡"三字著之于题,然则《演义》又有曹操表关羽为寿亭侯,羽不受,加一汉字,羽乃拜命之说,亦可据为典要,而以"寿亭侯"三字入之诗文乎?此不容以作者名重而遂置不论,开后人用小说之门也。又《牡丹亭》词曲有"雨丝风片"之语,而新城《秦淮杂诗》中用之,亦是一败阙。②

文人赋诗用典,本不必如学者考据一般讲究,从王士禛的例子,更可见明代以来的章回小说、戏曲文词,都颇为文人取入韵语。但在"正统"的知识观念之中,这一做法便颇可诟病。此种批评既包含有对"事典"的历史真实性的要求(如落凤坡、汉寿亭侯之例),也包含有对"语典"的文类雅正性的要求(如雨丝风片,并不涉及事实问题)。诗文如此,在更"严肃"的学术知识领域,自然会更注重"经典"的标准。另外,如果有"经史"的出处而旁引他书,

---

① 关于《列子》一书的真伪,自柳宗元、黄震直到清代姚鼐、《四库全书总目》都有讨论。近现代学者的研究如胡适《中国哲学史大纲》、杨伯峻《列子著述年代考》皆认为《列子》出于后人伪托,大致出于魏晋之世。但康熙十八年冯溥所言,大概没有涉及这一辨伪的问题,康熙亦不是从伪书的角度质疑其中典故的可靠性。

② 王应奎《柳南随笔》卷五,王彬、严英俊点校《柳南随笔 续笔》,第104页,中华书局1983年版。按"吾道号凤坡",据《三国演义》原文,当为"吾道号凤雏"。王士禛原诗,乃是《落凤坡吊庞士元二首》:"白马关前夜雨寒,断碑空在汉祠荒。一群鹦鹉林间语,似忆当年孤凤凰";"泸上风流万古存,鱼梁洲畔向江村。何如但作鸿冥好,采药相携去鹿门"。以及《秦淮杂诗二十首》其一:"年来肠断秣陵舟,梦绕秦淮水上楼。十日雨丝风片里,浓春烟景似残秋。"分别见《蚕尾续诗集》卷四《雍益集》,《王士禛全集》第2册,第1268页;《渔洋诗集》卷十《辛丑稿》二,《王士禛全集》第1册,第298页。

则属失考。前述阎若璩考求"使功不如使过"的知识渊源,不能满足于策论文章而须上溯史书,便是一个例子。与之类似,惠栋在《九经古义》中曾引述周必大的说法,批评宋祁对"任器"一词出处的考证:

> 《牛人》"共兵车之牛……以载公任器"注"任犹用也"。《二老堂杂志》云:"宋景文公博极群书,其笔记云:'余见今人为学不及古人之有根柢,每亦自愧。常读式目中有任器字,注云未详。其任器乃荷担之具,杂见子史中,何言未详?'予谓《礼·牛人》'以载公任器',乃六经语,而景文但引子史,何邪?"①

按"任器"者,犹今言"用具"也。宋祁谓"任器"一词"杂见子史",大概是指《晏子春秋》等书中的用例。宋氏援引子史,也得出了对此语的解释,从理解词义的角度看并无不妥。而周必大批评其未能考出此语出自《周礼·地官·牛人》,强调的便是以"经"为中心的知识秩序。惠栋引述其说,当亦是认同这种对知识性质的判别。

以"经史"为知识系统的核心,从正面看,则是通过"经史"为其他知识赋予合理性。前面列举清代前中期学人"记诵经史"之潮流,其中不少是除了经书本文之外,又下及古注、古疏。"注疏"在知识系统中的地位,正源于其敷赞经旨的属性。同样,以"证经"为目的,也可以赋予史书、子书等古代文献以合理性。钱大昕为惠士奇作传,即称"先生盛年兼治经史,晚岁尤邃于经学",并列举士奇在《易》《春秋》《周礼》以至天文、乐律等多方面的成就,又特别转述惠士奇论《周礼》之语云:

> 康成《三礼》,何休《公羊》,多引汉法,以其去古未远,故借以为况。贾公彦于郑注,如"飞矛""扶苏""薄借綦"之类,皆不能疏,所读之字亦不能疏,辄曰"从俗读",甚违"不知盖阙"之义。夫汉远于周,而唐又远于汉,宜其说之不能尽通也,况宋以后乎!周、秦诸子,其文虽不尽雅驯,然皆可引为礼经之证,以其近古也。②

以"诸子"研经,背后的观念依据在于惠氏"求古"的学术宗尚,故与经书时代相近的子书,在语言、制度等方面皆可为其佐证。今观其《礼说》十四卷,多引《墨子》《荀子》《庄子》之文,《四库》提要称此书"援引诸史百家之

---

① 惠栋《九经古义》卷七《周礼上》,《景印文渊阁四库全书》第 191 册,第 428 页。
② 钱大昕《惠先生士奇传》,《潜研堂文集》卷三十八,《嘉定钱大昕全集(增订本)》第 9 册,第 613 页。

文,或以证明周制,或以参考郑氏所引之汉制、以递求周制,而各阐其制作之深意,在近时说礼之家,持论最有根柢"①,良有以也。其《易说》卷二解释复卦之"六三,频复,厉无咎",谓"频训为数"的解释"见于《广韵》,不见经传及先秦诸子、《史》《汉》等书",故不可信,亦可见惠士奇将先秦诸子和《史记》《汉书》视为仅次"经传"的而可援以证经的知识领域。士奇弟子杨超曾归纳其师之生平学术云:

> 公承朴庵、砚谿两公〔按:惠有声、惠周惕〕之后,以古学世其家,自少笃志经术,及官翰林,公暇,日手一编,孜孜矻矻,无须臾之间。迨其晚年,学益精粹,著《易》《礼》《春秋》诸说,大抵以经为纲领,以传为条目,以周秦诸子为左证,以两汉诸儒为羽翼,信而好之,择其善而从之,疑则阙之,遐搜博考,极深研几,无所不通,无所不贯。②

杨氏在此用"纲领""条目""左证""羽翼"构建了经、传、诸子的知识框架,以陈述惠士奇的学术体统,正可见"经"对其他知识类型的统合。有趣的是,士奇之子惠栋为管翔高《读经笔记》作序,称管氏之学"以四子为纲领,以诸经为条目,以宋元诸儒为羽翼,以紫阳朱子为折衷",正可与杨超曾之说呼应。③ 管氏与惠士奇乃同年进士,雍正年间管、惠曾讨论《周礼》,但两人学术宗尚,一宋一汉,显然有别。其知识系统的构成,恰恰可以作为一个对照。同样是"宗经",管翔高以四书为纲领,便与惠士奇以五经为纲领颇为异趣,"根柢"既别,作为"条目""羽翼"的知识内容,自然也大为不同。而具体将这种经史诸子的知识系统用于读书治学,则有王昶的《与汪容夫书》言之甚详。书中亦称述顾炎武读书之法,与全祖望笔下的"据鞍嘿诵"和李光地所说的"温故知新"不同,王昶所述,则是一个"听人读经"的方法,谓"闻顾亭林先生少时,每年以春夏温经",其具体步骤是请"声音宏敞者四人",设座左右,轮流诵读,顾氏则中坐而静听之,遇有"字句不同或偶忘者",则停下来询问论辩,"凡读二十纸,再易一人",周而复始,"计一日温书二百纸","十三经毕,

---

① 《四库全书总目》卷十九,《礼说》提要,第156—157页。
② 杨超曾《翰林院侍读学士惠公墓志铭》,载钱仪吉《碑传集》卷四十六,《清代传记丛刊》第108册,第627页。
③ 惠栋《读经笔记序》,《松崖文钞》卷一,《东吴三惠诗文集》,第306—307页。按杨超曾《翰林院侍读学士惠公墓志铭》作于乾隆六年(1741)八月惠士奇去世后不久;《读经笔记序》中"乾隆辛未、壬申间,先生屡至吴门,以其书示栋,且谓栋曰:'子为我序之。'栋受而卒业焉"云云,可知作于乾隆十七年壬申(1752)之后。

接温三史或南北史"。① 同时,王昶亦向汪中说明了自己对读书之法的设想:

> 今之学者,当督以先熟一经,再读注疏而熟之。然后读他经,且读他经注疏,并读先秦两汉诸子并十七史,以佐一经之义。务使首尾贯弗、无一字一义之不明不贯。熟一经,再习他经,亦如之。庶几圣贤循循恺恺之至意。若于每经中举数条,每注疏中举数十条,抵掌掉舌,以侈渊洽,以资谈柄,是躐等速成、夸奇炫博、欺人之学,古人必不取矣。②

在此,经、注疏、诸子、史籍之知识系统,通过切实的读书"工夫次第"被建立起来;这一系统不但强调"宗经",更具体地强调"先熟一经"。如果与《朱子语类》所载之读书法以及元儒程端礼《读书分年日程》对读书次第的规划相比,王昶此处提到的精思熟读、不可躐等、专一贯串等思路,在朱子皆已有之③,其主要的差异,或许还是在书目的轻重选择。在宋学脉络下首先要读的《性理字训》和朱子《小学》这些书目,都不见于王昶这个"读经"的规划;而程端礼《读书分年日程》中特重四书,将《大学》《论语》《孟子》《中庸》《孝经》放在《易》《书》《诗》《仪礼》《周礼》《春秋》之前,王昶文中称"古人三年通一经,十五年而五经皆通","通五经实所以通一经"云云,所讨论的范围显然是在五经。④ 朱熹之论"博学",已经指出"博学,谓天地万物之理,修己治人之方,皆所当学。然亦各有次序,当以其大而急者为先,不可杂而无统也",而王昶对读书法的规划,背后有针砭汉学影响下"躐等速成、夸奇炫博"诸流弊的背景,正是以"经学"为"大而急者",为"根柢",为"纲领",以对"博学"进行规范和约束,使其不会沦为"杂而无统"的"杂学"。此正是乾嘉汉学内部对"博杂"的知识及治学取向的"规训",是治清代思想文化史者所当措意者。

---

① 王昶《与汪容夫书》,《春融堂集》卷三十二,《续修四库全书》第1438册,第24页。
② 同上。
③ 论熟读者,如《朱子语类》卷十:"大凡读书,须是熟读,熟读了,自精熟,精熟后,理自见得。如吃果子一般,劈头方咬开,未见滋味,便吃了。须是细嚼教烂,则滋味自出,方始识得这个是甜是苦、是甘是辛,始为知味。"(第1册,第167页)论专一者,如《朱子语类》卷十:"读书,理会一件,便要精;这一件看得不精,其他文字便都草草看了。一件看得精,其他亦易看。"(第1册,第169页)又卷一百十八:"读书须是件件读,理会了一件,方可换一件。这一件理会得通彻是当了,则终身更不用再理会,后来只须把出来温寻涵泳便了。若不与逐件理会,则虽读到老,依旧是生底,又却如不曾读一般,济甚事!"(第7册,第2852页)论不可躐等,如《朱子语类》卷十一:"学不可躐等,不可草率,徒费心力。须依次序,如法理会。一经通熟,他书亦易看。"(第1册,第187页)
④ 王昶《与汪容夫书》,《春融堂集》卷三十二,《续修四库全书》第1438册,第24页。另外,所用经书注本,亦不相同,《读书分年日程》主要用宋元人注,而王昶当是重汉儒之注,此不赘述。

第四章　谈笑鸿儒：
己未词科与清初"文""学"之辨

  平生好修辞，著集逾十卷。本无郑卫音，不入时人选。
  年老更迂疏，制行复刚褊。东京耆旧尽，羸瘵留余喘。
  放迹江湖间，犹思理坟典。朝来阅征书，处士多章显。
  何来南郡生，心期在轩冕。幸得比申屠，超然竟独免。
  春雨对空山，流泉傍清畎。枕石且看云，悠然得所遣。
  未敢慕巢由，徒夸一身善。穷经待后王，到死终黾勉。①

  顾亭林这首《春雨》，题下注云"已下著雍敦牂"，即康熙十七年戊午（1678）。此年春天，顾氏游历西北，由太原入关中，寓富平，旋闻清廷下征聘之诏，感慨多端，乃作为此诗。春朝微雨，野旷山空，亭林之"悠然"心境，不仅仅在于"枕石""看云"之逸兴，更在于他能以林泉高卧，自外乎当时荐书飞驰、处士惶惶之气氛。这一年，正是清初士人在政治处境乃至个人心态上都颇为微妙的一个时刻。《清史稿》亭林本传云："清初称学有根柢者，以炎武为最。〔……〕康熙十七年，诏举博学鸿儒科，又修明史，大臣争荐之"，顾氏不愿被荐，"以死自誓"②。顾衍生《顾亭林先生年谱》记其中委曲，更为详赅：

  时朝议以纂修明史，特开博学鸿词科，征举海内名儒，官为资送。〔……〕先生同邑叶讱庵阁学及长洲韩慕庐侍讲，欲以先生名荐用，已而知先生志不可屈，遂止。③

  据此，当时朝臣如叶方蔼（讱庵）、韩菼（慕庐）等，皆有举荐之意，然终以

---

① 《亭林诗集》卷五，《顾亭林诗文集》，中华书局1959年版，第408—409页。
② 《清史稿》卷四百八十一《儒林二》，第13168—13169页。
③ 《顾亭林先生年谱》，《北京图书馆藏珍本年谱丛刊》第72册，第122—123页，北京图书馆出版社1999年版。

顾氏"志不可屈"而辍之,实未尝以其名上闻。故亭林名不列荐章,身不受羁縻,于一时名士之中,最为超脱,《春雨》诗中的"幸得比申屠,超然竟独免",正是其心境之写照。顾氏《与李星来书》谈及此事,亦以"申屠之迹,竟得超然;叔夜之书,安于不作"为"晚年福事",正可为诗中之言作注。①

细味《春雨》一诗,我们不难寻绎出两条线索:一条是高节避世、守志不出,另一条则是修辞著作、颐志典坟。用顾亭林自己的语词,前者是"行己有耻",后者则是"博学于文";前者是明线,后者则是隐线。甫一开篇,亭林便以"平生好修辞",自陈其为学著述之怀抱,实际上在"出处大节"的政治线索之先,便伏下一条"穷经治典"的学术线索;在大致陈述平生学行之后,复以"犹思理坟典"紧承"放迹江湖间"作一小收束,点出其之所以遁迹隐退,非徒自遣,更有"述作"这一层抱负。接下来由"朝来阅征书"转入之时事,以绝弃轩冕之情,与春雨林泉之景相映照,抒发其怀抱。而全篇终以"穷经待后王",又回到通经传道、兼济天下之大志,并冀望以此超越独善其身的巢父、许由。"政治"与"学术"两条脉络递相隐现,贯连全诗。亭林对博鸿征聘②这一事件的应对和解说,正是同时用"政治"与"学术"两条线索推演自身的心曲。这种响应方式,正可以看作一时士人在面临征聘时,可能存在的两个思想路向。从遗民出处、心态等方面,固然可以发展出一系列政治史上的论述;然而,"博学鸿儒"这一科名本身,却也能从另一个方面引起论者对于其学术文化意义的联想。以"博学鸿儒"为名征求遗贤,显然比清代一般的科举考试更容易与学问、儒术等议题发生碰撞。③ 顾炎武以《春雨》一诗述志,在"行己有耻"之外,又特别点出穷经

---

① 《亭林文集》卷三,《顾亭林诗文集》,第 63 页。按《后汉书》卷五十三《申屠蟠传》:太尉黄琼卒,归葬江夏,"四方名豪会帐下者六七千人,互相谈论,莫有及蟠者。唯南郡一生与相酬对,既别,执蟠手曰:'君非聘则征,如是相见于上京矣。'蟠勃然作色曰:'始吾以子为可与言也,何意乃相拘教乐贵之徒邪?'因振手而去,不复与言"。见《后汉书》,第 1752 页,中华书局 1965 年版。亭林诗中引申屠蟠、南郡生故事,盖有感于朋辈之就征者也。参见后文对亭林与李因笃、潘耒通信的分析。

② "博鸿"即博学鸿儒之简称,清人亦简称"鸿博"。

③ 孟森《己未词科录外录》(载《张菊生先生七十生日纪念论文集》,《民国丛书》第 2 编第 98 册[影印商务印书馆 1937 年版],第 253—280 页)在对被荐人物传记资料搜集的基础上,尤以清廷之遗民政策为其关注的问题,要于"掌故"汇录之中,窥见"康熙朝所以安定人心之故",因此于博鸿一科"与国运相关"之深微处,多有阐发。Hellmut Wilhelm 的"The Po-Hsüeh Hung-Ju Examination of 1679"一文(*Journal of the American Oriental Society*, vol. 71, no. 1, 1951),认为清初遗民乃一怀德抱道、自外于国家功令之学者群体("a large and significant section of the scholar class standing outside the framework of Chinese government"),而博鸿开科,正是圣祖笼络遗民学者,令之返归官方体制(to invite the defiant scholars back into the official fold)的手段,立足点还是在治术统驭方面。此后赵刚《康熙博学鸿词科与清初政治变迁》(《故宫博物院院刊》1993 年第 1 期)、杨海英《康熙博学鸿儒考》(《历史档案》1994 年第 1 期)、孔定芳的《明遗民与"博学鸿儒科"》(《浙江学刊》2006 年第 2 期),主要也是就政治史方面讨论。而文学史及学术史之研究路向,较早者当推竹村则行「康熙十八年博学鸿词科と清朝文学の出発」(『中国文学論集』,1980 年),此文结合诸"鸿儒"参与明史修撰(转下页)

著述的学术怀抱,其或正有感于"博""鸿"之名乎?

从学术文化史的角度看,如何方能称得上"博学"或是"鸿儒",本身便牵涉一时代之观念背景。有趣的是,博鸿之科名,在史籍记载上竟颇有歧异,或称"博学鸿儒",或谓"博学鸿词"。如《清史稿》亭林本传云"康熙十七年,诏举博学鸿儒科",《选举志》中却说"康乾两朝,特开制科,博学鸿词,号称得人"①;亭林嗣子顾衍生所编年谱,亦谓"特开博学鸿词科"。② 一"儒"一"词",似乎只是词句小异,然亦不免引人疑窦:博鸿之科名究竟为何? 记述之歧缘何而生? 用词的差别,是否会流露出时人以及后人议论中对这一事件的不同理解?③

《清史稿》虽云正史,然成于众手,语辞参差,或属难免。更有意义的做法,或许是回到当事人本身的记述之中,考察这种歧异是否有更早的源头。事实上,在康熙间与事者的笔下,名之两歧,已然出现。如黄宗羲回忆此事,尝云"会举博学**鸿儒**,䎚庵〔叶方蔼〕遂以余之姓名面启皇上"④。应征博鸿且获高第的朱彝尊,为同登此科的汪楫作墓表,则云"天子特开博学**宏词**科,征文学之士"⑤。另一个值得留意的例子是徐乾学的记述。徐氏曾回忆荐举诏下时之情形云:

> 戊午春,陈其年过昆山,读书余园中。适朝廷下诏举**博学鸿儒**,于是故大学士宋文恪公以其年名上。⑥

(接上页)之经历,带入文学史方面的论述。近年来,亦有不少研究讨论博鸿一科在学术史方面的意义,如赖玉芹《博学鸿儒与清初学术转变》(中国社会科学出版社2010年版,原为华中师范大学博士学位论文,2004年),吴超《经、史视阈下的清初实学学风研究——以康熙朝江浙籍"博学鸿儒"为考察中心》(华东师范大学博士学位论文,2011年),等等。但论者往往从参与博鸿学人的个案研究切入,博鸿一科作为一次文化思想史"事件"的意义,实际上还是有待进一步深入讨论的问题。

① 《清史稿》志八十一《选举一》,第3099页。

② 正是因为有"博学鸿词"之名,又因其正式开考在康熙十八年己未,故后代史家亦称此次征举为"己未词科"。如嘉庆间秦瀛编有《己未词科录》,对被选诸名士之生平资料,搜罗详备,孟森《己未词科录外录》即承之而来。本书亦沿用"己未词科"这一惯用的名称。

③ 关于博鸿科名中"博学鸿儒"与"博学鸿词"的两歧,学者一般目为异名而未加深考。张亚权《康熙博学鸿儒科研究》(南京大学博士学位论文,2003年)注意到此问题并作了详细的讨论,认为此科科名应是"博学鸿儒科"而非"博学鸿词科",并主张此乃康熙"独创"的一个科目。除了两名之间孰是孰非,似乎还可以从两种不同说法中窥探时人对博鸿之征本身的看法,尤其是清初人对"博学""鸿儒""鸿词"等概念的理解。

④ 《董在中墓志铭》,黄宗羲著、陈乃乾编《黄梨洲文集》,第238页,中华书局1959年版。黄炳垕编辑《黄梨洲先生年谱》卷下:"〔康熙〕十七年戊午,公六十九岁。诏征博学鸿儒,掌院学士叶文敏公方蔼以公名面奏。"《北京图书馆藏珍本年谱丛刊》第69册,第604页。

⑤ 《通奉大夫福建布政司使内升汪公墓表》,《曝书亭集》卷七三,《清代诗文集汇编》第116册,第552页。

⑥ 《陈捡讨志铭》,《憺园文集》卷二十九,《续修四库全书》第1412册,第692页。

此记康熙十七年(1678)闻知下诏之事,时陈维崧(其年)客居昆山徐宅,或大学士宋德宜举荐而应征,乾学以"自是绝青冥、脱尘埃、羽仪盛朝不久矣"之辞赠别①,后其年果膺选而授翰林检讨。然而,同样一件事,徐氏在另一处却记载说:

> 诏举**博学鸿词**,〔宋德宜〕以汪琬、陈维崧荐,俱授翰林。②

这里又以"博学鸿词"为名。而在另一篇作于康熙十八年的《汪环谷先生集序》中,其用词又不相同:

> 今上特开**宏词博学科**,征海内诸儒试,其高等悉授以馆职、纂修明史,诚一代旷典也。③

这里又出现一个"宏词博学"的说法。如果考虑到"鸿""宏"二字音义为近,则歧异主要便在于"儒"与"词"的对立。上引诸例,虽是作于多年之后的碑版文字,但毕竟是以当事人记当时事,仍为不能不留意的例证。即使以年月既深、记忆偶误作解,我们亦不妨追问,为何恰恰会出现这种讹误?特别是乾学一人、一集之中,便杂用"鸿词""鸿儒"两语,如此一来,在他眼中,曰词曰儒,是否就是同出异名,无足深究?④

然而,时人亦有不作如是观者。应考博鸿的毛奇龄,尝作《制科杂录》一书,专言此科始末,其中对科名之异称,特作辩驳。毛氏此辩,于本章之考索,正是极紧要之例证,故不惮繁冗,撮录如下:

> 康熙十七年,吏部奉上谕,特开制科,以天下才学官人,文词卓越、才藻瑰丽者,召试擢用,备顾问著作之选,名为"**博学鸿儒科**"。〔……〕是时相传为"**博学宏词科**"。按"博学宏词"为前代科名,此并非是。但世不深考,不晓"鸿儒"所自出,遂以"宏词"当之。即同试与同籍诸公,亦尚有自署其衔为"宏词"者,不知"鸿儒"二字,出自董仲舒,《繁露》有云:"能通一经者曰儒生,博览群书者,号曰洪儒。"故其后作《陋室铭》者曰:

---

① 《陈捡讨志铭》,《憺园文集》卷二十九,《续修四库全书》第 1412 册,第 692 页。
② 《光禄大夫太子太傅吏部尚书文华殿大学士加一级宋文恪公行状》,《憺园文集》卷三十三,《续修四库全书》第 1412 册,第 742 页。
③ 《汪环谷先生集序》,《憺园文集》卷二十一,《续修四库全书》第 1412 册,第 592 页。
④ 当时人记述中"鸿词""鸿儒"之分殊,例证甚多。本章但于较有代表性之文献中,拈出数端,以见其情形,不作穷举。

"谈笑有鸿儒。""鸿"即"洪"也,犹古洪水称鸿水也。①

奇龄此论,正是对科名歧异问题的正面回应。在他看来,"博学鸿儒科"乃是此科正名,而当时已经出现的"博学宏词科",则是"世不深考"、袭用前代科名的误称。此论既出,"词""儒"之争,似可息矣。不过,倘若以一种怀疑的态度,我们或许还可以追问,毛奇龄的论述又是以何为据?"同试与同籍诸公"之"误记",是否仅仅是学者个人"不深考"的结果?"鸿儒"抑或"宏词"的选择,内中是否包含了对"博鸿"之征乃至"博学""鸿儒"等概念的不同解读?

要解决这些问题,便不能仅仅停留在名目辨析,必须进入对博鸿开科这一事件本身来龙去脉的考察之中,以期从"名目歧异"的缝隙中,发掘出政事、人心、学脉、文章等不同侧面的问题。

第一节 "师儒"还是"词臣":
康熙帝之"鸿儒"观

毛奇龄《制科杂录》之"正名",首列之证据便是康熙十七年之上谕。今考《圣祖实录》卷七十一录康熙十七年正月乙未(二十三日)谕吏部之旨云:

> 自古一代之兴,必有**博学鸿儒**,振起文运,阐发经史,润色词章,以备顾问著作之选。朕万几余暇,游心文翰,思得博学之士,用资典学。我朝定鼎以来,崇儒重道,培养人材,四海之广,岂无奇才硕彦,学问渊通,文藻瑰丽,可以追踪前哲者?凡有学行兼优、文词卓越之人,不论已仕未仕,令在京三品以上及科道官员,在外督、抚、布、按,各举所知,朕将亲试录用。②

此正奇龄之所本。其中明言"博学鸿儒"而非"博学鸿词",当可视为以"鸿儒"名科之缘由。既然圣祖诏书中明明以"鸿儒"为辞,而士人何以还要用"鸿词"来重新解释之?首先我们不得不对此诏书中所求"鸿儒"之实际所指作一番考察。

---

① 《制科杂录》,《四库全书存目丛书》史部第271册,第643—644页。
② 《清实录》第4册,第910页,中华书局1985年版。

按《实录》所载原谕,大意与毛氏略同,不过文辞上则有更多的细节可供分析,上谕文本实际上对"博学鸿儒"进行了三次解释:第一是"振起文运,阐发经史,润色词章,以备顾问著作之选",除了"振起文运"的宏观论述,其中值得注意的是"阐发经史""润色词章"两方面的具体指涉。第二是以"学问渊通,文藻瑰丽"为"硕彦奇才"之表现,兼言"学"与"文"二端。第三则是"学行兼优、文词卓越",除了上述的"学""文"之外,又补上一个"行"的标准。由此可见,此谕所谓"鸿儒",除了"行"这个道德实践的标准外,在知识领域则是包括"学问"与"文藻"两重意义;如果用"阐发经史""润色词章"来对应"学""文"二者,又可知此之言"学",着重在"经史"。如此看来,康熙帝对"学""文"两端,乃是采取一种浑融而言的思路,并不强调其间可能存在的紧张,故以"鸿儒"统而言之。

然则康熙于所求之"鸿儒",又将何以处之?所谓"备顾问著作之选"的表述,颇透露出几分消息。按"顾问"一语,常用于对翰林之官描述。《文献通考》所云"学士之职,本以文学言语被顾问"①者是也。清初诰令中语及翰苑,也每以"顾问"称之。顺治十七年(1660)六月,上谕翰林院掌院学士云:

> 翰林院各官,原系文学侍从之臣,分班直宿,以备顾问,往代原有成例。今欲于景运门内,建造直房,令翰林官直宿。朕不时召见顾问,兼以观其学术才品。②

此其明征也。而"著作"亦古官名,始于曹魏之设"著作郎",《历代职官表》述清代翰林学士之源流,正以魏晋之著作郎为其权舆,历六朝而入唐,变而为"翰林学士",宋元因之,以迄明清。③ 而康熙二十四年(1685)二月之上谕中,亦谓翰林官员须"娴习文学","以备顾问编纂之用"④,此正可看作"顾问著作"的另一种表述。由此,我们即便不能贸然断言康熙诏谕中所谓"备顾问著作之选",必有官征士以翰林诸职之意,至少也可以设想,"博学鸿儒"之征,须放到清初翰林官员与帝王互动的框架中考察。

---

① 《文献通考》卷五十四《职官八》,第1581页,中华书局2011年版。马氏此语本于《新唐书·百官志》,盖唐玄宗尝"选文学之士,号翰林供奉"以掌制诰,至"开元二十六年","改翰林供奉为学士,别置学士院"(第1183页,中华书局1975年版)。后世遂以此为翰林院制度之始。
② 《世祖章皇帝实录》卷一百三十五,《清实录》第3册,第1047页。《大清会典则例》引用此谕以说明翰林院之建制,见是书卷一百五十三。
③ 黄本骥编《历代职官表》卷三,第116—120页,上海古籍出版社2005年版。当然,官制流变的问题必然更为复杂,这里只是希望说明清人观念中"著作"一词可能存在对"翰林"官职之指涉,故因《历代职官表》而撮其大端而已。
④ 《圣祖仁皇帝实录》卷一百十九,《清实录》第5册,第251页。

事实上，以博学之士充近侍之臣的想法，由来已久。前代无论，即以康熙初年而言，朝臣便数举此议，如康熙四年三月，便有提督四译馆太常寺少卿钱绂上书云：

> 君德关于治道，圣学尤为急务。请敕谕院部，将满汉诸臣中老成耆旧、德性温良、**博通经史**者，各慎选数员，令其出入侍从，**以备朝夕顾问**，先将经史中古帝王敬天勤民、用贤纳谏等善政，采集成书，分班直讲，每日陈说数条，行之无间，必能仰裨圣德。①

此事在康熙亲政之前；选取"博通经史"之耆宿"以备顾问"，乃是就经筵一类的制度而言。至康熙六年六月，内弘文院侍读熊赐履条奏，又以选任硕儒为请：

> 我皇上神明天纵，睿哲性成。今春秋方富，熏陶德性，端在此时。伏乞慎选耆儒硕德，置之左右，优以保衡之任，使之从容闲燕，讲论道理，启沃宸衷，涵养圣德；又妙选天下英俊，陪侍法从，以备顾问，毋徒事讲幄虚文。②

熊氏乃清初之理学名臣，此奏显然继承了宋儒开创的"君德成就责经筵"③之传统，以"经筵"讲论来"涵养圣德"。值得注意的是，相对于钱绂统言"顾问""直讲"而不别，熊氏奏疏中将"启沃宸衷"的"耆儒"与"陪侍法从"的"英俊"分别言之。不但如此，作为理学家的熊赐履更着重举出真德秀《大学衍义》为经筵讲学之要，称"若夫《大学衍义》一书，叙千圣之心传，备百王之治统，伏愿皇上朝夕讲贯，证诸六经之文，通诸历代之史，以为敷政出治之

---

① 《圣祖仁皇帝实录》卷十四，《清实录》第4册，第221—222页。值得注意的是，"提督四译馆"一职，当时与翰林院关系密切。《清史稿·职官志》云，顺治元年，"四译馆隶翰林院，以太常寺汉少卿一人提督之，分设回回、缅甸、百夷、西番、高昌、西天、八百、暹罗八馆，以译远方朝贡文字"；至"乾隆十三年，省四译馆，入礼部，更名'会同四译馆'"。见《清史稿》，第3283—3284页。又据宋秉仁《清初翰苑体制与翰林流品》（[新北]花木兰文化出版社2010年版）之考证，顺治元年设四译馆，原称"翰林院四译馆"；后顺治十八年曾因翰林院裁并而撤去翰林院名色，止称"四译馆"；至康熙十年，又命"提督四译馆太常寺少卿关防内""添注'翰林院'字样"。钱绂上书之时（康熙四年）虽然恰好是四译馆"撤去翰林院名色"之际，不过钱氏疏言"圣学"之事，却仍是在"顾问""直讲"的范围之内。
② 《圣祖仁皇帝实录》卷二十二，《清实录》第4册，第310页。
③ 程颐《论经筵第三札子》"贴黄"第二则，程颢、程颐著，王孝鱼点校《二程集》，第540页，中华书局1981年版。

本"。① 不过,疏入之后的结果仅仅是"报闻";经筵的真正开始,还要晚到康熙九年。是年十月甲午,改内三院而设翰林院②,以熊赐履为汉掌院学士;三天之后(十月丁酉),上谕礼部曰:

> 帝王图治,必稽古典学,以资启沃之益。经筵日讲,允属大典,宜即举行。尔部详察典例,择吉具仪奏闻。③

礼部得令之后,议覆云,按照惯例经筵应是"每年春秋二次举行",日讲则于"本年十一月二十一日巳时"开始。礼部上奏后得旨:

> 经筵日讲举行日期知道了。已经设立翰林院,其日讲官及应行事宜,着翰林院酌定具奏。④

由此可见,翰苑之设与日讲之开,正相表里。从"经筵日讲"的角度,不但可以分析康熙对自身"圣学"的态度,更可见到君主如何通过其"圣学"规训臣下。康熙十四年四月开始,圣祖在讲官进讲之后自行"覆讲",甚至是自己先行将经书讲解一遍,以使讲官"仰瞻圣学",更可以视为"倒持太阿",将经筵之用,由讲官的"格正君心"一转而为君主的"施行教化"。⑤ 事实上,在翰林院的体制之下,君主与士人之间的往还不仅仅在经筵与儒学,还可以延展到一个更大的学术文化范域。经筵之交锋并非孤立,康熙君臣在经术、学问、文艺等多方面的互动其实都可以联系起来考察。前引熊赐履上书中,将任侍讲之人分开两个方面:一是"慎选耆儒硕德",一是"妙选天下英俊",按熊疏之意,担当经筵的,其实只能是前者。匪特如此,对于"耆儒硕德",帝王

---

① 《圣祖仁皇帝实录》卷二十二,《清实录》第4册,第310页。
② 清人入关前,本有内国史院、内秘书院、内弘文院之旧制;入北京后承明制设翰林院;后屡经变革,翰林院一度归入内三院;至顺治十五年,更定官制,"除去内三院名色"而改设内阁,又别置翰林院。顺治十八年,清世祖遗诏罪己,深悔其"渐习汉俗"之非,乃命"其内阁、翰林院名色俱停罢",仍恢复入关前内三院的建制。参见宋秉仁《清初翰苑体制与翰林流品》第一章,第11—17页。
③ 《圣祖仁皇帝实录》卷三十四,《清实录》第4册,第462页。熊赐履康熙六年疏入之后为何经筵未即获推行,或许还需要专门的考察。圣祖虽然名义上已于康熙六年七月举行了亲政大典,实际上对政权的把握恐怕还要晚到康熙八年剪除鳌拜之后,或许可以作为参考。
④ 《圣祖仁皇帝实录》卷三十四,《清实录》第4册,第463页。
⑤ 黄进兴《清初政权意识形态之探究:政治化的道统观》,《历史语言研究所集刊》第58本第1分,1987年。杨念群《何处是"江南":清朝正统观的确立与士林精神世界的变异》第二章《礼制秩序的重建与"士""君"关系的重整》,尤其是第97—98页有对康熙朝经筵的讨论,生活·读书·新知三联书店2010年版。

要优以"保衡"①师傅之礼;而"备顾问"之英才,为体便不及前者之尊。简言之,前者可以称之为"师儒",而后者则为"词臣"。熊赐履有意表明了两种身份之间的差别,师儒自尊,也正是士人以道统与人主之治统抗衡的一个关键。

然而,在康熙帝眼中,这种分别却未必十分重要,进讲之人统称以"讲官"之职衔,实际上并没有类似伊吕的重要地位,仍不过属于"词臣"之列。康熙十二年四月有谕云:

> 南苑乃人君练武之地,迩来朕体不快,暂来此地静摄,扈从**讲官**史鹤龄、张英,**俱系词臣**,著作诗赋进呈。②

静养之中不忘索观文臣之诗赋,固然是勤学好文之表现。不过其中透露出的,正是以"讲官"为"词臣"而非"师儒"的心态。以"文学侍从"的翰林官员充当讲官,自然就不妨看作这种观念背后的制度基础。除了诗赋之外,书法也是圣祖在考察翰林"词臣"时颇为关注的一方面。康熙十六年三月的一道上谕,便是要求翰林官员进呈其作品:

> 治道首崇儒雅。前有旨令翰林官将所作诗赋词章及真行草书,不时进呈,后因吴逆反叛,军事倥偬,遂未进呈。今四方渐定,正宜振兴文教。翰林官有长于词赋及书法佳者,令缮写陆续进呈。③

此云"前有旨",不知是否即上引康熙十二年之令。可注意者,在于"书法佳"乃其有望于词臣之处。而从反面看,"不善书法"也就与"不能撰讲章""不能句读《通鉴》"等一起成为翰林官员"学问不及"的表现。④ 如果我们将这类"右文"之举作为背景来观察"博学鸿儒"之征,或许更可以窥探圣祖心目中所欲访求的"鸿儒"究竟何指。博鸿登科者,除应征诸士外,因精擅"钟王书法"而入职内廷的高士奇也"特赐同博学鸿词科"。⑤ 士奇以书法见赏于

---

① 按"保衡"乃伊尹之尊号。《尚书·说命下》:"昔先正保衡,作我先王。"孔传:"保衡,伊尹也。"
② 《圣祖仁皇帝实录》卷四十二,《清实录》第4册,第557页。
③ 同上书卷四十二,第846页。
④ 康熙二十五年七月谕,"翰林官员内或有不善书法者,或有不能撰讲章者,或有不能句读《通鉴》者,甚有以饮酒宴会为事、博奕为戏者",皆应降谪,以示惩戒。《圣祖仁皇帝实录》卷一百二十七,《清实录》第5册,第355页。
⑤ 秦瀛《己未词科录》卷一引全祖望《词科摭言》,《续修四库全书》第537册,第126页。按此不见于《鲒埼亭集》及《外编》。又《己未词科录》卷首(第116页)及卷三高士奇条(第163页)亦有记载,称"特赐同博学鸿儒科",文字有异。

上,先是康熙十六年十月一道上谕言之甚明:

> 朕不时观书写字,近侍内并无**博学善书**者,以致讲论不能应对。今欲于翰林内选择二员,常侍左右,讲究文义[……]再如高士奇等能书者,亦着选择一二人,同伊等入直尔衙门。①

是以"讲究文义"为"博学"之用,又以"善书"与之并列。书法如此,诗文则更可想矣。康熙本人的知识或学术视野,其实甚为广阔,除了传统的经史诗赋,他对传教士带来的西学(如数学、天文、历法等等)也颇有涉猎②,然而就"博学鸿儒"一科而论,主要针对的还是汉族士大夫的传统学术和文化范畴。其中最关键的,还是传统的"文""学"之辨。康熙首先需要面对的,便是"理学"与"文章"的平衡。康熙十二年虽然有过"文章以发挥义理、关系世道为贵,骚人词客,不过技艺之末,非朕所贵也"的说法,然而愈往后他对文章的兴趣便愈大,于"道学"一边,则主要强调应有"躬行实践"之人品,如康熙十六年,在与讲官叶方霭讨论《中庸》"博学之"一章时涉及"知行轻重"的问题,康熙便强调"毕竟行重,若不能行,则知亦空知耳"。③ 康熙二十三年,又有"道学必身体力行"之谕。康熙二十四年,则有谕强调翰林官员"必淹贯经史、博极群书,方克谙练体裁、洞悉今古、敷词命意",可见其以"文"为归之用意。至康熙三十二年,更是直接将"理学"与"文章"对比,以为后者才是翰林官之正职,不当以理学而废文章:

> 翰林官以文章为职业,今人好讲理学者,辄谓文章非关急务。宋之周、程、张、朱,何尝无文章? 其言如是,其行亦如是。今人果能如宋儒言行相顾,朕必嘉之。④

此处固然没有反对理学之意,然以程朱大儒"何尝无文章",又质疑"今

---

① 《圣祖仁皇帝实录》卷四十二,《清实录》第 4 册,第 891 页。
② 康熙学习西学之情况,见法国传教士白晋(Joachim Bouvet)的《康熙皇帝》(赵晨译,刘耀武校,第 30—32 页,黑龙江人民出版社 1981 年版)。又法国国家图书馆藏有白晋日记手稿,是为其中国见闻的原始记录,韩琦《白晋的〈易经〉研究和康熙时代的"西学中源"说》对此有介绍,可参看(《汉学研究》1998 年第 1 期)。关于康熙朝士人阶层对西学的态度,代表性的研究可以参考黄一农《康熙朝汉人士大夫对"历狱"的态度及其所衍生的传说》,《汉学研究》1993 年第 2 期。
③ 《池北偶谈》卷三"讲筵问答",中华书局 2005 年版,第 60 页。当时康熙先发问"知行孰重",叶方霭引朱熹之说"以次序言,则知先而行后,以功夫言,则知轻而行重",康熙因之进一步强调"行"之重要性。
④ 《圣祖仁皇帝实录》康熙三十二年四月壬辰条,《清实录》第 5 册,第 745 页。

人"之讲理学者能否"言行相顾",正是在面对翰林官员时特意强调其"文学侍从"的身份而不甚喜以高谈性理者。轻重之别,昭然可见。①

同时另有一事与"博学鸿儒"之征应若桴鼓,便是王士禛之入翰林。就在下达博鸿求贤令的前一天,康熙十七年正月二十二日,翰林学士陈廷敬与户部郎中王士禛同获召见于懋勤殿,"各携其所作诗稿进呈"②,"温语良久",又有赋诗之命③。至二十七日,遂有命下,以士禛"诗文兼优","改授翰林院侍讲"。④ 昭梿《啸亭杂录》更记一轶事,谓其时翰林学士张英先为士禛延誉于上,康熙"亦素闻其名",遂召入面试;孰料士禛因"乍睹天颜,战栗操觚","竟不能成一字",赖张英"代作诗草,撮为墨丸,私置案侧",方才得完卷。康熙似乎也在诗句中看到了"捉刀"的痕迹,不无调侃地笑阅之曰:"人言王某诗为丰神妙悟,何以整洁殊似卿笔?"不过最终仍将王士禛"改官词林"。⑤ 野史稗谈,本资谈助,其中真假虚实,或难断定。不过,这种出题试诗、惶恐应考乃至同僚暗助的传说,本身便反映了一种对人主文学趣味以及"诗文受知"之殊遇的想象。相比之下,理学家引以自豪的,则是"皇上命赋诗"时"对以不能诗","命写字"时"对以不习字",唯"劝皇上留心大学问"⑥,想来不会有撮墨丸、辨诗笔之类的"趣事"。王渔洋恰当此诏求博鸿之时,先行以进呈诗稿、面试韵语而入翰苑,未尝不可视作康熙眼中"学行兼优、文词卓越"之臣的代表。

当然,在人主喜好之外,博鸿开科与在朝士人的推动亦不无关系。龚自珍曾据其所见徐乾学代拟之谕旨,推断博鸿之议始发于徐氏,惜目前未见拟旨原文,未可考知其详。⑦ 徐乾学在康熙初年曾有《文治四事疏》,其中第二条便是宣召词臣,谓"词臣以文学侍从为职",宜踵行顺治之法,"于景运门内盖造直房,令翰林官分班直宿,以备顾问"。徐氏以此为"亲儒之盛事",更引

---

① 康熙与朝臣之间关于"道学"的争议,以及对所谓"伪道学"的批判,实际上又包含了驾驭汉臣等政治意涵,可参见姚念慈《魏象枢独对与玄烨的心理阴影——康熙朝满汉关系条例》,载《康熙盛世与帝王心术:评"自古得天下之正莫如我朝"》,生活・读书・新知三联书店2015年版。
② 《康熙起居注》第1册,第347页,中华书局1984年版。
③ 陈廷敬《召见懋勤殿应制・序》:"戊午正月二十二日,召臣廷敬同户部郎中臣士禛,且命各以近诗进。"《午亭集》卷二十一,《四库全书存目丛书补编》第78册。
④ 《圣祖仁皇帝实录》卷四十二,《清实录》第4册,第911页。
⑤ 《啸亭杂录》卷八,第253—254页。
⑥ 陆陇其《三鱼堂日记》记当时翰林侍讲张贞生(字幹臣)事迹,此为其康熙十七年七月十五日在京中应考博鸿时与友人闲谈所及。见《三鱼堂日记》卷五,《续修四库全书》第559册,第516页。
⑦ 龚自珍《徐尚书代言集序》:"本朝博学宏词科,始发自公,将以收拾明季遗佚之士。集中恭拟谕旨三通是。"《龚自珍全集》第3辑,第192页,上海人民出版社1975年版。《徐尚书代言集》今未见。

司马光奏请英宗与"当世士大夫""相接"之言以为说。① 然而此不过是词臣直宿,并无别征彦才之议。而在康熙十六年左右,从命令翰林官进呈诗赋,到"于翰林内"选拔"博学善书者",再到特试赋诗将本来居官部曹的王渔洋简拔入翰苑,一条以"文学侍从"为指向的"求贤"脉络已隐然可见。如果以熊赐履奏请中的"师儒"与"词臣"两端来衡量,"博学鸿儒"之征,其实只是后者,即"妙选天下英俊,陪侍法从",而前一条师儒之聘,却恰恰落空了。从这个角度,或许也可以推想"鸿儒"与"鸿词"两歧之缘由——或许正由于士人很清楚,上之所好在于文学词藻之士,故他们不乐以"鸿儒"称之,而以换以"鸿词"之名。

以"鸿词"代"鸿儒",另一层重要的原因,自然是唐宋已然有之的"博学宏词科"作为一种知识背景的影响力。毛奇龄在解释时人以"宏词"相传的原因时,就已经指出了此乃沿用"前代科名"。为康熙"博学鸿儒"之征寻找先例,大体上可以有两条路径。一条路径是责其"实",凡是由君主亲自下令,于正常科举之外另设之科,广义上都可以作为康熙己未博学鸿儒科的前驱。这种与"常科"如进士科等相对而言的"制科",始于唐代,乃是"天子自诏""所以待非常之才"者②;如果追溯得更远一些,则还可以上推汉代的征聘贤能。另一条路径,则是循其"名"。"博学鸿儒"作为科名,于古无征;而"博学宏词",则是唐宋相沿之一大科考。③ 清初人理解康熙的"法古取士",正是以唐宋旧制之"博学宏词"为知识背景。事实上,自明中叶以来,士人反思科举之弊,就有以开制科为常科之弥补者。弘治间王鏊曾上《时事疏》云:

> 天下固有瑰奇超卓之才,不能事科举之学者,往往遗之。故以天下之大,每有乏才之叹,或坐此也。臣愚欲于科贡之外,略仿前代**制科或博学宏词**之类,以待非常之士。或旁通五经,或博极子史,或善诗赋、兼工书札,不问有官无官,皆得投进,每六年一举,所取不过十余人。其翘然

---

① 《文治四事疏》,《憺园文集》卷十,《续修四库全书》第 1412 册,第 441 页。按疏中所陈四事,乃是设宫詹、亲词臣、征遗书、修明史。考《清实录》,康熙十四年十一月"复设詹事府",是疏之上必早于此。

② 《新唐书》卷四十四《选举志》,第 1159 页。

③ "宏词科"的实际制度、考察内容在不同的时代多有演变,关于此科之特征与性质,可参阅聂崇岐《宋词科考》(《燕京学报》第 25 期)。关于科目演变的具体情况,可参见傅璇琮《唐代科举与文学》、祝尚书《宋代科举与文学》等。唐宋博学宏词科之制度演变较为复杂,简言之,唐代的"博学宏词""最初也是制科的一种",后来变为吏部考选官员的"科目选";然同时亦有"辞殚文律""藻思清萃""博学通议""文辞雅丽"等注重文辞的制科名目。宋初制科有"宏词科"之名,然后来屡罢屡兴。至绍圣年间,立"宏词科",录取撰写应用文辞如诏、诰、章、表、檄书、露布之类的才士,后又更名"词学兼茂科",南宋绍兴初更名"博学宏词科",成为一种持续而稳定的"词科",与偶一为之的制科有别(见《宋代科举与文学》第一章,第 40 页、第 33—34 页,中华书局 2008 年版)。本章并不拟详考"制科""词科"之制度与性质问题,而是希望探讨,清初人如何借助前代科名来理解当代的"博鸿"之征。

出类者,储之翰林,或以筹庶吉士之选。次以备科,次以备道,又次以备部属中书等官。先有官者,视所宜而加其秩,庶可以网罗遗才。①

这里从"网罗遗才"的角度讨论设立"略仿前代制科或博学宏词"的特科,其想法与康熙十七年博鸿之征,颇为相似。明末清初,经世之学兴起,选举制度成为士人讨论时务利弊的一个重要议题,"博学宏词"自然也进入论者之视野。如顾炎武《日知录》在讨论"制科"时,便以唐代制举为源头,一路说到南宋的"博学宏词科",并以为此科"南渡以后,得人为盛,多至卿相翰苑者",当是清初知识界对制科之渊源较有代表性的梳理。而应征己未博鸿的尤侗,也援引王鏊的论述以称美康熙博鸿之征:

> 荐举之法大有碍于科目,一不当而众论哗之,此可行而必不能行也。弘治中,吾乡王文恪上封事,请于科举之外,略仿前代制科如博学宏词之类,以收异才〔……〕时不能用。〔……〕迨吾朝己未,始有博学鸿儒之举,其度越前代远矣。②

尤侗从"荐举"的角度梳理其源流,直接将"博学宏词"作为制科之一种来讨论,与王疏原文略有不同,值得注意的是,虽然尤氏使用的是"鸿儒"的说法,但他以己未"始有"此举,实际上正是以"博学宏词"作为知识资源来理解"博学鸿儒"。换言之,即使明知诏令所言是"鸿儒",士人依然会联想到旧时科名"宏词"。因而当时人的记述中,若与"科"连用,则往往倾向用"词"而称"博学鸿词科";相形之下,"博学鸿儒科"的说法,实际上除了毛西河在《制科杂录》中的有意辨析外,在康熙当时不甚常见③;清中期以后则由于秦瀛《己未词科录》、阮元《儒林传稿》等著作采用此说,特别是进入了《清史稿》列传之正史记载,影响转而变大④。观康熙十七年之诏令,其实但云"一代之

---

① 《震泽集》卷十九,《景印文渊阁四库全书》第1256册,第329页。参见《明史》卷一百八十一《王鏊传》。
② 《艮斋杂说》卷二,《续修四库全书》第1136册,第356—357页。
③ 毛奇龄集中屡见"博学鸿儒科"之表述,如卷八五《故明中宪大夫太常寺少卿兵科给事中来君墓碑铭》(来集之):"康熙十七年,上开博学鸿儒科,诏天下才学官人可备著作顾问之选者,抚军以君应,君辞之。"卷一百十二《大理寺丞前兵科掌印给事中任君行状》:"会天子右文,设制科招天下有学之士,使汇送于公车门,择俟亲试,名为博学鸿儒科。台使以君荐入京,赐宴于体仁阁下。"
④ 《己未词科录》卷三,高士奇传题下注"特赐同博学鸿儒科,在南书房考试",《续修四库全书》第537册,第163页。此书卷首第一条即引用毛奇龄《制科杂录》之论,辨析科名"博学鸿儒"而非"宏词"。阮元《儒林传稿》卷一顾炎武传中云:"康熙间,诏举博学鸿儒科,又修《明史》,大臣争荐之,并辞不赴。"当为《清史稿》顾炎武传类似说法之来源。

兴,必有博学鸿儒",并未确铸"博学鸿儒科"之科名。以"鸿儒"称人,以"鸿词"名科,在语词使用上,本身也可并行不悖,故当时甚至有"博学宏词之儒"这样调和性的说法。① 循之以名,"鸿词"则有唐宋词科之内因;责之以实,则人主所重乃在词章,也非未睹之秘。缘乎此,"博学鸿词"或"博学宏词"之称广为时人所默许,自非偶然也。

第二节　举荐书与辞征揭:谈"学"论"文"

讨论士人群体对博鸿的反应,自然不可仅仅限于名词本身的差别,更须关注他们在此历史事件中的现实抉择,以及因博鸿而引发的众多言论。其中最引人瞩目者,当属遗民的"辞征"与清廷的"强召"之间的反复角力。本章开篇提及顾炎武之独得超然,在当时的遗民中乃是极不易得之幸事。顾氏《与李星来书》云:

> 今春荐剡,几遍词坛。[……]关中三友,山史辞病,不获而行;天生母病,涕泣言别;中孚至以死自誓而后得免,视老夫为天际之冥鸿矣。②

这里提到王弘撰(山史)、李因笃(天生)、李颙(中孚)不愿应征而被迫就道之情形,其中哀苦激烈之状,已不难想见。而一时退守不出之士人,实远不止此。《己未词科录》中开列牵涉此科征召之人物,有"患病行催不到""临试告病""辞不就"等目,其中当多有遗民之抗争不就者。③ 山史、中孚之以病相辞,实际上已是面对官府征召之令的"辞征";而如亭林者,虽朝臣有举用之意,然终未将其名列入荐疏,或许可以称为"辞荐"。辞征者置身官方权力的运作之中,往来催促,极难脱逃;辞荐者则防患于未然,不涉于有司之笼络,亦可不受逼迫之苦。"荐"与"辞",不仅仅是官方权力之下士人志节所经受的考验,更有士人群体内部各种力量的往来羁绊。顾亭林当时与李因笃(字子德,号天生)的通信中,对荐举之时士人间往还劝勉之情形,颇有流露:

---

① 王士禛《池北偶谈》卷二"明史开局"条:"康熙十七年,内阁奉上谕,求海内博学宏词之儒,以备顾问著作。"(第35页)后全祖望《词科摭言》中亦有"博学鸿词之儒"的说法,见《己未词科录》卷一所引。
② 《亭林文集》卷三,《顾亭林诗文集》,第63页。
③ 《己未词科录》卷首,《续修四库全书》第537册,第116—118页。

> 韩伯休不欲女子知名,足下乃欲播吾名于今日之士大夫,其去昔贤之见,何其远乎?〔……〕愿老弟自今以往,不复挂朽人于笔舌之间,则所以全之者大矣。先姚当年大节,照耀三吴,读行状之文,有为之下泣者,老弟亦已见之矣。他人可出而不孝必不可出,老弟其未之思耶? 昔年对孝感之言,老弟尝述以告关中之人矣,平生之言,岂今日而忘之邪? 若果有此举,老弟宜力为我设沮止之策,并驰书见示,勿使一时仓卒,而计出于无聊也。〔……〕关中人述周制府之言曰:"天生自欲赴召可耳,何又力劝中孚,至谲之以利害,殆是蘧伯玉耻独为君子之意。"窃谓足下**身蹑青云**,当为**保全故交**之计,而必**援之使同乎己**,非败其晚节,则必夭其天年矣。《易》曰:"君子之道,或出或处。二人同心,其利断金。"吾于老弟乎望之!①

观书中之意,乃自白不愿应征而出,并欲因笃为设策,阻止举荐之事。考顾炎武同时所作《答潘次耕》一书,所叙正与其致李因笃书错综互见:

> 子德书来,云:"顷闻将特聘先生,外有两人。"此语未审虚实,吾弟可为询之,速寄字来。②

由此可知,李因笃来信中谈及博鸿征召之事,并谓亭林亦在荐中。然而,顾氏却怀疑此讯"未审虚实",又另嘱潘耒为之侦查实情。其中微妙,或李因笃有意劝亭林出山欤? "播名士夫"云云,殆有谓焉。因此,顾氏《答李子德书》中,不但以庶母遗训力陈不出之决心,又特意写出周有德(字彝初,时任四川总督)所言李因笃劝驾李颙之事,其至以"身蹑青云"等语加之因笃,警醒之中,又不无刺意。在《答潘次耕》一书中,这一层意思表达得更为显露:

> 彼前与我书,有"勿遽割席"之语,若然,正当多方调护,使得遂其鱼鸟之性耳,岂可逆虑我之有言,而迫以降志辱身哉! ③

---

① 《亭林文集》卷四附《答李子德书》(原载《蒋山佣残稿》卷二),《顾亭林诗文集》,第75—76页。按,《蒋山佣残稿》中与《亭林文集》重出之作,《顾亭林诗文集》的编纂体例是将其附录在《亭林文集》相关篇目之下。
② 同上书,第77—78页。
③ 同上书,第78页。

此乃顾炎武对潘耒言李因笃之事,故表述更为直接。"正当多方调护"即前云"设沮止之策"。两相对照,可见征檄飞驰之际,士人转相传语,既是信息交通,更有心曲之表露。《春雨》诗中"南郡生"期"轩冕"之叹,非为无因。一时士人之中,有以志节相砥砺者,亦有以利害相游说者,有欲牵连友人以和光同尘者,亦有谆谆嘱以"保全故交"者,彼此不一。曰出曰处,个人处境之异导致不同的选择,或未可求全责备、强加非议。不过,时人在"举荐"压力之下的心曲,由此可见一斑。潘耒当时亦被迫就征之人,顾炎武与之谈论天生、二曲之事,《答潘次耕》书中又有"既已不可谏矣,处此之时,惟退惟拙,可以免患"①的嘱托,正是深有用心焉。

顾炎武之独得高蹈,自身持操之严当然是最重要的原因,然顾氏与都中名公的交游网络,特别是其外甥徐乾学之备位词臣、仕列清华,亦是一现实之屏障。在向李因笃和潘耒解释自己"不出"之坚志时,顾氏不断提到"昔年对孝感之言",此事《蒋山佣残稿》中《记与熊孝感先生语》一文记述甚详:

> 辛亥岁夏在都中,一日孝感熊先生招同舍甥原一饮,坐客惟余两人。熊先生从容言:久在禁近,将有开府之推,意不愿出,且议纂修明史,以遂长孺之志,而前朝故事,实未谙悉,欲荐余佐其撰述。余答以果有此举,**不为介推之逃,则为屈原之死矣**。两人皆愕然。余又曰:"即老先生亦不当作此。数十年以来门户分争〔……〕一入此局,即为后世之人吹毛索垢,片言轻重,目为某党,不能脱然于评论之外矣。"酒罢,原一以余言太过。又二年余复入都,问原一,孝感修明史事何如,答云:"熊老师自闻母舅之言,绝不提起此事矣。"②

"辛亥"乃是康熙十年,此记熊赐履曾欲荐举亭林而为其婉拒之事,其中还涉及明史修撰之议。不难看到,亭林于此实际上已预先"辞荐"。同当其事者,还有其外甥、时任翰林院编修的徐乾学。这一次"辞荐"乃是士人私下的酬对往还,并不若其他遗民抵抗官府功令的"辞征"一般激烈而棘手;但所

---

① 《亭林文集》卷四附《答潘次耕》(原载《蒋山佣残稿》卷三),《顾亭林诗文集》,第77页。
② 《蒋山佣残稿》卷二,《顾亭林诗文集》,第196页。按"长孺之志",乃用汉代汲黯(字长孺)之典。《汉书·汲黯传》云:"黯隐于田园者数年。会更立五铢钱,民多盗铸钱者,楚地尤甚。上以为淮阳,楚地之郊也,召黯,拜为淮阳太守。黯伏谢不受印绶,诏数强予,然后奉诏。召上殿,黯泣曰:'臣自以为填沟壑,不复见陛下。不意陛下复收之。臣常有狗马之心,今病,力不能任郡事。臣愿为中郎,出入禁闼,补过拾遗,臣之愿也。'"班固撰,颜师古注《汉书》卷五十,第2321页,中华书局1962年版。此言"长孺之志"即"出入禁闼,补过拾遗"之谓也,乃熊赐履自言不愿出为外官之意。

言效介推之高洁,甚至依屈平之遗则,已是恳切之至。亭林又尝谓其非逃即死之语"都人士亦颇有传之者"①,一个京中士人的交游或传播网络,隐然浮现。

如果与被李因笃劝驾的李颙作对比,我们便不难看到"辞征"之艰难远过于"辞荐"。李颙时以讲学闻名海内,早在康熙十二年(癸丑)就曾被举荐,屡以病辞而累遭逼催。此番博鸿开科,又被兵部主政房廷祯推荐,令下郡邑,其势愈亟,富平县令郭传芳以李颙久病上陈,却遭西安知府手札责以"徇庇",并"提职名揭参";最后不得不由府役"舁榻以行",将李颙送到西安。自督抚以下,地方官员纷纷劝驾,有至于"昼夜守催""备极嚣窘"者。李因笃"亦以博学鸿词被荐就征,来别先生,见官吏汹汹,严若秋霜,恐先生坚执撄祸",遂"劝先生赴都"②,此即前引《答李子德书》所述"力劝中孚"之事也。亭林提到的"周制府"即四川总督周有德时亦在场,见状也向陕西总督哈占求情,哈占则表示为难,称"自癸丑被征以来,年年代为回复,兹番朝既注意,不便再复"。李颙立意不从,遂绝食五昼夜,哈占见事态严重,"知其不可强",只得上疏"以笃疾具覆",如此至十一月,部覆"奉旨,痊日督抚起送",此事方解。③ 李颙未能如亭林,先在私人场合止息举荐之议;一旦进入有司之运作,就不免陷入"郡县逼迫""州司临门"的窘境,即使地方官员有心"调护",也未免有不得自由之处。县令郭传芳为上司层层逼押斥责,已属意料之中;即使是总督大员哈占,也会因"朝既注意"而多有顾虑。有趣的还有周、哈两位总督在李颙被征事件中立场与态度的微妙差别。《二曲年谱》的记述中,周有德似乎更能以一个"竭诚造榻"、虚心请教且代为周旋调停的贤士大夫之形象出现。事实上,除了官员个人性格的原因,周氏非陕西本省长吏,于李颙并无"起送"之职责,也不无关系。时傅山(青主)亦"以七十四岁老病将死之人,谬充博学之荐"而被地方官府"即时起解、篮舆就道"而"出乖弄丑"④,其《与某令君》一诗中,也有"知属仁人不自由,病躯岂敢少淹留"之辞以报阳曲县令戴梦熊⑤,对官员一方表示理解。这当然不是说官员在荐举、征召这一系列国家体制的运行中完全没有"应对"的空间,更不意味着他

---

① 《答潘次耕》:"辛亥之夏,孝感特束相招,欲吾佐之修史。我答以果有此命,非死则逃。原一在坐与闻,都人士亦颇有传之者。"《顾亭林诗文集》,第78页。
② 《二曲集》附录三《二曲先生年谱》,第675—677页。
③ 同上书,第676—677页。
④ 《霜红龛集》卷二十四《与曹秋岳书》,《续修四库全书》第1395册,第609页。
⑤ 《霜红龛集》卷十《与某令君》,据题下段朝端案语"此诗当是被征时与戴梦熊者"。《续修四库全书》第1395册,第511页。戴梦熊时任阳曲县令,参见丁宝铨编,缪荃孙等校订《傅青主先生年谱》康熙十八年己未条,《清初名儒年谱》第3册,第333页,北京图书馆出版社2006年版。

们在逼迫遗民这一点上没有责任——荐举高士或是招得名流,自然也是官员个人的业绩。不过,如斯种种复杂性,却也能帮助我们推想"辞征"何以往往成为不易破解的困局。

从政治情势与道德抉择的角度讨论"辞荐"与"辞征",自然是题中应有之义。不过同样可以关注的,是在"遗民出处"的议题之外①,"辞荐"与"辞征"的来回往复之中,实际上又折射出士人群体在学术文化上的自我认知。从正面看,官员的"举荐书"须得夸赞获荐之人如何"博学"而足当"鸿儒";从反面讲,征士的"辞征书"则要陈说自己如何"不学"而"无文"。如原任户部主事、辞官归里的汪琬在听闻被荐时赋诗言志,虽亦表示了"此翁渐被时贤识,悔不从前换姓名"的避世之意,却也就博鸿之科名写出一段感慨:

菟园册子在床头,自分迂疏不足收。
贾董高文姑拨置,可能词赋类俳优。

久忘笺传语云何,蚕谱农书记忆多。
腰了一镰肩一笠,只应赴个力田科。

曾学雕虫苦未成,让渠班马独专名。
白头愿作村夫子,一卷蒙求聚后生。②

时汪琬结庐尧峰,读书授徒③,故诗中有"菟园册子""蒙求聚后生"的自

---

① 康熙博鸿之征,向来被置于朝廷笼络与遗民抗争的互动中思考,然学界对此框架已有反思。如赵刚《康熙博学鸿词科与清初政治变迁》从被荐及录用之人员构成的角度,指出遗民在被征士人中实际上所占比例并不大,质疑"征召遗民"是否当作为理解"己未词科"的主要进路。赵文以《己未词科录》的资料为基础,对被荐和录用人员之省籍与试前功名等情况作了扎实的统计分析,指出被荐人员中,博鸿试前已有清代功名者占75%,而被录用人员中,已有功名者更是占88%。即从荐用比例上看,此科并不能反映清廷对明遗民群体的重视。赵氏的观点颇有启发性,数据本身的重要性亦不待言。不过,"遗民"成为观察博鸿开科的一种重要角度,亦当有人心、世情等复杂因素,为单纯的数目多寡所不易照及。《己未词科录》所收,大部分都是公诸荐剡、列名吏牍者,遗民既耻于应征,又多有征举之前即已遁迹"辞荐"的情况,在数量上远逊有意进取之人,本不足怪。我们仍有必要注意数量上不占优势的遗民,在当时的舆论和风气中是否会构成博鸿一科中引人注目的群体。
② 《闻荐举诏言志六首》,《钝翁续稿》卷四,《清代诗文集汇编》第94册,第507页。
③ 汪琬家居授徒事,考汪筠《钝翁年谱》、赵经达《汪尧峰先生年谱》及汪敬源《续修文清公年谱》均未载。有关碑传文字中,唯宋荦的《汪钝翁本传》提到汪琬归里后"屏居尧峰麓,益读书著述","自从游弟子外,即方面大吏躬造请,罕见其面"。而汪氏作于应征博鸿前后的诗歌中,则多有蛛丝马迹。上引《闻荐举诏言志六首》中的"一卷蒙求聚后生"之语即一证。又其戊午年居乡有诗题曰"病后示诸生",或即指同时从游的弟子。己未入都后酬答王士禛的诗中有云"芭谭相忆不胜情,竟彻皋比奉檄行。车服倘缘稽古力,便须飞札报诸生",其中先用扬雄典(扬雄不见重于同时,[转下页]

嘲。从"只应赴个力田科"一语来看,这一组诗的立意也正是针对"博学鸿儒"的科名,因此很自然地从文章和学问两个角度自谦,谓其治学不能精研"笺传",为文不能方驾董、贾、迁、固;反过来看,这正是他心中"博学"与"鸿词"的标准——自谦与自期,往往一体而两面也。士人在"鸿词"名目下所产生的"词赋俳优"的紧张或自嘲,在汪琬此诗中可谓跃然纸上。汪琬当时的兴趣,颇偏重于学问,尝赋诗自述云:"自少耽诗笔,钵心擢胃肾。文章一小技,几受壮夫哂。迟暮玩遗经,庶几改前轸。"①因此,汪琬在面对"博学"与"鸿词"之时,态度亦颇有参差;针对"博学","白头愿作村夫子"虽故作潦倒之辞,其实不无以学问自守的信心;针对"鸿词","贾董高文姑拨置""让渠班马独专名",谦冲之中,却又有不为"雕虫"的通脱自负。从整体来看,诗中屡屡称述的"笺传""遗经""稽古",皆表明汪琬侧重乃在六经传注之"学"。

同样是谈论"学问",不同士人的眼光也大不一样。另一个很有意思的案例是汤斌之就征。汤斌乃顺治九年(1652)进士,选庶吉士,授国史院检讨,出为潼关道副使,又调江西岭北道,后"念父老,以病乞休",旋丁父忧,服阕之后,从学于大儒孙奇逢②;至康熙十七年(1678)应博学鸿儒之征,则是出于户部侍郎魏象枢之荐。魏氏举荐汤斌之始末,王士禛《居易录》记述甚悉,其文曰:

> 康熙戊午春,诏三品已上大臣荐博学鸿儒,以备顾问著作之选。户部侍郎环溪魏公象枢过予邸舍,问:"今人才谁可举者?"予答曰:"公荐人与诸公稍不同。**诸公荐人,文词足矣。公荐人,即非文行兼者不可**。某交游颇众,挂一则漏万,无已,宁举一素不相识者以副下问之谊可乎?闻睢州汤潜庵斌者,昔由翰林检讨外迁潼关道副使。之任以一骡载幞被;在官数年,蔬水自甘,去官之日,幞被之外无所增益。自岭北罢归,从苏门孙先生讲学,躬行实践,教授生徒,布衣徒步,梁、宋间学者师之。斯其人欤?"言未竟,魏改容曰:"得之矣!吾亦知其人,圣贤之徒也。"明日,遂疏荐之。御试授翰林侍讲,驯至大用。③

[接上页]唯刘歆、范逡以礼敬之,桓谭甚重之,侯芭师事之。见《汉纪》卷二十九),复用桓荣事(桓荣于王莽篡汉后于九江教授生徒数百人,光武帝建武二十八年拜太子少傅,赐辎车乘马,"荣大会诸生,陈其车马、印绶,曰:'今日所蒙,稽古之力也,可不勉哉!'"见《后汉书》卷三十七桓荣传)。其中"竟彻皋比""飞札报诸生"等语都可见汪琬在应征之前,有乡居教授后学之事,不过当然未必如其《闻荐举诏言志六首》中所调笑的那样是村塾保蒙。

① 《钝翁续稿》卷四《尧峰读书五首》其二,《清代诗文集汇编》第94册,第508页。
② 《清史稿》卷二百六十五,《清史稿》第33册,第9929—9930页。
③ 《居易录》卷五,《王士禛全集》第5册,第3758—3759页。

由渔洋所记,可以窥知当时京中大僚讨论博鸿举士之情形。被征者有弓旌之荣,自是想象中事,当时甚有"不羡东阁辅臣,而羡公车征士"之叹①;然另一方面,举主亦以所荐得人而自高。王士禛谓魏象枢荐人"与诸公稍不同",固然与魏氏本人之理学立场有关,但另一方面也可见廷臣中不无举贤相争竞的意味。"诸公荐人,文词足矣",可以印证此科以"鸿词"为尚的基本想法;然在文辞之外,仍有文德兼备、学行俱优为更高标准。渔洋以"素不相识"之汤潜庵为美荐,其实也不无自立身份之意。而其中强调"蔬水自甘""躬行实践"且以为"圣贤之徒",更折射出以道德践履为真学问的观点。

以服修"德行"为根本的理学之儒,如何应对"言语""文学"之科,本身就是一个有意思的问题。汤斌在《寄示诸子家书》中言说应征都下之情形,也触及此情:

> 京中珠米桂薪,如何支持?今寓华严庵内,杜门谢客,可以静心读书。[……]环老疏,报中所刻止贴黄耳。及见原疏,乃累累近千言,每人俱列实事甚详。我名下有"居官清谨""二十年闭户读书,学有渊源,躬行实践""为文发明理趣,不尚浮艳"等语。"躬行实践"四字,实深自愧,亦不敢不自勉。他人皆以诗文荐,犹可炫耀才情,环老负天下重望,以此等语相荐,可不自勉、重为世所诮乎?但今长安以"理学"二字为讳,人人以诗赋见长,耳中不闻"吏治民情"四字,可叹也!②

可见汤斌之自重,在于"理学"与"实践",并铿然以此傲视"以诗文荐"、自炫才情之士。此书反映了获荐者阅读荐疏,并以其中字句自砺自勉的情况,颇为当时实录,在以辞征为志的遗民那里很难见到。按书中所言,汤斌已先由"报中所刻"之"贴黄"③读到荐疏的部分文字,入京之后,复又得睹全文。今考象枢《寒松堂集》载有荐举汤斌等人的奏疏,中谓"窃念博学鸿儒,世不多见,臣鄙陋失学,安能知人?且有一二素知,既经诸臣具疏奉旨者,臣又不敢再为赘举,谨就闻见所及者,得五人焉",即"原任湖广布政使告病"之毕振姬,"原任江西岭北道参政告病"之汤斌,"见任户部江西司员外郎"之冯云骧,"见任大理寺评事"之白梦鼐,以及"原任浙江督粮道参政告病"之王紫绶。魏氏所荐,

---

① 《清稗类钞》记致仕相国魏裔介语,是书第 2 册,第 706 页,中华书局 2010 年版。
② 《汤子遗书》卷四《寄示诸子家书》,《清代诗文集汇编》第 102 册,第 380 页。
③ "贴黄"乃是奏疏之末摘要简述大意的文字。《日知录》释为"本官自撮疏中大要,不过百字,黏附牍尾,以便省览"者也(《日知录集释》卷十八,第 1038 页)。汤斌所说"报中所刻",或是邸报一类的文书。

皆为已仕之人,或于遗民多有谅恕也。① 其中荐汤斌之词云:

> 原任江西岭北道参政告病汤斌,河南睢州进士,恂恂儒雅,清谨可风,谢病归田,闭户读书,学有渊源,躬行实践,文词尚实去浮。②

文字与汤书所记者小异,然大抵还是可以看出调和"文""学""行"几方面的用意。汤斌自述的"为文发明理趣,不尚浮艳",即此所谓"文词尚实去浮",属于对"文章"的表述。盖须符合康熙"游心文翰""可备著作顾问"之意,故而要从"发明理趣""去浮"的角度解释理学家汤潜庵在词章一面的成就。其余几位征士之荐词亦相类似,如谓毕振姬"躬耕百亩,犹读古不辍",经史贯通、诗文古奥;冯云骧"以古学自勖,兼能留心风雅";白梦鼐"才识老成,学问博雅,萧然四壁,惟以诗文自娱";王紫绶"宏才积学,兼工诗赋,有倚马之才";等等,虽然各人侧重不一,却都是融会各端而终不忘标出文辞方面的优长以作"点题"。③ 值得注意的是,魏疏中对"学"的陈述,主要集中在"古学""经史",也即以"博"为尚"道问学"的思路。换而言之,经史之博雅,已经在"学"的概念下延伸出来,抗行于性理之精深。

回到本章一开始所提出的问题,"鸿儒"与"鸿词"之辨,两种不同的表述方式背后,隐藏的多少正是"学问"与"词章"两者间的紧张。君主之用心,实以"词章"为重,即使"学问",也是在"著作顾问"的脉络下评断。而在士人一方,"博鸿"之开科,不啻开启了一种思考"文""学"关系的机缘——虽然这一层隐曲在当时就已多被出处进退的考虑所遮蔽。实际上,最能显出士人自家面目的,恰恰是在对"学问"的不同理解。在一片"鸿词""宏词"声中力主"鸿儒"的毛奇龄(一名甡④),自然对这个问题颇有论说,其《西河集》中有揭子三篇,正是在"辞征"这一题目下,陈述了自己对"学问"的看法。其首篇云:

---

① 魏象枢又有回护傅山之举,盖傅山当时为有司"舁床"入都,倔强不肯应试,最后是魏象枢代为陈情,"以其老病上闻",而得免试。其后朝臣又强使青主入宫谢恩,舁至午门,青主"泪涔涔下",大学士冯溥"强掖之使谢",青主"仆于地",象枢进曰"止,止,是即谢矣",才勉强收场。见全祖望《阳曲傅先生事略》,《鲒埼亭集》卷二十六,《全祖望集汇校集注》上册,第483页。
② 魏象枢《寒松堂全集》卷三《钦奉上谕事疏》,《清代诗文集汇编》第60册,第314—315页。
③ 同上。
④ 按毛氏初名"奇龄",据其《自为墓志铭》所述:"先母张太君梦番僧持度牒,来悬于堂,其牒四边以五螭相衔为花阑。醒而生予,因检郭璞游仙诗有'奇龄迈五龙'句,名奇龄。"明清易代之际,毛氏流离四方,后更名"甡",乃取"濒死屡矣,幸而生。甡者,生又生也"之义。见《西河合集·墓志铭》卷十一《自为墓志铭》,《清代诗文集汇编》第88册,第64页。

帖子称:本府上奉宁绍台分巡道宪照布政司来文,凛遵上谕,于康熙十七年月日,吏部咨开征取博学鸿儒,以文词卓越、才藻瑰丽者,召试擢用,备顾问著作之选。谬注姓名(征名系原名奇龄),且令所下县具文敦请。伏读事理,不胜惶汗。①

奇龄时以廪监②之身份应征,此揭子转述公文,正可见征聘之事,在吏部开征之后,由浙江布政司层层下达宁绍台分巡道、绍兴府,再命"所下县"即萧山县"具文敦请"的过程。揭文大意,乃是以自身才学疏陋、不足应选为辞:

夫既求博学,则苟聪明不如应奉,博记不如张安世,一览能通不如杨愔、陆倕、邢邵、夏侯荣,皆不可漫应是选。而况文章才藻,堪备著作,谁则如潘、陆之荣茂,邹、枚之敏丽,杨雄〔按,扬雄〕、司马相如之闳达,贾谊、晁错、董仲舒、康衡〔按,匡衡〕、刘向之昌明博大?③

奇龄此处分别"学"与"文"两途而辨之,以汉魏间人的"聪明""博记""一览能通"释"博学",又以"荣茂""敏丽""闳达""昌明博大"释"文章才藻"。实际上也就是"博学"与"宏词"两个方面。可知当时士人对此科的理解,率难脱乎"文词"一端,虽力辨科名当为"博学鸿儒"之毛氏,在此文中的说法思路其实也暗合"博学鸿词"的想象。而他所说的"博学",实又重在"博记",其所举亦皆前代以强记善识而闻名者,如应奉"少聪明,自为童儿及长,凡所经履,莫不暗记";陆倕,《南史》称其"尝借人《汉书》,失《五行志》四卷,乃暗写还之,略无遗脱";夏侯荣"诵书日千言,经目辄识之"④,凡此种种,皆可见毛奇龄所言"博学"之内涵。而他推崇的文章家,除了西晋的潘岳、陆机,大部分都是西汉文人。使事用典,本以高古为尚,固无足怪,不过毛奇龄特意推崇能以文章兼政事经学的贾董等人,或许也正有意与其"鸿儒"之论相互呼应。

有趣的是,毛氏既在"文"的一面举西京以为典范,为何在"学"的一面却不举汉儒为例?据施闰章《毛子传》,奇龄在当时虽以"才子"得声称于

---

① 《西河合集·揭子》卷一《奉辞征檄揭子》,《清代诗文集汇编》第87册,第85页。
② 《己未词科录》卷一,《续修四库全书》第537册,第129页。
③ 《西河合集·揭子》卷一《奉辞征檄揭子》,《清代诗文集汇编》第87册,第85—86页。
④ 《后汉书》卷四十八,第1607页;《南史》卷四十八,第1193页;《三国志》卷九《魏书·夏侯渊》传裴注引夏侯湛《序》,第273页。

世,但也已"取毛郑诸家,折衷其说"而"著《毛诗省篇》"①,固非不知汉学者。若夫马融之"博通经籍",许慎之"五经无双",郑玄之"网罗众家"②,何不援以为"博学"之解?由此观之,毛奇龄在此处有意不使用经学的框架来解释"博学"。将"博学"解释为博闻强识而非经术湛深,是因为要从反面论述自己"无学",本不必高标鹄的,又或故意避重就轻?个中原委,颇可思量。

对照前引魏象枢"举荐书"之正面论述,毛奇龄的"辞征揭"从反面同样展现了"学"与"文"的缝隙。此文上呈之后,官府当然不会就此罢休,故奇龄又有第二揭,再申述"无学"之意,并且更明显地强调"学"作为"文"以上的一个标准:

> 牲本无学,幼时读贾谊疏数过,颇有记忆,而旬日忘之。家无藏书,借读于邑之有书者,后且卖旧所贻书,以给衣米。即《易经》《左传》《汉书》《楚词》《战国文》诸书,俱不留一卷。间借读他史及列代诸有名文集,读一过又不得再三读,其胸中无学,亦已可知。③

此是开篇首言平生读书之难,以为其"无学"之证。不过揆其语气,似乎也不无自道学问之嫌。所列之书,虽皆寻常习见,然遍涉经史文集,或许也正在为"博"作注脚。奇龄复自言世之好其文者,皆"昵牲者也",故其文名实不足据。此外,他又主张文学二端之中,尤当以"学"为重:

> 昔者韩退之讥博学宏词试文,谓"偶一诵之,即颜忸怩而心不宁者累月";宋杨龟山尝云:"宏词之试,近乎以文字自炫者。"〔……〕夫文无可凭,退之之忸怩,安知非取之者之色喜者也?独是"博学"极难。即欧阳永叔善为文章,犹有同时刘攽,日调笑其不读书者。谚曰:"宁荐布棋,勿荐卢医。"盖日者布棋,休咎未分,故虽谬为荐引,而谴无所施,今

---

① 《毛子传》,见《施愚山集》第1册,第346—348页。传文中又有"牲年四十余尚无子"之语,按毛奇龄生于天启三年(1623),故此文之作,必在康熙二年至康熙十二年之间(1663—1673),当在博鸿征召之前。

② 《后汉书》卷六十上《马融列传》:"京兆挚恂以儒术教授〔……〕融从其游学,博通经籍。"第1953页。《后汉书》卷七十九下《儒林列传》:"许慎字叔重,汝南召陵人也。性淳笃,少博学经籍。〔……〕时人为之语曰'五经无双许叔重'。"第2588页。《后汉书》卷三十五《张曹郑传》:"郑玄括囊大典,网罗众家,删裁繁诬,刊改漏失,自是学者略知所归。"第1213页。

③ 《西河合集·揭子》卷一《再辞征檄揭子》,《清代诗文集汇编》第87册,第86页。

之为试文者,稍稍类是;若学,则如医者之效疾,苟荐一不当,其谴立见。①

观其大意,已不在"文"的问题上推托,转而从"学"的一面自谦。事实上,奇龄既已为清之廪监,本已无遗民出处之问题。以学问未足而辞征,较之亭林之遁迹、二曲之誓死、青主之倔强,实已异趣。换言之,西河之"辞征檄揭子",看作逊让之文字即可,不必太当真。不过,其中的"文""学"之辨,从反面看仍颇有意味——或许正因为本身是文采风流的才子,所以毛奇龄才故意要从"学"的角度立论。更进一步,我们不妨推想,"辞征"之理由,反转过来便是"应征"之资格。既然非有实学不能应选,则膺选之人,便理当是饱学之士——"博鸿"作为"佳选"的意义,正在于是。毛氏此揭,于终章复有"既非博学,何有鸿儒,况鲜才藻,兼多疾病"之辞,直言非博学则不能为鸿儒。其以学问为"儒者"之归,与理学一路重视道德实践的想法并不一致。毛氏文中提到的韩愈和杨时对唐宋制科的批评,乃是站在道德和个人修养的角度批评"宏词"是"文字自炫"②;宋代之博学宏词科,随着理学日盛,所受此类批评甚多③。有趣的是,毛奇龄的论述,将韩愈、杨时那里的"文—道"之辨,暗暗转换成了"文—学"之辨,分辨的焦点从道德修养转成了知识储备,这里面正包含了对"学"本身理解的变化。而毛氏之论述可与黄宗羲的说法对照:

> 谓之博学,吾意临平石鼓、青州墓刻,有一事不知,即其罪矣;谓之宏儒,慎、墨得进其谈,惠、邓敢窜其察,即其罪也。故非万人之英不能居此美名也。④

黄宗羲将"博""宏"作为两方面分开叙述,其言"博学",大抵也是博闻多识,然言"宏儒",则是义理醇正、不涉异端,这就与毛奇龄颇不相同。"博学鸿儒"一语,在黄氏是"知识"与"义理"两端并列,而在毛氏则是用"博学"来修饰和定义"鸿儒",特重知识一端,其用意所在,正是要推出自己对"儒者"内涵的解说。

---

① 《西河合集·揭子》卷一《再辞征檄揭子》,《清代诗文集汇编》第87册,第87页。
② 韩愈《答崔立之书》称其应吏部之博学宏辞试,退而自取其文读之,以为"类乎俳优之辞,颜恧恧而心不宁者数月"。《韩昌黎文集校注》卷三,第186页。《龟山先生语录》卷二云:"试教授宏辞科,乃是以文字自售,古人行己似不如此。"都是从道德的立场批评"文人无行"。
③ 聂崇岐《宋词科考》云:"盖宋自元祐以后,理学渐盛,一派学者群趋于性命道德之途,恶浮文之能淫蔽性灵,故对词科不惜以恶言相诋也。"《燕京学报》第25期。
④ 《与陈介眉庶常书》,《黄梨洲文集》,第464页。

第三节　从行卷到应试：
阙下待考与征士的"文""学"交游

  知识、义理、文章的关系，任取两者都不难展开一篇宏论。不过，在康熙十七年前后，"博学"之科名，引发出的更多是知识和文章两者的互动。事实上，在高谈性理的风气之下，"薄文苑为词章，惜儒林于皓首"①，"文章"与"博学"都近于"道问学"一路，其不乏相互引援之处。博鸿一科，便颇有为"文"而励"学"的味道。无论是艰难辞征终被迫入京，抑或是踊跃干进而欣然应考，博鸿之科实质上促成了海内名士云集京师的盛况②，由此而来的唱和往还，自然也就篇牍累累。顾亭林有《寄次耕，时被荐在燕中》之诗，既同情潘耒之不得全志，又深不齿都下"文人"之"风流"：

  辛苦路三千，裹粮复赢滕。夜驱燕市月，晓踏卢沟冰。
  京雒多文人，一贯同淄渑。分题赋淫丽，角句争飞腾。③

  淄、渑二水，其味不同，合则难辨；故亭林以"一贯同淄渑"讥刺京中士林之薰莸同器，后文又以"虽赴翘车招，犹知畏友朋"致砥砺于次耕。此所谓"分题赋淫丽，角句争飞腾"，虽不免辛辣，却可为当时景象之写照。不难想象，应诏诸公之"分题""角句"、诗酒流连，其中或亦未免有"行卷"之意焉。时大学士冯溥，延揽应征名士甚力，其最著者有所谓"佳山堂六子"，朱彝尊《征士徐君墓志铭》记其事云：

  唐制，博学宏词有科，废不行久矣。康熙十七年，天子法古，爰命内外大小臣工，各举所知，征入都。于是浙江巡抚以海宁徐君林鸿应诏。[……]君时名藉甚，又与同里吴君农祥、王君嗣槐、吴君任臣，萧山毛君奇龄，宜兴陈君维崧，咸为大学士冯公延致邸第。都人所称"佳山堂六子"也。佥谓读卷者冯公，卷不弥封，君必见录。及驾旋命下，入史馆者

---

① 黄宗羲《留别海昌同学序》，《黄梨洲文集》，第477页。
② 如时任翰林学士的叶方蔼即有诗云"闻道济川才不乏，高冈翙羽听长鸣"，自注："时奉旨征聘，海内博闻之士云集阙下。"见《叶文敏公集》卷十三《蒙拜翰林学士之命感恩述怀四首》之四，《续修四库全书》第1410册，第683页。
③ 《亭林诗集》卷五，《顾亭林诗文集》，第414—415页。

五十人,授中书者七人,君乃见遗。君子于是叹冯公之无私,尤服君之不肯干进也。①

朱彝尊以唐制之"博学宏词科"为己未博鸿之源头,所称"六子",乃指徐林鸿、吴农祥、王嗣槐、吴任臣、毛奇龄、陈维崧六人,皆博鸿征士而馆于冯邸者。开试之后,冯溥与大学士李霨、杜立德和翰林院掌院学士叶方蔼同为阅卷官,故朱文称"读卷者冯公"云云。此科最终之结果,任臣、奇龄、维崧皆中式,王嗣槐亦以年老"特授内阁中书"②,唯林鸿、农祥不中。竹垞记述此事,固以之称美冯溥"无私"而徐林鸿能"不干进",然当时舆论以佳山堂为一龙门,由此亦不难想见。毛西河既为冯公座上高朋,亦尝记其当筵作赋之韵事,颇为得意:

> 益都师开宴万柳堂,延四方至者,命即席作《万柳堂赋》,蒙奖予第一。〔……〕扬州乔石林以内阁中书被荐,同集万柳堂,录予赋归。次日,其同舍江阴曹峨嵋亦在荐中,石林出予赋请教。峨嵋反复曰:"此非君作也!""然则谁作?"曰:"此非江东毛生,恐不能也!"一时传诵为佳话。③

佳山堂为冯氏城中府第④,万柳堂则其城外别业也,在京师崇文门外,本为隙地,冯氏购而治园,堂外"长林弥望,皆种杨柳,重行叠列,不止万树"⑤,故有是名。此记冯溥即席命赋,又为之次第,而征士侪辈之间,复相与品评激赏,宜乎亭林"角句"之叹也。西河《万柳堂赋》,终篇谓柳树"虽复种移郎省,赋试贡士""犹且徘徊绿天,沦连碧汜"⑥,即是铺排古典,却也关合今事,可谓善言。所云"赋试贡士",自道当时情形,正可窥见时人如何以"词赋"看待这次博鸿之举了。⑦ 而牵涉"学问"的议论,亦在燕谈中出之,如吴任臣与徐咸

---

① 《曝书亭集》卷七十六,《清代诗文集汇编》第116册,第569页。
② 《己未词科录》卷首,《续修四库全书》第537册,第113页、第116页。
③ 《制科杂录》,《四库全书存目丛书》史部第271册,第644页。
④ 见毛奇龄《佳山堂二集序》,《西河合集·序》卷十九,《清代诗文集汇编》第87册,第335—336页。
⑤ 毛奇龄《万柳堂赋序》,《西河合集·赋》卷三,《清代诗文集汇编》第89册,第22页。
⑥ 《新唐书》卷一百六十《吕渭传》:"始中书省有古柳,建中末枯死。德宗自梁还,复荣茂,人以为瑞柳。渭令贡士赋之。"
⑦ 关于冯溥与博鸿诸征士交往之事迹,张立敏《冯溥与康熙京师诗坛》(中国社会科学院研究生院博士学位论文,2009年)有较详细的叙述,并以之为冯氏礼贤下士、延揽人才之证,可参看。不过,本章希望强调的则是这种交往本身在此次制科中本身可能具有的"行卷"的意义,以及这些士人交往背后反映出来的针对"学问""文章"等议题的观念。

清之龃龉,便因争论字句而起:

> 会游万柳堂,天将雨。外舍诸公,有举吴志伊《字汇补》中"水云角鳞"为言者。仲山曰:"《吕览》'水云鱼鳞',未闻'角鳞'也。"诸公大惊,且曰:"'鱼''角''鳞''鳞',字形之误,此必坊刻有是本而志伊据之,此固不关学问者。"仲山复曰:"《淮南子》亦有之,'山云草莽,水云鱼鳞'。《吕览》有误本,何不更考《淮南》乎?"众大憾。〔……〕志伊实有学,其学亦何减仲山?此偶误耳。郑康成注经,十误二三,世敢谓康成非通儒耶?①

此所言因讹字而论及小学,毛奇龄在《制科杂录》中还记有类似之事数端,当是以为"宏词"之外"博学"的一面。名士之间,以字词训诂为谈资,乾嘉考据之风尚,或许于此已微露先声。

词章、博学、性理,人各有擅场,或以此相尚,或以彼相高,本无足怪。值得注意的是,征士聚会议论之中,对此番特科实际上的"词章"取向,其实颇有体认。施闰章对孙枝蔚(豹人)的品评,即为一显例:

> 豹人北首入都,初迫于有司。居既久,**诸待试阙下者多务研练为词赋**,豹人独泛览他书,间语客曰:"吾侨居广陵,数十口饔飧待我,使我官京师,不令举家饿死乎?"已入试不中。良喜,遂束书南归。②

"诸待试阙下者多务研练为词赋",正是当时征士"备考"之实录。孙枝蔚"独泛览他书",乃被看作无心应考的表现。由此可知,应考者都非常清楚,此科乃是以"词赋"为内容的。同时陆陇其(稼书)《三鱼堂日记》中的记述也可以印证时论的倾向:

> 〔康熙十七年四月〕廿八。候陈夫子,述魏环老言荐举时再四踌躇,欲并及余,**恐未必能诗**而止。③

"魏环老"即前述荐举汤斌之魏象枢,此记其又曾有意举荐陆稼书,虽或不免有客套之成分,却也可以再次让我们看到,"荐举"本身既是官方行为,

---

① 《制科杂录》,《四库全书存目丛书》史部第271册,第644页。
② 《送孙豹人归扬州序》,《施愚山集·文集》卷八,第1册,第162—163页。"束书",点校本误作"来书",据康熙刻本《施愚山先生学余文集》校改。
③ 《三鱼堂日记》卷四,《续修四库全书》559册,第511页。

又很能牵动士人的私人社交网络。魏象枢"再四踌躇"而终于搁置了荐举陆陇其之想法,其原因在于"恐未必能诗";所谓"能诗",正是朝臣对康熙上谕中"文藻瑰丽""润色词章"等语的解读。《三鱼堂日记》戊午一年,共有三卷,记述稼书由闻听诏令,一路上京待考的事迹甚为详细,足资考证;不过由于陆氏后丁父忧,于康熙十七年十一月回乡,最终未尝与试,名不在博鸿榜中,以往有关己未词科之研究,对此书似乎也注意不多。事实上,陆氏所记当年四月至十月间旅行以及留京待试的情况,都不失为了解当时征士生活的重要史料。如其记闰三月初一,看到荐疏时的反应:

> 接吴准庵荐举呈稿,内有"理学入程朱之室,文章登韩柳之堂"等语。此非予所敢居。然岂可不自勉耶!①

陆氏乃严守程朱门户的理学家,荐举中牵连上"文章登韩柳之堂",正因康熙以"宏词"取士,故不得不尔。同月十九日,陆氏便"接荐举命下之报,见邱近夫、潘次耕同在举中,此可喜也"。按邱钟仁字近夫,昆山人,著有《春秋遵经集说》②;潘次耕即从学顾亭林的潘耒,时以博学闻名,稼书此前曾在徐乾学处见之,深服其"博洽"③,故深以与二人同列为可喜。当时士人通过邸报获知荐举事务之动态,复又借以品题人物,于此可见一斑。二十五日,稼书乘舟出关,旅途所读,乃是前几日友人所赠之《容斋随笔》。稼书日记中还对此书进行了摘录,其中所抄如汉武帝"诏举贤良方正"事、宋代"博学宏词科"等④,皆可见其关注。汉代的征召与宋代的词科,正是时人在理解康熙己未博学鸿儒之征时所寻找的知识资源,关于士人如何解读康熙的"法古取士",前文已有讨论,此不赘言,不过陆陇其之日记,正可以作为一个当事者的实例来看待。

在陆陇其这次上京旅途中,水路只占了很短的一段。闰三月廿七日,舟过丹阳(镇江),廿八日即登岸转陆路,陆氏乘骡轿继续前行,起初一两天还颇不习惯轿内的"震撼不宁"。接下来他历江都、天长、盱眙,四月初八在宿迁渡黄河,入山东境内,经郯城、沂水、蒙阴诸县,至四月十五日"望见泰山",遂入泰安州。继而一路北上,四月廿六日"至芦沟桥",旋入京,"进彰义门"

---

① 《三鱼堂日记》卷四,《续修四库全书》第559册,第502页。
② 《四库全书总目》卷三十一,第255页。
③ 《三鱼堂日记》卷三康熙十六年(丁巳)十一月初四条记载:"陆翼王来会〔……〕极口吴江潘次耕之博洽,余曾于健庵所见之,不诬也。"《续修四库全书》第559册,第494页。
④ 分别见闰三月廿七日、廿八日日记,《续修四库全书》第559册,第504—505页。所摘录为《容斋续笔》卷六"汉举贤良"条以及《容斋三笔》卷十"词学科目",文字稍有删节,大体相同。

(即今广安门),"至席文夏寓"①。接下来五月初二拜谒其举主、工部主事吴源起,接下来又与叶方蔼、魏象枢等人时相过从。稼书并非"研练词赋""角句飞腾"的文士,故日记所述到京后之活动,主要也是读书与论学,鲜有联诗舞文之"风流"。以读书而论,日记所涉除了《四书大全》《困知记》一类理学书籍外,亦有讨论天文星象者如陆世仪的《分野图》,涉及地理山川者如孙承泽的《河纪》,有关前代政事者如张居正的《张江陵集》等,构成一个颇为"广博"的范围。八月廿六日,陆陇其更亲到钦天监讨论历法。诗文之阅读,除了六月初四、七月初五两次"读杜诗"的记载,更多的便是阅读往来朋辈的作品。如九月十五日会朱彝尊,读其所示"杂文数首",以为"典雅不浮言"。九月十六日从侯大年处借得汪琬《钝翁类稿》十四卷至三十一卷,接连两日披阅,谓其"自负甚不浅,而终不脱文人习气";十月初三,又借三十二卷至五十卷,并有所抄录,至当月十九日,乃与汪琬会面论学,对其所论亦多有不满。前此十月初六日,施闰章来会,"送诗一册",陇其以为"其诗颇有古人风,非寻常月露风云之话"②。这些阅读经历,既展现了广博的知识范围,同时亦不失诗文词章之指向,颇可见当时征士在"文""学"两方面准备应考的情形。

康熙十八年三月初一日,"试内外诸臣荐举博学鸿儒一百四十三人于体仁阁",试题为《璇玑玉衡赋》和《省耕诗》五言排律二十韵③,正是以诗赋为考题。而时人相传,"先试一日,上命内阁诸学士及翰林院掌院拟题,皆一文赋、一诗",备选之诗题目又有如《赋得雨中春树万人家》《远人向化歌》等,文题则还有考、论、赞等类,如《王者以天下为一家论》《士先器识而后文艺论》《十三经同异考》《三江九江考》《岣嵝碑赞》等④。作为不常开的"制科",其试题之趋向,如果说会对学术习尚产生持久而稳定的影响,或许言之过当。不过,博鸿之试题,却可以反过来作为当时风气之表征。所考之文题诗题,大都典出经书,本非异事⑤,然而其中可能涉及的天文、地理、金石各方面的知识,却也值得留意。如果与陆陇其日记中所记的读书情况对照,正可见其中呼应。不过,这种"博学",在此次考试中的意义却仍然是作为文章之用。据

---

① 《三鱼堂日记》卷四,《续修四库全书》第 559 册,第 504—511 页。
② 同上书卷六,第 534 页。
③ 《圣祖实录》卷八十,《清实录》第 4 册,第 1016 页。
④ 《制科杂录》:"相传先试一日,上命内阁诸学士及翰林院掌院拟题,皆一文赋、一诗。高阳李师拟《璇玑玉衡赋》《赋得雨中春树万人家》。宝坻杜师拟《王者以天下为一家论》《省耕》。益都冯师拟《十三经同异考》《耕籍》。内阁学士项公拟《士先器识而后文艺论》《赋得春殿晴薰赤羽旗》。阁学李师拟《岣嵝碑赞》《远人向化歌》。掌院学士叶师拟《珪璋特达赋》《三江九江考》《赋得龙池柳色雨中深》。上用高阳师赋题,宝坻师诗题。先试一日傍晚,或云外间有觇知其题者。"《四库全书存目丛书》史部第 271 册,第 646—647 页。
⑤ 如"璇玑玉衡""三江九江"出《尚书》,"以天下为一家""珪璋特达"出《礼记》。

《制科杂录》记载,徐咸清未得入选,冯溥复欲荐之于上,称其有著作《资治文字》,然"傍一学士曰:'字书,小学耳'",于是康熙"遂置不问"而另选了有文名的严绳孙。① 此外,康熙又专门询问试卷中诗韵使用等问题,认为"诗赋韵亦学问中要事"。② 此类禁闼秘语,何以流传于外?或即出于冯溥也。"流言"本身,正可以反映在博鸿之试中"文""学"二者的关系——康熙垂问应试者的"学问",终究是要用以判断"文"之"佳"否。这样看来,考试之前都下名士"分题赋淫丽,角句争飞腾"自又无足怪矣。

第四节 "博学鸿儒本是名"

康熙十八年三月二十九日,上谕吏部"荐举到文学人员,已经亲试",取中一等彭孙遹等二十人,二等李来泰等三十人,"俱着纂修明史",并谓"其见任、候补及已仕、未仕各员"应如何分别授职,皆命吏部"一并详议具奏"。此为博鸿一科之"发榜",令取中人员皆"纂修明史",常被以为一时之佳话。然应考之人,起初对此结果却不无微词。施闰章在考试之后的一封家书中说:

> 试卷传出,都下都纷纷讹言,皆推我第一名。久之,半月后方阅卷。我绝不送卷与内阁诸公。初亦暗取在上上卷,列三五名中;后因诗结句有"清彝"二字,嫌触忌讳,竟不敢录。得高阳相国争之曰:"有卷如此,何忍以二字弃置?此不过言太平耳。倘奉查诘,吾当独任之。"于是姑留在上上卷第十五名。又推敲停阁半月,则移在上卷第四。皆此二字作祟也!今□传案出,又改上上为一等、上卷为二等矣。我平日下笔颇慎,独此二字不及觉,岂非天哉?**上意本极隆重,今不收入翰林,概发史局修明史,是第一难题目**。虽闻已下铨部议授职衔,冷淡可想。将恐劳而无功,不知作何下落。〔……〕高才博学远出吾上而见放者甚众,吾既犯嫌忌而复收之亚等,过望矣。恨衰老空疏,不任笔札,**博闲冷之空衔**,而抱骨肉之永痛,不如径置局外,得浩然归耳。③

---

① 《制科杂录》,《四库全书存目丛书》史部第271册,第648页。
② 同上书,第647页。
③ 施闰章《试鸿博后家书十四通》,原札为陈垣先生所藏,黄山书社点校本《施愚山集》收入"补遗"。此引为第二通,见《施愚山集》第4册,第124—125页。"今□传案出"一句,原文有缺字。

家书之言,相对于公开的著述,往往更为私密而直露。愚山书中所叙以犯忌而险些落第之事,对文字狱或清初言论气氛之研究,固然十分重要①;不过,同样值得关注的是,施愚山在获悉"俱着纂修明史"的结果之后,反应是"将恐劳而无功,不知作何下落",对此颇有不满。"今不收入翰林"一语,更可见当时应考者之期冀,以为必有"入翰林"之望。联系到前文对康熙诏令中"顾问著作"等语的分析,这种期望并非空想。正因如此,修史之命在施闰章看来并不能符合隆重之意,是否"收入翰林"才是其真正挂心处。此后在四月十九日的家书中,施愚山称授官之事已有进展,"今又奉圣恩有改授消息,但尚未下部耳",同时也开始为修史之事做准备,以"修史之役,势不容辞"自勉,并要求家人将家中所存书籍"从本府解颜料船或京榜纸船带来",以便查考。② 愚山五月初二日的家信中,改授翰林之事已有消息:

> 铨部初议我辈候补者俱原衔修史,毫无改授,通国为之不平。我辈株守无求,人品自见。今奉恩旨驳批,俱以翰林用矣。目今一议讲、读,一议编、检,局尚未定,无钱人不得不静听位置。要之过望逾量矣。词、学安在?而猥以宏、博名耶?③

书中借"通国为之不平"的舆论,对此前吏部的"原衔修史"颇致不满。博鸿授职之议,吏部最初的方案,除了未仕者授予"内阁撰文中书""内阁办事中书""翰林院待诏"等职衔外,其他具有现任或候补官职者,皆按其原任职位"食俸修史",待明史告成之日再"从优议叙",施闰章当时为候补参议道,正属于"毫无改授"的一类,其"不平"自不难理解——仅仅按原衔修史,则博鸿一试,于其功名毫不加增,未免太过"冷淡"了。事实上,不仅愚山辈候补官员牢骚满腹,朱彝尊等以布衣获任翰林院待诏也颇有波折。朱彝尊四月初九日之家书中也谈到授职之议:

> 吏部极其可恨,循限资格,仅拟授我等布衣为孔目。明中堂不平,乃改议授待诏。④

---

① 清代文字狱方面的讨论,见余嘉锡《跋施愚山试鸿博后家书》,《余嘉锡论学杂著》,第 636—637 页,中华书局 2007 年版。
② 施闰章《试鸿博后家书十四通》之四,见《施愚山集》第 4 册,第 125 页。
③ 同上书,第 126—127 页。
④ 此家书原为唐长孺先生收藏,2004 年 1 月学者于翠玲由唐刚卯先生处得见,撰有《朱彝尊家书与康熙"己未词科"史料——启功先生〈朱竹垞家书卷跋〉详说》一文加以介绍,载《北京师范大学学报(社会科学版)》2004 年第 4 期,此系从于文转引。

翰林院官制，"孔目"和"待诏"都是属官。孔目之品级，"满员从九品"，汉员则"不入流"；待诏也仅仅是从九品而已。所遇之薄，非但竹垞以"可恨"斥责吏部，即明珠亦要为之不平。群情物议之下，最后终有五十人皆授翰林的结果。按愚山家书所言，五月初二日已有"俱以翰林用"消息，复又议诸人应授侍讲、侍读、编修、检讨等职位之次第。愚山五月初十日家书云"部议授官侍读，今日疏方上，约十五六可下也"。正式下旨在五月十七日，将所取中的一等、二等五十名"博学鸿儒"分别授予侍读（从四品）、侍讲（从四品）、编修（正七品）、检讨（从七品）等翰林院官职。① 分别品级的标准，其实并非依照三月发榜时的等第，而是参酌诸公应此科之前的功名、官位而定。编修以上，率皆原已有进士功名者，其余举人、秀才乃至布衣，皆授检讨。故虽应试等第之高如一等第二名倪灿（授检讨），得官亦不若二等第四名之施闰章（授侍讲），其实背后仍不免有"循限资格"的影响在。"博学鸿儒"之征，虽曰一代文治盛典，终究亦有在官僚体系中运转而不得不然的羁绊。换一个角度看，没有吏部的"循限"和"可恨"，又何以见得康熙帝之"破格"与"右文"呢？

施闰章、朱彝尊在授官方面的牢骚，正可见获征之士人，对"鸿儒""翰林"之声名，实际上亦颇为看重。在征士看来，吏部以资格限人，十分可恨，但在常科出身的翰林院官员看来，词科之授官，却太过优渥，故以"野翰林"讥之；时人郑梁（寒村）有"博学鸿儒本是名，寄声词客莫营营"之诗嘲笑求荐鸿博之人。② 可见，不管是在当事人或是旁观者，"博学鸿儒"之"声名"，都是一个甚为敏感的话题。即使在后代，"博学鸿词"抑或"博学鸿儒"之名亦因其中所蕴含的"国家右文"之理想，成为令人怀想、追忆之缘由，乾隆间《儒林外史》以求访"天下儒修"、赠授翰林职衔作为全书之结局，嘉庆间吴骞称赞己未词科"经儒硕彦，名士杰臣，一时景集"，"风云际会之盛，从古罕觏"，皆可见之。③ 在这一背景之下，考察当时人在"鸿儒"或"鸿词"科名表述中寄寓或流露的微妙心曲，或许并非胶柱鼓瑟、求之过深之论。

"宏词""鸿儒"之两歧，其说虽烦，事则甚明；值得进一步追问的，或许是"宏词"之后来居上，与"鸿儒"之悄然告退，在清初的"文""学"之辨中，究竟折射出何种深层的含义？毛奇龄《制科杂录》在为"鸿儒"科名辩护时，引董

---

① 《圣祖实录》卷八一，康熙十八年五月庚戌（十七日）条，《清实录》第 4 册，第 1034 页。
② 阮葵生《茶余客话》卷二"康熙己未博学宏词科"。阮葵生指出，从此科取士来看，确实多得理学、经济、经史、博物等方面颇有造诣的学者，当时人的讽刺，虽一定程度上反映了"延赏虚声"和"骛名"的现象，但很多也属"轻薄不学"者的谤语。对郑梁之诗，阮氏亦认为非常"可怪"。
③ 《己未词科录》卷首吴骞序，《续修四库全书》第 537 册，第 109 页。当然，吴敬梓笔下的特科设想以及吴骞对康熙博鸿的赞赏，事实上与乾隆初年的"博学鸿词科"有更为直接的关系。但乾隆之开词科，亦不可谓不是步武康熙而来。关于乾隆词科，下一章将有详细论述，此处不赘。

仲舒"博览群书号曰洪儒"的说法①,实际上已经并非"鸿儒"之最高义。王充《论衡》中对"鸿儒"有一更为经典的定义:

夫能说一经者为儒生;博览古今者为通人;采掇传书,以上书奏记者为文人;能精思著文、连结篇章者为鸿儒。故儒生过俗人,通人胜儒生,文人逾通人,鸿儒超文人。故夫鸿儒,所谓超而又超者也。②

以王充的标准看,"博览群书"其实只是"通人"之资,乃在"文人"之下,更不及"鸿儒"之"超而又超"。毛奇龄用"博览群书"来解释"鸿儒",正是王充所说的"通人";这一定义,与他从"博闻强记"的角度阐释"博学",正可呼应。③《论衡》所谓"文人""鸿儒",则皆指能将所"学"见之于"文"者,而具体之文类,则以擅奏议、书表者为"文人",能"兴论立说"、创为著作者,则为"鸿儒",所指并非诗赋也。所谓"连结篇章",大概是以诸子之书作为典范。不过,王充以"精思著文"定义"鸿儒",主张学问必须表现于文章,积学能文的文人、鸿儒,高于有学而无文的儒生、通人,在贯通"文""学"这一层上,与康熙戊午上谕中所要求的"学问渊通,文藻瑰丽"具有一致性,从引据古典的角度,似乎很适合作为康熙所求"博学鸿儒"的出处。然而有趣的是,毛奇龄恰恰不援"精思著文、连结篇章"作为"鸿儒"之确诂。内中原因,或有典出经传的想法④,不过更重要的应该是,在清初的语境中,王充重视"文章"的"鸿儒"定义早已不能为士人所接受,他所说的著作之文,也与清初一般观念中的诗赋之文并不吻合。因此,以"诗赋"为考试内容的科目,冠以"鸿儒"之名,多少会"于义未安"。这也是为何当时士人有意无意将"博学鸿儒"改易为"博学鸿词"的原因之一。名称选择的背后,正有"文""学"分合的大势。

在王充的观念中,"能文"是"鸿儒"之必要条件,"文""学"之关联甚为紧密。然六朝人作《后汉书》,已作儒林、文苑之分,明见"文""学"之背离,亦早有痕迹可循。文章、学术发展愈久,内部之复杂性愈发显著。降及明清之际,"儒"之内涵已是析之弥精。黄宗羲在康熙十五年(1676)四月所作的《留别海昌同学序》中,对此便有深入的观察:

---

① 此语不见于今本《春秋繁露》,唯《春秋公羊传》徐彦疏曾引《繁露》曰"能通一经曰儒生,博览群书号曰洪儒",此或即西河所本。
② 《论衡》卷十三《超奇篇》,黄晖《论衡校释》,第607页,中华书局1990年版。
③ 参见前文对毛氏辞征揭子的分析。
④ 《四库全书总目》中,《春秋繁露》乃经部著作,而《论衡》为子部杂家类。

> 三代以上,只有儒之名而已。司马子长因之而传儒林。汉之衰也,始有雕虫壮夫不为之技,于是分文苑于外,不以乱儒。宋之为儒者,有事功、经制、改头换面之异,宋史立道学一门以别之,所以坊其流也。盖未几而道学之中又有异同,邓潜谷又分理学、心学为二。夫一儒也,裂而为文苑、为儒林、为理学、为心学,岂非析之欲其极精乎?①

如果取"夫一儒也"之中"儒"的广义概念,则所谓文苑、儒林、理学、心学的概念靡不包之;然以狭义言之,孰为"真儒",则必有高下轩轾矣。由此推演,"鸿儒"之不协于词章,自不奇怪。黄宗羲面对的问题,主要在于言心学与理学者鄙薄词章、经传之学,其实无异于"封己守残",故他希望海昌"同学诸子"能以文章而载道,借传注而通经,将"裂之为四者"复而一之。② 不过,分途之后的"复合"未可与"混沌未判"之状态等量齐观。从另一个角度看,正是"文""学"之间的"道术既裂"造就了一种融合与发展的动力,于有清一代之文章学术关系甚深。清代初年对"博学"的追求,背后仍不免有"文章"之鹄的,但正是在因文求学趋势之中,文人士大夫的知识领域持续拓展延伸。君不见,"京雒文人"的"角句飞腾"之中,亦浮动着考论字词、搜求典制之声,故训度数之学骎骎而盛,于此亦可见微知著也。

---

① 《黄梨洲文集》,第 477 页。
② 同上。

第五章 词章·理学·经学：雍乾间的特科与学术

康熙朝"博学鸿儒"之征在后世记载中出现"博学鸿词"之讹，除了前文的诸多分析，另一重不能不提到的因由，则是后来乾隆年间确又以"博学鸿词科"为名，重开制科。此次开科之议，乃发于雍正十一年(1733)，当年四月初八日，皇帝上谕内阁：

> 朕惟**博学鸿词**之科，所以待卓越渊通之士，俾之黼黻皇猷，润色鸿业，膺著作之任，备顾问之选。圣祖仁皇帝康熙十七年，特诏内外大臣荐举**博学鸿词**，召试授职，一时名儒硕彦，多与其选，得人号为极盛。①

雍正由此亦思步武圣祖，着臣工荐举"足称博学鸿词之选者"，并准备"临轩亲试""优加录用"。然令下之后，经过三年左右的准备，直至乾隆元年(1736)九月方正式考试。② 有趣的是，康熙十七年(1678)的诏征"博学鸿儒"，虽经毛奇龄力辨非"宏词"，到雍正、乾隆重兴是举时，"博学鸿词之科"却成为著之令典的"正名"。不但如此，雍正十一年的上谕直接用"博学鸿词"来追述康熙己未的"词科"，实质上更为"鸿词"推波助澜。因此，后人著述中以"鸿词"甚或"宏辞"之名概言康熙、乾隆两科，也就不足为怪。如沈德潜《博学宏辞考》云：

> 博学宏辞科，始于唐开元十九年。先是开元二年有文儒异等科，六年有博学通议科，七年有文辞藻丽科，至是始更博学宏辞科，登第者为郑昉、陶翰。〔……〕宋仁宗时以十科取士，而"博通坟典"次于"贤良方正"之下，哲宗绍圣时罢制科目，二年乃置"宏辞"以继"贤良"之科，徽宗大观四年，改为"辞学兼茂"科，高宗南渡后仍立博学宏辞科，而其制少异，题凡制、诰、诏、表、露布、檄、箴、铭、赞、颂、序，于内杂出六题，分为三场，天子临轩亲策，得人最盛。〔……〕元明以来，废而不举。我朝康熙十七

---

① 《世宗宪皇帝实录》卷一百三十，雍正十一年四月己未，《清实录》第8册，第689页。
② 《高宗纯皇帝实录》卷二十七，乾隆元年九月己未，《清实录》第9册，第590页。

年,圣祖患时文之弊,因特开**博学宏辞**之科,网罗天下英异之士,亲试体仁阁下,得彭孙遹以下五十人,理学、儒林、名臣、硕辅皆出其中,人文之盛,为本朝设科之冠,拟之唐宋,盖远过云。①

沈德潜在这一段考述中,明确将康熙己未特科称为"博学宏辞之科",并将其置入唐宋以降"博学宏辞科"的传统之中。名称"宏辞",盖从古也。乾隆元年之博鸿,德潜应试而不遇,其《沈归愚自定年谱》对当时县令征聘、学政"坚命应诏"以及其上京考试的具体情形,都有记载。② 同时全祖望《词科摭言》之作,也与乾隆朝的博鸿开科有关。全氏当时膺博学鸿词之荐,留居北京,与李绂、方苞等往来论学,因此又与一时征士,颇有往还:

> 同时词科举主,以临川、灵皋为眉目,士之欲见二公者,率借先生道引,于是应召二百余人,多半与先生通缟纻,先生〔按:全祖望〕因得尽其人之学术文章,乃汇为《词科摭言》一书。③

《词科摭言》之写作计划,乃是"先之以康熙己未百八十六征士",而后复以乾隆博鸿应征之士接之,详述各家之"文章学术";己未制科的部分已然成书,但乾隆朝的部分则"未能遽成",全氏遂"先取同荐诸公姓氏里居、世系",合为《公车征士录》一编。④ 全氏同时亦应考乾隆元年的常科会试,得中进士而入翰林,反倒因此未能真正应考博鸿;其弟子董秉纯有"时相方忌先生中大科,遂特奏凡经保举而已成进士、入词林者,不必再与鸿博之试"之说⑤,足见当时人对博鸿一科的重视,认为其荣耀更在常科之上。全祖望当时亦积极劝说友人应考。《鲒埼亭集外编》有《与厉樊榭劝应制科书》一通,乃为勉励厉鹗而作,其辞云:

---

① 《归愚文钞》卷三,《沈德潜诗文集》第3册,第1146—1147页。
② 见《沈归愚自定年谱》雍正十二年甲寅条、乾隆元年丙辰条,《北京图书馆藏珍本年谱丛刊》第170页、第173—174页。
③ 董秉纯《全祖望年谱》,雍正十三年乙卯条,《乾嘉名儒年谱》第4册,第330页,北京图书馆出版社2006年版。
④ 见全祖望《公车征士录题词》,《鲒埼亭集外编》卷二十五,《全祖望集汇校集注》中册,第1241—1242页。另外,据法式善《槐厅载笔》卷九引鲍钤《稗勺》云:"全太史祖望撰《公车征士小录》八卷,中式者十五人,不第者若干人,盖叙其姓氏里居世系也。更撰《词科摭言》,尚未成书。"《近代中国史料丛刊》第32辑第315册,第338—339页,(台北)文海出版社1969年版。
⑤ 董秉纯《全祖望年谱》乾隆元年丙辰条。所谓"时相"者,殆指张廷玉。《乾嘉名儒年谱》第4册,第331页。参《清史稿》卷四百八十一全祖望本传,第13186页。

近奉明诏,特开制科,以求三馆著作之选。吾浙中人才之盛,天下之人交口推之无异辞。樊榭之姿诣,吾浙中人交口推之无异词。乃闻樊榭有不欲应辟之意,愚窃以为不然。穀梁子曰:"心志既通而名誉不闻,友之罪也;名誉既闻而有司不举,有司之罪也。"今樊榭为有司所物色,非己有所求而得之也,而欲伏而不见以为高,非中庸矣。且自有是科以来,吾浙人不居天下之后。宋之制科,初犹累易其名,其复"**博学鸿词**"之旧,自绍兴三年〔按:应为五年〕乙卯始也,而吾浙人相山王公冠场。自绍兴以至咸淳,如说斋、东莱、深宁,皆一代儒林之圭臬。越四百年,为国朝康熙己未制科,而吾浙人羡门彭公冠场,其同年者如竹垞、西河,皆一代文苑之圭臬,其余则尚未能累举而悉数之也。是吾浙人之于制科,如春秋之世,主夏盟未有能先晋者。①

康熙己未词科,多有"辞征"之文;而到了乾隆丙辰词科,即以深慕明季遗民者如谢山,亦为此"劝进"之书,时代风气与政治情势之转移,不难窥见矣。此固时势使然,不必非之。与沈德潜相似,全祖望用"博学鸿词"之名,将宋代的词科与清代康熙、乾隆的两次"博鸿"制科放在一条脉络之中。此后光绪三十四年曾有重开制科之议,拟有"孝廉方正""直言极谏""博学鸿词"三科,政务处议奏,以为孝直之人,非可求诸试场,故"两科皆无甚实际","惟博学鸿词一科,我朝康熙、乾隆年间,曾两次举行""题义精实,文章宏伟,得人甚盛",在"方今中国文学渐微,实有道丧文敝之忧"的背景下,正是"保存国粹"之"急务"。② 此议同样以"鸿词"统称康、乾两次制科,其意以"博学鸿词"不但为"得人"之选,更有"保存国粹"之效,则又是"博鸿"在当时特殊环境下的特别意义了。更晚近的《清史稿》,虽然在列传中还时以"博学鸿儒"指称康熙己未词科,但《选举志》中则统一用"博学鸿词"作为正式的科名。而由此,"鸿词"虽非清圣祖初次下诏中所用之辞,却颇能后来居上,成为后世习用之称谓。③

第一节 诗赋古文之事:乾隆博鸿之展开

除了名目之外,乾隆元年的"博学鸿词"科,在选拔标准或评价体制上,

---

① 《鲒埼亭集外编》卷四十六,《全祖望集汇校集注》,第1751—1752页。
② 《东华续录》光绪三十四年九月,《续修四库全书》第385册,第747页。
③ 乾隆元年词科用"鸿词"而非"宏词"之名,很容易让人联想到避乾隆名讳之缘故。不过,也不能排除此科名受到康熙十七年"博学鸿儒"之征的影响。

是否与康熙十七年的"博学鸿儒"之征一样,偏重于词章翰藻的文学之士?雍正十一年上谕提出的基本标准,乃是"品行端醇、文才优赡、枕经葄史、殚见洽闻",兼顾了品行、文章、学问三个方面,学问方面乃是标举"经史",又要求有广博的见闻。如果与康熙鸿博提出的"学问渊通,文藻瑰丽"相比,同样是"文""学"并举,而又更具体地强调了"经史"这一重心。君主既有此好,受命访查举荐的内外诸臣,则将何以应之?

幸运的是,涉及此次特科的朱批、上谕档、军机处奏折录副、吏科题本等档案皆有存世,借之正可窥知荐举、考试之时中央官僚系统运作之详情。① 由这些档案看,当时各省督抚和朝中大臣在荐举之时,多是兼举"文"和"学"两方面的因素,间亦提及品行的问题。如江苏巡抚高其倬,雍正十三年(1735)举荐张凤孙等四人,称其"学赡文清";乾隆元年(1736)举荐汪腾蛟等七人,亦云皆属"学赡文清"之士。浙江总督嵇曾筠选荐诸士,下"学有渊源,文才优赡"及"研究经史,词采可观"之考语。福建学政周学健奏折,则称所荐蔡寅斗"学问渊通,文章尔雅"。奉天府尹宋筠,称所荐之魏枢"品行端醇,经史渊贯,文词清赡可观"。不过,在"文""学"兼顾的同时,还是可以看到举荐之标准,明显向"文章"倾斜。如江西巡抚常安荐疏,便以"文辞优赡,条畅可观"为词,主要就词章一面称誉。山东巡抚岳濬奏疏,亦谓所题四人"文才优赡,试艺可观"。兵部侍郎王士俊之奏本,对文学才能的描绘更加详细,如称所荐徐本仙"经籍渊深,史学渊贯,为文佶屈坚老,古体诗直逼汉魏",张弘敏"诗古文词炳蔚可观",黄涛楫"学问优赡,且工书法",对其在词章乃至艺术方面的具体专长,都有说明。不妨将这些文献中所包含的"荐词"举例如下(见表4):②

表4 乾隆博鸿荐词举例

举 主	被荐者	荐 词
高其倬(江苏巡抚)	张凤孙(华亭县副榜贡生) 姚焜(兴化县学教谕) 沈虹(句容县学教谕) 王会汾(无锡县拔贡)	学赡文清,堪备采选
	孙见龙等	文学通赡,试艺可观

---

① 中国第一历史档案馆整理《乾隆元年荐举博学鸿词史料(上)》,《历史档案》1990年第3期;《乾隆元年荐举博学鸿词史料(下)》,《历史档案》1990年第4期。

② 表4据《乾隆元年荐举博学鸿词史料》所收录题本奏折整理,所涉功名、官职之表述,亦皆一仍原文之旧,不作划一。"荐词"或有督抚引录的府州县官员推荐语,或有督抚考察被荐者之后的评语,本书不再细作区分。

(续表)

举　主	被荐者	荐　词
宋筠(奉天府尹)	魏枢(承德县进士、永平府学教授)	品行端醇,经史淹贯,文词清赡可观
岳濬(山东巡抚)	牛运震(进士) 颜懋伦(四氏学教授) 刘玉麟(观城县教谕) 耿贤举(举人)	文才优赡,试艺可观
王士俊(兵部侍郎)	徐本仙(云南云龙州知州)	经籍渊深,史学淹贯,为文佶屈坚老,古体诗直逼汉魏
	方娶如(原任丰润县知县)	博极群书,选言而出,有卓荦不群之概
	靖道谟(原署云南姚州知州)	学有渊源,才堪四应
	张汉(原任河南府知府)	掞藻摛词,富有腹笥
	张弘敏(原任孝感县知县)	诗古文词炳蔚可观
	黄涛楫(江南廪生)	学问优赡,且工书法
李卫(直隶总督)	刘自洁(原任武强县编修)	著作素娴,学有根源,居乡端品,从不预外
	边连宝(任邱县拔贡)	文词华赡,苦志读书
	汪士锽(江南副榜) 陆祖锡(浙江拔贡)	学问淹贯,敦励品行
顾琮(署江苏巡抚)	邱迥(山阳县岁贡) 周振采(山阳县拔贡)	学问淹通,文词醇雅
	刘纶(武进县学廪生) 刘鸣鹤(阳湖县学廪生) 陆桂馨(震泽县学岁贡)	学问充裕,文词雅赡
	张元(吴江县学附生)	笔秀词华
	任瑗(山阳县监生)	文采可观
嵇曾筠(浙江总督)	胡期颐(原任江西临江府知府)	学有渊源,文才优赡
	杜诏(原任翰林院庶吉士)	研究经史,词采可观
硕色(陕西巡抚)	王起鹏(署清涧县知县)	学问渊博,文名素著

(续表)

举　主	被荐者	荐　词
赵国麟(安徽巡抚)	江有龙(桐城县增生)	学殖淹通,操履纯白 腹笥既优,文亦充裕
	梅兆颐(宁国府附生)	身家清白,文行兼优 思理敏捷,词藻畅达
	李希稷(宣城县增生)	身家清白,文行兼优 考索敷陈,足称淹雅
周学健(福建学政)	蔡寅斗(江南江阴县廪监生)	学问淹通,文章尔雅
	饶允坡(江西进贤县拔贡生)	才华优赡
卢焯(福建巡抚)	潘思光(安溪县学生员) 方鹤鸣(晋江县学生员) 洪世泽(南安县学生员) 陈绳(闽县学生员) 张甄陶(福州府学生员) 王元芳(晋江县学生员) 陈大琰(龙岩州学生员) 陈一策(晋江县岁贡生) 王士让(安溪县副榜贡生) 陈继善(闽县学生员)	文才华赡,学有本源,博通淹雅 学问明通,词章藻丽
王河(奉天府丞)	祝维诰(浙江嘉兴府秀水县增监生)	品行端谨,学问优长

形形色色的"荐词",其实归结起来不外"文""学"二端,而尤其着意的,更在"文词可观"。除此之外,各级官员更有预为考试之举,以测验其文章才华,可以说是一种制度性的保障。在举荐之本中,屡屡可见其访求才士时"出题面试"的记述。如山东巡抚岳濬题本云:

> 臣矢公矢慎,悉心体访,兹行据布政使郑禅宝将各属遴举人员先后呈送考验前来,臣会同学臣喀尔钦逐加面试,选得癸丑科进士牛运震、四氏学教授颜懋伦、观城县教谕刘玉麟、癸卯科举人耿贤举等四名,均属文才优赡,试艺可观,理合据实保题。①

可见地方官府处理鸿博荐举之程序,先由布政使等遴选,复有总督、巡抚、学政等加以考试。《沈归愚自订年谱》"乾隆十二年"亦载:

---

① 《大学士张廷玉等议复山东巡抚岳濬等荐博学鸿词事题本》引岳濬原疏,《乾隆元年荐举博学鸿词史料(上)》,第16页。

时诏举博学鸿辞,县令沈讳光曾以札币来聘,予以学术浅陋辞。文宗召往,坚命应诏。五月,督、抚、学三院考试,题系《朱批上谕颂》《时雨赋》《一实万分论》《"三才万象共端倪"长律十二韵》。与试三十一人,取六人,予名第三。①

此记长洲县令沈光曾②聘请应征、江苏学政张廷璐又特意邀请等事,最可注意者,乃是其当年五月先有省一级的考试,所试文体包括颂、赋、论、试律诗。程晋芳《文木先生传》记载吴敬梓被荐事,亦称"安徽巡抚赵公国麟闻其名,招之试,才之,以博学鸿词荐,竟不赴廷试"。③ 观乾隆元年八月初五赵国麟所上题本,所举有江有龙、梅兆颐、李希稷三人,并无敬梓姓名,盖吴氏因病而辍之也。④ 不过,当时吴氏参加了省一级的"鸿博"选拔考试,则无可疑,其《文木山房集》中载有《正声感人赋》《继明照四方赋》和《赋得秘殿崔嵬拂彩霓》《赋得云近蓬莱常五色》《赋得敦俗劝农桑》等数篇赋作、诗作,分注"督院取博学鸿词试帖""抚院取博学鸿词试帖""学院取博学鸿词试帖"等语⑤,正可见当时两江总督赵弘恩、安徽巡抚赵国麟、安徽学政郑江等人主持考试之情况,所试文体乃是赋和试律诗。或许是参酌康熙己未词科《璇玑玉衡赋》《省耕诗》之先例,此次"博学鸿词科"将以诗赋杂文取士,当时似乎已成共识,故督抚学政以此为"预试"。

及至乾隆元年九月正式廷试,第一场《五六天地之中合赋》《赋得山鸡舞镜诗七言排律十二韵得山字》《黄钟为万事根本论》,第二场"经史制策各一"⑥,乃是在康熙己未词科一诗一赋的基础上,又增加了论和制策,正可与此前各地考试之命题呼应。加入论、策,实际上正有在"词章文藻"之外,考察"经史学问"的用意。乾隆元年,御史吴元安上疏,言荐举博学鸿词,原期得湛深经术、敦崇实学之儒,"诗赋虽取兼长,经史尤为根柢"。于是吏部商

---

① 《沈归愚自订年谱》,第170页。
② 沈光曾,雍正十年四月至十二年八月、雍正十三年二月至乾隆三年七月任长洲知县,见《乾隆长洲县志》卷八,《中国地方志集成·江苏府县志辑》第13册,第80页,江苏古籍出版社1991年版。
③ 《勉行堂文集》卷六,《续修四库全书》第1433册,第350页。
④ 此用胡适《吴敬梓年谱》之说,见《胡适文存》。胡适根据杭世骏《词科掌录》的记载指出赵国麟所荐之士中没有吴敬梓。今以第一历史档案馆所藏题本档案证之,其事益明。
⑤ 《文木山房集》,《清代诗文集汇编》第294册,第259—260页、第270页。
⑥ 廷试在乾隆元年九月二十六、二十八日。后来有"被荐续到"者,又于乾隆二年七月十一、十三日补试于体仁阁,其考题第一场为策问,第二场《指佞草赋》《赋得良玉比君子诗七言排律十二韵得来字》《复见天心论》,形式与前一次相若,唯两场顺序有所调整。见鄂尔泰《词林典故》卷四,乾隆武英殿刻本,叶95b—97b。

议,遂"定为两场","赋、诗外增试论、策"①。论题"黄钟为万事根本",本于《史记·律书》"王者制事立法,物度轨则,壹禀于六律,六律为万事根本焉",而六律又以黄钟为本,故度量衡由黄钟之律而出,皆以音律之标定为基准。② 制策两道,一经一史,考问"经传源委"与"诸史得失",包括"经之名昉于何时""五经、六经、七经、九经、十一经、十三经之名分于何代""《书》何以有古文今文之别""《诗》何以有齐鲁韩毛之殊",以及《史》《汉》成书经过、《三国志》正统是非、新旧《唐书》等,涉及十三经之源流、廿一史之异同,皆属经学、史学的基本问题。③ 另一方面,以诗、赋为体裁的考题,在知识领域上也颇涉经、史;赋题"五六天地之中合",亦属律历之学。按《汉书·律历志》云:

> 传曰:"天六地五,数之常也。"天有六气,降生五味。夫五六者,天地之中合,而民所受以生也。

又云:

> 天之中数五,地之中数六,而二者为合。④

此盖本《易·系辞》,与前说互有异同。⑤ 故应对此赋,亦须综合律历、术数方面的专门学问,据汤大奎《炙砚琐谈》记载,面对此题,"诸征士不解所出,多瞠目缩手",唯独武进廪生刘纶"挥翰如飞",考官张廷玉"故睨"刘纶之卷并"对众朗吟",其他与试者"始共得题"。⑥ 其说虽不免夸饰,却也能折射出时人对此题难度的看法。以度数之学命题,不知是否有呼应康熙博鸿赋题"璇玑玉衡"的考虑,而"黄钟为万事根本"更曾是康熙御试方苞之题目,乾隆法祖右文之义,于斯可见。

乾隆元年这次博学鸿词科,与试者共一百七十六员,至十月大学士鄂尔泰等阅卷完毕,进呈御览,取中者计有一等五名,二等十名,人数颇为有限。

---

① 《清史稿》卷一百九《选举四》,第3177页。
② 《吕氏春秋·仲夏纪》:"黄钟之宫,律吕之本。"《汉书·律历志》:"五声之本,生于黄钟之律。〔……〕黄帝使泠纶,自大夏之西,昆仑之阴,取竹之解谷生,其窍厚均者,断两节间而吹之,以为黄钟之宫。制十二筒以听凤之鸣,其雄鸣为六,雌鸣亦六,比黄钟之宫,而皆可以生之,是为律本。〔……〕黄钟:黄者,中之色,君之服也;钟者,种也。"
③ 《鹤征后录》,《四库未收书辑刊》第2辑第23册,第647—648页。
④ 《汉书》卷二十一,第981页。
⑤ 《易·系辞上》:"天一,地二;天三,地四;天五,地六;天七,地八;天九,地十。"
⑥ 《炙砚琐谈》卷上,《四库未收书辑刊》第10辑第30册,第757页。

考试结束后,乾隆二年五月,山东学政李光墺①复上书请求将鸿博之科著为定制,其中议论,最可见时人对此科之认识:

> 窃准国家制科二字,所以重言扬行举、抱非常之才者。自汉以来,皆称制诏,乃道朝堂所欲问之意而亲策之,如贤良方正直言极谏、博通坟典达于教化、军谋宏远堪任将帅、详明政术可以理人之类,各随一时所宜用之事而定科名,以此求士,故往往巨才伟器、大儒硕彦即出其间,至唐宋之初亦然。后虽专以文章取士,亦兼数科,诚以读书务博,经史宜明,兴衰治乱,皆见文章。〔……〕臣伏思圣祖仁皇帝于康熙己未科,有特试博学鸿词之选,是明知八比中所得士有未能酣经熟史、具鸿博之才也。及世宗宪皇帝于雍正癸丑科,有特拔性理进士,附入黄榜之内者,亦明知八比中所得士,有未能搜讨濂洛关闽之蕴而精通性理之微也。我皇上嗣统元年,即追绍二圣求士之心,踵行鸿博之举,登第者十有余人。〔……〕盖鸿博者,诗赋古文之事,不于生平浸淫《史》《汉》、六朝而有东观、白虎之才,安能排比声律、敷文振藻于彤墀之侧乎?此鸿博之所以有实学,而不等于八比之寂寥也。性理者,明系讲学之事,不由平日家庭乡党循习士行,与尽究诸儒之书、略明道德之趣,无以知其渊源学派之同异而言之无物,安能别其是非于牛毛茧丝之际、仰答清问乎?此性理之所以有实学,而不同于八比之浮华也。此二科者,洵可比唐宋大科之名,倘三年、五年举行一次,不惟无妨科举之学,且使八比之徒,不敢恃一时浮名以傲睨性命之嘉修、通才之吐属,返已亦宜少读书稽古,以成有用之学。故于鸿博、性理二科,不可一举再举便已,须定限年月,永著为令,毋使草野励行绩学之英,长抱沉沦向隅之叹也。②

李光墺提出将鸿博、性理两类特诏举行的考试制度化,定期举行,此议似乎并未被采纳。不过其疏中所论,却颇能揭示当时人如何看待不同的学术类型,并将其与官方的考试制度相结合。李氏明确道出"鸿博者,诗赋古文之事",正可与前述荐举标准与廷试内容相互参照。与时文相对立,"诗赋古文"与"性理之学"都是"实学",故应特设科试,以救正八股寂寥、浮华之弊。

---

① 李光墺,福建安溪人,李光地、李光坡之从弟,康熙六十年进士,后官至国子监司业,见钱林《文献征存录》卷四李光坡传附光墺传,《近代中国史料丛刊三编》第14辑第139册,第682页;并参光绪《泉州府志》卷五十五。

② 《山东学政李光墺为请将鸿博、性理二科确定年限考试奏折》(乾隆二年五月初二日),《乾隆元年荐举博学鸿词史料(下)》,第27页。

不同学术类型的相互竞争与相互补充,往往外化为官方制度的设置,此正可见一斑也。

第二节　理学真伪:学问与道德之间

除了称颂刚刚落下帷幕的丙辰鸿博科,李光墺还提到雍正十一年(癸丑,1733)特擢"性理进士"之事,考《清实录》,雍正十一年四月初一,有上谕"任启运授为翰林,在阿哥书房行走;于开泰、焦以敬、吴超、桑调元、李光型、刘学祖着赐进士补入殿试榜",乃是当年特赐进士之举。然此批士人究竟以何因缘特赐进士?是否即前引李光墺疏中所言"性理进士"?于此《清实录》并未明确交代。考李绂《桑处士墓表》记桑调元雍正十一年春"试于礼部","以通知性理,蒙特恩赐进士"①;《国朝先正事略》记李光型平居问学于其堂兄光地,"研究有心得",雍正癸丑"诏举理学",朝臣以光型荐,"特赐进士"②,正其事也。而《清史稿》任启运传记此事尤详:

> 任启运,字翼圣,宜兴人。少读《孟子》,至卒章,辄哽咽,大惧道统无传。[……]事父母以孝闻。年五十四,举于乡。雍正十一年,计偕至都,会世宗问有精通性理之学者,尚书张照以启运名上,特诏廷试,以《太极似何物对》进呈御览,得旨嘉奖。会成进士,遂于胪唱前一日引见,特授翰林院检讨,在阿哥书房行走。③

由此可知雍正十一年这次"特拔性理进士"的大致经过。任启运与其他诸位不同,"授为翰林",大概是因为他已经在同时举行的会试、殿试中得中二甲进士,故又特为拔擢也。启运晚年曾回忆"雍正癸丑,臣年六十有四,殿试之明日,以能通性理八人引见,世宗皇帝反复下询,臣率意妄对,蒙宪皇帝恩奖'人很聪明',即授翰林检讨,上书房行走,而千古未有之奇遇,臣独膺之矣"④,与本传之叙述正合。主持其事者,乃时任刑部左侍郎兼内阁学士、署

---

① 《穆堂类稿》初稿卷二十八,《续修四库全书》第1421册,第532页。此文系李绂为桑调元之父桑天显所作墓表。
② 《国朝先正事略》卷七《李文贞公事略》附李光型事略,《续修四库全书》第538册,第167页。
③ 《清史稿》列传二百六十八《儒林二》,第13184页。
④ 任启运《清芬楼遗稿》卷一《自陈疏稿》,《续修四库全书》第1424册,第166页。

顺天府尹①张照。《娄县志》于张照传记中亦记述了此次"特拔"之经过：

> 癸丑会试,奉命选士之通性理者,礼部籍一百三人应诏,照悉招至邸舍与语,拔其尤者,复试以文,得任启运、于开泰、焦以敬、刘学祖、桑调元、李光型、吴超、邵祥云等八人以闻。会启运已成进士,祥云以教职用,余六人补殿试,填入榜,赐进士出身,制科以来所未有也。②

由此,"性理进士"之擢,乃是先有雍正下诏,次复礼部遴选,再由内阁学士张照考试,最后选拔出八人引见。雍正十一年癸丑正是常科会试之期,所谓"性理进士"之选,亦附于常科而行,与"博学鸿词"之特为一科,又不尽相同。所选八人,大抵亦是从当年应会试之举人中挑选。《清史列传》卷六十七记桑调元应考事云:"雍正四年,举顺天乡试。十一年,会试后,遴选举人之明习性理者,得八人,调元与焉。特旨赐进士,授工部主事。"③可见当时情形。雍正为何特意选拔性理之士? 当年正月的一道上谕或可透露几分消息:

> 国家以制科取士,原以觇士子之所学。〔……〕士子读圣贤书,果能讲求明体达用之学,则以平日蕴蓄,发为文章,自然法正理纯,得圣贤语气,可以传世而行远,此则有本之学、有用之文,为国家所重赖者。若不于根柢讲求,而但以华靡相尚,则连篇累牍,皆属浮词,圣贤精义,既全无发明,圣贤语气,又毫不相肖,国家亦安用此浮夸浅薄之士哉? 至于二、三场策、论,尤足觇经济实学,乃向来士子,多不留心,而衡文者又每以经义已经入彀,遂将策论滥收恕取,不复加意阅看,殊非设科本意。今会试伊迩,着礼部先期晓谕应试士子,于二、三场文艺,均应努力殚心,毋得潦草完卷。试官如以限于时日、不能细心校阅后场,不妨奏请展限,务得真才,以收实用,若所取试卷中有经义可观而策论疵谬荒疏者,朕惟于主考

---

① 据《清史稿》卷一百八十二表二十二《部院大臣年表三上》,张照于雍正十年十二月任刑部左侍郎,雍正十一年四月改由冯景夏接任;同年十二月,张照任刑部尚书。(《清史稿》卷一百八十二,第6554—6557页)又考《清实录》,雍正十年十二月丁卯,"升内阁学士张照为刑部左侍郎,仍兼内阁学士行走,署理顺天府尹事";雍正十一年四月乙卯,"刑部左侍郎张照为都察院左都御史,仍兼顺天府尹";雍正十一年十二月己未,"升左都御史张照为刑部尚书"。(《世宗宪皇帝实录》卷一百二十六、卷一百三十、卷一百三十八,《清实录》第8册,第655页、第688页、第757页)综上所述,雍正十一年四月特拔任启运等人时,张照所任职务为刑部左侍郎兼内阁学士,署顺天府尹,尚未升任尚书,《清史稿》任启运本传中"尚书张照以启运名上"的说法略有不确。

② 谢庭薰修,陆锡熊纂《乾隆娄县志》卷二十六,《中国地方志集成·上海府县志辑》第5册,第277页,上海书店出版社2010年版。

③ 王钟翰点校《清史列传》第17册,第5335页,中华书局1987年版。

官是问。①

雍正强调会试二、三场策、论之重要性,理由是策论"足觇经济实学",是有不满于八股制义之"浮词"也。上谕对士子学问之期许,是"明体达用之学",又强调要"于根柢讲求"。所谓"体""用",所谓"根柢",具体所指为何?②《清实录》所载,于此似无更多的说明;然当年三月十四日的另一道谕旨,则将此意阐发无遗:

> 自古圣贤立教,性理乃其本源,学问经济,如一辙也。必有明理见道之儒,始有致远经方之用。在家则为端人正士,在国则为良吏名臣,风化所以日隆、人材所由日盛也。逮后世儒术不醇,真伪杂出,聪慧者专务吏材文藻,以为功名进身之阶,而迂拙之人,文材俱无可观,而又不肯自安于庸陋,于是窃道学之虚名,妄希称誉,甚且私立异议,交结党援,有玷儒修,深为国蠹,致令当世厌闻道学之名,此皆由伊等务名而不求其实之过也。向年圣祖仁皇帝考试词臣,曾以"理学真伪"命题作论,盖深知其弊,而指示训诲,冀人勉为真理学,以为经济之本也。
>
> 朕御极以来,敦崇儒行,首以正人心、端风俗为务。比年来士习民风,亦颇知奉法循理,惟是学士大夫中,究心理学之书以收明体达用之效者,尚寥寥无人。今年会试之期,天下举子四千七百余人,云集京师,朕特命通晓性理书之词臣,问以性理之学,而应召者仅有数人,且亦不过涉猎文辞,未能深窥义蕴,则士子平日之不留心理学可知矣。〔……〕朕愿天下之以儒为业者,各求其分之所当尽,逊志黾勉,以求无忝于先儒,用是特颁此旨,通行训谕,若读书服官之人,果能潜心正学,诵法圣贤,实践躬行,澄源端本,下为乡间之矜式,上为朝廷之羽仪,则先儒有薪传正派之遗徽,国家收文章事业之实用,朕心嘉悦,必加礼重,其共相勉励,以副朕之企望,着该部行文内外各直省,咸使闻知。③

---

① 《世宗宪皇帝实录》卷一二七,《清实录》第8册,第668页。

② "明体达用之学",出于北宋胡瑗,其弟子刘彝概述师说云:"圣人之道,有体、有用、有文。君臣父子,仁义礼乐,历世而不可变者,其体也;诗、书、史传、子、集,垂法后世者,其文也;举而措之天下,能润泽斯民,归于皇极者,其用也。国家累朝取士,不以体用为本,而尚声律浮华之词,是以风俗偷薄。臣师当宝元、明道之间,尤病其失,遂以明体达用之学授诸生。"(《宋元学案·安定学案》)此是在学术类型与国家科举的层面讨论儒学的"体""用""文",如果用清人习用的概念说,大抵以义理为体,经济为用,文章为文,可以视为雍正上谕所谈"明体达用之学"的主要渊源。

③ 中国第一历史档案馆编《雍正朝汉文谕旨汇编》第2册,《谕天下读书服官之人着潜心正学澄源端本诵法圣贤躬行实践》,第183—184页,广西师范大学出版社1999年版。

这一道圣旨不见于《清实录》，却正是了解雍正此时对儒学"体用"观念之理解的一篇重要文献，也是考知"性理进士"之征的一份关键史料。首先，在此谕旨中，雍正帝开宗明义，清楚地诠释了儒学"体""用"之别："自古圣贤立教，性理乃其本源。"所谓"体"者，"明理见道"，性理之学是也；所谓"用"者，"经方致远"，经济之学是也。而"真理学"又为经济之本源，故"明理达用之学"，核心仍在"性理"；求学之方，则在研读性理之书——上谕中"学士大夫中，究心理学之书以收明体达用之效者，尚寥寥无人"正是从反面揭示了这一层用意。"性理进士"之拔擢，也正是以此为依据。在四千多名举子云集京师参加会试之时，"特命通晓性理书之词臣"，"问以性理之学"，正可以佐证前文关于此次"特拔"是从进士中遴选的推断；此云"通晓性理书之词臣"，或许就包括前文提到的张照。雍正此谕，固然可以解读为当时士人于理学之兴趣衰减，但更值得注意的，其实是帝王掌控"理学"解释权的决心。谕旨中特别点出"私立异议，交结党援"是"道学之虚名"，并援引康熙三十三年（1694）以"理学真伪论"考试词臣之往事，实际上正是将判定"真理学"之权柄归诸自身。所谓"真理学"，要在躬行修己而不立异议也。故雍正称：

> 朕观古人之论理学，必贵乎实心理会、实力施行，今世之人，竟置理学于不讲，尚望其专心理会、举而措之事为间哉？常见世之貌为理学者，于圣贤体用之学，全未研究，只因不能高出于众，但服敝垢衣、啖粗粝食，排诋释道之教，自命理学，以为欺世盗名之计。及问以吾儒性理义蕴，又茫然一无所知，理学之真伪，即此可见。若以诋谤释道即为理学，如回教、西洋教皆理学矣，理学何如是之易为！

此处对道学先生的讥刺，颇为形象，同时批评理学家排诋佛道之倾向，并主张"佛仙之教""若果能融会贯通，实为理学之助"，大有以帝王之尊作诸教调人的意味。雍正对"理学"的态度，其实亦继承康熙而来，即一方面推崇理学，另一方面又批评士大夫理学家之"假道学"，借以牢牢把持着裁定"真理学"之最终权威，此正帝王统驭之心法也。然而，一旦进入科举取士之领域，这种论述所潜藏的内在矛盾便不能不暴露出来：倘若"真理学"必见之于"躬行实践"，则理学之士，又如何可以通过"考试文艺"的方式选拔出来？这次特拔性理之士便不能不仍安排有考试。任启运、桑调元文集中都收入了《太极似何物对》，便是当时进呈御览之文。此所谓"问以吾儒性理义蕴"，正是作为知识类型的"性理之学"，也即周程张朱一系宋儒之学说。

事实上,考察性理之学,本是清代科举制度中固有的设计,乡试、会试虽以头场的八股时文为主,但二、三场亦有论、策、表、判之试,其中"论"一体,便曾作为考察宋儒性理之学的一种形式。按清代科场之论题,起初以《孝经》为主,后来加入性理的内容。康熙二十九年(1690)礼部议准:

> 乡、会试二场《孝经》论题甚少,嗣后将性理《太极图说》《通书》《西铭》《正蒙》一并命题。

科举"论"题中加入"性理"内容,具体的范围乃是周敦颐《太极图说》《通书》和张载《西铭》《正蒙》这几部宋儒的经典文本。就科考而言,清廷很可能就是以明代官修的《性理大全》为依据,盖《性理大全》之前六卷,所收正是以上四种著作也。① 清廷曾于康熙十二年将《性理大全》重刊颁行,以为"辨析心性之理而羽翼六经、发挥圣道者,莫详于有宋诸儒",而《性理大全》一书"穷天地阴阳之蕴,明性命仁义之旨,揭主敬存诚之要,微而律数之精意,显而道统之源流,以至君德、圣学、政教、纪纲,靡不大小兼该而表里咸贯,洵道学之渊薮、致治之准绳也",故对其甚为推崇。② 以性理知识为二场论题来源的做法,由此在康熙朝一直延续,至康熙五十五年,更"议定二场论题,专用性理",康熙五十六年又颁行了官修的《性理精义》,御制序文称:

> 唐虞三代以来,圣贤相传授受,言性而已。宋儒始有"性理"之名,使人知尽性之学,不外循理也。故敦好典籍,于理道之言,尤所加意,临莅日久,玩味愈深,体之身心,验之政事,而确然知其不可易。前明纂修《性理大全》一书,颇谓广备矣。但取者太烦,类者居多。凡性理诸书之行世者,不下数百,朕实病其矛盾也,爰命大学士李光地诠择进览,授以意指,省其品目,撮其体要,既使诸儒之阐发,不杂于支芜,复使学者之披寻,不苦于繁重。至于图象、律历、性命、理气之源,前人所未畅发者,朕亦时以己意折中其间,名曰《性理精义》,颁示天下,读是书者,自有所知也已。③

此处将性理一系学问明确归诸宋儒,又言身体力行、折中己意,颇以"真

---

① 此处所说"性理《太极图说》《通书》《西铭》《正蒙》",似可理解为"《性理大全》中的《太极图说》《通书》《西铭》《正蒙》四种著作"。
② 《性理大全书》卷首御制序文,《景印文渊阁四库全书》第710册,第1—2页。
③ 《性理精义》卷首,叶1a—3b。关于《性理精义》之内容体例,参阅本书第三章第三节。

理学"的掌握者自居。《性理精义》之编行,可以说为士子修习性理之学提供了官方范本。然而正是在雍正初年,"性理"的内容被从科举考试中删去。雍正元年(1723)五月有上谕云:

> 乡、会试二场向以《孝经》为论题,后改用《太极图说》《通书》《西铭》《正蒙》。夫宋儒之书,虽足羽翼经传,岂若圣言之广大悉备?今自雍正元年会试为始,二场论题,宜仍用《孝经》。①

科举二场,本不如头场重要,而"宋儒之书"的内容既不用于科场,其为士大夫所忽视,不难想象。雍正十一年(1733)会试之时,有"士子平日之不留心理学"之叹,又无足怪矣。所谓"特拔性理进士",以"太极似何物"为考题,实际上正是对雍正一朝性理类知识淡出科考的一种补救;但就在同年九月,福建学政杨炳以《孝经》题目无多为由,请与性理间出,却为雍正严词拒绝:

> 朕前降旨,令乡会二场论题专用《孝经》者,诚以孝为百行之原,《孝经》一书,言简而意深,学者当时时览诵、悉心研究,以为明伦敷教之本。至于《性理》一书,乃裒集宋代诸儒论说,不能有醇而无疵,其精微义蕴,则皆原本于《论语》《学》《庸》,非别有所发明也。朕令天下学士大夫留心理学,盖欲其实体圣贤之德性,非徒记诵宋儒之文辞。今若以圣人之《孝经》与宋儒之性理相并出题,于义未协,着仍照旧例行。②

此谕之降,在"特拔性理进士"之后不到一年,两相对照,颇可玩味。学臣大抵因雍正方有"潜心正学"之劝,推测性理论有重出科场之机,不料在上者全无此意。虽然雍正在当年会试时曾指责天下士子"不留心理学""未能深窥义蕴",但并不愿士人讲道论理——在他看来,这不过是"记诵宋儒之文辞"而已。非特如此,雍正更批评《性理》一书"不能有醇而无疵",并称其精义在《论语》《大学》《中庸》中皆已具备,照此逻辑,则宋儒性理之书,可以无存矣。这一道上谕,大概揭示了雍正对性理之学的真正态度,究其实质,大抵不外前述"理学真伪"的思路:躬行实践、忠于君主,乃得为"真理学";以道自任,辩难是非,依凭"性理"之知识资源评断世事、号召同侪,在雍正眼中都

---

① 《世宗宪皇帝实录》卷七,雍正元年五月己亥,《清实录》第 7 册,第 148 页。参《清会典事例》卷三百三十一礼部四二《贡举·命题规制》,《清会典事例》第 4 册,第 921 页。
② 《雍正朝汉文谕旨汇编》第 8 册(上谕内阁),雍正十一年九月二十四日上谕,第 299—300 页。

难逃"伪理学"之讥也。

一方面以程朱正统为标榜,另一方面又压制士人对理学的发挥,在帝王这种微妙的态度之下,科场中的性理之学,在康乾之间经历了反复进退的过程。终雍正一朝,二场论题都专用《孝经》而潜在压抑了性理,但不久后,周、张之书复又重回春秋二闱。据《清会典事例》记载,雍正十三年因"论题专用《孝经》,章句无多,士子易于豫拟,嗣后与宋儒性理书参酌间出"。按雍正崩于当年八月,此议之发,事实上乃是乾隆即位之后。约在当年十一月,詹事府詹事刘统勋上疏云:

> 士子读书,贵于躬行心得,而令甲所悬,则人咸趋向。查宋儒《太极图说》《通书》《西铭》《正蒙》等篇,发明理道,羽翼圣经,诚宜家弦户诵。世宗宪皇帝念孝为百行之首,且以圣人之言,广大悉备,有非后儒所可比拟者,自雍正元年定例,乡、会试科场论题,专用《孝经》,无非崇尚经术,以孝治天下之盛意。臣伏见行之日久,工于揣摩之人,因《孝经》章句简约,拟题数十道,则场中所录,皆其宿构,遂有置性理诸书,漫不诵习者。夫圣经贤传,互相发明,洙泗伊洛,源流一贯。《性理》一书,似应与五经四书,并立学官,使庠序之间,缘文考义,知所尊崇,且与《孝经》参出论题,则士子无从模拟,必自研习讲贯,以应制科,似亦昌明正学、振兴文教之大端。①

此距杨炳之议被驳回不过两年,刘统勋所言之理由,一是防拟题之弊,一是恐"性理诸书"无人诵习,与杨炳之论,差异亦不甚大。特别是其推崇宋儒著作之语,与前引雍正之论适相抵牾,然统勋于疏中但言雍正"崇尚经术""孝治天下",丝毫不提其"非有发明""于义未协"之语,可谓颇有策略性。或许是因为乾隆此时对理学颇有好感,或许是有意营造推崇理学的气氛,统勋此疏奏上,便被批准,自此性理论重回科场,直到乾隆二十二年(1757)的大改革,纳五言八韵律诗入科场,才又重新取消性理论②;但紧接着在二十三年,便有御史吴龙见上书呼吁恢复之,以展现对程朱宋学的支持③,此议得到乾

---

① 《周子全书》卷二十一《历代褒崇》载刘统勋奏折,第416—417页,商务印书馆1937年版。
② 头场原为四书义三篇、五经义四篇,二场为论一篇、判五篇;乾隆二十二年改革,头场保留四书义三篇,二场则考五经义四篇和新增加的五言八韵诗一首,论、判皆取消。
③ 艾尔曼(Benjamin A. Elman)《清代科举与经学的关系》(《经学·科举·文化史:艾尔曼自选集》,中华书局2010年版)对清中叶性理论存废之争议有简要交代,并根据台北"中研院"所藏礼部题本档案,指出吴龙见"明白地将论与宋学相关连,说明了论题之删除,部分原因是乾隆年间更古的'五经'在汉学学者间得到普遍的偏好",吴氏"敦请皇帝令论题成为已缩短之首场考试的内容,以展现对程朱学派之支持"。吴氏奏疏,今未见,此采艾尔曼之说。

隆的首肯,清廷认可"宋儒性理,与六经四书相羽翼",且谓"御纂《性理精义》特加案语,大启关键,诏示后学",故宣布在乡、会试头场"仍出性理论一题"①,如此施行近三十年,至乾隆四十七年,将性理论由头场移到二场;五十年,恢复《孝经》与性理间出;五十二年,二场经义改以五经各出一题,"裁去论一篇"②,性理论至此彻底退出乡会试考场。程朱理学作为清廷倡导的官方学术形态,正须审慎对待,故于康乾之间,屡进屡退,往复争议,处境微妙。雍正一朝,不以性理论入乡会试,士子中"究心理学之书"者寥寥,自不难想见。即便是恢复了性理论的乾隆初年,不重理学之情形,似乎并没有改观。乾隆五年,有谕旨批评"翰詹科道诸臣"进呈的"经史讲义"之中,多是"各就所见为说","未有将宋儒性理诸书切实敷陈"者。雍正十一年在天下举人中寻求精通性理者而难获,此番则是在朝臣中,宋学风气亦不甚盛。乾隆因此感叹"盖近来留意词章之学者,尚不乏人,而究心理学者盖鲜"。③ 这种状况,事实上正与帝王对理学的态度关系颇深:理学虽然在表面上受到推崇,但在上者强调的是作为道德实践的"理学",而对作为学问系统的"理学",本已落第二义。康、雍、乾三代君主都好以"理学真伪论"考试臣下,或非偶然。④ 君主倡导的理学"真伪"之辨,以道德领域凌驾学问领域,虽不失为切中肯綮,然就政治文化上的效果而论,则是让理学本身失去了最终的解释权,这一学问系统无法由自身内部获得义理的裁断,最后不得不诉诸外在的道德(甚至是政治)权威。

第三节 经学与著述:"经术士"之选拔

按照康、雍、乾三代帝王的"真理学"标准,"性理之学"既已由学问领域转置到道德实践领域,则其难以议论文辞试之,便有了观念上的依据。此殆"性理论"淡出科场的内在原因之一。学术观念与风气外化为科场制度之安排,考试文体与学问资源相为表里,由是亦见其微也。与性理之学的进退相呼应,又有词章、经术等学术类型介入科考之中。就常科而言,乾隆中叶增试

---

① 《清会典事例》卷三百三十一(礼部四二),第 925 页。
② 同上书,第 926 页。
③ 《高宗纯皇帝实录》卷一百二十八,乾隆五年十月己酉,《清实录》第 10 册,第 875—876 页。
④ 康熙尝于经筵中询问讲官"理学之名,始于宋否",并训告云"日用常行,无非此理。自有理学名目,彼此辩论,朕见言行不一者甚多。终日讲理学,而所行之事,全与其言悖谬,岂可谓之理学?若口虽不讲,而行事皆与道理吻合,此即真理学也"。(《圣祖仁皇帝实录》卷一百十二,《清实录》第 5 册,康熙二十二年十月辛酉,第 157—158 页)帝王所谓"理学真伪"之内涵,由此可知其大要也。

五言八韵唐律,以及经义由专经改为五经皆试,都是性理论被裁的潜在因缘,正不妨视为词章、经学与性理互为消长。不过常科终是以头场时文为主,而君主特诏举行的特科,或许就更直接地显现出其对不同学术类型的喜好。前引乾隆二年李光坺之奏折,不但回顾了为诗赋而设"鸿博"之科与为理学而设的"特拔性理"之科,更提出了设立"经学"科目的建议:

> 目前更有应设之科可复汉唐经师之业者,非我皇上睿虑渊微,孰能知圣经之旨趣耶?①

李光坺关于"经学"科的建议,具体内容是春秋"四传五家之实学",以及三礼之学,或许是考虑到常科考试《春秋》主胡传,礼学则主陈澔《礼记集说》,故以此作为补充,另外也有呼应官修《春秋传说汇纂》及三礼馆开馆之意。② 选拔形式方面,则仿鸿博科之例,由内外大臣荐举,复由皇帝统一策试,"或附入黄榜,或另放甲榜",以收"一代实学实行之彦"。此议奏上之后,似乎并没有施行的记录,大概是因为将特科著为定例,毕竟牵涉较大的制度变革,实施起来不甚容易;但奏中以"经学"求士,且以"汉唐经师"为楷模的理念却延续了下来。乾隆十四年,清廷便以"保举经学"之名义,开一特科,先由内外大臣公举,次复入京候选。③ 当年十一月初四上谕云:

> 圣贤之学,行本也,文末也。而文之中,经术其根柢也,词章其枝叶也。翰林以文学侍从,近年来因朕每试以诗赋,颇致力于词章,而求其沉酣六籍、含英咀华、究经训之阃奥者,不少概见。岂笃志正学者鲜与?抑有其人而未之闻与?夫穷经不如敦行,然知务本则于躬行为近。崇尚经术,良有关于世道人心。〔……〕今海宇升平,学士大夫,举得精研本业,

---

① 《山东学政李光坺为请将鸿博、性理二科确定年限考试奏折》(乾隆二年五月初二日),《乾隆元年荐举博学鸿词史料(下)》,第27—28页。
② 所谓"四传五家",是指左氏、公羊、穀梁、胡安国四传,以及赵匡、啖助、陆淳、孙复、刘敞五家。奏折中云:"雍正年间特颁《春秋汇解》一书,其中不尽用胡文定之说,首录四传为纲,而于集说内最重赵匡、啖助、陆淳、孙复、刘敞五家之学〔……〕此圣祖仁皇帝兼综条贯、金声玉振之圣学,深得尧、舜、文、武、周公、孔、孟之心传者,尽在此书。苟不特设一科以诱掖天下读是经之人,则竟空言已耳,何益于治教也?"殆指康熙钦定的《春秋传说汇纂》一书。又云:"元年特命开设礼馆,纂修三礼,此经周公手定之后,心法、治法历二千余年以待今日者,高堂、后苍之所讲受,二戴之所辑传,一旦昭明于圣世。故尽取三礼,实远迈汉唐,苟不设一科以鼓舞天下肄习之人,即存诸学校,亦空言已耳,何益于治教也?"殆指乾隆元年诏开三礼馆之事。
③ 有关乾隆朝此次保举经学特科之文献记载及被荐士人情况,参见周昕晖《乾隆辛未保举经学初探》,《北京大学中国古文献研究中心集刊》第21辑。

其穷年矻矻、宗仰儒先者,当不乏人,奈何令终老牖下而词苑中寡经术士也? 内大学士、九卿,外督抚,其公举所知,不拘进士、举人以及诸生、退休闲废人员,能潜心经学者,慎重遴访,务择老成敦厚、纯朴淹通之士以应,精选勿滥,称朕意焉。①

此谕申言求贤之旨,以德行、经术、词章三个领域的本末次序来论述士人之学,所谓"行本也,文末也",乃是取广义的"文",词章与经术皆囊括其中。类似儒学思想内部的"尊德性"与"道问学"之辨,乾隆在这里也指出知识修养相对于道德实践,固然是第二位,所云"穷经不如敦行"是也;但就学问领域内部来说,则经学是根本,词章是枝叶。特别是考虑到选拔翰林"文学侍从"这一具体的语境,则经术、词章的本末问题,才是这里真正关心的重点。翰林中人"颇致力于词章"而于经学未能沉酣,因此乾隆又要特别选拔经术之士,正好可见"博学鸿词"与"潜心经学"在举荐标准上的差异。至乾隆十六年闰五月十六日,乾隆又有旨重申其意,云"朕所望于此选者,务得经明行修、淹洽醇正之士,非徒占其工射策、广记问,文藻词章,充翰林才华之选而已",特意强调"经术之士"与通常的翰林"词章之士"不同。如果说雍正强调真理学在实践而非理论,是以德行、文学(广义之文章学问)之辨,将性理之学规限于德行领域而削弱了其在"文学"系统内部的地位,那么乾隆则是站在"文学"系统内部,强调了经术的价值。

从当时内外大臣荐举"经术之士"之语来看,他们在保举的过程中,颇强调"经"和"行"两方面的标准,不过两者并不构成紧张关系,荐疏中往往强调被荐者既有经术,又能躬行,与"理学真伪"之辨中以"躬行"质疑理学家的理论发挥颇为不同。身与是科的梁锡玙,著有《纪恩录》以志其盛,其中对众征士所获之评语,记载甚详,颇便考索。② 此外,台北故宫博物院所藏军机处奏折录副档案中,亦存有不少有关此次特科的奏折史料,极具参考价值。如两江总督黄廷桂保举惠栋之折云:

  查有苏州府属元和县生员惠栋,潜修好古,闭户穷经,年过五十,精研考订,数十载如一日,吴下绅士,无不推重其淹雅;且为人方正,谨守廉隅,生平足迹不履公庭,久称宿学,堪膺兹选。③

---

① 《高宗纯皇帝实录》卷三百五十二,乾隆十四年十一月己酉,《清实录》第13册,第860页。
② 据法式善《槐厅载笔》卷八所引《纪恩录》,《近代中国史料丛刊》第32辑第315册,第302—307页。
③ 台北故宫博物院藏军机处档折件,"保举经学惠栋",故机005497,乾隆十五年四月十三日。《纪恩录》所载荐语为"潜修好古,闭户穷经,精研考订,推重淹雅,为人方正,谨守廉隅",较原文略有删省。

此先言经学，次及人品，以见惠氏之"经明行修"也。同时陕甘总督尹继善亦保举惠栋，称其"学有渊源，博通经史，人亦朴实老成"①，评语虽不尽相同，并言"经""行"，机杼则一也。他如大学士张廷玉荐陈祖范"品行端方，淹通经史"，又荐刘大櫆"为人淳饬，潜心经学"；工部尚书刘统勋保胡天游"品行端洁，博览经籍"；礼部左侍郎秦蕙田保吴鼎"潜心经学，人品端朴"；都不忘并提经学、品行两端。② 而对"品行"的称誉，特别强调的是朴实、安静、端谨，也可见官方对德行的要求。

除了"潜心经学"这一类笼统的说法，不少荐语则更为具体，如吏部右侍郎雅尔哈善，保举吴华孙"为人端谨，居官廉直，博通经史，尤长于《诗》《书》"，又保程廷祚"涵养淳笃，学问淹贯，尤能研深《易》理"；左都御史陈惪华保鲁曾煜"潜心经学，自注《周易》"；直隶总督方观承保李穟"潜心经学，于《易》《书》《诗》三经研究有年，为人循谨朴实，品重乡间"；刑部尚书汪由敦保盛衡"淹贯三礼，人老成敦朴"③，都是特别点出其所擅之经。同时，举荐之词中大量出现"经史"之并举，也很值得注意。上引各条之外，又如两广总督硕色保刘绍攽"学问优长，究心经史，确有根柢，为人老成端方"，工部尚书赵宏恩保李锴"通晓经史，行止朴实"，河道总督高斌保盛照"沉酣经史，老成敦朴"，皆可见之。④ 乾隆诏中，但云求"潜心经学"的"经术士"，然众臣之应，则纷纷以"经史"为言，正可见当时普遍的观念中，"史学"与"经术"关联密切，故能连类而及。

与鸿博之科以及"特拔性理"相比，此次"保举经学"除了选录标准之不同，更有深意的一个差别，则是考察方式的变化。当时荐举应征之士，共有四十余人，倘与前次丙辰博学鸿词科应试者一百七十六员相比，其实数量并不算多，但乾隆对此却颇有不满，认为在野之遗贤不应如是之多。在荐举过程之中，乾隆已有"此番大学士九卿所举，为数亦觉过多"之感⑤；乾隆十六年闰五月，众征士齐集待考之际，又有谕强调为防冒滥，应当考核甄别：

> 在湛深经术之儒，原不必拘拘考试。如若内外所举既有四十余人，即云经术昌明，安得如许积学未遇之宿儒？其间流品，自不无混淆，岂可

---

① 台北故宫博物院藏军机处档折件，"保举惠栋、刘鸣鹤堪膺经学之选事"，故机005651，乾隆十五年五月初十日。
② 《槐厅载笔》卷八引《纪恩录》，第302—307页。
③ 同上。
④ 同上。
⑤ 《高宗纯皇帝实录》卷三百五十五，乾隆十四年十二月辛卯，《清实录》第13册，第899页。

使国家求贤之盛典,转开幸进之捷径? 势不得不慎重考校以甄别之。①

至于"考校""甄别"之法,则是先责成大学士和九卿"将见举人员,再行虚公核实","无拘人数,务取名实相孚者,确举以闻","如果众所共信,即可不必考试"。而大学士、九卿会商的结果,在四十余人之中,仅选出了陈祖范、吴鼎、梁锡玙、顾栋高四人。同月二十七日,乾隆复下旨索观四人之著述:

> 保举经学之陈祖范、吴鼎、梁锡玙、顾栋高,既据大学士九卿等公同复核,众论佥同,其平日研穷经义,必见之著述,朕将亲览之,以觇实学。在京者,即交送内阁进呈,其人着该部带领引见;在籍者,行文该督抚就取之。朕观其著述,另降谕旨,或愿赴部引见,或年老不能来京者,听。其著述不必另行缮录,致需时日,启剿袭猝办、赝鼎混珠之弊。②

乾隆以索观著述取代命题考试,实际上是此次"保举经学"一个非常值得注意的举措。其背后的观念依据,正是"学问"非能尽见于临场之"文章"写作。一方面,倘若仿照博学鸿词之例,试以诗赋策论,终究近于"词章"而于"经术"为远,与乾隆设科之本意不合。进而言之,只要采用临场试文的考试方法,不论采用何种文体,都不免借"文"观"学",牵涉属文才能的问题,潜心经术而拙于词章之士,终不能不受其掣肘。另一方面,一二篇应制之文,也不足以全面展现儒者在经学方面的造诣。因此,以其平日之"著述"作为评判标准,自然成为相对"试文"更为合理的方式。"研穷经义,必见之著述"一语,背后实可见乾隆年间对儒学研究和表达方式的一种观念:经学之成绩,须由"著述"见之。

旨下之后,吴鼎、梁锡玙旋进呈所著诸书,吴氏有《象数集说》及《集说附录》《易问》《春秋四传选义》《易堂问目》《考律绪言》等书,梁氏则呈《易经揆一》一部,并蒙召见,获授国子监司业。③ 乾隆复以"躬行"为训:

> 经是读书的根本,但穷经不徒在口耳,须要躬行实践,你们自己躬

---

① 《高宗纯皇帝实录》卷三百九十一,乾隆十六年闰五月辛巳,《清实录》第14册,第132页。
② 《高宗实录》卷三百九十一,乾隆十六年闰五月壬辰条,《清实录》第14册,第140页。
③ 法式善《槐厅载笔》卷三引《感恩录》,《近代中国史料丛刊》第32辑第315册,第136—138页。按此条史料乃是记录吴鼎、梁锡玙蒙引见召对之事,中有"吴鼎、梁锡玙谨奏"等语,揆其语气,很可能出自梁氏的口吻。考《槐厅载笔》卷首所列"征引书目",未见有名"感恩录"者,唯有梁锡玙《纪恩录》一种,疑即此书。准此则上引对吴、梁二人进呈书目的记述,出于梁锡玙本人,应是可靠的第一手资料。《槐厅载笔》卷八多次引及《纪恩录》,前已见。

行实践,方能教人躬行实践。①

乾隆在此强调"躬行",表面上看又回到了康熙、雍正辨正"理学真伪"的老路。不过,乾隆事实上并没有因为"躬行实践"而否定经学本身的著述讨论。见吴、梁之后,乾隆又有旨"吴鼎、梁锡玙所著经学各书","着派翰林二十员、中书二十员在武英殿各缮写一部进呈,原书给还本人",由梁诗正、刘统勋董理其事。② 而顾栋高、陈祖范,因"年力老迈",未能来京,则由地方督抚负责搜求、进呈其著作。时任江苏巡抚王师于乾隆十六年七月十三日上奏云:

> 臣查陈祖范,系苏州府常熟县进士,顾栋高系常州府无锡县进士,即分檄苏、常二府,委员前至其家,取到陈祖范所著未刻《掌录》一本、《余稿》一本,已刻诗文杂著一本;顾栋高所著未刻《毛诗订诂》五本,已刻《春秋大事表》一部计二十本,理合恭折进呈。其陈祖范之《掌录》《余稿》,顾栋高之《毛诗订诂》稿本内均有圈点添改处,钦遵谕旨,未敢另缮。再陈祖范年已七十六岁,顾栋高年已七十三岁,均据覆称年力老迈,不能到京,合并奏明,伏乞皇上睿鉴。③

此叙由陈、顾家中索取著作之情形,颇为详切。八月,上谕陈、顾"给与国子监司业职衔,以为绩学之劝",并将"所有著述留览"。按折中所言,进呈陈祖范之书,有《掌录》《余稿》及诗文杂著等,其中《掌录》一种,今可见乾隆二十九年刻本,乃是读书札记,凡二卷,"其中语杂雅俗,义兼大小,总其大要,说经为多"。④ 而祖范另一著作《经咫》,相传亦曾进呈。《经咫》乃论说群经之书,亦属札记性质,但与杂录随记的《掌录》相比,系统性更强,其书按《易》《书》《诗》《春秋》《礼》《论语》《中庸》《孟子》为类,分条札记,礼类之后又附有《妾服议》《学仕解》等单篇文章五篇,《四库全书总目》提要此书称"祖范膺荐时,曾录呈御览"⑤。不知此《经咫》是否即所谓《余稿》,或当时另行进呈,抑或是四库馆臣误记。顾栋高所进,则是《春秋大事表》《毛诗订诂》。栋高尝云:

---

① 《槐厅载笔》卷三,第137—138页。疑出梁锡玙《纪恩录》。
② 同上书,第138页。
③ 台北故宫博物院藏宫中档乾隆朝奏折,"奏呈经学之士之著作折",故宫025792,乾隆十六年七月十三日。
④ 邵齐焘《掌录序》,《掌录》卷首,《四库全书存目丛书》子部第101册,第218页。
⑤ 《四库全书总目》卷三十三,《经咫》提要,第279页。

> 忆余丱角时,酷嗜经籍,中间幸成进士,旋即放废,以其余日著书,乃以□□年之功,著《春秋大事表》,又七八年,著《毛诗订诂》,俱曾经进御府,仰尘乙览。①

是知顾氏当时所以两书进呈之情形。《四库全书总目》也根据《毛诗订诂》"序文、案语皆称'臣'",推测其"盖拟进之本",可为旁证。《春秋大事表》乃是顾栋高积数十年之功而成,《毛诗订诂》亦沉潜多年之作,可见其平生学问,自非一二篇应试文章可比。选择"进呈著述"这种考察方式,应当是清高宗有意为之。乾隆十四年十二月,荐举活动刚刚开始之时,大学士、九卿提议将"如何分别考试""敕下礼部定议";这本属题中应有之义,不料却被乾隆驳回:

> 所议尚未周协。若交礼部定议,则必指定如何出题考试,人人皆得豫为揣摩,转启弊窦;且仍不出举场应考习套,何能觇其实学?②

可见"开科"之初,朝臣本拟采用"出题考试"的办法,但乾隆却认为此法不能体现实学,故予以否决。最后采用索观著作的方式,也当是有鉴于此。考场试文难以选拔经术之士,隐然也透露出"词章"与"经学"之间潜在的矛盾。或者说,研经之"学",未可因"词章之文"而求之,而必须见之于"著作之文"。

这一层想法,在此前乾隆十三年五月的翰林院散馆试中,已见端倪。按当时定制,翰林院散馆专试一诗一赋。此次考试中,编修庄存与考列"二等之末",被乾隆训斥为"不留心学问,已可概见";后经引见,方谕云:

> 庄存与此次散馆考试,诗赋虽属平常,闻其平时尚留心经学,着再教习三年,下次散馆再行考试。

---

① 《经咫》卷首顾栋高序,广雅书局本。"□□年",原文阙字。考顾栋高《春秋大事表》自序云"盖余之于此,泛滥者三十年,覃思者十年,执笔为之者又十五年",合之则五十五年。序文末署"乾隆十三年戊辰八月锡山顾栋高书",盖书成之时也,按栋高生于康熙十八年(1679),于乾隆十三年(1748)年登七秩。而《毛诗订诂》,自序署"乾隆辛未腊月上浣十日"即乾隆十六年(1751),则所谓"又七八年,著《毛诗订诂》",并非从《春秋大事表》完全成书之后开始计算,其中时间,容有重叠。

② 《高宗纯皇帝实录》卷三百五十五,乾隆十四年十二月辛卯,《清实录》第13册,第899页。

庄存与何故在此次考试中失利,有待专门考辨①;有趣的是,乾隆前一道上谕谓庄氏"不留心学问",依据在其试场之落败;后则称其诗赋平常而"尚留心经学",态度实有微妙的转折,潜在已经意识到"诗赋"与"经学"之分歧,承认诗赋之试未能展现庄氏之经学造诣。由此看来,乾隆在下诏保举经学时所谓"近年来因朕每试以诗赋,颇致力于词章"的说法,并非无的放矢。另一方面,在"保举经学"之同时,御史王应彩奏请访求经师遗著,以为"草茅下士,皓首穷经,人往而书始出,岁久而学乃传,曾不得与今日应选之士同邀荣遇,可为深惜",故望"敕下内外大臣"搜访进呈这些书籍,"量予旌奖",并"藏诸秘府,以为绩学之劝"②;此议奏上,乾隆从之,其思路与后来命征士进呈著作,正可呼应。

不过,反过来看,这种由皇帝"亲览"著述、"以觇实学"的考察方法,能否大规模、长期地应用于科举,却很值得疑问。即以乾隆十六年此次"保举经学"而言,对吴、梁、陈、顾四人,大致还可以因其著作以证确有实学,倘若真如两次鸿博一般面对百十位征士,要一一取观其著作,品骘高下,即使有大学士及众多词臣代劳,也是颇为浩大且不易定论的工程。这或许也可以解释,为何"经术其根柢"的正统观念十分牢固,但以"潜心经学"取士,亦只能偶一为之,而以八股经义、试律诗与策论作为科举形式,则是更为有效、稳定的政策。研经考史、表达新见的"著述文体",与测验学问、展现才能的"考试文体",其间终隔一尘也。以"博学鸿词"之科,求诗赋词章之士,固能表里兼赅,而对于性理、经术之学,科场之"文"便显得有些不敷应用了。雍正、乾隆之间的这几次特科,即显现出官方制度笼括词章、性理、经术这几个不同学问领域的努力,也透露出制度与观念之间的种种缝隙。词章之学,虽然在观念上属于"枝叶",然而因其对制度的适应性,反而长期蔚为大国;性理之学,既被皇权规限于"躬行实践",则其在科考中渐次淡出,亦势所必然;研经之学,一方面是科考制度必须不断回应的思想趋向,另一方面也若即若离地在制度之外,开辟一片更大的天地。

---

① 关于庄存与散馆试失利之原因,庄勇成《少宗伯养恬兄传》云"兄笃志好学,而疏于酬应,迄入都就职,不甚当掌院意,散馆名次不前",暗示庄存与名列二等之末的原因是不为掌院学士所喜;传见《毗陵庄氏族谱》卷二十,此据汤志钧《庄存与年谱》转引,见汤著《清代经今文学的复兴:庄存与和经今文》,第34页,中国人民大学出版社2015年版。按时任翰林院掌院学士为张廷玉(汉)、鄂容安(满),见钱实甫《清代职官年表》,第967页,中华书局1980年版。

② 《高宗纯皇帝实录》卷三百五十九,乾隆十五年二月辛丑,《清实录》第13册,第953页。

第六章　书院教育中的"文""学"秩序：以江宁钟山书院为中心

性理、经学、词章三种学术领域鼎足而立,在思想观念、官方政策和士人的治学和教育实践等多个方面都有显著的体现。从思想观念的层面看,这种区分可以追溯到程颐所谓"文章之学""训诂之学"与"儒者之学"的区别。① 而在清代,则以戴震对"学问之途"的著名论断最为著名:

> 古今学问之途,其大致有三,或事于理义,或事于制数,或事于文章,事于文章者,等而末者也。②

此系戴震乾隆二十年(1755)《与方希原书》中语也,其立场乃是"以艺为末,以道为本",力劝方氏通过"理义""制数"之途探求"道"之大本,"文章"则是"等而末者"。在此"本末"的逻辑之下,不但为学当求"本",文章之"至与不至",也系乎是否有得于道:"至者得于圣人之道,则荣;未至者不得于圣人之道,则瘁。"此书信更以草木为喻,"世人事其枝,得朝露而荣,失朝露而瘁,其为荣不久",当正为仅事词章之艺而不求道者所发。由此看来,戴震在"文"与"道"关系之问题上,正继承朱熹为代表的宋代理学家之观点,认为有得乎"道","文"当自然流出。③ 不过,在八年后所作的《凤仪书院碑》④中,戴震对"文词"与"道德"关系的表述,却颇有一些微妙的差别:

---

① 《河南程氏遗书》卷十八,《二程集》,第187页。参见余英时《清代学术思想史重要观念通释》关于传统儒学中义理、考据、词章之分的讨论,《中国思想传统的现代诠释》,第457—469页,(台北)联经1987年版。
② 《戴震集》卷九,第189页。
③ 宋代理学家有关文道问题的论述,参见郭绍虞《中国文学批评史》上卷第六篇第一章《北宋之文论》、下卷第二篇第一章《南宋之文论》;罗根泽《中国文学批评史》第六篇《两宋文学批评史》第四章《二程及其他道学派的道文分合说》,中华书局1961年版;张健《知识与抒情:宋代诗学研究》第六章《文道关系的再调整:理学家的文道论述》。
④ 此碑文段玉裁《戴东原先生年谱》系于乾隆二十八年。戴震原文云:"瑞州旧有筠阳书院〔……〕今太守杨公守兹郡,阅二载,百度具举,闵其即于坠弛,且地隘,乃徙置北城高广地〔……〕更以新名曰凤仪书院。"据《瑞州府志》卷七,乾隆二十三年,杨仲兴任知府(《中国方志丛书》影印同治刊本,第139页);凤仪书院则系"乾隆二十四年太守杨仲兴倡率三县创建"(《瑞州府志》卷五,第105页);时间吻合。书院之新建,在乾隆二十四年、二十五年间,戴氏碑文应作于此后。

或谓"今之书院,萃诸生,课文词上下而已,视昔之求学士真儒也异",则大不然。夫士不通经则材不纯、识不粹,不足以适于化理。故用经义选士者,欲其通经,通经欲纯粹其材识,然后可俾之化理斯民、克敬其事、供其职。方虞夏商周之盛也,士升以德,其后不能不以言取、徐觇其德者,势也。虽以言取,苟务于言之当,非通经蓄道德,弗能也。由有道德而能文词者,源而往者也;觊文词当于理,进而慕于道德者,泳沫以游源者也,若是,何歧于今昔哉?①

此处戴震依然分别"以道发文"和"因文慕道"两种情形,认为前者是"源而往者也"、顺流而下,后者是"泳沫以游源者也"、逆波而上,但又特别强调两者并无本质不同,"何歧于今昔"。这种论述策略上的差异,事实上并不难理解,最主要的原因,乃在于两篇文章语境与功用之差别。《与方希原书》乃论学书札,故能较纯粹地反映其观念设想,《凤仪书院碑》乃应邀为书院生徒所作,故不能不考虑现实中的科举与教育制度。就"文"之具体指涉而言,两篇文章也不尽相同:书札主要讨论的是马、班、韩、柳"古文"在学术统系中的地位,碑记所言"文词",隐含的指向则是取士的八股制艺,便不能与功令相悖。换言之,知识系统的秩序如何构建,也有其因地制宜的一面,书院教育体系对知识、学问、技艺的组织和安排,既与整个时代的学术风气有密切的关联,又因其职能所限,颇有自身的特点。简言之,在观念层面附骥于知识秩序末端的诗文词章,在现实生活中的实际影响又并非"叨陪末座"。

与戴震的"义理、制数、文章"三分之论非常类似,乾隆初年南京钟山书院掌教杨绳武也有一段"谈经、论文、讲学"的学问三分论:

尝窃谓书院中所当与诸生讲求者三事,曰谈经、论文、讲学。两汉经师皆能谈经,未必尽有当于圣人之经;历代文章之士皆工于论文,而未必皆为载道之文。惟讲学所以明道,道明则经明,而道之显者谓之文,则可一以贯之。是故谈经不根于讲[经][学],训诂焉而已;论文不根于讲学,词章焉而已。②

杨绳武此处所言书院中所当讲求的"讲学""谈经""论文"三项工夫,大

---

① 《戴震集》卷十一《凤仪书院碑》,第221—222页。
② 杨绳武《钟山书院讲学录序》,转引自徐雁平《清代东南书院与学术及文学》,第335—336页,安徽教育出版社2007年版。"是故谈经不根于讲学",徐书所引原作"是故谈经不根于讲经",与上下文理不合,似当作"讲学"为是。

体上可对应戴震所谓"义理""制数""文章"三条"学问之途"在现实世界中的显现。杨氏在教学方法上强调以"讲学"作为书院教育之核心,正反映出以性理为学问根本的观念;而书院中"讲学""谈经""论文"等种种活动,则恰恰是"学问分途"在文人士大夫习学实践中的具体体现。杨氏执教的钟山书院,乃是两江总督在南京倡建的官立书院,其经费与人事皆由督抚主之,杨氏之后,乾嘉间历任掌教有卢文弨、钱大昕、姚鼐等,学术立场或汉或宋,个人专长或经、或史、或古文,可以说是清代中期以降地位极重要且又颇具代表性的一家书院。本章即拟以钟山书院为中心,旁及同时期各地其他书院,探讨乾隆嘉庆时期书院活动与士人知识、学术世界变化如何相为呼应,并特别关注"文章"在当时学问秩序演化过程中所扮演的角色。在我看来,清代书院中考课及文章训练,实际上成了乾嘉之间经史学者推广其学术主张的一大手段,作为"技艺"的文章写作,逐渐承担起了倡导"古学"的重要媒介,同时自身亦逐渐超越技巧法度之训练,成为知识属性较为凸显的"词章之学"。

第一节 科举与"俗学":
清代前中期书院教育的基本框架

钟山书院之始,乃是雍正元年两江总督查弼纳会同江苏、安徽两省巡抚,奏请创建①,故制度相沿,历来院务,皆有地方大吏主之②。书院之生徒主要来自苏皖两省③,包括江宁、苏州、松江、常州、镇江、淮安、扬州、安庆、徽州、宁国、池州、太平、庐州、凤阳等府府学及其所辖县之县学,此外还有少量来自江西、浙江、直隶、山东、河南等地的学生。其延师亦有成规:

> 采访有文望品望,年高而精明强固、足以诲人者为之,不拘爵秩,不拘本省外省,督宪修庄启聘仪,付地方官敦请,如辞未赴,仍再启固请速驾。至则具柬拨舆远迎。每岁馆俸三百两,外每节节仪六两,每月供膳银十两,厨役一名,水火夫一名。④

---

① 见《钟山书院志》卷四及卷五,《中国历代书院志》第7册,第517—518页,江苏教育出版社1995年版。
② 清代官立书院,制度上皆要求由各级地方官吏聘请掌教山长。乾隆元年六月上谕:"书院之制,所以导进人才,广学校之所不及〔……〕各省督抚学政,凡书院之长,必选经明行修、足为多士模范者,以礼聘请。"《高宗纯皇帝实录》卷二十,《清实录》第9册,第488页。
③ 见《钟山书院志》卷十六《肄业诸生姓氏》,《中国历代书院志》第7册,第609页。
④ 《钟山书院志》卷七,《中国历代书院志》第7册,第541—542页。

至于掌教之职,则有讲学与课文两端。书院规条中分别称为"会讲"和"会课"。会讲日期通常规定在朔望之饭后,书院于讲堂之上设有云板,"诸生听击云板声响,即齐讲堂",拜揖礼毕,便"侍坐敬听"。会讲的内容,依照官方规定,首重"立品""明伦",因此要将康熙之《训饬士子文》、雍正之《万年训》等诰令"宣明讲说"①;而涉及学问知识的内容,主要则是"四书五经之理"与"史鉴中之治乱得失"②。而书院活动中另一大端"会课",则是考试诸生文章,以初六、十二为定期,天未明书院便击梆为信,至黎明即响云板,"以便诸生齐集领题","令作者舒徐思索,得尽一日之长"。其内容大抵是规模科场,命题作文,掌教须负责"每月两课批阅文字高下"③。钟山院规中特意强调经学,规定:

> 科场经题有四,书院须加经学。每月会课,既有经题,须作经艺,即当日不能完篇,续送亦可。即以一经为一束,另于正案之外,名分等第,听掌教径自揭示院中,使肄业者鼓舞加功,以为棘闱夺帜地。④

盖当时科场条例,头场试时文七篇,包括四书三题、五经四题⑤,故上引规条所云"经题有四"即就五经文而言。经艺文可以隔日续送,评选亦另置于"正案之外",隐然可见五经之重要性犹不及四书,这恰与科场取士之标准相符合。掌教评阅文章之后,须分别等第,将试卷送两江总督查阅,再由总督"发江宁府,按照名次,给予奖赏",赏银由江宁知府"亲往书院"或"委上、江两县前往分给"⑥。除此之外,书院生徒平时亦可自拟题目作文,并"送给师长一阅,求其细细批示";两江总督在其拟定的《书院长久规模告示》中称如此勤加练习,方可"心灵手敏","异日临场,有如流水",书院教学以科场属文为鹄的,于此可见一斑。

事实上,钟山书院在雍正初年"讲学"与"课文"兼举的情况,正是在明代书院"讲会"传统之下,将士子文社"课文"传统引入进来;而有清一代,"课文"更是逐渐取代"讲会"成为书院中主要的教学方式。⑦ 此一制度转移,背

---

① 《钟山书院志》卷六,《中国历代书院志》第7册,第538页。
② 同上书卷七,第542页。
③ 同上。
④ 同上书卷六,第540页。
⑤ 商衍鎏《清代科举考试述录及有关著作》第二章,第78页,百花文艺出版社2003年版。五经之命题,清初系每经出四题,士子选习某一经,即作本经之四题;乾隆五十二年为使士子旁通诸经,改在第二场以五经各出一题考试。
⑥ 《钟山书院志》卷六《饬议书院各项应行事宜檄》,《中国历代书院志》第7册,第531页。
⑦ 从明入清,书院由讲学型向考课型过渡,学界已多有研究,代表性的论述可参邓洪波《中国书院史》、刘玉才《清代书院与学术变迁研究》、徐雁平《清代东南书院与学术及文学》。

后亦可见性理之学的消长。康熙年间,汤斌订《志学会约》,规定"会以每月初一、十一、廿一中午为期",具体的内容乃是"各言十日内言行之得失,务要直述无隐,善则同人奖之,过则规正","所讲以身心性命、纲常伦理为主,其书以四书五经,《孝经》《小学》,濂洛关闽、金溪、河东、姚江诸大儒语录及《通鉴纲目》《大学衍义》等书为主"①,虽然也提到读经,但性理之学的色彩依然很浓重。康熙三十五年窦克勤《朱阳书院仪注》规定"每逢三、六、九日"进行"考课",但实际内容是"疑义相质、身心互证"②,仍是明人讲学的传统,而非考试文章。

书院教学转向以科场文章的训练为鹄的之"考课",本身也是清廷以官方力量经营书院的结果。盖书院既归官办,则不能不以功令之马首是瞻,强调国家取士之文体。康熙三十年(1691),吉安知府罗京为白鹭洲书院定学规,在"课试"的规定便是"每月初二、十六日,本府亲临课会,书二艺,经一艺,间试论、表、策各一篇",乃参照科场标准,以四书五经制艺为主。③ 康熙五十三年,江苏巡抚张伯行在苏州紫阳书院训示诸生,一方面规定每月一、六日"齐集明伦堂上会讲",另一方面也有"凡三、八日作时艺二篇、讲义一篇"。④ 伯行乃清初著名理学家,对待"文章"的态度是"雕虫小技,壮夫不为"⑤,但既为书院立规,亦不能不考虑现实的因素。乾隆十年(1745),礼部令各地书院"每月课试,仍以八股为主",此外论、策、表、判等则"酌量兼试"⑥,可见官方对书院课试的制度性规范。因此,钟山会课以四书文为重,实际上是当时书院中较普遍的情况。

清代书院考课有所谓"官课"与"师课"之分别,以课试主持者或为掌教山长,或为地方官吏也。雍正初年,钟山书院规定,江苏、安徽两巡抚到省时,"应请赴院考课",两江总督亦"随时考课",其余藩臬各道"每年应考课一次,以示兴崇文教之意"⑦,这些都应属"官课",在当时似以不定期的形式举行。

---

① 汤斌《汤子遗书》卷一,《清代诗文集汇编》第102册,第254页。
② 窦克勤《朱阳书院仪注》,《朱阳书院志》卷三,《中国历代书院志》第6册,第414页。
③ 《白鹭洲书院志》卷二《罗太守馆规十三则》,《中国历代书院志》第2册,第582页。
④ 张伯行《正谊堂文集》卷十二《紫阳书院示书生》,《清代诗文集汇编》第182册(影印同治五年福州正谊书院刻本),第232—233页。
⑤ 张伯行《正谊堂文集》卷十二《紫阳书院读书日程》,《清代诗文集汇编》第182册,第234页。
⑥ 《钦定学政全书》卷七十二,《续修四库全书》第828册,第923页。该令亦考虑到生徒资质的差异,主张分为两等:"书院肄业士子,令院长择资禀优异者,将经学、史学、治术诸书留心讲贯,而以其余功兼及对偶声律之学;其资质难强者,当先工八股,穷究专经,然后徐图余经以及史学、治术、对偶声律。"虽亦提倡经史,但在考课中仍然要强调以八股为主。
⑦ 《钟山书院志》卷六《伤议书院各项应行事宜檄文》(雍正二年),《中国历代书院志》第7册,第531页。

而相对稳定的"每月月课",试卷由"掌教阅定",当属"师课",但分别等第后送呈两江总督,并由江宁知府给予奖赏,也同样具有官方之色彩。① 其奖赏金额,固定月课是特等赏银五钱,一等赏银四钱,二等居前者赏银三钱②;不定期之官课,则"各听酌给,不定多寡"③。至乾隆年间,据钟山掌教杨绳武记载,两江总督尹继善(乾隆八年至十三年任)下车伊始,"即诣书院,进诸生而面命之",并且"每岁亲较其艺之甲乙而进退之,又命监司方面驻节会城者,按月而分课之"④,可见地方大员"官课"之惯例延续,特其频次有所变。乾隆中期,江苏巡抚陈弘谋为苏州紫阳书院拟定的规条中对"官课""师课"的安排有很详细的说明:

> 每月两课,官课一次,掌教课一次。官课中,巡抚、两司逐月轮课,周而复始,巡道在省,亦准轮课一次。官课之卷,或各衙门评阅,或请掌教评定,送各衙门阅发,悉听其便。掌教课卷,评定次第,出榜之后,仍送本院一阅,一体给赏。
>
> 每课命题四书文一篇,此外或经文、或策、或古论今论一篇,再诗一首,缺一者不得前列。〔……〕录旧雷同者,盖不得前列。⑤

按此规条所言,"官课"与"师课"考试内容大体相同,最重要者显然是四书文。"官课"义上由各衙门主持,然试卷也可"请掌教评定";"师课"既经掌教评阅,文卷也要呈送巡抚,故二者在考试形式上,其实并无明显差别。事实上,"官课"与"师课"之分,大抵还有经济之因素。盖各衙门"逐月轮课"的设计,或与考课奖赏的经费来自各个衙门有关。乾隆二十四年的紫阳书院规条中虽然未对此有明确解说,但在此之前,乾隆七年陈弘谋曾在江西南昌的豫章书院订立节仪,颇透露出个中委曲:

> 课文。每月三次,以初八、十八、念八日为期,每月先生一课,其余两课,本都院、藩司、臬司、粮道、盐道轮流出题课试,周而复始。凡各衙门

---

① 《钟山书院志》卷六《饬议书院各项应行事宜檄文》(雍正二年),《中国历代书院志》第7册,第531页。
② 《钟山书院志》卷八《养士》,《中国历代书院志》第7册,第543页。
③ 《钟山书院志》卷六《饬议书院各项应行事宜檄文》(雍正二年),《中国历代书院志》第7册,第531页。
④ 杨绳武《钟山书院碑记》,《古柏轩集》卷三,叶12b(上海图书馆藏道光刊本)。并参道光《上元县志》卷二十三。
⑤ 陈弘谋《培远堂偶存稿·文檄》卷四十四《书院规条示(乾隆二十四年正月)》,《清代诗文集汇编》第281册,第329页。按,陈氏原名弘谋,后因避乾隆讳改宏谋。

课期,课卷先生批阅,第其甲乙,分为三等。一、二等分别奖赏,各衙门捐俸,不动公项。①

陈弘谋为豫章书院所立规程,与他在苏州紫阳书院所立者颇为类似;而此规程中则交代了各衙门"轮流出题课试"的因由,在于他们要各自捐俸,负责相应课试的奖赏。这与钟山书院雍正年间官课"各听酌给"的用意正相符合。福建福州的鳌峰书院,"考课"每月三次,初六、十六日"系掌教馆课",二十六日"系各衙门轮课","自督抚两院、藩臬两司、盐粮两道并福州府以次轮流,周而复始"②,其模式亦相仿佛。在鳌峰书院,"官课"是决定生徒膏火的依据:其嘉庆八年的章程中特别提到"所有本年甄别在院肄业书生","其应给内外课膏火,总以每月二十六日官课为断"。③ 此外,"官课"与院长的"馆课"又都各有额外赏银,"官课"总共八两,"馆课"则四两,根据学生考课名次加以分发,标准各有等差。④ 嘉庆十一年(1806),将官课的赏银总额提高至十两。⑤ 至嘉庆十八年,章程又专门对此调整,认为"旧例每课奖赏,官课每次共十两,馆课每次四两,因此馆课文字草率者甚多,嗣后应每课匀作六两"。⑥ "官课""师课"背后的经济基础,由此可窥见其一斑。而陈弘谋在紫阳书院规条中,对掌教如何讲评文章也有安排:

> 每会课,请掌教先生先将题之道理节旨、字句虚实,一一发明,何为切实、何为浮泛,一一剖析指示,并作为题解,以示诸生,俾于题之真诠实谛,一一明白。将来触类旁通,自然识见透彻,看书有眼,不至有文无题,于诸生实学有益。题解之外,再就各课文总批细批,随处指点。⑦

---

① 陈弘谋《豫章书院节仪》,同治《南昌府志》卷十七,叶51b—52a。
② 《鳌峰书院志》卷四《院规·原定章程》,《中国历代书院志》第10册,第304页。此章程拟定之年月,原书未注,然其中提到"住院诸生饭食银两,始于乾隆五十一年丙午科乡试后详准给发"云云,可知必在此后。此章程后又有《嘉庆柒年详定章程》《嘉庆捌年详定章程》等等直至《道光九年韩抚宪核定章程》,由是则《原定章程》当在乾隆五十一年(1786)至嘉庆七年(1802)之间。
③ 《鳌峰书院志》卷四《院规·嘉庆捌年详定章程》,《中国历代书院志》第10册,第307页。
④ 鳌峰书院章程中所谓"馆课",由书院院长负责,实际上就相当于前述之"师课"。奖赏银具体分配到每个学生,大抵是每人一两或五钱、三钱不等。如官课奖赏共八两,在生员中取一等一名,赏银一两,二名至十一名各赏银五钱;在童生中取上卷一名,赏银五钱,二名至六名各赏银三钱。馆课赏银则是由院长"酌量差等发给"。
⑤ 《鳌峰书院志》卷四《院规·嘉庆十一年详定章程》,《中国历代书院志》第10册,第308页。
⑥ 同上书卷四《院规·嘉庆十八年总督汪、巡抚张核定章程》,第309页。
⑦ 陈弘谋《培远堂偶存稿·文檄》卷四十四《书院规条示(乾隆二十四年正月)》,《清代诗文集汇编》第281册,第330页。

抚台公文中既已有如此详细的规定,掌教在会课之中,自然不能不就时文法度细加敷演。有趣的是,据时任紫阳书院掌教沈德潜的记载,会课之"题解",其实常常是巡抚陈弘谋自己的擅场——盖陈氏"公余课士","每命题,辄作题解一篇,以示圭臬"①,即亲自上阵为书院生徒讲解题旨、"剖析指示"。

书院掌教乃至地方官员在会课上作"题解"、讲文章,自然受到个人兴趣的左右。不过更值得注意的是,时文讲习在书院之中,占据了制度性的举足轻重之地位。江宁钟山书院在建立之初便极重视训练制艺之"会课",正是当时书院制度之典型也。雍正十三年,沈起元因其友人江安粮道王恕(楼山)之荐,受两江总督赵宏恩之聘请,主讲钟山书院。② 沈氏自述其执教经历云:

> 书院甚宏厂,生徒济济,余严立课程,刊条教,勤加劝饬,阅文必逐字批改。一生王鳌,年七十余,食饩三十年,文多纰缪,余一一抹出,生大叹服。③

由沈起元自记之语,不难想见,山长于掌院之务,"批阅文字"最是本业。沈氏所立《钟山书院规约》虽然也举"潜修理学、切实践履、讲明修齐治平之道",然具体的规条设计,却并未特别强调修炼身心的理学"讲会";以科举为导向的"读书作文",方才是其重点。规约凡有"立志""务实""读书之法""读史之法""制艺""诗学""惜阴""师友"等条目④,主旨大抵本乎理学德性而读书,故提倡"潜修理学,切实践履,讲明修齐治平之道,卓然为君子之儒",在"读书之法"中亦反对"以经书为命题之纸",主张结合身心修养而读经,在经籍中寻找"立命之根""对口之药",其规条云:

> 夫读书之法,观圣人所论学《诗》、学《易》、学《礼》者可悟矣:于《诗》则曰"达于政事"、曰"专对"、曰"兴观群怨""事父事君";于《礼》曰

---

① 《紫阳书院课艺二集序》,《归愚文钞余集》卷三,《沈德潜诗文集》第3册,第1577页。
② 沈起元编,沈宗约补订《敬亭年谱》"乙卯五十一岁"条,《北京图书馆藏珍本年谱丛刊》第92册,第594页。
③ 《敬亭年谱》,第594—595页。
④ 最后"惜阴""师友"两条,原无标目,但云"业精于勤荒于嬉,大禹惜寸阴,吾辈当惜分阴〔……〕"以及"书院读书,即师友之乐,乃为人生第一美事〔……〕",有研究者根据其大意及清代书院学规之惯例概括为"惜阴""师友"(邓洪波主编《中国书院学规集成》第一卷,第196页,中西书局2011年版),今从之。

"立";于《易》曰"可以无大过"。今之治经者,于此着力,于此用心,方为读书有益。否则虽考据详核、训诂精密,皆夫子所为"虽多亦奚以为"者耳。汉儒专门名家,尝以经术辅政治,盖犹有遗意焉。①

此以"修身"为"读经"之核心,并批评单纯知识意义上的"考据""训诂"不能真正对读书有益,进而解释说汉儒之真精神在"以经术辅政治",颇有几分"性理中心"的味道。但即便如此,沈氏之论读书法,也不得不放到"制科取士"的框架之下,以官方功令劝诱士子,不但在"读书之法"一条之开首即指出"国家制科取士"之用意,是要令学子"浸灌寝食于四书五经之中",以求"明体达用之学",结尾又重申"起元愿诸君之游于此者,以此法读书,则四书五经中一言片语,可终身用之不尽","庶于制科之义无负云",可见科举的因素之影响。而教学措施方面,修身自省往往难以考核,沈氏为钟山书院所立学规,也并未采用功过格之类的具体修养方式。"惜阴"一条中所载沈氏督课学生之方式,乃是"人给一帙,每日各填注所业读何文何书","至会讲之期,汇送监院缴进",仍然是将读书、作文视为主要的功课。至于作文的具体方法,《钟山书院规条》"制艺"一条中,沈氏承认经义虽以明理为主,但文事既繁,难以返简,故"其体裁不可以不讲也",因此除了经书,亦要旁采《左》《国》《庄》《列》以及唐宋八家之文以为文章之助。② 在沈氏晚年所作的《娄东书院规条》(题下小注"戊寅",当是乾隆二十三年,1758)中,他更是大谈古文、时文之法,告诫学生当认清"题理""题神""题位",并主张学习八股经典之作,"于成弘正嘉取其格律,隆万取其机巧,天崇取其才思"③,如此自能事半功倍。由是观之,沈起元之书院教学,主要是以理学为价值基础,以科举为导向,具体则从"读书"和"作文"两个方面展开,前者包括读经、读史,后者则涵盖了制艺和诗学等。

沈起元之后,乾隆初年掌教钟山书院的杨绳武,亦将"读书"和"作文"作为其训课生徒的两个主要方面。杨氏作于乾隆二年的《钟山书院规约》,与沈氏之规约相似,可以分为三大部分:一是德行修养,包括"先励志""务立品""勤学业"等条目;二是读书,包括"穷经学"和"通史学";三是作文,有"论古文源流""论诗赋派别""论制艺得失"以及"戒抄袭倩代""戒矜夸忌毁"等项。④ 此种课程方法,实际上是清代书院规条的一种主流传统,其渊源

---

① 沈起元《敬亭文稿》卷六《钟山书院规条》,《四库未收书集刊》第8辑第26册,第204页。
② 《敬亭文稿》卷六,《四库未收书集刊》第8辑第26册,第205页。
③ 同上书,第215页。
④ 杨绳武《钟山书院规约》,《中国书院学规集成》第一卷,第192—194页。

则在宋元以降的"读书分年日程"。乾隆元年"训饬直省书院师生"一谕便要求各省督抚学政选拔"乡里秀异、沉潜学问"之生徒进入书院,教育方法乃是:

> 仿朱子《白鹿洞条规》,立之仪节,以检束其身心;仿《分年读书法》,予之程课,使贯通乎经史。①

这里提到官方书院规制的两个主要范本:一是朱子的《白鹿洞条规》,主要规定为学修身、处事接物之大要;二是元人程端礼根据朱子《读书法》而作的《程氏家塾读书分年日程》,其中详细制定了具体的读书步骤和内容。《程氏家塾读书分年日程》(以下或称《读书分年日程》)奠定由"读书"和"作文"两大主干为核心的习学程课,对清代书院的制度设计影响甚深。② 其"读书"部分从小学书开始,然后是四书和"本经"。③ 按照理学观念中通常的知识秩序,此后应当接续的是其他诸经,但程氏认为"学文不可过迟",因此在本经之后便进入读史、读文、学作文这几个阶段。读史是以《通鉴》为主,参考《通鉴纲目》,此外,"两汉以上参看《史记》《汉书》;唐参《唐书》、范氏《唐鉴》","看取一卷或半卷,随宜增减"。读文的具体内容是韩愈文和《楚辞》,以《文章正宗》所采韩文和朱熹《楚辞集注》为读本,目的是熟读成诵,建立"作文骨子"和"作古赋骨子"。在此后还有单独的"学作文"阶段,则是"以二三年之工,专力学文",大体又分为两个方面:首先是学习文章"展开间架之法",即从韩愈的全集开始,渐次延伸到欧阳修、曾巩、王安石等家。程氏《读书分年日程》在清代屡经重刻,颇为流行,其读书、作文的框架大体上也为清代书院之规条所继承。以钟山书院为例,乾隆元年,两江总督尹继善便因应乾隆上谕,将《白鹿洞规条》和程氏《读书分年日程》勒石于书院讲堂;前述沈起元、杨绳武两位山长之规条中,亦可见《读书分年日程》架构的影响。不过,世殊事异之下,"书"与"文"的具体指向都会有所变动。最明显者,当然是"时文"

---

① 《高宗纯皇帝实录》卷二十,《清实录》第9册,第488页。
② 关于《程氏家塾读书分年日程》的文章习学工夫论,参见拙作《宋元理学家读书法与"唐宋八大家"的经典化》(原刊《中国文哲研究集刊》第52期,2018年3月,收入本书附录)。关于《读书分年日程》对清代书院的影响,徐雁平《〈读书分年日程〉与清代的书院》(《南京晓庄学院学报》2006年第3期)一文已有详细的讨论。徐文主要从《读书分年日程》在清代的刊刻情况以及书院规条如何学习利用《读书分年日程》两个方面进行论证,主要是针对《日程》的整体框架而言。本章关注点则在于其中古文学习的部分,希望追问的是,在一个囊括经史子集的学习系统中,"文章"占据何种位置,清代书院在继承程氏《读书分年日程》的基础上,在"文章"这一部分有怎样的变化。
③ 元代科考,头场经问,四书之外,须在五经中选考一经,故称"本经"。清前期科举中考试经学,亦是选考一经,自乾隆五十二年后,改为五经皆考。

的具体内容。程氏《读书分年日程》设计的学文步骤,在韩文、《楚辞》以及欧、曾、王、柳、苏诸大家之后,也有一个"作科举文字"的阶段,乃是"用西山法",要求生徒"读看近经问文字""读看近经义文字",实际上就是当时的"时文";《读书分年日程》还引用真德秀《应举工程》所云"时文有四类,一性理、二治道、三故事、四制度"云云,具体描述作文编文备考的方法。① 在清代的学规中,"时文"自然会更明确地指向八股制艺,相形之下,韩愈一系古文的重要性也有所下降。八股文的日益"规范化"和专门化,使得士子的文章学习,必须愈发依靠当代的"时文"而不是"古文"。如清初陆陇其在其编选的经义选集《一隅集》之凡例中论列为学之法,分"先立志""务正学""崇小学""敦实学""尚实行""论文体""论篇章""论字句""论大结",实际上正可看作一部学规,其"敦实学"条明言"宜取程氏《分年读书日程》,依其节目,循序渐进",不过在"论文体""论篇章""论字句""论大结"诸条中,仔细讨论的则是八股文的技法。② 康熙间唐彪的《读书作文谱》③甚至主张"童子幼时,急需在于时艺,故当先读时艺,至时艺读二百篇后,则当半月读古文、半月读时艺"④。如果说书院学规大体还要端着"正学"的架子,《读书作文谱》一类较通俗的教学程课则非常直白地显示出对"时艺"的重视。唐彪更用"博""约"之辩来讨论读书与作文:

> 科举之学,除经书外,以时文为先务,次则古文。窃谓所读之时文,贵于极约,不约则不能熟,不熟则作文时神气机调皆不为我用也。阅者必宜博,经史与古文、时文,不多阅则学识浅狭,胸中不富,作文无所取材,文必不能过人。由此推之,科举之学,读者当约,阅者宜博。⑤

唐彪于此直截了当地打出"科举之学"的旗号,认为精读时文而泛览经史、古文、时文,正是科举制度下的"俗学"谱系——博者乃就经史文章中积累学识,约者则是从时文范本中熟练"神气机调"。这一系统潜在颠倒了正统儒家以"经书"或"性理"为根柢的知识秩序,用来支撑整套学习内容的,乃是对时文作法的用心揣摩,其他泛览的知识,都是为精读而来的"神气机调"

---

① 《程氏家塾读书分年日程》卷二,叶16a。
② 《国朝先正学规汇钞》,第11—12页。
③ 此书前有毛奇龄序,署"康熙己卯季春"即康熙三十八年三月,而序文中提到"其书旧名《家塾教学法》",则此前已有刊本流传。可知唐彪此书也颇有"教学法"的性质。见《历代文话》第4册,第3385页,并参见《历代文话》整理者之提要,同书第3383页。
④ 《读书作文谱》卷一《读书总要》,《历代文话》第4册,第3404页。
⑤ 同上书,第3402—3403页。

所驱遣。与此相应,唐彪在读经的部分,也主张分"当读""当阅"两个层次,精读"紧要"之篇章而略阅其他:

> 《礼记》取《内则》《曲礼》《曾子问》、《祭法》《祭义》《祭统》三篇读之,余则阅之。《易》则取《乾》《坤》两卦并《系辞传》《说卦传》读之,而大纲已举,余阅之自易也。《春秋》精义条例尽见于杜预《春秋左传序》中,熟读其序,更取《左传》佳文多读之。再阅《春秋》本文,证之以《左传》,则经与传皆明晰矣。至于《书》之宜读者,二《典》、二《谟》与《益稷》也,《禹贡》与《仲虺之诰》《伊训》《说命》与《洪范》《周官》也,余阅之可也。①

虽然唐氏自辩此法是"择取大纲与适用者",与当时其他诸删本不同,并且强调是"为科举之士筹,为下资设法",然在正统经学家眼中,这不免仍是科举导向下一种变相的"删经"。

在作文方面,相对于程氏《读书分年日程》以韩愈文为"作文骨子",唐彪主张"分类""分题"精读科场文章,不啻以当代时文之名作为"骨子"也。唐氏《读书作文谱》,大抵代表了一种较为显白直露的"科举俗学"作风,然其对古文、时文关系的界定,却颇值得注意。唐《谱》主要关心的是时文之写作技巧,在这一思路下,研阅古文,实际上也就是要学习其中的技法,为时文写作服务。《读书作文谱》卷十一《论读古文》,开篇便引武之望(叔卿)之言云:

> 文章未有不学古而能佳者,骨格、调法,尽备之古文〔……〕读之自然有以浑其气、苍其格、高其调、秀其色,脱胎换骨于其中而不自觉,是获益于古文者无穷矣,岂必撦拾其字句以用入时文,始称有益哉!②

此言应向古文学习气格法度而非撦拾字句,其实不论是学其字句、篇法或是格调,背后预设的,都是学古文以为时文之用。不妨再看康熙五十二年江苏巡抚张伯行为苏州紫阳书院制定的读书日程。此规程分为"经书发明""读史论断""作古今文""各种杂著"四目,还要求配合逐日课程笔记,分四目记下各类所学内容及心得体会。此日程虽颇简略,仍不难窥见程氏《读书分年日程》之梗概。

---

① 《读书作文谱》卷一《读书总要》,《历代文话》第4册,第3404—3405页。
② 同上书卷十一《论读古文》,第3550页。

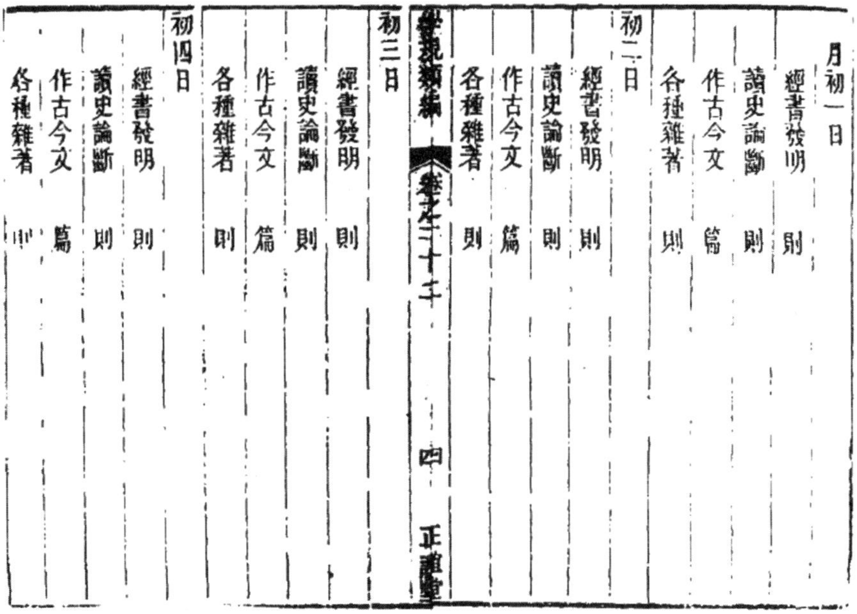

月初一日
經書發明　則
讀史論斷　則
作古今文　篇
各種雜著　則
初二日
經書發明　則
讀史論斷　則
作古今文　篇
各種雜著　則
學規類編　卷之二十二　四　正誼堂
初三日
經書發明　則
讀史論斷　則
作古今文　篇
各種雜著　則
初四日
經書發明　則
讀史論斷　則
作古今文　篇
各種雜著　則

图 5　张伯行《读书日程》书影,《学规类编》卷二十二,《续修四库全书》第 949 册

其中,在作文一类,张伯行指出:

> 雕虫小技,壮夫不为;俳语优词,修士所耻。若原本高厚,上引星辰,下濯江汉,斯足尚已。天人三策,东西二铭,以及《佛骨表》《原道》诸篇,皆有关于治道人心者。至于制义一途,浚发自己之性灵,阐明圣贤之义蕴,且又廷献之先资也。言之无文,行之不远,可无务乎?每日所作古文时文,其备记之。①

理学名臣张伯行对作文训练的态度,与《读书作文谱》自然大相径庭,他虽然也在书院规程中设计了“作古今文”一目,然于历代文章,只略略点出董仲舒《天人三策》、张载《东铭》《西铭》以及韩愈的《谏迎佛骨表》《原道》数篇“有关治道人心”者。不过有趣的是,张氏把古文、时文的写作归在一起,背后的观念正是要从古文学习时文技法,此一定位又与唐《谱》相似。回过头来看沈起元的《钟山书院规约》,在“制艺”之条目下谈论“撷《左》《国》之华以润其色,《庄》《列》以尽其变,唐宋八家以畅其气”,也正是同一种思路下的

---

①　《正谊堂文集》卷十二《紫阳书院读书日程》,《四库全书存目丛书》集部第 254 册,第 158 页。又张伯行刻《学规类编》,亦收入此《读书日程》,文末并附每月日程样本,从初一至三十日须逐日填写“经书发明　则”“读史论断　则”“作古今文　篇”“各种杂著　则”。

产物。在《娄东书院规约》中为"古文"单立一条目,主张"初学入门,且先读八家,由八家而上溯之《史》《汉》,溯之《左》《国》,而更溯之《孟子》《尚书》,而古文之道尽矣",所要探求者,乃是"结构、段落、开合、擒纵、炼字炼句之法",而立论之基础,仍然是"昔之工于制义者,未有不从古文中来者也"。①杨绳武掌教钟山书院之时,颇重古文,其规条中对"古文源流""诗赋派别"都有详细阐述,认为古文之源,应在经书,而又尤在《尚书》,"今人读《尚书》者,知尊之为经而不敢目之为文,愚恐数典而忘祖"。不但如此,杨氏又尝编选《文章鼻祖》一部,精择《尚书》《左传》《国语》《史记》《汉书》之文凡十余篇,批点评论,勒为一编,意欲"推明文章之道,千变万化,皆从此出"。② 杨氏更将其古文源流之论接上时文,提出"古人文字各有所从出,时文何独不然","时文于八家无所得,便是熟烂时文"。③ 可见体会时文之法,乃是其古文教育的一个重要诱因。与之相类,乾隆七年,时任江西巡抚陈弘谋为江西豫章书院订立《学约》,其"正文体"一条亦劝勉诸生"涵泳经史,义理充积于中,而又熟读汉唐宋名家之文,以及有明名人制艺,以得其机杼"④,以古文经典与时文经典同为文法来源,此盖当时书院习学古文之大端也。

第二节 官书与坊本:书院内外的古文阅读

考察书院中的古文阅读与词章教育,绕不开的一个问题自然是生徒选择何种书籍作为"读本"? 从历史现场的角度看,传统中国的书院与官学并非如现代意义上的学校教育,具有大体上统一的指定"教材"。古文别集、总集等又非如儒经、正史一般存在大致固定的书目谱系,不同的时代、地域乃至不同山长、学官的趣味之下,古文读本的选择无疑会呈现出极大的多元性。不过,从整体上看,清代书院中古文选本的选用,隐然存在一种"官颁书籍"与"通俗选本"之间的张力。《钟山书院志》中载有一段对雍正初年书院藏书情况的简要介绍:

> 居今稽古,所重缥缃。虽负笈而来者,自有日用之残编、尺寸之卷

---

① 《敬亭文稿》卷六,《四库未收书集刊》第8辑第26册,第214页。
② 《文章鼻祖》卷首《凡例》,《四库存目丛书》集部第408册(影印乾隆二十八年刻本),第4页。
③ 杨绳武《论文四则》,《昭代丛书》本,《丛书集成续编》第204册,第710页。
④ 《豫章书院学约》凡十则,依次为"立志向""明义利""立诚敬""敦实行""培仁心""严克治""重师友""立课程""读经史""正文体",见同治《南昌府志》卷十七。

帙,聊应咿唔,然督宪美意,谓既兴书院,则必置书。朱子之兴鹿洞也,即以经书奏请。而我圣祖于鹿洞,曾颁经史,以至岳麓诸名胜皆有之。盛世右文,赐书以教育多士,将圣经贤传,与御區相为辉映,实千万年治化之所系云。于是书院之书,以次而积矣。至于公卿大夫,有送简编于书院者,是教人以善之忠,亦传世之韵事。①

由此可知,当时书院藏书的来源主要有二:一是朝廷之赐书,二是官员之捐赠。除此之外,书院自行购置以及编刻图书,也自然是题中应有之义。② 钟山书院对书籍的收藏管理有颇为严格的规定。院中书橱,系用"朴素浑坚杉木做成,安顿内厅堂上","每乘书橱,用大锁一把,钥匙交副掌教收执","平时院内师生要看,须另册注明"。此外,"如岁暮及新年时节,副掌教归任,将钥匙送江宁府谨收,不许疏失",可见其措施相当周密慎重。这对于书籍保管固大有益处,但是否能方便有效地促使有关书籍进入生徒的日常阅读,却不免值得怀疑。院志中接下来记载了"督宪颁发书籍叁拾壹种",当系时任两江总督查弼讷所颁,包括《十三经注疏》《通鉴纲目》等经史,《字鉴》《广韵》《玉篇》《韵府》等具有工具书性质的小学书,《朱子大全》《性理大全》等理学书,《册府元龟》《事文类聚》等类书,以及《张南轩集》《元遗山集》《明诗综》等诗文集。这份藏书清单,显然是以经、史、类书为主。其中集部书所占比例甚小,甚至找不出一部古文选本,大抵可以推知两江总督颁发书籍时的导向。不过,在这段记述中,恰恰也可以看到当时书院藏书与生徒实际阅读之间的微妙差别。负笈求学者,实际上都有自备的书籍以供使用。"残编""尺寸"等语,一方面固然是私人藏书在御赐官颁书籍面前"理所应当"的"相形见绌",另一方面多少也透露生徒日常所用的经注、文选,可能是自行摘录的节抄与精选,或是业经出版而卷帙较小的文章选本。

《钟山书院志》中提到的"我圣祖于鹿洞,曾颁经史",当是指康熙二十六年(1687)四月清廷向江西白鹿洞书院钦赐《十三经注疏》《二十一史》。此后康熙四十六年三月,白鹿洞书院又接到了御赐的《渊鉴古文》,康熙五十四年接到《朱子全书》,五十五年接到《周易折中》。③ 按清廷之官修书籍,常令地方督抚刊刻流传,并向各省书院直接颁发印本,以之为士子"广为传习"之重要途径。康熙四十五年有谕称:

---

① 《钟山书院志》卷九,《中国历代书院志》第 7 册,第 544 页。
② 丁耀桩《江苏清代书院藏书研究》(苏州大学硕士学位论文,2019 年)将书院藏书来源概括为朝廷赐书、官府置备、社会捐赠、书院自刻、书院自购五类。
③ 《白鹿洞书院志》卷九《书籍》,《中国历代书院志》第 2 册,第 128 页。

> 朕制《古文渊鉴》《资治通鉴纲目》等书，皆已刷印，颁赐大臣。此等书籍，特为士子学习有益而制，可速颁行直省。凡坊间书贾，有情愿刊刻售卖者，听其传布。①

可见朝廷不但赐予京中大臣此类书籍，并通过官方渠道颁行各省，同时亦鼓励民间书商自行翻刻。此后，康熙五十二年（1713），又将新成之《御纂朱子全书》颁发各省。这与白鹿洞书院的记载相互对照，反映了清廷赐书逐渐到达各地的实际情形。此类由官方推广的"御纂"之书，大体上也是以经、史、理学为主，但其中也不乏古文选本。如《古文渊鉴》乃康熙二十四年（1685）敕撰，康熙《御制〈古文渊鉴〉序》声言其选编乃是"择其辞义精纯、可以鼓吹六经者"，以"穷文章之正变"为目的，故主张以六经为后代各体文章之本：

> 书契以后，作者代兴，简册充盈，体制不一，约而论之，靡不根柢于群圣，权舆于六籍。如论、说之类，以疏解为主，始于《易》者也；奏、启之类，以宣述为义，始于《书》者也；赋、颂之类，以讽喻为指，始于《诗》者也；传、序之类，以纪载为事，始于《春秋》者也。引而伸之，触类而通之，虽流别各殊，而镕裁有体，于是能言之士，抒写性情，贲饰词理，同工异曲，以求合乎先程，皆足以立名当时、垂声来叶，彬彬郁郁，称极盛焉。②

此书凡六十四卷，所录自《左传》《国语》《公羊》《穀梁》《战国策》而外，自汉迄宋，表列在目之作家有二百九十七家③，内容颇为丰富，编纂上也力求尽善尽美，除了选篇视野广阔外，又附以注释、评点、批语等，号称将《文章正宗》《文选》《古文标注》《古文集成》等前代重要选本之优长集于一身，"自有总集以来，历代帝王，未闻斯著"。④ 其书完成后，有内府刻四色套印本，用不同的颜色表示不同的评点层次：墨色为正文，朱色为圈点及清代文臣之评语，棕色（或蓝色）为前代儒者评语，明黄色为康熙御评。⑤ 例如卷一节录自《左

---

① 《钦定学政全书》卷四《颁发书籍》，《续修四库全书》第 828 册，第 565 页。
② 《古文渊鉴》卷首，序叶 1b—3b，清康熙内府四色套印本（哈佛燕京图书馆藏）。"简册充盈""根柢于群圣"，康熙《御制文集》（康熙五十年编）卷十九《古文渊鉴序》分别作"载籍充盈""根柢于群经"，疑当系后改。
③ 据《古文渊鉴》各卷卷首统计。
④ 《四库全书总目》卷一百九十《御选古文渊鉴》提要。
⑤ 关于内府刻本《古文渊鉴》的套色情况，参见王传龙《清内府〈古文渊鉴〉刊刻版本与套印技术新探》，《北京大学中国古文献研究中心集刊》第 17 辑，第 394—403 页。

传》的《卫石碏谏宠州吁》,天头眉批,朱色为陈廷敬语,从臣下的角度推崇石碏"谋国而忘其私,可谓忠且智矣";蓝色为引述真德秀《文章正宗》之评,赞赏石氏为社稷之臣;明黄色"石碏之谏,卓然千古正论,有国有家者,不可不三复斯言",指出其中对于掌国者的教益,则是康熙御批的君主口吻。

图6 《古文渊鉴》卷一,哈佛燕京图书馆藏清康熙内府四色套印本

此类印制精美的内府本,便会被用于面向地方书院的颁赐。如浙江杭州的万松书院,康熙五十五年接到康熙赐书,据时任浙江巡抚徐元梦之谢恩折云:

> 今年四月二十三日,赍奴才之折往奏之家人,赍捧圣主所赏匾、书返回,奴才闻知,即率城内文武官员、书院读书士子,出郊跪迎,将匾、书置龙亭内,舁回书院,供于衙门中间,恭设香案,公同叩谢圣恩。[……]奴才[……]随将圣主御笔字匾一,《渊鉴斋法帖》一套,《孝经法帖》一卷,《古文渊鉴》一部,《渊鉴类函》一部,日讲《四书》《易经》《书经》各一部,出示

于书院内之所有官员人等,众员皆云见未曾见,无不赞叹欢悦。①

徐元梦的记述生动地展现了康熙赐书通过官员进送密折之信件传递系统到达地方的情形,以及书院文人恭迎、赞叹御赐书籍之反应。《钱塘县志》记此事,称徐元梦修复书院,"召所取士读书日省月试之,聘进士以为之师","上闻,御书'浙水敷文'匾额以赐,及内府《渊鉴斋古文》②《渊鉴类函》《四书》《周易折中》《朱子全书》"。③ 可见书院获赐的,正是内府本《古文渊鉴》。万松书院也因此改名为敷文书院,当不无以此显示荣宠之意。

《古文渊鉴》虽有"御批"之权威,被誉美为"词苑之金桴,儒林之玉律"④,但其篇幅较大,实际上对初学者来说并不十分适用。雍正年间,方苞代果亲王允礼选编《古文约选》,序云"圣祖仁皇帝所定《渊鉴古文》,闳博深远,非始学者所能遍观而切究也",因此"约选两汉书疏及唐宋八家之文,刊而布之,以为群士楷"。⑤ 此序正道出大型选本与初学日用之间的微妙隔阂。因此,《古文约选》虽然也是自汉及宋,但在入选作家人数上较《古文渊鉴》减少,其选篇数量也以精简为旨归,"于韩取者十二,于欧十一,余六家或二十、三十而取一焉","两汉书疏,则百之二三耳",目的是"所取必至约,然后义法之精可见"。⑥ 此后,乾隆三年(1738)"御定"之《唐宋文醇》,则是采用了另一种"约选"之法,即在时代上限于唐宋,作家亦以韩、柳、欧、三苏、曾、王这八家为核心,旁及李翱、孙樵,共为十家;实际上是旁参了茅坤以来盛行的"唐宋八大家"之传统。乾嘉间人梁章钜对其间源流关系曾有归纳:

古文选本,以前明茅鹿门坤所列八家为最著。《明史·文苑传》称坤善古文,最心折唐顺之,顺之所著《文编》,自韩、柳、欧、三苏、曾、王外无取焉,故坤选为《八家文钞》。其实明初朱右已采录韩、柳、欧阳、曾、王、三苏之作为《八先生文集》,实远在坤前,特右书不传耳。本朝储同人欣,益以李习之翱、孙可之樵,合为十家,其书皆颇行于世。至乾隆初,纯庙以茅、储二家,去取尚未尽协,评论亦未尽允,乃指授儒臣,定为《唐宋文

---

① 《浙江巡抚徐元梦奏谢赏赐匾书折》,第一历史档案馆编《康熙朝满文朱批奏折全译》,第1107页,中国社会科学出版社1996年版。"渊鉴斋法帖",原文作"渊鉴及法帖",当是因"及""斋"音近之误译。后文又云康熙"既赏'浙江赋文'四字匾",亦是音近而讹;《钱塘县志》卷四记作"浙水敷文",当据正。
② 《渊鉴斋古文》(或称《渊鉴古文》)即《古文渊鉴》之异名。
③ 《钱塘县志》卷四,叶15a,康熙刊本。
④ 《四库全书总目》卷一百九十,第1725页。
⑤ 《古文约选》卷首,叶2b—3a,雍正十一年果亲王府刻本。并参《方苞集》集外文卷四《古文约选序例(代)》,第613页。
⑥ 《古文约选》卷首,叶4a—4b。

醇》五十八卷,其书先以列圣御评恭列篇首,后人评跋有发明考证者,分缀篇末,品题考辨,疏通证明,无不抉摘精微,研穷窔奥,学者但熟读此本,则其他选本及各专集,俱在可缓之列矣。①

梁氏此论,实乃综合剪裁《四库全书总目》中《唐宋八大家文钞》《唐宋文醇》二书之提要而成②,因而梳理了自朱右《六先生文集》③、唐顺之《文编》、茅坤《唐宋八大家文钞》、储欣《唐宋十大家全集录》而下之"古文选本"谱系,茅《钞》为影响最大者,储《录》则为《唐宋文醇》直接的渊源。乾隆《御选〈唐宋文醇〉序》中特别追溯茅坤八大家之选,称"至今操觚者脍炙之",并提到"敕几之暇,偶取储欣所选十家之文,录其言之尤雅者",皆可其间轨迹。由此不难看到"御定"官修之书与士人中通行读本本身亦存在千丝万缕的联系。官颁选本为求切于世用,在材源、宗旨方面对民间既有之经典选本也有参考和取资。

清廷官方赐书的政策传统,至乾隆年间不少衰息;《古文约选》和《唐宋文醇》也借此途径在各地得以推行流布。乾隆元年(1736),有令将康熙御纂《律历渊源》颁发直省书院,"以为士子观摩学习之用",并"着直省抚藩,招募坊贾,自备纸墨刷印通行售卖",且申令"严禁胥吏阻抑需索"。乾隆三年,武英殿、国子监等处奉旨清点其所藏官修书籍,后复有谕"命各省布政使,敬谨刊刻","亦准坊间翻刻广行",其中包括《性理大全》《大学衍义》《古文渊鉴》《古文约选》《骈字类编》《子史精华》等等;乾隆六年,又应陕甘二省之请,"将《渊鉴斋古文》及《唐宋文醇》","每种各颁一部"。乾隆十六年,更特别向南巡所至的"江宁钟山书院、苏州紫阳书院、杭州敷文书院","各赐武英殿新刊《十三经》《二十二史》一部",以资"髦士稽古之助"。④ 其中所涉,有经、史、性理等不同类型,在古文部分,主要采用的便是《古文渊鉴》《古文约选》和《唐宋文醇》。朝廷颁书当然不会是各省书院藏书的全部,也未必能全然规限文人学者之视野,但作为清廷"指定书目",无疑可以构成一套推行有力的官方话语下的知识体系。并且如前所述,颁赐之书本身由于其政治象征性,常常会被奉为珍宝而"束之高阁",实际发挥影响的,更可能是各地对官修书

---

① 《退庵随笔》卷十九,《续修四库全书》第1197册,第410页。
② 《四库全书总目》卷一百八十九,《唐宋八大家文钞》提要,第1718页;卷一百九十,《唐宋文醇》提要,第1727页。
③ 朱右原书名为《新编六先生文集》,但实际上是以三苏为一先生,所选总共仍是八家。《四库全书总目》记为"《八先生文集》",梁章钜承之。参见本书附录一的讨论。
④ 以上俱见《钦定学政全书》卷四《颁发书籍》,《续修四库全书》第828册,第565—572页。《渊鉴斋古文》(或称《渊鉴古文》)即《古文渊鉴》之异名。

籍的翻刻翻印。此类活动大体上是以地方之官学为中心,但也很容易辐射到书院。例如康熙末年,云贵总督贝和诺就曾"印造《古文渊鉴》五十部,分送贵州学宫"。① 康熙四十八年,云南布政使刘荫枢曾"咨请礼部发出御纂《古文渊鉴》一书,来滇公捐重刻";至乾隆元年,陈弘谋来任此职,发现"其板尚存云南府儒学",而认为"其书未得广布",倡议属下官员捐资重印。② 乾隆十年正月,陈氏在陕西巡抚任上,亦曾要求各地官学清查官颁书籍:

> 御纂《易》《诗》《书》《春秋》《性理精义》《朱子全书》《古文渊鉴》《唐宋文醇》《四书文》《四书解义》《十三经》《廿一史》《明史》等书,均系屡次钦奉谕旨及部议条奏,通行分发各学,节经转饬,知照在案。陕省各书,有动项刊板印发者,有各官报明捐贮者,有奉部发出分贮者。既已分贮学官,专资士子诵读,岂可视同弃物?③

此檄文透露出当时官颁或官修之书籍到各地之后进一步流通传播的各种方式:一是筹措经费翻刻翻印,二是官员捐资赠与学校,三是单纯贮藏上级拨下之书。根据陈弘谋的记述,当时他"传见教官","问及此书名目,多有茫然不晓者",实际上从侧面反映了此类书籍在实际流通中可能遇到的局限。因此,翻刻、重印之类的活动就显得尤为重要。而各地官员、书院山长实际所刊,自然又有更多选择,不限于钦定之书。例如康熙三十四年,担任顺天学政的李光地编选了一部小型选本《古文精藻》,乃是"选自《史》《汉》以来六十余首","使稚年晚生读而知好焉";观其篇目,虽上自战国时期乐毅的《答燕惠王书》,下至北宋曾巩的《书魏郑公传后》,时代跨度不小,但大多数作家不过选文一二篇,入选最多、占绝对优势的韩愈,也仅有十二篇,确系针对初学的精选本。④ 此外李光地还编有《榕村讲授》三卷,汇辑历代儒者"说理之文",则是强调发明理道之文。乾隆初年,河南巡抚尹会一刊刻颁行《孝经》《大学衍义》等书,并"多购《十三经》《廿一史》百余部,遍发各学,以资寒士诵习"之后,又特别向各州县官学推荐《古文雅正》一书:

---

① 刘荫枢《乡闱广额疏》,《贵州通志》卷三十五,叶41a,乾隆六年刻嘉庆修补本。
② 陈弘谋《义学田租学舍书籍事宜详》,《培远堂偶存稿·文檄》卷四,《清代诗文集汇编》第280册,第94页。
③ 陈弘谋《行查各学恭贮书籍檄》,《培远堂偶存稿·文檄》卷十九,《清代诗文集汇编》第280册,第449页。
④ 《古文精藻》,《四库全书存目丛书》集部第400册,卷首有李光地自序和目录。其书凡二卷,上卷所收包括乐毅、信陵君、贾谊、《史记》、司马相如、贾捐之、刘向、扬雄、班固、徐防、班昭、《后汉书》、诸葛亮、曹植、陈寿、李兴、孙盛等,下卷则是韩愈、柳宗元、欧阳修、王安石、苏洵、苏轼、苏辙、曾巩这"唐宋八大家"。

惟念汉魏唐宋以来，名儒辈出，古作如林，实为肄业所必需，但操选之家，任意去取，纯杂并登，以致家弦户诵，徒掇其华而滴其实，殊非因文见道之意。今购得蔡闻之先生所选《古文雅正》二百余篇，醇茂典则，内有关于身心意知之微，外以备夫齐治均平之道，其批评之处，单词只字，悉中窾要，诚先正之典型、后学之津梁也。仰司即发各府州县，于社期规劝之时，传示诸生，令其钞写讲贯，仍谕各书坊速往江南，多发《古文雅正》来豫，以便士子购买，毋违。①

尹氏称赏的《古文雅正》，乃康熙末年蔡世远所编。蔡氏系康熙己丑（四十八年，1709）进士，"康熙乙未岁"（五十四年，1715）因母病回闽，"家居数载，评选历代古文，自汉至元凡二百三十余首"，即为《雅正》一书最初的稿本。② 其间蔡氏曾于康熙五十五年应福建巡抚陈瑸之请主讲于福州鳌峰书院③，后于雍正元年（1723）特召入内廷"随侍皇四子、皇五子读书"④，与乾隆有师生之谊。而《古文雅正》之编选，正在康雍之际这一段时间，与其在书院及宫廷的教学当不无关联。其书所谓"雅正"，辞雅而理正之谓也。《四库全书总目》提要以为《文选》收入潘勖《册魏公九锡文》和阮籍《为郑冲劝晋王笺》，"名教有乖"，是"雅而不正"；真德秀《文章正宗》"持论一准于理"，然"藏弆之家，但充插架"，"无人嗜而习之"，则又不免"正而未雅"之虞；以此推美蔡选能义兼"雅""正"，称誉不可谓不高。⑤ 其书凡十四卷，按时代顺序编次，强调"以诸史为经，纬以当时之著述"⑥，体例颇有特点，在清代官员士大夫之中也颇受推崇。尹会一在河南推行此书，先令生徒抄写，次命书贾赴江南多加采购，正其例也。书院山长出于授徒需要编纂古文选本，在清代乃是十分普遍的现象。乾隆间钟山书院山长杨绳武自编《文章鼻祖》，前已述之。又如徽州紫阳书院，在乾隆二十五年（1760）刊行了《唐宋文醇》，而此前乾隆

---

① 尹会一《饬发古文雅正》，《健余先生抚豫条教》卷二，《畿辅丛书》本。
② 《古文雅正》卷首自序，雍正念修堂刻本。
③ 蔡世远《鳌峰书院学约》，《中国书院学规集成》第一卷，第528页。
④ 蔡世远《乐善堂文钞序》，《二希堂文集》卷首，《清代诗文集汇编》第250册，第28页。
⑤ 《四库全书总目》卷一百九十，第1732页。《四库全书》于清人选编、以讲论文章为目的之古文选本，在《古文渊鉴》《唐宋文醇》之外，仅收入《古文雅正》一种。李光地《古文精藻》《榕村讲授》、储欣《唐宋十大家全集录》等皆在"存目"类。
⑥ 《古文雅正》卷首目录末蔡世远识语。此书卷一至卷三为西汉部分，主要从《史记》《汉书》中选录帝王诏令、列传、史赞和汉人文章等。卷四为东汉文，卷五为三国文，卷六前半有十篇两晋南北朝之文，此后直至卷九皆唐文，卷十至十四前半为宋文，卷十四末则以六篇元文殿之；这后十一卷的体例亦与前三卷相似，基本框架是帝王居首，按作家排列，其间附以历代史籍的列传、史论。如《新唐书》的《韩愈传赞》列在韩愈文的最后；《新五代史》的《伶官传论》《冯道传论》等放在五代的部分而不与欧阳修诸文同列。

二十四年已经刊刻了书院山长、歙县吴炜的《唐宋八家精选层级集读本》。①吴选乃其在紫阳书院课士所用，选篇内容承自储欣的《唐宋八大家类选》，其编辑体例则是将各类文体按难易程度分层，以策略为初集，论为二集，书序为三集，表奏、疏状、碑铭、传记为四集，主张"量其深浅，分其层级，鼓舞而驯致之，庶几不至望洋兴叹，以渐造于精微奥妙之域"。②可知《唐宋八家精选层级集读本》是一本颇便教学使用的选本。

除了刊印书籍，地方官员常也赠书予书院。前述钟山书院所藏两江总督颁发书籍，已可见之。此外又如福州的鳌峰书院，康熙间张伯行抚闽时，便曾"订刊汉唐宋元以来名臣文集并理学经济诸书，每种刷印数十部"，存贮书院，其中包括陆贽、司马光、二程、朱熹、杨时、真德秀、薛瑄、罗钦顺等历代儒者的文集；乾隆十九年，福建巡抚陈弘谋又将其"行笥所存"书籍多种赠与鳌峰书院，交代书院"逐一检点，登记书目"，"归入书橱，一体收藏"，以备在院诸生"不时取阅"，内中别集有《昌黎全集》《曾南丰全集》《雁门集》《空同诗钞》，乃至清人著述如李颙《二曲集》、李因笃《受祺堂诗集》、徐乾学《憺园集》、王士禛《阮亭精华录》、方苞《望溪集》等等，颇称丰富，然于总集却主要是时文选本如何焯《本朝小题行远集》、王步青《增订张百川稿》、沈德潜《制艺和声二集》等等，古文选本方面则付阙如。推其缘由，除了主事者本身的学术倾向、阅读趣味，"古文"之学对于书院生徒其实并不如"时文"重要或许也是内在的因素。到了嘉庆六年（1801），院志中记载的诗文别集已经有一百七十二部、三千一百三十二卷，总集类亦有四十四部，包括《御选古文渊鉴》《御定全唐诗》《六臣注文选》《文苑英华辨证》《文鉴》《苏门六君子文粹》、茅坤《唐宋八大家文钞》、《古文约选》、张伯行《八大家文钞》、李光地《榕村讲授》、朱彝尊《明诗综》、浦起龙《古文眉诠》等，蔚为大观。③书院藏书中常见的《古文渊鉴》《古文约选》《唐宋八大家文钞》等，正可见官修"御定"之本和民间固有经典两方面的影响。

普通文士中流行的以茅《钞》为枢纽的古文选本谱系，在清初许多记述中亦可得到验证。如黄虞稷《千顷堂书目》中，即著录有朱右《唐宋六家文衡》、唐顺之《文编》、茅坤《唐宋八大家文钞》等书。④魏裔介自述其藏书，于

---

① 参见徐学林编《徽州刻书史长编》第一卷，第215页，安徽教育出版社2014年版。
② 吴炜《精选八家层级集读本序》，转引自付琼《清代唐宋八大家散文选本考录》，第284—285页，商务印书馆2016年版。并参付氏对此书的提要介绍。
③ 《鳌峰书院志》卷十"藏书"，《中国历代书院志》第10册，第360—362页。目录末尾署"嘉庆辛酉冬日"即嘉庆六年。
④ 《千顷堂书目》卷三十一"总集类"，瞿凤起、潘景郑整理本，第757—758页，上海古籍出版社2001年版。

集部列举《文选》《文章正宗》及《唐宋八大家文钞》三部总集,以及陆贽、韩愈、皮日休、欧阳修、苏轼、方孝孺、袁宏道、赵南星等人的文集,以为"皆文集之佳者也",除此之外,"文集尤多,有则存之以备数焉,无亦不必购也",亦可见茅坤《唐宋八大家文钞》之经典地位。理学家李颙(二曲)之论"读书次第",在经史之后,续以古文:

> 文自先秦两汉之外,莫雄于韩昌黎、柳柳州、欧阳子、三苏、王荆公、曾南丰。然八家全集,未能遍读,惟《文钞》乃归安茅鹿门选,去取甚精,宜熟读之以畅其笔。①

在此不但推崇唐宋古文,更直言八大家之全集难以尽观,茅坤之选乃是颇方便的读本。以古文名世的魏禧亦称"自茅氏《文钞》出,百十年间,天下学者奉为律令"②,可证梁章钜"最著"之说不虚。除了茅坤《唐宋八大家文钞》一系,清代颇为流行的还有《古文观止》《古文析义》等通俗古文选本。此类书籍未必见于官方功令或名家书目,但在一般读书人的知识世界中,却有一席之地。这里不妨借助一份清中期的文字狱档案,考察一下当时普通读书人家中收藏书籍的情况。乾隆四十年(1775),为追查违碍书籍《遍行堂集》,清廷官员奉命查抄已故韶州知府高纲子侄家藏书籍,开列书单,随折奏报。③查抄而来的书单,与锦帽貂裘、金珠玉器列在一起,由目录学家看来,可谓杂错无章,不过换一个视角,却恰好再现了一种真实的生活场景,很可以作为当时普通读书人家中收藏书籍的实录。这些书单中,《集验良方》《对联皆备》《放生报应》等实用书籍占有不小的比重,经部书也多有《五经类编》《礼记心典》之类为应科考而编的通俗版本;专家别集,主要是《陆宣公集》《李太白诗集》《杜工部律诗》《王荆公全集》《剑南诗稿》《震川集》等;古文总集,则有"《古文观止》四本""《古文卓观》一本""《八大家文集》八本""八大家四十五本""《明文奇赏》二十八本""《古文赏音》一函"等数种,其中《古文析义》更是出现多次,一份列表之中,便同时记录了"《古文析义》十三本""《古文析义》一函"以及"《古文析义》七本"。④ 此外,自然也少不了各种时文本子。

---

① 《二曲集》卷八《读书次第》,第62页。
② 魏禧《魏叔子文集外篇》卷八《八大家文钞选序》,序中提及魏禧应子侄辈之请,在茅坤《唐宋八大家文钞》之基础上又"择其尤者"为一个精选本。
③ 见《清代文字狱档(增订本)》第3辑,第143—169页,上海书店出版社2007年版。参见江苏巡抚萨载查抄高秩妻属名下书籍清单,天津兵备道额尔金泰、天津知府明兴查高栅、高稹名下诗画书清单,两江总督高晋查抄高秫名下书籍清单。高秩、高栅、高稹、高秫皆高纲之子。
④ 《查封高栅高稹家存诗画书籍清单》,《清代文字狱档(增订本)》第3辑,第154—158页。

与著名藏书家的目录大不相同,在这一书单中不太出现《文苑英华》《唐文粹》《宋文鉴》等高文巨册,常见的除了"八大家",则是《古文观止》《古文析义》等选本。按林云铭之《古文析义》,初编成于康熙二十一年,二编成于康熙二十六年①;吴楚材、吴调侯之《古文观止》,成书于康熙三十四年,两书体例十分类似,皆是按照作家之时代为序,编辑周、秦、汉、六朝、唐、宋之文。这类通俗读物的流行情况,还可以从清中期学人的批判中探知一二。如章学诚谈及古文选本,便有"三家村塾《古文观止》《古文析义》庸恶陋劣"之讥刺。②梁章钜在《制义丛话》引吴懋政之语,亦涉及此类选本:

> 要作好时文,全在读书。今之为父兄者,乐子弟之速化,读《四书章句集注》后,随意读一二经,并《古文观止》《古文析义》数首,即授以时文帖括,使之依样壶卢,侥幸弋获,或有笔性英敏者,遇试题得手,亦遂掇巍科以去,然根柢浅薄,终身不复能自振拔。③

按吴懋政乃海盐人,乾隆十七年进士,所言时人好读《古文观止》《古文析义》,大概可以看作清代前中期的情况。在此《古文观止》与《古文析义》似乎已经被当时人习惯性地连称,作为"村塾选本"的代表了。有趣的是,梁章钜在不同著述中分别提到了《唐宋八大家文钞》和《古文观止》《古文析义》这两种类型的古文选本,在他眼中,前者乃是古文选本之正统或主流,后者则不免于"根柢浅薄"。④ 与梁氏的观点类似,道光五年(1825),陈寿祺在为鳌峰书院诸生订立学规时,特列"择经籍"一目,在集部举《昭明文选》《文苑英华》《唐宋十家古文》《历代赋汇》等为可读之书,而以《古文析义》作为"下劣选本"之代表⑤,可见正统教育体系对《古文观止》《古文析义》之排斥。不过,这种排斥的反面,正是此类通俗选本在当时的广泛流行。

---

① 据林云铭自序,见《挹奎楼选稿》卷二,叶1a—4a。关于《古文析义》之版本情况,以及林云铭之生平著述,参见陈炜舜《林云铭及其文学》,香港中文大学哲学硕士学位论文,2000年。
② 《与吴胥石简》,《章学诚遗书》,第79页。
③ 梁章钜著,陈居渊校点《制义丛话》卷一,第23页。
④ 又《退庵随笔》卷二云:"犹忆余十五六岁时,辄诋林西仲之《古文析义》、方伯海之《文选集成》、浦二田之《读杜心解》为兔园册。先大夫痛斥之曰:'汝将《古文析义》中文字,篇篇熟在胸中,又将《文选》、杜诗皆全部熟读,尚未可轻议前人,何况汝万万不能,而先学此轻薄言谈,何济于事?'余为惕然汗下,至今思之,犹有余惭也。"(《续修四库全书》第1197册,第192页)这里虽然梁章钜对自己少年菲薄《古文析义》表示惭愧,但只是表达不当"轻议前人"之意,并非要对《古文析义》重新评价。相反,从这一事件中,更可见当时学者文人之批评《古文析义》,目为浅薄之"兔园册",颇成风气,即少年人亦能言之。
⑤ 《左海文集》卷十《鳌峰崇正讲堂规约八则》,署"道光乙酉春二月附录",《续修四库全书》第1496册,第423页。

第三节 古文课试与古学兴起

清代书院师生对"古文"的讲求,事实上是兼有"时学"与"古学"的双重属性。官立书院虽设制隆重,却也不免受限于功令,以科举时文之学为大端;另一方面,掌教山长倘非纯然时文名家、制艺大老,则自然就不得不在其教学生涯中面对个人学术宗尚与书院考课制度之间的矛盾。名高位重之书院如钟山者,其掌教多须延请鸿学硕儒,内在的紧张便往往会更为突出。乾隆三十八年至四十三年(1773—1778)执掌钟山的卢文弨,便颇苦于科举"俗学"在书院中的强大势力。卢氏乾隆四十一年《寄孙楚池师书》云:

> 在钟山几五载[……]初至时肄业者百数十人,今则倍之矣。每课必卷卷而评校之,但苦年力渐衰,精力不及,而实不敢以慢易处之。①

据此书记载,钟山书院在乾隆四十一年时,生徒已有二三百人之众,如此规模,每月至少两次会课,批阅量很不轻松。不过让卢文弨更为苦恼的则在教学内容方面,盖卢氏以校勘名家,颇不以时文八股为意,意欲以切实读书、沉潜经学为教士之方,为此甚至还特别与学政商议,选拔少年生徒入书院,课以五经:

> 每思人当中年以上,读书实难,唯童髫颖秀者,可教之以五经为根柢,庶有异于俗学之陋,而不贻终身之悔恨。与前学使者言之,因选得四五人,皆年十四五、新入学者,送院受业,每月定期考校者六次,为之析疑陈义,且察其成诵以否,而究竟能副所期者绝少。虽至今羁縻弗绝,然窥其意念,似终不若时文之可悦。高者亦不过谐声属对,为诗赋之用而已。②

卢文弨已然意识到改变书院之"俗学"风气甚为困难,故设为折中之策,但效果并不如人意。实际上,当时不仅学生多以时文为"可悦",身居掌教之任者,也不能不受限于书院教育体制本身的特点,必须考虑如何认真面对

---

① 《抱经堂文集》卷十八,《续修四库全书》第1432册,第700页。
② 同上书,第700—701页。

"科举之学"①。因此,尽管"实非性之所乐",卢氏也不得不"看时文、讲时文"①,并编辑书院生徒课艺时文之选本。② 而更进一步的问题,则是如何在时文之外引入自己心目中真正有用的"学问"。卢文弨的方案,乃是选拔新进少年,专门教授,使之能"根柢五经",其收效甚微,恐怕与缺少"奖诱"不无关联。乾隆年间书院山长另一种提倡"真学问"的办法,则恰恰是以"古文"的考课作为激励措施。乾隆十六年(1751)沈德潜掌教紫阳书院,便规定每月一课,有四书题二,古文、诗题各一③,其试法乃是"领题后即归位静坐,乙乙抽思","抵暮务交时义两篇",而诗、古文题,则"不妨另日构就",原因是"恐时义古学,一时并构,未能双美,必致两伤也"④。书院以举业为要务,其重四书文本属意料中事,不过值得深究的倒是沈氏对时文、古文两种训练的解释:

> 制艺所以宣圣贤语意,而经国大业、不朽盛事,仍在古学。但揣摩八股,而于古学蔑如,将枵然蝉腹,终仡仡于试牍墨卷中,适增儒林之恧而已。诸君于制义之余,兼攻古文,余事并及韵语,他日内列词臣,可以任史职、备顾问,登高作赋,不愧卿大夫;出肩烦剧,亦不致问刑名不知、问钱谷不知也。⑤

在沈德潜眼中,"四书题"与诗、古文题的对立,不仅仅是两种文体的对立,更是"时艺"与"古学"的对立。因此,《紫阳书院规条十则》对"古文"的定位,并不目之以属词造句之径,而是期之为汲古问学之途。换言之,在制义之外,"兼攻"古文,乃是要开辟出新的知识和学术领域,并非为了时文的写作而学习古文。与沈德潜讲学紫阳书院约略同时,全祖望于乾隆十七年(1752)掌教广东端溪书院,亦有以"古学"课士的设想。其《端溪书院讲堂条约》有"励课程"一项,指示诸生勤读《五经四书大全》《资治通鉴纲目》《文献通考》《性理大全》等书,后即列"习词章"之法:

---

① 《抱经堂文集》卷十八《答彭允初书》,《续修四库全书》第1432册,第703页。
② 袁枚曾记述:"卢抱经序钟山书院课士文云:'时文者,验其所学,而非所以为学也。'"(《随园外余言》,《袁枚全集新编》第8册,第14页)是知卢文弨有编辑书院生徒时文选本之举,并在序文中申说自己不满足于时文之学的观点。此选本今未见。《抱经堂文集》未收入这篇序文,其中或可看到卢氏对时文教学的态度。
③ 《沈归愚自定年谱》,《北京图书馆藏珍本年谱丛刊》第91册,第219—220页。
④ 《归愚文钞余集》卷七《紫阳书院规条十则》,《沈德潜诗文集》第3册,第1692页。规条又云诗古文习作虽不必当日呈交,但也"必两日后呈交,甚勿迟迟以旷玩时日"。而《沈归愚自定年谱》中的记载则是四书题"当日缴",诗古文题"五日缴",细节上略有不同。
⑤ 《归愚文钞余集》卷七《紫阳书院规条十则》,《沈德潜诗文集》第3册,第1692页。

> 功令以帖括取士,诸生之汲汲于此,亦其势也。然功令未尝专任帖括。二场之表,以观其骈体;论,以观其散体;判,以观其律令之学。三场之策,以观其时务。进而为翰林,则有馆课之诗、赋,以观其韵语。苟能是,是亦足矣。诸生倘能如掌教之言,通明经史性理,其于表、论、判、策,已非所难。然而行文之体,或尚未娴,仍不出帖括家数以应之,亦非矣。则八家文集及朱子文集,不可不读也,亦须时时习之。〔……〕向例院中二课,止及帖括,今掌教添古学一试,各具策问、诗、赋、表、论诸题,诸生能者各报名赴课,不必求备,亦不强人以所不能也。掌教当自捐笔资,以为奖励之助。①

与沈德潜在苏州紫阳书院的做法类似,全祖望也在时文课程之外,添加"古学一试",虽然从应科考二、三场的角度提出诸生当学习表、论、判、策诸体文章,从翰林院馆课要求"韵语"提出须学诗赋,仍不免"应用"的考虑,但毕竟已经是在头场八股文之外,大大扩展了生徒的学术眼光和书院的教学范围。②

事实上,将表、判、策、论加入书院教学,在官方功令,早有提倡,乾隆九年秋,顺天乡试场上搜检夹带,头场、二场搜出四十余人,而"闻风散去者"竟然"遂至二千人之多",以至于"贡院门外抛弃蝇头小卷""堆积于墙阴路隅者""不计其数",乾隆对士子之"学问空疏"大为震怒③;十月,内阁学士秦蕙田即上书,有"月课宜重经史"之议④,后礼部议覆,令各省书院山长于肄业士子中,"择其资禀优异者","将经学、史学、治术诸书,留心讲贯,以其余功,兼及对偶、声律之学"。而"其资质难强者",则"且令先攻八股,穷究专经",次复徐及其他;而每月课试,"仍以八股为主",此外"或论或策,或表或判,听酌量兼试,能兼长者酌赏,以示鼓励"。⑤ 是归愚、谢山之添试古学,亦有所本也。

---

① 《鲒埼亭集外编》卷五十,《全祖望集汇校集注》中册,第 1859 页。并参见《端溪书院志》卷四,《中国历代书院志》第 3 册,第 376—377 页。
② 其中策问课试之内容,可由谢山集中《端溪讲堂策问》两篇考知,其中一篇由书院讲堂"释奠于先师"的礼仪,引出明代儒学史及粤中诸儒的评价问题,涉及陈献章之学术传承、"广宗""浙宗"两派学术之异同、东莞陈建之学等内容;另一篇则是围绕"舆地之学"展开,考问诸生广东境内政区沿革、河流异称等问题。见《鲒埼亭集外编》卷五十,《全祖望集汇校集注》中册,第 1854—1857 页。讨论全祖望如何"因地制宜"地设计策论的问题,如何将自己的学术理想通过策问贯注到书院教学之中,也是很有意义的话题,不过本章主要关心的是书院中"古文"的位置,故于此不能多着笔墨。
③ 《高宗纯皇帝实录》卷二百二十四,《清实录》第 11 册,第 888 页。
④ 同上书卷二百二十六,第 927 页。
⑤ 《清会典事例》卷三百九十五《礼部·学校》,第 412—413 页。关于清代科举考试中的策问及其文化史意义,参见 Benjamin Elman 的 A Cultural History of Civil Examinations in Late Imperial China。是书第八章、第九章对二场和三场策、论与考据学、历史学、自然科学知识兴起之关系皆有讨论。受科举之影响,由策、论引入新的知识资源,在书院教育中亦是非常值得注意的现象。

沈氏掌教之紫阳书院,地在江苏苏州,全氏授学之端溪书院,位于广东肇庆,同时湖南宁乡的玉潭书院,乾隆年间的规条中也主张"古学宜讲",亦是要于"制义而外","操觚从事",研习"诗、赋、歌、词、序、记、传、铭、诏、诰、疏、引、启、发"等文体。① 可见这种以"古文"求"古学"之思路,在当时具有一定的普遍性。不过,即便是鼓励经史治术之学,官方主导下的书院,仍然是要以八股为主,其余策论古文,只是行有余力,酌量兼顾。紫阳书院课试中"诗古文"可以迟交,而端溪书院的"古学"一课,也是听诸生自愿"报名赴课",连作为考课奖励的经费,也非如帖括考课一般来自书院公费,而是由掌教"自捐笔资"以供之,可见"古学"以"副业"的身份进入书院,道路其实颇不平坦。道光二年,陈寿祺拟定福州鳌峰书院之学规,便特别强调"兼课经史":

> 兼课经史:书院每月三课,官课居其一,师课居其二。请以十六日一课,时艺、排律外,兼课经解、史论及古文词,以期兴倡实学,搜获异才。②

考鳌峰书院之惯例,每月"初六、十六两期系掌教馆课",二十六日则是官课。故陈寿祺正是在"师课"或称"馆课"的部分加入了经史古学的内容。其以"经解、史论及古文词"的文章形式,实现对"经史"之学的讲求,颇可注意。陈寿祺将经解、史论单列于"古文词"之外,不过广义而言,解、论两种文体也可以算是"古文"。陈氏对兼课经史之义,还有进一步的说明,指出"本山长自忝尘此席,每月加课经解、史论、策问、诗赋等,亦仰体国家取士之方,施之程课,固非苛求备责,强人以所不能",并谓"大比之年,四书艺外,经解、策问尤皆诸生所当究心,每月发题加课,有志向上者,各宜讲求条答,毋得视为具文、畏为难事"③,可谓教诲谆谆也。不过,反过来也可见,在"时文"之外兼课各种形式的"古文",其实在制度上还未形成较稳定、强势的传统,因此往往需要借助掌教学者个人的兴趣,在"师课"的部分加入。鳌峰书院的经史馆课,经过陈寿祺的努力,已颇成制度,但在经济奖励方面"每课给银二

---

① 周在炽《玉潭书院条约》,见《玉潭书院志》卷三,《中国历代书院志》第4册,第543页。此志刊行于乾隆三十二年。相比于分别由江苏巡抚和两广总督兴建管理的紫阳、端溪二书院,玉潭书院是由宁乡县令管理,规模和影响都小很多,山长周在炽也非沈、全一般学术史上赫赫有名之人,但由此正可以古文兴古学的观念在相对下层的一般士人中的流行。

② 陈寿祺《左海文集》卷十《拟定鳌峰书院事宜》,题下署"道光壬午冬十一月"即道光二年,《续修四库全书》第1496册,第419页。同样的说法,又见其《与叶健庵巡抚书》,《左海文集》卷五,同书第211页。

③ 陈寿祺《左海文集》卷十《鳌峰崇正讲堂规约八则》,《续修四库全书》第1496册,第420页。题下署"道光乙酉春二月"即道光五年。

两",不如时文、试律诗课试的"每课给银六两"优厚,亦可以从一个侧面看到古学课的艰辛。①

沈德潜、全祖望以至陈寿祺的古学课试,背后当有个人学术理想的支撑,不过就表面形式而言,尚不免要依托科场功令以劝勉生徒。更明确地阐述因"文"而求"学"的,则当推章学诚。实斋平生,仕途不达,书院任教乃是一项重要的谋生方式。其辗转所历,有定州之定武、肥乡之清漳、永平之敬胜、保定之莲池、归德之文正等等,多是北方州县所立之书院,与南京钟山教席相比,收入恐颇有差距。② 不过,这并不影响实斋在其讲学中发挥其学术理想。乾隆四十七年(1782),实斋掌教敬胜书院之时,有感于诸生"取给于浮薄时文",学问荒陋,遂"取先民撰述,删约百篇","题为《文学》"。据实斋自述编选之旨,谓"文之与学,非二事也",推原"文"之所生,乃先王为传道、设教而作,是故"文者,因学而不得已者焉者也"。后世科举,乃是"即文征学",即由文章考察士人之学问;然科举之法,所行既久,士子舍本逐末,用心乎作文,反倒成了"即文为学";末流为之,更是专务揣摩时文,"摽掠形似",不知学问为何物,并"即文为学"之旨亦失之。因此,章实斋决定姑且本"即文为学"之意,选编文章读本,授予诸生,使其获窥学术崖略。这一个以"文学"为名的选本,今未得见,无法详细考知其选文篇目和编辑宗旨。不过,根据章氏为此书所撰《叙例》中的说法,此书"其文则汉人之淳质、六朝之藻绘、唐人之雅丽、宋人之清疏,体咸备也",由此看来,实斋所选,当系汉魏唐宋之古文。每篇文章之后,还附有简短的评论,"引而不发",待人"自得"。选文的标准非常清楚,乃是弃文法而取学问:

> 所谓文者,屏去世俗所选秦汉唐宋仅论词致、不求理实之文,而易以讨论经史、辨正典章、讲求学术之文。③

---

① 鳌峰书院《道光八年核定章程》:"自道光三年起来,每月十六日院长馆课,始于时文、律诗外,兼试古学经解、史论、杂体、诗赋,每课领给银二两,历经遵办在案,鳌峰诸生禀请古学课赏资仿文诗三课,每课给银六两。"
② 胡适著,姚铭达订补《章实斋年谱》,第35页、第48页、第55页、第59页、第63页,商务印书馆1933年版。实斋掌定州定武书院,在乾隆四十二年;掌肥乡清漳书院,在乾隆四十六年;掌永平敬胜书院,在乾隆四十七年至四十八年;掌保定莲池书院,在乾隆四十九年至五十二年;归德文正书院,在乾隆五十三年。实斋在书院执教,时间上与姚姬传相仿,但不断迁转,当是人事上颇有不协,其中困顿,不难想象。关于章实斋的书院生涯,可参见 David S. Nivison, *The Life and Thought of Chang Hsüeh-ch'eng, (1738-1801)*, Stanford University Press, 1966,有杨立华中译本《章学诚的生平及其思想》,江苏人民出版社2007年版。
③ 《〈文学〉叙例》,《章学诚遗书》卷二十一,第205页。

章实斋站在"讲求学术"的立场,因此对"古文"的评价也要以能否有"理实"之内涵为归依;既然对"古文"有了更高的追求,自然不能斤斤于文法之尺绳。由此,在以科举为主业的书院中引入"古文",便至少有了两种可能:一是以读古文来陶钧文思、训练笔法,以利于时文之写作①;二是以古文引出"古学",以寻求更高远的"不朽盛事"。两种思路可各有侧重,亦可并行不悖。换言之,"古文"的位置,可以是"文章",也可以是"学问"。非特如此,在乾嘉时代的学术氛围之中,"古文"词章,也可以超越单纯的"技巧",本身成为一套"学问"。乾嘉之际掌教钟山书院前后二十年的姚鼐,便是一位建构"古文之学"的重要人物。

第四节　姚鼐与桐城"古文之学"的成立

　　姚鼐生平之治学思路,经历了一个由"考据"折向"词章"的过程,而他在乾隆中期的"职业"转换,恰好又与此互为表里。乾隆三十九年,任四库馆纂修官的姚鼐乞病告归,离开了汉学气氛浓烈的京师学术圈,南下还乡。其辞官之缘由,正在乎与四库馆中"竞尚新奇"的汉学诸公论学不合。② 观姚氏归隐之时留赠翁方纲之语,便不难体会他的心情:

　　　　将归,大兴翁覃溪学士为叙送之,亦知先生不再出矣。临行乞言,

---

①　书院学规中提倡古文之学,这是一种十分常见的思路。除了前引《一隅集》《读书作文谱》等例子,又如康熙五十六年岳麓书院山长李文照所订学规,即谓"作文当规仿古文,宜取贾、韩、欧、曾数家文字熟读,自得其用"。(见《恒斋文集》卷四《岳麓书院学规》,《清代诗文集汇编》第 227 册,第 456 页)乾隆三十八年山东运河道陆燿的《任城书院训约》云:"时文虽科举之学,然非多读古书不能诣极。今且弗引鹅湖、鹿洞之规刻绳多士,即以专务虚名而论,非根柢于经史,则词烦而寡要,非胎息于古文,则绪乱而无章。夫经史古文,固学堂中应有之书也,插架不观,何益之有?"所谓"胎息于古文",即谓作时文要从古文取法。见《切问斋集》卷十四,《四库未收书辑刊》第 10 辑第 19 册,第 459 页。

②　姚莹《朝议大夫刑部郎中加四品衔从祖惜抱先生行状》记云:"馆局之启,由大兴朱竹君学士见翰林院贮《永乐大典》中多古书,为世所未见,告之于文襄,奏请开局重修,欲嘉惠学者。既而奉旨搜求,天下藏书毕出,于是纂修者竞尚新奇,厌薄宋元以来儒者,以为空疏,掊击讪笑之不遗余力。先生往复辨论,诸公虽无以难,而莫能助也。"见《东溟文集》卷六,《续修四库全书》第 1512 册,第 428—429 页。关于姚鼐任职和离开四库馆的详细讨论,见王达敏《论姚鼐与四库馆内汉宋之争》,《北京大学学报(哲学社会科学版)》2006 年第 5 期。又徐雁平《〈惜抱轩书录〉与〈四库全书总目〉之比较》(《文献季刊》2006 年第 1 期)通过文献比勘,论证了姚鼐为《四库全书》所撰提要稿后来绝大部分被删改乃至弃用,可以参看。

先生曰:"诸君皆欲读人未见之书,某则愿读人所常见书耳。"①

在"天下藏书毕出"之际独以"读人所常见书"自许,在离开四库馆之时特别强调"诸君"与"某"的对立,姚鼐于孤介之中的落寞,可想而知。② 不过,回到江南,姚氏在扬州、安庆、江宁多地的书院任教,却展开了学术生涯的另一片境界。乾隆四十一年,姚鼐应两淮盐运使朱孝纯之邀,前往扬州,任梅花书院山长。③ 据其侄孙姚莹的说法,姚鼐"既还江南",辽东朱子颖便以讲席相邀,"久之,书绂亭制军延主钟山书院","自是扬州则梅花,徽州则紫阳,安庆则敬敷,主讲席者四十年"。④ 事实上姚鼐主安庆敬敷书院在乾隆四十五年至五十二年,主徽州紫阳书院则在乾隆五十三年⑤,当年夏天,乃有出主江宁钟山书院之议,《惜抱先生尺牍》收有致汪志伊一书云:

> 弟本居皖中,去秋因邅遭闵恤,乃辞去省城。今岁为新安守延主紫阳,秋初归里,昨章淮树观察语以闵抚台有邀主钟山之意,弟颇畏歙中山险,若明岁来江宁,于情较便,设闵公论及,可以鄙意允就告耳。⑥

由书中所叙,可知此年秋天江苏巡抚闵鹗元已欲邀姬传掌江宁钟山书院,并命苏松太兵备道章攀桂(字淮树)转陈其意。⑦ 观姚氏所云"颇畏歙中山险"而以"来江宁""于情较便",不难看出欣然就聘之意。⑧ 姚莹《行状》谓其事主于"书绂亭制军"即两江总督书麟,姚鼐与汪志伊书中则称"闵抚台有邀主钟山之意",当是择聘之事,督抚皆得与议,而最终由总督出面延请。由

---

① 《朝议大夫刑部郎中加四品衔从祖惜抱先生行状》,《东溟文集》卷六,《续修四库全书》第1512册,第429页。

② 多年以后,姚鼐还有"萧蠢愚无所识""为海内贤士大夫所弃"的牢骚。《惜抱轩诗文集·文集》卷六《复秦小岘书》,第104—105页。

③ 《海愚诗钞序》:"子颖为吾乡刘海峰先生弟子,其为诗能取师法而变化用之。鼐年二十二,接子颖于京师,即知其为天下绝特之雄才,自是相知数十年,数有离合。子颖仕至淮南运使,延余主扬州书院。"《惜抱轩诗文集·文集》卷四,第48页。

④ 《朝议大夫刑部郎中加四品衔从祖惜抱先生行状》,《东溟文集》卷六,《续修四库全书》第1512册,第429页。

⑤ 均见郑福照《姚惜抱先生年谱》,《北京图书馆藏珍本年谱丛刊》第107册。

⑥ 《与汪稼门》,《惜抱先生尺牍》卷一,叶11a—12b。

⑦ 考攀桂乃桐城人,与姬传为同乡(见《桐城续修县志》卷十三攀桂传,叶47b—48a,道光刊本),故在里为之游说;而收信者汪志伊亦桐城人,时任江苏按察使,故姚书有"鄙意允就"等语,托其转告闵抚。短短一封书札,已然透露出当时书院教席安排如何在地方官绅的交游网络中运作。

⑧ 姚鼐在另一封写给外甥马鲁成的书信中提到在安庆、紫阳二书院任职之事,则谓"去岁已坚辞安庆书院矣,而抚、藩为商,不欲此闲居,荐主紫阳书院,将来或就之,少助买山资耳"。语气便颇不相同。见《惜抱先生尺牍》卷八,《与马鲁成甥》,叶19a。

此,姚鼐自乾隆五十五年正式掌教钟山,除了嘉庆年间有三年改主他院,直到嘉庆二十年去世,都一直在此讲学。①

前文曾经提到卢文弨执钟山教席之时,对课授时文的任务颇感不满。虽然同样有"老病厌看时文"②的抱怨,但姚鼐对时文的态度则更为通达。姚氏评阅生徒时文的状况,从近年面世的一种《姚姬传评定太乙舟时文稿》③可以窥见一斑。例如在对陈用光时文的批阅中,姚鼐谓其《君子周急不继富》"义理既深,词气复淋漓昌沛,可以论古,可以谐今",乃是从理、辞两个方面加以称道;对《孔子于乡党一节》,姚氏为之点改文字,使其出比、对比形成严格的平仄相对,并眉批云"既作此体文字,岂得平仄不调",正是以批改的方式指导生徒讲求八股文中的声调规律。除了具体的评阅,姚鼐还会编纂一些时文的"课本"。乾隆四十五年主持安庆敬敷书院时,便以桐城初祖方苞奉敕编选的《钦定四书文》为教材,同时又自出机杼,加以补充,增入"后来名家及小题文",共选明代隆、万以至清代的四书文二百余首,用以课读。④ 后来至钟山掌教,还曾屡次刻印自己的时文集。其嘉庆元年答秦瀛(小岘)书云:

> 往时江西一门徒,取鼐文刻板,鼐意乃不欲其传播,属勿更印,故今绝无此本子。惟四书义,乃鼐自镌其板在此,今辄以两部奉寄。经义实古人之一体,刻震川集者,元应载其经义,彼既录其寿序矣,经义之体,不尊于寿序乎?⑤

---

① 据《姚惜抱先生年谱》,姚鼐乾隆四十一年至四十四年主扬州梅花书院,凡三年;乾隆四十五年至五十二年主安庆敬敷书院,后又于嘉庆六年至九年主之,两次凡十一年;乾隆五十三年短暂地主持徽州紫阳书院;乾隆五十五年至嘉庆五年主江宁钟山书院,后又于嘉庆十年至二十年主之直至去世,两次凡二十二年。

② 《与陈硕士》,见《惜抱先生尺牍》卷五,叶12b。据书后小注,乃作于"壬子"即乾隆五十七年。

③ 《姚姬传先生评定太乙舟时文稿》,西泠印社2011年春季拍卖会古籍善本专场拍卖。此稿本现已整理收入许隽超、王晓辉点校,蔡长林校订《陈用光诗文集》,"中研院"文哲所2019年版,第931—983页。
按陈用光从学姚鼐,始于乾隆五十五年,正姚氏主钟山书院时;后回乡;乾隆五十八年又回江宁受学,居钟山书院半年而归;嘉庆五年考顺天乡试,次年成进士。《姚姬传评定太乙舟时文稿》卷首有"硕士近作时艺大进,来秋其得隽乎"之语(至少在嘉庆四年之前),由此推断,此时文稿评本当成于乾隆五十五年至嘉庆四年之间。虽然未必能坐实文稿一定是陈用光就学钟山书院时的习作,但不妨因以了解姚鼐在书院讲学期间批点时文的实态。

④ 《姚惜抱先生年谱》,第599—600页。按八股文有大题、小题之别,摘取经书整句、整节、全章者称"大题",截取半句或词组者为"小题"。参见商衍鎏《清代科举考试述录及有关著作》第七章第三节,第250页。亦参见陈用光《重订姚先生四书文选》,《太乙舟文集》卷六,《清代诗文集汇编》第489册,第644—645页。

⑤ 《惜抱轩诗文集·文集》卷六,第105页。

此书提出了著名的义理、文章、考证三分而同归之说,故在清代文学史乃至思想史上都屡屡为学者引用。这里想讨论的是书信后半段不常被人提及的关于"四书义"的细节。姚鼐在这封信一开端即自称年老废学,且谓秦瀛相望至深、"见推过甚"①,由此大抵可以推知秦氏来书中有称许其文章学问之语。而信的后半部分则叙及姚氏文集刊行之事,盖小岘有索观著述之请也。有趣的是,在阐述了"义理、文章、考证"须要"尽收具美"之后,姚鼐用以寄赠秦瀛的文集,却是"四书义"即时文之著作。由"鼐自镌其板"一语,更可知此本乃姚鼐自刻。② 姚鼐为何要以时文集作为其"代表作"寄给后学呢?

选择时文"奉寄",主要原因或许是姚鼐手上当时并没有一个自己满意的古文集。书中所云"江西一门徒",即是姚氏所评《太乙舟时文稿》的作者、江西新城人陈用光。先是,乾隆五十七年,用光尝为乃师编刻文集,然姬传以为删订未妥,亟去信阻之,以为其中"经说"部分"不妨先传",而古文部分虽已开雕,也定然"勿刷与人"。③《复秦小岘书》所云"今绝无此本子",即谓此一姚氏不欲传播之古文集。不过,除了时文集已然刊行而古文集尚无善本,姚鼐的选择背后,还牵涉一层观念上的问题:"经义"是否可以作为著作之一体? 时文究竟仅仅是荣名进身之阶梯,抑或可以成为立言不朽之途径? 姚鼐于此,似颇欲与时论立异,有意推尊经义之体。在一封写给后学、谈论学术路径的书信中谈论相关问题,其中未必没有严肃的考虑,未可简单视为响应官方功令的门面话。

姚鼐提出归有光(震川)集中应收入经义文,表面上是一个文集编纂的问题,背后则牵涉对"文体"与"著作"的看法。姚鼐将经义与寿序并提,盖在当时人眼中,此二者皆非著作之体,不当入集。如袁枚在《小仓山房文集》中收入了一篇《胡勿厓时文序》,便要专门附上一条"自记",解释这是"破例"为之④,时文本身则更可想而知了。姚鼐以为经义之体尊于寿序,《震川集》既

---

① 《复秦小岘书》,《惜抱轩诗文集·文集》卷六,第 104 页。
② 姚鼐此后还多次刊行自己的时文稿。如嘉庆八年姚鼐致陈用光书云"时文除石士所刻六十篇之外,又得百廿余篇,其中佳者,似可与荆川、鹿门抗行",可知此前陈用光曾为刻时文六十篇,而姚鼐此时又以另外一百二十余篇授之。见《惜抱先生尺牍》卷六,叶 5a。嘉庆九年姚鼐致鲍桂星书云:"近刻为诸生儿辈改窜之四书文,聊以一部寄阅,似颇有益于初学耳。"(见《惜抱先生尺牍》卷四,叶 13a—13b)其中所谓"诸生儿辈改窜",大概此次编校之役,乃是由从游徒及子侄辈完成。后嘉庆十年姚鼐致陈用光书云"时文十一月当刻成",十一年春又一书云"鼐时文刻成,且寄两部,谅索者必多,须后便可也",则又是另一次刻印时文。姚鼐多次编刻时文稿,其原因当与书院教学须有"有益初学"的范文不无关联。
③ 《与陈硕士》,《惜抱先生尺牍》卷五,叶 15a。参见《姚惜抱先生年谱》乾隆五十七年条。
④ 袁枚自记云:"集中不存寿序及时文序。此篇与《严侍读寿序》,俱破例而存之,亦不免蹈归熙甫之陋习云。"见《小仓山房续文集》卷二十八,《袁枚全集新编》第 3 册,第 568 页。

收入寿序,则经义不当遗之,仅就编集体例而言,这一论述并没有问题,但是,收入寿序本身又是否具有合理性呢？在袁枚看来,寿序入集已经是"归熙甫之陋习",很成问题,如此即使承认经义尊于寿序,也未必能推证出经义是"古人之一体"。有趣的是,在后来一封给学生管同的信中,姚鼐也是并举寿序与经义,讨论古文、时文的文体问题：

> 东汉六朝之志铭,唐人作赠序,乃时文也；昌黎为之,则古文矣。明时经艺、寿序,时文也；熙甫为之,则古文矣。作古文者,生熙甫后,若不解经艺,便是缺陷。[……][方苞]于古文时文界限,犹有未清处,大抵从时文家逆追经艺古文之理甚难,若本解古文,直取以为经义之体,则为功甚易,不过数月内可成也。贤既作古文,须知经义一体；又应科训徒,不得弃时文。然此两处画开用功,亦两不相碍。今将吾内外两稿寄阅,于此两层皆各有裨益处。①

这里姚鼐扩大了"时文"之概念,匪特八股制艺,寿序本身也可以看成明代的"时文",不但如此,倘若更引入历史时变的观念,则志铭、赠序在当初无一不是"时文"。这种论述实际上解构了"时文"的概念,"时文"并非固定不变的范畴,而可以随着时代和作家的水准而改变,潜在便否定了时文"体卑"的既有观念。如此定义"时文"是否恰当,可以进一步讨论,不过这里关心的则是,姚氏如何借"时文"引出了"古文"。② 从"应科"即参加科举考试的角度出发论述时文"不得弃",乃是一般人都很容易想到的理由,而姚鼐更为补上"训徒"一条,则当是其长期掌教书院的经验之谈。实际上,书院掌教多少还能倡言一些"古学",然这种山长之位远非易得,明清士子在仕途之外若要以"训徒"谋生,更多情况下是处馆教塾,其中对时文之训练就更为重视。

不过,姚鼐虽然也肯定"时文",但真正谈到"古文"时,两者的界限还是很分明,终究还是要"两处画开用功"。在书院课徒之时,姚鼐也强调要向古文取法,但与前述唐彪、沈起元、杨绳武之论不同,姚姬传从理论上用"理"和

---

① 《与管异之》,《惜抱先生尺牍》卷四,叶 24a—24b。

② 关于桐城派与时文、科举的关系,前人讨论中较值得注意的有两条思路。钱仲联《桐城派古文与时文的关系问题》(《文学评论》1962 年第 2 期)主要从文体分析的角度出发,认为二者究竟是不同的文体,其间的影响主要也是古文影响时文而不是相反。周启荣则从地方精英社会研究的视角指出桐城方氏、张氏等大家族在清初的科名仕宦与桐城文章传统的关系(Kai-wing Chow, "Discourse, Examination, and Local Elite: The Invention of the T'ung-ch'eng School in Ch'ing China", in Benjamin A. Elman & Alexander Woodside ed. *Education and Society in Late Imperial China, 1600-1900*, University of California Press, 1994, pp.183-219)。本章希望采用的则是另外一种视角,即从书院教育的角度观察姚鼐如何在一个具体的环境中调和其"时文"与"古文"之学。

"体"来区分古文、时文。《敬敷书院课读四书文序目》这一层关系说得颇为清楚：

> [此集]以两三月之功,诵之可毕,此后不须更增时文,但日限诵经数百字,诵子、史、唐宋文数百字,习贯深思,不及三年,中人之资,必有成立。读四书文者,欲知行文体格,及因题立义、因义遣辞之法,故无取乎多。若夫行气说理,造句设色,一皆求之古人,徒读四书文,则终身不能过人也。伏读圣谕,有云"先正名家之法,置而不讲;经史子集之书,束而不观"。今学者之病,岂不在此?①

这段文字中最可注意者,乃是将书院生徒学文之法分为两个层次,一是读四书文,二是读经史子集。今人看来同样属于文章形式的内容,姚鼐却把"行气说理"与"因义遣辞"分开两层来说。这与其论古文,以"神理气味"为"精","格律声色"为"粗",思路十分相近。有意思的是,姚鼐将四书文的学习放到体格一层,古文的学习却是放到经史一层,背后隐然有意推尊古文的意味。在这一框架中,古文不仅仅是"文章",更是"学问",由"艺"而"道"。如果我们将这一思路放回姚鼐书院教学的实践中,则不妨说,"古文"乃是姚氏用以树立生徒"根柢"的"正学",古文之教与经史之教同列,背后正是"古学"的期许。

姚鼐将"古文"作为一门自有价值的"学问"而非时文训练之补充,其实与沈德潜、全祖望等提倡"古学"类似,皆欲为"科举之学"笼罩之下的书院带来一些改观。那么,卢文弨掌教时生徒唯"俗学"是趋之情形,至姚鼐主持钟山书院之际,是否有所好转？当时同在江宁的袁枚恰好有一段有趣的观察：

> 钟山书院诸生文字不佳,枚早知之,非敢薄待此间士也。金陵山川之气,散而不收。六朝自王谢渡江而后,所表表者皆外来人物;初唐土著,只王昌龄一人而已。近今诸生,窾启寡闻,侈然自足,虽历任山长卢抱经、钱辛楣、姚姬传诸君子,何尝不是名儒硕士,而无如师弟身份相隔太远,譬如僬侥一尺,捧杖而侍身横九亩之防风,其能辟咡相通、虚心请教也哉！昔人称"虚胜之风,江左所尚",又云"上车不落则著作,体中何

---

① 《敬敷书院课读四书文序目》,见徐雁平《清代东南书院与学术及文学》第二章《书院与桐城文派的传衍》引,第57页。并参《姚惜抱先生年谱》,乾隆四十五年,《北京图书馆藏珍本年谱丛刊》第107册,第600页。

如则秘书",皆极言不学之弊也。①

袁子才筑随园于金陵,长期居焉;姚鼐主持钟山讲席,与之"交游往来累岁"②,如此则子才所言,未可径视为泛论。而姚鼐自己的说法中,也颇透露出一二消息。乾隆五十六年,姚氏致信已离开江宁的学生陈用光,称"今年居此,可与语者尤少,极令人不乐","远念硕士,弥如芝凤矣"③;嘉庆六年改主安庆敬敷书院时又云"鼐二月至敬敷","皖中可与言之人,更难得于江宁也"④。如此看来,姚鼐在皖中无人共语,江宁的情况大概会好一些,但也未必十分乐观。后来姚氏还有一段感慨:

> 鼐固衰眊,然尚能步履,亦乐于少年谈说。而院中诸生,肯来就谈者乃绝少。士不说学,使人有闵子马之叹!老翁亦深以自愧。⑤

虽然有"士不悦学"的牢骚,但在长期的书院掌教生涯中,姚惜抱还是颇能遇到一些"读书种子"以传衍其古文之学。曾国藩称"姚先生晚而主钟山书院讲席","门下箸籍者""上元有管同异之、梅曾亮伯言,桐城有方东树植之、姚莹石甫",四人最称"高第弟子"。⑥ 这"四大弟子"中,从学最早的当是乾隆五十八年与父亲方绩同赴金陵"随侍讲席"的方东树。⑦ 此后,管同、梅曾亮都是"嘉庆初"就学钟山书院。⑧ 而姚莹乃惜抱从孙,检莹子姚濬昌所

---

① 《小仓山房尺牍》卷七,《袁枚全集新编》第8册,第159页。
② 《惜抱轩文集》卷十四《袁香亭画册记》:"香亭太守与其兄简斋先生,解官之后,皆买宅金陵而寓居焉。〔……〕自来金陵,与其兄弟交游往来累岁。"又参见同卷《随园雅集图后记》。见《惜抱轩诗文集》,第228页、第225—226页。
③ 《与陈硕士》,见《惜抱先生尺牍》卷五,叶10b—11b。书末小注"辛亥"即乾隆五十六年。
④ 《与胡雏君》,《惜抱先生尺牍》卷三,叶9a。
⑤ 《与鲍双五》,《惜抱先生尺牍》卷四,叶12b。按此书未标注年代,考其中有"河南闱墨亦清正,知必尽其菁英"之语,当作于嘉庆九年鲍桂星(双五)主考河南乡试之后不久。(参见鲍桂星《觉生自定年谱》)嘉庆十年初夏,姚鼐即由敬敷书院返回钟山书院任教,观此书语气,当以作于敬敷书院时的可能性为大。
⑥ 《欧阳生文集序》,《曾文正公诗文集》文集卷一,《四部丛刊初编》本,第57页。关于姚门"四大弟子"成员异说之考辨,见林岗《"姚门四弟子"考》,《文学遗产》1985年第2期。
⑦ 《方仪卫年谱》载乾隆五十八年"先生年二十二岁","同里姚姬传先生时主讲钟山书院","展卿先生及先生皆受业焉"。此后方东树一直在江宁,直至嘉庆二年东归里。见《乾嘉名儒年谱》第13册,第378—379页。
⑧ 方东树《管异之墓志铭》:"嘉庆初,姚姬传先生主钟山书院,君与梅君伯言最受知。"见《考槃集文录》卷十,《清代诗文集汇编》第507册,第288页。又吴常焘《梅郎中年谱》称曾亮于嘉庆六年至七年肄业江宁尊经书院,八年乃至钟山书院。然此时姚鼐任教于安庆敬敷,并不在钟山。至嘉庆十年四月,姚鼐返回钟山,梅曾亮方有可能"侍讲席"。《梅郎中年谱》云此年夏天曾亮"从惜抱先生游",并"往见管异之",可从。《柏枧山房文集》附录,第673—674页。

编年谱,未见其肄业钟山书院的记载。或姚莹特以孙辈问学于惜抱耳。实际上,从姬传受学之生徒,并不止此。如安徽休宁贡生陈仰韩,"以休宁山县,寡见闻",于是"渡江至江宁,读书钟山书院","初从卢学士文弨、毛训导藻学时文",卒从姚鼐"受古文法而学大进焉"。① 据此仰韩在卢抱经掌教之日便到江宁,其在钟山,为时甚久。而姚鼐在敬敷之时,曾将时年十九岁的刘开"呼来书院读书",并称许之,以为"故乡读书种子,异日或在方植之及此人也"。②

又如前文多次提到的陈用光,在乾隆五十五年(庚戌)即受父命而从姚鼐"学为古文"③,时"年少气盛,谓业可立就",却被惜抱浇了一瓢冷水,告以"子逾十年,规模粗具尔",用光当时甚为讶异,但多年之后回忆其这段经历,就颇能体会到老师警醒砥砺的苦心。④ 此次受学,或许只是师友过从,未必真正到书院受学,而后来在乾隆五十八年(癸丑),用光又"从姚先生于钟山,受古文学以归"⑤,此次则是在书院留住半年⑥,与惜抱朝夕过从了。用光当时虽云"受古文学",但也颇有博采兼长的雄心,姚鼐则谆谆告以学当专精:

> 子来从学,甚善。顾子之意,何居将专工一家之业,以蕲其至乎? 抑欲汇聚古今文士所能,以夸于人乎? 夫人之材力有所能、有所不能,才广而好为苟难,君子之所戒也。曩余官京师,王西庄谓余曰:"始吾畏子,今不畏子矣。郑康成不以文名,曾子固不以诗名,古之人且有然矣,今子欲合康成、昌黎、子美、太白,下逮姜、史、钟、王为一手,毋乃志奢而愿难副乎?"余心韪其言,乃舍弃诗词而专力于古文之学。今子欲学古文,亦宜知此意。若诗余、俪体,非殚毕生之力为之不能工,子材力不相近,则于二者姑舍是可耳。⑦

听了这一段教诲之后,"少亦好为词"的陈用光,"自是遂不敢复作"。姚鼐此处主张"专工一家之业",可见他也深知"兼长"之困难。在书院讲学,面

---

① 管同《陈仰韩生圹铭》,《因寄轩文二集》卷六,《清代诗文集汇编》第532册,第358页。
② 《与胡雒君》,《惜抱先生尺牍》卷三,叶9a。
③ 《陈约堂六十寿序》:"予遇约堂于江宁。既而约堂命其少子用光硕士,来从予学为古文。"《惜抱轩诗文集·文集》卷八,第117页。
④ 《家仰韩兄文集序》,《太乙舟文集》卷六,《清代诗文集汇编》第489册,第626页。
⑤ 《朱梅崖先生画像记》:"癸丑岁,余从姚先生于钟山,受古文学以归。"见《太乙舟文集》卷四,《清代诗文集汇编》第489册,第570页。
⑥ 《太乙舟诗集》卷八《奉命副刘筠圃同年典试江南纪恩述怀》诗小注:"余癸丑受业姬传先生,居钟山书院者半年。"《清代诗文集汇编》第489册,第437页。
⑦ 《银藤花馆词序》,《清代诗文集汇编》第489册,第629—630页。

对资质各异而又兴趣广泛的学生,更要因其"材力"以劝诱之。不过,姚鼐最希望学生努力的,还是在"古文之学"。一个很有趣的例子是曾以上元县诸生而从学于钟山书院的管同,前文曾提到姚鼐致书管同,告以时文、古文当"两处画开用功",事实上,姚、管师生之间的讨论还涉及诗学的内容。管氏尝以其诗文请教姚鼐,得到的评语是:

> 古文已免俗气,然尚未造古人妙处。若诗,则竟有古人妙处,称此为之,当为数十年中所见才俊之冠矣,老夫放一头地,岂待言哉!①

姬传遂又告以学诗之法,谓不须拘于王渔洋之法,当更以李杜为宗,并参看李梦阳的《空同集》②;至于文这一方面,则云"古文若更欲学,试更读韩欧",然"恐将来成就,终不逮诗"③。不过,管同后来继续致力于古文,姚鼐其实更是欣喜:

> 寄来文十篇,阅之极令人欣快。若以才气论,此时殆未有出贤右者。〔……〕贤今岁必是专于文大用功,故文进而诗退。有文若此,何必能诗哉!④

"有文若此,何必能诗"最可见姬传对学生的期许。而在钟山书院肄业之时,管同亦是力倡古文之学。当时梅曾亮与之同学,有骈文之好,而管同力劝其返归古文。曾亮记其事云:

> 昔会课钟山书院中,每论文,讼议纷然,忘所事事。异之色独庄,盛言古文。余曰:"文贵者,辞达耳。苟叙事明、述意畅,则单行与排偶一也。"异之不复难,曰:"君行自悟之!"〔……〕今去此言时且二十年,异之卒又逾年矣。所谓"行自悟之"者,未敢信其必能,而骈体文遂不复有所成就。⑤

此乃嘉庆间钟山书院生徒孜孜讲论"文章之学"的情形。梅曾亮后来渐

---

① 《与管异之》,《惜抱先生尺牍》卷四,叶21a—21b。
② 按姚鼐向来以王渔洋《五七言古诗钞》为教导后进学诗之法,而此处则云渔洋五古宗谢朓,七古宗苏轼,犹有未尽,谓管同当"越过阮亭一层",以李杜为宗。
③ 《与管异之》,《惜抱先生尺牍》卷四,叶21b。
④ 同上书,叶22b—23a。
⑤ 《柏枧山房文集》卷五《马韦伯骈体文叙》,第110—111页。

渐学为古文辞,管同犹时时砥砺之,告以其文"病杂","一篇之中,数体互见"①,等等。可见姚门弟子,虽对诗、词、骈文等各体"词章"都不无兴趣,对时文亦不完全排斥,但在从游受学之时,主要都还是以"古文之学"作为修习的大端。

　　以上诸例,大抵已可窥见姚鼐在书院教学生涯中提倡、传衍词章古文之学的情形。不过,姚氏本人除了评阅文字之外,又如何为其弟子指示"学文之道",并建立自己"古文之学"的体系？这便不能不提到姚氏在晚岁书院讲学期间不断修订、编辑的一本"教材"《古文辞类纂》。下一章将在明清古文家"学文之道"的历史脉络中,对《古文辞类纂》在工夫论和文体学两个方面的知识渊源加以考述,以期对其融汇"文""学"的知识系统,有一较为清晰的说明。

---

① 《柏枧山房文集》卷五《管异之文集书后》,第109页。

第七章 体类与流别：
《古文辞类纂》的知识渊源及学术史意义

如果说书院掌教、接引后学乃是姚鼐建构其"古文之学"的"生前事"，那么其晚年编纂的《古文辞类纂》(以下简称《类纂》)①，无疑便是为他赢得"身后名"的"名山事业"；非特如此，《类纂》在嘉庆以后刊刻流行，并被运用于书院教学之中，更可谓"桐城文章"传衍发扬的有力保证。②而《类纂》一书最为世人推重者，乃是在其辨析文体之贡献。如姚鼐之从孙姚莹叙其祖平生著述，便举"选《古文辞类纂》，以尽古今文体之变"③以为言；钱泰吉自道研读《类纂》之体会，亦云"文章体裁，亦略能知之也"④，正以辨正文体，为一大收获也。朱琦《自记所藏古文辞类纂旧本》称"文之义法与其体类，是编备矣"。⑤曾国藩亦评曰：

> 惜抱于刘才甫，不无阿私，而辨文章之源流、识古书之正伪，亦实有突过归、方之处。⑥

此盖承认姚鼐之推美刘大櫆或有门户之嫌，然盛赞其"辨文章之源流"为度越归有光、方苞的一大贡献。曾氏自称"国藩之粗解文章，由姚先生启之也"⑦，观上引之语，则其得于惜抱者为何，不难窥知矣。晚清来裕恂更直

---

① 《古文辞类纂》书名，不同版本或作"纂"，或作"篹"。本书行文中依姚鼐本意用"篹"，引用文献则据古籍原貌作"纂"或"篹"。详参本章第二节的考辨说明。
② 参见徐雁平《清代东南书院与学术及文学》第二章对桐城后学刊行《古文辞类纂》的考述，第53—55页。
③ 《东溟文集》卷六《朝议大夫刑部郎中加四品衔从祖惜抱先生行状》称姚鼐"著《九经说》以通义理考订之邮；选《古文辞类纂》以尽古今文体之变；选《五七言诗》以明振雅祛邪之旨"。《清代诗文集汇编》第549册，第373页。
④ 《甘泉乡人稿》卷六《跋古文辞类纂》，《清代诗文集汇编》第572册，第69页。
⑤ 《怡志堂文初编》卷六，文末署"咸丰三年正月既望"，《清代诗文集汇编》第613册，第304页。
⑥ 《复吴南屏》，《曾文正公书札》卷五，《清代诗文集汇编》第643册，第106页。
⑦ 《圣哲画像记》，王澧华校点《曾国藩诗文集·文集》卷三，第292页，上海古籍出版社2013年版。

言"自姚惜抱《古文辞类纂》分部十三,于是古文之门径,可于文体求之"。①现代学者评议《类纂》一书,亦强调其在文体分类方面的成就,钱穆先生即谓"姚鼐本桐城古文义法,选辑《古文辞类纂》七十四卷,其中心贡献在他为文章作分类的工作,以后论文体者,莫不奉为圭臬"②,是以"分类文章"为姚书之一大成就也。

所谓"分类文章",用姚鼐自己的表述,便是书名中特为标出的"类纂"一语。有趣的是,在姚鼐之前,有用"类纂"指称类书、杂纂之书籍。清初钱谦益《琅嬛类纂序》云:

> 古今类纂之书,通有二门:一曰词章家,唐欧阳氏、虞氏、白氏之书是也;一曰典制家,唐杜氏,宋郑氏、马氏之书是也。③

所谓"词章家"之"类纂",是指《艺文类聚》《北堂书钞》《白氏六帖》一类为诗文使事汇纂典故的类书;"典制家"之"类纂",则是指《通典》《通志》《文献通考》一系考索典章制度而类集故事的政书;可见钱牧斋之"类纂"概念,本与选编文章的总集或选本无关。考诸史志所载,以"类纂"为名之书,如宋代叶清臣《春秋纂类》、尹弘远《章句纂类》,明代施仁《左粹类纂》、魏偁《闻见类纂小史》、沈津《百家类纂》、屠本畯《燕闲类纂》等等,大多也是类事之作,非关"文章流别"。由此观之,将本属"类书"的"类纂"之名,借用到古文选本的领域,当是姚鼐的一个创举。在书名中特意点明"类纂",正是强调文体分"类"在姚氏"古文之学"中的地位。姚鼐为何选择从"文体"的角度整理、探讨"文章之事"?《古文辞类纂》的文体学理论与实践,背后有怎样的知识资源与学术传统?本章拟以《古文辞类纂》文类框架的形成为例,探讨文体源流之知识在清代前中期"古文之学"发展历程中扮演了何种角色。

---

① 《汉文典·文章典》第三卷"文体",见来裕恂著,高维国、张格注释《汉文典注释》,第292页,南开大学出版社1993年版。不过来氏认为《古文辞类纂》"赠序、书说之分类,于义究有未安",故有所调整改动。按来氏字雨生,号匏园,生于清同治十二年(1873),卒于1962年,生平事迹见来新夏《〈汉文典〉注释说明》(同前书,第1—5页),据该文介绍,《汉文典》初印于光绪三十二年(1906)。

② 钱穆《中国文学论丛·中国散文》,《钱宾四先生全集》第45册,第83页,(台北)联经1998年版。

③ 《牧斋有学集》卷十四,第695页。

第一节 "家数"传统下的辨体论

在清人眼中,"古文选本"之源流谱系,与"唐宋八大家"的文统关系极为密切。"八大家"虽然不足以尽古今文章之源流正变,但却构成了宋元以迄明清在"文章"领域一个十分关键的传统。如果用"宗八家"与"反八家"建立一条线索,七子之倡秦汉,晚明之尚小品,乃至清代汉学家转向骈文,大体上都可以置入其中。因此,如何面对唐宋八家的古文传统,乃是明清古文发展中的一个核心问题。不仅如此,以"作家"为纲目的选本编纂,与以"大家"为典范的学文观念正相表里。"八大家"之成立,不仅是一个平面胪列的"选本"系统,更是一个立体渐进的"工夫"次第。元代程端礼《程氏家塾读书分年日程》主张以韩愈为"作文骨子",然后学习"步骤韩文"的欧阳修、曾巩、王安石,再旁参柳宗元、苏轼一系,称之为"自韩学下来,渐要展开之法",乃是一个主流的学文程序。此外,诸如学韩、学柳之先后,如何由"三苏"再下及"六君子"等问题,古文家亦有讨论。① 以作家为次第的学习规划,因"人"学"文",可以说为"唐宋八大家"之经典化提供了一股内在力量。进而言之,反映在外在形式上的"选本体例",也与这种工夫论的思路相互配合,以按"作家"编次为主导之模式。不过,在唐宋文统内部,"辨体"之论也一直存在,其理论依据在所谓"先体制后工拙"之说,黄庭坚《书王元之竹楼记后》云:

> 或传王荆公称《竹楼记》胜欧阳公《醉翁亭记》,或曰此非荆公之言也,某以谓荆公出此言未失也。荆公评文章,常先体制,而后文之工拙,盖尝观苏子瞻《醉白堂记》,戏曰:"文词虽极工,然不是《醉白堂记》,乃是韩白优劣论耳。"以此考之,优《竹楼记》而劣《醉翁亭记》,是荆公之言不疑也。②

此是黄山谷转述王安石之语,牵涉王禹偁《竹楼记》、欧阳修《醉翁亭记》、苏轼《醉白堂记》几篇文章的评价。以人而论,"八大家"得其三矣;以体裁论,"记"与"论"两者,也正是唐宋古文家的代表性文体。类似的说法还见于陈师道的《后山诗话》:

---

① 详细的讨论可参考本书附录一。
② 《宋黄文节公全集》正集卷二十五,《黄庭坚全集》,第660页。

退之作记,记其事尔,今之记乃论也。少游谓《醉翁亭记》亦用赋体。①

与上引王安石之说类似,出发点是欧阳修的《醉翁亭记》,陈师道将韩愈"记其事尔"的记文与"今之记"对比,正是在用一种历史的眼光,将"记""论"体制的问题,置入韩愈以降的唐宋古文传统之中。其谓《醉翁亭记》"亦用赋体",则又加入一个维度,变成"记""论""赋"三种文体之间的错综。这一"先体制后工拙"的说法,后来又为胡仔《苕溪渔隐丛话》、陈鹄《耆旧续闻》等书转引,流传颇广。不过,区分不同文体的写作特征,还只是"辨体"思路的一方面;另一方面,则还有从纵向梳理不同文体的源流统绪,罗大经《鹤林玉露》云:

杨东山尝谓余曰:文章各有体。欧阳公所以为一代文章冠冕者,固以其温纯雅正,蔼然为仁人之言,粹然为治世之音,然亦以其事事合体故也。如作诗,便几及李、杜;作碑、铭、记、序,便不减韩退之;作《五代史记》,便与司马子长并驾;作四六,便一洗昆体,圆活有理致;作《诗本义》,便能发明毛、郑之所未到;作奏议,便庶几陆宣公;虽游戏作小词,亦无愧唐人《花间集》,盖得文章之全者也。②

这里引述杨长孺(字伯子,号东山)之说,将"文章"分作七个种类来论述,分别是诗、古文(碑、铭、记、序)、史书(《新五代史》)、四六、注疏(《诗本义》)、奏议、词,以为每一种类各有其典范,自成一"体",欧阳修能于每一种类都合乎其"体",故成"一代文章冠冕"。其中将碑、铭、记、序合为一类,并以韩愈为标准,正可见从体裁角度对唐宋古文传统有一"自觉"矣。叶适之说与之亦同工异曲:

韩愈以来,相承以碑、志、序、记为文章家大典册,而记,虽愈及宗元犹未能擅所长也。至欧、曾、王、苏,始尽其变态。③

此言"碑、志、序、记",《鹤林玉露》云"碑、铭、记、序",大同小异耳,旨意所关,皆在韩愈以降形成的"文章家"传统。叶适认为"记"文在韩、柳手上还

---

① 何文焕辑《历代诗话》,第309页,中华书局1981年版。
② 罗大经撰,王瑞来点校《鹤林玉露》丙编卷二《文章有体》,第264—265页,中华书局1983年版。
③ 《习学记言序目》卷四十九,第733页,中华书局1977年版。

未完全成熟,要到宋代的欧、曾、王、苏诸大家,才"尽其变态",潜在也是在呼应前述对欧阳修《醉翁亭记》、苏轼《醉白堂记》是否"得体"的争论。在叶适看来,欧、苏恰恰是通过变化推进了"记"体的发展,而不是因背离传统而"失体"。因此,叶氏也是通过"辨体"的方式巩固了唐宋古文的传统。

至明代,复古派以"文必秦汉"为号召,在类似的文体源流表述上,便不能不作出微妙的调整,从唐宋上溯到先秦两汉。如王世贞《艺苑卮言》云:

> 于鳞拟古乐府,无一字一句不精美,然不堪与古乐府并看,看则似临摹帖耳。五言古,出西京建安者,酷得风神,大抵其体不宜多作,多不足以尽变,而嫌于袭;出三谢以后者,峭峻过之,不甚合也。七言歌行,初甚工于辞,而微伤其气,晚节雄丽精美,纵横自如,烨然春工之妙。五、七言律,自是神境,无容拟议。绝句亦是太白、少伯雁行。排律比拟沈、宋,而不能尽少陵之变。志、传之文,出入左氏、司马,法甚高,少不满者,损益今事以附古语耳。序、论杂用《战国策》、韩非、诸子,意深而词博,微苦缠扰。铭辞奇雅而寡变。记辞古峻而太琢。书牍无一笔凡语。①

王世贞对李攀龙诗文成就作了极详密的评论,虽然褒贬互见,并非一味称许,然其框架,正是一种"辨体"的思路,而这种方法,同时用于诗、文之评论,其中当不无相互影响之处。与"先体制后工拙"之说侧重横向比较不同,《艺苑卮言》强调的是不同文体在历史发展过程中形成了不同的审美传统,因此其"辨体"便是鉴别不同体裁在各自的传统中的"第一义"为何。这一批评方式,在诗学领域,乃是严羽"作诗正须辨尽诸家体制"所开启的传统,事实上与古文之批评,于理亦可相通。《艺苑卮言》绕过韩愈,直接将李攀龙的志、传之文上接《左传》《史记》,序、论之文上接《战国策》和先秦诸子,可以说以"分体"的方式暗暗解构了唐宋文统。明代的唐宋派古文家往往强调唐宋八家相对秦汉古文更有法度可循,唐顺之尤其强调"记与序"乃是"文章家所谓法之甚严者"。② 因此王世贞举"《战国策》、韩非、诸子"作为序、论之矩矱,对唐宋派古文家以序记诸体文为胜场的自信,不免又放一暗箭矣。

不过,在唐宋派自身,同样也采用"辨体"的方式推进其文统之构建与文论之深化。面对七子派倡言"秦汉文章"的挑战,唐宋派并不否认《左传》《史记》等书籍在文章上的经典地位,但同时要强调唐宋古文对于"学古"是不可

---

① 王世贞著,罗仲鼎校注《艺苑卮言校注》卷七,第351页。
② 唐顺之《荆川先生文集》卷十《董中峰侍郎文集序》,马美信、黄毅点校《唐顺之集》,第465页。参见郭绍虞《中国文学批评史》第三篇第四章第一节,第412—413页。

或缺的阶梯。由此，他们的"辨体"，一方面要在唐宋古文内部更为细致地分析各种体裁的"第一义"何在，另一方面也要针对秦汉文，论证唐宋古文继承而不是背离了秦汉乃至更高的六经传统。茅坤自序其《唐宋八大家文钞》(以下或简称《文钞》)，以为孔子之后，"六艺之旨"渐渐流散，西汉稍稍"号为尔雅"，而魏晋六朝以下，文气日靡，"昌黎韩愈首出而振之，柳柳州又从而和之，于是始知非六经不以读，非先秦两汉之书不以观。其所著书、论、叙、记、碑、铭、颂、辩诸什，固多所独开门户，然大较并寻六艺之遗，略相上下而羽翼之者"，至宋之欧、苏、曾、王，则是继承韩愈的传统。① 茅坤在强调唐宋古文家能得传六艺遗绪的同时，亦点出他们创作的主要文体是序、记、碑、铭等。《文钞》全书分"韩文公文钞""柳柳州文钞""欧阳文忠公文钞"及"欧阳公史钞""苏文公文钞""苏文忠公文钞""苏文定公文钞""曾文定公文钞""王文公文钞"几个部分，逐次论列②，是一按"作者"编排的系统，但在各家作品内部，则是按文体编排，并有小引交代各体选入文章之篇数，可见茅坤在编列《文钞》时，也对其"文体"安排有所考虑，如《韩文公文钞引》云：

  首揭昌黎韩文公愈，录其表、状八首，书、启、状四十四首，序二十八首，记、传十二首，原、论、议十首，辩、解、说、颂、杂著二十二首，碑及墓志碣铭四十一首，哀词、祭文、行状八首，厘为十六卷。③

  茅坤在各家文钞引中的统计方法，实际上将选入的二十三种文体又归纳为八类，虽然并未正式为这八个种类命名，但其归类并非随意为之，多少可以见出茅氏对各种文体之间亲缘性的理解。更为重要的是，茅坤此处对韩愈古文的分体安排，并不同于李汉所编韩愈文集之原貌。按韩愈本集，乃是以"杂著"（一作"杂说"）居首，以下依次为书、序、祭文、碑志、墓铭、碑碣、文、传、行状、表、状等④，而《文钞》显然改易了这一次序，转而以表、状居首；韩集中原归于"杂著"一类的文章，进一步分析为原、论、议、辩、解、说、颂、杂著等等，

---

① 《唐宋八大家文钞总序》，《唐宋八大家文钞》卷首，叶2a—3b。参阅茅坤《茅鹿门先生文集》卷十四《八大家文钞总序》。

② 《唐宋八大家文钞》，并参《历代文话》第2册所收《唐宋八大家文钞评文》。崇祯四年本在"欧阳文忠公文钞"之后还附有"欧阳公史钞"，据《历代文话》整理者罗立刚介绍，"史钞"部分系茅著重刊时补入。不过茅坤在《欧阳文忠公文钞引》中已有"世之欲览欧阳子之全，必合于他所批注《唐书》《五代史》而读之，斯得之矣"，是则茅著亦可谓善述祖志者也。《四库全书》本《唐宋八大家文钞》，在各部分名目上有所改动，分别作"昌黎文钞""柳州文钞""庐陵文钞"及"庐陵史钞""临川文钞""南丰文钞""老泉文钞""东坡文钞""颍滨文钞"，其实则一也。

③ 《唐宋八大家文钞·唐大家韩文公文抄》卷首，叶2a—2b。

④ 见宋蜀本《昌黎先生文集》。

并分为两类,显然在此茅坤并非直接照"抄"韩文本集,而是以一大略的文体构想对其重作编排。其余七家"文钞",亦有类似之情形,统而观之,《文钞》内部便隐藏了一个"文体分类"的线索。不妨依据茅氏在各家文钞之前所附小引中的说法,将其对八家古文的分类方式表列如下(见表5):

表5 茅坤《唐宋八大家文钞》之分体安排①

韩愈	柳宗元	欧阳修	苏洵	苏轼	苏辙	曾巩	王安石
[1]表、状	—	[1]上皇帝书、疏	[1]书、状	[1]制策	[1]上皇帝书、札子、状	[1]疏、札、状	[1]上书
		[2]札子、状		[2]上书			[2]札子、疏、状
		[3]表、启		[3]札子			[3]表、启
				[4]状			
				[5]表、启			
[2]书、启、状	[1]书、启	[4]书		[6]与执政及友人书	[2]与他执政书	[2]书	[4]与友人书
[3]序	[2]序、传	[6]序	[5]引	[9]序、传	[5]序、引、传	[3]序	[5]序
		[7]传	[6]序				
[4]记、传	[3]记	[8]记	[3]记	[10]记	[6]记	[4]记、传	[6]记
[5]原、论、议	[4]论、议、辨	[5]论	[2]论	[7]论	[3]论	[5]论、议、杂著、哀词	[7]论、原、说、解、杂著
				[8]策	[4]策		
[6]辩、解、说、颂、杂著	[5]说、赞、杂著	[11]颂、赋、杂著	[4]说	[12]铭、赞、颂	[7]说、赞、辞、祭文、杂著		
[8]哀辞、祭义、行状	[6]碑铭、墓碣诔、墓表、状、祭文	[10]墓表、祭文、行状		[13]说、赋、祭文、杂著			[8]碑、状、墓志铭、墓表、祭文
[7]碑、墓志铭、墓碣铭		[9]神道碑铭、墓志铭		[11]碑			

由此表可知,《文钞》对八家古文的文体安排,大致有一总体思路可循,即先列上呈君王的奏议,次则书信,复以序、记以及论辨、颂赞之文次之,最后

---

① 表中方括号内的数字表示该文体在某家《文钞》中的次序。例如"记"体在《韩文公文抄》中是第四类(与传合为一类),《柳柳州文抄》中乃第三类,《欧阳文忠公文抄》中排第七类,《苏文忠公文抄》中则居第十类。

是碑传和祭文之类。对韩愈文的分类,已经可见其基本梗概。当然,具体到各家,其分类安排并不完全统一,大抵各以其创作实绩与选文数量有所调整,如"传"或与"序"同列,或与"记"合并,盖随其多寡而便;欧阳修、王安石之奏议文章较多,各自遂又细分为书、札子、表三类;苏轼、苏辙兄弟便多出"策"体一类;凡此种种,不求划一。在各家之下,不同文体的次第排列,也各有参差,观表中所录序号则可知矣。总之《唐宋八大家文钞》在"作家"为首位的编辑框架之下,实又有一文体分次的想法,但未再进行系统的整合。

茅坤对韩、柳、欧、苏各家不同文体的区分和归纳,事实上也正与其对文章审美传统的论述互为表里。其《唐宋八大家文钞论例》起首即云:

> 世之论韩文者,共首称碑志,予独以韩公碑志多奇崛险诵,不得《史》《汉》序事法,故于风神处或少遒逸,予间亦镌记其旁。至于欧阳公碑志之文,可谓独得史迁之髓矣;王荆公则又别出一调,当细绎之。序、记、书,则韩公崛起门户矣。而论、策以下,当属之苏氏父子兄弟。

可见其梳理唐宋古文的传统,乃有一清晰的辨体意识,按"碑志""序、记、书""论、策"三类,分别以欧阳修、韩愈、三苏为典范。在对各家文字的具体评论中,同样多有辨体之论,如于曾巩,称"曾之序、记为最,而志铭稍不及",是分体论曾文之优劣也。又如分析欧阳修与苏轼、苏辙作"论"之不同:

> 予览欧、苏两家论不同。欧次情事甚曲,故其论多确而不嫌于复。苏氏兄弟,则本《战国策》纵横以来之旨而为文,故其论直而峻,而多疏逸遒宕之势。①

此是辨析同一文体内部的不同风格传统。其思路渊源,在前述叶适、杨长孺之论中亦见痕迹,然指点分辨,无疑更为深密矣。在唐宋大家内部分辨其文章风格,前人亦不乏其论,如吕祖谦之"看文字法"就分别以"简古""关键""平淡""波澜"概括韩、柳、欧、苏四家之特征。贝琼《唐宋六家文衡序》亦云:

> 战国以来,孟轲、杨雄氏发挥大道,以左右六经,然雄之去孟轲,其纯

---

① 《唐宋八大家文钞论例》,《唐宋八大家文钞》卷首。

已不及矣。降于六朝之浮华,不论也。昌黎韩子倡于唐,而河东柳氏次之,五季之败腐不论也。庐陵欧阳子倡于宋,而南丰曾氏、临川王氏及蜀苏氏父子次之。盖韩之奇、柳之峻、欧阳之粹、曾之严、王之洁、苏之博,各有其体,以成一家之言,固有不可至者,亦不可不求其至也。①

按贝琼此序乃为朱右《唐宋六家文衡》而作,《四库全书总目》所谓"明初朱右已采录韩、柳、欧阳、曾、王、三苏之作,为《八先生文集》",即指此书也,其初稿称"新编六先生文集",晚年修订本则改题"六家文衡",其中以三苏为一家,故名之曰"六"也。② 其中提到八家"各有其体",乃是就作家之个人风格而言,与吕祖谦之品题类似,而与茅坤之"辨体"正好形成对比。广义而言,贝序所论,也是一种"辨体",但还是按作者之风格辨析其"家数",而非按文章之体裁分别。

除了在唐宋大家内部区分各种体裁孰为擅场,"辨体"的意义更在于处理"秦汉"与"唐宋"两个文学传统的关系问题。对于《史记》《汉书》的经典地位,唐宋派古文家并不否认,茅坤即谓"秦汉来文章名世者,无虑数十百家,而其传而独振者,惟史迁、刘向、班掾、韩、柳、欧、苏、曾、王数君子为最"③;个中症结所在,乃是如何论述唐宋古文的地位。茅坤之论韩文,着意强调昌黎在文体上的开创性,前引《文钞论例》中有"序、记、书,则韩公崛起门户矣"之言,《文钞》总序中又云韩愈"所著书、论、叙、记、碑、铭、颂、辩诸什,故多所独开门户",反复提及,当非率意而言。其《韩文公文钞引》陈述此意最详:

  书、记、序、辩、解及他杂著,公所独倡门户,譬则达摩西来,独开禅宗矣。

所谓"独倡门户",正是从辨体的角度,认定韩愈在书、记、序、辩、解等文体上,乃有开宗立派的地位。不过,《文钞》也强调韩愈对孟子、荀卿乃至汉代的贾谊、晁错、刘向、扬雄等"古作者"的揣摩和学习,其间继承关系又当如何表述?如果我们由茅坤的辨体方法及"独开门户"之论推测其言下之意,或许正是唐宋以后古文相对于先秦诸子和汉代作家在"文体"上的差异,使

---

① 《清江贝先生文集》卷二十八,《四部丛刊初编》缩印本,第118册,台湾商务印书馆1967年版。

② 此书今不传。关于朱右生平及《唐宋六家文衡》之编撰始末,见黄强《朱右及其〈唐宋六家文衡〉述考》,《文学遗产》2001年第6期。据贝序,《唐宋六家文衡》在曾巩文后还附有其弟曾肇(曲阜先生)之文四篇,故确切而言,其收入作者九人,但基本格局无疑就是"唐宋八大家"。

③ 《茅鹿门先生文集》卷四《与徐天目宪使论文书》,《茅坤集》第2册,第253页。

得韩愈以降的古文家可以"继别为宗",自立地步。在叙事类文体方面,茅坤则宗奉《史记》,不以韩愈为极则,认为"其于太史迁之旨,或属一间",唐宋八大家之中最为太史公嫡传者,则是欧阳修。①

不但如此,茅坤亦用辨体之法评论明人的文章:

> 仆尝谬论文章之旨,如韩、柳、欧、苏、曾、王辈,固有正统,而献吉则弘治、正德间所尝擅盟而雄矣,或不免犹属草莽偏陲、项籍以下是也。〔……〕李献吉乐府、歌、赋与五七言古诗及近体诸什,上摹魏晋,下追大历,一洗宋元之陋,百世之雄也。独于记、序、碑、志以下,大略其气昂、其声铿金而戛石,特割裂句字之间者,然于古之所谓文以载道处,或属有间。②

这里茅坤对李梦阳之创作,分开诗、文而论,特别在"文"的部分对"记、序、碑、志"之体裁作具体罗列,正可与其所谓韩愈"书、论、叙、记、碑、铭、颂、辩诸什""独开门户"相呼应,盖以"辨体"而退献吉之文也。在茅坤看来,能够在记、序、碑、志诸体文章中实现"古之所谓文以载道",舍韩其谁!唐宋派古文家之"辨体",即是对古文艺术特征、体制传统的梳理,内里也大有以此论证唐宋文地位之意。有趣的是,秦汉派古文家同样颇识得其中机杼。王世贞辨体以论于鳞文,前已见之。而《艺苑卮言》中还有一大段对古今文体源流的梳理,颇有深意:

> 天地间无非史而已。三皇之世,若泯若没;五帝之世,若存若亡。噫!史其可以已耶?六经,史之言理者也。曰编年、曰本纪、曰志、曰表、曰书、曰世家、曰列传,史之正文也。曰叙、曰记、曰碑、曰碣、曰铭、曰述,史之变文也。曰训、曰诰、曰命、曰册、曰诏、曰令、曰教、曰札、曰上书、曰封事、曰疏、曰表、曰启、曰笺、曰弹事、曰奏记、曰檄、曰露布、曰移、曰驳、曰喻、曰尺牍,史之用也。曰论、曰辨、曰说、曰解、曰难、曰议,史之实也。曰赞、曰颂、曰箴、曰哀、曰诔、曰悲,史之华也。虽然,《颂》即四诗之一,赞、箴、铭、哀、诔,皆其余音也,附之于文,吾有所未安,唯其沿也,姑从众。③

---

① 关于茅坤对碑志文体典范和源流的详细讨论,参见本书第八章。
② 《茅鹿门先生文集》卷八《复陈五岳方伯书》,《茅坤集》第2册,第357—358页。
③ 《艺苑卮言校注》卷一,第32—33页。

这里从史学的立场出发,将各种文体乃至六经都归纳入史的系统之中;前人或目为章实斋"六经皆史"说之先驱,意义固不可谓不大矣。但这里笔者希望提出另一个问题:王世贞为何要建构这一整套"天地间无非史而已"的论述?我们不可忘记,此说的背景,主要不是在学术史意义上处理"经""史"关系,而是在文章的视野中讨论"文体源流"。在弇州之前,"经学"的框架已被用来建立统一、严整之文体系统。《文心雕龙》《颜氏家训》中文章出于五经之说自是远源①。元人郝经在《续后汉书》之《文章总叙》中颇详细地将各种文体分派到《易》《书》《诗》和《春秋》之下;正德嘉靖间人黄佐亦编有总集《六艺流别》,按"诗艺""书艺""礼艺""乐艺""春秋艺""易艺"之门类收录先秦至魏晋之诗文作品。② 与之相比,《艺苑卮言》以"史"为纲目序论各种文体,自然颇为独特,在这个体系中,一切文章,包括儒家传统中文章的最高典范六经,莫不皆是"史"。换言之,王世贞的"六经皆史",实际上是从"文章皆史"的大前提加上"六经为文"的小前提而推演出来。在这一段文体流别论之后,紧接对文章"理""辞"关系的折辩,以为"孟、荀以前作者,理苞塞不喻,假而达之辞;后之为文者,辞不胜,跳而匿诸理"③。盖弇州立论之因由,正在乎是。考《弇州四部稿》卷五十七《赠李于鳞》一序,正可为《艺苑卮言》解诂:

  吴兴蔡某从西来,过于鳞而论文。某者,故二君子友也。其所持议与识亡以长于鳞,则谓:"吾李守文大小出司马氏,司马氏不六经隶人乎哉!士于文当根极道理,亡所蹈,奈何屈曲逐事变模写相役也?"吾笑不答。於乎! 古之为辞者,理苞塞不喻,假之辞,今之为辞者,辞不胜,跳而匿诸理。六经固理区薮也,已尽,不复措语矣。繇秦汉而下,二千年事之变,何可穷也? 代不乏司马氏,当令人举遗编而跃如,胡至今竟泯泯哉? 蔡子无称六经乃已,蔡子而称六经具在,又宁作录中语,喋喋而占占,繁

---

① 《文心雕龙》之《宗经》篇:"论、说、辞、序,则《易》统其首。诏、策、章、奏,则《书》发其源。赋、颂、歌、赞,则《诗》立其本。铭、诔、箴、祝,则《礼》总其端。纪、传、铭、檄,则《春秋》为根。"《文心雕龙义证》卷一,第78—79页。《颜氏家训》卷上《文章》:"夫文章者原出五经。诏、命、策、檄,生于书者也,序、述、论、议,生于《易》者也。歌、咏、赋、颂,生于《诗》者也。祭祀、哀诔,生于礼者也。书、奏、箴、铭,生于《春秋》者也。"《颜氏家训集解》,第237页。

② 《续后汉书》卷六十六上上,叶1a—23a,《宜稼堂丛书》本。《六艺流别》,根据卷首黄在素序,此书系其父黄佐"讲学于粤洲草堂"时,命其弟子黎惟敬、梁公实等"博采群书,会稽成编",成书于"辛卯"即嘉靖十年(1531),至嘉靖四十一年(1562)乃由欧彦桢校勘付梓。关于此书,可参吴承学《中国古代文体学研究》下编第九章《黄佐的〈六艺流别〉与"文本于经"的思想》,人民出版社2011年版。此文原载《华学》第9—10合辑,上海古籍出版社2008年版。

③ 《艺苑卮言校注》卷一,第37页。

固奚当也？世之文行者曰碑、志、序、记、论、辩，固皆史变体也。冒其名，不曙所繇，苦而要之理，亦冤矣。①

　　两相对照，此序其或《艺苑卮言》论文体一段之粉本欤？得此可明乎弇州设论之背景矣。序中"蔡某"系王慎中、唐顺之友人，以六经凌驾司马氏，由此批评宗法史迁不如上溯六经，主张为文"根极道理"，与唐宋派文家颇为同调。王世贞对此的辩驳，一方面谓蔡氏主理之文，实践上是效法语录而非真正继承六经，另一方面，又提出"碑、志、序、记、论、辩"这些文体，"皆史变体"，将整个"文统"变成一个"史家文"的传统，由此，取法《左》《国》《史》《汉》，自然就是文章家不能不尊奉的圭臬。《赠李于鳞序》举"碑、志"接连而及"序、记、论、辩"，虽然未若《艺苑卮言》分"史之正文""史之变文""史之用""史之实""史之华"五类之细密完整，但大意已具矣。与茅坤区分碑、志和书、记、序、辩，特谓后者乃韩愈"达摩西来"、自开门户不同，王世贞既以叙（序）、记为"史之变文"，书疏、尺牍为"史之用"，论、辨（辩）、说、解为"史之实"，则这些文体自然都要归宗到"史书"而不是韩愈。而在《艺苑卮言》的论述中，既然"六经皆史"，则六经亦是以史家而非古文家为嫡子了。

第二节　从"类选"到"类纂"：《古文辞类纂》分类系统的形成

　　对唐宋古文体类风格的分辨，自宋代以降即绵延不绝，至明代亦成为不同派别古文家借以建构或是解构唐宋文统的一个重要问题。同时，古文之辨体，更与明代诗学、赋学中盛行的辨体批评应若桴鼓。不过，基于审美分析的"辨体"，本身仍从属于"作家"这个大框架，以茅坤的《唐宋八大家文钞》为例，其中对韩、柳、欧、苏各自擅场的分析，仍然是以"人"为核心而非"文类"为核心；反映到选本的编排方式，《文钞》主干的结构仍然是"八大家"，各家之下虽有分体，亦未追求一个统一、齐整的文体分类系统。清代前中期继承茅氏《文钞》而来的"唐宋八大家"选本琳琅纷呈，流风甚远；这些选本或本茅氏《文钞》而再加精选，或因八家而另作择别，情况各不相同。如吕留良之《晚村先生八家古文精选》、张伯行之《唐宋八大家文钞》、沈德潜之《唐宋八

---

① 《赠李于鳞序》，《弇州四部稿》卷五十七，第1586页。关于"二君子"的所指，本书采用李维桢《重锲凤洲王先生文抄注释》之说（万历刻本，卷一，叶37b）。

家文读本》,皆其著者也。① 标榜"八家"之选本,大体上自然是以"作家"为其编纂的基本方式。不过,值得注意的是,在清初亦出现了以"文体"排纂的"唐宋八家"古文选本,其最著者,当推储欣之《唐宋八大家类选》。

储欣字同人,江苏宜兴人,于清初以其时文与古文之学颇得声称于世②,梁章钜《退庵随笔》曾将储欣所编的《唐宋十大家全集录》与茅坤的《唐宋八大家文钞》并列为乾隆官修《唐宋文醇》之蓝本③,其影响可见一斑。事实上,储欣于唐宋古文用力甚深,在《唐宋十大家全集录》之外,更曾屡操选政,编为读本。《唐宋八大家类选》乃是其中较早的一本,据此书引言自署"康熙己卯孟冬画溪储欣题于在陆草堂",可知成书于康熙三十八年己卯(1699)。④ 此后康熙四十二年(1703)又有《唐宋八家》,以"昌黎全集录""柳州全集录"等为次选辑韩愈、柳宗元、欧阳修、苏洵、苏轼、苏辙、曾巩、王安石之文;虽仅八人,然已见"全集录"之名目,是为两年后增选李翱、孙樵两家而成的《唐宋十大家全集录》导夫先路也。⑤ 据储氏自言:

> 经义以阐圣贤之微言,诸大家之文以佐学者之经义。所以之书〔按:指茅坤《唐宋八大家文钞》〕一出,天下向风,历二百年,至于梨枣腐败,学者犹购读不已,有以也。〔……〕兹刻继之,其坏也,度亦必俟二百年,当是时,讵无有人焉,惜其坏而继之者?

于此储欣明白道出茅氏《文钞》之流行与科举时文之密切关系,又以茅坤之继承者自命,其大旨殆可知矣。通常情况下,重编本之撰者多少会对前人原本去取、体例之疏失指摘一二,以为其重修之举张目。有趣的是,储欣似乎并未强调茅本有何学理上的不足,反而多次举出"梨枣腐败"作为其重编八家文之因缘,隐隐透露出其书与坊间销售、市场需求之间的关联。在这三

---

① 关于唐宋八大家一系古文选本在明清的流行情况,学界已有一些研究,如钟志伟《明清"唐宋八大家"选本研究》(〔台北〕文津出版社2008年版),付琼《明人所辑唐宋八大家选本版本知见录》(《兰州学刊》2010年第1期)《清人所辑唐宋八大家选本版本知见录》(《兰州学刊》2010年第6期),对明清时期"唐宋八大家"古文选本的编纂、刊刻情况作了基本的清理、著录和论述。
② 关于储欣及其子弟的时文和古文之学,可参陈水云《清初宜兴派的八股文批评:以丰义储氏为讨论中心》,《中国文化研究所学报》第59期,2014年。
③ 《退庵随笔》卷十九,《续修四库全书》第1197册,第410页。参见本书第六章第二节对清代书院中古文选本阅读情况的讨论。
④ 《唐宋八大家类选》,香港中文大学图书馆藏乾隆癸巳(乾隆三十八年,1773)同文堂刊本。
⑤ 储欣《唐宋大家全集录总序》,篇末署"康熙四十四年岁次乙酉春王正月",见《唐宋十大家全集录》卷首,《四库全书存目丛书》集部第404—405册。按,此书《四库全书总目》著录题名曰"唐宋十大家全集录",《四库全书存目丛书》影印本亦沿袭此名。然据其书卷首序言、目录及各叶版心所镌,均称"唐宋大家全集录",无"十"字。

种选本之中,以文体排列的《唐宋八大家类选》成书最早,体例也最为特别,储氏之弟子吴振乾为此书作序,推演其"类选"之旨云:

> 奥若韩、峭若柳、宕逸若欧阳、醇厚若曾、峻洁若王,既已分流而别派矣。即如眉山苏氏,父子兄弟相师友,而明允之豪横、子瞻之畅达、子由之纡折,亦有人树一帜,各不相袭者〔……〕故曰八家不类也。然不类者文耳,其行文之体,究无不相类。故奏疏有奏疏之体,论著有论著之体,推而至于书状、序记、传志、辞章,蔑不然。譬如人身,耳目口鼻,陶冶而成于化工者,彼此判如也。①

吴序正好是从"作家"与"文体"两个方面来论述"类"的问题。前半段按作家概括韩、柳、欧、苏各家不同的文字风格,自然让人想起贝琼《唐宋六家文衡序》中按家数"辨体"的类似说法;而后半段转过来从"行文之体"的角度指出奏疏、论著、书状、序记、传志、辞章各有其体,可以按文体归类,正见作家与文体两种编纂方式之间的张力。最当措意者,乃是储欣此书为唐宋古文建立了一个六大门的框架,并有《唐宋八大家类选引言》一篇,叙列其旨。由于《唐宋八大家类选》非常见之本,其文体分划又对本章的核心论题关系甚大,故笔者不惮繁冗,将储氏之引言,移录如下:

> 奏疏第一。首奏疏,尊君也。数君子学问文章经济,予于奏疏微窥一斑,而韩、欧、苏文忠所以批鳞蹈坎、挫辱不惊,尽节致身于所事者,千载之下,读之凛凛有生气,未尝不想见其人。曰书,曰疏,曰札子,曰状,曰表,曰四六表,为类六。
>
> 论著第二。此诸君子所汲汲立言,以求为法天下而不朽乎后世者,列第二。或曰:策论,科举之文,可谓立言乎? 余曰:言以适用也。科举文如苏氏,譬则稻粱之于口,丝纩之于体,针艾方药之于疾,其不谓之适用欤? 苟适用,奚其朽? 曰原,曰论,曰议,曰辨,曰说,曰解,曰题,曰策,为类八。
>
> 书状第三。曰状,曰启,曰书,为类三。
>
> 序记第四。文或有意为之,或无意为之,或不得已督促黾勉而为之。书状、序记,在此三者间。要之,序如韩,记如柳,尽变极妍,神施鬼设,独步千古已。曰序,曰引,曰记,为类三。

---

① 《唐宋八大家类选》卷首,文末署"癸卯春正上元前一日门下后学吴振乾识"。

传志第五。子长、孟坚氏不作而史学颓,六朝俳俪,[记][词]芜记秽,规矩荡然。韩、欧、王天纵巨手,起衰绍绝,史学中兴。曰传,曰碑,曰志铭,曰墓表,为类五。

词章第六。有韵之文,古人所勒诸金石盘盂、几杖户牖者,大都词奥旨深,与《诗》《书》相表里。秦汉而后,足观者鲜矣。数公所撰,未尽与古人抗行,然有可采者,曰箴,曰铭,曰哀辞,曰祭文,曰赋,为类五。无韵祭文附内。○殿赋,讳所短也。柳仪曹之赋,善矣,然不以[以][一]概七也。四六表列其类之末,厥体卑也。卑而得列者,以诸公之为之,犹善乎尔。①

茅坤《唐宋八大家文钞》虽然在"作家"之下也是按文体编次,但于诸家之文体分类,各有异同,未作划一。储欣的《唐宋八大家类选》则不然,观其引言,俨然已有一个六大门、三十小类文体的严整文体系统。其类别归纳和门目名称,与姚鼐《古文辞类纂》颇为接近,收辞赋入"古文"选本的做法,也与姚氏相同。储编《唐宋八大家类选》,乃其晚年课孙之书,成书约在康熙三十八年(1699);刊刻行世,则已是其身后,由其门生及子弟哀集遗稿,以"古文选"之名梓行。较早刊行的有《史记选》和《西汉文选》。《史记选》选目以论赞、列传、表序为主,间亦选有本纪、世家之正文。《西汉文选》则是哀集《汉书》所载西京文章而成,其从孙储在文序云:

> 先生所定诸书,有全文以契古真,有约选以便初学,多散佚失次。门下士徐君公逊、吴君文岩、董君宗少,请于从叔五采,以《史》《汉》文二种先付开雕,取便初学也。②

此序末署"康熙后壬寅孟冬朔日受业从孙在文谨书",可知是康熙六十一年(1722);其中提到储欣之古文选本"有全文以契古真""有约选以便初学",很值得注意,因为此云"全文"与"约选"之别,正好可以解释储欣为何多次选辑唐宋八大家文,盖所谓"全集录",乃有意求全存真,而"类选"则是返约之道。参与《西汉文选》整理刊刻的吴振乾、徐永勋、董南纪在此书凡例中亦表明此旨:

---

① 《唐宋八大家类选》卷首,引言叶 2a。文中个别误字,据付琼《清代唐宋八大家散文选本考录》(第 128 页)引录雍正元年本《唐宋八大家类选例言》校改。
② 《史记选》,乾隆四十九年受祉堂刻本,北京大学图书馆藏。《西汉文选》卷首序,叶 2a,乾隆四十五年受祉堂刻本,北京大学图书馆藏。此本扉页又题作"西汉书文选"。

先生晚年课孙,自《左》《国》《史》《汉》,下逮唐宋诸家,皆有约选定本,而《八家类选》一书,尤便揣摩。因兹编卷帙稍省,故先谋付梓,以俟续刻,公诸同好。①

由此可知"约选定本"之意。《唐宋八大家类选》(以下或简称《类选》)卷首有吴振乾序,署"癸卯春正上元前一日门下后学吴振乾识",结合上引诸条材料,当可推定是雍正元年癸卯(1723),此或即《类选》之初次刊行。而根据付琼的研究,今可见之《类选》刻本有乾隆十年(1745)受祉堂刻本、乾隆三十八年同文堂刻本、乾隆四十五年武林三余堂刻本、乾隆四十九年金阊书业堂刻本、乾隆五十年二南堂刻本等等,可见其在当时的流行情况。② 因此,储编《类选》对姚氏《类纂》有无影响,自然成为研究者好奇的问题。褚斌杰先生在《中国古代文体概论》中已有这种怀疑,提出《类选》分门别类之法可以克服"过于杂碎"之弊,"对后起者有所启发";在讨论《类纂》之时,亦将其分类体系与储欣作比较,认为姚《纂》对储《选》"文体归属上的缺点","多所更正"。③ 倘比勘二书之分类④,如储之"奏疏""论著""书状"大体可以对应姚之"奏议""论辨""书说",储之"序记"在姚分为"赠序""序跋""杂记",储之"传志"在姚则分为"传状""碑志",不难看出其间的相似性。不过,除此而外,目前还没有更多直接的证据表明姚鼐《类纂》的文体分类,一定是参酌储欣《类选》的分类方式而成。

《古文辞类纂》之编选,据姚氏自序,乃是乾隆四十二年至扬州,"少年或从问古文法",于是"以所闻习者","编次论说",遂成此书。⑤ 考其时日,正是姚氏掌教梅花书院之际;而序文末尾署"乾隆四十四年秋七月",则当是序目初成之时。事实上,此时《类纂》并未刊行,只是在其弟子和友人间传抄,

---

① 《西汉文选》卷首《西汉文例言》,叶1b。此文末署"壬寅冬日后学吴振乾、徐永勋、董南纪谨识",即康熙六十一年。
② 付琼《清人所辑唐宋八大家选本版本知见录》,《兰州学刊》2010年第6期。
③ 《中国古代文体概论(增订本)》绪论第二节《中国古代文体的分类与文体论》,第32—33页,北京大学出版社1990年版。
④ 《类选》与《类纂》对"类"这一术语的使用存在差异。储书分六"门"三十"类",其"类"大抵还是随立名的细碎分类,其六大"门"才是有所归纳、提挈的文体分类,循名以责实,储欣之六"门"在层次上可以和姚鼐的十三"类"构成对照。需要指出的是,储欣自己的表述,只是将三十小类称为"类",更上一层并未使用"门"的说法。为了论述方便,本书沿用褚斌杰《中国古代文体概论(增订本)》的术语,以"门"称之。以"门"指称"类"的上一级,当有取于曾国藩《经史百家杂钞》分"著述""告语""记载"三门,下再分十一类的做法。
⑤ 《古文辞类纂》卷首,《续修四库全书》第1609册,第311页。

此后姚鼐在敬敷、钟山等地讲学，"应时更定，没而后已"①，一直在不断修改。乾隆四十五年，姚鼐致弟子孔广森书云："鼐纂录古人文字七十余卷，曰《古文辞类纂》，似于文章一事，有所发明，恨未有力即与刊刻，以遗学者。"②此言"七十余卷"，与今所见康、吴两种刊本卷数相合③，可见当时《类纂》大体已成，但还无力刊刻。而乾隆五十五年六月，姬传在写给弟子陈用光的书信中，自言"鼐左臂尚未全愈，钞辞赋尚未得"④，不久后又一书云"鼐臂痛已愈，但筋硬，尚不能自扪其顶耳"，"词赋已钞得西汉以前，且付来足"⑤，则当是姚氏于病中抄写《类纂》，并随时将完成的部分寄给陈用光。至嘉庆二年，姬传又尝有刊刻之议，在给陈用光的信中提到《类纂》在"方观察世兄"处抄写"伊明年必携入都，都中如有能共刻之者固佳矣，不则要齐五六家，于南京刻亦可，须方世兄总其成耳"。⑥不过其事最终亦未得成功⑦，嘉庆十五年，姚鼐对友人周希甫提及此书，犹云：

> 鼐于文章之事，何敢当作者之目？但平生所闻于长者，差异于俗学。所编《古文辞类纂》，陈石士处有钞本，恐一时未便刊刻。若希甫就钞一部，带回湖湘，未必无益于学者耳。⑧

---

① 管同代吴启昌作《重刻古文辞类纂序》，见《因寄轩文二集》卷二，《清代诗文集汇编》第 532 册，第 339 页。

② 《与孔㧑约》，《惜抱先生尺牍》卷四，叶 1b。

③ 《古文辞类纂》主要有两个刊本系统，一是嘉庆二十五年康绍镛刻本，七十四卷；二是道光二十五年吴启昌刻本，七十五卷。吴本析康本卷二十二为两卷，故卷帙增之。两本另一差别是康本题作"古文辞类纂"而吴本题作"古文辞类纂"。清人称述此书，或"纂"或"纂"，亦不划一。萧穆《校刊古文辞类纂序》云："道光以来，外省重刊，大抵据康氏之本，而吴氏本仅同治间楚南杨氏校刊家塾，不甚行世。而外间学者虽多读此书，容有未知康刊为先生中年订本，吴刊为先生晚年定本；又未知先生命名《古文辞类纂》，'纂'字本《汉书·艺文志》。康氏不明'纂'字所由来，误刊为《古文辞类纂》。至今《古文辞类纂》之名大著，鲜有知为'纂'字本义者已。"（《敬孚类稿》卷二，《清代诗文集汇编》第 729 册，第 602 页）按《汉书·艺文志》云："《书》之所起远矣，至孔子纂焉。"可知萧穆此说，乃是以孔子编撰《尚书》比拟姚鼐编撰《古文辞类纂》，极尊其体也。姚鼐弟子陈用光编订之《惜抱先生尺牍》中，提及此书皆作"古文辞类纂"，当有所本。又考姚鼐嘉庆五年致其弟子陈用光尺牍（"新年想侍奉增祉"）手稿中提到《古文辞类纂》且以抄者寄去，字正作"纂"，可证姚鼐本人的用字习惯。（见卢坡、黄汉整理《姚鼐师友门人往还信札汇编》收录姚鼐手札照片，第 388 页，凤凰出版社 2022 年版）因此，本书行文据姚鼐本意，皆作"古文辞类纂"，至若引用前人之语，则一本其旧，不作更改。关于《古文辞类纂》的刊本系统，参见周远政《〈古文辞类纂〉版本述略》，《古典文学知识》2003 年第 5 期。

④ 《与陈硕士》，《惜抱先生尺牍》卷五，叶 9a。信末自署"六月廿一日"。

⑤ 同上。按姚鼐书中，时作"辞赋"，时作"词赋"。

⑥ 《与陈硕士》，《惜抱先生尺牍》卷五，叶 18b。"方观察"或当是方坳堂。

⑦ 嘉庆四年，姚鼐又告诉陈用光《古文辞类纂》且以钞者寄去，尚有未毕之本也"。《与陈硕士》，《惜抱先生尺牍》卷五，叶 25a。

⑧ 《与周希甫》，《惜抱先生尺牍》卷四，叶 9a—9b。

是知《类纂》未经刊刻、钞本流传的情形。而这种不断修改、不断调整、不断在师友间抄录流传的状态,正好构成了姚鼐以此选本传授古文之学的途径。正缘乎此,姚鼐才可以在其书院教学生涯中,"凡语弟子,未尝不以此书;非有疾病,未尝不订此书"①。前引姚氏在乾隆末年至嘉庆初年与陈用光信札中,反复提到其抄写《类纂》,亦可见其用力之勤。而姚椿《〈古文辞类纂〉书后》称当时"始惜翁为此书成,门弟子多写其目,或录副去"②,可知此书以一种旋抄旋改的方式流传于一个相对有限的师友圈子,直到姚鼐去世五年之后,《古文辞类纂》方才在广东刊行。换言之,《类纂》从编纂、传抄到第一次刊刻行世,经历了一段较长的过程,其时约在乾隆四十二年至嘉庆二十五年(1777—1820)年间,其中累有修订,但其书之大体,则在乾隆四十五年以前已经完成。

从时间上看,姚鼐《类纂》之成书,在储欣《类选》成书八十年后;然据此断言二者之间存在因承关系,显系武断。不过,乾隆年间另一种唐宋八家古文选本,却理当对姚鼐有所影响。萧穆《敬孚类稿》卷二有《刘海峰先生〈唐宋八家文选〉序》一文,记述其所见之刘大櫆选本《唐宋八家文选》。盖此本系桐城吴孙织据刘氏族子所藏海峰稿本借临,后归左某,萧穆于咸丰四年(1854)之秋,始于左家得见,"因乞借观"并过录其批点:

> 留数月后,乃购茅氏本,临批补读,盖先生当日选本,亦就茅氏钞本择别,又茅氏所未钞者更有增录,而于茅氏本评跋有可采者,亦节取之。又谓八家之外无文,而于韩门附李翱六首,苏门附晁补之二首;八家之后,惟明归太仆有光,才力虽不逮古人,而稍得古人行文之意,附录三十三首,合之八家,得五百余首。体类分八:曰议论,曰奏疏,曰书,曰序,曰记,曰碑志,曰祭文,曰杂次。而于前人精神不到、间有一二败句,则钩乙其旁,以为后学择取,仍以唐宋八家文选名者,其意盖谓李、归三家,实八家之流亚,但附其文,尚未足与八家争衡也。③

根据萧穆的观察,刘大櫆的这一选本,亦是以茅坤《唐宋八大家文钞》为基础再为"择别"。因此在序文一开篇就梳理朱右、茅坤编纂八大家文的历史,认为自茅《钞》选辑,"后世遂为定论","言古文者必曰唐宋八家"。此后

---

① 康绍镛《〈古文辞类纂〉后序》,康刻本《古文辞类纂》卷首,《续修四库全书》第1609册,第320页。
② 姚椿《晚学斋文集》卷三《〈古文辞类纂〉书后》,《清代诗文集汇编》第522册,第409页。
③ 《敬孚类稿》卷二,《清代诗文集汇编》第729册,第600页。

古文选本层出不穷,但入清以后,可以"为后学之所宗仰"者,唯有《古文约选》和《唐宋文醇》,《古文约选》"实出吾邑方侍郎之手","继侍郎而起者,则莫如刘海峰先生《唐宋八家文选》"。在此,萧穆实际上是站在桐城派文统的立场上,来叙述清代古文选本的谱系,因此特别抽绎出一条自方苞到刘大櫆的线索,然后又将此线索接上姚鼐的《类纂》:

> 后又得见姚惜抱先生《古文辞类纂》,上自周秦,以至国朝,但取吾邑方侍郎及先生以继震川、八家之后。盖先生古文之法,受之方而授之姚,三先生所造之境不同,所选之本皆卓卓传世行远,而侍郎之文主义法,《约选》之本最为严谨;先生论文主品藻,所选之本广大宽博、评定精审;惜抱先生尤以识胜,其《古文辞类纂》所录八家之文,大约皆未甚出先生之范围也。①

萧穆特别提到《类纂》在唐宋八大家部分"大约皆未甚出先生之范围",当非闲笔,正要于此从古文"选本"的角度强化桐城文统。除此之外,刘大櫆《唐宋八家文选》旁及李翱、晁补之两位唐宋古文家,以及明代的古文大家归有光,此一做法亦为《类纂》继承;今观《类纂》收入李翱《复性书》(论辨类)、《来南录》(杂记类)、《行己箴》(箴铭类)、《祭韩侍郎文》(哀祭类),晁补之《新城游北山记》(杂记类)以及归有光的《汉口志序》(序跋类)、《周弦斋寿序》(赠序类)、《归氏二孝子传》(传状类)、《寒花葬志》(碑志类)、《项脊轩记》(杂记类)等文章,虽然未能得刘氏选本比对其篇目异同,但大致的思路,则可谓传承有自。最为重要者,在于萧穆记录下了刘大櫆编辑唐宋八家古文时对"体类"的分划,明确提到海峰有"体类分八"的设计,其细目则是议论、奏疏、书、序、记、碑志、祭文、杂文八种。如果"体类"一词系刘海峰原本的用语,则姚鼐《古文辞类纂序目》中所云"凡义之体类十三",其设语固渊源有自矣。② 从"体类分八"的记述,可知刘大櫆此选本,对唐宋八家以及李翱、晁补之、归有光的古文,已经有了一套完备的

---

① 《敬孚类稿》卷二,《清代诗文集汇编》第729册,第600页。
② 当然,也不排除"体类"一语非刘海峰原文,乃是萧穆受姚鼐《类纂》影响而使用此术语。刘氏原书未见,姑且存疑。同时,理论上讲,萧穆所见刘大櫆《唐宋八家文选》,有可能是按这八个体类编排,也有可能是先按作家编排,各家之下再按八种体类细分。李兰芳《刘大櫆十卷本〈唐宋八家古文约选〉考论》(《古籍研究》2021年下辑)即主张,萧穆所见本"极有可能沿袭了茅《钞》先分家后分体的体例"(李文承北京师范大学李小龙教授惠示参考,谨此致谢)。不过,即便如此,刘大櫆相比于茅坤《唐宋八大家文钞》较为参差的文类系统,已经具有了一个统一、整饬的八体分类,仍然是十分重要的一个发展,很值得注意。

"文体"分类设计,不妨将刘氏之系统与储欣、姚鼐相为比次,以见其异同(见表6):

表6　储、刘、姚三家古文分类系统比较①

储欣《唐宋八大家类选》	刘大櫆《唐宋八家文选》	姚鼐《古文辞类纂》
—	—	[6]诏令类
[1]奏疏	[2]奏疏	[3]奏议类
[2]论著	[1]议论	[1]论辨类
[3]书状	[3]书	[4]书说类
[4]序记	[4]序	[5]赠序类
		[2]序跋类
	[5]记	[9]杂记类
[5]传志	[6]碑志	[7]传状类
		[8]碑志类
[6]词章	[8]杂文	[10]箴铭类
		[11]赞颂类
	—	[12]辞赋类
	[7]祭文	[13]哀祭类

三者相参,刘氏之八类,与储氏之六类十分接近;即使我们不必指实刘大櫆乃是参酌储选而定其分类,换一个角度,至少也可以说这种分类框架是颇能适应唐宋八大家古文作品之实情的,故而两种选本出现了"不约而同"的选择。从储氏到刘氏的一些变化,则不妨视为中间阶段:比如储氏之"序记",至刘氏分为序、记两类,姚鼐则更具慧眼,从序中分出"赠序"一类;储氏以"奏疏"居"论著"之前,刘氏则先"议论"而后"奏疏",正是姚鼐首"论辨"次"奏议"之先声。海峰《唐宋八家文选》之成书,据萧穆所言,亦在其晚岁:

> 先生此本,自少至老,稿凡数易,行年八十,乃有定本,寝疾之时,犹皇皇厘定评录,以书与歙县门人吴定,冀其渡江商校,俟吴渡江来枞阳,而先生已卒。[……]此书邑中副本无多,乾嘉之间,有力者校刻前人遗书,而外间未见,故未能知而访求也。②

---

① 表中序号表示各类别在书中的次序。
② 《敬孚类稿》卷二,《清代诗文集汇编》第729册,第599页。

萧氏既获见此选之钞本,且留之数月,仔细"临批补读",则其所言海峰八旬乃定此书,必有征也。而姚惜抱自序《类纂》之语,正可取以并观:

> 鼐少闻古文法于伯父姜坞先生及同乡刘才甫先生,少究其义,未之深学也。其后游宦数十年,益不得暇,独以幼所闻者,置之胸臆而已。乾隆四十年以疾请归,伯父前卒,不得见矣,刘先生年八十,犹善谈说,见则必论古文。①

此是惜抱对《类纂》撰作因由及其"古文法"授受所自的"夫子自道",是讨论《类纂》知识与学术渊源的核心文献,不可轻易放过。其中提到姚鼐少年学习古文,所师从者,一为伯父姚范,一为刘大櫆;而至乾隆四十年去官还乡,与刘海峰讲论古文,正是海峰年届八十之际,其后二年应"扬州少年"之请而撰《类纂》以明其古文之法,而海峰之卒,正在《古文辞类纂序目》写定的乾隆四十四年。由此,姚鼐编写《类纂》之时,接闻海峰谈文之绪论,殆无疑也;《古文辞类纂序目》特别叙述惜抱与海峰相见谈说古文之事,也正是要表出这一段因缘。借此推论刘氏《唐宋八家文选》,尤其是其中文体分类之思路,对《类纂》之编辑深具影响,虽不中亦不远也。

如果把茅坤的《唐宋八大家文钞》到储欣《唐宋八大家类选》再到刘大櫆《唐宋八家文选》看作一个序列,则不难看到对"文体"的关注如何在唐宋古文传统中获得日益重要的位置。刘大櫆辨析文体,用意何在,今未见其原书,不能考知其详,但从一些旁证,则可以推测其用心。在此本文选之外,海峰还有另一种《唐宋八家文百篇》,编选于乾隆四十年,其自为序目云:

> 予谓论则韩、苏,书则韩、柳,序则韩、欧、曾,碑志韩、欧、王,记则八家皆能之,而以韩、柳、欧为最,祭文则韩、王,而欧次之。
> 三苏之所长者一,曰论;曾之所长者一,曰序;柳之所长者二,曰书、曰记;王之所长者二,曰志、曰祭文;欧之所长者三,曰序、曰记、曰志铭;韩则皆在所长。②

此是以"作者"和"文体"相为经纬,合以论唐宋八家之古文。前一段是从文体的角度立论,分"论""书""序""碑志""记""祭文"六类,对照《唐宋八

---

① 《古文辞类纂》卷首,《续修四库全书》第1609册(影印康兆镛刻本),第311页。
② 《唐宋八家文百篇》,道光徐丰玉刻本,转引自付琼《清代唐宋八大家散文选本考录》,第312—317页。

家文选》的"体类分八",其归类基本相同,唯少奏疏、杂文两类耳。后一段又反过来回到作者的本位,指出八大家各自擅长的文体,其思路其实还是继承茅坤而来。只不过相对于茅坤以碑志属欧、序记书属韩、论策属苏的说法,刘大櫆的分划更细,"文体"的因素也更突出。又观储欣《类选》引言中"科举文如苏氏,譬则稻粱之于口","序如韩,记如柳,尽变极妍,神施鬼设,独步千古已",碑志"韩、欧、王天纵巨手"等语,也正是同一机杼也。在这一条脉络中,"文体"之分辨,其出发点还是为了品评各家文字的高下,换言之,乃是以"工拙"为矢的而发展出了一套"体制"的论述。这一从审美的角度出发,关注文之美恶的路向,乃是《类纂》文体论述之重要来源,我们不妨将其概括为一个"技巧"的传统。对文章的审美特点品之愈细、析之愈精,故不满足于笼统地评骘作家之高下,更引入"文体"的因素,分体论其胜场,此亦自然之理也。不过,我们似乎还可以追问:为何唐宋古文传统中一直潜在的"辨体"思想,至清初乃蔚为大国,特别到《类纂》,更称为其全书结构的基本框架?仅从"技巧"传统的踵事增华一个方面解释,似乎仍嫌单薄。实际上,在这个唐宋古文的"技巧"传统之外,《类纂》还有另一方面的渊源,即明代中期以来文体辨析的"知识"传统。引入这一传统,可以使我们对《类纂》的知识背景得到更全面的认识,亦可对《类纂》如何有意改造其所自出的"文章"之学,获得更为体贴的了解。

第三节 体类源流:"辨体"的知识传统

宋元以降之古文工夫论,主要是以"作家"为核心建构的学习次第。不过其中也可以纳入有关文章体类的知识。《程氏家塾读书分年日程》的"学文之法",在韩、欧、曾、王、柳、苏等"大家"之后,也介绍了"史笔""策""经问""经义""古赋""古体制诰章表""四六章表"等各体文字的应读书目,不过显然是将各类文体的学习置于第二位,而前面以韩愈文为代表的"大家"才是建立"作文骨子"的首要工夫。① 元人陈绎曾对文章写作技巧的习学有详细的论述,见于《文筌·古文谱》《文说》等著作以及《学范》"读集"部分所引的"陈氏"之说。② 各处记述虽略有参差,但大体上是以文章结构、立意、语言等技法为主,也融入了对文体的说明(见表7):

---

① 《程氏家塾读书分年日程》卷二,叶9a—16b。
② 《文筌》,《续修四库全书》第1713册,第413—451页。《文说》,《历代文话》第2册,第1338—1347页。《学范》,《四库全书存目丛书》子部第121册,第323页。

表 7　陈绎曾之学文工夫体系

《文筌·古文谱》	养气法	识题法	式	制	体	—	—	格	律
《文说》	养气法	抱题法	明体法	分间法	立意法	用事法	造语法	下字法	
《学范·读集》引陈氏	—	—	观体制	分间架	看发意	—	观造语		

《学范》"读集"就阅读而言，故缺少"养气""抱题"一类的工夫；而所谓其中"观体制"一目，应当就是指文章体类方面的内容。《文说》所载"明体法"，乃是分论颂、乐、赞、箴、铭、碑、碣、表、传、行状、纪、序、论、说、辨、议、书、奏、诏、制诏凡二十种文体的风格特点，如云"颂宜典雅和粹""铭宜深长切实""说宜平易明白""传宜质实而随所传之人变化"等等。① 《文筌·古文谱》所谓"体"，也有文章体类、家法典范两重含义。②

表 8　《文筌·古文谱》之式、制、体

式	叙事	叙事、记事
	议论	议、论、辩、说、解、传、疏、笺、讲、戒、喻
	辞令	礼辞、使辞、正辞、婉辞、权辞
制	体段	起、承、铺、叙、过、结
	体式	叙事、记事、议论、辞令
	体制	作文活法：引、入、粘、送、影、转、折、开、合、收、纵等一百字
体	文体	叙事	叙、传、录、碑、述、表、谱、记、纪、志、誌、碣、状、注
		议论	议、说、辩、赞、铭、约、喻、跋、弹、状、书、连珠、笺、论、解、义、箴、戒、规、题、奏、表、札、对、原
		辞令	诏、诰、册、榜、教、誓、启、简、檄、露布、祝、盟
	家法	经	《易》《书》《诗》《春秋》《礼记》《论语》《孟子》
		史	《国语》《国策》《史记》《西汉》
		子书	《山海经》《周髀》《九章》《素问》《考工记》《筦子》《老子》《列子》《庄子》《荀子》《穰苴》《吴起》《孙子》《韩非》《吕览》《贾子》《淮南子》《新序》《说苑》《扬子》《世说》
		总集	《文选》《古文苑》《文粹》《文鉴》
		别集	韩文、柳文、宣公文、欧文、荆公文、三苏文、曾文

---

① 《文说》，《历代文话》第 2 册，第 1340—1341 页。
② 《文筌》，《续修四库全书》第 1713 册，第 413—451 页。

由表8可见,《文筌》所构筑的文章学习方法之中,已经融入了不少文章体类方面的知识,尤可注意者,《文筌》所谓"家法",即相当于程端礼所云"家数"。"家法"与"文体"的对立,正是"工拙"与"体制"之紧张。《文筌》的"文体"部分,各体皆分三目:(一)变,通"辨",考辨文体功用,加以定义说明。(二)原,指出该文体之起源。(三)流,例举后代重要典范作品。例如表9所示:

表9 《文筌·古文谱·文体》之变、源、流

类别	文体	变	源	流
叙事	记	记其事理,必具始末	事记,物记,杂记	柳
	誌	记载行实	圹誌:《郭有道碑》 墓誌:《曹娥碑》	韩
议论	辩	辨析事理	《孟子》《庄子》	荆公
	论	穷理之论	《荀子》,吕不韦	苏
辞令	诰	命官之辞,内制、外制	《舜典》《微子》《毕命》《冏命》《蔡仲》《君陈》	宣公,苏
	启	陈事上官	《左传》	《文选》

其中"变"的部分,乃是对各种文体"释名以章义",总结相关的知识;"源"和"流"则有"选文定篇"之意(虽于唐宋古文仅列大家,而未完全举出篇章)。至明代,类选古文,并以此梳理文体源流、辨别各体风貌之选本,渐趋成熟。如明初庆王朱㮵(凝真子)组织其门客所编的《文章类选》,刊刻于洪武三十一年(1398),乃是"将昔人所集《文选》《文粹》《文鉴》《文苑英华》《翰墨全书》《事文类聚》诸书所载之文,类而选之",分赋、记、序、传、骚、辞、文、说、论、辩、议、谥议、书、颂、赞、铭、箴、解、原、论谏、封事、疏、策、檄文、状、诏、制、口宣、符命、册文、赦、奏、教、表、笺、启、碑、行状、神道碑、墓志、墓表、诔、哀册、谥册、祭文、哀辞、弹事、札、序事、判、问对、规、言语、曲操、乐章、露布、题跋、杂著凡五十八体,"厘为四十卷",其目的在于将古今文章"每体择取数篇","以为法程,以便观览"。① 更引人注意的是一系列专以"辨体"为宗旨之选本的出现,其最著者,当推吴讷之《文章辨体》与徐师曾之《文体明辨》。《文章辨体》之初刊,当在天顺八年(1464),时任南畿巡抚刘显孜由吴氏子弟访得其书,

---

① 朱㮵《文章类选序》,《文章类选》卷首,《四库全书存目丛书》集部第290册(影印明初刻本),第159—160页。

校正付刻。① 吴讷有《凡例》自述其旨云：

> 文辞以体制为先。古文类集，今行世者惟梁《昭明文选》六十卷、姚铉《唐文粹》一百卷、东莱《宋文鉴》一百五十卷、西山《前后文章正宗》四十四卷、苏伯修《元文类》七十卷为备。然《文粹》《文鉴》《文类》惟载一代之作，《文选》编次无序[……]独《文章正宗》义例精密，其类目有四，曰辞命，曰议论，曰叙事，曰诗赋，古今文辞，固无出此四类之外者，然每类之中，众体并出，欲识体制，卒难寻考。故今所编，始于古歌谣辞，终于祭文，每体自为一类，各以时世为先后，共为五十卷。仍宋先儒成说，足以鄙意，著为序题，录于每类之首，庶几少见制作之意云。②

吴讷梳理"文章辨体"的学术渊源，尤其推崇的是真德秀的《文章正宗》，谓"义例精密"，但在辞命、议论、叙事、诗赋四大类之下，分辨就不够细致，故吴氏进而析论，立为古歌谣辞、古赋、乐府、古诗、谕告、玺书、批答、诏、册、制、诰、制策、表、露布、论谏、奏疏、议、弹文、檄、书、记、序、论、说、解、辨、原、戒、题跋、杂著、箴、铭、颂、赞、七体、问对、传、行状、谥法、谥议、碑、墓碑、墓碣、墓表、墓志、墓记、埋铭、诔辞、哀辞、祭文等五十体，更加邃密。吴讷指出《文章正宗》"每类之中，众体并出"，乃是对其体类划分，他并不满意。除了分"体"不够细致，《文章正宗》还可能将同一"体"的文章归入不同"类"。如韩愈之赠序，《正宗》将《送文畅序》《赠崔复州序》《送董邵南序》等入议论类，而《送李愿归盘谷序》《赠张童子序》等入叙事类，而这些文章在《文章辨体》皆在"序"类，《古文辞类纂》更是单独立"赠序"一类，比照之下，即可见其眼光之不同。

更可言者，《文章正宗》的分类体系实包含有时代、功能、内容等多重考虑。如"辞命"类下分三个部分（见表10），"议论"类下分十个部分（见表11）：③

---

① 彭时《文章辨体序》，《文章辨体》卷首，《续修四库全书》第1602册（影印天顺八年刻本），第143页。按"南畿"即南直隶。
② 吴讷《文章辨体凡例》，《文章辨体》卷首，《续修四库全书》第1602册，第145页。按"仍宋先儒成说"一句，"宋先儒"可能是"宋元儒"或"先儒"之讹。盖吴氏序题所引前人旧说，颇涉元代著述，如"古赋"类大段引用祝尧《古赋辨体》，"题跋"类引用潘昂霄《金石例》，等等；故称"宋元儒"，或统云"先儒"皆可通，若云"宋先儒"，则似扞格。
③ 《文章正宗》在每一部分最后一篇文章末尾附有一条小结，如"右周天子告谕诸侯之辞凡六事""右两汉诏册凡一百六十二首""右春秋诸臣论谏之辞三十三事（告君）""右先汉以后诸臣论谏之辞凡一百二事（汉九十七，三国一，唐四，附注者不与）"等等。小类之统计均据此。《文章正宗》，元至正元年高仲文刻明修本（国家图书馆藏，善本号09894）。其中"议论七"的小结，此本原缺，根据国家图书馆藏明初刻本（善本号02695）及天津图书馆藏正德十五年刻本后补刻本补。

表 10 《文章正宗》辞命类之小类划分

大类	卷次	小类
辞命	辞命一（卷一）	周天子告谕诸侯之辞
	辞命二（卷一）	春秋列国往来应对之辞
	辞命三（卷二、三）	两汉诏册

表 11 《文章正宗》议论类之小类划分

大类	卷次	小类
议论	议论一（卷四）	有周诸臣论谏之辞（告王）
	议论二（卷四、五）	春秋诸臣论谏之辞（告君）
	议论三（卷五）	春秋诸臣论谏之辞（告执政）
	议论四（卷五、六）	春秋诸贤论说之辞
	议论五（卷六）	战国策士谈说之辞
	议论六（卷七、八、九、十、十一）	先汉以后诸臣论谏之辞
	议论七（卷十一、十二）	〔先汉以后诸臣论说之辞〕
	议论八（卷十二、十三）	先汉以后儒者论说之辞（平居著述问对）
	议论九（卷十三、十四）	三传《史》《汉》褒贬之辞
	议论十（卷十四、十五）	先汉以后儒者书序之辞

不难看出，其次级小类的划分着眼点都不是文体，而是以时代先后为主要标准，再辅以作者身份、文章内容方面的考虑。① 更下一层级，《正宗》又按内容主题分类，如议论六"先汉以后诸臣论谏之辞"，其下复按"论征伐夷狄、受降附""论边备""论兵器""论刑罚""论救""论职官""举劾""论道术""论都邑""论陵庙""论封圣人后""论褒表师儒"等目细分；议论十"先汉以后儒者书序之辞"亦按"论理""论事""杂论"分三类，其标准都在内容而非形式。换言之，严格意义上，《文章正宗》的分类体系并不是一个纯粹而一以贯之的"文体"系统；《四库全书总目》谓《正宗》"别出谈理一派"，正可照应真德秀《文章正宗纲目》中"以明义理、切世用为主"之语，以内容分类，或许亦出于

---

① 在议论类，《文章正宗》以"三传《史》《汉》褒贬之辞"分出史书论赞，以"先汉以后儒者书序之辞"列出书、序诸体，但其用意，应该也是在内容而非文章"体制"的分辨。在"辞命"类的"两汉诏书"之中，又考虑了诏书、策书、玺书等不同文体的差异，但实际上的编次是"诏凡百二十首""封策凡四首""赐宗室玺书凡四首"，附录《敕傅相书》《复削县诏》凡二首、"问贤良策凡六首""赐夷狄书凡三首"；如《敕东平傅相书》不列于"诏"之中，而是附录《赐东平太后玺书》之后而厕于"玺书"之中，其考虑恐怕主要还是在文章的内容与功用，未严格按"文体"次序排列。

"明义理、切世用"的考虑。

《文选》以来在总集、别集编纂中惯用的"文体"秩序,主要是随文立名,较为琐碎。《文章正宗》另铸框架,其标准则不仅是外在、形式的"文",而且结合了文章之"质"。吴讷于"文体"之分划比较详细,乃是接受《文选》《唐文粹》《宋文鉴》以来的框架;所不同者,在于吴氏在各类文体之前"著为序题",以求"少见制作之意",也即反思和论述文体分类的内在依据,以及各类文体之发展源流。正是在这个意义上,吴讷"辨体"之论,可以说继承了真西山的传统。真氏《文章正宗纲目》于辞命、议论、叙事、诗赋各有一段解说,对四类文章的起源、演变和古今承续关系作出解说,其要旨在宗经明道,文体形制固非所重,如"议论"下云"按议论之文,初无定体","凡秉笔而书、缔思而作者皆是也,大抵以六经《语》《孟》为祖"①是也。其着意叙论者,乃是各"目"之中文章的古今源流。如"辞命"就从《周官》太祝所掌"六辞"(辞、命、诰、会、祷、诔)和内史掌管的"策命"、御史掌管的"赞书"说起,并考之《尚书》以见诸"王言"文体在上古的使用;接下来汉代的制、诏、册、玺书,"其名虽殊,要皆王言也"②。由此可知,对秦汉"辞命"内部的文体差异,真德秀也非常清楚,但他并不关心这些文体的细部差异,而是以"王言"统一观之,从总体上陈述其相承关系。又如"叙事"下云:

> 叙事起于古史官,其体有二:有纪一代之始终者,《书》之《尧典》《舜典》与《春秋》之经是也,后世本纪似之;有纪一事之始终者,《禹贡》《武成》《金縢》《顾命》是也,后世志、记之属似之。又有纪一人之始终者,则先秦盖未之有,而昉于汉司马氏,后之碑志、事状之属似之。③

真西山在此将叙事之文分成编年、纪事、纪人三类,分别从《尚书》《春秋》《史记》中追索其源头,便不仅仅是静止的"体类"分判,而是具有历史眼光的"源流"考索;他要说明的,不是具体某一种文体的形式特点、审美风格,而是在先秦一直到唐宋的历史纵深中,梳理"文章"的古今正变,将后代的志、记、碑志、事状等文体都置入其中,但这些不同文体具体的特征、源流如何,《文章正宗纲目》便未详细论说。《文章辨体》分类既细,考辨更详,其序题中对诸文体各有分说。如"记"一类云:

---

① 《文章正宗纲目》,《文章正宗》卷首,叶 2b。
② 同上书,叶 1b—2a。
③ 同上书,叶 3a—3b。

  《金石例》云:"记者,纪事之文也。"西山曰:"记以善叙事为主,《禹贡》《顾命》乃记之祖。后人作记,未免杂以议论。"后山亦曰:"退之作记,记其事耳;今之记乃论也。"窃尝考之,记之名始于《戴记·学记》等篇,记之文,《文选》弗载,后之作者,固以韩退之《画记》、柳子厚游山诸记为体之正。然观韩之《燕喜亭记》亦微载议论于中,至柳之记新堂、铁炉步,则议论之辞多矣。迨至欧苏,而后始专有以论议为记者。宜乎后山诸老以是为言也。大抵记者,盖所以备不忘,如记营建,当记月日之久近、工费之多少、主佐之姓名,叙事之后,略作议论以结之,此为正体。至若范文正公之记严祠,欧阳文忠公之记昼锦堂,苏东坡之记山房藏书,张文潜之记进学斋,晦翁之作婺源书阁记,虽专尚议论,然其言足以垂世而立教,弗害其为体之变也。①

  这一段序题论述"记"体之源流,与《文章正宗》有两处明显的不同,首先是从"名"的角度将"记"溯源到《礼记》,虽然未明确反驳真西山归宗《尚书》之说,但实际上其立足点已经大不相侔。其次,《文章辨体》以叙事为"记"体之正,固然是继承《文章正宗》而来,但其又以议论为"记"体之变,承认其合理性,实际上就解构了《文章正宗》以"叙事""议论"分目的框架,而独立"文体"的地位则更为突出。又如《文章正宗》里同归于辞命类"王言"之诸文体,《文章辨体》则析言其差别,其于"玺书"之序题云"夫制、诏、玺书,皆曰王言,然书之文,尤觉陈义委曲、命辞恳到者,盖书中能尽褒劝警饬之意也";《文章辨体》在"制"之序题中,首先与《文章正宗》一样引《周官》太祝"六辞"以为说,次复述汉唐以后之情况:

  汉承秦制,有曰策书,以封拜诸侯王公;有曰制书,用载制度之文;若其命官,则各赐印绶,而无命书也。迨乎唐世,王言之体曰制者,大赏罚、大除授用之;曰发敕者,授六品以下官用之,即所谓告身也。宋承唐制,其曰制者,以拜三公、三省等职,辞必四六,以便宣读于廷;诰则或用散文,以其直告某官也。②

  《文章正宗纲目》开宗明义"正宗云者,以后世文辞之多变,欲学者识其源流之正也",正是要以"正"为本,执简驭繁,对文体的发展有一通盘的把握。如果说《文章正宗》论述所重在"源",《文章辨体》则对"流"也有颇为详

---

① 《文章辨体》目录,《续修四库全书》第1602册,第165页。
② 同上书,第162页。此序题附于"制"之下,实际上是兼论制、诰两体。

细的解说。西山所选奏议,止于汉世,未及唐宋制诰之体,本不足异。不过,关于汉代"策书""制书"之分别,自蔡邕《独断》、刘勰《文心雕龙》以降多有论述①,《文章正宗》在"辞命四"《禀给婴儿诏》一文的小注中亦有提到②,可见此一文体"知识",自来流传有绪,但是否利用这些"知识"转化为一套"文体"分类的系统,《文章正宗》与《文章辨体》的态度其实不太相同。

《文章辨体》之序题,将选本分类之方式,与文体源流之历史结合到一起,代表了一种"辨体"知识化的倾向;而这些辨体的知识,又借由选本所编排的一整套"文体"秩序而得到系统化的呈现。《文章辨体》之后,又有徐师曾《文体明辩》踵之,其书"撰述始嘉靖三十三年甲寅(1554)春","迄隆庆四年庚午(1570)秋",初刊则在万历元年(1573)③,自序称"大抵以同郡常熟吴文恪公讷所纂《文章辨体》为主而损益之"。徐氏之文体分类,凡一百零一种,较吴书增加了一倍,盖以"自秦汉而下文愈盛,文愈盛故类愈增,类愈增故辩当愈严"。《文体明辩》亦采用序题的方式考论各种文体的源流,只是其位置并非如《文章辨体》一样系于目录之中,而是散入各卷。其具体论述,大率亦本《文章辨体》而更扩充之。不妨仍以"记"为例。《文体明辩》卷四十九在"记"文之首有序题云:

> 《金石例》云:"记者,纪事之文也。"《禹贡》《顾命》乃记之祖。而记之名,则昉于《戴记·学记》诸篇。厥后扬雄作《蜀记》,而《文选》不列其类,刘勰不著其说,则知汉魏以前,作者尚少,其盛自唐始也。其文以叙事为主,后人不知其体,顾以议论杂之。故陈师道云"韩退之作记,记其事耳,今之记乃论也",盖亦有感于此矣。[无][然]观《燕喜亭记》,已涉议论,而欧苏以下,议论浸多。则记体之变,岂一朝一夕之故哉![……]又有托物以寓意者(如王绩《醉乡记》是也);有首之以序而以韵语为记者(如韩愈《汴州东西水门记》是也);有篇末系以诗歌者(如范仲

---

① 分别见《独断》卷上,《抱经堂丛书》本,叶 4b—5a;《文心雕龙义证》卷四《诏策第十九》,第 730 页。

② 《文章正宗》卷三《禀给婴儿诏》后附识云(叶 17a):"按《汉制度》曰:'帝之下书有四,一曰策书,二曰制书,三曰诏书,四曰诫敕。策书者,编简也,其制长二尺,短者半之,篆书,起年月日,称皇帝以命诸侯王;三公以罪免,亦赐策,而以隶书,用尺一木,两行,惟此为异也。制书者,帝者制度之命,其文曰制诏三公,皆玺封,尚书令印重封,露布州县也。诏书者,诏,告也,其文曰告某官云如故事。诫敕者,谓敕刺史、太守,其文曰有诏敕某官,他皆放此。'今所辑以诏书为首,策书次之,玺书又次之,诫敕诏多简,故阙。"《汉制度》乃胡广所著,说详孙星衍等辑,周天游点校《汉官六种》,第 23 页,中华书局 1990 年版。

③ 徐师曾《文体明辩序》,《文体明辩》卷首,《四库全书存目丛书》集部第 310 册(影印明万历建阳铜活字本),第 359 页。

淹《桐庐严先生祠堂记》之类是也);皆为别体。〔……〕至其题,或曰某记,或曰记某(昌黎集载有《记宜城驿》是也),今不录,则惟作者之所命焉。此外又有墓砖记、坟记、塔记,则附于墓志之条,兹不复列。①

其内容大致不出吴讷所论,文献来源亦颇蹈袭之,唯本前人以议论、叙事区分"记"文正变之说,又添出"别体"之目,下面排纂诸文,亦以"正体""变体""变而不失其正""别体"为次序;"别体"之中,又分正变。在《辨体》归入"记"文的《永州铁炉步志》,《文体明辩》则分出另立"志"一类,其大较可以观矣。

《文章辨体》与《文体明辩》一系选本,特别是其中以"序题"为表达方式的文体论述,形成了明清间一种"辨体"的知识传统。②《文体明辩》之后,明末又有贺复徵编《文章辨体汇选》,分类凡一百三十二,共七百八十卷,可谓洋洋大观。而吴讷、徐师曾两书之序题,不但为《铁立文起》等文话吸收,更被各种类书如唐顺之的《稗编》和清代官修的《古今图书集成》《渊鉴类函》采录,可见其已成为一种普遍的"知识"。③ 这一"知识"传统的特点,乃是将静态的"体类"分划问题,转化成一历史的"源流"演变问题,故与前文所言侧重文章高下、审美风格的"辨体"不尽相同。《古文辞类纂》之《序目》对十三类文体的述论,从写作形式与具体内容两个方面,都可以看作承《文章辨体》以降的"序题"传统而来。不过,与《文章辨体》一系总集在文体分类上"治丝愈棼"大为不同,《类纂》十三类的划分,可谓简而有当。个中原因,如前文所论,乃在于《类纂》文体分类的框架并不继承《文章辨体》《文体明辩》而来,甚至也不出于《文章正宗》的传统,而是直接由茅坤《唐宋八大家文钞》、储欣《唐宋八大家类选》、刘大櫆《唐宋八家文选》这一脉络中发展出来,以唐宋古文为其分类的出发点,故对秦汉以降流变复杂的命、谕告、诏、敕、玺书、制、诰、册、批答、御札、赦文、檄、露布诸文体,以及上书、章、表、笺、奏疏、奏对、奏札、封事诸文体④,可以"诏令""奏议"两类统合之,大大减少了文体划分的细目。背后的原因,或许还与选本的适用对象或"期待读者"有关。盖《类纂》大体上是面向文士学者一般的写作,故在文体上以唐宋以后发展起来的

---

① 《文体明辩》,《四库全书存目丛书》第312册,第162页。
② 吴承学《明代文章总集与文体学——以〈文章辨体〉等三部总集为中心》(《文学遗产》2008年第6期)。吴氏指出,"序题"是明代非常流行的批评方式,其远源虽可追溯到《文章流别集》以及《文章正宗》等,但真正成熟则应归功于吴讷的《文章辨体》。
③ 吴承学《明代文章总集与文体学——以〈文章辨体〉等三部总集为中心》云"明代文章总集序题的文体学思想,已经称为明清以来知识界一种普遍的知识"。此文最后一部分对《文章辨体》和《文体明辩》之序题在明清间被其他书籍转引的情况作了考察,可参看。
④ 此据《文体明辩》的文体分类,见是书卷首目录,《四库存目丛书》集部第310册,第441—477页。

序跋、杂记、碑志、传状为重，而《文章正宗》《文章辨体》《文体明辩》一系总集，则常与词科、翰林院相关的文体写作相联系，因而对用诸朝廷的章表诏告有更为细密的体察。如《文章正宗》，在明代颇为馆阁词臣所重，正统以后更被作为翰林院"日课"的读本①；而《文体明辩》，徐师曾在自序中便明白道出此书之撰述与自己在翰林院的经历有关：

> 曾成童时，即好古文，及叨馆选，以文字为职业，私心甚喜，然未有进也。幸承师授，指示真诠，谓文章必先体裁而后可论工拙，苟失其体，吾何以观，亟称前书〔按：指吴讷《文章辨体》〕，尊为准则。曾退而玩索焉，久之而知属文之要领在是也。第其书品类多阙，取舍失衷，或合两类而为一，或混正变而未分，于愚意未有当也。窃不自量，方更编摩，而以庸劣，绌居琐垣，然退食之余，志不沮丧，盖忘其非吾职也。已而谢病家居，积累成帙，更以今名，聊毕前志。②

按徐氏称其膺馆选后，从师学文，得指示"辨体"之途，因而玩索《文章辨体》，遂得"属文之要领"，此殆非虚言。更可注意者，序中提到徐氏"绌居琐垣"却"志不沮丧，盖忘其非吾职也"。"琐垣"于明盖指科臣而言，考王世懋《徐鲁庵先生墓表》称师曾"癸丑〔嘉靖三十二年，1553〕成进士，选为庶吉士。阅二载，试恒居优，解馆时顾不得授史职，出为兵科给事中"③，此即师曾序中所言"绌居琐垣"是也，以官科臣而事《文体明辩》之编为"非吾职"，正呼应前文"以文字为职业"，是以考辨文体、述论源流为翰林应有之"职"也。这大概可以从一个侧面让我们了解《文体明辩》编纂的背景。姚鼐《类纂》之辑，在其掌教江南书院之际，其功用或与《文章辨体》《文体明辩》不尽相同。不过，《文章正宗》《文章辨体》一系的文体知识传统，对于《类纂》，仍是重要的资源。如果我们对比《类纂》对十三种文体的叙论，便会发现姚氏所言与储欣《唐宋八大家类选》序列六大门类之语颇为异趣——虽然两者在分类框架上非常相似。储欣所论，主要着眼于文章的审美风格，如以"尽变极妍，神施鬼设"推美韩柳序记，即是就"技巧"而论；然姚鼐所言，则很重视各种体类文章的历史"源流"，在这一点上，正是上接《文章辨体》"序题"对文体源流知识的

---

① 陈广宏《"古文辞"沿革的文化形态考察——以明嘉靖前唐宋文传统的建构及解构为中心》，《文学遗产》2012年第4期，第109页。文中引《春明梦余录》，云万历中管志道上书称馆阁教习"自正统以后""以《唐诗正声》《文章正宗》为日课"。
② 《文体明辩》卷首，《四库存目丛书》集部第310册，第360页。
③ 《王奉常集》卷二十，《四库存目丛书》集部第133册，第414页。

考论。

《类纂》乃是在唐宋古文的文体分类框架内,融汇了《文章辨体》《文体明辨》一系的"辨体"知识资源,形成其文体分类之系统。在这一系统中,姚鼐对十三类文体的分析和论述,都不限于工拙高下的品藻,而更有源流历史的考察。对文体"源流"的重视,又潜在地为明代以来的秦汉、唐宋两派古文之争,提供了一解决方式。调和"秦汉"与"唐宋"两个文章传统,或可从学文的角度,以"唐宋"为通往"秦汉"之阶梯;或可从文道关系的角度,强调唐宋古文家对"六艺之道"的体认;《类纂》则在前人基础上另辟一途。盖《类纂》事实上并非一个唐宋古文的选本,而是包括秦汉文章在内的通代的"古文辞"选本,因此,姚鼐于此乃是用唐宋文体的框架,诠释了整个古文传统。由此,从"文体"的角度,唐宋古文便"潜移默化"地获得了一种优势地位。

事实上,"文体"一如"制度",具有很强的时代性,历代因革,殊无定在。"辨体"本身亦是对特定"文体秩序"的选择,背后正与宗法的文章典范暗通消息。明代七子派主张"文必秦汉",其奉为典范的《左传》《史记》《汉书》,都是独立成书的著作,学其文章,自然也是以读全书为宜;要用后世文体的框架分析之,其实不太容易。明人所编秦汉文选本中,按"文体"编排者,可谓寥寥。何景明督学陕西之时,曾为诸生设计了一套分年循序渐进的《学约书程》,在三年之中每年按春夏秋冬四季胪列当读的经书(四书五经)、理学书(《性理大全》)、史书(《通鉴纲目》)与古文篇目。其后岳伦根据何氏《学约书程》,将其中的古文部分编纂为选本《学约古文》,此书即是按文体编纂者,胡缵宗《学约古文钞序》云:

> 视学何先生,又虑夫穷乡下邑之士,泥于举业而不达夫文辞也,乃于书程末简,列为是编,以课三秦诸士子。〔……〕何先生类钞数篇,欲学者亦□□□□□也。故以策□为一则,杂篇、自叙为一则,□□□□□为一则,书说为一则,书对为一则,论□一则,禅书、文与引、碑为一则,律叙、历叙为一则,颂、□、箴为一则,歌、章、辩、发、启为一则,古文之标的,其在是乎!①

这里提到的杂篇、自叙、禅书、文、律叙、历叙、歌、章、辩、发、启等等,显然是秦汉盛行的文体,与《类纂》的文体框架大异其趣。而所谓"一则",则隐然已有了将这些文体进一步归类的意识。事实上,胡序所归纳的十"则",正对

---

① 《鸟鼠山人小集》卷十二,《四库全书存目丛书》集部第62册,第323页。"□"为漶漫难辨之字。

应何景明《学约书程》中各个季度的读书计划①;换言之,何氏的规划,正是一个逐年按文章体类学习的"书程",与《程氏家塾读书分年日程》的按家数学文颇异其趣。何景明称生徒"于是究心,则古人作述之意,源流可窥",正可见按文体"源流"学习古文的设想。尤可注意的是,何氏所分各类古文,虽以秦汉为主,然间亦下接韩、柳之文。例如表 12 所示:

表 12 《学约书程》部分古文篇目②

书 程	篇 目
第一年,秋三月	东方朔《客难》,扬雄《解嘲》,班固《宾戏》,蔡邕《释诲》,崔骃《达旨》,韩愈《进学解》
第二年,夏三月	贾谊《过秦论》,班彪《王命论》,干宝《晋总论》,陆机《辨亡论》,柳子厚《封建论》
第二年,秋三月	司马相如《封禅书》,扬雄《剧秦美新文》,班固《典引》,韩愈《平淮西碑》
第三年,夏三月	《史记·伯夷传》《史记·屈原传》,韩愈《毛颖传》

其中第一年秋所列,大抵皆设论、问对之辞③;第二年夏、秋,胡缵宗分别概括为"论"和"禅书、文与引、碑";第三年夏,则为传体。何氏虽未明言,但大体上可见其统合汉唐文章并为之分类的趋向。基于何氏《学约书程》的《学约古文》,也就是一种较特别的按体类排纂的通代古文选本。

在《学约古文》之外,中晚明以降一些标榜"秦汉文"的选本,大多不作"分体"而是直接按时代排列。如王鏊《春秋词命》(正德间刻本)选《左传》所载"朝聘、宴飨、征伐、会盟"之词命,即按原书隐、桓、庄直至哀公之顺序编辑,甚至未如真德秀《文章正宗》一般按君王告谕、臣下论谏、列国往来等类

---

① 据《学约书程》,第一年春季读贾谊《治安策》、董仲舒《天人三策》、诸葛亮《出师二表》、李密《陈情表》等,故胡缵宗《学约古文钞序》归纳为"策□为一则"(似当为"策、表为一则");第一年夏季读《庄子·杂篇·天下》、司马迁《自叙》、班固《自叙》等,故胡缵宗归纳为"杂篇、自叙为一则"。其后皆类此。《学约书程》规定第三年春季读司马相如《难蜀父老檄》、刘歆《移让太常博士书》、嵇康《与山巨源绝交书》;夏季读《史记·伯夷传》《史记·屈原传》、韩愈《毛颖传》,胡缵宗序中没有归纳,疑是夺文(或可补作"檄、书为一则,传为一则")。见《学约古文·学约书程》卷上,崇祯五年刻本,叶 1b—2a;卷下,叶 1a—2a。按此本系将三年之书程分刻于卷上、卷中、卷下之首,带有目录的性质。关于《学约古文》的版本源流,参见高虹飞《何景明〈学约〉原本与〈学约古文〉考》,《中国典籍与文化》2021 年第 2 期。

② 《学约古文·学约书程》卷上,叶 2b—3a;卷中,叶 1b—2b;卷下,叶 1b。

③ 《文选》将东方朔《答客难》、扬雄《解嘲》、班固《宾戏》皆归为"设论";《文章辨体》则设"问对"体,指出"问对体者,载昔人一时问答之辞,或设客难以著其意者也。〔……〕《答客难》《解嘲》《宾戏》等作,则皆设辞以自慰者为"。见《文章辨体》卷首,《续修四库全书》第 1602 册,第 171 页。

划分。① 冯有翼《秦汉文钞》(有万历十一年序)按"秦""西汉""东汉"为序，下则按作者汇集，亦未作疏、论、书、对、策等文体的分辨。② 陈仁锡《奇赏斋古文汇编》分"选经""选史""选子""选集"编纂；"选集"之部(卷一百三十一至二百三十六)以赋、诏敕、诏制、诏册、制书、哀册、谥议、杂议、策问、策对、表、奏疏、判、颂、铭、赞、七、箴、诫、规、序、论、记、启、书、碑、行状、传、墓表、墓志、吊古、祭文、杂著等文体为次③；不过《史记》《汉书》所录奏议书论之文，皆在"选史"之部，编次亦是按内容分"汉天子之文"(卷七十四至七十五)、"应制之文""荐举之文""守相之文"(皆见卷七十六)、"治河之文""侯王之文""策士之文""奏记之文"(卷八十一)等等④，并未建构某种整体的文体框架。

反倒是唐宋派古文家唐顺之，曾有将秦汉文章纳入一通代文体分类秩序的努力。唐氏之《文编》六十四卷，乃是"取由周迄宋之文，分体排纂"⑤，与七十四卷的《类纂》在范围、篇幅上颇为相似。其"分体"之结构，乃是以制、策、对、谏疏、论疏、疏请、疏、疏议、封事、表、奏、上书、说、札子、状、论、年表、论断、论、议、杂著、策、辞命、书、启、状、序、记、神道碑、碑铭、墓志铭、墓表、传、行状、祭文为次⑥，所分三十四体，近于吴讷的划分思路。唐氏《文编》将先秦两汉本无所谓"文体"的文本片段，安顿在这一套"文体秩序"之下。例如"论"体，就有从《国语》选出的《伯阳甫论三川震》《史苏论骊姬败国》等篇，从《左传》选出的《北宫文子论威仪》《公子札来聘》等篇，从《战国策》选出《司马错与张仪争论》《苏代谓燕昭王》，从《史记》选出的《鲁仲连责新垣衍》《蔡泽说应侯辞位》等等(以上皆见卷二十一)；又有从《庄子》选出的《秋水》，《韩非子》选出的《难一》《难二》《孤愤》，《荀子》选出的《正论》等(以上皆见卷二十二)⑦，乃是将史、子之文段重新赋予"文体"也。再如"杂著"，收录了东方朔《答客难》、班固《答宾戏》、枚乘《七发》、扬雄《解嘲》、韩愈《进学解》《获麟解》等篇(卷三十七)⑧；实际上就将《文选》中分属"设论""七"等体的文章都统一到韩愈意义上的"杂著"之下。不难发现，不论是为子史拟定篇题、划分文体，抑或是将汉人文章与唐宋之作按体归类，唐顺之的尝试，多少都带有以唐宋以降的文体观念律秦汉文章的味道。

---

① 《春秋词命》三卷，《四库全书存目丛书》，集部第 292 册。
② 《秦汉文钞》十二卷，《四库全书存目丛书》，集部第 292 册。
③ 《奇赏斋古文汇编》卷首目录，《四库全书存目丛书》集部第 359 册，第 16—22 页。
④ 同上书，第 13 页。
⑤ 《四库全书总目》卷一百八十九，《文编》提要，第 1716 页。
⑥ 《文编》卷首《文编总目》，叶 1a—7a，明嘉靖间胡帛刊本。
⑦ 《文编》卷二十一，叶 1a—2a；卷二十二，叶 1a。
⑧ 《文编》卷三十七，叶 1a。

前文既已通过对茅坤《唐宋八大家文钞》、储欣《唐宋八大家类选》、刘大櫆《唐宋八家文选》这一选本谱系的梳理,论证《类纂》文体框架之渊源,更可进一步申论者,还有其文体编排之顺序。《类纂》十三种文体的排列次序为论辨类、序跋类、奏议类、书说类、赠序类、诏令类、传状类、碑志类、杂记类、箴铭类、赞颂类、辞赋类、哀祭类,如果与此前文章总集的传统相比,最显著的一个特点,便是《类纂》将奏议、诏令两类置于论辨、序跋两类之后。而不论是《文章正宗》《文章辨体》《文体明辨》一系古文选本,乃至《唐文粹》《宋文鉴》《元文类》《明文衡》《明文海》《清文颖》这一系断代文献汇编,奏议、诏令类的文章,通常都是置于最开始所有其他文体之前的。唐顺之《文编》分类甚细,冠首者同样是奏议类。甚至到了茅坤的《文钞》和储欣的《类选》,奏议之文仍然居于全集之首。《古文辞类纂》先论辨、序跋而后奏议、诏令,从外部看或当是承续刘大櫆《唐宋八家文选》的做法,如果从内部分析,则可以说是一次特别突出文人学者自身著作文体的视野转移。同时,《类纂》所收论辨、序跋类文章,除了少数几篇如贾谊《过秦论》、司马谈《论六家要旨》,以及《史记》《汉书》诸表志序文、刘向《战国策序》外,绝大部分都是唐宋古文家的文字,相比之下,奏议、诏令类,则集中了大量的汉代的文章,其中轻重,当非无意。此外,《类纂》相对于《文章辨体》《文体明辨》的文体划分,主要进行的可以说是"合并"的工作,唯于序类分出"赠序"一体,并将明人寿序亦归入其类,究其旨意,正是要站在唐宋以后古文发展的立场上,梳理整个文体流变的历史。此意在惜抱或尚未明言,然其弟子刘开以"辨体"论唐宋文章,认为"志于为文者,其功必自八家始",却颇能道出乃师未言之深意:

> 文莫盛于西汉,而汉人所谓文者,但有奏对、封事,皆告君之体耳。书、序虽亦有之,不克多见。至昌黎始工为赠送、碑志之文,柳州始创为山水杂记之体,庐陵始专精于序事,眉山始穷力于策论,序经以临川为优,记学以南丰称首。故文之义法,至《史》《汉》而已备,文之体制,至八家而乃全。①

此论不啻是对唐宋文统中循体制以论工拙的一次集中整理,内里正有一用"辨体"肯定唐宋古文价值的思路。盖文体本有代变,唐宋固有秦汉所未有之新体,但也有不少旧文体如七体、连珠、嘏辞渐次消亡或由盛转衰,去彼取此,刘开显然是站在唐宋古文的立场上议论。刘孟涂所谓"文之义法,至

---

① 刘开《孟涂文集》卷四《与阮芸台宫保论文书》,《清代诗文集汇编》第543册,第522页。

《史》《汉》而已备,文之体制,至八家而乃全",前句言义法,自是本方望溪之绪论;后句论体制,岂非有取于惜抱之《类纂》乎?以文体系统的完成论证唐宋八家之地位,刘氏可谓善述师说也。

第四节　比类知义:
《古文辞类纂》以"义"为核心的文体观

事实上,分辨、梳理文章流别,本身就与"辨章学术,考镜源流"的史学研究同工而异曲。姚鼐将"古文辞"分为论辨类、序跋类、奏议类、书说类、赠序类、诏令类、传状类、碑志类、杂记类、箴铭类、颂赞类、辞赋类、哀祭类凡十三种,撰成《古文辞类纂序目》一篇,每类先简述其源流宗旨,次叙录所选文章。远溯其渊源,这种思路与《汉书·艺文志》一系的目录著作亦不无相似之处——唯史志目录叙录的对象是书籍,而《古文辞类纂序目》针对的是单篇文章。姚鼐编次辞赋之文,讥讽"昭明太子《文选》分体碎杂,其立名多可笑者",推崇《汉书·艺文志》"所列者甚当",自称"余今编辞赋,一以《汉略》为法"。① 可见在他眼中,目录学乃是文体学的一种典范来源。就其近者而言,明代中叶以来兴起的"辨体"之学,在写作体式、知识渊源两方面都为《类纂》的文体研究奠定了基础。② 不过,姚鼐之文体论述,相对于前人的一大特色,乃是以"义"这一概念作为核心,统摄其文章分类系统。《古文辞类纂序目》开篇即云其"闻古文法"于姚范、刘大櫆,"少究其义,未之深学也"。③ 此云古文法之"义",但未具体解释其内涵。不过,《古文辞类纂序目》之论列文体,每每正是称举其"义"。十三类文体的小序中,泰半明标"义"字以为说(见表13):④

表13　《古文辞类纂序目》中有关"义"之表述

书说类	春秋之世,列国士大夫或面相告语,或为书相遗,其义一也
赠序类	所以致敬爱、陈忠告之谊也
传状类	虽原于史氏,而义不同

---

① 姚鼐《古文辞类纂序目》,《古文辞类纂》卷首,《续修四库全书》第1609册,第318页。
② 吴承学、何诗海《〈古文辞类纂〉编纂体例之文体学意义》(《北京大学学报》2015年第6期)从撰述体例的角度分析了《古文辞类纂序目》对明人辨体之学的继承。
③ 《古文辞类纂序目》,《续修四库全书》第1609册,第311页。
④ 同上书,第313—318页。

(续表)

碑志类	志者,识也。〔……〕世或以石立墓上曰碑、曰表,埋乃曰志,及分志、铭二之,独呼前序曰志者,皆失其义
杂记类	所纪大小事殊,取义各异
箴铭类	圣贤所以自戒警之义
辞赋类	义在托讽

如上表所示,十三文类中,有六类直接使用"义"这一术语,或正面界定其"本义",或反面纠正流俗之"失义"。赠序类所言"所以致敬爱、陈忠告之谊也",实际上也是以"谊"通"义"的用法。依照今人之观念,上述诸"义",关注的乃是文体之功能;但在姚鼐的观念框架中,这一术语的"含义"当更为丰富。"义者,宜也"(《中庸》)①,"裁制事物,使合宜也"(《释名》)②;辨析文类之"义",所求即是其形式与功能之间"合宜"。更进一步说,文章作为一种沟通媒介,牵涉作者、文本、读者三端;文体之本质,事实上就取决于作者身份、文本信息类型、读者身份三者之相互"合宜"。③ 故书说乃大夫间之告语,赠序乃朋辈中之忠言,传状乃文家为寒士写照,碑志乃后人为前修歌功,复如箴铭之自警,辞赋之风人,各自皆有其"宜"。最有趣者,杂记一类,恰恰以"取义"之异而谓之"杂"也。④ 上述七类之外,论辨类乃学者"著书诏后世",序跋类乃为自著或他著之书"推论本原,广大其义",奏议类乃臣下"陈说其君",诏令类则主君"谕下之辞":"义"之内涵,皆蕴含于《序目》之中矣。⑤ 颂赞类言"亦诗颂之流",对照碑志类的"其体本于诗,歌功颂德",可知其"义"

---

① 朱熹《四书章句集注·中庸章句》,第28页,中华书局1983年版。朱熹注云:"宜者,分别事理,各有所宜也。"
② 刘熙著,王先谦撰集《释名疏证补》,第170页,上海古籍出版社1984年版。
③ 文类功能可以诠释为文本作为语言沟通媒介所反映出的发讯者(Addresser)、收讯者(Addressee)之间的关系(Roman Jakobson, Language in Literature, Harvard University Press, 1987)。柯庆明《古典中国实用文类美学》(台湾大学出版中心2016年版)即从这个角度出发研究各种文学类型的美感特质,参见是书对"序""跋"(第63—67页)、"书""笺"(第97—101页)、"表""奏"(第167—168页及第180页)、"吊""祭"(第211页)、"碑""铭"(第299页)的讨论,其分类亦与姚鼐相近。
④ 杂记类的各种具体功用,曾国藩《经史百家杂钞》、林纾《春觉斋论文》有展开详述,可参考。柯庆明《古典中国实用文类美学》第八、九章在讨论"记"体时,亦细分为游览记、山水记、修造记、器物记,分别讨论其写作与审美特质。关于记体的发展演进,可参何寄澎《唐文新变论稿(一)——记体的成立与开展》(《台大中文学报》第28期,2008年6月),王基伦《韩愈记体文章的抒情性书写》(《成大中文学报》第34期,2011年9月),熊礼汇《浅说唐宋记体古文书写策略的转变》(《励耘学刊[文学卷]》2015年第1期)。
⑤ 值得注意的是,序跋类云"昔前圣作《易》,孔子为之《系辞》《说卦》《文言》《序卦》《杂卦》之传,以推论本原、广大其义",此处"广大其义"之"义",是指《易经》中之义理,非谓十翼所以为"序"之"义",故不计入明确使用"义"字的七类之中。

之所归;唯哀祭类未正面陈述立体之义,大抵其名已明著之,故不烦更为"释义"也。统而言之,姚鼐"取义"而成类,能执简以驭繁,"义"正是贯穿《古文辞类纂序目》文类系统的一个根本观念。

在文体学的传统中,《文心雕龙》以"原始以表末,释名以章义,选文以定篇,敷理以举统"四端概括其"论文叙笔"之要旨①,与《古文辞类纂序目》叙论诸文类之方法可以呼应。姚鼐所辑选的作品范围(先秦以迄明清)与刘勰不同,但对"义"的探求,同样要面对"名""义"关系的问题。如"碑志类"一方面"其体本于诗,歌功颂德,其用施于金石"作出总体的界定,另一方面也围绕"志"辨析其名义:

> 志者,识也。或立石墓上,或埋之圹中,古人皆曰志。为之铭者,所以识之之辞也;然恐人观之不详,故又为序。世或以石立墓上曰碑、曰表,埋乃曰志,及分志、铭二之,独呼前序曰志者,皆失其义。盖自欧阳公不能辨矣。②

姚鼐在此先作"正名",指出"志"的本义是"识"(标识、标志),此乃"志"这类文章立体之"义"。进一步说,典型的志文包括前序、后铭两部分,铭之义是"所以识之",序之义是"恐人观之不详",二者各有其义,又皆从属于志。因此,单独以前序为"志",便失其"名义"。如果对比徐师曾《文体明辩》,不难看到姚鼐立说的背景:

> 至论其题,则有曰"墓志铭",有志有铭者是也;曰"墓志铭并序",有志有铭而又先有序者是也;然云"志铭"而或有志无铭、或有铭无志者,则别体也。曰"墓志"则有志而无铭,曰"墓铭"则有铭[有][而]无志;然亦有单云"志"而却有铭、单云"铭"而却有志者,有题云"志"而却是铭、题云"铭"而却是志者,皆别体也。③

徐师曾所言,正反映了"分志、铭二之"的通俗看法。方苞讨论碑志义法,认为韩愈"铭辞未有义具于碑志者"④,也同样是沿用这种称前"志"、后"铭"的说法,可见其影响之大。以这种处理方式考察碑志的历史,便会存在

---

① 《文心雕龙义证》卷十,第1924页。
② 《古文辞类纂》,《续修四库全书》第1609册,第316页。
③ 《文体明辩》卷五十二,《四库全书存目丛书》集部第312册,第236页。
④ 方苞《书韩退之〈平淮西碑〉后》,《方苞集》卷五,第111页。

许多名实不符的反例,故徐师曾不得不以"别体"解释之。① 相比之下,姚鼐循名责实的分析,反倒可以解决治丝益棼的后果。事实上,金代王若虚已经指出此种区分之不当:"今人作墓铭,必系以韵语,意谓叙事为志而系之者为铭也。然古人初不拘此。退之作张圆、张孝权铭,皆止用散语以志,而终之以'是为铭';其铭乳母,亦曰'刻其语于石,纳诸墓为铭':盖只此为铭,而不必有所系也。"② 不过王氏之言,是举出韩愈文之例证,以显示"古人初不拘此";姚氏则是通过名义的分辨,从道理上说明何以不当"分志、铭二之";论证逻辑并不相同。清初黄宗羲《金石要例》也以韩愈文为例,主张"所谓志铭者,通一篇而言之,非以叙事属志、韵语属铭",又进一步作了文体上的比拟:

> 犹如作赋者,末有"重曰""乱曰",总之是赋,不可谓重是重,乱是乱也。③

黄宗羲之论,便在"例"证的基础上,更加入理论思辨,对"志铭"的解说,也更为清楚。不过,姚鼐之论,更切近的来源当是其伯父姚范。《援鹑堂笔记》云:

> 志止是立石为辞以志之,铭即志耳,故或称志铭、或称铭志〔……〕欧公《论尹师鲁墓志铭》云"志言"云云、"铭言"云云,是以志、铭分为二,以序独为志,盖是误也。④

---

① 程章灿《墓志铭的结构与名目——以唐代墓志铭为例》(《古籍整理研究学刊》1997年第6期)指出唐人使用"志""铭"等名称并无严格区分,认为徐师曾"所谓正体和别体,恐怕只是文评家的分析套数"。可参。在此文中,程氏以为"墓志铭通常可以分为志和铭两大部分"乃是认同前"志"后"铭"的说法,并主张称叙述部分为"序"乃是出于误会,观点与姚鼐不尽相同;不过他也承认"某某墓志铭并序的标题"在南北朝已经出现,举了北魏延昌元年(512)《魏故员外散骑常侍清河崔府君墓志铭并序》为例,后在此文收入《石学论丛》(〔台北〕大安出版社1999年版)时,又补充了《宋书》所载刘宋大明二年(458)建平王宏薨,"上〔……〕自为墓志铭并序"的例证。由此看来,认为前面叙事部分是"序",于史有据,在逻辑上也可以自洽,未可遽非。关于墓志铭的起源和演变,近年较有代表性的论著,可参程章灿《墓志文体起源新论》(《学术研究》2005年第6期)、孟国栋《墓志的起源与墓志文体的成立》(《浙江大学学报[人文社会科学版]》2013年第5期)。
② 王若虚《文辨》,《历代文话》第2册,第1154页。
③ 黄宗羲《金石要例·墓志无铭例》,朱记荣辑《金石全例》上册,第420—422页,北京图书馆出版社2008年版。
④ 《援鹑堂笔记》卷四十四,《续修四库全书》第1149册,第113页。姚永朴《文学研究法》已指出《古文辞类纂序目》反对"分志、铭二之"的观念来源于黄宗羲和姚范,《历代文话》第7册,第6869—6870页。

两相对勘,可知惜抱"闻古文法于伯父姜坞先生",并非空言。有趣的是,《援鹑堂笔记》但云"盖是误也",《古文辞类纂序目》则曰"皆失其义",姚鼐加入的"点睛之笔",恰恰就是一个"义"字。与《类纂》时代相近,梁玉绳《志铭解》认为"墓石之文,分言之则前序为志、韵语为铭,通言之则志即是铭、铭即是志"①,虽亦通达折中之论,却没有说明"通言""分言"内在的根据,不若姚鼐之说更能深探其理、严别是非。由此观之,正可见《古文辞类纂序目》据"义"力争的特点。

有关"志"之名义,姚鼐还反对"志"内"表"外之分,认为不论在地上或是墓中皆可称"志"。以地下、地上分志、表,宋人已有此论②;清代学术界对此话题亦十分关注,主流的观点也是以内、外区分之,如黄宗羲《金石要例》称"志铭藏于圹中,宜简;神道碑立于墓上,宜详"③;沈彤《与顾肇声论墓铭诸例书》主张埋墓、立道所用文章称名不同,"两不相假"④;赵翼《陔余丛考》开篇即引述曾巩之说,主张"碑表立于墓上,志铭则埋圹中","此志铭与碑表之异制也"⑤;继而博稽六朝以迄明清之文献,不但就碑表立于外、志铭埋于内的区别举出了证据,也分析了偶见的几个反例,其说信而有征。相比之下,姚鼐所谓墓外、圹内"古人皆曰志",似乎并没有坚实的证据。近代张相《古今文综》评论姚说,便云:"姚惜抱氏谓古人皆曰志〔……〕充其语旨,将使志铭高立,碑表埋幽,不亦绳乎? 古谊单证,未敢从同。"⑥虽不免过度推演⑦,但指其证据不足,确也切中姚氏立论的弱点。事实上姚鼐也不否认碑志类文章中存在墓外、圹内之分,其致陈用光书云:

> 墓表自与神道碑同类,与埋铭异类。神道碑有铭,似墓表用铭亦可

---

① 梁玉绳《志铭广例》卷一,《金石全例》上册,第463页。
② 如司马光《书仪》卷七《碑志》:"碑犹立于墓道,人得见之;志乃藏于圹中,自非开发,莫之睹也。"曾巩《元丰类稿》卷四十一《苏明允哀词》小序云:"既请欧阳公为其铭,又请予为辞以哀之。曰铭将纳之于圹中,而辞将刻之于冢上也。"曾巩此处是以内、外讨论墓铭与哀辞之别,但后来赵翼转述其说,用以讨论志铭与碑表之别,详下文。
③ 《金石要例·碑志烦简例》,《金石全例》上册,第27页。
④ 沈彤《与顾肇声论墓铭诸例书》:"其存于墓者,埋诸圹中,则有若葬铭、埋文、墓志铭、墓砖文、坟记、圹记之属;立诸神道,则有若墓表、碑文、墓碣铭、神道碑、阡表之属,其名两不相假。未有墓志而立石圹外者。"《果堂集》卷四,《清代诗文集汇编》第264册,第375页。
⑤ 赵翼撰,栾保群点校《陔余丛考》卷三十二《碑表志铭之别》开篇即引曾巩之说总括其说:"曾子固文集有云:'碑表立于墓上,志铭则埋圹中。'此志铭与碑表之异制也。"后又引司马光之说。(第875—876页,中华书局2019年版)如前所述,所引曾巩之语,或本于其区别哀辞、墓铭之说,赵翼在此有所改易。
⑥ 张相《古今文综评文》,《历代文话》第9册,第8822页。
⑦ 《古文辞类纂序目》原文但云墓外、圹内都可称为"志",并未言埋诸圹内者可以称"碑""表"。

通,然非体之正也。①

既云"异类",为何《古文辞类纂序目》又要特别反对"碑表""墓志"之分？推敲其说,姚鼐之论也能自洽而不矛盾:他承认碑表与埋铭有别,但反对在称名上用"志"(总类名)偏指"埋幽"一小类(虽然证诸历史,这是常见的做法)。推逆其心,姚鼐这种在"名义"缝隙之间的谨慎游走,强调墓外、圹内"皆曰志",前序、后铭皆是"志"的组成部分,大抵意在主张以"志"为统名,故不得不遮蔽甚或舍弃细节的差异,如此方可用"志者识也"解释"碑志类"这一文体类型的根本属性,建立一个确定无疑之"义"。

缘乎此,在处理文体分类、类别离合等问题时,"义"是比名目、历史源流、文本格式都更重要的决定性因素。叶国良先生在考察哀祭文体发展时,尝指出《类纂》"关心的重点,并不在文类的名目和源流上,因此他不从礼制的角度、也不从文章名目的角度来界定哀祭文"。② 所见甚精。这一判断,事实上不仅可用于哀祭类,更可移以解读《类纂》全书。在文体名目方面,姚鼐更感兴趣的是确定一类之大"义",而非细腻地分辨、解释各类之下众多纷繁名目及其微妙差异。如在"论辨类",《文心雕龙·论说》胪列了"议者宜言;说者说语;传者转师;注者主解;赞者明意;评者平理;序者次事;引者胤辞"种种情形,之后在括之以"八名区分,一揆宗论"③;但在姚鼐,用"著书诏后世"一言蔽之即可。"奏议类",从《文选》李善注、《文心雕龙》到《文章辨体》《文体明辨》等著作,区别各类官方文书的区别,向来是学者津津乐道的内容;但在姚鼐,则以"汉以来有表、奏、疏、议、上书、封事之异名,其实一类"截断众流。类别归属上,姚鼐也不执着于文章的标题。如"杂记类"收入柳宗元《陪永州崔使君游宴南池序》《序引》《序棋》等文,小序云:

柳子厚纪事小文,或谓之"序",然实记之类也。④

这些文章义在"纪事",故归入"杂记类"。在"赠序类"的小序中,姚鼐特

---

① 《惜抱先生尺牍》卷六,叶7b。
② 叶国良《唐宋哀祭文的发展》,《古典文学的诸面向》,第105页,(台北)大安出版社2010年版。叶先生认为姚鼐"只是大致依唐宋以来编纂文集的惯例分类,而以文学成就为选文标准的"。《古文辞类纂》十三类之划分,的确是站在唐宋文的立场作出的划分;本书认同叶说,要补充的是,姚鼐虽是继承"惯例",但对此十三类的划分、选文归类之出入,仍有其精思熟虑,并且有意要以"义"这个概念作为其分类之原则。
③ 《文心雕龙义证》卷四,第673页。
④ 《古文辞类纂序目》,《续修四库全书》第1609册,第317页。

别指出"苏明允之考名序,故苏氏讳序,或曰引、或曰说",因此苏洵的《送石昌言为北使引》、苏轼的《稼说》等都以"赠言"的性质入于此类。在定义一种文体时论及个别作家避讳的问题,看似颇为琐碎;但这一笔"不厌其烦",正可见姚鼐辨正"名义"的特色。又如韩愈的《鳄鱼文》,姚鼐归入"诏令类",《古文辞类纂序目》云:

> 檄令皆谕下之辞。韩退之《鳄鱼文》,檄令类也,故悉附之。

按韩愈此文,"诏令类"的小序称之为"鳄鱼文",但到了其后的选文目录以及卷三十六正文中,又题云"韩退之《祭鳄鱼文》",可见文章题名本身在此并不构成一个重要的问题,确定其分类的关键,在于其"谕下"之义。姚范《援鹑堂笔记》也特别分辨此文的体类:

> 《鳄鱼文》本属杂文,而后人选唐宋文者羼入祭文,误矣。〔……〕或从欧公《陈文惠碑》作《谕鳄鱼文》,然公文有"告之曰"云云,则作《告鳄鱼文》为得之。①

反对将《鳄鱼文》归入祭文,此二姚之所同;然《援鹑堂笔记》以其为杂文,《类纂》归之于诏令,此则其所异。更值得注意的是,从思辨方式上看,在姚范的分析中,"称名"仍颇紧要,因此他不惜在并没有版本依据的情况下,根据自己的理解改易题名;对姚鼐而言,"名目"已非重点:类属诏令,亦不必胶柱鼓瑟、特著"谕鳄鱼文""诏鳄鱼文"抑或"驱鳄鱼令"之名,明其"义"在谕告即可。

历史上的源流正变,在文体分类研究中是颇为重要的依据;但对姚鼐而言,对文章流别的讨论也必须置于"义"的权衡之下。如"传状类"古文渊源于史书,固无疑义。吴讷《文章辨体》于"传"一目云:

> 太史公创《史记》列传,盖以载一人之事,而为体亦多不同。迨前后两汉书、三国、晋、唐诸史,则第相祖袭而已。厥后世之学士大夫,或值忠孝才德之事虑其湮没弗白,或事迹虽微,而卓然可为法戒者,因为立传以垂于世,此小传、家传、外传之例也。〔……〕若退之《毛颖传》,迂斋谓以

---

① 《援鹑堂笔记》卷四十二,《续修四库全书》第1149册,第91页。

文滑稽,而又变体之变者乎?①

此处从史书之传到学士大夫之传,再到"以文滑稽"之传,展开对"传"体"源"与"变"的梳理分析。姚鼐则转而强调"文士作传"与史书的传记"义不同":

> 传状类者,虽原于史氏,而义不同。刘先生云:"古之为达官名人传者,史官职之。文士作传,凡为圬者、种树之流而已。其人既稍显,即不当为之传。为之行状,上史氏而已。"余谓先生之言是也。〔……〕余录古传状之文,并纪兹义,使后之文士得择之。②

从书写制度的层面主张"不当为之传",事实上并非刘大櫆、姚鼐的孤明先发。顾炎武《日知录》已经很明白地指出"不当作史之职,无为人立传者。故有碑、有志、有状,而无传",因此"自宋以后乃有为人立传者,侵史官之职矣"。③ 此后李绂、沈德潜、全祖望等也都有类似的讨论。④ 在论述策略上,姚鼐很明显将制度(史官之职)的问题转化成为了"义"的问题,故能借此重估史传与古文传记的关系,强调"传状类"的独立性。"哀祭类",姚鼐云:

> 《诗》有颂,风有《黄鸟》《二子乘舟》,皆其原也。⑤

将其源头推到《诗经》,更是立足于祭祷致哀之"义",打破了诗、文之界限。又如"赠序类",从名称和历史发展上说,都与"序"这一文体联系密切;六朝至唐代士人宴饮赋诗,汇辑成卷,倩人为序,乃是此一文类之滥觞。⑥ 姚鼐对此文类的溯源,则是抓住"赠人"之"义",上追秦汉:

> 赠序类者,老子曰"君子赠人以言";颜渊、子路之相违,则以言相赠

---

① 《文章辨体》卷首目录,《续修四库全书》第1602册,第171—172页。另参见凌郁之《文章辨体序题疏证》,第225—231页。
② 《古文辞类纂序目》,《续修四库全书》第1609册,第315页。
③ 《日知录集释》卷十九《古人不为人作传》,第1106—1107页。
④ 关于韩愈、柳宗元对史传传统的创变,以及清代学者对传记文体的讨论,王基伦《承继与新变:韩愈柳宗元传状文研究》有深入翔实的讨论,载李贞慧编《中国叙事学:历史叙事诗文》,(新竹)清华大学出版中心2016年版。
⑤ 《古文辞类纂序目》,《续修四库全书》第1609册,第318页。参见叶国良《唐宋哀祭文的发展》。
⑥ 关于赠序类文体的发展演变,参梅家玲《唐代赠序初探》,《编译馆馆刊》第13卷第1期。

处;梁王觞诸侯于范台,鲁君择言而进。所以致敬爱、陈忠告之谊也。唐初赠人,始以序名,作者亦众,至于昌黎,乃得古人之意,其文冠绝前后作者。

姚鼐以"赠人以言""致敬爱、陈忠告"为赠序类之"义"("谊"),以叙论著作之意为序跋类之"义",故二者分判。这种处理无疑是符合唐宋以降赠序文章的创作实绩的。在另一方面,考虑到"赠序"在历史上本是为了饯别的诗集而作,其实也可以上溯到序跋类的传统。曾国藩即有见于此:

古者以言相赠处;至六朝唐人,朋知分隔,为饯送诗,动累卷帙,于是别为序以冠其端。[……]间或无诗而徒有序,于义为已乖矣。①

此所谓"于义为已乖",即是指无诗而有序,违背了"序"体之本义。由此推之,赠序别为一类,自是不得不然。曾氏此说,不但能为《类纂》作一补证,更可以看到,历史上有继承关系的文体,并不必然要归为一类,重点仍在其"义"是否改变。此正是姚鼐文体论的一个重要宗旨。

不但名称、源流传统都不能作为文体分类的决定性因素,在"义"的衡量之下,文本书写格式的因素也须退一射之地。如"奏议类"小序云:

对策虽亦臣下告君之辞,而其体少别,故置之下编。

姚鼐很清楚"对策"在文体形式上与章表奏议不同,但这只是分"编"的次级标准,而不是分"类"的主要依据。又"辞赋类"小序云:

辞赋固当有韵。然古人亦有无韵者,以义在托讽,亦谓之赋耳。

也是以"义在托讽"的标准压倒了有韵、无韵的形式标准。不仅如此,"义"的权威还可以断古人之是非。姚鼐在写给学生陈用光的书信中谈到赠序用词的问题:

吾谓文章体制,当准理决之,不得以前贤有此,便执为是。如赠序中用"不具""某顿首",与书同,此颜鲁公《蔡明远序》体也,直当断以为

---

① 曾国藩《易问斋之母寿诗序》,《曾文正公文集》卷一,《清代诗文集汇编》第641册,第466页。

不是耳,安可法之邪?①

按颜真卿《蔡明远帖》云:

> 蔡明远,鄱阳人,真卿昔刺饶州,即尝趋事,及来江右,无改厥勤,靖言此心,有足嘉者。一昨缘受替归北,中止金陵,阖门百口,几至糊口。明远与夏镇不远数千里,冒涉江湖,连舸而来,不愆晷刻,竟达命于秦淮之上,又随我于邗沟之东,追攀不疲,以至邵伯南埭。始终之际,良有可称。今既已事,方旋指期斯复,江路悠缅,风涛浩然,行李之间,深宜尚慎。不具。真卿报。②

帖文开头以第三人称口吻介绍蔡氏出身,结尾又是书信式的结束语"不具"和落款"真卿报",在体式上较为特别。因此其文体归属,在历史上就颇有争议,此文在《颜鲁公文集》卷十一,收于"书帖"一类,题作《与蔡明远帖》;明人张丑《真迹日录》亦题作《颜清臣与明远帖》;顾炎武《金石文字记》著录此帖,径作《颜鲁公与蔡明远书》,更是明确以书信体目之。③ 另一方面,明清人述及此帖,也常常以"蔡明远序"称之,最著者为董其昌《临颜帖跋》:"颜书惟《蔡明远序》尤为沉古。"④王澍《竹云题跋》著录为《送蔡明远叙》,亦是以"序"目此帖。⑤ 换言之,姚鼐所提出的问题,在历史上就表现为对此文属"书"抑或属"序"的不同认知。

倘若回到此帖正文,结尾的"不具""真卿报"固然是书信的惯用语,但开头"蔡明远,鄱阳人"则是赠序常见写法,可知其预期读者固非明远本人;大约类似今人之"介绍信"。这样看来,姚鼐将其放在"序"体中讨论,应当是比较合适的。赠序写成后,须交付所赠之人,这或许是颜真卿在帖尾用"不具"等语的依据,也暗示了当时赠序流通的情形,属于历史上的"事出有因"。姚鼐虽然承认这种写法有"先例",但却反对盲从其"例",提出以"理"作为裁断之标准。与之类似,《类纂》在韩愈《女挐圹铭》题下云:"以刑部侍郎称少秋官,此如以御史称端公之类,皆徇俗不典,虽昌黎为之而不可法。"同样是对前

---

① 《与陈硕士书》,《惜抱先生尺牍》卷六,叶 7b。
② 颜真卿《与蔡明远帖》,西泠印社 1982 年版(影印浙江省博物馆藏宋拓忠义堂法帖)。"不具",释文作"不宣"。观书帖图片,当作"不具"为宜。
③ 《颜鲁公文集》卷首目录,明嘉靖二年刊本,叶 4a;卷十一,叶 1b—2a。《真迹日录》卷一,清抄本(国家图书馆藏,原书无页码);《金石文字记》卷四,《顾炎武全集》第 5 册,第 342 页。
④ 董其昌《画禅室随笔》卷一《临颜帖跋》,第 15 页,中国书店 1983 年版。
⑤ 王澍《竹云题跋》卷四,《景印文渊阁四库全书》第 684 册,第 695 页。

人之"例"加以识断鉴别。曰"理"曰"义",实相同也,"准理决之"实际上将古文之"辨体",上升到了一个更高的"理"层次。相对于具体、个别的"例","义"无疑具有更为普遍的价值。文章书写形式背后蕴含其所以如此之"义",正可拟之于礼学中"仪文"与"礼义"的关系。《礼记·礼运》:"礼也者。义之实也。协于义而协,则礼虽先王未之有,可以义起。"姚鼐《礼记说》中推阐其说云:

> 习于仪而不达于义,非能知礼者也。协于义而协,于礼可以义起,虽小变于古之仪,而庸为失乎!①

这种"义"—"仪"之关系,正可以模拟到文章领域,"协于义而协",则文法虽前人未之有,"可以义起",则字句虽小变于古之例,"而庸为失乎"!姚鼐在文章之学中突出"义"之地位、主张"准理决之",其背景正是儒学传统中的观念框架。《古文辞类纂序目》开篇云"夫文无所谓古今也,惟其当而已",其所"当"者,正不妨解作当其于立体之义、行文之理也。

姚鼐以"义"为中心建构《类纂》的文体分类系统,乃是将"准理决之"作为历史考证之上更为重要的判断标准,其思路事实上正呼应了清代前中期学术史发展的内在脉络。以"义"论文,最切近的来源当然是方苞的"义法"之说。前人解读此说,主要皆依据方氏《又书货殖传后》之夫子自道,以"言有物"为"义",而"言有序"为"法"。② 此固不误。但推考望溪集中所论,其所谓"义法",实际上又包含了文章体类的因素,正为姚鼐导夫先路。如方氏《书〈五代史·安重诲传〉后》一文云:

> 记事之文,惟《左传》《史记》各有义法,一篇之中,脉相灌输,而不可增损,然其前后相应,或隐或显,或偏或全,变化随宜,不主一道。《五代史·安重诲传》,总揭数义于前,而次第分疏于后,中间又凡举四事,后乃详书之,此书疏论策体,记事之文,古无是也。《史记》伯夷、孟荀、屈原传,议论与叙事相间,盖四君子之传,以道德节义,而事迹则无可列者。若据事直书,则不能排纂成篇,其精神心术所运、足以兴起乎百世者,转隐而不著。故于《伯夷传》叹天道之难知;于《孟荀传》见仁义之充塞;于

---

① 《惜抱轩九经说》卷十二《礼记说·既小敛祖括发说》,《续修四库全书》经部第172册,第669页。
② 《方苞集》卷二《又书货殖传后》:"春秋之制义法,自太史公发之;而后之深于文者,亦具焉。义,即《易》之所谓'言有物'也;法,即《易》之所谓'言有序'也。义以为经,而法纬之,然后为成体之文。"(第58—59页)关于方苞古文义法说与其春秋经学之关系,参见张高评《方苞义法与春秋书法》,《清代经学国际研讨会论文集》,"中研院"中国文哲研究所,1994年。

《屈原传》感忠贤之蔽雍,而阴以寓己之悲愤。其他本纪、世家、列传有事迹可编者,未尝有是也。《重诲传》乃杂以论断语。夫法之变,盖其义有不得不然者。欧公最为得《史记》法,然犹未详其义而漫效焉,后之人又可不察而仍其误邪?①

方苞批评《五代史·安重诲传》在写作手法上总论、分论、分述相结合,"杂以论断语",乃是书疏论策之体例,失去了"记事文"的义法;可见其"义法"论述之中,隐然正有一"体类"的关怀。又如其《答程夔州书》又分论三种文体的写法:"散体文,惟记难撰结,论、辨、书、疏有所言之事,志、传、表、状则行谊显然,惟记无质干可立,徒具工筑兴作之程期、殿观楼台之位置,雷同铺序,使览者厌倦,甚无谓也。"因此唐宋大家中,"昌黎作记,多缘情事为波澜;永叔、介甫,则别求义理以寓襟抱",自出心裁以结撰之。② 在此,论辨之类以言事为旨,传状之类以生平为归,记之类则须在时、地交代之外,别有寄托,三者各有其"义法"。又如《答乔介夫书》自陈为乔莱作传记文的想法:

谕为贤尊侍讲公作表志或家传,以鄙意裁之,第可记开海口始末,而以侍讲公奏对车逻河事及四不可之议附焉,传志非所宜也。盖诸体之文,各有义法。表志尺幅甚狭,而详载本议,则拥肿而不中绳墨。〔……〕家传非古也,必厄穷隐约、国史所不列,文章之士,乃私录而传之。〔……〕以是裁之,车逻河议,必附载开海口语中,以俟史氏之采择,于义法乃安。③

方苞论列了表志、家传之义,指出文士"无为达官私立传者",故不当为乔莱作"传";又因"表志尺幅甚狭",不能容纳乔莱生平最重要的《车逻河议》,故不选择表志之体裁;最后的决定是用"记开海口始末"之题,以杂记的体裁来写。内里的折辩,其实与姚鼐《类纂》中对"传状类"文体的叙论非常相似。文末总结云"于义法乃安",可见其所谓"义法",正是就不同"文体"写作之"宜"而言。④

---

① 《方苞集》卷二,第 64 页。
② 《方苞集》卷六,第 165 页。
③ 《方苞集》卷六《答乔介夫书》,第 137—138 页;并参见《方苞集·集外文》卷六《记开海口始末》,第 697—700 页。
④ 不仅如此,方苞之论"义法",也运用比拟之思路,进行推理。其《书韩退之〈平淮西碑〉后》云:"碑记、墓志之有铭,犹史有赞也,义法创自太史公。"《方苞集》卷五,第 111 页。将碑志的义法上溯到史传,一方面是要寻找历史上的"先例",另一方面,将"史—赞"关系比拟"碑—铭"关系,正需要论者以"理"设置其间的关联性。在碑志与史传的承继问题上,姚鼐与方苞意见相左,但其类推之法则相通。

方苞之言"义法",将呼应、隐显、偏全①等技巧性的因素与文章体类和功能要求联系起来,故能超越单纯的文术,进而上升到"义"的讨论。姚鼐以"义"求"类",同样是为词章之学寻求义理之旨归;不过其知识基础又较望溪更为广博。这一推进,当与乾嘉时代的整体学术氛围不无关联。钱大昕批评方苞"方所谓古文义法者,特世俗选本之古文,未尝博观而求其法也"②,指其"未喻乎古文之义法",正反映了考据家如何从知识、学问的立场,对古文家作出釜底抽薪之讥。《古文辞类纂序目》考镜文体源流,正是要博观考古,吸纳前人在"辨体"方面的知识积累,综合各种体类,通览历代因革,为词章之学建立一个较为厚实而全面的学问基础。姚鼐对文类之"义"的考辨,在其所分之十三种文类中皆有不同程度、不同侧面的体现;诸种文类,有的定义较为清楚,发展线索较为单纯,故争议也不大;有的演变情况复杂,名称或有混淆,牵涉的知识内容较多,故讨论也就更为详细深入。③

对特定学术部类内里知识储备的强调,在批评术语上就反映为"义例"一语。④ 在古文领域,"义例"实际上就是由"义法"一词转出,如章学诚《文史通义·论文辨伪》称"竹君先生尝举李穆堂与方望溪争辨古文义例,多右李说"云云,正可见"义例"与"义法"两术语的对应关系。⑤ 实斋本人亦自称"余论古文辞义例,自与知好诸君书凡数十通","笔为论著,又有《文德》《文理》《质性》《黠陋》《俗嫌》《俗忌》诸篇",以"义例"概括其古文之学。⑥ 从理论旨趣上看,"义例"相对于"义法",更突出了"求古"的趋向,强调以前人之"先例"为据,并非空言"法度"。这一趋向,又不仅仅限于古文领域,更与同时代之考据学"秘响旁通"。盖乾嘉诸老之言"义例",又兼及校勘、小学之研究方法,如钱大昕推崇戴震的《水经注》研究,能在经文、注文混淆已久的情况之下,"独寻其义例,区而别之"⑦;乃是以"义例"指称一部古书中经、注等不同文本层次构成的规律。王引之《经义述闻序》追忆庭训,称其父王念孙"语以古韵廿一部之分合、《说文》谐声之义例、《尔雅》《方言》及汉代经师诂训之本原";则是以"义例"指称《说文解字》中谐声孳乳字之规律。凡一定之

---

① 《书〈五代史·安重诲传〉后》,《方苞集》卷二,第64页。
② 《潜研堂文集》卷三十三《与友人书》,《嘉定钱大昕全集(增订本)》第9册,第575—576页。
③ 其中尤以"碑志类"的阐述更为丰富,事实上正是因为清代金石学兴盛,为此文类的研究提供丰富的知识资源。参见本书第八章关于明清间金石学与碑志义例之关系的探讨。
④ 何诗海《论清代文章义例之学》(《浙江大学学报[人文社会科学版]》2012年第4期)梳理了清代文学批评中好谈文章义例的风气,可参。
⑤ 《文史通义》外篇一《论文辨伪》,《章学诚遗书》,第63页。
⑥ 《文史通义》内篇二《古文十弊》,《章学诚遗书》,第19页。
⑦ 《潜研堂文集》卷三十九《戴先生传》,《嘉定钱大昕全集(增订本)》第9册,第676页。

"文本",其形式构成之规则、惯例,即可称为"义例"——《春秋》《左传》有之,《史记》《汉书》有之,唐宋古文有之,推而广之,"义例"之为用也大矣。章学诚《文史通义》《校雠通义》以"义例"通论文章、史学,更是打通了古文之学与史学的界限。姚鼐《类纂》的文体分疏,更是在历史源流考察的基础上,系统、全面地讨论各种文体的"义"与"例"。由"义法"向"义例"的演进,本身便可见"古文之学"与经、史、制度、金石等大小学术传统及其研究方法之间的互动。

另一方面,在广稽文献、旁征博引的基础之上,进一步又有如何使用、裁断例证的问题,换言之,也就是"义"的问题。黄宗羲在其《金石要例》中,便曾批评潘昂霄《金石例》尊奉韩愈而"未尝著为例之义"①,正是要在"例"的知识基础上,进一步超越知识,寻求"义"的识断。清代学者不断扩展"例"的范围,淹博之下,"法"繁而无所适从,"例"多而不知谁何,便更成为一个迫切的理论问题。姚鼐在《类纂》中强调各类文体之"义",又主张面对"前贤"之例,须"准理决之",其用意也正可作如是观。

有趣的是,在经学考据内部,事实上也面临与古文之学中"例""义"之辨相类似的焦虑,这就是"求其古"与"求其是"的分辨。王鸣盛曾记述惠栋、戴震之间的一段公案:

> 吾交天下士,得通经者二人:吴郡惠定宇,歙州戴东原也。间与东原从容语:"子之学于定宇何如?"东原曰:"不同。定宇求古,吾求是。"嘻!东原虽自命不同,究之求古即所以求是,舍古无是者也。②

戴震本人以"求是"自期,以为不同于惠氏之"求古"。但王鸣盛仍然强调"古"是通往"是"的唯一途径。至段玉裁区分校勘学中"底本之是非"与"立说之是非"③,其底层或许也笼罩着这种"古""是"之辨。可见,在汉学一派内部,未尝没有对此问题的反省。"求古"与"求是"大体上可以归纳考据、义理两种学术路向的基本分歧。胡承珙尝致信姚鼐,提及此种分别:

> 窃谓说经之法,义理非训诂则不明,训诂非义理则不当。故义理必

---

① 黄宗羲《金石要例》卷首,《金石全例》上册,第417—418页。
② 《西庄始存稿》卷十五《古经解钩沉序》,《嘉定王鸣盛全集》第10册,第279页。
③ 《与诸同志书论校书之难》:"校书之难,非照本改字、不讹不漏之难也,定其是非之难。是非有二:曰底本之是非,曰立说之是非。必先定其底本之是非,而后可断其立说之是非。"《经韵楼集》卷十二,第332—333页。

求其是,而训诂则宜求其古。义理之是者,无古今,一也;如其不安,则虽古训,犹宜择焉。①

所谓"虽古训,犹宜择焉",岂不正与姚鼐的"不得以前贤有此,便执为是"同一机杼?所谓"训诂非义理则不当",岂不正可为姚鼐的"文无所谓古今,惟其当而已"作一注脚?姚氏以"真读书人"许承珙,良有以也。由此一说,或不难窥见乾嘉之际考据与义理两种学术旨趣的深层交错。②

在明清文体学演进的背景下考察《类纂》辨"体"分"类"之旨趣,正可以看到审美批评、历史考索和理论裁断三重因素如何相互牵制,共同形塑了姚鼐之文体学体系。对古文体类源流的关注,反映出审美批评在理论化的过程中,需要有更深厚的知识基础作为支撑——具体而言,即是不能简单、主观地评判文章高下,而是引入文体演变的历史视角,通过考古溯源,确立每一类文体的典范。此种知识积累,在明清时期更趋细密,成为姚鼐《类纂》的重要基础。《类纂》对文类谱系的归纳,一方面是从"当下"出发,以清代中期古文写作实践中的文体分类观念为潜在立场;另一方面,则又不失为"词章之学"建构起历史厚度之意——辨体制、溯源流,考古以征实,正是以考史之法治古文也。然姚鼐之所图,又不止于此:历史考证提供的知识资源,必须还要经由"理"之裁断,方能本"例"以明"义",由"史"以通"道"。由是观之,我们或许可以说,清中叶学术史上著名的"义理、考据、词章"之学术分途,在此亦得到了具体而微的显现。

---

① 《求是堂文集》卷二《寄姚姬传先生书》,《清代诗文集汇编》第 518 册,第 235 页。
② 考据中的义理,既指传统儒学之义理,也可能具有推理的内涵。冯胜利《乾嘉皖派的理必科学》(科学出版社 2023 年版)指出戴震、段玉裁等的考据之学很大程度上是一种推演逻辑和定理派生系统的科学探索,可参。

第八章 知识与裁断：
清代金石学视野下的碑志文体批评

如上章所论，在中国传统的文章之学中，体类与流别乃是互为表里的两个因素。章学诚《文史通义·古文公式》云"古文体制源流，初学入门当首辨也"，正是并言"体制""源流"，视之为文章之学的大宗。① "体制"的主要焦点是各类文章的写作手法，"源流"的基本关怀则是文章的历史发展②；传统的文学观念中，要明"体"，便不得不法古，要法古，便不得不追源溯流③。在章学诚，写作规范与文学传统之间的这种互为表里的关系，又可以用"义例"这个术语来表达：古人之"先例"，乃是"义法"之所出，一方面构成了文章的源流演变，另一方面又可以指导后人的写作。④ 在清代，对"义例"的关注，又与金石学的发展关系密切。郭绍虞《中国文学批评史》即已指出：

> 论文定例，原不始于章氏，重考据者如顾亭林、黄梨洲诸氏，即已开此风气。即文人如袁子才也于其文集明定体例。所以清代学者之讲文例，自是一时风气使然。然而文例之起，实始碑志之学。自潘昂霄《金石例》后，继者纷起，可知文例原出于史学。章氏论文所以好言义例者

---

① 《文史通义》内篇二《古文公式》，《章学诚遗书》，第18页。
② 章学诚论文重视"源流"或云"流别"，不但在《诗教》篇梳理三代以降之文章流别，更在理论上推崇《文心雕龙》《诗品》二书，认为"论诗论文而知溯流别，则可以探源经籍，进而窥天地之纯、古人之大体矣"。见《文史通义》内篇一《诗教》，《章学诚遗书》，第5—7页。实斋好言流别，正与其"辨章学术，考镜源流"的"校雠之学"相呼应。
③ 如章学诚《与邵二云论文》："不知者以谓文贵抒己所欲言，岂可以成法而律文心，殊不知规矩方圆，输般实有所不得已；即曰神明变化，初不外乎此也。"而"规矩方圆"的来源就是古人："古今文体升降，非人力所能为也。古人未开之境，后人渐开而不觉，殆如山径蹊间，介然用之而成路也。方其未开，固不能豫显其象，及其既开，文人之心，即随之而曲折相赴。苟于既开之境而心不入，是桃李不艳于春而兰菊不芳于秋也。"强调古人有"既开之境"，乃后人学文之所由。载《章氏遗书补遗》，《章学诚遗书》，第613页。
④ 章学诚《古文十弊》开篇云："余论古文辞义例，自与知好诸君书凡数十通，笔为论著，又有《文德》《文理》《质性》《黠陋》《俗嫌》《俗忌》诸篇，亦详哉其言之矣。"《文史通义》内篇一《古文十弊》，《章学诚遗书》，第19页。程千帆《文论十笺》将章学诚之"义例"上溯到春秋义例，并指出"义例""亦或变文言义法"，"后世古文家言文章出于经术"，并举方苞之义法说与章氏相参。

在此。①

郭氏之论,一方面揭示了"文例"之谈在清代的流行,另一方面也指出此风气与"碑志之学"的关联。② "义例"的预设是将词章法度的讨论,建筑在知识考据的基础上,通过对前人写作传统的历史考察,使"文章之学"可以"信而有征"。因"例"而论"文",牵涉古文写作和考据研究之间微妙的紧张关系——讲体制、溯源流,不能不采用史学的进路,追求客观的知识;谈笔法,逆文心,又须抱有文章的立场。在众多文体之中,"碑志"一类本身是古文撰作的重要体裁,同时又与清代兴盛的金石考证相互交错,成为探讨"义例"之大宗,正是观察清代学术史上"词章"与"考据"两种学术类型互动的绝佳案例。对碑志文写作方法的评断潜藏了怎样的理论基础?知识领域的拓展,会对文章学的思考、论辩模式带来怎样的改变?文学研究中,知识积累、审美识断与理论的架构,如何相互影响而又彼此制约?本章希望以碑志高下论的发展演变为例,梳理清代文章学与考据学的复杂互动,并由此反思这一系列问题。

第一节　叙事传统与马迁风神:碑志典范问题的提出

碑志之文,虽秦汉以下代有撰著,但唐宋以来,古文领域的碑志写作形成一个独立的传统,主要是奉韩愈为圭臬。叶适所谓"韩愈以来,相承以碑志

---

① 《中国文学批评史》下卷第四篇《清代》第三章《学者之文论》,第492页。
② 郭绍虞《中国文学批评史》虽对清人文论好谈"义例"的现象有所揭橥,但并未详细展开论述。叶国良《石例著述评议》(1989)对清人的金石义例著作做了较全面综合的清理。近年学界渐渐关注清代文学史上的"义例"问题,代表性的论著有陈春生《〈金石三例〉与金石义例之学》(《东南文化》2000年第7期)、党圣元、陈志扬《清代碑志义例:金石学与辞章学的交汇》(《江海学刊》2007年第2期)、何诗海《论清代文章义例之学》(《浙江大学学报[人文社会科学版]》2012年第4期),等等。陈春生文主要围绕《金石三例》论述清代金石义例之学的演进。党、陈之文从金石学与辞章学的关系切入,对清代金石学本身的发展及其与古文、骈文写作之间的互动关系,有更详密的讨论。何文同样强调碑志一体在"义例之学"中的突出地位,但也注意将碑志义例放在清代古文"义例之学"整体研究的视野之下,在揭示清人"义例"论之理论框架方面颇有启发性。另外,关于清代金石学史,马衡《中国金石学概要》(1924)、朱剑心《金石学》(1940)等著作中都有涉及;近年潘静如《被压抑的艺术话语:考据学背景下的清金石学》(《文艺研究》2016年第10期)、《论清代金石学的流变——兼议汉学家布朗的本土"现代性"之说》(《社会科学论坛》2018年第3期)亦有对清代金石学史的梳理,可参,唯潘文之关注点主要在艺术史与近代学转型,不在古之学。本章在前人研究的基础上,希望进一步聚焦韩愈、欧阳修碑志评价这一个具体问题,通过细部研究透视其背后的观念变迁与学术史理路。本章所云"碑志",采用姚鼐《古文辞类纂》所界定的"碑志类"概念。

序记为文章家大典册"者是也。① 元代卢挚《文章宗旨》云：

> 碑文,惟韩公最高,每碑行文,言人人殊,面目首尾,各有所自,决不可再行蹈袭。②

这种以韩愈为碑文最高典范的思路,在元代遂成金石义例之学的观念基础。徐秋山、潘昂霄论金石之例,便是"述唐韩愈所撰碑志,以为括例"。③ 明代吴讷《文章辨体》之论"墓文",亦本卢挚之说,以为"古今作者惟昌黎最高"④。然而,明代茅坤在《唐宋八大家文钞》(以下简称《文钞》)中,提出了韩愈碑志不及欧阳修的说法,认为"世之论韩文者,共首称碑志","予独以韩公碑志多奇崛险谲,不得《史》《汉》序事法,故于风神处或少遒逸";而"欧阳公碑志之文,可谓独得史迁之髓矣"。⑤ 茅坤用辨体的办法分析唐宋八大家各自的专长,以序、记、书属韩,碑志属欧,论、策属苏,在文体系统中各占一席之地。⑥ 韩愈的碑志何以不及欧阳修? 茅坤乃是从《史记》与叙事文体的关系展开论证：

> 昌黎之奇,于碑志尤为巉削。予窃疑其于太史迁之旨,或属一间,以其盛气掬抉,幅尺峻而韵折少也。⑦

换言之,对于碑志文体,茅坤认为应上承《史记》的传统,因此唐宋大家也须衡之以司马迁之法度。在茅氏看来,司马迁"剗去史氏编年以来之旧,突起门户,首为传记",并且"以一人之见,而上下数千百年之间"⑧,乃史传传

---

① 叶适《习学记言序目》卷四十九(《皇朝文鉴》三·记),第733页,中华书局1977年版。
② 卢挚《文章宗旨》,收入张健编著《元代诗法校考》,第4—5页。
③ 《四库全书总目》卷一百九十六《金石例》提要语,第1791页,中华书局1965年版。潘昂霄《金石例》卷六至卷八为《韩文公铭志括例》,四库馆臣根据《金石例》卷九末尾跋语"右先生《金石例》,皆取韩文类辑以为例,大约与徐秋山括例相去不远",认为"所谓韩文括例者,皆全采徐氏之书,非昂霄自撰也"。
④ 《文章辨体》卷首序题,《续修四库全书》第1602册。参见吴讷著,凌郁之疏证《文章辨体序题疏证》,人民文学出版社2016年版。
⑤ 《八大家文钞论例》,《唐宋八大家文钞》卷首,叶1a,哈佛燕京图书馆藏明万历己卯刻本。茅坤《唐宋八大家文钞》中评论韩愈、欧阳修古文之资料,亦被收入吴文治编《韩愈资料汇编》(中华书局1983年版)、洪本健编《欧阳修资料汇编》(中华书局1995年版)、王水照编《历代文话》(复旦大学出版社2007年版)等书,颇便学者。
⑥ 参见本书第七章第一节的论述。
⑦ 《韩文公文钞引》,《唐宋八大家文钞·唐大家韩文公文抄》卷首,叶2b。
⑧ 《刻汉书评林序》,《茅鹿门先生文集》卷十四,《茅坤集》第2册,第487页。

统的开拓者,唐宋八大家之中,最为太史公嫡传者,不是韩愈,而是欧阳修,故云"独得史迁之髓"。①

以欧公接史迁,最直接的理由,可以联想到欧公当史官之任,修撰《新唐书》《新五代史》。茅坤尝借其侄子茅桂之口,称赞欧阳修可与司马迁相上下:

> 侄桂尝以予酷爱欧阳公叙事,当不让太史公迁,且前曰:"欧阳公撰《五代史》,当时将相,特并龌龊不足数,况兵戈之后,礼崩乐坏,故其文章所表见止此。假令同太史公抽石室之书,传次春秋战国及先秦楚汉之际,岂特是而已哉! 譬之一人焉入天子图书琬琰之藏,而陈周彝汉鼎、牺樽云罍以相博古;一人焉特入富人者之室,所可指次者,陶埴菽食而已。"予唯唯。②

此以五代历史本身不如先秦楚汉为说,是否合理,恐当再作分辨;可以注意者,则是茅坤将欧阳修与司马迁相比较,其前提正在欧公有《新唐书》《新五代史》之著述。《欧阳文忠公五代史钞》就屡屡引《史记》之篇目作对照批评,如谓《唐刘后传》"摹写种种生色,不让太史公《吕后记》及外戚诸传";《史建瑭传》"不下太史公之叙《李广传》","可爱可爱";《四夷附录》"较之《史记·匈奴传》特相伯仲";又于《职方考论》评曰"太史公《诸王表序》为绝佳,而欧公《职方论》似胜"云云,皆可见也。③

《新唐书》《新五代史》两部纪传体史书,在体裁上继承《史记》,固毋庸置疑,但延伸过来论述"碑志",为何同样要宪章《史记》呢? 茅氏之理据,当在碑志与史传同为"叙事"之文。从"叙事"的层面,将碑志文置入史家的脉络之下,是非常自然的思路。如李东阳即将世上文章分为经、史两体,碑、表、铭、志、传、状等皆属于"史之余"。④ 具体而言,茅坤眼中欧阳修对《史记》的继承,主要有两个方面:一是有法度,剪裁得当;二是有"逸调",风神动人。《文钞》评论欧阳修《资政殿学士户部侍郎文正范公神道碑铭》云:

> 欧阳公碑文正公,仅千四百言,而公之生平已尽。苏长公状司马温

---

① 《八大家文钞论例》,《唐宋八大家文钞》卷首,叶 2b。类似的说法又见《茅鹿门先生文集》卷四《与唐凝庵礼部书》:"仆又窃以太史公没,上下千余年间,所得太史公序事之文之髓者,惟欧阳子也。"《茅坤集》第 2 册,第 279 页。
② 《欧阳文忠公文钞引》,《唐宋八大家文钞·宋大家欧阳文忠公文抄》卷首,叶 3a—3b。
③ 《历代文话》第 2 册,第 1887—1899 页。
④ 《李东阳集·文后稿》卷四《篁墩文集序》,第 976 页。参见本书第一章第一节的讨论。

公,几万言而上,似犹有余旨。盖欧得史迁之髓,故于叙事处裁节有法,自不繁而体已完。苏则所长在策论纵横,于史家学或短。此两公互有短长,不可不知。①

茅坤于此文篇首总批"明法",正谓其能得司马迁之文法也。具体说来,则是"叙事处"之"裁节"。《文正范公神道碑铭》开头介绍范仲淹家世和幼年经历;中间以"公少有大节,富贵、贫贱、毁誉、欢戚,不一动其心"领起文章的主体部分,按时间顺序叙述范仲淹生平的几件大事,包括疏谏太后、治理开封府、经略陕西、陷入党争等等,终于其病卒及哀荣,这一大段凡一千四百余字;结尾部分再总叙范公个性、德行。在茅坤看来,中段的主体部分,字数不多而能完备地交代出范仲淹生平大端,乃是"裁节有法"的体现。与之形成对照的,是苏轼长达一万一千余字的《司马温公行状》,文繁而事不备,短于"史家学"。从后人的立场看,茅坤这种批评未必公平:行状、碑志属于两类文体,功能有异,繁简不同,也不足为怪。但茅坤的逻辑突出强调的是以《史记》为标准,衡量广义上所有属于"史家"之流的叙事文章。因此他指出苏轼长于策论而短于"史家学","于叙事处不得太史公法门",在《文钞》中于苏氏兄弟"所为诸神道碑、行状等文不多录",唯有《表忠观碑》一篇评价较高。此碑之谋篇布局,乃是"抄录"赵抃奏请重修钱镠家族坟庙的奏疏而成,在茅坤眼中,正好继承了《史记》抄录汉人书疏文章的体例,因此他评价说"通篇以疏为序事之文,绝是史迁风旨",给予肯定。②

茅坤推崇欧阳修碑志文的另一个要点则是其"逸调"。③ 茅坤论《史记》之"逸",常与《汉书》之"密"对举。如《刻史记钞引》谓《史记》:"西京以来千年绝调也。""即如班掾《汉书》,严密过之,而所当疏宕遒逸、令人读之杳然神游于云幢羽衣之间、所可望而不可挹者,予窃疑班掾犹不能登其堂而洞其窍也,而况其下者乎?"《刻汉书评林序》云:"《史记》以风神胜,而《汉书》以矩矱胜。惟其以风神胜,故其遒逸疏宕,如餐霞、如啖雪,往往自眉睫之所及,而指次心思之所不及,令人读之解颐不已。惟其以矩矱胜,故其规画布置,如绳引、如斧斮,亦往往于其复乱庞杂之间,而有以极其首尾节腠之密,令人读之

---

① 《唐宋八大家文钞·宋大家欧阳文忠公文抄》卷二十三,叶 4a。
② 《唐宋八大家文钞·宋大家苏文忠公文抄》卷二十六,叶 12a。
③ 关于茅坤古文批评中的"逸调"概念及其使用,黄卓颖《茅坤古文选本与批评——"逸调"的提出、运用及其意义》(《文学遗产》2017 年第 4 期)一文有详细的梳理和讨论,可参。黄文从适用对象、书写原则、美学形态、具体手法四个方面探讨了"逸调"的内涵与规定,在美学风格方面,强调"纡徐委曲、澹宕悠远的效果",并细腻地分析了"逸调"对文章曲折变化的形态要求。

鲜不濯筋而洞髓者。"①由此可见,茅氏所言"逸"或"风神",乃是与"密"或"法度"相反而相成的另一个方面。茅氏《欧阳文忠公文钞引》云:"予所以独爱其文,妄谓世之文人学士,得太史公之逸者,独欧阳子一人而已。"按"逸"之本义是出外亡逸,引申之为逸游、暇逸②;茅坤所说行文之"逸",大抵是就其能宕开一笔,写文外之事,寓独到之感。《文钞》的评点中,欧阳修之"逸"见于各类与叙事有关的文体,如《释秘演诗集序》茅评曰:

> 多慷慨呜咽之旨,览之如击筑者。盖秘演与曼卿游,而欧阳公于曼卿识秘演,虽爱秘演,又狎之,以此篇中命意最旷而逸,得司马子长之神髓矣。③

《释秘演诗集序》之"正题"是秘演,然而欧公特意从石曼卿做文章,可谓"逸"出而能感慨系之也。在碑志方面,茅坤也指出"欧阳公最长于墓志、表,以其序事处往往多太史公逸调"④。如《大理寺丞狄君墓志铭》从地理描写起笔:"距长沙县西三十里,新阳乡梅溪村有墓曰狄君之墓者,乃予所记《縠城孔子庙碑》所谓狄君栗者也。"这一写法从空间上渐渐将读者的视线拉近,又闲闲提带自己之前的文章,以此引出狄君,也是别出心裁、宕开一笔而不过分着题的写法。茅于题下批"逸调",当是就此而言。⑤

相反,茅坤对韩愈的评价则是"昌黎序事,绝不类史迁,亦不学史迁,自勒一家矣"⑥,他认为韩愈在叙事方面没有继承《史记》的传统。具体就碑志而言,茅坤亦云"韩公碑志多奇崛险谲,不得史汉序事法,故于风神处或少遒逸"⑦,正好与欧文的"逸调"形成对照。这种"奇崛"的风格,在茅氏眼中恰恰构成了对司马迁的背离。一则是字句方面,如《文钞》评《曹成王碑》云:

> 文有精爽,但句字生割,不免昌黎本色。
>
> 昌黎每自喜陈言之去,故《曹成王碑》当亦属公得意之文。而愚见以务去陈言,却行穿凿生割,亦昌黎病处。⑧

---

① 分别见《茅鹿门先生文集》卷三十一、卷十四,《茅坤集》第3册,第820—821页,第2册,第487页。
② 段玉裁《说文解字注》卷十,第472页。
③ 《唐宋八大家文钞·宋大家欧阳文忠公文钞》卷十七,叶21a。
④ 《唐宋八大家文钞·宋大家王文公文钞》卷十一,叶1a,对王安石碑状类文章之总批语。
⑤ 《唐宋八大家文钞·欧阳文忠公文钞》卷二十八,叶5a。
⑥ 《唐宋八大家文钞·唐大家韩文公文钞》卷六,叶3a,《送郑尚书序》批语。
⑦ 《八大家文钞论例》,《唐宋八大家文钞》卷首,叶2b。
⑧ 《唐宋八大家文钞·唐大家韩文公文钞》卷十一,叶10a、叶12a。

所谓"去陈言"而近穿凿,乃是就碑文中曹成王讨伐李希烈的一段战争描写而言:

> 王亲教之抟力、勾卒、赢越之法,曹诛五界。舰步二万人,以与贼遌。嘬锋蔡山,踣之,剜蕲之黄梅,大鞣长平,铍广济,掀蕲春,撇蕲水,掇黄冈,筊汉阳,行跐汊川,还大膊蕲水界中,披安三县,拔其州,斩伪刺史,标光之北山,䶞隋光化,捁其州,十抽一推,救兵州东北属乡,还开军受降。①

此段变换使用一系列古奥生僻的动词(多出于《左传》《史记》),如"遌""嘬""踣""剜""鞣""铍""掀""撇""掇""筊""跐""膊""标""䶞""捁"等等,极尽摹写之能事。茅坤眉批"惟陈言之务去,此昌黎奇妙处"②,当即言此下字之法。相对于使用"遇""吞""攻""克""取""平""击""杀"等常见字眼,此种写法虽然新奇生动而富有表现力,但也不免给人以过分用力之感。

篇章结构方面,茅坤认为韩愈碑志或不及《史记》之"逸"。其评《清边郡王杨燕奇碑》云:"条次战功极邕,然不及太史公遒逸。"③此当是就碑文叙述的章法而言。按此文前半部分按照时间顺序叙述安史之乱以后杨燕奇的征战经历与功勋:

> 宝应二年春,诏从仆射田公平刘展,又从下河北。大历八年,帅师纳戎帅勉于滑州。九年,从朝于京师。建中二年,城汴州,功劳居多。三年,从攻李希烈,先登。贞元二年,从司徒刘公复汴州。十二年,与诸将执以城叛者归之于京师;事平,授御史大夫,食实封百户,赐缯彩有加。十四年,年六十一,五月某日终于家。④

这一段文字,大抵一事一句,每句字不过十余,简明迅捷,节奏顺畅,故茅坤许之以"邕"。但是,此种简洁明快的行文,一气直下,酣畅淋漓,没有回环之态,亦少宕出之笔,短于"遒逸",此亦鱼与熊掌不可得兼之故也。在茅坤以史迁"逸调"为中心的叙事文传统之下,自然逊色一等。

---

① 《曹成王碑》,马其昶校注,马茂元整理《韩昌黎文集校注》卷六,第478页。
② 《唐宋八大家文钞·唐大家韩文公文抄》卷十一,叶11a。
③ 同上书,叶13a。
④ 同上书,叶13a—13b。原文参见《韩昌黎文集校注》卷六,第400页。

第二节　史家义法与得统于经:对韩碑的辩护

茅坤在《文钞》中正面提出了韩、欧碑志高下的问题,并通过其评点实践,显示出这种高下评断如何落实到具体的文本解读之上。概括言之,茅坤左韩右欧,根本的理据就是以碑志为叙事文体,当奉《史记》为最高典范,欧之碑志在法度和遒逸两个方面(尤其又重在后者)都能继承《史记》,韩愈碑志则因其奇崛、少逸调,于史迁相异,故而不如欧文。明末艾南英之论碑志文,亦沿此辙轨。艾氏主张"昌黎碑志,非不子长也,而史迁之蹊径皮肉,尚未浑然。至欧公碑志,则传史迁之神矣。然天下皆慕韩之奇,而不知欧之化,乃知识者之功倖于作者"①。与茅坤的观点略有差别,艾南英指出韩愈碑志也是在学习、继承司马迁,但是学而未化,不得"浑然"。故他与陈子龙论文,主张韩、欧为学秦汉之舟楫,在韩、欧之间又特别强调欧阳修对《史记》的继承:

> 昌黎摹史迁,尚有形迹,吾姑不论;足下试取欧阳公碑志之文及《五代史》论赞读之,其于太史公,盖得其风度于短长肥瘠之外矣,犹当谓之有迹乎?②

简而言之,在艾南英眼中,同样是在学习《史记》,欧阳修比韩愈更为成功。事实上,韩、欧高下并非艾千子之主要论旨,但观其所言,恰恰不难看到茅坤推崇欧阳碑志之说在明清之际的影响。自明至清,知识界对茅坤此说,或驳斥、或认同,论辩尤多。如王世贞在评论归有光的碑志文时,认为其中"昌黎十四,永叔十六",附带便提及韩、欧高下的问题,主张"昌黎于碑志极有力,是兼东西京而时出之,永叔虽佳,故一家言耳。而茅坤氏乃颇右永叔而左昌黎,故当不识也",反对茅坤之说。③ 明清之际李长祥亦以"永叔得韩遗稿,然后有其文",以及"欧阳之志表,实籀昌黎"为理据,抨击碑志文中欧高于韩的说法。④ 但这些反对意见,似乎都未能完全解决茅坤论述中最为关键

---

① 《天佣子集》卷三《与沈昆铜书》,《明别集丛刊》第5辑第39册,第52页。
② 《天佣子集》卷一《答陈人中论文书》,同上书第27页。关于艾、陈论争的背景,可参陆世仪《复社纪略》卷一,《续修四库全书》第438册,第477—481页。
③ 《读书后》卷四《书归熙甫文集后》,《景印文渊阁四库全书》第1285册,第56页。
④ 《天问阁文集》卷三《与龚介眉书》,《四库禁毁书丛刊》集部第11册,第255—256页。

的《史记》问题。降及清初,茅坤之说在古文家中仍然很有影响。如王之绩《铁立文起》云:

> 吴文恪盛称昌黎碑志,亦犹世人之见;独茅顺甫谓碑志当以欧阳永叔为第一,最确。盖六一叙事,得史迁法,而韩不然,固宜逊之。①

按《铁立文起》在康熙二十三年之前已有稿本,初刊则在康熙四十二年(1703)。② 王之绩在此以《文章辨体》和《唐宋八大家文钞》分别作为主韩、主欧两种观点的代表,讨论碑志高下的问题。所谓"得史迁法"云云,正与茅坤、艾南英同一思路。雍正十一年(1733),方苞在其《古文约选凡例》中,同样是在《史记》的传统之下讨论韩、欧、王三家志铭的问题,但转而用分层次的办法为韩愈辩护:

> 退之、永叔、介甫,俱以志铭擅长。但序事之文,义法备于《左》《史》,退之变《左》《史》之格调,而阴用其义法;永叔摹《史记》之格调,而曲得其风神;介甫变退之之壁垒,而阴用其步伐。学者果能探《左》《史》之精蕴,则于三家志铭,无事规橅,而自与之并矣。③

方苞在此称述韩愈、欧阳修、王安石三家,正是用《左传》《史记》为标准评骘唐宋志铭之文,故云"序事之文,义法备于《左》《史》"。其大前提与茅坤正相一致。在此之下,方苞区分了"义法""格调""风神"等不同层次来诠释韩、欧对《史记》的继承(王安石则是韩的继承者),事实上正是针对茅坤之说,从其内部出发为韩愈辩护。

虽然立场不完全一致,但在文学分析上,方苞其实与茅坤颇有共鸣,《古文约选》评欧阳修《太常博士尹君墓志铭》云"欧公志诸朋好,悲思激宕,风格最近太史公"④,正与茅坤所说的"逸"有相通之处;在韩一面,则"于退之诸志,奇崛高古清深者皆不录"⑤,背后的原因大抵就在这些文字与《史记》格调

---

① 《铁立文起》前编卷六,《历代文话》第 4 册,第 3698 页
② 《铁立文起》卷首王之绩(懋公)自序称"向者甲子秋,予《评注才子古文》行世,序中已详《铁立文起》一书矣,识者皆有不得遽见之憾"云云,末署"康熙癸未春日"。又张玉书序称"计予之知懋公,自甲子《评注古文》始〔……〕今者《文起》行世。〔……〕予喜其裨益弘多,遂援不律,以为铁立居群言之弁首",末署"康熙癸未阳月朔日"。《历代文话》第 4 册,第 3623 页、第 3621 页。
③ 《古文约选凡例》,《古文约选》卷首,叶 5a—5b。末尾署"雍正十一年春三月"。
④ 《古文约选·欧阳永叔文约选》,叶 113a。
⑤ 《古文约选凡例》,《古文约选》卷首,叶 5b。

有别。从选文篇数上看,《古文约选》所录碑志,欧阳修(14篇)也多于韩愈(3篇)。① 但另一方面,方氏从"义法"的角度肯定韩愈亦能得《史记》之统。相对于"格调","义法"指涉的是文章中更高层次、更为抽象的写作原则。方苞《书韩退之〈平淮西碑〉后》云:

> 碑记、墓志之有铭,犹史有赞论,义法创自太史公。其指意辞事,必取之本文之外。班史以下,有括终始事迹以为赞论者,则于本文为复矣。此意惟韩子识之,故其铭辞未有义具于碑志者。②

这里所谈的"义法",针对的是碑志文中"本文"与"铭"的关系问题,相对茅坤所关注的字句生割、篇幅繁简等问题,更上了一个层次。方苞将碑志中"本文"与"铭"之关系,比拟为史传中正文与"赞论"之关系,以为两个部分互相配合,在主旨、内容方面必须有所区隔,不能重复,这构成一种行文的"义法",司马迁以后,唯有韩愈能明之。在这方面,欧阳修或有不能完全理解之处。如其《五代史·安重诲传》用书疏、论策体写传记,有失于《史记》的义法,方苞谓:"欧公最为得《史记》法,然犹未详其义而漫效焉,后之人又可不察而仍其误邪!"在《史记》的典范之中区别不同层次,这种思路实际上在艾南英已经有之——韩愈学《史记》之"形迹"而欧阳修学其"风度",其表里精粗,正有分也。这种辨析方式,在"史传叙事传统"的大前提之下,为调整论述策略乃至转换立场,开放了可能。刘大櫆《论文偶记》以"逸""雄"的对立分析韩、欧之文,认为"欧阳子逸而未雄;昌黎雄处多、逸处少;太史公雄过昌黎,而逸处更多于雄处,所以为至"③,在风格分析方面上承茅坤,但通过强调"雄"的标准,并将其上溯到太史公,以此完成了对韩愈的辩护。

方苞谈"义法",刘大櫆谈"雄"与"逸",都是从不同角度重新建构韩愈碑志文与《史记》之间的渊源关系。与此类似,清初一些古文评点家也在其批评实践中强调韩愈对太史公的继承,以此重新阐释司马迁—韩愈—欧阳修这一叙事文学的谱系。如储欣继茅坤而编选唐宋古文,于"传志"一类,认为

---

① 取广义的碑志类概念(包括庙碑、神道碑、墓志铭、墓表等),《古文约选》录韩愈碑志,有《平淮西碑》《殿中少监马君墓志》《柳子厚墓志》凡三篇;欧阳修则有《范文正公神道碑铭》《太常博士尹君墓志铭》《湖州长史苏君墓志铭》《徂徕石先生墓志铭》《黄梦升墓志铭》《张子野墓志铭》《尹师鲁墓志铭》《孙明复先生墓志铭》《南阳县君谢氏墓志铭》《石曼卿墓志铭》《河南府司录张君墓表》《右班殿直赠右羽林军将军唐君墓表》《胡先生墓表》《泷冈阡表》共十四篇。题目均据《古文约选》卷首目录。
② 《望溪集》卷五,《方苞集》,第111页。关于"义法",参见本书第七章第四节。
③ 《论文偶记》,《历代文话》第4册,第4117页。

"子长、孟坚氏不作而史学颓,六朝俳俪,记〔词〕芜记秽,规矩荡然;韩、欧、王天纵巨手,起衰绍绝,史学中兴"。①储欣在"史学"的脉络之下并重韩、欧两家,其评点韩文,也每每拈出其与《史记》相似之处。如《清边郡王杨燕奇碑》,茅坤评以"条次战功极邕,然不及太史公遒逸",前已述之;储欣则云:

人知其畅耳,不知其可贵处尤在洁,此正是善法太史公。②

如此正是针对茅坤,反过来主张此文在文笔简洁这一方面继承了司马迁。又如《唐故河南令张君墓志铭》,韩愈以"君方质有气"一句领其对张署生平事迹的记述,储欣将这种写法也上溯到司马迁,认为:"《史记》诸传,每以数字笼人生平,而其后千端万绪,俱不出数字中,此传神法也。然耳闻不如亲接,所以卫、霍、李将军及诸酷吏传尤工。公〔韩愈〕惟与张同谪南方,山岨水险,患难相知,故以'方质有气'笼张生平,而行迹一一应之如此。"③这是有意在建构一种从司马迁到韩愈的文学渊源。与之类似,王元启在其《读欧记疑》中也努力整合一条由《史记》到韩愈再到欧阳修的线索。如欧阳修《集贤校理丁君墓表》叙丁宝臣仕履云:"又复博士、知诸暨县,编校秘阁书籍,遂为校理、同知太常礼院。"④同样一段史事,王安石《司封员外郎秘阁校理丁君墓志铭》记曰:"迁博士,就差知越州诸暨县〔……〕英宗即位,以尚书屯田员外郎编校秘阁书籍,遂为校理、同知太常礼院。"⑤中间多出一个"尚书屯田员外郎"的经历。王元启认为,欧阳修的写法更好,"叙事文不必逐节备书","中间削去屯田一节,正得龙门、昌黎叙事之法"⑥;乃是从史法择要不烦的角度来谈。又如欧阳修在《太子太师致仕杜公墓志铭》结尾部分序列其曾祖、祖、父三代赠官之情况,王元启亦曰"叙三代,不及妃配封氏,此昌黎旧法","昌黎志墓文,未有无故书其妣之封氏者";并进一步上溯到《史记》:"史公为四公子列传,兼载门客数人,独不书其母妻兄弟,此又昌黎志墓文之所本也。"⑦储欣、王元启的这些议论,分析写作手法颇为细致,所指出的承继关系是否成立,或许还可商榷,但很明显的是,他们在评议韩、欧之时,都力图寻绎其碑志文与《史记》在文法上的关联,进而以此作为判断其高下优劣的依据。

---

① 《唐宋八大家类选》卷首,引言叶 2a。
② 《唐宋十大家全集录·昌黎先生全集录》卷五,《四库全书存目丛书》集部第 404 册,第 426 页。
③ 同上书卷六,第 426 页。
④ 李逸安点校《欧阳修全集》卷二十五,第 391 页,中华书局 2001 年版。
⑤ 王安石撰,刘成国点校《王安石文集》卷九十一,中华书局 2021 年版,第 1577 页。
⑥ 《读欧记疑》卷一,《丛书集成续编》第 23 册,第 10—11 页。
⑦ 同上书,第 16 页。

就韩、欧碑志高下的问题,茅坤以降的种种论述,不论立场为何,背后大都绕不开以史书为后世叙事文类之源头与典范的观念。而康乾间人华希闵对韩愈碑志的辩护,则超出了这一预设:

> 昌黎之文原本经、子,而得力于《尚书》尤多。扬扢功德,则典谟之浑噩也;敷陈风物,则《禹贡》之典则也;指挥方略、叙次勋绩,则《牧誓》《武成》整肃而严明也。故集中碑版尤称绝调。鹿门谓不得《史》《汉》法,夫公与《史》《汉》同得统于经,其视太史所谓同工异曲之一耳,肯屑屑焉则而效之哉?①

华氏以韩文得力于《尚书》,大抵与李商隐《韩碑》诗所云"点窜《尧典》《舜典》字,涂改《清庙》《生民》诗"用意相仿佛。与茅坤一样,其实华希闵也承认韩愈之碑版文字"不得《史》《汉》法",但他却转过来说韩愈与《史》《汉》一样"得统于经",反而提升了韩文的地位。这一论辩的潜在观念,即在用"经""史"的学术分类框架介入文体分类之中,"史"并非学术分类秩序中之最高者,故在文体分类秩序中亦然,因此司马迁文甚至也不能作为文章的最高典范,必须更上一层,于经学中溯源流。故华氏论韩、欧二家碑志,亦不满于"庐陵之文自昌黎出"的说法,而是指出"二公皆原本经史,而造诣各殊。昌黎,经之苗裔;庐陵,史之冢嫡也"②,可见其理论构架。在此之前,李长祥在析论韩、欧碑志之文时,也曾指出韩愈与《尚书》乃至其他典籍间的渊源,称"考昌黎之碑,体裁准《虞书》《禹贡》,旁资之以《左氏》《公》《穀》《穆天子传》、司马之本纪,锻炼之然后其碑成"③;但未若华希闵正面地点出"经""史"对立的问题。这一辩护角度在理论框架上颇为动人,但细究起来,未免有些简略。韩愈、欧阳修等唐宋作家的古文创作,在字句、篇章或是整体构思等方面都有可能学习了《尚书》《左传》《史记》等秦汉经典,但这些不同的学习层次,影响有大有小,如何在此基础上推理出某一特定文类(如碑志)与前代经典之间的继承关系?又或者说,碑志文究竟应该置入"经"还是"史"之脉络?如果仅凭某些因素上的相似性,推断整体的谱系或者"文统",事实上是不够严谨的。

---

① 《书唐宋八家文后》,《延绿阁集》卷十一,《四库未收书辑刊》第9辑第17册,第738页。
② 同上书,第739页。
③ 《与龚介眉书》,《天问阁文集》卷三,第255页。

第三节　著史或勒石:"金石之文"独立性的强化

真正从思想观念和知识资源对碑志高下讨论造成较大改变者,则是清代日渐兴盛的金石之学。梁启超《清代学术概论》称"金石学之在清代,又彪然成一科学也",并区分出其中考证经史(顾炎武、钱大昕)、研究文史义例(黄宗羲等)、鉴别(翁方纲)、美术(包世臣)等流派。① 与古文之学关系最为密切者,则是所谓"文史义例"一派。在这一系,韩愈的碑志文传统上也具有极高的典范地位。元代潘昂霄编著《金石例》,"节目之详,率祖韩愈氏"。② 其书卷一至卷五综论碑志文的历史和各种类别,卷六至卷八所载《韩文公铭志括例》则是以韩文为实例详细说明碑志文具体的记叙模式③;如"自宦业俊伟者叙起而以世系妻子居后",举《朝散大夫赠司勋员外郎孔君墓志铭》为例;"自事实叙起,次履历、家世、子女,而以葬年月居后",举《考功员外卢君墓铭》为例;"先叙家世",举《兴元少尹房君墓志铭》等十三篇为例;"自乞铭叙起",举《河南少尹李公墓志铭》等五篇为例。④ 明初王行《墓铭举例》收录了韩愈、李翱、柳宗元、欧阳修、曾巩、王安石等十五家之文作为范例,但核心仍然是韩愈。不仅在选文比例上,韩愈为最(66篇),具有绝对的优势,次多的欧阳修(31篇)、王安石(33篇)都差及其半;在各卷的按语中,王行也明著宗韩之意。如就唐代三家云:"今取韩文所载墓志铭,录其目而举其例于各题之下,神道碑铭并举之。又于李文公、柳河东二家之文,拔其尤以附于后,用广韩文之例焉。"⑤就宋代诸家,亦称:

> 既举韩文为之例,而间取李、柳之文广之矣,故复取欧公而下数公之文之尤粹者附于后,盖以广三家之例也。⑥

可见在其所构建的唐宋名家碑志文谱系之中,韩愈具有最核心的地位。

---

①　梁启超《清代学术概论·十六》,朱维铮校注《梁启超论清学史二种》,第47—48页,复旦大学出版社1985年版。
②　元人杨本《金石例原序》中语,序末署"至正五年春三月"。《金石全例》上册,第9页。
③　此后《金石例》卷九是集抄前人论文之语,以及介绍制、诰、诏、表、露布、檄、箴、铭、记、赞、颂、序、跋诸体文章格式的《学文凡例》;卷十是《史院纂修凡例》。
④　《金石例》卷六,《金石全例》上册,第111—116页。
⑤　《墓铭举例》卷一,《金石全例》上册,第257—258页。
⑥　同上书卷二,第299页。

至黄宗羲的《金石要例》，便不满潘昂霄"大段以昌黎为例，顾未尝著为例之义与坏例之始，亦有不必例而例之者"；因此梨洲"故摘其要领，稍为辨正，所以补苍崖之缺也"。黄宗羲之"补缺"，主要有两个方面，一是突出历史流变的脉络，将汉魏六朝以及唐代其他作家的碑志文都纳入考虑；另一方面则是对各种先例加以反思判断，推求"为例之义"。例如关于碑文中书父祖名讳的问题，黄宗羲在《书名例》一条，先提出"碑志之作，当直书其名字"的原则，然后梳理历史渊源，发现"东汉诸铭载其先代，多只书官；唐宋名人文集所志，往往只称君讳某字某，使其后至于无考，为可惜"①。这实际上是据"理"以审视汉魏、唐宋两个时代之成"例"，并不唯古是从。此后，黄氏复于《书祖父例》一条，列举蔡邕、陈子昂、柳宗元、苏舜钦等例证，说明碑志文中可以临文不讳，直书父祖之名，从正面加以补充论述。②《金石要例》虽然篇幅不长，文字也颇简明，并没有连篇累牍地详列"先例"，但在史料使用、分析方法上，都有开风气之功。乾隆二十年（1755），卢见曾将《金石例》《墓铭举例》《金石要例》合刻为《金石三例》，使之更易为学者获取阅读，遂成为清中期以后最为流行的版本。

在"义例"这一派之外，清人出于赏玩古物、证经考史、商略波磔等种种不同的目的从事金石学之研究，对知识界最直接的影响便是大量碑碣文献的流通于世。这些文献的载体包括拓本、抄本以及刊刻出版之书籍等等，为文人学者阅读、欣赏、考察古代碑文提供了丰富的知识资源。除了在传世文献如《文选》《文苑英华》等总集或前代的金石学著作如欧阳修《集古录》、赵明诚《金石录》、洪适《隶释》《隶续》等书中旁征博引，清人更有访碑之举，山巅水涯，莫不摩挲搜求。自顾炎武《金石文字记》以降，辑录碑文、题跋评骘之作，层出不穷。如清初叶奕苞《金石录补》、马邦玉《汉碑录文》，乾隆初年吴玉搢《金石存》、牛运震与褚峻《金石经眼录》，等等。乾嘉之际，更是出现了钱大昕《潜研堂金石跋尾》、翁方纲《两汉金石记》、武亿《授堂金石跋》、孙星衍《寰宇访碑录》等经典之作。③ 最值得注意的，则是王昶在乾嘉之间苦心搜罗，"前后垂五十年"，将自己在各地访碑所得，以及"题跋见于金石诸书，及文集所载，删其繁复，悉著于编"，于嘉庆十年（1805）编成《金石萃编》一百六十卷④，在当时乃集大成之作，为学人研读碑碣文字之渊薮。

---

① 《金石要例·书名例》，《金石全例》上册，第419页。
② 《金石要例·书祖父例》，《金石全例》上册，第428页。
③ 关于清代金石学著作之概貌，可参考桑椹编纂《历代金石考古要籍序跋集录》卷一、卷二，浙江古籍出版社2010年版。
④ 《金石萃编》卷首自序，《续修四库全书》第886册，第450页。

金石之学的兴盛,在观念上强化了碑志文本身的独立性,为古文家讨论这一文类的传统与写作规范提供了"史书"之外的另一种可能。言之最明者,乃是姚鼐在《古文辞类纂》之《序目》中对"碑志类"文体的界定:

> 碑志类者,其体本于诗,歌颂功德,其用施于金石。周之时有石鼓刻文;秦刻石于巡狩所经过;汉人作碑文,又加以序,序之体,盖秦刻琅邪具之矣。茅顺甫讥韩文公碑序异史迁,此非知言。金石之文,自与史家异体。如文公作文,岂必以效司马氏为工耶?①

姚鼐所论,最值得注意者,就是明白揭出"金石之文,自与史家异体"的观点,相对茅坤以来在史家文的脉络下讨论碑志的做法,无疑是一大反动。这是这一釜底抽薪式的前提转移,推出了"文公作文,岂必以效司马氏为工"的结论。与华希闵相近,姚鼐也是把韩愈区别于史书传统之外,只不过华氏是以经学别于史学,姚鼐则举出"金石之文"这一传统。《惜抱轩文集》中有《跋夏承碑》考论"八分"之名义,又有《书夫子庙堂碑后》考辨其立碑之时间,可见其对金石之学的兴趣。② 不过,更具体而言,姚鼐强调"金石之文"独立性的观点,当是继承自其伯父姚范。姚范《援鹑堂笔记》评论韩愈《清边郡王杨燕奇碑》云:

> 公碑志,金石之文也,以议论断制,若云史传,则非宜耳。③

这篇碑文在开头交代杨燕奇家世背景之后,先有一大段写其生平征战及仕宦经历,文笔简洁明快,前以述之;这一段之后,韩愈插入一节议论:

> 公结发从军四十余年,敌攻无坚,城守必完,临危蹈难,歔欷感发,乘机应会,捷出神怪,不畏义死,不荣幸生,故其事君无疑行,其事上无间言。④

这一节议论总结上文所叙军功宦迹,其下则又补叙杨燕奇迎救田神功之母,以及其家庭生活的情况。在姚范看来,中间插入一节议论振其全篇之结

---

① 《古文辞类纂》卷首,《续修四库全书》第1609册,第316页。
② 并见《惜抱轩诗文集·文集》卷五,第74—75页、第77—78页。
③ 《援鹑堂笔记》卷四十二,《续修四库全书》第1149册,第97页。
④ 《韩昌黎文集校注》卷六,第401页。

构,正是"金石之文"的写法而非源于史传。这是就碑志文写作中的具体手法而言。不仅如此,姚范也触及了整个文类的传统问题。其论《平阳路公神道碑铭》云:

> 碑记之文肇于汉。公较前人格力固殊出,而体制相沿,盖金石之文应尔也。当取洪盘洲《隶释》所载参之。①

此言韩愈的"碑记之文",体制源于汉碑,并主张参考洪适《隶释》所收录的汉魏碑刻资料,正可见金石之学于韩愈碑文的解读分析,构成一种知识资源。清初朱彝尊已经不满王行《墓铭举例》主要取唐宋古文家,提出"墓铭莫盛于东汉,鄱阳洪氏所辑《隶释》《隶续》,其文其铭,体例匪一",应该"举而胪列"。② 姚范之说,正相承焉。不仅如此,姚范《援鹑堂笔记》卷四十九"杂识"一类中,载有不少考论碑碣之内容③,其中亦抄录《金石录》《隶释》之材料,或言文字,或言制度,或言书法,可见姚范本人亦留意金石考据之学。④ 在此知识背景之下,以"金石"之眼光评论古文,自非异事。姚鼐将碑志文的传统上溯到秦汉,在具体篇章的分析中,也沿此思路。如分析韩愈《清河郡公房公墓碣铭》,便将此文置入东汉以降碑志书写的脉络之下:

> 依次序述,是东汉以来刻石文体,但出韩公手,自然简古清峻,其笔力不可强几也。⑤

所谓"依次序述",乃是就《清河郡公房公墓碣铭》的写作手法而言。此文从房启的先世背景写起,按照其出生和成长、仕宦的经历一一道来,完全是按照时间顺序铺排,没有倒叙、插叙等变化之法,也没有用"意"或曰逻辑的顺序转接过渡,是最平实的写法。对此,方苞的解析是"此篇亦顺叙","退之于巨人碑志,多直叙,其辞之繁简,一依功绩大小,不立间架,而首尾神气,自相贯输,不可增损"。⑥ 所谓"不立间架",也是言其没有以意脉展开逻辑线

---

① 《援鹑堂笔记》卷四十二,《续修四库全书》第1149册,第98—99页。
② 《书王氏墓铭举例后》,《曝书亭集》卷五十二,《清代诗文集汇编》第116册,第414页。
③ 《援鹑堂笔记》卷四十九,《续修四库全书》第1149册,第154—156页。
④ 笔记的整理者方东树注意到姚范未仔细区分抄录之旧说与个人之意见,在此还专门解释"世言金石之学者,本取足资考证,非徒摩娑古迹耽玩好也。此所录皆关考证,不欲删剟,以备一书之全,非钞辑冗滥、破坏箸书体例"。
⑤ 《古文辞类纂》卷四十一,《续修四库全书》第1609册,第589页。
⑥ 徐树铮辑《诸家评点古文辞类纂》卷四十一,第4册,第31页,国家图书馆出版社2012年版。

索。两相对比,引入"金石之文"的眼光,从汉代以来碑碣之书写惯例理解韩愈的写作手法,正是姚鼐评点此文的新角度。于是,在"史传"之外,古文家开掘出另一套分析、理解碑志文的知识资源。

对"金石之文"自成传统的体认,使得学者在写作分析和理论建构两个方面,都要强调碑志文与史传文的区别。前述姚范、姚鼐之说,已可见之。章学诚也特别指出金石文作为"辞章"的属性,强调其与"史传"异体:

> 或问:"墓铭之例,志如史传、铭如史赞,可乎?史赞之文不可加长于传,而铭或加长于志,可乎?"答曰:史赞不得加长于传,正也。如《伯夷》《屈原》诸篇,叙议兼行,则传赞亦难画矣,然其变也。至于墓铭,不可与史传例也。铭金勒石,古人多用韵言,取便诵识,义亦近于咏叹,本辞章之流也。①

实斋此论乃就碑志文写作中志铭长短的具体问题出发,背后针对的则是方苞将"志—铭"类比为"传—赞"的观点。章氏反对在"墓铭"和"史传"之间进行这样的比拟,更进一步指出"铭金勒石"之文,本质上是"辞章"而不是史传,并从铭文部分"多用韵言"加以论证。在章学诚看来,碑志文的主体是"铭"而非前面的"志"②,说与姚鼐的"其体本于诗"相似。正因"铭长而志短,或铭志长短相仿"是"汉碑之旧法""体之正也";与之相反,"散体古文详书事实,而一二韵言作结者"是唐宋以后的写法,反倒是"体之变也"。区分"正""变"之关键,就在于碑志的本质是"辞章"。章学诚之论证方法,正是考古穷源:他的《墓铭辨例》一文中,梳理了《礼记》"铭旌之制"开始的志铭发展史,特别指出此文类乃是"涉世之文"。西汉以来,"铭金刻石,多取韵言";六朝之作,"铺排郡望,藻饰官阶",大抵是"以人为赋"之义。③ 章学诚对碑志历史的考索,特别强调"铭"的主体地位,又特别举出押韵、铺排、藻饰等六朝骈体碑志的特点,不能不说是有所侧重的。对于唐宋古文传统中的碑志,章学诚认为是蕴含了"史传叙事之法"的变体:

> 韩、柳、欧阳,恶其芜秽,而以史传叙事之法志于前,简括其辞以为韵

---

① 《文史通义》外篇二《墓铭辨例》,《章学诚遗书》,第76页。仓修良考订此篇作于嘉庆元年(1796)二月,见《文史通义新编新注》,第492页,浙江古籍出版社2005年版。
② 关于碑志文中各组成部分的名称问题,明清学者各有不同的表述。如姚鼐主张"志"是包括整篇文章而言,内中再分"序"和"铭",其说较为允当。这里是采用章学诚本人的术语,以"志""铭"二分。
③ 《文史通义》外篇二《墓铭辨例》,《章学诚遗书》,第75—76页。

语缀于后,本属变体。两汉碑刻、六朝铭志,本不如是。然其意实胜前人,故近人多师法之,隐然同传记文矣。至于本体,实自辞章,不容混也。①

在历史源流上,章氏认为"史学废而文集入传记","若唐宋以还,韩柳志铭、欧曾序述皆是也"。② 由此,韩愈以降的碑志,实际上同时继承了"史传"和"辞章"两个异质的传统。那么,究竟应该如何界定其属性呢?在章学诚的表述中,更侧重的似乎还是从本源上强调其"辞章"的身份。③ "隐然同传记文"这一表述,毕竟尚有一间。此外,章氏亦强调碑志应酬涉世的功能,认为"负史才者,不得身当史任以尽其能事,亦当搜罗闻见,核其是非,自著一书,以附传记之专家。至不得已而因人所请,撰为碑、铭、序、述诸体,即不得不为酬酢应给之辞,以杂其文指,韩、柳、欧、曾之所谓无可如何也"④。从这一表述中,不难看到章学诚暗示"碑铭序述"之文,与作为"著作"的史传不同。可见,在文学风格、历史演进乃至书写功能这些不同的层面,碑志文都"实然"更是"辞章",而"史传"则是其需要"变化气质"方能达到的"应然"境界。

从汉魏碑志向下建立"金石文字"的谱系,自然会在文学风格上带来新的审美标准。其最直接而著明者,乃是对骈体碑志的重新重视。汉魏六朝之碑志名作,实多骈体。如《文选》所录碑文五篇,蔡邕《郭有道碑文》《陈太丘碑文》、王俭《褚渊碑文》、王巾《头陀寺碑文》、沈约《齐故安陆昭王碑文》,其序文部分皆为骈体。⑤《文心雕龙·诔碑》云:"自后汉以来,碑碣云起,才锋所断,莫高蔡邕。观《杨赐》之碑,骨鲠训典;《陈》《郭》二文,词无择言,《周》

---

① 《文史通义》外篇二《墓铭辨例》,《章学诚遗书》,第76页。
② 《文史通义》内篇三《黠陋》,《章学诚遗书》,第26页。
③ 何诗海《章学诚碑志文体观及其文学史意义》认为章学诚以碑志为史传文体,文载王水照、朱刚主编《中国古代文章学的成立与展开——中国古代文章学论集》,第418—431页,复旦大学出版社2011年版。事实上,作为史学家的章学诚很清楚,从历史发展上看碑志文兼有史传、辞章两种属性,也主张用史学的标准衡量改造、指导碑志文写作。《墓铭辨例》明言"本体实自辞章""本辞章之流也"等语,可见章学诚在讨论碑志文体时,更强调的还是其"辞章"属性;也正因为如此,后世的碑志文创作需要等待史学的"拯救"。
④ 《文史通义》内篇三《黠陋》,《章学诚遗书》,第26页。
⑤ 萧统编,李善注《文选》卷五十八至卷五十九,第2500—2545页,上海古籍出版社1986年版。王巾,一作王屮。王运熙《从〈文选〉所选碑传文看骈文的叙事方式》对此有深入论述(《上海大学学报[社会科学版]》2007年5月),可参。王先生指出:"骈体文所崇尚的文采或修辞之美,即对偶工整、辞藻华美、声韵和谐、用典精切等要素,它们对传主的德行、功业等只作概括的叙述,而以典雅华美的文采来代替具体的叙述,因而与散体文传记(如《史记》《汉书》)着重通过话语、行动、具体事件来显示人物的性格、作风等特色的写法迥异。"

《胡》众碑,莫非清允。"①所举伯喈诸作中,《陈》《郭》之外,又如《汝南周巨胜碑》(为周勰作)、《胡公碑》(为胡广作)等,亦以骈偶成体。② 碑志中的骈俪之风,至韩、柳方为转变。陆游曾批评《头陀寺碑文》"骈俪卑弱,初无过人,世徒以载于《文选》故贵之耳";认为"自汉魏之间,駸駸为此体,极于齐梁,而唐尤贵之,天下一律。至韩吏部、柳柳州大变文格,学者翕然慕从"。③ 所谓"大变文格",从语体上看是以散变骈,从知识属性上,则不免就有些以"史学"变"金石"的味道。清代吴玉搢《金石存》亦云:"唐人碑版文字,类以骈体行之,初不耐读。直至韩、柳出,而后尽扫陋习。"④不过,转换一个角度,韩、柳"变古"之前的骈体碑志,实际上也是一个彬彬盛矣的文学传统。李兆洛《骈体文钞》于"碑记类""墓碑类"收录汉魏六朝如《汉修西岳庙碑》《晋造戾陵遏记》以及张昶、王延寿、蔡邕、王俭、王巾、沈约、萧纲、庾信诸家之作,其中尤以蔡碑为多("墓碑类"共21篇,录蔡作14篇)。李氏称:

> 碑志之文,本与史殊体。中郎之作,质其有文,可为后法,故录之尤备焉。⑤

其强调碑志文体与"史"有别的立场,正与姚鼐《古文辞类纂序目》相一致。孙梅《四六丛话》亦详论历代骈体碑志之佳者:

> 朝廷懿美,录在史官;家世音徽,式之神道。碑版之用远矣!粤自韩公起衰,欧阳复古,始以《史》《汉》之文甄叙,以《诗》《书》之义发挥,振臂一呼,随风而靡。然自东汉,迄于唐宋,人才辈出,作者相望。兰茝不绝其芳,琬琰聿彰其宝。莫不激扬流品,追琢词条。汉季中郎,尤为杰出。《林宗》《太邱》之篇,《杨公》《桥公》之制,抉荀、扬之蕴,抽典、诰之华,渊乎其思,粹乎其质,班、张之俦,瞠焉其后已。⑥

将"史官"与"神道"对举,潜在当不无别其同异之意。《四六丛话》亦指出韩愈、欧阳修倡古文的影响,但认为碑志中骈体的写作传统仍然不绝如线。

---

① 《文心雕龙义证》卷三,第450页。
② 见范文澜注《文心雕龙注》卷三所引诸作,第223—228页。并参《蔡邕集编年校注》,第23页、第160—161页。
③ 《入蜀记》卷四,《全宋笔记》第5编第8册,第198页,大象出版社2012年版。
④ 《金石存》卷四,叶17a,《唐庾公颂》后识语,嘉庆二十四年李氏闻妙香室刻本。
⑤ 《骈体文钞》,《续修四库全书》第1610册,第351页。
⑥ 孙梅著,李金松校点《四六丛话》卷十八,第371页,人民文学出版社2010年版。

对于东汉,与李兆洛类似,孙梅也特重蔡邕碑志之典范地位。可以说,骈碑之有蔡中郎,与散碑之有韩昌黎,堪相并论。接下来,孙氏叙述"魏晋以还,斯事不废",于南朝标举庾信为典范,于唐代则推出张说为代表,谓:"若夫格沿齐梁,文高秦汉,词雄而意古,体峻而骨坚,称有唐之冠冕,为昌黎所服膺者,其惟张燕公乎?"实际上正是欲借韩愈服膺燕公,为骈碑张目。此外,初唐四杰也为孙氏所重:"夫唐人尤工楷法,碑碣存者独多,苔藓之下,典缛犹新,而鲸铿春丽,竞秀增华,未有如初唐四杰者。事虽僻沉,必有切义。文惟铺叙,不乏妍词。后学津梁于是乎在。"这一段论述,称赞四杰在用典生僻而能贴切、行文铺张而能妍丽方面的优点,固是题中应有之义。有趣的是,孙梅还提及唐人碑刻书法之美,亦隐然折射出"金石"访求之趣味,或正暗示这种视觉艺术与骈俪文辞之相得益彰。李唐之后,虽经韩柳古文运动,但孙氏指出"宋代碑版,骈俪亦多",并举徐铉、晏殊为代表。最后,孙氏回到"史""碑"关系之思考:

> 夫碑通于史,而俪别于古。原其所以同,复推其所以异,是在大雅宏达之才矣。①

与姚、李二家略有不同,孙氏立论的语气似更执中,认为碑文与史传有相通(叙事之功能)、有相异(骈俪语言)。实际上,此说同样也是要为汉魏六朝"金石文"的固有传统辩护,即以其叙事述怀同样能"辞尚体要"、褒贬征实,精神并不逊色于(散体)史传,而文章尚辞藻华美、音韵铿锵,又能有自己的特色。由此不难看到,"金石之文"的自觉,对于骈体碑志之重新被"发现",同样颇有助益。

当然,在骈体碑志兴起之外,本章更关注的还是重视汉碑的风气对散体碑志之影响。如曾国藩《求阙斋读书录》评韩愈《故相权公墓碑》云:"矜慎简炼,一字不苟,金石文字之正轨也。"②从"金石文"体制的角度肯定其矜简之笔法。同时,韩文亦有不合汉碑法度者,如《试大理评事王君墓志铭》,曾氏评曰:

> 以蔡伯喈碑文律之,此等文已失古意,然能者游戏,无所不可。③

---

① 《四六丛话》卷十八,第 372 页。
② 《求阙斋读书录》卷八,叶 29b,(台北)广文书局 1969 年版。
③ 同上书,叶 24b。

《试大理评事王君墓志铭》写"天下奇男子王适"之事迹,摹状其"怀奇负气"之举,颇为生动,尤其是末段写诈称及第以求婚配之事,情节曲折而对白如闻,写法类近传奇①,故曾氏有"失古意"之评语,以其非正体;韩愈才力大,能为此"游戏",后人效之,就不免危险。可以对照的是,茅坤许此文以"澹宕多奇"②;所谓"宕"者,正近于司马迁、欧阳修之"逸"。曾国藩评以"失古意",实际上又潜藏着"汉碑"和"韩碑"之间的微妙紧张。③ 不特如此,一些本身被认为是妙笔佳构的碑志作品,放到汉魏金石的传统之下,就不免被视为"变体",其价值和典范性也会受到质疑。钱泳《履园丛话》云:

> 墓碑之文曰"君讳某字某,其先为某之苗裔",并将其生平政事文章略著于碑,然后以"某年月日葬某",最后系之以铭文云云,此墓碑之定体也。唐人撰文皆如此。至韩昌黎碑志之文,犹不失古法,惟《考功员外卢君墓铭》《襄阳卢丞墓志》《贞曜先生墓志》三篇,稍异旧例,先将交情家世叙述,或代他人口气求铭,然后叙到本人,是昌黎作文时偶然变体,而宋、元、明人不察,遂仿之以为例,竟有叙述生平交情之深、往来酬酢之密,娓娓千余言,而未及本人姓名家世一字者,甚至有但述己之困苦颠连,劳骚抑郁,而借题为发挥者,岂可谓之墓文耶? 吾见此等文,属辞虽妙,实乖体例。④

钱泳在此从墓碑文写作的传统出发,指出其"定体"之结构规范,认为唐代碑文乃至韩愈大部分的作品都是如此,而《考功员外卢君墓铭》先从韩愈与卢东美的交情叙起,《襄阳卢丞墓志》以卢丞之子卢行简乞铭之语叙述碑

---

① 叶国良《韩愈冢墓碑志文与前人之异同及其对后世之影响》对此文的写法有精到的分析,其评价"波涛翻腾,诡异曲折,真类一篇传奇",可参;见《石学蠡探》,第68—69页,(台北)大安出版社1989年版。
② 《唐宋八大家文钞·唐大家韩文公文抄》卷十四,叶23a。
③ 参酌汉碑传统,区分史传与碑志,后来逐渐成为学界主流的看法。降及民初,刘师培《汉魏六朝专家文研究》论汉文,便比较蔡邕碑铭与《后汉书》传记,指出"传实碑虚,作法迥异","作碑与修史不同"。在唐宋古文的领域,吴闿生评韩愈《柳子厚墓志铭》,也指出韩、欧为变格:"金石文字,当以严重简奥为宜,此文偶出变格,固无不可。欧公作墓铭,乃专用平时条畅之体,以就已性之所近,而文体遂为所坏。此欧公之过,不得以韩此文为借口也。"见《古文范》卷三,叶34b,(台北)中华书局1970年版。
④ 《履园丛话》卷三,第82—83页,中华书局1979年版。此书卷首孙原湘序称"履园主人于灌园之暇,就耳目所睹闻,著《丛话》二十四卷",末署"道光五年冬十月";又钱泳自序末署"道光十八年七月刻成始,梅花溪居士钱泳自记"。可知《履园丛话》于道光五年(1825)已大体成书,道光十八年(1838)始刻毕。

主生平①,《贞曜先生墓志》以孟郊之丧事及韩愈"呜呼!吾尚忍铭吾友也夫"的感叹开篇②,从碑碣文的体制传统看,这些都是"偶然变体",不足为法的。而这些"变体"的写法,从古文家的角度看,恰恰是极富文情、值得称道的。钱泳本人善书法,好收藏、临写汉唐碑刻,著有《写经楼金石目》,《履园丛话》卷九"碑帖"也收录了他对周秦、汉魏下迄唐宋、明清历代碑刻和法帖的题跋评论,其论墓碑体例,正是建基于金石碑碣之知识储备,并非空作大言。"碑学"与"辞章"的潜在矛盾,于此便折射出来。

对汉碑传统的认识,不但能看到唐宋作家笔下的"变体"何在;反过来,也会映照出一些所谓的"变体"其实本属"常体"。如苏轼《表忠观碑》以赵抃奏议为其主体,古文家颇推崇这种写法,常拟之《史记》,但章学诚却从"汉碑常例"的角度提出批评:

> 苏子瞻《表忠观碑》,全录赵抃奏议文无增损,其下即缀铭诗,此乃汉碑常例,见于金石诸书者不可胜载。即唐宋八家文中,如柳子厚《寿州安丰孝门碑》亦用其例,本不足奇。王介甫诧谓是学《史记·诸侯王年表》,真学究之言也!李耆卿谓其文学《汉书》,亦全不可解。此极是寻常耳目中事,诸公何至怪怪奇奇,看成骨董?③

事实上,王安石、李耆卿之后,明清人评点此文,也好言其学《史记》。如茅坤称其"通篇以疏为序事之文,绝是史迁风旨";方苞则指此文"用《史记·三王世家》体"。④ 其着眼点,乃是《史记》中也有移录当事人奏议的写法。

---

① 《襄阳卢丞墓志》:"范阳卢行简将葬其父母,乞铭于职方员外郎韩愈曰:'吾先世世载族姓书,吾胄于拓跋氏之弘农守;守后四代吾祖也,为沂录事参军;五世而吾父也,为襄阳丞。始吾父自曹之南华尉,历万年县尉,至襄阳丞,以材任烦,能持廉名,去襄阳则署盐铁府,出入十五年,常最其列。贞元十三年,终其家,年六十七,殡河南河阴。吾母燉煌张氏也,王父瓘为宪之金乡令。先君殁而十三年夫人终,年七十三,从殡河阴。生子男三人:居简,金吾兵曹;行简则吾,其次也,大理主簿佐江西军;其幼可久。女子嫁浮梁尉崔叔宝。将以今年十月自河阴启葬于汝之临汝之汝原。'吾曰:阴阳星历,近世儒莫学。独行简以其力余学,能名一世;舍而从事于人,以材称。葬其父母,乞铭以图长存,是真能子矣,可铭也,遂以铭。弘农讳怀仁,沂讳璬,襄阳讳某。今年实元和六年。"《韩昌黎文集校注》卷六,第428—429页。写法的特别之处是全用卢行简之语交代其父母生平和家庭情况,不用第三人称的口吻叙述。
② 《贞曜先生墓志铭》开头叙述孟郊卒后之情形:"唐元和九年,岁在甲午,八月乙亥,贞曜先生孟氏卒,无子,其配郑氏以告,愈走位哭,且召张籍会哭。明日,使以钱如东都供葬事,诸尝与往来者咸来哭吊韩氏。遂以书告兴元尹故相余庆。闰月,樊宗师使来吊,告葬期,征铭。愈哭且一:'呜呼!吾尚忍铭吾友也夫!'兴元人以币如孟氏赗,且来商家事,樊子使来速铭,曰'不则无以掩诸幽'。乃序而铭之。"接下来方以"先生讳郊,字东野"开启对孟郊生平的叙述。《韩昌黎文集校注》卷六,第497页。
③ 《文史通义》内篇二《古文公式》,《章学诚遗书》,第18页。
④ 《唐宋八大家文钞·苏文忠公文抄》卷二十六,叶12a。《诸家评点古文辞类纂》卷四十,第3册,第625页。

章学诚批评这种看法是少见多怪,主要的依据就是"见于金石诸书"的汉代碑刻资料,其著者如《史晨碑》《孔龢碑》等。① 实斋之前,全祖望也已根据汉碑讨论《表忠观碑》的写法:

> 东京隶墨,其流传于今者,《乙瑛》《韩敕》《史晨》最为完善,书法亦属一家。《乙瑛碑》只叙奏而附以赞,是碑〔按:史晨碑〕只叙奏而附之铭,盖法《史记·三王世家》,为髯翁《表忠观碑》所祖。②

有趣的是,同样以汉碑为据,全祖望还是追溯到《史记》作为《史晨碑》和《表忠观碑》共同的源头,章学诚则坚决反对取法《史记》之说,讥之为学究之见③,这种立场正可以折射出论述立场与理论预设的差异。对章学诚而言,碑文属于"辞章",与史书传记流别判然,故不得不严格区分师法传承之线索。在这一论述背后,正是姚鼐所云"金石之文,自与史家异体"之观念。

随着清人对前代金石文字兴趣的提高,"金石文字"内部的源流正变问题就越来越突出:如果将碑版文字视为一个独立的文类谱系,自然不能不考虑,在韩愈之前还有汉碑这一更古老的传统。金石碑志的历史脉络应当如何论述? 韩愈与汉魏六朝孰为正宗? 这就成为碑志文体研究中的另一个重要问题。

从时代先后上看,汉魏在前,唐宋在后;从源流关系上看,前者是源,后者是流。按照好古、求本原的观念,汉魏碑志较韩欧碑志具有优先性。朱彝尊所谓"墓铭莫盛于东汉",即有此意。朱氏又主张稽考洪适《隶释》,总结汉碑

---

① 洪适《隶释》卷一《鲁相史晨祠孔庙奏铭》:"建宁二年三月癸卯朔七日己酉,鲁相臣晨、长史臣谦顿首死罪上尚书。"又《隶释》卷一《孔庙置守庙百石孔龢碑》:"司徒臣雄、司空臣戒稽首言。"见《古代字书辑刊》影印洪氏晦木斋本《隶释》,第23页、第17—18页,中华书局1986年版。章学诚心目中的"汉碑常例"具体何指? 考其《墓铭辨例》云:"柳州《孝门》之铭,录奏为序,乃《西岳华庙》及《孔庙卒史》诸碑之遗,本属汉人常例。而宋人一见苏氏《表忠观碑》,即鹘突不得其解。末学拘绳,少见多怪,从古然矣。"按《孔庙卒史》即《孔龢碑》,《西岳华庙》当指《西岳华山庙碑》。然考《隶释》与《金石萃编》所载,《西岳华山庙碑》并非"录奏为序",不知章氏何以言之。后来王芑孙《碑版文广例》考察秦汉碑刻中录奏议之例,细分不同情况,详列《碑中具载诏令奏议例》《碑叙奏请而不载所奏例》《碑中具载官文书例》等等(是书卷一)。刘宝楠《汉石例》也列有《碑文中叙诏册例》《碑文中但录诏册不复撰文例》(卷三"墓铭例")、《碑文全录状牒末用赞铭载立碑人爵里姓名字及立吏舍人例》《碑文全录状牒末用赞铭载立碑人爵里姓名字及立碑年月日与工师姓名例》(卷四"庙碑例")、《碑文全录令牒例》(卷四"德政碑例")等。

② 《鲒埼亭集》卷三十七《汉史晨祠孔庙奏铭碑跋》,《全祖望集汇校集注》上册,第706页。按《乙瑛》即《孔龢碑》;《韩敕》即《礼器碑》。

③ 章学诚亦用清代生活之常识加以解说和嘲讽:"且如近日市井乡间,如有利弊得失,公议兴禁,请官约法立碑垂久,其碑即刻官府文书告谕原文,毋庸增损字句,亦古法也。岂介甫诸人于此等碑刻犹未见耶?"《古文公式》,《章学诚遗书》,第18页。

文例①，此构想虽未真正实行，然考其《曝书亭集》中金石文字跋尾，对汉碑文章已颇有讨论，如就《娄寿碑》之"玄儒先生"讨论私谥的问题②；就《金乡守长侯君碑》和蔡邕集中之文，推测"东京之俗，夫妇同穴者寡"，批评"潘昂霄金石例、王行墓铭举例，未发其凡者也"③。不仅如此，朱彝尊为友人文点作墓铭之时，因欲作五言体之铭文，便特别提出要超出《金石例》和《墓铭举例》的规定，从《隶释》所载汉碑寻找先例④；正是将度越韩欧、取法汉碑的思路运用到实际创作的层面。降及清代中叶，推崇汉魏碑志之声日炽。如《四库全书总目》评论潘昂霄《金石例》，以其"但举韩愈之文"，"未免举一而废百"，不满其仅从韩愈取例。清代中叶，研治汉魏碑版文例的专著纷纷面世。⑤ 这些著作既是继承朱彝尊的思路，同时也与乾嘉时代金石学的整体发展密切相关。嘉庆年间，梁玉绳撰成《志铭广例》二卷⑥，其中便多据《隶释》《隶续》以及清代学者之著述，补充汉魏碑碣之资料，用以分析探究碑志之"体式"与"书法"。如卷一《先世书官不名》一则：

> 东汉碑多不书先世名讳。赵德夫云："为子孙作铭，不欲名其父祖。"此最得体。玉绳案：《集古录》《金石录》《隶释》《隶续》所载汉碑，皆书官而不书名，亦是当时一例。检《文苑英华》及《金石萃编》，隋以前犹如此，至唐则罕见矣。⑦

---

① 《曝书亭集》卷五十二《书王氏墓铭举例后》，《清代诗文集汇编》第 116 册，第 414 页。
② 《曝书亭集》卷四十七《汉娄寿碑跋》，叶 5b。
③ 《曝书亭集》卷四十七《金乡守长侯君碑跋》，叶 11b。
④ 《处士文君墓志铭》："君尝好予五言诗，按潘昂霄《金石例》、王行《墓铭举例》，铭辞无作五言者。然洪适《隶释》所载，自汉世已有之。爰作铭曰：崇祯十七载，宰辅五十人。文公宣麻日，朝士气一伸。五旬拂衣去，人亡国胥沦。有如陶公侃，宜有泉明孙。点也式祖训，不以富易贫。潇洒弄翰墨，澹泊栖松筠。虽曾客京洛，素衣屏缁尘。伊人洵难得，可宗亦可因。谁搜遗民传，庶其考吾文。"《曝书亭集》卷七十四，叶 11a。朱彝尊写作五言体铭文的动因是亡友文点生前欣赏其五言诗，但有趣的是，为了论证此举的合理性，他要从《隶释》的汉碑中为自己找到依据。
⑤ 叶国良《石例著述评议》评介潘昂霄《金石例》以降直到清代凡十二家讨论金石义例的专著，对本章启发甚大。叶文指出："清世金石考证之学大昌，朱彝尊以元明学者论例断自韩愈为不悉其源。〔……〕于是嘉庆、道光间承朱志或广朱志而作括例书者，凡梁玉绳《志铭广例》等九家，其有论列而无成书者不计焉。"《石学蠡探》，第 102—103 页。
⑥ 《志铭广例》卷首有梁玉绳自序，署"嘉庆元年丙辰六月"。但书中所引资料，有嘉庆十年冬始刊成的《金石萃编》，以及嘉庆十六年成书的《平津读碑记》。(卷首洪颐煊自序称"积成八卷"云云，末署"嘉庆十六年太岁在未八月十四日临海洪颐煊题于济宁舟次"。并参陈鸿森《洪颐煊年谱》，《"中研院"历史语言研究所集刊》第 80 本第 4 分，第 729 页。)虽然不能完全否定梁玉绳在《金石萃编》等书尚未正式刻成之时接触到稿本的可能性，但洪颐煊嘉庆十年(1805)方入孙星衍幕，校书平津馆，其纂《读碑记》之上限不当过此。因此，更合理的解释是，嘉庆元年并不是《志铭广例》最后成书的时间，之后还有增改。
⑦ 《志铭广例》卷一，《金石全例》上册，第 478—479 页。

可见其取资之文献材料,既有传世总集、宋人金石学著作,又有清人考据之新成果如王昶《金石萃编》。盖此书得力于兰泉《萃编》尤多,其卷一《题书郡望》《题书僧姓》《题书妻合葬》《父子共一碑》《预乞人作志铭》《别为铭书讳字》《书人脱误不改》《志铭不纳圹》《文中叙撰书篆人》《书碑衔名年月别题》《父子撰书别名》,卷二《间书先世》《书子女先后》诸则均征引《金石萃编》的资料。① 此外于清代著名的金石考证之作,尤其是乾嘉时期之著述,引述亦多。如《行状为碑》祖述全祖望《答沈东甫征君文体杂问》之语②;《志铭后补书》引钱大昕《金石文跋尾三续》之说为证,又辅以《金石萃编》所载北魏碑志的资料;《志铭用注》引武亿《授堂金石跋》;《铭在文前》用卢文弨《群书拾补》之说;《志文用公、君字》采袁枚《随园随笔》之说;《题分两称》引洪颐煊《平津读碑记》等等,不一而足③。梁玉绳虽已大量采掇汉魏六朝的碑碣材料,但其书主体上仍然依循潘、王之旧轨,亦不废韩、欧志铭。嘉庆七年(1802),李富孙自序其《汉魏六朝墓铭纂例》,便明确提出了碑志文内部唐宋与东汉两个传统的对立问题:

> 明初王止仲以唐宋十五家碑志,撰《墓铭举例》四卷〔……〕顾十五家之文,譬诸黄河之水,已过积石龙门,但见其流之觚觎奔注,而未知昆仑以上之原之所在也。然则欲溯墓铭之原者,必于东汉之世。④

李富孙用河流为比喻,主张追本溯源,以东汉为"法""例"之所出。嘉庆十八年(1813),汪家禧为郭麐《金石例补》作序,也提及当时两人关于碑志取法的讨论:

> 东里生问于频伽子曰:碑碣之盛,其汉氏之东欤? 其体以铺陈始终

---

① 分别见《金石全例》上册,第470页、第472页、第476页、第514页、第516页、第523页、第525页、第533页、第545页、第548页、第549页、第555页、第562页。
② 《志铭广例》卷一《行状为碑》:"全谢山云:《舆地碑记目》庐州有唐旌表万敬儒孝行状碑,化州谯国夫人洗氏庙有行状碑。乃知行状亦碑版文字之一,而高僧尤多以行述刻碑,或直谓之墓状也。"按全祖望《答沈东甫征君文体杂问》云:"魏晋人所著先贤行状是传类耳;其后唐人则有太史之状以上国史,有太常之状以请谥,有求碑志之状,原非金石文字也。然尹河南集自十二卷以下,首状,次碑,次表,次碣,次述,次志,竟以状、述杂碑版中,初尝疑其例之未合,其后乃知古人之为状与述者,虽不尽刻石,而石刻有之。《舆地碑记目》庐州有唐旌表万敬儒孝行状碑,化州谯国夫人洗氏庙有行状碑。故潘苍厓《金石例》多本昌黎,而亦以行状入金石,乃知行状固属碑版文字之一,而高僧尤多以行述刻碑,或直谓之墓状。"见《鲒埼亭集外编》卷四十七,《全祖望集汇校集注》中册,第1770页。
③ 以上分别见《金石全例》上册,第524页、第526页、第538页、第534页、第471页。
④ 《汉魏六朝墓铭纂例》卷首,《金石全例》中册,第316页。并参李富孙《校经庼文稿》卷十一《汉魏六朝墓铭例自序》,《清代诗文集汇编》第544册,第92页。

为能,六朝唐初人因之;自昌黎韩氏出而体变,欧阳、王、曾,韩之别子也,其法胥准于太史公书,循一端而论全体,与初制大殊焉。后有作者,亦规其初制欤?①

这里提出的问题,较李富孙更为细致深入,汉代至唐初之碑,与韩愈以后之碑,分为两个传统,汪氏不但是从时代先后上区分,更指出两者在体制写法上的差异,汉碑的特点是"铺陈始终",即尽可能全面地称述生平;韩碑开启的新路向则是"循一端而论全体",即抓出一些最有代表性的要点来叙写人物。郭麐在其应答中,虽也承认韩、欧古文之长处,但其基本立场还是"有例必从其朔","东汉其鼻祖矣"②;故采掇汉魏六朝之文例,有《金石例补》之作。有趣的是,汪家禧在此指出韩愈准《史记》而变体,恰恰也触及史传与金石之间的紧张关系。在汪、郭看来,"循其变而昧其初之例,其失固,惟固斯陋";因此分清正变之后,"必规其初体",方能脱于流俗,扭转时弊,找到碑碣文之正轨。③

第四节 以韩欧例秦汉:王芑孙对碑志正统的重构

清中叶推崇汉学的风气之下,好古追源,在碑志文中推崇汉魏六朝,自非异事。郭麐在与汪家禧讨论碑碣传统时,提到当时之习尚,说经者"反乎郑、虞",论诗者"反乎萧《选》"④,正是这种情形的写照。李富孙、郭麐之外,郝懿行、阮元、刘宝楠等人亦有碑志当取法汉魏之论。⑤ 刘宝楠编纂《汉石例》,更被张穆推许为"惟深通汉学,故能得其大义",可见汉学趣味对碑志研究的影响。然而当时金石义例之作中,颇值得注意的一个案例则是王芑孙的《碑版文广例》。王氏在乾隆、嘉庆间以诗、古文名世,在学术上主宋学而不满汉学,在古文方面也宗法韩、欧等唐宋大家;故其于碑版之文,一以韩愈、欧阳修为法,此本不足怪。王芑孙尝应彭允初之请,为彭父启丰作墓碑文,允初来书

---

① 汪家禧《金石例补后序》,末署"嘉庆十有八年七月朔后二日"。《金石例补》卷首,《金石全例》上册,第583—585页。按"东里生"即汪家禧,"频伽子"即郭麐。
② 郭麐《金石例补序》,末署"嘉庆十有六年六月二十有七日"。《金石例补》卷首,《金石全例》上册,第582页。
③ 汪家禧《金石例补后序》述郭麐语,《金石全例》上册,第584页。
④ 郭麐《金石例补序》,《金石全例》上册,第584页。
⑤ 党圣元、陈志扬《清代碑志义例:金石学与辞章学的交汇》(《江海学刊》2007年第2期)对此问题有详细论述,可参。此文将清人关于碑志义例的讨论分为三派:一是骈文派,主张取法汉魏六朝;二是古文派,以韩愈为宗;三是折中派。

中有推美其文笔,方以蔡邕之语,芑孙答书颇不以为然,郑重表示"今稍本韩、欧、王三家义法为之寄去,但不能真为伯喈之文,如先生所责望"①;正当看作王氏碑志宗法的夫子自道。有趣的是,主张以韩、欧为碑志正统的王芑孙,其《碑版文广例》,则是一部搜集、析论秦汉三国六朝一直到唐初碑文作品的书籍;这一"材料"与"观点"的参差,对我们窥知当时的学术风气,甚有参考价值。

王芑孙究心碑志之学,一方面对前人的《金石三例》(潘昂霄、王行、黄宗羲)施以评点,另一方面又自撰《碑版文广例》。前者主要面对的是韩、欧为核心的唐宋碑志文,后者则处理的是韩、欧之前更早期的碑志传统。王氏对这两部分工作都颇为重视,嘉庆十三年(1808)曾为所批《金石三例》跋云"余翻阅是书二十余年,随手点识,不择丹墨","异日门人中有为余稍加删替,并余今所作《碑版广例》合刻行之,虽谓之《金石四例》可也"。② 大抵在他眼中,两相合并,事实上就构成了从先秦一直到唐宋的碑志文章发展史。《碑版文广例》成书,约在嘉庆十五年(1810)之后③,在此书自序中,王芑孙自称是在潘昂霄、王行之后,旁取于朱彝尊考察汉碑之说,希望借此"上追秦汉,下迄宋元明,作《碑版文广例》若干卷"。而今所见刻本《碑版文广例》十卷,自秦、汉、三国、晋、梁、北魏、东魏、北齐、周、隋直到唐代,并未处理宋、元、明之后的作品,当是未能完成其宏愿。这样一来,《碑版文广例》一书,就出现了一个特别的情形:在内容上是秦汉魏晋至唐代之文例,在主张上则是以韩、欧为典范。王芑孙在其书自序和卷内识语中,对此有反复的解释,如云:

> 潘氏、王氏专举韩、欧,吾一不举韩、欧,要之以文章正统与韩、欧也。〔……〕碑版莫盛于韩、欧。韩以前非无作者,凡其可法,韩、欧则既取而法之矣,其不可法,韩、欧亦既削而去之矣。韩以后非无作者,能以韩、欧之例例秦汉、例元明,无往而不得矣;不以韩、欧之例例秦汉、例元明,无往不失矣;得失之数明,而后承学治古文者,有所入,此吾《广例》之说也。④

---

① 《惕甫未定藁》卷八《与彭允初书》,王芑孙著,王义胜整理《渊雅堂全集》下册,第602页,广陵书社2017年版。王芑孙所作碑文,见《惕甫未定藁》卷十《清故光禄大夫经筵讲官兵部尚书致仕彭公神道碑铭》。王芑孙在《与彭允初书》中批评彭绩(秋士)所作之碑志太过简略,以韩、欧等为例,主张"古碑版文虽甚简核,必有所独详之处"。彭绩之作,见《秋士先生遗集》卷六《清故光禄大夫兵部尚书彭公墓志铭》。

② 王芑孙批点原本《金石三例》卷首,据睢骏《王芑孙著述考》(《山东图书馆学刊》2011年第1期)转引。

③ 据睢骏《王芑孙著述考》一文的考证。

④ 《自叙》,《碑版文广例》卷首,《金石全例》下册,第5—6页。

由此可见,《碑版文广例》以韩、欧为正统而又不举韩、欧之例,乃是有意为之。如前所述,自朱彝尊提倡搜集汉碑之材料,清人颇有响应。结撰为"义例"专书者,如严长明著有《汉金石例》①;嘉庆七年(1802),李富孙编成《汉魏六朝墓铭纂例》,皆是《碑版文广例》之前研治汉碑文法的著作。与芑孙约略同时,嘉庆十六年(1811),郭麐也在撰写《金石例补》②;同年郝懿行与张蒙泉通信讨论重刻雅雨堂《金石三例》之时,张氏书中提到"朱竹垞欲取东汉以来文铭体例,用止仲之法胪列于篇";郝氏对此大加认同,不但也希望"有嗜古之士,起而为之",更坦承"三例一刻,弟实未满于此",但因"时贤之为八家古文者,亟赏此书","且有购觅不获以为憾者",因此重刊其书,并为之作序,在序中亦"震于昌黎之名而不敢谁何"。③ 可知郝懿行虽重刊《金石三例》,内心也向往汉魏六朝之碑文。嘉庆十七年(1812),吴镐著成《汉魏六朝志墓金石例》,其自序云:

余年二十有一,购得宋宾王校录书册数帙,内有《金石例》凡三种,时好为诗词及骈体,未暇讨论也。后稍稍究心碑碣文字,每以此三书参考,因《曝书亭集》跋《墓铭举例》之言,辄思补为之,以广前人所未及。适吾乡彭甘亭先生见语,以为此数年来与诸相知欲为而未果者,子盍任之! 因不揣鄙陋,著此数十页。④

吴镐描述的,大概是当时辑录汉魏碑碣、考求文例者的普遍经历:先从经典的《金石三例》入手,又在朱彝尊之说的启发下,搜求汉碑;序中提及彭兆荪(甘亭)亦有此愿,"与诸相知欲为而未果",可见时人多有此兴趣。后来钱泰吉为冯登府《金石综例》作跋,称"竹垞翁尝欲辑《隶释》《隶续》所载碑刻以补潘、王两家所未及,近人多有用此意辑金石补例者"⑤,殆非虚言。在这种背景之下,可以想见,王芑孙辑录汉魏六朝碑版文献之举,当是有意回应当时学界尊汉嗜古的风气,他通过这种方式,希望能更有力地为韩、欧碑志辩护。看似"错位"的编纂方法,正是在汉学风尚的压力下,不得不尔。

---

① 钱大昕《内阁侍读严道甫传》,《潜研堂文集》卷三十七,《嘉定钱大昕全集(增订本)》第 9 册,第 632 页。
② 《金石例补》卷首郭氏自序署嘉庆十六年,汪家禧序署嘉庆十八年。
③ 《答张蒙泉重刻金石三例书》,《晒书堂文集》卷二,《续修四库全书》第 1481 册,第 444—445 页。并参《晒书堂文集》卷三《重刻金石三例叙》,同上书,第 470 页;许维遹《郝兰皋夫妇年谱》嘉庆十六年条,《清华学报》第 10 卷第 1 期,第 207 页;《乾嘉名儒年谱》第 10 册,第 285 页。
④ 《汉魏六朝志墓金石例》卷首,叶 1a,嘉庆十七年刻本。文末署"嘉庆壬申醉司命日荆石田民吴镐书",即嘉庆十七年(1812)十二月二十四日。
⑤ 《曝书杂记·中》,《甘泉乡人稿》卷八,《清代诗文集汇编》第 572 册,第 100 页。

王芑孙对韩、欧正统的具体论证,主要从两个方面展开。第一是艺术风格的方面,王氏对汉碑颇有批评:

> 汉碑版之在世亦多矣。或奥而赜,或枝以蔓,虽或得焉,其所得常不敌其所失。①

王氏自称在《碑版文广例》中所取都是"尤雅者"。这样一来,汉碑虽然时代早,但却未必能成为后世取法的对象。芑孙对汉碑的称赞,常也是从韩文的立场出发。如《碑版文广例》卷五《夫人后葬专志例》云:"《李翊夫人碑》,为夫人后葬而作也,是又为节妇志文之始。其叙事在韵语中,昌黎所本;其文有叙、有辞、有叹,命意遣辞皆有楚骚遗意,汉碑之杰制也。"②按《李翊夫人碑》保存在洪适《隶释》卷十二,除了开头短短数句"广汉属国侯夫人,节行洁静,德配古之圣母,蚤失匹寿,眉耇不时,愤然懰痛,称列厥迹"③作为"叙"之外,文章主体部分乃是由"辞曰"和"叹曰"领起的两段韵文,故王芑孙以此为"叙事在韵语中",是韩愈《施州房使君郑夫人殡表》《试大理评事胡君墓铭》《卢浑墓志铭》诸篇"单铭"之作的源头④;王氏对这种写法颇加赞赏,当有取于此种先后承继之关系。又如《碑版文广例》卷四《书先生书私谥例》上溯东汉,以陈寔之谥"文范先生",法真之谥"玄德先生"为其例证,碑文中的用例,则有《梁休碑》之'贞文子',《鲁峻碑》之'忠惠父',《娄寿碑》之'玄儒先生'",以及蔡邕的《郭有道碑》,等等。王芑孙特别指出,这些碑文"皆韩志贞曜、柳志文通、欧志徂徕例所从出"⑤,可见其着眼点。站在文章家的立场,对韩、欧作品中一些不合历史求真原则的写作方法,王氏也颇有同情之理解。例如,针对官称仿古的问题,王氏曰:

> 宋元以来,官称紊乱,或借用古名,或裁省其字,近人皆知其不典,矫而易之。然亦当视其文体所宜施用。文律之谨,无过韩、欧。韩曰"余以为少秋官",不云"刑部侍郎"也;欧曰"丞相吕夷简病不能朝",不云"中书平章事"也。余尝戏论《醉翁亭记》"太守醉也""太守者谁"二句,

---

① 《碑版文广例》卷首王芑孙识语,《金石全例》下册,第32页。
② 《碑版文广例》卷五,《金石全例》下册,第299页。
③ 同上书,第299—300页。参见《隶释》卷十二,第143页,文字小异。
④ 王芑孙所谓"叙事在韵语中"乃是继承黄宗羲之说。《金石要例》之《单铭例》云:"叙事即在韵语中。昌黎《房使君郑夫人殡表》《大理评事胡君墓铭》《卢浑墓志铭》。"梁玉绳《志铭广例》亦以此例归诸昌黎:"叙事在韵语中,此体盖始于韩文公《刘统军碑》。"《金石全例》上册,第482页。
⑤ 《碑版文广例》卷四,《金石全例》下册,第224页。

假而易之曰"知滁州军州事醉也""知滁州军事者谁",尚成句耶?①

古文中用前代官名、地名的问题,章学诚《文史通义》中有专门的讨论,极斥之为"文理不通"。② 王芑孙此处从文章表达的角度加以辩护,虽未必可以服史学家之心,就辞章审美而言,倒也可自圆其说。他不但以韩、欧的作品作为论述的依据,又从汉碑中搜寻出一些官称使用不严格的例子,加以辅证。③ 换言之,《碑版文广例》的做法,是将韩、欧碑文之"例"作为参照系,以之"例"汉魏之碑碣。用王芑孙自己的话说,"以韩、欧之例例秦汉、例元明,无往而不得矣"。搜求、研治汉碑,恰恰是为了进一步显示出韩、欧之正统性,正如王氏自序所言:"观乎汉而后知韩、欧之道之难,韩、欧之文之贵也。"④

更值得注意的是,在理论方面,王芑孙又通过诉诸"义例"之折辩,主张汉碑不足为"例"。在此,他又回到史书的传统,将韩、欧之文追溯到《春秋》《史》《汉》:

> 且夫例,《春秋》之法言也。贯道而出,得乎心之所安,究乎义之所止者也。传家发例之情五,曰微而显,志而晦,婉而成章,尽而不污,惩恶而劝善。是五者,汉碑版有其仿佛乎?汉碑版无之,而韩、欧有之,斯不得不以文章正统与韩、欧矣。⑤

王芑孙从理论上展开思辨,"义例"的来源是《春秋》,至汉代则是司马迁、班固,"汉一代作者,岸然以《春秋》自例,司马氏而止耳,班氏而止耳"⑥;因此,"汉碑版"并不足以代表文章"义例"之传承,只能作为一般材料而存在。值得注意的是,"金石"与"史传"两个对立的传统在这一论述中又悄然结合起来。事实上,章学诚在界定碑志文的"辞章"属性时,也已触及这一问题,提出唐宋古文家的碑志,乃是以史传变金石。不过,章学诚的策略,是同时承认正、变两个传统都有其价值,例如在铭志长短的问题上,他一方面以史家的眼光,原原本本地揭示两个传统的区别,但又总结云"文人意之所往,大

---

① 《碑版文广例》卷四《官称例》,《金石全例》下册,第259页。
② 章学诚《文史通义》外篇二《书郎通议墓志后》:"官名地名,必遵当代制度,不可滥用古号,以混今称。自明中叶王李之徒相与为伪秦汉文,始创此法,当日归震川氏已斥为文理不通矣。近因前人讲贯已明,稍知行文者皆不屑为也。"《章学诚遗书》,第72页。
③ 王氏所举汉碑例证,事实上主要是省略繁称,都不是使用前代名号,其论证并不合理。
④ 《碑版文广例》卷一,《金石全例》下册,第31页。
⑤ 同上书,第32页。
⑥ 同上书,第32—33页。

体苟得,其余详略短长,惟其所宜,要于一是而已",也不以某一个传统为束缚创作的"定例"。王芑孙的态度,则是要成为奉史传为《春秋》"义例"之继承者,因此是在金石文字中继承史传传统的韩、欧古文,恰恰就是正统之所在。不特如此,王芑孙更明言汉代碑文无"例"可求:

> 吾今即就秀水之言,举无例者一一例举之,而实非能例举之也,聊举其异焉尔。举其异,则汉碑版之无例自见。例之不存,义于何有?义也者,例之所自出也。韩、欧酌其义,而后潘氏、王氏得以举其例。①

叶国良概括王氏之旨云"广例所以示无定例也"②,可谓精准。事实上,"义"与"例"的关系,前代的文章可不可以为"例",是讨论金石碑版、文章义例的一个最为基本的理论问题。写作之传统、惯例、法度来自前人的创作;但并非所有的"古人"、所有的"古作"都值得效仿。如果更进一步推求,不仅汉碑,即在韩愈,也有这一层问题。韩愈之碑志创作,因应不同的情况、文本功能,便会选用不同的写作策略,不一定都是放诸四海皆准的"定例";后人取法,也许就加以别择。曾国藩《求阙斋读书录》评韩愈《施先生墓铭》云:

> 或先叙世系而后铭功德,或先表其能而后及世系,或有志无诗,或有诗无志,皆韩公创法。后来文家踵之,遂援为金石定例。究之深于文者,乃可与言例;精于例者,仍未必知文也。③

曾国藩在此点出"例"的相对性:文体上散、韵之有无,篇法上人事之先后,在韩愈本是因事制宜的"创法",在后世便被奉为圭臬。懂得为文之"义",自能于"例"得心而应手;但熟稔种种陈文之"例",却未必能真正窥见作文之"义"。事实上,这一层道理,王芑孙本人也心知肚明,其批点《金石例》卷六《韩文公铭志括例》所列诸种叙写先后之例云:"凡此等,皆临文之变,随时而改,随人而异,无例可言。若一一以例拘之,则转成担版,作者之心思才力,皆坐困其中而无繇自骋。"④他同样也承认,即使韩文也不可拘例。这种入乎其内又要出乎其外的态度,简言之或许就是"为古文者,不可不知

---

① 《碑版文广例》卷一,《金石全例》下册,第33—34页。
② 叶国良《石例著述评议》,《石学蠡探》,第130页。
③ 《求阙斋读书录》卷八,叶21a—21b。
④ 王芑孙评点本《金石例》卷六眉批,《金石全例》上册,第111页。

例,却又不可拘于例也"。① "义例"探讨的扩展和深入,析之弥细,论之弥精,竟也悄然反戈一击,暗中消解了"例"本身规范文法的功能所在,内在虽有理之所必然,但也不能不说是一个颇为吊诡而有趣的现象。

明清时期关于韩、欧碑志高下的评论,折射出古文之学、史学与金石之学的复杂互动,其内在的理路,不仅仅是具体作家作品的评断,更关涉对整个碑志类文体的流别梳理和谱系建构。茅坤左韩右欧,乃是以史传为碑志的源头,构建一个叙事文的谱系;储欣、方苞等为韩愈辩护,也是沿着这一条思路而改造其说。从"叙事"的角度将碑志上溯到史传,无论从观念上抑或具体文本分析上说,都颇为合理自然,因此虽偶有"得统于经"之别调,整体上统合"史书"与"碑文"以为一大传统的观念,在清代前期仍颇居主流。逮夫金石考据之学蔚兴,士人对古碑旧碣的兴趣日盛,在"金石之文,自与史家异体"的观念下,碑志脱离史传之文,被视为一个独立的传统,姚范、姚鼐均持此说以确认韩愈碑志的典范地位,章学诚更据以判分两个传统,以碑志之本体非"史传"而是"辞章",从理论上重构碑志文的源流脉络。在这一过程中,金石之学所带来的新知识资源正有不容忽视的影响。清代学人不但以其对碑碣形貌、制度以及文法的考据研究,为重新构建碑志文的流别谱系提供了观念准备,更以大量"文例"的积累,为独立于"修史"的"作碑"传统提供了丰厚的知识基础。

余英时先生在讨论清代思想学术史时,揭示出理学与考据之间的"内在理路"。义理之是非不能得到解答,故不得不诉诸知识之真伪,以为裁断,尊德性与道问学之间,固有一种内在的张力。② 明清人对碑志文体的评论和考索,或许也可以观察到类似的理路。文辞美恶之评判,在进入学理化的论述时,不能不转化为历史渊源的问题:关于文体流变的知识,成为审美判断、文学批评的重要依据。主一说者如是,驳一说者亦复如是;为了提出新的见解,新的知识资源也就自然被引入。金石学的材料与例证,支持了碑志文渊源的新论述,既反映到理论框架、历史梳理的层面,也反映到审美修辞的层面:语言简奥、义多咏叹,作为汉魏碑碣之成法,也成为评断此体文字的标准。知识、审美与理论诸层面,其此呼彼应,有不得不如是者也。

然而有趣的是,知识资源并不是纯粹被动、客观的。新的知识和学问,其

---

① 王芑孙评点本《墓铭举例》卷三眉批,《金石全例》上册,第 348 页。
② 余英时《清代思想史的一个新解释》(1975):"无论是主张'心即理'的陆、王或'性即理'的程、朱,他们都不承认是自己的主观看法。他们都强调这是孔子的意思、孟子的意思,所以追问到最后,一定要回到儒家经典中去找立论的根据。义理的是非于是乎只好取决于经书了。理学发展到了这一步就无可避免地要逼出考证之学来。"《历史与思想》,第 134 页,(台北)联经 1976 年版。

发展又常常逸出旧有之轨辙。金石义例,本是以韩愈碑志为典范;但清人的考证,又引出了汉魏传统与韩欧传统对立的问题。金石之文的独立性,在姚鼐乃是为韩愈辩护的论述角度,在李富孙、阮元、刘宝楠等人,反倒成为度越韩欧、上溯汉魏的理据。唐宋碑志与《春秋》《史》《汉》的渊源,在茅坤是品骘韩、欧高下的标准,在王芑孙又恰恰可以成为论证韩、欧正统的依据。文体传统的"正"与"变",在不同的立场与论述脉络之下,事实上也可以有不同的选择。理论论述之成立,大抵不能不仰赖具体的知识资源;但另一方面,知识的铺陈,本身却未必一定能解决理论上的问题。在"例"之上,如何探寻"义"之所在,事实上还和学者个人的立场与方法大有关系。在考据之学大盛的清中叶,在与史学、金石学关系极为密切的碑志文之中,文学的趣味、理论的识断,依旧不尽为具体知识所牢络,在纷繁复杂的名物、制度、文例考求之中,保留一段主观之精神,是又为论清代文学史与学术史者所不可不措意之现象。章学诚《文史通义·博约》篇以酿酒设喻,谓求知之功力乃"秫黍",经过性情转化,学有宗本,方成其为"酒"。① "例""义"之辩,知识与识断之分,亦当作如是观也。

---

① 《文史通义》内篇二《博约中》,《章学诚遗书》,第14页。

第九章　文以述学：
清中期的文集编纂与"著作"观念

姚鼐《古文辞类纂》之编写，是从"文体"的角度为"古文"建立一套系统性的秩序。清代学者有关碑志等文体的探讨，亦可见此文体秩序受学术风气影响之情形。事实上，"文体秩序"影响传统士人之文学及思想，又不仅仅在于总集选本之结撰与文体源流之研习，更为重要的是，这一秩序乃是个人别集纂辑之主流架构，可谓构筑"集部"的基本法则。章学诚《文史通义·文集》指出《后汉书》为文士作传，有胪列其所著"诗、赋、碑、箴、颂、诔"诸体文章之法，此乃"别集"之起源①，正含有以"文体秩序"理解"别集"之意。不过，正是在清代中期，这一套"文体秩序"的合理性却又颇受质疑。最显著者，乃有阮元对其别集编纂体例的反思：

> 元四十余岁，已刻文集二三卷，心窃不安，曰，此可当古文所谓"文"乎？僭矣！妄矣！一日读《周易·文言》，恍然曰，孔子所谓"文"者，此也。著《文言说》，乃屏去先所刻之文，而以经、史、子区别之，曰，此古人所谓"笔"也，非"文"也。然除此可以谓之"文"者亦罕矣。六十岁后，乃据此削去"文"字，只名曰"集"而刻之。②

所谓"已刻文集"，乃指阮元刻于嘉庆年间的《揅经室文集》，此集中虽以"说经之文为多"③，但仍以"文集"为名。而阮元至六十岁以后，道光三年重刻别集之时，便删去"文"字，径称《揅经室集》。其更名之由，在于阮元深致思于"文"之古义，强调"文""笔"之辨，以"沉思翰藻"为"文"而"说经记事"为"笔"。④ 基于对"文"之概念的反思，阮元更进一步彻底改变了

---

① 《文史通义·内篇》卷六，《章学诚遗书》，第49页。
② 《揅经室续集自序》，《揅经室续集》卷首，哈佛燕京图书馆藏道光扬州阮氏刻本。文末署"道光十九年"。按：《清代诗文集汇编》第477册所收《揅经室续集》卷首未见此序。
③ 张鉴《揅经室文集序》，《冬青馆甲集》卷五，《续修四库全书》第1492册，第55页。
④ 阮元用以建立其心目中"文"之本旨的资源，一是《周易·文言》，另一个则是《文选》。《揅经室集自序》称"余三十余年以来，说经纪事，不能不笔之于书"，"然求其如《文选序》所谓'事出沉思，义归翰藻'者甚鲜，是不得称之为'文'也"。

个人别集结撰之体例,将其《揅经室集》分为四集:一集是"说经之作",凡十四卷,包括《释心》《释颂》《明堂论》《禹贡东陵考》《钟枚说》等经传语词、名物、度数的考释,也有《王伯申〈经义述闻〉序》《与郝兰皋户部论〈尔雅〉书》《十三经注疏校勘记序》等事关经义的序记书札;二集是"近于史之作",凡八卷,包括碑传墓铭、史地考证等等;三集是"近于子之作",凡五卷,包括金石法帖之考辨以及《文言说》《名说》等专题议论文字;四集是"御试之赋及骈体有韵之作",有赋、折子、图赞、砚铭等共两卷,诗十一卷。① 换言之,《揅经室文集》本身的"文体秩序"已被打破。阮元为何要按四部分类次序其作,改换"集"之面目?别集编次的问题,看似琐碎,背后实际上牵动着乾嘉以降学林与文苑在"著作""词章""义理""考据"等一系列问题上的思想变迁。

第一节　从文体秩序到知识秩序:
　　　　明清士人之别集编纂

《揅经室集》不依照传统的做法以文体编次,而改用经、史、子、集的分类汇为四集,因此,体裁相同而内容有别的文字,便可能被分排到不同的位置。如同样是序,《〈国史·儒林传〉序》《焦氏雕菰楼〈易学〉序》列于一集,《〈扬州北湖小志〉序》《〈江苏诗征〉序》收入二集,《〈定香亭笔谈〉序》《郝户部〈山海经〉笺疏序》在三集,皆据其所论之内容而定之;《〈兰亭秋禊诗〉序》《〈四六丛话〉序》则居四集,盖其以骈偶立体也。至于各集之中的众多序文,也散见诸卷,并未编列在一起。由此,别集本身便从一个"文体"的秩序变成了一个"知识"的秩序。《揅经室集》以四部划分,除了有"文""笔"之辨作为理论依据,最直接的理由或许还有清人"论学文章"增加,别集不得不有所应对。阮元曾云:

> 元又尝思国朝诸儒**说经之书**甚多,以及**文集**、**说部**,皆有可采。窃欲析缕分条,加以剪截,引系于群经各章句之下。譬如休宁戴氏解《尚书》"光被四表"为"横被",则系之《尧典》;宝应刘氏解《论语》"哀而不伤"即《诗》"惟以不永伤"之"伤",则系之《论语·八佾》篇,而互见《周

---

① 《揅经室一集》《揅经室二集》《揅经室三集》《揅经室四集》,《清代诗文集汇编》第 477 册,第 2—4 页、第 195—198 页、第 350—352 页、第 423—424 页及第 445—461 页。

南》。如此勒成一书,名曰《大清经解》。①

由此可知,在经学的立场上,关涉"学问"的文字不仅仅限于专门的"说经之书","文集""说部"同样彬彬可采。反过来,在文集的立场上,如何集合这些学术文章,也很值得考虑。一方面,谈经论史的单篇文字,如何能更严整、平衡、清楚地展示出一人"学问"之整体,颇费思量;另一方面,"目次"内里包含的眼光、思路与趣味,其实也决定了读者观看、进入和解读一部别集的方式。个中关键,就在于"文集"或"别集"不仅仅是"词章"的聚合,更是作者"学问"成就的体现。明中叶以来,儒家智识主义复兴②,士人著述既夥,内中实已蕴含了这一问题。

不过,在明人,博极经史或是杂学旁收,虽已风气蔚起,但文集固有的编纂体例仍颇稳固。"记诵之博、著作之富"被推为明世第一的杨慎,其诗文之外,还有"杂著至一百余种,并行于世"③,然其《太史升庵文集》总体上仍保持了按文体编排的传统。此集乃万历间宋仕、张士佩、蔡汝贤等编订,凡八十一卷,卷一至卷四十"为赋、序、记、论、书、志铭、祭文、跋、赞、词、传与各体诗","皆取之文集而以类编纂者";卷四十一至卷八十一,则"皆训释整齐百家杂语","取诸《丹铅辑录》《谭苑醍醐》《卮言》等书,而以类编纂者"。④ 虽然基于作者本人的著述特点,编入了数量庞大的笔记内容⑤,但"文"本身

---

① 《国朝汉学师承记序》,《揅经室一集》卷十一,《清代诗文集汇编》第 477 册,第 137 页。按今本《皇清经解》并未能完全按照阮元这一设想编纂,而是按以所采各家书籍为次,一一编排,类似丛书的形式。究其原因,大概要析取各家的经解,分次经文之下,工程实在浩大,对编者本身学术水平和眼光也有较高要求,故不易卒业。《皇清经解》采用的文集,有冯景《解春集》、王懋竑《白田草堂存稿》、沈彤《果堂集》、钱大昕《潜研堂文集》、戴震《东原集》、段玉裁《经韵楼集》、孙星衍《问字堂集》、凌廷堪《校礼堂文集》、刘台拱《刘氏遗书》、汪中《述学》、阮元《揅经室集》、臧庸《拜经文集》、陈寿祺《左海文集》、许宗彦《鉴止水斋集》、胡培翚《研六室杂著》、赵坦《保甓斋文集》、崔应榴《吾亦庐稿》、刘玉麐《謦欬斋遗稿》诸种,皆是摘集中有关经学的文章,并非全录其书。

② 关于明清之际儒家智识主义的兴起,参见余英时《论戴震与章学诚:清代中期学术思想史研究(增订本)》,尤其是其内篇三《儒家智识主义的兴起——从清初到戴东原》以及外篇五《从宋明儒学的发展论清代思想史——宋明儒学中的智识主义的传统》。另参见《清代学术思想史重要观念通释》,载《中国思想传统的现代诠释》,第 405—482 页。

③ 《明史》卷一九二《杨慎传》,第 5083 页,中华书局 1974 年版。

④ 宋仕《订刻太史升庵文集序》,《太史升庵文集》卷首,《明别集丛刊》第 2 辑第 30 册,第 56 页。从序中"取之文集"的表述,可知此本之前已有杨慎文集存在。据王永波《升庵文集版本源流考》(《古籍整理研究学刊》2012 年第 6 期)介绍,嘉靖中有周复俊编订《升庵文集》二十卷本,今存残本,"仅余 14 卷,存文阙诗,文章分类编排"。此本今暂未见,未知其分类之详;但可知也是一个按文体编纂的集子。

⑤ 《四库全书总目》卷一百七十二(第 1502 页),《升庵集》提要云:"此集为万历中四川巡抚张士佩所订,凡赋及杂文十一卷,诗二十九卷,又杂记四十一卷,盖士佩取慎《丹铅录》《谭苑醍醐》诸书,删除重复,分类编次,附其诗文之后者也。"乃是将后四十一卷视为"杂记"。

的部分，还是按照文体次序排列。① 同样以博洽能文著称的胡应麟，生平诗文别集旋出旋刻，积数年则汇为一编，有"少室山房稿""少室山房续稿""余稿"等名目②，应麟身后，万历四十六年戊午(1618)，新安江湛然整理合编为《少室山房类稿》一百二十卷，刊于金华。③ 应麟生前刊行之诸本，今皆未见，据四库馆臣之说，有一种《少室山房续稿》版本，"凡《两都集》一卷、《兰阴集》一卷、《华阳集》十卷、《养疴集》二卷、《青霞稿》一卷"，可知是先有小集行世，后取以汇刻，至于各小集内部如何次第，暂未可知。④ 然观合编本《类稿》，前八十卷为诗，后四十卷为文，诗分乐府、五古、七古、五律、五排、七律、七排、五绝、六绝、七绝等，文分序、传(含补传、家传、自叙)、记、行状、墓志铭、碑铭、铭、颂、赞、奠文、论、史论、说、辩、考、策、策问、读、题跋、书牍、启札等，皆按体编排。⑤ 由此可见"文体"分类在别集编纂中实为一强大的传统。

王世贞的《弇州山人四部稿》则是一个有趣的例子。《四部稿》成于万历三年元美五十岁时⑥，与阮元《揅经室集》非常相似，王氏同样用"四部"统摄其别集。不过，不同于《揅经室集》"经""史""子""集"的四分，弇州之四部乃是"赋""诗""文""说"，两种"四部"框架正好形成对照。其中集分诗、文，本是常态；以赋居首，则是沿《昭明文选》之旧规；值得注意的是，将《艺苑卮言》《宛委余编》《野史家乘考误》等谈艺、札记乃至史考等著述作为"说部"列入集中，则类似《升庵集》之附"杂记"，乃是特别突出笔记著述。通过"四部"的名目，王世贞更清楚地为自己的著述建立了一个分类秩序。事实上，

---

① 《太史升庵文集》，《明别集丛刊》第2辑第30册。从内文看，其所收文体包括赋、露布、封事、序、叙录、题辞、引、记、论、辩、说、解、书、神道碑铭、墓铭、诔、阡赞、铭诗、祭文、跋、赞、障词、传、骚体等。

② 屠隆《少室山房稿序》(《白榆集》[文集]卷二，《续修四库全书》第1359册，第563页)；汪道昆《少室山房续稿序》(《太函集》卷二十四，《四库全书存目丛书》第117册，第322—323页)。汪氏又有《少室山房四稿序》(《太函集》卷二十六，《四库全书存目丛书》第117册，第349—351页)，谓胡应麟历年编集，有"续稿""别稿""余稿"诸名目，除了"别稿"即诗文评类著作《诗薮》外，余者皆系诗文别集。参见吴晗《胡应麟年谱》，《吴晗史学论著选集(第一卷)》，第371—428页，人民出版社1984年版。

③ 《少室山房类稿》，万历四十六年刊本(天津图书馆藏)。卷首江湛然序署"万历戊午中秋日新安江湛然书于金华郡斋"。《四库全书总目》卷一百七十二《少室山房类稿》提要云："应麟在日，诸集皆随作随刻，别本单行。〔……〕此集为万历戊午金华通判歙县江湛然所刊，乃其合编之本也。"文渊阁《四库全书》本题为《少室山房集》，盖同书而异name。据王嘉川《库本〈少室山房类稿〉并非有录无书》一文考证，此系四库馆臣改题书名。

④ 又《中国古籍善本书目》著录"明万历刻本"《少室山房稿》三十三卷，包括《寓燕集》一卷、《还越集》一卷、《计偕集》一卷、《岩栖集》一卷、《邯郸稿》十卷、《华阳集》十卷、《养疴集》二卷、《娄江集》二卷、《白榆集》三卷、《湖上稿》二卷。其中《华阳集》《养疴集》两种与《四库全书总目》著录之《少室山房续稿》重复，卷数亦同，可见胡应麟别集屡次刊刻，编辑情况较为复杂。但对比两处著录，汇编小集或许是其共同的编纂手法。

⑤ 根据《少室山房类稿》各卷卷首目录统计，万历四十六年刊本。

⑥ 此书卷首有万历五年汪道昆序，然据徐朔方《王世贞年谱》考证，《弇州山人四部稿》成于万历三年，万历四年刻成，汪序则是万历五年追加。今从徐说(见《晚明曲家年谱》第一卷，第646页)。

阮元的"经—史—子—集"和王世贞的"赋—诗—文—说",都是文体和内容两方面杂糅的分类标准。在阮元,首先是按"文""笔"之辨划出符合有韵、排偶等古意的"文";然后将"平日著笔"①按知识类型分为"经""史""子"三类;在王世贞,则是划出"说部",再依文体形式分"赋""诗""文"三部。前者所重在知识类别,后者关心的主要还是文体分殊。个中微妙,正可玩味。《揅经室集》各集之中完全打破了文体的范畴,而《弇州山人四部稿》在"赋部"下又分赋、骚两体,在"诗部"下分风雅颂、拟古乐府、三言古、五言古、七言古、五言律、五言排律、七言律、五言绝句、七言绝句、杂体、词等等,"文部"下则分序、记、书事、纪行、志、传、补史传、墓志铭、墓表、神道碑、墓碑、碑、行状、颂、述、赞、铭、诔、哀辞、祭文、奏疏、史论、论、辨、说、杂说、议、读、杂著、募缘疏、策、书牍、杂文跋、墨迹跋、碑刻跋、墨刻跋、画跋诸体。② 换言之,"文体"的框架未尝消退,仍然是结构文集的重要准则。与《升庵集》和《少室山房类稿》相比,《弇州山人四部稿》在文体分类上更为细密、丰富甚至是琐屑③,但大致是按赋、序、记、碑版、论说、题跋的次序罗列下来,总体上"文体秩序"尚属稳定。

明人别集,何啻千百,以升庵、元美、明瑞三家为例,盖其人皆当世闻名之士,影响甚大也。更为重要者,则是三人皆以学识宏博、述作丰赡著称,一些本属于子史之部的著作,或因篇帙短小,或因特受重视,不论曾否别本单行,也进入到"文集"中来。如《升庵集》收入杂记,《弇州山人四部稿》明标"说部"之目,也都可以看作一代学人著述特点在其别集中的体现。与之相似,崇祯末年瞿式耜为钱牧斋编《初学集》,以《太祖实录辨证》和《读杜小笺》《读杜二笺》为末尾十卷④,也是将难以归入文体分类的"专门著述"附在别集的最后。事实上,这一传统甚至可以追溯到《昌黎先生文集》以《顺宗实录》入"外集"。不过,以著述附入集中,并不会撼动文集的整体构架,如《昌黎先生文集》及《外集》的前半部分⑤,仍然是按照赋、诗、杂说、书、序、祭文、

---

① 《学海堂文笔策问》附阮福按语中引述了阮元之论:"福读此篇〔《金楼子·立言》〕与梁昭明《文选序》相证无异,呈家大人。家大人甚喜,曰:此足以明六朝文笔之分,足以证昭明序经、子、史与文之分,而余平日著笔不敢名曰'文'之情,益合矣。"《揅经室三集》卷五,《清代诗文集汇编》第477册,第420页。

② 见《弇州山人四部稿》卷首目录及各卷开头的题识,(台北)伟文图书公司1976年版(影印万历五年世经堂刻本)。

③ 如跋细分成杂文跋、墨迹跋、碑刻跋、墨刻跋、画跋。严格看这五类还不能算作单独成立的文体,只是在"跋"这一种文体之下再基于对象内容差异作出的分类。当然,这些划分或也是根据集中各类文章数量多寡而定,当有一定编纂技术上的实用考虑。

④ 《牧斋初学集》目录,叶42b—44b,崇祯十二年刊本。

⑤ 《昌黎先生文集》,"中华再造善本"影印宋刻本,北京图书馆出版社2006年版。其中《昌黎先生外集》凡十卷,卷一至卷五为诸体诗文,卷六至卷十为《顺宗实录》。

碑志、墓铭、传、行状、表状的文体顺序编次；钱谦益《牧斋初学集》，诗的部分（卷一至卷二十）按小集排纂，文的部分（卷二十一至卷一百）则是以杂文、序、记、行状、墓志铭、神道碑、墓表、塔铭、传、谱牒、祭文、哀词、启、帐词、书、疏、赞、偈、题跋、疏议、制科、外制的次第统摄。① 前述杨慎、王世贞、胡应麟三家之别集，基本上也未摆脱"文体秩序"之结构。降及清初，"文体秩序"依然是别集编纂的主流。钱谦益之《牧斋有学集》，基本上延续《牧斋初学集》的文体顺序②；顾亭林、黄梨洲等遗老，既有《日知》《待访》诸录之专门著述，其《亭林诗文集》《南雷文定》则循体辑文焉③。朱竹垞之《曝书亭集》、毛奇龄之《西河文集》、王渔洋之《带经堂集》，率皆如此。④ 在"文体秩序"向"知

---

① 《牧斋初学集》目录及各卷卷首题识，崇祯十二年刊本。

② 按此集为刊于牧斋身后，由于清廷禁毁，早期刊本情况不甚明了。今所知传世者，有《四部丛刊》影印清刻本，康熙二十四年金匮山房本，宣统二年邃汉斋刻《钱牧斋全集》本。《四部丛刊》本称"景印原刊本"，卷首有康熙三年阳月（十月）邹镃序，其中称牧斋易箦时，以手订《牧斋有学集》授钱曾。周法高《钱牧斋诗文集考》亦认为《四部丛刊》本所用底本系"康熙三年甲辰邹氏原刊本"（香港中文大学《中国文化研究所学报》第7卷第1期，1974年）。然钱仲联则以此本剜改甚多，真实的刊刻时间亦有疑问，"是极坏之本"（标校本《牧斋有学集》之出版说明，1994年）。《牧斋有学集》之版本源流，当另外专门考察，但就文体编次和分卷而言，今所见各种版本并无差异，本章主要根据《四部丛刊》本，并参照钱仲联点校本和金匮山房本。

③ 《亭林诗文集》为其弟子潘耒所编，《南雷文定》则黄宗羲手订。

④ 朱彝尊《曝书亭集》以赋、古今诗、词、书、序、跋、考、辨、原、论、议、释、说、策问、颂、赞、箴、铭、辞、零丁、答问、募疏、传、记、碑、墓表、墓志铭、行状、诔、哀辞、祭文为顺序，并附录叶儿乐府（《清代诗文集汇编》第116册，影印涵芬楼影康熙五十三年刻本）。据卷首查慎行序，朱彝尊"平生纂著，曾两付开雕。未仕以前，曰《竹垞诗类》《文类》〔……〕通籍后曰《腾笑集》〔……〕晚归梅会里，乃合前后所作，手自బ定，总八十卷，更名《曝书亭集》"；其刻始于康熙四十八年（己丑）秋，未竣而朱氏去世，直至康熙五十三年（甲午）六月方才告成。（《清代诗文集汇编》第116册，第3页）查序中提及彝尊早年的《竹垞文类》和《腾笑集》，也是按文体编辑。《竹垞文类》，见《四库全书存目丛书》第248册影印康熙二十一年刻增修本；《腾笑集》，见康熙二十五年刻本。

毛奇龄《西河合集》，《四库全书总目》著录"康熙庚子"（康熙五十九年）本，分经集、文集二部。经集包括《仲氏易》等经学著作，文集则包括文、杂著、赋、诗、词等。（《四库全书总目》卷一百七十三，第1524页）今验以《清代诗文集汇编》第87—89册影印康熙五十九年萧山城东书留草堂刻本，其文集分诰、颂、主客辞、疏、议、揭子、札子、馆拟判、书、牍札、笺、序、引（弁首）、题（题词、题端）、跋、书后、碑记、传、墓碑铭、墓表、墓志铭、神道碑铭、塔志铭、事状、年谱、记事、说、录诸目，各目之下自为分卷；后又有制科杂录、后观石录、越语肯綮录、祠主复位录、湘湖水利志、《萧山县志》刊误、《天问》补注、馆课拟文、折客辨学文等杂著，亦各自为目；次后是赋、九怀词、诔文、诗话、词话、填词、拟连厢词、二韵（即五言绝句）、七言绝句、排律（五言排律）、七言古诗、五言律、七言律、七言排律、五言格诗、五七三韵律、六言诗、附徐都讲诗等。按，毛氏著述丰富繁杂，不仅存在与杨慎、王世贞等相似的以杂著入集的情况，还有将经学著作汇为"经集"的情形。但其文集部分仍保持着较稳定的"文体秩序"，与阮元完全打乱文体的编排方式有所不同。另据胡春丽《毛奇龄〈西河合集〉成书及清代版本考》（《古文献研究》第9辑，2023年），刊行于毛氏生前的《兼本杂录》（康熙十七年）《西河文选》（康熙三十五年）也都是按文体编排。

王士禛《带经堂集》收有《渔洋文》《蚕尾文》《蚕尾续文》三个文集，每个集子都是按文体分类，以《渔洋文》为例，次第是序、记、传、辩、记事、墓表、墓志铭、行状、行述、祭文、书后、跋、谥册文、谕祭文、拟碑文、奏疏、纪恩录、日纪、山录、小志、凡例。（《续修四库全书》第1414—1415册，影印康熙五十年程哲七略书堂刻本）

识秩序"之转折上最具象征意义者,当推戴震别集之编刻。

第二节　经学体统与文体类分： 《戴东原集》的两次编纂

东原别集之初成,在乾隆四十三年(1778),乃曲阜孔继涵汇刻《戴氏遗书》之一种,称《文集》,凡十卷,其书版心上镌"文集",中镌卷数及"戴氏遗书之二十三""微波榭刻"字样,即所谓"微波榭本"。孔氏于东原为挚友兼姻亲,故东原卒后,乃以编刻其遗书为己任。段玉裁尝记其事云：

> 戴东原师卒于乾隆丁酉,遗书皆归曲阜孔户部荭谷继涵。〔……〕荭谷于吾师为执友,其子广根又吾师之婿,故遗书收藏刊刻,引为己任也。①

事实上,戴震去世之后不久,乾隆四十三年春,其子戴中立便致书段玉裁,提到"先君已撰遗书二十三种","现在孔荭谷亲翁处抄"②,并将已刻成的《毛郑诗考正》《诗经补注》《声类表》《原善》《原象》《算术》六种随函寄上。由此可知,微波榭本《戴氏遗书》之编刻,懋堂亦曾与闻也。不过,对这一版本之《文集》,段氏似乎并不满意,十四年后(乾隆五十七年,1792),他又重加增补编辑,刻为《戴东原集》十二卷,世称"经韵楼本"。两个版本之间,除了篇目增补等情况,最大的差异恰恰就在编排思路的不同：微波榭本按惯例以文体编次,经韵楼本则"略以意类分,次其先后"。懋堂在卷首序文中陈说重编之缘起云：

> 先生所为书,或成或未成,孔氏体生梓于曲阜十余种,学者苦其不易得,《文集》十卷,先生之学,梗概具见。武进臧氏在东、顾氏子述,因增其未备,编为十二卷,精校重刊,略以意类分,次其先后,**不分体如他文**

---

① 《经韵楼集》卷七《赵戴直隶河渠书辩》,第178页,上海古籍出版社2008年版。是知东原女适继涵子孔广根。继涵系孔子后裔,其祖乃第六十七代衍圣公毓圻。参见陈冬冬《清代曲阜孔氏家族学术研究》(华中师范大学博士学位论文,2013年),特别是第三章第三节《孔继涵与戴震的交游与联姻》之考证。又,本章凡讨论文集编纂体例,尽量使用刻本文献(或其影印本),以求反映其本来面目;引述文本,则酌用经现代学者校勘整理的点校本,特此说明。

② 《戴中立致段玉裁书》,收入《戴震全集》第6册,第3461—3462页,清华大学出版社1999年版。

集者,意欲求其学者之易为力也。①

首先需要辨明的,乃是此次戴集重编,主其事者究系何人。虽然此本称"经韵楼",书前序文亦段玉裁所为,然序中又称臧庸(在东)、顾明(子述)力任增补之役,这便不能不启人疑窦。事实上,《戴东原集》整体的编纂思路,恐仍当出于段氏而非臧、顾。如果将编辑工作细分,大致应有补遗、编次、校注三个阶段。今观此本戴集中,多有双行小字的编者校注语,或曰"案",或曰"段玉裁案",前者出于臧庸,后者则出于段玉裁,而全书末尾又有段氏"覆校札记",对全书在字形、用词方面多有校勘,对臧庸的案语,亦有驳正②,可见臧、段当时都参与了校勘和批注工作。补遗工作,则当是由段氏主导。如集中卷五《原象》一篇,文后附段玉裁识语,称此文本合《句股割圜记》《迎日推策记》等"共称《原象》",乃是戴震计划中的"七经小记"之一,曾刻入微波榭《戴氏遗书》,但段氏以为"文集当仍其分篇之旧",故又遵其原貌重新选入《戴东原集》。可见段氏亲事选目定篇,于戴文章节之分合安排,皆有慎重考虑。而他后来在《戴东原先生年谱》中,更直陈重编戴集之苦心:

> 孔户部刻《戴氏遗书》凡十五种〔下有小字详列细目,从略〕,凡文已附见《声韵考》《声类表》《孟子字义疏证》者,则不再见于《文集》中,盖合诸书为全集也。而论音韵、论六书转注、论义理之学诸大篇,不可不见《文集》中,故愚经韵楼刻辄补入。又因丁升衢旁搜得数篇附焉,定为十二卷,近日江东人颇得家弦户诵矣。③

经韵楼本《戴东原集》序文中提到重编文集的缘由,一是孔刻《戴氏遗书》行世已久,"学者苦其不易得",二是要在孔刻本的基础上"增其未备"。然而,在这两点之外,重编戴震集,其实还有更重要的学理上的原因,也就是要增入戴氏在音韵、文字、义理方面的文章。序文中所谓"增其未备",落实

---

① 经韵楼《戴东原集》卷首,署"壬子六月弟子金坛段玉裁谨序",即作于乾隆五十七年壬子(1792),盖书成之年也。《续修四库全书》集部第1434册,第423页。
② 段玉裁《覆校札记》指出"小注系臧镛堂语,以后凡云'案'者皆同"。段玉裁自己的注语,则以"段玉裁案"区分之。段氏案语,其实不仅仅是简单的字词校勘,更有学术上的补充和讨论。如卷一《河间献王传经考》"周公致太平之迹",段玉裁案"此'迹'字《礼记正义》作'道'";卷三《再与卢侍讲书》论《大戴礼记》之校勘,谓《子张问入官》篇中"统绖塞耳","统"当作"紞",以其所见别本及《汉书·东方朔传》有"黈纩充耳"之语为证,段玉裁按"李善注《东京赋》及《答客难》皆引《大戴礼》'黈纩塞耳'",又为此说补充了坚实的证据。臧庸按语,情况亦类以。
③ 段玉裁《戴东原先生年谱》,《戴震集》附录,第485—486页。

下来就是补入"论音韵、论六书转注、论义理之学诸大篇"。按"论音韵",指《答段若膺论韵》《书卢侍讲所藏宋本〈广韵〉后》《顾氏〈音论〉跋》《书〈玉篇〉卷末〈声论〉〈反纽图〉后》《书刘鉴〈切韵指南〉后》诸篇,"论六书转注"当谓《与江慎修先生论小学书》,"论义理之学"则是《原善序》《答彭进士允初书》《孟子字义疏证序》等文。这些文章,其实大部分都见于《戴氏遗书》所收之其他著作之中①,自然在文集中就不必重复,故微波榭本之"未备",也是"事出有因"。换言之,一个是专书之余的"文集",一个是要体现作者学术全貌的"集",编辑用意实有差别。段玉裁虽未推演出一套对"文"与"集"的论述以申明其旨,然他与阮元编集时的想法,当有不谋而合之处,即要"因集见学"而非仅仅以"以集纂文"。因此,他在序文中明言其编次体例为"不分体如他文集",而是"略以意类分,次其先后"。所谓"不分体如他文集",既是针对当时文集编纂的主流做法,恰恰也是针对微波榭本的体例。盖微本十卷,正是按照记、释、解、读、论、考、序、书后、碑、传、状、墓志铭的次序编排。因此,同样是讨论礼学的《周礼太史正岁年解》和《大戴礼记目录后语》,就分别归入卷三的"解"和卷七的"书后"部分;同样讨论《水经注》的《水经郦道元注序》和《答曹给事书》,亦分属卷五之"序"和卷八之"书"部。经韵楼本则希望打破这一"文体秩序",重新为戴集设计编次。这一新的编次方法,其理据又复何在?

今观经韵楼十二卷本《戴东原集》,不难对其按经学、小学、天算、义理诸范畴编排的框架产生直观的感受。事实上,梁启超在《戴东原著述纂校书目考》中已经留意到段氏编次的问题,并归纳了十二卷具体的类别,认为"卷一为通释群经之文,卷二为考证三礼名物度数之文,卷三为论小学训诂之文,卷四为论音韵之文,卷五为论天象之文,卷六为论水地之文,卷七为论算学之文,卷八为论义理之文,卷九为泛论学术书札,卷十为诸书序跋,卷十一为酬赠杂文,卷十二为传状碑志"。② 核之戴集,任公之言洵称精审。然尚有数端可进一步申论。其一,卷一"通释群经",在冠首的《河间献王传经考》之下,乃是严格按《易》《书》《诗》《礼》《春秋》之序排列,这一架构,当是编者特意为之,故从微波榭本卷四、卷七、卷三等不同位置摘取《易》《书》《礼》《春秋》之有关篇目,并特意从《毛郑诗考正》卷三中选出《诗摽有梅解》《诗生民

---

① 上述诸篇,《答段若膺论韵》原为《声类表》卷首;《书卢侍讲所藏宋本〈广韵〉后》《顾氏〈音论〉跋》《书〈玉篇〉卷末〈声论〉〈反纽图〉后》《书刘鉴〈切韵指南〉后》《与江慎修先生论小学书》原载《声韵考》卷四;《原善序》《孟子字义疏证序》亦分别系专书之序文。

② 梁启超《戴东原著述纂校书目考》,收入《饮冰室文集》之四十,第 14 册,第 78—111 页,(上海)中华书局 1936 年版。参见杨应芹《戴震著述书目补正》,《江淮论坛》1994 年第 2 期。

解》两篇,是以补足《诗经》的部分,重新建立起一个完整的"五经"体系。①其次,卷二至卷七论名物度数、训诂声韵、天象水地、句股算术,揆以四库分类,当属经部礼类、经部小学类、史部地理类和子部天文算法类,然在东原之学术思路中,这些学术部类正可构成对经学的补充。《与是仲明论学书》云:

> 若经之难明,尚有若干事。诵《尧典》数行,至"乃命羲和",不知恒星七政所以运行,则掩卷不能卒业。诵《周南》《召南》,自《关雎》而往,不知古音,徒强以协韵,则龃龉失读。诵古礼经,先《士冠礼》,不知古者官室、衣服等制,则迷于其方,莫辨其用。不知古今地名沿革,则《禹贡》职方失其处所。不知"少广""旁要",则《考工》之器,不能因文而推其制。不知鸟兽虫鱼草木之状类名号,则比兴之意乖。而字学、故训、音声,未始相离;声与音又经纬,衡从宜辨。〔……〕中土测天用句股,今西人易名"三角""八线",其三角即句股,八线即缀术。然而三角之法穷,必以句股御之,用知句股者,法之尽备、名之至当也。管吕,言五声十二律,宫位乎中,黄钟之宫四寸五分,为起律之本,学者蔽于钟律失传之后,不追溯未失传之先,宜乎说之多凿也。凡经之难明,右若干事,儒者不宜忽置不讲。仆欲究其本始,为之又十年,渐于经有所会通,然后知圣人之道,如县绳树槷,豪厘不可有差。②

这一段文字,向为治清代学术史者所熟知。有趣的是,书中所列天文、古音、制度、地理、算术、名物,乃东原自述其为学之数端,经韵楼本《戴东原集》卷二至卷七之分类,与此对照,正若合符节。段氏所为,固有所本也。而段懋堂本人亦继承此学术理想,故其《十经斋记》中有增《说文解字》《九章算经》等书入"十三经"而广为"二十一经"之论。③《戴东原集》卷二至卷七所安排的诸种专门学问,在戴、段一系学者眼中,正是经学之羽翼。

而段编戴集卷八的"义理"部分,更是特别值得重视的内容。此卷的《法象论》、《原善》上中下、《读易系辞论性》及《读孟子论性》六篇,已见于微波榭

---

① 段玉裁在《戴东原先生年谱》中还特别记上一笔,称"《诗生民解》,本出《毛郑诗考正》,先生曾告余言,可取出修改,入于文集",说明此文入集乃出于戴震之意。
② 《戴震集》,第 183—184 页。
③ 段氏在《十经斋记》中提出,当在十三经基础上加入《大戴礼》《国语》《史记》《汉书》《资治通鉴》《说文解字》《九章算经》《周髀算经》八部书,"广之为二十一经"。见《经韵楼集》卷九,第 236 页。关于清代学人对经目扩充的讨论及其思想史意义,参见张寿安《从"六经"到"二十一经"——十九世纪经学的知识扩张与典范转移》(《中国文化》2013 年第 2 期),张氏讨论的例子,最重要的就是段玉裁的"二十一经"之说以及此后龚自珍重归"六经"以修正段说。

本文集,段氏在此基础上又增入了《原善序》《答彭进士允初书》《孟子字义疏证序》三篇,以求完整充分地呈现戴氏义理之学。《原善》《孟子字义疏证》乃是戴震生平颇为看重的"大著作",二序本冠其书,于此乃特为厘出,编入集中;《答彭进士允初书》,微波榭本《戴氏遗书》附刻于《孟子字义疏证》卷下,题作"答彭进士书",乃是戴震逝世当年(乾隆四十二年丁酉,1777)所作,详论宋儒出入释老、不能得孔孟之真,是戴东原在理学方面甚为重要也颇具争议的一篇文章①,段氏取入戴集,亦是特识。更可注意者,从卷一之"群经",到卷七各种堪称儒道"轿夫"的专门之学,而终以卷八的义理之学,正可代表段玉裁对东原学术系统的构建。自此以下,经韵楼本《戴东原集》的第九至十二卷,其实又恢复了按文体编次的传统,依次排列书、序(包括赠序)、碑、记、行状、传、墓志铭等等。这一现象,复当如何解释?

事实上,细检后四卷之文章篇目,特别是序文部分,也有不少与经学、音韵、内容相关者,如《毛诗补传序》《考工记图后序》《六书音均表序》《方言疏证序》等等。这些为说经或小学之书所作的序文,其实也不妨循《尔雅文字考序》《六书论序》之例,入于前八卷相应的经学部分,但实际编排并不如此,大抵在段氏眼中,这些文章相比于前八卷诸篇能见东原学术精意的有关系之作,终隔一尘。故以知识类型的标准,其实并非施诸全本戴集,而是只在前八卷有较为严整的规划。这样一来,经韵楼本《戴东原集》,隐然便分成了两个部分:前八卷以学术之"知识秩序"结构起一个戴学统系,后四卷则依然是"文体秩序"的遗意。这一分殊,正好是一个"学"与"文"的对峙。段玉裁谓戴氏未最终完成的七经小记"梗概具见斯集"②,序文中亦所称"意欲求其学者之易为力",良有以也。

不过,必须指出的是,虽然在篇目的选择和安排上颇费思量,段玉裁对乾隆五十七年经韵楼刊本戴集,仍未能完全满意,后来甚至有"友人臧庸、顾明编次失体,字画讹误,未成善本"的说法,并称"近日谋一新之,以垂久远"。③这实际上又回到了上文曾经提及的一个问题,此次戴集编纂,有段玉裁、臧庸、顾明等人参与,具体到文章编次方面,究竟是何人主之?能否反映段玉裁本人的意见?所谓臧庸、顾明"编次失体",会不会就是指其"以类相从",有失于"文体"呢?事实上,臧庸参与戴集之编选、校注工作甚多,但主其事者毕竟仍是段氏,全书整体的编纂体例,亦必得其首肯;庸堂受人之托,断无违

---

① 东原卒后,洪榜为撰《行状》,将《答彭进士允初书》载入,旋为朱筠所非,以为"戴氏所可传者不在此"。
② 见经韵楼本《戴东原集》卷五《原象》后所附段玉裁识语。
③ 段玉裁《戴东原先生年谱》,《戴震集》附录,第486页。

意自专之理。观段序中明言"以意类分"、不按文体,可证其并不反对这一编法。后来所谓"编次失体"的批评,当是就具体篇目的前后安排而言,而非针对宏观的结构设计。在《戴东原先生年谱》中另有一段记述值得注意:

> 《学礼篇》,先生七经小记之一也,其书未成。盖将取六经礼制纠纷不治、言人人殊者,每事为一章,发明之。今文集中开卷《记冕服》《记爵弁服》《记朝服》《记玄端》《记深衣》《记中衣裼衣襦褶之属》《记冕弁冠》《记冠衰》《记括发免髽》《记经带》《记繢藉》《记捍决极》凡十三篇,是其体例也。尝言此等,须注乃明。①

此处所云"文集中""开卷"诸文,乃指孔刻微波榭本文集卷一之文而言,懋堂特别指出,东原本欲统合这些散篇文章为《学礼篇》,作为"七经小记"之一,正是要指出在文集中保存的东原本来的"著述体例"。戴震之"七经"乃是五经加上《论语》《孟子》,而"七经小记"则是对其治经著作的设计。段玉裁在《戴东原先生年谱》特别标举"七经小记"的构想云:

> 治经必分数大端以从事,各究洞原委。始于六书九数,故有《诂训篇》,有《原象篇》,继以《学礼篇》,继以《水地篇》,约之于《原善篇》。圣人之学,如是而已矣。②

顺序的安排,乃是从训诂小学到天文算学,再到礼学度数、水道地理,最后以义理之学返归于约,与《戴东原集》前八卷的结构相比,虽分类方法略有出入,但以学术内容为序的大思路,却是相当一致(见表14):

表14 "七经小记"与经韵楼本《戴东原集》结构安排比较③

"七经小记"构想	—	诂训篇	原象篇	学礼篇	水地篇	原善篇
经韵楼本《戴东原集》(前半部)	[1]通释群经	[3]小学训诂 [4]音韵	[5]天象 [7]算学	[2]三礼名物度数	[6]水地	[8]义理

---

① 段玉裁《戴东原先生年谱》,《戴震集》附录,第482页。年谱在此仅列文章十二篇,漏掉了《记皮弁服》一篇。这些文章,经韵楼本《戴东原集》放在卷二。
② 段玉裁《戴东原先生年谱》,《戴震集》附录,第483页。
③ 表中序号表示各类别在《戴东原集》中次序。

经韵楼本《戴东原集》前半部之编次,正隐然继承了"七经小记"的构想。由此,所谓"编次失体",不应是反对以意相从的编类方法。段氏在序文中所谓"略以意类分,次其先后",或许也有以"略""以意"显示文章次第未能尽善的用意。他后来对戴集又有怎样的修改计划,今难详知①,不过有趣的是,懋堂本人的《经韵楼集》,恰恰继承了这种编纂体例。《经韵楼集》据记载有嘉庆间初刻十卷本,记事止于嘉庆十四年、懋堂七十五岁之时,当系其在世时自刻②;流传较广者为道光元年刊刻的十二卷本,则是懋堂去世后其子段骧和外孙龚自珍等编刻。这个十二卷本《经韵楼集》,与段刻戴集一样,都是打破文体,根据文章的内容及学术旨趣进行编列(见表15)。其中卷一至卷七为较重要的学术文字,次序也当有精心设计:卷一以《十三经注疏释文校勘记序》和《李松云写十三经跋》居首,可以视为群经通论,接下来便分别是论《易》《书》《诗》、《礼》(包括《大学》)、《春秋》《孟子》《尔雅》《汉书》《说文》的文章,由《说文》开始文字之学,紧接着便是声韵、训诂之学③,再往后则是《卫宏官书考》等史学文字,以及《中水考》《校水经江水》等水地之学的专篇,最后在卷七后半部作为收尾的,则是涉及戴震学术的《赵戴直隶河渠书辩》《东原先生札册跋》《祭戴东原先生文》等,亦是特意安排。此后卷八以下,乃是序、跋、书、寿序、墓志铭、传、记、论、碑文等诸体文章,卷十一、卷十二则是懋堂晚年与顾千里争论之文字。

表15 《经韵楼集》结构④

段玉裁《经韵楼集》(前半部)	经学		小学	史学	水地	戴学	段顾论争
	群经通论	《易》《书》《诗》《礼》《春秋》《孟子》《尔雅》《汉书》《说文》	文字声韵训诂	史学	水地	戴学	段顾论争

这一整体结构,与前述《戴东原集》十分相似:文集前半部是学术文,展现段氏学问之"知识秩序";后半部是诸体文,保留"文体秩序"。特别需要提出的是,《经韵楼集》卷一至卷五经学文章的编排,在《孟子》《尔雅》之后继以《汉书》《说文》,并非失次羼入史部,恰恰是本于懋堂以《史》《汉》《说文》等

---

① 从《戴东原先生年谱》中可以找到一些蛛丝马迹,比如年谱中提到从吴江任兆麟处得到戴震的"经义十八首",云"姚刑部姬传与秦小岘书,言归震川集中附刻经义,余谓如震川及先生经义,皆当附于文集也"(第487页),是有附八股文人文集之议。

② 见傅璇琮总编《中国古代诗文名著提要·明清卷》第378页著录,原书目前未见。懋堂既有此自刻本,后来龚自珍等增续,以常理而言,不太可能大幅改变原有的编纂体例。

③ 如《跋古文四声韵》《声类表序》《释拜》等等。

④ 《经韵楼集》,《清代诗文集汇编》第389册(影印嘉庆十九年刻本)。

入"二十一经"的论述。由此,《经韵楼集》正好继承了《戴东原集》的编纂体例,以特别的"知识秩序",呈现段氏学术之全貌。

第三节 "以赋装头"抑或"立言为先":学问三分与文集类例

段玉裁编纂戴集,特别重视其体例,正是因为要从中显现东原学术之梗概。其中实际上还牵涉乾嘉之际知识界对"义理""考据""词章"等学术部类的讨论。懋堂的《戴东原集序》,大旨就是论述戴氏学术中义理、考据、词章三者的位置:

> 始玉裁闻先生之绪论矣,其言曰:"有义理之学,有文章之学,有考核之学。义理者,文章、考核之源也。孰乎义理,而后能考核、能文章。"玉裁窃以谓义理、文章未有不由考核而得者。〔……〕后之儒者画分义理、考核、文章为三,区别不相通,其所为细已甚焉。〔……〕先生之治经,凡故训、音声、算数、天文、地理、制度、名物、人事之善恶是非,以及阴阳气化、道德性命,莫不究乎其实,盖由考核以通乎性与天道。既通乎性与天道矣,而考核益精,文章益盛,用则施政利民,舍则垂世立教而无弊。①

这一段文字分辨"义理""考核""文章"三者之关系,以义理为学问本源,而考核为达致义理之途径,文章则系乎前二者,本身便是清代学术思想史上一篇重要文献。② 而这篇序文产生的时机,也十分耐人寻味。就在经韵楼本《戴东原集》刊刻(1792)前后数年之间,知识界关于义理、考据、词章之辨,正有一场颇为热烈的讨论。③ 姚鼐《述庵文钞序》,作于乾隆六十年(1795),虽主张不废词章,立场与戴震有异,但基本的划分和对义理、考据、词章合一的追求,则是殊途同归。真正形成挑战者,则是袁枚以"文人"身份,举出"著作"这一概念,对考据学家提出批评。袁氏早年在与惠栋论学时,已引王充

---

① 经韵楼本《戴东原集》卷首,《续修四库全书》第1434册,第423页。
② 参见余英时《论戴震与章学诚:清代中期学术思想史研究(增订本)》内篇《戴东原与清代考证学风》,尤其是第七节《论学三阶段》的论述。余先生分析戴震学术趣味,认为段玉裁此序"发挥师说,最有深意",是一关键文献。《论戴震与章学诚:清代中期学术思想史研究(增订本)》,第131—135页。
③ 参见本书第十一章第一节对"著作"问题的讨论。

之语,指出"著作者为文儒,传经者为世儒","著作者以业自显,传经者因人以显",是故"文儒为优"①。后来在四库开馆之时,袁氏又曾从历史的角度,论述"著作者始于六经,盛于周秦,而考据之学则自后汉末而始兴者"②。而在乾隆五十八年与孙星衍的通信中,他更重申"形上谓之道,著作是也。形下谓之器,考据是也"的主张③。借由"著作"这一术语,袁枚将后世诗文上溯到了圣人之经:既然六经也是"著作",那么同样作为"著作"的后世文章,便可以六经的继承者自居④,并以此睥睨"考据"。

另一方面,"著作"对以考据家为代表的学者,也是必不可少。例如,段玉裁在《戴东原先生年谱》中便推崇戴震之文章能上攀经典:

> 先生于性与天道,了然贯澈,故**吐辞为经**,如《句股割圜记》三篇、《原善》三篇、《释天》四篇、《法象论》一篇,**皆经也**。其他文字,皆厚积薄发,纯朴高古,如造化之生物,官骸毕具,枝叶并茂。尝言:"**做文章极难**,如阎百诗极能考核,而不善做文章。顾宁人、汪钝翁文章较好。吾如大炉然,金银铜锡入吾炉一铸而皆精良矣。"盖先生合义理、考核、文章为一事,知无所蔽,行无少私,浩气同盛于孟子,精义上驾乎康成、程、朱,修辞俯视乎韩、欧焉。⑤

段玉裁以东原论天文算学、义理诸文"皆经也",实在是很大胆的说法。这当然与他纳算学入"二十一经"等论述有所关联。值得注意的是,段氏通过"吐辞为经"的表述,实际上又强调了东原著述在"文章"形式上的崇高成就。按"吐辞为经",语本韩愈《进学解》,原是对孟、荀二子的称叹⑥,而乾嘉学人颇好以此推美彼此之文章。如臧庸《上钱晓徵少詹书》以"阁下吐词为经"赞许钱大昕,而钱氏亦称道秦蕙田的《味经窝类稿》"吐词为经,而蕲至于

---

① 《小仓山房文集》卷十八《答定宇第二书》,《袁枚全集新编》第 3 册,第 347 页。王充语见《论衡·书解篇》。
② 《小仓山房续文集》卷二十九《散书后记》,《袁枚全集新编》第 3 册,第 571—572 页。
③ 孙星衍《答袁简斋前辈书》所述袁枚语,见《问字堂集》卷四,《续修四库全书》第 1477 册,第 421 页。
④ 当然,后世之文能否追攀六经之文,本身是具有争议的问题。而古文是否可以作为六经的继承者,在理学家、古文家或考据家那里显然会有不同的答案。这里仅就文人一派的论述策略而言。
⑤ 《戴东原先生年谱》,《戴震集》附录,第 486—487 页。
⑥ 《进学解》:"孟轲好辩,孔道以明,辙环天下,卒老于行。荀卿守正,大论是弘,逃逸于楚,废死兰陵。是二儒者,吐辞为经,举足为法,绝类离伦,优入圣域,其遇于世何如也?"《韩昌黎文集校注》,第 47 页。

古之立言者"①。以"宗经"论古文,本非异数,但直接以"为经"作为学术文章的理想,则是对自身的"著作"有相当大的抱负了。不但如此,在年谱中,段玉裁还屡屡称道其师在"文章"方面的见解,如记东原摘取并评点《史记》,以及选编《唐宋文知言集》②,又录其称道《檀弓》文章之语③,当也不仅是"论文"而已,而是希望延续东原在义理、考核方面"返经"的学术路向,在文章方面亦返回经典,以为建构"吐辞为经"之"著作文体"的契机。换言之,考据学人对诗赋词章大可以不屑一顾,但却不能不考虑自己需要如何"立言"。怎样的"文章"才是真正能"载道"而"行远"的著述方式,对于学术立场不同的义理、考据、词章家来说,乃是一个共同的问题。

艾尔曼在《从理学到朴学》中讨论乾嘉朴学的著述和传播形式,特别强调的是札记与书信两种文类的作用。如果更宽泛地看,清代学人可以选择的"著作"方式,至少有注疏、语录、史志、札记诸种类型,其背后自然又会有汉学与宋学、史家与经生等不同学术理想和身份认同的纠缠。不过,包罗广阔的"古文",其实并非只是"古文家"一派的"胜业",更是义理、考据得以传达的重要文本媒介。主宋学之儒者,或许还可以用躬行、体悟或者语录等非"古文"的方式展现其学术,那么对汉学一系,欲表述其"考据"所得之创见,终究不得不依靠论、辩、考、解乃至书、记、序、跋等"文章"体式。戴震、段玉裁固然可以倾数十年之力经营《孟子字义疏证》《说文解字注》等专门成书的"大著作",但平时学问所得,也有不少须用单篇文章的方式记录下来。这些文字,平日会以书信或抄件的方式在学人之间流传,积累渐多,便会面临一个结集出版的问题。文集之刊刻,实际上也成为学术文字流传的重要途径。段玉裁曾在一封写给刘台拱的书信中提到自己阅读钱大昕学术文的情况:

> 竹汀集刻者尚有两种,当徐图购赠。五砚楼诗,速成之作,札寄与又凯,嘱其购竹汀"答问"一种、"传"一种,前者"题跋"一种,亦又凯所赐也。〔……〕怀祖何日南来? 其《广雅》发价甚昂。④

此札中所述转托袁廷梼(字又凯,一字绶阶)⑤购置钱大昕文集事,可见

---

① 《潜研堂文集》卷二十六《味经窝类稿序》,《嘉定钱大昕全集(增订本)》第9册,第400页。
② 段玉裁向戴震请教分集之旨,戴氏称以"辞与理俱无憾"者为上集,以辞美者为下集。《戴东原先生年谱》,《戴震集》附录,第485页。
③ 《戴东原先生年谱》,《戴震集》附录,第488页。
④ 《经韵楼集·经韵楼文集补编》卷下《与刘端临第二十书》,第44页。
⑤ 袁廷梼出身吴县望族,蓄书万卷,亦一时名士,与段玉裁、钱大昕、王昶、袁枚、顾广圻等皆有交游。见《汉学师承记笺释》卷四,第379页。

当时学人之间文章著述交流之情况。除了如王念孙之《广雅疏证》一类专书,《潜研堂文集》这样的"别集"也在学人著作之传播中占有一席之地。此札后文提及陈春浦升任"上江抚台"事,据此可考知其时在嘉庆四年左右;然段玉裁所作的《潜研堂文集序》,末署"嘉庆十一年",是知钱氏文集整体刻成之前,先已有部分单独流出。"答问""传""题跋",分别见《潜研堂文集》卷四至卷十五、卷三十七至卷四十,卷二十七至卷三十二,而据札中所记,其甫一刻出,已在朋辈间流传。"文集"作为"著作"之一体,固为学人所重矣;而其体例安排,自然也就会成为关乎"立言不朽"的问题。"文集"之中,如何安排各篇文字,虽然看似细节,实际上也与作者、编者的学术思路密切相关。前述戴、段文集之编纂,当已可见一斑。经韵楼本《戴东原集》以特别的"知识秩序"取代惯常的"文体秩序",正可以看作智识主义兴起、论学文字累增对"文集"体例产生影响的一种方式。然而"文体秩序"作为一个强大的传统,很难被完全解构。即在乾嘉诸老,王鸣盛的《西庄始存稿》、钱大昕的《潜研堂文集》、凌廷堪的《校礼堂文集》、焦循的《雕菰集》等等,依然是按"文体"编排。不过,即使在"文体秩序"之下,清人别集在体例上也颇有新变。这里不妨先从以"词章""文人"著称的袁枚、姚鼐二人说起。

袁枚的《小仓山房文集》,初有其六十岁时自编的二十四卷本,七十五岁时补编为三十二卷本,后又补编至三十五卷①,乃是按赋、杂著、神道碑、墓志、传、行状、书事、序、跋、记、祭文、哀词、谏、书、论、议、说、辨、疑、书后、铭、策问、解之"文体秩序"编次。② 其卷首还有自撰之《古文凡例》,颇有理论自觉地阐述集中文体编次的缘由,认为"古人编集,都无一定",并举"韩先杂著,柳先论"等先例。由此,袁枚此集,除了冠首的"赋"之外,主要当是师法韩愈以"杂著"为先的传统。比较特别的是碑传等文的位置特别靠前,相应的,论、辨诸作就比较居后了。就此,袁氏特别援引"《颜鲁公集》亦然"来为自己解释。而姚鼐的《惜抱轩文集》,有乾隆五十七年初刻十卷本,乃其门人陈用光校刻,然姚鼐"以内有须删订者,不欲更为传播",嘱咐用光勿再更印;此后嘉庆五年至七年,乃编刻《惜抱轩文集》十六卷于江宁;及其身后,姚椿、梅曾亮等又为续刻后集。③ 其前集十六卷,按论、考、序、题跋、书、赠序、寿

---

① 参见点校本《小仓山房诗文集》周本淳《前言》,第13页,上海古籍出版社1988年版;《袁枚全集新编》王英志《前言》,第1册,第11—12页。
② 此为卷一至卷二十四之编次,后之卷二十五至卷三十二、卷三十三至卷三十五为补编,文体次序大体相同,略有增减,不赘述。见《小仓山房文集》,《续修四库全书》第1431—1432册(影印乾隆刻增修本)。
③ 见郑福照《姚惜抱先生年谱》乾隆五十七年及嘉庆五年条,《北京图书馆藏珍本年谱丛刊》第107册,第603页、第613页。

序、策问、传、碑文、墓志铭、记、赋、祭文排列。① 后集十卷,体例亦同。姚鼐本身是古文大家,对文体源流也素有研究,文集之编次,亦甚严整。如果将《惜抱轩文集》之编次与《古文辞类纂》的分体对照,不难发现两者之间的呼应。《古文辞类纂》以论辨类、序跋类、奏议类、书说类、赠序类、诏令类、传状类、碑志类、杂记类、箴铭类、赞颂类、辞赋类、哀祭类十三种为次序,《惜抱轩文集》除了缺少奏议、诏令及箴铭、赞颂几类,并多出了"策问"一体之外,其余分类、次第皆与《类纂》符合。② 不过,虽然是以整齐的"文体秩序"呈现,惜抱一集其实也渗入了"学问"或"知识"方面的考虑,与《小仓山房文集》相比,同样是以文体分类,但两者之先后次序安排则大不相同。其最著者,乃是赋之位置。《小仓山房文集》以赋冠首,其实是传统的做法。盖自《文选》以赋居首,后世文集也多沿其流,韩、柳、欧、苏等唐宋大家之别集,莫不皆然。③

---

① 《惜抱轩文集》,《续修四库全书》第 1453 册,根据各卷卷首题识叙录。此本卷首牌记"嘉庆戊午镌",目录后亦附刻小字"江宁刘文奎家镌"。按"戊午"是嘉庆三年,此与郑福照《姚惜抱先生年谱》的说法不同。郑谱所据,乃是姚鼐写给陈用光的《与陈硕士书》,书中云"《文集》江宁诸君合为镌刻,约二三月可以成功"。此书载陈用光编《惜抱先生尺牍》卷五,叶 28a。陈氏按时间编排尺牍,此书编在"庚申"即嘉庆五年。如陈、郑所言可靠,则《惜抱轩文集》之刻,应在嘉庆五年后。又姚鼐此书中还提到陈用光中举和用光父陈守诒七十寿诞之事:"九月在江宁见京兆题名录,知获隽,甚为欣快","尊大人寿,正思作一序,尚未能定"。此二事亦可考知在嘉庆五年。陈用光《费给谏家传》称"余与兰墅同举庚申京兆试",可知其中举在嘉庆五年庚申,乃是当年的庚申恩科顺天乡试。又据陈用光《先考行状》称"府君生于雍正九年正月初十日",可知用光之父陈守诒(字约堂)生于雍正九年(1731),其年登七十,乃在嘉庆五年(1800)。而姚鼐《陈约堂七十寿序》称"君之次子得为刺史而三子新捷于京兆",也可印证。合此数端,可知《惜抱轩文集》之刻成,不会早于嘉庆五年。若谓在短短两年之间重刊文集,似亦不近情理。黄汉《姚鼐诗文集刻印研究》(《文献》2023 年第 4 期)考定《惜抱轩文集》系嘉庆七年刻成,推测此牌记系后人利用嘉庆三年《惜抱轩诗集》内封挖改。

② 论、考属于"论辨类",序、题跋属于"序跋类",书属于"书说类",赠序、寿序属于"赠序类",传属于"传状类"、碑文、墓志铭属于"碑志类",记即"杂记类",赋即"辞赋类",祭文属于"哀祭类"。

③ 《昌黎先生文集》为李汉所编,首赋,次诗,再次方是文,盖本于《文选》的结构;从卷十一开始的古文部分,则是按照杂说(又称杂著)、书、序、祭文、碑志、墓铭、墓碣、文、传、行状、表状的文体次序排列(据宋蜀刻本各卷卷首所题)。柳宗元《河东先生集》为刘禹锡所编,文体次序大致是雅诗歌曲、赋、论、议、辩、碑、铭(塔铭)、行状、墓铭、墓表、墓碣、诔、墓志(以上五体,文章篇目按人物身份高低排列,文体上有错综参差)、行状、表、铭、碣、诔、对、问答、说、传、骚、吊、赞、箴、戒、杂题、序、记、书、启、表、奏状、祭文、古今诗。

欧阳修自编《居士集》卷一至卷十四为诗,卷十五是赋和杂文,卷十六以下依次是论(或问附)、经旨(辨附)、诏、册、碑铭、墓表、墓志(碣附)、行状、记、序、上书、书、策问、祭文。见《宋集珍本丛刊》第 4—5 册,此本为残本,但卷首"居士集目录"完备,可供稽考。又参南宋周必大编《欧阳文忠公集》。苏轼《东坡集》乃生前编定,苏辙《亡兄子瞻端明墓志铭》即谓其兄"有《东坡集》四十卷、《后集》二十卷、《奏议》十五卷、《内制》十卷、《外制》三卷"。《东坡集》卷一至卷十八为诗,卷十九诗后接词、哀词,然后就是赋,卷二十开始,依次是铭、颂、赞、论、策问、杂文、叙、字说、表状(笏记附)、启、书、记、碑、传、青词、祝文、祭文、行状、神道碑、墓志、释教(据目录及各卷卷首所题移录)。见《宋集珍本丛刊》第 18 册影印宋刻本,此为残本补配,然卷首目录尚具足,可供稽考。

以清人而论,清人如朱彝尊《曝书亭集》、汪琬《尧峰文钞》等也都是将赋放在文集的第一类。《惜抱轩文集》将赋挪到最后,一方面与《古文辞类纂》之编次相应和,使得与学术相关的"论辨类""序跋类"作为整个文集的开端。

事实上,赋之为体,音节形式颇有别于古文;别集之中,赋、诗、古文三者如何次第,本身也有变动的空间。《文选》的做法,先赋后诗,然后是骚、七、诏、册、表、书、序、颂等诸体文章。而后世不少别集既以赋入文集,则与诗集分部矣。文集之中,是否当循例以赋居首,其实也并非毫无争议。早在唐世,刘禹锡即有"古之为书者,先立言而后体物"之说,并举"贾生之书首《过秦》""荀卿亦后其赋"为例。① 以赋冠《小仓山房文集》的袁枚,在《随园随笔》中却也援引刘氏,指斥"编集以赋装头之非":

> 文以赋装头,始于《文选》。刘禹锡曰"文章家先立言而后体物",今以赋装头者,非也。②

理论上的辨析,不妨严饬,实际上的操作,则多有循俗;二者不尽吻合,本不足怪。不过,用以反对"以赋装头"的理据,乃是"先立言而后体物",则颇可注意。③ 在"文体秩序"之下,选择何种文体"独占鳌头",何种文体"叨陪末座",虽然未必一定有严格的规范,但差别与争议之间,却正有可供推敲之处。不论是别集或是总集,赋的位置,多少都可见编者的意见偏向。如黄宗羲纂集明文,初成《明文案》,后扩充为《明文海》,皆按文体编次且以"赋"居首;然梨洲后来又"于《文案》《文海》中更拔其尤",精选而成《明文授读》,以供子弟学习;其子黄百家编行此书,便将文体次序调整为奏疏、论、议居首,赋则压后。④ 论者或以为百家不谙文体源流,编次失乎其父本意。⑤ 然观梨洲晚年自定的《南雷文定》,其次第正以《避地赋》《雁来红赋》《海市赋》三篇置

---

① 《唐故衡州刺史吕君集纪》,瞿蜕园笺证《刘禹锡集笺证》卷十九,第 509 页,上海古籍出版社 1989 年版。
② 《随园随笔》卷二十四,《袁枚全集新编》第 7 册,第 452 页。
③ 以"体物"概括赋的特色,本于陆机《文赋》:"诗缘情而绮靡,赋体物而浏亮。"参张少康《文赋集释》,《张少康文集》第三卷,第 82 页,北京大学出版社 2024 年版。
④ 《明文授读》凡六十二卷,卷一至四为奏疏,卷五为表,卷六至卷十为论,以下依次为议、原、考、辨、解、说、释、颂、赞、箴、铭、疏、文、对答、述、丛谈、书、记、序、碑文、墓文、哀文、行状、传等等,直到卷五十七至卷六十一,方是赋。最后一卷是两篇文体特殊的《椰经》《珠经》。《四库全书存目丛书》第 400—401 册。
⑤ 郭英德《黄宗羲明文总集的编纂与流传——兼论清前期编选明代诗文总集的文化意义》,《郑州大学学报(哲学社会科学版)》2000 年第 4 期。

于最末的卷十一,而以序、记、答问诸体居前①,则百家所为,或非完全无据。当然,总集与别集之体例功能,容有不同,也是不能忽视的因素,但就自编别集的情况而言,文体次序的安排,直接反映了作者对自身学术文章"形象"的期许②。在传统的惯性之下,如何发挥个人的机杼别裁,也是颇有意思的问题。

文集要不要"以赋装头",又是否要收入骈丽绮靡之作,牵涉一集之中"文体秩序"的规划。在清人,不管是沿袭按体编文之成法,抑或完全打破文体、建构某种"知识秩序",一大主导问题便是要从别集本身的谋篇布局中见出自家学术之面目。古文家、理学家既高倡"文道合一",自然需要突出论"道"文字的地位,有以"杂著"居先之法。韩愈《昌黎先生文集》,编于门人李汉之手,其体例虽亦沿《文选》赋、诗、文之旧规,但文与赋被诗隔开,到狭义"文集"的部分,居首的则是"杂说"(《原道》《原性》《原毁》《原人》《原鬼》《行难》《对禹问》《杂说》《读荀子》《读仪礼》《读墨子》),次后则是"杂著"(《获麟解》《师说》《进学解》等),再往后方是颂、书、序、碑志、墓铭等等。"杂说"诸篇都是被后世目为韩愈代表作的重要文章,将其前置自非无意。朱熹《晦庵先生文集》③,以词、赋开端,次以诗,到了狭义的"文",则先是封事、奏札、经筵讲义、奏状、书等(卷十一至卷六十四);接下来便是"杂著"(卷六十五至卷七十四),收入了《尚书》《孝经刊误》《蓍卦考误》《元亨利贞说》《中庸首章说》《记和静先生五事》《北辰辨》《皇极辨》《白鹿书堂策问》《玉山讲义》《增损吕氏乡约》等文章;此后自卷七十五开始方是序、记、跋、铭、箴、赞、表、疏、启、婚书、上梁文、祝文、祭文、碑、墓表、墓志铭、行状、公移等等。④《晦庵先生文集》中比较突出的是奏疏、书信这些文类,"杂著"的地位虽不及韩集,但相对其他众体仍具有较重要的地位,杂著之中,包括考辨经学者如《周礼三德说》《深衣制度》《禘祫议》,发明理学者如《已发未发说》《太极说》《明道论性说》,正是朱子"道问学"之体现。重视"杂著"的体例自然为后世提供了典范。清初陆陇其的《三鱼堂文集》,以《太极论》《理气论》《河图洛书说》《学术辨》《读孔子家语》《读离骚》《读宋史》《经典释文跋》等"杂著"四卷居首,接下来依次是书、尺牍、序、记、墓表、墓志铭、圹记、传、祝文、祭文

---

① 《南雷文定》,康熙二十七年靳治荆刻本。
② 有关唐宋时期文集编纂中文体次序安排问题,可参李成晴《唐宋文集的"压卷"体例及其文本功能》,《社会科学研究》2018年第5期。
③ 关于《晦庵先生文集》之版本源流简况,参见刘永翔《〈晦庵先生朱文公文集〉校点说明》《朱子全书》第20册,第6—8页。本章的讨论以"中华再造善本"影印国家图书馆藏宋刻《晦庵先生文集》为据。
④ 《晦庵先生文集》卷首《目录》。其卷首的"词",系《虞帝庙迎送神乐歌词》。

等等，又将奏疏、议、条陈、表、策、申请、公移凡五卷，诗一卷编为"外集"。① 其开卷首列"杂著"，将重要的论学文章归于此类目之下，置于文集众体中较突出之位置，正得韩愈之遗意。

另一种理学色彩较浓厚的倾向则是将语录作为文集之首。汤斌的《汤子遗书》，乃其门人王廷灿所编便是以语录为首，然后是奏疏、序、碑记、书牍、赋、颂、论、辨、传、墓志、行述、事状、杂文、告谕、诗、词等。② 王廷灿在卷首目录中特别说明了首列语录的用意：

> 《周易》《尚书》、四子书，皆古圣贤语录也。其言广大精深，总以阐明道要。降而为诸子百家，近于杂；汉唐笺疏，涉于诬；去圣贤之旨远矣。《皇极》《西铭》《近思录》诸书，庶几近之。我夫子所以语人者，一以存诚主敬为宗，以修身实践为究竟，此真近得濂洛之微旨，远契邹鲁之道妙也。集语录。③

王氏不但援引宋儒为前例，更远溯先秦，将《易》《书》《论》《孟》《学》《庸》等作为"语录"的源头，以此推尊其体。《汤子遗书》重视语录，显然有《河南程氏遗书》的影响在。不过相比之下，《汤子遗书》更明显地将语录融为文集中的一体。孙奇逢《夏峰先生集》初为十四卷本，乃孙淦（号担峰，奇逢之仲孙）所编，序署康熙三十八年，书信居首，语录列于最后。④ 至道光中，钱仪吉重为校订，则更动了次序："其语录本在诸体之后，今以冠首者，从朱子手定《二程全书》例也。"⑤事实上，朱熹编纂明道、伊川之语录为《河南程氏遗书》，本与《河南程氏文集》别为二部⑥，清人祖述其例，则进一步将语录列为

---

① 《三鱼堂文集》，《清代诗文集汇编》第117册（影印康熙四十年琴川书屋本）。此集乃陆氏门人席永恂等编刻。

② 《汤子遗书》，康熙四十二年王廷灿刻本。《汤子遗书》将《璇玑玉衡赋》《金台怀古赋》《懋勤殿赋》《长白山赋》等赋作厕于序、碑记、书牍诸体古文之间，虽不合于《文选》以降以赋居诸体之首的旧传统，却正是其学术思路和文体认知的真切反映。

③ 《汤子遗书》卷首《汤子遗书目录》，叶1b。

④ 《夏峰先生集》，光绪刻《畿辅丛书》本，此本应保留了孙淦刻本之体例。

⑤ 《夏峰先生集》，《清代诗文集汇编》第4册（影印道光二十五年大梁书院刻本）。此集卷一、卷二为语录，次复记、序、书、传、志铭、杂著、赞、铭、箴、祭文、祝文诸体，最后以诗两卷殿尾。其中卷十一"杂著"，乃是《勉子弟》《宝藏社十约》《淡话一则》《读三异人传》《陈烈妇乞言引》之类的杂项文字，与韩愈、朱熹集中以关系学术的重要文章为"杂著"不同。

⑥ 《河南程氏文集》，程颐长子程端中所编，包括《明道先生文》《伊川先生文》。据国家图书馆藏宋刻本，其书亦是按文体编次，《明道先生文》有表疏、书、记、程文、铭、诗、行状、墓志、祭文诸体；《伊川先生文》有上书、表疏、学制、杂著、书启、礼、行状、墓志、祭文、家传诸体。参见王孝鱼点校《二程集》，中华书局1981年版。

"文集"中的首要文体。又如李光地的《榕村全集》前九卷都是笔记类的著述，《四库全书总目》提要云：

> 是集为乾隆丙辰其孙清植所校刊，其门人李绂为序，惟诗下注"自选"字，则余皆清植排纂也。凡《观澜录》一卷，《经书笔记》《读书笔录》共一卷，《春秋大义》《春秋随笔》共一卷，《尚书句读》一卷，《周官笔记》一卷，《初夏录》二卷，《尊朱要旨》《要旨续记》共一卷，《象数拾遗》《景行摘篇》又附记共一卷，文二十五卷，诗五卷，赋一卷。所注诸书及语录刊本别行者不与焉。其不以诗文冠集，而冠以札记者，光地所长在于理学经术，文章非所究心。①

按提要此叙录，不但明白道出《榕村全集》"冠以札记"的依据是"光地所长在于理学经术"，更直接将这些笔记独立于"文二十五卷"之外，大抵以其并非一类严格的"文体"，更像集合成卷的十数种专门著作。② 而狭义的"古文"部分，即卷十至卷三十四，则是按序、记、论、说、杂著、书后、讲义、颂、表、疏、传、行状、墓志铭、祭文、赞、箴、铭编次。其中"杂著"四卷，包括《关雎》《禹皋二谟》《后天卦义》《读周子太极图说》《记韩子原道》《记张子西铭》《原人》《算法》《西历》《记南怀仁问答》《文庙配享私议》《摘韩子读书诀课子弟》等等，大致还是韩愈以下之旧规模，但以在文集中所处之位置而论，重要性则相对降低了。此乃标举札记等作为代表榕村的"学术之文"也。

不以语录、札记见长的古文家，则多因韩集之旧而略为变化。如钱谦益、归庄为归有光编刻《震川先生文集》，便特别以"经解"为首：

---

① 《四库全书总目》卷一百七十三，第 1527 页。按《榕村全集》虽非李光地手订，但以札记居首的体例乃其在清中期知识界流传的样貌，对于本章所讨论的清中期士人别集编纂与著述概念，作为一种思想或观念背景，仍具参考意义。

② 《榕村全集》，《清代诗文集汇编》第 160 册（影印乾隆元年刻本）。其中《观澜录》《初夏录》《尊朱要旨》《要旨续记》是讨论性理的笔记，《经书笔记》《读书笔录》《春秋大义》《春秋随笔》《尚书句读》《周官笔记》《象数拾遗》等属于经学笔记，《景行摘篇》则是纂录前代人物祭文、箴、铭等并附自己的评语，亦类笔记。另外，李颙的《二曲集》（王心敬编二十六卷本），体例上冠以语录：前十五卷依次是《悔过自新说》《学髓》《两庠汇语》《靖江语要》《锡山语要》《传心录》《体用全学》《读书次第》《东行述》《南行述》《东林书院会语》《匡时要务》《关中书院会约》《盩厔答问》《富平答问》，再加上卷二十三《观感录》，每卷都可以看成一种语录类的专门小书；卷十六至卷二十一乃是诸体古文，按书、题跋、杂著、传、墓志、行碣、赞编次，其中卷十九后半部分"杂著"，是《谢世言》《自矢》《立品说别荔城张生》《母教》等小文章，与孙奇逢《夏峰先生集》的情况类似，非用昌黎、晦庵集中"杂著"例也。卷二十三以后，是叙述李颙生平家世的《襄城记录》《义林》《家乘》，皆门人弟子所撰，属于附录性质。二十六卷本《二曲集》乃其门人王心敬所编定，在体例上与《榕村集》相类，其初刻在康熙三十二年季秋，从时间上看当是《榕村集》之先驱。关于《二曲集》编刻过程，见中华书局点校本《二曲集》，陈俊民《前言》，第 9—11 页。

编次之法,略仿韩、柳、苏三集。古今文体不一,亦不尽拘。先生覃精经学,不傍宋人门户,如《易图论》《洪范传》是也,故以经解为首。次序、论、议、说,皆议论之文也,韩集总属"杂著",今依各集,略为区别,凡四卷。〔……〕次赠送序、寿序,凡六卷。〔……〕次记三卷。〔……〕次墓志铭、墓表、碑碣、行状、传、谱、世家凡十二卷。〔……〕次铭、颂、赞一卷,祭文、哀诔一卷,书三卷。①

是知《震川先生文集》卷一首列《易图论》《大衍解》《洪范传》《尚书叙录》《考定武成》《孝经叙录》《荀子序录》诸文②,并将其总归一类,名曰"经解",正是要凸现归震川之"覃精经学"。钱谦益还特别指出其编集之体例,乃是上溯韩愈、柳宗元、苏轼之集,其中提及"杂著"一种,正是韩集居首之文体。③ 如果以《昌黎先生文集》作为对照,《震川》一集在体例上值得注意的变化有二。第一个变化,在"杂著"之前,加上了"经解"作为开卷第一种"文体"。事实上,"经解"本身能否作为一种"文体"而成立,并非不证自明;如《易图论》《尚书叙录》诸篇,单以形式而言,也可以划入论、序(叙)等文体,但牧斋单独归为一类,正以其有关"经学"也。与此相应的第二个变化,则是《震川先生文集》将韩集中"总属杂著"的议论文细分为序、论、议、说诸体,这样"杂著"本身作为一种文体类型,实质上被消解了。个中原因,当是"杂著"作为冠首文体的地位已为"经解"所取代,故自然散为众体,不再总归为一。钱谦益表彰震川经学之意,昭然可见。归有光在明末即发"汉儒谓之讲经,而今世谓之讲道"之论④,为儒学返经过程中一大关键⑤,与此正相呼应。而钱氏自己的《牧斋初学集》,则以五卷"杂文"居首,包括《春秋论》《鸡鸣山功臣庙考》《书致身录考后》《向言》《丁丑狱志》等等,仍用昌黎之旧法⑥。不论是以议论杂著开卷,抑或再特别标举"经解",背后的思路都是对"立言"的推重。与理学家以语录、札记为立言之途径不同,论、议、说本身都属于"古文"的范畴,因此可以更整饬地安排到别集的"文体秩序"之中。

---

① 钱谦益《新刊归震川先生全集序》,归有光著,周本淳校点《震川先生集》卷首,第 10—11 页,上海古籍出版社 2007 年版。
② 在卷一《荀子序录》一篇题下有归庄识语云:"《荀子》非经也。今以无所附丽,姑从钱牧斋先生编入经解后",特别解释此篇入"经解"之由,足见其编文序次之不苟。
③ 在唐宋人文集中,也有将有关经学的文字汇编为一类的先例,如欧阳修《居士集》诗、赋、论之后,在卷十八安排有"经旨"一类,但其次序在赋、论之后,位置显然没有《震川先生集》中冠首的"经解"那样重要。
④ 《送何氏二子序》,《震川先生集》卷九,第 194—195 页。
⑤ 参见钱穆《中国近三百年学术史》第四章《顾亭林》。
⑥ 《牧斋初学集》之编纂,参见本章第一节的论述。

事实上,文集中"立言"文体的演变,本身就是一代文学与学术风尚的重要参照。古文家或以论议序记为擅场,或有兴趣近于史者,又会特别经营碑版传状之文。① 这里想要关注的,则是与"考据"有关的"文体",如何在清代前中期的"文体秩序"中逐渐占有一席之地。而在康熙年间,潘耒为其师顾炎武编辑《亭林诗文集》,以辨、原、论、序、书、记、书后、行状、墓志铭、谒文、上梁文为次,放在卷首的,是与亭林"实学"关系最大的《北岳辨》《革除辨》《原姓》《郡县论》《钱粮论》诸文,"考据"的色彩不算浓厚。到了朱彝尊的《曝书亭集》,古文部分按书、序、跋、考、辨、原、论、议、释、说、策问、赞、箴排列,其中数量最多还是序(卷八)、跋(卷十四)两种,不过考(卷二)作为一大"文体"单独列出,也很引人注目。降及乾嘉之际,知识界对"考据"能否作为"著作"的争论,也会反映为文集中"考""释"等文体的地位。姚鼐之《惜抱轩文集》,正是一个有趣的例子。姚鼐本人主张义理、考据、文章合一②,对经学考据亦抱有兴趣,在文集之前,先已有《九经说》之编刻。今观《惜抱轩文集》卷一至卷二论辨类诸文,有《范蠡论》《李斯论》等史论,有《议兵》一类经济军事之文,也有《郡县考》《汉庐江九江二郡考》《项羽王九郡考》这样的史地沿革考据,卷三的序和卷五的题跋,如《〈老子章义〉序》《〈左传补注〉序》《〈孝经刊误〉书后》《辨〈逸周书〉》《书〈考工记图〉后》等等,也有不少涉及经、子学术者,虽然未像《戴东原集》那样安排一个较为周密的学术系统,但同样有展现学问修养之意。尤其是卷二的三篇"考",正欲入考据家之室而操其戈也。不过,在更"纯粹"的古文家看来,此类"考订家言"适足以为累。王芑孙《书惜抱轩文集》即云:

> 予间从他处见桐城姚郎中姬传所为志铭杂文,虽不多,苟一见,必把读五六遍,不能去手。因思睹其全集,访之士大夫间,不获也。久之,

---

① 如侯方域《壮悔堂文集》以序、书、奏议、传、记、论、策、表、说、墓志铭、祭文、杂著为次,居首的是"序"。《清代诗文集汇编》第62册(影印顺治刻本)。魏禧自编其文,以经义为内篇而古文词为外篇,其《魏叔子文集外篇》按论、策、议、书、手简、叙、题跋、书后、文、说、记、传、墓表、杂问、四六、赋、杂著等文体编次,每一类文体之前还有魏禧自撰的"小引"交代他对该文体特征及源流的看法。其《论引》云:"论,议也,言之不足则议之,博辨肆志而得其说。〔……〕余往治制艺,不喜规矩先辈,独思以其说明古人之义。"可见其以"论"自许之志,以及其古文与时文间之渊源。《清代诗文集汇编》第62册(影印《宁都三魏全集》本)。作为史学家的全祖望,其《鲒埼亭集》三十八卷,在颂、赋、语、辞五卷之后,便是洋洋十九卷"碑铭",亦可见其珍重所在。《清代诗文集汇编》第302册(影印嘉庆九年刻本)。

② 见《述庵文钞序》及《复秦小岘书》,刘季高标校《惜抱轩诗文集·文集》卷四、卷六,第61页、第104—105页。按义理、考据、词章三分之说,在乾嘉知识界非常流行,但各家用词,容有差异。如"考据"又有称"考证""考核"者,"词章"亦作"辞章""文章"。本书不对这些文辞的细微差别作辨析,皆保留文献原本的用词。

始传得所刻《惜抱轩集》者观之,其文简澹而清深,脩然有得于性情之际。〔……〕《惜抱轩集》十卷,前三卷亦多**考订家言**。自记、序以后,文始惊绝。朱竹君一传,尤有史笔。①

此文末署"乾隆甲寅九月书于京师",即乾隆五十九年(1794)所作。故王氏所论,当系陈用光所编《惜抱轩集》之初刻十卷本,其所称卷数、编次,皆与前论十六卷本不同②,但其批评考据之文的意见,却颇可参考,即就流传更广的十六卷本《惜抱轩文集》而言,亦非无的放矢之论。王芑孙素日深好姚文,对其评价甚高,但于集中前三卷收入"考订家言"却颇为不满,以为非"惊绝"文字,正可见考据文章在古文家眼中有可能受到的讥议。事实上,对考据家文字的缺点,姚鼐亦有批评,其为王昶作《述庵文钞序》,即谓:

  鼐尝论学问之事有三端焉。曰义理也、考证也、文章也。是三者,苟善用之,则皆足以相济;苟不善用之,则或至于相害。〔……〕世有言义理之过者,其辞芜杂俚近,如语录而不文,为考证之过者,至繁碎缴绕而语不可了。③

此序作于乾隆六十年左右,乃姚姬传分梳义理、考证、文章三者之说。其中批评理学家、汉学家两派在"文章"方面可能存在的问题,然其自作之考证文字,则必不以为"繁碎缴绕"也。陈用光尝致书姚鼐,极推崇其"义理、文章、考据三者并重之说":

  本朝之有考据,诚百世不可废之学也,然为其学者,辄病于碎小,其见能及乎大矣?而所著录,又患其不辞。用光尝服膺明儒之尊信宋儒,而病其语录之不辞也。先生独举义理、文章、考据三者并重之说以诲示人,而所自著复既博且精,奄有三者之长,独辟一家之境。〔……〕然则论文章于今日,先生功迈于震川矣。铁甫见未及此,固宜以其考据为病也。④

---

① 《惕甫未定稿》卷二十三,《渊雅堂全集》下册,第848—849页。
② 今本文集,卷一"论",卷二"考",卷三开始便是"序",前三卷并非皆"考订家言"。又王芑孙谓"自记、序以后"云云,今本"记"在卷十四,"序"在卷三至四,次序复不相同。盖王氏据陈用光所编旧本立说也。
③ 《惜抱轩诗文集·文集》卷四,第61页。
④ 《寄姚先生书》,《太乙舟文集》卷五《清代诗文集汇编》第489册,第590页。

用光此书,当是针对王芑孙(铁甫)对《惜抱轩集》中"多考订家言"的不满,有感而发。他称赞姚鼐"功迈于震川",固不无溢美,然其正是将《述庵文钞序》的思路推演开来,结合"文章"与"学术"两个方面来讨论,认为明儒语录,与清代考据家"所著录",其病都在"不辞"。与此类似,杭世骏之序《小仓山房文集》,开篇亦云:

> 文莫古于经,而经之注疏家,非古文也。〔……〕文莫古于史,而史之考据家,非古文也。①

此明谓注疏、考据都不是"古文",亦不合乎"经史"传统。换言之,陈用光和杭世骏都触及了"著述之体"的问题:倘若不假途于"古文",考据家如何能有"辞达"之文以自见?

正如姚鼐要在经说、考证方面"小试牛刀",考据学者面对古文家在"著述之体"这一问题上的挑战,也不会"束手就擒"。除了借助传统的论、议、序、跋等文体探讨学问,考据家在考、辨、释、说、解这些文体上,自然更是当行本色。不过,汉学考据一派的士人,或又因"从古"之立场,保持"以赋装头"之传统。如朱筠《笥河文集》系其子朱锡庚所编,按奏折、进呈赋颂歌章、赋骚、序、书后跋尾、记、书、杂著(包括议、赞、箴、铭)、行述、行状、碑记、墓碑、墓表、神道碑、墓志、墓碣、别传、家传、纪事、书事、哀词、祭文为序。在进呈御览之诸体冠集,接下来便以赋居首;而其中序、书后跋尾、记、书等体,又被锡庚统称为"考证诸篇"。② 钱大昕《潜研堂文集》乃其手定,以赋、颂、奏折、论、说、答问、辨、考、箴、铭、赞、杂著、记、纪事、序、题跋、书、传、碑、墓志铭、墓表、墓碣、家传、行述、祭文诸体为次。③ 以体涉"进御"的赋、颂、奏折居首,紧接着便是论学文字;其中论乃是唐宋以降古文家经营较为成熟的文体,《古文辞类纂》排在最先,《潜研堂文集》也放在散文类的最前面,可见文体传统的影响。不过之后的说、答问、辨、考等体,包括《履卦说》《冕衣裳说》《古今方音说》《太阴太岁辨》《秦三十六郡考》《华严四十二字母考》《嘉靖七子考》等,则明显是"考订家"的本色了。

王昶《春融堂集》在文集部分按赋、书、论、考、辨、解、说、序、跋、策、策

---

① 《袁枚全集新编》第 2 册,《小仓山房文集》卷首第 5 页。
② 朱筠《笥河文集》,《清代诗文集汇编》第 366 册(影印嘉庆二十年椒华吟舫刻本)。各体名目依据朱锡庚《叙录》,并参卷首目录。朱锡庚还特别说明各体排列之缘由,并指出"一人之文,各有专长",编次文集者"当知其所专属,循其诣趣,庶得旨归"(第 416—417 页),可参。
③ 钱大昕《潜研堂文集》,嘉庆十一年刻本(国家图书馆藏)。各体名目据卷首目录。卷首段玉裁序称:"集凡五十卷,分为十四类者,先生所手定也。"(叶 2b)

问、记、释、辞、赞、铭、哀辞、诔、祭文、碑、神道碑、墓志、志略、墓碣、墓表、行状、事略、传、小传、公牍、书事、杂著的顺序编排;赋在全集之首,此后紧接的便是论学书信、经史论说以及考辨之文。① 王昶又编有《湖海文传》,被视为汉学家一派观念的古文总集,其书同样首列赋、颂、文、经筵讲义,之后依次按论、释、解、答问、对、考、证、辨、议、说、原为次,再往下是序、记、书、碑、墓表、墓碣、墓志、塔铭、行状、述、传、书事、祭文、哀词、诔、赞、铭、书后、跋、杂著等等,与《春融堂集》颇可对照。② 其中从论到原诸体,大致可以对应《古文辞类纂》的论辨类或《惜抱轩文集》的论、考两体,然其分类无疑更为细致,而释、解、考、证、辨、说等更能代表考据家数的文体,也特别显眼;王昶在《湖海文传凡例》中亦将这些文体归为一类,称为"说经论史"之作,并谓入选者皆是"学有本原,辞无枝叶","正足资学者疏通而证明焉"③。而对其以赋居首的体例,王昶解释说:

> 前代选家,自《昭明文选》以下,如《文苑英华》《宋文鉴》《元文类》,皆诗、赋兼收,惟梁溪顾氏《宋文选》不登诗赋,梨洲黄氏《明文授读》则置赋于卷末,而诗亦不录焉。予辑《湖海诗传》,既已单行,而赋为有韵之文,故《文传》中遵《文选》《英华》诸书之例,仍以居首。④

可见王昶"以赋装头",主要的考虑是赋在文体上属于"有韵之文",既收入《文传》,则用《文选》《文苑英华》之例,其用意并不在"体物"。⑤ 事实上,汉学家对赋乃至骈文的喜爱,与这些文体本身对作者的文字音韵训诂知识有较高要求,能够"因文见学"不无关系。粗略言之,主宋学的古文家,其理想是"文道合一",故在文体上欲以韩欧一系古典散文,载孔孟程朱之道;主汉学的考据家,若也兼及词章,其理想则是"文、学双美",在文体上注疏、考辨之文与骈丽、铺陈之文不妨并陈。后阮元之主骈文,辨"文笔",正是这一思路的延伸。芸台

---

① 王昶《春融堂集》,《续修四库全书》第 1437—1438 册(影印嘉庆十二年塾南书舍刻本)。各体名目据卷首目录。
② 王昶辑《湖海文传》,《续修四库全书》第 1668—1669 册。各体名目据卷首目录,并参王昶《湖海文传凡例》。又《湖海文传》在"序"一类,"稍以经史子集为先后";与之类似,《潜研堂文集》在"答问"一体又按《易》《书》《诗》、三传、三礼、《论语》《孟子》《尔雅》《广雅》《说文》、诸史、算术、音韵编次,局部也使用了"知识秩序",只不过这是在"文体秩序"之下,没有像经韵楼本《戴东原集》那样上升为整个集子的编辑秩序而已。
③ 《湖海文传凡例》,《续修四库全书》第 1668 册,第 380 页。
④ 同上。
⑤ 以赋居首的另一个原因则是这些赋作多是应制之作:"《文传》中赋、颂,多取进御之作,而经筵讲义,亦谨录入,欲使逢掖之士,略窥程式,以为他日拜献之资也。"见《湖海文传凡例》。

尝致书孙星衍,谓《问字堂集》当刊入骈文云云,最可见其旨:

> 接读《问字堂集》,精博之至,此集将来积累既多,实本朝不可废大家也。以元鄙见,兄所作骈丽文,并当刊入,勿使后人谓贾、许无文章,庾、徐无实学也。①

按孙星衍少擅词章,年十四即能"背诵《文选》全部"②,"与里中士洪稚存、黄仲则、杨西河、赵亿生为诗歌",其诗亦蒙袁枚"赏叹"③;而后来兴趣转移,"雅不欲以诗名",转而"深究经史文字音训之学,旁及诸子百家"④,袁枚遂深致不满,作书辩论"考据""著作"之分。其《问字堂集》六卷,刊于乾隆五十九年(1794),正是"考据"名目争论方殷之时。此集不按文体编排,卷一至卷五统一称"杂文",以《原性篇》冠首,卷一至卷五其余文章如《太阴考》《月太岁旬中太岁考》《释人》《先天卦位辨》《三教论》《文子序》《孙叔敖名字考》《圜丘郊祀表》等等,涉及天文、地理、故训、礼制、经学、子学等诸多领域,卷六则是相对独立的《天官书补目》,突出了孙氏在"学问"方面的成就。在阮元看来,孙氏的骈丽文同样需要表彰,如此学问追攀贾逵、许慎,文章方驾庾信、徐陵,正是希望并陈"文""学"两面的成就。不过,孙星衍似乎并不愿以其骈、赋等文章自显,而是有意突出自己在经史百家、小学考证方面的创获。因此,《问字堂集》主于贾、许"实学",并未收入庾、徐"文章"一类的作品。其骈文作品,后另编有《问字堂外集》⑤,所为诸赋,则收入诗集《澄清堂诗稿》,可见其有意区分"学问""文章"两方面成绩之用心。孙氏后来陆续编刻《岱南阁集》《五松园文稿》《嘉谷堂集》《平津馆文稿》等集,亦继承《问字堂集》的体例,有意不按文体编次,其《平津馆文稿》之《自序》(嘉庆十一年,1806)更是明言"文不足存,故不敢依古人文集分类定卷"。孙氏对其文集之定位,当是为六经、诸子之"津逮"⑥,而非"以文辞角胜于人"⑦,由此当可窥知。

---

① 《孙渊如先生全集·问字堂集》卷首《问字堂集赠言》,《续修四库全书》第1477册,第386—387页。

② 《文献征存录》卷九,《近代中国史料丛刊三编》第14辑第140册,第1479页。

③ 《孙渊如先生全集·芳茂山人诗稿·澄清堂稿》卷首《澄清堂稿自序》,《续修四库全书》第1477册,第583页。

④ 阮元《揅经室二集》卷三《山东粮道渊如孙君传》,《清代诗文集汇编》第477册,第254页。并参见《清史稿》孙星衍本传。

⑤ 见吴蔚《问字堂外集题辞》,《吴学士文集》卷四,《续修四库全书》第1487册,第486页。

⑥ 孙星衍《自序》引王昶之语,《孙渊如先生全集·平津馆文稿》卷首,《续修四库全书》第1477册,第508页。

⑦ 邵秉华《平津馆文稿后序》,《续修四库全书》第1477册,第509页。

而《问字》一集中更可注意者,乃是其卷首除了王鸣盛的《问字堂集序》,还有"赠言"六篇。这些"赠言"并不同于通常意义上的序文,而是钱大昕、江声、张祥云、朱珪、阮元、王朝梧等学者读过《问字堂集》刊样之后,与孙星衍讨论集中文章的通信,体例颇为特殊。其中如钱书驳论《太阴考》,江书针砭《原性篇》,朱、阮、王诸人,亦就其书中文章大旨、考证得失,多有评议。由于是往来书信而非真正的序文,这些文字便能对孙氏学术文章的诸多细节进行深入讨论,正可视为一时学术界讨论孙氏著述的实录,亦可见"文集"如何在乾嘉学术的传播、讨论中发挥作用。各家赠言,对《原性篇》讨论尤多,意见亦甚纷纭。如江声云:

> 《问字堂集》阅过一通,《释人》及《拟置辟雍议》二篇为最,《河雒》《先天》次之,其他论天文者尚容再阅细审。至如《原性篇》,弟不能知其是,亦不欲议其非,盖性理之学,纯是蹈空,无从捉摸。宋人所喜谈,弟所厌闻也。地理古迹亦所不谙,无能置喙。诸书之叙,缕述原委,精详博衍,具见素学,但夸多斗靡,观者不能一目了然,此亦行文之一病也。①

江声推美考证字训、度数的《释人》和《拟置辟雍议》,而对涉及宋学的《原性篇》不予置评,正见其学术宗尚之影响。事实上,孙星衍《原性篇》以阴阳五行之说论"性",说颇征实。其进路亦是继承戴震一系的由训诂通义理,固非空谈者;阮元所论便更为持平,以为"《原性篇》言性本天道阴阳五行,此实周汉以来之确论,而非《太极图》之阴阳五行也,引证一切精确之极,足持韩、孟之平",又指出孙星衍考证汉人言性"分合五藏"的概念,正能批驳宋人鄙夷"气质之性"之非,是为知言。另一方面,孙氏以此文居《问字堂集》之首,亦可见重视之意。张祥云便点出"《原性篇》微言大义,追踪昌黎《原道》之作",正可阐发孙氏首列此篇之意。王朝梧亦云:

> 集中有《原性篇》〔……〕先生综性情阴阳而折衷诸子,此开宗第一首大文,似不肯自居于考订之学者。②

王氏发明孙氏以《原性篇》为"开宗"大文,内有因考证而求义理之意,其论甚确。按《原性篇》之作,远源固然在韩愈《原道》《原性》,但更为重要的

---

① 《问字堂集赠言》,《续修四库全书》第1477册,第385页。
② 同上书,第388页。

是,其近源在于戴震的《原善》①,以此篇冠集,学术渊源自见。编集次文,看似细节,然义理、考据、词章不同学术辙轨的权衡左右,于是亦可见也。

第四节 "子""集"之间:著作体例之选择

清中期知识界对"著述"之体的关注,除了"文集"内部诸文体的次序升降,更重要的还有集部与经、史、子三部的关系问题。本章开篇所述阮元自定《揅经室集》一事,正可见当时人面对的,已经是一个扩大了的、可以包纳经、史、子的"集部"。由此带来的,自然是"集部"概念本身的动摇。究其症结,乃在"四部"作为图书分类,本身未必能完全适合知识分类的需求。仅以图书形制而论,别集、总集自然可以与经传、史乘、子书分别开来,然若细绎其内在的知识或学术思想脉络,则"四部"之间的相互出入,亦复不少。

在习惯上,四部之"集部"往往会被视为"诗赋"之部,这当然是继承了七略、汉志一系的目录学传统。按七略之"诗赋略",至王俭《七志》改称"文翰"②,阮孝绪《七录》则径名"文集":

> 王以"诗赋"之名,不兼余制,故改为"文翰"。窃以顷世文词,总谓之"集",变"翰"为"集",于名尤显。故序文集,录为内篇第四。③

而其《文集录》,正以"楚辞""总集""别集""杂文"为次。《隋志》因《七录》而立四部,于"集部"亦祖述《汉志》之"诗赋略"。此盖"集部"所从来之大较也。降及清代,《四库全书总目》在《集部总叙》中云:

> 集部之目,楚辞最古,别集次之,总集次之,诗文评又晚出,词曲则

---

① 后章学诚有《书孙渊如观察原性篇后》,批评孙氏不能领会孟子深义,转而杂引"百家子纬""偶合之言"与似是而非之说,以阴阳五行论性,则是另一种批评角度。值得注意的是,章学诚谓孙氏厚诬孟子,乃云"戴东原力诋宋儒,未敢上议孟子,今则孟子又不免矣",隐然正是将孙星衍的学术渊源追到戴震。见《文史通义》外篇二,《章学诚遗书》,第72页。

② 《隋书·经籍志》:"元徽元年,秘书丞王俭又造目录,大凡一万五千七百四卷。俭又别撰《七志》,一曰《经典志》,纪六艺小学、史记杂传;二曰《诸子志》,纪今古诸子;三曰《文翰志》,纪诗赋;四曰《军书志》,纪兵书;五曰《阴阳志》,纪阴阳图纬;六曰《术艺志》,纪方技;七曰《图谱志》,纪地域及图书。其道、佛附见,合九条。"

③ 《广弘明集》卷三,阮孝绪《七录序》,明万历刻本,叶11a。

其闰余也。古人不以文章名,故秦以前书,无称屈原、宋玉工赋者。洎乎汉代,始有词人,迹其著作,率由追录,故武帝命所忠求相如遗书,魏文帝亦诏天下上孔融文章。至于六朝,始自编次,唐末又刊版印行事见贯休《禅月集序》。夫自编则多所爱惜,刊版则易于流传,**四部之书,别集最杂**,兹其故欤? 然典册高文、清辞丽句,亦未尝不高标独秀、挺出邓林。此在翦刈厄言,别裁伪体,不必以猥滥病也。①

其论集部,潜在祖述的是《汉书·艺文志》"诗赋略"的传统。虽然也提及了"四部之书,别集最杂",但基本上对集部的定位还是"典册高文""清辞丽句"一派,盖其区分四部,不得不严其界别也。钱大昕序其《元史艺文志》,亦用"集部"对应七略之"诗赋"。② 然嘉庆间严可均便对"四部"之分界颇有反思:

是编〔按:指《全上古三代秦汉三国六朝文》〕于四部为总集,亦为别集,与经、史、子三部,必分界限。然**界限有定而无定**。诏令、书檄、天文、地理、五行、食货、刑法之文,出于《书》;骚、赋韵语出于《诗》;礼议出于《礼》;纪传出于《春秋》。百家九流,皆六经余润。故**四部别派而同源**。故《文选》为总集,而收《尚书序》《毛诗序》《春秋左氏传序》、史论、史述赞、《典论·论文》,《文苑英华》《唐文粹》亦如此。是**经、史、子三部阑入集部**,在所不嫌。③

严氏从总集编纂的角度指出经、史、子都可以"阑入集部",然所论四部源流,大体上还是回到六艺之说,并未作更深入的推演。而焦循对经史子集的混杂亦有精辟的论述,并将界限无定之说更上升到对"集部"概念本身的反省:

古有六艺、九流、诗赋,而无集。**集者,经史之杂**,而九流、诗赋之变

---

① 《四库全书总目》卷一百四十八,第1267页。关于四部分类源流,亦可参见姚名达《中国目录学史》之《分类篇》,其《四部分类源流一览表》,尤为简明直观。是书第80页,严佐之导读本,上海古籍出版社2011年版。近人如汪辟疆亦称"诗赋与文集名异而实同",见其《七略四部之开合异同》,《目录学研究》,第77页,华东师范大学出版社2000年版。

② "自刘子骏校理秘文,分群书为六略,曰六艺者,经部也;诗赋者,集部也;〔……〕是时固无四部之名,而史家亦别为一类也。"《元史艺文志》第一,《嘉定钱大昕全集(增订本)》第5册,第132页。

③ 《全上古三代秦汉三国六朝文》卷首《凡例》,第2页,中华书局1958年版。

也。经生说经,史臣著史,各有专书矣。其友朋辨难之文,简篇叙论之作,或出其精华之聚,以破蒙俗,或总其未成之书,以俟参订,凡足以羽翼乎经,皆经类也。墓铭、行状、家传、别传之等,核其实,去其浮,无撰史之职,可以待撰史者之采用,则史类也。无益于经史,而议论足以成家,骈俪可以悦目,亦有存而不能废者。盖本诸经者,上也;资乎史者,次也;出于九流、诗赋者,下也;而皆可以相杂而成集。①

焦循此论,乃是兼顾七略与四部两种分类体系,故而既言"六艺""九流""诗赋",又言"经""史"与"集"。他将"集"定义为"经史之杂",又将辨难叙论之文归于"经类"、墓铭传状归于"史类",连同九流之议论(相当于子部)与诗赋骈俪之文,"相杂而成集",其实都是取"杂"之义来阐释"集"的概念。按"集"本"雥"之省体,《说文解字》云"雥,群鸟在木上,从雥从木。集,雥或省"。段玉裁注云"引伸为凡聚之偁,汉人多假杂(襍)为集",则在汉代已借"杂(襍)"字表示"聚集"之义。"杂"之小篆作"雜",《说文》在衣部,云"从衣集声"。"雜""襍"两个字形皆由此而来。段玉裁对此有清楚的解释:

此篆盖本从衣雧。故篆者以木移左衣下作"雜",久之改"雧"为"隹",而仍作"雜"也。②

由此,以"杂"释"集",故训有据也。焦循以为"集部"是杂聚经、史、子以及诗赋之文而成,如此则"集部"本身其实便并不能独立构成一个知识或著述的部类了。此论是从内容上解构了"集部"。事实上,从体裁形式上讲,"集"同样会遇到问题。杂组众文的"文集",本身能否作为一种"著述体例"呢?

虽然理学、古文、考据等不同取向的士人在别集编纂之时,都可以通过不同的"文体秩序"反映其学问或著作特色,但以"文体"聚合的别集毕竟还是"杂汇"而成,各种文体的顺序安排虽有历史渊源抑或学理依据,但终究不容易在其中反映某种"学问"上的内在联系。段玉裁重编戴集在前八卷采用的"知识秩序",其实就是一种调和的措施。有趣的是,就在经韵楼本《戴东原集》刻成的乾隆五十七年(1792),又有两种颇具代表性的学人

---

① 《钞王筑夫异香集序》,《雕菰集》卷十六,《焦循诗文集》上册,第290页。
② 《说文解字注》八篇上衣部,第395页。

文集,同时问世。一种是本章第二节已经提及的姚鼐的十卷本《惜抱轩集》,另一种则是汪中的《述学》。三种文集,恰在同年刊行,而其中包含的一代"文""学"之士平衡文章、学问两端以经营其"著述"的努力,更是意味深长。

论述有清一代的思想文化,不论从学术还是文章的角度,汪中都是一位不容错过的人物。其不但邃于经术,并博涉史地、金石之学乃至医药、种树之书①,而且在骈文方面亦称名家,《哀盐船文》一篇,"惊心动魄,一字千金"②,为传世之作。《述学》一书,本是其计划博考三代学制兴废的著作,江藩《汉学师承记》云:

> 君中年辑三代学制及文字、训诂、制度、名物有系于学者,分别部居,为《述学》一书,属稿未成。后乃以撰著之文,分为《述学》内外篇,刊行之。③

此处于汪著《述学》之前因后果交代甚明,盖容甫本有意撰写的《述学》,号称一百卷,仅有草稿,并未成书,后来汇编其"撰著之文"为文集,亦用"述学"之名。前后二者,本系两种不同的著作。容甫生前便曾向友人称道考论三代学制的《述学》一书。其乾隆四十四年致刘台拱书云:

> 所谕鸠集文字,中亦素有此志。然中之志,乃在《述学》一书,文艺又其末也。苦不得人钞写,闷闷!④

"鸠集文字"云云,大概是刘台拱有劝其编纂文集的建议,但汪中明言其更重者在"《述学》一书",此当指论学制者而言。观信中"苦不得人钞写"之语,可知其时至少已确定了大致的规模和内容。这一种《述学》故书⑤,并未写成传世,其内容大略,则见于后来徐有壬的《述学故书跋》,盖此书卷一"虞夏殷之制";卷二首"成周之制",下分"王国大学""侯国贡士""王国小学"

---

① 《清史稿》本传:"中覃意经术,与高邮王念孙、宝应刘台拱为友,共讨论之。"王引之《汪容甫先生行状》:"先生于六经子史以及词章、金石之学,罔不综览。"《王文简公文集》卷四,《续修四库全书》第 1490 册,第 403 页。凌廷堪《汪容甫墓志铭》:"君读书极博,六经子史以及医药种树之书,靡不观览。"凌廷堪著,王文锦点校《校礼堂文集》卷三十五,第 319 页,中华书局 1998 年版。
② 杭世骏《哀盐船文序》语,见《述学》补遗,《续修四库全书》第 1465 册,第 424 页。
③ 《汉学师承记笺释》卷七,第 724 页。
④ 《刘端临先生年谱》,第 20 页。按《述学》别录亦载此书,但文字有删减。
⑤ "故书"之名,见于徐有壬《述学故书跋》。又关于《述学》故书编刻前后因由,冯乾《〈述学〉故书——关于汪中与章学诚的一段公案》(《中国典籍与文化》2004 年第 4 期)有介绍,可参考。

"诸子之学""乡学"诸目,次"周礼",再次"幼仪""曲礼""内则""学则";卷三"周衰列国",下分"异礼""失礼""变古""存古""举礼""从礼""乐""制度之失"等目;卷四"孔门",包括"言""行""储说"等;卷五"七十子后学者";卷六"旧闻"与"典籍原始";卷七阙;卷八则是通论三篇,甲为"古之学在官师瞀史",乙为"史数典、史释经、史司图籍",丙为"史明天道、史世官其业"。其体制粗成,然与计划的"百卷"之篇幅差距较远。其全书大旨,则在发挥官师失守、私学乃兴之论。由此看来,《述学》故书,就其内容而言,或近于史部的政书;但汪容甫之著此书,又非仅满足于制度的考证,其更重者,乃是要由上古三代之学制,推溯学术之本原,阐述学问由官府散入学士大夫的观点,立说之怀抱,其实又超乎考史也。故此书之为体,当是更像一部"子书"。而乾隆五十七年写定刊行的"《述学》内外篇",乃是"取平日考古之学及所论撰之文"而成,属于"文集",体制殊不相同。既如此,为何这部文集还要沿用"述学"之名呢?

容甫致书友人,自言志在"《述学》一书","文艺又其末",是抑"文艺"而重"立言"也;然其平生于词章一途,亦大有声称于世。乾隆二十七年容甫十九岁时,便以应试《射雁赋》"列扬州府属第一"。三十六年,容甫访郑虎文于秀水,所携者乃"诗文稿二卷",且"以《哀盐船文》为贽",可知其为时所重者在此。次年访问朱筠于当涂,亦是以"手录古文词"请求指正;朱筠推许容甫"其学知经传之义而达于史事,又善为古文词",汪中子喜孙为之解说云:

> 于时先君以所撰著就正于朱学使,如《述典》《正名论》《封建论》《晏子杀三士论》《论赵襄子知伯事》《两汉节义论》《留侯论》,所谓"知经传之义而达于史事"也;如《代秦答吕相》《代陈商答韩退之书》《与达官书》《魏次卿诔》《沈昌龄哀词》《乐仪书院请祀山长沈公议》,所谓"善为古文词"也。①

事实上,所谓经传、史事诸作,究其文体,亦属"古文词";喜孙此处,盖有意分别学、文两端而言也。汪中本人实际上也更重视其学术文字。汪喜孙尝记其一次偶获父亲旧著之经历:

> 先君早岁以词赋知名,喜孙尝从书肆购先君诗文一册,题云《麇畯

---

① 杨晋龙主编《汪喜孙著作集》,第1086页,"中研院"中国文哲研究所2003年版。

文钞》。①

观其语气，则诗文集《麋畯文钞》，汪氏家中已无藏本，故喜孙从书肆购得，颇为惊喜。这与容甫学问诸文"初稿""次稿"累累，改订再四的情况②，颇不相同。而容甫既欲以"学"自见，故其编订文集，不但移用了"述学"一名，所收入者亦多是学术文字。文集《述学》分内外篇，内篇三卷，包括卷一的《释羣曑二文》《释阙》《释三九》《明堂通释》《明堂五室二图》《明堂位图》《吕氏春秋明堂图》《释媒氏文》《为人后者为其曾祖父母祖父母服考》《妇人无主答问》《女子许嫁而婿死从死及守志议》，卷二的《订文正》《释连山》《释童》《左氏春秋释疑》《居丧释服解义》《周官征文》《古玉释名》《周公居东证》，卷三的《墨子序》《墨子后序》《贾谊新书序》《石鼓文证》《广陵曲江证》；外篇一卷，有《京口建浮桥议》《广陵对》《表忠祠碑文》《大清故高邮州学生贾君之铭》《大清诰授通议大夫湖北提刑按察使司按察使兼管驿传冯君碑铭》《大清故贡士冯君墓铭》《大清故候选知县李君之铭》《大清故吴县儒学教谕乔君墓碑》《黄鹤楼铭》《汉上琴台之铭》诸文。③ 其"内""外"之别，大抵是以内篇为有关经义、训诂、礼制、金石、子史、地理等各类"学问"之作，外篇则是议、对、碑、铭等"词章"。故王念孙之序《述学》，称述其书内容，分为

---

① 汪喜孙《容甫先生年谱》，《汪喜孙著作集》第1079页。
② 汪喜孙重刊本《述学》在内篇《古玉释名》文后附有识语"谨按此篇有初稿、有次稿。原刻据初稿刊板，今依次稿更正。孤喜孙识"。
③ 乾隆五十七年原刊本今未见，此据汪喜孙嘉庆二十三年重刊本《述学》叙录。根据汪喜孙的说法，乾隆五十七年刊本分为内篇三卷、外篇一卷，此与汪喜孙重刊本的分卷一致；汪中遗稿中存有而当时未经刻入者，汪喜孙编为"补遗"一卷；刘台拱及喜孙历年搜辑所得佚文，则编为"别录"一卷。由此，汪喜孙重刊本应当基本保留了汪中原刊本的样貌。在喜孙之前，阮元在嘉庆二年亦刊行了一版《述学》，分两卷，称"江都汪中撰，仪征阮元叙录"，所收文目与汪喜孙重刊本基本一致，上卷包括喜孙重刊本内篇卷一、卷二的内容，卷首亦题有"内篇"；下卷包括喜孙重刊本内篇卷三及外篇的内容，但未有"外篇"的题识。阮元刻本与喜孙刻本的差异，仅在《明堂通释》一篇，盖阮本收录有两个不同的稿本，喜孙重刊本则只保留了一个；又明堂三图，两本次序名目略有出入，阮本为《明堂位图》《考定明堂五室图》《吕氏春秋明堂图》，喜孙本为《明堂五室二图》《明堂位图》《吕氏春秋明堂图》。由阮本之情形，亦可旁证喜孙重刊本在整体构建和体例上未对汪中原刊本有大改动。此外，喜孙在重刊本书后跋语中还提供了两份汪中本人编辑《述学》的原始文件，一是"写定《述学》内篇目录"，二是"手写文稿目录"。其中内篇目录"多有与《述学》刻本不合者"，如《释冕服之用》《江都县榜驳议》《汉雁足灯铭释文》《江淹墓考》《故浜洮道冯君妻三李氏不合葬议》五篇，刻本所未录"。汪喜孙这里所说的"刻本"，应当指汪中原刊本。其"不合"，应是汪中最后付刻时对篇目安排又有调整。上述五篇文章，喜孙重刊本皆收入，置于"补遗"之首。如果细检出于汪中之手的《述学》内篇目录"与"手写文稿目录"，不难发现其中多有重复的篇目，如内篇目录的"八《释冕服之用》"与文稿目录的十九《释冕服之用》"，内篇目录的"廿二《汉雁足灯铭释文》"与文稿目录的"八《汉雁足灯铭释文》"，内篇目录的"廿三《江淹墓考》"与文稿目录的"十八《江淹墓辨》"，等等。可见当时汪中自己对篇目出入也未完全确定。乾隆五十七年原刊本《述学》内外篇，至少可以反映付刻时汪中的想法。

"有功经义者""表章经传及先儒者"以及"其它考证之文",正是就其学术分类而言,而王序又叹赏其文章云:

> 其为文,则合汉魏晋宋作者,而铸成一家之言。渊雅醇茂,无意摹放,而神与之合。盖宋以后无此作手矣。当世所最称颂者,《哀盐船文》《广陵对》《黄鹤楼铭》而它篇亦皆称此。①

其中所举《广陵对》《黄鹤楼铭》,正见于《述学》外篇,而脍炙人口的《哀盐船文》,其实并未收入《述学》一集之中。内学、外文之分,由此可窥一斑。此集一如其名,宗旨在于"学问"一端。故王念孙谓此集乃"悬诸日月、不刊之书",可使"天下后世""皆知所以为学问者",可谓知言。汪中计划撰写的皇皇大著百卷本《述学》未能成书,壮志未酬之后,仍以"述学"之名以题其文集,其中大有珍重之意,盖正欲以其"述三代之学"者,"移以述己身之学"。保留此名,其或有意以"文集"代"子书",以为"述学"之具乎?

汪中卒后,《述学》内外篇又经过多次校订重刊,其间不乏更名之议。嘉庆十年(1805),包世臣过扬州,与汪喜孙及汪中外甥毕贵生相见,受嘱校订容甫遗文。其自述此一因缘,颇为神异:

> 乙丑,予再至扬州,与贵生同榻,而容甫入予梦,自言其文之得失甚具,如是者三夕。与贵生共咤其异。而喜孙叩门入,再拜曰:"刘先生病甚,召喜孙,付先子文稿,行促不及相告。归舟阻风,三日乃得达。先子草稿纷纠,非吾子,莫能为订定者!"贵生曰:"舅氏已三日自来属慎伯矣,慎伯其无可辞!"时盛暑,予竟十日夜,为遍核稿本,乃知《述学》者,容甫弱冠后节录以备遗忘之**类书**,自于册首题曰"**述学一百卷**",已成者才**数卷**。至乾隆五十五年,容甫自捡说经辨妄之文,并杂著传记若干篇,以世人皆闻《述学》,**冒其名**刊行于世。②

此记"刘先生",即刘台拱(端临)也。端临与容甫为至交,故以校录刊刻其遗集为己任。嘉庆十年,端临病笃,故召汪喜孙而交付容甫文稿,乃有包氏文中所述载稿归舟之事。时汪喜孙年方二十岁。汪中托梦并"自言其文之得失"一事,或涉夸诞,大抵包世臣欲标榜其校定容甫文集之功,故有这一段

---

① 《述学》卷首。按此文末尾署嘉庆二十年正月七日,乃是为汪喜孙重刊本《述学》所作。
② 包世臣《书述学六卷后》,《艺舟双楫》卷三,李星点校《包世臣全集·中衢一勺 艺舟双楫》,第313—315页,黄山书社1993年版。

描写。世臣所见的稿本《述学》,当即考论学制者;其稿或许还是材料汇编的形态,故以"类书"目之;所谓"已成者才数卷",则与徐有壬《述学故书跋》交代的八卷本情况较为符合。包世臣又述论汪中生平著述及稿本情况云:

> 容甫少孤贫,无师而自力,成此盛业,不可谓非豪杰之士也。年三十而体势成,多可观采;四十五以后,才思亦略尽矣。既自刻二卷,而心知未惬。然刘君受付嘱者十余年,才校刊三分之一,又时以世俗语点窜之〔……〕,及喜孙载稿本归,而精诚遂感予梦,以是知文人魂魄,常附稿本,可哀也已! 杂稿四册,各厚寸许,文皆有重稿,或有至三四稿者。惟灵表二篇,每篇三四稿,词各异而皆未成。予为集各稿之精语,不改一字而成文,仍如容甫之笔。别删《说辰参》《说夫子》《京口浮桥议》《月令明堂图》诸篇,而更刘君所点窜者,题曰《汪容甫文集》,定为正集三卷,其酬酢之文一卷,为别集,以授喜孙。①

前叙托梦之事,未言因由,正是设一悬念;介绍了其文稿流传经过之后,方补出"文人魂魄,常附稿本",解释容甫之入梦,乃随其稿本而至,其用意不外以并世桓谭自居。世臣师心自用,不但讥议刘端临,更对文稿颇加芟削,即容甫自编入集的《释晨蓦二文》《明堂图》亦未能幸免②,可谓勇于删改者也。值得注意的是,包氏改订全集,分列正、别之后,将其题为"汪容甫文集",也即舍弃了"《述学》内外篇"的名称和体例,直接以"文集"称之。联系到前面的"冒名"之说,大概包世臣对以"述学"称文集,颇有不满。

在包世臣之前,刘端临董理汪中遗稿,也有过改题"文集"的想法。端临尝有一书致汪喜孙云:

> 尊大人遗稿,近日始得料理,现觅人抄一底本,即付刻工缮写。鄙意拟名"**文集**",篇次前后与旧刻不同,此意亦曾商之钱少詹事及段若膺,皆以为然。未审尊意以为如何?③

所谓"旧刻",当即指乾隆五十七年所刻《述学》内外篇。观书中之意,刘

---

① 《书述学六卷后》,《艺舟双楫》卷三,第 314 页。
② 包世臣所称"别删"诸篇,《说辰参》当即《述学》内篇卷一的《释晨蓦二文》,《说夫子》即《述学》别录之《释夫子》,《京口浮桥议》即《述学》外篇卷一的《京口建浮桥议》,《月令明堂图》或当指《述学》内篇卷一的《明堂五室二图》《明堂位图》《吕氏春秋明堂图》而言。
③ 《汪氏学行记》卷四,《汪喜孙著作集》,第 949 页。

氏亦有意舍弃"《述学》内外篇"之规制,重为编订"文集"。更名及调整篇次之意,亦曾与段玉裁、钱大昕等商议。不过,汪喜孙却不认同此议,后端临另一书云:"顷为尊大人刊刻遗文,拟用'集'名。昨武进赵味辛司马见过,道及足下之意,欲仍名'《述学》内外篇'。此亦足见孝子三年无改之至意。已告彭万程,令其挖改。"①此当是喜孙接读上一书后,托赵味辛转致其意,表明不愿改用"文集"之名目。喜孙执意用"述学"之名,所谓"无改于父之道"者,不仅仅在名称仍旧,更在于对其背后"以集述学"之精神的坚持。端临此书提到"挖改",又在另一封写给毕贵生的书信中提到"就遗稿内搜罗捃拾""复得二十篇,编为四卷"等语,以及不少刊刻细节,如"每叶二十行,每行二十一字,题目格式略仿《唐文粹》《宋文鉴》之例"云云②,可知当时已付剞劂,然不知何故,直至嘉庆十年端临逝世犹未印行。包世臣改订的结果,亦不为喜孙所取。此后二十余年间,汪喜孙反复校勘、编辑其父遗文,并先后拜访段玉裁、王念孙、顾广圻等征求意见,直到嘉庆二十三年,方才最终告成。喜孙后来在嘉庆二十五年曾与顾广圻讨论清人文集,广圻"为言《亭林文集》之精",喜孙答曰:

  本朝理学名臣之文,有《汤文正集》《陆清献集》;经史名儒之文,有《亭林文集》《戴东原集》《茗柯文》及先君《述学》,皆悬诸日月、不刊之书。③

此语对了解喜孙编集之观念,甚为重要;其"因文论学"之意,跃然纸上。喜孙在此以宋学、汉学二分为框架,将汪中的《述学》定位为"经史名儒之集",并从顾炎武、戴震、张惠言而下为其建构一条谱系。"悬诸日月"云云当本于王念孙序《述学》之语④,王氏谓此书可使天下后世"知所以为学问者",亦与喜孙之论呼应。

  汪中《述学》内外篇,文质兼美,于侪辈间颇获好评。然同时亦有不以为然者。批评甚著者,则有章实斋学诚。实斋《立言有本》一文云:

---

 ① 《汪氏学行记》卷四,《汪喜孙著作集》,第949页。
 ② 同上书,第951页。
 ③ 《汪荀叔自撰年谱》,《汪喜孙著作集》,第1197页。其中提及汤斌、陆陇其、顾炎武、戴震、张惠言、汪中诸家文集。
 ④ 按"悬诸日月、不刊之书"本为张伯松评扬雄《方言》之语,见扬雄《答刘歆书》,《方言疏证》卷十三。但汪喜孙用以推美《述学》等"本朝理学名臣"及"经史名儒"之文集,近源当在王念孙对《述学》的评价。

汪氏晚年自定《述学》内外之篇,余闻之而未见。然逆知其必无当也。盖其平日谈经论史,灿然可观,甚有出于名才宿学之所不及。而求其宗本,茫然未有所归。故曰聪明有余,识不足也。〔……〕今观汪氏之书矣。所为内篇者,首解参辰之义,天文耶? 时令耶? 说文耶?_{据《说文》解之。}次明三九之说,文心耶? 算术耶? 考古耶?_{言三与九之字义不可泥。}其言有得有失,其考有是有非_{别有辨论},大约杂举经传小学,辨别名诂义训_{时尚是趋},**初无类例,亦无次序**。苟使全书果有立言之宗,恐其孤立而鲜助也。杂引经传以证其义,博采旁搜以畅其旨,则此纷然丛出者,亦当列于杂篇,不但不可为"内",亦并不可谓之"外"也。而况本无著书之旨乎? 彼谓经传、小学,其品尊严,宜次为内篇乎? 呜呼! 古人著书,各有立言之宗,内外分篇,盖有经纬,非如艺文著录,必甲经传而乙丙子史也。汪氏之书,不过说部杂考之流,亦田氏之中驷,何以为内篇哉?_{古人著书,凡内篇必立其言要旨;外、杂诸篇取与内篇之旨,相为经纬,一书只如一篇,无泛分内外之例。}观其外篇,则序、记、杂文、泛应辞章_{代毕制府《黄鹤楼记》等亦泛入},斯乃**与"述学"标题如风马牛**。列为外篇,**以拟诸子**,可为貌同而心异矣。虽然,此正汪之所长,使不分心于著述,固可进于专家之业也。内其所外,而外其所内,识力暗于内,而名心骛于外也。惜哉!①

实斋此文,主旨在于为学须有"宗本",否则必茫然无归;然其具体讨论的问题,则是汪中《述学》内外篇的体例。其批评大概可以分为三个层次。第一个层次是各篇文章本身难以归入专门的学术范畴,如开卷的《释參晨二文》,论古人以晨、參二星之运行纪时令,因此既属"天文",又可属"时令";同时汪中又指出晨、參二字从"晶",乃是象星之形也,所论又与文字学有关。而《释三九》用经籍中大量语料论证"三""九"二词乃"言语之虚数",不可拘泥,前代注家在解释先秦制度时或执以为实数,故多有胶柱鼓瑟之说;同时,文章又延伸到修辞上的"曲"与"形容",即委婉和夸张问题。讨论的是数词,牵涉史实制度,又引申出修辞学的问题,故在章实斋看来,此文亦不知当系于算术、考古还是文评。今按此一批评,实不足为容甫病。学术研究虽有分科,但在具体问题上旁涉多个领域,本属正常,以此讥汪氏学无宗本,恐持论太苛。第二个层次是"内篇"之称名。实斋以为《述学》内篇"博采旁搜",纷纶芜杂,没有一个统一、固定的"著书之旨",因此不当称为"内篇",充其量可以为"杂篇"。章氏点出的"杂举经传小学",确实是汪中诸篇文字在治学上的

---

① 《立言有本》,见《章氏遗书》卷七《文史通义》外篇一,《章学诚遗书》,第56页。原文随文有双行小注如"据《说文》解之""古人著书,凡内篇必立其言要旨"等等,今以下标小字出之。

特点,至于如何褒贬,或可见仁见智;真正值得重视的,则是实斋在此通过对"内篇"名义的辨析,揭出了他对"著作文体"的看法:他取以为典范的,是有"立言要旨"的子书,其体例上"凡内篇必立其言要旨",而外、杂诸篇,则是"取与内篇之旨,相为经纬",这样,整本著作"一书只如一篇",方是首尾贯通,著述得体。而《述学》作为"文集",没有一个统贯全书的"宗本",自然也就不能符合章实斋对内、外、杂篇的要求。

第三个层次的批评,则是文章编次的问题。今观《述学》一集所载诸文,牵涉多端,大体上内篇关乎"学"而外篇存其"文"。内篇三卷,前两卷基本上都跟经传有关,第三卷则涉子、史。其中有训释字词者如卷一《释蠶蝨二文》《释三九》,卷二《释连山》《释童》;有研治名物者,如卷一《明堂通释》,卷二《古玉释名》;有议论礼制者,如卷一《女子许嫁而婿死从死及守志议》;又有考证史地者,如卷二《周公居东证》,卷三《广陵曲江证》。其文相互错杂,因此,章实斋深病其"初无类例,亦无次序",即使是勉强可以看出的经传、子史、词章之别,实斋亦讥其无理,认为著书立言不当套用目录学式的排列,又指责外篇的"泛应辞章"与"述学"之大名不能相称。以上三个层次的批评,归结起来,在实斋眼里最根本的问题就是《述学》其书、汪中其人"立言无本",因此体现在外在形式上也是杂乱无章。章实斋虽然设言严苛,于容甫不能有"同情之理解",但有一个观察却是非常精准的。上面一大段引文最后,实斋云:

> 列为外篇,以拟诸子,可为貌同而心异矣。

"以拟诸子"四字至关重要,故不惮繁冗,重为拈出。容甫以"述学"名其集,又分"内篇""外篇",其用意正在以"文集"为"子书",表现其学问立言方面的成就。故此四字可谓深得容甫之心也。如此,《述学》内外篇之不得"类例""次序",是否就可以用混淆了"子""集"之体来解释?

事实上,章实斋本人,恰恰就有融通"子""集"的主张。这篇《立言有本》开宗明义,便是以"著述"的概念统合"子""集":

> 史学本于《春秋》,专家著述本于官礼,辞章泛应本于风诗。天下之文,尽于是矣。子有杂家,杂于众,不杂于己,杂而犹成其家者也。文有别集,集亦杂也,杂于体,不杂于指,集亦不异于诸子也。故诸子杂家与

文集中之具本旨者,皆著述之事、立言之选也。①

章氏在此考镜学术源流,准酌七略、四部而分为"史学""专家著述"和"辞章泛应"三大宗,其源头分别在《春秋》、官礼和风诗。如果对应四部,史学即史部,专家著述在子部,风诗在集部,大体上可以成立,但子、集二部却又有交叉之处。实斋云"集亦杂也",与前述焦循的"集者,经史之杂"一样,是用"杂"训"集";不过在诸子亦有"杂家",只要"不杂于己""不杂于指",则均可成为"著述""立言"之事。除了在理论上将"有本"之文集、子书都归为"著述",实斋亦从历史演进的角度说明子、集之源流关系。实斋对先秦学术思想的分期,大约是三个阶段,第一阶段学在"官守","古人不著书,古人未尝离事而言理"②,故当时"官师守其典章,史臣录其职载"③,前者即六艺之所从出,后者即史书之所从出,而在三代皆属王官政典,故谓"六经皆史",此为经、史之时代也。第二阶段,学在"私家",处士横议,诸子乃兴,此则经、史流而入子也。第三阶段,"子史衰而文集之体盛,著作衰而辞章之学兴"④,则是由子入集之时代也。如果从"著述"的观念来看,第一期三代尚矣,不假"著述";第二期先秦诸子,为"著述"之全盛期;第三期文集大兴,乃"著述"之衰落期。何以言之? 实斋《文史通义》有《文集》一篇畅论此旨:

> 集之兴也,其当文章升降之交乎? 古者朝有典谟,官存法令,风诗采之,闾里敷奏,登之庙堂,未有人自为书、家存一说者也。自治学分途,百家风起,周秦诸子之学,不胜纷纷,识者已病道术之裂矣。然**专门传家**之业,未尝欲以文名。〔……〕两汉文章渐富,为**著作之始衰**。然贾生奏议,编入《新书》,相如词赋,但记篇目,皆成一家之言,与诸子未甚相远,初未尝有汇次诸体、衷焉而为文集者也。自东京以降,迄乎建安、黄初之间,文章繁矣。然范、陈二史所次文士诸传,识其文笔,皆云所著诗、赋、碑、箴、颂、诔若干篇,而不云文集若干卷,则文集之实已具,而文集之名犹未立也。自挚虞创为文章流别,学者便之,于是别聚古人之作,标为别集,则文集之名,实仿于晋代。⑤

---

① 《章氏遗书》卷七《文史通义》外篇一,《章学诚遗书》,第 56 页。
② 《易教上》,《文史通义》内篇一,《章学诚遗书》,第 1 页。
③ 《诗教上》,《文史通义》内篇一,《章学诚遗书》,第 5 页。
④ 同上。
⑤ 《文集》,《章氏遗书》卷六《文史通义》内篇三,《章学诚遗书》,第 49 页。后余嘉锡《古书通例》论"秦汉诸子即后世之文集",亦是祖述章学诚。

开篇模拟《易·系辞》之句法,将"集部"源流放在上古学术史的一个关键位置上。① 这里所说的"文章升降之交",其实就是从第二期到第三期的转变,故云"治学分而诸子出,公私之交也;言行殊而文集兴,诚伪之判也"②,正是三阶段之间的两大关捩。实斋显然有一"每况愈下"的退化史观,故对子、集升降的推演,亦是扬子而抑集,如谓西汉之文,"与诸子未甚相远",东汉建安产生对文章的分体著录,则渐有文集之实;降及晋代,"文集"名称确立,则是衰而又衰。

按子流入集之说,明代胡应麟已发之,其《经籍会通》云:

> 夏商以前,经即史也,《尚书》《春秋》是已。至汉,而人不任经矣,于是乎作史。继之魏晋,其业浸微,而其书浸盛,史遂析而别于经,而经之名禅于佛老矣。周秦之际,子即集也,孟轲、荀况是已。至汉而人不专子矣,于是乎有集。继之唐宋,其体愈备,而其制愈鞶,子遂折而入于集,而子之体夷于诗骚矣。③

所谓"经即史""子即集",都可为实斋之先声。唯具体时代分划上,两家有所差异。胡应麟所言梗概已成,但实斋不但论述更为精细详密,更在理论上有深入的推进,拈出两个思想上的大转折来说明四部之升降流变。④

如果说由第一期的"经""史"到第二期"诸子",其核心在于学术类型"公""私"之大变化,那么从第二期到第三期,其思想转折又当何在?所谓"诚伪之判"乃偏于情感褒贬的说法,实斋真正的想法,则当是"专门之学"的兴衰。因此他说"古人有专家之学,而后有专门之书","有专门之书,而后有专门之授受"。正以其"专门",故著作能有本原。而后世"校雠失传","文集、类书之学起,一编之中,先自不胜其庞杂",使人无从窥"古人之大体"。⑤ 他在《和州志艺文书·辑略》中也说"名之为集,则无复专门"。⑥ 而推崇"专门之学",也就是前文述及的"立言有本"。其用意都在于确立学术著述中能够"一以贯之"的"宗旨"。

---

① 《易·系辞下》:"《易》之兴也,其当殷之末世,周之盛德邪? 当文王与纣之事邪?"又:"《易》之兴也,其于中古乎? 作《易》者其有忧患乎?"
② 《文集》,《章学诚遗书》,第49页。
③ 《少室山房笔丛》卷二《经籍会通二》,第16页,上海书店2001年版。
④ 《四库全书总目》论别集之演变,但谓"集始于东汉",并不向上与诸子衔接。
⑤ 《文集》,《章学诚遗书》,第49页。
⑥ 《章氏遗书》外编卷十七,《章学诚遗书》,第559页。

章实斋既用目录学上的子、集升降作为阐释学术思想史的一条途径,在价值判断上以诸子为"立言有本"之著述,而文集为"难定专门"之杂流,自然在实际的"著作体例"上,隐然会有意将"子书"作为"文集"的理想形态。子、集分体是"实然",而由集返子是"应然",二者并不矛盾。因此他早年编修《和州志艺文书》时①,主张将文集归入子部:

> 文集之名,起于末世无本之学,然就其人之所得,约略前后,如韩愈氏之《原道》诸篇,非儒家之要略欤?检其文集,前后书牍殊体,题序异文,皆取辟佛守儒,旨无旁出,谓非儒家之一子,可乎?今悉准此为例,不入文集部次。凡有纯儒文集,约其本旨,统与儒先语录之属,一体入编。②

此言文集中"书牍殊体""题序异文",呈现为各种"文体"的集合,因此与子书在体例形式上颇不相同。不过虽然"古今异宜,体制各别",但如果"略貌言心",则"专门之集",与诸子"未尝分辙"。③ 换而言之,就思想内容而言,文集、子书皆当追溯到学术之"宗本",故未尝有异;特其形式体貌,有所不同也。如果沿着这个逻辑上推,其实非但子、集不殊,经、史亦都可以与"文集"打通:

> 文集者,辞章不专家,而萃聚文墨以为蛇龙之菹也_{详见文集篇}。后贤承而不废者,江河导而其势不容复遏也。**经学不专家,而文集有经义;史学不专家,而文集有传记;立言不专家**_{即诸子书也},**而文集有论辨**。后世之文集,舍经义与传记、论辨之三体,其余莫非辞章之属也。而辞章实备于战国,承其流而代变其体制焉。学者不知,而溯挚虞所裒之流别_{挚虞有《文章流别传》},甚且以萧梁《文选》,举为辞章之祖也。其亦不知古今流别之义矣。④

此是实斋合经、史、子、集而言"流别"之通论也。他反对《文选》一派"以能文为本"而非"立意为宗"的辞章观念。此论与前述焦循所言"集者,经史之杂,而九流、诗赋之变"正可并观。焦循乃就"文集"之实情而言,章氏则是

---

① 据胡适《章实斋年谱》,在乾隆三十八年(1773)。
② 《和州志艺文书·辑略》,《章氏遗书》外编卷十七,《章学诚遗书》,第559页。
③ 同上。
④ 《诗教上》,《文史通义》内篇一,《章学诚遗书》,第5页。

就学术发展之史迹而言。虽角度各别,然思路却是应若桴鼓。

不过,若论思想渊源、学问宗旨,有意破除既有的"四部"分类,返回七略乃至更早期"道术未裂"的为学"大体",倡言"六经皆史""子集不殊""集杂经史"等等,都是极具启发之高论。但若真正回到"后世"之现实中来,子、集既已分体,则就形式言之,又有不得遛合之难处。实斋后来对此也有反思,因此后来在《校雠通义》中,对以文集入子部的观点有所修正:

> 汉魏六朝著述,略有专门之意。至唐宋诗文之集,则浩如烟海矣。今即世俗所谓唐宋大家之集论之,如韩愈之儒家,柳宗元之名家,苏洵之兵家,苏轼之纵横家,王安石之法家,皆以生平所得,见于文字,旨无旁出,即古人之所以自成一子者也。**其体既谓之集,自不得强列以诸子部次矣**。因集部之目录,而推论其要旨,以见古人所谓言有物而行有恒者,编于著录之下,则一切无实之华言、牵率之文集,亦可因是而治之。庶几辨章学术之一端矣。①

此《宗刘》篇中之文也,其论唐宋大家文集,将其各自追溯到儒法纵横等先秦诸子,固无改乎"由集返子"之思路。但落实到目录学的实践层面,则不得不承认体式既殊,文集亦不能"强列"于诸子之间。《校雠通义》初稿撰写于乾隆四十四年(1779),至乾隆五十三年(1788)又重加更定,距其写作批评《述学》的《立言有本》一文(1798)②,时间更近,在强调子、集之别这一点上,意见也更为相似。

事实上,虽然清代学人非常清楚子书、文集之分判,但对"学问"和"立言"的追求,在无形之中依旧促使他们在文集编纂时不知不觉地追摹"诸子"。当然,最好的解决办法是直接撰著真正作为"专门著述"的"子书"。更广义而言,"敷赞圣旨,莫若注经"③,经学家劳其心志于撰述"注疏",也是对"著作体例"的有心选择。如顾炎武,既有属经部的《左传杜解补正》《诗本音》,亦有史部的《天下郡国利病书》《肇域志》和子部的《日知录》。阎若璩有经部的《尚书古文疏证》,也有子部的《潜邱劄记》。王鸣盛更是以其著述能咸备四部而自得:

---

① 《章氏遗书》卷十《校雠通义》内篇一《宗刘第二》,《章学诚遗书》,第96页。
② 见胡适《章实斋年谱》嘉庆三年(戊午)条。《立言有本》《述学驳文》原均载于章氏文稿《戊午钞存》之中。
③ 刘勰著,詹锳义证《文心雕龙义证》卷十《序志第五十》,第1909页。

> 我于经有《尚书后案》,于史有《十七史商榷》,于子有《蛾术编》,于集有诗文,以敌《弇州四部》,其庶几乎!①

从王世贞的赋、诗、文、说"四部",到王鸣盛的经、史、子、集"四部",其间变化,正是"文"与"学"的消长。后来阮元《揅经室集》四集之分,其实也正与王鸣盛同一机杼,只不过西庄是就其全体著作而言,芸台则就其别集内部而言也。延续而下,对兼综"四部"的追求,其实也正是清人以"学问"自负的雄心。

不过,经营"专门成家"的著作,终究并非易事。更何况考、释、辨、解等"文体",本已成为考据家重要的著述方式,而序、记、碑、传各类文章,亦是日常写作的大宗。"学人文集"如何部次类列,还是一个相当普遍的问题。章学诚既讥汪中《述学》于内、外之分篇体例不当,而其自著之《文史通义》亦有内、外篇之分。《文史通义》,实斋生前曾有嘉庆元年(1796)初刻本,然仅是"稍刊一二",就正友朋,流传亦不广。今通行之传本,有实斋友人王宗炎所编、后吴兴嘉业堂主人刘承幹所刻之《章氏遗书》本(1922),以及实斋次子章华绂所刊之大梁本(1832)两个系统,两者于"内篇"出入不大,而"外篇"则完全相左:遗书本之外篇是《立言有本》《史学例议》《为谢司马撰楚辞章句序》《朱先生墓志书后》《与邵二云论文书》等诸体文章,而大梁本则是取《方志立三书议》《和州志·皇言纪序例》《永清县志·职官表序例》《亳州志·阙访列传序例》《天门县志·艺文考序》《书武功志后》等方志学的文章为外篇,又称尚有"杂篇",其体例与遗书本大相径庭。② 按实斋生前已将著作文稿托付王宗炎,故遗书本之编目写定较早,然其刊成则迟至民初;章华绂弃置王目,另刊大梁本,后屡经翻刻,有粤雅堂本、谭献浙江官书局刻本等等,流传更广。两本皆非实斋手定,其体例孰能合乎作者本意,亦是聚讼纷纭。正可见基于对一人学术的不同理解,"内篇""外篇""杂篇"的安排可以全然不同。

近年来,研究者在北京大学图书馆所藏章华绂抄本实斋文稿中,发现不少拆夹其间的《文史通义》初刻本残叶,由此章学诚原定《通义》之面貌,大体可以了解。残叶按其题署,分"文史通义内篇""文史通义外篇""文史通义杂篇"以及"杂著"四种。"内篇"包括页码各为连属的两部分,一部分是《易教》《书教》《诗教》,另一部分是《言公》《说林》《知难》。"外篇"包括《方志立三书议》《州县请立志科议》。"杂篇"有《评沈梅村古文》《与邵二云论文》

---

① 《蛾术编》卷首,沈懋惪识语所录王鸣盛之言。《嘉定王鸣盛全集》第7册,第37页。
② 这些与方志学有关的文章,《章氏遗书》另辑为"方志略例"两卷,列于《文史通义》《校雠通义》之后。

《评周永清书其妇孙孺人事》《与史余村论文》《又与史余村》《答陈鉴亭》。"杂著"则是《论课蒙学文法》一文。① 由此推断,初刻本《文史通义》之体例,内篇乃其"辨章学术,考镜源流"之大本;外篇是方志学;杂篇则多论古文之作。而内篇之中,《易教》《书教》《诗教》借谈经而阐发其学术史见解,三篇之排序,显然又使用了经学框架作为一种"知识秩序"。从初刻本残叶看来,似乎章华绂所刻大梁本在外篇选择上更能符合其父本意。但实际上问题又不那么简单,考王宗炎《晚闻居士遗集》载其《复章实斋》一书云:

> 奉到大著,未及编定体例。〔……〕编次之例,拟**分内、外二篇**。内篇又别为子目者四:曰"文史通义",凡论文之作附焉;曰"方志略例",凡论志之作附焉;曰"校雠通义";曰"史籍考叙录"。其余**铭、志、叙、记之文**,择其**有关系者**,录为**外篇**。而以《湖北通志传稿》附之,此区区论录之大概也。惟是稿本丛萃,而又半无目录,卷帙浩繁,体例复杂,必须遍览一二过,方能定其去取。拟编出清目,俟稍有就绪,当先奉请尊裁。〔……〕《礼教》篇已著成否?《春秋》为先生学术所从出,必能探天人性命之原,以追阐董江都、刘中垒之绪言,尤思早成而快睹之也。②

所论"编次"之议,当是就章氏著作全稿而言,盖欲合《文史通义》《校雠通义》等专书与"铭、志、叙、记"等各体文章,都为一编。其中已另立"方志略例"之目,故方志学诸作不入于《文史通义》之"外篇"矣。既有此书,则实斋应当知晓王宗炎此议;至于其是否认同,则不得而知。书信中又提到《礼教》与关于《春秋》之作尚未见,盖欲续《易教》《书教》《诗教》之后也。前论以六经为"知识秩序",此亦可证。③ 不过,更值得关注的是,王宗炎有意用内、外篇的架构为章学诚编全集,内篇是文史、方志、校雠、史籍等"专门著述",而序记碑版一类文章,则选入"外篇"。这种编纂手法,实质上正与汪中的《述学》一致——当然,站在实斋的立场,其"文史校雠"之学,可谓"宗本"已立,

---

① 梁继红《章学诚〈文史通义〉自刻本的发现及其研究价值》,《章学诚国际学术研讨会论文集》,第199—213页,北京图书馆出版社2004年版。
② 《晚闻居士遗集》卷五,第682页。
③ 今章氏遗书本《文史通义》"内篇一"包括《易教》《书教》《诗教》《礼教》《经解》,大梁本则缺《礼教》。而逻辑上应该存在的《春秋教》一篇,两本皆无。前人对《文史通义》为何缺少《春秋教》已有很多讨论。参见钱穆《孔子与春秋》(载《两汉经学今古文平议》),余英时《论戴震与章学诚:清代中期学术思想史研究(增订本)》以及周启荣《史学经世:试论章学诚〈文史通义〉独缺〈春秋教〉的问题》(《台湾师大历史学报》,第18期,1990年6月)。观王宗炎《复章实斋书》,则知同时人对实斋的《春秋教》,也颇为期待。

与汪容甫之驳杂泛应、不能成家有本质之区别。王宗炎之说，或许不能完全代表章实斋本人的意愿，但参酌"子书"体制以编纂"文集"，在当时无疑是一种流行的思路。换一个角度看，即使是《文史通义》这样的"专书"，其实也是编辑历年所作学术文章而成。实斋于其生平著文之法，曾有一段夫子自道，盖"先为空白书册，随时结撰其上"，"涂撺多者""用粉黄拓之"，"钩勒之笔""朱绿错出"，皆按干支纪年，"统题为流水草"，将满一册，"则略以类序先后，录为一卷"。① 其《文史通义》中诸文，率多从此类"流水草"中录出，虽然是慎重挑选"著作之文"而非"涉世之文"②，但在某种程度上与"文集"之编纂也不无相似。而实斋对"文史通义"，本身又曾有过不同的构想。余英时先生曾根据张述祖的考证，推断章实斋尝有意以"文史通义"之名，包罗其"一切著作"：

> 张述祖在《文史通义版本考》一文中提出了一个很有启示性的见解。他认为章氏本意是要把他的一切文字，凡"足以入著述之林者"，都收集在《文史通义》的总名之下。所以《文史通义》也包括《校雠通义》、方志以及其他散篇文字。张氏所举证据多坚明可信。但是我们也必须考虑到另一个可能性。章学诚在1772年初采《文史通义》的书名时，他的心目中也许只有一个笼统的"文史校雠"的概念；他似乎不可能预见到修方志的事，更不可能预知因修志而系统地发展出一整套有关校雠文史的理论，以致必须另写一部《校雠通义》。后来他写出了今本《文史通义·内篇》的中心文字，但他似乎仍**有意保留《文史通义》作为总集之名**，诚如张述祖之所言。总之，章氏"文史通义"一词有广狭两种涵义：广义包括他的一切"著作"，狭义则指今本《文史通义》一书。③

若如张、余二氏所言，实斋曾有意将作为专书之名的"文史通义"，保留为其全集之称，则此与汪容甫之处"述学"，何其相似！实斋虽于容甫颇致微词，然考其用心，却正有此不谋而合之处。个中因由，当是其皆以"著作""立言"为己任，故于"文集"亦不满其仅为一词章之汇聚，而有取法"子书"之意。实斋谓《述学》篇分内外是"以拟诸子"，而其自为著述，亦有此心。推而言之，段玉裁编辑《戴东原集》，将关系重大的论学文字按"知识秩序"编次为前

---

① 《跋戊申秋课》，《章学诚遗书》，第325页。
② "著作之文"与"涉世之文"乃实斋自己的分法，《跋戊申秋课》后文又云"今秋所作，又得十篇，另编专卷，盖涉世之文与著作之文相间为之"。
③ 《论戴震与章学诚：清代中期学术思想史研究（增订本）》内篇之八《补论：章学诚文史校雠考论》，第167页。

八卷,而以书、序、碑、传等文章按"文体秩序"排列为后四卷,其中岂不隐然亦有一"内""外"分篇之意?一时学人对"子书"的向往,正于是可见。

按照实斋论学术史的逻辑,"著作衰而有文集",则要为后世之文集"起衰拯溺",最直接的办法当然是首先返回"子书",继而再上窥经史。故他曾对邵晋涵称道邵念鲁的《思复堂文集》,谓"文以集名,而按其旨趣义理,乃在子史之间"①,亦可见其品次"文集",内里实以"子史"作为标准。段玉裁之序《潜研堂文集》,开篇即称"古之以别集自见者多矣",然著者寥寥;钱大昕"研精经史",故其集必能"传而久、久而著",此是更以经、史要求"别集"。②而嘉庆中叶,恽敬自跋其《大云山房文稿二集》,亦主由集返子之说,以六艺、诸子百家、文集、经义诸阶段划分文学史,以为诸子百家为六艺之支流,而"后世百家微而文集行,文集敝而经义起",矫正之法,正是"文集之衰,当起之以百家"。③ 事实上,在历史源流上论述"文集出于诸子",在文学批评上主张以"子"范"集",甚至以"经""史"为标准,背后的思路都可以放到清代"文人"与"学者"之争这一背景下考虑。

前文已经提到过,清中期思想界非常突出的一个问题就是义理、考据、词章三者之辨。除了学术路向的差异("汉学"与"宋学"),个人性情的不同("高明"与"沉潜"),对这一议题的另一诠释角度,乃是"著作文体"的分别。盖一种学术思想,必定须有合宜之学术文体来表达阐述,以"著作""能文"自命,常常成为文人挑战学者一个有力的方式。在学者一方,也须对自己著书立言之方式有所规划。所谓"著作"之体,大致也可以分两个层次,一是单篇文章本身的遣词用语、谋篇布局,二是统合多篇文章以"成书"的体例。对清人而言,虽然有经传注疏、考据札记、官私史书等多种"著述"的选择,但最广泛甚至可以说每位士人都会面对的,则是"个人别集"的编纂。④ 如果说《戴东原集》和《经韵楼集》乃是突破别集的文体秩序,在集中内蕴一本"类子书",焦循《雕菰集》则是在传统的文体秩序之下,具体而微地插入了"子书"

---

① 《邵二云先生年谱》乾隆三十八年条,《北京图书馆藏珍本年谱丛刊》第110册,第362页。

② 当然,为文"根柢经史",乃是清代文论中一个常见的论述。这里希望强调的是,乾嘉学者以经、史、子为标准要求"别集",本身有其梳理学术史源流的理念作背景。

③ 《大云山房文稿二集》目录中恽敬自跋,《续修四库全书》1482册,第198—199页。按恽敬所谓"经义",是指北宋以降科举考试中的经义文,在此当是有意针砭明清之八股文。其《答蒋松如书》云"唐试帖经,无经义文;宋之经义文,皆附于诗文集","自明以来,四子书文皆专行矣",正是以宋之经义文为明清八股文之源头。(见《大云山房文稿初集》卷三,同前书,第127页)又《罗坊乡塾记》云"且今之程于学以为之等者,经义、词赋、策论而已",则直接是以"经义"指八股制艺矣。(见《大云山房文稿》补编,同前书,第354页)

④ 当然,"别集"除了文集,还有诗集。然诗文编集的情况颇不相同,故此处暂不将其放在一起讨论。

的雏形。嘉庆二十二年(1817),焦循为其《雕菰集》手订目录,此集卷凡二十四,以文体为次,卷一至五为诗,卷六赞、颂、铭,卷七杂著,卷八以后分别按辩、论、解、说、释、考、议、答问、状、书、序、记、传、碑、墓志铭、墓表、事略、书事、祭文、哀辞等文体编排。① 最可注意者,乃是卷七作为实质上"文"的开端,以"杂著"之名,汇集了《申戴》《非隐》《翼钱》上中下三篇、《述难》五篇以及《续蟹志》《书鹈》等不属特定文体的篇章。② 从分类方法上看,"杂著"自可以上承韩愈,但焦循这几篇杂著之文,则是在古文文体已然成熟之后,脱逸了固有文体分类的创作。如果将《申戴》《非隐》《翼钱》《述难》几篇单独辑出,实则不啻一部述论学术的"焦子"。在此之前,汪缙的子书《汪子二录》就是以《内王》(文中子)、《附陈》(陈亮)、《尊朱》《内陆》等名目分篇;其《汪子三录》则是以《准孟》八篇、《绳荀》六篇、《案刑家》上下、《案兵家》上下、《案阴符家》上下组成;其单篇之文体,正与焦循相似。《汪子二录》《汪子三录》不但在内容上是论述诸子学术,在体裁上也是有意按照作者对子书的理解而建构。汪缙自为《无名先生传》,以"先生讲学,不朱不王;先生著书,不孟不庄"自许,盖有意于先秦诸子书中取法著作之体例也。袁枚评其《汪子三录》,以为"宋以后作古文者,无人能为之","其真古之立言者乎"!③ 可以代表同时人对此书"拟子书"的观感。清末刘咸炘认为唐代以后,能读子书者、能作子书者都极少,但于清代则推崇汪缙的《二录》《三录》,又以焦循"几近子家",非无因也。④ 与此类似的还有钮树玉,清末罗振玉整理的钮氏《匪石先生文集》,卷上为《原道》《原治》《务学》、《说经》四篇、《论文》《杂言》《寓言》,虽未明标,体亦杂著也。罗振玉在卷首有一小记,云其曾见"吴中所刻《匪石子》小字本,不知刊于何人,即此编中卷上诸篇,而文字小有异同"⑤;可知此数篇文章,又尝以《匪石子》之名辑刻行世。如果说章学诚的文集出于诸子乃是一历史的论述,那么这些汇集"杂著"以成一"子"的案例,或许可以说是子书与文集在清代中叶士人写作实践中的现实连接。

在这个由"集"而"子"的通路中,一个重要的文体学变化,就是唐宋以降古文传统中累积形成的论、辩、议、考等单篇文体在此悄然解体,随文立名、自成一体转而成为其写作形态。"篇"这一概念的形成,正是文体意识演化中

---

① 《雕菰集》,《清代诗文集汇编》第 472 册(影印道光四年阮福校刊岭南节署刻本),第 4—5 页。并参《雕菰集》稿本。稿本仅存卷一至卷六,然卷首亦有焦循手订《雕菰集目录》,列叙甚明。
② 《雕菰集》卷七,《清代诗文集汇编》第 472 册,第 9 页、第 70—79 页。
③ 《三录总评》,《汪子三录》卷末,《续修四库全书》第 1437 册,第 327 页。
④ 刘咸炘《旧书别录》,黄曙辉编校《刘咸炘学术论集(子学编)》下册,第 613 页、第 615 页,广西师范大学出版社 2007 年版。
⑤ 《匪石先生文集》,《清代诗文集汇编》第 463 册,第 475 页。

的枢纽。"篇章"意识的出现,也正是先秦两汉文学中"文体"意识萌芽的标志。① 从古文家的立场看来,诸子流入文集,主要就在"论辨"一类;姚鼐《古文辞类纂序目》称"论辨类者盖原于古之诸子",即此意也。反过来看,清中叶学人由"文集"复返"诸子",则其功必自文体之"解纽"始。避开了论、说、议乃至序、考这些后世典型的文章体类,自然就能脱略八家之面目,进而逆流而上,重构"篇"的形貌。除了"杂著"型的文体,另一种情况便是以"某某篇"作为文题。如孙星衍《问字堂集》卷一以《原性篇》冠首,时人推许为"开宗第一首大文,似不肯自居于考订之学者"。② 张铃(乾隆庚寅[1770]举人)有《天人篇》,陆燿与之论学并将此文附入自己的《切问斋集》中。③ 陈用光《太乙舟文集》卷二有《名位篇》上下,推阐名位相符之理。④ 宗稷辰《躬耻斋文钞》"论著类"卷一有《深虑篇》《远见篇》《求中篇》《齐本篇》等论学文章,时人推许为"先秦诸子之文"。⑤ 张澍《养素堂文集》卷十七收入《茂学篇》《释衣篇》,并且在目录中明标"篇"作为其文类之一。"篇"本身并不能构成一类文体,实际上也是即事命篇,无特定文体归属之文。张澍自言其《茂学篇》"仿古人赞学、勖学、劝学、厉学之文",正道出其取法在《荀子·劝学篇》《潜夫论·赞学》《抱朴子·勖学》、虞溥《厉学篇》等先秦以迄汉晋之子书文献。

这类以因事命"篇"之文,恰恰就是形成专论著作的基本单位。如果将多"篇"按照一定逻辑关系整合在一起,便俨然颇有"子书"之形貌了。洪亮吉自编《卷施阁文甲集》,卷一乃是《父母篇》《生死篇》《百年篇》《祸福篇》《刚柔篇》《治平篇》《生计篇》《百物篇》《修短篇》《鬼神篇》《天地篇》《夭寿篇》《仙人篇》《丧葬篇》《好名篇》《守令篇》《吏胥篇》《文采篇》《真伪篇》《形质篇》,而统名之以"意言二十篇"⑥,正是集众"篇"以为一"子"。亮吉于文集卷首自叙"庶几一得,参乎九流",其于自成一子,三致意焉。前述戴震《七经小记》以《诂训篇》《原象篇》《学礼篇》《水地篇》《原善篇》为次,也是明标"篇"这一单位结构其书。《七经小记》未有成书流传,难以考知其"谋篇"之术,然程瑶田《论学小记》则是融合"篇"与"杂著"两种单位而成(见表16):

---

① 吴承学、李冠兰《命篇与命体——兼论中国古代文体观念的发生》,《中国社会科学》2015年第1期。
② 《问字堂集赠言》,《续修四库全书》第1477册,第388页。
③ 《切问斋文集》卷九《书张啸苏天人篇后》,附张铃《天人篇》,《四库未收书辑刊》第10辑第19册,第369—370页。
④ 《太乙舟文集》卷二,《清代诗文集汇编》第489册,第541—544页。
⑤ 《躬耻斋文钞》论著类卷一,《清代诗文集汇编》第576册,第184—200页,以及第199页《平物篇》后评语。
⑥ 洪亮吉《卷施阁集》,《续修四库全书》第1467册。洪亮吉《卷施阁甲乙集目录并自叙》,见第229页。

表 16　程瑶田《论学小记》结构安排①

《论学小记》上	《志学篇》《博文篇》《慎独篇》《立礼篇》《进德篇》《主让篇》《以厚篇》《贵和篇》《大器篇》《游艺篇》《诚意义述》
《论学小记》中	《述性一》《述性二》《述性三》《述性四》《述诚一》《述诚二》《述情一》《述情二》《述情三》《述命》《述公》《述敬》《述己》《述义利》
《论学小记》下	《述名一》《述名二》《述术》《述真》《述俭一》《述俭二》《述俭三》《述俭四》《述心一》《述心二》《述梦一》《述梦二》《述元妙》《述静》《论学约指》

　　《论学小记》上以"篇"标目，类似戴震《七经小记》之法；中下大抵用"述"，近于焦循集中"杂著"，自立文体，以为成书。此外，程瑶田还有《论学外篇》，收入《示后生小子六事》《丰南留别生徒赠言》《与方二生论无废学事》等作，"杂集所撰文之最浅近者，故以外篇别之"②，其意则又与《述学》之分内外篇、《戴东原集》之次卷相仿佛。"篇"与"杂著"两种单位，就其功能而言，相当于古文中论、说、辩、考等议论文体，但有意不用其名目，正是要复子书之古；一方面直接以篇旨为题，明其义理，另一方面如此设篇，也便于统合篇与篇之间的逻辑关系，消融了构成"文集"的文体秩序，转而以知识、学问本身的秩序架构全书。

　　上述戴震、章学诚、程瑶田、汪缙、焦循的"子书"或"类子书"写作，乃至汪中计划中的《述学》一书，究其内容，都是属于论"学"之专著，或是关注经学本身，或是措意于学术史之源流。这一类专门学问的逐渐成熟，乃是学人写作中重新召唤子书体裁的内在动力。"学"之端绪渐立，"文"方骨鲠有附。同时，也正是这种学术的专门化和细密化，使得零篇散简式的文章撰作，不足以满足学术书写的要求。道咸以后，经世之学趋盛，在乾嘉时已发其端的"子书"写作，又恰好为经世著作的结撰开一法门。洪亮吉之《意言》，以其颇有开创性的人口论为世所重；次后龚自珍谈论治道，《平均篇》以"龚子曰"发端，《乙丙之际箸议》《壬癸之际胎观》累数篇首尾相承以为专论③；魏源《古微堂集》则以《学篇》十四、《治篇》十六构成《默觚》，列为"内篇"④，皆是遥师

---

①　程瑶田《通艺录·论学小记》，嘉庆刻本。
②　《论学外篇》卷首瑶田弟子洪黻识语中所述程氏之言，《丛书集成续编》第 10 册，第 560—561 页。
③　《定庵文集》，同治七年吴煦刻本。
④　《古微堂集》，朝华出版社 2017 年版（影印光绪四年淮南书局刊本）。

诸子之体而自铸伟辞。将这种子书体发挥得最为淋漓尽致者,则有道光间汤鹏所撰的《浮邱子》。据姚莹《汤海秋传》,汤鹏"年甫二十,负气自喜为文章,震烁奇特",当途异其才,选入军机处,因此"得见天下奏章",历览政事,好为议论;因"其言不用","乃大著书,欲有所暴白于天下,为《浮邱子》九十一篇,篇数千言"。今观其书,以《则古》《白术》《去壅》《儒解》等名立篇,每篇皆以"浮邱子曰"发语,推阐论说,宏博通畅,梅曾亮称赞其书"立一意为干,而分数支;支之中又有支焉,则支复为干;支干相演,以递于无穷"①,可谓体大而思精也。倘衡以章实斋的"著述"标准,《浮邱子》之作,可谓善于经纬也。

将"文集"作为"著作"来经营,自然可能超越按文体编次的惯例,自出心裁地构造"知识秩序"。不论是模拟先秦诸子,篇分内外,进"学问"而退"词章";抑或精心排列集中文章,按照经学、小学、度数或是义理的方式构建一"学术体系",其内在的思路,都是要因其"文"而见其"学",使后世读者,通过规制严整的文集,对作者平生之学问获得准确、全面的认识。宋明以来的学者文集中,固然亦有将语录、笔记等著述收入集中的先例,但如段编《戴东原集》《经韵楼集》《述学》《揅经室集》等一般混排序、记、书、说,事实上已在一定程度上打破"文体秩序"的束缚,这在前代是较为罕见的。当然,必须指出的是,类似戴震、段玉裁、汪中、阮元这样的例子,在浩如烟海的清人文集中,毕竟仍属较为"前卫"的特例。终清一代,绝大多数文集仍然是依循"文体秩序"的惯性,这一传统编辑模式从数量上看并未受到动摇。不过,即便如此,这些具有重要学术影响的学者在文集"变例"上的探索,似亦不可低估。以"知识秩序"结纂文集,虽然并未成为普遍的主流,但其在"文集"观念上的创新意义,仍然值得关注。另一方面,在保留"文体秩序"的别集中,如何参酌文体源流的传统,又使最能体现自身学问特色的"文体"居于核心位置,理学家、古文家与考据家各有胜场。如何在既有的"文体"系统中,融入考、辨、释、解等"考订家言",同样是乾嘉学者建构其"著述体例"时一个不可缺少的角度。总括言之,不论在文集编纂这样的实践层面,抑或文体流别这样的理论层面,"学问"或"知识"的因素都对"文章"面貌产生了深远的影响。

学人既以"著述"自命,则囊括经、史、诸子的广义"集部"概念日益清晰。作为"图书分类"的四部,本身未必是极恰当的"知识分类"甚或"学术分类",但无疑在现实中仍是深刻影响清代思想界的知识框架。因此,辨章四部升降之历史,考索"集部"概念之渊源,自然又成为把握"文""学"关系的一条途径。在此基础上,两种截然相反的"文章"观念之对峙,日渐清晰:一是包括

---

① 梅曾亮《户部郎中汤君墓志铭》,《浮邱子》卷首附,《续修四库全书》子部第 952 册,第 214—215 页。

六经、史传、诸子、词章在内的广义"文学";一是专意"翰藻"、骈偶、韵律的狭义"文学"。阮元的《揅经室集》,本身按经、史、子、文四分,反映的正是广义的"文学"观;但正因此集之编纂,他转而反思"文""笔"之辨,而又大力提倡狭义的"文学"观,其间微妙,甚为有趣。究其用意,既是要对"学""文"两端在概念上作出更清晰的划分,同时又不无挑战古文家、重铸"文""集"概念之意。阮元之后,曾国藩祖述姚鼐之《古文辞类纂》而编《经史百家杂钞》,将"论著""词赋""序跋"三类文章统属于"著述门"[1],又恰恰是要从古文家的立场,纳"学"于"文",重新取得对"著述文体"的阐释权。其取意,一广一狭,一分一合,然内在之动力,出于"文""学"之纠缠一也。"文集"虽为四部末座,"编次"虽云校雠末务,然执此以观有清一代文学史与学术史之演进,亦可谓见微知著矣。

---

[1] 见《经史百家杂钞序例》,《四部备要》本《经史百家杂钞》卷首,第2页。

第十章 注经与行文：
清代学术史上的"疏证"体

寻绎"学术史"之脉络，需要关注者，经常是某种特定"知识"或是"治学方法"的传承演化。而知识与方法的流传，在传统中国，大抵不外两种方式，或由师弟之间讲传授受，或是书于翰墨、登之梨枣，以书籍的方式流行广远。如果说宋明理学是以"讲学"为其代表性的承传方式，那么清儒的考证之学则当是以"著书"为其重要的载体。而清儒之"著书"，亦自有其体裁。梁启超《清代学术概论》便尝从治学方法与著述体裁的角度摹画清代之"学者社会"：

> 大抵当时好学之士，每人必置一"札记册子"，每读书有心得则记焉。盖清学主顾炎武，而炎武精神传于后者在其《日知录》。〔……〕推原札记之性质，本非著书，不过储著书之资料，然清儒最戒轻率著书，非得有极满意之资料，不肯泐为定本，故往往有终其身在预备资料中者。又当时第一流学者所著书，恒不欲有一字余于己所心得之外。著专书或专篇，其范围必较广泛，则不免于所心得外摭拾冗词以相凑附，此非诸师所乐，故宁以札记体存之而已。①

梁任公少年肄业广州学海堂，为学之矩矱一本乾嘉之旧；后游京师，亦接闻于谨守朴学之老师宿儒，故于清儒的学问传统实有切身体会，所论甚为精当；特别是以"札记体"为清儒著述之必要手段，又以顾炎武《日知录》为其典范，正是对清代学术著作之体例作一宏观之洞察，尤其值得注意。不过，在通常被归入"子部"的札记之外，清人还有另一大类著述的方式，即是"经部"的"注疏"之作；而在"敷赞圣旨，莫如注经"的传统观念之下，注疏类的著作在学术秩序中其实拥有极高的地位。倘若在注疏之作的范围中检视清代学者的"著作"，其体例规范，与"札记体"复又有何异同？

---

① 朱维铮校注《梁启超论清学史二种》，第51页。并参见〔美〕艾尔曼著，赵刚译《从理学到朴学：中华帝国晚期思想与社会变化面面观》第五章第一节《通行的研究方式：札记体著作》，江苏人民出版社2012年版。

与梁任公以"札记体"概括清儒之著述方式不同,嘉庆间江藩撰《国朝汉学师承记》,便特别附录了《国朝经师经义目录》,乃是"取其专论经术者",仿陆德明《经典释文》"传注姓氏之例"而作。《目录》中依据《易》《书》《诗》《礼》《春秋》、《论语》(凡四书类皆附焉)、《尔雅》(凡小学类皆附焉)、乐的次序著录清人的"经义"之作,大体上展现的就是一个"注疏"类书籍的谱系。①与此相应的是,《汉学师承记》传叙诸儒,亦非如任公之以顾亭林为清学"第一人",而是于卷一之始首列阎若璩,而以亭林及黄梨洲附在全书最末的卷八。由此,《汉学师承记》所介绍的第一本清代学术著作,便是阎氏的《尚书古文疏证》。江藩的选择,固然与其强调"经学"的学术视野有关,不过他也为我们提供了另一种观察清代"学术著述史"的角度——就"著述体裁"而言,《尚书古文疏证》是否具有与《日知录》相似的"典范地位"?

第一节 "疏证"名义辨

倘若从辨伪思想、考证方法等方面论述,《尚书古文疏证》对清代学术,尤其是乾嘉考据一派的意义,自然毋庸置疑。事实上,即就著书之体例而言,《尚书古文疏证》的影响力,同样甚为可观。如果将"疏证"视为一种注经之书的"体裁",那么这一"体",正是在阎若璩手上正式开启的。在先秦以降漫长的经学注疏传统中,经书之角色、解经之趣味、传注之体裁,莫不与时更新。然而,就现在所知的历代经注而言,阎氏之前,并无以"疏证"题名者,检朱彝尊《经义考》所录,仅见其卷九十二著录的"阎氏《尚书古文疏证》十卷"一种。而到了江藩的《汉学师承记》,其所录清人著作之以"疏证"为名者,在阎书之外,即有戴震《孟子字义疏证》《方言疏证》、王念孙《广雅疏证》、徐复《论语疏证》②等多种;复考《清史稿》之《艺文志》及《儒林传》所载,更有冯登府《三家诗异文疏证》及其《补遗》《续补遗》、陈乔枞《齐诗翼氏学疏证》、严长明《毛诗地理疏证》、宋世荦《周礼故书疏证》《仪礼今古文疏证》、徐养原《仪礼今古文异同疏证》、马宗梿《周礼郑注疏证》《穀梁传疏证》、刘文淇《左传旧注疏证》、陈立《白虎通疏证》、迮鹤寿《孟子班爵禄疏证》及《正经界疏证》、陈熙晋《古文孝经述义疏证》、陈寿祺《五经异义疏证》、葛其仁《小尔雅疏证》、庄述祖《说文古籀疏证》、薛传均《说文答问疏证》、沈钦韩《汉书疏证》《后汉书疏证》《水经注疏证》、洪颐煊《汉志水道疏证》、陈士珂《孔子家语疏证》、孙志祖

---

① 《汉学师承记笺释》附录一,第876—889页。
② 分别见《汉学师承记笺释》卷一,第41页;卷五,第550页;卷五,第556页;卷七,第751页。

《孔子家语疏证》、胡泉《王阳明遗书疏证》、邹澍《本经疏证》(本草之书)、薛传均《文选古字通疏证》等二十余种,蔚为大观。① 除了数量众多,其所涉古书,以经部为主而遍及四部,亦可见"疏证"作为一种书籍的"体裁",在清代甚为流行。推究其本,则阎百诗《尚书古文疏证》,自有开创之功也。然则阎氏"疏证"之撰,其命名著例,取意云何?下面不妨先考述阎氏《疏证》撰著之始末,以见其心目中对"疏证"的定义。

按阎氏于《尚书古文疏证》(下文或称《疏证》)一书,构思颇早而历时甚久;据其子阎咏所撰《行述》,若璩"著《尚书古文疏证》盖自二十岁始,而诸子史集,亦自是纵学,无不博览"。② 钱大昕《阎先生若璩传》亦云:

> 年二十,读《尚书》至古文二十五篇,即疑其伪,沉潜三十余年,乃尽得其症结所在,作《尚书古文疏证》八卷。③

按钱大昕说,自顺治十二年(1655)百诗二十岁下推"三十余年",则八卷本《疏证》之成,在康熙二十四年至三十四年(1685—1695),即阎氏五十岁至六十岁之间。不过,由于阎氏生前《疏证》并未付刻,实际上书稿一直在修订当中,直到其临终前,尚谓阎咏云:

> 吾一生著书九种,已刻者:《四书释地》《四书释地续》《孟子生卒年月考》。未刻者:《重校困学纪闻》《四书释地又续》《朱子尚书古文疑》《眷西堂古文百篇》。未成者:《尚书古文疏证》《释地余论》。〔……〕未刻成者,汝当兢兢典守,不可妄改一字,以待传者。④

此是阎咏所录其父遗命,最可见百诗对其生平著述的态度。以"未成"目《尚书古文疏证》,盖以其增删未定也。《疏证》之真正刊行,已经要晚到乾隆十年(1745),乃由百诗冢孙阎学林在友人的资助下方才刻成,其中条目,多有阙漏,《四库全书总目》著录即谓其多"有录无书","编次先后,亦未归条理","盖犹草创之本"。⑤ 不过,在阎若璩生前,《疏证》实际上已经以稿本的形式流传于友人之间。康熙三十八年左右,毛奇龄有《与阎潜丘论尚书疏证

---

① 陈熙晋、马宗梿、刘文淇、严长明诸书,见《清史稿·儒林传》,余皆见《艺文志》,按四部分类排序。
② 张穆《阎若璩年谱》顺治十二年条引阎咏《行述》,第20页,中华书局1994年版。
③ 《阎先生若璩传》,《潜研堂文集》卷三十八,《嘉定钱大昕全集(增订本)》第6册,第1页。
④ 张穆《阎若璩年谱》康熙四十三年条引阎咏《行述》,第120—121页。
⑤ 《四库全书总目》卷十二,第101—102页;《总目》著录书名作《古文尚书疏证》。

书》,谓"昨承示《尚书疏证》一书,此不过惑前人之说,误以《尚书》为伪书耳",可知其获读《疏证》稿本的情况,其《古文尚书冤词》,由此而作也。① 而在此之前,阎若璩又曾将一四卷本的《尚书古文疏证》呈送黄宗羲,梨洲为之序云:

> 淮海阎百诗寄《尚书古文疏证》,方成四卷,属余序之。②

据此《疏证》当时至少已成四卷。观序中辞气,阎氏全书计划似应不止于此,但当大体已就,故请序于黄宗羲。而康熙三十年,冯景(山公)附和阎氏之辨伪,作《淮南子洪保》一书,自为题词云:"洪保者何? 冯子读阎子《尚书古文疏证》而作也。"此处明标"疏证"之名,冯景当时亦应获睹稿本《疏证》也。③ 而《洪保》中又有"与阎征君论《疏证》第五卷杂书"之条目,则冯氏所见者,至少已有五卷。④ 而阎若璩在《疏证》本文之中,自己便记录了不少有关其著书经过的细节,如卷四最末附识一条云:

> 又按:白居易记其《白氏文集》,家藏外别录三本,一本置于东都圣善寺钵塔院律库中,一本置于庐山东林寺经藏中,一本置于苏州南禅院千佛堂内。盖乐天,佛弟子也,故欲广借佛力护持。余非学佛者,雅爱《太史公自序》有"藏之名山"之例,此《疏证》第四卷成时,别录四本,一寄置太华山顶,友人王弘撰司之;一寄置罗浮山,应屈大均之请,是所谓"藏之名山";其二本则寄千顷堂、传是楼之主人宦长安者,又所谓"副在京师"也。至于俟后世圣人君子,愚窃有斯志,深恐未足以当之云。⑤

---

① 奇龄书见《西河集》卷二十。张穆《阎若璩年谱》将此信系于康熙三十七年,今从之。钱穆《中国近三百年学术史》亦考证毛氏《古文尚书冤词》作于"戊寅、己卯间"即康熙三十七年至三十八年,见是书第六章,第271页。

② 《尚书古文疏证》卷首,第2页。《黄梨洲文集》(第310页)所收《尚书古文疏证序》无"方成"二字。此二字可能系梨洲原笔而文集中刊落,也不排除乃《疏证》编刻时所加。即使是后一种情况,也可说明编刻者对成书时间过程的认知。

③ 冯景自认为与阎若璩一道辨正伪古文,"其义大安,故曰洪保",又因为"阎子晋产也,冯子吴产也,一西一南,地之相去几千里,而作合于淮南、以卒其业,岂非天哉! 故亦号淮南子云"。冯景《解春集文钞》卷八、卷九收入《淮南子洪保》,可以参阅。

④ 《淮南子洪保》,见《解春集文钞》卷八,《清代诗文集汇编》第182册,第389页。又观《洪保》中"论《疏证》第四十九与阎百诗书""《疏证》第五十四""《疏证》第五十五""《疏证》第五十六""《疏证》第五十八""《疏证》第六十"诸则所称述《尚书古文疏证》之内容,与乾隆刊本《疏证》卷四的相关条目在编号和内容上都基本可以符合;由此大概也可以推测,在康熙三十年,《尚书古文疏证》至少在卷四部分大体已就,且其规模内容都与今本相近似。

⑤ 《尚书古文疏证》卷四,第201页。

盖《疏证》四卷撰成之时,阎氏曾有计划抄录副本,寄赠友人,步武《史记》的"藏之名山""副在京师",其自负可知也。寄送黄梨洲请序,或亦在此前后,惜文中未署年月,未可确知其时。① 这一有趣的赠书计划是否真正实施,亦未可知。今考王弘撰、屈大均之著述,均未获有关《疏证》抄本的线索;《千顷堂书目》之中,亦未见《尚书古文疏证》之名;唯徐乾学《传是楼书目》经部载有"《尚书古文疏证》一本,抄本"②,不知是否百诗所寄。而在《疏证》卷五之末,则有一条清楚道出其"写成"之时的识语:

郑康成年七十,尝疾笃,戒子以书曰:"末所愦愦者,徒以亡亲坟垄未成,所好群书率皆腐敝,不得于礼堂写定,传与其人。日西方暮,其可图乎?"时建安元年丙子也。余此《疏证》第五卷写成,年五十有三。自念先王父参议公自崇祯甲申卜葬,屡不获吉壤,潜精积诚,祷于神,授以术士,始克葬今学山右古蛟龙沟之北原。后三年,果有征。闽谢氏善写生者适至,属写二图,一《礼堂写定图》,一《传与其人图》,观者咸叹其秀眉明目,以为康成遗照,而不知实以余像代之,因藏诸丙舍秋山红树阁,视我世世子孙云。③

前引《疏证》卷四末尾之识语,乃欲方驾史迁,于此则又是以郑玄自比,以自我之形象,为康成著书之写照,颇为有趣。据此所云,在康熙二十七年戊辰(1688)若璩五十三岁之时,《疏证》已有五卷基本成书,前述冯景在康熙三十年见到不少于五卷之《疏证》,亦可符合。又《疏证》卷一末尾之跋语,自言其以书脱险之事,甚为神异:

又按:《东坡纪年录》:元符三年六月晦无月,碇宿大海中,势甚危险,起坐四顾,所撰《易》《书》《论语》皆以自随,而世未有别本,抚之而叹曰:"天未欲丧是也!吾侪必济!"已而果然。予每叹古人之以著述免患难如此。癸亥秋,将北上,先四五月间,净写此《疏证》第一卷成,六月携往吴门,于二十二日夜半泊武进郭外,舟忽覆,自分已无生理,惟私念曰:"《疏证》虽多副本在京师,然未若此本为定。天其或不欲示后人以朴乎?吾当邀东坡例以济!"越次日,达岸,往告吾友陈玉璂赓明。赓明喜

---

① 千顷堂主人黄虞稷卒于康熙三十年(1691);又同在此年,冯景所见《疏证》已有五卷,则此条识语作于康熙三十年之前的可能性较大。
② 《传是楼书目》卷一,《续修四库全书》第920册,第646页。
③ 《尚书古文疏证》卷五下,第317—318页。

曰:"此盛事,不可以不记!"因记于此。①

对比卷一、卷四、卷五末尾的三则跋语,其写作方式都是先引述一段前人著书之故实,复取己事之相类者以为呼应,极见其以著作自重之意。卷一此跋语所叙,乃康熙二十二年癸亥(1683)阎氏进京之事,当时《疏证》第一卷已有一誊清之"定本"。② 不过,从"《疏证》虽多副本在京师"一句,又可推知在癸亥之前,《疏证》稿本已经在京中传抄流行,其稿或有一卷,甚至也有可能不止一卷。此前康熙十七年至十八年间若璩以荐举博学鸿儒入京,或即其书流传辇下之一大因缘。考朱彝尊《酬阎》诗云:

> 阎生并州彦,徙宅清淮溃。昨年应诏至,旅食春明春。
> 小心对缝掖,余勇刺古人。示我一编书,其言狂且醇。
> 诸家援王吴,百氏搜墨荀。幽室决窔奥,希音辨韶钧。
> 虽为见者骇,犹胜徒咕呻。③

此言"示我一编书",即谓《尚书古文疏证》也,盖此诗前文尚有"金丝鲁宫响,科斗蟠轮困,俄遭巫蛊发,竹简迹久湮,梅生千载后,一一纷罗陈"述古文《尚书》湮灭及梅赜献书事,可以明见。"援王吴""搜墨荀",则谓《疏证》援引王充耘、吴棫辨伪之说,以及用《荀子》《墨子》引《书》之材料为证。竹垞诗中虽未明举《疏证》之名,然其书是时已然成"编",固无疑矣。《疏证》在撰写过程中,便一直以抄本的形式流传于知识界,由此亦可窥见其情。不过,"疏证"之名,既罕见于前代,百诗于此,当有解说焉。今于《疏证》内文虽未寻得其说,然阎咏《尚书古文疏证后序》对此则有说明:

> 家大人征君先生著《尚书古文疏证》若干卷,爱之者争相誊写,以为得未曾有;而怪且非之者,亦复不少。〔……〕征君所以名其书之义,实尝与闻,盖读《汉书·儒林传》:"孟喜得《易》家候阴阳灾变书,诈言师田生枕喜膝,独传喜,诸儒以此耀之。同门梁丘贺疏通证明之。"颜师古注:"疏通,犹言分别也;证明,证其伪也。"摘取此二字。首曰"尚书",尊

---

① 《尚书古文疏证》卷一,第54—55页。
② 阎若璩跋语中自言"净写此《疏证》第一卷成""此本为定",可见是将此前的旧稿加以整理,重新抄录,并自以"定本"目之。当然,此后《疏证》可能还不断有修改,并不是真正意义上的最终定本。
③ 《曝书亭集》卷十,《清代诗文集汇编》第116册,第118—119页。

经也;次曰"古文",传疑也。书凡数十万言,先标出以告天下,庶他日奉征君返山阳,筑礼堂,为写定,不致愤于同好,则又征君之志,而小子咏所有事云。①

此处对"疏证"得名之因由作了正式的说明,盖其所本,在《汉书·儒林传》的"疏通证明之"。又据颜师古的解释,"疏通"意为"分别",而"证明"则是要"证其伪",移之以名阎氏之书,盖以自道其书之宗旨体例也。所谓"证其伪",自然是要证明传世本《古文尚书》之伪,但所谓"分别",复当何指?

首先,不妨回到《汉书》原文的语境,考察其所谓"疏通证明"本系何义。先将《汉书·儒林传》原文节录如下:

> 孟喜字长卿,东海兰陵人也。父号孟卿,善为《礼》《春秋》,授后苍、疏广。世所传《后氏礼》《疏氏春秋》,皆出孟卿。孟卿以《礼经》多,《春秋》烦杂,乃使喜从田王孙受《易》。喜好自称誉,得《易》家候阴阳灾变书,诈言师田生且死时枕喜膝,独传喜,诸儒以此耀之。同门梁丘贺疏通证明之曰:"田生绝于施雠手中,时喜归东海,安得此事?"②

是知梁丘贺证明孟喜之"诈言",乃是指出田王孙去世之时,随侍在侧者乃是另一弟子施雠,而孟喜当时返回东海,并不在老师身边,在时空上不当"在场",故不可能有临终传学之事。颜师古释"疏通"为"分别",殆非就字词本义而生训,而是由所引申发挥,故谓"犹言"。按"疏"字本义为"通",《说文》云"疏,通也";疏通河川,则须分流其水,故引申有分开、分别之义,如《孟子·滕文公上》"禹疏九河",赵岐章句云"疏,通也",朱熹集注则云"疏,通也、分也";③《汉书·沟洫志》"九川既疏",颜师古注"疏,分流";而段玉裁《说文解字注》分析"疏"字,即道出其意义的发展,谓"疏,通也","疏之引申为疏阔,分疏,疏记"。颜注以"分别"训"疏通",大抵用其引申义也。而颜注所谓"分别",又当侧重于"分辨"之义,如《汉书·高帝纪》"吏以文法教训辨告",颜师古注"辨告者,分别义理以晓喻之";又《汉书·陈胜项籍传》"宫门令欲缚之,自辩数,乃置",颜师古注"辩数,谓自分别其姓名也",皆是用"分别"解释"辩",是知在师古,常以"分别""分辨"二义相通为训也。因此,所谓

---

① 《尚书古文疏证》卷首,第4页。
② 《汉书》卷八十八,第3599页。
③ 《十三经注疏·孟子注疏解经》卷五下,第5884页。《四书章句集注·孟子集注》卷五,第259页。

"疏通证明之",即谓分辨并证明其伪也。①

考"疏通""证明"之并举,自《汉书》以后,其实并不多见。然明清之际,已有用之者。最好此语者,当推钱谦益,其《初学》《有学》两集中,"疏通证明"之语,数见不鲜。其中不少是与佛教之著述有关,如《一雨法师塔铭》称其集解《成唯识论》,"首披《宗镜》,斩关抽钥,遍探《楞伽》《深密》等经,《瑜伽》《显扬》《广百》《杂集》《俱舍》《因明》等论,及大经疏钞,与此论相应者,靡不疏通证明"②;《闻谷禅师塔铭》自称"余于师有支、许之好,假世谛文字,演说实相,为贤公疏通证明焉"③,皆是以"疏通证明"施之内典也。不过牧斋述孙慎行"论学以《易》为宗","端居索处,穷理尽性,不聚徒,不设教,一二同人,布席函丈,覃思瞑目,相与疏通证明而已",是亦将其用于儒学领域。④ 其《答徐巨源书》云"吾之于经学,果能穷理析义、疏通证明,如郑、孔否"⑤,则更是直接将"疏通证明"用于经学的范围。同时黄宗羲亦间用是语,其《陈令升先生传》引述陈之问对自己的评价云:

> 黄子于蕺山门为晚出,独能疏通其微言,证明其大义,推离还源,以合于先圣不传之旨,然后蕺山之学,如日中天。⑥

是谓梨洲能阐扬师说,由语词层面"微言"之说解,进而发明义理之大端。此所谓"疏通",亦可直以本义解之,即解释语言上的疑滞之处,使之通畅明白,不必取"分别""分辨"之义。而梨洲自己亦用"疏通证明"推许他人,如《明儒学案》卷五十五称郝敬"五经之外,《仪礼》《周礼》《论》《孟》

---

① 如果考虑到"疏通"一词之用例,《儒林传》原文似有另一种更为直接的解释方法。按"疏通"一词,出于《礼记·经解》的"疏通知远,《书》教也",乃一形容词,盖简明通达之谓也;孔颖达疏云"《书》录帝王言诰,举其大纲,事非繁密,是疏通;上知帝皇之世,是知远也",正是以简明而有纲要解释"疏通"。《十三经注疏·礼记正义》卷五十,第 3493 页。《史记·五帝本纪》谓颛顼"静渊以有谋,疏通而知事",取义亦同(《史记》卷一,第 14 页)。而《汉书》全书凡三见"疏通"一词,《儒林传》之外,又有《匡张孔马传》载匡衡上疏中的"聪明疏通者戒于大察",以及《谷永杜邺传》载谷永上疏中的"陛下天然之性,疏通聪敏,上主之姿也"两处,都是本于《礼记》"疏通知远"之义。(分别见《汉书》卷八十一,第 3339 页;卷八十五,第 3472 页)换言之,《汉书·儒林传》之"同门梁丘贺疏通证明之曰",或亦可读为"同门梁丘贺疏通,证明之曰","疏通"即如《匡张孔马传》中所谓"聪明疏通者",取通达、明察之义。倘此说可通,则《汉书》本不以"疏通证明"四字成词也,颜师古以"分别"释"疏通",阎若璩复用其说,其实都是对《汉书》原义的有意发挥。如此,阎氏以"疏证"名书,则必有其独特之用意也。
② 《牧斋初学集》卷六十九,第 1576 页。
③ 同上书卷六十八,第 1566 页。
④ 《题同学会言》,《牧斋初学集》卷八十六,第 1810 页。
⑤ 《牧斋有学集》卷三十八,第 1314 页。
⑥ 《黄梨洲文集》,第 68 页。

各著为解,疏通证明,一洗训诂之气";又《高古处府君墓表》云高克临少时从学于老儒沈冲吾,"冲吾所著经书讲义,为之疏通证明"①,已是直接将"疏通证明"连用。因此,阎若璩櫽括"疏通证明"为"疏证",实亦有所依据。最可注意者,在于《明儒学案》以"疏通证明"评论郝敬注经之著述②,此当对阎若璩以"疏证"名书,有所启发。而郝敬正是明代《尚书》辨伪的重要学者,阎若璩亦对其颇为推崇,《尚书古文疏证》卷八第一百十六则称"今文古文之别,首献疑于吴才老,其说精矣,继则朱子反复陈说〔……〕近代郝氏敬,始大畅厥旨,底蕴毕露,《读〈书〉》三十条,朱子复起,亦不得不叹如积薪",因此将郝氏《尚书辨解》卷首《读〈书〉》三十条的内容"详录其三之二"于《疏证》之中。同时,针对钱谦益以郝敬为"近代经学之缪",阎若璩亦不以为然,认为"郝氏之可诛,绝在好妄,其不可磨灭处,的非庸人。且读得古今文字分析,如烛照物、如刃劈朽木、如衡不爽锱铢、如丝紬绎不尽,当属其九经中一绝",称誉近乎溢美,皆可见阎氏甚重郝敬在《古文尚书》辨伪学术史上的地位。③ 而梨洲所云"疏通证明,一洗训诂之气",亦揭示出"疏通证明"在解经方式上对于"训诂"的反动。以此反观《疏证》,则其体裁,亦颇异于训诂传注之书。阎若璩解释"疏证"之名义,特别援引《汉书》颜师古注,强调"疏通犹言分别",当非无因。《疏证》之为体,乃是分条论列,各为标目,今本凡有一百二十八条之目,虽有阙失散佚者,然阎氏本以"分条"为全书之结构,则显然可见也。《疏证》各条之目,皆以"言"某某事,概括其论点,如第一条"言两汉书载古文篇数与今异",第四条"言古文书题卷数篇次当如此",第十一条"言《孟子》引《书》语今误入两处",第十七条"言安国古文源流真伪",第三十一条"言'人心惟危、道心惟微'纯出《荀子》所引道经",第八十一条"言以历法推仲康日食,《胤征》都不合",第一百十四条"言朱子于古文犹为调停之说",第一百二十八条"言安国从祀未可废,因及汉诸儒",等等,一条专言一旨,标列明晰,秩序井然;各条之下,又以"按""又按"再附数条④,或有补充其论点者,或有旁逸斜出者,总之莫不条分缕析,因枝振叶,自可讨求。

不妨以第七十三条"言《五子之歌》不类夏代诗"为例,以见《疏证》条分缕析之论说方式。按此条大旨,在证明《五子之歌》之伪,故首先正面说明,

---

① 《黄梨洲文集》,第 120 页。
② 郝敬注经之书,有《周易正解》《尚书辨解》《毛诗原解》《春秋直解》《礼记通解》《仪礼节解》《周礼完解》《论语详解》《孟子说解》,合称"九部经解",见《周易正解》卷首《叙九部经解》。
③ 《尚书古文疏证》卷八,第 615 页、第 621 页。
④ 据乾隆眷西堂刻本《尚书古文疏证》,其一百二十八条各条内部,基本上都用"按""又按"再引起小条,亦有用"或问……余曰"的形式引起小条者。

谓其"辞意浅近,音节啴缓",置于四言诗之发展史,亦为劣作:

> 歌诗之见于经者,舜、皋陶《赓歌》三章以下,《商颂》五篇以上,莫高于夏《五子之歌》。计其诗,或如苏子由所称"商人之诗骏发而严厉",尚庶几焉。乃每取而读,弥觉辞意浅近,音节啴缓,此岂真出浑浑无涯之代与亲遭丧乱者之手哉?犹忆少尝爱竟陵钟惺论《三百篇》后四言之法有二种:韦孟风谏,其气和,去《三百篇》近,而近有近之离;魏武短歌,其调高,去《三百篇》远,而远有远之合。后代作者,各领一派。窃意此伪作者生于魏晋间,才既不逮魏武,自不能如其气韵沉雄,学复不逮韦孟,又不能为其训辞深厚,且除"一人三失""惟彼陶唐""关石和钧"等句之袭内外传者,余只谓之枵然无所有而已矣。①

盖援钟惺之论,从四言诗流变的角度进一步说明《五子之歌》在气韵声调方面尚不如韦孟、曹操,乃是从文学风格的角度辨伪;故阎氏同时又引述苏轼辨蔡琰《悲愤诗》为伪作的先例,以见此法由来已久,蔡诗尚须明辨,更何况"赫然诗之载于经者乎"?这一条辨伪,本身逻辑并不复杂,只是直接从文学风格上提出质疑,没有更多的演绎推理,至此其论亦已完备,但接下来,阎若璩复以"按""又按"列出了十三小条,补充说明。第一小条"按"乃是记载胡渭之说,从押韵的角度辨伪,指出《赓歌》《夏谚》等古歌,大率皆每句为韵,而《五子之歌》却二句一韵,不合上古歌体之例。第二小条"古无平上去入,四声通为一音"云云,则是以古音说明《五子之歌》的押韵方法,属于背景知识的补充。第三小条则述前人对韦孟四言诗可能是后人拟作的怀疑,属于延伸讨论,与前述《五子之歌》证伪的逻辑推演不直接相关。第四小条论"实证"与"虚会"两种证明方法,文学风格的判断是"虚会",而史实年代之考定则属"实证",此是对其证明方法的总结。后面第五小条承之以"策勋十二转"为唐人制度,证明《木兰诗》晚出,则是对"实证"的运用,本身已经与《五子之歌》的辨伪无关。第六小条考证《五子之歌》第二首"内作色荒,外作禽荒,甘酒嗜音,峻宇雕墙,有一于此,未或不亡"本于《战国策》。第七小条考证《五子之歌》第二首"有典有则"可能袭用《周礼》的"六典""八则"。第八小条分析真正的逸《书》、《五子之歌》必不似伪古文《尚书》本,首先考辨"太康失国"之事,贾逵说与《离骚》"夏康娱以自纵"之文,皆于今所见《五子之歌》的说法有别;次复从篇章结构方面,分析原来的真本《五子之歌》,不必

---

① 《尚书古文疏证》卷五下,第249页。

"如后代之分题授简",不必"如此歌之首尾相应"。以上三条都是转回头来补充《五子之歌》辨伪的证据。接下来诸条,则又完全绕开去。第九小条云"诗以时代而分,固已然,亦有不必分与分之实舛误者,莫若唐诗之初盛中晚",以下便批评四唐分期之说,此乃由其从诗歌时代风格辨《五子之歌》的方法延伸出去,究其实,则与《尚书》无涉也。第十小条引钱谦益说,批评钟惺《唐诗归》误收朱熹《答王无功思故园见乡人问》诗,并以为是"初唐朱仲晦";又引赵琳说,批评《唐诗归》在宋之问悼念武三思父子的诗下批"到没处方知忠良关系"亦属"不考";乃以此涉及诗歌断代的问题,因而附入。第十一小条又记胡渭批评薛应旂《宋元资治通鉴》出现"朱熹门人胡瑗"之讹,讥诮明人"学殖荒陋至极",乃是承上文第十条而来。第十二小条考辨朱熹诗中"我从铜川来"一句有误,乃是将王绩父亲宦游之地铜川当作其故园,因此感叹"以朱子博洽,追代隋唐人语,犹不免开口便错,况魏晋间人追代三代以上人语者哉",亦是承第十小条,不过由后人拟作、"追代"的问题回来呼应了《五子之歌》晚出的主论点。最后的第十三小条,引吴乔之语,论初盛中晚四唐分期之谬,则是补充第九小条。为求简明,笔者制作《尚书古文疏证》第七十三条及其内部诸小条的结构图(图7)如下:

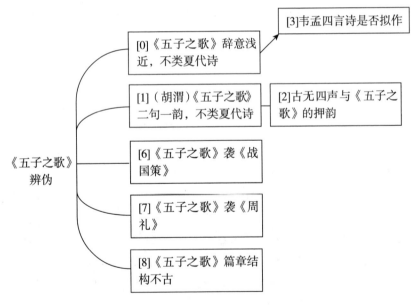

图7 《尚书古文疏证》第七十三条逻辑结构①

---

① 《尚书古文疏证》卷五下,第七十三条,第249—261页。各小条标题为笔者所拟,序号表示其在原书中的排序。

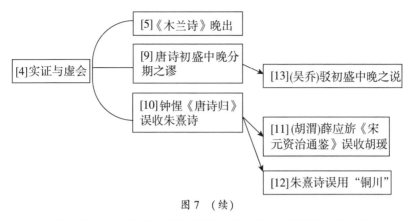

图 7 （续）

由此可见"言《五子之歌》不类夏代诗"内部的条理状况。其中真正论证主题的，其实只有五小条，概括言之，就是从文学风格、押韵方式、文献来源、篇章结构四个方面论证"《五子之歌》不类夏代诗"。此外，阎若璩由此一案例归纳时代辨伪有"实证"和"虚会"两大途径，并附论《木兰诗》、唐诗分期、朱熹《答王无功思故园见乡人问》等问题，都是在补充两种途径具体应用之例子，其中又尤重"实证"一途。这些内容虽然与主题有关，但都是牵连而及。如果用现代学术论文的体例作比喻，这些涉及背景知识、他人研究等方面的内容，其实都应当归为"注脚"处理的对象。在阎若璩，则是通过"条分缕析"的手段，使这些内容至少在形式上获得一种较为整齐的呈现方式。大小两级的条目分疏，构成了《尚书古文疏证》全书庞大的论证网络，组织起书中繁多甚或近于芜杂的内容。这一"条列"的写作方式，事实上又正与"疏证"之名义大有关联。阎氏自述"疏证"之名义，特别援引《汉书》颜师古注的"分别"之训，正当于此深致思焉。考《尚书古文疏证》第一百十二条因考证伪孔传以洛书为《洪范》之说出于刘歆，因而涉及河图、洛书与象数《易》学的问题，其中自道其宗旨云：

> 晦翁云："谈《易》者譬之烛笼，添得一条骨子，则障了一路光明，若能尽去其障，使之统体光明，岂不更好？"斯言是也。奈何添入康节之学，使之统体皆障乎？世儒过视象数，以为绝学，故为所欺，余一一疏通之，知其于《易》，本了无干涉。①

此谓朱熹引入邵雍河图、先天之说，反而是《易》学之障碍，故须"一一疏通之"。"疏通"乃是为了"去障"，可知当是采用其本义。然而有趣的是，阎若璩用"一一"修饰"疏通"，正好为其补入了"分别"之义。此与其援颜注以

---

① 《尚书古文疏证》卷七，第596页。

释《汉书·儒林传》的"疏通""证明",正是同一机杼也。简言之,《儒林传》原文之"疏通",乃是取"疏"字"通达"之本义,阎氏取熔《汉书》,自铸其词,则特别强调"疏"字"分别"之引申义,其中固然有颜师古注作为依据,但更为重要的用意,则是以"疏"字表明《疏证》"条分缕析"的写作方式。因此,由《尚书古文疏证》开创之"疏证"著作,究其名义,略有两端:"证"者,在以文献考据、思考识断"证明"其说;"疏"者,则体兼二义,一是"疏通"古书疑难之撰述宗旨,二是"分疏"条列的写作方式。

第二节 札记与疏证: 从阎潜邱到戴东原

阎若璩《尚书古文疏证》之作,不但以其辨伪之思想、考证之方法,对有清一代之学术产生重大影响,就其著作体裁而言,亦颇具开创性。前文已经提到,以"疏证"名书,昉自阎氏而大盛于乾嘉。事实上,即"疏证"一词,在清代以前用例亦鲜。① 当然,循名责实,《尚书古文疏证》分条胪列的写作方式,自非前无古人,六朝以来兴起之经"疏",乃至汉以降的章表奏"疏",内中都有非常类似的因素,但阎若璩的"疏证"体,全书完全分条论述构成,每条自为专题、各有标目,内部又以"按""又按"分出小条,显然是有意的设计。如果放在经部传注之书的传统中看,《疏证》并不按照《尚书》原书的章节、段落次序,亦步亦趋地加以解释考辨,而是"另起炉灶",自为组织,近于专题研究的做法,其实就颇不同于一般意义上注经之书"附经"的属性,这一点颇值得留意。这一特点显然与《疏证》的著作主旨有关——盖此书之撰,本为辨《古文尚书》之伪,而非批注、阐释《尚书》原文,故而可以在形式上也别出心裁。

事实上,如果将《疏证》放到《尚书》辨伪之学术史上,也可以看到其体例的特殊性。② 宋代以来质疑《古文尚书》之著作,吴棫《书裨传》,自朱彝尊

---

① 今仅于明代得两例,第一个例子是王世贞《前工科给事中赠太常寺少卿贞山陆公墓碑》:"时庆阳伯之奴张与他人斗,而其人不胜,辄杀其母,将以诬张。法司谳得之,且丽大辟矣。其人迫,则行赂东厂,而庆阳伯,康陵之外家也,大阉窥上心内薄之,即疏证张实殴其母死,非其子杀,欲以动上,果下三法司会谳。"(《弇州山人续稿》卷一百三十四,《明别集丛刊》第3辑第38册,第310页)此处的"疏证"是上疏证明之义,与解经著述无与。第二个例子是沈懋孝《周易博义叙》:"近世杨廷秀之《易说》,蔡介夫之《蒙引》,皆疏证明备"(《长水先生文钞·石林蕡草》,《四库禁毁书丛刊》集部第159册,第398页),乃是将"疏证"用于经学之著作,其与阎氏有无因袭关系,或难考知,但清代以前"疏证"使用不广,则当无疑。

② 此处对宋元以降《古文尚书》辨伪著作的考察,主要参考林庆彰《清初的群经辨伪学》第四章《考辨〈古文尚书〉》,(台北)文津出版社1990年版。根据林氏叙录所之著作,取原书以观其体例,原书已佚者,则根据林氏的介绍和其他史料的记载作出推测。

《经义考》即云未见,故难考知其体例之详;然观朱熹《答吕伯恭》中"近看吴才老说《胤征》《康诰》《梓材》等篇,辨证极好"云云①,似乎吴棫仍是就《尚书》各篇章以为说。朱熹本人疑《书》之语,散见《语类》、文集,并未成专书;即使朱子有意撰写关于《尚书》之著作,其体例或许亦当如蔡沈《书集传》之类。赵汝谈《南塘书说》,《宋史·艺文志》著录称"两卷",《直斋书录解题》称"三卷",叙录之曰"赵汝谈撰,疑古文非真者五条"②,从陈振孙著录之语,此书很有可能是以"条列"的方式撰写,但原书今未见,实难知其详。又赵孟頫《书今古文集注》,亦未见原书,就"集注"之书名,似不当是《疏证》条列之体也。元代吴澄的《书纂言》与王充耘的《读书管见》,今有传本,观其体例,前者是按今文《尚书》篇章文句逐次辨释,后者亦是按篇分条论述③,皆体现出对经书原有文本结构较强的依傍性。

明人考辨《古文尚书》之著述,如王袆、郑瑗、郑晓、焦竑所论,分别见其《青岩丛录》《井观琐言》《古言》《笔乘》等笔记,故皆是分条论述,但仅零星数语,不足与《疏证》相比较。④归有光《尚书叙录》,又是以单篇文章出之。⑤其成书传世者,有梅鷟《尚书考异》及郝敬《尚书辨解》。梅书大体上可以分为三个部分:第一部分乃抄录《史记·儒林传》《汉书·艺文志》《后汉书·儒林传》《隋书·经籍志》《崇文总目》《郡斋读书志》等历代史籍记载,考察《尚书》的篇目演变及流传情况;第二部分按伪《古文尚书》篇目次序列出有问题的字句,一一考辨;第三部分则按《今文尚书》篇目次序列出其中可能"为晋人假壁藏古文之名擅改者"。⑥《尚书考异》在形式上已有"逐条考辨"的特点,但在次序安排上仍然是《尚书》原文的投影。郝敬的《尚书辨解》凡十卷,前文曾提及;其全书构架,与《尚书考异》类似,只不过卷一至卷八先列《今文尚书》,卷九至卷十列伪《古文尚书》,在经文之后,进行文义的阐释说解,并非仅为辨伪而作。不过在全书之首,有《读〈书〉》三十条,以札记的形式辨古文之伪。⑦

---

① 《晦庵先生朱文公文集》卷三十四,《朱子全书》第 21 册,第 1497 页。
② 陈振孙撰,徐小蛮、顾美华点校《直斋书录解题》卷二,第 34 页,上海古籍出版社 2015 年版。
③ 吴澄《书纂言》四卷,《通志堂经解》本;卷一《虞书》,卷二《夏书》,卷三《商书》,卷四《周书》。王充耘《读书管见》两卷,《通志堂经解》本;上卷条目包括"尧典谓之《虞书》""九族既睦""尧试舜""象以典刑一段是立格例,流共工一段是断例"等;下卷则有"亶聪明作元后""凡厥庶民有猷有为有守汝则念之""君子所其无逸"等等;多是根据《尚书》原文摘取关键词句加以阐释,或提炼归纳一些问题集中论述,并非专意辨伪古文之著作。
④ 参见林庆彰《清初的群经辨伪学》,第 138—144 页。
⑤ 《震川先生集》卷一,第 16—17 页。
⑥ 《尚书考异》,白鹤山房抄本,不分卷。《四库全书》本《尚书考异》厘为五卷,上述第一部分为卷一,第二部分是卷二至卷四,第三部分则是卷五,《景印文渊阁四库全书》第 64 册。
⑦ 《尚书辨解》,《续修四库全书》第 43 册(影印万历《九部经解》本)。

阎若璩对这三十条推崇备至，其在"著述形式"上，或有承传之迹。不过，郝敬的三十条，与《尚书古文疏证》百余条的庞大体系相比，无疑还甚为简单。

而在同时代的辨伪著作之中，《疏证》的结构方式亦颇具特色。陈确之辨《大学》，乃是以单篇文章之形式。① 胡渭《易图明辨》十卷（成书于康熙三十九年，1700），按"河图洛书""五行""九宫""周易参同契""先天太极""龙图""易数钩隐图""启蒙图书""先天古易""后天之学""卦变""象数流弊"分列专题，每一部分内先录经籍原文，次录前人之说，复以"渭按""又按""或问"等条列其意见，按语之末则以"右论"云云收束。如卷一的"河图洛书"，先录《系辞传》"古者包牺氏之王天下也"云云之原文；然后低一格，录"朱子曰""草庐吴氏（澄）曰"等前人注文；再低两格，以"渭按"领起自己的按语；段末则低五格标"右论伏羲作《易》之本，不专在图、书"以为总结。接下来再顺次录《系辞传》原文、注文及按语，计有"右论天地之数不得为河图""右论五行生成之数非河图并非大衍""右论太极两仪四象非图、书之所有""右论图、书不过为《易》兴先至之祥""右论古河图之器""右论古洛书之文"等则。下面卷二论"五行"则先引《尚书·洪范》，论"九宫"则先引《礼记·月令》；卷三论"周易参同契"则先引《旧唐书·经籍志》，论"先天太极"则先引袁桷《谢仲直易三图序》，体例大率相同。② 《易图明辨》的撰写方式，特别是其条列按语的做法，与《尚书古文疏证》颇为接近，但先载经文、传文，再下己说的方式，仍然保留了"依经为注"之旧轨。对比之下，《尚书古文疏证》距离附丽经文的"注疏"体更远，而与自记心得的"札记"体反倒更有接近之处。

回到本章一开始提出的问题，从"著述方式"来看，"疏证"其实可以看作"札记"的另一种"成书"方式。考证学者"言必有据"的治学思路，要求其著作中每立一说，皆须征引众多文献以为佐证；而对这些文献本身的辨别，以及对文中字词训诂、典章度数的考索，则为其整体论述带来很多枝叶。各条"枝叶"之间的逻辑联系，也可能甚为复杂，单篇的"考""辨"文体，从篇幅容量和逻辑框

---

① 朱彝尊《经义考》著录"陈氏道永《大学辨》一卷"，叙之云"按乾初戢山高弟，讲学海塘，晚著《大学辨》一篇"。竹垞所见本，大抵就是以单篇《大学辨》自成一卷。朱型（巢饮）抄本《大学辨》（国家图书馆藏），亦以单篇文章《大学辨》为主体，后附查旦《大学阙疑》、朱奇龄《与陈敬之书》而成，又附抄写者朱型识语三则。乾嘉之际陈敬璋所编《乾初先生遗集》，将《大学辨》列为"乾初先生别集"，凡四卷，包括《大学辨》《书大学辨后》附）、《答格致诚正问》《答唯问》《辨迹补》《翠薄山房帖》《答查石丈》、《答吴仲木书》二通、《答沈朗思书》《与刘伯绳书》《与吴裒仲书》、《与张考夫书》二通、《答恽仲升书》《与陆丽京书》《答萧山来成夫书》《再与来成夫书》《寄刘伯绳书》《与张考夫书》《与刘伯绳书》诸篇；《清代诗文集汇编》第 20 册（影印餐霞轩抄本）。林庆彰认为除《大学辨》是本文外，其他皆属附录资料，其说可从（见《清初的群经辨伪学》第七章《考辨〈大学〉》，第 370 页）。

② 《易图明辨》，康熙耆学斋刻本（北京大学图书馆藏），卷一，叶 1a—41a；卷二，叶 1a、叶 8b—9a；卷三，叶 1a、叶 29b—30a。

架来说，皆难以完全囊括之。条分缕析的札记、按语，则在很大程度上能够适应这种细密、枝蔓的思考和论证方式。在这一点上，《日知录》与《尚书古文疏证》的处理方法有所差别(参见图8、图9A、图9B)。《疏证》一百二十八大条之下，先有一"主体"小条，后面再用"按""又按""或问……余曰"等语，低一格引出更多小条，前已说明。而《日知录》中，则是以小字夹注的形式，在正文之余补入一些背景知识、细节考证、引申议论之类，视觉形式上相对更为俭省而明晰。

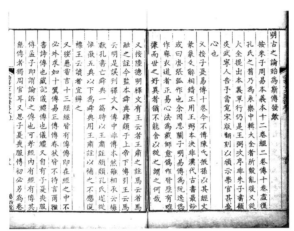

图8 《尚书古文疏证》卷五上，第六十九条"言安国传就经下为之，汉武时无此"中的"按""又按"(哈佛燕京图书馆藏乾隆眷西堂刻本)

图9A(左) 《日知录》卷一，"鸿渐于陆"则中的双行小注，稿本
(北京大学图书馆藏)

图9B(右) 《日知录》卷一，"鸿渐于陆"则中的双行小注，康熙九年符山堂刻八卷本
(国家图书馆藏缩微胶片)

同时，"札记"如何成"书"，也是一个颇为现实的问题。盖札记条列，本有零碎琐屑之虞，如何能获得一个"骨架"，对其"成书"甚为关键。《日知录》为此着意经营了"上篇经术，中篇治道，下篇博闻"的结构，而《尚书古文疏证》则是以《古文尚书》之辨伪作为主轴，贯穿全书。以一种古书为归依，其实正是"疏证"形成整体系统的方式，亦是其与传统"注疏"类著作的接近之处。清人之"疏证"著作，以经部为主，乃是继承阎潜邱，以"疏证"为治经之体；不过另一方面，正如前文所述，以"疏证"作为研究古书之法，实又不仅限于经籍、史志，更是涉于集部、子书。除了前文根据《清史稿》所列出者，又有乾隆间江昱的对《山中白云》这一词集的"疏证"，颇可注意。① 今考江昱疏证本《山中白云》，各卷首叶皆题"西秦玉田生张炎叔夏""广陵江昱宾谷疏证，江恂于九参较"②，可知江昱自以"疏证"为言。全书之首，有陈撰序及江昱自序，皆署乾隆十八年癸酉（1753）重阳，陈序称张炎遭逢时变，"流落播迁"，"彳亍南北"，所交皆遗民退士，故"其词一往而深，隐约结苞，使非熟悉诸人之生平与其情事之曲折，则纪其铿锵而不说其义，犹然聋于音者已"，故江氏之为注释，颇有意义：

> 今得济阳兄弟，疏通证明之，搜罗旁魄，甄检精审，瘖疑而辨惑，〔……〕遂使词之精蕴，挹之而逾以出。③

此云"疏通证明之"，正释"疏证"之名也，其所本正与阎若璩同。观是书之体例，亦是大字刻玉田原文，其后则是分条胪列文献资料和"昱按"领起的按语，以双行小字，低一格刻之。"疏证"的内容，主要是人名、地名、本事等。其分条序列的方式，亦可见《尚书古文疏证》的影响。不过，《尚书古文疏证》但证《古文尚书》之伪，非为通释《尚书》，故在体例上并非附入经书正文之下，而是自为专著。而江昱此书，本质上是《山中白云》的一个注本，因此将自己的"疏证"附于张炎之正文，与阎书有所不同。④ 事实上，在《山中白云》之前，江昱还注释了周密的《蘋洲渔笛谱》，其方法与《山中白云》之"疏证"相

---

① 江昱字宾谷，号松泉，乃"江都诸生"，《汉学师承记》卷七（江德量传附）称其"读书好古，为声音训诂之学，又好碑版文字，考核精详，长于诗"，可见其固乾嘉汉学风气中人也。《汉学师承记》叙其著述，有"《潇湘听雨录》二卷，《韵岐》五卷，《松泉集》六卷"，然未及《山中白云》之"疏证"。见《汉学师承记笺释》卷七，第708页。
② 张炎撰，江昱疏证《山中白云词疏证》卷一，《续修四库全书》第1723册，第224页。
③ 《山中白云词疏证》卷首，《续修四库全书》第1723册，第217页。
④ 虽然同样是先录原文，再下己见，江昱之"疏证"，又不同于前述胡渭《易图明辨》之体例。盖胐明之书意在辨伪，而非对解说所引之经籍，故其所录者乃是用资证明的"史料"，非如江昱录张炎词是以之为"正文"。

同,都是在正文之后,条列史料及按语。据江昱自识,此书成于乾隆九年,盖将草窗词中所涉"人地、岁月以及本事、轶事、词话、倡和之作","凡有交涉,可互相发明者,并疏附词后"①,可见宗旨并同《山中白云》之疏证。尤其是"疏附词后""互相发明"之语,似乎多少暗示出江宾谷对"疏证"的理解。不过,在此书中,江昱似乎还未曾明标"疏证"之名。其乾隆刊本,封面题"蘋洲渔笛谱考证",各卷首叶但题"齐人周密公谨父",无江氏自署②;后朱祖谋重刻《彊村丛书》本,则于各卷首叶题"齐人周密公谨""广陵江昱宾谷考证"③。从江注《蘋洲渔笛谱》使用"考证"而非"疏证",反过来可以推断,乾隆十八年江昱在注毕《山中白云》之时,乃是有意选用了"疏证"作为书名。有趣的是,在《古文尚书》真伪的问题上,江氏持论正与阎若璩相反,蒋士铨为作传云:

> 君久困诸生中,嗜学安贫,不改其乐,偕恂坐凌寒竹轩,拥书万卷,上下古今,以著述酬酢,怡怡然。当代文章巨公,如雷公鋐、刘公藻、沈公德潜,皆以国士目之。君下帷研经,尤精于《书》,著《尚书私学》若干卷,析疑发覆,为一时治经诸儒折服。尝在秣陵与程廷祚辩论《尚书》古文,至日晡忘食,钱塘袁枚目为"经痴",其标致如此。④

此谓江昱精于《尚书》,"为一时治经诸儒折服",或许不无溢美。《四库全书总目》卷十四著录其《尚书私学》四卷,提要云:"是书大旨谓《古文尚书》论政论学,莫不广大精深,非圣人不能道,故其说多据理意断。"是知江昱《尚书私学》,乃以《古文尚书》义理精深,推论其必为真本,不但与阎若璩《疏证》之说相反,亦与乾嘉一时之学术风气相悖。又《尚书私学》卷首有自序两篇,其次者推崇毛奇龄,谓"毛西河氏作《古文冤词》极有力",则其立场亦甚显明矣。⑤ 此二序一署乾隆七年,一署乾隆二十年,可见其撰写修改,历时亦久,又正与江氏"疏证"《蘋洲渔笛谱》《山中白云》两书相为前后。江昱对阎若璩之学术,乃是整个乾嘉考据学风的接受与响应,或许是还可以进一步分析的论题;从最简单的角度讲,由江氏此例,恰恰可以见到"疏证"作为一种研究方法和著书方式的影响之巨大。即使学术观点完全相左,也在结构体例、写

---

① 《蘋洲渔笛谱》卷二末江昱识语,《续修四库全书》第 1723 册(影印乾隆五十一年刻本),第 190 页。
② 同上书,第 157 页、第 173 页。
③ 《蘋洲渔笛谱》,《彊村丛书》本。
④ 《忠雅堂文集》卷四《江松泉传》,蒋士铨著,邵海清校,李梦生笺《忠雅堂集校笺》,第 2114 页,上海古籍出版社 1993 年版。
⑤ 《尚书私学》,《四库全书存目丛书》经部第 60 册,第 312 页。

作方式方面颇袭《尚书古文疏证》之规模,这无疑是很值得注意的。

如果回到乾嘉汉学的主流中来,阎若璩之后,利用"疏证"之体进行学术写作,而又对整个乾嘉学术产生重大影响者,事实上还当推戴震,其《孟子字义疏证》和《方言疏证》两书,分别在两个不同的方面改进了"疏证"之体例:前者是将"疏证"体阐发义理的经典巨著,后者则开启了"疏证"在小学专书研究上的广泛应用。其中《孟子字义疏证》尤其是从"文体"上考察清代学术著作的绝佳案例,盖东原以此书为生平著述之最大者,屡有改写修订。今所传世者,收入文集的《原善》上中下三篇、单独成书的《原善》三卷,以及《孟子私淑录》《绪言》和《孟子字义疏证》三书,所论大抵相同,而所以论证之"文体",则彼此有别。这几种不同的著作,大致可以分为两条脉络,一是"原善"的系统,戴震先有《原善》三篇之作,乃是论辨体的古文,申说"善""材""仁""义""礼"等概念之要义,并推演各概念之间的逻辑关系,其文体渊源,自然是在韩愈的《原道》。三篇之成,大概在乾隆十八年至二十八年间,东原且有"作《原善》首篇成,乐不可言,吃饭亦别有甘味"之语。① 此后,戴震又将三篇"原"体古文扩充修订,改写为十三卷本的专书《原善》,其自序云:

> 余始为《原善》之书三章,惧学者或未能晓达其辞称也,复援据经言,疏通证明之,而以三章者分为建首,次成上中下卷,比类合义,灿然端委毕著矣。天人之道,经之大训萃焉,以今之去古圣哲既远,治经之士莫能综贯,习所见闻,积非成是,余言恐未足以振兹坠绪也。藏之家塾,以待能者发之。②

此本《原善》上中下三卷之分,乃是一本原来上中下三篇之次,复在三篇文末分别增补群经之语以为文本证据,以成其秩。而"援据经言"之方式,正是分条叙列。因此,各卷的休例,便是以一篇论辨体古文冠首,接下来再罗列数条补证之札记。如卷上,先以《原善》上篇为始,接下来凡列札记十条,引证诸经之文,辅以自己的解说,以为"证明":第一条引《易》"形而上""形而下"和《尚书·洪范》之"五行"说明"道""器"之上下;第二条引《易》"一阴一阳之谓道"以论"善""性""道"之关系;第三条引《易》"天地之大德曰生"以

---

① 段玉裁《戴东原先生年谱》乾隆二十八年癸未条:"先生大制作,若《原善》上中下三篇、若《尚书今文古文考》,若《春秋改元即位考》三篇,皆癸未以前,癸酉、甲戌以后十年内作也。玉裁于癸未皆尝抄誊。"《戴震集》附录,第465页。

② 《原善》卷首,《续修四库全书》第951册,第481页。本章讨论《原善》体例,主要依据《续修四库全书》所影印之乾隆四十二年《戴氏遗书》本,并参考《戴震集》所收《原善》。

推言"仁""礼""义""智";第四条引《礼记》以论"血气心知之性"与"天之性"不殊;第五、六条引《孟子》言"知其性则知天"及性、命之关系;第七条引《易》谓存性中正则行事莫非道义;第八、九条引《中庸》论"天命之谓性"及仁义礼;最后第十条又引《易》以明易简之道。概括言之,在此卷之中,前面一段"原"体论,自成首尾,纯是思辨推演,并不引据文献,后面十条"札记"体说明,则完成了补充经典依据并为之解释细节的任务。特别值得注意的是,戴震序中自称"疏通证明之",潜在正有一"疏证"体之构想也。盖东原意在破决宋儒性理之说,与潜邱意欲扫除《古文尚书》之赝,同有"疏通"之功;而其写作方式,分条立论,引据经籍,又同有"分疏"之体,其间承续之迹,不难窥见也。

而在"原善"之外,另一条从《孟子私淑录》《绪言》到《孟子字义疏证》的脉络,亦可以看到戴震对其"著作体例"的不断修改。三种著作在戴震生前都未刊刻,故无直接的证据标识其写作年代。乾隆四十二年孔继涵刻微波榭本《戴氏遗书》,始将《孟子字义疏证》刊刻行世;后程瑶田发现抄本《绪言》,以为是《疏证》之"定本",段玉裁曾与其书信辩驳,力言《疏证》方是最终定本。后嘉庆间,《绪言》三卷尝与《原善》三卷合刻行世。而《孟子私淑录》,则向来鲜为人知,1937年钱穆先生在北平书肆中发现后始得行世;关于《私淑录》与《绪言》之撰作年代,学界亦有争议,近年来的研究较支持《私》前《绪》后之说。① 三种著作之中,以《孟子字义疏证》成书最晚,是戴震用心结撰的"定本",则无可疑。段玉裁在《答程易田丈书》中便引用戴震临终前数月所作的《答彭允初书》和写给段氏本人的书信,以为明证,其说信而有征。事实上,从撰述体裁看,三书之中,《私淑录》和《绪言》基本相同,而《疏证》则有较大改变。《孟子私淑录》和《绪言》都是用问答的形式,一"问"一"曰"组织一个条目,乃是用宋元以来流行的"或问"体。《孟子字义疏证》的主体内容承上两书而来,事实上也保留了"问""曰"的或问体结构②,但戴震在此基础之上又更为改造,以将其书经营成为"疏证"之体。段玉裁对《绪言》和《疏证》两书的大段篇章结构,曾有很精到的概括:

---

① 认为《绪言》在前者,有钱穆、余英时、汤志钧、鲍国顺、山井涌;认为《私淑录》在前者,有陈荣捷、王茂、周兆茂等。周兆茂《戴震〈孟子私淑录〉与〈绪言〉写作先后辨析》(《中国哲学史研究》1993年第2期)从分卷结构、篇幅繁简和哲学观点诸方面分析两书,论证《私淑录》在前;近年赵永磊又检出缪荃孙《艺风堂藏书记》和傅增湘《藏园群书经眼录》中记载旧抄本《孟子私淑录》三卷有"乾隆十六年岁次辛未春三月录"之题字,判定《私淑录》之成书应在乾隆十六年以前。

② 又前文曾论及,阎若璩《尚书古文疏证》诸小条,绝大部分用"按""又按"领起,但亦有少数用"或问"领起者,也有"或问体"的影响,但《孟子私淑录》《绪言》《孟子字义疏证》全面、系统性地使用或问体构成其条目,与阎书显不相同。

伏读吾师二书,《绪言》三卷,上卷自立说,中卷尊孟子,下卷驳告子、荀子、杨子、周、程、张、邵、朱、王文成诸子及老、庄、释氏,言之綦详矣。《疏证》亦三卷,上卷[性][理]十五条,中卷天道四条、性九条,下卷才三条、道四条、仁义礼智二条、诚二条、权五条,自仁义礼智二条以上,《绪言》言之,而诚、权二目,则未之及。〔……〕二目补《绪言》之所未备,而二目以前诸条,取《绪言》删裁处、添补处、更换处,是三者皆大费炉锤。师尝闻作文之诀于方氏文辀曰:"善做不如善改,善改不如善删。"故师作文不厌改删,况此乃所以垂世立教之言,尤为郑重,且分列诸目,使学者读之了然,虽辞意多同,而《疏证》尤为百炼之金、精凿之米。①

段玉裁以立说、尊孟、驳论三部分概括《绪言》三卷,内容颇称体要,核以原书,亦相符合。《孟子私淑录》亦是分上中下三卷,但内容较《绪言》为少,其卷上、卷中之内容大致相当于《绪言》的卷上即"自立说"之部分,卷下则大致相当于《绪言》的卷下即驳论部分。相比之下,《孟子字义疏证》则有较大调整,全书上中下三部分,改为以"字"为目,用"理""天道""性""才""道""仁义礼智""诚""权"八个关键词(或关键词组)作条目,统摄四十四条疏证,背后显然是其由训诂以通大道的学术思路。段氏此处论《绪言》《疏证》二书之间的改删,主要是举其大端,特别强调《疏证》"分列诸目"之体裁;此外尚可补充言之者,则在《疏证》各目之内部构成。如前所述,《私淑录》和《绪言》乃用"或问"之体,一"问"一"曰"成一条,以全书计之,《私淑录》共二十五条,《绪言》共四十八条,这些笔记的问答,经过剪裁修改,大部分都进入了《疏证》;但《疏证》重新建构了"字义"之八"目",在每一"目"之首,则有一条总论性质的条记领起,其后再是一系列或问体的小条。如卷上的"理",首先一条"理者,察之而几微必区以别之名也"云云,引据《孟子》《易》《中庸》《乐记》郑玄注、许慎《说文解字序》等文献,说明"理"之本义是"条理",与后世宋儒所言之"理"含义不同。此条乃是"理"这一目的总论,以述论而非或问出之。以下十四条则皆以一问一答成体矣。其余"天道""性""仁义礼智"诸目体例亦同,皆是先有一条总论性质的文字,"引经据典"发明其"字义"之本原,复次再以问答辩论其中疑难。这一体裁结构上的改动,虽然所占篇幅不大,但正为《孟子字义疏证》全书建立了"纲领",极为重要。同时,在《孟子字义疏证》卷首戴震自序之后,即有一目录交代全书的条目分列,标出"理十五条""天道四条""性九条""才三条""道四条""仁义礼智二条""诚二条"

---

① 《经韵楼集》卷七《答程易田丈书》,第183页。其中"上卷理十五条",原文作"上卷性十五条",核嘉庆十九年刻本《经韵楼集》亦然。据微波榭本《孟子字义疏证》,当作"理十五条"为是。

"权五条",又用小字注出"卷上目一""卷中目二""卷下目五",足见此书对其"条""目"分疏之结构,颇为重视;段玉裁《答程易田丈书》中所言,亦自有本也。① 这种"使学者读之了然"的撰述结构,各目自有一"义",分疏条列以证明之,背后正有阎若璩《尚书古文疏证》的影子在。

有趣的是,对阎若璩的"考核"与"文章",戴震正有一番独到的论说。对阎氏之读书为学,东原甚为推崇,其《水经郦道元注序》便举阎若璩、顾祖禹、胡渭三家为"善读古书"之学者②;至于"善读古书"的具体含义,段玉裁则有述焉:

> 先生言:"阎百诗善读书,百诗读一句书,能识其正面、背面。"③

在考证之学的思路下,推崇阎若璩的治学方法,并不足异。不过,在此之外,戴震还从"文章"的角度评论阎氏,认为"做文章极难","如阎百诗极能考核,而不善做文章","顾宁人、江钝翁文章较好"而他自己则"如大炉然,金银铜锡入吾炉,一铸而皆精良矣"。④ 这一段记述与上引《答程易田丈书》中对《孟子字义疏证》"大费炉锤""尤为百炼之金、精凿之米"的评论,可为对照。炉锤铸炼,正是戴震对自己文章的比喻。将"考核"与"文章"并举,自然很容易让人联想起戴震对"古今学问"三大途径的划分。按其说见于东原乾隆二十年(1755)所作的《与方希原书》,其云"古今学问之途,其大致有三,或事于理义,或事于制数,或事于文章"⑤,大致上为此后姚鼐、章学诚、袁枚、孙星衍等一系列的折辩划定了基本的框架⑥;故此书乃是清代中期知识界关于义理、考据、词章之争辩中甚为核心的一篇文献。而在指出"三分"之后,更关键的则在对三条途径的"本末"之辩。在东原看来,"道"是本,"艺"是末,而"圣人之道在六经",因此汉儒求经之"制数",宋儒求经之"义理",皆是求"本";而文章之学,则是"末":

> 事于文章者,等而末者也。〔……〕故文章有至、有未至。至者得于

---

① 戴震《孟子字义疏证》,《续修四库全书》第158册(影印《微波榭丛书》本)。当然,这些统计和标注,也有可能是微波榭本的整理和刊刻者所加,不一定出自戴震的手订。但即使如此,也可以说明整理者对此书体例和戴震撰写思路的抉发。又从段玉裁书信的引述看,他对此亦颇认同。
② 《戴震集·文集》卷六,第130页。
③ 《戴东原先生年谱》,《戴震集》附录,第489页。
④ 同上书,第486—487页。
⑤ 《戴震集·文集》卷九《与方希原书》,第189页。
⑥ 余英时《论戴震与章学诚:清代中期学术思想史研究(增订本)》,第127—136页。

圣人之道,则荣;未至者不得于圣人之道,则瘁。①

此文以草木为喻,以为有道则有文,"根固者枝茂",乃是继承韩愈"根之茂者其实遂"以及朱熹"道者,文之根本;文者,道之枝叶"的说法。② 不过"等而末者"的表述,则是为考据家的"文章"论述着上一层颇为黯淡的底色。不过,有趣的是,戴震身后,段玉裁在其所编《戴东原先生年谱》中,却附入了不少东原在"文章"方面的心得;如记载戴震曾有《唐宋文知言集》之编:

  《唐宋文知言集》,上、下二册,集上五十九篇,集下七十二篇,旋又有删去及上移下者,皆于宜兴储在陆《唐宋十家文》内摘取者也。玉裁请问分上下之恉,曰:"集上理与辞俱无憾,集下则不惟其理、惟其辞也。"昔抄目录,今尚谨藏,观其别裁,可以见先生古文之学之一斑矣。③

据此可知,《唐宋文知言集》是一古文选本,戴震以当时坊间流行的储欣《唐宋大家全集录》为基础摘选而成;虽然戴震最为推崇的,还是"理与辞俱无憾"的文章,但将"不惟其理、惟其辞"之文编为下集,可见"文辞"本身的独立性审美传统,其价值亦受承认。从段玉裁的记述看,此书似未刊刻,然曾以目录传抄的方式流通,可见其师弟之间讲论"文章"的情况。段玉裁使用"古文之学"的表述,或非随意之语,盖选本之外,戴震还有"批点"之举,段《谱》云:

  先生言:"为古文,当读《檀弓》,余好批《檀弓》,朋侪有请余评点者,必为之评点。"想休、歙间其本子犹有存焉者也。④

由《檀弓》悟古文法,其说自苏轼已发,本不足异。值得注意的是,戴震不但欣赏《檀弓》的文字,举以为古文之典范,还使用"评点"的方式阐发其文辞妙谛。由"好批《檀弓》"及友人有请则必应等语,可见东原之批点亦多次为之,且在友朋乡里之间颇有流传。批点《檀弓》,当然并非戴震的首创⑤,但

---

① 《戴震集·文集》卷九《与方希原书》,第189页。
② 张健《知识与抒情:宋代诗学研究》第六章指出程朱的文道论述与韩愈的渊源关系(第303页)。
③ 《戴东原先生年谱》,《戴震集》附录,第485页。
④ 同上书,第488页。
⑤ 参见本书第一章的有关论述。

这种对经书的阅读方式,在《四库全书总目》中便颇为馆臣诟病。馆臣对署名南宋谢枋得批点的《檀弓》,便有伪作之讥①;对晚明以来流行的"评点"之法,亦目为时文陋习,甚至直接点出"经本不可以文论"②。由此,段《谱》之叙述,似又不可等闲放过。事实上,"选本"和"评点",都是古文家从事"词章之学"的重要方式,段玉裁特别追录其师论文之语和评文之事,除了印证东原"得圣人之道"则文章必"至"的观念③,亦当有意于在"学问"的总体框架之下,推演经学家自成一格的"文章之学"。因此,在记述了戴氏关于阎若璩"极能考核,而不善做文章"的评论之后,段玉裁便以"合义理、考核、文章为一事"推许戴震,其中或不无对比之意也。更可论者,则是段《谱》这些记述,揭示出戴震在"道本文末"的宗旨之外,其实也对"文章之学"的独立性有所认同。姑无论作为大本大原的"义理",所谓能考核不能文章,至少是承认"文章"不完全由"考核"决定。尤须注意者,戴震这里所谓"文章",绝非仅就诗赋古文而言。因此这一"考核""文章"二元之论,用意并非在"考证之学"与"文章之学"之间划分畛域,而是以更大的视野,综括"文""学"二端而言之。东原"吾如大炉"之喻,最可见其以"善做文章"自任之信心;而以"做文章极难"引出的对阎若璩、顾炎武、汪琬文章得失的评论,也是打通了所谓的"经学"和"文章"两种途径而言。盖汪琬于顺康间本以古文名家,而阎、顾则是以汉学开山著称之学者,东原从是否"善做文章"的角度论之,正可见其立论是兼及"文""学"二端。此云"做文章",实当指涉作为学者"著述"的文字,观段《谱》所述戴震"作《原善》首篇成,乐不可言,吃饭亦别有甘味"及"《尚书今文古文考》此篇文字极认真"诸语④,明白可见也;又东原尝论方苞之文云:

<blockquote>方望溪释《礼经》之文,多不似说《礼》语言,其说《春秋》较善。⑤</blockquote>

此评望溪,正是着眼于其说经之文,并以说《礼》、说《春秋》,各有其体制所宜也。更可深究者,则是这些"文章"论述背后的观念问题:经学家,尤其是清代以"考核"为主要治学方式的儒者,是否需要"善做文章"?"说经"之文字,又是否当有其自身的体例规范与风格特点?戴震特别以阎若璩作为

---

① 《四库全书总目》卷三十四《批点檀弓》提要,第192页。
② 《四库全书总目》卷三十四,《孙月峰评经》提要,第282页。
③ 《与方希原书》:"文章有至、有未至。至者得于圣人之道,则荣;未至者不得于圣人之道,则瘁。以圣人之道被乎文,犹造化之终始万物也。"《戴震集》卷九,第189页。
④ 《戴东原先生年谱》乾隆二十八年条,《戴震集》附录,第465页。
⑤ 同上书卷末,第488页。

"不善做文章"的例子,自非随意拣择,而是与阎氏在清代学术史上的重要地位密切相关。事实上,仅就"疏证"这一著述体裁在清代的流传谱系而言,戴震对《孟子字义疏证》的精心结撰,正是对《尚书古文疏证》之写作体例的继承与改造。对比两本"疏证",则戴氏所谓阎百诗"不善做文章"与"吾如大炉然",当非无的放矢也。

阎若璩之"不善文章"究竟何病,戴震似乎并没有正面论述。观《四库全书总目》之提要,大抵则可知乾隆中后期知识界对阎氏"文章"的一般看法。一方面,《四库全书总目》指出"若璩学无不通,惟词赋一道涉之甚浅",认为诗赋词章非阎氏所长①,似可视为"不善文章"的一个解释。不过,除此之外,学术评价甚高的《尚书古文疏证》,馆臣亦有"体例"方面的批评:

> 诸条之后,往往衍及旁文,动盈卷帙,盖虑所著《潜邱劄记》或不传,故附见于此,究为支蔓。又前卷所论,后卷往往自驳,而不肯删其前说。虽仿郑元注《礼》先用鲁诗、后不追改之意,于体例亦究属未安。然反复厘剔,以祛千古之大疑,考证之学,则固未之或先矣。②

此处提出两点批评,一是"支蔓",二是"自驳"。"自驳"之情况,最著者乃其对《诗·小雅·十月之交》"朔月辛卯,日有食之"时间的前后两次考证,分别见于《尚书古文疏证》卷一第八条和卷六第八十一条,乃因对古代日食时间的推定,牵涉伪《古文尚书》所记有关日食之典礼是否合乎古制的问题。今先就阎氏《疏证》原文以说明之。

《疏证》第八条主要讨论的是《左传》引《夏书》所记一次夏代日食的时间问题。《左传》昭公十七年夏六月日食,太史引《夏书》云"辰不集于房,瞽奏鼓,啬夫驰,庶人走"以为说;伪《古文尚书》之《胤征》篇则云"乃季秋月朔,辰弗集于房,瞽奏鼓、啬夫驰、庶人走",当是一事。此事《左传》引文未指明其时,《胤征》则称"季秋月朔",阎若璩从这条缝隙进入,认为"季秋月朔"之说不合上古制度,故是伪造。首先,阎氏分析古代应对日食之仪式,指出古人以"建巳之月"(冬至以后第六个月)之日食为大灾,盖此月本应是"六阳并盛"之时而出现日食,为忌尤大,因此有奏鼓、驰走、祷告等礼节以为禳解;这一典礼,应该发生于"正阳"的"建巳之月",方符合其中阴阳消长的观念。夏代以

---

① 《四库全书总目》卷一百二十六,别本《潜邱劄记》提要,第 1091 页。馆臣因此认为阎学林刻本《潜邱劄记》收入诗赋,"适足以彰其短"。又《四库全书总目》卷一百十九,《潜邱劄记》提要中亦有类似的批评,认为"诗赋非若璩所长",可参看。《四库全书总目》,第 1030 页。

② 《四库全书总目》卷十二,《古文尚书疏证》提要,第 102 页。

建寅之月为岁首,故"建巳之月"为夏正四月,周代以建子之月为岁首,故"建巳之月"为周正六月。《左传》昭公十七年所记日食,正好是发生于周正之六月,也就是夏正之四月,阎氏认为,太史引《夏书》为证,正符合此礼当举于"建巳之月"的制度;而正因为《夏书》所载之日食与《左传》昭公十七年的日食同在"建巳之月",因此太史才援为先例。而伪《古文尚书》之《胤征》篇云"乃季秋月朔,辰弗集于房,瞽奏鼓、啬夫驰、庶人走",则是以此礼行于夏代的九月(季秋),不合古制。① 此一论证自己具足,但阎氏更以"又按"附录了一条相类的日食时间考证:

> 左氏引《夏书》,虽云日食典礼,未知的在何王之世,故刘歆《三统历》不载,后造《大同历》者,始推之为仲康元年。唐傅仁均等又以为五年癸巳,疑皆因晚出《书》傅会为此。犹刘原父《七经小传》谓《诗》皆夏正,无周正,自郑笺《十月之交》云"周之十月,夏之八月"后,造历者于幽王六年酉月辛卯朔果日食矣,疑出于傅会。卓哉特识!可尽扫一切!余谓此二事颇堪作对。②

前述《左传》引《夏书》所记日食之事,后来的历法家推定在仲康之时代,阎若璩认为都是受伪《古文尚书》的误导。与此类似,后代历法家对《诗·十月之交》所记日食时间的推定,也有错误。《疏证》引前人之说,认为郑笺以此"十月"为周之十月、夏之八月,当属误说,后代"造历者"进而将此次日食推定在周幽王六年建酉之月(周正十月),也是"傅会"。③ 严格讲来,这实际

---

① 《尚书古文疏证》卷一,第31—35页。
② 同上书,第35页。
③ 同上。按阎若璩此引前人对《十月之交》郑笺"周之十月,夏之八月"之批评,自云出自"刘原父《七经小传》",然今考刘敞《七经小传》(《四部丛刊》影宋本),未见类似的说法。《吕氏家塾读诗记》卷二十载:"什方张氏曰:《诗》有夏正,无周正,独此诗为周正,可乎?汉历幽王无八月朔食,而唐历则有之,议者疑其傅会而为此也。"《吕祖谦全集》第4册,第426页。其说与《疏证》所引颇相似,但标为"什方张氏"之说,未言刘敞。王应麟《困学纪闻》卷三载:"《诗小传》云:《诗》有夏正,无周正。《七月》陈王业,《六月》北伐,《十月之交》刺纯阴用事而日食,'四月维夏,六月徂暑',言暑之极其至,皆夏正也,而独谓《十月之交》为周正,可乎?汉历幽王无八月朔食,而唐历则有之,识者疑其傅会而为此也。"王应麟著,翁元圻辑注《困学纪闻注》第3册,卷三,第401—402页。王应麟引此说,文字更详,而谓出自"诗小传",阎氏云出自刘敞《七经小传》,或即本于《困学纪闻》也。然而,同样是王应麟所撰的《六经天文编》,讨论《十月之交》的日食问题,则云:"张氏曰:《诗》有夏正无周正。《七月》之陈王业,《六月》之北伐,《十月之交》刺纯阴用事而日食,'四月维夏,六月徂暑',言暑之极其至,皆夏正也。汉历幽王无八月朔食,而唐历则有之,识者疑其傅会而为此也。"(《六经天文编》卷上,叶79a,至元六年庆元路儒学刻本,国家图书馆藏)又以此说属之"张氏",与《吕氏家塾读书记》相合。《困学纪闻》引文疑有误植。翁元圻《困学纪闻注》亦认为系张元成(什方张氏)之说。

上与《尚书》辨伪无关,但阎氏以为"二事颇堪作对",因此附带论之。概括言之,这一条分别论证《胤征》和《十月之交》中日食的时间问题,都是从典礼制度的方面着眼。而到了《疏证》的第八十一条中,阎氏转而采用天文推算的方法,计算出《胤征》所记仲康即位之年的日食,应在五月而不可能在九月,以此证伪。但以同样的方法测算《十月之交》,则此次日食确在周正十月,郑笺和后来历法家的推算本自无误。因此,阎氏在《疏证》第八十一条中别出一小条按语,纠正前卷的错误:

> 按:余向引《诗小传》,谓《诗》皆夏正,无周正,自郑笺《十月之交》为周正建酉之月,后虞劇造梁《大同历》,果推之在周幽王六年,疑出于傅会,此亦是未通历法时言。①

下即用《授时历》之法推算此次日食当在"十月建酉"朔日辰时,因此郑笺及虞氏之说皆不误。阎氏还因而感叹"康成精于历学"。《疏证》第八条以郑笺《十月之交》在周正十月为误,第八十一条复改正前说,以郑说为是,《四库全书总目》所谓"前卷所论,后卷往往自驳""不肯删其前说",殆即此类也。事实上,戴震亦曾见及于此,其《书〈小雅·十月之交〉篇后》称:

> 郑康成氏笺《毛诗》云:"周之十月,夏之八月也。"梁虞劇、唐傅仁均及一行,并推周幽王六年乙丑岁建酉之月辛卯朔,辰时日食。宋刘原甫始疑为夏正月。近阎百诗《尚书古文疏证》亦用刘原甫说,谓虞劇诸人傅会,后既通推步,上推之正合,复著论自驳旧时之失。②

可见对《尚书古文疏证》这一"自驳旧时之失"的体例,戴震也非常清楚。更可言者,阎若璩不但不讳言其修正旧说,更在《疏证》之中自有一番解释。《疏证》卷一第十六条中"又按"一条云:

> 又按:古人学以年进,晚而观书益博,然于前此所注述,有及追改者,亦有不复改定者,要当随文参考。如郑注《乡饮酒礼》《关雎》《鹊巢》《鹿鸣》《四牡》之等,皆取《诗序》为义,《缁衣》"彼都人士,狐裘黄黄"之诗云"毛氏有之",此即《郑志》所谓"后得毛传乃改之"也。注《乡饮酒礼》"南陔""由庚"六笙诗云《小雅》篇也。今亡,其义未闻";《坊记》

---

① 《尚书古文疏证》卷六上,第321页。
② 《戴震集·文集》卷一,第10页。

"先君之思,以畜寡人"云"此卫夫人定姜之诗";此又《郑志》所谓"后乃得毛公传记,注已行,不复改之是也"。①

是知《四库全书总目》谓《疏证》"仿郑元〔按,即郑玄〕注《礼》先用鲁诗、后不追改之意"云云,其实也是本于阎氏的夫子自道。《四库全书总目》以为这种做法"于体例亦究属未安",言下之意,著述之书应当反复斟酌后,存一定论,而不当在一书之中,并立数说。但是,在阎若璩,这恰恰是他"有意为之",因此不但明言己误,更找到郑玄作为先例,论证"不复改之"的正当性。细究起来,郑玄的"不复改之"是由于注已传抄行世,故无法更改;阎若璩的《疏证》在当时虽未正式刊行,但也已在友人之间流播多时,因此他也认为不必追改。换言之,《疏证》这种"自驳"的体例,当结合其书撰写、流传的经过来理解。《疏证》甫成一卷,即有"净写"抄誊,而此时已是"多副本在京师";四卷写就,则有"藏诸名山"之议,又寄黄梨洲请序,皆可见其"行世"之情形。因此,阎氏援郑玄注礼之例,不改前卷原文,而在后卷新出条目以驳正之,也有其原委。

四库馆臣对《尚书古文疏证》批评的另一个方面,即"衍及旁文"的"支蔓",事实上从上举《疏证》第八条"言《左传》载夏日食之礼今误作季秋",以及前文对《疏证》第七十三条"言《五子之歌》不类夏代诗"的分析,都不难看到这一特点。当时其他学者,对此亦有批评。如惠栋作《古文尚书考》,大旨与《尚书古文疏证》相若,沈彤为序,即称其书与阎著不谋而合,但"文词未及其半,而辨证益明,条贯益清"②;钱大昕亦谓《疏证》未若惠氏之"精而约也"③。乾隆间安邑人宋鉴,"湛深经术,尤精小学","以潜邱《古文尚书疏证》文词曼衍而不尔雅,重辑《尚书考辨》四卷"④,同样以"曼衍"为阎书之缺憾。《疏证》之"曼衍",究其原因,一方面是阎氏往往由辨伪问题延伸出去,论证古代制度、古书体例乃至自己的研究方法等等。如果将《尚书古文疏证》的内容严格限制在举证辨伪,则这些"旁支"都可以抽离剪裁,单独成文,另辑专著或收入文集。《四库》提要所谓"虑所著《潜邱劄记》或不传"的问题就与此相关。按传世之《潜邱劄记》亦是若璩身后其孙阎学林所整理刊行,时在乾隆九年,学林识语称此是其祖"有疑即录、自为问难之书",并未统一

---

① 《尚书古文疏证》卷一,第54页。
② 《古文尚书考》卷首,《续修四库全书》第44册(影印乾隆五十七年宋廷弼刻本),第55—56页。按,沈彤序署"乾隆十五年岁次上章敦牂四月既望"。
③ 同上书,第56页。
④ 《汉学师承记》卷一阎若璩传附,《汉学师承记笺释》卷一阎若璩传附,第90—91页。江藩将宋鉴与张弨、吴玉搢同列为阎氏之附传,以其能"传潜邱之学"。

校理,学林此刻,亦"不敢漫为分晰","惟依笥中原本,付梓开雕"。① 故此本体例颇不整齐,其卷一、卷二、卷三及卷四下都是"劄记"②,但其中卷三《释地余论》,卷四下《丧服翼注》,皆相对独立成秩者;此外卷四上为策、跋文、哀词,卷五为书信,卷六为诗,又使得《潜邱劄记》一书实际上有了某种"文集"的性质,即使视之为"劄记"之书,亦未为纯粹。但阎氏一些单篇、零散的论学文字,却也赖以保存。《潜邱劄记》卷首有若璩自记,称"愚年满四十,甫敢出臆见、集众闻,用纂一帙,以示儿辈"云云③,可知在康熙十四年若璩年届不惑之后,即已开始此书的编辑工作。而《尚书古文疏证》中亦引及《潜邱劄记》,如第八十二条"言以历学推《尧典》蔡传犹未精",其中"或问历既无频月日食之事"一小条,讨论到《左传》庄公三十六年日食在几月的问题,有小注云"黄太冲推三月日食,与《春秋》合,误也,详见余《潜邱劄记》"④。可见乃是将推步演算和具体折辩另文处理,当时入之《潜邱劄记》之中;但同在《疏证》八十二条,后文一小条"又按"即称:

《潜邱劄记》恐世不传,仍载其说于此。⑤

是知《四库》提要所云,正有本也;但下引之文字,不见于今本《潜邱劄记》,或又以其既已入《疏证》,则《劄记》又不必存之也。⑥ 此是本已打算编进《劄记》而又辑入《疏证》者,本可另为著作的内容,都附入《疏证》一书之中,自然不免"枝蔓"丛生。如果反过来想,倘将今本《疏证》中大量"按""又按"的小条,择其与《尚书》辨伪无直接关系者,析而出之,别为标目,入于《劄记》,则《疏证》之眉目,自会清晰不少。事实上,阎若璩议论"著书"之方,亦

---

① 《潜邱劄记》卷首,《清代诗文集汇编》第141册(影印乾隆眷西堂刻本),第1页。
② "札记""劄记",义本通用,但阎若璩本人习惯使用"劄记"。姜宸英《湛园札记自题》云:"余本题'札记',淮阴阎征君乙之而改为'劄记'。案《尔雅·释器》:'简谓之毕。'郭璞云:'今简札也。'《春秋传》疏云:'简、札、牍、毕,同物而异名。凡为书,字有多有少,一行可尽者,书之于简;数行可尽者,书之于方;方所不容者,书之于策。'又云'小事传闻记于简牍'。简牍即札。予所记者,大抵多小事传闻,而一行可尽者,故取名以此。劄之与札,义虽通行,然劄子古人颇用以奏事,注疏家未尝及之。兼'札记'名书,古人多有,予欲少异其字以自别耳,故不从征君,仍为'札记'。"末署"辛未秋八月廿五日"即康熙三十年(1691)。见《姜先生全集》卷十八《湛园藏稿三》,《清代诗文集汇编》第107册,第272—273页。姜氏援引《左传正义》,从内容(小事传闻)、篇幅(一行可尽)两个方面说明,颇有据理;但反过来也证明阎氏《潜邱劄记》使用"劄记"是特意为之。故本书凡涉阎氏著述者,姑从之而用"劄记"。
③ 《潜邱劄记》卷首,《清代诗文集汇编》第141册,第1页。
④ 《尚书古文疏证》卷六上,第335页。
⑤ 同上书,第346页。
⑥ 类似的情况,还有《尚书古文疏证》卷七,第一百七条,第571页。

主"体要",盖其尝论《一统志》撰修之体例,认为"《明一统志》夸多泛滥,令人厌观";对于《一统志》中是否要记载各地人物,则主张:

> 不妨胪名宦、流寓、人物、列女四项,但取其言与行关于地理者,方得采辑〔……〕苟无关地理,概不得阑入,何者? 著书自有体要故。①

执此以视《疏证》,则亦当大有剪裁以臻"体要"之空间。而阎氏对己书不能体要之病,亦自有解嘲,谓"予著《疏证》亦知有言碎之病"。② 除了因著作刊刻方面的原因,《疏证》偏于细碎的写作方法,大概也跟阎氏希望将其研究、撰写之过程都展现出来有关。因此,举凡成书进度、撰著经历、友朋讨论等等内容,都被吸纳进《疏证》中来。因此,阎氏与同时学人之交游论学,多可于《疏证》见之;甚至可以说,《疏证》实可目为清初学人群体某一侧面的写照。当然,这个"侧面",也是阎潜邱精心选择和塑造的。如胡渭之说,《疏证》称引最多,其中不少就是两人晤对讨论之结果。前文讨论过的第七十三条中记"胡渭生朏明,予与论《五子之歌》,退而作辩一篇遗予",以及"吾友胡朏明读至此,谓余'朱子原来生唐初'"云云③,正可见阎氏写作此条之过程中,胡渭曾与之当面讨论,后读其书,又更为议论。其他诸如第八十七条记"误信伪孔传者"的黄子鸿向胡渭问难,以及胡氏驳论之始末;第九十二条记"胡朏明谓'子胡不解及岐二字'";第一百十一条"癸亥甲子,晤吾友胡朏明京师,就质此义",朏明"越数日来告",等等,皆可见胡渭与《疏证》之深厚渊源。④ 除了胡渭,《疏证》第六十六条记"刘珵先生字超宗,尝告予曰'二《典》为一,三《谟》去二,子著《疏证》,诚不可不加意'";第一百二十条记"同里友人石子华峙字紫岚,一字企齐,与予善,每著《疏证》成,或面语、或遣信送览,正唐人诗所谓'为文先见草'者";第一百十五条记阎氏"己丑东归",过访马骕,"秉烛纵谈","射覆"《尚书》文句孰今孰古,等等,也都是阎氏友人与之商略《疏证》之事。⑤ 此外,如第六十九条记《周易本义》次序淆乱,"顾炎武宁

---

① 《尚书古文疏证》卷六上,第八十八条"又按"之一,第401—402页。此小条自记其康熙二十八年在京师与万斯同讨论《一统志》事。事实上,第八十八条"言晋省谷城入河南,安国传已然",乃是通过古代地理沿革的变化来证伪。盖《汉书》《后汉书》之记载,瀍水出于谷城县,而伪孔传中有"瀍出河南北山"之语,意谓瀍水出于河南县,反映的是魏晋以后将谷城县并入河南县的行政区划状况,可证晚出。由此便附带提及清代修《一统志》之事,又附带提及阎、万讨论《一统志》体例之事,其实这一小条"又按"既与《尚书》辨伪无关,本身就属于"阑入"的内容,若为"体要"记,自当删之。
② 《尚书古文疏证》卷五下,第七十九条,第288页。
③ 同上书,第250页、第257页。
④ 分别见《尚书古文疏证》卷六上(第398页)、卷六下(第433页)、卷七(第573—574页)。
⑤ 分别见《尚书古文疏证》卷五上(第205页)、卷八(第635页)、卷八(第610—611页)。

人告予当觅宋版翻刻,以颁示学官";第九十条记"壬子冬,客太原,顾宁人向余称朱谋㙔《水经注笺》为三百年一部书"①,则是讨论其他古籍,未必与《尚书》辨伪直接相关,也附论及之。记述这些内容,其实是对《疏证》中各种论议、辩难的具体历史时空作出交代,其中当不无阎氏对其"学人"身份的自我建构。这种"建构",一方面是对个人"性情"的流露,如《疏证》中即有"某尝哂千古少读书人"之大言,又以"独惜后人读书少"讥讽不知伪古文词句之出处者,足见其平生以"读书人"自负之心情②;另一方面,所谓"建构"也是对一时整个"学林"的记叙褒贬。阎若璩在《南雷哀词》自称"当发未燥时,即爱从海内读书者游",并指点"海内读书种子"之名氏,以为"上下五百年,纵横一万里,仅仅得三人焉,曰钱牧斋宗伯也,顾亭林处士也,及先生而三"③,推崇钱、顾、黄,正借以自重也。更可注意者,在其每举"海内读书者"以为言,最可见他对一时学者"社群"之想象与自觉。而《疏证》中大量友朋往还论学的"记事",亦属此类。事实上,也恰恰是"疏证"这一体裁,使得这种细节累增、枝节衍生的写作风格成为可能。论辨类散体古文,篇幅有限,节奏亦须紧凑,自然无法包罗如此纷繁的头绪。明清时代的注疏体裁,因经为注,正文之下,亦不便补充如此丰富的细节。而阎若璩的"疏证"体,以"条"为单位,"条"与"条"之间相对独立,古文"段"与"段"之间应当具有的起承转合,在这里至少不是必然存在,因此就全书体例来看,可以允许一条又一条的"按"和"又按"生长出去。当然,"芜杂"之虞,也恰好在此生长出来。

　　相比之下,戴震的《孟子字义疏证》实际上对阎若璩的"疏证"体颇有改造。《孟子字义疏证》以"字义"为纲,节目更为清楚;而对各目之下的小条,戴氏无疑也更为节制,牵连之琐事、无关之论说,都不阑入,"炉锤"之功,此亦一端也。不过,从《尚书古文疏证》到《孟子字义疏证》,两个重要的特点得到了延续:其一是"分条说明"的体例,以"条"为全书写作的基本单位;其二则是针对某一古书来"疏通证明",但又保持相对的独立性;换言之,"疏证"体须以某一本古书为研究对象,但同时又并不为此古书之附庸,在主旨和形式两方面都"自成境界"。观夫著书之用意,《尚书古文疏证》不专为释《尚书》,《孟子字义疏证》更非专为解《孟子》,其事最明。而在形式上,两书条目胪列,皆是自出己意,并非"附"于所"注",亦相配合。

---

① 分别见《尚书古文疏证》卷五上(第228页)、卷六下(第410页)。
② 分别见《尚书古文疏证》卷七,第一百一条,第541页;卷一,第八条,第34页。又与之类似,钱穆尝考证毛奇龄《古文尚书冤词》以"惟此为读书人所言"专指阎若璩,并推测毛西河大愤于"潜邱历举海内读书人而不及己",故特以此致讥(《中国近三百年学术史》上册,第274—275页)。此虽是一反面的例证,然也可见阎若璩在时人心目中的形象正是一"读书人"。
③ 《潜邱劄记》卷四上,《清代诗文集汇编》第141册,第133页。

这两个特点,正可以在"疏证""札记""注疏"三种体裁的对比之中得到解释。"分条说明",是疏证与札记的共同特点,注疏则不尽然;"疏通古书",是疏证与注疏的共同特点,札记则不尽然。进而言之,以古书作为纲目,将纷繁的"条记"组织起来,是疏证异于札记之处;以条目作为单位,一条说明一个问题,而非步趋原书的思路以作解说,又是疏证异于注疏之处。在这个框架中,大概可以对"疏证"之为体有一个基本的把握。不过,在清代后起的各种"疏证"体著作中,这些特点是否得到延续?从宏观的角度看,"疏证"体在《尚书古文疏证》《孟子字义疏证》两部经典之后,复又如何发展?这些问题,又当进一步讨论。

第三节 "证"与"疏":疏证体在乾嘉以降的流衍

在《孟子字义疏证》之外,戴震尚有另一本"疏证"体的著作,即《方言疏证》。此书虽未若《孟子字义疏证》一般被东原视为其"生平著作之最大者",然其援"疏证"入小学之领域,在清代中期以后"疏证"体的发展上亦有较大影响,后之《广雅疏证》《小尔雅疏证》等书,皆由此出也。按此书之著,草创甚早,在乾隆二十年(1755),戴震已经"以《方言》写于李焘《许氏说文五音韵谱》之上方","字与训两写,详略互见";然其真正成书,则要晚到戴氏晚年入四库馆之时,段玉裁云:

> 先生知训诂之学,自《尔雅》外,惟《方言》《说文》切于治经,故傅诸分韵之《说文》,取其易检。既入四库馆纂修,取平时所校订,遍稽经史诸子之义训相合及诸家之引用《方言》者,详为疏证。①

四库开馆,在乾隆三十八年,戴震于是年秋入京;但戴氏于馆中所校《方言》,则是在其去世两年之后,乾隆四十四年方才奏上;《方言疏证》,亦是在东原身后方才付刻;由此推断,其成书应在乾隆三十八至四十二年(东原卒年)之间,与《孟子字义疏证》的最终完成,正在同时。两书同时撰作,又同以"疏证"命名,很可注意。戴震删改《孟子私淑录》《绪言》两书以成《孟子字义疏证》,乃是有意用疏证体取代之前的或问体。个中心曲,文献无征,未可妄测。但由其同时撰著《方言疏证》这一事实看,两书在命名和体例上的类

---

① 《戴东原先生年谱》,乾隆二十年条,《戴震集》附录,第459页。

同,当非巧合,或有相互影响之情形。东原《方言疏证序》云:

> 宋元以来,六书故训不讲,故鲜能知其精核。加以讹舛相承,几不可通。今从《永乐大典》内得善本,因广搜群籍之引用《方言》及注者,交互参订,改正讹字二百八十一,补脱字二十七,删衍字十七,逐条详证之,庶几汉人故训之学,犹存于是,俾治经读史、博涉古文词者,得以考焉。①

此东原自述其撰著之旨,所称"逐条详证",正"疏证"之释名也。又观此序文,率半篇幅,乃在考辨历代引用《方言》之情况,以驳洪迈疑伪之说,力证《方言》之真,故知《方言疏证》本身亦有"辨伪"一层用意,与《尚书古文疏证》相类也。其书中"广搜群籍""交互参订",除了校勘以得善本,亦有为《方言》辩护之意。从编辑体例上看,《方言疏证》同样使用分条按语的形式,不过乃是先以大字顶格录《方言》正文,中间双行小字注文,然后再以大字下一格"案"云云领起疏证的内容。② 后来王念孙的《广雅疏证》亦继承这一"先正文后疏证"方式,且更为加厉,乃是以大字录《广雅》正文,另起一行、下一格的双行小字录疏证之文。③ 如果在前文所论"札记—疏证—注疏"的框架中看,《方言疏证》和《广雅疏证》较《尚书古文疏证》和《孟子字义疏证》更趋向"注疏体"。此后许多小学类的"疏证"著作,如毕沅《释名疏证》、葛其仁《小尔雅疏证》等等,莫不皆然。

实际上,疏证一体何以在小学一门中特别形成一个谱系,本身就是很有趣的问题。如果仅仅以戴震《方言疏证》、王念孙《广雅疏证》的典范效用作为解释,大概只能算是得其一端。在学术史发展的过程中,经典著作在治学宗旨乃至写作体例上的示范作用,自然不可小视,戴、王二家在清代小学史上的地位,也应无可置疑。不过,如果更进一步以理揆之,则疏证体在清代小学著述中的流行,其内在原因不能不归之于疏证之体本身与《尔雅》《方言》《广雅》《释名》诸书,颇相适应。前文已经提到过"疏证"不同于"注疏",其一大差异便在于"注疏"理论上是注解经籍之作,因此需要对原书字词训诂、篇章大意等加以解说,与"原文"的关系更紧密,而且解释性的内容常常是随原文需要而定,或一二语而字训已通,或数百言而经义乃见,未必都可以归纳成一条一条的"疏证"形式。但《方言》《广雅》这一

---

① 《戴震集·文集》卷十,第 202 页。
② 《方言疏证》,《续修四库全书》第 193 册(影印乾隆《微波榭丛书》本),第 414 页。
③ 《广雅疏证》,《续修四库全书》第 191 册(影印嘉庆元年刻本),第 4 页。

类古书则不同,盖其本系字典辞书之类,体例本来就是逐条罗列,因之更为"疏证",便非常自然。如果是其他大段成文之古书,将"疏证"的"条目"穿插其中,就不免有割裂原文之病。对于此类情形,反倒是仅以一二语标识所"证"词句,甚或是不录"原文",更为得宜。例如沈钦韩的《汉书疏证》《后汉书疏证》,皆是不备录原文,只是举班书及颜注之词组,然后提行下一格书其"疏证"之语,全书之结构,便如此"条分缕析"而"集腋成裘"。① 宋世荦的《周礼故书疏证》和《仪礼古今文疏证》,也只是摘取原书部分文句,下以疏语,并不求遍及全书。② 陈乔枞《齐诗翼氏学疏证》,本属辑佚性质,自然便是逐条排列所辑得之翼氏原文,再加以疏通说解。③ 研究内容与写作方式之相互适应,于此亦可见矣。

嘉道间以"疏证"体著书,最为有趣的个案,或许当是四五本同以"疏证"《小尔雅》为名之著作的出现。《清史稿》著录有葛其仁《小尔雅疏证》五卷,其书嘉庆十九年甲戌(1814)初成,后时有改定,二十余年后道光二十年(1840)乃付梓,阮元为序,誉以"广征博引,粲然毕具"云云。但事实上同时"疏证"《小尔雅》者,不止葛氏一家。胡承珙(墨庄)《求是堂文集》卷二有《与潘芸阁编修书》一通云:

> 芸阁先生足下,承视《小尔雅驳议》三篇,匆匆涉旬,未获报命,昨复枉过,失迓为罪。《小尔雅》,仆向曾为之疏证,在家玉樵之前。然其中古义古训,尚有存者[……]非无裨于经义。④

此处自云曾为《小尔雅》之"疏证",又称"在家玉樵之前",则已涉及两本相关的著作。其中所云"家玉樵",乃是与承珙同里之学者胡世琦,承珙尝为作墓志铭,称"君讳世琦,自号曰玉樵,少岸异,为文落落有奇气",后"出与当世通人游",接闻于姚鼐、程瑶田、洪亮吉、段玉裁等名宿,故为学"欲从文字声音训诂以会通其旨趣,不区章句与义理而二之"。关于世琦之著述,胡承珙称:

> 所著书有《小尔雅疏证》《三家诗辑》等,未卒业;有诗若干卷、文若

---

① 《汉书疏证》,《续修四库全书》第266—267册(影印光绪二十六年浙江官书局刻本);《后汉书疏证》,《续修四库全书》第271册(影印光绪二十六年浙江官书局刻本)。
② 《周礼故书疏证》,《续修四库全书》第81册(影印光绪六年刻本);《仪礼古今文疏证》,《续修四库全书》第91册(影印光绪六年刻本)。
③ 《齐诗翼氏学疏证》,《续修四库全书》第75册(影印《左海续集》本)。
④ 《求是堂文集》卷二,《清代诗文集汇编》第518册,第244页。

干卷,藏于家。①

是则胡世琦有一《小尔雅疏证》之著述,至其道光九年(1829)去世之时,尚未能最终完成定稿。此与前引《与潘芸阁编修书》中"仆向曾为之疏证,在家玉鐫之前"之说,正可呼应。然世琦此书,稿本尚存,台北文海出版社《清代稿本百种汇刊》影印行世,取以覆按,其书名却不作"小尔雅疏证"而作"小尔雅义证"。书凡十三卷,卷首有朱琦《小尔雅义证序》(作于道光十八年)以及胡世琦与洪亮吉、段玉裁往复论《小尔雅》之书信四通。② 有趣的是"义证"之名,恰恰又与胡承珙的著作相重,按承珙之《小尔雅义证》,刊刻于道光七年丁亥(1827),卷首自序,考述汉魏以至晋唐诸儒援引《小尔雅》训诂之情形,证明其书不伪,复云:

> 曩见东原戴氏横施驳难,仅有四科,予既援引古义,一一辨释,因复原本雅故,区别条流,又采辑经疏选注等所引,通为义证,略存旧帙之仿佛,间执后儒之訾议,将有涉乎此者,庶其取焉!③

可见墨庄自序中,明标"义证"之名,所谓戴震"横施驳难",盖东原《书小尔雅后》主张此书"大致后人皮傅掇拾而成,非古小学遗书"也④,故承珙《义证》之作,又有意纠正东原之说也。承珙既自有《小尔雅义证》之作,又称世琦"所著书有《小尔雅疏证》",似乎有意以"义证""疏证"区分两书。然细考其实,则又不然。墨庄《隃领集》卷六有柬孙星衍七律一首,颔联"大名逴绝今谁辈,小学研深久欲师",对句下自注云:

> 以拙著《小尔雅疏证》就质。⑤

是承珙又尝以"疏证"自称己作也。考承珙嘉庆十五年(1810)任广东乡试副考官,《隃领集》乃其赴粤途中所作,此时其书当已成初稿,故有"就质"

---

① 《求是堂文集》卷六《诰授奉政大夫山东曹县知县胡君墓志铭》,《清代诗文集汇编》第518册,第306页。
② 《小尔雅义证》,《清代稿本百种汇刊》经部第12册(影印稿本),(台北)文海出版社1974年版。
③ 《小尔雅义证自序》,《小尔雅义证》卷首,《续修四库全书》第189册,第407页。
④ 《书小尔雅后》,《戴震集》,第75页。
⑤ 《求是堂诗集》卷十一《德州柬孙观察渊如星衍前辈》,《清代诗文集汇编》第518册,第97页。

之事。此处称"疏证",或许是当时计划的书名,当然也不能完全排除误记之可能。但承珙以"疏证"自道,当非偶然。前引《与潘芸阁编修书》"仆向曾为之疏证",虽非直录书名,亦可以为旁证。同时胡培翚《仪礼正义》卷十引用其说,亦称"胡氏承珙《小尔雅疏证》"云云。此皆时人混言"义证""疏证"之例也。匪特如此,胡世琦《义证》稿本十三卷,各卷卷首大率皆题"小尔雅义证""泾胡世琦学"字样,卷十三题"小尔雅谊证",字亦通也,唯卷七、卷八、卷十题"小尔雅疏证",则"义证""疏证",世琦亦自歧之也。① 倘若据此推断承珙、世琦二著,在撰写过程中都曾有以"疏证"为名的打算,或许过于冒险,但至少可以看出,"疏证""义证"二名,混同而用,即在作者本人,亦所不免。究其原因,正在于两书使用的其实都是"疏证"的体裁,逐条排纂,再加按语,引据群书以为解说。承珙自序所谓"区别条流""一一辨释",正可为"疏证"解诂也。

同时又有谭正治,亦注《小尔雅》,且与墨庄往还论学。《求是堂文集》载有《小尔雅疏证序》一篇,乃是为谭正治所著书而作也:

> [《小尔雅》]训诂名物,为《尔雅》所未备而有补于经义者尚多。予曩时晤阳湖洪北江先生,曾属为一书,疏通而证明之。谭君正治,北江弟子也,亦为是学,今出所箸《疏证》示予,其中订正讹阙,抉剔疑滞,具有条理,是能得北江先生小学之传者。②

是知同时谭正治亦有研究《小尔雅》之作,题为"疏证",为承珙所知;序文中又追述承洪亮吉嘱"曾属为一书",将《小尔雅》"疏通而证明之",正是将自己的《小尔雅义证》与谭氏之书,皆目为"疏通证明"之作也。谭书今未见,然时人记述,亦颇及之。如洪亮吉有《及门谭秀才正治注小尔雅成,因绘洋山注雅图乞题,爰跋其后》一诗,盖谭氏书稿初成之时应邀而作也③;又孙原湘《天真阁集》中有诗《谭荇芳明经〈小尔疋疏证〉书后》,亦提及其书④。度胡承珙序中语气,谭氏"出所箸《疏证》"之时,其《小尔雅义证》当尚未告成,否则应当提及。洪北江之诗集,乃是按年月编次,其跋"洋山注雅图"之诗,在续集卷六,当是"丁卯"所作,也即嘉庆十二年(1807),确在承珙

---

① 其中卷七在"疏"字右侧添注一小字"义",卷十划去"疏"字继续写"义证卷十",卷八则保留"疏证"未作修改。《小尔雅义证》,《清代稿本百种汇刊》经部第12册(影印稿本),第341页、第407页、第383页。
② 《求是堂文集》卷四《小尔雅疏证序》,《清代诗文集汇编》第518册,第272页。
③ 《更生斋诗续集》卷六,《洪亮吉集》第4册,第1715页,中华书局2001年版。
④ 《天真阁集》卷二十五,《清代诗文集汇编》第464册,第287页。

《义证》之前。① 墨庄序文中亦提到其拜晤洪氏,与谈《小尔雅》;又考亮吉文集中,有《复胡吉士承珙问小尔雅书》,就"艾大也""嗟发语声""车辕上谓之笭""四尺谓之仞""两有半曰捷、倍捷曰举""斤十谓之衡、衡有半谓之称"等条目,皆有讨论。是知谭、胡两家注《雅》,都曾受到过洪氏之启发。另一方面,洪亮吉又曾与胡世琦通信讨论《小尔雅》,书载世琦《义证》卷首,中云"亮吉既注《弟子职》,拟复注此书,今可不作矣"②,则北江于三家《小尔雅》之研究,皆曾与闻;其于当时研治《小尔雅》之风气,固一核心人物也。

此外,《杭州府志》(民国十一年本)卷八十六《艺文》著录"《小尔雅疏证》,御史仁和孙志祖颐谷撰""《小尔雅疏证》,余杭严杰撰"两种书籍,则治《小尔雅》而以"疏证"名其书者,又有孙志祖与严杰两人,然其卷帙体例,皆不详也。今考严杰字厚民,《清儒学案》以其为段玉裁弟子,附入《懋堂学案》,称其研经能文,为阮元所知,曾入诂经精舍为上舍,又尝佐编《经籍纂诂》《皇清经解》,可知亦嘉道间人,然其《疏证》撰于何时,《学案》并未交代。不过,同为诂经精舍学生的周中孚,在其《郑堂札记》中提到"近余友严厚民撰《小雅疏证》,有功小学不浅"③;按中孚卒于道光十一年(1831),是知严著《疏证》,在道光十一年之前,至少应已初成,并为友侪所知。而孙志祖,其生平可见孙星衍所作传记,其中提到志祖"疏证《孔丛·小尔雅》之非古本,其书未成"④。是知志祖"疏证"《小尔雅》为伪,观点正与胡承珙相反。然据星衍传文,志祖卒于"嘉庆六年二月",则其书之撰,早在葛其仁、胡承珙、胡世琦诸家之前。今不妨将本章所论诸家疏证《小尔雅》之时间,简列如下:

- 孙志祖《小尔雅疏证》:嘉庆九年(1804)以前。
- 谭正治《小尔雅疏证》:嘉庆十二年(1807)已成。
- 胡承珙《小尔雅义证》:嘉庆十五年(1810)已有稿,道光七年(1827)成书刊刻。
- 胡世琦《小尔雅疏证》:嘉庆十四年(1809)以前已有稿,道光九年(1829)去世时尚未最终完成。

---

① 又孙原湘诗,集中编年为"上章执徐",即嘉庆二十五年庚辰(1820),亦在胡承珙《小尔雅义证》刊刻之前。
② 胡世琦《小尔雅义证》卷首《洪稚存太史论小尔雅书》,《清代稿本百种汇刊》第12册,第23页。
③ 周中孚著,秦跃宇点校《郑堂札记》卷四,第31页,凤凰出版社2017年版(与《钝吟杂录》合刊)。
④ 《孙渊如先生全集·平津馆文稿》卷下《故江南道监察御史孙君志祖传》,《续修四库全书》第1477册,第552页。

- 葛其仁《小尔雅疏证》：嘉庆十九年（1814）初成，后不断修改，道光二十年（1840）刊刻。
- 严杰《小尔雅疏证》：道光十一年（1831）以前已有稿。

需要说明的是，这里对各书撰作年代之推考，仅就其大概而言，非欲判断其先后及因袭之关系也。其中如胡承珙、胡世琦两书，当时人就以"闭门造车、出门合辙"视之，并未轻言其先后①；而专书之结撰，往往又有不断修订的过程，也很难选择某一时间点为之排列先后。然而可以确定的是，嘉道之际这一系列"疏证"《小尔雅》的著作，并不孤立。上列胡承珙、胡世琦、谭正治诸人，如果再增入洪亮吉、段玉裁，其实可以构成一个学人交游之网络，其撰述各自之"疏证"，声气正可相通也，其于彼此之著述，即使未亲见全书，多少应有所耳闻。而诸家对"疏证"这一著述体裁，其实也是颇有自觉的，因此才每每以"疏通证明"为言。乃至宋翔凤的《小尔雅训纂》（嘉庆十二年成书），虽不以"疏证"名，但在自叙中亦以"疏通证明"陈说其撰著之旨；朱骏声《小尔雅约注》自序，便称《小尔雅》一书，"近吾乡宋翔凤大令、嘉定葛其仁广文，均有疏证"②，径以"疏证"目翔凤之书。有意选择"疏证"作为研治《小尔雅》之方式，恐非偶然，而是与"疏证"体本身的特点有关。小学典籍本以条目成体，故尤其适合"疏证"，前已言之。另一方面，在涉及辑佚、辨伪等领域的著作中，由于要使用不同层次的文献以为比照，疏证体"分条"的结构，也颇有用武之地，较成篇的文字更为适合。

乾嘉以降，疏证之书既广泛流行，与之相应，"疏证"一词亦成为学术表达中之重要术语。"疏证"在明以前之文献中甚为罕见，前已论之。入清以后，便多见用之论学者。如田雯序惠周惕《诗说》云：

> 惠子元龙，常读《诗》而病之，因著《诗说》三卷，其旨本于小序，其论采于六经，旁搜博取，疏通证据，虽一字一句，必求所自，而考其义类，晰其是非，盖有汉儒之博而非附会，有宋儒之醇而非胶执，庶几得诗人之意

---

① 朱珔《小尔雅义证序》（作于道光十八年），胡世琦《小尔雅义证》卷首，《清代稿本百种汇刊》经部第 12 册，第 7 页。今人黄怀信《小尔雅的源流》一文则主张承珙书在前，认为"二书类同之处甚多，多数词条的例证几乎完全相同，说解也相近似，不同处是世琦之书更加精博，或有承珙之书未到者。因此可以断定承珙之书在前，世琦之书晚成。至于后者是否未见前书，看来也大可存疑"。见黄怀信《小尔雅汇校集释》卷首，第 52—53 页。

② 《小尔雅约注》卷首，《续修四库全书》第 189 册，第 525 页。

而为孔子所深许者与!①

田序署"康熙癸亥七月"即康熙二十二年(1683),所谓"疏通证据",正是"疏证"的另一变形。同时汪琬序此书,亦谓其"潜思远引,左右采获","间出己意,为之疏通证明,无不悉有依据"②。而成书于乾隆四十三年的《四库全书总目》,也广泛使用"疏证"或"疏通证明"作为评述诸书之语。《四库全书总目》著录的"疏证"之书,事实上只有两部。其一自然是阎若璩的《尚书古文疏证》,提要以"引经据古,一一陈其矛盾之故","古文之伪乃大明"概括其写作特点。其二则是戴震的《方言疏证》,提要云:

> 其书世有刊本,然文字古奥,训义深隐,校雠者猝不易详,故断烂讹脱,几不可读。钱曾《读书敏求记》尝据宋椠驳正其误,然曾家宋椠,今亦不传。惟《永乐大典》所收,犹为完善。〔……〕谨参互考订,凡改正二百八十一字,删衍文十七字,补脱文二十七字,神明焕然,顿还旧观。并逐条援引诸书,一一疏通证明,具列案语,庶小学训诂之传,尚可以具见崖略,并以纠坊刻之谬,俾无迷误后来。③

此《方言》校本实际上就是戴震的《方言疏证》;今以微波榭本《方言疏证》对照《四库全书》本《方言》,所谓"具列案语",实即戴震之疏证也。所不同者,唯《四库》本正文用大字,按语以乃双行小字刻之,而微波榭本则统为大字也。"逐条援引""一一疏通证明",正可见疏证体之形式特色。而清人其他著作,《四库全书总目》亦用"疏证"言之。如毛奇龄《天问补注》,提要称此书"凡三十四条,皆先列天问原文,次列集注,而后以补注继之,亦间有所疏证";江永《律吕阐微》,提要推其能于朱载堉《律吕精义》"疏通证明,具有条理";张伯行《居济一得》,"于诸水利病,条分缕析,疏证最详";《钦定河源纪略》,"旁支正干,一一疏通证明";《钦定历代职官表》,"首列国朝,略如唐六典之例,次以历代,则节引诸书,各附案语,以疏证其异同"。④ 除了清人著作,《四库全书总目》更使用"疏证"指涉前代的书籍。如云宋代陈经《尚书详

---

① 惠周惕《诗说》卷首田序,《续修四库全书》第1421册,第121页。序末署"癸亥秋七月"即康熙二十二年(1683)。
② 《诗说》卷首,汪序(无页码),翁方纲抄本。
③ 《四库全书总目》卷四十,《方言》提要,第339—340页。按,此书《四库全书总目》并未标为东原之作,而是著录为《方言》十三卷,永乐大典本"。
④ 分别见《四库全书总目》卷一百四十八,第1270页;卷三十八,第329页;卷六十九,第614—615页;卷六十九,第613—614页;卷七十九,第686页。

解》"句栉字比,疏证详明";洪兴祖《楚辞补注》"列逸注于前,而一一疏通证明,补注于后";又提要宋代夏休《周礼井田谱》之时,称"同时瑞安黄毅乃为作答问一篇,条举或者之说,一一为之疏通证明"①,皆可见"疏证"或"疏通证明",乃是《四库全书总目》提要、评价书籍之一常用术语;而这一术语的使用,常常都反映出其书体例上"分条罗列""引据诸书"等方面的特点。如元儒熊朋来的《五经说》,提要称:

> 其书发明义理,论颇醇正,于礼经尤疏证明白,在宋学之中,亦可谓切实不支矣。②

今观《五经说》凡七卷,按《易》《诗》《书》《春秋》《仪礼》《周礼》、大小戴《礼记》、杂说排列,各类都是若干专题札记的汇集,如卷四《仪礼》《周礼》《礼记》类,有"府史胥徒""农家九谷""庖人四时膳膏""医家九藏""八尊六尊""保氏六书""考工金锡""释奠释菜""汉儒于礼经辄改某字读作某音"条目。四库馆臣谓其"疏证明白",不知是否与此体例有关。不过,从《四库全书总目》已经可以看到,"疏证"之语并不专指名为"疏证"之书,而是在更普遍的意义上使用,指涉类似的研究方式。引经据典、分条论述、证明精确等等,大致上是"疏证"的基本特点。

乾嘉以降,"疏证"一词更是几成考据汉学的代表性话语。举凡注释经籍之作,常常以"疏证"概括其研究旨趣。如卢文弨《圣庙乐释律序》以钱塘此书能"阐发精微之奥、疏证同异之原"③;陈鳣称其《论语古训》"以愚意疏通证明之,所以补疏家之未备也"④;李富孙《毛诗异文释自序》自称"见有与今毛诗异者,罔弗搜罗荟萃,紬绎其谊","或异或同,一一诠解而疏证之"⑤;焦循《读书三十二赞》称赞程瑶田《通艺录》"磬折中县,鼓从股横,千年之误,疏通证明"⑥。而"疏证"的对象,除了经籍本身,也可能包括前代注疏之遗产。如陈寿祺自道其研究三家诗之旨趣,云"寿祺向尝钩考齐、鲁、韩诗者,正欲为毛传郑笺疏通证明"⑦;胡培翚自述其《仪礼正义》有补注、申注、附注、订

---

① 分别见《四库全书总目》卷十一,第94页;卷一四八,第1268页;卷二十三,第189页。
② 《四库全书总目》卷三十三,第273页。
③ 《抱经堂文集》卷二,《续修四库全书》第1432册,第560页。题下署"丙午",即乾隆五十一年(1786)。
④ 《简庄诗文钞》卷二《论语古训叙》,《清代诗文集汇编》第436册,第16页。文末署"乾隆五十有九年冬十有二月甲寅朔书于震泽旅次"。
⑤ 《校经廎文稿》卷十一,《清代诗文集汇编》第544册,第85页。
⑥ 《雕菰集》卷六,《焦循诗文集》,第115页,广陵书社2009年版。
⑦ 《左海文集》卷四《答翁覃溪学士书》,《续修四库全书》第1496册,第147页。

注四例,所谓"申注"者,即是欲将郑玄之注"疏通而证明之"①。方东树《刻屈子正音序》亦以此书于前人注解之疏谬,能"引经传及西汉先秦古书,疏通以证明之"②。不但传统的解经注史之书可以"疏证","以学问为诗"也可以是"疏证"。凌廷堪曾言其在南昌时,"拟仿《山谷精华录》之例,取覃溪师集中考辨金石及疏证经史之诗为一集,曰《学古编》,为诗家另辟涂径"。是以"疏证经史"目翁方纲之诗也。同时,不但形诸文字之著述可以疏证,平日的往复讨论、书简相商,乃至口头的论辩,也可以疏证。焦循为汪孝婴作传,称其生平耿直倔强,"有以所著撰相质,必首尾研究再三,否者直乙之,是者为之疏通证明"③,这大概还是形诸笔墨者;而纪晓岚《阅微草堂笔记》记及孺爱、张文甫两老儒夜行遇一老人,相与酬对,老人为之"阐发程朱二气屈伸之理,疏通证明,词条流畅",以证间无鬼,"二人听之皆首肯,共叹宋儒见理之真",而老人忽"振衣急起",自称"泉下之人,岑寂久矣,不持无鬼之论,不能留二君作竟夕谈",遂欿然而去④。此固谐谑之笔,以嘲理学之儒者,但《笔记》述老人之谈论,"疏通证明,词条流畅",则是口头亦有"疏证"也。事虽荒诞,但纪氏之遣词,背后却有一观念,即"疏通证明"乃是当时知识界普遍认同的表达方式。"疏证"作为一种解释经典、撰写著述的主流方法,在乾嘉考据学之中居功甚伟,不难见之。

不过,更可言者,乃在"疏通证明"骎骎乎成为对"乾嘉汉学"的整体性指称。包世臣记其弟世荣治《诗》"其初稿多论议是非,继乃悉屏攻击,专事证明疏通之学"⑤,正以"证明疏通之学"为治经之正轨。林昌彝表彰其师陈寿祺之学术,则云:

〔恭甫师〕初事考功孟瓶庵先生,服膺宋儒书,凛然以古君子自期,及壮,通汉学,以疏通证明经传为事。⑥

此所谓"以疏通证明经传为事",绝非仅仅就寿祺《五经异义疏证》之著

---

① 《上罗椒生学使书》,《研六室文钞》补遗,《清代诗文集汇编》第538册,第138页。
② 方东树《考槃集文录》卷三,《清代诗文集汇编》第507册,第164页。方绩《屈子正音》卷首收入此序文,署名邓廷桢(《四库未收书辑刊》第10辑第13册,影印道光七年刻本),可知系方东树代邓廷桢作。
③ 《雕菰集》卷二十一《石埭儒学教谕汪君孝婴别传》,《焦循诗文集》,第381页。
④ 《阅微草堂笔记会校会注会评》卷一,第18页,凤凰出版社2012年版。
⑤ 《艺舟双楫》卷二《十九弟季怀学诗识小录序》,第274页。
⑥ 《小石渠阁文集》卷五《陈恭甫师请崇祀鳌峰名师祠事实》,《清代诗文集汇编》第614册,第241页。

而言,而是以"疏证"概括其整体的治学途径。最可注意者,林昌彝在此从汉学、宋学两个传统来立论,"以古君子自期"是法宋儒之立身处世,"以疏通证明经传为事",则是效汉儒之治学为文。可见是明确将"疏通证明"作为汉学之代表。又嘉道间仁和人赵坦,"入诂经精舍为著籍弟子",受知于王昶、孙星衍等学者,"文声出诸名士上",遂"益自厉,研习汉经师言,疏通证明之学既成,恒韬晦不自表暴"。① "疏通证明之",正出于对"汉经师言"的习学也。同时沈垚总结乾嘉朴学之成绩,以为:

  近世贤者所为若高邮王氏之于经,嘉定钱氏之于史,实事求是,疏通证明,可以质古人,可以诒来者。②

  正以"疏通证明"概括"近世"学术之精要。降及晚清,张之洞更以"疏证"为尊经书院课士之法,安排"每课发题经解,题必出先儒已有确解定论者,使之疏证,以觇其悟",并自注云"疏证者,比类引书以征实"。③ 这大概可以作为晚清人对"疏证"的一个代表性的定义,所谓"比类",正言其条列之体也,"引书",则言其引据之实也。张之洞对"疏证"的理解,正可与阎若璩"疏通证明"之说遥遥呼应,一首一尾,显示出"疏证"在整个清代学术史上的承传延续。

第四节 "附经"与"单行":
注疏之文及其独立性

  清代"疏证"体著作之发展流变,大致考述如上,更可附论者,则还有"注释"与"原书"的分合问题。前文论疏证体之特点,曾以"札记—疏证—注疏"作为一个基本的框架,认为疏证之体介于札记和注疏之间,分条结撰,体类札记;证明经籍,旨近注疏。不过,疏证之作虽以研读古书为务,但相对于纯粹"解经"的注疏,又往往能自出机杼,推阐己见。阎若璩《尚书古文疏证》以枝节蔓衍而为旁人诟病,戴震《孟子字义疏证》以义理发挥而为后世推崇,其实背后都与疏证这种相对自由的特点有关。

  从出版形式上看,疏证之作虽然也不乏全录原书正文者,但更有只摘出

---

① 民国《杭州府志》卷一百三十八,引陈墉撰传、庄仲方撰传。
② 《落帆楼文集》卷九《与许海樵》,《清代诗文集汇编》第598册,第129页。
③ 《创建尊经书院记》,《张文襄公古文书札骈文诗集》古文二。

有关的字句,"疏通而证明之"。换言之,疏证虽然可能会借用原书的篇章次第来组织其条目,但并不是对原文逐句逐章的说解。同时疏证体要求旁征博引,插入大量其他的文献资料,客观上也会冲淡原书的主体性。在这一方面,"疏证"具有与札记类似的意义,即允许学者只撷取原书中自己有心得的部分,以为深入精审的研究,不必面面俱到地"作注"。《尚书古文疏证》和《孟子字义疏证》在这方面自然都是典型甚或近于极端的例子;而沈钦韩在其《汉书疏证》之序中,自述其撰著经过,更明标"虽曰注释,实可单行"之旨:

> 窃不自量,十数年来,疏记条贯,甲戌之岁,不赴计偕,屏迹穷巷,发箧濡毫,虽盛寒暑不辍,先成《后汉书疏证》三十四卷,继成《汉书疏证》三十六卷,卷率四十叶,岁在丁丑〔嘉庆二十二年,1817〕,复当大比,亲故责以禄养,乃暂辍业,故《地理志》犹缺焉。其于纪、传,发明奥义,覼缕方闻,援据典籍,终归折衷,旧注是者略之,缺者补之,未足者引伸之,前人已有启发者,耳目所及,间附一二;其《百官》《古今人表》,绍闻六典,甄综九品,悉有考据,虽曰注释,实可单行;其十志,鉴观得失、千世一范,本文有可推究者,详述之以广所闻;《艺文志》,则继王氏〔按:当指王应麟《汉艺文志考证》〕而加审焉。①

沈氏具陈其著书之艰辛,颇为生动,而其中涉及他对"疏证"之书在体裁上的一些理解,也很值得注意。《后汉书疏证》《汉书疏证》两书之写作方式,钦韩自言是"十数年来,疏记条贯",在《后汉书疏证序》中他又尝以"余少读此书,凡有指驳证佐,辄细书疏记"叙述其经过,皆可见两书之撰,本就是一条一条札记锱铢积累的过程。同时,在提及其疏证本纪、列传之方法时,钦韩自云"旧注是者略之,缺者补之,未足者引伸之",可见其根据前代注释而调整详略,并不求全责备。《百官公卿表》和《古今人表》部分的疏证,想必是其得意之笔,盖两表涉及制度、人物的考实,需要征引大量文献,识断纷错之传闻,沈氏所付出的心血也甚大,因此以"虽曰注释,实可单行"自许。虽然沈氏此言,本有特定的针对性,但推而广之,用以理解其《后汉书疏证》《汉书疏证》整体的宗旨,亦无不可。从体例上看,两种"疏证"都未抄录原书全文,仅以一二语标出所注字句而已;实际上也是独立于《汉书》《后汉书》的"别行之本"。而钦韩友人包世臣在为其所撰行状中,更直接移用"虽曰注释,实可单行"来概括其毕生著述之成就:

---

① 《幼学堂文稿》卷六,《汉书疏证序》,《清代诗文集汇编》第514册,第367页。

> 凡君著述,无虑四五百万言,皆出稽古心得,求是于实,无一语任意矜眩、罣误来学者,虽云注释,实可单行。①

按沈氏生平所著书,除两汉书之疏证外,尚有《春秋左传补注》《左传地名补注》《水经注疏证》《三国志补注》《昌黎集补注》《宋王安石荆公文集注》《苏诗查注补正》《范成大石湖诗集注》等等②,固以"注释"为其职志也。包世臣以"虽云注释,实可单行"强调"注释"本身的价值,甚可发扬"注家"之幽光。沈氏的"注书"事业,以史、集两部为多,而乾嘉诸儒以"注经"为立身之方者,其自重则更不待言。焦循《与王钦莱论文书》云:

> 孔子之十翼,即训故之文,反复以明象变,辞气与《论语》遂别。后世注疏之学,实起于此。依经文而用己之意,以体会其细微,则精而兼实,故文莫重于注经。③

焦循将"训故之文"的源头推到相传是孔子所作的《易》十翼,尊其体也,故云"文莫重于注经"。这自然也有与古文家论辩的背景在。不过,汉学家既尊训故之文,又以治经之需,深措意于汉以前古注之钩沉探赜,因此对古人"注书"之体例,以及"经""注"配合之关系,颇有研究。戴震考辨《水经注》中"经注相淆"之情况,发明经、注行文之体例,"寻求端绪","俾归条贯",即其著者。④ 阎若璩《尚书古文疏证》辨析孔传之伪,也对古注流传之体例有所讨论:

> 传注之起,实自孔子之于《易》。孔子自卑退,不敢干乱先圣正经之辞,故以己所作《十翼》附于后。〔……〕唐孔氏《诗疏》,谓汉初为传训者,犹与经别行,三传之文,不与经连,故石经书《公羊传》皆无经文,而《艺文志》所载《毛诗故训传》,亦与经别。及马融为《周礼》注,乃云欲省学者两读,故具载本文,而就经为注。朱子曰:"据此,则古之经传,本皆自为一书。故高贵乡公所谓《彖》《象》不连经文者,十二卷之古经传也;所谓注连之者,郑氏之注,具载本经而附以《彖》《象》,如马融之《周礼》也。"愚考诸《艺文志》"《周官经》六篇,《周官传》四篇",果各自为书,然

---

① 《艺舟双楫》卷四《皇敕授修职郎安徽宁国县学训导沈君行状》,第363页。
② 据《清史稿·艺文志》,并参照包世臣《沈君行状》的记述。
③ 《雕菰集》卷十四,《焦循诗文集》,第266页。
④ 《水经郦道元注序》,《戴震集·文集》卷六,第129—131页。

则马融以前,不得有就经为注之事决矣。今安国传出武帝时,详其文义,明是就经下为之,与毛《诗》引经附传、出后人手者不同,岂得谓武帝时辄有此耶?①

阎氏同样将"传注"之起源推到孔子,不过与焦循论证"文莫重于注经"不同,阎若璩关注的重点在于"传"与"经"分别书写的流传方式。《尚书古文疏证》通过考论汉代传注与经文别行的流传方式,指出汉人之注文应是"引经附传",其体例辞气,皆不同于经传相连、"就经下为之"者,以此证孔传之伪。由此,阎氏实际上涉及了对秦汉古注体例的研究;《疏证》后文又云:

> 子夏《丧服传》,初必另为卷帙,不插入经。何者? 传固自有体也。毛公学,自谓出于子夏,传与经别;公羊高、穀梁赤,亲受经子夏,作传皆无经文。〔……〕因弟子而决先师,其渊源如此。②

此论《丧服传》初必独行,亦是基于对汉代以前古注体例的总体把握,以子夏为《丧服传》的作者,虽然未必可靠,但对《丧服传》早期不附于经文的推断,则很准确,1958 年出土的武威汉简本《丧服》,正是单经、单传别行③,可证阎说不谬。当然,《疏证》中已经提到,对经、传别行之认识,在孔颖达与朱熹,已然有之,并非清人始发。但清代之考据学家推阐此说,尤为广泛细致,更使之成为一普遍的知识。一方面,对早期传注"附经"还是别行的问题,清人研讨更为邃密。章学诚《文史通义》之《经解》篇,分别"附经之传"与"离经之传",又以"诸子著书,往往自分经传",理论推演甚为精微。而另一方面,对具体经、传分合的历史问题,清人讨论亦多。如周易"析传附经"的问题,孔颖达《周易注疏》以为始于王弼"分爻之象辞,各附其当爻下言之",宋代晁以道谓始于费直,吕祖谦则以始于郑玄。戴震《周易补注目录后语》为之辩证,认为"郑康成始合彖、象于经"④,而胡培翚作《周易分传附经考》一篇,详列前人旧说,并为之分析,以戴震"犹沿旧说",郑玄实不当受其过,仍以始于王弼之说为妥。同时,胡氏更"兼考各经传注及疏附入之始",对《仪礼》、《春秋》三传、《毛诗》《周礼》之情况都有考察。⑤ "析传附经"的问题,更

---

① 《尚书古文疏证》卷五上,第六十九条,第 227—228 页。
② 同上书,第 229 页。
③ 见沈文倬《汉简〈服传〉考》(上)(下),《文史》第 24、25 辑,1985 年。
④ 《戴震集》,第 5 页。
⑤ 《研六室文钞》卷二,《清代诗文集汇编》第 538 册,第 22—24 页。

进入了科举策问之中,如纪昀《嘉庆壬戌会试策问》第一道就涉及王弼注《易》的问题,又考问《春秋》三传"附经"之源流:

> 《春秋》析传附经,《左氏》为杜预,《穀梁》为范宁,《公羊》又谁所析欤?①

而孙星衍《观风试士策问》五条,亦有"春秋以传附经,始于何人、其谬安在"之问②,皆可见"以传附经"的问题在乾嘉间知识界的流行情况。在汉代传注之外,唐人义疏的体例问题,亦为清儒所注意,如卢文弨对"注疏单行"的研究,就特别为时人推重。段玉裁《翰林院侍读学士卢公墓志铭》云:

> 公治经有不可磨之论,其言曰:唐人之为义疏也,本单行,不与经注合。单行经注,唐以后尚多善本,自宋后附疏于经注,而所附之经注非必孔贾诸人所据之本也,则两相龃龉矣。南宋后,又附《经典释文》于注疏间,而陆氏所据之经注,又非孔、贾诸人所据也,则龃龉更多矣。浅人必比而同之,则彼此互改,多失其真。幸有改之不尽、以滋其龃龉、启人考核者,故注、疏、释文合刻,似便而非古法也。③

段玉裁"不可磨之论"云云,盖以此为卢氏治经之重要成就也,其推重可见一斑。卢氏之说,实际上本来是从版本刊刻的问题上引申出来,即唐人五经正义原先也是单行本,宋代以后方附刻于经注。这种做法虽然方便阅读,但从学理上讲,不同时代经书、传注的篇章次第等情况不尽相同,将经、注、疏等合而刻之,实际上改变了这些"经学著作"本身的原貌,其中可能多有"龃龉"。倘若为了追求统一,而"彼此互改",就更滋讹误。卢文弨《书校本〈仪礼〉后》指出"宋本郑氏注,实与贾疏先后次第多不符同","当是贾氏未疏之前,所传本不一",因此认为"此注自当单行";同时又云"即他经亦有之"④;正是上述"义疏"单行论的一个具体案例。钱大昕《十驾斋养新录》卷三有《注疏旧本》一则,亦是专论注疏刊刻的问题,认为"唐人撰九经疏,本与注别行,故其分卷亦不与经注同。自宋以后,刊本欲省两读,合注与疏为一书,而

---

① 《纪文达公文集》卷十二,《续修四库全书》第 1435 册,第 418—419 页。"嘉庆壬戌"即嘉庆七年。
② 《孙渊如先生全集·岱南阁集》卷一,《续修四库全书》第 1477 册,第 451 页。此次观风试亦当在嘉庆间。
③ 《经韵楼集》卷八,第 204 页。
④ 《抱经堂文集》卷八,《续修四库全书》第 1432 册,第 623 页。据篇题下小注,此文作于"丙申"即乾隆四十一年(1776)。

疏之卷第,遂不可考矣",并举其所见宋本《仪礼疏》和北宋刻《尔雅疏》为例。除此之外,钱氏还援引日藏汉籍之资料,进一步论证"北宋时正义未尝合于经注":

> 日本人山井鼎云,足利学所藏宋板《礼记注疏》,有三山黄唐跋,云"本司旧刊《易》《书》《周礼》,正经注疏,萃见一书,便于披绎,它经独阙。绍兴辛亥,遂取《毛诗》《礼记》疏义,如前三经编汇,精加雠正,乃若《春秋》一经,顾力未暇,姑以贻同志"。所云本司者,不知为何司,然即是可证,北宋时正义未尝合于经注,即南渡初尚有单行本,不尽合刻矣。绍兴初所刻注疏,初未附入陆氏释文,则今所传附释音之注疏,大约光、宁以后刊本耳。今南北监本,唯《易》释文不搀入经注内,《公羊》《穀梁》《论语》俱无释文。①

由山井鼎所述黄唐跋语,可见南宋人将"正经注疏"合并刊刻,"萃见一书",目的正在于方便阅读。阮氏《十三经校勘记》又补充了一些南宋的情况,就注疏刊刻方式在两宋之间的变化作了梳理,指出"古人义疏,多不附于经注而单行。单行之疏,北宋皆有镌本。南宋时所刊《正义》,多附载经注之下,其始谓之'兼义',其后直谓之某经注疏,皆绍兴以后所为,而北宋无之也"。对这一"阅读史"上的变化,钱大昕其实颇为不满。与之持论相似者,还有臧庸,其《重雕宋本〈尔雅〉书后》便指出"经注本与义疏往往不同,分之则两全,合之则两伤"②。而王鸣盛在校对《通鉴考异》之单行本时,亦就此发表意见:

> 或谓陆德明《经典释文》,后人散入各经注疏,遗漏甚多,故单行足本可贵。《考异》散入,既无遗漏,则单行本徒为赘疣。予谓不然。古人著述,当留其真面目,方见古人苦心。只因后生既懒惰、又急躁,故欲省两读,胡氏散入诚便,予特爱单行本,谨藏之。③

盖胡三省注《资治通鉴》,将《考异》之文散入《通鉴》原文之下,王鸣盛初颇疑其"或有遗漏",但用此单行刻本,将"首一二卷"对勘之后,发现并无遗

---

① 《十驾斋养新录》卷三,《嘉定钱大昕全集(增订本)》第7册,第104—105页。
② 《拜经堂文集》卷二,篇题下署"己未孟冬"即嘉庆四年。《续修四库全书》第1490册,第518页。
③ 王鸣盛撰,黄曙辉点校《十七史商榷》卷一百,第1511—1512页,上海古籍出版社2013年版。

漏,因此有了上面一段议论。在王鸣盛,即使不存在讹误的问题,他还是"特爱单行本",其原因就在于"古人著述,当留其真面目",而由此"真面目",方能见"古人苦心"。王氏此论,可以为我们理解乾嘉学人关于"注疏单行"的论说,提供一个有趣的参照。对"单行本"的喜爱,背后是对古人著述用心的体贴,这或许不仅仅是"考古",也更是"察今",内中正有一代学人对自身"著述"的珍重。分辨汉儒复杂的"家法""师法",钩稽零篇断简的先儒绪论,或许亦当作如是观。对"注疏"地位的重视,又特别注意区分不同学者的家数和意见,其实也包含了对"注家"独立性与价值的认识。换言之"注疏"虽然依经而传,但也并非完全祖述前修,其中也可能包含对个人"心得""识断"的发挥。具体到写作乃至刊刻形式上,"注疏"如何保持其相对的独立,正是这种观念背景的折射。焦循有"无性灵不可以言经学"之论,最可表露经学家这一段心曲:

> 贾、郑大儒继作,以百家诸子之书、术数谶纬之学,一切通之于经,尽化以前专家章句之习,破古今师法之争,为经学大成〔……〕以己之性灵,合诸古圣之性灵,并贯通于千百家著书立言者之性灵〔……〕盖惟经学可言性灵,无性灵不可以言经学。①

焦循特别强调汉代注经大儒之成就,并强调注家对"己之性灵"的使用,乃不以注释为傍人门户之作也。② 在此背景之下,沈钦韩"虽曰注释,实可单行"之说,便不难理解。"附经"与"单行"之间的张力,正是清儒"著书"时需要面对的问题。"疏证"既是研经之书,专注于特定古籍,以为深入之研究,同时又以其分条结撰、自成专题的体裁,为作者超出原文、抒发己见提供了较大的空间,恰恰在"附经"与"离经"之间,保持了相当程度的平衡。既有"根柢",又非"附庸","疏证"作为一种相对自由的注释体裁,特别为乾嘉学者所喜,亦不妨由此省视之。

---

① 《雕菰集》卷十三《与孙渊如观察论考据著作书》,《焦循诗文集》,第246页。
② 对焦循"性灵"之说的详细阐释,详见本书第十一章。

第十一章 著作与性情："私学"理想的潜流

在"文""学"合一的观念架构中,学术与文章应当具有一致性,故清儒自高其著书之体,推演"文莫重于注疏"之论,自无足怪也。不过,对经史学者之"文章"的关注,实际上并非平地波澜,其背景正是乾嘉之际知识界关于义理、考据、词章之讨论。戴震以"或事于理义,或事于制数,或事于文章"区分"古今学问之途",姚鼐以"义理、文章、证"言"天下学问",皆其著者也。清中叶知识界对此"三分"的辩论,形成了清代学术史上一个颇为关键的观念框架;从历史上看,此观念辩论之演化大致上又有前后两期,前期以义理、考据之争为焦点,后期则以考据、词章之别为重心。① 在"经史考据"之学大盛的乾嘉时期,倡言文章修词之重要,自然不无"文人"自觉的意味。不过,除了为"词章"辩护之外,考据、词章之辨更借由对学术途辙的反省,深入对学术本质的思考,引发了思想界对客观知识活动中主观、个性的发掘。这种统合"性灵"与"知识"的努力,显示出清代前中期士人文化中的"私学"潜流,当是"文""学"之辨在学术思想史上的一个重要面向。

第一节 "考据""著作"之辨与以"性灵"论学

乾嘉之际考据、词章之辨的一个焦点是所谓"著作"的问题。乾隆五十七年,袁枚致书孙星衍,惋惜其才气惊绝而习为考据之学,故谆谆以"弃考据"为劝。袁枚立论的主要依据,便在"考据"与"著作"的分别:

> 来书惜侍以惊采绝艳之才,为考据之学,因言形上谓之道,著作是

---

① 余英时《清代学术思想史重要观念通释》梳理了"义理、考据、词章"三分之源流,《中国思想传统的现代诠释》,第457—469页。王达敏《姚鼐与乾嘉学派》(学苑出版社2007年版)第七章《义理、文章、考证三者兼收说新论》指出关于学问三途的论说,"乾嘉之际(1790—1800)与四库馆时期(1773—1782),学者关注的重心略有不同",有一个从"义理与考据"转向"考据与辞章"的过程。王著特别关注乾嘉之际这一次论争,对其前后因缘、文献时代等都有详赡细密的考述,可参。

也;形下谓之器,考据是也。侍推阁下之意,盖以抄撮故实为考据,抒写性灵为著作耳。〔……〕

来书又以圣作为考据,明述为著作,侍亦未以为然。〔……〕①

从孙星衍的引述,大概可以窥见袁枚驳辩之大端。以"道""器""作""述"区分"著作"和"考据",在袁枚的其他论述中亦可找到旁证。如《随园随笔序》称"著作之文形而上,考据之学形而下,各有资性,两者断不能兼"②;《散书后记》云"著作者如大匠造屋""考据者如计吏持筹"③。袁枚致经学家惠栋书信中,亦引王充"著作者为文儒,传经者为世儒"之语并发挥云:"著作者以业自显,传经者因人以显,是文儒为优。"④可见"著作""考据"之辨,固袁枚论学之一惯有思路也。更详细的论述或许可以《随园诗话》中所言为代表:

余尝考古官制,捡搜群书,不过两月之久。偶作一诗,觉神思滞塞,亦欲于故纸堆中求之。方悟著作与考订两家,鸿沟界限,非亲历不知。或问:"两家孰优?"曰:天下先有著作,而后有书,有书而后有考据。著述始于三代六经,考据始于汉唐注疏。考其先后,知所优劣矣。著作如水,自为江海;考据如火,必附柴薪。作者之谓圣,词章是也;述者之谓明,考据是也。⑤

在袁枚的论辩中,很值得注意的一个特点是对"著作"这一概念的使用。袁枚心目中的"著作",毋庸置疑显然是有一"诗文词章"的本位立场的,故他在写给程晋芳的信中说:

古文之道形而上,纯以神行,虽多读书,不得妄有撮拾,韩、柳所言功苦,尽之矣。考据之学形而下,专引载籍,非博不详,非杂不备,辞达而已,无所为文,更无所为古也。〔……〕《记》曰:"作者之谓圣,述者之谓

---

① 《孙渊如先生全集·问字堂集》卷四《答袁简斋前辈书》,《续修四库全书》第1477册,第421页。袁札今似无传,未能亲见其详;故仅能从孙星衍答书的引述中窥其大略。按此云"圣作为考据,明述为著作",疑误。按上下文义及袁枚通常的观点,当作"明述为考据,圣作为著作"为是;否则若袁枚认为考据高于著作,则孙星衍不必辩。
② 袁枚《小仓山房续文集》卷二十八,《袁枚全集新编》第3册,第562页。
③ 袁枚《小仓山房文集》卷二十九,《袁枚全集新编》第3册,第571—572页。
④ 同上书卷十八《答定宇第二书》,第347页。
⑤ 袁枚《随园诗话》卷六,《袁枚全集新编》第4册,第202页。

明。"六经三传,古文之祖也,皆作者也;郑笺孔疏,考据之祖也,皆述者也。苟无经传,则郑、孔亦何所考据耶?《论语》曰:"古之学者为己,今之学者为人。"著作家自抒所得,近乎为己;考据家代人辨析,近乎为人。此其先后优劣不待辨而明也。①

此处所言与前引《随园诗话》之语颇有重合,用形而上的"古文"与形而下"考据"对举,此处"古文"的位置,恰好也就是"著作"的位置。在《随园诗话》当中,他以"偶作一诗"为"著作"之例,亦可见其所指。因此,前人从"词章"与"考据"之辩来解释袁枚的意见,本亦无误。但是,这种解释却不能尽显袁氏之说的重要性。按"著作"与"词章",实际上并非对等的概念;"著作"可以包含"词章",但同时也包含其他的学术文本,经生注经,史家修史,都是"著作"。因此,袁枚使用"著作"一词,正好形成了一种有意的"概念偷换"。恰恰是经过这一"偷换",袁氏之说极有力地触及了考据家在"文""学"关系上必须直面的核心问题:学术研究需要用"著作"呈现,便不能不考虑著作形式方面的"修辞"。而在袁枚的逻辑中,"著作"之正宗,就是诗文。同时,在"著作"这一概念下,袁枚暗示了"文"的另一层要义:"作者之谓圣",因此"著作"所指向的"精思著文",正是士人主观"性灵"的显现。袁枚在此,潜在可以说是复兴了"采掇群书""连结篇章"这一类"文人""鸿儒"的古义,向考据家提出挑战。姚鼐以"繁碎缴绕"批评考据家不善词章,其实还不妨诠释为"途辙"之异②;如果承认"考据"不是"著作",则无异于否认了"考据"与学者个人面目、"为己"之学的关联,进而也质疑"考据"在学问秩序中的位置,这一挑战无疑更具冲击力。

孙星衍在《答袁简斋前辈书》中推阐来书之意,认为袁氏以"抒写性灵为著作",可以说是很敏锐的概括。但今不见简斋原书,不知"性灵"一词是否袁枚本来的用语。袁氏好以"性灵"言诗,自是常识③;但是否用"性灵"论学,则未见直接的材料,难以论定。不过,有趣的是,经由这一番论辩,本属于诗学领域的"性灵"概念,也被引入经学领域中来。

---

① 袁枚《小仓山房续文集》卷三十《与程蕺园书》,《袁枚全集新编》第3册,第593页。
② 《惜抱轩诗文集·文集》卷四《述庵文钞序》,第61页。
③ 如《随园诗话》卷五:"人有满腔书卷,无处张皇,当为考据之学,自成一家;其次,则骈体文,尽可铺排,何必借诗为卖弄?自《三百篇》至今日,凡诗之传者,都是性灵,不关堆垛。惟李义山诗稍多典故,然皆用才情驱使,不专砌填也。余续司空表圣《诗品》,第三首便曰《博习》,言诗之必根于学,所谓'不从糟粕,安得精英'是也。近见作诗者,全仗糟粕,琐碎零星,如剃僧发,如拆袜线,句句加注,是将诗当考据作矣。虑吾说之害之也,故续元遗山《论诗》,末一首云:'天涯有客号詅痴,误把抄书当作诗。抄到钟嵘《诗品》日,该他知道性灵时。'"《袁枚全集新编》第4册,第33页。

孙星衍对袁枚的答复,主要从两个方面为"考据"辩护,其一是从"道""器"关系论,认为根据《周易》的概念,"道者谓阴阳柔刚仁义之道,器者谓卦爻象象载道之文"①,既然"著作""考据"都是"文",则二者同样都是"器",不存在"著作"高于"考据"的问题;这大概相当于高举"义理"而目"考据""词章"之辩为蜗角之争。其二则是提出"古人重考据甚于重著作,又不分为二",以古书中常见的重出复见、转相因袭为论据,论证"古人之著作即其考据"。概括言之,孙星衍之论,主要在反对"著作""考据"之二分,以此解构袁氏立论之基。从辩护的角度看,孙说不可谓不力,但对于袁枚所触及的"性灵"方面的深层问题,他却恰恰没有面对。

真正在"性灵"这一关键问题上响应袁枚者,当推焦循。他的《与孙渊如观察论考据著作书》(1795)作于读毕孙氏《答袁简斋前辈书》之后,盖于乾隆五十九年(1794)新刊之《问字堂集》中获见之也。焦循极称"复袁太史一书,力锄谬说,用彰圣学,功不在孟子下",自言"反复久之,拜服拜服",然话锋一转,便指出其中"著作考据之说","似有未尽"。按"著作""考据"之说,乃是袁、孙论辩的核心,焦循何以在这个关键问题上认为孙星衍所论"未尽"?盖其质疑的重点,乃是"考据"不当作为"学问"之名,应当代之以"经学"。很显然,此说实质上与孙星衍的立场无异,都是要为考据尊体,只不过在焦循眼中,孙氏虽然解构了"著作—考据"之二分,但实际上默认了"考据"的概念,孙星衍斤斤为"考据"辩护,恰恰落入了袁枚的话语圈套,因此他"釜底抽薪",更进一步彻底否认"考据"之名称,将袁枚有意"偷换""误读"而设计的"著作—考据"之辩,重新把问题表述为"经学—词章",直接挟"经学"以视"词章",地步顿高。焦循不但解构了袁枚以"词章"言"著作"的潜在预设,更直接针对"性灵"的问题针砭袁枚:

> 经学者,以经文为主,以百家子史、天文术算、阴阳五行、六书七音等为之辅。汇而通之,析而辨之,求其训故,核其制度,明其道义,得圣贤立言之指,以正立身经世之法,以己之性灵,合诸古圣之性灵,并贯通于千百家著书立言者之性灵。以精汲精,非天下之至精,孰克以与此?不能得其精,窃其皮毛,敷为藻丽,则词章诗赋之学也。②

---

① 《孙渊如先生全集·问字堂集》卷四《答袁简斋前辈书》,《续修四库全书》第1477册,第421页。
② 焦循《雕菰集》卷十三《与孙渊如观察论考据著作书》,《焦循诗文集》,第245—246页。此书末署"乾隆乙卯三月二十日"即乾隆六十年(1795),时焦循应阮元之召,游幕山东,见赖贵三《焦循年谱新编》第三章,第106页,(台北)里仁书局1994年版。

焦循此说,以"经学"论"性灵",乃是反驳袁枚"著作""考据"之分中隐含的以"考据"为"汨没性灵"之意,正直捣黄龙之论也。焦循将袁枚的论述完全倒转过来,推出"惟经学可言性灵,无性灵不可以言经学"的说法,反过来说"词章诗赋"才是去精取芜、不得"性灵"。当然,若作持平之论,不论"经学"或是"词章",皆有佳者有不佳者,于"性灵"或得或不得;以今人观之,此固无关乎途辙之异也;焦循之论,实不无偏颇。然而,他指出"经学"领域亦有"性灵"的问题,确实是一个很值得重视的现象。其为是论,正是深会心于袁枚之挑战,故能于时流之中,最为特出。同时参与此次讨论者,还有凌廷堪:

> 窃谓近者学术昌明,士咸以通经复古为事,本无遗议。而一二空疏者流,闻道已迟,向学无及,遂乃反唇集矢,谓工文章者不在读书,渝性灵者无须考证。此与卧翳桑而侈言屏膏粱,下蚕室而倡论废昏礼者何异?不知容有拙于藻缋之儒林,必无昧于古今之文苑也。①

凌氏以为能文章必须读书,强调学问基础的重要性,实际上是站在文人的角度讨论"词章"中的知识问题,故他又云"文者载道之器,非虚车之谓也。疏于往代载籍,其文必不能信今;昧于当时掌故,其文必不能传后",乃是从"读书不多必不能文"入手,与焦循所论经学中的性灵问题并不同调。焦循所论之所以特别切中肯綮,正在于他与袁枚相一致,也意识到了"学问"不能完全是客观知识的积累,必虚前席于主观之精神,由此揭示出了性灵与知识如何统一的问题。

焦循虽然目袁枚为杨、墨一流的谬学,但在"性灵"的问题上,他恰恰对袁氏有"同情之理解",故能深见其款曲。不仅如此,焦循以其"通儒"②之视野,更对清中期的学术史颇有洞察。观其《辨学》以"通核""据守""校雠""摭拾""丛缀"归纳当世"著书之派",《〈国史·儒林、文苑传〉议》条分缕析以论顾炎武、黄宗羲、毛奇龄、朱彝尊直到戴震、钱大昕、袁枚、汪中等士人宜入"儒林"或"文苑,亦可见其大概也"。③ 缘乎此,焦循对何为"学问"自然也就别有见解。他不但用"经学"规范"性灵",反过来也用"性灵"定义"经学";《里堂家训》云:

---

① 凌廷堪著,王文锦点校《校礼堂文集》卷二十四《答孙符如同年书》,第 216 页。符如名起岜。
② 阮元《通儒扬州焦君传》,《揅经室二集》卷四,《清代诗文集汇编》第 477 册,第 280 页。
③ 分别见《雕菰集》卷八、卷十二,《焦循诗文集》,第 139 页、第 213—218 页。

> 学经者，博览众说，而自得其性灵，上也；执于一家而私之，以废百家，惟陈言之先入，而不能自出其性灵，下也。〔……〕说经不能自出其性灵，而守执一说以自蔽，如人不能自立，投入富贵有势力之家，以为之奴，乃扬扬得意，假主之气以凌人，受其凌者或又附之，则奴之奴也。①

在论述"经学"与"词章"之辨时，焦循主张"惟经学可言性灵"，这里则是指出唯有"自出其性灵"，才是真正的经学，批评的对象不是"敷衍词章"而是"守执一说"，所指殆拘泥汉人家法师法之儒也。② 除此之外，对于乾嘉之时盛行的校勘和辑佚之学，他亦有讥刺：

> 自有"考据"之目，依而附之者有二。一曰本子之学，宋相台岳氏集二十三本以校九经，此其嚆矢也。一曰拾骨之学，其书已亡，从类书中鸠灌而出，若王应麟之《诗考》《郑氏易》是也。是二者，富贵有力之家，出其余财，延集稍知文者为之，亦贤于博奕，亦足备学者之参考。若一生精力，托此为业，唯供富贵有力者之使，今为衣食糊口计，傥认此为经学，则非也。③

"本子之学""拾骨之学"，语近刻薄，亦是激于时弊之言也。下文旋云"人各有所近，高下浅深，必难一致"，"本子、拾骨之学非不可为，特非经学之尽境尔"，以为补救。值得注意的是，焦循指出校勘、辑佚两种学问与"考据"成为"学名"的内在关联，正可帮助我们理解他为何在与孙星衍的通信中坚决反对立"考据"之名。事实上，对于袁枚所批评的"依傍""摭拾"等情形，焦循同样深知其弊，《与孙渊如观察论考据著作书》云"若袁太史所称'择其新奇、随时择录'者，此与经学绝不相蒙，止可为诗料、策料，在四部书中为说部，世俗考据之称，或为此类而设，不得窃附于经学，亦不得诬经学为此"，潜在对袁说又不无认同；故此文终章云"考据之名，不可不除"，"果如补苴掇拾，不能通圣人立言之指，则袁氏之说，转不为无稽矣"。袁枚崇"著作"而贬"考据"，焦循主"经学"而退"说部"，虽然在概念使用、论辩立场上大相径庭，但

---

① 《里堂家训》卷下，《续修四库全书》第 951 册（影印上海图书馆所藏稿本），第 528 页。
② 焦循在致王引之的书信中，对惠栋颇为微词："东吴惠氏为近代名儒，其《周易述》一书，循最不满之，大约其学拘于汉之经师，而不复穷究圣人之经。"见赖贵三编著《昭代经师手简笺释——清儒致高邮二王论学书》，第 208 页，（台北）里仁书局 1999 年版。
③ 《里堂家训》卷下，《续修四库全书》第 951 册，第 533 页。

重"性灵"以反"因袭",则是其"殊途同归"之处。

第二节　性灵与性情:从诗学到古文经史

袁枚、孙星衍、焦循等人关于"著作""考据"的论辩,揭示出经史学术背后是否应寄寓学者个人"性灵"的问题,乃是清中期学术思想史上一个重要的交锋。谈论"学问"中之"性灵",固然与此次论辩的具体语境有关,不过学问与性灵的命题,实际上又别有渊源。明儒心学一系,亦有"性情""学问"之辨,主要是就体认心性而言,强调心性之学乃是儒者为学的核心。钱德洪尝云:

> 后世学问不在性情上求,终身劳苦,不知所学何事。比如作一诗,只见性情不见诗,是为好诗;作一文字,只见性情不见文字,是为好文字。①

有趣的是,钱氏此说以诗文设譬,认为好诗好文,须得超越文字,直见性情,学问之理亦然;此与清儒以著作见个人性情之思路,实为异趣。事实上,"性情"与"学问"之辨,自宋代以降,在诗学领域即有充分的展开,严羽"诗有别才,非关书也","然非多读书、多穷理,则不能极至",即其代表。② 清人既重学问,则诗歌中如何融会学问,是其诗论中一核心之问题。王渔洋《突星阁诗序》云:

> 夫诗之道,有根柢焉,有兴会焉,二者率不可得兼。镜中之象、水中之月、相中之色、羚羊挂角,无迹可求,此兴会也。本之风、雅以导其源,溯之楚骚、汉魏乐府诗以达其流,博之九经、三史、诸子以穷其变,此根柢也。根柢原于学问,兴会发于性情。③

此言"诗道"中"根柢""兴会"之辨,实即"学问""性情"之辨;二端难以得兼,然能统一乃是理想之状态。此言为惠栋几乎逐字照录:

---

① 黄宗羲著,沈芝盈点校《明儒学案(修订本)》卷十一,第230页,中华书局2008年版。
② 关于宋代以降诗学传统中知识与性情之关系,参见张健《知识与抒情:宋代诗学研究》,尤其是《绪论》部分。
③ 《渔洋文集》卷四十一,《王士禛全集》第3册,第1560页。参见张健《清代诗学研究》第九章第六节,第465—472页,北京大学出版社1999年版。

昔人言,诗之道,有根柢焉,有兴会焉。镜中之象、水中之月、相中之色,羚羊挂角,无迹可寻,此兴会焉;本之风雅以道其源,溯之楚骚、汉、魏以达其流,博之九经、三史、诸子以穷其变,此根柢也。根柢原于学问,兴会发于性情,二者率不可得兼,然则有兼之者,岂不裒然一大家乎?①

王士禛原文显然是有根柢、兴会"兼之"之意,而惠栋则更明确地将其点破。古典诗歌的传统,以"诗言志"为核心,故诗学系统不能不以性情为本位;同时,有清中叶之学风,考经证史,学问一端,最为推重;因此诗歌须兼具性情、学问之论,能融通两个方面,自然成为学者之常言。如纪昀称:"钟嵘以后,诗话冗杂如牛毛,而要其本旨,不出圣人之一语,《书》称'诗言志'是也。盖志者,性情之所之,亦即人品学问之所见。"②诠释"言志",便是在"性情"这一主要因素之外,又补入人品、学问。翁方纲《书何端简公〈然灯纪闻〉后二首》之一云"性情与学问,处处真境地"③,亦是本渔洋之旨而主张性情、学问之兼。王昶《蒲褐山房诗话》引述上录惠栋之语,并称"即其所言,亦谈艺者当所奉为质的者";其论作诗之道,亦云:

学问由来辅性情,不须雕琢费经营。杜韩苏陆蟠胸次,定有波澜笔下生。

可见其以学问为学诗之要津;故王昶尝以"先贵学问博,次尚才气优,终焉协音律,谐畅和琳璆"指示后进④;又以"约其才,博其识,充其学问,以发抒其性情"勉励友人,认为如此则"固将窥李、杜、韩、苏之奥窔,而于虞、扬、范、揭同驰骋于艺苑间"⑤。经学家论诗注重学问,固其题中应有之义,而其具体内涵则又可以有不同的侧重,"杜韩苏陆蟠胸次"之语,殆以前人诗作为"学问",然"学问"更可以指经、史、子方面的知识——王渔洋、惠栋所云"根柢",强调的便是"九经、三史、诸子";这与清代前中期儒学知识秩序中"根柢经史"之潮流正相符合。由此,性情、学问之兼的命题,在诗学和经史之学两个领域正可互为呼应。在诗学领域,是以性情为本位以容摄学问;在经史之学,则是以学问为本位来引入性情的问题,其思路相反而相成也。以性情统学

---

① 《松崖文钞》卷二《古香堂集序》,《东吴三惠诗文集》,第326页。
② 《纪文达公遗集》卷九《郭茗山诗集序》,《续修四库全书》第1435册,第364页。
③ 《复初斋诗集》卷六十七,《续修四库全书》第1455册,第307页。
④ 《春融堂集》卷二十二《秋暮偶作并示书院诸生》,《续修四库全书》第1437册,第587页。
⑤ 《春融堂集》卷四十《吴子山香苏山馆诗序》,《续修四库全书》第1438册,第78—79页。

问,则需要论证客观的知识,如何有助于诗人主观之精神,因此有王士禛"学力深始能见性情"之论,梁章钜在肯定"性灵"说诗的基础上论证学问之必要,亦与渔洋同一机杼:

> 盖钟〔嵘〕、严〔羽〕所言专以性灵说诗,未为过也。乃言性灵而必以不用事、不关学为说,则非矣。桓野王抚筝而歌,其诗曰:"为君既不易,为臣良独难。"安石为之累欷。谢康乐之诗曰:"韩亡子房奋,秦帝鲁连耻。本是江海人,忠义动君子。"孝静为之流涕。彼诗之感人至于如此,亦可谓有性灵语矣,而皆出于用事、本于学古。然则以学古用事为诗,则性灵自具;以不关学、不用事为诗,虽有性灵,盖亦罕矣。①

梁氏举出诗中使用《论语》(经)、历史典故(史)而不害深情的例子②,主张性灵出于学古、用事,与"学力深始能见性情"一致,正是将性情建筑在知识的基础之上。反过来,在学问领域,需要论述的则是主观之性灵如何可以促进客观知识的考察与获取。其中关键,便在于"性灵"一词中所包含的"通变"之义。正缘此"灵机",个人、主观的"性情",可以一转而获得普遍、客观之意义。

袁枚、焦循的论辩之中,杂用"性灵""性情"二语。在袁枚,"性灵"兼有"性情"与"灵机"二义,其《钱玙沙先生诗序》谓诗有传真、传巧二旨:

> 尝谓千古文章,传真不传伪,故曰"诗言志",又曰"修词立其诚";然而传巧不传拙,故曰"情欲信,词欲巧",又曰"神也者,妙万物而为言";古之名家鲜不由此。今人浮慕诗名而强为之,既离性情,又乏灵机,转不若野氓之击辕相杵,犹应《风》《雅》焉。③

是知简斋所谓性灵,除了求"真"(内容实伪)的"性情"一义,复有求巧(形式工拙)的"灵机"一义。而焦循之言"性灵",实亦重"灵机"之要素,其《性善解四》云:

---

① 《退庵随笔》卷二十,《续修四库全书》第 1197 册,第 424—425 页。
② 《论语·子路》:"定公问:'一言而可以兴邦,有诸?'孔子对曰:'言不可以若是其几也。人之言曰:为君难,为臣不易。如知为君之难也,不几乎一言而兴邦乎?'"按"为君既不易,为臣良独难",乃曹植《怨歌行》诗。
③ 《小仓山房续文集》卷二十八,《袁枚全集新编》第 3 册,第 551 页。

善之言灵也,性善犹言性灵,惟灵则能通,通则变,能变,故习相远。①

此里堂正面诠释"性灵"之辞,论者常援以为说,论证焦氏之"性灵",当作"性善"解。② 事实上,焦循在此虽以训诂之法释"灵"为"善",但其用意在于引出"变通"之义,以说明为何人本"性善",而大众"性相近,习相远"。此言"通变",实际上便蕴含了"枢机"之意。焦氏《易章句》释《系辞》"言行,君子之枢机"句云"枢机,所以运也,谓变通,二不之五,则无行,非变通也",正以"变通"释"枢机"。③ 具体到为学层面,焦氏云:

> 夫人各有其性灵,各有其才智,我之所知,不必胜乎人,人之所知,不必同乎己,惟罄我之才智,以发我之枢机,不轨乎孔子可也,存其言于天下后世,以俟后之人参考而论定焉。④

前以"各有其性灵""各有其才智"并举,后以"罄我之才智""发我之枢机"承之,最可见"性灵"与"枢机"之关联。此谓"枢机",学者个人神思之灵机,所以转移性情者也。因此在焦循,"性情"之"灵机",即性灵也。其《词说》云:

> 人禀阴阳之气以生者也,性情中必有柔委之气,寓之有时,感发每不可遏,有词曲一途分泄之,则使清劲之气,长流存于诗古文。且经学须深思冥会,或至抑塞沉困,机不可转,诗词足以移其情,而转豁其枢机,则有益于经学不浅。

这一段文字未曾明用"性灵"一语,但根据上文之分析,此言"转豁其枢机""有益于经学",其实正是焦循心目中"性灵"之意。《词说》这一段论述,恰恰揭示了焦循心目中性情、性灵、词章、经学诸要素的内在联系。"性情"

---

① 《雕菰集》卷九,《焦循诗文集》,第159页。
② 关于焦循思想中"性灵"的内涵,李贵生《论焦循性灵说及其与经学、文学之关系》(《汉学研究》2001年第2期)有较详细的论述,可参。李文结合焦循的经学著述,指出其所谓"性灵"有"性善"之义,如焦氏《尚书补疏》卷下解释"承灵于旅"云"循按灵之训为神,亦为善,则善之为灵为神","《书》于善多称灵,灵则能变化,故惟人性能转移则为性善。性善即性灵也"。《孟子正义》卷十解释"孟子道性善"云"系辞传云:'以通神明之德,以类万物之情。'神明之德,即所谓性善也。善即灵也,灵即神明也"。可见焦循以"性灵""性善"互训,又尤重其"变化""转移"之义。
③ 《续修四库全书》第27册,第105页。
④ 《雕菰集》卷十《说矜》,《焦循诗文集》,第181页。

之根本,在于其内在的阴阳之气,因此性情与"文""学"的关系,便是不同类型"气"的表现问题,清劲之气(阳)流于诗、古文,柔委之气(阴)流于词、曲。焦循并未直言经学是否也出于性情,殆有意严词章、经学之别也;然谓诗词可以转移性情,进而触动性灵之"枢机",潜在又点出了性情与性灵之关联,在个人主观精神层面,诗文与经学具有了共通性——二者都有性气之转移与灵机之发动。这一层深意,焦循在讨论是否以《尔雅》教育幼童时有更充分的发挥:

> 鲍席芬之子六龄,其塾师将授之以《尔雅》,问于余。余曰:"非所以教也。"[……]童子血气无定,性相近,习相远,其间甚微。且诵且弦,使机之所蓄,毕达而无所郁遏,善善恶恶,勃然于心志间,善气盈则阳神长,阳神长则愚暗消,聪明日益,滞塞日开,有以达古今之志,而不为迂儒。故《诗》之教最先。[……]《尔雅》以训诂为文,率以一二字句,强以连之,气已抑塞而不畅达,以方萌之机,封之使锢,如喑如吃,不可以诵,所谓长言永叹,莫之有也。阳气不宣,虚灵渐钝,其帙虽终,茫然罔觉,欲其通经书、善属文,吾知难矣。窃谓教童子者,宜瀹其性灵,导其善志,养其和气,蓄其道德,不速其成,不诱以利,不饰以虚,果有出人之才,不必读《尔雅》,《尔雅》自能为之用。世之通儒,非从幼年读《尔雅》来也。①

此处"气""机""性灵"几个概念很可注意,其理路也与前述《词说》之论若合符节——"气"之蓄养与宣导,可以转其枢机而"瀹其性灵",以成就"通儒",正是诗词可以"转豁枢机"、有益经学之意也。焦循既以《尔雅》训诂之文不足以发抒性灵,而其举以为训蒙之法者,除了《诗经》,还有《左传》:

> 先师范秋帆先生言《左传》不可不念,[念]时即讲,不啻看演义,真足以舒小儿之性灵。后见章进士《文史通义》,亦言小儿宜先读《左传》。②

此言章学诚之论,或指其《论课蒙学文法》一文中以《左传》为"学文章者宜尽心"之说;在章学诚眼中,《左传》包含了论事、论人、辞命、序例、叙事等多种文体,取法于兹,可以使学生"得趣无穷","天机鼓舞","文字之长,有不知其然而然者矣"。③ 章氏所言,乃是一种融通"文""学"的作文教育,正可

---

① 《雕菰集》卷十二《学童读〈尔雅〉答》,《焦循诗文集》,第227—228页。
② 焦循《忆书》卷五,国家图书馆藏李盛铎抄本(无页码)。
③ 《章学诚遗书》,第684页。

为焦循之论作参照。焦循以《左传》可以"舒小儿之性灵",岂非其中文情跌宕,足以"移其情而转豁其枢机"乎?事实上,曰"灵"、曰"通"、曰"枢机",其致一也,内在的含义,皆在以己身之性情心志,通于他人之性情心志。焦循在《使无讼解》中释"格物"云"格物者,旁通情也","好人之所恶,恶人之所好,则不能恕,不能絜矩,是谓拂人之性,性拂而情不通,物不格矣",换言之,能絜矩,则能格物,则能以己之性情,通于人之性情,"情通于家则家齐,情通于国则国治,情通于天下则天下归仁而天下平"①;又其释"一以贯之"云:

> 贯者,通也,所为通神明之德,类万物之情也。

所谓"类万物之情",便是不以己之性情,强求他人:

> 孟子曰:"物之不齐,物之情也。"虽其不齐,则不得以己之性情,例诸天下之性情,即不得执己之所习所学、所知所能,例诸天下之所习所学、所知所能。②

这与前述焦循对经学之"性灵"的讨论,"以己之性灵,合诸古圣之性灵,并贯通于千百家著书立言者之性灵",正是同一机杼。《一以贯之解》和《与孙渊如观察论考据著作书》,一云不得执"己之性情""例诸天下之性情",一云"以己之性灵"合诸古圣百家之性灵,一反一正,角度相异,然内在的逻辑都是由个人、主观之层面,连接到集体、客观之层面,其中枢纽,正是"通""变"之灵机,由此,客观"知识"与主观"性情"之间的张力获得调和。由此可知,焦循所说的"性灵",并非纯任个人好恶,而是要征诸"古圣"之经书,以及历代"著书者"之言论,正是一种调和了"知识"的"性灵",而且具有义理上的价值。这一思路,与黄宗羲诗学中的"性情"论颇相类似:

> 有一时之性情,有万古之性情。夫吴歈越唱,怨女逐臣,触景感物,言乎其所不得不言,此一时之性情也。孔子删之,以合乎兴观群怨、思无邪之旨,此万古之性情也。吾人诵法孔子,苟其言诗,亦必当以孔子之性情为性情。③

---

① 《雕菰集》卷九《使无讼解》,《焦循诗文集》,第169—170页。
② 同上书卷九《一以贯之解》,第164页。
③ 《马雪航诗序》,《黄梨洲集》,第363页。

黄宗羲所谓"万古之性情""孔子之性情",正可与焦循所说"千百家著书立言者之性灵""古圣之性灵"并观。黄宗羲的用词是"性情",焦循的用词是"性灵",盖一就诗学而言,一就经学而言也。且如前论,焦循时亦用"性情"一词表达类似的概念,如《一以贯之解》"不得以己之性情,例诸天下之性情"①,《论语通释》"由一己之性情,推极万物之性情,而各极其用,此一贯之道"②。合而观之,正可同焦氏与孙星衍论学时所谓贯通古圣百家之"性灵"相对照。③ 黄宗羲在诗学领域主张"万古之性情",焦循在经学领域倡言"千百家著书立言者之性灵",其内在逻辑,正相一致,都是将"性灵"或"性情"从"个人"的层面推演开去,使之获得普遍性的价值。焦氏又云"说经"当"博览众说"以"自得其性灵",用意亦同。具有普遍性价值的"性灵",实质上是与"义理"相通的,故黄宗羲对"万古之性情"的规定是"合乎兴观群怨、思无邪之旨",即是"止乎礼义"之谓也。焦循通"性灵"于"经学",也正有"明其道义,得圣贤立言之指"的含义,同时也强调了"性灵"的知识基础,盖治经学则不能不合己之性灵于"千百家著书立言者"之性灵。

更可言者,在焦循的论述中,"性灵"与"根柢"又统一起来:

> 以经学为词章者,董、贾、崔、蔡之流,其词章有根柢无枝叶。而相如作《凡将》,终军言《尔雅》,刘珍著《释名》,即专以词章显者,亦非不考究于训故名物之际。晋宋以来,骈四俪六,间有不本于经者,于是萧统所选,专取词采之悦目,历至于唐,皆从而仿之,习为类书,不求根柢,性情之正,或为之汩。是又词章之有性灵者,必由于经学,而徒取词章者不足语此也。④

此论与袁枚针锋相对。袁枚以词章最能见性灵,焦循则谓词章不本于经学则不能见性灵,基本的逻辑已见前述。而其中"根柢"之说,正与清代前中

---

① 《雕菰集》卷九《一以贯之解》,《焦循诗文集》,第164页。
② 焦循《论语通释》,《续修四库全书》第155册(影印《木犀轩丛书》本),第37页。
③ 李贵生《论焦循性灵说及其与经学、文学之关系》对焦循使用"性情""性灵"两个术语的习惯有讨论,可参看。李文基于对焦循注经和集部等多种著作的考察,指出"焦循较少使用'性灵'一词",其说是也,今考焦循《易章句》《易通释》《尚书补疏》《毛诗补疏》《孟子正义》等经学专著,仅有《尚书补疏》出现了一例;使用"性灵"一语,主要就是《与孙渊如观察论考据著作书》这一篇文献,以及《里堂家训》中的数例。相比之下,焦循更常使用"性情"一词,在上述几种经学著作中都有多次使用,《雕菰集》中亦数见不鲜。这种情况其实不难理解,因为"性情"就是经学和理学传统中的重要概念,而"性灵"主要是诗学术语,非经学术语。
④ 《雕菰集》卷十三《与孙渊如观察论考据著作书》,《焦循诗文集》,第246页。

期知识世界中"根柢经史"之论相为呼应。自明代中叶以来,士人知识视野颇为扩张,形成"博学"的传统。降及清初,由"博"返"约",广博的"知识"应当如何被规训、组织成为一整齐之系统,便成了新的问题。延续宋明理学遗风者如李颙,以"根柢性理"为倡①;然另一种"根柢经史"的思路,也渐渐兴起,从钱谦益、黄宗羲、顾炎武到李光地、惠士奇、戴震,骎骎然成为清代前中期知识世界的一大风尚②。以经史为"根柢",乃是一渗透在思想学术各个领域的潮流。在诗文之学中,知识方面的根经柢史,不能不与性情的问题调和起来,故有王渔洋"根柢原于学问,兴会发于性情"之说。而在古文之学,亦不乏其论,钱大昕《半树斋文稿序》分辨"古文"之名义云:

> 夫文岂有古今之殊哉!科举之文,志在利禄,徇世俗所好而为之,而性情不属焉。非不点窜《尧典》、涂改《周诗》,如翦彩之花,五色具备,索然无生意,词虽古,犹今也。唯读书谈道之士,以经史为菑畬,以义理为溉灌,胸次洒然,天机浩然,有不能已于言者,而后假于笔以传,多或千言,少或寸幅,其言不越日用之恒,其理不违圣贤之旨,词虽今,犹古也。文之古,不古于袭古人之面目,而古于得古人之性情。③

钱氏反对以语词论古今,而主张以"性情"为"古"之核心,但追求性情之"古",其途径则在古典知识的积累和儒家义理的修养。根柢、枝叶之说是以植物为譬喻,"以经史为菑畬,以义理为溉灌"则是以耕种为譬喻,其取意又颇相近也。在钱大昕的论述中,"天机"乃"性情"是"经史""义理"之外的另一层次,而焦循认为词章之"根柢"在经学,词章之"性灵"亦在经学,则是把"性灵"统一到了经学之中。他勾勒汉代到唐代文学发展的轨迹,认为六朝以后,文章"不本于经""专取词采之悦目",在知识领域则类书大盛,学问文章之"根柢",自此遂失。按照上述"根柢经史"的逻辑,此固理所当然之结果。但更重要的是,焦循在"习为类书,不求根柢"之后,立即接上"性情之正,或为之汩",正是将"根柢经学"的知识问题重新又与"性情"的问题联系起来。不求"根柢",则"性情"不正,事实上便在"根柢

---

① 见本书第三章第二节。李颙是清初较为明确正面论述此问题者,此外,由于宋学在相当长的时期仍是官方话语中的正学,士人言论中以"根柢性理"为说者,亦往往有之。如汪琬《传是楼记》:"古之善读书者,始乎博,终乎约,博之而非夸多斗靡也,约之而非保残安陋也。善读书者,根柢于性命,而究极于事功,沿流以溯源,无不探也。"见《钝翁续稿》卷十八,《清代诗文集汇编》第94册,第616页。

② 参见本书第三章。

③ 《潜研堂文集》卷二十六,《嘉定钱大昕全集(增订本)》第9册,第407—408页。

经史"的框架之下,补充了"性情"或"性灵"的内容。这种统合"经学"知识与个人"性情"的想法,亦可与黄宗羲"读书不多,无以证斯理之变化;多而不求于心,则为俗学"相参照①,同样都是以指向个人主观层面的"求于心"或"性情"作为"学问"之所以为"学问"之条件。然黄宗羲乃是在心学向经学转折的过程中,以此倡读经;焦循则是在经学大明之时代,提醒士人尚须注意自我的"性灵",两者所面对的语境,又颇不相同。焦循"惟经学可以言性灵"之论,正可见清代中期的知识世界中,主观性情方面因素重新被赋予一重要之地位。

在乾嘉之际这一次关于"著作"与"考据"的争论中,焦循的论辩策略是从语词的层面全然解构之,故不但力陈"考据"是"不典之称",同时亦指出"著作"在汉代是"掌修国史之称",因此袁枚之说"不独考据之称有未明","即著作之名亦未深考"。但实质上,焦循深会乎袁氏之旨——袁枚从反面批评"考据"无性灵,焦循则从正面确认"经学"有性灵;袁枚从反面批评经生无文章,焦循则从正面肯定"文莫重于注疏"。焦循正袁枚之知音也。因此,在其《述难》篇,焦循提倡"述"的重要性,指出必须"以己之心,求古人之言"而"得古人之心",方能为"述",否则只能说是"诵"或"写"②;究其实,亦不外强调"述"并非单纯因袭,而是有心裁、有"性灵"在焉。

在焦循之后两三年间,章学诚亦因读到《问字堂集》而对孙、袁关于"著作""考据"之争产生兴趣,并作《与孙渊如观察论学十规》一书以陈说己见。在章学诚的学术体系中,对"考据"之弊的反省和对"著作"之义的考求,都是极重要的议题;但有趣的是,在写给孙星衍的书信之中,章学诚对袁枚的批评,基本上是"名教中之罪人""不诛为幸"以及"疯狂谵呓""乌知学问文章为何物"这一类詈辞,反倒没有多少真正的学理上的探讨;书中又建议孙星衍"幸即刊削其文"以免"自秽其著述之体例",恐怕亦未必会被孙氏接受。对此,章氏书中亦自为解释,称"别有专篇声讨,此不复详"。③ 今观《文史通义》中《诗话》《妇学》等篇,大抵是其比较成熟的想法,不妨取以为证。按《诗话》篇云:

> 鄙陋之夫,不知学问之有流别,见人学问,眩于目而莫能指识,则概名之曰"考据家"。夫考据岂有家哉?〔……〕

---

① 黄宗羲此说见全祖望《鲒埼亭集》卷十一《梨洲先生神道碑文》,《全祖望集汇校集注》上册,第219—220页。又《朱子语类》卷第十一"读书法下"亦有类似的说法:"人之为学,固是欲得之于心、体之于身。但不读书,则不知心之所得者何事。"(第176页)但此处并未以"心得"作为"俗学"与"正学"的区别。
② 《雕菰集》卷七《述难一》,《焦循诗文集》,第132—133页。
③ 《与孙渊如观察论学十规》,《章学诚遗书》,第640页。

> 学问成家,则发挥而为文辞,证实而为考据。比如人身,学问,其神智也;文辞,其肌肤也;考据,其骸骨也。三者备而后谓之著述。著述可随学问而各自名家,别无所谓考据家与著述家也。鄙俗之夫,不知著述随学问以名家,辄以私意妄分为考据家、著述家,而又以私心妄议为著述家终胜于考据家。(彼之所谓考据,不过类书策括;所谓著述,不过如伊所自撰无根柢之诗文耳。其实皆算不得成家。)是直见人具体,不知其有神智,而妄别人有骸骨家与肌肤家,又谓肌肤家之终胜骸骨家也。此为何许语耶?①

这一段议论,虽未明指袁枚,但其所谓"考据家""著述家"云云,应当可以判定乃是针对袁枚之说而发。与焦循一样,章学诚也拒绝"考据"的说法,并批判袁枚以类书为"考据"、以词章为"著述"的误解,指责袁氏"鄙陋""无根柢"。不过,章氏对"著述"又特别推崇,提出学问、文辞、考据三者兼备方可"谓之著述",这又是特别值得注意者。如果抛开各家在术语使用上的不同,就其大端而论,章学诚与焦循甚至袁枚都恰恰有一条共同的思路,即通过"著述/著作"问题的提出,提倡"学问"中"性灵"的因素。章学诚虽然反对袁枚以"作""述"分高下,但他自己亦有"撰述""记注"之分,思路不无相似。《文史通义·书教》篇云:

> 《易》曰:筮之德圆而神,卦之德方以智。间尝窃取其义,以概古今之载籍。撰述欲其圆而神,记注欲其方以智也。夫智以藏往,神以知来,记注欲往事之不忘,撰述欲来者之兴起。故记注藏往,似智;而撰述知来,拟神也。

"撰述"与"记注"之分,正在于前者须有"圆而神"的"性灵"以作"裁制""识断"也。这是从著述形式上讲。从学问内容上讲,则是"学问"须有"性情"而不仅仅是"功力":

> 夫学有天性焉。读书服古之中,有入识最初而终身不可变易者是也。学又有至情焉,读书服古之中,有欣慨会心而忽焉不知歌泣何从者是也。功力有余而性情不足,未可谓学问也;性情自有,而不以功力深之,所谓有美质而未学者也。②

---

① 《文史通义》内篇五,《章学诚遗书》,第45页。
② 以上两段分别见《文史通义》内篇一《书教下》、内篇二《博约中》,《章学诚遗书》,第4页、第14页。

这里章学诚分"天性""至情",两相互文,正面论述了"性情"与"学问"之关系。在其逻辑框架中,"学问"包含了"性情""功力"两端,后者乃客观之积累,前者则主观之精神。无性情不可言学问,正与焦循无性灵不可言经学之说相通。事实上,章学诚也用"性灵""功力"对举阐发类似的意见,其《与周永清论文》言学问授受之中,"功力可假,性灵必不可假"是也。①

从儒学内部的分疏来讲,这种对学问中"性情"因素的强调,当然有宋明理学的影子;不过,倘若仅视之为宋明理学中性、心等概念的延续,恐非允当。从他们所处的历史语境看,焦里堂、章实斋对"性灵""性情"之讨论,又明显与诗文词章深有渊源。焦循本人追溯"性灵"一词的渊源,便明言"性灵二字,见钟嵘《诗品》及《颜氏家训·文章》篇"②;章学诚自言其读书之"神解精识",亦举其少时读庾信诗的例子③,凡此皆可见也。"性情"与"学问"的统一,在诗学中是一个较常见的命题,在经学、史学领域谈"性情"与"学问"的调和,便是比较独特的角度。段玉裁曾述一"治经史之性情"的说法,颇可玩味。在为龚自珍所作的《怀人馆词序》中,段氏自述幼年填词之经历云:

> 予少时慕为词,词不逮自珍之工。先君子诲之曰:"是有害于治经史之性情。为之愈工,去道且愈远。"予谨受教,辍勿为。一行作吏,俄引疾归,遂锐意于经史之学,此事谢勿谈者五十年。④

将经史之学与填词对立起来,当是时人之常说。焦循《词说》开篇云"学者多谓词不可学,以其妨诗古文,尤非说经所宜,余谓非也",正可为印证。段

---

① 章学诚《与周永清论文》:"王怀祖氏尝言不暇著书,欲得能文之士,授以所学,俾自著为书,不必人知出于王氏。仆亦尝欲倩人为《通义》外篇,亦不愿人知所授宗旨本之于仆。然竟不得其人。则学问中之曲折,非一时授受所能尽也。夫有心传授,尚不能得其曲折,而宾筵燕谈之闲、行文流露之语,偶然得之,便可掩为己矣、而人遂不能分别,有是理乎?仆尝谓功力可假,性灵必不可假。性灵苟可以假,则古今无愚智之分矣。"《文史通义》外篇三,《章学诚遗书》,第86页。
② 《易余钥录》卷十二,《丛书集成续编》第29册影印《木犀轩丛书》本,第351页。按钟嵘《诗品》谓阮籍诗"可以陶性灵、发幽思"。钟嵘著,曹旭集注《诗品集注(增订本)》,第150—151页,上海古籍出版社2011年版。《颜氏家训·文章》:"夫文章者,原出《五经》〔……〕朝廷宪章,军旅誓诰,敷显仁义,发明功德,牧民建国,施用多途。至于陶冶性灵,从容讽谏,入其滋味,亦乐事也。行有余力,则可习之。"王利器《颜氏家训集解》,第286页,中华书局2013年版。
③ 《文史通义》外篇三《家书三》:"犹记二十岁时,购得吴注《庾开府集》,有'春水望桃花'句。吴注引令章句云'三月桃花水下'。祖父〔按:当即实斋之父,此戒子家书,故云〕抹去其注而评于下曰:'望桃花于春水之中,神思何其绵邈!'吾彼时便觉有会,回视吴注,意味索然矣。自后观书,遂能别出意见,不为训诂牢笼,虽时有卤莽之弊,而古人大体,乃实有所窥。尔辈于祖父评点诸书,曷细观之!"
④ 《经韵楼集》卷九,第223页。按此是段玉裁为龚自珍词集所作序文,段氏"时年七十有八",即嘉庆十七年(1812),上推五十年,则在乾隆二十七年(1762)。

玉裁记述其父之说,虽然是强调词与经学之别,但其中"治经史之性情"一说,则道出研经证史,也需要某种"性情",此观念与焦循正相一致。段氏此语,实已暗示了"性情"不限于诗学,而是具有普遍性,可以延伸到经史之学的领域。不过,段玉裁毕竟还不是正面的论述;焦循和章学诚的说法,则是直接讨论和思辨了经史"学问"之中的"性情"问题。在知识主义大盛之时,以对"著作"之文的关注为契机,再重新提起"性灵"的问题,乾隆末年到嘉庆初年袁、孙、焦、凌、章诸人的往复讨论,正是一个典型的例子。从观念上讲,"学问"发为"著作",在修辞形式上需要剪裁、锤炼,在知识内容方面也须识别、裁断,两个方面正有共通性,背后都指向"学者"或"文人"的主观精神。而裁断之"识",往往正是要在著作的结构布置、详略斟酌上体现出来,因此这一"文"与"学"的呼应,便不足为奇了。

第三节　感动血气:音节与性情的贯通

在"性情"论从诗学向古文之学乃至著作观念扩散的过程中,受到凸显的不仅有"性情"内蕴的主观灵智、裁识等因素,更有意情、感动这一层特质。通过"感发"这一契机,人与文、情与辞、抽象与具体、形上与形下贯通为一,诗文著作在其文字形式中呈现的"音节""神气",便是使性情变得具体可感、可触的载体。在诗学中,以"声调""音节"为性情之载体,本有其渊源脉络。如《毛诗大序》"情发于声,声成文谓之音",孔颖达在《毛诗正义》中阐释云"声能写情,情皆可见""情见于声,矫亦可识"之论[1],朱熹《诗集传》谓《关雎》得"性情之正、声气之和"[2],亦不无因"声"见"性"之意。而清人论述中,于此亦多有阐发。如乔亿《剑溪说诗》谓"性情,诗之体;音节,诗之用"。李重华《贞一斋诗说》主张"诗有性情、有学问,性情须静功涵养,学问须原本六经";而具体到学诗方面,则有音、象、意三端:

> 诗有三要:曰发窍于音,征色于象,运神于意。〔……〕三者孰为先?曰:意立而象与音随之。余所以先论音,缘人不知韵语由来,则缀辑牵合,举谓之诗,即千古自然之节胥泯焉。若悟其空中之音,则取象命意,

---

[1]《毛诗正义》卷一,《十三经注疏》第 1 册,第 563 页。参见钱锺书《管锥编·毛诗正义》第四则的相关讨论。

[2]《诗集传》卷一,第 3 页,中华书局 2011 年版。

自可由浅入深,故指示初学,音特居首也。①

在李重华的论述中,"意"对于诗歌产生是最重要的,但对初学而言,被强调的则是"音"。这里所谓"音",并不仅仅是外在形式规范,更被赋予了性情方面的内涵:

> 诗本空中出音,即庄生所云"天籁"是已。籁有大有细,总各有其自然之节,故作诗曰吟、曰哦,贵在叩寂寞而求之也。求之果得,则此中或悲、或喜、或激、或平,一一随其音以出焉。②

由此可知,诗歌的音节节奏乃是"自然"之产物,而不同性质(悲喜)、不同状态(激动或平稳)的情感正是通过音节而显现。换言之,诗之"体""用"二端,正有"自然而然"的内在联系也。李锳《诗法易简录》更具体分析了平、仄之声各自不同的表现效果:

> 信乎声音之道与性情通矣。大抵平声和而畅,仄声峻而厉,凄苦之音,宜于仄声。③

李氏以《古诗十九首·明月何皎皎》为例阐说其旨。此诗第二、三两联"忧愁不能寐,揽衣起徘徊。客行虽云乐,不如早旋归"。两个对句中,"揽衣起徘徊"的第三字"起"已用仄声,而"不如早旋归"的"早"又"迭用仄声","其音呜咽而悲惋","两联中连用仄声作关纽也"。④ 这种论述移之于文学史的梳理,潜在便为复古建立了"性情"之基础。刘开《拟古诗序》便用"性情"与"音节"的分合作为诗歌发展史的基本线索:

> 诗之源,出于唐虞,而其道亦莫备于唐虞。舜命夔曰:"诗言志,歌永言。"是古今之言诗者,未有出此范围者也。〔……〕永言与言志,二者相依为用,不可偏废。〔……〕降至后世,有言志而无永言,徒以为诗道性情而已,而所以道其性情者,不知也。〔……〕盖古之时,诗与乐合,

---

① 《贞一斋集》附《贞一斋诗说·论诗答问三则》,《清代诗文集汇编》第 251 册,第 98 页。
② 同上。张健《清代诗学研究》第十二章第四节指出李重华把诗歌的音节与诗人内在的情感联系起来(第 585—589 页)。
③ 《诗法易简录》,《清诗话全编(乾隆期)》第 7 册,第 3666—3667 页。
④ 同上。"联""出句""对句"等系李锳原本的用法,将近体诗的平仄、对仗等术语用于古诗批评。

《三百篇》之诗,皆以被之弦歌,故性情与音节俱臻其妙。后世诗与乐分,古乐亡而声音之道不讲,故性情是而音节非。然古节既失,则辞无往复咏叹流连之致,而性情亦为之异焉。

在人人皆言的"诗言志"之外,刘开别出心裁,特别强调"歌永言"与之相辅相成,其核心便是突出"音节"这一形式要素本身具有的重要性。换言之,诗中之"志",恰恰需要通过"永言"之声情体现出来。"声音之道",正不外性情之道也。细推其论,李锳之说大抵着眼于律诗文本自身的声调属性,刘开则是从诗乐关系的角度,强调诗歌通过歌咏与音乐结合后体现出的"音节"属性,其侧重有所不同。在此之前,戴震在诠释诗中字音与乐音之关系时,也指出诗人可以通过歌咏中形成的音调表见性情,认为"诵歌者欲大不逾宫、细不过羽",具有一定的自由度。如果按照汉字音韵属性分派固定的宫商角徵羽,"将作诗者此字用商,彼字用宫",胶柱鼓瑟,便会造成"失其性情、违其志意"的后果。换言之,在戴震看来,"惟宫商非字之定音,而字字可宫可商,以为高下之节,抑扬之序,故作者写其性情,而诵之者宛转高下以成歌乐"。① 诗歌的"音节"如何处理,其实会随着作者、诵者对诗乐配合的理解而变化,并非完全由文字本身决定。

事实上,不仅诗歌有"音节",文章亦有"音节"而可因之以通于性情与天道。如何绍基便主张通过"声情气韵"发见人之性情:

> 凡学诗者,无不知要有真性情,却不知真性情者,非到做诗时方去打算也。平日明理养气,于孝弟忠信大节,从日用起居及外间应务,平平实实,自家体贴得真性情,时时培护、字字持守,不为外物摇夺,久之则真性情方才固结到身心上。即一言语、一文字,这个真性情时刻流露出来,然虽时刻流露,以之作诗作文,尚不能就算成家者,以此真性情虽偶然流露,而不能处处发现。因作诗文自有多少法度、多少工夫,方能将真性情般运到笔墨上。又性情是浑然之物,若到文与诗上头,便要有声情气韵、波澜推荡,方得真性情发见充满,使天下后世,见其所作,如见其人,如见其性情。②

这一段论述,前半部分强调性情出于日常躬行修养;所谓"非到做诗时

---

① 《书刘鉴〈切韵指南〉后》,《戴震集·文集》卷四,第106页。
② 《与汪菊士论诗十七则》,《东洲草堂文钞》卷五,《续修四库全书》第1529册,第179页。

方去打算",大抵与朱熹批判"待作文时,旋去讨个道来入放里面"①相似,乃是理学家之常谈。后半部分话锋一转,强调"性情"之表达,有赖于诗文法度、工夫、音节、声调,则是从正面强调文章形式对表现性情的功用。此说将"性情"的表达分为三个层次:其一是"流露",只要作者有"真性情"即可存在,但只是偶然出现,并不能持久。其二是"发见",作者若有诗文写作之工夫,即可将内在的"真性情"通过"般运(搬运)"形诸笔墨,大概就是可以从心所欲、不受时空限制地表达自己的性情。但此仍然不是究竟地。其三是一个"充满"的层次,即通过卓异的文章工夫,尤其是创造"声情气韵"的能力,将"真性情"扩而充之,传之广远。揆何氏之意,"性情"本身"浑然"一体,略具端绪,许多细节未必都得到了圆足、充分的发展,缘乎此,诗文之于性情,也就不仅仅是被动地呈现,而更是通过具象外显,丰富、延伸、拓展了"性情"本身。

与戴震、刘开所言诗歌"音节"须借助音乐而显现相类似,何绍基所谓"声情气韵",也不仅是纸上文本,更要外化为诵读之声音:

> 今人通籍或成人后,即不肯高声读书,此最是大病。古人之书,固以义理为主,然非文章无以发之,非音节无以醒之。即六经之文,童年诵习时,知道甚么文字?壮后见道有得,再一吟讽,神理音节之妙,可以涵养性情、振荡血气,心头领会,舌底回甘,有许多消受。至于三史、诸子、百家集,本是做出底文章,若不高声读之,如何能得其推敲激昂之势?②

通过讽诵"音节"以涵养"性情",其理论基础乃是儒家传统的乐教构想。《史记·乐书》中阐述上古圣王之乐制,曾提到"音乐者,所以动荡血脉、通流精神,而和正心也"。朱熹本其说而用以解释《论语·泰伯》的"兴于诗,立于礼,成于乐",认为"诗较感发人,故在先;礼则难执守,这须常常执守始得;乐则如太史公所谓'动荡血气,流通精神'者,所以涵养前所得也"。③ 将诗、礼、乐之教视为一个涵养性情的连续整体。具体而言,音乐引发的宣泄、感动作用于血气,其劝善闲邪之功尤为深切,故朱子谓:"乐者,能动荡人之血气,使人有些小不善之意都著不得,便纯是天理,此所谓'成于乐'。"④同时,程颐亦

---

① 《朱子语类》卷一百三十九,第3319页。
② 《与汪菊士论诗十七则》,《东洲草堂文钞》卷五,《续修四库全书》第1529册,第181页。
③ 《朱子语类》卷三十五《兴于诗章》,第933页。《论语集注》于此章亦曰:"诗本性情,有邪有正,其为言既易知,而吟咏之间,抑扬反复,其感人又易入。"《四书章句集注》,第104页。
④ 《朱子语类》卷三十五,第931页。

将"成于乐"细化为歌、声、舞三个层面,以为"古人有歌咏以养其性情,声音以养其耳,舞蹈以养其血脉"①;此说亦被朱熹采入《四书章句集注》②,影响深远。由于古乐失传,诗教、乐教又常常相提并论。如陈亮云"孔子以礼教人,犹必以古诗感动其善意、动荡其血脉"③,便是将诗、乐合言,视为对"礼"教的补充。至明代,李东阳更是正面主张将"诗教"作为"乐教"的一部分:"诗在六经中别是一教,盖六艺中之乐也。乐始于诗,终于律,人声和则乐声和。又取其声之和者,以陶写情性、感发志意、动荡血脉、流通精神,有至于手舞足蹈而不自觉者。"④不难看出,亦是取资《尚书·尧典》以及《史记·乐书》等经史而推演其说。这一套论述中,身体(血脉、血气)、心理(精神、志意)以及天赋之性情(正心、性情、善)都在"乐"这一载体中彻上彻下,通为一体。王阳明论训导童子之法,更是将歌诗、习礼、读书都视为生理、心理相通贯的过程:

> 凡诱之歌诗者,非但发其志意而已,亦所以泄其跳号呼啸于咏歌,宣其幽抑结滞于音节也。导之习礼者,非但肃其威仪而已,亦所以周旋揖让而动荡其血脉,拜起屈伸而固束其筋骸也。讽之读书者,非但开其知觉而已,亦所以沉潜反复而存其心,抑扬讽诵以宣其志也。凡此皆所以顺导其志意,调理其性情,潜消其鄙吝,默化其粗顽,日使之渐于礼义而不苦其难,入于中和而不知其故。⑤

在阳明的构想中,诗、礼、书之学习,各有其基本功能,所述"发其志意""肃其威仪""开其知觉"诸端是也,但他要强调的却不限于此,更是要通过歌舞跳啸、礼仪动作、抑扬朗读,实现身心交融的效果。此所谓"讽之读书",自当不限于诗歌吟诵,而是包括经史典籍以及古文的诵读。阳明这一思路对明清儒者的乐教颇有影响。康熙间唐彪《父师善诱法》中即引述其说,提倡以歌诗习礼教导童子⑥;乾隆间陈弘谋亦将其辑入《养正遗规补编》,刻于《五种遗规》之中⑦。乐教之中固以诵诗为涵养性情之大端,不过由诗歌延伸至文

---

① 《河南程氏遗书》卷十八《伊川先生语四》,《二程集》,第200页。
② 《论语集注》卷四,"子曰:兴于诗,立于礼,成于乐"注,《四书章句集注》,第105页。
③ 《又癸卯秋书》,陈亮著,邓广铭点校《陈亮集》卷二十八,第266页,河北教育出版社2003年版。
④ 《怀麓堂诗话校释》,第1页,人民文学出版社2009年版。
⑤ 《传习录》卷二《训蒙大意示教读刘伯颂等》,吴光等编校《王阳明全集》,第99页,上海古籍出版社2011年版。
⑥ 徐梓、王雪梅编《蒙学要义》,第213页,山西教育出版社1991年版。
⑦ 《五种遗规·养正遗规补编》,题《王文成公训蒙教约》,第58页,线装书局2015年版。

章的诵读,亦不为鲜见。雍正八年,汪惟宪之《寒灯絮语》即主张以"读文"追摹弦诵乐教之遗意:

> 古之学者,春诵夏弦,节其抑扬高下之声,而配之金石丝竹八音之奏。盖不如是,则其性情必不可得也。今已不传弦诵之法,而文字之佳者,其音韵节奏,必有天然妙趣,其浓淡长短,必有不可增损者。卤莽读之,则亦卤莽报之。伸纸操笔,心手何由而调、楮墨何由而和耶? 读文当恬吟密咏,有味乎其言,而作者之精神,如与我遥接,慎勿草草。①

汪氏此处所谓"读文",显然不仅指诗,甚至主要并不指向诗歌,而是就文章而言。从《寒灯絮语》上下文看,其立说之对象甚至应当包括八股时文。② 汪氏提倡诵文,正是要在"音韵节奏"中体贴"作者之精神"。乾嘉间,焦循主张子弟十余岁识字之后,"取唐诗中真切有味者授之,使之动荡其血气而涵濡其性情",并特意说明此教重点在"性情",并不以作诗求工为急务。③ 焦循在《学童读〈尔雅〉答》中反对用《尔雅》教授蒙童,其理据恰恰也是此类训诂书籍"率以一二字句,强以连之","不可以诵","所谓'长言永叹'莫之有也",不能畅达文气,培育"虚灵"。④ 此文针对《尔雅》课蒙之事,特意为文置辩,盖当时在汉学影响之下,以《尔雅》作为初学幼童之教本,已成流行风尚。焦氏立论中征引《礼记·学记》及《论语》中有关诗教、乐教之语,又提到"童子血气无定",应宣其阳气、导其和气等等,正是以前述儒家乐教观念为其理论基础,并承继朱熹、阳明之说而来。其更为推进处,第一是将乐教"感发血气"之功效更为延伸,不仅有"善善恶恶"等道德伦理价值,同时亦提出了"聪明日益"之智性层面。这一重内涵,在阳明《训蒙大意示教读刘伯颂等》中虽亦有所道及⑤,但相对而言并非重点,焦循则正面提出,甚至是将焦点悄然转移到了学童智力这一问题上。究其本源,其实也正在于焦氏打通"性情"与"性灵"两个概念,故得以由德性自然过渡到智性。简言之,宋明理学传统中的乐教,通过歌咏、诵读来宣导志气、振荡血气来涵养"性情",在焦

---

① 《寒灯絮语》,《积山先生遗集》卷十,《四库未收书辑刊》第9辑第26册,第802页。
② 如前文一则云:"方氏兄弟百川、灵皋之文,洋洋缅缅,卓然成家,俱可作古文读,亦本朝所仅见者。"(《积山先生遗集》卷十,《四库未收书辑刊》第9辑第26册,第801页)本则中所谓"文字之佳者"等表述,亦较近于对时文的指称。
③ 《里堂家训》卷上,《续修四库全书》第951册,第527页。
④ 《雕菰集》卷十二《学童读〈尔雅〉答》,《焦循诗文集》第227页。参见本章第二节的论述。
⑤ 如提到"开其知觉""默化其粗顽"等,亦可认为涉及灵明智力的因素;但显然阳明所论总体上还是笼罩在"良知"的道德本性之下。

循,乐教则自然成为培植"性灵"的途径。故他此文特别提出"教童子者,宜瀹其性灵",《里堂家训》中也直斥"近之风气,教子者多以《尔雅》"乃是"汩其性灵"。① 焦循论述的第二个重要特质,则是从反面立论,突出揭示了有节奏、音韵之"文",可以产生文气流动,因而便能宣导阳气、畅达灵机;反之,训诂之文没有音节抑扬可言,无法"长言永叹",故将抑制、堵塞、禁锢、阻噎人之血气,影响智性之发展。在这个意义上,焦循虽未明确谈及"弦诵"的对象可否在"诗"之外旁及古文古书,但按照他的论述逻辑,只要是有"音节"之文字,可以"长言永叹",便应当能够满足"乐教"之需求。吟诗诵文,正是同一机杼也。而何绍基有关"高声读书"之论,则是将这一重意蕴更加阐发无遗了。

概括上述有关"性情"与诗文诸说,值得注意的是:其一,这些论述乃是在宋明理学正统"道—文"关系论述的基础上强调了"文"的价值。其二,其针对的对象固以诗歌为大宗,但又显示出涵括古文的趋向。如何绍基所言之"文",虽从"学诗"说起,但实际上是乃囊括"文与诗"而言,也即古文与诗歌同样都有"声情气韵、波澜推荡"的问题。其三,"文"的价值恰恰与音节、声调这些形式要素关系密切——不同的声音形式是不同性情的直观表现,使人"如见如闻"。姚鼐著名的《复鲁絜非书》中亦云:"观其文,讽其音,则为文者之性情形状举以殊焉。"②音节与性情,在此正形成某种密切关联,这种联系不是机械、抽象、工具式的承载,而是有机、具象、生动的同构关系。以"格调"论诗文,往往容易招致"优孟衣冠"、蹈袭前人之讥。如鲁缤即曾批评刘大櫆:"海峰文所谓读之成音者,不知其合于周秦人之音耶?汉唐人之音耶?抑海峰自成其音耶?"③然而,在桐城文家的论述中,独特具体的音节形式,不但不是"真性情"的阻碍,反而恰恰是每个个体不同性情的自然体现。梅曾亮在为陈用光《太乙舟山房文集》所作序文中便设譬申说此旨:

> 见其人而知其心,人之真者也。见其文而知其人,文之真者也。人有缓急刚柔之性,而其文有阴阳动静之殊。譬之查、梨、橘、柚,味不同而各符其名、肖其物,犹裘葛冰炭也,极其所长而皆见其短。使一物而兼众味与众物之长,则名与味乖;而饰其短,则长不可以复见:皆失其真者也。失其真,则人虽接膝而不相知。得其真,虽千百世上,其性情之刚柔缓急,见于言语行事者,可以坐而得之。盖文之真伪,其轻重

---

① 《里堂家训》卷上,《续修四库全书》第951册,第522页。
② 《惜抱轩诗文集·文集》卷六,第93页。
③ 《答陈室如书》,《鲁宾之文钞》,《清代诗文集汇编》第487册,第598页。

于人也固如此。①

梅曾亮以"缓急刚柔"与"阴阳动静"相对应,潜在呼应姚鼐"文者,天地之精英,而阴阳刚柔之发也"②的论述,唯姚氏以文章通于天道,梅氏则以文章本乎人性,其理学基础固相贯通也。在此逻辑下,人物各有短长,过度追求"兼长""饰短",都会导致"失真"的结果。梅氏主张因文章阴阳动静之"真",见作者性情刚柔缓急之"真",也可与姚鼐观文知人之论相对照:

> 文字者,犹人之言语也,有气以充之,则观其文也,虽百世而后,如立其人而与言于此;无气,则积字焉而已。意与气相御而为辞,然后有声音节奏高下抗坠之度、反复进退之态、采色之华。③

"文如其人"本属古人论文之常言,但姚、梅之说,却从理论上构建了一个"天道"(阴阳刚柔)—"性情"(缓急刚柔)—"文章"(阴阳动静)的同构关系,文气中所蕴含的"高下抗坠",正是性情刚柔的真实反映,而其根源则在天道之阴阳。由此,文章之术与性情之养,便有了直接的关联。例如,在梅曾亮看来,桐城方、刘、姚诸公,其文"较然不同","盖性情异,故文亦异焉","其异也,乃其所以为真欤"!而陈用光之为文,便是"柔"气存养之发见:

> 新城礼部侍郎陈公,为古文学,得于桐城姚姬传先生,扶植理道,宽博朴雅,不为刻深毛挚之状,而守纯气专,[主][至]柔而不可屈;不为熊熊之光、绚烂之色,而静虚澹淡,若近而若远,若可执而不停。盖其德性粹正,得之天而襮其真于外者,于文其大端也。④

陈氏德修气养,盖主于"柔",故其为文不以绚烂热烈胜,而是显现出宽缓、博大、质朴、澹雅的风格。由此可见文章外在形式与作者内在性情,并非简单抽象地相关,而是具有血肉鲜活的联系。方东树《书惜抱先生墓志后》更从诵读学文的角度论证古文节奏与古人性情皆可见之于诵读,以为"学者

---

① 《太乙舟山房文集序》,《柏枧山房文集》卷五,第121页。文末署道光十七年三月。"饰其短",《太乙舟文集》卷首梅序作"救其短"。
② 《惜抱轩诗文集·文集》卷六《复鲁絜非书》,第93页。
③ 同上书卷六《答翁学士书》,第84页。
④ 《太乙舟山房文集序》,《柏枧山房文集》卷五,第121页。"主柔"据《太乙舟文集》卷首梅序校为"至柔",于义为长。

欲学古人之文,必先在精诵,沉潜反复讽玩之深且久,暗通其气于运思置词、迎拒措注之会,然后其自为之以成其词也,自然严而法、达而臧。不则心与古不相习,则往往高下短长龃龉而不合。"①按此所言,"精诵"正是体悟文中"高下长短"之节奏的重要方式,同时又是"心""古"相遭的必要途径。其《姚石甫文集序》阐发其义更详:

> 文章如面,万有不同。〔……〕古之工于文者,必有仁义之质,如不得已而后言,而后其言传。而其致力之始,又必深求古人,沉潜反复,玩诵研说之久,然后古人之精神面目与我相觌,而我之精神面目亦自以见于天下后世。②

此所谓"古人之精神面目与我相觌",即前所云"心与古相习"也。这种以"沉潜""玩诵"统合文章音节与个人性情的论调,一方面自然上承刘大櫆著名的"合而读之,音节见矣;歌而咏之,神气出矣",另一方面也与焦循的"以己之性灵,合诸古圣之性灵"秘响旁通。盖在方东树眼中,"欲成面目,全在字句音节,尤在性情,使人千载下如相接对"③;"精神面目"本就是性情与音节的枢纽。

从作者一方面说,音节流动、节奏铿锵,乃是性情之"真"的表现;从读者一面论,文情声调在感发志意、动人心魄方面的力量,则更显示出其涵养性情的伦理道德价值。前述何绍基主张诵读以"振荡血气",便是从声音实践的角度而言。此外,姚鼐弟子陈用光推崇《史记》为文"不独以见其事之本末,且举其人之声音笑貌,如相接于几席之间","盖义法存而词气亦与之昭彰焉";认为文章如此方能"发人志气"、激起忠爱之心④,则是从文章表现效果和阅读体验的角度立论。不仅如此,用光又尝上书钱大昕,述说其致力古文之学之缘由,力陈"文"与"性情"之关系:

> 顾自癸丑〔乾隆五十八年,1793〕之冬,介姬传先生之书而以谒于从者,尝辱阁下诱与深言,奖掖备至,质以所业,则赐之镌绳,不惮详委,且示以自著,俾知所由用力之方,惊喜踊跃,出于非望,及其既归,而姬传先生复以书来,曰阁下尝称用光于东浦方伯,曰"如某之治古文,其必有成

---

① 《考槃集文录》卷五,《清代诗文集汇编》第 507 册,第 207 页。
② 同上书卷三,第 172 页。
③ 方东树著,吴闿生评《昭昧詹言》卷一,叶 15a,武强贺氏刊本。
④ 《太乙舟文集》卷四《谢文节祠后记》,《清代诗文集汇编》第 489 册,第 582—583 页。

焉"。材之下而褒之逾量、荣施非分,而下士知奋若用光者,其何幸而得此![……]夫文者,人心善恶之所形,足以验世之治乱,而还为治乱之所从出。文盛则世治,文衰则世乱,君子由之以复性,小人由之以迁善,胥是道也。故上自《易》《诗》《书》《礼》《春秋》,下至诸子百家,以及于稗官野史、淫词俚曲,学士大夫之所讽诵,野人孺子之所讴歌,可喜可惧,或悲或泣,舞蹈回旋不能已已。所感殊途,则其受感也亦异致。故曰:"观乎人文,以化成天下。"而"夫子之文章",子贡以为"可得而闻",诚以性情之际,惟文为深。昧乎此,措之于事为则悖,形之于威仪则野,然则所谓性与天道者,要亦不外乎此。诚知好焉,固未有可以易业而他徙者也。伏以阁下之学,魁冠一世,用光闻阁下之名,自成童后已识之久矣。幸而得拜谒于堂下,又辱阁下逾分之知,顾自以学术芜杂,治经史传记,虽略知指归,而未有成说。昨者复不戒于火,所为杂文悉皆毁去,未能缮录以求裁正。第因人南还,辄敢修函启问起居,兼自述其所以从事于文者,以质于阁下,伏惟阁下闵其愚而有以教之。①

用光此书回溯因其师姚鼐而与钱大昕交往的往事,固属书问之格套;然其中反复陈说"所业""治古文"云云,当又不无在"经史考据"大家钱辛楣面前为"古文"之学自占地步、自陈要义的用心。观书中谦言"治经史传记〔……〕未有成说"等语,自不难想见其学术自觉与心曲所在。陈氏对古文之学的辩护、盛言治乱兴衰等等,或可视为老生常谈;然他又并不仅仅从"审音知政"一层意义上申说,更强调了"文"因其"感动"之功用,具有使人"复性""迁善"的能力。他所谓"文",乃是包括经籍、诸子、小说、词曲乃至乡谚民谣的宏大概念,但古文显然是其中最核心的成分。为了凸显其论说的"经学根柢",陈用光特别引用了《论语·公冶长》:"子贡曰:夫子之文章,可得而闻也。夫子之言性与天道,不可得而闻也。"按此段经文,旧注颇有分歧。皇侃义疏谓"文章者,六籍也"②,以经书为"文";邢昺疏称"子贡言夫子之述作、威仪、礼法有文彩形质著明,可以耳听目视,依循学习"③,则是并言著述、行为、制度等数端;朱熹集注亦云"文章,德之见乎外者,威仪文辞皆是也"④,认为"文章"不仅指著述言语,更包括行为实践。陈用光基于旧说,实际上又特

---

① 《上钱辛楣先生书》,《太乙舟文集》卷五,《清代诗文集汇编》第489册,第607—608页。
② 皇侃《论语义疏》卷三《公冶长第五》,第169页,广西师范大学出版社2018年版(影印日本大正十二年怀德堂本)。
③ 《论语注疏》卷五,《十三经注疏》第5册,第5373页。
④ 《论语集注》卷三,《四书章句集注》,第79页。

别强化了"文章"作为著作的含义,甚至声言如果昧乎文章,则于行事、威仪亦不能有所得。其中关键,便是他通过"性情之际,惟文为深",突出了"文"与"性情"的关系。

按"性情之际",出于宋儒之论。张栻《论语解》云:

> 哀乐,情之为也,而其理具于性。乐而至于淫,哀而至于伤,则是情之流而性之汩矣。乐而不淫,哀而不伤,发不逾则,性情之正也。非养之有素者,其能然乎?《关雎》之诗,乐得淑女以配君子,至于"钟鼓乐之""琴瑟友之",所谓"乐而不淫"也;哀窈窕、思贤才,至于"寤寐思服""展转反侧",所谓"哀而不伤"也。玩其辞义者,可不深体于性情之际乎?①

诗歌发乎情,止乎礼义(性),故文学于人,正是"性情之际"的产物。南轩此处所辨,颇能要言不烦地说明理学家眼中"性""情"与文学关系的基本框架。其所关注,实则以诗歌为主。此后文人学者每言乎"性情之际",也多是就诗歌而言。例如明末,陈子龙称赞其友杨龙友、邢孟贞之诗"非特文人之言,真有得于性情之际"②;康熙初年,陈玉璂认为治平之世,"能诗者亦且感于性情之际,发为和平易直之言"③;乾隆中叶,傅为詝推许夏之蓉为诗"不事雕琢""长言咏叹",自言"往复雒诵,知其得于性情之际者深矣"④;嘉庆中,洪亮吉指出"甘泉、定山之诗,微近于腐矣;次回、定远之诗,稍近于亵矣;无他,性情之际,有滞而不宣者在也"⑤,批评理学之诗(湛若水、庄昶)和秾艳之作(王次回、冯班)皆不得性情之正,则是从反面立论。在此语境之中,不难看出,陈用光所言"性情之际,惟文为深",恰是将诗论中已较成熟之语词移诸古文也。而这种现象在清代中叶实际上又并不孤立。如王芑孙便尝称赞姚鼐《惜抱轩集》中之文"简澹而清深,翛然有得于性情之际","其于古人,

---

① 《南轩先生论语解》卷二,杨世文点校《张栻集》,第 120 页,中华书局 2015 年版。
② 《安雅堂稿》卷三《杨邢二子洞庭唱和集序》,《续修四库全书》第 1387 册,第 695 页。
③ 《青箱堂诗集》卷首序,《清代诗文集汇编》第 16 册,第 310—311 页。末署"康熙戊申初秋"即康熙七年(1668)。此文又收入陈玉璂《学文堂集·序八》,题为《王大宗伯青箱堂诗集序》,《清代诗文集汇编》第 142 册,第 574 页。按,陈玉璂序中云:"诗者,性情之所依也。性情所感,有邪正之不同,其言即有是非之不一。〔……〕诗一也,而遂分正变者,人未尽知礼耳。知礼,则性情之际必闲邪以存正,乐而不至于淫,哀而不至于伤,怨诽而不至于乱;发为诗也,然后可以有正而无变。"可知他所言"性情之际",亦是以《诗经》诠释为理论基础,张栻之说应为其重要渊源。
④ 《半舫斋编年诗》卷首序,《清代诗文集汇编》第 287 册,第 269—270 页。据目录后侯学诗跋语,此集编成于"乾隆辛卯秋八月"即乾隆三十六年(1771)。
⑤ 《秋水亭诗续集》卷首洪序,《清代诗文集汇编》第 424 册,第 208 页。末署"嘉庆十二年"。

若明、清、盏酒之涗而成味焉"。① 彭绍升亦推许归有光之文"称心而言,汪洋憺怕〔澹泊〕,独深于性情之际","以为古之作者当如是也"。② 二人所推崇的有得于"性情之际"的文章,偏于淡泊、清雅一路,大抵此种平淡清真之文风,较能符合"乐而不淫,哀而不伤"、中正平和之审美趣味。不仅如此,彭氏又尝援引《孟子》所言恻隐、羞恶、是非、辞让"四端"以论文,深入诠释"文"与"性情"之关联:

> 是四者,根于性,效于情,而成于才。才者,性情之所由达也,而泥注疏之体者则曰:"无事才。"方恶人之以才汨之也。不知才不尽,恻隐、羞恶、是非、辞让之心不可得而著也。后之读其文者,恻隐、羞恶、是非、辞让之心不可得而兴也。若是者,不作可也。吾读有明中晚诸先辈文,而四者之心,不觉其勃然兴也。天德、王道、物情,因是益辨晰而察焉,是注疏之善者也。以斯言才,油然于性情之际矣!③

彭氏所言,重在论证文章之"才"对表达"性情"极为重要,且可以"兴"起后人的仁义礼智之端。他所聚焦的对象,大抵是明代以来的八股文,故又特意将其与"注疏"作比较,认为时文解经而能以其文笔才气感动读者,亦可视为广义之"注疏",不必拘执于体制之别也。细味此论,不免亦可与焦循"惟经学可以言性灵"之语相参,窥见清中叶以降"性情"命题向文章学、经学渗透之趋向。

第四节 私言与私学:"性情"在学问领域的延展

从"性情"或学者主观精神的角度重新审视清中叶的学术途辙之辨,不难看到,表面的学问途辙之别,背后尚有更深层的思想旨趣。"文人""学者"之争,实质上引出了对学术文章之本质的思考。主张"性情"为学问中一大重要因素,则学问必与学者个人之特质有莫大之关联,知识的生产理当与士人自我的身心修养结合起来,此是"学问出于性灵"之命题在逻辑上的必然

---

① 《惕甫未定藁》卷二十三《书惜抱轩文集》,《渊雅堂全集》下册,第 849 页。按《礼记·郊特牲》:"盏酒涗于清,汁献涗于盏酒;犹明、清与盏酒于旧泽之酒也。"王氏引用其说,其意殆谓姚鼐之文融会古人经典,而自出以平淡清澈,犹如清醴、清酒与盏酒须以陈酿醇酒调和后过滤以成味。
② 《二林居集》卷六《震川文录叙》,《清代诗文集汇编》第 397 册,第 425 页。
③ 同上书卷三《论文五则》,第 398 页。

结果。章学诚以"性情"论"学问",便以"公""私"区分"道"与"学",推演出一"私学"之理念:

> 道公也,学私也。君子学以致其道,将尽人以达于天也。人者何?聪明才力,分于形气之私者也。天者何?中正平直,本于自然之公者也。故曰道公而学私。①

此《文史通义·说林》篇之言也,大致作于乾隆末年。② 由于"学"是在个人"聪明才力"的基础上建筑起来的,因此与"道"相比,属于"私"的领域。此论当然同时也是对儒家传统中"学以为己"之说的回应。《论语·宪问》"古之学者为己,今之学者为人",朱熹集注引程子"为己,欲得之于己也",正是章学诚论学重"自得"的思想资源。③ 不过,传统"为己之学"的命题,强调的是以自身的修养作为学术之目的,章氏"道公学私"之论,更重在突出以学者"自己"的性灵、"形气"作为治学之条件。强调"学"与"形气之私"的联系,是章学诚一系列论述的逻辑基石。正因为"学"需要本于个人的"聪明才力"来修行,因此治学途径可以因人之个性而不同。前文所说的"学有天性""学有至情",也正缘乎此。可以说,正是有了"学"为"私"的预设,才有了"学问"与"性情"之关系。章氏论学有"高明沉潜之殊"④,乃是将"学有性情"的命题展开具体化,高明、沉潜两种学问类型,正是基于学人才性的分划;其前提乃是"学"有"私"即个人性的一面,非如天理之"公"而均一:

> 高明者由大略而切求,沉潜者循度数而徐达。资之近而力能勉者,人人所有,则人人可自得也,岂可执定格以相强欤?⑤

如果更细为分殊,则还可以用"记性""作性""悟性"来解释考订、词章、

---

① 《文史通义》内篇四《说林》,《章学诚遗书》,第32页。
② 据仓修良说,见《文史通义新编新注》内篇四《说林》,第225页。本书对《文史通义》各篇撰著时间的系年,如无特别说明,均据仓说。
③ 《四书章句集注·论语集注》卷七,第155页。章学诚《文史通义》外篇一《淮南子洪保辨》:"君子之学,贵辟风气,而不贵趋风气也。盖既曰风气,无论所主是非,皆已演成流习,而谐众以为低昂,不复有性情之自得矣。"《章学诚遗书》第62页。
④ 《文史通义》内篇二《朱陆》:"高明沉潜之殊致,譬则寒暑昼夜,知其意者,交相为功;不知其意,交相为厉也。宋儒有朱陆,千古不可合之同异,亦千古不可无之同异也。"《文史通义》内篇四《答客问中》:"高明者多独断之学,沉潜者尚考索之功,天下之学术,不能不具此二途。"分别见《章学诚遗书》,第15页、第38页。
⑤ 《文史通义》内篇二《博约下》,《章学诚遗书》,第14页。

义理之分,又云"人当自辨其所长矣"①,也正是出于"学私"的原理。更有趣的是,章学诚将"道公学私"的命题运用到学术史的叙述上,将古代的学术发展分成"公"和"私"两个时期。经、史是"公"的阶段,子、集是"私"的阶段。由此,"公""私"之别乃是章学诚思想体系中极为重要的观念,章氏对学术秩序的看法正又此展开,故其论著述与学问之源流云:

  古未尝有著述之事也。官师守其典章,史臣录其职载,文字之道,百官以之治,而万民以之察,而其用已备矣。是故圣王书同文以平天下,未有不用之于政教典章,而以文字为一人之著述者也。②
  治学分而诸子出,公私之交也。③

  在章学诚看来,古代学问文章的历史,分为三个阶段:第一是治学未分、官师合一的时代,"六经皆史","皆先王之政典";第二是治学既分,王官失守的时代,百家蜂起,诸子别传,第三是流变为"文集"。④ 如果从"写作方式"来看,前一个阶段是经、史的时代,文字都是要见诸行事的制度,后一个阶段是子、集的时代,文字成为托之空言的著述。如果从学术与社会的关系看,前一个阶段是"公学"的时代,后两个阶段就是"私学"的时代。毋庸置疑,章学诚对第一个时代是"心向往之"并引以为最高典范的,这正是他在《文史通义》第一篇《易教》开篇即云"六经皆史也"的真正含义——"经""史"的统一,是在"先王得位行道"的历史环境下一切都不外乎"政教典章"。因此,章学诚的"公学",实际上指向的是政治权力与学术权力的合一,颇有"官学"的色彩。
  由"道公",章学诚复又推演出了先秦著作体例上的"言公"。《文史通义》有《言公》上中下三篇,其主旨曰:

  古人之言,所以为公也,未尝矜于文辞而私据为己有也。⑤

  在"古人"之"公"的背后,很明显有一"今人"之"私"的阴影,而"私"复又与"文辞"相关——有"私言"乃有"文人",讲求文章,辞必己出,正蕴含了

---

① 《文史通义》外篇三《答沈枫墀论学》,《章学诚遗书》,第85页。此书作于乾隆五十四年。
② 《文史通义》内篇一《诗教上》,《章学诚遗书》,第5页。
③ 《文史通义》内篇六《文集》,《章学诚遗书》,第49页。
④ 参见本书第九章第四节。
⑤ 《文史通义》内篇四《言公上》,《章学诚遗书》,第29页。此句在《言公》上篇各段结尾反复出现,是其中心论点。

"私学"之几。《言公》篇之旨,在于发挥"古人之言为公"这一大判断,其理论基础就是上古治学合一,无所谓"私言";而"周衰文弊,诸子争鸣",乃是"夫子既殁"、微言绝而大义乖的结果,但诸子于"语言文字未尝私其所出也"。因此,从先秦诸子直到汉朝初年,"著书"观念与后世不同,言不必己出,学问著述并不一定要出于一人之手。在章学诚的论述中,先秦诸子处在一个"公""私"之际的微妙位置。《经解》篇云:

> 官师既分,处士横议,诸子纷纷著书立说,而文字始有私家之言,不尽出于典章政教也。①

此处明确以诸子为"私家之言",对照《言公》篇所云诸子"未尝矜其文辞而私据为己有",似又不以诸子为"私言",未能尽合。这一矛盾如何解释?首先,在章学诚的学术史梳理中,"诸子"是从经、史之"公言",向词章文集之"私言"过渡的阶段,因此在论辩中,根据侧重之不同略有偏至,亦非异事。诸子百家虽是"私言"之始,但由于其学说传衍,又有学派性质,虽不出于王官功令,然"言公"之旧规,固未尽坠也:

> 诸子之奋起,由于道术既裂,而各以聪明才力之所偏,每有得于大道之一端,而欲以之易天下。其持之有故而言之成理者,故将推衍其学术而传之其徒焉,苟足显其术而立其宗,而援述于前与附衍于后者,未尝分居立言之功也。故曰:古人之言,所以为公也,未尝矜其文辞而私据为己有也。

盖以诸子论说,师弟相承,述前衍后,未尝据守"著作"之权以为己功,因而虽非官守之"公",亦不失师传之"公"。值得注意的是,此言诸子百家"各以聪明才力之所偏"得道之一端,正呼应前引《说林》中"聪明才力,分于形气之私者也"的说法。类似的表述,还见于《原道》篇:

> 官师治教合,而天下聪明范于一,故即器存道,而人心无越思。官师治教分,而聪明才智不入于范围,则一阴一阳入于受性之偏,而各以所见为固然,亦势也。②

---

① 《文史通义》内篇一《经解上》,《章学诚遗书》,第8页。
② 《文史通义》内篇二《原道中》,《章学诚遗书》,第11页。

在章学诚,学问与个人的"聪明才力"有关,而才力之"偏",则由于每个人禀赋之"气"的不同;焦循《词说》以为性情中"气"有刚柔,影响到所学之歧异,两处逻辑正相一致。故所谓"道公学私"与"言公"之论,与"学问本乎性灵"固有内在之关联也,正是《博约》篇"学有天性""学有至情"之命题的展开。

关于《言公》在章氏整个思想框架中的地位,近年来学者颇有关注,由"言公"推演出的"古人著书往往不标篇名""古人著书或离或合"、古人可以"移置他人之书"等论点,不但在余嘉锡《古书通例》中颇有回响,更可由二十世纪以来的出土文献得到不少印证。① 不过,这里笔者想追问的,并非《通义》关于古书体例的观点是否正确,而是章氏之立论,有何现实语境,如何回应清中叶学术界自身的问题。由此,《言公》便不仅是"考古"之著,更可以作"察今"之语。《文史通义》对诸子著述之体,反复析言,其用意并非仅仅澄清历史之真相,而更有以古鉴今,为后世著作立法之意。《言公》上篇乃历史考述,论证汉以前"古人之言,所以为公也";中篇以"世教之衰","道不足而争于文,则言可得而私矣"发端,则是指陈后世"私言"之种种弊端,包括"窃人之言以为己有""以己所作托为古人""有意为文而文亡""徒善文辞而无当于道"等等;下篇则畅言制诰、馆局(官方修书)、文移、书记、募集、乐府、点窜、拟文、假设、制义等诸种著述体裁之"公"。由此安排,最可见其用意。三代以下,实际上已经进入了"私学"的时代,除非完全皈依"治统",以功令之文为"文",以钦定之学为"学",则不得不面对"私学"自任的问题。《文史通义·史释》篇颇揭此旨:

> 盖自官师治教分,而文字始有私门之著述,于是文章学问乃与官司掌故为分途,而立教者可得离法而言道体矣。②

官师既分,"文章学问"便不能不有一"私"的属性。而在"公""私"分判的框架下,我们才能够理解章学诚对"著书"的看似矛盾的论说。一方面,《文史通义》在《易教》中明言"古人不著书,古人未尝离事而言理";但另一方

---

① 王汎森《对〈文史通义·言公〉的一个新认识》指出"《言公》之旨扩散到他的《文史通义》及《校雠通义》两书,是章氏整个理论建构的基础"。王氏亦援引出土文献的研究成果,证明考古发现所获得的对"古书不题撰人""古书多无大题""古书多单篇流行""古书分合无定"等认识,"皆与章学诚的推断若合符节,使我们对《言公》的思想得到一种新的证实,知道它不但不是错了,而且相当符合古代的实况"。此文原载《自由主义与人文传统:林毓生先生七秩寿庆论文集》,(台北)允晨文化2005年版,亦收入王汎森《权力的毛细管作用:清代的思想、学术与心态》,(台北)联经2013年版。

② 《文史通义》内篇五,《章学诚遗书》,第41页。

面,章氏安身立命的"文史校雠"之学,正是要通过对历史上各种"著作"之体例、流别的研究,以期"辨章学术,考镜源流";关于"著作体例"的讨论,更是《文史通义》《校雠通义》以及章氏其他散篇文字中反复论辩的问题;其《文史通义·原道》更是以"随时撰述,以究大道"为学者之志业,岂非违背"不著书"之古义?

事实上,"著书"或是"不著书",正是"古""今"之判,章学诚虽然不断论述古人治学合一、道在政制、"不著书"的理想,但三代以下,时殊事异,此一理想并没有实践的土壤,普通士人并无"圣王"之位,安能"制作"? 如果说三代以下之"学"是为"私学",则三代以下之文也不能不为"私文"。章学诚本人,实亦深明此困境,故他在《答甄秀才论修志第一书》中自述其志云:

> 丈夫生而不为史臣,亦当从名公巨卿,执笔充书记,而因得论列当世,以文章见用于时。如纂修志乘,亦其中之一事也。①

在章氏的思想中,"制作"必须"有位",故六经出于官守,载籍掌于史臣,皆"公学"也。按照这个逻辑,后世之人想要"制作",同样也要"有位"。然"圣王"不可僭,"史臣"亦难跻,跟从"名公巨卿"以充"书记",则是章学诚为普通士人安排的一条折中之路。不难想见,这当然是对清代士人游幕生活的一种理论化与合理化。由幕友之身份,士人得以与官方权威发生关联,因而由"私"进于"公",获得了"论列当世"的权力。除此之外,官方组织之馆局修书,也可以是一种"公学"之形态。在章学诚的理论框架中,这种官方的学术活动,正好为士人提供了著作之"位";即从现实的角度讲,参与清廷乃至地方官员所资助的"书局",亦不失为谋生之道。② 此外,如果用人得当,官书亦可为传世之作。如陈康祺《郎潜纪闻》就推崇徐乾学修《一统志》,"书局"中汇聚顾祖禹、阎若璩、胡渭等学者皆一时之选,是"官书如此慎重,岂复私家著述所能比肩"。③ 网罗了戴震等一大批乾嘉重要学者的四库全书馆,亦是显例。不过,参修官书,毕竟不是人人、时时都有机会;相对于供职书局,私人著书也有更为自由的优点。如郝懿行就曾推辞会典馆总纂之邀,自言"以愚僻

---

① 《答甄秀才论修志第一书》,收入《方志略例》,《章学诚遗书》,第138页。
② 参见 Benjamin A. Elman, *From Philosophy to Philology: Intellectual and Social Aspects of Change in Late Imperial China*, Harvard Unversity Press, 1984;尚小明《学人游幕与清代学术》,社会科学文献出版社1999年版。
③ 《郎潜纪闻初笔》卷三,第58页,中华书局1984年版。

性,加之疏拙,只能著述私书,而不能裨补官书",同时,从实际的一面看,"官书当有程限,不得优游自如,倘贻过咎,翻为招损"。① 除了"程限"之外,"官书"在内容、体例方面的诸多限制甚或禁忌,也显然是学者不能不慎重考虑的因素。欲以"言公"自任,谈何容易。

章实斋既以"公""私"之辨阐释其对"学问"本质及历史演进的看法,亦缘此引出济救时弊之方。首先,既然学问乃于性情之中"灵根自植",则学者本自身之天性以为学,则不可唯风气是趋。其《答沈枫墀论学》云:

> 人生难得全才,得于天者必有所近,学者不自知也。博览以验其趣之所入,习试以求其性之所安,旁通以究其量之所至,是亦足以求进乎道矣。今之学者则不然。不问天质之所近,不求心性之所安,惟逐风气所趋,而徇当世之所尚,勉强为之,固已不若人矣。世人誉之则沾沾以喜,世人毁之则戚戚以忧,而不知天质之良,日已离矣。夫风气所在,毁誉随之,得失是非,岂有定哉!②

士人之成学,除了功力的积累,亦受制于个人之才性,是故进学之方,在于追求自己"天质之所近""心性之所安"。出于自身的天质、心性,则是"为己之学",出于外在的风气、时尚,则是"为人之学"。前者有学人的性情为根基,乃是真学问;后者随世人之毁誉而定,则未免"相率而入于伪也"。在章氏看来,真正的学问乃是"君子之所以自树",纵使风气循环,亦是"毁誉不能倾,而盛衰之运不足为荣瘁矣"。③ 这一论述,自然不无针砭考据"风气"之意味,故此书下文即谓"今之学者""趋风气,兢尚考订,多非心得"云云,足见其现实针对。④

除了强调学问须自有树立,从"学有天性""学有至情"出发,章氏又特别重视学术之中思考、裁识之因素。这一用意,反映到其学术史论述中,便是提倡诸子学术与文章。以诸子百家救正文章之弊,于清中期不乏其论。如恽敬在《大云山房文稿二集自序》中正面提出"文集之衰,当起之以百

---

① 《晒书堂文集》卷二《答王幼海辞会典馆总纂书》,《续修四库全书》第1481册,第445页。
② 《文史通义》外篇三《答沈枫墀论学》,《章学诚遗书》,第84页。
③ 同上。
④ 又《文史通义·原学下》篇末云:"天下不能无风气,风气不能无循环。一阴一阳之道,见于气数者然也。所贵君子之学术,为能持世而救偏,一阴一阳之道,宜于调剂者然也。风气之开也,必有所以取。学问、文辞与义理,所以不偏重畸轻之故也。风气之成也,必有所以敝,人情趋时而好名,徇末而不知本也。〔……〕世之言学者,不知持风气而惟知徇风气,且谓非是不足邀誉焉,则亦弗思而已矣。"《章学诚遗书》,第13页。此言"风气"之消长,"学问、文辞、义理"之偏至,与《答沈枫墀论学》正可并观。

家",并为西汉之贾、董、晁、刘以及唐宋八大家各溯其儒、法、道、墨、兵、阴阳、纵横家之渊源,即其著者。恽氏之倡子书,不仅仅是篇章、文辞之模拟,而且是全面、系统的"以百家救文集",其理论基础乃是"百家微而文集行",颇有章学诚论子、集之判的影子。在章学诚的理论系统中,诸子百家乃"公""私"之转关,可谓是"私学"时代的开启者,又能寓"言公"于其学术之中,因而也是后世"私学"之典范,对于清中叶之文人学者,亦不无取法的价值。《原学下》云:"诸子百家之患,起于思而不学;世儒之患,起于学而不思。"① 由此,在知识主义高涨的乾嘉时代,以"诸子"救"世儒",正有其合理性。所谓"思"者,正所谓"高明""独断"之学也。《书教》篇将"古今之载籍"概括为两类,"撰述欲其圆而神,记注欲其方以智",又特别强调"圆而神"的作用:

> 于近方近智之中,仍有圆且神者以为之裁制,是以能成家而可以传世行远也。②

是知实斋所重者何在。能"高明",有"裁制",则学问有所专主,发之于文,则著述必有宗本也。《文史通义·立言有本》一篇评议汪中,讥其"聪明有余而识力不足","不善尽其天质之良而强言学问",最见章氏以"识力"为宗本之旨:

> 其平日谈经论史,灿然可观,甚有出于名才宿学之所不及,而求其宗本,茫然未有所归,故曰:聪明有余,识不足也。散万殊者为聪明,初学之童,出语惊其长老,聪明也;等而上之,至于学充文富,而宗本尚未之闻,犹聪明也。定于一者为识力,其学包罗富有,其言千变万化,而所以为言之故,则如《诗》之三百,可以一言蔽也,是识力也。③

识力表现为著作的规模结构、体例安排,而发源于作者自身的材质、性情。章学诚批评汪中《述学》不能真如"诸子"之书,背后正有其对理想"私学"的标准。不论是追求"性灵"自得,抑或探索立言之"宗本",内中所蕴含的"私学"理念,正不妨看作清人"著作"观念之中的一大潜流。而此"著作"之观念,正是表里"学""文",融会知识、性灵之交接点。以"著作"贯通主观

---

① 《文史通义》内篇二《原学下》,《章学诚遗书》,第13页。
② 《文史通义》内篇一《书教下》,《章学诚遗书》,第4页。
③ 《文史通义》外篇一《立言有本》,《章学诚遗书》,第56页。

精神与客观知识,正是清中叶学术思想史上一个值得注意的特点。章学诚"功力必兼性情"之论,在思想史的脉络中似可上接阳明"良知"之论。《文史通义·博约》即设为问答云:

> 或曰:子言学术,功力必兼性情。为学之方,不立规矩,但令学者自认资之所近与力能勉者,而施其功力,殆即王氏良知之遗意也?〔……〕
> 答曰:〔……〕高明者由大略而切求,沉潜者循度数而徐达,资之近而力能勉者,人人所有,则人人可自得也,岂可执定格以相强欤?王氏致良知之说,即孟子之遗言也。良知曰"致",则固不遗功力矣。朱子欲人因所发而遂明,孟子所谓察识其端而扩充之,胥是道也。而世儒言学,辄以良知为讳,无亦惩于末流之失,而谓宗指果异于古所云乎?①

是实斋不讳言其"性情"之说与阳明"良知"之说的内在渊源,并为王学辩护,认为"致良知"之"致",已然包含有"功力"的因素。钱穆亦由此推言:"今以实斋风气、性情之论,上观阳明《拔本塞源论》所辨功利与良知之异,则渊源所自,大体固若合符节耳。"②将实斋之说,导源乎阳明,固是不刊之论。不过实斋每每本"著作"而立言,故他论学术之性情,必归于"撰述""记注"之"圆而神""方以智",颇有别于阳明不甚重著述之态度。阳明之言"良知",乃是在修身制行的层面统合主观精神与客观工夫,实斋之主"性情",则是在著书立说的层面融会主观识断与客观知识,其兼容主、客双方则同,其所以兼容者则异也。阳明之论学云:

> 有训诂之学,而传之以为名;有记诵之学,而言之以为博;有词章之学,而侈之以为丽。若是者纷纷籍籍,群起角立于天下,又不知其几家,万径千蹊,莫知所适。世之学者,如入百戏之场,欢谑跳踉,骋奇斗巧,献笑争妍者,四面而竞出,前瞻后盼,应接不遑,而耳目眩瞀,精神恍惑,日夜遨游淹息其间,如病狂丧心之人,莫自知其家业之所归。③

此言学问之分途,贬斥训诂、记诵、词章诸端而力尊良知之学,此与章学诚论辩义理、考据、词章三者的立场并不相同。在阳明,良知之学具有绝对崇

---

① 《文史通义》内篇二《博约下》,《章学诚遗书》,第14页。
② 《中国近三百年学术史》第九章《章实斋》,第448页。
③ 《传习录中·答顾东桥书》,《王阳明全集》卷二,第63页。

高之地位,故他指出"训诂之学""记诵之学""词章之学"的诸多流弊,然并不言良知本身有何疵病。在章学诚,义理之学、高明之识,固然是学问之核心,但也需要与考据、词章相与为济:

> 学问之途,有流有别,尚考证者薄词章,索义理者略征实,随其性之所近,而各标所得,则服郑训诂、韩欧文章、程朱语录,固已角犄鼎峙而不能相下,必欲各分门户、交相讥议,则义理入于虚无,考证徒为糟粕,文章只为玩物,汉唐以来,楚失齐得,至今嚣嚣,有未易临决者。惟自通人论之则不然,考证即以实此义理,而文章乃所以达之之具。①

章氏之论,一方面也点出"义理之学"有虚无之流弊,另一方面又强调考证、文章对义理的作用,贯通考证、义理、文章,乃是他心目中"通人"之理想。而兼收并济之中,章氏立论的一个特别的出发点,又是"文""学"之合。如对《孟子》"博学反约"的命题,王阳明对"约"的解释以"致良知"为归宿处,侧重在道德领域,而清儒则偏好在知识领域内部处理博、约的问题。戴震《孟子字义疏证》明确区分"知之约"与"行之约",又以"约谓得其至当"解释"反说约",自然是属于知识的范畴。② 而章学诚不但在知识学问的框架下处理"博""约",更点出其中"文"的因素:

> 近日学者,正坐偏学而不知文耳。孟子曰:"博学而详说之,将以反说约也。"夫博、约自是学问,乃必云"详说",又云"说约",所谓"说"者,非文而何? 宋人讥韩子为因文见道,然如宋人语录,又岂可为文乎? 因文见道,又复何害? 孔孟言道,亦未尝离于文也。但成者为道,未成者为功力,学问之事,则由功力以至于道之梯航也。文章者,随时表其学问所见之具也。③

实斋针砭时弊,拈出"偏学而不知文"一点,极可注意;盖其以"学问文章,古人本一事",故当"学"之弊,而求其药石于"文"。对"博学反约"的问题,王阳明也承认"事为"与"论说"皆属"君子之学",但更强调"从事于事为、论说者,要皆知行合一之功,正所以致其本心之良知";与章氏抓住一个"说"

---

① 《章氏遗书》文集七《与族孙汝楠论学书》,《章学诚遗书》,第224页。
② 参见余英时《清代学术思想史重要观念通释》"博与约"一节,《中国思想传统的现代诠释》,第441—456页。
③ 《文史通义》外篇三《与林秀才》,《章学诚遗书》,第89页。

字做文章,颇为异趣。相形之下,章学诚讨论学问利病,非常重视"文章"的积极作用,以为"马班之史,韩柳之文,其与于道,犹马郑之训诂,贾孔之疏义也",逆其用意,殊不欲训诂疏义等经学之文垄断对"道"的解释权,是则实斋所谓"文",取义甚广而为用又甚大也。就实效而言,因"文"正"学",亦不失理据。实斋《又与正甫论文》云:

> 文章嗜好,本易入人,今以伪学风偏、置而不议,故不得不讲求耳。①

《与汪龙庄书》又云:

> 近日学者风气,征实太多,发挥太少,有如桑蚕食叶而不能抽丝,故近日颇劝同志诸君多作古文辞。②

前者谓"文章"作为知识阶层人人习用之工具,易于在风气转移方面产生影响;后者则暗示"作古文辞"可以增进"发挥"一面的能力,调和"征实"之风气。此所谓"发挥",正由高明、识断而进乎性情者也。更可言者,章学诚以公、私分道、学,又以此梳理经、史、子、集的学术史谱系,其实也正是由载籍文章的"义例""流别"入手,进入对"学问之大体"的系统阐述。实斋自以为"著书无他长"而"能于学问文章别择心术邪正"③。其求索"心术"之器,非"文章"而何?换言之,章氏的"文史校雠"之学,本就建立在对古今"著作"及其"用心"的考察之上,是则其因"文"明"道",借著述以窥性灵,又无可疑矣。

在清中叶"知识主义"学风大盛之时,强调天性、至情等个人性的因素,"恢复学术认识中的主观契机"④,内里固然有宋明理学的思想渊源,但就其实迹而言,又不能不说是在"学""文"互动之中,推演并发展出了知识、性灵相统一的问题。袁枚从"文人"的立场对考证之学提出挑战,焦循、章学诚以"学者"的角度或明或暗地回应辩驳,其聚焦点为"著作",而潜在引出的,是

---

① 《章氏遗书》外集二《又与正甫论文》,《章学诚遗书》,第338页。
② 《文史通义》外篇三《与汪龙庄书》,《章学诚遗书》,第82页。此外,章氏还指出,就初学入门而言,文章亦有独到之价值。其《论文示贻选》云:"夫立言亦以学问为主,学问未能有主,则姑学古文,亦古人志气交养之道。〔……〕古人亦有因文辞而悦得于学问者,在从入之途,固不可以一例拘也。"《章学诚遗书》,第336页。
③ 《与史余村》,《章学诚遗书》,第644页。
④ 参见〔日〕山口久和著,王标译《章学诚的知识论——以考证学批判为中心》第五章,上海古籍出版社2006年版。

"学问"中的"性灵",并非偶然,其逻辑基础便是"学""文"合一之理论框架。正缘乎此,性灵与知识之张力,可以穿梭于学问与文章之际,从诗学、古文之学到经史之学,皆能演绎出相似的"性情""性灵"之论。知识、性灵之统一,其归宿便是学人之"著作"——学问发乎性情,著书以明大道,正清人成"学"为"文"之理想也。

第十二章　学者愿著何书：
题跋小课与汉学札记的经典化

从学术著作传播的角度看，某种特定的学术理念、治学方法，在历史现场之中可能存在多重流衍的路径。朋友之间的谈论、书信往还，或是最直接、最快捷的流布形式。见之著述、梓行成书，则是最权威、稳定而传之久远的方式。除此之外，借由考课、文会等方式进入士人日常学习和写作之实践，也是一种值得注意的学术扩散途径。清代中叶以降，各地书院在时文制艺考课之外，兴起了以"经古"之学为导向的"小课"，一方面对科举之业对士人知识视野的导向不无补充，另一方面，也使少数精英学者酝酿、发展的学术思路借由书院课试在士人群体中发挥持续而潜移默化的影响。道光五年（1825）初春，阮元在广州学海堂的课试，便激起了宋学干城方东树的不满：

> 两粤制府阮大司马既创建学海堂，落成之明年乙酉初春，首以"学者愿著何书"策堂中学徒。余慨后世著书太易而多，殆于有孔子所谓"不知而作者"，因诵往哲遗言及臆见所及，为十有六论，以谂同志，知者或有取于鄙言也。①

此所记阮元之考课，显有提倡著书、推举学术典范之用意；而方氏对"著书太易""不知而作"的感慨，则不免是在大唱反调；汉宋学术思路的差异，正在这一细节中折射出来。从方氏的记述看，其考试文体较可能采用的是"策问"。此系阮元平生好用之课试形式，一般是就具体知识发问，要求考生直接出答案即"对"，不甚讲求文体。但阮元时或在"策问"名目之下，指定写作某类特定的文体。如道光间学海堂之策问，以东汉经学家何休为题，令考生"试为《汉何邵公赞》"②，即其例也。道光五年初春这次"学者愿著何书"之试，从题目上看颇具开放性，似非单纯客观知识的考问。考阮元本集及《学海堂集》所载，未见此次考题的具体记载，难以确知其详。不过，在《学海堂集》所收诸体文章之中，有一种与"著书"甚有关系的文类，却颇值得关注。

---

① 方东树著，李花蕾点校《书林扬觯》卷上，第1页，华东师范大学出版社2015年版。
② 《学海堂策问》，《揅经室续集》卷三，《清代诗文集汇编》第477册，第662—663页。

此集于卷五至卷六,收录了《书东莞陈氏〈学蔀通辨〉后》同题文三篇、《浚仪王氏〈困学纪闻〉跋》四篇、《昆山顾氏〈日知录〉跋》四篇、《嘉定钱氏〈十驾斋养新录〉跋》六篇,皆系有关学术专著的题跋文章。这类读书题跋绾合了"阅读史"与"著作史"两端,一方面是作者研读视野与趣味的直接反映,另一方面又以评论考辨的方式传递出有关治学路径、撰述方式的理念,正可以呼应"学者愿著何书"这一大题目,折射出书院教育对学术风气的影响。"题跋"文体如何得以进入书院考课的场域之中?其体制形式方面有何特色?对清代后期的学术发展产生了何种影响?这是本章希望探讨的问题。

第一节 读书题跋:一种新兴课试文体的成立

在清代书院的考课中,八股"时文"当然是绝对的主流。在此之外,山长、学政或有志改进学风、作育人才的地方官员,常常也会引入各类"古文"文体,为生徒开阔眼界,倡导古学。① 此种课试文体之革新,最初仍不免要以科举成例为依托。例如乾隆十七年,全祖望在广东端溪书院的"古学试",就援引官方功令,指出表、论、判、策等本用于二、三场考试,以此论证添试的合理性,同时又特别说明"古学"课试并不强求,其奖金亦出于掌教"自捐笔资",可见将此类文体引入课试,并非易事。② 全氏的古学试,背后固然也有朝廷掌故、经史古学的知识指向,然以二场与三场、馆课为诱掖,文体训练的色彩亦颇浓厚。嘉庆间,阮元在主持会试、浙江岁科试和杭州诂经精舍课试时,特重"策问"一体,则当是弱化了文体形式的要素,将重心放在知识本身。盖对问作答,具陈其事,语言通畅即可,不甚讲求体式之规范、词句之锤炼也。例如其嘉庆初年在浙江学政任上所编《浙士解经录》,自序开篇即分判"为才人易","为学人难",点出时艺取士(重文章)和经学取士(重学问)之潜在分歧,并称引朱珪"经解""最易得人"之语,作为他"以经覆试"的观念基础。③ 而观此集所录解经之文,实际上便是用"策问"这种文体形式展开。例如第

---

① 参见本书第六章第三节有关清代前中期书院古文课试的讨论。关于清代书院课试中古文、骈文等词章文体的使用及其与学术的关系,还可参刘玉才《清代书院与学术变迁研究》,北京大学出版社2008年版;徐雁平《清代东南书院与学术及文学》,安徽教育出版社2007年版,尤其上编第四章、中编第三章;陈曙雯《经古学与十九世纪书院的文学生态与骈文发展》,南京大学博士学位论文,2016年。关于学海堂的考课与学术,参於梅舫《学海堂与汉宋学之粤浙递嬗》,社会科学文献出版社2016年版。

② 《端溪书院讲堂条约》,《全祖望集汇校集注》中册,第1859页。

③ 《浙士解经录》卷首阮元自序,《四库未收书辑刊》第3辑第10册。关于阮元等清代学政官员在地方官学之考课,参黄政《清代学政的试牍选本与科举文风》,《文学遗产》2020年第2期。

一条问:"'终日乾乾,夕惕若夤'有离、坤、坎逸象;又'夤'为脱字,知否?"便考察了两方面的知识:(一)虞翻易学中有关"逸象"之说①,要求考生答出"离为日""坤为夕""坎为惕"并分析其理。(二)《周易》经文的校勘问题;《说文解字》夕部引《易》曰"夕惕若夤",惠栋《周易述》据此推断乾卦九三爻辞"夕惕若"后原有一"夤"字,此题要求考生述评其说。② 回答此题,关键是需要了解惠栋之《易》汉学,并不在文章技巧上有过多要求。不仅如此,知识性的"策问",对答之文字重在击中要害,可长可短,篇幅上也颇为自由。例如第二条问:"《肆夏》为金奏,而郑《谱》以为升歌,何也?"所录顾廷纶、刘九华之对策,皆不过寥寥数十字;第三条"深衣之制可考欤",傅学灏的答案则有七百余言,各尽其意则止。对于应答的角度、范围,考官也常常予以指明,如"'笙镛以间',蔡沈所引叶氏说,乃攘袭郑司农《仪礼》注而没其名也。《仪礼》宿县之制,能参以《尚书》《周礼》《礼记》《毛诗》《左传》诸书,详考之否"③,不但明确指出《书集传》引述之失,又要求考生引用群经作答,显然是考官已有定说在胸,与八股"书义"期待应试者探索新鲜的"破题"角度颇不同调。由此可见"策问"作为一种考试文体,实具有突出的"知识"导向。而此时科试中所谓"经解",尚附于策问之下,未形成独立成熟的一类文体。

与《浙士解经录》形成对照的是,嘉庆六年编刊的《诂经精舍文集》中,解经类文章便被以"说""解""论""证""考""辨"等体编排,如《磬折说》《〈礼〉长至日非冬至解》《算法借征论》《孔子去鲁证》《〈孟子〉〈周礼〉田制异同考》《重黎辨》等等,与"策问"不相杂厕,可见时人对"经解"文体的进一步自觉。值得注意的是,《诂经精舍文集》所收文章,未必皆为考课之作。例如卷三所录洪颐煊《呈孙渊如夫子书》《再呈孙渊如夫子书》,在文末自署写作时间分别为"嘉庆庚申闰四月廿六日"(嘉庆五年,1800)和"嘉庆庚申五月十一日",乃是与精舍主讲孙星衍讨论许慎栗主结衔的通信,当非为考课而作。④ 又同卷洪颐煊之《七经孟子考文补遗跋》,文内亦交代其撰作之因由,乃是洪氏读到阮元嘉庆二年(丁巳,1797)翻刻之山井鼎《七经孟子考文》后,旁征博考,论述此书之得失,具体包括:(一)列举《经典释文》《初学记》《文选》注等古注、类书中所引经文可与之互证者;(二)辨析其异文之长于今本者;(三)指摘其中文字之讹误。⑤ 从其文字表述看,也是一篇读书之后自行撰作的题

---

① 参见惠栋《易汉学》卷六《虞氏逸象》,张惠言《周易虞氏义》卷九《说卦逸象》。
② 惠栋《周易述》卷一,皇清经解本。对惠栋之说的反驳,见王引之《经义述闻弟一·周易上·夕惕若厉》,虞思征、马涛、徐炜君校点《经义述闻》,第5—6页,上海古籍出版社2016年版。
③ 《浙士解经录》卷三,《四库未收书辑刊》第3辑第10册,第482—484页。
④ 《诂经精舍文集》卷三,《中国历代书院志》第15册,第64—66页。
⑤ 同上书,第66—67页。

跋,非应试之作。除此之外,《诂经精舍文集》中未再收录其他读书题跋之文,可见此体虽已是当时学术写作中一种常见文体(故洪作得以入选),但并未成为书院考课中惯用之形式。

将读书题跋引入考课,学海堂课试中的《困学纪闻》《日知录》《十驾斋养新录》可谓具有标志性地位。据桂文灿《经学博采录》记载:

> 阮文达公督粤,建学海堂,初拟于前明南园故址,略觉湫隘;又拟于城西文澜书院,以地少风景;又拟于河南海幢寺旁,亦嫌近市;久之,始定于粤秀山麓。〔……〕公之初命题也,第一课系王伯厚《困学纪闻》、顾亭林《日知录》、钱辛楣《十驾斋养新录》三跋。公在粤凡十八课,移节云南,乃命高材生吴应逵、赵均、吴兰修、曾钊、林伯桐、张杓、马福安、熊景星为学长,额定八人,分拟经、史、诗、赋等题,分阅诸卷,有缺,七人公举肄业举贡充补。论者谓自有书院以来,其法莫善于此也。①

从这一段记述,可见阮元创设学海堂时苦心经营、辗转多处之情形。粤秀山中院舍正式落成在道光四年岁末,而在此之前,"学海堂"已经开始"连年以经古课士"。② 这一段早期考课的历史,按《雷塘庵主弟子记》所述,乃是始于嘉庆二十五年三月初二日阮元"开学海堂,以经古之学课士子,手书'学海堂'三字扁,悬于城西文澜书院";而吴岳《新建粤秀山学海堂碑》则称"道光元年春,倡学海堂课",同治《南海县志》亦云"道光辛巳春,文达公开学海堂课士,迟回择地,拟暂于城西文澜书院收卷悬榜,即颜其堂曰'学海'",皆谓开课之时在道光元年,与《弟子记》相歧。吴岳乃当时参与学海堂课试之士人,同治《南海县志》的史料来源是"学海堂续志档册、采访册",其说或当更为可信。③ 桂文灿特别记下阮元"初命"的考试题目为三篇题跋,足见这一安排的分量和

---

① 桂文灿著,王晓骊、柳向春点校《经学博采录》卷一,第7—8页,华东师范大学出版社2010年版。
② 《雷塘庵主弟子记》卷六,张鉴等撰、黄爱平点校《阮元年谱》,中华书局1995年版,第146—147页。
③ 麦哲维(Steven B. Miles)以同治《南海县志》和吴岳碑文为依据,并旁参当时广州文士谢兰生日记中道光元年正月十七日"制府课士有古学六题,命次儿写正付钞。借得钱辛楣《养新录》,的是好书"之记载,推断《雷塘庵主弟子记》的记载有误,阮元的首次"学海堂"经古课试应在道光元年。麦氏发现谢兰生借阅《十驾斋养新录》的记录,应是一条相当关键的旁证——在道光元年正月这次考课的题目中,极有可能就包含有题跋钱著。见〔美〕麦哲维著,沈正邦译《学海堂与晚清岭南学术文化》,第120页,广东人民出版社2018年版。此外,又如曾钊在为其友张杓所作的《张馨泉孝廉家传》中亦云"道光辛巳,阮文达督粤,开学海堂课士,君为首选"(《面城楼集钞》卷四,《清代诗文集汇编》第687册,第730页)。曾、张二人皆为学海堂学长,其记述亦当是更为可靠的史料。

对后来学者的影响。此课应试之文，有多篇皆收入《学海堂集》中得以传世（参见图 10）：

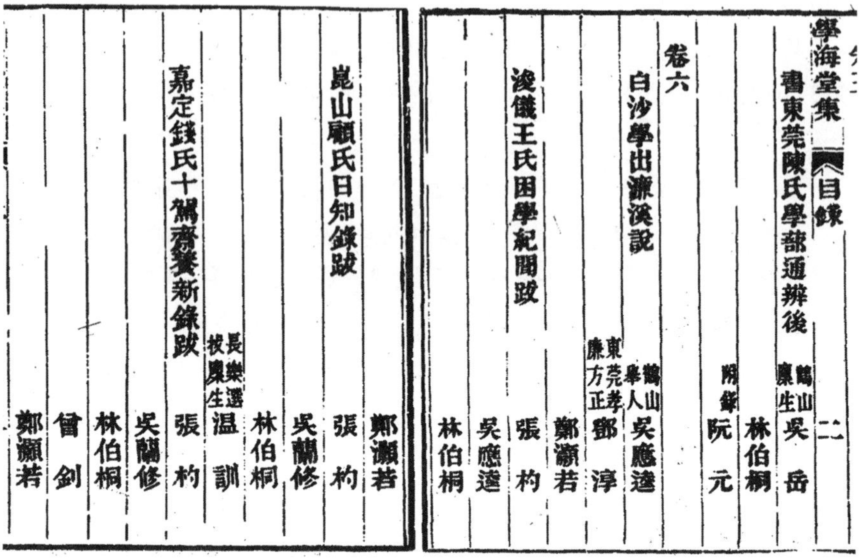
學海堂集 目錄 二
書東莞陳氏學蔀通辨後 鶴山庠生吳 岳
林伯桐
附錄 阮 元
卷六
白沙學出濂溪說 鶴山舉人吳應逵
東莞孝廉方正鄧 淳
鄭灝若
浚儀王氏困學紀聞跋 張 杓
吳應逵
林伯桐
崑山顧氏日知錄跋 鄭灝若
張 杓
吳蘭修
林伯桐
長樂選拔貢生溫 訓
嘉定錢氏十駕齋養新錄跋 張 杓
吳蘭修
林伯桐
曾 釗
鄭灝若

图 10 《学海堂集》收录《困学纪闻》《日知录》《十驾斋养新录》三跋

从知识内涵和文体形式两个方面看，《困学纪闻》《日知录》《十驾斋养新录》三跋都颇为新颖。首先，三跋的对象，并非经史典籍原文，而是三部研讨经史疑义的笔记，以此课士，自难用“经解”“史论”之类，而需别开生面的题跋体。其次，《学海堂集》中收入张杓、吴应逵、林伯桐、郑灏若四篇《困学纪闻》跋，张杓、吴兰修、林伯桐、温训四篇《日知录》跋，张杓、吴兰修、林伯桐、曾钊、郑灏若、邓淳六篇《养新录》跋①；与《经学博采录》的记述相配合，亦可旁证这些同题文章乃应阮元考课之作。而曾钊《面城楼集钞》中除收入上述《十驾斋养新录》跋之外，还另有一篇《日知录》跋，也当系应考之作而未选入《学海堂集》者；当时之盛，可见一斑。由是观之，阮元选择以三篇题跋作为学海堂经古学的“第一课”，当有其特别的用意。王应麟、顾炎武、钱大昕这三部著作，虽非经史本身，却代表了汉学家心目中研经考史的理想门径，以此提倡，正有为学海堂诸生乃至整个广州的士人阶层引导趋向之意。

除了学术笔记三跋，学海堂中士子还围绕明代东莞陈建（号清澜）《学蔀通辨》撰写评论文字，今《学海堂集》中选录有吴岳、林伯桐以及阮元的《书东莞陈氏〈学蔀通辨〉后》各一篇，皆阐发陈氏的朱陆异同之说，崇理学而抑心

① 《学海堂集》卷六，《中国历代书院志》第 13 册，第 89—103 页。

学。三篇之中,吴作篇幅最大,长达七千六百余字①,从文献时代先后、学理等多个方面详细论述朱陆之"早同晚异""始同终异",并对陆、王之学说展开批评。林作近三千字②,相对较为简洁,主要是介绍陈著写作背景、内容大要,并针对一些有关此书的批评意见加以辩驳。阮作最短,仅七百五十字,主旨在揭示朱熹"晚年讲《礼》""理必出于礼"之说,其文末提到"此清澜陈氏所未及,亦学海堂诸人所未言,故特著之",可见已是超越原书,而进一步发表自己的学术史观点。从阮元这一笔交代,亦可推想他以《学蔀通辨》命题之意,并不止于其书本身或陈氏原意,而是有意通过粤籍学者之著作,发掘广东本地固有的学术话语传统,借以推广"道问学"一路之学术理想。吴岳之作篇后附有一条识语,自称在嘉庆九年(1804)已经读过陈建此书,"今道光元年(1821)辛巳九秋,复潜心先生《治安要议》已,再从事于《通辨》,圈注订正,融会贯通,遂解其要,附以平昔议论,为书后一篇"。可知其写作时间在道光元年九月,与前述三跋相去不远。从考课用意上看,其思路亦颇相近,皆是通过具体学术著作的阅读、评论,推动汉学观念与治学方法的流传。

在《学海堂集》所收之文章中,首课之《困学纪闻》《日知录》《十驾斋养新录》三跋,入选同题之作数量较多③,可见在当时考课中属于反响较大、效果较好者。此外,集中尚有《魏收〈魏书〉跋》三篇,《〈一切经音义〉跋》一篇,以及《恭读〈四库全书目录〉跋后》一篇,各题考试与撰作的时日虽难一一确考,但大体上均系学海堂创立至道光四年底之前的作品。可以肯定的是,读书"题跋",在广州学海堂中被引入书院并成为一种常用的课试文体。厥后《学海堂二集》(道光十六年,1836)中收入了《〈经典释文〉跋》《〈孟子音义〉跋》《惠氏〈后汉书补注〉跋》《〈后汉书·文苑列传〉跋》《〈晋书〉跋》《书赵德夫〈金石录〉后》《〈百越先贤志〉跋》《〈大学衍义补〉书后》等篇④;《学海堂三集》(咸丰九年,1859)收入了《金坛段氏〈毛诗故训传〉跋》《陈长发〈毛诗稽古编〉跋》《皇侃〈论语义疏〉跋》《洪氏〈隶释〉跋》《〈郡斋读书志〉跋》等⑤;可见此一文体在学海堂考课中的持续使用。从命题内容上看,用于考课的读书

---

① 正文(不计标题、作者字数)共7610字,文末另有附记119字。见《学海堂集》卷五,《中国历代书院志》第13册,第69—79页。

② 林作中附有双行小字自注,正文(含小注,不计标题、作者)共计2972字。见《学海堂集》卷五,《中国历代书院志》第13册,第82—85页。

③ 《学海堂集》选录课作,每题以二三篇为主流,亦有仅录一篇者。首课三跋,王、顾二书皆四篇,钱书更达六篇,乃是入选量较大者。可以对比者,如《文笔考》收入四篇,《四书文源流考》收入五篇,都属于学海堂考课中具有重要影响的"话题"。

④ 《学海堂二集》,《中国历代书院志》第15册。

⑤ 《学海堂三集》,《中国历代书院志》第15册。

题跋大致可分为两类:一是学术著作的题跋,尤以经学训诂、文字、考据之书为侧重;二是史书的题跋,常又是选择某一单篇为中心。在课试文体谱系中,题跋开始主要归在"文笔"或"史笔"一类,与另一大类"经解"相别。阮元于道光六年六月颁布的《学海堂章程》云:

> 每岁分为四课,由学长出经解、文笔、古今诗题,限日截卷,评定甲乙,分别散给膏火。学长如有拟程,可以刻集,但不给膏火。①

《学海堂章程》将课试文体分为三类,将其与道光五年刊刻的《学海堂集》对照,可知"经解"主要载诸卷一至卷四,内中有解、策问、释、辨等体;所谓"文笔",大抵包括"文"和散体的"笔"两小类:卷五至卷九的书后题跋、说、考等属于"笔",卷十录有赋、铭和骈文,属于"文"。在《学海堂集》的文体谱系中,读书题跋绝大部分属于"笔",但也有以一篇骈体写作的《恭读〈四库全书目录〉跋后》(卷十),属于"文"类。道光十四年,两广总督卢坤为学海堂所颁"应行事宜"中,则又有"史笔题"之称:

> 向例每届季课以学长二人承办,所以均劳逸也。至拟定题目,自应八人公商,以期尽善。向来史笔题,或题跋古书,或考核掌故,仍以经史为主,期为有用之文。赋,或拟古赋,或出新题,俱用汉魏六朝唐人诸体。诗题,不用试帖,以场屋之文,士子无不肄习也。均应遵照旧章,以劝古学。②

此处提到史笔题、赋题、诗题三类季课题目,未言及"经解题",但从《学海堂二集》收录情况看,其书凡二十一卷,卷一至卷十为释、解、辨、考、说、跋等,各体阐释经义的文章共五十一篇③,俱属"经解";卷十一至卷十四主要是跋、书后等体共十五篇,讨论史书、金石等问题,当属"史笔";卷十五至卷十七为赋、铭、赞、骈文,当系"文";卷十八至卷二十一则为诗作。由此观之,无论从卷数还是文章篇数而言,经解都占有绝对的优势;卢氏未就经解的命题加以要求,或许是因其已相对成熟而毋庸赘言。《学海堂二集》"经解—史笔—文—诗"的考课文体分类体系,大致上是一种内容与体式相结合的文体概念,与阮元《揅经室集》可以呼应:首先按文笔之别,将诗歌和骈偶、用韵之

---

① 林伯桐编,陈澧续补《学海堂志·文檄》,叶1b,《修本堂丛书》本。
② 《学海堂志·文檄》,叶4a—4b。
③ 《学海堂二集》之经解类文章中,亦有《〈易例〉跋》《读万充宗〈兄弟同昭穆说〉书后》。

"文"分别划出单列;然后按内容大旨作经、史之区分;同时,经、史两门在体式上又各有侧重,各有其核心、代表性的文体。① 在"史笔"一类中,卢坤提到"题跋古书"和"考核掌故",明确以读书题跋作为此类考课的主要题目类型,亦可见其侧重。

降及咸丰九年(1859),由张维屏等编纂的《学海堂三集》,在大体保持"经解—史笔—文—诗"的同时,题跋体更从"史笔"一类更多地进入"经解"之中,诸如《金坛段氏〈毛诗故训传〉跋》《陈长发〈毛诗稽古编〉跋》《皇侃〈论语义疏〉跋》等十一篇皆其类也,所涉既有重新被"发掘"而流行的古注古疏,亦有当时新出之清儒著述,可见题跋体在课试中使用范围的扩张。不过,整体而言,经解远多于史笔,经解类以释、解、考等体为主(占86%)②、史笔类以题跋体为主(占88%)③的总体面貌并未改变。观道、咸年间学海堂之考课,经解固为毋庸置疑的大宗,而题跋作为史笔中具有代表性的文体,亦能占有一席之地,成为促使士人阅读、研治史籍篇章、前贤著作的一种重要手段。

第二节 考证刊谬:
《四库》提要与题跋写作策略的新变

在学海堂课试中兴起的题跋体文章,从体式上看较为质实、富赡,反映了清代汉学之旨趣,相对唐宋以来古文中题跋体的传统写法,颇有新变。按元代潘昂霄《金石例》云:

> 跋者,随题以赞语于后者也〔……〕当掇其有关大体者,立论以表章之,须要明白简严,不可堕入窠臼。古人跋语不多见,至宋始盛。观欧、苏、曾、王诸作,则可知矣。④

潘氏之说,概括了跋文写作的两个特点:一是要"立论",即表达一个鲜明突出的论点,并且不重复前人;二是"明白简严",即文笔简练谨严。卢挚《文章宗旨》亦从释名彰义的角度强调之:

---

① 此种文体分类体系并非纯粹从体式着眼,例如题跋体在经解和骈文中也有出现,但为数甚少,集中仍见于"史笔"一类。
② 《学海堂三集》卷一至卷十三收录经解凡八十一篇,其中释、解、考、辨、论、说诸体共计七十篇,跋、书后共计十一篇。
③ 《学海堂三集》卷十四收录史笔凡八篇,其中跋、书后共七篇,考一篇。
④ 《金石例》卷九,《历代文话》第2册,第1484页。

跋,取古诗"狼跋其胡"之义,狼前行,则猎其胡,跋语不可多,多则冗,尾语宜峻峭,以示不可复加之意。①

此取《诗·豳风·狼跋》之句,主张跋语应篇幅短小,不加冗赘,唯其用简,乃能有"峻峭"之风格。明代吴讷《文章辨体》认为题跋始于韩愈、柳宗元集中"读某书及某文题其后"之作,"迨宋欧、曾而后,始有跋语,然其辞意亦无大相远也",同时也引述潘、卢之说,认为"跋比题与书尤贵乎简峭也"。②考诸韩、柳、欧、苏等唐宋大家之作,以重立论、贵简峭作为题跋文的主流风格,当不诬也。例如韩愈《读〈仪礼〉》《读〈荀〉》《读〈墨子〉》③,皆不过寥寥一二百言,揭其书之大旨而已。柳宗元集中辨古书诸篇,当即吴讷为题跋所溯之源,其行文亦笔墨简省,如《辨〈文子〉》一百三十余字,考论《文子》真伪,不过以"凡《孟》《管》辈数家,皆见剽窃"和"意绪文辞叉牙相抵而不合"两句话点出要害,并不详细列举例证。④《欧阳文忠公集》外集中有"杂题跋"一类⑤,中如《书李翱集后》:"予为西京留守推官,得此书于魏君,书五十篇。予尝读韩文,所作《哀欧阳詹文》云'詹之事,既有李翱作传',而此书亡之,惜其遗阙者多矣。"⑥短短五十二字,交代欧氏获得此书之缘由与其"遗阙"之情形,可谓言简意赅。他如《读李翱文》《书〈春秋繁露〉后》《书〈荔枝谱〉后》诸篇,或零星数语评析篇章,或就其人而惜学说之拘牵,或因其书而论自然之神理,其文互有短长,要皆不出"简峭"之风格。⑦ 其中即有涉于"考证"者,如《书韦应物〈西涧〉诗后》辨滁州无"西涧",城北涧水亦浅不胜舟,亦是点到即止,要言不烦。而在内容方面,立论不俗固然为其追求的目标,但另一方面,题跋文字的基本出发点,则又多在题跋者与被题之书籍(或书画等)之间的因缘,例如前引《书李翱集后》已可见之;著名的《记旧本韩文后》篇幅稍长,也是记述其自少至长阅读韩愈文集的经历。晚清王兆芳尝概括书后文之写法,有"读书道心得,或记己身关涉本书之事也"两种要素⑧,正是有鉴于此。作为自然阅

---

① 《文章宗旨》,见张健编著《元代诗法校考》,第5页。
② 凌郁之疏证《文章辨体序题疏证》,第184—186页。
③ 《韩昌黎文集校注》卷一,第40—44页。
④ 《柳河东集》卷四,第67—68页,上海古籍出版社2008年版。
⑤ 《欧阳文忠公集》,庆元二年周必大刻本。
⑥ 《欧阳修全集》卷七十二,第1047页。
⑦ 欧集中,读书题跋率作"读某"或"书某后",为书法绘画作品而写的题跋,则多作"跋某""题某",其篇幅较读书后往往更为简短。欧阳修的"杂题跋"中还有一类"借题发挥"者,例如著名的《书梅圣俞稿后》论诗乐之理,《论尹师鲁墓志铭》自辩撰写之用意,皆非严格意义上因"读书"而写之题跋,当视为变例,另作别论。
⑧ 王兆芳《文章释·题后》,《历代文话》第7册,第6274页。

读过程中产生的题跋，将此类因缘记入文中自然是水到渠成之事。

在这一文体写作传统中审视《学海堂集》以及二集、三集中之题跋，很容易发现其侧重在于“心得”而较少述及题跋者阅读此书的背景经历。由于写作动因在于课试，这一倾向自不难理解。同时，从篇幅和用笔看，课试题跋也颇有扩大的趋向，并不一定固守“简严”之旧轨。例如《学海堂集》中所载《困学纪闻》题跋四篇，张杓、郑灏若两篇较简短，吴应逵、林伯桐两篇则都在千字左右；《日知录》题跋四篇，除温训一篇仅二百余字外，张杓一篇有五百余字，林伯桐一篇有八百余字，吴兰修一篇更是超过千字；《十驾斋养新录》跋六篇，除邓淳一篇仅二百二十余字，其余五篇皆在六百字以上。更可注意者，是其中不少题跋（如吴兰修《昆山顾氏〈日知录〉跋》《嘉定钱氏〈十驾斋养新录〉跋》、张杓《嘉定钱氏〈十驾斋养新录〉跋》）内还出现了小字自注（见图11），用以补充相关文献材料。

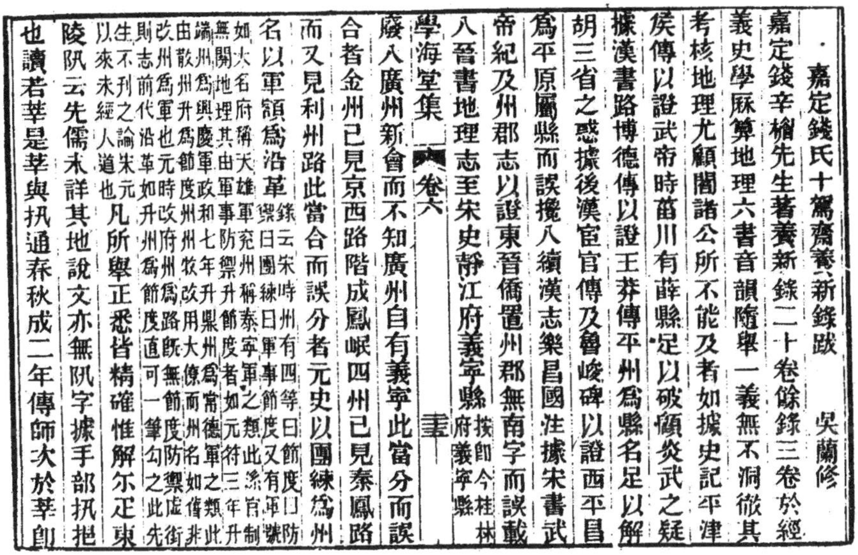
嘉定錢氏十駕齋養新錄跋　吳蘭修
嘉定錢辛楣先生著養新錄二十卷餘錄三卷於經義史學厤算地理六書音韻隨舉一義無不洞徹其考核地理尤顧閻諸公所不能及者如據史記平津侯傳以證武帝時菑川有薛縣足以破顧炎武之疑據漢書路博德傳以證王莽傳平州爲縣名足以解胡三省之惑據後漢宦官傳及魯峻碑以證西平昌爲平原屬縣而誤攙入續漢志樂昌國注據宋書武帝紀及州郡志以證東晉僑置州郡無南字而誤載入晉書地理志至宋史靜江府義寧縣（按即今桂林府義寧縣）

學海堂集　卷六　圭

廢入廣州新會而不知廣州自有義寧此當分而誤合者金州已見京西路階成鳳岷四州已見秦鳳路而又見利州路此當合而誤分者元史以團練爲州名以軍額爲沿革（錄云宋時州有四等曰節度曰防禦曰團練曰軍事節度又有軍號如大名府稱天雄軍兗州稱泰寧軍之類此係官制無關地理其由軍事防禦升節度者如元符三年升端州爲興慶軍政和七年升鼎州爲常德軍之類此由散州升爲節度州牧改用大像而州名如傳非改州爲軍也元時改府州爲路既無節度防禦虛銜則志前代沿革如升州爲節度直可一筆勾之此先生不刊之論宋元以來未經人道也）凡所舉正悉皆精確惟解尔疋東陵阞云先儒未詳其地說文亦無阞字據手部扐把也讀若苹是苹與扐通春秋成二年傳師次於苹郎

图11　吴兰修《嘉定钱氏〈十驾斋养新录〉跋》中使用的双行小字自注

字数多寡背后，反映出的事实上是写作宗旨的转变。篇幅较短者，多数情况下是延续题跋古文之旧传统，从某个方面概括原著之大意并加以评论；篇幅扩张者，则往往是详细列举并辩证、探讨原著内部的一些具体问题。例如张杓的《浚仪王氏〈困学纪闻〉跋》，在简要列举了王应麟书中一些“具有卓识”的观点之后，旋即上升到其“故国之思”和对“人心风俗”的阐扬；温训的《昆山顾氏〈日知录〉跋》，主要也是指出顾炎武“经学即理学”的基本观点；故其为文相对都保持了“简峭”的风格。与之不同的是，更多的题跋旨在辨析或补正原书。如吴应逵的《浚仪王氏〈困学纪闻〉跋》便详细讨论了“朋党”和

"九九之数"的概念源流。① 林伯桐所作者，开头总起曰："考证之书，南宋为多。然或识其小而不举其大，浚仪王氏《困学纪闻》由博而约，以精见深，可宝也。"并举例称赞了其王应麟对郑玄、朱熹旧说"不为苟同"之处：

> 夫训故宗郑君，义理宗朱子，此经部之至论也。而是书不为苟同。如第四卷内论王之服当用十二章，取法天数，则取汉制，从欧阳氏之说，而不泥《周礼·司服》之郑注。第七卷内论"执礼"，谓古者持书礼以治人，曰执；《记》有"执礼者诏之"，《周官》有"执其礼事"；则全引石林叶氏之说，而不泥人所执守之本注。他如考六书则多采郑渔仲，解群经亦不遗王介甫，能各取所长，尽扫门户之见矣。②

林跋详述二例，第一例是关于天子礼服用"十二章"还是"九章"的问题。《周礼·春官宗伯·司服》记述"王之吉服"，郑玄注云："《书》曰：'予欲观古人之象，日、月、星辰、山、龙、华虫，作绘；宗彝、藻、火、粉米、黼、黻，希绣。'此古天子冕服十二章，舜欲观焉。〔……〕王者相变至周，而以日、月、星辰画于旌旗，所谓'三辰旂旗，昭其明也。'而冕服九章〔……〕初一曰龙，次二曰山，次三曰华虫，次四曰火，次五曰宗彝，皆画以为绘；次六曰藻，次七曰粉米，次八曰黼，次九曰黻，皆希以为绣；则衮之衣五章、裳四章，凡九也。"③意思是上古天子冕服本用十二章，至周代因将日、月、星辰三章用于旌旗，故用于礼服者改为九章。《困学纪闻》不同意此说，认为如此则王与公"同服九章之衮"，而"冕十二旒，取法天数，岂同服九章，无君臣之别哉！"认同汉明帝制礼时"备十二章"的选择。④ 第二个例子则是《论语·述而》："子所雅言，《诗》《书》、执礼，皆雅言也。"朱熹注曰："执，守也。〔……〕礼独言执者，以人所执守而言，非徒诵说而已也。"⑤意谓礼仪须躬行实践，不仅作为知识。《困学纪闻》引述叶梦得之说，认为此处的"执"应理解为职掌之义，指礼官执掌仪式之事，实际上不取朱注的权威说法。⑥ 此外，林氏还略

---

① 吴应逵《浚仪王氏〈困学纪闻〉跋》，《学海堂集》卷六，《中国历代书院志》第 13 册，第 89—90 页。
② 林伯桐《浚仪王氏〈困学纪闻〉跋》，《学海堂集》卷六，《中国历代书院志》第 13 册，第 91 页。
③ 《周礼注疏》卷二十一，《十三经注疏》第 2 册，第 1686 页。阎步克《服周之冕——〈周礼〉六冕礼制的兴衰变异》第四章《二次建构：郑玄与〈毛传〉的章旒推定》（中华书局 2009 年版）对此问题有详细讨论，可参。
④ 王应麟著，翁元圻辑注，孙通海点校《困学纪闻注》第 3 册，第 594 页。
⑤ 《论语集注》卷四，《四书章句集注》，第 97 页。
⑥ 参见《困学纪闻注》第 4 册，第 1031 页。按王应麟但引"石林"云云，其说不见于叶梦得传世诸著；翁元圻推测可能是叶梦得《论语释言》（《宋史·艺文志》著录）之遗文。有关"执礼"的解释，翟灏、刘台拱等亦主执掌之说，见刘宝楠《论语正义》卷八，第 270 页。

带二句,称许王书能采掇郑樵、王安石之说。由此可见跋文评述,乃是细读原书的基础上具有不事虚誉之风格。接下来,林氏又举出四例补正王书之疏失:

> 至其千虑一失,如"我先师棘下生"一语,《书赞》也,而以为《易赞》,今郑君《易赞》具在,未见斯言。《洪范》"五者来备",《史记》引作"五是来备",盖汉儒读书,以"曰时五者来备"为句,时,是也,史公盖约举经文。故《后汉·荀爽传》则曰"五韪",韪者,是也;《李云传》则曰"五氏",氏与是古通用也;皆连"曰""时"二字,约举其义也。而概以为传习之差,未见其差也。其引范蜀公语"秬黍皆一米",杨次公语"一稃二米,其种异"。按邵氏《尔雅正义》:"一稃二米,高粱有之。"黑黍三四实者,诚为异种,二米则不为异也。其引《九章算术》:"五雀六燕飞集于衡,衡适平。一雀一燕飞而易处,则雀重而燕轻。"按钱氏《养新录》云:"王氏所引,不特文句有异,以算求之,亦不合。"若斯之类,往往而有。①

此处所列四个例子,第一则是关于王应麟引用文献的出处问题②,林氏指出"我先师棘下生"出于《书赞》而不是《易赞》,属于对王著细节的纠谬。第二则探讨古书异文,《困学纪闻》发现《史记·宋世家》所引箕子对武王语与《洪范》所载者的一处异文,又旁征汉人文章中用此语典的其他异文,认为系"传习之差","近于郢书燕说"③;林氏则解释其中缘故,认为其中涉及句读分合和文字通用,乃是正常现象,并非差讹,此则大抵可视为对王著的补充解释。第三则是名物知识考证。按《诗·大雅·生民》"诞降嘉种,维秬维秠",孔颖达疏:"秬是黑黍之大名,秠是黑黍之中有二米者,别名之为秠。"④《困学纪闻》引述了北宋范镇、杨杰议论乐制时对此问题的讨论,范镇认为"一稃二米"即一个谷壳中两粒谷米的黑黍方为"真黍",必须"俟真黍至,然后为乐";杨杰则认为"一稃二米"者是异种,不必"必得秠然后制律"。⑤ 林

---

① 林伯桐《浚仪王氏〈困学纪闻〉跋》,《学海堂集》卷六,《中国历代书院志》第13册,第91页。
② 所论原文见《困学纪闻》卷一,大旨在论证"棘下"即"稷下"。《困学纪闻注》第2册,第116—117页。
③ 见《困学纪闻注》卷二,第2册,第289—290页。阎若璩《困学纪闻注》指出今本《史记》此处作"五者来备",并不作"五是来备"(可参见《史记》卷三十八,第1955页)。准此,则或王应麟所见为别本异文。
④ 《毛诗正义》卷十七,《十三经注疏》第1册,第1143—1144页。
⑤ 《困学纪闻注》卷五,第3册,第771—772页。

伯桐参考邵晋涵《尔雅正义》中"一稃二米〔……〕唯高粱有之"及"高粱有二米者时时有之,不为嘉异之物"之说①,对杨杰所论作知识性的修正。此则乃是对《困学纪闻》引文内容的延伸讨论。第四则是文献校勘问题,《困学纪闻》卷十九引用《九章算术》中"五雀六燕"之题目,说明陆佃《谢吏部书表》中"六燕相亭,试铨平其轻重"的语典,盖此"算术题"为后人用作"权衡轻重"之典故也。② 林伯桐援引钱大昕《十驾斋养新录》之说,从两个方面纠正王书引文之误:一是文献考索——王氏所引,不合于《九章算术》原文;二是"理校"——按《纪闻》引文,此算术题无解矣。③ 此则也是对王书引文讹误的修正。综上所述,不难发现,林跋从文献出处、典籍异文、名物知识、文字校勘等"实证"角度补充、修正《困学纪闻》的细节问题,显示出汉学风气对阅读趣味的影响。同时,有趣的是,上述四则纠谬,其三、其四都明确指出系参考了清儒著作如《尔雅正义》《十驾斋养新录》等,第二则虽未明言,但其观点和论证都与惠栋《九经古义》之说大同小异。④ 由此可见,在此类知识性、考证性较强的题跋写作中,参考当时较为流行的汉学著作,亦是重要的"捷径"。

在列举上述四例后,林跋亦作持平之论,谓此类疏失"要于书之大体无害耳";而旋即指出《困学纪闻》中更值得补正的问题,乃是未能深入考索郑玄之《易》学与《书》学:

> 惟说《易》一卷,虽间及郑学,而未有发明。爻辰乃郑学,近时元和惠氏、嘉定钱氏皆引伸其说,而是书竟未论及。于王氏弼之注,则多所称引,岂辅嗣学行无汉《易》,匪今斯今与?抑浚仪王氏平日已裒集郑注为一卷,于此不复详言与?说《书》一卷有云"郑《书》注间见疏义",亦未尝备述也。于伪孔传,则无所辨别。以《仲虺之诰》《汤诰》《太甲》为言仁、言性、言诚之始,以《周官》"论道经邦"为"论"字见经之始,此四篇者,近

---

① 邵晋涵撰,李嘉翼、祝鸿杰点校《尔雅正义》卷十四,中华书局2017年版,第734页。值得注意的是,林伯桐所引系《尔雅正义》戊申(1788)初刻本的内容,在后来的己酉重校本中,有关高粱"一稃二米"的文字皆被删削(参见点校本注释),或是郝氏后来看法有变,改易其说。
② 《困学纪闻注》卷十九,第7册,第2200页。
③ 《九章算术》原文云:"今有五雀六燕,集称之衡。雀俱重,燕俱轻。一雀一燕交而处,衡适平;并雀燕重一斤。问雀燕一枚各重几何?"李继闵《九章算术校证》卷八《方程》,第427页,陕西科学技术出版社1993年版。《困学纪闻》殆承《艺文类聚》之引文而致误(参见《困学纪闻注》)。按其所述,五雀之重与六燕相当(5x=6y),则雀重于燕(x=1.2y),互易之后,四雀一燕一端必轻于五燕一雀一端(4x+y<5y+x,即 5.8y<6.2y),不可能"雀重而燕轻"。当然,王应麟的引文"一雀一燕飞而易处"若理解为一雀一燕飞至别处,单雀重于只燕,则在算术层面并无差错。
④ 万树槐《困学纪闻集证》已引及《九经古义》对《困学纪闻》的辨正。见《困学纪闻注》卷二所引,第2册,第289页。并参《九经古义》卷四,《景印文渊阁四库全书》第191册,第394—395页。

时《尚书后案》辨之甚详,未必可据为物始也。郑君经注,唯《易》《书》散失。《易》注微而王氏单行,《书》注微而伪孔乱真。以浚仪王氏之学,而于此不绝如线者,皆从其略,亦何异唐人作《正义》,因《易》《书》之郑注残缺,遂不与《诗》《礼》并列也耶?①

如果说前一段有关"千虑一失"的举例论证是就王书所"有"之内容展开,这一段论述,便是站在清代汉学极重郑玄的立场上,就《纪闻》所"无"之内容进行讨论,不免有些"求全责备"之意。与前文相似,林伯桐也是旁参惠栋、钱大昕、王鸣盛诸学者的研究,以"当代"汉学之"前沿"成果为参照系,批评了《困学纪闻》对郑玄《易》《书》之学的忽略。文末又附论了有关王应麟生平和《困学纪闻》书名之三事:

> 考《宋史》本传,王氏政事、风节,卓然可称,其学见于施行,其言兼夫华实,固非訦痴所得同,亦岂辄囊所敢望与?又考朱子于三十五岁尝作《困学恐闻》,亦杂记之书。王氏是书,其名略同。又王氏同时有晋安人尝知南海县事,吾粤光孝寺有其石刻,与厚斋先生为两人,而姓名俱同。因读是书,附而识之。②

这三条信息,实际上与前文之正误关系不大,盖跋文本身形式较为自由,故在此也是随笔附记之。合而观之,林伯桐这篇跋文,论证颇为细腻、详实;两大段补阙、纠谬的内容实为其主体——洋洋八百言中,这些具体的举例分析就达六百余字,占据了全文绝大部分篇幅。《学海堂集》中紧随此文之后的是郑灏若的同题跋文,篇幅虽然仅有一百八十四字,但写作风格却亦相仿佛:

> 何义门动辄诋毁伯厚先生为宏词人习气,此非确论。宋儒讲学专尚义理,惟伯厚先生心乎汉学。自言庆历之后,诸儒发明经旨,往往议经,因引陆务观之言以箴谈经者。此等卓识,求之宋儒,殆罕其匹,况传家忠国守身,为宋末贤人乎!至诋沈约引用纬书为无识,是则不然。图纬之学,汉儒兼重,果能通之,未始非微言之不绝、汉儒之支流。伯厚特徇于欧阳公,欲删注疏之言,而衍为兹说耳。至疑《水经》为郭璞所作,

---

① 林伯桐《浚仪王氏〈困学纪闻〉跋》,《学海堂集》卷六,《中国历代书院志》第13册,第91页。
② 同上书,第91—92页。

以时代考之,固为近是,然不若东原戴氏谓魏人纂叙为是矣。①

郑氏跋文分为两个部分。前半殆总论王应麟重视汉学之"卓识",引述《困学纪闻》卷八有关宋代经学的评论为证②;次又推崇王氏之忠节。后半举出《困学纪闻》未能尽善之两例:(一)对纬书的态度问题。王应麟对纬书较为排斥,《困学纪闻》中有多处论及;郑跋所言,主要针对的是其批评沈约《宋书·符瑞志》不当引用《孝经援神契》③,并指出王氏或受欧阳修反对纬书的影响④。(二)《水经》的作者问题。王应麟怀疑乃郭璞所著⑤,郑灏若则赞同戴震"作《水经》者魏人"的考证⑥。通篇看来,郑跋在文字上虽然相对简略,但也都是本于《困学纪闻》原书的具体条目立论,不作空谈;同时亦显示出清代汉学风气(如对纬书的重视、对《水经》及《水经注》的关注等)之濡染。此外其他诸作也可见类似的情况。如曾钊之跋钱大昕《十驾斋养新录》,考辨了钱书中"《易》韵""旭有'好'音""使子路问之"诸条之讹误,各有详细论证。⑦ 又曾氏集中另有《昆山顾氏〈日知录〉跋》一篇,不见于《学海堂集》,亦应是当时应试之作。观其文之大势,乃是批评顾书存在"是末师而非往古"之嫌,并详细举例阐释了"司空"词源、二《南》及《豳诗》是否属"风"、"小人所腓"之训诂、"以其绥复"之语、皇帝辇出房是否秦仪等问题,纠正《日知录》"考之未确"之处。⑧ 此跋虽对顾炎武之训诂学多有指摘,但从写法上看则与入选《学海堂集》的张、吴、林、温诸篇相类。

---

① 郑灏若《浚仪王氏〈困学纪闻〉跋》,《学海堂集》卷六,《中国历代书院志》第13册,第92页。
② 《困学纪闻》卷八:"自汉儒至于庆历间,谈经者守训故而不凿。《七经小传》出而稍尚新奇矣。至《三经义》行,视汉儒之学者土梗。"《困学纪闻注》,第4册,第1192页。
③ 《困学纪闻》卷八:"《宋·符瑞志》云:'孔子斋戒,向北辰而拜,告备于天,曰《孝经》四卷、《春秋》《河》《洛》凡八十一卷,谨已备矣。'见《援神契》。是以圣人为巫史也。纬书谬妄,而沈约取之,无识甚矣。"《困学纪闻注》第4册,第1190页。
④ 欧阳修有《论删去九经正义中谶纬札子》,提议"特诏名儒学官,悉取九经之疏,删去谶纬之文,使学者不为怪异之言惑乱,然后经义纯一,无所驳杂。其用功至少,其为益则多"。《欧阳修全集》,第1707页。
⑤ 《困学纪闻》卷十:"《水经》[……]《隋志》云'郭璞注',而不著撰人;《旧唐志》云'郭璞撰'。愚谓所载及魏、晋,疑出于璞也。"后又提及《水经》经文中涉及后魏地名,推测系郦道元所附益。《困学纪闻注》第5册,第1278—1279页。
⑥ 戴震《书〈水经注〉后》根据《水经》经文"钟水北过魏宁县之东"提到"魏宁"(汉之汉宁县,西晋改称晋宁县),推断"盖作《水经》者魏人";又指出"《旧唐志》云郭璞撰[……]王伯厚云郦氏附益,皆非也"。见《戴震集》,第131—132页。根据戴震的论点,王应麟指出的后魏地名,应系注文混入经文所致;参见《困学纪闻注》(1279页)所引钱大昕之说。
⑦ 曾钊《嘉定钱氏〈十驾斋养新录〉跋》,《学海堂集》卷六,《中国历代书院志》第13册,第101页。
⑧ 曾钊《昆山顾氏〈日知录〉跋》,《面城楼集钞》卷二,《清代诗文集汇编》第687册,第701—702页。

概言之，在阮元所主持的学海堂"首课三跋"考试中，士子应对之作较多地展现出一种以"考证刊谬"为特色的新写作方式：在立意方面，从对全书整体特色、宗旨的把握转向对具体问题的考证、辨析；在篇幅上，也超脱了短小简严之旧规，为"扩容"开放了可能。这种写法的改变，首先当然与所谓题跋对象的《困学纪闻》《日知录》《十驾斋养新录》三书本身的体例特点密切相关：作为考证札记的汇编，三种著作本身采用的就是分条论析的结构，与其抽象地纵论其宏旨大道，并不如深入细节的膵理更能为其"知音"。更进一步，题跋的写作策略与原著的体例相配合，背后实际上正是与汉学提倡的治学方法桴鼓相应。

当然，这种"考证刊谬"式的题跋写作，在前代并非没有先例。① 乾嘉学者将题跋书后用于论学，更为书院生徒撰写学术性跋文提供了典范。例如戴震作于乾隆二十八年（1763）的《顾氏〈音论〉跋》，段玉裁作于乾隆四十四年（1779）的《书〈干禄字书〉后》，都是在题跋中考论小学问题的经典之作。不过，此类写法在清代更切近的源头，则当推《四库全书总目》中的书籍提要。② 有趣的是，在《四库》提要的撰写和选择过程中，同样也能看到"简严立论"与"考证刊谬"两种写法的对立。例如顾炎武《日知录》，翁方纲分纂稿文字极简略："《日知录》三十二卷，明昆山顾炎武著。炎武论事，不无偏执臆见之处，未可见之施行；至于采经摭传，论古今事同异，则有足采证者。可否钞录，以备□□□□焉。"③仅用三十六字（"炎武论事〔……〕采证者"）总评其书之得失。对比武英殿本《四库全书总目》对《日知录》的提要，不但详细列举了三十二卷各卷的内容分类，还介绍了阎若璩《潜邱劄记》"尝补正此书五十余条"，"然所驳或当或否，亦互见短长，要不足为炎武病也"，内容大大增加。事实上，翁方纲对《日知录》书中具体内容亦有不少笔记摘录④，但分纂稿中并不之及，当是有意的写作选择。如果说《日知录》摘要稿的繁简之别或许还与提要撰稿者对此书评价高低不同有关，那么《古夫于亭杂录》之提要，则能更明显看到两种写法的差异：翁方纲分纂稿凡一百四十余字，简述了此书的版本和得名缘由等基本情况；而殿本提要三百四十余字，篇幅倍之，胪列了

---

① 参朱迎平《宋代题跋文的勃兴及其文化意蕴》，《文学遗产》2000年第4期。
② 关于《四库》提要的文体特征及其影响，尧育飞《〈四库全书总目〉"提要"的文体学考察》（《古代文学理论研究》2019年第2期）有讨论，可参看。
③ 翁方纲等著，吴格、乐怡标校《四库提要分纂稿》，第193页，上海书店2006年版。"以备"后原有阙文。关于翁方纲分纂稿的基本情况，参潘继安《翁方纲四库提要稿述略》（《中华文史论丛》1983年第1辑）；司马朝军《〈四库全书总目〉研究》，社会科学文献出版社2004年版；邓国光《翁方纲〈四库提要〉稿本考》，《中国四库学》第1辑，2018年。
④ 参见《翁方纲纂四库提要稿》，第521—523页，上海科学技术文献出版社2000年版。

书中"误采伪书""附会经义""失于考核"等缺憾之处共八例,又指出"引据精核"与评诗"不讳所短"之优长共十一例,论证赡实,言必有征。又如宋代龚颐正的《芥隐笔记》,姚鼐分纂稿云:

> 《芥隐笔记》,宋龚颐正撰。颐正字养正,处州遂昌人,本名敦颐,光宗受禅改今名。为国史院检讨官。其所著有《芥隐笔记》及《元祐党籍列传谱》等书。当时之人称曰"音训之精,莫如《芥隐》",盖小学之流也。①

按姚氏提要前半段交代颐正生平和著述,至末句方以前人评论总括其书大旨,一语断其为小学著作,可谓惜墨如金。殿本提要,不但考出"芥隐"乃颐正书室之名,更举出涉及韩愈诗、《公羊传》、王昌龄诗的"舛谬"之处三条,又考察了书中所附之注语,指出注与正文参差者三例,认为"似非颐正所注",显见其刊谬释疑的考证倾向。姚稿中对《芥隐笔记》主于小学、精于音训的论断,则不见于殿本定稿。这种差异实际上反映出有关如何把握一本著作的立场分歧:姚鼐的写法虽然简略,却也抓住了全书的关键,对未读过此书的读者不失为很好的引导;提要定稿仔细纠正原书之讹误,考辨注文属性,亦能为读是书者提供帮助。"提要"与"题跋"虽然不能完全等同,但在写作思路上也颇可相通。

需要指出的是,"简峭"与"详考"两种写作策略的对立,并不能简单化、绝对化地视为提要作者的固定"路数"。事实上,姚鼐也有考证勘误式的提要,如王应麟的《汉制考》,姚鼐的分纂稿围绕"汉人最喜引本朝事以解经",举例说明了王氏考证"步摇假紒""五夜""偃领""太史抱式"等语词名物之善,又征引文献,辨析了王书对"督邮"解释中的失考②;这一提要稿在定本中基本得到了保留。由此可见,姚鼐对当时流行的考证之学并非没有认识,但从《惜抱轩书录》所收提要稿本看,考据正讹类的写法采用不多,主流仍是较为简练者,这当与姚鼐本人的文体观念有关。一个值得注意的例子是朱熹的《孝经刊误》。此书乃朱子质疑《孝经》出后人附会伪作,故为其区分经、传,加以考论。殿本《四库全书总目》所用之定本提要,全文近六百字,首先说明

---

① 姚鼐《惜抱轩书录》卷三,周中明校点《姚鼐诗文集》下册,第 186 页,黄山书社 2021 年版。并参《四库提要分纂稿》,第 413 页。徐雁平《〈惜抱轩书录〉与〈四库全书总目〉之比较》(《文献》2006 年第 1 期)详细讨论了姚鼐分纂提要稿与《四库全书总目》定稿之关系,指出姚稿被增改的原因主要在于"体制"方面的考虑,并列举了八个方面的义例说明其体制上的特点。

② 《惜抱轩书录》卷三,《姚鼐诗文集》下册,第 176 页。

其书之体例,详细摘引朱熹之语说明其怀疑之经过,并旁征《朱子语类》之资料四则,认为"朱子之诋毁此书,已非一日",并声言"此后学所不敢仿效,而亦不敢拟议也",不难读出其语气中对朱子颇有微词。姚鼐的分纂稿,凡三百二十余字,内容简明很多,略述其背景和朱熹观点之后,便着力申言朱子平生尊信孝经之"至德要道","其笃信之心与明辨之识,不详妨也";既宗经又回护朱子,努力作调和之论,实有义理方面的关怀。不但立场与《四库全书总目》定本提要相反,写法上也是一繁一简,判然有别。但有趣的是,姚鼐《惜抱轩集》中还收入了一篇《〈孝经刊误〉书后》,其文共七百二十余字,篇幅较殿本提要更长,乃是从《曾子敢问章》义与首章相配、《圣治章》之结构关系、《孝经》与《左传》辞同、《孝经》引《诗》《书》等四个方面为《孝经》辩护,详细检讨朱子质疑之不必然,正可视为一种考证刊误。① 借由这种对比,可以推知,姚鼐身处乾嘉时代,濡染汉学风气,在其题跋撰写中也能接受详考辨误式的写法,唯在撰写书目提要时,仍坚持"简严"之矩矱。在此流风之下,一般学人(尤其是在汉学影响下的学人),其读书题跋之写作更多倾向于"考证刊误"的写法,就不难理解了。

《四库全书总目》在乾隆四十七年形成初稿,五十四年即有武英殿刻本,六十年又有浙本行世,得以较广泛地流传于知识界。参与阮元"三跋"首课,后尝任学海堂学长的曾钊,其《面城楼集钞》中收录了不少题跋书后之作,据各篇末之年月题署,以作于嘉庆、道光之际者为多②,于阮元督粤兴建学海堂之时相前后。其中篇章如《昆山顾氏〈日知录〉跋》《嘉定钱氏〈十驾斋养新录〉跋》可以确知乃学海堂课试之作,《〈百越先贤志〉跋》也可能系在学海堂作③,更多的则或有日常读书"自课"的性质。例如《〈字林〉跋》中作于"己卯闰四月二十日"(嘉庆二十四年,1819),自述"嘉庆甲戌冬仲"(嘉庆十九年,1814)在双阙书坊获见此书,遂加抄写增补以备刊刻;其后至嘉庆二十四年"冬十二月七日",又作《〈字林〉后跋》补记《字林》一书对小学研究的重要价值及自己刻

---

① 《惜抱轩诗文集·文集》卷五,第66—68页。按姚鼐分纂提要,作于乾隆三十八至三十九年间任四库纂修官之时;《〈孝经刊误〉书后》,《姚惜抱先生年谱》归于"年岁未详"一类。另一种可能的解释是,姚鼐撰写提要稿时尚未对《孝经刊误》所涉经传区分等问题形成成熟的看法,《书后》晚出故而所论更详。不过,无论如何,对比《惜抱轩书录》所收提要和《惜抱轩文集》所载题跋书后之文,可以明显看到提要稿绝大部分都采用简洁立论的写法,鲜涉考据,文集中题跋则多有考论。关于姚鼐与四库馆中的汉宋之争,参王达敏《姚鼐与乾嘉学派》;夏长朴《〈四库全书总目〉与汉宋之学的关系》;R. Kent Guy, *The Emperor's Four Treasuries: Scholars and the State in the Late Chi'en-lung Era*, Chapter 5.

② 《面城楼集钞》卷二至卷三,《清代诗文集汇编》第687册,第693—718页。

③ 文末曾钊自署"道光五年二月",正是他受阮元延请在节署处馆及参与学海堂考课之时。又《学海堂二集》卷十四收录有侯康《〈百越先贤志〉跋》。由此推测,曾钊撰写此跋,可能与学海堂考课有关(但未必是应考之作)。

书计划之挫折;《〈虎钤经〉跋》作于"嘉庆癸酉"(嘉庆十八年,1813),后又有"咸丰壬子"(咸丰二年,1852)的《〈虎钤经〉后跋》。凡此种种,均可见曾氏随着读书阅历积累不断增益其文。在曾钊撰写这些题跋时,《四库全书总目》乃是重要参考书,如《〈画墁录〉跋》等多篇都引及《四库》提要之语①,《〈墨客挥犀〉后跋》一篇,更是在《四库》提要基础上又补充资料,论定此书乃"采集诸家而成",并对提要之说有所纠正。② 由此可见《四库全书总目》在广州当地士人中传播和阅读的情况。此外,《学海堂集》卷十录有居溥的《恭读〈四库全书目录〉跋后》,也可旁证当时学海堂生徒对《四库全书总目》的研读和学习。

第三节 从"说部"到"考订":
学术札记经典谱系的形成

阮元以《困学纪闻》《日知录》《十驾斋养新录》三跋课士,学海堂生徒以"考证刊误"类题跋应之,其潜在背景自然离不开乾嘉以降考据之学的发展。在这一学术潮流之中,以《困学纪闻》为代表的考证笔记著作本身也得以经典化,成为被学界认可乃至推崇的著述形式。唐宋以来兴起的这一类考证笔记,在士人眼中或被归为"说部"。③ 康熙间王士禛"最喜说部书"④,将其归于子、史之流:

> 古书目录,经、史、子、集外,厥有说部,盖子之属也,庄、列诸书,实为《洞冥》《搜神》之祖;亦史之属也,《左传》《史》《汉》所纪述识小者,钩纂剪截,其足以广异闻者亦多矣〔……〕六朝以来代有之,尤莫盛于唐宋。⑤

王渔洋分别以想象驰骋和记述异闻两个角度,界定"说部"兼通子、史的

---

① 引述或指正《四库》提要之说者,有《〈画墁录〉跋》《〈江邻几杂志〉跋》《〈大唐新语〉跋》《〈墨客挥犀〉跋》《〈墨客挥犀〉后跋》《〈搜采异闻录〉跋》《〈百越先贤志〉跋》《〈长安志〉跋》《〈刘蜕集〉跋》《〈元珠密语〉跋》《旧抄本〈太平寰宇记〉跋》《〈本事方〉跋》《〈宋史新编〉跋》等篇。
② 《面城楼集钞》卷二《〈墨客挥犀〉后跋》,《清代诗文集汇编》第 687 册,第 698 页。
③ 关于"说部"的概念及其演化,参见刘晓军《"说部"考》,《学术研究》2009 年第 2 期;何诗海《说部入集的文体学考察》,《中山大学学报(社会科学版)》2015 年第 4 期;何诗海《〈弇州四部稿〉"说部"发微》,《文学遗产》2015 年第 5 期。
④ 卢见曾《刻〈文昌杂录〉序》:"吾乡渔洋先生最喜说部书,遇一僻秘世所罕见者,往往于友人许展转借录雠校评泊,储之池北书库。"《雅雨堂文集》卷一,《清代诗文集汇编》第 268 册,第 43 页。
⑤ 王士禛《居易录自序》,《蚕尾文集》卷一,《王士禛全集》第 3 册,第 1802 页。

性质。而王氏主要又是以"史"为标准,推崇宋人说部中"详于朝章国故、前言往行"者①,以《挥麈三录》《邵氏前后闻见录》等为典范,以为能够"备掌故而资考据"②。从明代中后期开始,《困学纪闻》为代表的宋代学术考证类笔记,常被推许为"说部"之典范。如胡应麟称赞《困学纪闻》"尤多发明,读书得一义,如获一珍珠船"③;明末陈弘绪认为"说部诸书,如沈存中《梦溪笔谈》、洪容斋《随笔》、王伯厚《困学纪闻》,博极载籍,兼之辨析精当,直是案头三种大书,非他稗官家之可拟也"④。清初何焯曾记康熙十八年(1679)曹溶之议论,力言"宋说家之书,莫如洪容斋、王伯厚为优;然《困学纪闻》条理尤为秩然,不可以不亟读也"⑤。所谓"说家之书",即"说部"之别称也;曹氏在洪、王二家之中,尤其推重的又是后者。与此同时,阎若璩亦主张"宋王尚书《困学纪闻》"为"说部书最便观者第一",并认为程大昌《演繁露》不足与之并称⑥,由此可见当时京中好谈《困学纪闻》,品评宋人笔记之风气。纳兰性德也将洪迈、王应麟、程大昌并列为"南宋诸儒"之"博洽"者,又指出《容斋随笔》博而未核,《困学纪闻》"精且核矣",对王氏之学甚为推崇。至乾嘉之际,钱大昕亦云:

  唐以前说部,或托《齐谐》《诺皋》之妄语,或扇高唐、洛浦之颓波,名目猥多,大方所不屑道。自宋沈存中、吴虎臣、洪景卢、程泰之、孙季昭、王伯厚诸公,穿穴经史,实事求是,虽议论不必尽同,要皆从读书中出,异于游谈无根之士,故能卓然成一家言,而不得以稗官小说目之也。⑦

钱氏批评小说、艳史类的"说部",欣赏沈括《梦溪笔谈》、吴曾《能改斋漫录》、洪迈《容斋随笔》、程大昌《演繁露》、孙奕《履斋示儿编》、王应麟

---

① 王士禛《居易录自序》,《王士禛全集》第3册,第1802页。
② 王士禛《蓉槎蠡说序》,《蚕尾文续集》卷一,《王士禛全集》第3册,第1997页。
③ 胡应麟《题〈困学纪闻〉后》,《少室山房类稿》卷一百六,叶8b—9a。胡氏此文亦称许了郑樵、马端临"讨核之勤、综理之密"能够卓然名家。
④ 陈弘绪《寒夜录》卷下,《续修四库全书》第1134册,第719页。
⑤ 何焯《跋〈困学纪闻〉》,《义门先生集》卷九,《清代诗文集汇编》第207册,第230页。
⑥ 阎咏《困学纪闻序》:"康熙戊午、己未间,家大人应博学鸿词之荐入都,时宇内名宿麟集,而家大人以博物洽闻,精于考据经史,独为诸君所推重,过从质疑,殆无虚日。或有问说部书最便观者谁第一,家大曰:'其宋王尚书《困学纪闻》乎?'近常熟顾仲恭以《演繁露》并称,非其伦也。"王应麟著,翁元圻辑注,孙通海点校《困学纪闻注》第1册,第8—9页。
⑦ 钱大昕《严久能〈娱亲雅言〉序》,《潜研堂文集》卷二十五,《嘉定钱大昕全集(增订本)》第9册,第390—391页。又见《娱亲雅言》卷首,末署"嘉庆元年岁在游兆执徐相月之望嘉定同学弟钱大昕书于吴门紫阳书院之春凤亭",《续修四库全书》第1158册,第244页。

《困学纪闻》等宋人学术笔记,正是明季以来相承之论,不过更突出了"穿穴经史"、以读书为根本的内在标准。在这个宋人"说部"的谱系中,地位最为重要者当属《困学纪闻》,其他诸书,列目或甲或乙,褒贬或重或轻,各不相同。与此相表里,清初以降,《困学纪闻》受到学术界极大关注,阎若璩、何焯、全祖望、万希槐等递相为之作注。阎笺本于乾隆三年(1738)刊行。此后不久,又有附何焯评及阎笺的桐华书塾本《困学纪闻注》行世。全祖望笺本于乾隆七年成书,嘉庆九年(1804)印行,乃是在阎、何二家注评基础上又加补订而成。万希槐的《困学纪闻集证》先是收入阎、何旧注和万氏所注,于嘉庆八年镌行;后又增入全祖望、程瑶田、屠继序、钱大昕等诸家笺释为合注本,在嘉庆年间多次刊行。① 此外,翁元圻在乾隆末年开始从事《困学纪闻》的详注工作,终于道光五年(1825)成书。在这一背景之下,不难想见,在嘉、道之间,王应麟此书业已成为颇为学界乐道的学术经典,清代学者对其的注释研究也呈现出明显的相互参考、"知识积累"的情形,阮元以此书为题要求学海堂生徒撰写跋文,自是回应此种学术风气的"预流"之举。

在这个"说部"学术典范建构的过程中,"考证"与"说部"成为一对相反而相成的概念。反思考证流弊的学者,常常以"说部"概言其零碎杂乱之缺点。如章学诚认为训诂与子史"为之不易,故降而为说部",潜在点出了说部不能"专家"之憾。② 袁枚尝以"择其新奇,随时摘录"批评考据之学,焦循则辩护云"此与经学绝不相蒙","在'四部'书中为'说部',世俗考据之称,或为此类而设"③;也是以"说部"这一范畴安顿考据之琐屑者。而更可注意者,则是从正面强调"考证"乃判断说部书价值高下的标准。这一思路,在《四库全书总目》中得到了尤为集中的体现。如谓唐代赵璘《因话录》"实多可资考证者,在唐人说部之中犹为善本焉"④;宋代张邦基《墨庄漫录》"颇及考证",为"宋人说部之可观者也"⑤,洪迈《容斋随笔》"辩证考据,颇为精确","南宋说部,终当以此为首"⑥;明代陆深《俨山外集》"足资考证者多,在明人说部之中犹为佳本"⑦;清代姜绍书《韵石斋笔谈》书

---

① 此处关于清代《困学纪闻》诸注本刊刻流传之情况,主要参考张骁飞《〈困学纪闻〉版本源流考述》,《中国典籍与文化》2009年第2期。并参孙通海《困学纪闻注》点校说明。
② 《文史通义·诗话》,《章学诚遗书》,第43页。
③ 《雕菰集》卷十三《与孙渊如观察论考据著作书》,《焦循诗文集》,第247页。
④ 《四库全书总目》卷一百四十,第1184页。
⑤ 同上书卷一百二十一,第1042页。
⑥ 同上书卷一百一十八,第1019—1020页。
⑦ 同上书卷一百二十三,第1063页。

中内容"多可资考证,犹近代说部之可观者"①;皆是明确标举"考证"之标准。换言之,"说部"之书,须能跻于考据之域,方能脱颖而出。作为一种学术规范的"考证",在内容方面须系乎经史大端、符合义理正统,无关宏旨的琐屑小事、缺乏可靠依据的"游谈"或是怪力乱神之说皆为其害也②;这些流弊反映到体例上,则是随意、冗杂、次序不清等病③。在对"说部"著作的评价中,馆臣选取一些典范之书作为轩轾他书的"标尺",潜在也塑造了一个"说部"经典之作的谱系。如称《能改斋漫录》受到考证家推重征引,"几与洪迈《容斋随笔》相埒"④;谓朱翌《猗觉寮杂记》"引据精凿者不可殚数,在宋人说部中不失为《容斋随笔》之亚"⑤;以《野客丛书》"考辨精核,置于《梦溪笔谈》《缃素杂记》《容斋随笔》之间无愧色"⑥;评《密斋笔记》"援引证据,亦未能如《容斋随笔》《梦溪笔谈》之博洽"⑦;或正或反,都是将《容斋随笔》等书作为参照。

与此同时,在清中叶学者的眼中,宋代笔记之后,顾炎武《日知录》、钱大昕《十驾斋养新录》这两部"本朝"之书,又成为"说部"经典延长线上的重要著作。李富孙尝回忆乾隆后期,其从祖李集(敬堂)"教以根柢之学",认为"深宁叟《困学纪闻》博而能精,简而有要,亭林先生《日知录》明体达用,具有经济","于读经、史外,二书不可不熟复也";富孙本人便曾将《日知录》"读十数过"。⑧ 不仅如此,李集还曾计划以类似文课的形式组织生徒阅读《困学纪闻》,要求以十人为朋,各置原书一部,逐卷阅读,加以丹黄批点,然后"每五日一会","持钱置餐具如文课,人出五条问对,似射覆、似贴经,疾书格纸,俟

---

① 《四库全书总目》卷一百二十三,第1059页。
② 例如,《四库全书总目》称赞宋祁《笔记》"大致考据精详,非他说部游谈者比"(卷一百二十,第1035页),王得臣《麈史》"参稽经曲,辨别同异,亦深资考证,非他家说部惟载琐事者比"(卷一百二十,第1036页);批评陆容《菽园杂记》有"旁及谈谐杂事"之瑕,"盖自唐宋以来说部之体如是也"(卷一百四十一,第1204页);均指出一般的"说部"有游谈无根、记事琐碎的弊病。另一方面,馆臣在张淏《云谷杂记》的提要中云"宋人说部纷繁,大都掇拾琐屑、侈谈神怪",认为"惟淏此书专为考据之学"(卷一百一十八,第1019页),则是批评语涉神怪这一"说部"普遍存在的特点。
③ 如指摘明代王士性《广志绎》"随手记录,以资谈助,故其体全类说部,未可尽据为考证也"。《四库全书总目》卷七十八,第676页。
④ 《四库全书总目》卷一百一十八,第1018页。
⑤ 同上。
⑥ 同上书,第1022页。
⑦ 同上书卷一百二十一,第1045页。
⑧ 桐华书塾刻本《困学纪闻》卷末。富孙自述"余弱冠时,读书愿学斋"云云,文末署"戊辰嘉平二日"即嘉庆十四年。按李富孙生于乾隆二十九年,由此可推知所谓"弱冠时"当在乾隆四十九年前后。

甲乙既毕,互勘诘难,以征得失"①。与学海堂的题跋考课相比,李集设计的此课以诘问对答的方式展开,主要强调对《困学纪闻》原书内容的研读,相对于需要考证以刊正原书之谬误的题跋写作,当属于更基础的考察。不过,由此亦可见乾隆间普通士人将《困学纪闻》《日知录》作为经史辅助读物的情形。嘉庆二年(1797)左右,钱仪吉在少年时代的阅读中渐次了解到顾、钱之著作:"余十五岁时,始得《日知录》读之,而知昆山有顾先生〔……〕其后历览前史,得《考异》读之,乃知嘉定有钱先生。"②对《日知录》《廿二史考异》的阅读经历,对钱仪吉的学术路径产生了颇重要的影响。嘉庆五年(1800),凌廷堪以《容斋随笔》《困学纪闻》为宋以来"考核之学"的代表,而认为"迨至国朝,兹学渐盛,而昆山顾氏《日知录》、太原阎氏《潜邱劄记》,由此其选也"③将顾、阎的札记作为清儒考证的代表,接续宋人。凌氏还讥刺时人或"不识考核之学为何等,甚且以类书小说当之",反映的正是"考证"与"说部"之间的复杂纠缠。后来梁章钜亦将王应麟、顾炎武、阎若璩这三种笔记著作相提并论,认为"《困学纪闻》包罗宏富,证据精博,宋以来说部,莫之或先",《日知录》"于经史之疑义、政事之得失,皆能择精而语详",《潜邱劄记》则"精博有余而条理不足"④,最为推崇的是王、顾之作,而对阎书则略有微词,与凌氏的态度不同。嘉庆十四年,段玉裁亦有并提王、顾之说:

> 以说部为体,不取冗散无用之言,取古经史子集,分而枚举其所知以为书,在宋莫著于《困学纪闻》,当代莫著于《日知录》。近日好学之士多有效之者,而莫著于偃师武大令虚谷《群经义证》,次则吾友严君久能《娱亲雅言》。⑤

段氏此论,不但指出了考证类"说部"的特点,还提及此体在当时颇为受欢迎并被效仿,成为一种流行的著作体例。纵观上述有关"说部"佳作的评论,或可看到一种大致的趋势:嘉道以后,宋代笔记中本与王著并称的《容斋随笔》《梦溪笔谈》,清初笔记中本与顾书齐驱的《潜邱劄记》,渐渐相对淡出,

---

① 《示学徒读书法》,《愿学斋文钞》卷十,《南开大学图书馆藏稀见清人别集丛刊》第9册,第119页。
② 《读书证疑序》,钱仪吉《飓山楼初集》(稿本),《清代诗文集珍本丛刊》第429册,第545页。按钱仪吉生于乾隆四十八年(1783),其十五岁当在嘉庆二年(1797)。
③ 《榷经斋劄记序》,凌廷堪著,王文锦点校《校礼堂文集》卷二十七,第255页。
④ 《退庵随笔》卷十七,《续修四库全书》第1197册,第393页。
⑤ 《经韵楼集》卷八《娱亲雅言序》,第192页。题下署"己巳正月廿四日"即嘉庆十四年。

《困学纪闻》和《日知录》作为"典范"的枢纽地位得到进一步凸显。钱大昕的《十驾斋养新录》在嘉庆初年成书并由阮元刊刻行世①,此后遂成为这个典范链条的下一环。广东番禺人、曾任学海堂学长的张维屏,称赞赵翼《陔余丛考》"虽未及顾氏之《日知录》、钱氏之《养新录》",然在究源流、正讹误方面仍有很大贡献;便是以顾、钱二书作为衡量清儒考证笔记的标准。当时亦有人以二书之比较询问张氏:

> 或问:顾氏《日知录》、钱氏《养新录》二书孰优?余曰:研究经史,考核典章,博洽淹通,诚难轩轾。若汲汲焉以明体达用为学,勤勤焉以扶世翼教为心,有裨于治道,有助于经世,则《日知录》一书未尝非考据,而不敢徒以考据目之。②

这种设问,本身便预设了二书作为"考据"著作之代表,其中《日知录》的地位又更为重要;由此记述,亦可见学者对考据背后的经世价值的发掘。与之类似,嘉道间人郑献甫"少时见钱辛楣先生《养新录》,欣然喜谓:'读书者当如是矣!'复见顾亭林先生《日知录》,则骇然叹曰:'读书者乃如是耶!'"盖其以钱著"精于经之中",顾著"博于经之外",正由此二书确立了自己的学术方向。③阮元在学海堂首课中以《困学纪闻》《日知录》《十驾斋养新录》三跋为题,无疑也应当置于这个考证笔记经典谱系的形成过程之中。尤可注意的是,阮元的学海堂"三跋"考课,一方面可见汉学考据风气通过官方赞助之书院得以传播,另一方面也显示出考据之治学思路和写作策略,如何通过对经典学术笔记的阅读和评论,而融入学者的研究实践之中。

学海堂课试题跋中所见的"考证刊谬"式写法,实质上对作者本身的学术积累提出了较高的要求。相对于记录自身与书籍之渊源,或是阅读过程中的情感体验,考证式的书写体例显然需要对原书有更深入全面的把握。甚至与提要钩玄、概括大旨一路题跋的写法相比,"刊谬"也要求阅读者具有更广阔的知识储备,如此方能对原书的讹漏之处提出自己的意见。因此,此类题跋,非深于学者不能也。不过,勘误补缺也并不一定是一无依傍。广泛阅读参考前人笔记,梳理比较诸家对同一问题的研讨,事实上正可以成为撰写刊

---

① 《十驾斋养新录》卷首钱大昕自序署嘉庆四年,此后尚有修订。嘉庆九年,阮元为之作序并刊行。

② 张维屏编撰,陈永正点校,苏展鸿审定《国朝诗人征略》卷三十五引《松心日录》,第522页,中山大学出版社2004年版。

③ 郑献甫《拟作愚一录自序》,《愚一录》卷首,《丛书集成续编》第16册,第1004页。

谬题跋的一个可行途径。例如在《学海堂集》所收题跋之中，吴兰修《昆山顾氏〈日知录〉跋》就援引了姜宸英《湛园札记》、阎若璩《潜邱劄记》、全祖望《经史问答》、钱大昕《十驾斋养新录》、赵翼《陔余丛考》、阮元《浙江图考》等著作补正顾氏之说①；林伯桐的同题之作也征引了《陔余丛考》、万斯同《群书疑辨》和《十驾斋养新录》等辩证顾书之疑义②。由此，清人考证笔记完成的知识积淀被付诸运用，在实践中形成了一个丰富的考证知识网络，而课试中的题跋书后，本身也进入了这一知识累增的谱系之中。

第四节　题跋小课在晚清书院的流衍

嘉道之际，广州学海堂首课《困学纪闻》《日知录》《十驾斋养新录》三跋，可以说是题跋类文体进入书院课试的一个重要标志。除了《学海堂集》所收应考诸作外，时任阮元幕僚的方东树亦有一篇《书钱辛楣〈养新录〉后》。此文虽未必是为当时课试而作，但倘谓其乃激于阮元在学海堂的题跋考课而有意立异，恐亦非过度臆测。方氏此作旨在抨击钱大昕对南宋道学的讥刺；有趣的是，其文长达三千七百余字，体裁上也是详细征引史籍，间有双行小注，可谓有意入考据家之室而操其戈也。③ 此后，学海堂在道光、咸丰间的课试中也持续使用"题跋"一体，虽远较经解之作为少，但也形成了一个值得注意的传统。在学海堂系统之外，题跋课试亦为其他地区的书院采用。如道光二十二年（1842）编成的《诂经精舍文续集》，就收入了陈镜涵、金鹤清、施鸿保三篇《浚仪王氏〈困学纪闻〉跋》；其中陈文举证书中与郑玄、王弼、《尚书》伪孔传、郑樵、朱熹等权威不同之说，谓之"具有卓识、不立门户之见"；金文则拈出"其偶有一二未核者"加以辨正④；虽篇幅不及《学海堂集》中诸作为长，但也延续了其"考证刊误"式的写作方法。施作以骈文写成，前半率为总评其书，但后半论证王应麟的"亡国之愤"，也列举了书中论《易》之剥复、《书》之《盘庚》、《韩诗》、张良、陶渊明诗等例证⑤，同样展现了对原书细节和具体知识的重视。由此可见，道光间诂经精舍之题跋课试，在命题和写作方式上都明显对学海堂有所效仿。道光二十四年至二十八年间，松江府云间书院

---

① 《学海堂集》卷六，《中国历代书院志》第13册，第94—95页。
② 同上书，第95—96页。
③ 《考槃集文录》卷五，《清代诗文集汇编》第507册，第198—202页。
④ 《诂经精舍文续集》卷四，《中国历代书院志》第15册，第354—355页。
⑤ 同上书，第355—356页。

"以诗赋杂文"课士,其"杂文"课中亦有《〈困学纪闻〉跋》,知府练廷璜编刻之《云间小课》中收入娄县学廪生杨秉杷所作者,要亦举证原书中"业经近人辨正"之疏误三条:

> 王伯厚《困学纪闻》,引经、史、子、集五百四十有六种,考订评论,皆由心得,有益于学者甚多。书中间或沿误,业经近人辨正,又有《大戴礼记·公冠篇》误作《公符篇》;且承程可久之误,合汉两严助为一人;承刘知几之误,以魏常山王遵曾孙辉(撰《科录》)为济阴王辉业;是已。然小小罅漏,要不害其宏旨。厥后沿其例而为之者盖不一家,惟顾氏《日知录》为能与之颉颃,余皆不逮也。①

此文虽然篇幅不大,所列诸问题亦未能展开详论,但从"刊谬"的内容指向,以及对《日知录》的称引诸方面,不难看到学海堂同题课试思路的影响。②

如前文所述,道咸以降,书院考课中的题跋文,在选题上大多聚焦于学术著作和史书篇章。学术著作中,解经之书自是题中应有之义,而其所涉,实亦旁及四部(见表17):

表17 清中后期书院课艺中的读书题跋

著者及书名	课艺选本	跋文作者
顾炎武《易音》	《学海堂三集》(1859)	侯度③
陈启源《毛诗稽古编》	《学海堂三集》(1859)	金锡龄、吴文起、吴傅
段玉裁《毛诗故训传》	《学海堂三集》(1859)	潘继李
陆陇其《读礼志疑》	《学海堂四集》(1886)	廖廷相(2篇)
皇侃《论语义疏》	《学海堂三集》(1859)	邹伯奇(2篇)、桂文灿、章凤翰、潘继李
陆德明《经典释文》	《学海堂二集》(1836)	夏时彦(2篇)
	《经心书院续集》(1895)	甘鹏云④

---

① 《云间小课》卷下,《中国书院文献丛刊》第2辑第6册,第241页。
② 按此时在云间书院主持考课的松江知府练廷璜系广东连平人,道光五年拔贡,其受阮元学海堂考课之流风影响,或非异事。练氏生平见陈寿熊《练太守家传》,《静远堂集》卷一,《清代诗文集汇编》第647册,第371—372页。并参鲁小俊《清代书院课艺总集叙录》,第214页,武汉大学出版社2015年版。
③ 《易音》《毛诗稽古编》《毛诗故训传》《论语义疏》《孟子音义》《论衡》《一切经音义》《金石录》诸跋等见于《学海堂二集》《学海堂三集》,前文已述及。为免繁冗,此处不再一一出注。
④ 《经心书院续集》卷二《书〈经典释文〉后》,《中国书院文献丛刊》第1辑第77册,第269—271页。

(续表)

著者及书名	课艺选本	跋文作者
孙奭《孟子音义》	《学海堂二集》(1836)	侯康
玄应《一切经音义》	《学海堂集》(1825)	黄子高
	《学海堂二集》(1836)	阮元
徐锴《说文系传》	《学海堂三集》(1859)	徐灏
张有《复古编》	《学海堂三集》(1859)	孟鸿光
洪适《隶释》	《学海堂三集》(1859)	谭莹
罗愿《尔雅翼》	《辨志文会课艺初集》(1880)	—①
潘耒《类音》	《正谊书院课选三集》(1894)	—②
戴震校本《测圆海镜》	《正谊书院课选二集》(1882)	—③
惠栋《后汉书补注》	《学海堂二集》(1836)	侯康
《百越先贤志》	《学海堂二集》(1836)	侯康
《武功县志》	《学海堂三集》(1859)	梁梅、陈澧
赵明诚《金石录》	《学海堂二集》(1836)	侯康
顾炎武《天下郡国利病书》	《正谊书院课选》(1876)	—④
黄衷《海语》	《学海堂三集》(1859)	谭莹
柴望《丙丁龟鉴》	《学海堂三集》(1859)	谭莹、黄钰
晁公武《郡斋读书志》	《学海堂三集》(1859)	黄子高
王宗稷《东坡先生年谱》	《云间郡邑小课合刻》(1878)	吴履刚、王廷杰、耿葆清⑤
王充《论衡》	《学海堂四集》(1886)	谭宗浚
朱熹《伊洛渊源录》	《学海堂四集》(1886)	陈宗颖

---

① 《辨志文会课艺初集》(光绪六年)收录有《跋〈尔雅翼〉》,见鲁小俊《清代书院课艺总集叙录》,第163页。
② 《正谊书院课选三集》(光绪二十年)收录有《书潘次耕〈类音〉后》,见《清代书院课艺总集叙录》,第299页。
③ 《正谊书院课选二集》(光绪八年)收录有《书戴东原校本〈测圆海镜〉后》,见《清代书院课艺总集叙录》,第293页。
④ 《正谊书院课选》(光绪二年)收录《〈天下郡国利病书〉跋》,见鲁小俊《清代书院课艺总集叙录》,第286页。
⑤ 《书〈苏文忠年谱〉后》,《云间郡邑小课合刻》(光绪四年)卷中"杂体文",《中国书院文献丛刊》第2辑第7册,第269—280页。

(续表)

著者及书名	课艺选本	跋文作者
程端礼《程氏家塾读书分年日程》	《正谊书院课选》(1876)	—①
	《致用书院文集》(1887)	林群玉、王元穉②
	《安定书院课艺》(年代不详)	—③
丘濬《大学衍义补》	《学海堂二集》(1836)	仪克中
戴震《原善》	《经心书院续集》(1895)	黄云魁④
江藩《宋学渊源记》	《经心书院续集》(1895)	黄廷燮⑤
陈澧《东塾读书记》	《经心书院续集》(1895)	甘鹏云⑥
方东树《汉学商兑》	《经心书院续集》(1895)	甘鹏云⑦

以上书目大体可以反映出清代后期书院师生在经传注疏、小学名物、理学等多方面的兴趣。其中不少系清代汉学先驱(顾炎武)及乾嘉名儒(戴震、段玉裁)之作品,亦包括为汉学一派所推崇古代注本(如皇侃《论语义疏》)和小学著作(《一切经音义》《说文系传》等)。不同时期、不同书院的题跋自然各有差异,但重视纠谬、言必有征,则仍是其总体之趋向。例如谭莹的《洪氏〈隶释〉跋》,开篇先简要介绍洪适生平,并带叙一笔其应考博学宏词科时不知《克敌弓铭》出典的轶事,接下来正文便是举出六个具体例子,纠正洪书"间有疏舛"之处。其中第一个例子是关于武氏石阙设立者身份的考证:

> 如《武氏石阙铭》,是书谓"开明为其兄立阙"。桂馥跋谓:"详考阙文,乃开明兄弟四人为父立者。若为兄立,则始公何以称孝子乎?"⑧

---

① 《正谊书院课选》(光绪二年)收录有《书程畏斋〈读书分年日程〉后》,见鲁小俊《清代书院课艺总集叙录》,第286页。
② 《致用书院文集》,《中国书院文献丛刊》第1辑第65册,第173—176页。
③ 《安定书院课艺》收录有《〈读书分年日程〉书后》,见鲁小俊《清代书院课艺总集叙录》,第201页。
④ 《经心书院续集》卷八《戴氏〈原善〉书后》,《中国书院文献丛刊》第1辑第77册,第485—486页。
⑤ 《经心书院续集》卷八《〈宋学渊源记〉书后》,《中国书院文献丛刊》第1辑第77册,第487—489页。
⑥ 《经心书院续集》卷二《〈东塾读书记〉郑学书后》,《中国书院文献丛刊》第1辑第77册,第281—283页。
⑦ 《经心书院续集》卷八《方植之〈汉学商兑〉书后》,《中国书院文献丛刊》第1辑第77册,第491—493页。
⑧ 《洪氏〈隶释〉跋》,《学海堂三集》卷十四,《中国历代书院志》第14册,第185—186页。

按《武氏石阙铭》开头交代时间、人物云:"建和元年,太岁在丁亥,三月庚戌朔、四日癸丑,孝子武始公、弟绥宗、景兴、开明使石工孟季、季弟卯造此阙,直钱十五万。"又提及武开明之子武斑(宣张),谓"开明子宣张仕济阴,年二十五,曹府君察举孝廉,除敦煌长史,被病夭殁,苗秀不遂"云云。① 洪适《隶释》卷六在另一方《敦煌长史武斑碑》的解说中提及《石阙铭》,称:"建和之元年,开明为其兄立阙,刻其傍云:'宣张仕济阴,年二十五,曹府君察考廉,除敦煌长史,被病夭殁,苗秀不遂。'阙以二月癸丑作,碑以二月癸卯立,相去浃辰之间尔。"②对照时间、内文等信息,可以推断洪氏此处所言即是《武氏石阙铭》。诚如谭莹所引桂馥之说,从石阙铭文"孝子"的自称来看,《隶释》所言"开明为其兄立阙"虽或是附论偶误,但确系一个事实疏漏。谭莹故而引桂馥之说,予以纠正。其后五个例子,谭莹分别援引吴玉搢《金石存》、叶奕苞《金石后录》、王昶《金石萃编》、武亿《授堂金石跋》等书,刊正《隶释》在有关《泰山都尉孔宙碑》《执金吾丞武荣碑》《高阳令杨著碑》《鲁相史晨祀孔子奏铭》《司隶校尉鲁峻碑》叙录中的一些观点或解释错误。由此不难看到,与前述《困学纪闻》等题跋参考清儒札记的情形相似,谭莹这一有关金石学的题跋,实际上也大量参考借鉴了清代学者的研究成果。更有趣的是,谭跋所举出的六个例子,包括他所引用清代学者的说法,实际上全部都见于王昶《金石萃编》。③ 有关例证的排列,并未按照严格所涉碑铭文字在《隶释》中出现的顺序④,反倒与其在《金石萃编》中的卷次先后完全一致;碑刻名称也同于《金石萃编》而与《隶释》小有出入⑤。同时,谭跋援引的清人著述,其名称也与《金石萃编》的引录相符,而不尽同于通行之刊本。⑥ 从这种种迹象,大抵可以推知,《金石萃编》应该是谭莹写作此跋文的重要参考书和主要知识来源。从学术水准的角度,这无疑降低了课艺题跋的原创性价值,略有遗

---

① 《金石萃编》卷八,《续修四库全书》第 886 册,第 579 页。
② 《隶释》卷六,见《隶释·隶续》,中华书局 1983 年版(影印洪氏晦木斋刻本),第 74 页。
③ 分别见《金石萃编》卷八《武氏石阙铭》下引用"桂馥跋"(《续修四库全书》第 886 册,第 581 页);卷十一《泰山都尉孔宙碑》下引用《金石存》(《续修四库全书》第 887 册,第 6 页);卷十二《执金吾丞武荣碑》下引《金石后录》(《续修四库全书》第 887 册,第 20 页);卷十二《高阳令杨著碑》下王昶按语(《续修四库全书》第 887 册,第 31 页);卷十三《鲁相史晨祀孔子奏铭》下引用《授堂金石跋》(《续修四库全书》第 887 册,第 39 页);卷十五《司隶校尉鲁峻碑》下引用《金石后录》(《续修四库全书》第 887 册,第 77—78 页)。
④ 六个例子依次见《隶释》卷六、卷七、卷十二、卷十一、卷一、卷九。
⑤ 如前述对《武氏石阙铭》的讨论,在《隶释》乃是附于《敦煌长史武斑碑》之下;又《鲁相史晨祀孔子奏铭》,《隶释》卷一叙录此碑作《鲁相史晨祠孔庙奏铭》(第 23—24 页)。
⑥ 例如桂馥有关《武氏石阙铭》的观点,见于其《札朴》(有嘉庆十八年刻本),《金石萃编》引作"桂馥跋"。《金石萃编》所引叶奕苞《金石后录》,通行本题为《金石录补》(有道光二十四年刻本)。谭跋所引名目,都与《金石萃编》相同。

憾;但对于"应考"之作而言,此种策略其实也是情有可原——首先,青年生徒在八股举业之余有志"古学",其精力和阅读条件都颇为有限,即使可以"检书条对",完卷的时间也不过数日一旬,不太可能有非常充裕的时间真正从事金石学研究。其次,考试的体制是"命题作文",虽然学海堂等书院都有类似"分斋课士"的制度设计,但定期举行的课试,其考题必然涵盖面较广,未必能够照顾每位考生各自擅长而专深的领域。因此,仔细阅读诸如《困学纪闻》《日知录》《金石萃编》等具有集成性质的书籍,其实也已颇不容易。相关的考题,亦不无鼓励学生研读这些著作,以为治汉学之门径的用意。

由上表可见,除了占据核心地位的经、史、小学,相对较为自由灵活的题跋课试,亦使生徒的知识兴趣向地方史志、海外风物等方面延伸。此外,讨论宋学、汉宋之争的著作在晚清也颇获关注,如江藩《宋学渊源记》、方东树《汉学商兑》等皆成为题跋考课的对象。当然,出于"刊谬补缺"的体例惯性,生徒应试之作未必会对这些书籍完全持赞同态度。例如黄廷燮《〈宋学渊源记〉书后》便批评江藩"于宋学颇语焉不详",又认为此书不载汤斌、李光地等理学名臣,或有"欲示宋学实无经济"的私意。① 甘鹏云的《方植之〈汉学商兑〉书后》,也批评东树之作有"匡正暌违,没其多善""深文丑诋,不顾其安""偏党同门,曲护己短"三大弊病,并一一为之举证。晚清学界有关汉宋之争的讨论及其在一般读书人群体中的反响,于此正可窥见一斑。

清中后期书院题跋课试的另一大类常见类型则是以史书或其中篇章为题。例如在学海堂(广东)、菊坡精舍(广东)、云间书院(江苏)、南菁书院(江苏)、崇实书院(浙江)、经训书院(江西)、东山书院(湖南)、经心书院(湖北)、尊经书院(四川)、关中书院(陕西)等各地书院的课艺中,便收录了针对《史记》的《天官书》《孔子世家》《信陵君列传》《卫将军骠骑列传》、《汉书》的《艺文志》《五行志》《霍光传》《儒林传》、《后汉书》的《郑康成传》《文苑传》《独行传》、干宝《晋纪总论》、魏收《魏书》、《宋史》的《孙奭传》《虞允文传》、《明史》的《熹宗本纪》《历志》、王鸿绪《明史稿》等史部书籍或篇章的题跋书后。② 从内容上看,涵盖由汉迄明的历代正史、编年史乃至私家修撰之史书;

---

① 《经心书院续集》卷八,《中国书院文献丛刊》第1辑第77册,第487—489页。
② 《学海堂集》卷七收入《魏收〈魏书〉跋》;《学海堂二集》卷十三有《〈后汉书·文苑列传〉跋》《〈晋书〉跋》;《学海堂四集》卷十七有《读〈史记·孔子世家〉书后》《书〈后汉书·郑康成传〉后》《〈后汉书·黄宪传〉书后》《干令升〈晋纪总论〉跋》,卷二十一有《〈史记·天官书〉书后》。《菊坡精舍集》(光绪二十三年)收有《书〈史记·信陵君列传〉后》。《云间小课》(松江府云间、求忠、景贤三书院课艺合刻)收有《〈霍光传〉书后》,《中国书院文献丛刊》第2辑第6册。《云间郡邑小课合刻》卷中"杂体文"收录《书王季友〈明史稿〉后》,《中国书院文献丛刊》第2辑第7册,第277页。《南菁讲舍文集》收有《〈汉·五行志〉书后》,天津图书馆藏光绪十五年刊本。《浙东课士录》(崇实书院课艺选集)收录有《〈汉书·外戚传〉书后》,见《清代书院课艺总集叙录》,第167页。《经训书(转下页)

相关书院的地域分布也颇为广泛,足见其普遍程度。事实上,这种针对史籍的题跋书后之文,本也可以作为史论的一种形式,以褒贬人物、裁断是非为要旨。如王安石的《读〈孟尝君传〉》:"世皆称孟尝君能得士,士以故归之,而卒赖其力以脱于虎豹之秦。嗟乎!孟尝君特鸡鸣狗盗之雄耳!岂足以言得士?不然,擅齐之强,得一士焉,宜可以南面而制秦,尚何取鸡鸣狗盗之力哉!夫鸡鸣狗盗之出其门,此士之所以不至也。"①寥寥九十字,意凡两转:先针对传统对孟尝君"得士"的称赞作翻案文章,提出若其真能得士,则必使齐强于秦;其次又进一步釜底抽薪,主张恰恰因为孟尝君收聚鸡鸣狗盗之士,故反而不能延揽到真正的贤士。要之,此文以立论新奇深刻见长,提出论点斩钉截铁,结尾陡然收束,醒人眼目。又如刘大櫆《读伯夷传》针对《史记·伯夷列传》的记载作驳论,推断武王伐纣之时伯夷已"老而既死也","使其尚在,则伯夷之鹰扬,当必更甚于太公"。② 实际上也是继承王安石《伯夷》"使伯夷之不死,以及武王之时,其烈岂独太公哉"的论点而更为转化。可谓是深得宋人"议论"之风力。这种于史文缝隙间驰骋想象的文章"辩驳如水银入地"③,读来精彩而有味;同时,这种写作风格,对作者的思辨能力有较高要求,故很适合作为学者锻炼文笔、砥砺思想的文体。如李光地即主张"学古文须先学作论,盖判断事理,如审官司,必四面八方都折倒他,方可定案","久之,不知不觉,意思层叠,不求深厚,自然深厚"。④ 王念孙幼年读经之后继以读史,"旁涉史鉴,偶作史论,断制有识"⑤,应当也是以议论"断制"作为一种训练。然而,在汉学家看来,尚议论的文风在史学领域就不免近于蹈空了。

(接上页) 院文集》(光绪九年)收有《书〈汉书·儒林传〉后》。《蜀秀集》(成都尊经书院之课艺集,光绪五年)收录有《读〈史记·卫青霍去病传〉书后》,见《清代书院课艺总集叙录》,第645页。《东山书院课集》(光绪十八年)收录有《读〈晋书·陶侃传〉书后》,见《清代书院课艺总集叙录》,第567页。《经心书院续集》(光绪二十一年)收录有《〈万石君列传〉书后》《〈太史公自序〉书后》《读〈汉书·艺文志·诸子〉书后》《书〈后汉书·独行传〉后》《读〈魏书〉》《书〈宋史·虞允文传〉后》《〈明史·熹宗本纪〉书后》等,《中国书院文献丛刊》第1辑第77册。《关中书院课艺》(光绪十四年)收录有《书〈明史·历志〉后》,《中国书院文献丛刊》第1辑第98册。

① 《读〈孟尝君传〉》,《王安石文集》卷七十一,第1240页。
② 《读〈伯夷传〉》,吴孟复标点《刘大櫆集》卷二,第36—37页。此外文章还从事理人情的角度提出另一种推断以质疑司马迁的记载:"伯夷叩马,而太公曰'此义人也',扶而去之,若素不相识者然。夫两人皆名贤,同居西伯之宇下,而顾漠不相识,此非人情。则其言之虚妄,不待智者而知也。"其说固甚辨也。但如果从实证史学的立场看,这种质疑并没有提出实际的文献证据。
③ 《读〈伯夷传〉》篇末尾评,《海峰文集》卷一,《清代诗文集汇编》第286册,第32页。
④ 《榕村语录》卷二十九,《榕村全书》第6册,第385页。
⑤ 阮元《王石臞先生墓志铭》,载闵尔昌纂录《碑传集补》卷三十九,《清代传记丛刊》第122册,第415页。

如王鸣盛便主张"读史者宜详考其实,不必凭意见、发议论"①,乃是从考据史学的角度,主张在史论须有坚实证据,不应纯粹凭借逻辑和思辨作"空论"。

清代后期书院课艺中读史题跋的写作,自然也有承续宋代以来"议论"式写法者。如《云间小课》(道光二十九年刻本)所录唐模《〈霍光传〉书后》:

> 霍光承武帝诏,辅少主,政由己出,四海晏然。其于昌邑,既立而复废之,宣帝由是中兴,功诚伟矣。且小心谨慎,出入宫禁二十余年,未尝有过。史乃议其"不学无术",后人颇有不谓然者。然光诚非刚强粗卤、无深沉气识者可比,特于妻子之间,为所牵引,以成大罪。使平时稍有学术,何竟至是哉?苏子瞻论光云"才不足而气节有余",终不若史言之为当也。②

此文篇幅不长,主旨是评论历史人物霍光的生平功过得失,文字颇为简洁,仅用"特于妻子之间,为所牵引"一句表明论点,点到即止,并未展开详细论证。文中虽然也援引了《汉书·霍光传》论赞、苏轼《霍光论》的观点,但也只是然否取舍,并未详引其说或加以折辩。与此不同的是,学海堂开启的题跋课试之风,在主题和写法上,相对传统论辩式读史题跋都有扩展和改变。首先,在题材内容方面,学海堂一系开放了更多的可能,读史题跋成为研讨经学史、史学史问题的场域。如《学海堂二集》中侯康所作《晋书跋》两篇,其一意在考索评骘已经散佚的十八家《晋史》之内容及得失;其二则是论列其体例,其中特别述及其《地理志》"舛谬独甚",并列举洪亮吉、钱大昕、王鸣盛等清代学者的考订工作③;其内容都不限于议论裁断。《学海堂四集》所收《书〈后汉书·郑康成传〉后》二篇,潘继李所作者,便是从传文所载郑玄所注典籍中列有《孝经》出发,致力于考辨郑玄是否曾注过《孝经》这一经学史公案。潘文针对刘知几提出的《孝经》非郑注之"十二验"逐一反驳,"以证此传所言郑注有《孝经》为不谬"④。高学燿所作者,则是从史书体例的角度立论,指出

---

① 王鸣盛《十七史商榷》卷九十二《唐史论断》,《嘉定王鸣盛全集》第6册,第1361—1362页。王氏乃是借批评孙甫《唐史论断》表达了对宋人史论的不满:"宋人略通文义,便想著作传世,一涉史事,便效圣人笔削,此一时习气,有名公大儒为之渠帅,而此风益盛,名公大儒予不敢议,聊借甫以发之。"又认为孙著"论断虽多平正,皆空论,亦不足传"。
② 《〈霍光传〉书后》,《云间小课》,《中国书院文献丛刊》第2辑第6册,第231页。
③ 侯康《晋书跋一》《晋书跋二》,《学海堂二集》卷十三,《中国历代书院志》第13册,第580页。
④ 潘继李《书〈后汉书·郑康成传〉后》,《学海堂四集》卷十七,《中国历代书院志》第14册,第652—653页。晚清学者有关《孝经》郑注的讨论,可参吴仰湘《清儒对郑玄注〈孝经〉的辩护》,《中国哲学史》2017年第3期。

范晔"传中体裁之善,大约有四",包括"编次深合史迁之家法""叙述尤得高密说经之体要""载文深得古人垂训之遗规""论赞尤得史迁之体例"等;在第二条中,还展开附论了郑学"以经证经""以师说解经""以今况古"等优点。①此外如《学海堂四集》所收汤金铭《〈史记·天官书〉书后》以骈文谈天,并"参之西土之书"②;《南菁讲舍文集》所收陈庆年、孙同康两篇《〈汉·五行志〉书后》详论汉儒阴阳灾异之说,以其"有悟主之功"③,"使为人君者见之知天人相与之际"④,所涉学术领域皆颇广博,"知识性"更胜过"议论性",固不限于人物褒贬、史事评论矣。

在写作手法方面,即使是以议论得失为主旨的跋文,亦多有详征细论,甚至可以说在形式呈现上具有以引用为主、议论为辅的特点。例如《学海堂四集》所载金俶基《读〈史记·孔子世家〉书后》讨论司马迁为何为孔子立"世家"这一经典问题。其文开篇首先提出总论点"史有定理、有创例",主张为孔子立世家属于"创例","正子长史例之精"。接下来,文章略分四层展开:(一)正面观点。引司马贞《索隐》、张守节《正义》之说(孔子为帝王之师,故可立世家),认为"发明史公之意,至为显白"。(二)反面观点。引述王安石"迁也自乱其例"⑤以及濂水李氏"欲尊大圣人而反小之"⑥之说,认为二者都是"知史有定例而不知有创例者也"。(王、李二家之说或转引自《困学纪闻》)(三)延伸论述。引用《史记·孔子世家》和《史通》之文献,论证孔子后裔祠祀不绝,亦得"世代相续"之意。(四)引用赵翼《陔余丛考》,指出《史

---

① 高学燡《书〈后汉书·郑康成传〉后》,《学海堂四集》卷十七,《中国历代书院志》第14册,第653—654页。
② 汤金铭《〈史记·天官书〉书后》,《学海堂四集》卷二十一,《中国历代书院志》第14册,第765—767页。
③ 陈庆年《〈汉·五行志〉书后》,《南菁讲舍文集·文四》,叶1a—3b。
④ 孙同康《〈汉·五行志〉书后》,《南菁讲舍文集·文四》,叶3b—5b。
⑤ 王安石之说,见其《孔子世家议》,《王安石文集》卷七十一,第1244页。
⑥ 此处金跋原作"濂水李氏又云'欲尊大圣人而反小之'"。"濂水"殆指宋初李复(濂水先生)。但此处所引,实系李清臣《史论》之说:"尝叹司马迁,如彼其才,如彼其博瞻,而不能深入圣人之道,以为已病。先黄老、后六经,高气侠、重货殖,则班固既言之矣。又世家孔子,而不为传,使孔子与陈项争列,欲尊大圣人而反小之。其所以称孔子者,识会稽之骨,辨蕡羊之怪,道楛矢之异,测桓僖之灾,斯以为圣而已矣。一何其鄙陋也!"见《圣宋文选》卷十八《李邦直文·史论下》,叶11b,"中华再造善本"影印本。此处金氏引用王安石和李清臣之说,疑或皆转引自《困学纪闻》卷十一:"《孔子世家》,王文公曰:'仲尼之才,帝王可也,何特公侯哉! 仲尼之道,世天下可也,何特其家哉? 处之世家,仲尼之道不从而大;置之列传,仲尼之道不从而小。而迁也自乱其例。'淇水李氏曰:'欲尊大圣人而反小之。其以称夫子者,识会稽之骨,辨坟羊之怪,道楛矢之异,测桓厘之灾,斯以为圣而已矣,何其陋也!'《皇王大纪》曰:'迁载孔子言行,不得其真者尤多。'"此处《困学纪闻》元刊本作"淇水李氏",而清代流行的阎若璩笺注本将其改为"濂水"。金俶基即承此而误。见《困学纪闻注》第5册,第1488—1489页。并参《元本困学纪闻》第3册,第123页,国家图书馆出版社2017年影印版。

记》不仅以"独列世家"的方式尊孔,而且"凡列国世家与孔子毫无相涉者,亦皆书是岁孔子相鲁、孔子卒,以其系天下之重轻也"①;并谓赵说"深得史公之微旨"②。通观全篇,大体上用"创例—定例"的框架一以贯之,其内容则主要是直接抄录引用诸家原文,略以一二语作评判,自己的申论并不算多。详细参考《史记》三家注、《史通》乃至《困学纪闻》《陔余丛考》等著作,应是这篇书后文较突出的特点。又如《崇实书院课艺》所录陈熙亮《读〈李泌传〉书后》,探讨李泌是否"好神仙"的问题,也征引了王鸣盛《十七史商榷》、赵翼《廿二史札记》等著作的相关说法,并覆案《旧唐书》《新唐书》原文,以检证王、赵之说,同时引述《南部新书》,说明所谓"好神仙"之说的由来。③ 此文虽非典型的考据史学之作,但在援引清代名家著作、注重文献考索等方面,也显示出时代风气的影响。

纠谬补缺、旁征博引等具有显著"考据"特色的写作策略,当然并不仅见于书院课艺之题跋文字中。类似的写法,自然在乾嘉名儒的学术著作或单篇论学文章中,也会有不同程度的体现。④ 选择从"书院考课"的角度观察其文体演变,不仅是为了分析学术理念在写作文体上的体现,同时亦可反映由少数学术史上"精英"学者所引领的治学风气,如何通过具体的教育、文化实践,渐次向普通读书人群体扩散。题跋类文章在内容范围方面较为宽泛,可以较灵活地反映某一时期的学术趣味,也便于融入主持考课的地方官员、书院山长的治学理念。清代中期以来普通士子阅读史的实际情形如何?书院课试中的题跋书写,无疑可以为后人进入相关的思想史、文学史"现场",提供一条狭细僻静却又生动切实的通幽曲径。

---

① 参见《陔余丛考》卷五《史记三》,第115页。
② 金俛基《读〈史记·孔子世家〉书后》,《学海堂四集》卷十七,《中国历代书院志》第14册,第650页。
③ 陈熙亮《读〈李泌传〉书后》,《崇实书院课艺》卷四,《中国书院文献丛刊》第1辑,第61册,第107—109页。
④ 参见本书第九章、第十章。刘奕《乾嘉经学家文学思想研究》(上海古籍出版社2011年版)对乾嘉学者论辨类古文写作模式的转变亦有讨论,可参。

结语　文学史与思想史

葛兆光在为包弼德(Peter Bol)《斯文：唐宋思想的转型》撰写的书评中，肯定包氏在研究唐宋思想文化时摈弃哲学史脉络的做法，但也指出是书"相当多的线索和资料"，围绕"过去文学批评史或文学思想史理路而来"。[①] 葛文进一步追问，文学史的脉络能否替代哲学史的脉络？能否全面展现"思想的实现"和精英之外的思想？疑问显然是来自思想史研究本身的趋向：在"哲学""学术"之外，思想史同样有必要——如果不是更有必要——展现古代思想、知识、信仰更为复杂、多元的面向，尤其是一般常识、社会风俗、下层信仰的普通人的"思想"。[②]《斯文》在希望超越哲学史，探索唐宋思想变迁时，有意或无意地走上了文学思想史的理路，事实上是一个颇有趣的现象。精英视角的问题，实际上不足以为"文学"病——因为"文学史"或"文学思想史"本身未必一定是"精英叙事"，完全可以扩展到更为大众、通俗的范域。相对于唐宋时期，明清在俗文学文献和研究方面的积累都可以为超越"精英论述"提供大量的资源。另一方面，除了反思文学能否涵盖思想的全貌，同样值得注意的是：文学是如何表达、传递、推广乃至潜在变构了思想的内涵？"词章"或"文章"是否只是思想史的背景或旁支？绵延不绝的文章传统能否真正被纳入思想史之中，成为一自具主体性的要素？

第一节　沉默的假想敌：
"词章"如何介入"学问"？

事实上，从东汉王充"鸿儒""文人"之辨[③]，到宋代理学兴起后的"周程

[①] 葛兆光《文学史：作为思想史，还是作为思想史的背景？》，《台大中文学报》第20期，2004年；并参叶毅均《从思想史到文化史的尝试——包弼德〈斯文〉一书及相关讨论述评》，《新史学》第14卷第2期，2003年。

[②] 葛兆光《中国思想史》第二卷《七世纪至十九世纪中国的知识、思想与信仰》。王汎森《思想是生活的一种方式——兼论思想史的层次》，收入其《思想是生活的一种方式：中国近代思想史的再思考》，（台北）联经2017年版。

[③] 黄晖《论衡校释》，第607页。

欧苏之裂"①,到清代的"义理、考据、词章"三分②,有关"文"与"学"之对立、疏离的论说,在思想史上可以说一直绵延不绝。在清代,随着学术愈发走向专精,"学与文分,义理、考证之学,迥与词章殊科"③,"文""学"之离亦有愈演愈烈之势。

在有关义理、考据、词章的争论中,"等而末之"的词章,常常是被压抑甚至被忽视的对象。余英时认为清儒关于义理、考据、词章的争论"尤以义理与考据之间的关系最是问题的关键所在";故他主张由"智识主义"之传统认识从宋明理学到清代考证的"内在理路",处理的恰恰也只是"义理"与"考证"两者的关系,"词章"一角,则付阙如。④ 在狭义"学术史"的范围内有意或无意省略"词章"的问题,或许并无足怪。但值得追问的是,历史发展的实情是否如此?文学对于思想史,是否只是一位沉默、作壁上观的"对手"?

倘若不是有意追求某种"纯净"而抽象的学术史叙述,尽可能地回到历史本身的场景之中,"文人""词章"之因素实际上并不能被完全摒除。且不论清人本身在关于学术理路、方法、宗旨的论辩之中时常涉及"文士""词章"之议题,即就"义理""考据"演进中的一些关键转折而言,文学也常常如影随形,隐隐现现。如关于考据学风之起源问题,朱希祖以为"清代考据之学,其渊源实在乎明弘治、嘉靖间前后七子文章之复古","欲作秦汉之文,必先能读古书,欲读古书,必先能识古字,于是《说文》之学兴焉","古书之难读,不仅在字形,而尤在字音,于是音韵之学兴焉"。⑤ 钱穆《中国近三百年学术史》则反对此说,举出钱谦益"圣人之经,即圣人之道也"之论,认为与顾炎武"经学即理学"之说"言思辙迹之同,皎然有不可掩者";再往上追,钱谦益又是袭

---

① 刘埙《隐居通议》卷二引吴汝一语,叶6b,嘉庆刻本。有关讨论参见张健《晚宋理学、诗学关系的紧张与融合》,收入周宪、徐兴无编《中国文学与文化的传统及变革》,南京大学出版社2008年版,原为2006年南京大学主办同名研讨会论文。

② 代表性的文献有戴震《与方希原书》、姚鼐《述庵文钞序》等。有关讨论见郭绍虞《中国文学批评史》下卷第四篇第三章第一节第一目《戴震段玉裁之考据义理词章合一说》、第二目第三款《义理博学文章之合》;余英时《清代学术思想史重要观念通释》,载《中国思想传统的现代诠释》;王达敏《姚鼐与乾嘉学派》第七章《义理、文章、考证三者兼收新说》。参见本书第六章、第十一章。

③ 刘师培《论近世文学之变迁》,《国粹学报》第26期,1907年。

④ 《论戴震与章学诚:清代中期学术思想史研究(增订本)》外篇《从宋明儒学的发展论清代思想史——宋明儒学中智识主义的传统》。余先生所谓"智识主义",盖有取于英文intellectualism之概念,就宋明至清代思想史的实际而言,主要所指即是"道问学"一路重视知识问题尤其是经典知识的思路。余先生认为:"一个反智识主义者既否定知识对他的思想或信仰有任何帮助,则他毋须乎借助他所否定的知识,来支持他的立场。相反地,一个智识主义者则必须说明他的持论和他所肯定的知识之间有什么关系。这样,他不但要建构理论,同时还要整理知识。并且,他的知识是否可靠基本上决定他的理论是否站得住。"

⑤ 朱希祖《清代通史序》,萧一山《清代通史》卷首,中华印书局1923年版。

用归有光"汉儒谓之讲经,而今世谓之讲道"之语,承其遗说而提倡经学或"古学"。因此,钱穆认为"或乃谓清初经学复兴,乃受明代文人王、李复古之影响,是亦考之于常熟、虞山之两集而未见其合也";同时又强调杨慎"博洽"学风的影响。① 林庆彰也将考据学追溯到明代,以杨慎为重要代表而又特别指出复古派影响下"好奇炫博"风气的影响②。不论如何建立考据学在明代的"前史",值得注意的现象是杨慎、归有光、钱谦益等都是"文学史"上的中心人物,更重要的是,"好奇炫博"或是"经经纬史"的趣味、主张,背后都有"文章"方面的考量。顺治十一年,钱谦益为周亮工《赖古堂文选》作序,认为"近代之文章,河决鱼烂、败坏而不可救者,凡以百年以来,学问之缪种,浸淫于世运,熏结于人心",举"解经之缪""乱经之缪""侮经之缪"为经学三缪,"读史之谬""集史之缪""史之缪"为史学三谬。牧斋借医事设譬,指出"凡此诸缪,其病在膏肓膝理,而症结传变,咸著见于文章"。③ 中有"学"之病,外发"文"之症结,可见其"学术史"论述背后,正有"文章"之关切。这种"关切"如何作用于学风与思想的演进?前七子、杨慎、归有光之间,有正有反,有直接有间接,层次复杂的影响关系,应当如何梳理?这或许还需要对"文学史"与"学术史"作更深入的综合研究。

近年来,"文学"与"经史考证"之间的共生关系,已逐渐引起了学界的关注。如龚鹏程主张重视明清文人对经籍的研治和讨论,具体议题包括晚明评经之书、科举解经之书,以及清中叶文人之经说。④ 吴正岚探讨了宋濂、归有光、焦竑、钱谦益一系的"文人经学",谱系上比较接近钱穆的思路,对经学中"道器合一"与文学上"神明法度合一"、经学中的普遍人情论与文学中的深情论都有详细论述,并特别强调"文人经学诸家""建立了以六经为主、班马等'史中之经'为辅的古文典范结构"。⑤ 张循则提出考证学"有雅、俗两个版本","习字、赋诗等词章方面的训练将大量普通读书人与文字、音韵等考证学因素关联起来",形成所谓"俗本的考证学"。⑥ 这些研究都为文学史、学

---

① 《中国近三百年学术史》,第152—154页。所引牧斋、熙甫原文,见钱谦益《新刻十三经注疏序》,《牧斋初学集》卷二十八,第850—852页;归有光《送何氏二子序》,《震川先生集》卷九,第194—195页。

② 林庆彰《明代考据学研究》,台湾学生书局1983年版;《明代经学研究论集》,(台北)文史哲出版社1994年版。参见本书第一、二章。

③ 《牧斋有学集》卷十七《赖古堂文选序》,第768—769页。参见本书第三章。

④ 龚鹏程《冯梦龙的春秋学》,收入《晚明思潮》,中华书局2005年版。龚鹏程《六经皆文:晚明对〈春秋〉三传、〈礼记〉等书的文章典范化》《乾隆年间的文人经说》,皆收入《六经皆文——文学史/经学史》一书,台湾学生书局2008年版。

⑤ 吴正岚《明代文人经学与文学思想变革的关系》,《文学评论》2014年第2期。

⑥ 张循《"词章"与考证学——追溯清代考证学来源的一条线索》,《学术月刊》2016年第5期。

术史相结合的方式提供了新的思路。不过,就明清文学、思想所涉及的大量文献和复杂面向而言,"未知"无疑远远较"已知"为多。同时,这些研究也刺激我们思考"文人""理学家""考据家"等身份划分的流动性乃至有效性。对于古人而言,治经学、为文章,很可能在一人身上并行不悖。后来的研究者固然可以新的学科分野将其拆分为两个范畴分别研究,但也难以忽视其中可能的深层关联。就所谓"文人经学"而论,一位"文人"的读经之法,既可以与"理学家""考据家"一般无二,也可能更注重文本的篇法章法与言外之意;反过来,这些"文学"化的研经之法,其实也完全可以为"理学家""考据家"所用。"文"与"学"在历史语境中复杂错综的关系,有待于研究者在梳理、还原既有分类框架的基础上,不断对其加以反省,并尝试探索新的认知角度。

第二节　分途抑或内外:"文""学"关系的再反思

概括言之,近代以来学界对清代"文""学"互动之探讨,大体使用的是一种"分途"的处理方式,就学术脉络而言有"义理""考据""词章"之判,就学人身份而言则有"儒林"(又包括"人师""经师")、"文苑"之别。这种思路可以上溯到清代文人学者自身的说法。如戴震"古今学问之途,其大致有三,或事于理义,或事于制数,或事于文章,事于文章者,等而末者也"①;姚鼐"尝谓天下学问之事,有义理、文章、考证三者之分,异趋而同为不可废""一涂之中,歧分而为众家,遂至于百十家"等等②,都是学界耳熟能详的论述。其中皆使用"趋""途"等语词,将"义理""考据""词章"视为学问的不同路径。"分途"之说,主要陈说的是现实层面的治学门径、方法问题。戴震所谓"或事于",最可见其内涵;其潜台词在于人力有涯,不得不"术业有专攻",择一而深造,方能有得。袁枚便很明白地劝告其友人:

> 入文苑、入儒林,足下亦宜早自择。宁从一而深造,毋泛涉而两失也。③

此正是择业求专之意也。又姚鼐在《述庵文钞序》中主张善用义理、考

---

① 《与方希原书》,《戴震集》卷九,第188页。
② 《惜抱轩诗文集·文集》卷六《复秦小岘书》,第104—105页。
③ 袁枚《小仓山房文集》卷十九《答友人某论文书》,《袁枚全集新编》第3册,第260页。

证、文章三端以"相济"①;但他自己却也接受王鸣盛的规谏,舍弃诗词而"专力于古文之学",并嘱咐其弟子陈用光"人之材力有能有不能",须"专工一家之业,以蕲其至"。② 由此可知"文""学"分途的现实考量。

"分途"之概念框架,乃是清人固有之思考方式,用于理解整个清代学术与文章的发展演进,自能恰切,因此自晚清以降,便成为学术史叙事的主要方式。如章太炎《訄书·清儒》以"经儒""文士"分判清学,即从治学趣味的层面分析其内在原因,认为"夫经说尚朴质,而文辞贵优衍,其分涂自然也"。③而这种"分途(涂)"的叙事,同时又与西潮影响之下的现代学科分类颇能呼应,统摄三途的"儒学""经学"在现代的学术体系中逐渐解纽、消散,"义理""考据""词章"大体上可以不甚费力地被"对接"入新式的"哲学""史学""文献学""文学"等学科类目。④ 清代固有的"分途"体系不但成为理解古人的有效模式,更可以成为由今溯古、梳理现代学科形成史的有力论据。

缘乎此,在新的学科分野之下,论者或将"学术史"与"文学史"分而治之,或在既有"分途"框架的基础上讨论二者的互动。如梁启超《清代学术概论》、钱穆《中国近三百年学术史》皆聚焦于"学术",以"义理"与"考据"——或者说"宋学"与"汉学"的此消彼长与相互影响作为论述重心⑤;侯外庐《中国思想通史(第五卷)》在清代部分也以"专门汉学的形成"作为一大主题⑥;

---

① 《惜抱轩诗文集·文集》卷四,第61页。
② 陈用光《太乙舟文集》卷六《银藤花馆词序》所记,《清代诗文集汇编》第489册,第629页。应当指出的是,姚鼐在此谈"专工",主要是针对古文和诗、词、骈文等不同文体的学习而言,并非针对义理、考证、词章三端而言。但既有此"专工一家之业"的逻辑,也就蕴含了在学问三端中取舍轻重的问题。姚鼐并没有直接将此专工的逻辑推演到义理、考证、词章之辨,其实是很可注意的现象。在姚鼐的"文学"谱系中,古文与考证、义理等"学问"的关系似乎较其与诗词、骈文的关系更为紧密,途径的选择和取舍,内里未尝没有轻重权衡。
③ 章炳麟著,徐复注《訄书详注·清儒第十二》,第152页,上海古籍出版社2000年版。
④ 如冯友兰《中国哲学史》云:"西洋所谓哲学,与中国魏晋人所谓玄学,宋明人所谓道学,及清人所谓义理之学,其所研究之对象,颇可谓约略相当。"《三松堂全集》第二卷《中国哲学史》第一篇《子学时代》第一章《绪论》第四节《哲学与中国之"义理之学"》,第9页,河南人民出版社1988年版。张岱年亦称"我们研究中国传统文化〔……〕对于所谓义理之学、考据之学、词章之学,都必须有较深的体会〔……〕从其内容来看,义理之学即是哲学,考据之学是史学的基础,词章之学属于文学"(《义理·考据·词章》,《群言》1988年第5期)。可以代表学界对"义理""考据""词章"如何对接现代学术的一般认识。当代学者对清人"考据学""考证之学"内涵的理解,可参漆永祥《乾嘉考据学研究》前言,第1—2页,北京大学出版社2020年版。关于传统"词章之学"与现代"文学研究"的关系,可参陈平原《新教育与新文学——从京师大学堂到北京大学》(《学人》第14辑,1998年;后收入《作为学科的文学史》,北京大学出版社2011年版)、陈国球《文学立科:〈京师大学堂章程〉与"文学"》(《汉学研究》2005年第1期;后收入《文学如何成为知识?:文学批评、文学研究与文学教育》,生活·读书·新知三联书店2013年版)。
⑤ 严格从概念上区分,汉学、宋学之别并不能等同于考据、义理之分;但就其大端而言,主宋学者强调其"义理"之宗旨,主汉学者以"考据"方法为其特色,应当并不违背清代的历史实情。
⑥ 侯外庐《中国思想通史》第五卷《中国早期启蒙思想史》,人民出版社1956年版。

余英时《清代学术思想史重要观念通释》主张"义理、考据、词章三者之间的关系是清代学术思想史上独特的新问题",厘清各家对此的看法,方能"明白清代中叶以来的思想分野";但主要用力也是在"经史考证"之学如何从宋明理学的传统中转出。① 此是"学术史"的研究思路,通常于"文学史"鲜有涉及。相对而言,文学史、文学批评史的研究则较为主动地面对"学术史"的内容。如果说陈钟凡《中国文学批评史》主要还是延续"诗文评"的传统,分"诗评""词曲评""骈散文评"论述清代之文学批评②;郭绍虞《中国文学批评史》在清代部分便明确以"古文家之文论""学者之文论"分为节目;同时,在讨论姚鼐、陈用光、戴震、段玉裁、章学诚之时,都拈出其追求义理、考据、词章合一的理念;同时指出顾炎武已有"义理、考据、词章三位一体的文学观",而黄宗羲亦主"文与学合",将这种分途又求合的思路,上追到明清之际。③ 不仅如此,文学与学术之关系,也成为文学研究中颇受关注的一大问题。如马积高《清代学术思想的变迁与文学》,便以"清代理学与桐城派""清代考据学与骈文的复兴""乾嘉的汉、宋学术之争与诗风的嬗变"这样的"文""学"对应作为其切入清代"文""学"的宏观视野。④ 王达敏《姚鼐与乾嘉学派》采用的则是由个案透视时代的方法,以"从辞章到考据——回归辞章——义理、文章、考证兼收"为主要线索,深入探讨姚鼐在不同学术途径上的依违与抉择。由此可见,义理、考据、词章之分途,固已成为梳理、探讨清代文学史与学术史的一个重要框架——只不过在具体论述中这一框架不免是一略有失衡的"敧器",重于"学"而轻于"文"。

仅就"文""学"互动而言,其中有所轻重,并不足怪。不过,倘若单单从"分途"的角度考察,其实并不足以完全切中"文""学"关系之症结。就立名而言,"义理""考据/考证/考核""词章/辞章/文章"并非严谨的逻辑分类。以三个名称指代三种学术途径,义理之学乃是学问的目标(明道),"考证"是求学之方法,"词章"则是致力之对象(诗、赋、古文、骈文等),三者并不平行。对于这种"学术名称与治学对象之间的紧张",清人(代表性的如焦循)即有反省。⑤ 从理念上看,我们自然可以追问:前人用"义理""考据""词章"之名概括指称的三种学问类型,事实上有可以各有"义理""考据""词章",错综互

---

① 余英时《清代学术思想史重要观念通释》,原为韦政通主编《中国哲学辞典大全》([台北]水牛出版社 1983 版)而作,后收入《中国思想传统的现代诠释》,(台北)联经 1987 年版。
② 陈钟凡《中国文学批评史》,(上海)中华书局 1927 年版。
③ 郭绍虞《中国文学批评史》下册第四篇第二章、第三章,商务印书馆 1947 年版。
④ 马积高《清代学术思想的变迁与文学》,湖南人民出版社 1996 年版。
⑤ 罗志田《方法成了学名:清代考据何以成学》,《文艺研究》2010 年第 2 期。

见。关于义理的争论,可以文本考订的方法折衷一是;考经证史的"锱铢"之学,背后未尝没有反理学之道而动的"新义理";学界于此已颇有讨论。① 更可言者,"义理"与"考据",事实上也必然有"词章"形态的问题——其反面例证就是顾炎武、姚鼐所批判的"语录不文"和"考证不文"。内里层次之复杂,恐非"分途"所能尽之。最重要的是,将"文"与"学"看作并行的路径,"文人"自"文人","学者"自"学者",合之似非必然,分之亦无害双美。责经生以不擅诗赋,病词人之未窥义理,其实颇有"见驼而怪马背之不肿"的味道。按照"分途"的概念框架,在逻辑上也无法圆满地解释"文""学"之张力成为清代文章、学术发展的内在问题——既已"分茅设蕝",何妨"各自为政"? 因此,欲了解清代前中期思想文化史上"文""学"互动之真正关键,则不得不在"分途并列"之外,用另一种概念结构来审视"文"与"学"的关系,也即"内外表里"的层次关系。

"内外"与"分途"两种认识模式,虽然取意不同,但实际上是从不同角度阐释"文""学"关系,并无枘凿。如果说"分途"是一种历史上的"实然","内外"则更强调理论上的"应然"。个中微妙,不妨以晚清刘师培的论述为例加以分析。刘氏《论近世文学之变迁》提炼出"学与文分"作为考察清代文学变迁的纲领:

> 宋代以前,义理、考据之名未立,故学士大夫莫不工文。〔……〕至宋儒立"义理"之名,然后以语录为文而词多鄙倍。至近儒立"考据"之名,然后以注疏为文而文无性灵。夫以语录为文,可宣于口而不可笔之于书,以其多方言俚语也;以注疏为文,可笔于书而不可宣之于口,以其无抗堕抑扬也。综此二派,咸不可目之为文。〔……〕近世以来,学派有二:一曰宋学,一曰汉学。治宋学者,从语录入门;治汉学者,从注疏入门。由是以语录为文,以注疏为文。及其编辑文集也,则义理、考订之作,均列入集部之中,目之为文。学者互相因袭,以为文能如是,是亦已足,不复措意于文词,由是学日进而文日退。古人谓文原于学,汲古既深,摛辞斯美,所谓读千赋者自善赋也。今则不然,学与文分,义理、考证之学,迥与词章殊科,而优于学者,往往拙于为文,文苑、儒林、道学,遂一

---

① 以考证求义理之学术演进,参见余英时《从宋明儒学的发展论清代思想史——宋明儒学中智识主义的传统》所提倡之"内在理路"说。关于清人考据背后的义理关怀,可参高正《清代考据家的义理之学》(《文献》1987年第4期),林庆彰、张寿安主编《乾嘉学者的义理学》("中研院"中国文哲研究所2003年版),等等。

分而不可复合,此则近世之异于古代者也。①

刘师培生于清季,对一代文章与学术之发展大势,颇有切身体会,故能直入塔中,探得款曲。刘师培论"文"之观念,乃是继承阮元文笔论而来,其《文章源始》认为"文也者,乃经史诸子之外,别为一体者也",提倡"偶词韵语",谓"骈文一体,实为文体之正宗";执此而论,韩、柳以下至于桐城派的路向,便是"以经为文,以子史为文","文章之真源失矣"。② 依照此论,则不但"义理、考证之学与词章殊科",古文家甚至被开除了"文"籍。然而,在《论近世文学之变迁》中,刘氏以语录"多方言俚语"而不文,注疏"无抗堕抑扬"而不文,其标准又与姚鼐等桐城文家颇有接近。事实上,倘若施之整个清代学术史或文学史的论述,"文""笔"之辨或颇为支绌:一方面,按照"偶词韵语""骈文正宗"的观念,戴震、王念孙、阮元诸公的论学文章,也就算不得"文";但另一方面,刘氏亦推崇汉学大家之文章,认为东原说经之文"简直高古,逼近毛传",而说理记事之作则"创意造词,浸以入古";又云"高邮王氏、仪征阮氏","条理秩如,以简明为主","朴直无文,不尚藻绘,属辞比事,自饶古拙之趣";只是后来之"掇拾者"滋生无条贯、侈征引、昧文法之弊病——显然是称赏其"修辞"上的成就。③ 于此,正不难看到刘氏弥纶其说、为乾嘉大老"不文"之"文"寻找合理性的努力。我们似乎可以追问,这些"高古""创意""朴直""古拙"的文字,是否能称得上"文"? 名之以"笔",视为"不文"而束之高阁,是否可以真正解决问题? 至少回到顾炎武的论述,他所谓的"文"应当就是包含了阮、刘所谓"文""笔"两端的广义之"文"。"文""笔"之辨,未可尽论清代前中期文章学术之演进,于此可见一斑。简言之,"词章"是"文",而"文"不仅仅是"词章"。讨论清代的"文""学"关联,必须将视野扩展到一个更大的范围。

事实上,以"内外"关系审视"学"和"文"的互动,期待的建立一种更为严密、准确的论述基础:何种"学问"直接显现为何种"文章"。如前所述,义理、考据、词章之分类,本身便有进一步组合的可能,"文"与"学"的对应关联,或直接,或间接,可以有丰富的可能。经学、史学、诸子百家,天文、地理、典章制度,不同的知识类别,传统上都各有其表述方式;古文、诗歌、辞赋,不同的文

---

① 刘师培《论近世文学之变迁》,《国粹学报》第26期,1907年(封面题为"论近代文学之变迁")。刘师培之说,亦导源于顾炎武,在"以语录为文而词多鄙倍"下以小字全文引录了《日知录·修辞》。

② 刘光汉《文章源始》,《国粹学报》第1期,1905年。

③ 刘师培《论近世文学之变迁》,《国粹学报》第26期。

章体裁,背后是相互交织自有偏重的知识储备。知识为内蕴,而文章为其外显,无论"文人""学者"抑或不愿自限以某一特定身份之士人,都无可避免地面对内、外两个方面如何配合的问题——词章之士须有一定的知识修养作为基础——虽然其习得的方式不必是"考据师法";经史专家同样也要经营其文章以表达其学问——虽然写作的方式不必是"古文家数"。因此,本书希望较深入地探讨有清一代"文""学"之互动,除了关注分途之后各有胜场的"文人之文"与"学者之学",亦不妨转过头来,考察内外相关彼此呼应的"文人之学"与"学者之文"。

第三节 "文体"的时空属性与知识功能

相对于传统学术史之聚焦于学人师承、学说同异,四十多年来的清代学术思想史研究中,从科举体制、书院教育等角度切入思想史与社会史的互动,逐渐成为新的热点。例如艾尔曼特别强调藏书楼、幕府、书院等社会机制对考据学派兴起的作用,对科举文化的影响也极为关注。[①] 杨念群、刘玉才等选取不同地区的个案,讨论书院制度与学术变迁的关系。[②] 陈祖武讨论乾隆初叶"古学复兴"潮流,也从书院、幕府等方面讨论地域因素的影响。[③] 考察"思想—社会"的互动,事实上正可以加入或是凸显"文章"这个因素,展现知识、观念如何渗透到社会生活的细节之中。简言之,著作与文章,正是学术思想乃至一般观念在士人生活中"显形"的途径。就清代学术而言,梳理书院考课、幕府编书等活动的时空扩展,正可以窥见思想在社会中流动、转生的轨迹。尚小明有关清代幕府活动的探索[④],徐雁平对东南地区书院及其课艺文献的考察[⑤],都是颇为细致而富有开拓性的研究。在传统的士大夫教育中,诗、赋、骈文乃至词、曲诸文体都可以不同程度地推挽考据之风气,其中最重要者则当是古文、时文两端。"古文"本身就是"古学"的天然载体,从清初到乾嘉以

---

① 参见 Benjamin A. Elman, *From Philosophy to Philology: Intellectual and Social Aspects of Change in Late Imperial China*, Harvard University, 1984,有赵刚中译本《从理学到朴学:中华帝国晚期思想与社会变化面面观》,江苏人民出版社 2012 年版;以及 Benjamin A. Elman, *A Cultural History of Civil Examinations in Late imperial China*, University of California Press, 2000。
② 参见杨念群《儒学地域化的近代形态:三大知识群体互动的比较研究》,生活·读书·新知三联书店 1994 年版;刘玉才《清代书院与学术变迁研究》,北京大学出版社 2008 年版。
③ 参见陈祖武、朱彤窗《乾嘉学派研究》,河北人民出版社 2005 年版;陈祖武《江南中心城市与乾隆初叶的古学复兴》,《中国史研究》2010 年第 2 期。
④ 参见尚小明《学人游幕与清代学术》,社会科学文献出版社 1999 年版。
⑤ 参见徐雁平《清代东南书院与学术及文学》,安徽教育出版社 2007 年版。

后,书院山长或地方学政(如全祖望、沈德潜、陈寿祺、阮元等)以"古文"试"古学",乃是一不绝如缕之传统。其中具体的文体选择、实践方式,或许还可以展开更深入的研究。而被正统经学、朴学视为"俗学"的时文八股,实际上更是普通读书人思想趋向与知识储备的一大"风向标"。科举文章以何种方式呼应以经史考证为中心的各种学术形态的发展?汉学是否在科场上获得了优势地位?文风的转移如何借由官方或是学者群体的力量展开?陈致关于明清制艺与学术风气的探索,为这方面的研究开辟榛莽。① 随着对明清海量科举文献(朱卷、选本、讲章、书院课艺、八股文话等)的进一步搜集、整理与研究,相关研究应当大有用武之地。于此,我们不但需要将古人文章视为"有意味的形式",处理知识基础与修辞结构的关系,更需要将其视为"有时空的形式",尽可能地还原各种文学类型在其当时的运作机制、社会功能,展现思想—文学—社会活动之间互为"背景"、互相映照的图景。这一学术进路的开展,不但是以"文学史"丰富了思想史、社会史,以文本的分析解读呈现思想进入日常生活的细密"肌理",同样也是以思想史、社会史反过来拓展了文学史的研究。

事实上,过往的文学史研究对清代学人的古文写作并非没有关注。如郭预衡《中国散文史》在清代前期部分即以"学人之文"与"文人之文"为框架,前一类涉及黄宗羲、顾炎武、王夫之、傅山等;在清代中期,则在"盛世之文"的类目下对洪亮吉、恽敬等学者的古文创作有所论列。② 不过,从文体学的角度对"学术文"加以系统考察,目前的研究并不甚多。当代学界对学术文体的关注,主要始于近现代文学研究领域,以陈平原对章太炎、梁启超、胡适等学人"述学文体"的研究开其风气。③ 探讨西潮冲击下学术写作方式的变化,必然就会上溯到传统固有"著述体例"的问题:例如关于"引用"这一学术

---

① 陈致《嘉兴李氏的经学研究:从一个经学世家的出现来看乾嘉时期的学术转型》,载《浙江经学研讨会论文集》,"中研院"中国文哲研究所,2004 年。陈致《清代中晚期制艺中汉宋之别:以刘显曾朱卷为例》,载《传统中国研究集刊》第 2 辑,2006 年。陈致《晚明子学与制义考》,载《诸子学刊》第 1 辑,2007 年。另外,程维《桐城派与汉学派的制义之争》(《安徽大学学报[哲学社会科学版]》2014 年第 6 期)讨论了不同学术理念下衡文标准的差别与竞争,可参。

② 郭预衡《中国散文史(下)》,上海古籍出版社 1999 年版。按,郭绍虞《中国文学批评史》已有"古文家之文论"与"学者之文论"的分类,然其主要是论述文学观念而非具体作品。郭预衡《中国散文史》所讨论的学人之文,大抵也是记、传、书等典型唐宋古文文体为主,如黄宗羲《万里寻兄记》《柳敬亭传》、顾炎武《吴同初行状》、王夫之《自题墓石》《船山记》《丙寅岁寄亲侄》、傅山《寄序周程先生》、洪亮吉《书杭检讨遗事》等。唯郭预衡于恽敬提及其《释弁》《康诰考》《周公居东辨》等"说经论史"之文,并就《读货殖列传》《五宗语录删存序》等涉及史学、佛学之文有详细讨论。

③ 陈平原《中华文化通志·散文小说志》(上海人民出版社 1998 年版;后修订为《中国散文小说史》)以及《从文人之文到学者之文》(生活·读书·新知三联书店 2004 年版)已经关注到清人论学文字的魅力,并提出"学者的'著述之文'也不容忽视"(《中华文化通志·散文小说志》第六章,第 184 页)。不过,陈氏全面正式展开对"述学文体"的论述,仍以其对晚清近代学人的研究为典范。

写作的关键要素,陈平原便对顾炎武、章学诚等清人的观点多有分析;其《胡适的述学文体》则强调"名学根基"对其行文风格的影响。① 在古代文学领域,刘宁《汉语思想的文体形式》是一部拓荒式的著作。此书着眼于思想与文体相互关系的角度,从《荀子》《韩非子》出发,中述汉唐子学"论著"之流变,宋代"拟圣"理学文体之兴起,下迄近代翻译与学术文体之转型,对古人思想表达的方式进行了通贯的讨论,惜对明代至清中叶的情况着墨不多。② 此外,刘奕、常方舟、林锋等对清代学术文的观念、写作体式都有颇为深入详细的论述。③ 以清代学术之繁荣、著述之丰富,"学术文体"之研究,当有更为拓展、深入的空间。

对于清人而言,唐宋以降的古文经典体系,乃是一个最为切近、影响甚大的"传统"。因此,讨论显现着"知识肌理"的述学古文,首先也需要深入唐宋古文内部,思考其文体模式、章句笔法如何在清人手中如何得以继承或创变。我们不可忘记,清人日常写作中最为习用的序、记、书、说、碑、传、跋等文体,事实上都是韩愈以降古文家逐步创立或完善,渐渐稳定为一套文体系统的,即所谓"文之体制至八家而乃全"。④ 以唐宋大家之文体典范为"参照系",乃是进一步纵横上下,探讨清代古文如何"复古"或"开新"的基础。然而另一方面,对清代古文的探索也需要突破唐宋古文研究"学术惯性",拓展传统"文体学"与"文章学"的研究范围、文体观念与分析框架。例如,传统文体学研究,处理的主要是成"篇"文章的撰写模式,抑扬开阖、呼应起转的章法、篇法,乃其核心关注。然对于清人而言,不成典型篇章的"疏证"之体,不拘固有篇体的"因事名篇",都成为学术写作中的新动向,大可以纳入"文章学"的论域之中。进而言之,连缀"篇章"以成一书,在清代学人文集中,也成为值得注意的现象。相应的讨论,潜在不无打通"文体学"(单篇体例)与"目录学"(书籍体例)的可能。而"连结篇章"以成著作的问题,无疑与先秦、汉唐的"子书"体例颇相关涉。章学诚倡言"子史衰而文集之体盛",不仅以为"贾

---

① 《现代中国的述学文体——以"引经据典"为中心》,《文学评论》2001 年 4 期。《胡适的述学文体》,《学术月刊》2002 年第 7—8 期。另外,在"史家文"方面,有《"元气淋漓"与"绝大文字"——梁启超及"史界革命"的另一面》(《文学评论》2003 年第 3 期),从古代史学中"文人习气"的传统来理解梁任公的著作。以上诸文修订版皆收入陈平原《现代中国的述学文体》,北京大学出版社 2020 年版。

② 刘宁《汉语思想的文体形式》,华东师范大学出版社 2012 年版。刘著在对宋代语录、札记类文本的讨论之后,即进入"近代转型"(严复、康有为)的论述。

③ 刘奕《乾嘉经学家文学思想研究》,上海古籍出版社 2011 年版。常方舟《清代朴学视域下的"文之资于经者"》,《阜阳师范学院学报(社会科学版)》2016 年第 5 期。林锋《作为文集一体的考据之文》,《华南师范大学学报(社会科学版)》2020 年第 3 期。

④ 刘开《孟涂文集》卷四《与阮芸台宫保论文书》,《清代诗文集汇编》第 543 册,第 522 页。

生奏议""相如词赋"皆"与诸子未甚相远"①,甚至主张韩愈文集"谓非儒家一子可乎"②。而其《文史通义》内外篇的写作构想,本身便是一"总集"诸多文章而"成一家之言"的著作。将"子"与"集"勾连成一条流变线索,或许并非单纯的"考古",内中正不无现实的敏感。清代学者对"子学"的兴趣,与其自身的学术写作实践互为呼应,展现出"思想史"与"文学史"微妙而复杂的纠葛。

不仅如此,在近代西学东渐的背景之下,如何总结、反思古代著述文体,为接引新知锻造舟楫,也成为一个重要的议题。吴汝纶为严复所译《天演论》作序,便就"撰著"之道大加阐发:

> 凡吾圣贤之教,上者道胜而文至;其次道稍卑矣,而文犹足以久;独文之不足,斯其道不能以徒存。六艺尚已。晚周以来,诸子各自名家,其文多可喜,其大要有集录之书,有自著之言:集录者,篇各为义,不相统贯,原于《诗》《书》者也;自著者,建立一干,枝叶扶疏,原于《易》《春秋》者也。汉之士争以撰著相高,其尤者,《太史公书》继《春秋》而作,人治以著;扬子《太玄》拟《易》为之,天行以阐,是皆所为一干而枝叶扶疏也。及唐中叶而韩退之氏出,源本《诗》《书》,一变而为集录之体,宋以来宗之。〔……〕集录既多,而向之所为撰著之体,不复多见。〔……〕独近世所传西人书,率皆一干而众枝,有合于汉氏之撰著;又惜吾国之译言者大抵弇陋不文,不足以传载其义。〔……〕严子一文之,而其书乃骎骎与晚周诸子相上下,然则文顾不重耶?③

吴汝纶指出《天演论》等"西人书"乃一干而众枝的"撰著"之体,并将其比拟为《史记》《太玄》等汉代著作乃至于晚周诸子,固有为之"尊体"之动机。不过,倘若将吴氏之论置于清中期以来知识界关于著作结构、文集体例的脉络之中,便不难发现,这种论调并非简单比附"西学中源",而是自有其形成、生长的深远背景。反过来说,"文章"形式的选择与构建,不仅在汉宋之争或是义理、考据、词章之别的内在演进中发挥作用,同样也在影响中国知识人应对外来文化冲击的方式。近代"思想史"上"中西""古今"之往复纠缠,或许也可以在"文学史"中得到一种索解——单纯的"思想"或可一时"西风压倒

---

① 《文史通义》内篇三《文集》,《章学诚遗书》,第49页。余嘉锡《古书通例》论"秦汉诸子即后世之文集",亦是祖述章学诚。
② 《章氏遗书》外编卷十七《和州志艺文书·辑略》,《章学诚遗书》,第559页。
③ 《天演论》卷首吴汝纶序,第 vi—vii 页,商务印书馆1981年版。

东风",然而一经"文本"的过滤,就不能不成为一种"翻译"行为,不得不陷入语言的巨阵之中,展开旷日持久的"战争"。"文辞"在某些时候或许能比"观念"更敏感地"见风使舵",但是在字句的肌理、篇章的脉络之中,往往潜伏下了比观念更难以消除的"形式",狡黠而坚韧地保存着不同于思想史主流的声音。

附录一　宋元理学家读书法与"唐宋八大家"经典谱系的形成

倘若要了解一位文人的学问渊源、文章趣味，一种直接的方法，或许就是步入其书房，窥览其邺架缥缃乃至枕中秘籍。明清之际，黄宗羲《思旧录》便生动地记述了他在钱谦益书斋中的见闻：

> 公言韩欧乃文章之六经也，见其架上八家之文，以作法分类，如直序、如议论、如单序一事、如提纲而列目，亦过十余门。①

钱牧斋奉韩愈、欧阳修为"文章之六经"，乃是以"唐宋八大家"为文章正典。自宋代以降，吕祖谦《古文关键》、朱右《唐宋六家文衡》、茅坤《唐宋八大家文钞》等一系列古文选本的编刻与流行，显示出"八大家"经典化的历史进程。有趣的是，与这些选本按韩、柳、欧、苏等作家逐次排列的方式不同，拂水山庄书斋中插架琳琅的"八家之文"，乃是作法分门，形成一种自有机杼的文章分类体系。黄宗羲所见者，或是拆散改装的旧刻，或是重新分门抄录的写本，可能还只是部居别聚的零篇散简，也可能已经汇纂成为一部完整的古文总集。② 其分类细目，今已不易考知，但《思旧录》的记述却能提醒现代的读者："唐宋八大家"这一古文典范谱系，其内部之系统框架，本有多元之可能，在"作家"之外，"文体"或是"作法"，都是可能存在的结构。文本"经典化"过程中的阅读与写作行为，亦可能潜藏着复杂多元的面向。在文学经典化的研究中，"选本"是一个重要的视角。③ 以唐宋古文而言，乾隆年间之《四库全

---

① 《思旧录》，《故宫珍本丛刊》第59册，第15—16页。
② 考《绛云楼书目》卷四所载，"唐文集类""宋文集类"及"文集总类"诸目下著录藏书，即有二百七十余种，其中唐宋八大家不同版本之别集亦有十四种，如宋版《韩文》、元版朱文公《韩文考异》、宋版《柳子厚集》、元版《柳文音义》、苏洵《嘉祐集》、《欧阳文忠公全集》、宋刻《文忠公外制集》、陈同甫《欧阳文粹》三册、《苏文忠公集》、宋版《东坡诗集》、《东坡外传》四册、苏文定公《栾城集》、南丰先生《元丰类稿》、《王临川文集》等。这些书籍或是钱氏按作法分门选文的文献来源。
③ 二十世纪三十年代，鲁迅便已指出"评选的本子，影响于后来的文章的力量是不小的，恐怕还远在名家的专集之上"，提醒"这许是研究中国文学史的人们也该留意的罢"。鲁迅《选本》，《集外集》，《鲁迅全集》第七卷，第137—139页，人民文学出版社2005年版。该文最初发表于1934年1月北平《文学季刊》创刊号，署名唐俟。

书总目》已从选本的角度考察"八大家"之渊源:

> 《明史·文苑传》称坤善古文,最心折唐顺之。顺之所著《文编》,唐宋人自韩、柳、欧、三苏、曾、王八家外无所取,故坤选《八大家文钞》。考明初朱右已采录韩、柳、欧阳、曾、王、三苏之作,为《八先生文集》,实远在坤前,然右书今不传,惟坤此集为世所传习。①

四库馆臣以为,明初朱右辑有《八先生文集》,"八家之目实权兴于此"②;至茅坤编《唐宋八大家文钞》,遂"为世所传习"。近年日本学者高津孝在其《论唐宋八大家的成立》一文中,更梳理出从《古文关键》《宋文鉴》《崇古文诀》《文章轨范》《文章正宗》《续文章正宗》一直到乾隆《御选唐宋文醇》的脉络,对"唐宋八大家"形成的历史过程作了甚为精当的说明。③ 钟志伟、付琼则对明清时期的唐宋八家选本进行了翔实的考察和研究,展现出唐宋古文正典在近世流传和演变的复杂面向。④ 不过,以选本为中心的研究,大多是讨论韩愈、柳宗元、苏轼等作家如何逐个"权威化";唐宋古文经典谱系何以按照"八大家"的形式组织起来? 这一谱系内部的分类方式如何形成? 这一问题似未得到学界的充分关注。

事实上,考察文章分类结构的形成,对我们更深入地认识唐宋古文经典谱系的观念和现实基础,或能有所启发。如《四库全书总目》所论选本,《文编》以文体为类⑤,朱右、茅坤之书则以作家为次。高津孝所论的古文入门书中,《古文关键》《崇古文诀》以作者时代为次;《文章轨范》按手法分"放胆文""小心文"两大类;《续文章正宗》本《文章正宗》而略加变化,分为"论理"

---

① 《四库全书总目》卷一百八十九,《唐宋八大家文钞》提要,第 1718—1719 页。
② 同上卷一百六十九,《白云稿》提要,第 1468 页。
③ 〔日〕高津孝《论唐宋八大家的成立》,原载《首届宋代文学国际研讨会论文集》(复旦大学出版社 2001 年版),后收入〔日〕高津孝著,潘世圣等译《科举与诗艺——宋代文学与士人社会》,上海古籍出版社 2005 年版。此前,高步瀛选注《唐宋文举要》(上海古籍出版社 1982 年版)已云:"考八家之选,始于宋吕东莱《古文关键》。"吴承学《评点之兴——文学评点的形成和南宋的诗文评点》(《文学评论》1995 年第 1 期)亦提及《古文关键》对后来"唐宋八大家"形成的影响。黄强《朱右及其〈唐宋六家文衡〉述考》(《文学遗产》2001 年第 6 期)围绕朱右的选本,对唐宋八大家之形成亦有论述,可参看。
④ 钟志伟《明清"唐宋八大家"选本研究》,(台北)文津出版社 2008 年版;付琼《清代唐宋八大家散文选本考录》,商务印书馆 2016 年版。
⑤ 唐顺之《文编》,选文自周迄宋,严格说并非专门的"唐宋古文"选本。其具体分类为:制策、对、谏疏、论疏、疏请、疏、疏议、封事、表、奏、上书、说、札子、状、论、年表、论断、论、议、杂著、策、辞命、书、启、状、序、记、神道碑、碑铭、墓志铭、墓表、传、行状、祭文。唐顺之编《文编》,哈佛燕京图书馆藏嘉靖刊本。

"叙事""论事"三门;分类方式各不相同。换言之,在"唐宋八大家"这一经典谱系的形成过程中,除了作家的进退升降,还存在一个知识架构的问题。"八大家"在唐宋古文之谱系中,本身不仅仅作为"选择范围"而存在,同时亦有"谱系结构"之意涵。我们需要反思的,不仅仅是典范作家如何被选择进入或退出古文之正典谱系,更是"大家"本身作为一种知识分类的系统如何得以成立?分类方式与整个经典系统的形成有何关系?如果就"八大家"经典谱系的发展成熟而言,明清时期唐宋派古文家固当是其重心;不过,明初朱右既已基本确定八家之框架,倘欲考察"八大家"谱系形成的深层背景,便不能不上溯到更早的宋元时期,索求其观念因缘。不仅如此,从知识结构的角度考察古文经典化,就不能仅仅停留在文章领域内部述论其"实然",更必须将其还原到整个时代思想、制度的大背景中,追问其"所以然"。古人为学之大体,本自融贯今人所谓"文学""哲学""经学"诸端,其知识结构也处在这一多方互动的历史语境之中。因此,回到儒学本身的脉络中讨论"古文"观念问题,就显得尤为必要。本文希望以"唐宋八大家"这一经典谱系为例,尝试寻绎出经典化早期阶段的几个重要观念要素,进而探讨文章典范与士人整体思想世界的关系,并反思"古文"在整个思想史中的位置和意义。

一 先与后:理学家对文章工夫的讨论

有关"八大家"的经典化,事实上在宋人的论述中已经颇为多见①,而其中尤可注意的是,在思想学术史上常常被视为"古文家"之对立面的理学士人,也有学习韩柳之说。理学家对文章一道,基本的态度是"文者道之枝叶",因此,在其工夫论之中,最重要的是"尊德性"的道德工夫②,至于"作文

---

① 参〔日〕高津孝《论唐宋八大家的成立》。
② 工夫论向为宋明理学研究之大端,牟宗三《心体与性体》(〔台北〕正中书局1968—1969年版)中认为自律道德是本质工夫,乃是儒学正统,程颐、朱熹开出道问学一路,并非本质工夫,而是助缘。钟彩钧《朱子学派尊德性道问学问题研究》(收入钟彩钧主编《国际朱子学会议论文集》,"中研院"中国文哲研究所筹备处1993年版,第1273—1299页)则转而站在道问学的立场,对朱熹及其后学的道问学工夫有精到的分析。近年学界的研究的侧重在静坐、养气、体证等身心修养工夫方面,参见杨儒宾、祝平次编《儒学的气论与工夫论》,台湾大学出版中心2005年版。此种进路也正好符合理学重视身心、道德修养的观念。不过,在另一方面,读书学文,一方面是学问工夫,另一方面也是修齐治平实践的准备,当是理学家思想与实践体系中颇为重要的组成部分。已有的研究常常从教育思想的角度研讨之,如 Theodore de Bray, "Chu Hsi's Aims as an Educator," William Theodore de Bary & John W. Chaffee ed. *Neo-Confucian Education: The Formative Stage*, University of California Press, 1989;李弘祺《学以为己:传统中国的教育》(香港中文大学出版社2012年版)。事实上,关于读书、作文工夫的讨论,可以视为"道问学"观念在不同领域、层次的显现,也应纳入理学工夫论的体系之中加以探讨。

章",则颇有玩物丧志之虞。不过,从"道问学"的立场来看,做文章需要读书,可以与于学问之一端;因此韩愈、苏洵等前代文章家的学文心得,也被理学家吸收到其为学工夫论之中。① 文章工夫论在士人中本有其传统,从北宋末年开始,韩、柳、欧、苏之文便渐成文章习学的典范。政和三年(1113)四月,吕本中为其表弟赵承国备述"为学之道"云:

> 作文必要悟入处,悟入必自工夫中来,非侥幸可得也。如老苏之于文,鲁直之于诗,盖得此理。②

吕本中标举"工夫"以言诗文之习学,分别奉苏轼、黄庭坚为文、诗之宗师。具体而言,文、诗之"工夫"又分别有一系列作家作为取法对象,如云"学文须熟看韩、柳、欧、苏,先见文字体式,然后更考古人用意下句处","学诗须熟看老杜、苏、黄,亦先见体式,然后遍考他诗,自然工夫度越过人",等等。③ 吕本中为赵承国所书的这一《政和三年帖》,乃是后来编写《童蒙训》一书之前身④;朱熹《答吕伯恭》云"舍人丈所著《童蒙训》则极论诗文必以苏、黄为法"⑤,可见吕本中关于诗文习学之论说在南宋士人中的流行。本中之从孙

---

① 有关理学读书法,现代学界已有不少研究,如钱穆《朱子学新学案》即将"朱子的读书法"列为专节;余英时《怎样读中国书》也特别强调朱熹读书法对传统学术的意义,载《中国文化与现代变迁》,第261—268页,(台北)三民书局1992年版。近年的研究如陈立胜《朱子读书法:诠释与诠释之外》(《"身体"与"诠释"——宋明儒学论集》(第191—228页,台湾大学出版中心2011年版)、王雪卿《读书如何成为一种工夫——朱子读书法》(《静坐、读书与身体:理学工夫论之研究》,第45—104页,[台北]万卷楼2015年版)都对朱熹的读书法做了深入细致的分析,可以参考。戴联斌的博士学位论文则对朱熹读书法对明人阅读行为的影响作了开拓性的研究。(Lianbin Dai, *Books, Reading and Knowledge in Ming China*, PhD Thesis, The University of Oxford, 2012)但学界已有的研究,主要都是在理学内部讨论读书与经典诠释的问题。事实上,不论从其起源或是流传影响上看,理学家的读书法都与文章之学有密切的关联。张健《知识与抒情:宋代诗学研究》(北京大学出版社2015年版)揭橥读书工夫论与诗学工夫论的渊源关系,并特别举出黄庭坚与朱熹作为其中关键的例证,见该书第五章《浑成境界与昆体工夫》。

② 《耆旧续闻》卷二引吕氏帖,见陈鹄撰,郑世刚点校《西塘集耆旧续闻》,第12页,上海古籍出版社1993年版。朱刚《吕本中政和三年帖的批评史意义》特别揭出此帖,认其确立了欧苏文和苏黄诗的典范地位,并且可以作为八大家作品被经典化的"后'古文运动'时代"之开始,其说甚当。见《唐宋"古文运动"与士大夫文学》第五章第四节,复旦大学出版社2013年版。

③ 《耆旧续闻》卷二,《西塘集耆旧续闻》,第13页。

④ 郭绍虞辑《宋诗话辑佚·童蒙诗训》,第604页按语,中华书局1980年版。

⑤ 朱熹《答吕伯恭》,《晦庵先生朱文公集》卷三十三,朱杰人、严佐之、刘永翔主编《朱子全书》第21册,第1428—1429页。陈来《朱子书信编年考证》(第73—74页,生活·读书·新知三联书店2007年版)将此书系于乾道六年(1170)。可知朱熹所见《童蒙训》,载有论诗、论文之语;而今所见《四库全书》本《童蒙训》三卷,不载上引政和三年帖中论学诗、学文之语,四库馆臣推测系后人删削:"殆洛蜀之党既分,传是书者轻词章而重道学,不欲以眉山绪论错杂其间,遂刊除其论文之语,定为此本欤?"《四库全书总目》卷九十二,《童蒙训》提要,第779页。

吕祖谦称"学文须熟看韩、柳、欧、苏,先见文字体式,然后遍考古人用意下句处"①,正是直接承袭《政和三年帖》之语。不仅如此,《朱子语类》也提及吕氏家族的读书之法,称道其抄写注疏,"亲手点注"的方式,可见其中渊源。②《朱子语类》将"论文"之语辑为两卷,显示出朱熹在师弟论学中对古文阅读体会和写作方法的谈论,正是这种"文章工夫"观念下的产物。如:

> 问"舍弟序子文字如何进工夫"云云。曰:"看得韩文熟。"

> 因论今日举业不佳,曰:"今日要做好文者,但读《史》《汉》、韩、柳而不能,便请斫取老僧头去。"③

由此可见,朱子论文章工夫,在现实层面乃有举业方面的关怀;另一方面,在观念上,文章工夫又可以作为"格物"之一端而获得正当性。朱子为《大学》之"格致"作补传,以为"天下之物莫不有理","是以大学始教,必使学者即凡天下之物,莫不因其已知之理而益穷之,以求至乎其极"。④ 按照此种观念,文章亦天下之一物,也可以作为"格物"之一端——虽然仅是末端而已。因此,相对于程颐之亟言"作文害道",认为"文亦玩物",会因此"玩物丧志"⑤,朱熹对文章的态度便要宽容得多。《四书章句集注》解释《论语》的"游于艺"云:"游者,玩物适情之谓。艺则礼乐之文、射御书数之法,皆至理所寓,而日用之不可阙者也。"⑥正可与明道"玩物丧志"之说并观。朱子《大学或问》论说穷理,"用力之方",罗列"或考之事为之著,或察之念虑之微,或求之文字之中,或索之讲论之际"⑦;其中"求之文字之中",主要是就读经而言,然施之于学文亦无不可。更微妙的是,作为"本"的穷理,与作为"末"的为文,因为同样涉及读书,在工夫上就正有相通之处:

---

① 《总论看文字及作文法》,《续增历代奏议丽泽集文》书末《附关键增广丽泽集文》,叶2a。此《总论看文字及作文法》曾作为读法指导刊于《古文关键》卷首,参《历代文话》第1册,《古文关键·看古文要法》。
② 黎靖德编《朱子语类》卷十《读书法上》,第175页。并参张素卿《"评点"的解释类型——从儒者标抹读经到经书评点的侧面考察》对吕祖谦家学传承读书法以及朱熹读书法的讨论,载郑吉雄、张宝三合编《东亚传世汉籍文献译解方法初探》,第86—99页,台湾大学出版中心2005年版。
③ 以上二则,见《朱子语类》卷一百三十九《论文上》,第3320—3321页。
④ 朱熹《大学章句》,《四书章句集注》,第6—9页,中华书局1983年版。
⑤ 《河南程氏遗书》卷十八《伊川先生语四》,《二程集》第3册,第239页。
⑥ 朱熹《论语集注》卷四,《四书章句集注》,第94页。
⑦ 朱熹《大学或问》,《朱子全书》第6册,第527页。

且莫说义理,只如人学做文章,非是只恁地读前人文字了,便会做得似他底,亦须是下工夫,始造其妙。观韩文公与李翊书,老苏与欧阳公书,说他学做文章时,工夫甚么细密!岂是只恁从册子上略过,便做得如此文字也!①

此处朱子阐发曾子"以鲁得知",乃是因为"质钝",故"着工夫去看",接下来便用文章工夫模拟义理"工夫",论述方式背后,正可见其观念背景。其《沧洲精舍谕学者》前半抄录苏洵《上欧阳内翰书》之语,又提及韩愈《答李翊书》、柳宗元《答韦中立论师道书》,称道文士的读书工夫,但又惋惜其但为"作好文章",未能在道理上有所成就。后半篇则话锋一转,提出将苏洵读书以学文的工夫用到道学的修养上,"依老苏法""将《大学》《论语》《中庸》《孟子》及《诗》《书》《礼记》,程张诸书分明易晓处,反复读之",如此必能成学②;正可见为文工夫论与为学工夫论之间的因缘承接。③

值得注意的是,宋儒对读书工夫的讨论,相对于前辈文人的学文工夫,明显更突出了先后次第的问题。韩、柳、苏、黄等文士关于学文经历的论说,大多是一种横向、平行的工夫论。如韩愈《进学解》所谓"上规姚姒,浑浑无涯;《周诰》《殷盘》,佶屈聱牙;《春秋》谨严,《左氏》浮夸;《易》奇而法,《诗》正而葩;下逮《庄》《骚》,太史所录,子云、相如,同工异曲"④,只是大致分开了经书和后世文章;柳宗元"本之《书》以求其质,本之《诗》以求其恒,本之《礼》以求其宜,本之《春秋》以求其断,本之《易》以求其动";二是"参之穀梁氏以厉其气,参之孟、荀以畅其支,参之庄、老以肆其端,参之《国语》以博其趣,参之《离骚》以致其幽,参之太史公以著其洁","旁推交通而为之文"⑤,也是分别从不同的著作中学习不同的方面。李廌引述苏轼之语云:

东坡教人读《战国策》,学说利害;读贾谊、晁错、赵充国章疏,学论事;读《庄子》,学论理性;又须熟读《论语》《孟子》《檀弓》,要志趣正当;读韩、柳,令记得数百篇,要知作文体面。⑥

---

① 《朱子语类》卷三十九《论语二十一·先进篇上·柴也愚章》讨论"参也鲁"时的发挥论述,第1018页。
② 《晦庵先生朱文公文集》卷七十四,《朱子全书》第24册,第3593—3594页。
③ 关于朱熹对理学工夫与文章工夫的详细讨论,见张健《知识与抒情:宋代诗学研究》第六章《文道关系的再调整》,第309—319页。
④ 韩愈著,马其昶校注《韩昌黎文集校注》卷一,第51页。
⑤ 柳宗元《与韦中立论师道书》,《柳河东集》卷三十四,第543页。
⑥ 王正德《余师录》卷四,《历代文话》第1册,第402页。

苏轼这一段学文之法，从不同的内容和写作体裁出发，选择不同的范本，当是颇切实用的安排，但大体还是平列诸端，没有组织为一套先后井然的读书程序。① 而在吕本中、朱熹等人的讨论中，学习的先后次序，便成为了一个重要的话题。吕本中《政和三年帖》主张先柳后韩：

> 韩退之文浑大广远难窥测，柳子厚文分明见规模次第。学者当先学柳文，后熟读韩文，则工夫自见。

此条并非轩轾韩、柳文章之高下，而是从学习的角度谈论工夫的先后。其理据在于柳文法度分明，更易于学习。类似的说法在南宋亦有继响。《朱子语类》云：

> 陈阜卿教人看柳文了，却看韩文。不知看了柳文，便自坏了，如何更看韩文！

陈之茂（阜卿）一派主张先学柳、次学韩，观点与吕本中相同。然而，朱熹之持论却正好相反，主张先学韩、再学柳。朱子《韩文考异》分别以"阔大""精密"概括韩、柳文之特点，也承认柳文"易学"②，与吕本中之论并无大异。然而，在学习步骤上，朱熹恰恰不主张先易后难，而是强调要先学气象正大的韩文，否则先入为主，易使文章气弱。吕祖谦将文章学习分为两个阶段，第一阶段是韩、柳、欧、苏四家，须要熟看；第二阶段"看诸家文法"，包括曾巩、苏辙、王安石、张耒、晁补之等等，则属于博观。《古文关键》的选文数量也偏重在前者。③ 对于韩柳先后的问题，吕祖谦并未引述其伯祖"先柳后韩"之说，而是用四种风格特色分别提领：

> 看韩文法：简古，一本于经，亦学《孟子》。学韩简古，不可不学他法

---

① 例如，是应当先读《庄子》《战国策》、西汉章疏等作品，按照不同的文类学习，抑或应先安排"熟读"的经书，又或者几种不同的"读"应当数管齐下，并进不悖？苏轼并没有明确的论述。

② 《朱子语类》卷一百三十九《论文上》："先生方修《韩文考异》，而学者至，因曰：'韩退之议论正、规模阔大，然不如柳子厚较精密。如辨《鹖冠子》及说《列子》在《庄子》前及非《国语》之类，辨得皆是。'黄达才言：'柳文较古。'曰：'柳文是较古，但却易学。学便似他。不似韩文规模阔。学柳文也得，但会衰了人文字。'"第3302—3303页。

③ 《总论看文字及作法》，《附关键增广丽泽集文》，叶 3b—4b。《增注东莱吕成公古文关键》，《续修四库全书》第1602册。须熟看的四家，韩愈选十三篇，柳宗元八篇，欧阳修十一篇，苏洵六篇，苏轼十六篇，占87%；泛览诸家，仅选了曾巩四篇，张耒两篇，苏辙两篇，占13%，另外王安石、李廌、秦观、晁补之四家都未选文。可见其用意重在熟看的文章。

度;简古而乏法度,则朴而不文。

　　看柳文法:关键,出于《国语》。当学他好处,当戒他雄辩。议论文字亦反复。

　　看欧文法:平淡,祖述韩子。议论文字最反复。学欧平淡,不可不学他渊源;徒平淡而无渊源,则枯而不振。

　　看苏文法:波澜,出于《战国策》《史记》,亦得关键法。当学他好处,当戒他不纯处。①

　　推敲其说,不难发现,吕氏在此潜在又将韩、柳、欧、苏四家又分成两个传统:一是韩愈—欧阳修的传统,二是柳宗元—苏轼的传统。在前者,除了明标欧文"祖述韩子",更采用了"学……不可不学……"的相同句式;在后者,吕氏皆用"当学……当戒……"的句式陈说,又用苏文"亦得关键法"暗示其与被称为"关键"的柳文之间具有渊源。按"关键"一语,取譬于门闩,喻指文章之起转连接——门户有关键,故能启闭,文章亦须有关键,结构上乃有开阖。转为形容词,妙于"首尾相应""抑扬开合"的柳文,其风格便可称为"关键"。② 尤可注意者,"关键"乃是吕氏命名其书的用词,以此许柳、苏,当不无用意。

　　韩柳先后的问题,在工夫论的层次,实际上就是先亦步亦趋、摹求法度,抑或先立其大端、追攀气力的分别。朱熹同样意识到有法度的文字容易效仿,亦称许柳宗元善于模仿古作③,但同时又警惕对"节次""法度"的过分追求。一方面,文法模式有可能对义理的充分表达造成限制,朱子尝比较韩、欧、曾三家,认为"韩不用科段","自然纯粹成体无破绽","如欧、曾,却各有一个科段"。有"科段",自然便于行文,但反过来在写作中容易依赖之,"觉得要说一意,须待节次了了,方说得到,及这一路定了,左右更去不得"。④ 这

---

①　《总论看文字及作文法》,《附关键增广丽泽集文》,叶 3b—4b。
②　《总论看文字及作文法》又举出四步"第一看大概主张""第二看文势规摹""第三看纲目关键""第四看警策句法"说明具体看每一篇文章的方法。其中"第三看纲目关键"的解释是"如何是主意首尾相应,如何是一篇铺叙次第,如何是抑扬开阖处",可为解读"关键"具体含义之助。参吴承学《现存评点第一书——论〈古文关键〉的编选、评点及其影响》,《文学评论》1995 年第 1 期;罗书华《从文道到šev 法:吕祖谦与散文学史的重要转折——兼说〈古文关键〉之"关键"的含义》(《中国文学研究》2013 年第 3 期,第 72—76 页、第 97 页)。
③　如"柳子厚文有所模仿者极精,如自箴诸书,是仿司马迁《与任安书》";"柳学人处便绝似,《平淮西雅》之类甚似《诗》,诗学陶者便似陶。韩亦不必如此,自有好处,如《平淮西碑》好"。两条分别见《朱子语类》卷一百三十九,第 3306 页、第 3303 页。
④　《朱子语类》卷一百三十九,第 3320 页。类似的说法又如:"韩文高,欧阳文可学。曾文一字挨一字,谨严,然太迫。"《朱子语类》卷一百三十九,第 3306 页。

样法度反倒成为了束缚。另一方面,过度追求精密,在文章审美的层次上,容易缺乏奇伟矫健之气而显得衰弱。在《看古文要法》中被推为柳文所自出的《国语》,在朱熹眼中便不免"说得絮,只是气衰"。这大概是他主张先学韩愈,以免"衰了文字"的理由所在。①

对学韩、学柳孰先孰后,朱、吕之具体意见并不相同,但这种对先后次序的关注,实质上开启了一种纵向的工夫论体系。纵向的学文次第,在观念上当源于理学家下学上达、循序渐进的为学路径,在程序上又与程朱所提倡的先四书、后六经,先经、后史的读书次第互为同构,正可见宋人思想世界中学问工夫与文章工夫的相互交涉。朱子《书临漳所刊四子后》云:

> 河南程夫子之教人,必先使之用力乎《大学》《论语》《中庸》《孟子》之书,然后及乎六经,盖其难易、远近、大小之序固如此而不可乱也。②

在经书之中,特别选出四书作为儒道之"大指要归"、讲学之急务,正是这种观念最显著的体现。对四书的重视,恰恰就是通过其在读书次第上的优先性上体现出来。③ 这一辨别难易、远近、大小的思路,同样被理学家应用到文章工夫之上。

具体而言,纵向的学文工夫论,又可以有两种不同的方式:其一是现实方法上读书的先后缓急之次序,其二则是历史上不同作家之间的习学关系所构成的谱系。在理学家的思路中,这两者恰恰又有关联——按照前代作家的继承关系一路读下来,便是"工夫从上做下"。《朱子语类》中拈出"须取一本西汉文与韩文、欧阳文、南丰文",又称韩文高、欧文可学、曾文太迫,正非随意道及,而是从习学的角度勾勒古文谱系。欧阳修于韩愈之仿效、继承关系,每为南宋学人所乐道,如陈善《扪虱新话》便特别讨论"欧公作文拟韩文":

> 韩文重于今世,盖自欧公始倡之。公集中拟韩作多矣,予辄能言其

---

① 另外,骈俪、对偶之出现,就被视为衰弱的表现:"汉末以后,只做属对文字,直至后来只管弱";"子厚亦自有双关之文〔……〕盖是他效世间模样做则剧耳。文气衰弱,直至五代竟无能变!"(并见《朱子语类》卷一百三十九,第 3298 页)同理,讲求对偶的时文也有衰弱之弊:"如今时文一两行便做万千屈曲,若一句题也要立两脚,三句题也要立两脚,这是多少衰气!"《朱子语类》卷一百三十九,第 3322 页。
② 《晦庵先生朱文公文集》卷八十二,《朱子全书》第 24 册,第 3895 页。
③ 关于朱子读书法与四书在经学中核心地位的确立,可参〔日〕佐野公治著,张文朝、庄兵译,林庆彰校订《〈四书〉学史的研究》,(台北)万卷楼 2014 年版,尤其是《序章》。

相似处。公《祭吴长史文》,似《祭薛中丞文》;《书梅圣俞诗稿》似《送孟东野序》;《吊石曼卿文》似《祭田横墓文》,盖其步骤驰骋,亦无不似,非但仿其句读而已。①

陈善以具体的文本对照,论证欧之学韩,所谓"步骤驰骋",大抵可以相当于吕祖谦所谓的"关键""开阖";不特如此,陈氏更贬斥由皇甫持正、来无择一系师弟传承而得韩愈之"文统"的孙樵,认为其文"牵强僻涩,气象绝不类韩作",反衬欧公之隔世知音。② "文统"之授受,正当取决于文法、气象之有得与否,而不尽在乎现实的人际交游。朱熹弟子陈淳在写给友人的论学书信中,亦特别点出"欧阳之文,步骤最学韩"③,同样是从文章"步骤"这个角度论述韩、欧之间的承继关系。欧文一面是上接韩愈,一面又下启曾巩。朱熹喜好南丰文,又常常合论欧、曾之文,如云"曾所以不及欧处,是纡徐曲折处"等,潜在都是将曾作为欧的继承者来进行比照;而他建议巩仲至在记文写作上,"更考欧曾遗法,料简刮摩,使其清明峻洁之中自有雍容俯仰之态"④,则更是明白以欧、曾作为后代文章法度之来源。王柏《鲁斋集》中有为《昌黎文粹》《欧曾文粹》两部古文选本所作跋记,言此二书"得于考亭门人","谓朱子所选",前者选韩文三十四篇,后者选欧曾文共四十二篇,王柏称"观其择之之精,信非他人目力所能到"。⑤ 此类精简式选本在朱子后学中的流行,正可见朱子文章工夫论的影响。

在韩—欧—曾这一条主线之外,旁及苏、王及其他作家,唐宋古文家的谱系便渐次成形。葛立方《韵语阳秋》中讨论欧阳修《赠王介甫》诗中"吏部文章二百年"的公案,引曾巩致王安石书中"欧公更欲足下少开廓其文"等

---

① 陈善《扪虱新话》上集卷一,俞鼎孙、俞经编辑《儒学警悟》卷三十二,第178页。
② 《扪虱新话》上集卷一:"孙樵尝言自得为文真诀于来无择,来无择得之于皇甫持正,皇甫持正得之于韩吏部。据其所言,似有来处。然樵之文实牵强僻涩,气象绝不类韩作,而自称许,嫫母捧心,信有之矣!吾尝谓韩氏之墙数仞,樵辈尚未能造其藩,敢言文乎!"《儒学警悟》卷三十二,第178页。
③ 陈淳《答徐懋功二》:"欧阳之文,步骤最学韩,而欠韩之健,不免浅弱而少理致,由其不事性学,无韩之渊源。"《北溪大全集》卷三十四,《景印文渊阁四库全书》第1168册,第770页。按陈淳书中云:"历考古今,其文之粹者未有不根本于道,而多驳不纯者,皆由是理之不明者也。"乃是主张文章根本于道术,因此他站在理学家的立场,认为韩、欧、三苏在"道"的层面皆成就不足。而"濂溪关洛诸儒宗","道体昭明,间有著书遗言一二篇,实与圣经相表里,为万世之至文"。有趣的是,陈淳虽然认为欧阳修的古文成就不如韩愈,是由于他在"性学"方面不如韩;但也同样会从文章写作方面论述欧之学韩,梳理韩欧在"文统"上的继承关系。
④ 《晦庵先生朱文公文集》卷六十四《答巩仲至》,《朱子全书》第23册,第3096页。陈来《朱子书信编年考证》(第496页)系于庆元五年(1199)。
⑤ 王柏《跋昌黎文粹》,《跋欧曾文粹》,《鲁斋王文宪公文集》卷十一,明正统八年刊本,叶13a、叶13b—14a。

语,指出"荆公之文,因子固而投从欧公者甚多"①;将王安石牵入韩、欧、曾的传承谱系之中,还是就现实的师友渊源而论。韩淲《涧泉日记》则将师弟交游与文章风格之分析结合起来,如云:

> 老苏晚年文字,多用欧阳公宛转之态,老泉晚年记序,与《权》《衡》诸论文字不同,岂见欧阳公后有所进耶?其晚年而笔力进欤?②

韩淲分析曾巩文,亦言"曾子固见欧阳公后,自是迥然出诸人之上"③;此论苏洵文风的变化,也将其与欧苏之交往结合起来。虽然其说未必可以著为定论,然这种观察角度却很可注意。《朱子语类》中,也有类似之说:

> 欧公文字敷腴温润,曾南丰文字又更峻洁,虽议论有浅近处,然却平正好。到得东坡,便伤于巧,议论有不正当处;后来到中原,见欧公诸人了,文字方稍平。老苏尤甚。

朱熹将欧、曾、苏文合论,正是以曾、苏皆出于欧,曾得欧之正,而苏未能尽化也。《朱子语类》又谓曾、苏作文皆"说得透"而"欧公不尽说"④,同样也是暗示这种源流关系。在这种观念之下,古文习学的工夫,自然也是以韩、欧、曾为主干,同时辅以苏文:

> 韩、欧、曾、苏之文滂沛明白者,拣数十篇,令写出,反复成诵尤善。⑤
> 东坡文字明快,老苏文雄浑,尽有好处。如欧公、曾南丰、韩昌黎之文,岂可不看?柳文虽不全好,亦当择。合数家之文,择之无二百篇,下此则不须看,恐低了人手段,但采他好处以为议论足矣。若班、马、孟子,则是大底文字。
> 老苏文字,初亦喜看,后觉得自家意思都不正当,以此知人不可看此等文字。固宜以欧、曾文字为正。⑥

---

① 葛立方《韵语阳秋》卷十八,叶 3a,第 240 页,上海古籍出版社 1984 年版(影印宋刻本)。
② 韩淲著,孙菊园点校《涧泉日记》卷下,第 34 页,上海古籍出版社 1993 年版。
③ 同上。
④ 《朱子语类》卷一百三十九:"东坡文说得透,南丰亦说得透,如人会相论底,一齐指摘说尽了。欧公不尽说,含蓄无尽意,又好。"第 3310 页。
⑤ 《答蔡季通》,《晦庵先生朱文公文集》卷四十四,《朱子全书》第 22 册,第 1992 页。陈来《朱子书信编年考证》(第 80—81 页)系于乾道六年(1170)。
⑥ 以上两条,见《朱子语类》卷一百三十九,第 3306 页、第 3311 页。

上引第一条浑言韩、欧、曾、苏,未见其中次第;第二条则有所区分,《孟子》《史记》《汉书》是唐宋古文传统之外"大底文字";唐宋以来,朱熹以倒叙的方式追出韩、欧、曾这一条主线,此外"尽有好处"的苏文,"不全好"的柳文,亦可作为文章典范之旁支。尤可措意者,朱熹所言"拣数十篇""择之无二百篇",抄写下来以供反复精读的做法,乃是将拣选、熟读的古文工夫论付诸具体实践;这与吕祖谦、楼昉等学者编选古文选本的做法实际上是异曲同工——只不过朱熹此处所论是就个人学文而言,不一定要刊印行世而已。

比较韩欧、柳苏两系文统,南宋初王十朋亦有此意:"韩欧之文,粹然一出于正;柳与苏,好奇而失之驳。至论其文之工、才之美,是宜韩公欲推逊子厚、欧阳子欲避路放子瞻出一头地也。"①不过到了朱熹、吕祖谦,这种论说就演化成为更严密的次第或谱系。吕祖谦在《古文关键》的"阅读指南"《总论看文字及作文法》中,不但区分韩—欧、柳—苏两个传统,又在泛览部分的"看诸家文字法"中,继续延伸北宋文家的谱系:

曾文:专学欧,比欧文露筋骨。
王文:纯洁,文当学。学王不成,遂无气焰。
子由文:大拘执。李文:亦粗,太烦。秦文:知常而不知变。张文:知变而不知常。晁文:粗率。自秦而下四人皆学苏者。②

"诸家"之中,曾巩学欧阳修,苏辙和"学苏"(苏轼)的李廌、秦观、张耒、晁补之等人都属于苏文的系统,正可作前面"熟看"四家之枝叶观。考镜流别,本是《诗品》以来传统文学批评中常见的策略,不过在《总论看文字及作文法》中,这种流别被融入习学的过程之中,从逻辑上便可以进一步推演:后人学习古文,也可以参考这个谱系来安排自己的学习次第,或学曾以参欧、韩,或由"六君子"以深考东坡——前人学文之取径,亦可作为后代工夫之阶梯。

---

① 王十朋《读苏文》,末署"绍兴庚午七月上浣日读东坡大全集于会趣堂",可知作于绍兴二十年(1150)。《梅溪王先生文集》前集卷十九,《四部丛刊初编》本,叶 3a—3b,商务印书馆 1919 年版。
② 《总论看文字及作文法》,《附关键增广丽泽集文》,叶 4b。"自秦而下四人",原文如此。

二 科举之"工程"：
元代理学家之读书法与教育实践

从北宋末年至南宋，士大夫群体关于读书、学文之方法门径颇为关注，除了观念层面的论述，亦有实践层面的操作。如吕本中在《政和三年帖》中关于诗、文学习步骤的论述，大体上还是一种亲友之间的经验传承；被写入《耆旧续闻》等笔记类著述，后来又被改写、结撰成《童蒙训》一书，便获得了在士人群体中公开流传的途径。朱熹生平与弟子关于读书、作文的讨论，一方面被载入《朱子语类》"学""论文"等门类之下，成为理学家学术传承中的经典话语；另一方面，更被单独抽取出来，编为《朱子读书法》一书，流行于世。① 《朱子语类》中"举业不佳"等语，已然显示了理学家论文与科举的关系；同时，在科举需求的直接刺激之下，更出现了一种"工程体"的读书法著作。其较早者，南宋真德秀已编有《应举工程》一书，针对南宋科场之要求，大体是将时文按内容分为性理、治道、故事、制度四类，又分赋、论、策三种文体，轮次练习；熟悉科场格式之后，"参以古文如韩、欧、曾、苏等集，各取明白纯粹及近于时文者，与时文间读"。② 王应麟《辞学指南》分"编题""作文""诵书""编文"几个部分安排应举备考的读书、作文课程，主要则是针对词科应试所需的设计。各个部分主要仍是引述前人之说，说明其具体方法。如"编题"之部，便大量引用"东莱先生曰""西山先生曰"，介绍吕祖谦、真德秀的科举编题之法。所谓"编题"，乃是抄录经史子集群书之资料，再按天文、地理、政事等知识类别分门排纂以备用。③

---

① 关于《朱子读书法》自编成至明代的流传情况，可参 Dai Lianbin, *Books, Reading and Knowledge in Ming China*。

② 真氏此书今未见传本。程端礼《读书分年日程》卷二"作科举文字之法"题下小注"用西山法"。上栏云"按西山《应举工程》云，时文有四类，一性理、二治道、三故事、四制度〔……〕"转引真德秀规划作文练习日程之语，分别四种知识部类训练赋、论、策诸体文章，末云"此西山之训，愚今仿其法，亦以今制三场，分四类轮流编钞读作"。可知真德秀已有计日程工以学文应举的规划，并撰有专书，惜其未传，难以知其全貌，唯可借《读书分年日程》的转引窥见一斑。见程端礼《程氏家塾读书分年日程》卷二，叶 16a—16b。从所涉及的文体看，程端礼所引录的《应举工程》文字，乃是针对南宋常科进士而言。王应麟《玉海·辞学指南》中引"西山先生曰"介绍词科应举之法，与之对象有别，不知是否来自同一著作(或以《应举工程》一书而兼常科、词科；或分别有不同著作)。

③ 王应麟《辞学指南》："西山先生曰：始须将累举程文熟读，要见如何命题用事，如何作文。既识梗概，然后理会编题。经、史、诸子，悉用遍观，其间可以出题引用，并随手抄写，未须分门，且从头看，凡可用者，悉抄上册。〔……〕俟诸书悉已抄过，然后分为门目。"其"门目"乃是按天文、律历、地理、郡国、宫殿、河渠、盐铁、封禅、冕服、音乐、兵书、夷狄朝贡等知识类别，分为数十门，以类编纂。王应麟《玉海》卷二百一《辞学指南》，叶 3b—4b，(台北)华文书局 1964 年版(影印后至元三年庆元路儒学刊本)。

"诵书"之部,便是罗列当读之书目,以及阅读之方法。如引吕祖谦"先择《史记》《汉书》《文选》、韩、柳、欧、曾、王、陈、张文,虽不能遍读,且择易见、世人所爱者诵之"①,引述真德秀对《文选》《古文苑》以及韩、柳文的选篇,等等。②《辞学指南》的编纂体例,内容上仍然是以集纂、引录前人为主,但结构上"编题""作文""诵书""编文"之分部,已经显现出科举之学的实践需求,为文章习学建构起一个技术化的体系。

现存宋元时期文献中,对古文习学工夫展开论述得最为详尽者,则当推元儒程端礼之《读书分年日程》。程端礼字敬叔,号畏斋,庆元府(今浙江鄞县)人,《元史·儒学》有传,《宋元学案》归入史蒙卿《静清学案》,盖其于乡人尊奉陆学之时,"独从史蒙卿游,以传朱氏明体[适][达]用之指"③,于朱熹则为四传弟子也。④ 程氏自称"一本"《朱子读书法》而修此《读书分年日程》,"《日程》节目,主朱子教人读书法六条修;其分年,主朱子'宽着期限,紧着课程'之说修"。⑤ 此书对士人进学工夫之规划,大体上分为两个部分,一是读书,二是学作文。读书以《性理字训》《小学书》始,经书部分以《大学》《论语》《孟子》《中庸》《孝经》《易》《书》《诗》《仪礼》及《礼记》《周礼》与《春秋》经及三传为序,次复及史部的《通鉴》,集部的韩文、《楚辞》。其间如何背读正文、玩索注疏、晨温夜诵、手抄批抹,程氏皆备载其法。从文章工夫论的角度看,《读书分年日程》最值得注意的安排,是极为明显地突出了韩愈文的地位。《读书分年日程》在"读书"部分,经书、史书之后就接续安排了"读韩文":

> 先钞读西山《文章正宗》内韩文议论、叙事两体,华实兼者,七十余篇,要认此两体分明,后最得力。正以朱子《考异》,表以所广谢叠山批点(篇法、章法、句法、字法备见)。日熟读一篇或两篇,亦须百遍成诵,缘一生靠此为作文骨子故也。⑥

而"学作文"之部则云:

---

① 《玉海》卷二百一《辞学指南》,叶16b。
② 同上书,叶18a—20b。
③ 宋濂等《元史》卷一百九十《儒学二》,第4343页,中华书局1976年版。
④ 黄宗羲原著,全祖望补修,陈金生、梁运华点校《宋元学案》卷八十七,全祖望按语。关于程端礼的生平和学术大旨,可参黄汉昌《程端礼与〈读书分年日程〉》,林庆彰主编《中国学术思想研究辑刊》第11编第31册,(新北)花木兰文化出版社2011年版。
⑤ 《程氏家塾读书分年日程》卷首自序,(叶10a)及卷一开头小字注语(叶1a)。
⑥ 同上书卷二,叶3a—3b。

学文之法:读韩文,法已见前;既知篇法、章法、句法、字法之正体矣,然后更看全集(有谢叠山批点)及选看欧阳公(有陈同父选者佳)、曾南丰(《类藁》)、王临川三家文体,然后知展开间架之法。缘此三家,俱是步骤韩文,明畅平实,学之则文体纯一,庶可望其成一大家数文字。[……]他如柳子厚文(先看西山所选叙事、议论,次看全集)、苏明允文,皆不可不看。其余诸家之文,不须杂看。此是自韩学下来,渐要展开之法。①

在程端礼的古文工夫论中,阅读前代作品的方式分为"读"和"看"两种,两者程度有别。《读书分年日程》卷二之首即引史蒙卿(果斋)之语云:

　　先师果斋史先生云:书自有当熟读者,自有当玩读者,自有当看者,自有当编钞者。②

《读书分年日程》中针对经书正文、注疏、性理书、史书等不同类型的书籍,安排有不同等次的读法。如经书须钞读、倍读、反复玩索,性理书须读看、玩索,史书则当"看"。具体就古文而言,韩愈文被置于"读书"之部,地位远在其他古文作家之上;首先须精抄七十余篇,熟读成诵,次后再"看"全集;而其他各家只须"看"之即可。应看的作家,根据其与韩愈的渊源关系,又分成两个系统:一是继承韩愈的欧阳修、曾巩、王安石三家;二是韩愈系统之外的"他如柳子厚文、苏明允文"。除了这"六大家"之外,"其余诸家","不须杂看"。《读书分年日程》的学文工夫以韩愈为核心,柳、苏为别派,更突出了韩愈的正统地位,而苏文一派则更被贬抑——尤其是苏轼,竟未进入《读书分年日程》所列举的古文作家之列。

程端礼对古文经典谱系的建构,直接继承了朱子重视欧、曾的观念,这一思想上的渊源关系也可以从《读书分年日程》的刊刻板式上得以印证。《读书分年日程》每叶分上下两栏,下栏为正文,上栏则有双行小字征引前人的论述。在"学作文"部分,上栏便胪列了《朱子语类》中关于韩、欧、曾文以及苏文的论述,显示其所本(图12):

---

① 《程氏家塾读书分年日程》卷二,叶 9a—10a。
② 同上书,叶 1a 上栏。

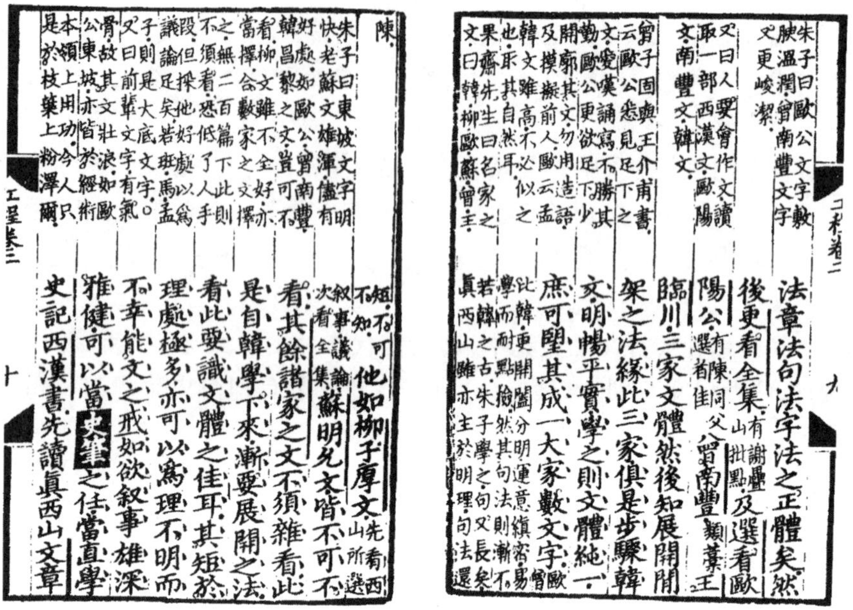

图 12 《读书分年日程》卷二之"学作文"

朱熹以欧、曾接韩愈,并未将王安石放入这一谱系。《朱子语类》提及其文,乃是置于"江西文"这一脉络之下:"江西欧阳永叔、王介甫、曾子固文章如此好;至黄鲁直,一向求巧,反累正气。"这一说法虽然云王氏文章"好",但其立论的背景乃是为了批评黄庭坚之"求巧",因此特别在江西作家之中举出欧、王、曾三人与之形成反衬,并非正面肯定王安石之文。《朱子语类》中另一处比较北宋的文章与道学,即谓"文字到欧、曾、苏,道理到二程,方是畅;荆公文暗"①,对王文颇有微词。综观《朱子语类》中论文之语,王文的地位尚不及苏文。考虑到王氏新学乃程学的对立面,这种立场并不难理解。程端礼将王安石与欧、曾并列为"步骤韩文"的三家,是"八大家"谱系构建过程中一个值得注意的变化。为了论证此举的合理性,《读书分年日程》上栏特别引用了曾巩《与王介甫书》之语,谓"欧公悉见足下之文,爱叹诵写,不胜其勤","更欲足下稍开廓其文,勿用造语及摸拟前人",以及"孟、韩文虽高,不必似之"等语,点出欧、曾、王之间商略文法的师友渊源,甚至从模拟的角度更上追孟子、韩愈,正是要强化文章"大家"之间的谱系流传。程端礼在此综合了宋儒关于古文大家之间习学关系的诸种论述,如朱熹对韩—欧—曾一系的强调,吕祖谦以王安石文"当学"之说,以及葛立方关于欧、王、曾关系的论说,

---

① 《朱子语类》卷一百三十九,第 3309 页。

等等,整合成一个较完整的"学文"谱系。如果从著作的体例上看,此前宋人议论中主要见诸"语录"式只言片语的古文工夫论,在这一部元代的专门读书法著作中,便被编织成一个次第分明、易于实践的"工程"架构。

程端礼特别强调韩愈在整个古文工夫之中的核心地位,谓士人"一生靠此为作文骨子",其地位正相当于四书、本经在经学工夫中的地位。① 所谓"骨子",一方面是指从韩文中学到的文法,乃是写作一篇文章的骨架②,或者说由句法、章法、篇法等技术构成的文章之"体";另一方面也喻指韩愈文在整个古文工夫体系中的主干地位。这种观念其实也可以在南宋理学家的论说中找到渊源。朱熹尝论礼乐之教育云:

> 如十岁学幼仪,十三学乐、诵诗,从小时皆学一番了,做个骨子在这里,到后来方得他力。③

与之同理,程端礼以韩愈文为"作文骨子",也是突出韩文在学文过程之中的根基地位,后来的文章工夫,正要在韩文的基础上展开。因此,在"看文"的阶段,首选便是"步骤韩文"的欧、曾、王三家。前文曾经提到,宋人对韩、欧、曾、王、柳、苏等唐宋古文家之间的因袭关系已经颇有讨论;而程氏《读书分年日程》,则明确地在这种承袭关系的基础上提出了"自韩学下来"的古文工夫。学习欧、曾、王,理据正在他们是学韩之佼佼者,可使学者在韩文的"骨子"之上更得"展开间架之法"。先学韩,次学韩之真传,再次旁及韩文以外的诸家,正构成了一种"自上而下"的古文学习工夫。

《读书分年日程》在古文工夫论上另一个重要的特点,则是此书将经学、史学之读书工夫,与学文之读书工夫统合到一起,使用同一套程课体系加以贯通,事实上就在儒学教育内部进一步确认了文章工夫的地位。理学家的教

---

① 《程氏家塾读书分年日程》卷一:"前自十五岁读四书经注、或问,本经传注,性理诸书,确守读书法六条,约用三四年之功,昼夜专治,无非为己之实学,而不以一豪计功谋利之心乱之,则敬义立而存养省察之功密,学者终身之大本植矣。"(叶25a—25b) 就整体的为学工夫而言,是以通过四书、本经和性理书来培养道德,立定"终身之大本"。就学文的工夫而言,则是以读韩文为"骨子"。

② 按"骨子"乃宋人常言。其用于诗文批评者,可以从意义的角度指一篇文章的主旨精髓,也可从形式的角度指文章的结构骨架,本质上都是用人体的骨骼为譬,比喻文章的主干。《古文关键》批点曾巩《战国策目录序》中"盖法者所以适变也,不必尽同;道者所以立本也,不可不一"云:"此数句盖一篇骨子纲目。"《朱子语类》卷八十《诗一·纲领》:"三经是赋、比、兴,是做诗底骨子,无诗不有,才无则不成诗。"(第2070页) 则是用"骨子"喻诗法。

③ 《朱子语类》卷三十五《论语十七·泰伯篇·兴于诗章》,第934页。又《朱子语类》卷二十三《论语五·为政篇·吾十五而有志于学章》,记载学生提问"志学便是一个骨子,后来许多节目只就这上进工夫"(第554页),也可见以"骨子"喻学的说法在理学士人中的流行。

育观念,理论上并不主张以科举为目的,但在现实的层面,儒者的教学活动却不能不与科举发生积极的关联。① 事实上,元代科举制度之设计,本于朱熹《学校贡举私议》而为之②,理学尤其是朱子之学至此已与科考密切结合;程端礼的《读书分年日程》,正是在这一时代背景之下,理学理想与科举需求相调和的产物。《读书分年日程》"学作文"部分之上栏,不但备录"圣朝科制"以介绍考试程序,更特意记述了韩居仁在庆元路敦请史蒙卿,推行朱子《贡举私议》,后来"入为礼部,掌行科举""备殚心力"之事,皆可见理学传承与科举制度之结合,如何构成了此书的主要关切。

不仅如此,作为"工程"之书,《读书分年日程》具有颇强的操作性,可以为科举之准备提供极详切的指导。程端礼不但分年计月地规划读书步骤,更建议学子将读书日程"依序分日,定其节目,写作空眼,刊定印板,使生徒每人各置一簿,以凭用工"。这种"印板"在《读书分年日程》卷二末尾附有样板,名为"刊印日程空眼簿式",包括《读经日程》《读看史日程》《读看文日程》《读作举业日程》《小学日程》等,其中工夫项目反复渗透,如在《读看文日程》中,仍继续有"倍读《四书》经、注、或问""倍读本经传注""温记《通鉴》"等内容,正可见其谋划之细密。生徒不但可以用空眼簿记录程课,自我监督,更可以此供师长检验之用——《读书分年日程》中建议学生每日填写簿册,"次日早于师前试验,亲笔勾销","师复亲标所授起止于簿",如此"日有常守、心力整暇"可收日积月累之功,"依法读得十余个簿,则为大儒也"。③ 这种读书工夫的规划,正可以代表理学家面临现实教育考虑之时,认可、接受学文工夫的做法。

规划、申论读书之法,在元代儒者之中,程氏并非个例。如刘因有《叙学》一文,详细阐述他对读书次第的设想,以为士人读书当从六经、《语》《孟》

---

① 魏希德对南宋时期科举领域"道学课程"(curriculum of Daoxue)如何建立并取得主导地位有较详细的讨论。(Hilde De Weerdt, *Competition Over Content: Negotiating Standards for the Civil Service Examinations in Imperial China〔1127—1279〕*, Harvard University Press, 2007.)陈雯怡在她关于书院教育史的研究中,也指出南宋书院教学与科举制度的密切关联(《由官学到书院——从制度与理念的互动看宋代教育的演变》,[台北]联经 2004 年版)。林岩《南宋科举、道学与古文之学——兼论南宋知识话语的分立与合流》(《中山大学学报[社会科学版]》2013 年第 6 期)也探讨了科举、道学、古文在南宋的互动。

② 程端礼《送王季方序》:"今制本朱子贡举私议之意,明经传注所主、所参、所用,性理、制度、训诂毕备,一洗汉唐宋之陋,非真读书不足以应之,诚志士千古之一快也。"《畏斋集》卷四,《景印文渊阁四库全书》第 1199 册,第 674 页。又黄溍《安阳韩先生墓志铭》记述元儒韩性之语:"延祐初诏以科目取士,学者不远千里负笈而来以文法为请。先生语之曰:'今之贡举悉本朱文公私议。欲为贡举之文,而不知朱文公之学可乎?'"《金华黄学士文集》卷三十二,《续修四库全书》第 1323 册,第 414 页。可见元儒乐于称道当时理学与科举之结合。

③ 《程氏家塾读书分年日程》卷一,叶 12b—13b。

始,六经内部则按照《诗》《书》《礼》《春秋》最后到《易》的顺序;经学之后,再治史、读诸子、学艺。其所谓"艺"包括诗、文、字画(即书法)三种,所学范围较程端礼《读书分年日程》为宽,不过同样是将文章工夫纳入整体性的为学工程之中;其中作文部分云:

> 至于作文,六经之文尚矣,不可企及也。先秦古文,可学矣:《左氏》《国语》之顿挫典丽,《战国策》之清刻华峭,庄周之雄辨,《穀梁》之简婉,《楚词》之幽博,太史公之疏峻。汉而下,其文可学矣:贾谊之壮丽,董仲舒之冲畅,刘向之规格,司马相如之富丽,扬子云之邃险,班孟坚之宏雅。魏而下,陵夷至于李唐,其文可学矣:韩文公之浑厚,柳宗元之光洁,张燕公之高壮,杜牧之之豪缛,元次山之精约,陈子昂之古雅,李华、皇甫湜之温粹,元微之、白乐天之平易,陆贽、李德裕之开济。李唐而下,陵夷至于宋,其文可学矣:欧阳子之正大,苏明允之老健,王临川之清新,苏子瞻之宏肆,曾子固之开阖,司马温公之笃实。下此而无学矣。学者苟能取诸家之长,贯而一之,以足乎己,而不蹈袭麋束,时出而时晦,以为有用之文,则可以经纬天地、辉光日月也。①

刘因对学文工夫的论述,所涉作家范围更大,诸家之间也没有明确的次第关系,所采取的更接近转益多师的路向,与朱熹、吕祖谦之说不同。值得注意的是,关于经学的读书工夫,刘因之见解亦有别于程朱一路之强调四书:

> 先秦三代之书,六经、《语》《孟》为大。〔……〕世人往往以《语》《孟》为问学之始,而不知《语》《孟》,圣贤之成终者,所谓"博学而详说之,将以反说约"者也。圣贤以是为终,学者以是为始,未说圣贤之详,遽说圣贤之约,不亦背驰矣乎?

刘氏并不反对读《论语》《孟子》,但同时强调由六经之"详",返归《语》《孟》之"约",其次第设计与朱熹一系从四书到六经正有微妙的区别。读书工夫的差异,在经学领域与文章领域正好形成呼应。在文章工夫方面,刘因泛滥众家,取径较宽,要求较高,或许不如循序渐进之法更适用于一般士子。《叙学》中提到"时出时晦",暗示刘因所面对的历史背景,乃是一个文士需要韬光养晦、隐退不仕的时代,其立论或较少考虑科举实用的因素。

---

① 李修生主编《全元文》第13册,第392页,江苏古籍出版社1998—2004年版。

与此不同的是,《程氏家塾读书分年日程》之行世,则在元仁宗延祐二年(1315)复行科举之后,因而《读书分年日程》对工夫次第的重视,正是其理学读书法观念与现实科举功用两相适应的产物。与《读书分年日程》时代相近,又有陈绎曾之《文说》,也以较大篇幅介绍适应科考的读书之法。《文说》一书,主体是从"养气""抱题""明体""分间""立意""用事""造语""下字"八个方面论述"为文之法",大抵皆关于文章写作技巧方面的说明;然在此之后,陈绎曾附论了科举所用的读书之法:

> 绎曾谓:今世为学,不可不随宜者,科举之文是也。科举之文,有不得不与《朱子语类》参者,谨具于后。①

接下来便分述"读《四书》""读《尚书》""读《诗》""读《周易》""读《春秋》""读《礼记》"之法,以及古赋、诏、诰、章、表、策等文章所当选择读本或经典作品。虽然与《读书分年日程》相比大为简略,但同样是贯通读经与学文两种工夫而成一整体。在此之后,陈氏又云"此上只科举所急用如此,若依朱子读书法,则尚有《评章答韩庄伯读书说》",引录了一篇当时流传于世的"读书说"文献。此文按照"读诸经""读史""读诸子""读文章"的顺序按安排读书进程,在"读文章"的阶段主张精熟《孟子》、韩愈和苏轼文:

> 读文章,就今日所宜,且于《孟子》中取长者二十余章,韩文四五十篇,苏文亦然,合成百篇,取时须自己意择意中所甚喜者写入。若觉篇篇可喜,截满百篇之数即止,不必多贪;若篇篇不见可喜,即不必强取。看终集之后,再转求之,虽百转可也。写成百篇后,读书之暇,每日随意多少,反复读之,或默看,或批点,随意。先粗粗看过,却与分大段,又与细分小节,节段既明,观其首尾中间相应处、相变处、撇掉处、转折处,宽心细目观之。②

---

① 陈绎曾《文说》,《景印文渊阁四库全书》第1482册,第249页。
② 同上书,第250—253页。赵抝谦《学范》引此文,文字小异。如"或默看,或批点,随意",赵引作"或默看,或批点,随喜处观之";"转折处"之前,赵引尚多一"提掇处",可参。此"读书说"今未见原书传世,仅赖陈绎曾等之转引而存。上引陈绎曾之介绍,若读作"若依朱子读书法,则尚有评章。《答韩庄伯读书说》",则"评章"(评论)一词费解。颇疑"评章"即"平章",官名也;准此则当是某平章政事为答人而作。此文中提到《孝经》"近见草庐先生注详明矣",可知出于吴澄《孝经定本》(危素《吴文正公年谱》系于大德七年,1303)之后,当是元代的文献。"平章"疑是元仁宗朝曾任中书平章政事的李孟,延祐复行科举的推动者。《元史》本传称其"生而敏悟,七岁能文,倜傥有大志,博学强记,通贯经史,善论古今治乱,开门授徒,远近争从之",在朝时仁宗与论用人之方,奏称"人材所出固非一途,然汉唐宋金科举得人为盛。今欲兴天下之贤能,如以科举取之,犹胜于多门而进","帝深然其言,决意行之",延祐二年春开科举,"命知贡举及延策进士,为监试官"。

在具体取法对象上,这份"读书说"与程端礼、陈绎曾不尽相同,但同样是将古文工夫融入了整体的读书学习工夫之中。同时,精择有限的篇章,抄写批点,反复研读,也正是从朱熹、吕祖谦到程端礼都着力提倡的学文方式。从陈绎曾的科举读书法与《评章答韩庄伯读书说》这两份文献,恰恰可以看到理学家读书法在元代的不同表现;二者虽然未若《读书分年日程》一般编排成月日计功、秩序井然的详细课程计划,但同样都是囊括了儒学内部经、史、子、集等不同学问的读书指南,可以说都已经超越了"语录体"而显现出"工程体"的特征。由此,宋人关于古文工夫论的种种观念,至元代被充实、敷演为具有操作性的读书"工程",一方面符合理学家的为学理念,一方面也适应科举考试的现实需求,持续影响着一般士人知识与文学修养的形成。

三 家数与气象:以作家为中心的文统观

从宋代到元代,理学家精选熟读、循序渐进等读书理念,事实上塑造了一整套修己进学的"工程";理学在南宋以降对士人精神世界的深远影响,又使得其读书工夫论渗透到文学经典的形塑过程之中。这一经典化的过程,正是理学思想、科举制度与文章写作诸方面合力的结果。不过,如果回到本文一开头的问题,在作家、体类、技法等不同的知识框架之中,宋元儒者何以更倾向于以"大家"为框架的古文工夫谱系?前文所言,大抵是从实然的角度加以述论,除此之外,在观念的层面,以"作家"为中心的习文方法,与理学又存在何种关联?

以作家为中心,在宋元人常用"家数"这一术语加以概括。程端礼在《读书分年日程》中认为先学韩愈,再学"步骤韩文"的欧、曾、王:

> 学之则文体纯一,庶可望成一大家数文字。①

程端礼此处所云"大家数",正可为"唐宋八大家"之"大家"作确诂,不可轻易放过。以前辈"大家"为楷模,最终自己也"成一大家数文字",正是彻上彻下之工夫也。换言之,所谓"大家",不妨视为"大家数"之简称。"家数"之"数",犹言技艺、技术,乃是强调其文堪为后世之师法。"唐宋八大家"之称,内里正不无对文章法度、习学典范的指涉。"大家数"这一术语,在南宋以降

---

① 《程氏家塾读书分年日程》卷二,叶9b。

的诗文批评中颇为常见。南宋刘克庄颇好以"大家数"为评诗之术语。《后村集》中,诸如"李杜虽大家数,使为陶体,则不近矣","以大家数掩群作,以鸿笔兼众体","六一、坡公巍然为大家数,学者宗焉","而前辈号大家数者,亦未尝不留意于句律也"①等语,比比皆是;其所言"大家数"便颇重"师法"这一层含义。如《江西诗派小序》便称欧阳修、苏轼"巍然为大家数,学者宗焉",黄庭坚"会粹百家句律之长,究极历代体制之变","自成一家","遂为本朝诗家宗祖,在禅学中比得达摩"。这种以禅宗比喻诗派的方式更可进一步延伸到后世的诗人:

  曾茶山,赣人;杨诚斋,吉人;皆中兴大家数。比之禅学:山谷,初祖也;吕、曾,南北二宗也;诚斋稍后出,临济、德山也。②

  换言之,诗中"大家数",正可比拟为禅中"大宗师"。后村诗中,便常常以"家数"与"宗师"互文,如《病起十首》其九云"变风而下世无诗,幼学西昆壮耻为。老去仅名小家数,向来曾识大宗师";《温故》云"曩时小家数,岁晚大宗师";皆其例也,可见"大家"或"大家数"这一术语本身蕴含的师法、谱系之色彩。③ 除了诗歌,刘克庄也偶用"大家数"谈四六文,其《方汝玉行卷》云:"先朝精切则夏英公,高雅则王荆公,南渡后富丽则汪龙溪,典严则周平图,其余大家数尚十数公。"④潜在的观念是每一"家数"背后有其代表性的艺术风格。再往后,"大家数"也被用到古文领域。如南宋林希逸《刘候官文跋》云"文亦难工矣,虽从前大家数,亦未尝不磨以岁月而后得之",所举的例子便是韩愈、苏洵两家。⑤ 最值得注意的则是元代卢挚《文章宗旨》的说法:

  古今文章大家数甚不多见。六经不可尚矣;战国之文,反复善辨,孟轲之条畅、庄周之奇伟、屈原之清深,为大家;西汉之文,浑厚典雅,贾谊之俊健、司马之雄放,为大家;三国之文,孔明之二表、建安诸子之数书而已;两晋之文,渊明《归去来辞》,李令伯《陈情表》,王逸少《兰亭叙》而

---

① 刘克庄著,辛更儒笺校《刘克庄集笺校》卷九十四《赵寺丞和陶诗》(中华书局2011年版,第4000页)、卷九十四《本朝五七言绝句》(第4005页)、卷九十五《江西诗派总序·黄山谷》(第4023页)、卷一七四《诗话·前集》(第6722页)。
② 《茶山诚斋诗选》,《刘克庄集笺校》卷九十七,第4103—4104页。
③ 《刘克庄集笺校》卷三十五,第1864页;卷四十七,第2437页。
④ 同上书卷一百六,第4432页。
⑤ 林希逸《竹溪鬳斋十一稿续集》卷十三,《景印文渊阁四库全书》第1185册,第687页。据文末自注,此跋作于"咸淳五年五月"。

已。唐之文,韩之雅健,柳之刻削,为大家。夫孰不知?①

这一段文字,前称"大家数",后云"大家",正可见元人笔下两个词语的换用。卢挚之论文,从六经下及韩柳,并不仅限于唐宋古文,但其评论"大家"的方式,与《古文关键》及前引刘因《叙学》一致,都是归纳各"家"在艺术风格上的特点,如"条畅""奇伟""雄放""雅健""刻削"等,以为一"大家"。品第"大家",目的正是要以之为法——从论述结构上看,《叙学》"其文可学矣"正相当于《文章宗旨》中的"为大家"。由此可见,所谓"家数""大家数",实际上都蕴含了文章学习中须有宗法、师承统系的观念。事实上,在师法、统系观念下形成的"文统",正可与理学家的"道统"平行观之,学文有师,学道有统,内在思路,机杼正同。如果从唐宋以降新儒学运动的整体发展考虑,这种同构性自然不难理解。正是在这种观念背景之下,以"师法"为核心结构的古文习学工夫论,与"大家"之批评术语互为表里,强化了以"大家"为知识结构的古文经典谱系。

"道统"要求学者观悟圣贤气象,"文统"提倡文人体会前辈风骨,内中同样是以"人"为中心建立师法统绪,变化己身以"成一大家"。这种工夫论,主张从整体上把握学者或作家的人格与风格,正出于儒家传统中"文如其人"的观念。朱熹云:

> 做文章,若是子细看得一般文字熟,少间做出文字,意思语脉,自是相似。读得韩文熟,便做出韩文底文字;读得苏文熟,便做出苏文底文字。

读得某家文字熟,做出文章便是某家的样子,正是按"大家"以学文的理论依据。这种古文工夫因"人"及"文",潜在要求熟悉、理解作家的写作思路,实际上又与"虚心涵泳"的读书法相通。更可言者,这种以前辈作家为楷模的观念,恰好又与理学中"观圣贤气象""变化气质"的观念相合。② 养气之说,承孟子而来,在文章与儒学领域都是相当重要的议题。在学道求理的过程中"观圣贤气象",反诸己身以"变化气质",事实上都是以"人"作为单位,追求一种整体性的个人修养。有趣的是,"气象"本身富于审美之属性,可于言语、文章见之。程颐之言"凡看文字,非只是要理会语言,要识得圣贤

---

① 张健编著《元代诗法校考》,第1—7页。
② 有关宋儒的气象论,可参杨儒宾《变化气质、养气与观圣贤气象》(《汉学研究》2001年第1期)的论述。

气象",下举《论语·公冶长》中孔门言志之语为例:

> 如孔子曰"盍各言尔志",而由曰"愿车马衣轻裘,与朋友共敝之而无憾",颜子曰"愿无伐善,无施劳",孔子曰"老者安之,朋友信之,少者怀之"。观此数句,便见圣贤气象,大段不同。若读此不见得圣贤气象,他处也难见。学者须要理会得圣贤气象。①

在此,"理会得圣贤气象"正是读书的重要法门,且是体察圣贤文章的较高境界;"未读是这个人,及读了后来,又只是这个人,便是不会读也"。读经如此,阅读古文亦如此,朱熹一方面主张读《孟子》透,可以变化气质②;另一方面称许韩愈"气象大抵大",李泰伯文"文字气象大段好,甚使人爱之"③,等等,正是以"气象"论文的例子。此外如楼昉《崇古文诀》批苏洵《族谱引》"可以见忠厚气象";元好问推许刘中之古文"典雅雄放,有韩柳气象"④,皆可见古文批评好言气象的情形。最值得注意的是元人《木天禁语》中特别以"气象"标目,与篇法、句法、字法、家数、音节并列为"六关"之一。所言,又分翰苑、华毂、山林、出世、偈颂、神仙、儒先、江湖、闾阎、末学等类,乃是按不同类型的人物身份划分,末附识语云:

> 已上气象,各随人之资禀高下而发,学者以变化气质,须仗师友,所习所读,以开导佐助,然后能脱去俗近,以游高明。谨之!慎之!⑤

此处对"气象"的解释,明显可以看到理学话语的影响。圣人有圣人之气象,贤人有贤人之气象,降及富贵、山林、释、道诸品人物,亦各有其气象,此盖其理论背景也。在所谓"六关"之中,"气象"是就各类人物而言,"家数"则是具体的作家,两者关系密切;如"末学"一目下有小字注云"末学者,道听涂说,得一二字面便杂糅用去,不成一家",可以推知"成一家"则有一家之"气象",乃其潜在的观念。《木天禁语》是论诗,但在理念上又能与论文相通,显示出理学家"气象"之说对文章学习的影响。

围绕"人"以学文,养气以希贤,除了与理学"变化气质"之说应若桴鼓,

---

① 《河南程氏遗书》卷二十二上《伊川杂录》,《二程集》第 3 册,第 284 页。
② 《朱子语类》卷一百二十《训门人八》,第 2889 页。
③ 分别见《朱子语类》卷一百三十七《战国汉唐诸子》,第 3276 页;卷一百三十九《论文上》,第 3307 页。
④ 元好问编《中州集》卷四《刘左司中》,第 200 页,中华书局 1959 年版。
⑤ 旧题范德机《木天禁语》,《元代诗法校考》,第 174—176 页。

也很便于将读古文与读经史著作贯通起来。程端礼《读书分年日程》将韩愈文放到"读书"部分,继四书、五经和《通鉴》之后,已可见之。而陈绎曾在前述《文说》之外,又有《文筌》一书,包括《古文谱》《楚赋谱》《诗谱》等部分,细论作文种种法则。其《古文谱》在"体"的部分便分"文体""家法"两大类。于文体,要求学者"一一体制,先认本色,次知变化",即把握各类文体的"正"与"变";陈绎曾所谓"家法",分为经、史、子、总集、别集五大类,前四类各系以书,别集部分则系以人(韩愈、柳宗元、陆贽、欧阳修、王安石、三苏、曾巩)。原书段末总结云:

> 右一一家数,各知其所不同,各知其所以不同,而知其所同,取其所长,弃其所短,融化自成一家。各似其似而不摹拟,各变其本而不相错杂。①

按此"家法"又称"家数",乃是同义换用。相对于"体制"分类,"家法"或"家数"的框架更易将古文之学与经学、史学的学习贯通为一整体,成为士人学问修养中更具"根本"性的部分。吕祖谦云"且读秦、汉、韩、柳、欧、曾文字,以养根本",正此之谓也。② 在《读书分年日程》中,按"家数"学文的过程,也是古文工夫论中更为根本的环节;背后的原因,也当与"家数"次第更能配合理学家整体的读书法规划不无关联。

"家数"观念在古文经典形塑过程中的作用,实际上必须放回"体制"(文类)、"技法"与之相为消长的语境中加以考察。同样是可能存在的谱系方式,"家数"何以获得相对的优势? 除了考虑其本身与理学观念的诸多契合,另一方面也不能不追问,"体制"与"技法"何以未能获得与"家数"相同的地位? 就"体制"而言,文体的知识本身固是文章学的重要内容,但在科举制度影响下,各个时代往往在文体上各有侧重。宋代常科从北宋初年以诗赋为主,中间经历反复争议,渐渐转为以策论、经义为重,至元代,经义的地位又进一步上升。③ 这种考试文体的变化,对士人教育之取舍轻重,当有直接之影响。论、策、经义这些文体受重视,正可以解释为何南宋有《十先生奥论》《论学绳尺》《止斋论祖》等选本出现。此种文体偏好影响到基础阶段的古文学

---

① 陈绎曾《文筌》,《续修四库全书》第1713册,第436—443页。《文筌》"家法"的具体内容,参见本书第七章第三节所列表格。

② 《与内弟曾德宽》,《东莱吕太史别集》卷十,《吕祖谦全集》第1册,第502页。

③ 参见朱迎平《科举文体的演变和宋代散文的议论化》,收入《宋文论稿》,第19—40页,上海财经大学出版社2003年版。

习,便是对重视议论、叙事的基本写作手法,对各种应用文体式的关注相对在其次。《程氏家塾读书分年日程》特别提到钞读韩文"叙事、议论两体"。这种重视叙事、议论的观念,也可以在古文选本中得到印证。《古文关键》所选,大率便是议论之文。① 真德秀《文章正宗》前人多归为文体分类之选本。事实上,更准确地说,《文章正宗》并非严格按照文体分类,"辞命""议论""叙事""诗歌"四大类之下,真氏忽略了诸如序、记、论、策等不同文章体制的差异。例如韩愈的赠序,《文章正宗》将《送文畅序》《赠崔复州序》《送董邵南序》等归入议论类,而《李愿归盘谷序》《赠张童子序》等则入叙事类,实质上消解了"赠序"本身作为文体的独立性。元代又有题为虞集所撰的《虞邵庵批点文选心诀》,辑选韩愈、柳宗元、欧阳修、曾巩、苏洵、苏轼六家古文,施以批点,仅有"序""记"二体②,乃是特别选出唐宋"大家"的两种文体,作为学习对象。序、记两体,正是议论、叙事之最具代表性的文体;③由此,也不难看到宋元人取法"唐宋八大家",并不一定要全面地学习研究其所有的文章体制。这种潜在的文体偏好和聚焦,自然也削弱了博观诸种文体的必要性。尤其在学习的基础阶段,集中阅读与考试文体关系更近的唐宋经典作品,就比泛览诸家体制更为迫切。当然,即使在科举的视野中看,文章体类的知识也不会完全被遗忘;宋代常科之外,尚有词科,考试制、诰、章表、露布、颂、箴、铭、记等文体,王应麟《词学指南》即这方面的专书。《读书分年日程》在以韩愈及唐宋大家作为基础阶段的学文典范之后,也分别介绍了学习史笔、策、经问、经义、古赋、古体制诰章表、四六章表应读之书。不过,举业之中,毕竟有主有次,《读书分年日程》的介绍以"经义"部分最为详尽,其他相对简略,正可见科举导向的影响。

就"技法"而言,南宋以来的古文之学中,本身也积累起了细致繁复的知识与论说;繁多的文法类别,更可以成为据以编排文章选本的"知识构架"。如方颐孙《蘦藻文章百段锦》按照"遣文格""造句格""议论格""状情格""用事格""比方格""援引格""辩折格""说理格""妆点格""推演格""忖度格""布置格""过度格""譬喻格""下字格""结尾格"十七大类选文,每类之下又

---

① 《古文关键》所选文体有解、说、论、书、原、议、序等,其中又尤以"论"为多。借用《文章正宗》的分类,这些文体大致应属于"议论"。而属于叙事文体的墓志以及记文皆不获收入,"碑"只有苏轼的一篇《潮州韩文公庙碑》;"传"也仅有柳宗元的《种树郭橐驼传》和《梓人传》两篇而已。

② 见《文选心诀》卷首目录,《〈文选〉研究文献辑刊》第 4 册,第 431—434 页(按《文选心诀》实乃唐宋古文选本,与《昭明文选》无关)。据弘治三年(1490)郑时宗为此书重刊本所作序文,称"是集并李性学文评百条并梓行于世,盖亦年久"(同书第 435 页)可知其与宋末元初人李淦(性学先生)的论文之作《文章精义》相辅而行,流行于世,有文学指导书的特色。

③ 议论、叙事之分,与序、记之分,并不能完全等同,两种分划方式容有交错,前述《文章正宗》即其例也。

分列小类,对篇章字句各个层次的行文技巧有极为详细的分析。谢枋得的《文章轨范》,以"放胆""小心"区分学文的步骤,主张"凡学文,初要胆大,终要心小。由粗入细,由俗入雅,由繁入简,由豪荡入纯粹",正是将写作技巧的因素与学习过程的安排结合起来,构建其以"技法"为中心的古文工夫论。不过,技法的因素常常不免受到琐细、功利之讥。如正德元年(1506)王阳明为《文章轨范》重刻本作序,就特别强调"盖古人之奥不止于是,是独为举业者设耳"。① 《读书分年日程》中也批评《源流至论》《百段锦》等乃是"作成策段,为举业资而已",未足为"学者穷格之事"。② 虽然"举业"是士人心照不宣的潜在关怀,但"家数"工夫诉诸师古法贤,文如其人,更易与理学之儒同调;"技法"工夫采掇艺巧,不免加重"玩物丧志"之讥,程端礼"穷格之事"的表述,也可以印证前文所论:文章工夫需要被归入"格物穷理"的理学话语之中,方能具有更大的合法性。

由于"家数"观念与理学之呼应,这一谱系结构在古文经典化的过程中较占优势。当然,这并不意味着文类、技法之因素完全在古文工夫论中消失。事实上,有关的知识和实践也被吸纳容摄到以"家数"为中心的课程系统之中。《读书分年日程》在"学作文"之部云:

> 作科举文字之法_{用西山法}:读看近经问文字九日,作一日;读看近经义文字九日,作一日;读看古赋九日,作一日;读看制、诰、表、章九日,作一日;读看策九日,作一日;作他文皆然。文体既熟,旋增作文日数。大抵作文,办料、识格在于平日_{此用剡源戴氏法};及作文之日,得题即放胆_{此用叠山谢氏法},立定主意,便布置间架,以平日所见,一笔扫就,却旋改可也。如此则笔力不馁。③

程端礼在此,将真德秀分文体练习的应举学文法,谢枋得"初要胆大"的学文方法,以及宋末元初戴表元的"办料、识格"的学文法都统合起来,将这些不同的作文工夫都融会到其分年日程之中。不过,在《读书分年日程》的设计之中,几类不同的古文"工夫"在地位上有着明显的差别:在时间规划上,读经史、韩文等"根本"工夫早于分体练习的"作科举文字"工夫,更早于在写作时使用的"放胆"之法;在学习安排方面,专门"作科举文字"的阶段,也要求继续温习经书、韩文;可以说在不同层次都显示出本末之别。换言之,

---

① 谢枋得《文章轨范》卷首,《景印文渊阁四库全书》第 1359 册,第 543 页。
② 《程氏家塾读书分年日程》卷二,叶 8a—8b。
③ 同上书,叶 16a—16b。

前人以文体分类或是写作技法为架构的古文工夫论，都被吸收并转化成为程氏读书法的一部分。而程氏的读书学文之法，以读经、读史、读文作文为主干；读文作文部分，又将按"家数"学文的工夫次第作为主干，主张以韩愈为"骨子"、以欧曾王为展开，同时旁参柳、苏等家，形成一套学文的基础程序，实际上正是强化了"家数"为核心的文章工夫论在古文习学中的优势地位。

不但如此，《读书分年日程》在经、史、文章的阅读规划中，大多详细列出应当参考的书籍。如读韩文，所用书籍是真德秀《文章正宗》（文本来源）、朱熹《韩文考异》（校勘）和谢枋得批点的韩愈全集（批点方法）；看柳文，先看《文章正宗》，再看其全集；看欧文，则用陈亮所编《欧阳文粹》；"史笔"先读《文章正宗》和汤汉《妙绝古今》，然后熟看《史记》《汉书》；"古体制、诰、章、表"读《文章正宗》辞命类，再选看王安石、曾巩、苏轼等人的作品。凡此种种，皆可见"读书法"类著作如何影响乃至改造了古文选本的阅读方式。程端礼最重视的古文选本，无疑乃是理学家真德秀的《文章正宗》；然而有趣的是，程氏并没有遵循《文章正宗》辞命、议论、叙事、诗赋的分类来安排其读文之教程，而是拆取其内容，为我所用，选出议论、叙事两体，将其融入《读书分年日程》严密的按"家数"学文的系统之中，事实上改造了选本本身的结构，使之适应程氏理学读书法所规限的古文工夫论，按照"家数"次第展开。

四　地域与师传：
读书学文法在元明之际的流布

从南宋末年至元代，理学的官学化不但使《近思录》《朱子语类》等理学家著述成为儒学士大夫的新经典，也使朱熹所倡议的读书、为学之法逐渐成为士人群体中最具权威性的课程规划。在元代复兴科举的刺激之下，《程氏家塾读书分年日程》、陈绎曾《文说》所载科举读书法，以及《评章答韩庄伯读书说》等读书法著作纷纷问世，正可见宋儒的读书理念如何在元代被扩充、推演成为实践性的进学"工程"。程端礼之《读书分年日程》乃是其中体系最完备、论述最详密，影响后代也最深远的一种。事实上，在端礼生前，《读书分年日程》已经随着他在江南多家官学和书院的教学而流布开来。《读书分年日程》书末有程氏一条跋尾云：

右《读书分年日程》，余守此与友朋共读，岁岁删修，遂与崇德吴氏义塾、台州路学、平江甫里书院陆氏、池州建德县学友朋冯彦思所刊，及集庆江东书院友朋,安西、高邮、六合江浙友朋所钞,及定安刘谦父所刊旧本不同,此则最后刊于家塾本也,览者傥矜其愚,补其所未及,实深望焉。元统三年十一月朔,程端礼书于甬东之思勉斋。①

程氏此跋极为生动地记述了此书在程氏生前便以钞本、刊本的形式流传于地方官学、书院以及一般读书人的交友网络之中。上引跋尾署元统三年(1335),则是一个较晚的家塾刻本。而据《读书分年日程》卷首所载程端礼序末署"延祐二年八月鄞程端礼书于池之建德学",可知是延祐二年(1315)为池州建德县学刊本而作。当时程氏由建德县学改任集庆路江东书院,临行时编定此《日程》,"以为学校法,藏于六经阁";继任的掌教冯彦思亦承其志,"以所刊教法训诸生",使之皆"知根本是务"。② 此后,程端礼又在信州稼轩书院、铅山州学任教,其间对《读书分年日程》"岁岁删修",当是结合实际教学之经验不断调整。至正元年(1341),程端礼受聘为明州州学训导,仍是"以刊定《日程》督诸生学",可见其将读书日程付诸实践的情形。不但如此,程氏亦不遗余力地向其学友推广此书。端礼弟端学尝述其兄执教江东书院之事云:

> 敬叔首设讲,为人敦厚谨畏,终日危坐,与诸生相对,必使熟读精思、真知实践,本之晦庵、西山教人之意,酌以今日取士之法,为书一编以行于世,守其辙者,往往有成。③

此文陈说其兄教学之旨,终篇又谓"将如萧规而曹随,则余不能知之矣",正不无微意也。至正五年端礼七十三岁时,冯彦思的弟子卤哲台舜臣"侍父官慈溪","与其友忻都舜俞来访",端礼十分欣喜,不仅回忆了自己早年从史蒙卿受朱子读书法、与冯彦思相与论学之往事,又"再删《分年日程》书赠之",极陈读书为学之义。④

《读书分年日程》问世以后,在知识界也颇受重视。至顺三年(1332)十月,永嘉学者李孝光至金陵造访程氏,便叹服其法:

---

① 《程氏家塾读书分年日程》卷三,叶 59a。
② 程端礼《送冯彦思序》,《畏斋集》卷四,第 673 页。
③ 程端学《送蒋远静山长序》,《积斋集》卷三,《景印文渊阁四库全书》第 1212 册,第 336—337 页。文中提到蒋远静"今其往接余兄之武"云云,可知蒋氏在程端礼之后任江东书院山长。
④ 《送冯彦思序》,《畏斋集》卷四,第 674 页。此序题为"送冯彦思",实际上是在冯氏门人卤哲台舜臣、忻都舜俞过访离别之时"书以送之",希望"他日彦思见焉,亦当为之一慨"。序中程端礼又自称"在江左学校四十余年","职思其忧,以为教之根本,在乎朱子读书法"。

> 始予少时，从临海方先生学，先生授之子朱子读书之法，以谓必熟读精思，而后有以为力行之地。〔……〕今年来金陵，闻敬叔氏贤，日往造之，至则见其教弟子，壹用朱子法，善之。候其少休，则坐其弟子而与之言，辩析击难，皆成诵经传，而能通其指意，于是益大善之。求其所为立教之法读之，盖尽衷朱子、真氏教人读书之遗言，而别为节度，使粗若可用课核者。区别精详，具见条理，为法简易，补益宏多，于是益恨吾前日之不知读书也。①

李孝光对程端礼的读书教学法十分佩服，不但为《读书分年日程》一书撰写序文，更遣其弟子王伯华，使从学于程氏，"悉受读书节目与说经之书"。② 李孝光当时受聘任教于升州学校③，可以推想，程氏之读书"工程"在地方官学师生间颇有影响。李氏强调程端礼的教学"壹用朱子法"，又提到自己少时从学，其师亦以朱子读书法设教，由此正可见程氏《读书分年日程》因祖述朱熹而备受儒者推崇的状况。朱熹的读书法是理学家教育后学时率多尊奉之典律，而在扩展朱子读书法的著作之中，《读书分年日程》又为其中佼佼者，是无怪乎其易为学者接受了。程端礼在各地书院、学校的教学过程中推行其读书日程，在当时颇为人所称道；在他离任二十余年后，学者回溯江东书院之历史，犹在追怀"四明程氏敬叔，以考亭读书法启诲后觉，文风大振"。④ 黄溍有《跋进学工程》，盛赞其书⑤，并称甫里书院山长陆德原"具刻古灵陈公《制锦管见》及四明程君端礼《进学工程》，凡交游与来学者，人予一帙，曰：观此亦足为仕学之法矣"。⑥ 陆德原当即上引程端礼跋尾中所云刊刻《读书分年日程》的"甫里书院陆氏"，可见执教地方书院的士人使用《读

---

① 李孝光《程敬叔读书分年日程序》，《程氏家塾读书分年日程》卷首，叶4b—5b。
② 程端礼《送王伯华归永嘉序》："余与朋友读书江东精舍，李季和先生应南台聘，从其弟子来自永嘉，训升学。升士从之如云。见余所以为教者，曰：'是用朱子熟读精思法也，是吾师临海方先生所以教吾者也！'即遣弟子王生卒业于余，且使悉受读书节目与说经之书。"《畏斋集》卷四，第666页。
③ 李孝光《忆升州学》诗序云："至顺三年夏，予在升州学宫。"《五峰集》卷八，《景印文渊阁四库全书》第1215册，第153页。
④ 陶安《送石仲方诗》序云："近岁石仲方来长教事，恪恭厥职，刚介不阿，优礼宾师，招徕弟子员〔……〕程氏去官二十余年，独见石君如此。"《陶学士集》卷二，《景印文渊阁四库全书》第1225册，第599页。
⑤ 《金华黄先生文集》卷二十一，《续修四库全书》第1323册，第301页。
⑥ 黄溍《元故徽州路儒学教授陆君墓志铭》，朱存理撰《珊瑚木难》卷五，叶44a，江苏广陵古籍刻印社1986年版（影印《适园丛书》本）。按：黄溍《金华黄先生文集》卷三十七亦载此文，然"具刻古灵陈公制"之后阙文，今据《珊瑚木难》本录之。"具刻"，《珊瑚木难》原文作"具列"，考其文义，当以"刻"为长。

书分年日程》之情形。不仅如此,据黄溍记载,《读书分年日程》又经国子监"颁示郡县学使,以为学法"①,凭借官方的提倡,更获得了跨地域的流行。王元恭《至正四明续志》记载四明路儒学中收藏有"《读书分年日程》计板九十片",亦可证当时地方学校刊行《读书分年日程》的情况。②

尤其值得注意的是,明初汇集"唐宋八大家"为一集的朱右,本身乃是由元入明之人,上述元代儒者对"读书法"的强调,自然对他有所影响。朱右编辑八家古文,乃在元明之际③,初名《新编六先生文集》,后称《唐宋六家文衡》,所谓"六先生",乃是以三苏为一,实即韩愈、柳宗元、欧阳修、曾巩、王安石、苏洵、苏轼、苏辙八大家。④ 朱右之祖朱致中,尝受业于理学家王柏⑤,家学固有所自;而朱右本人更是在元末至元四、五年间(1338—1339)留居金陵,从游于李孝光⑥,其时正是李氏在金陵访问程端礼、序《读书分年日程》(1332)之后不久;以是因缘,接闻于程氏之读书法,当非异事。洪武九年(1376)春,国子助教贝琼为《唐宋六家文衡》作序,以为"韩之奇、柳之峻、欧阳之粹、曾之严、王之洁、苏之博,各有其体,以成一家之言",虽然概括各家风格的用词不同,但在论述框架上正是继承《古文关键》以来对八家古文经典化的说法。贝琼特别提到"文不止于此,而特约之为学文之法",又云朱右"定六家文衡,因损益东莱吕氏之选,刻诸梓,使子弟读之",指出

---

① 《将仕佐郎台州路儒学教授致仕程先生墓志铭》,《金华黄先生文集》卷三十三,《续修四库全书》第1323册,第430页。文中称程端礼卒于"至正五年夏六月甲子","以六年某月某甲子葬阳堂乡之陶奥","葬后二年",诸门人请铭于黄溍,黄氏"幸尝辱交于先生,征于状无不合,乃并以平昔所知者,论次而铭之"。可知作于至正八年(1348)。《元史》卷一百九十程端礼本传亦云:"所著有读书工程,国子监以颁示郡邑校官,为学者式。"第4343页。
② 现代学界对元代教育史与科举社会的论述,大都也倚重《读书分年日程》作为核心史料,如牧野修二「元代の儒学教育——教育課程を中心にして」(『東洋史研究』第37卷第4号,1979年),池小芳《中国古代小学教育研究》(上海教育出版社1998年版),Theodore de Bary, "Neo-Confucian Education," in Wm. Theodore de Bary, Wing-tist Chan & Burton Watson ed. *Sources of Chinese Tradition*, Columbia University Press, 1999,三浦秀一『中国心学の稜線——元朝の知識人と儒道仏三教』(研文出版2003年版),李弘祺《学以为己:传统中国的教育》(香港中文大学出版社2012年版),等等。
③ 参见黄强《朱右及其〈唐宋六家文衡〉述考》,《文学遗产》2001年第6期。
④ 朱右《新编六先生文集序》:"邹阳子右编六先生文集,总一十六卷:唐韩昌黎文三卷,六十一篇;柳河东文二卷,四十三篇;宋欧阳子文二卷,五十五篇,见《五代史》者不与;曾南丰文三卷,六十四篇;王荆公文三卷,四十篇;三苏文三卷,五十七篇。"《白云稿》卷五,《续修四库全书》第1326册,第268页。
⑤ 朱右《赠弟伯良赴陇西县丞序》:"先祖春江府君又亲受业鲁斋王文宪公。先子克绍家学,教养弥笃。"《白云稿》卷五,《续修四库全书》第1326册,第276页。
⑥ 朱右《白云稿》卷四《桧亭后集序》:"至元重纪戊寅之岁,予如金陵,游从缙绅名人间,考德而问业。"时在元惠宗后至元四年(1338)。又《白云稿》卷首张天英序:"余始居吴,见伯贤郑宗鲁所〔……〕是后伯贤复如建业,从李季和游,留岁余,周览故都名山大江之盛。"分别见《续修四库全书》第1326册,第254页、第216页。

《文衡》作为"学文"指导读本的性质。不但如此,朱右主张辞章与理学合一①,其生平所编书籍,在《唐宋六家文衡》《秦汉文衡》等文章选本之外,亦有《书传发挥》《春秋传类编》《历代统纪要览》等经史学习参考书,特别是还有《理性本原》这样的理学读本,将《定性书》《颜子所好何学论》《通书》等理学家著作汇为一编,可见其学术倾向。② 朱右在元末曾任慈溪、萧山等县教谕,且有家居、处馆授徒的经历③,这些现实因缘,与其编纂经、史、理学、文章读本不无关联。将朱右所编的古文选本放到这个大背景下审视,正可以看到,古文之习学,本身属于经史、理学等各类知识构成的一整套"道问学"系统的一部分。

不但如此,《读书分年日程》还被多种书籍节钞转引,流通于士大夫的知识世界之中。如元代的日用类书《居家必用事类全集》,在甲集"为学"类中即录有"程端礼读书分年日程法",简要撮述其历年工程之大要。④ 明初赵扬谦所编辑的学习指导书《学范》,也大量引录《读书分年日程》。此书乃是"汇集先儒议论所长,而间断以己意",其卷上"读范"部分按照性理小学、经、史、子、集之次第规划读书程序,主要便是采用程端礼、陈绎曾等前代学者之说,指点读书门径与方法;在工夫结构与具体论述方面都明显可以见到程氏之影响。降及明清两代,不但朱熹读书法被学者奉为圭臬,程端礼《读书分年日

---

① 贝琼《唐宋六家文衡序》:"抑尝闻儒先君子之论文者务合于道,非徒以其词高一世为工也。若六家者,虽于道有浅深,皆本诸经为说,铲驳而复纯,于此求之,其至于古无难者,是伯贤之志也!"乃是卒章显志,以"文道合一"为此书之理想。《清江贝先生集》卷二十八,叶1b,《四部丛刊初编》本。朱右本人为宋濂所作的《潜溪大全集序》中,亦有"工辞章者或昧于理,务直述者或少文致,二者胥失之也"之论,提倡"辞严而理阐,气壮而文腴"(《白云稿》卷五)。两相对照,贝氏"伯贤之志"云云,实不诬也。

② 宋濂《故晋相府长史朱府君墓铭》:"君善著书,有《春秋传类编》《三史钩玄》《秦汉文衡》各三卷,《深衣考》《邾子世家》《李泌传》《历代统纪要览》各一卷,唐宋文一十七卷,汉魏诗四卷,《元史补遗》十一卷。又为《元史编年》未成。其杂著文有《白云稿》十二卷行于世。"(《珊瑚木难》卷五,叶38b)可知朱右著述之大要。检宋濂《宋学士文集》,未见此墓铭,《珊瑚木难》所收录的版本篇末署"前翰林学士承旨嘉议大夫知制诰兼修国史兼太子赞善大夫金华宋濂撰,将仕郎前国子助教金华郑涛篆额",或许是根据墓碑实物抄录。在这些著作中,很多属于汇编读本性质。朱右《白云稿》卷五有《书传发挥序》《理性本原序》《历代统纪要览序》,于此可以大致了解诸书之内容。

③ 陶凯《故晋相府长史朱公行状》:"公幼聪敏,学知向方,父母所钟爱,家虽贫,鬻产以教之。既长,博通群书,后以《书经》应进士举,不得志,遂刻意为歌诗文词,动以古人为法。间尝游金陵,南台监察御史赵承禧举才堪校官,浙东帅阃檄授庆元路慈溪县儒学教谕,能善于其职,人至今犹称之。〔……〕居二十年〔……〕奉母入越,授徒为养。〔……〕又徙居上虞五大夫里,调绍兴萧山县儒学教谕。江浙行省丞相察里公承制擢公为其县主簿。〔……〕公学益力,造诣益深,名声日蔚然以起,海昌马氏延公教其子。"《珊瑚木难》卷五,叶34b—35b。

④ 《居家必用事类全集》,《北京图书馆古籍珍本丛刊》第61册,第15页,书目文献出版社1988年版。同书亦收入"朱子读书法""欧阳文忠公读书法""朱子论作文""东坡论作文法""山谷论作文法""吕居仁论文法"等等。

程》也成为官私学校、书院、家塾中训课生徒时最为常用的指南;而类似的读书、作文法之书籍亦层出不穷。如明清之际陆世仪在其《思辨录》中以"十年诵读""十年讲贯""十年涉猎"为序安排读书之法,主张"学有渐次,书分缓急,则庶几学者可由此而程功"。康熙间唐彪《读书作文谱》分读书、作文两大部分详细介绍研治之法,也是继承《分年日程》的思路而来。① 清儒陆陇其推崇《分年日程》,尝刊刻之分赠亲友②,更在直隶灵寿知县任上将此书印付直隶学院生徒,要求诸生"依程氏分年读书日程,肆力于经史","几学有本原而真才可出"。③ 乾隆七年(1742),江西巡抚陈弘谋将《读书分年日程》收入其《养正遗规》之补编,刊行推广。④ 依托于读书法的流行,以作家为中心,以结构法度为主要内容,以批点圈抹为技术手段的古文工夫论,在一般士人的教育过程中获得了重要的地位。这一重因缘,对于宋元以降"唐宋八大家"文统的酝酿和形成,实有重要意义。"读书法"不但可与古文选本相互配合,更清楚地显示了选本所构筑的文章典范如何在实际的学习过程中开展推演,甚至还可以"改造"以文体、作法为次第的选本,更加强化以作家为主干的文章统系。宋元以来理学影响下的古文"工夫论",在明清时期持续流行,并经由日用类书、通俗手册等大众读物的编辑刊印,在一般士人中得到更广泛的传播,是为"八大家"经典谱系不断强化的内在动力。

小结:理学与词章

宋代理学兴起以后,"道"与"文"之间的紧张关系便成为中国文学史与思想史上的一个核心问题。表面上看,理学家强调道德修养、性理体认,对于词章一道,则以"作文害道"的态度贬抑之;然而在另一方面,词章本身在学术著作乃至日常交际中的表达功能,尤其是以试文为重心的科举取士制度,使得文章写作的学习与训练,岿然自立于士大夫的学问世界之中。理学与文章,本身自然是两相殊途的学问系统,在古人已有"道学""文苑"之明确区划,现代研究界往往也会用"理学家"与"古文家"的分判作为考察宋元明清

---

① 唐彪《读书作文谱》,《历代文话》第4册。
② 如陆陇其《三鱼堂文集》卷六《与曾叔祖蒿庵翁·又》、卷七《寄赵生鱼裳、旂公》《上房师赵耐孺先生》《答栢乡魏荔彤》等书信中都有推荐《读书分年日程》之语,《清代诗文集汇编》第117册,第402页、第419—421页。参见徐雁平《清代东南书院与学术及文学》第一章第三节对清代学者使用《读书分年日程》的研究,第353—382页。
③ 《三鱼堂外集》卷五《申直隶学院文·又》,《清代诗文集汇编》第117册,第570页。
④ 陈弘谋编《五种遗规》,《续修四库全书》第951册。

文学史的一个知识框架。① 本文希望补充的,则是这幅二分图景的另一面向——在古文经典的形塑之中,理学的观念与实践,事实上也与之密切纠缠。强调熟读精思和先后次序的读书法,本身有韩愈、欧阳修、黄庭坚等人作文工夫论的渊源,经过理学家的整理转化,成为一套涵盖经、史、性理、文章等不同部类知识的进学工程,不断强化了以"家数"为中心的古文工夫论,在"唐宋八大家"这一古文经典谱系的形成中厥功甚伟。在这一转化与交互渗透的过程中,尤以朱熹的影响至关重要。朱子一方面取用文章家之习学论述,另一方面以更精醇的理学思想系统将其整合重组;正是由于朱学在后世儒学与科举领域强大而持续的影响,他有关读书工夫的论述既经由《朱子语类》《性理大全》等理学书籍不断流行,又经过元代儒者如程端礼、陈绎曾等人将其"工程化"的实践,渗透到士人的教育传统之中。这个吸收、转化、超越、反馈的过程,正可见除了偏重"内容"的"文以载道",在更偏"形式"的文章法度和文学经典构成方面,理学与词章同样存在很深入的互动关系。梳理、探讨这种互动在观念和实践两个层面的历史脉络,并非要将文学的发展简单地视为思想或意识形态的附庸,而是希望还原文学承传、经典阅读的历史语境,探索"文学"如何成为更广义的学术文化、思想意识或者知识形态的有机组成部分;较为抽象、主观的审美意识,又是如何在具体的社会现实中渐次展开。正如包弼德在《斯文》中所言"哲学史并不总能代表思想文化史,也不能充分地描绘和阐明人们建立公共价值的方式"。② 因而在思想史的研究,重视文学之地位就显得十分必要。反过来,文学史的研究,也正有待于融通哲学思想、教育制度、社会文化等不同的领域,开展跨学科、多层面的考察,探讨文学观念如何与士人的生活实践相结合。由此,今人方可对古典中国的知识、思想与文学世界,对理学、经学、古文之学等不同学术部类的复杂交涉,获得更为亲切而深入的认知。

---

① 如郭绍虞《中国文学批评史》(商务印书馆1934年版);何寄澎《北宋的古文运动》([台北]幼狮1992年版)附论了宋代"古文家与理学家的交涉";马积高《宋明理学与文学》(湖南师范大学出版社1989年版)也以理学家、古文家对立的框架来探讨南宋、元代及明前期的文学史。

② Peter K. Bol, "*This Culture of Ours*": *Intellectual Transitions in T'ang and Sung China*, p.6, "To some extent from my conviction that the history of philosophy does not always represent the history of intellectual culture or adequately describe and account for the ways we establish shared values".参〔美〕包弼德著,刘宁译《斯文:唐宋思想的转型》,第7页,江苏人民出版社2001年版。

附录二　技法与考据：
《古文辞类纂》词章之学的两个面向

乾隆四十五年(1780)，姚鼐在致其弟子孔广森的书信中提及刚刚编成的《古文辞类纂》：

> 鼐纂录古人文字七十余卷，曰《古文辞类纂》，似于文章一事，有所发明。恨未有力即与刊刻，以遗学者。①

观书中"似于文章一事，有所发明"，不难想见姚鼐对此书的期许和自信。其所"发明"究系何事？相对前人又有何心得？在写给另一位弟子陈用光的信中，姚鼐又曾提到同时另一种选本："闻淞江姚春木选国朝文，然此不过如《唐粹》《宋鉴》之类，备一朝之人才典章，不可以为论文之极致。"②此处对姚椿《国朝文录》及《唐文粹》《宋文鉴》等评论，或许正暗示姚鼐心目中的理想选本，需要与保存文献的文章总集区别开来，发挥"论文"的目的。《唐文粹》《宋文鉴》等，虽然也用分体的方式编纂，但目的在于存文献，对文体的统合、分属、源流、体制至多是一种自然的呈现，而非有意反省、建构的结果。那么，《古文辞类纂》以何种方式自别于普通的古文选本，实现其"论文"的雄心？姚鼐所谓"文章一事"，具体如何构成？其"发明"又在何处？本文将结合选本的编辑心态与清中叶的学术思潮，尝试窥豹一斑。

一　文辞美恶与指示作法

论"文"之道，最直接的内容或许就是修辞技法。事实上，在古文选本之中，本有以"作法"编排的传统。南宋谢枋得的《文章轨范》可为较早的源头。按《文章轨范》标"放胆""小心"两大类选文，依据是"凡学文，初要胆大，终要

---

① 《惜抱先生尺牍》卷四，叶 1b，《海源阁丛书》本。
② 同上书卷七，叶 13b。此书作于嘉庆十八年癸酉(1813)。

心小,由粗入细,由俗入雅,由繁入简,由豪荡入纯粹"①之观念;其书于"放胆文"下又以"粗枝大叶之文"与"辩难攻击之文"分为"侯""王"两集,"小心文"下则以"将""相""有""种""乎"分为五集,其标准亦是不同的艺术风格及其创作方法,如"将"集是"议论精明而断制,文势圆活而婉曲"之文,"有"集是"谨严简洁之文","乎"集则是"可与《庄子》并驱争先"之文。以驭文之术为析类之法,《文章轨范》可谓启一先声矣。《文章轨范》一书,在明清两代屡经重刊②,《文渊阁书目》《世善堂藏书目录》《澹生堂藏书目》《千顷堂书目》《四库全书总目》等公私目录之中,多见记载,当是甚为流行之古文选本。③ 明代署名归有光的《文章指南》亦是用"作法"为分类依据,此书有仁、义、礼、智、信五集,按照作文之技巧分为"通用义理则""通用养气则""占地步则""造语苍劲则""譬喻则""引证则""正反翻应则""总提总收则""句法长短错综则""设为问答则""字少意多则""结束断制则"等,凡六十六则,一百一十八篇,每则选文大率以一二篇为限,范围以韩、柳、欧、苏为主,于《左传》《史记》亦选入数篇。④ 其分类的思路可谓承续《文章轨范》,然更为细密和系统化。至清初,钱谦益书架上八家之文,亦是自成机杼,以作法分类。⑤ 那么,姚鼐对按"作法"分类这一选本传统,态度又复如何?《惜抱轩尺牍》

---

① 谢枋得《文章轨范》卷一,叶1a,"中华再造善本"影印国家图书馆藏元刻本。
② 据《中国古籍善本书目》著录,明代刻本即有嘉靖十三年姜时和刻本《文章轨范》七卷,嘉靖四十年郭邦藩辑《文章轨范》七卷、《论学统宗》二卷合刻本,明末三畏堂映旭斋刻本《文章轨范》七卷,等等,《四库全书》所收之《文章正宗》,前有王守仁序,亦是据明代重刻本而来。另明人邹守益还辑有《续文章轨范百家评注》七卷。而清代部分,则有顺治十七年蒋时机刻本《石渠阁校刻庭训百家评注文章轨范》七卷,康熙三十三年戴许光刻本《文章轨范》七卷,康熙五十七年澹成堂刻本《文章轨范》七卷,等等,可见其流行程度。值得一提的是,国家图书馆收藏有一种元刻本《叠山先生批点文章轨范》七卷,《中国古籍善本书目》著录称"清钱谦益批点,清许运昌跋",今"中华再造善本"影印行世者,即此本也。取以复核,其书末许运昌跋尾称"康熙壬辰之秋,余客商丘馆舍。漫堂先生持此见赠,乃钱牧翁所阅善本也。苦雨凄风,孤灯丙夜,得与吾乡前辈相晤对,亦客情第一乐事也。是岁下元雪后二日后学许运昌记",据此则该书系钱谦益旧藏之本,经宋荦之手,又赠与许运昌。考运昌字三英,乃苏州泽人,康熙四十七年恩贡,以诗名于邑(见陈和志《震泽县志》卷十九、冯桂芬《苏州府志》卷六十六),跋称其受赠此书在"康熙壬辰"即康熙五十一年(1712),时下距宋荦去世仅有一年,而上距牧斋之卒已有四十八年矣。此本《文章轨范》卷首第一叶钤有阴文图章"钱谦益印",但取林申清《中国藏书家印鉴》所录牧斋诸印鉴比较,则皆与此印不尽相同,或有款式甚似而局部字形仍微别者。又考《绛云楼书目》所载,亦未见《文章轨范》之著录。今阅书中天头及行间所见朱笔批语,大多系移录茅坤《唐宋八大家文钞》之批语。因此,即使此本确经钱氏收藏,亦不可遽断书中批语乃牧斋所作。故今于此本经牧斋批点事,暂存疑问。
③ 见杨士奇《文渊阁书目》卷九;晁瑮《晁氏宝文堂书目》卷上"文集"类、卷中"子杂"类;陈第《世善堂藏书目录》卷下集类"诸家诗文名选";祁承㸁《澹生堂藏书目》集部"文编"类;黄虞稷《千顷堂书目》卷三十一总集类(补);范邦甸《天一阁书目》卷四之三;《四库全书总目》卷一百八十七。
④ 《文章指南》,《四库全书存目丛书》集部第315册。
⑤ 黄宗羲《思旧录》,《故宫珍本丛刊》第59册,第15—16页。参见本书附录一的讨论。

中,恰好有一封书信提及一本以"作法"为要义的著作:

> 寄来《文章体则》,此是一鄙陋时文家所为,其论之谬处便大谬,不谬处亦肤浅不着痛痒。必须超出此等见解者,便入内行。须知此如参禅,不能说破,安能以体则言哉!①

按此书作于嘉庆十年,乃答其门人陈用光者。所云《文章体则》,实际上就是汇集前述《文章指南》一书各则的说明而成。明清间有抄本流传,乾嘉之际又有刻本问世,时人或以此书能道"熙甫之所以为文",而"学熙甫为文者",必自此书始。② 然而,姚鼐于此书评价甚低,谓其肤浅谬误,并非出于震川,而是"一鄙陋时文家所为",可见他对此书倡论文章技法,并选择古文名篇,一一归类以配合各种不同的"体则",颇为不满。在姚鼐看来,文章法度技巧,须如"参禅","不能说破",《文章体则》为之斤斤指示,奉为圭臬,实在大谬不然。这里实际上牵涉到姚氏如何看待"古文之学"中文法、技巧等内容的问题,颇为微妙。

姚鼐显然并非不重视古文写作中修辞、审美的问题。他所谓"古文辞",前人或以为系"古文"与"辞赋"二名之并联,说恐不确。事实上,在姚鼐及其弟子的观念中,"古文辞"实当训为"古之文辞",本身便蕴含了对"词章""修辞"的重视。按"文辞"一语,姚鼐常好用之,检《惜抱轩文集》中,如《香岩诗稿序》云姚兴㮊"自少从余学为文辞"③,《复蒋松如书》谓程朱读古书"审求文辞往复之情"④;等等,皆其例也。姚氏弟子梅曾亮亦云"自少好观古人之文词"⑤,又其《赠汪写园序》言之最明:

> 无锡汪写园先生好古文词之学,自韩、欧数公外,于熙甫尤深好之。夫古之为文词者,未有不言事功者也。⑥

---

① 《惜抱轩尺牍》卷六,叶 7a。
② 毕沅《文则叙》,见《归震川先生论文章体则》附录,《历代文话》第 2 册,第 1741—1742 页。据毕沅云,"近世藏书家有钞本《文章体则》一编,相传出归有光熙甫氏",乾隆五十八年,其从子毕季瑜将此书付梓。又据书中所附邵齐熊跋语,震川七世孙归朝熙因"外间所行抄本",颇多讹乱,故"依家藏本厘而正之,附刻于全集之后",邵跋署"嘉庆元年丙辰"。毕刻与归刻,是一是二,俟再考。但可以确定的是,此书在乾嘉之际有刊本行世。
③ 《惜抱轩诗文集·文集》卷四,第 51 页。
④ 同上书卷六,第 95 页。
⑤ 《柏枧山房文集》卷二《上汪尚书书》,第 24 页。
⑥ 同上书卷三,第 61 页。

此处前云"古文词之学",后称"古之为文词者",正可谓"古文词(辞)"之确诂。姚鼐《复汪进士辉祖书》自称"仰慕古人之谊,而窃好其文辞",又谓"达其辞则道以明,昧于文则志以晦",重视文章形式对传道、明道的意义,正可见"古文辞"的"词章"指向。晚清刘师培《古文辞辨》讥其讹误云:

> 近世正名义湮,于古今各撰作,合记事、析理、抒情三体,咸目为古文辞,不知"辞"义训"讼"。《说文》辛部云:"辞,讼也〔……〕"〔……〕又司部云:"词,言内而意外也。〔……〕"是词章、词藻诸字皆作"词",不作"辞",古籍均然。
>
> 秦汉以降始误"词"为"辞"。〔……〕俗儒不察,遂创为"古文辞"之名,此则字义不明之咎也。①

从文字本义的角度批评"古文辞"之立名,其持论或不免过严。但刘师培的分辨,恰恰说明在他的理解中,"古文辞"乃是囊括各类古文的一个整体概念,其具体含义指向词章、词藻,也可以为桐城派"古文辞"之概念作一旁证。

这种对"词章"之美的关注,具体到选本中,主要是通过圈点、评语等形式呈现。《古文辞类纂》引用了不少前人评语,赏鉴所选文章之风格技法。如卷九于《战国策目录序》引吕祖谦评"此篇节奏从容和缓,且有条理,又藏锋不露"以及王慎中"何等谨严,而雍容敦博之气宛然"。② 两者表述不同,但指出了曾巩此文严谨有法度,而又不过于拘谨,呈现出宽缓气象的特点。这篇文章略可分作六个部分:(一)开篇简略交代此书来源、篇目等情况。(二)引用刘向之语,概括此书多谋诈的主旨,并指其乃"惑于流俗"。(三)正面论述孔孟明道、倡言仁义之理想。(四)反面对比"战国游士"言诈言战之流弊。(五)解释为何不禁毁此书,认为"君子之禁邪说也,固将明其说于天下"。(六)简略交代原书高诱注之存佚情况,结束全篇。文章结构层次分明,详略得当,盖所谓"谨严""有条理"也。首尾一、二、六三小段用笔简洁,中间三、四、五三大段展开详论,提出孔孟作为战国策士的对比,立说正大而意旨深厚,"雍容敦博之气",率由是而来。文章虽以批驳原书为宗旨,但立场并不极端,语言也并不激烈,第五段谓放邪说"岂必灭其籍",固是为《战国策》作

---

① 《左盦集》卷八,刘师培著,万仕国点校《仪征刘申叔遗书》第9册,第3962—3963页,广陵书社2014年版。
② 《古文辞类纂》卷九,《续修四库全书》第1609册,第377页。

序的"逻辑自洽",但同时也显示出其宽厚之处。文章句式方面,多用流畅的长句、对偶等,读起来节奏上舒缓而平稳,也配合了其观点立场,营造出"从容和缓"的节奏效果。坚定的儒家信念,通过严谨温厚的文字表达出来,大概就是所谓的"藏锋不露"。《古文辞类纂》除了在篇首引录前人评语之外,又在其正文中施有圈点,例如:

> 夫孔孟之时,去周之初已数百岁,其旧法已亡、旧俗已熄久矣。二子乃独明先王〔之道〕,以谓不可改者,岂将强天下之主以后世之不可为哉?亦将因其所遇之时、所遭之变而为当世之法,使不失乎先王之意而已!二帝三王之治,其变固殊,其法固异,而其为国家天下之意,本末先后,未尝不同也。二子之道,如是而已。盖法者所以适变也,不必尽同;道者所以立本也,不可不一;此理之不可易者也。故二子者守此,岂好为异论哉?能勿苟而已矣!可谓不惑乎流俗,而笃于自信者也。
>
> 战国之游士则不然。不知道之可信,而乐于说之易合,其设心注意,偷为一切之计而已。故论诈之便而讳其败,言战之善而蔽其患,其相率而为之者,莫不有利焉,而不胜其害也;有得焉,而不胜其失也。卒至苏秦、商鞅、孙膑、吴起、李斯之徒以亡其身,而诸侯及秦用之者亦灭其国。其为世之大祸明矣。而俗犹莫之寤也!惟先王之道,因时适变,为法不同,而考之无疵、用之无弊,故古之圣贤,未有以此而易彼也。①

《类纂》用空心圈画出"盖法者〔……〕此理之不可易者也"及"故论诈之便〔……〕而不胜其失也",用实心点画出"故二子者〔……〕笃于自信者也"一句。从本篇的批点看②,加圈者大抵是造语工整者,通过对仗排偶的形式,作意义上的对照,借畅以言其意;如法之"变"与道之"一"相对照,说明其殊途同归之处;通过战国策士鼓吹诈术、推动战争而隐瞒其祸患的叠加对比,又以"利害得失"提炼而重言之,可谓意深而气厚矣。加点者则是义理上较为

---

① 《古文辞类纂》卷九,《续修四库全书》第1609册,第377页。并参陈杏珍、晁继周点校《曾巩集》卷十一,第184页,中华书局1984年版。"二子乃独明先王之道"句,此本《古文辞类纂》脱去"之道"二字,据《曾巩集》补。

② 此本《古文辞类纂》中的圈点,或有单用圈者,或有单用点者,或有并用者。各篇中符号的用意似乎不尽相同,目前尚难归纳概括其通例。故此处仅就本篇的个例而言,不以为概言全书。关于《古文辞类纂》的圈点方法,汪祚民《〈古文辞类纂〉圈点系统初探》进行了统计分析和简要说明,载《桐城派与明清学术文化》,第524—540页,安徽大学出版社2008年版,可以参阅。

关键的断语,直陈孔孟之守道自信的立场,乃全篇之得力处。虽然只是简单的符号,但对读者阅读此文亦当不无帮助(参见图13)。

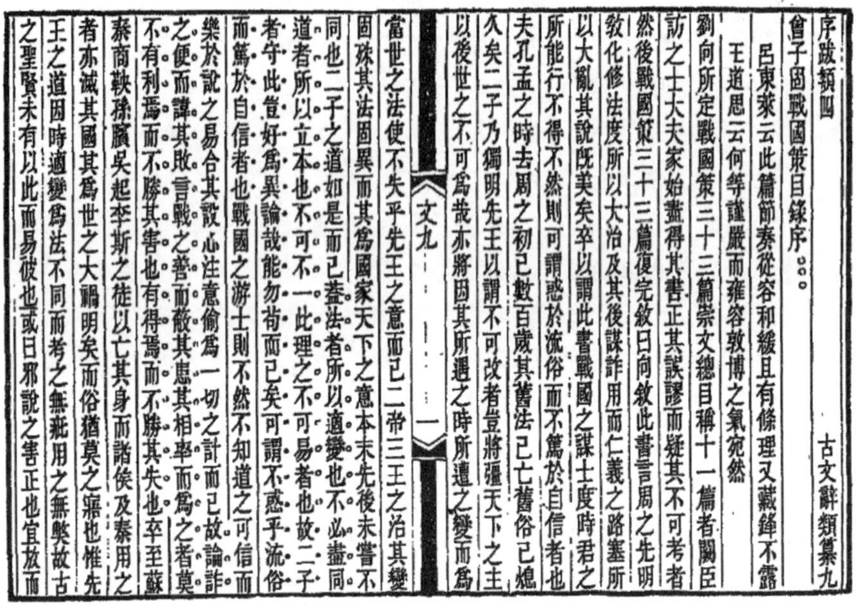
序跋類四　古文辭類纂九
曾子固戰國策目錄序
呂東萊云此篇節奏從容和緩且有條理又藏鋒不露
王道思云何等謹嚴而雍容敦博之氣宛然
劉向所定戰國策三十三篇崇文總目稱十一篇者闕臣訪之士大夫家始盡得其書正其誤謬而疑其不可考者然後戰國策三十三篇復完敘曰向敘此書言周之先明教化修法度所以大治及其後謀詐用而仁義之路塞所以大亂其說既美矣卒以謂此書戰國之謀士度時君之所能行不得不然則可謂惑於流俗而不篤於自信者也夫孔孟之時去周之初已數百歲其舊法已亡舊俗已熄久矣二子乃獨明先王以謂不可改者豈將彊天下之主以後世之不可爲哉亦將因其所遇之時所遭之變而爲當世之法使不失乎先王之意而已二帝三王之治其變固殊其法固異而其爲國家天下之意本末先後未嘗不同也二子之道如是而已蓋法者所以適變也不必盡同道者所以立本也不可不一此理之不可易者也故二子者守此豈好爲異論哉能勿苟而已矣可謂不惑乎流俗而篤於自信者也戰國之游士則不然不知道之可信而樂於說之易合其設心注意偷爲一切之計而已故論詐之便而諱其敗言戰之善而蔽其患其相率而爲之者莫不有利焉而不勝其害也有得焉而不勝其失也卒至蘇秦商鞅孫臏吳起李斯之徒以亡其身而諸侯及秦用之者亦滅其國其爲世之大禍明矣而俗猶莫之寤也惟先王之道因時適變爲法不同而考之無疵用之無弊故古之聖賢未有以此而易彼也或曰邪說之害正也宜放而
文九　一

图13　合河康氏家塾刻本《古文辞类纂》卷九《战国策目录序》所见圈点

《类篹》所录诸家评语,大多是围绕文章的写作用心和形式特点,探讨了多个方面的丰富内容,包括章法结构、语言风格、文体特征等等。如卷二《封建论》引真德秀云"间架宏阔,辩论雄俊,真可为作文之法"①,称赞柳文之法度。卷八《释秘演诗集序》引茅坤云"多慷慨呜咽之音,命意最旷而逸,得司马子长之神髓矣"②,包含了审美风格之品鉴和文学渊源的追溯。卷四十五《石曼卿墓表》引方苞云"章法极变化,语亦不蔓"③,从篇章、语句两个方面加以赏析。卷二《讳辩》引刘大櫆"结处反复辩难,曲盘瘦硬,已开半山门户"更是从细部批评延伸到文学史上的影响关系④。至于卷八《集古录自序》引姚范之说,谓此文"前幅近于瑰放苍莽",又称"公笔力有近弱处,故于所当驰骤回斡处,终未快意"⑤,则是既有对文辞之美的分析,也有对其不足的批评。统而观之,这些评语所涉前贤,由南宋的吕祖谦、真德秀,到明代茅坤、王慎中,再到清代的方苞、刘大櫆、姚范,正可见一个古文家递相承续的文章批评

① 《古文辞类纂》卷二,《续修四库全书》第1609册,第331页。
② 同上书卷八,第376页。
③ 同上书卷四十五,第607页。
④ 同上书卷二,第326—327页。
⑤ 同上书卷八,第374页。

传统。而姚鼐自己的评语,也不乏这方面的内容。如《类纂》于韩愈《争臣论》篇首有姚鼐按语"此文风格盖出于《左》《国》"①,乃是为韩文"沿波讨源"。又如班固《诸侯王表序》,题下姚鼐评云:

> 太史公年表序,托意高妙,笔势雄远,有包举天下之概。孟坚此文,多因太史公语,议论尤密,而文体则已入卑近。范蔚宗以下史家率模仿之。②

一方面以"雄远""卑近"分别品评马、班之文笔,另一方面也勾勒了文章发展的历史脉络,既指出班文在内容上对前代的继承,又点出其文体对后代作家的影响。所谓"已入卑近",或是就其多用四字句而言。又凡此种种,皆可佐证姚鼐并不反对从写作手法的角度分析古文,并且颇注意吸收前代文家的评点传统。

二 圈点存废与著作之体

除了评语之外,《类纂》还有圈批点识之法,前述诸例,已可见之。概括而言,今所见康绍镛刻本《古文辞类纂》中,有于文题下加圈者,亦有于行间施加圈、点者。"圈点"与"批评",都是《古文关键》《文章正宗》《文章轨范》一路下来的文章学传统,盖宋元以降古文家相承讲论字法、句法、篇法之手段也。③ 黄梨洲《南雷文定序例》云:

> 文章行世,从来有批评而无圈点。自《正宗》《轨范》肇其端,相沿以至荆川《文编》、鹿门《大家》,一篇之中,其精神筋骨所在,点出以便读者,非以为优劣也。④

降及清初,圈点之法在古文选本乃至诗文别集中都颇盛行,《古文观止》《古文析义》《才子古文》等等莫不皆然。⑤ 有趣的是,"圈点"是否应保留,却

---

① 《古文辞类纂》卷二,《续修四库全书》第1609册,第329页。
② 同上书卷六,第366页。
③ 参吴承学《现存评点第一书——论〈古文关键〉的编选、评点及其影响》,《文学遗产》2003年第4期。
④ 《南雷文定·凡例》,见《黄梨洲文集》附录,第532页。
⑤ 又如唐彪《读书作文谱》卷二记载有《书文标记圈点评注法》,介绍各种圈点符号的使用,见《历代文话》第4册,第3418—3419页。

恰恰成为《古文辞类纂》两大版本系统的一个重要分歧。嘉庆二十五年，康绍镛在广东首次刊刻的《古文辞类纂》，即有圈点评校；而到了道光五年，吴启昌在江宁重刊此书，则将圈点悉数删去。据吴本序言云：

> 桐城姚惜抱先生撰有《古文辞类纂》七十五卷。先生晚年，启昌任为刊刻，请其本而录藏焉。未几，先生捐馆舍，启昌亦以家事，卒卒未及为也。后数年，兴县康抚军刻诸粤东，其本逐流布海内。启昌得之，以校所录藏，其间乃不能无稍异。盖先生于是书应时更定，没而后已，康公所见犹是十余年前之本，故不同也。〔……〕启昌于先生既不敢负已诺，又重惜康公用意之勤而所见未备，遂捐金数百，取乡所录藏本，与同门管异之同、梅伯言曾亮、刘殊庭钦同事雠校，阅二年而书成。是本也，旧无方、刘之作，而别本有之，今依别本仍刻入者，先生命也；本旧有批抹圈点，近乎时艺，康公本已刻入，今悉去之，亦先生命也。①

此序详述吴本校刻之缘由，盖吴氏抄录有姚鼐晚年编订之《类纂》，当时即有为之刊刻的打算，故有"于先生""不敢负已诺"云云。由于康绍镛所据的李兆洛藏本，系"十余年前之本"，与吴启昌录藏本多有异同，吴氏乃与同为姚门弟子的管同、梅曾亮、刘钦等共同编校以成此书。序文中最可注意者，乃是吴启昌录藏本"旧有批抹圈点"，换言之，我们可以进一步推言，这些"批抹圈点"乃姚鼐原本之旧，然而吴刻本却因为圈点之体"近乎时文"而决定全部删去，并特意申明此乃"先生命也"。据启昌所言，则删去圈点，乃是姚鼐之意。不过，另一位姚门弟子方东树却对删去圈点之议深以为不然：

> 姚姬传先生之类纂古文辞也，原本有圈识评抹，后来亡友吴佑之重镌板本，误信人言而尽去之，吾苦争之而不得，可惜也！今此本刊传，大雅则诚大雅矣，试令后来学人读之，能一一识其文中之秘妙哉？此关学问文章一大义，吾故不得不明以箸之。②

由此，则尽去圈点，又是吴启昌"误信人言"的结果了，方东树为之"苦

---

① 《吴刻古文辞类纂序》，《四部备要》本《古文辞类纂》（据滁州李氏求要堂校本校刊），附录第 6 页，(台北)中华书局 1981 年版。此序实乃管同代吴启昌所作，《因寄轩文集》二集卷二收之，题为"重刻古文辞类纂序(代)"，文字有小异，如"七十五卷"，管本作"七十四卷"；所列校勘者姓名，管本无刘钦。殆《因寄轩文集》所收序文为较早的版本，吴刻《类纂》时又有所调整改动。
② 《考槃集文录》卷五《书归震川史记圈点评例后》，《清代诗文集汇编》第 507 册，第 216 页。

争"而不得,深以为可惜。刊本《类纂》是否应该保留点识,姚门弟子各执一词,除了自己的立场,也牵涉到各对师说的不同理解。在方仪卫看来,圈点存废,正关乎学人能否识得"文中之秘妙",因此"不得不明以箸之",而与他持论相同的,还有认为《古文辞类纂》"启发后人,全在圈点"的吴德旋。① 而另一方面,与启昌一起校刊《类纂》的,还有管同、梅曾亮两人,吴刻本序言,即由管同代作;观管氏《因寄轩集》中,又有《题康刻古文辞类纂》一文,谓康本"款式批点多校书者以意为之","不尽出先师手",而自言"予见稿本,知如是"②,是以康本之批点更有窜乱,非姚鼐之本意。管同、吴启昌虽然都承认《类纂》本有姚鼐批点,却又因其"近乎时文"而删之,不论其所谓"先生之命"是否真实存在,背后的观念依据应当还是以为"批抹圈点"沾染"时文"习气,算不得纯正的"古文之学"。

事实上,讥刺"圈点"之时俗气,也是同时代学者批评古文家的一大问题。章实斋尝记其于友人案间见一"《史记》录本","五色圈点,各为段落","反复审之",大惑不解,原来这正是归有光的圈点本:

> 其书云出前明归震川氏,五色标识,各为义例,不相混乱。若者为全篇结构,若者为逐段精彩,若者为意度波澜,若者为精神气魄,以例分类,便于拳服揣摩,号为古文秘传,前辈言古文者,所为珍重授受而不轻以示人者也。③

实斋于此圈点,以为"文章一道,初不由此",并谓"今观诸君所传五色订本,然后知归氏之所以不能至古人者,正坐此也"。④ 这与方东树以圈点能于语言文字之外,"得古人已亡不传之心"⑤,正相水火。管、吴去除《类纂》之圈点,方仪卫又起而为圈点辩护,都未必是针对实斋而发;但实斋之论,却颇可以代表当时学者批评古文家的一种意见,管、吴大概也受此种时论之影响,故东树称其"误信人言"。不过,最为关键的,或许还当是姚鼐本人的意见如何。

夷考其实,姚鼐一方面以批点之法传授古文,另一方面也不以此为究竟

---

① 《初月楼古文绪论》,《历代文话》第5册,第5039页。
② 《因寄轩文二集》卷二,《清代诗文集汇编》第532册,第338页。
③ 《文史通义》内篇二《文理》,《章学诚遗书》,第17页。
④ 同上。
⑤ 《考槃集文录》卷五《书归震川史记圈点评例后》,《清代诗文集汇编》第507册,第216页。方氏又云:"近世有肤学颟固僻士,自诩名流,矜其大雅,谓圈点抹识批评沿于时文伧气,丑而非之,凡刻书以不加圈点评识为大雅。无眼愚人,不得正见,不能甄别,闻此高论,奉为仙都宝诰。于是有讥真西山、茅顺甫、艾千子为陋者矣,有讥何义门为批尾家学者矣。试思圈点、抹识、批评,亦顾其是非得真与否耳,岂可并其解意表、能得古人已亡不传之妙者而去之哉?"

地。其乾隆五十五年致陈用光书云：

> 文家之事，大似禅悟，观人评论圈点，皆是借径，一旦豁然有得，呵佛骂祖，无不可也。此中自有真实境地，必不疑于狂肆，妄言未证为证者也。①

是知姬传于"评论圈点"，乃目为"借径"也。这与他批评《文章体则》时的说法颇为相似，皆以"参禅"为譬喻，指出古文一道中，有不可明白道出之微意焉，评论圈点，是可以为其筌蹄，故又以"借径"称之，但要真正得到此中真意，还必须自家体贴，不可谓"借径"所限。不过，既云借径，似也未尝不能"有益初学"，在这个意义上，是否可以将其刊行示人呢？在目前所见的文献材料中，并未发现姚鼐本人对《古文辞类纂》圈点刊刻问题的直接表态，不过，检其尺牍，却有数语，可资参考。其嘉庆十六年（1811）致陈用光一书，提及《庄子章义》的刊刻问题：

> 《庄子章义》如钞来本，却不妥帖。盖鼐本是随意记于书上，未为著书计〔……〕其圈点必不可入刻，刻是时文陋体也。②

盖姚鼐平日读《庄子》，有所得辄记于页间，同时亦施以圈点；陈用光意欲整理成书，并其圈点亦刻之，姚鼐遂书告以不可。其理由正是以其为"时文陋体"。同年又有一书云：

> 鲁君将刻本《庄子》送来，其款式及书内去取，皆不洽人意，然已成，不可改矣。大抵刻古书，必不可有圈点。③

是知陈刻《庄子章义》，仍有圈点，不合姚鼐之本意也。问题的症结，不在圈点是否有用，而恰恰是这种评论古文的"技术手段"能否出版行世。由此观之，吴刻《类纂》删去圈点，未必事出无因。方东树讥讽"刻书以不加圈点评识为大雅"之人为"肤学颟顸固僻士"，但姚鼐本人恰恰正有此种观点。事实上，刊刻与否并不仅仅关乎书籍款式，背后还牵涉学术著作的体例。姚鼐平生论学，并不讳时文，至此却峻语非之，正见其心目中的"古书""古文之学"，自有体例，不容窜乱。姚鼐又尝论抄撮之书云：

---

① 《惜抱先生尺牍》卷五，叶 8b—9a。
② 同上书卷七，叶 4b—5a。
③ 同上书，叶 9a。

凡书,少时未读,中年阅之,便恐难记,必须随手钞纂。退之"记事提要""纂言钩元",固古今为学之定法也,但此等只为求记之方,一人所为,于他人无用,后人往往刊行,等于著述,乃是谬也。①

姚氏认为为求记忆而抄纂,乃是"一人所为",意义在于抄记之过程,抄成之文字,便是既陈之刍狗,不可以为"著述"而刊行。这里所论,是提要、抄纂一类,并非就圈点而言;圈点涉及对文章精妙的理解,或许与简单的抄纂排比还有所不同。但其共通之处,在于"著述"有其体例,抄纂、圈点都有实践之价值,但却不能作为著述公诸于世。姚氏若有尽去《类纂》圈点之命,其中原因,或即在以其非著述之体乎?

三 入室操戈:古文评语中的经史考据

著述体例背后,关联的正是对"学问"的理解。事实上,"圈点"之存废之所以成问题,正折射出姚鼐在建构其"词章之学"时所面临的困难。一方面,在书院讲古文、评时文,圈点批评一类手段都正是其擅场,于教学方便计,亦未可辄去;另一方面,姚氏在考据的压力下意图建立"词章之学"以响应之,又不得不考虑文章法度这一系传统之中哪些成分才适合成为"学问",特别是面对"时文"之"俗学","古文之学"要如何与之区别开来。

从"舍"的一面看,姚氏警惕涉于"时文"之习的圈点和对作文技巧的过度强调;而从"取"的一面看,他从不同的侧面整合、阐发"词章"内部的知识传统,以塑造其自有气象的"古文之学"。《古文辞类纂》所见惜抱之批语,除了对文章审美方面的批评,也有不少涉及文本真伪、历史史实方面的考索。姚氏大抵颇欲在"经史考据"之领域小试牛刀,以此方式介入乾嘉时期声势正隆的"汉学"。② 事实上,姚鼐在经学、史学方面的研究,其大端自是见之于

---

① 《惜抱先生尺牍》卷四《与刘明东》,叶19b。按"钩元"乃避讳使然,今仍其旧。
② 关于乾嘉时代"经史考据"与"文史校雠"两种学术理想与学术形态,参余英时《论戴震与章学诚:清代中期学术思想史研究(增订本)》内篇之八。关于姚鼐在义理、考据、词章之间的游走,王达敏《姚鼐与乾嘉学派》主要从生平分期的角度,给出历史的解释,指出姚氏轻重权衡的转变;另一方面,胡志德(Theodore Huters)"From Writing to Literature: The Development of Late Qing Theories of Prose"则从立说策略的角度,认为姚鼐之言考据,乃是因喜好调和而导致的保守倾向(conservatism in expressing discordant opinions),故表面上仍要跻身于当时主流的知识话语(placing himself in the mainstream of contemporary intellectual discourse)。两种解释方式揭示了某种层面的真相。但需要注意的是,即使在晚年转向词章之后,姚鼐仍然在《古文辞类纂》中保留了许多经史考据的成分;同时他言考据,固然是主流压力下的选择,但也并非完全随波逐流,其考据工作也有自己的特色,这正是本文希望探讨的议题。

《惜抱轩九经说》《惜抱轩笔记》以及其文集中的一些单篇考辨文字①;而本文希望探讨的,则是在经史考据如何进入古文选本的评语之中。《古文辞类纂》卷一于《过秦论》"叩关而攻秦"一句下注云"《汉书》作'仰关',《史记》作'叩'",并有姚鼐的按语:

> 鼐按:对下"开关",字作"叩"为当。师古乃讥作"叩"字是流俗本,非也。②

此是先比勘不同的版本,次分析上下文意,择善而从。又同篇"及至秦王"一句下注云"篇中'秦王'字,《史记》本如此,《汉书》俱作'始皇'。鼐按:《陈政事疏》亦称始皇为秦王,似谊恶暴秦,不称其谥",则又是由文字校勘而讨论作者之用意。又如在《送幽州李端公序》一篇"司徒公红帓首靴裤握刀在左右杂佩"句下,有注讨论其句读、衍文的问题,反对朱熹《韩文考异》以"在"为衍文而读为"司徒公红帓首、靴裤、握刀、左右杂佩"的意见,认为"真为手持刀而见,无是理也",应读作"司徒公红帓首、靴裤、握刀在左,右杂佩",并引《送郑尚书序》"左握刀,右属弓矢"为旁证。③ 又如《类纂》于王安石《广西转运使苏君墓志铭》注中讨论"起家"一词的用法:

> 方侍郎云:起家,自家起而尊用也,自荆公误用,而明代人遂有云"以《尚书》起家""以《毛诗》起家"者。
> 鼐按:在家曰居,出仕曰起,非必尊用也。曰"起家三十二年",犹言仕三十二年尔。义自可通,不可以明人之误,而追贬荆公也。④

按"起家"一词,本汉人常用语,如《史记·外戚世家》云"卫氏枝属以军功起家,五人为侯";《袁盎晁错列传》称邓公"起家为九卿";《魏其武安侯列传》叙田蚡为相,"荐人或起家至二千石";殆谓被任用为官或封爵也。《汉

---

① 朱玄《姚惜抱学记》(台湾学生书局1974年版)第四章《惜抱之学术》分朴学(经学、子学、地理)、古文、诗与艺术(古体诗、今体诗、书法)整理撮述了姚鼐著作中的论学资料。其"朴学"部分主要取材于《惜抱轩文集》和《惜抱轩笔记》。王达敏《姚鼐与乾嘉学派》第一章《从辞章到考据》研究了姚鼐早年在考据学方面的实践,并指出其背后是戴震的影响。
② 《古文辞类纂》卷一,《续修四库全书》第1609册,第321页。
③ 同上书卷三十一,第542页。此文《文章正宗》、茅坤《唐宋八大家文钞》以及《文章辨体》皆无"在"字,是认同朱熹之说也。真德秀亦有小注说明其衍文问题,见《文章正宗》卷十五。
④ 《古文辞类纂》卷四十九《广西转运使苏君墓志铭》"君以进士起家三十二年"句下小注,《续修四库全书》第1609册,第634页。

书》中用"起家"一词之用例,又多有获罪或去职后重新被任用的情况。如《王贡两龚鲍传》提到王吉受昌邑王牵连获罪,"髡为城旦",后来"起家复为益州刺史";《薛宣朱博传》记朱博曾仕为后将军,因被弹劾与红阳侯结党而"坐免","后岁余,哀帝继位,以博名臣,召见,起家复为光禄大夫"。明清以后,习用"起家"一词表示科场中举,如于五经科考《尚书》《诗经》而得中者,会被称为"以《尚书》起家""以《毛诗》起家",词义大抵偏重于指其由白身而"发达",严格说来并不符合其原始本义——盖科举中式者,也不一定实授官职。揆方苞之意,当是认为王安石《广西转运使苏君墓志铭》中所谓"君以进士起家三十二年"已经开启了明代以后的这种含义,故将其列为致误之始。而姚鼐则为王安石辩护,指出王文中的"起家"完全可以按照本义理解为"出仕",是则不误。① 方、姚所论,一方面固然涉及对王安石原文中语词的理解问题,但另一方面实则又"溢出"了对王文的解释,进而考察一个语词含义的古今演变历程及其原因。又如欧阳修《有美堂记》云"天子宠之以诗,于是始作有美之堂,盖取赐诗之首章而名之",姚鼐在夹注中讨论了诗歌"首句得称首章"之用法:

> 鼐按:宋仁庙赐梅挚守杭州诗止一首,云"地有吴山美,东南第一州"。欧公云"赐诗首章"者,《左传》以"耆定尔功"为《武》之卒章,则首句得称首章。②

一般情况下,一组诗中的一首,称为一"章"。按照这种理解,欧阳修这里所言"诗之首章"就有些费解。疏通此疑,或有多种可能的假设,例如谓原诗可能有数首(数章),梅挚取首章中之语句命名,等等。姚鼐的选择,则是另辟蹊径,从《左传·宣公十二年》"又作《武》,其卒章曰:'耆定尔功'"获得灵感,认为欧文此处的"首章"应作"首句"解。文义推敲的细微之处,或有见仁见智的空间,但姚鼐这种解释角度,无疑非常巧妙的"灵光一闪"。

如果说上述对版本异文、文辞用法的讨论,或许还可以算是"词章家"之

---

① 后来桐城方绩(方东树之父)对此问题有进一步的讨论,举出王安石《金溪吴君墓志铭》铭文中"以儒起家世冕黻"之句,认为"此误实始荆公","可信望溪之言不谬也"。见方东树《考槃集文录》卷十《文林郎山西阳城县知县前户部主事徐君墓志铭》后识语,《清代诗文集汇编》第507册,第289—290页。按《金溪吴君墓志铭》前叙吴蕃"四以进士试于有司,而卒困于无所就",可知其已成进士而未获授官。准此铭文中"以儒起家"之说便是与明以后类似的误用了。(见《王安石文集》卷九十八,第1692—1693页)方东树在《徐君墓志铭》中云"君少从受学,固已超出侪辈,及成进士,起家为京、外官宜以文学名"。可见是认同方苞之说,有意不用"起家为进士"的表述。

② 《古文辞类纂》卷五十四,《续修四库全书》第1609册,第654页。

"本分"。① 除此之外,姚鼐的按语还有讨论经义者,如针对《十二诸侯年表序》中"呜呼!师挚见之矣!纣为象箸而箕子唏;周道缺,诗人本之衽席,《关雎》作"一句,小注云:

> 《后汉·明帝纪》"应门失守,关雎刺世"。章怀引薛君《韩诗章句》云:"今时大人内倾于色,贤人见其萌,故咏《关雎》。"鼐按:太史公意盖以《关雎》即为师挚作,与孔、郑说《论语》挚为鲁哀时人异义,不知亦是韩诗说否。②

这里由司马迁文中的词句延伸开去,涉及两个经学解释上的问题。一是《关雎》之篇旨,《毛诗》以为"后妃之德也",而史迁此谓"周道缺",其义显然不同。姚鼐根据章怀太子李贤注《后汉书》引《韩诗章句》有《关雎》刺上的解释,推测司马迁此说或本韩诗。二是《关雎》的作者,根据姚鼐的理解,《十二诸侯年表》"师挚见之矣"与"诗人本之衽席,《关雎》作"前后相承,暗示师挚是《关雎》的作者。而《论语·泰伯》"师挚之始,《关雎》之乱,洋洋乎盈耳哉",郑玄注"师挚,鲁大师之名";《论语·微子》"大师挚适齐,亚饭干适楚",孔安国注"鲁哀公时,礼毁乐崩,乐人皆去",是师挚为鲁哀公时代的乐官,不当为《关雎》的作者,姚鼐承接上面的推测,亦怀疑此是韩诗旧说。姚氏这些说法,在经学解释上未必可靠③,但却可以由此看到《古文辞类纂》在词章技法之外,也将经学方面的兴趣,引入了古文选本之中。在对刘向《条灾异封事》一文的讨论中,也涉及小学与经学阐释方法的问题。《类纂》在此文题下着一按语云:

> 鼐按:《尔雅》"䵣没,勉也",郭注"犹黾勉"。此奏内"密勿从事",颜师古注同郭说。盖所引者或齐鲁韩诗,而解之者以毛诗也。世遂读

---

① 姚鼐在其诗歌评点之中,亦会利用考据手法。孙琴安《中国评点文学史》对此有讨论,认为姚鼐的评点"往往与考据结合在一起,形成了一种考与评相结合的特殊的评点形式"。孙氏所言,主要是姚鼐在评诗时对历史背景、典章制度的考察。见是书第六章第八节《桐城派的崛起》,上海社会科学院出版社1999年版。
② 《古文辞类纂》卷六,《续修四库全书》第1609册,第362页。
③ 如云"太史公意盖以《关雎》即为师挚作",似武断,由《史记》原文并不能推出此说。又以司马迁用韩诗,也与清代专治三家诗之学者意见不同,陈寿祺《鲁诗遗说考》、王先谦《诗三家义集疏》皆以司马迁用鲁诗。姚范《援鹑堂笔记》卷十六:"《关雎》之乱,以为风始;正义引'乱,理也'。然正义据毛诗解之,非也。太史公正同鲁诗也,故曰'幽厉之阙,始于衽席',而《十二诸侯年表》云'周道缺,诗人本之衽席,《关雎》作',皆非毛义。康成《论语解》,即张守节所本。"《续修四库全书》第1148册,第557页,当为姚鼐渊源所自。

"密勿"为"黾勉",则非是。《尔雅音义》:"蠠本或作㯹。"《说文》曰:"㯹,古蜜字。"《礼记》"恤勿之",勿读没,亦勉义。又"勿勿诸其欲其飨之也"。郑注"勿勿犹勉勉"。然则此"密勿",当依《尔雅》读"蜜没"。①

《条灾异封事》中屡屡引诗陈义,"密勿从事"一句乃是引《小雅·十月之交》:

下至幽、厉之际,朝廷不和,转相非怨,〔……〕君子独处守正,不桡众枉,勉强以从王事则反见憎毒谗诉,故其《诗》曰:"密勿从事,不敢告劳,无罪无辜,谗口嗸嗸!"②

"密勿从事"一句,毛诗作"黾勉从事,不敢告劳"。③《汉书》颜师古注云:"此《小雅·十月之交》篇刺幽王之诗也。密勿,犹黾勉从事也。"④因此姚鼐认为刘向在此是引三家诗,而颜注对勘毛诗之异文以解释之;他同意"密勿"义同"黾勉",但强调两者读音不同,"密勿"当与《尔雅》所载之"蠠没"同音。按"密""勿"古音分属质部、物部;"黾勉"则分属真部、元部;两个词读音不同⑤。读"密勿"音为"黾勉",臧琳《经义杂记》有是论也⑥,或即姚鼐所批评的"世人"之一。

事实上,对"密勿"和"黾勉"关系的讨论,在乾嘉时代较为普遍,学界关心的议题主要有二:一是《诗经》家法的问题,如王引之《经义述闻》卷七《刘向述韩诗》即以此为例;二是音韵训诂的问题,段玉裁、桂馥、朱骏声在治《说

---

① 《古文辞类纂》卷十四,《续修四库全书》第1609册,第418页。
② 同上。并参《汉书》卷三十六,第1934—1935页。
③ 《十三经注疏·毛诗正义》卷十二,第959页。
④ 《汉书》卷三十六,第1935页。
⑤ 对此问题的详细分析,参见严承钧《重言与同义联绵字"音转字变"示例——释"勿勿、密勿、蠠没""勉勉、闵勉、黾勉"》,《湖北大学学报》1987年第2期。并参陈新雄《古音研究》第二章《古韵研究》对"没谆对转"的讨论,第441—442页,(台北)五南图书出版公司1999年版。
⑥ 训诂学术语,通常情况下"读若""读如"表示注音,"读为""读曰"表示假借字、同源词等关系(参段玉裁《周礼汉读考序》《经韵楼集》卷二,第24—25页)。在这种定义之下,密勿"读为"黾勉,并无不妥。但推敲上引姚鼐注文,他所讨论的,应该是注音的问题。臧琳《经义杂记》卷二十五《千字文》云:"童子以此发蒙,村师鲜能通者。如'辰宿列张',宿读若肃,故《释名·释天》云:'宿,宿也,星各止宿其处也',而世多读若秀。又如'俊乂密勿',密勿当读为黾勉,《毛诗·谷风》'黾勉同心',《文选》注引韩诗作'密勿同心',云'密勿,僶俛也',《十月之交》'黾勉从事',《汉书·刘向传》作'密勿从事',师古曰'密勿犹黾勉';《蔡中郎集》'昼夜密勿',《文选·傅季友为宋公求加赠刘前军表》'密勿军国',凡此皆读为黾勉之证,乃多作如字读,误也。"(《续修四库全书》第172册,第235页)从上下文看,臧琳大抵未细究音义之异同,亦将"密勿"读如"黾勉"之音。

文》之时亦皆有论及。① 理论分析较简明者,当推钱大昕《廿二史考异》:

  "密勿"即"黾勉"声之转也。古读勿如没;《尔雅》"蠠没,勉也",亦"密勿"之异文。②

  钱氏所谓"声之转",盖以二者古音相近而不同;"异文"则谓其音义皆同。姚鼐之论与之相合。"读勿如没"亦是钱大昕推出"古无轻唇音"的例证之一。③《廿二史考异》成于乾隆四十五年④,姚鼐或可见之,其论述角度与钱大昕不尽相同,正可见姚氏有意介入当时汉学圈流行的音韵训诂、经学师承等研究课题,并将其作为"文章之学"的一个有机组成部分。⑤ 后嘉、道间马瑞辰《毛诗传笺通释》博引《尔雅》等书说明"黾勉、密勿、蠠没、闵免,并字异而音义同也";陈寿祺、陈乔枞《鲁诗遗说考》《韩诗遗说考》整理三家诗对这一词语的不同记录方式⑥,皆后出而趋详转精,然其大端则姚鼐亦已发之。更可注意的是,就古文选本的一般体例而言,对具体字词的训诂解说率当注于字下,篇首篇尾的评语大多是针对全篇的意旨或艺术风格而言。《古文辞类纂》这一条按语并非随文标注在"密勿"一词之下,而是特别著之篇首,可见他对此"心得"的特别重视。

  此外,姚鼐的注释按语中亦不乏对历史年代、地理沿革、著作真伪的"史学"考据。例如书说类《鲁仲连遗燕将书》题下之小注,就是对其写作时间的考辨⑦,杂记类《游儵亭记》题下小注,则就文中"景祐五年"的说法作出解释:

  鼐按:景祐止四年,次年即宝元元年。是年仁宗以十月祀天地于圜

---

 ① 段玉裁《说文解字注》卷十"偭"条、卷十三"勉"条,桂馥《说文解字义证》卷二十九"勿"条、卷四十三"蠠"条,朱骏声《说文通训定声》豫部第九"莫"条、履部第十二"勿"条及"密"条、乾部第十四"偭"条、屯部第十五"勉"条、鼎部第十七"蠠"条、壮部第十八"黾"条等。
 ② 《廿二史考异》卷八(汉书三·刘向传),《嘉定钱大昕全集(增订本)》第2册,第165页。
 ③ 《十驾斋养新录》卷五《古无轻唇音》"古音勿如没";《嘉定钱大昕全集(增订本)》第7册,第156页。
 ④ 《廿二史考异》卷首钱大昕自序,《嘉定钱大昕全集(增订本)》第2册,第4页。
 ⑤ 姚范《援鹑堂笔记》卷四十七也提及"密勿"的问题,认为"密勿〔……〕即黾勉也"(《续修四库全书》第1149册,第142页),然较姚鼐所论为简。
 ⑥ 《毛诗传笺通释》卷四,《续修四库全书》第68册,第393页。马瑞辰自序署道光十五年,同书第333页。《三家诗遗说考·鲁诗遗说考》卷一之二、卷四之一、卷五之三,《续修四库全书》第76册,第84页、第205页、第281页;《三家诗遗说考·韩诗遗说考》卷一之二,同书第536页。陈寿祺自序署嘉庆二十四年,同书第42页。
 ⑦ 《古文辞类纂》卷二十六,《续修四库全书》第1609册,第505页。

丘,故改元也,作文在四月,故尚称"景祐五年"尔。①

而地理知识的补充,则如书说类《苏季子说燕文侯》"南有碣石雁门之饶",姚注"碣石在燕东,海中之货自此入河;雁门在西北,沙漠之货自此入路;皆达于燕南,故有其饶也"②;而箴铭类扬雄的《州箴》,更附有六百余字的批语,考述汉代郡县沿革之发展;姚鼐不但要以其考述作为《州箴》的背景资料,更指出汉成帝、平帝年间的一些地理沿革情况,史书言之不详,"独赖子云是箴而知之尔"③,故"词章"与"史学",正可相资为用矣。这些考经证史的批语,从内容上看其实都可以视为学术札记,倘若单独抽出,置乎姚鼐《惜抱轩笔记》之中,亦毫不违和。个别考辨之说,甚至重见于《惜抱轩笔记》与《古文辞类纂》两书。如张衡《二京赋》"是时称警跸已,下辇于东厢",《类纂》根据礼仪制度校勘其文,认为辇出东厢乃是谒陵之礼;朝会之礼中辇当出于东房,因此"此厢字必房字之误";在《惜抱轩笔记》讨论《文选》的部分,也有一条类似的札记。④ 同在《二京赋》,"乃新崇德,遂作德阳"一句,姚鼐不满《文选》薛综注"崇德在东,德阳在西,相去五十步"的说法,认为"殆是误也";在《古文辞类纂》小注中提出新解:

  崇德殿在南宫,见《蔡邕传》,在光武时本有,故曰"新";德阳殿在北宫,见《灵纪》,明帝始立,故曰"作"。南北宫相距三里,薛综注乃云崇德宫在东、德阳宫在西,相去五十步,殆是误也。

姚注首先根据《后汉书》及其注文的记载⑤,考证了崇德殿、德阳殿在汉宫中的位置及修建时间,接下来从文章用词的角度分析"新""作"二字之意旨,又根据其位置推论两殿距离,反驳薛注,论述圆足自洽。同样的论述又见

---

① 《古文辞类纂》卷五十四,《续修四库全书》第1609册,第656页。
② 同上书卷二十四,第490页。
③ 同上书卷五十九,第680页。
④ 《古文辞类纂》卷六十九《张平子二京赋》双行小注云:"鼐按:天子辇于东厢前者,乃谒陵礼。若朝,则叔孙通传固云'辇出房'也。此厢字必房字之误。而薛、李注皆未辨之。"《续修四库全书》第1610册,第46页。《惜抱轩笔记》卷八:"《东京赋》'下雕辇于东厢'。按谒陵之礼,自外而入,则下辇于东厢下。朝会之礼,皇帝自内出,辇出东房,叔孙通传可征也。此厢字必是房字之误。"论述大同小异。《续修四库全书》第1152册,第205页。
⑤ 《后汉书》卷六十下《蔡邕列传》:"其年七月,诏召邕与光禄大夫杨赐、谏议大夫马日䃅、议郎张华、太史令单飏诣金商门,引入崇德殿。"注云:"《洛阳记》曰:南宫有崇德殿、太极殿,西有金商门也。"(第1998—2000页)《后汉书》卷八《孝灵帝纪》:"张让、段珪等劫少帝及陈留王幸北宫德阳殿。"(第358页)

于《惜抱轩笔记》卷八,特言之加详也。这些校勘、解释的内容,一方面都利用了考证学的手法,另一方面又是从文理的推敲、体会中提出来的,有的甚至颇有"理校"之味道,不一定依赖版本异文,此是姚鼐之考证较为特别之处。

在文句的解释方面,姚氏也注意将文献考证与文理分析结合起来,颇不拘泥于古注旧说。如《二京赋》"天子乃驾雕轸,六骏駮。戴翠帽,倚金较。璇弁玉缨,遗光倏爚"一句,《文选》薛综注以为"璇弁"是指马冠,姚鼐则根据《左传·僖公二十八年》"子玉自为琼弁玉缨"一句,谓:"赋正用此,言服皮弁以猎耳,岂马冠乎!"①姚氏指出张衡在此乃是使用《左传》的典故,"璇弁"是指驾车人的冠饰,而非言马,纠正薛注之说。既引经据典,信而有征,又是基于对文章家的眼光,分析文士取熔经史的用典手法,并体察上下文意,由此发前人之所未见,此等正可见其"考据"中的自家本色。由此观之,义理、考据、词章不仅代表了姚鼐对学术途辙的总体设想,同时亦具体而微地在《古文辞类纂》一书中得到了充分的体现。

小　结

姚鼐"古文之学"中对修辞评点、经史考据、文类流别等不同学术/知识类型的吸收、挪用和超越,显示了在清代中叶,一种"学问"体系究竟应当如何建构而成。身处共时的学术大环境之中,每一种学术类型都难以"各自为政"或是"独善其身",而是无可避免地与其他学术类型发生交织与融通。"学问"体系之告成,一方面需要知识的累积,另一方面也需要将具体知识上接到抽象的"义理"或"道",确立整套体系背后的"宗本"。这种"义理"的追求,可以存在不同的层次,有普遍的天理,有人伦之理,有个别的物理。《古文辞类纂》所探讨的诸文类立体之"义",就是文章内部的"理"。与之类似,姚鼐之言"道",也涉及各种不同层次。他早年说"技之中固有道焉,不若极忠谏争为道之大也"②,是以诗文技艺之"道",低于治平事功之"道"。姚氏中岁任职四库馆,作答翁方纲书云:

---

① 《古文辞类纂》卷六十九,《续修四库全书》第1610册,第44页。
② 《惜抱轩诗文集·文集》卷一《翰林论》,第4—5页。王达敏《姚鼐与乾嘉学派》(第73页)认为此文作于姚鼐任翰林院庶吉士时,即乾隆二十八至三十一年间,可参。

> 夫道有是非,而技有美恶。诗文皆技也。技之精者,必近道。①

此言则是主张"诗文美者,命意必善",文章之技可通于德性之道。至姚氏晚年江南讲学,则更进一步正面论述"技"中本身含有"道":

> 鼐闻天地之道,阴阳刚柔而已。文者,天地之精英,而阴阳刚柔之发也。〔……〕夫阴阳刚柔,其本二端,造物者糅而气有多寡进绌,则品次亿万以至于不可穷,万物生焉,故曰"一阴一阳之为道"。夫文之多变亦若是已。②

此处虽然表面上看是沿用"文—道"关系的论述框架,实际上所谈的并不是文章应该如何表达儒道,而是认为文章风格特点之中,本身就蕴含着"道"。姚氏引据《周易》,认为文章之道与天地之道具有共同的属性,即"一阴一阳"。这一论述,为"文章之学"在理气、天道层面建立了本原。现代学术界多以"风格论"诠释此说,实际上姚鼐将文章推本于"一阴一阳之为道",在他本身的观念框架之中,具有更重要的意义,即将修辞技艺连接上性理天道,为文章之学建立义理基础。盖但凡一独立的知识系统,都需要"形而上""形而下"两方面的构成要素。"因器以求道",不但是戴震、钱大昕、段玉裁、王念孙等学者由训诂而通大道的观念基础,同时也是章学诚由"文史校雠"以见道、姚鼐由"论文之极致"以见道的共同观念基础。他们所追求的"道",本身并没有完全脱离传统的学术语境,仍然需要从儒学的经典、理学的议题中寻找理论资源;不过,这些不同学术部类在知识积淀、研究方法和理论抽绎等多方面的自觉,本身已经超越了零散、片段的思考,显现出其内在的系统性。这种"系统性"的产生,并不一定完全是学者"天马行空"的架构,反倒常常是一时代各种知识、思想、学术类型相互牵引、消长、抵抗、超越、欲拒还迎的后果。姚鼐的"古文之学",在乾嘉考据之学的压力下谈经论史,融入考据的方法,旁涉汉学的议题,同时也贯注了不同层次的"义""理"关怀,以"理"之是非统摄"例"之今古,正是从多方面建构一个"学问"体系,使得"词章"能超轶单纯之"艺",而骎骎然优入"道"之界域。

---

① 《惜抱轩诗文集·文集》卷六《答翁学士书》,第84页。参见王达敏《姚鼐与乾嘉学派》第三章《回归辞章》对姚鼐任职四库全书馆期间学术思想变化的分析,第65页。王著考订《答翁学士书》"可断为姚鼐在四库馆内或稍前所作"。

② 《惜抱轩诗文集·文集》卷六《复鲁絜非书》,第93—95页。

参考文献

一、古籍文献

(一)经史文献(按四部分类序)

阮元校刻:《十三经注疏》,北京:中华书局,2009。
郝敬:《尚书辨解》,《续修四库全书》第43册,上海:上海古籍出版社,2002。
阎若璩撰,黄怀信、吕翊欣校点:《尚书古文疏证》,上海:上海古籍出版社,2013。
惠栋:《古文尚书考》,《续修四库全书》第44册,上海:上海古籍出版社,2002。
江昱:《尚书私学》,《四库全书存目丛书》经部第60册,济南:齐鲁书社,1997。
戴震:《毛郑诗考正》,《续修四库全书》第63册,上海:上海古籍出版社,2002。
陈乔枞:《齐诗翼氏学疏证》,《续修四库全书》第75册,上海:上海古籍出版社,2002。
陈深:《周礼训隽》,《四库全书存目丛书》经部第82册,济南:齐鲁书社,1997。
林兆珂:《考工记述注》,《四库全书存目丛书》经部第82册,济南:齐鲁书社,1997。
戴震:《考工记图》,《续修四库全书》第85册,上海:上海古籍出版社,2002。
杨慎:《檀弓丛训》,《四库全书存目丛书》经部第88册,济南:齐鲁书社,1997。
陈与郊:《檀弓辑注》,《四库全书存目丛书》经部第91册,济南:齐鲁书社,1997。
林兆珂:《檀弓述注》,《四库全书存目丛书》经部第91册,济南:齐鲁书社,1997。
徐昭庆:《檀弓通》,《四库全书存目丛书》经部第94册,济南:齐鲁书社,1997。
姚应仁:《檀弓原》,《四库全书存目丛书》经部第92册,济南:齐鲁书社,1997。
牛斗星集评:《檀弓》,《四库全书存目丛书》经部第95册,济南:齐鲁书社,1997。
孙鑛:《孙月峰先生批评诗经》《批评书经》《批评礼记》,《四库全书存目丛书》经部第150册,济南:齐鲁书社,1997。
朱彝尊撰,林庆彰等主编:《经义考新校》,上海:上海古籍出版社,2010。
姚鼐:《惜抱轩九经说》,《续修四库全书》第172册,上海:上海古籍出版社,2002。
陈寿祺:《五经异义疏证》,《续修四库全书》第171册,上海:上海古籍出版社,2002。
阮元编:《皇清经解》,道光九年刻咸丰十一年增刻本。
皇侃:《论语义疏》,桂林:广西师范大学出版社,2018。
朱熹:《四书章句集注》,北京:中华书局,1983。
刘宝楠撰,高流水点校:《论语正义》,北京:中华书局,1990。
焦循:《论语通释》,《续修四库全书》第155册,上海:上海古籍出版社,2002。
阎若璩撰,樊廷枚校补:《四书释地补》,《续修四库全书》第170册,上海:上海古籍出版社,2002。

戴震:《孟子字义疏证》,《续修四库全书》第158册,上海:上海古籍出版社,2002。

戴震:《方言疏证》,《续修四库全书》第193册,上海:上海古籍出版社,2002。

戴震:《声韵考》《声类表》,《续修四库全书》第244册,上海:上海古籍出版社,2002。

吴任臣:《字汇补》,《续修四库全书》第233册,上海:上海古籍出版社,2002。

段玉裁:《说文解字注》,上海:上海古籍出版社,1988。

王念孙、王引之:《广雅疏证》,《续修四库全书》第191册,上海:上海古籍出版社,2002。

朱骏声:《小尔雅约注》,《续修四库全书》第189册,上海:上海古籍出版社,2002。

葛其仁:《小尔雅疏证》,《续修四库全书》第189册,上海:上海古籍出版社,2002。

胡承珙:《小尔雅义证》,《续修四库全书》第189册,上海:上海古籍出版社,2002。

胡世琦:《小尔雅义证》,《清代稿本百种汇刊》经部第12册,台北:文海出版社,1974。

司马迁撰,裴骃集解,司马贞索隐,张守节正义:《史记》,北京:中华书局,2014。

吴见思评点:《史记论文》,台北:中华书局,2019。

班固撰,颜师古注:《汉书》,北京:中华书局,1962。

欧阳修、宋祁:《新唐书》,北京:中华书局,1975。

沈钦韩:《汉书疏证》,《续修四库全书》第266—267册,上海:上海古籍出版社,2002。

沈钦韩:《后汉书疏证》,《续修四库全书》第271册,上海:上海古籍出版社,2002。

脱脱等:《宋史》,北京:中华书局,1977。

张廷玉等:《明史》,北京:中华书局,1974。

赵尔巽等:《清史稿》,北京:中华书局,1977。

《清实录》,北京:中华书局,1985—1987。

中国第一历史档案馆整理:《康熙起居注》,北京:中华书局,1984。

朱寿朋:《东华续录》,《续修四库全书》第383—385册,上海:上海古籍出版社,2002。

李元度:《国朝先正事略》,《续修四库全书》第538册,上海:上海古籍出版社,2002。

钱林编:《文献征存录》,《近代中国史料丛刊三编第十四辑》第139—140册,台北:文海出版社,1986。

黄炳垕编辑:《黄梨洲先生年谱》,《北京图书馆藏珍本年谱丛刊》第69册,北京:北京图书馆出版社,1999。

顾衍生原编,吴映奎重辑,车持谦增纂:《顾亭林先生年谱》,《北京图书馆藏珍本年谱丛刊》第72册,北京:北京图书馆出版社,1999。

吴光西、郭麟、周梁等撰,褚家伟、张文玲点校:《陆陇其年谱》,北京:中华书局,1993。

吴怀清编:《天生先生年谱》,《北京图书馆藏珍本年谱丛刊》第81册,北京:北京图书馆出版社,1999。

张穆撰,邓瑞点校:《阎若璩年谱》,北京:中华书局,1994。

董秉纯:《全祖望年谱》,《乾嘉名儒年谱》第4册,北京:北京图书馆出版社,2006。

郑福照:《姚惜抱先生年谱》,《北京图书馆藏珍本年谱丛刊》第107册,北京:北京图书馆出版社,1999。

刘盼遂:《段玉裁先生年谱》,《北京图书馆藏珍本年谱丛刊》第 108 册,北京:北京图书馆出版社,1999。

黄云眉:《邵二云先生年谱》,《北京图书馆藏珍本年谱丛刊》第 110 册,北京:北京图书馆出版社,1999。

刘文兴:《宝应刘氏台拱、宝楠叔侄年谱》,香港:崇文书局,1975。

许维通:《郝兰皋夫妇年谱》,《乾嘉名儒年谱》第 10 册,北京:北京图书馆出版社,2006。

郑福照:《方仪卫先生年谱》,《乾嘉名儒年谱》第 13 册,北京:北京图书馆出版社,2006。

汤椿年纂辑:《钟山书院志》,赵所生、薛正兴主编《中国历代书院志》第 7 册,南京:江苏教育出版社,1995。

游光绎等编:《鳌峰书院志》,赵所生、薛正兴主编《中国历代书院志》第 10 册,南京:江苏教育出版社,1995。

黄本骥:《历代职官表》,上海:上海古籍出版社,2005。

张朝瑞:《皇明贡举考》,《续修四库全书》第 828 册,上海:上海古籍出版社,2002。

素尔纳等:《钦定学政全书》,《续修四库全书》第 828 册,上海:上海古籍出版社,2002。

秦瀛:《己未词科录》,《续修四库全书》第 537 册,上海:上海古籍出版社,2002。

毛奇龄:《制科杂录》,《四库全书存目丛书》史部第 271 册,济南:齐鲁书社,1996。

李富孙:《鹤征后录》,《四库未收书辑刊》第 2 辑第 23 册,北京:北京出版社,2000。

《清代文字狱档(增订本)》,上海:上海书店出版社,2011。

晁瑮:《晁氏宝文堂书目》,《续修四库全书》第 919 册,上海:上海古籍出版社,2002。

陈第藏并撰:《世善堂藏书目录》,《续修四库全书》第 919 册,上海:上海古籍出版社,2002。

钱谦益藏并撰:《绛云楼书目》,《续修四库全书》第 920 册,上海:上海古籍出版社,2002。

徐乾学藏:《传是楼书目》,《续修四库全书》第 920 册,上海:上海古籍出版社,2002。

永瑢等:《四库全书总目》,北京:中华书局,1965。

(二)子集著述(按作者时代序)

刘勰著,范文澜注:《文心雕龙注》,北京:人民文学出版社,1958。

刘勰著,詹锳义证:《文心雕龙义证》,上海:上海古籍出版社,1989。

萧统编,李善注:《文选》,上海:上海古籍出版社,1986。

韩愈:《昌黎先生文集》,《宋蜀刻本唐人集丛刊》,上海:上海古籍出版社,1994。

韩愈著,马其昶校注,马茂元整理:《韩昌黎文集校注》,上海:上海古籍出版社,2014。

柳宗元:《河东先生集》,北京:北京图书馆出版社,2003。

柳宗元:《柳河东集》,上海:上海古籍出版社,2008。

欧阳修:《居士集》,《宋集珍本丛刊》第4—5册,北京:线装书局,2004。
欧阳修著,周必大编:《欧阳文忠公集》,《日本宫内厅书陵部藏宋元版汉籍选刊》第122—125册,上海:上海古籍出版社,2012。
欧阳修著,李逸民点校:《欧阳修全集》,北京:中华书局,2001。
王安石撰,刘成国点校:《王安石文集》,北京:中华书局,2021。
程颢、程颐撰,王孝鱼点校:《二程集》,北京:中华书局,1981。
苏轼:《东坡集》,《宋集珍本丛刊》第18册,北京:线装书局,2004。
苏轼撰,茅维编,孔凡礼点校:《苏轼文集》,北京:中华书局,1986。
黄庭坚著,刘琳、李勇先、王蓉贵校点:《黄庭坚全集》,成都:四川大学出版社,2001。
唐庚撰,强行父辑:《文录》,《四库全书存目丛书》集部第415册,济南:齐鲁书社,1997。
陈善:《扪虱新话》,俞鼎孙、俞经编辑《儒学警悟》本,北京:中国书店,2010。
朱熹:《晦庵先生文集》,《宋集珍本丛刊》第56册,北京:线装书局,2004。
朱熹撰,朱杰人、严佐之、刘永翔主编:《朱子全书》,上海:上海古籍出版社,合肥:安徽教育出版社,2002。
黎靖德编,王星贤点校:《朱子语类》,北京:中华书局,1986。
吕祖谦编著,黄灵庚、吴战垒主编:《吕祖谦全集》,杭州:浙江古籍出版社,2008。
叶适:《习学记言序目》,北京:中华书局,1977。
陈淳:《北溪大全集》,《景印文渊阁四库全书》第1168册,台北:台湾商务印书馆,1986。
陈鹄撰,郑世刚点校:《西塘集耆旧续闻》(与《涧泉日记》合刊),上海:上海古籍出版社,1993。
真德秀编:《文章正宗》,元至正元年高仲文刻明修本。
真德秀编:《文章正宗》,《景印文渊阁四库全书》第1355册,台北:台湾商务印书馆,1986。
刘克庄著,辛更儒笺校:《刘克庄集笺校》,北京:中华书局,2011。
罗大经撰,王瑞来点校:《鹤林玉露》,北京:中华书局,1983。
王柏:《鲁斋王文宪公文集》,正统八年刊本。
王应麟著,翁元圻辑注,孙通海点校:《困学纪闻注》,北京:中华书局,2016。
程端礼:《畏斋集》,《景印文渊阁四库全书》第1199册,台北:商务印书馆,1986。
程端礼:《程氏家塾读书分年日程》,《四部丛刊续编》第49册,上海:上海书店,1984。
黄溍:《金华黄先生文集》,《续修四库全书》第1323册,上海:上海古籍出版社,2002。
程端学:《积斋集》,《景印文渊阁四库全书》第1212册,台北:台湾商务印书馆,1986。
陈绎曾:《文筌》,《续修四库全书》第1713册,上海:上海古籍出版社,2002。
李孝光:《五峰集》,《景印文渊阁四库全书》第1215册,台北:台湾商务印书馆,1986。
宋濂:《宋学士文集》,《明别集丛刊》第1辑第6册,合肥:黄山书社,2013。
朱右:《白云稿》,《续修四库全书》第1326册,上海:上海古籍出版社,1995。
陶安:《陶学士集》,《景印文渊阁四库全书》第1225册,台北:台湾商务印书馆,1986。

赵㧑谦:《学范》,《四库全书存目丛书》子部第 121 册,济南:齐鲁书社,1997。
谢铎:《桃溪净稿》,《四库全书存目丛书》集部第 38 册,济南:齐鲁书社,1997。
程敏政:《篁墩程先生文集》,《明别集丛刊》第 1 辑第 61 册,合肥:黄山书社,2013。
王鏊:《震泽集》,《景印文渊阁四库全书》第 1256 册,台北:台湾商务印书馆,1986。
王九思:《渼陂集》,《续修四库全书》第 1334 册,上海:上海古籍出版社,2002。
李梦阳撰,郝润华校笺:《李梦阳集校笺》,北京:中华书局,2020。
陆深:《俨山文集》,《明别集丛刊》第 2 辑第 2 册,合肥:黄山书社,2015。
张含:《张愈光诗文选》,《明别集丛刊》第 2 辑第 31 册,合肥:黄山书社,2015。
舒芬:《梓溪文钞外集》,《明别集丛刊》第 2 辑第 27 册,合肥:黄山书社,2015。
胡缵宗:《鸟鼠山人小集》,《四库全书存目丛书》集部第 62 册,济南:齐鲁书社,1997。
何景明:《何大复先生集》,《明别集丛刊》第 2 辑第 17 册,合肥:黄山书社,2015。
何景明著,李淑毅等点校:《何大复集》,郑州:中州古籍出版社,1989。
杨慎:《太史升庵文集》,《明别集丛刊》第 2 辑第 30—31 册,合肥:黄山书社,2015。
杨慎:《升庵集》,《景印文渊阁四库全书》第 1270 册,台北:台湾商务印书馆,1986。
唐顺之著,马美信、黄毅点校:《唐顺之集》,杭州:浙江古籍出版社,2014。
归有光著,周本淳校点:《震川先生集》,上海:上海古籍出版社,2007。
王慎中:《遵岩先生文集》,《明别集丛刊》第 2 辑第 84 册,合肥:黄山书社,2015。
茅坤著,张梦新、张大芝点校:《茅坤集》,杭州:浙江古籍出版社,2012。
徐中行:《天目先生集》,《四库全书存目丛书》集部第 121 册,济南:齐鲁书社,1997。
汪道昆:《太函集》,《四库全书存目丛书》集部第 117—118 册,济南:齐鲁书社,1997。
王世贞:《弇州山人四部稿》,台北:伟文图书出版社,1976。
王世贞:《弇州山人续稿》,《明别集丛刊》第 3 辑第 37 册,合肥:黄山书社,2015。
王世贞撰,许建平、郑利华主编,姚大勇等校点:《弇州山人四部稿》,上海:上海古籍出版社,2021。
王世贞:《新刻增补艺苑卮言》,《续修四库全书》第 1695 册,上海:上海古籍出版社,2002。
王世贞著,罗仲鼎校注:《艺苑卮言校注》,济南:齐鲁书社,1992。
袁黄:《游艺塾文规》,《续修四库全书》第 1718 册,上海:上海古籍出版社,2002。
沈懋孝:《长水先生文钞·石林蒉草》,《四库禁毁书丛刊》集部第 159 册,北京:北京出版社,2000。
焦竑:《焦氏澹园续集》,《续修四库全书》第 1364 册,上海:上海古籍出版社,2002。
屠隆:《白榆集》《由拳集》,《续修四库全书》第 1359—1360 册,上海:上海古籍出版社,2002。
屠隆:《鸿苞》,《四库全书存目丛书》子部第 88—90 册,济南:齐鲁书社,1997。
孙鑛:《月峰先生居业次编》,《四库禁毁书丛刊》集部第 126 册,北京:北京出版社,2000。
范守己:《肤语》,《四库全书存目丛书》集部第 162 册,济南:齐鲁书社,1997。
胡应麟:《少室山房笔丛》,上海:上海书店出版社,2001。

胡应麟:《少室山房类稿》,万历四十六年江湛然刻本。
郭正域:《合并黄离草》,《四库禁毁书丛刊》集部第 14 册,北京:北京出版社,2000。
张大复:《梅花草堂集》,《续修四库全书》第 1380 册,上海:上海古籍出版社,2002。
董其昌:《容台文集》,《明别集丛刊》第 4 辑第 47 册,合肥:黄山书社,2015。
祝以豳:《诒美堂集》,《四库禁毁书丛刊》集部第 101 册,北京:北京出版社,2000。
艾南英撰,张符骧评:《天佣子集》,《明别集丛刊》第 5 辑第 39 册,合肥:黄山书社,2015。
茅元仪:《石民四十集》,《四库禁毁书丛刊》集部第 109 册,北京:北京出版社,2000。
钱谦益:《牧斋初学集》,崇祯十二年刊本。
钱谦益著,钱曾笺注,钱仲联标校:《牧斋初学集》,上海:上海古籍出版社,2009。
钱谦益:《牧斋有学集》,《四部丛刊》本,上海:商务印书馆,1919—1922。
钱谦益著,钱曾笺注,钱仲联标校:《牧斋有学集》,上海:上海古籍出版社,1996。
孙奇逢:《夏峰先生集》,《清代诗文集汇编》第 4 册,上海:上海古籍出版社,2010。
孙奇逢著,朱茂汉点校:《夏峰先生集》,北京:中华书局,2004。
孙奇逢:《孙征君日谱录存》,《续修四库全书》第 558 册,上海:上海古籍出版社,2002。
陈龙正:《几亭外书》,《续修四库全书》第 1133 册,上海:上海古籍出版社,2002。
陆云龙:《翠娱阁近言》,《续修四库全书》第 1389 册,上海:上海古籍出版社,2002。
陈弘绪:《寒夜录》,《续修四库全书》第 1134 册,上海:上海古籍出版社,2002。
王崇简:《青箱堂诗集》,《清代诗文集汇编》第 16 册,上海:上海古籍出版社,2010。
陈确:《乾初先生遗集》,《清代诗文集汇编》第 20 册,上海:上海古籍出版社,2010。
傅山:《霜红龛集》,《续修四库全书》第 1395—1396 册,上海:上海古籍出版社,2002。
陈子龙:《安雅堂稿》,《续修四库全书》第 1387 册,上海:上海古籍出版社,2002。
李长祥:《天问阁文集》,《四库禁毁书丛刊》集部第 11 册,北京:北京出版社,2000。
黄宗羲:《南雷文定》,康熙二十七年靳治荆刻本。
黄宗羲著,陈乃乾编:《黄梨洲文集》,北京:中华书局,1959。
陆世仪:《桴亭先生文集》,《续修四库全书》第 1398 册,上海:上海古籍出版社,2002。
顾炎武著,黄汝成集释,栾保群、吕宗力校点:《日知录集释》,上海:上海古籍出版社,2013。
顾炎武著,华忱之点校:《顾亭林诗文集》,北京:中华书局,1983。
魏象枢:《寒松堂全集》,《清代诗文集汇编》第 60 册,上海:上海古籍出版社,2010。
侯方域:《壮悔堂文集》,《清代诗文集汇编》第 62 册,上海:上海古籍出版社,2010。
施闰章:《施愚山先生学余文集》,《清代诗文集汇编》第 67 册,上海:上海古籍出版社,2010。
施闰章撰,何庆善、杨应芹点校,刘学锴审订:《施愚山集》,合肥:黄山书社,1992。
尤侗:《艮斋杂说》,《续修四库全书》第 1136 册,上海:上海古籍出版社,2002。
毛奇龄:《西河合集》,《清代诗文集汇编》第 87 册,上海:上海古籍出版社,2010。
魏禧著,胡守仁、姚品文、王能宪点校:《魏叔子文集》,北京:中华书局,2003。

汪琬:《钝翁前后类稿》《钝翁续稿》,《清代诗文集汇编》第 94—95 册,上海:上海古籍出版社,2010。

李颙撰,陈俊民点校:《二曲集》,北京:中华书局,1996。

汤斌:《汤子遗书》,康熙四十二年王廷灿刻本。

汤斌:《汤子遗书》,《清代诗文集汇编》第 102 册,上海:上海古籍出版社,2010。

朱彝尊:《竹垞文类》,《四库全书存目丛书》集部第 248 册,济南:齐鲁书社,1997。

朱彝尊:《曝书亭集》,《清代诗文集汇编》第 116 册,上海:上海古籍出版社,2010。

叶方霭:《叶文敏公集》,《续修四库全书》第 1410 册,上海:上海古籍出版社,2002。

陆陇其:《三鱼堂文集》,《清代诗文集汇编》第 117 册,上海:上海古籍出版社,2010。

陆陇其:《三鱼堂日记》,《续修四库全书》第 559 册,上海:上海古籍出版社,2002。

金德嘉:《居业斋文稿》,《清代诗文集汇编》第 121 册,上海:上海古籍出版社,2010。

徐乾学:《憺园文集》,《续修四库全书》第 1412 册,上海:上海古籍出版社,2002。

王士禛撰,靳斯仁点校:《池北偶谈》,北京:中华书局,1997。

王士禛:《带经堂集》,《续修四库全书》第 1414—1415 册,上海:上海古籍出版社,2002。

王士禛著,袁世硕主编:《王士禛全集》,济南:齐鲁书社,2007。

阎若璩:《潜邱劄记》,《清代诗文集汇编》第 141 册,上海:上海古籍出版社,2010。

邵长蘅:《邵子湘全集》,《四库全书存目丛书》集部第 247—248 册,济南:齐鲁书社,1997。

陈廷敬:《午亭集》,《四库全书存目丛书补编》第 78 册,济南:齐鲁书社,2001。

惠周惕、惠士奇、惠栋著,漆永祥点校:《东吴三惠诗文集》,台北:"中研院"中国文哲研究所,2006。

李光地:《榕村全集》,《清代诗文集汇编》第 160 册,上海:上海古籍出版社,2010。

潘耒:《遂初堂文集》,《清代诗文集汇编》第 170 册,上海:上海古籍出版社,2010。

邵廷采:《思复堂文集》,《清代诗文集汇编》第 174 册,上海:上海古籍出版社,2010。

臧琳:《经义杂记》,《续修四库全书》第 172 册,上海:上海古籍出版社,2002。

张伯行:《正谊堂文集》,《清代诗文集汇编》第 182 册,上海:上海古籍出版社,2010。

冯景:《解春集文钞》,《清代诗文集汇编》第 182 册,上海:上海古籍出版社,2010。

何焯:《义门先生集》,《清代诗文集汇编》第 207 册,上海:上海古籍出版社,2010。

方苞著,刘季高校点:《方苞集》,上海:上海古籍出版社,2008。

任启运:《清芬楼遗稿》,《续修四库全书》第 1424 册,上海:上海古籍出版社,2002。

李文照:《恒斋文集》,《清代诗文集汇编》第 227 册,上海:上海古籍出版社,2010。

华希闵:《延绿阁集》,《四库未收书辑刊》第 9 辑第 17 册,北京:北京出版社,2000。

沈德潜:《沈归愚诗文全集》,《清代诗文集汇编》第 234—235 册,上海:上海古籍出版社,2010。

李绂:《穆堂别稿》,《续修四库全书》第 1422 册,上海:上海古籍出版社,2002。

陈祖范:《掌录》,《四库全书存目丛书》子部第 101 册,济南:齐鲁书社,1995。

汪惟宪:《积山先生遗集》,《四库未收书辑刊》第 9 辑第 26 册,北京:北京出版社,2000。

蔡世远:《二希堂文集》,《清代诗文集汇编》第250册,上海:上海古籍出版社,2010。
李重华:《贞一斋集》,《清代诗文集汇编》第251册,上海:上海古籍出版社,2010。
沈起元:《敬亭文稿》,《四库未收书辑刊》第8辑第26册,北京:北京出版社,2000。
沈彤:《果堂集》,《清代诗文集汇编》第264册,上海:上海古籍出版社,2010。
卢见曾:《雅雨堂文集》,《清代诗文集汇编》第268册,上海:上海古籍出版社,2010。
杭世骏:《道古堂文集》,《清代诗文集汇编》第282册,上海:上海古籍出版社,2010。
陈宏谋(陈弘谋):《培远堂偶存稿》,《清代诗文集汇编》第280—281册,上海:上海古籍出版社,2010。
夏之蓉:《半舫斋编年诗》,《清代诗文集汇编》第287册,上海:上海古籍出版社,2010。
刘大櫆:《海峰文集》,《清代诗文集汇编》第286册,上海:上海古籍出版社,2010。
刘大櫆著,吴孟复标点:《刘大櫆集》,上海:上海古籍出版社,1990。
吴敬梓:《文木山房集》,《清代诗文集汇编》第294册,上海:上海古籍出版社,2010。
姚范:《援鹑堂笔记》,《续修四库全书》第1149册,上海:上海古籍出版社,2002。
全祖望:《鲒埼亭集》,《清代诗文集汇编》第302册,上海:上海古籍出版社,2010。
全祖望撰,朱铸禹汇校集注:《全祖望集汇校集注》,上海:上海古籍出版社,2018。
范泰恒:《燕川集》,《清代诗文集汇编》第337册,上海:上海古籍出版社,2010。
袁枚:《小仓山房文集》,《续修四库全书》第1431—1432册,上海:上海古籍出版社,2002。
袁枚著,周本淳标校:《小仓山房诗文集》,上海:上海古籍出版社,1988。
袁枚著,王英志编纂校点:《袁枚全集新编》,杭州:浙江古籍出版社,2018。
卢文弨:《抱经堂文集》,《续修四库全书》第1432—1433册,上海:上海古籍出版社,2002。
程晋芳:《勉行堂文集》,《续修四库全书》第1433册,上海:上海古籍出版社,2002。
王鸣盛:《西庄始存稿》,《续修四库全书》第1434册,上海:上海古籍出版社,2002。
王鸣盛著,陈文和主编:《嘉定王鸣盛全集》,北京:中华书局,2010。
陆耀:《切问斋集》,《四库未收书辑刊》第10辑第19册,北京:北京出版社,2000。
戴震:《原善》,《续修四库全书》第951册,上海:上海古籍出版社,2002。
戴震:《戴东原先生文》,北京大学图书馆古籍特藏部编《北京大学图书馆馆藏稿本丛书》第4册,天津:天津古籍出版社,1996。
戴震:《戴氏文集》,《清代诗文集汇编》第353册,上海:上海古籍出版社,2010。
戴震:《戴东原集》,《续修四库全书》第1434册,上海:上海古籍出版社,2002。
戴震:《戴震集》,上海:上海古籍出版社,2009。
纪晓岚著,吴波等辑校:《阅微草堂笔记会校会注会评》,南京:凤凰出版社,2012。
纪昀:《纪文达公遗集》,《续修四库全书》第1435册,上海:上海古籍出版社,2002。
汪缙:《汪子三录》,《续修四库全书》第1437册,上海:上海古籍出版社,2002。
王昶:《春融堂集》,《续修四库全书》第1437—1438册,上海:上海古籍出版社,2002。

汤大奎:《炙砚琐谈》,《四库未收书辑刊》第10辑第30册,北京:北京出版社,2000。
钱大昕:《潜研堂文集》,嘉庆十一年刻本。
钱大昕著,陈文和主编:《嘉定钱大昕全集(增订本)》,南京:凤凰出版社,2016。
朱筠:《笥河文集》,《清代诗文集汇编》第366册,上海:上海古籍出版社,2010。
吴省钦:《白华后稿》,《清代诗文集汇编》第372册,上海:上海古籍出版社,2010。
姚鼐:《惜抱轩文集》,《续修四库全书》第1453册,上海:上海古籍出版社,2002。
姚鼐著,陈用光编:《惜抱先生尺牍》,《海源阁丛书》本,扬州:江苏广陵古籍刻印社,1990。
姚鼐著,刘季高标校:《惜抱轩诗文集》,上海:上海古籍出版社,1992。
姚鼐著,周中明校点:《姚鼐诗文集》,合肥:黄山书社,2021。
翁方纲:《复初斋诗集》《复初斋文集》,《续修四库全书》第1455册,上海:上海古籍出版社,2002。
段玉裁:《经韵楼集》,《清代诗文集汇编》第389册,上海:上海古籍出版社,2010。
段玉裁撰,钟敬华校点:《经韵楼集》,上海:上海古籍出版社,2008。
章学诚:《章学诚遗书》,北京:文物出版社,1985。
章学诚著,仓修良编注:《文史通义新编新注》,杭州:浙江古籍出版社,2005。
章学诚著,王重民通解:《校雠通义通解》,上海:上海古籍出版社,1987。
彭绍升:《二林居集》,《清代诗文集汇编》第397册,上海:上海古籍出版社,2010。
汪中著,阮元叙录:《述学》,嘉庆刊本。
汪中:《述学》,《续修四库全书》第1465册,上海:上海古籍出版社,2002。
汪中著,王清信、叶纯芳点校:《汪中集》,台北:"中研院"中国文哲研究所筹备处,2000。
汪中著,田汉云点校:《新编汪中集》,扬州:广陵书社,2005。
洪亮吉:《卷施阁集》,《续修四库全书》第1467册,上海:上海古籍出版社,2002。
冯敏昌:《小罗浮草堂文集》,《清代诗文集汇编》第418册,上海:上海古籍出版社,2010。
王祖昌:《秋水亭诗续集》,《清代诗文集汇编》第424册,上海:上海古籍出版社,2010。
李斗:《扬州画舫录》,北京:中华书局,1997。
陈鳣:《简庄诗文钞》,《清代诗文集汇编》第436册,上海:上海古籍出版社,2010。
孙星衍:《孙渊如先生全集》,《续修四库全书》第1477册,上海:上海古籍出版社,2002。
凌廷堪:《校礼堂文集》,《续修四库全书》第1480册,上海:上海古籍出版社,2002。
凌廷堪著,王文锦点校:《校礼堂文集》,北京:中华书局,1998。
王芑孙著,王义胜整理:《渊雅堂全集》,扬州:广陵书社,2017。
吴鼒:《吴学士文集》,《续修四库全书》第1487册,上海:上海古籍出版社,2002。
王宗炎:《晚闻居士遗集》,《清代诗文集汇编》第440册,上海:上海古籍出版社,2010。

恽敬:《大云山房文稿》,《续修四库全书》第 1482 册,上海:上海古籍出版社,2002。
郝懿行:《晒书堂文集》,《续修四库全书》第 1481 册,上海:上海古籍出版社,2002。
钮树玉:《匪石先生文集》,《清代诗文集汇编》第 463 册,上海:上海古籍出版社,2010。
孙原湘:《天真阁集》,《清代诗文集汇编》第 464 册,上海:上海古籍出版社,2010。
张惠言著,黄立新校点:《茗柯文编》,上海:上海古籍出版社,1984。
江藩纂,漆永祥笺释:《汉学师承记笺释》,上海:上海古籍出版社,2013。
严可均:《铁桥漫稿》,《续修四库全书》第 1488—1489 册,上海:上海古籍出版社,2002。
焦循:《雕菰集》,《清代诗文集汇编》第 472 册,上海:上海古籍出版社,2010。
焦循著,刘建臻点校:《焦循诗集》,扬州:广陵书社,2009。
焦循:《里堂家训》,续修四库全书》第 951 册,上海:上海古籍出版社,2002。
李富孙:《校经庼文稿》,《清代诗文集汇编》第 544 册,上海:上海古籍出版社,2010。
阮元:《揅经室集》《揅经室续集》《揅经室再续集》《揅经室外集》,《清代诗文集汇编》第 477 册,上海:上海古籍出版社,2010。
王引之:《王文简公文集》,《续修四库全书》第 1490 册,上海:上海古籍出版社,2002。
臧庸:《拜经堂文集》,《续修四库全书》第 1491 册,上海:上海古籍出版社,2002。
鲁缜:《鲁宾之文钞》,《清代诗文集汇编》第 487 册,上海:上海古籍出版社,2010。
周中孚:《郑堂读书记》,北京:中华书局,1993。
张鉴:《冬青馆甲集》《冬青馆乙集》,《续修四库全书》第 1492 册,上海:上海古籍出版社,2002。
陈用光:《太乙舟诗集》《太乙舟文集》,《清代诗文集汇编》第 489 册,上海:上海古籍出版社,2010。
陈寿祺:《左海文集》,《续修四库全书》第 1496 册,上海:上海古籍出版社,2002。
方东树:《书林扬觯》,《四库未收书辑刊》第 9 辑第 15 册,北京:北京出版社,2000。
方东树:《考槃集文录》,《清代诗文集汇编》第 507 册,上海:上海古籍出版社,2010。
严元照:《娱亲雅言》,《续修四库全书》第 1158 册,上海:上海古籍出版社,2002。
沈钦韩:《幼学堂文稿》,《清代诗文集汇编》第 514 册,上海:上海古籍出版社,2010。
梁章钜:《退庵随笔》,《续修四库全书》第 1197 册,上海:上海古籍出版社,2002。
梁章钜著,陈居渊校点:《制义丛话》《试律丛话》,上海:上海书店出版社,2001。
包世臣:《小倦游阁集》,《续修四库全书》第 1500 册,上海:上海古籍出版社,2002。
包世臣撰,李星点校,吴孟复、贾文昭审订:《包世臣全集:中衢一勺 艺舟双楫》,合肥:黄山书社,1993。
昭梿撰,何英芳点校:《啸亭杂录》,北京:中华书局,1980。
胡承珙:《求是堂文集》,《清代诗文集汇编》第 518 册,上海:上海古籍出版社,2010。
姚椿:《晚学斋文集》,《清代诗文集汇编》第 522 册,上海:上海古籍出版社,2010。
管同:《因寄轩文初集》《因寄轩文二集》,《清代诗文集汇编》第 532 册,上海:上海古籍出版社,2010。

胡培翚:《研六室文钞》《研六室文钞补遗》,《清代诗文集汇编》第538册,上海:上海古籍出版社,2010。

刘开:《刘孟涂集》,《清代诗文集汇编》543册,上海:上海古籍出版社,2010。

姚莹:《东溟文集》,《续修四库全书》第1512—1513册,上海:上海古籍出版社,2002。

梅曾亮著,彭国忠、胡晓明校点:《柏枧山房文集》,上海:上海古籍出版社,2005。

汪喜孙著,杨晋龙主编:《汪喜孙著作集》,台北:"中研院"中国文哲研究所,2003。

钱泰吉:《甘泉乡人稿》,《清代诗文集汇编》第572册,上海:上海古籍出版社,2010。

宗稷辰:《躬耻斋文钞》,《清代诗文集汇编》第576册,上海:上海古籍出版社,2010。

曾钊:《面城楼集钞》,《清代诗文集汇编》第687册,上海:上海古籍出版社,2010。

沈垚:《落帆楼文集》,《清代诗文集汇编》第598册,上海:上海古籍出版社,2010。

何绍基:《东洲草堂文钞》,《续修四库全书》第1529册,上海:上海古籍出版社,2002。

汤鹏:《浮邱子》,《续修四库全书》第952册,上海:上海古籍出版社,2002。

朱琦:《怡志堂文初编》,《清代诗文集汇编》第613册,上海:上海古籍出版社,2010。

林昌彝:《小石渠阁文集》,《清代诗文集汇编》第614册,上海:上海古籍出版社,2010。

曾国藩:《曾文正公文集》,《清代诗文集汇编》第641册,上海:上海古籍出版社,2010。

曾国藩:《曾文正公书札》,《清代诗文集汇编》第643册,上海:上海古籍出版社,2010。

萧穆:《敬孚类稿》,《清代诗文集汇编》第729册,上海:上海古籍出版社,2010。

(三)总集类编(按作者时代序)

吕祖谦辑,蔡文子注:《增注东莱吕成公古文关键》,《续修四库全书》第1602册,上海古籍出版社,2002。

王应麟:《玉海》,台北:华文书局,1964。

方颐孙辑:《太学新编黼藻文章百段锦》,《续修四库全书》第1717册,上海:上海古籍出版社,2002。

谢枋得辑:《叠山先生批点文章轨范》,北京:北京图书馆出版社,2005。

谢枋得编:《文章轨范》,《景印文渊阁四库全书》第1359册,台北:台湾商务印书馆,1986。

《居家必用事类全集》,《北京图书馆古籍珍本丛刊》第61册,北京:书目文献出版社,1988。

胡广等纂修:《性理大全书》,济南:山东友谊书社,1989。

吴讷:《文章辨体》,《续修四库全书》第1602册,上海:上海古籍出版社,2002。

朱栴辑:《文章类选》,《四库全书存目丛书》集部第290册,济南:齐鲁书社,1997。

王鏊辑,王彻注:《春秋词命》,《四库全书存目丛书》集部第292册,济南:齐鲁书社,1997。

杨慎编:《古隽》,《四库全书存目丛书》集部第 299 册,济南:齐鲁书社,1997。
杨慎辑:《风雅逸篇》,《四库全书存目丛书》集部第 299 册,济南:齐鲁书社,1997。
唐顺之编:《文编》,嘉靖刊本。
茅坤编:《唐宋八大家文钞》,万历七年刻本。
徐师曾撰:《文体明辩》,《四库全书存目丛书》集部第 310 册,济南:齐鲁书社,1997。
姚三才辑:《春秋战国文选》,万历七年万卷楼刻本。
屠隆编:《巨文》,《四库全书存目丛书补编》第 12 册,济南:齐鲁书社,2001。
汪廷讷辑:《文坛列俎》,《四库全书存目丛书》集部第 348 册,济南:齐鲁书社,1997。
钟惺辑:《周文归》,《四库全书存目丛书》集部第 339 册,济南:齐鲁书社,1997。
冯有翼辑:《秦汉文钞》,《四库全书存目丛书》集部第 352 册,济南:齐鲁书社,1997。
陈仁锡评选:《奇赏斋古文汇编》,《四库全书存目丛书》集部第 359 册,济南:齐鲁书社,1997。
张以忠辑:《陈明卿先生评选古今文统》,《四库禁毁书丛刊》集部第 134 册,北京:北京出版社,2000。
陈子龙等辑:《皇明经世文编》,《续修四库全书》第 1655—1662 册,上海:上海古籍出版社,2002。
黄宗羲编:《明文授读》,《四库全书存目丛书》集部第 400 册,济南:齐鲁书社,1997。
林云铭评注:《古文析义》,康熙五十五年刻本。
徐乾学等奉旨编注:《古文渊鉴》,康熙内府刻本。
徐乾学等奉旨编注:《古文渊鉴》,《景印文渊阁四库全书》第 1417—1418 册,台北:台湾商务印书馆,1986。
储欣辑:《唐宋十大家全集录》,《四库全书存目丛书》集部第 404—405 册,济南:齐鲁书社,1997。
李光地纂修:《性理精义》,康熙五十六年内府刻本。
李光地:《古文精藻》,《四库全书存目丛书》集部第 400 册,济南:齐鲁书社,1997。
沈德潜辑评:《国朝诗别裁集》,《四库禁毁书丛刊》集部第 158 册,北京:北京出版社,2000。
陈宏谋(陈弘谋)辑:《五种遗规》,《续修四库全书》第 951 册,上海:上海古籍出版社,2002。
允礼辑:《古文约选》,雍正十一年果亲王府刻本。
清高宗敕编:《御选唐宋文醇》,乾隆三年武英殿刻本。
王昶辑:《湖海文传》,《续修四库全书》第 1668—1669 册,上海:上海古籍出版社,2002。
王昶:《金石萃编》,《续修四库全书》第 886 册,上海:上海古籍出版社,2002。
姚鼐辑:《古文辞类纂》,《续修四库全书》第 1609—1610 册,上海:上海古籍出版社,2002。
严可均校辑:《全上古三代秦汉三国六朝文》,北京:中华书局,1958。
阮元辑:《浙士解经录》,《四库未收书辑刊》第 3 辑第 10 册,北京:北京出版社,2000。

李兆洛辑：《骈体文钞》，《续修四库全书》第1610册，上海：上海古籍出版社，2002。

曾国藩编：《经史百家杂钞》，光绪二年传忠书局刻本。

黄舒昺编：《国朝先正学规汇钞》，《晚清四部丛刊》第3编第66册，台中：文昕阁图书，2010。

徐珂编撰：《清稗类钞》，北京：中华书局，2010。

王水照编：《历代文话》，上海：复旦大学出版社，2007。

王水照、侯体健编：《稀见清人文话二十种》，上海：复旦大学出版社，2021。

陈广宏、龚宗杰编校：《稀见明人文话二十种》，上海：上海古籍出版社，2016。

陈维昭编校：《稀见明清科举文献十五种》，上海：复旦大学出版社，2019。

二、研究著作（各部分依作者姓氏音序）

（一）中文专著及论文

专著

蔡德龙：《清代文话叙录》，北京：中华书局，2021。

〔美〕蔡宗齐：《语法与诗境：汉诗艺术之破析》，北京：中华书局，2021。

查洪德：《理学背景下的元代文论与诗文》，北京：中华书局，2005。

柴德赓：《史学丛考》，北京：中华书局，1982。

常方舟：《失落的文章学传统》，上海：复旦大学出版社，2020。

陈谷嘉、邓洪波主编：《中国书院史资料》，杭州：浙江教育出版社，1998。

陈国球：《明代复古派唐诗论研究》，北京：北京大学出版社，2007。

陈鸿森：《臧庸年谱》，载《中国经学》第2辑，桂林：广西师范大学出版社，2007。

陈来：《中国近世思想史研究（增订本）》，北京：生活·读书·新知三联书店，2010。

陈平原：《从文人之文到学者之文：明清散文研究》，北京：生活·读书·新知三联书店，2004。

陈平原：《中国散文小说史》，北京：北京大学出版社，2010。

陈雯怡：《从官学到书院——从制度与理念的互动看宋代教育的演变》，台北：联经，2004。

陈永明：《清代前期的政治认同与历史书写》，上海：上海古籍出版社，2011。

褚斌杰：《中国古代文体概论（增订本）》，北京：北京大学出版社，1990。

戴君仁：《梅园论学续集》，台北：艺文印书馆，1974。

邓洪波主编：《中国书院学规集成》，上海：中西书局，2011。

冯胜利：《乾嘉皖派的理必科学》，北京：科学出版社，2023。

〔日〕高津孝著，潘世圣等译：《科举与诗艺——宋代文学与士人社会》，上海：上海古籍出版社，2005。

葛兆光：《中国思想史》，上海：复旦大学出版社，2001。

龚鹏程：《六经皆文——经学史/文学史》，台北：台湾学生书局，2008。

郭绍虞:《中国文学批评史(上册)》,上海:商务印书馆,1934。
郭绍虞:《中国文学批评史(下册)》,上海:商务印书馆,1947。
郭英德:《中国古代文体学论稿》,北京:北京大学出版社,2005。
何冠彪:《明末清初学术思想研究》,台北:台湾学生书局,1991。
黄爱平:《四库全书纂修研究》,北京:中国人民大学出版社,1989。
黄卓越:《明中前期文学思想研究》,北京:北京大学出版社,2005。
简锦松:《明代文学批评研究》,台北:台湾学生书局,1989。
江庆柏编著:《清代人物生卒年表》,北京:人民文学出版社,2005。
蒋寅:《清代诗学史(第二卷):学问与性情(1736—1795)》,北京:中国社会科学出版社,2019。
蒋寅:《清代诗学史(第一卷)》,北京:中国社会科学出版社,2012。
金开诚、葛兆光:《古诗文要籍叙录》,北京:中华书局,2005。
李畅然:《戴震〈原善〉表微》,北京:北京大学出版社,2014。
李弘祺:《学以为己:传统中国的教育》,香港:香港中文大学出版社,2012。
李零:《简帛古书与学术源流(修订本)》,北京:生活·读书·新知三联书店,2008。
林庆彰:《明代经学研究论集》,台北:文史哲出版社,1994。
刘宁:《汉语思想的文体形式》,上海:华东师范大学出版社,2012。
刘宁:《同道中国:韩愈古文的思想世界》,北京:生活·读书·新知三联书店,2023。
刘奕:《乾嘉经学家文学思想研究》,上海:上海古籍出版社,2012。
刘玉才:《清代书院与学术变迁研究》,北京:北京大学出版社,2008。
鲁小俊:《清代书院课艺总集叙录》,武汉:武汉大学出版社,2015。
陆胤:《国文的创生:清季文学教育与知识衍变》,北京:社会科学文献出版社,2022。
罗根泽:《中国文学批评史(三)》,北京:中华书局,1961。
罗联添:《韩愈研究》,台北:台湾学生书局,1981。
罗宗强:《明代文学思想史》,北京:中华书局,2013。
马积高:《宋明理学与文学》,长沙:湖南师范大学出版社,1989。
牟宗三:《心体与性体》,台北:正中书局,1968。
〔日〕平田昌司:《文化制度和汉语史》,北京:北京大学出版社,2016。
戚学民:《阮元儒林传稿研究》,北京:生活·读书·新知三联书店,2011。
漆永祥:《乾嘉考据学研究》,北京:北京大学出版社,2020。
钱穆:《中国近三百年学术史》,台北:台湾商务印书馆,2009。
钱玄:《三礼通论》,南京:南京师范大学出版社,1996。
钱锺书:《管锥编》,北京:生活·读书·新知三联书店,2001。
钱锺书:《谈艺录》,北京:中华书局,1984。
〔日〕山口久和著,王标译:《章学诚的知识论——以考证学批判为中心》,上海:上海古籍出版社,2006。
商衍鎏:《清代科举考试述录及有关著作》,天津:百花文艺出版社,2003。
尚小明:《学人游幕与清代学术》,北京:社会科学文献出版社,1999。

沈俊平:《举业津梁:明中叶以后坊刻制举用书的生产与流通》,台北:台湾学生书局,2009。

王达敏:《姚鼐与乾嘉学派》,北京:学苑出版社,2007。

王德昭:《清代科举制度研究》,香港:香港中文大学出版社,1982。

王汎森:《权力的毛细管作用:清代的思想、学术与心态(修订版)》,台北:联经,2014。

王汎森:《中国近代思想与学术的系谱》,石家庄:河北教育出版社,2001。

吴承学:《中国古代文体学研究》,北京:人民出版社,2011。

徐雁平:《清代东南书院与学术及文学》,合肥:安徽教育出版社,2007。

杨念群:《何处是"江南"?:清朝正统观的确立与士林精神世界的变异》,北京:生活·读书·新知三联书店,2010。

杨念群:《儒学地域化的近代形态:三大知识群体互动的比较研究》,北京:生活·读书·新知三联书店,1997。

杨儒宾、祝平次编:《儒学的气论与工夫论》,台北:台湾大学出版中心,2005。

杨子彦:《乾嘉情文理论研究》,北京:中国社会科学出版社,2017。

叶国良:《石学蠡探》,台北:大安出版社,1989。

余嘉锡:《古书通例》,上海:上海古籍出版社,1985。

余英时:《论戴震与章学诚:清代中期学术思想史研究(增订本)》,北京:生活·读书·新知三联书店,2012。

余英时:《宋明理学与政治文化》,台北:允晨文化,2004。

张健:《清代诗学研究》,北京:北京大学出版社,1999。

张健:《知识与抒情:宋代诗学研究》,北京:北京大学出版社,2015。

张少康:《中国文学理论批评史》,北京:北京大学出版社,2005。

张舜徽:《清代扬州学记》,上海:上海人民出版社,1962。

张舜徽:《清人文集别录》,武汉:华中师范大学出版社,2004。

章培恒、王靖宇主编:《中国文学评点研究论集》,上海:上海古籍出版社,2002。

章太炎著,陈平原导读:《国故论衡》,上海:上海古籍出版社,2011。

赵园:《明清之际士大夫研究》,北京:北京大学出版社,1999。

赵园:《制度·言论·心态——〈明清之际士大夫研究〉续编》,北京:北京大学出版社,2006。

郑利华:《前后七子研究》,上海:上海古籍出版社,2015。

郑宗义:《明清儒学转型探析:从刘蕺山到戴东原》,香港:香港中文大学出版社,2009。

周兴陆:《中国文论通史(修订版)》,上海:上海人民出版社,2021。

朱刚:《唐宋"古文运动"与士大夫文学》,上海:复旦大学出版社,2013。

朱迎平:《宋文论稿》,上海:上海财经大学出版社,2003。

祝尚书:《宋代科举与文学》,北京:中华书局,2008。

祝尚书:《宋元文章学》,北京:中华书局,2013。

左东岭:《李贽与晚明文学思想》,天津:天津人民出版社,1997。

〔日〕佐野公治著,张文朝、庄兵译,林庆彰校订:《四书学史的研究》,台北:万卷楼,2014。

论文

〔日〕表野和江撰,吴正岚译:《明末吴兴凌氏刻书活动考:凌濛初和出版》,《中国典籍与文化》2003年第3期。

曹虹:《学术与文学的共生——论仪征派"文言说"的推阐与实践》,《文史哲》2012年第2期。

陈广宏:《"古文辞"沿革的文化形态考察——以明嘉靖前唐宋文传统的建构及解构为中心》,《文学遗产》2012年第4期。

龚宗杰:《符号与声音:明代的文章圈点法和阅读法》,《文艺研究》2021年第12期。

巩本栋:《〈古文关键〉考论》,《文学遗产》2020年第5期。

何诗海:《论清代文章义例之学》,《浙江大学学报(人文社会科学版)》2012年第4期。

黄政:《清代学政的试牍选本与科举文风》,《文学遗产》2020年第2期。

李思涯:《明代复古派文章论与文道关系的新变》,《中山大学学报(社会科学版)》2013年第2期。

梁启超:《戴东原著述纂校书目考》,《饮冰室文集》之四十,第14册,上海:中华书局,1936。

林岩:《南宋科举、道学与古文之学——兼论南宋知识话语的分立与合流》,《中山大学学报(社会科学版)》2013年第6期。

陆胤:《从"自讼"到"自适"——曾国藩的读书功程与诗文声调之学的内化》,《北京大学学报(哲学社会科学版)》2021年第6期。

罗志田:《方法成了学名:清代考据何以成学》,《文艺研究》2010年第2期。

梅家玲:《唐代赠序初探》,(台北)《编译馆馆刊》1984年第1期。

沈俊平:《元代坊刻考试用书的生产活动》,(台北)《书目季刊》2010年第2期。

王钟翰:《康熙与理学》,《历史研究》1994年第3期。

吴承学:《评点之兴——文学评点的形成和南宋的诗文评点》,《文学评论》1995年第1期。

夏长朴:《乾隆皇帝与汉宋之学》,彭林编《清代经学与文化》,北京:北京大学出版社,2005。

宣燕华:《阎若璩〈潜邱劄记〉编刻与流传考略》,《古典文献研究》第22辑,2019年第1期。

姚大力:《元朝科举制度的行废及其社会背景》,《元史及北方民族史研究集刊》第6期,1982。

张伯伟:《汉字的魔力——朝鲜时代女性诗文新考察》,《中国社会科学》2018年第3期。

张寿安:《从"六经"到"二十一经"——十九世纪经学的知识扩张与典范转移》,《中国文化》2013年第2期。

张述祖:《文史通义版本考》,《史学年报》第 3 卷第 1 期,1939。

张素卿:《"评点"的解释类型——从儒者标抹读经到经书评点的侧面考察》,郑吉雄、张宝三合编《东亚传世汉籍文献译解方法初探》,台北:台湾大学出版中心,2005。

赵刚:《康熙博学鸿词科与清初政治变迁》,《故宫博物院院刊》1993 年第 1 期。

钟彩钧:《朱子学派尊德性道问学问题研究》,钟彩钧主编,张季琳执行编辑《国际朱子学会议论文集》,台北:"中研院"中国文哲研究所筹备处,1993。

(二)英文专著及论文

专著

Bol, K. Peter. *"This Culture of Ours": Intellectual Transitions in T'ang and Sung China*. Stanford: Stanford University Press, 1992.

Bol, K. Peter. *Neo-Confucianism in History*. Cambridge: Harvard University Press, 2008.

Chow, Kai-wing. *Publishing, Culture, and Power in Early Modern China*. Stanford: Stanford University Press, 2004.

Dai, Lianbin. *Books, Reading and Knowledge in Ming China*, PhD Thesis, The University of Oxford, 2012.

De Weerdt, Hilde. *Competition Over Content: Negotiating Standards for the Civil Service Examinations in Imperial China (1127–1279)*. Cambridge: Harvard University Press, 2007.

Elman, Benjamin A. *From Philosophy to Philology: Intellectual and Social Aspects of Change in Late Imperial China*. Cambridge: Harvard University Press, 1984.

Elman, Benjamin A. *A Cultural History of Civil Examinations in Late Imperial China*. Berkeley: University of California Press, 2000.

Fairbank, John K. ed. *Chinese Thought and Institutions*. Chicago: University of Chicago Press, 1957.

Guy, Kent R. *The Emperor's Four Treasuries: Scholars and the State in the Late Ch'ien-lung Era*. Cambridge: Harvard University Press, 1987.

Idema, Wilt L., Wai-yee Li & Ellen Widmer ed. *Trauma and Transcendence in Early Qing Literature*. Cambridge: Harvard University Press, 2006.

论文

Bol, Perter K. "Chu Hsi's Aims as an Educator", in William Theodore de Bary & John W. Chaffee ed. *Neo-Confucian Education: The Formative Stage*, Berkley: University of California Press, 1989.

Huters, Theodore. "From Writing to Literature: The Development of Late Qing Theories of Prose", *Harvard Journal of Asiatic Studies*, vol. 47, no. 1, 1987.

Shang, Wei. "Writing and Speech: Rethinking the Issue of Vernaculars in Early Modern China", in Benjamin A. Elman ed. *Rethinking East Asian Languages, Vernaculars, and*

Literacies, 1000-1919. Leiden: Brill, 2014.

（三）日文专著及论文

专著

井上進『中国出版文化史——書物世界と知の風景』,名古屋:名古屋大学出版会,2002。

三浦秀一『中国心学の稜線——元朝の知識人と儒道仏三教』,東京:研文出版,2003。

论文

竹村則行「康熙十八年博学鴻詞科と清朝文学の出発」,『中国文学論集』,1980。

牧野修二「元代の儒学教育——教育課程を中心にして」,『東洋史研究』第 37 卷第 4 号,1979。

重要人名、术语索引

重要人名（姓名拼音序）

B

包世臣（慎伯） 20,330,386—388,444,446,447

C

陈弘谋（陈宏谋） 234—236,242,248,250,473,571

陈寿祺 16,252,256,257,353,405,443,444,535,586,588

陈用光（硕士） 4,20,25,124,260,261,264,265,284,285,307,311,312,367,368,375,376,400,475—479,530,531,573,575,582

陈祖范 224—226

储欣（同人） 246,247,249,250,280—283,285,287—289,297,298,302,327,328,349,426

D

戴震（东原） 16,18—22,25,26,126,158,161—163,229—231,315,316,353,357—367,374,377,379,380,382,388,396—398,400—402,405,416,422—428,430,434—436,438,442,445,447,448,452,456,465,471,472,485,489,506,507,518,519,527,529,531,533,583,584,591

段玉裁（懋堂,茂堂） 19,21,22,26,118,161,163,229,316,323,353,357—367,376,382,388,397,398,402,410,422—427,435,437,438,440,441,449,468,469,507,514,517,519,531,587,588,591

F

方苞（望溪） 10,12,14,161,206,212,246,250,260,262,268,286,303,305,313—315,318,326,327,333,334,339,349,427,578,585

方东树（仪卫） 26,264,333,444,476,477,492,516,519,521,580—582,585

G

顾栋高 225—227

顾炎武（亭林） 1—5,12,13,17,18,22,26,126,131—133,135—138,146,157—161,169,171—173,183—187,194—196,198,310,312,318,330,331,356,373,374,388,394,404,405,427,433,434,456,465,495,496,501,506,507,513—515,517—519,527,531—533,535,536

管同（异之） 262,264—267,284,580,581

归有光（熙甫） 9,10,14,26,38,261,262,268,286,325,372,373,417,480,528,574,575,581

H

何景明（大复） 33,35,38,52,56,58,82,

115,299,300

洪亮吉(稚存,北江) 378,400,401,437—441,479,523,535

胡应麟(明瑞) 53,55,56,72,94,354—356,392,511

黄宗羲(梨洲) 130,134,135,141,142,173,194,195,203,204,306,307,316,318,330,331,344,346,356,369,377,405,407,408,411,412,431,456,458,463—466,531,535,539,552,574,579

J

纪昀(晓岚) 70,165,444,449,459

焦循(里堂) 21,23,25,367,381,382,391,393,398,399,401,443,444,447,448,451,455—458,460—469,474,475,477,480,484,490,512,531

金圣叹 105,107—113,115

L

李光地 16,117,118,124,145—147,150,152,156,158,160,162,163,166,169,213,218,248—250,372,465,521,522

李梦阳(空同) 8,33—38,52,53,55,56,58,81,82,115,250,266,277

李颙(二曲) 132,138—141,147,159,164,184—187,194,250,251,372,465

梁章钜 14,143,246,247,251,252,280,460,514

凌廷堪 161,353,367,383,444,456,514

刘大櫆(海峰) 10,123,124,224,259,268,285—289,297,302,303,310,327,475,477,522,578

刘开(孟涂) 10,11,265,302,470—472,536

卢文弨(抱经) 162,164,166,231,253,254,260,263,265,296,342,443,449

陆陇其(稼书) 156—158,181,197—199,239,370,388,517,571

M

毛奇龄(西河) 133,144,166,174,175,182,183,191—194,196,197,202,203,205,207,239,356,406,407,421,434,442,456

茅坤(顺甫,鹿门) 9,10,25,36—38,61,65,74,76,82—85,88,121,246,247,250,251,261,273—277,279,280,282,285,286,288,289,297,302,320—329,332,338,339,349,350,539,540,574,578,579,581,584

梅曾亮(伯言) 264,266,367,402,475,476,575,580,581

Q

钱大昕(晓徵,竹汀) 12,21,23,24,142,143,159,161,163—165,168,231,315,330,331,342,345,353,365—367,376,379,381,388,398,406,431,449,450,456,465,477,478,496,504—506,511—513,515,516,523,588,591

钱谦益(牧斋) 53,105,126—130,135,142,144,146,269,355,356,372,373,411,412,414,434,465,527,528,539,574

全祖望(谢山) 16,17,141,158—160,166,169,179,184,191,206,207,254,255,257,263,310,340,342,374,466,493,512,516,535,552

R

阮元(芸台) 10,11,20,25,26,161,183,302,343,350—356,359,377—380,385,395,402,403,437,440,455,456,492—498,507,509,510,512,515—518,522,533,535,536

S

沈德潜(归愚) 15,92,131,164,205—207,

210,211,236,250,254,255,257,263,279,310,535

沈起元　14,236—238,241,262

孙鑛(月峰)　8,38,70—72,78,79,90,94—107,110,114—123,127—130,135,427

孙星衍(渊如)　15,21,25,296,331,341,353,365,378—380,400,425,438,440,445,449,451—455,457,458,463,464,466,494,512

T

汤斌　189—191,197,233,371,388,521

唐彪　15,98,116,117,119,239,240,262,473,571,579

W

汪中(容甫)　170,353,383—390,395—397,401,402,456,487

王昶(述庵,兰泉)　1,3,5,21,23,161,169,170,331,342,364,366,374—378,445,454,459,520,527,529

王芑孙(惕甫,铁夫)　340,343—350,374—376,479,480

王士禛(渔洋)　134,167,181,182,184,188—190,250,266,356,458—460,465,510,511

王世贞(元美,凤洲)　2—4,9,11,52—55,63,64,71,72,74,75,77,81,82,92—94,115,135,136,272,277—279,325,354—356,395,416

吴见思　105,113—115

Y

阎若璩(潜邱)　19,20,25,26,137,141—145,157,158,166,168,394,405—407,409,411—413,415,416,418,420—423,425,427—434,442,445,447,448,485,503,507,511,512,514,516,524

杨慎(升庵)　2,3,12,42—47,50—54,61,63,68,73,84,130,137,138,353—356,528

杨绳武　161,230,234,237,238,242,249,262

姚鼐(惜抱,姬传)　1,4,10,20,21,23,124,125,167,231,257—269,282—288,298,299,302—317,319,332—334,336,340,349—351,363,364,367—369,374—377,383,400,403,425,437,452,454,475—480,508,509,527,529—533,573—576,579—591

袁枚(子才,简斋)　18,21,118,254,261—264,318,342,364—367,369,376,378,399,421,425,452—458,460,464,466,467,490,512,529

Z

章学诚(实斋)　19,21,118,126,130,166,252,257,258,278,315,316,318,334,335,339,340,347,349—351,353,364,380,383,388—399,401,402,425,448,462,466—469,481—490,512,527,531,536,537,581,583,591

朱彝尊(竹垞)　51,69,130—134,137,173,195,196,199,201,202,207,250,333,340,341,344,345,356,369,374,405,409,416,418,456

重要术语(拼音序)

G

根柢　14,126,133,134,138,141—143,146,147,158,159,161,162,164,166,168—171,211,215,216,222,224,228,239,244,252—254,258,263,398,451,458,459,464,465,467,478,513

工夫　2,29,30,54,95,139,150,156,160,161,164,170,230,238,267,270,289,290,471,472,488,541—550,552,553,555—559,561,563,565,566,570—572

古文辞　575,576,580

K

课试/考课　16,25,26,231—235,253—257,492—499,501,509,515—517,521,523,525,534

W

文体秩序　25,26,294,296,299,301,329,351,352,355,356,359,361,363,367—370,373,374,377,382,398,401,402

Y

义法　10,22,246,268,269,286,302,303,305,313—316,318,325—327,344,477

义例　22,25,148,292,315,316,318—320,330,331,341,343,345,347—350,490,508,581

语言-知识共同体　5,6,11—13,15

Z

知识秩序　12,13,22,26,28,54,75,77,126,164,168,230,238,239,352,356,361,363,364,367,370,377,382,396,397,401,402,459

著作/著述/著书　3—4,16,17,19—22,25—27,147,166,176,191,225—228,261,283,304,308,335,351—357,362,364—367,374,376,378—383,389—405,418,423,427,431—433,450—458,463,464,466,467,469,478,482—488,490—493,510,535—537,583

后 记

本书系在作者博士学位论文《文章、知识与秩序：清前中期古文的文化史研究》(香港中文大学，2015年)之基础上改写修订而成。在保持原论文主要观点的基础上，进一步锤炼了理论思考，增加了研究内容，主体篇幅由八章扩展到十二章。从论文的选题、撰写，到书稿最终修改完成，皆承业师张健先生悉心指导，感念无已，中心藏之！书成，又蒙先生赐序垂诲；先生大序不但于拙著内容多有点拨，更为进一步的研究探索指明了方向。謦欬所接，心血所凝，予其敢不勉乎！博士论文答辩委员会华玮教授、周建渝教授、刘勇强教授，香港中文大学中文系博士研究生"讲论会"任课老师陈平原教授、冯胜利教授，以及其他师友，对论文多有教正，不胜铭感！

书稿之增订修改，得到国家社会科学基金后期资助项目(19FZWB011)支持；感谢多位匿名评审专家的宝贵意见，以及原服务单位中国社会科学院文学研究所、现单位北京大学中国语言文学系的关怀和帮助。书稿中部分章节内容曾以论文形式发表于《北京大学学报》《文学遗产》《文学评论》《中华文史论丛》《中国文哲研究集刊》《岭南学报》等学术期刊，蒙匿名评审、编辑老师和学界同道指正良多；收入本书时又经大幅修改，或拓宽讨论范围，或补充更多例证，或改写调整以适应全书通贯的论述框架，读者察之。

本书的出版，多赖北京大学出版社徐丹丽老师、责任编辑徐迈老师耐心细致地披阅编校。周兴陆教授审读了最终书稿；黎慧、胡晨晖、张子阳、徐晓童、郝田田、杨宇熙、谢蒙恩、沈彦诚、黄汉、唐雅伦诸学友以不同形式协助查核资料、搜集图片、勘正疏误；封面标题"博我以文"辑自北京大学图书馆藏顾亭林稿本《日知录》，蒙馆方惠允使用及王睿临君后期处理；在此一并致以谢忱！